二〇一八年全國高等院校古籍整理研究工作委員會資助項目

中國古典文學基本叢書

# 王安石文集

第一册

〔北宋〕王安石 撰
劉成國 點校

中華書局

**圖書在版編目(CIP)數據**

王安石文集/(北宋)王安石撰;劉成國點校. —北京:中華書局,2021.7(2024.10 重印)
(中國古典文學基本叢書)
ISBN 978-7-101-15265-4

Ⅰ.王… Ⅱ.①王…②劉… Ⅲ.①宋詩-詩集-中國-北宋②古典散文-散文集-中國-北宋 Ⅳ.I214.412

中國版本圖書館 CIP 數據核字(2021)第 129640 號

責任編輯:胡 珂
責任印製:韓馨雨

中國古典文學基本叢書
**王安石文集**
(全五册)
〔北宋〕王安石 撰
劉成國 點校
*
中 華 書 局 出 版 發 行
(北京市豐臺區太平橋西里 38 號 100073)
http://www.zhbc.com.cn
E-mail:zhbc@zhbc.com.cn
大廠回族自治縣彩虹印刷有限公司印刷
*
850×1168 毫米 1/32 · 68⅝印張 · 10 插頁 · 1368 千字
2021 年 7 月第 1 版 2024 年 10 月第 3 次印刷
印數:5501-6300 册 定價:228.00 元

ISBN 978-7-101-15265-4

# 總目

## 第一册

## 第二册

## 第三册

## 第四册

## 第五册

# 整理前言

## 一

王安石（一〇二一—一〇八六），字介甫，撫州臨川（今屬江西）人，中國宋代著名政治家、文學家、思想家。籍貫臨川，人稱王臨川、臨川先生。晚年退居江寧（今江蘇南京）半山園，人稱王金陵、王半山、半山老人；被封舒國公、荊國公、舒王，世稱王荊公、舒王；因謚文，人又稱王文公。

宋真宗天禧五年（一〇二一）十一月十三日辰時，王安石出生於臨江軍清江縣（今屬江西）。父親王益，真宗大中祥符八年（一〇一五）登進士第，時任臨江軍判官，爲官清廉剛直，勇於任事。母親吴氏，出自撫州金溪大族，好學强記，博覽群書。王安石自幼隨父轉徙各地，至宋仁宗景祐四年（一〇三七），全家始定居江寧。他「少好讀書，一過目終身不忘」〔一〕，「自百家諸子之書，至於難經、素問、本草、諸小説無所不讀，農夫、女工無所不問」〔二〕。十七八歲時，便以歷史上的賢臣稷、契自命，立志高遠：「材疏命賤不自揣，欲與稷契遐相希」〔三〕。

宋仁宗慶曆二年（一〇四二），王安石以第四名登進士高第，授校書郎。此後，歷任簽書淮南判官廳公事（治所在揚州）、知鄞縣（今屬浙江寧波）、舒州（今安徽安慶）通判。至和元年（一〇五四）九月，入京任群牧司判官，提點開封府諸縣鎮公事。嘉祐二年（一〇五七）夏，出知常州，翌年，提點江南東路刑獄。嘉祐四年（一〇五九）初入京，任三司度支判官、知制誥等，直至嘉祐八年（一〇六三）八月，因母喪歸江寧丁憂。

作爲進士高第，王安石本可按北宋官場慣例，于揚州簽判任滿後獻文求試館職，獲取仕宦捷徑。然而，他却數次放棄，寧願輾轉地方任職，施展治民抱負。在知鄞期間，他「讀書爲文章，三日一治縣事。起堤堰，決陂塘，爲水陸之利；貸穀於民，立息以償，俾新陳相易；興學校，嚴保伍，邑人便之。」〔四〕在舒州通判任上，他躬行儉素，吏治嚴明。時逢大旱大饑，他襄助知州開常平倉賑濟饑民，並巡行屬縣，發粟救災。在知常州期間，他開鑿運河，疏導水勢，振興文教。隨後提點江南東路刑獄，巡視一路，訪問民生疾苦，獎勵提掖人才，糾治官場上苟且因循之風，導致謗議紛然。

憑藉出色政績，王安石在政壇上逐漸聲名鵲起，被視爲東南地方吏治的典範、「江東三賢」之一：「是時，荆公王介甫宰明之鄞縣，知樞密院韓玉汝宰杭之錢塘，公（謝景初）弟師直宰越之會稽，環吴越之境，皆以此四邑爲法。處士孫侔爲文以紀之。」〔五〕「（石牧之）

移台州天台令，自初任已有能名。于時故相王荆公知鄞縣，樞直陳公襄令仙右，號『江東三賢』。」〔六〕通過任職地方，王安石積累起豐富的行政經驗，對民生疾苦、社會弊端、吏治腐敗有了深入瞭解。他以儒家經典中理想的政治制度作爲對比，從中汲取資源，來觀照、批判當前社會中的土地兼併、貧富分化等不公正現象。儒家兼濟天下的理想與情懷，驅使着他每任職一方，即恪盡職守，奮發有爲。而一份居官無補的自責和慚疚，也時時流露詩中：

賤子昔在野，心哀此黔首。豐年不飽食，水旱尚何有。雖無剽盜起，萬一且不久。特愁吏之爲，十室災八九。原田敗粟麥，欲訴嗟無賕。間關幸見省，笞扑隨其後。況是交冬春，老弱就僵仆。州家閉倉庾，縣吏鞭租負。鄉鄰銖兩徵，坐逮空南畝。取貲官一毫，姦桀已云富。彼昏方怡然，自謂民父母。朅來佐荒郡，懍懍常慚疚。昔之心所哀，今也執其咎。乘田聖所勉，況乃余之陋。内訟敢不勤，同憂在僚友。〔七〕

嘉祐四年春，王安石回京任三司度支判官。在煌煌萬言的上仁宗皇帝言事書中，他對當時各項社會弊端作了全面分析，並將根本原因歸之於：「方今之法度，多不合乎先王之政故也。（中略）臣以謂今之失患在不法先王之政者，以謂當法其意而已。」〔八〕由此，他明確提出變革更制的主張，認爲應當效法古代儒家的理想政治，回歸三代，效法先王：「因天下之力以生天下之財，取天下之財以供天下之費。」在隨後幾年，他陸續撰寫一系列文章，系統闡述自己的政治理念和改革方案，核心是以法理財，以才行法：

夫合天下之衆者財，理天下之財者法，守天下之法者吏也。吏不良，則有法而莫守；法不善，則有財而莫理。有財而莫理，則阡陌閭巷之賤人，皆能私取予之勢，擅萬物之利，以與人主争黔首，而放其無窮之欲，非必貴强桀大而後能如是，而天子猶爲不失其民者，蓋特號而已耳。〔九〕

宋神宗熙寧元年（一〇六八）春，王安石以翰林學士召入京師。熙寧二年（一〇六九）二月，除參知政事，翌年拜相。在神宗支持下，王安石於熙寧二年二月二十七日創制置三司條例司，開始全方位的變革更制。先後出臺的重大新法有：均輸法、青苗法、農田水利法、銷併軍營、措置宗室、募役法（免役）、市易法、方田均税法、保甲法、將兵法等等。同時，强化官僚系統的考核；整頓中書系統以提高行政效率；控制臺諫異議；改革科舉制度；整頓各級學校；設置經義局訓釋經義，以一道德、同風俗，確保爲新法順利實施提供人才、制度、意識形態的保障。

以上新法，基本達到了富國强兵的預期成效。政府財政收入大幅度提高，官僚系統的行政效率得以改善，皇室、外戚、士大夫的某些特權得到削減，豪强兼併與高利貸者受到抑制，農業生産獲得較大發展，軍隊戰鬥力有所增强，取得熙河大捷。

變革也産生了諸多新問題。各項新法的出臺比較密集倉促，往往雷厲風行，超出了社會的承受能力。由於各地官吏的素質良莠不齊，新法在具體執行過程中弊端叢生。新法的實施，或多或少觸犯了皇族、外戚、官僚士大夫特權階層的某些利益。新法以富國强兵爲核心目標，這與傳統儒學的側重禮儀、教化頗有不同。而神宗、王安石希望通過富國强兵，徹底改變北宋與西夏、契丹對峙中的妥協局面，從而取得王朝的長治久安，這種奮發有爲的政治理念和戰略目標，也並未在官僚士大夫階層内取得共識。以上等等，導致變革從一開始便受到强烈反對，引起士大夫階層内部的嚴重分裂，深刻影響了北宋後期政局。

熙寧七年（一〇七四），反對者以持續大旱爲由，對新法展開攻擊，而新黨内部也開始内訌分裂。四月，王安石罷相，出知江寧府。熙寧八年（一〇七五）二月，復相。熙寧九年（一〇七六）十月，因遭喪子之痛，且深感神宗的信任和支持已不如以前，王安石再次罷相，出判江寧府。

自熙寧十年至哲宗元祐元年（一〇七七——一〇八六），王安石退居江寧，僅食祠禄。雖然遠離政治中心，他仍然關注政局。他修訂三經新義，注解佛經，删定字説，試圖爲新法尋求統一的理論基礎。平時則悠遊於山水之間，參禪問佛，詩歌唱酬，真率無心，灑脱自如。元祐元年四月六日，王安石去世。其時，他所創立的各項新法，大都被垂簾聽政的高太后以及司馬光等舊黨逐一廢除。等到哲宗親政，新法又開始陸續恢復，但與王安石創法立制時的本意及作法，已頗有不同。

在中國歷史上，王安石是極少數能够「廣涉四部、具有恢宏格局的文化巨子」〔一〇〕。清代著名學者陸心源曰：

三代而下有經濟之學，有經術之學，有文章之學，得其一皆可以爲儒。意之所偏喜，力之所偏注，時之所偏重，甚者互相非笑，蓋學之不明也久矣。自漢至宋千有餘年，能合經濟、經術、文章而一之者，代不數人，荆國王文公其一焉。〔一一〕

以上所言，非常中肯。同時，王安石又是中國歷史上最具争議性的人物之一。南宋心學家陸九淵曰：

英特邁往，不屑於流俗，聲色利達之習，介然無毫毛得以入於其心，潔白之操，寒於冰霜，公之質也。掃俗學之凡陋，振弊法之因循，道術必爲孔孟，勳績必爲伊周，公之志也。不蘄人之知，而聲光燁奕，一時鉅公名賢爲之左次，公之得此，豈偶然哉？用逢其時，君不世出，學焉而後臣之，無愧成湯高宗。君或致疑，謝病求去，君爲責躬，始復視事，公之得君，可謂專矣。新法之議，舉朝讙譁，行之未幾，天下恟恟。公方秉執周禮，精白言之，自信所學，確乎不疑。君子力爭，繼之以去，小人投機，密贊其決，忠樸屏伏，憸狡得志，曾不爲悟，公之蔽也。典禮爵刑，莫非天理，洪範九疇，帝實錫之。古所謂憲章、法度、典則者，皆此理也。公之所謂法度者，豈其然乎？〔二〕

這個評價充分凸顯王安石高尚的道德、人品和偉大的理想抱負，但對王安石的政事、學術，陸九淵則不無微詞。事實上，歷代對王安石評價的巨大分歧，主要即來自對王安石變法的不同認識；至於他在文學方面的巨大成就，則很少有異議。自南宋以後直至清代，對於王安石變法，批評、否定是主流；自近代梁啓超以來，褒揚、肯定是主流。但無論是批評還是褒揚，主流評價之外，始終有强烈的異議之聲存在。對於王安石變法的研究和認識，一直處在「進行時」。

## 二

自神宗熙寧十年六月，至哲宗元祐元年四月去世，王安石一直退居江寧，優遊林下。

和歐陽脩晚年手編居士集不同，他未曾親自編纂個人的詩文作品，而是寄望於其門人弟子。蔡絛西清詩話卷下載：「王文公云：『李漢豈知韓退之？緝其文不擇美惡，有不可以示子孫者，況垂世乎？』以此語門弟子，意有在焉。」〔一三〕可見，王安石並不希望他全部詩文都刊刻行世，而冀望門人弟子編撰時有所選擇去取。

徽宗即位後，繼續推行神宗與王安石在熙寧、元豐期間所創立的各項新法，意識形態方面則不遺餘力尊奉王氏新學。政和三年（一一一三），王安石被追封爲舒王，配享文宣王廟，其身後榮耀，已臻頂峰。在此背景下，重和元年（一一一八），薛昂（字肇明）奉詔編集其遺文，辟文字檢討官三名。皇宋通鑑長編紀事本末載：「重和元年六月壬申，門下侍郎薛昂奏：『承詔編集王安石遺文，乞更不置局，止就臣本府編集，差檢閱文字官三員。』從之。」〔一四〕北宋後期諸臣中，只有王安石獲此殊榮。南宋魏了翁曰：「國朝列局修書，至崇、觀、政、宣而後，尤爲詳備。（中略）而臣下之文，鮮得列焉。時惟臨川王公遺文獲與編定，薛肇明諸人寔董其事，以至張官置吏，咸軼故常。」〔一五〕

薛昂字肇明，王安石高足，杭州人，宋史卷三百五十二有傳。他是北宋後期王氏新學最重要的傳人之一，維護師門，盡心竭力，曾乞戒士人不得學習元祐學術。他所辟的三位檢閱文字官，有二位可考。一爲范舜舉，字濟美，建州建陽人（今屬福建南平）。政和五年

(一一一五)登進士第,授將仕郎,調河南府新安縣尉,就除宿州教授。後薛昂延置門下教諸子,辟其爲編集荆公遺文檢討官,「僅逾月,以疾終於京師甘泉坊。時宣和二年三月二十六日也,享年六十有一」〔一六〕。一爲陸詔之,字虞仲,錢塘人,進士登第。又中詞學兼茂科,除敕令所删定官,授大晟府按協聲律,「兼編集舒王遺文所檢討官」。「宣和七年十一月二十七日卒於京師,年止四十六」〔一七〕。王安石的長孫王棣,也曾參預其中。王安石曾孫王珏題杭州本臨川先生文集曰:「曾大父之文,舊所刊行,率多舛誤。政和中門下侍郎薛公、宣和中先伯父大資,皆嘗被旨編定,後罹兵火,是書不傳。」「先伯父大資」,即王棣,字儀仲〔一八〕。

范舜舉卒時任遺文所檢討官「僅逾月」,其時,薛昂奉詔編集王安石文集已有兩年多。最遲至宣和四年(一一二二)八月,薛昂所編王集應已完帙,題爲臨川先生集。吕榮義眉山詩集原序曰:

近世以文集顯於時者,文忠公有六一居士集,舒王有臨川先生集,參政吕公有觀文集,丞相張公有無盡居士集。蓋其文如是,其官如是,(中略)宣和四年八月十五日,温陵吕榮義德修撰。〔一九〕

「文忠公」指歐陽脩,「參政吕公」指吕惠卿,「丞相張公」指張商英,字天覺,號無盡居士，舒王即王安石。四庫館臣以爲，薛編王集未成〔二〇〕，當代學者也大都贊成館臣所言。其實這並不準確。薛本完成後，當時便有士人得見，如呂榮義。榮義字德修，晉江（今屬福建）人，紹興十二年（一一四二）特奏名進士〔二一〕。政和、宣和年間，呂榮義混跡於京師太學，曾與唐庚在景德寺比舍而居，故能第一時間預聞薛本之編成〔二二〕。數年後，北宋即罹滅頂之災，薛本遭戰火銷毀，故流傳有限。王珏題杭州本曰：「後罹兵火，是書不傳。」魏了翁臨川詩注序曰：「然肇明諸人所編，卒以靖康多難，散落不全。」當是實情。

除薛昂奉詔編集外，王安石文集在北宋神宗、哲宗、徽宗三朝，尚未見其他編撰刊刻的文獻記載。但其學術論著，則一直以單行本行世，如官方刊刻的三經新義、字説，熙寧之前刊行的洪範傳、淮南雜説、易解等〔二三〕。詩文方面，則有奉使詩録、建康酬唱詩、半山集、半山別集、臨川詩選、奏議等選集流傳於世。

兩宋之交，閩、浙間有王安石文集刊本流行，不詳所自。南宋高宗紹興十年（一一四〇），撫州知州詹大和在閩浙舊本的基礎上，於臨川刊刻王安石文集，題作臨川先生文集，世稱臨川本。黄次山爲之撰序：

> 紹興重刊臨川集者，郡人王丞相介父之文，知州事桐廬詹大和甄老所譜而校也。（中略）丞相旦登文忠之門，晚躋元獻之位，子固之所深交，而魯直稱爲不朽。近歲諸

賢舊集，其鄉郡皆悉刊行。而丞相之文流布閩、浙，顧此郡獨因循不暇，而詹子所爲奮然成之者也。紙墨既具，久而未出。一日謂客曰：「讀書未破萬卷，不可妄下雌黄。讎正之難，自非劉向、揚雄，莫勝其任。吾今所校本，仍閩、浙之故耳，先後失次，訛舛尚多。念少遲之，盡更其失，而慮歲之不我與也。計爲之何？」客曰：「不然。皋、蘇不世出，天下未嘗廢律；劉、揚不世出，天下未嘗廢書。凡吾所爲，將以備臨川之故事也。以小不備而忘其大不備，士夫披閲，終無時矣。明窗凈榻，永晝清風，日思誤書，自是一適。若覽而不覺其誤，孫而不能思，思而不能得，雖劉、揚復生，將如彼何哉！」詹子曰：「善！客其爲我志之。」

十年五月戊子，豫章黄次山季岑父敘。〔二四〕

詹大和字甄老，嚴州遂安（今屬浙江）人，登政和八年（一一一八）進士第，「歷真州揚子縣尉、監泗州糧料院、河北河東路宣撫司書寫機宜文字、尚書水部員外郎、淮南路轉運使、知江虔撫三州，再知虔州」。詹於撫州刊刻王集後不久，便「卒於臨安客舍，年四十八，時紹興十年十月癸未也」〔二五〕。據序所言，詹大和因見王集流行於閩、浙〔二六〕，而故鄉撫州反無暇刊刻，遂以閩浙舊本爲底本，進行了一些校勘工作，並附上王安石年譜，然後請黄次山撰序，予以刊刻。黄序稱此次刻本爲「讎而校」，即言簡意賅指出臨川本是在閩浙舊本基礎上刊印而成。因刻於撫州（州治臨川），故世稱詹刻本爲臨川本。黄序撰於紹興十年（一一四〇）五月，而詹大和卒于本年十月。臨川本之所以倉促刊刻，「仍閩、浙之故耳，先後失次，訛舛尚多」，或因詹已染痼疾，自覺時日無多，「念少遲之，盡更其失，而慮歲之不我與也」。在這種情況下，再兼以閩浙舊本原非善本，「誇新逐利，牽多亂真」，臨川本也就勢必難如人意。故同時代孫覿曰：「比臨川刻荆公詩文，王荆公文刻於臨川贗本居十之一，而錯謬不可讀。」〔二七〕後世對臨川先生文集的非議，主要受到這些針對臨川本批評的引導。

臨川本的卷數，黄序未予交待〔二八〕，然南宋汪藻跋半山詩曰：

半山别集有詩百餘首，表、啓十餘篇，乃荆公罷相居半山時老筆也。祝邦直作淮南學事司屬官時摹印，甚精。德興建節鄉人周彦直，舊從荆公學，亦用此集印行。余皆寶之。過江以來二十年，求之莫獲。頃見徐師川，云黄魯直讀此詩，句句擊節。公器之不可揜也如此。近觀臨川前後集，猶識其在集中者數十首，因擇出録之，而表、啓不存一字，可惜也。然録者極多舛誤，非不知其非真，但不敢擅下雌黄耳。〔二九〕

汪藻卒於紹興二十五年（一一五五），此云「過江以來二十年」，則此跋當作紹興十五年（一一四五）左右。他將所見王集稱爲「臨川前後集」，則既非龍舒本王文公文集一百卷，也非紹興二十一年（一一五一）王珏所刻杭州本臨川先生文集一百卷，而薛本又失傳，則應當便是詹刻臨川本。畢竟詹大和的墓誌銘便是汪藻所撰，對於詹刻，汪藻必然知曉。通志著録有王安石臨川集一百卷、臨川後集八十卷〔三〇〕，應當就是臨川本（臨川本自閩浙舊本刊刻而來，僅做讎校，則二者亦應相同）。通志成書於紹興後期，作者鄭樵主要生活於高宗朝，卒於紹興三十二年（一一六二），其著録王集應是親聞目睹。余嘉錫曰：「此必南北宋間有此別本，鄭樵親見之，故著之於録。」〔三一〕甚是。在此之後，歷代目録學著作中，似乎只有焦竑國史經籍志卷五予以著録：「王安石臨川集一百卷，又後集八十卷。」〔三二〕

紹興十年至二十一年之間（一一四〇—一一五一），在廬州舒城縣（今屬安徽），又有王文公文集一百卷刻本流行。紹興二十一年（一一五一），王珏於杭州兩浙西路轉運司刊刻王集，題曰：「比年臨川、龍舒刊行，尚循舊本。」「臨川」當指詹大和刻本，「龍舒」即此百卷本王文公文集（龍舒是舒城的古稱，因龍舒水流過而得名）。據影印宋本，此龍舒本前後無序、跋，總目分上、下二卷，其一百卷編次爲：卷一至卷八爲「書」，卷九爲「宣詔」，卷十至卷十四爲「制誥」，卷十五至卷二十一爲「表」，卷二十二至二十四爲「啓」，卷二十五爲「傳」，卷二十六至卷三十三爲「雜著」，卷三十四至卷三十五爲「記」，卷三十六爲「序」，卷三十七至卷五十一爲「古詩」，卷五十二至卷七十七爲「律詩」，卷七十八爲「挽辭」，卷七十九至卷八十爲「集句」，卷八十一至卷八十二爲「祭文」，卷八十三至卷八十五爲「神道碑」，卷八十六爲「墓表」，卷八十七至卷一百爲「墓誌」。其中，卷三十七至卷七十七詩歌部分，按「古詩」和「律詩」兩大類編次，不分律、絶和五言、七言，但每卷大致按照詩歌題材來分類，如唱酬、題畫、送别、詠史等。

龍舒本王文公文集在南宋一直流傳。吕祖謙所編皇朝文鑑、精騎，以及國朝二百家名賢文粹等，其中所選王安石詩文，即多據龍舒本。入元後，龍舒本一直罕見著録。直至清光緒年間，方現殘帙。

一爲寶應劉啓瑞所藏，存卷一至卷三、卷八至卷三十六、卷四十八至卷六十、卷七十至卷一百。歐體字，除十數卷外，紙背全爲宋人書簡手劄。傅增湘藏園群書經眼録集部二著録曰：

宋刊本，十行十七字，白口，左右雙欄。版心上記字數，下記刊工姓名，有孫右、魏二、魏達、魏可、何卞、文立、施光、陳宗、陳通、陳伸、江清、余亮、余全、余表、葉林、阮宗、吴暉、潘明、胡右、胡祐、李彪、林選、余才。宋諱「完」、「慎」不缺筆。此書字體樸厚渾勁，紙細潔堅韌，厚如梵夾。每葉鈐「向氏珍藏」朱文長印楷書，紙背爲宋人簡啓，多江淮間官吏，有邵宏淵、查籥、汪舜舉、洪适、張傑、許尹、張運、吴暉、唐傑、張安節、李簡諸人。（劉翰臣藏，辛未三月入都示見。）〔三三〕

一爲日本宮内廳所藏，原爲金澤文庫藏書，所存卷一至卷七十。傅增湘藏園群書經眼録集部二著録曰：

宋刊本，版匡高六寸八分，寬四寸八分，半葉十行，每行十七字，白口左右雙欄，大字舒朗。序目失去，自卷一至三十六爲文，卷三十七至七十爲詩，然無碑、誌、哀、祭諸體，知是未完本也。卷一第一首爲上皇帝書，與紹興本以詩爲首者編次大不同，臨川集之異本也。鈐有「金澤文庫」、「賜蘆文庫」木記。〔三四〕

一九六二年，中華書局上海編輯所將以上兩殘帙去其重複，合而爲一，進行影印，從而使得龍舒本王文公文集一百卷重行於世。

紹興二十一年，王安石曾孫王珏，時任右朝散大夫、提舉兩浙路常平茶鹽公事，以薛昂家所得王安石遺文爲基礎，參校以詹大和臨川本、龍舒本等其他刻本，於杭州刊刻臨川先生文集一百卷，世稱杭州本：

曾大父之文，舊所刊行，率多舛誤。政和中門下侍郎薛公、宣和中先伯父大資，皆被旨編定，後罹兵火，是書不傳。比年臨川、龍舒刊行，尚循舊本。珏家藏不備，復求遺（原作「道」）稿於薛公家，是正精確，多以曾大父親筆、石刻爲據。其間參用衆本，取捨尤詳。至於斷缺，則以舊本補校足之。凡百卷，庶廣其傳云。

紹興辛未孟秋旦日，右朝散大夫、提舉兩浙西路常平茶鹽公事王珏謹題。〔三五〕

以上所言文詞簡潔，然所含信息極爲豐富。從中可見，北宋薛昂、王棣所編王集，因罹兵火，南渡後未能傳世。「比年臨川、龍舒刊行」的王集，即指詹大和的臨川本、龍舒本王文公文集；「尚循舊本」之「舊本」，即臨川本黄序中的閩浙舊本。儘管北宋薛本因戰火不傳，但薛昂家仍有遺稿（薛是杭州人，南渡後定居杭州，紹興四年卒）。王珏因家藏「曾大父之文」不備，故求之於其家。這些遺稿校訂精確，並多以王安石親筆、石刻爲據（畢竟徽宗下詔編定，而編者薛昂是王安石高足，又與蔡京、蔡卞兄弟關係密切，王棣則是王安石長孫），又參以衆本，但仍然有所斷缺〔三六〕。於是王珏根據所見「舊本」補校足之，共有百卷。這些舊本，應當包括臨川本、龍舒本以及閩浙舊本。

綜上所述，王珏杭州本主要依據的，是自家所藏王安石文，以及北宋薛昂所編王安石文集的遺稿。而詹大和紹興十年於撫州所刻的臨川本、紹興十年後行世的龍舒本，以及詹大和所謂的閩浙舊本，王珏在刊刻時予以參校補足。至於「補校足之」的詳情，則不可知。例如，龍舒本中有一百多篇詩文，即爲現存臨川先生文集系統所無，而其中往往真僞參半。臨川本與杭州本也屬於兩個不同的版本系統，前者一百八十卷，後者一百卷。具體篇目所收，也頗有差異〔三七〕。

王珏所刻杭州本，現存宋刻元明遞修本多種。北京大學圖書館所藏兩個殘卷，王嵐宋人文集編刻流傳叢考曰：

這兩個殘本書名臨川先生文集，各卷細目緊連正文，行款半頁十二行行二十字，左右雙邊，白口，單黑魚尾，書口中間題寫書名簡稱及卷數，如「臨川集六」、「臨川集五十二」，這些都一一相合。書口下方題寫的刻工姓名，就二本共有的卷五三、五四、五五這三卷來看，金升、方通、金彦等姓名也完全相同。所以這兩個殘本，是同一個版本。〔三八〕

臺北「國家圖書館」藏有殘卷三十七至四十九、卷六十一至六十九，有「沅叔藏宋本」、「沅叔審定宋本」、「雙鑑樓主人珍藏宋本」、「傅增湘印」等印。中國國家圖書館所藏，其中之一爲鐵琴銅劍樓藏、黄廷鑑校宋刻元明遞修本臨川先生文集一百卷。此本卷首有鈔補紹興十年黄次山紹興重刻臨川文集序及王珏題記，次爲臨川先生文集總目，次爲正文，卷末無題跋。鐵琴銅劍樓藏書目録卷二十集部二著録曰：

此臨川曾孫珏刊本。前有小序云：「曾大父之文，舊所刊行，（中略）紹興辛未孟秋旦日，右朝散大夫、提舉兩浙西路常平茶鹽公事王珏謹題。」又有總目，惟載某卷之某卷、某體詩、某體文。其細目載每卷前，目後即接本文。每半葉十二行，行二十字。

書中「桓」字作「淵聖御名」，「構」字作「御名」，「慎」、「敦」、「廓」字不闕筆。雖有後來修板，謬誤不少，而原書尚是紹興舊刻可知。〔三九〕

中國國家圖書館另藏一種宋刻元明遞修本臨川先生文集一百卷，二十册。此本卷端題爲「臨川先生文集」，書口題「臨川先生文集卷第一」。然卷首無黄次山紹興重刻臨川文集序，無總目，而徑入正文，亦無黄廷鑑校語，惟卷末有王珏題記一篇。寶禮堂宋本書録著録曰：

此爲臨川先生曾孫珏刊本，卷末有紹興辛未孟秋旦日右朝散大夫、提舉兩浙西路常平茶鹽公事王珏題記，歷叙校刊顛末。是本宋避諱至高宗止，蓋爲是集最初刊本。惟印本漫漶，且多補刊之葉，然臨川集實以是爲最古矣。（中略）版式：半葉十二行，行二十一二字。左右雙欄。版心白口，單魚尾，上間記字數，下記刻工姓名。書名題「臨川集幾」。其有闊黑口者，皆補版，無刻工姓名。〔四〇〕

王安石文集在元代刊刻极少，江西人危素曾予以增補校訂，吴澄爲之作序曰：「金谿危素好古文，慨公集之零落，搜索諸本，增補校訂，總之凡若干卷，比臨川、金陵、麻沙、浙西數處舊本，頗爲備悉，請予序其成。」〔四一〕然元刊本迄今未見。

入明以後，因元末戰亂，王集各本散佚嚴重。其中王珏杭州本的刻版，永樂年間存於北京國子監，然有殘闕：「獨北京有荆公臨川集板，在國子監舊崇文閣，而所闕什一。」〔四二〕至成化初，此版進行了大量補版，之後版片漫漶裂板嚴重。直到嘉靖五年（一五二六），方由國子監祭酒嚴嵩主持大規模補版〔四三〕。除國子監修補刊刻外，嘉靖時期，杭州本出現了多種翻刻本。最初是蘇州府刊刻，陸深儼山集續集卷二吴中新刻臨川集甚佳雙江聶文蔚持以見贈携之舟中開帙感懷寄詩爲謝：

> 荆文丞相宋熙豐，國監遺文舊嘗刻。猗予謬司六館成，手許校磨工未即。當今楔棗稱吴中，唐模宋板俱奇特。是非本定空愛憎，報復何窮恣翻覆。文章功業兩難朽，治亂興亡三太息。蘇州太守古鄴侯，貽我遠勝黄金億。樓船風雨滿章江，把玩新編坐相憶。〔四四〕

陸深字子淵，上海人，弘治十八年（一五〇五）進士。正德十四年（一五一九）任國子監司業，嘉靖七年（一五二八）任國子監祭酒，嘉靖十二年（一五三三）任江西右參政，次年任陝西右布政使。「樓船風雨滿章江」，則此詩當作於陸赴任或離任江西途中，約嘉靖十二、三年間。「國監遺文舊嘗刻」，指國子監曾刊刻杭州本臨川文集。「蘇州太守」指聶豹，字文蔚，嘉靖九年至十一年間（一五三〇—一五三二）任蘇州知府。據詩中所言，則最遲嘉靖十二三年前，蘇州便曾刊刻臨川文集，應當是根據國子監所藏王珏杭

州本刻版修補翻刻。此即周弘祖古今書刻上編所著録：「國子監，臨川文集。蘇州府，王荆公文集。」〔四五〕

嘉靖十三年（一五三四），劉氏安正堂刻臨川王先生荆公文集一百卷，北京大學圖書館、上海圖書館有藏。該書卷首有吴澄臨川王文公文集序，無總目，直接入卷一。半葉十一行二十二字，書口上方標題「荆公文集」，中間爲卷數，下方題頁碼，雙黑魚尾。各卷詩文，均有脱落，惟於各卷末有手抄補遺，如曰「臨川集卷一補遺」等。正文若干文字，徑以嘉靖三十九年何遷刻本於字面上校改，當爲後人校補。卷末有「歲次甲午仲春安正堂新刊」牌記。王重民以爲：

> 然此本經後人據别本校補，各卷内脱詩極多，各爲補遺於卷末。及持嘉靖間翻臨川本相較，脱詩每均在一整葉上，而此本既不標明脱葉，反將脱葉抹煞，連接其葉數，以泯其跡。葉相接矣，而詩不相接，爲此本舊主所發覺，因用嘉靖本校補之。安正堂刻書頗多，於是集乃竟草草若是，此坊本所以不見重於學人也。〔四六〕

此安正堂刻本，當即古今書刻上編所著録之「建寧府書坊，荆公文集。」〔四七〕

嘉靖二十五年（一五四六），象山應雲鸑於臨川知縣任上重刻臨川王先生荆公文集一百卷。日本内閣文庫所藏共十二册，書名臨川集，卷首有吴澄臨川王文公集序、明章袞新刊王臨川集序。無總目，每卷前有細目，半葉十一行二十二字，四周雙邊。卷末有明陳九川、應雲鸑序。王嵐認爲此本翻刻自安正堂本：「此本與劉氏安正堂本相較，……書名、編卷、行款、書口特徵等等皆同。」〔四八〕應序曰：「舊閩、浙、蘇、吴俱有刻，公梓里臨川顧缺無傳。予忝牧以來，每用爲慨，謀梓之，購善本而無從也。走取家藏舊本，讎校而翻刻焉。」所謂「家藏舊本」，應當就是安正堂本。

應本翻刻自安正堂本，而安正堂本或翻刻自有大量闕葉的黄廷鑑校本，改變行款，内容多有缺損、訛誤，缺字、墨釘等或徑删或臆補，錯訛處處可見〔四九〕。二者皆非善本。

嘉靖三十九年（一五六〇），江西巡撫何遷於撫州刊刻臨川先生文集一百卷。臺北「國家圖書館」所藏爲二十册，卷首爲南宋黄次山紹興重刊臨川文集叙，序後有「臨川先生文集總目録」上下兩卷，正文各卷皆有細目。半葉十二行行二十字，左右雙欄，版心白口，單魚尾。卷一百末録有嘉靖三十九年王宗沐所撰臨川文集序。儘管何刻本與應刻本同刻於江西，刊刻時間相距不過十五年，但二者版刻風格不同。内容方面，應本文字之訛誤脱漏，可謂俯拾皆是，實難與何刻本相提並論。何刻本所據，是另一較早王珏刻元明遞修本，或即蘇州府所刻王荆公文集。

由於何刻本收録黄次山紹興重刊臨川文集叙，明代以後，許多學者認爲何遷是根據南宋紹興十年詹大和刻臨川本覆刻。四庫館臣曰：「今世所行本實止一百卷，乃紹興十年郡守桐廬詹大和校定重刻，而豫章黄次山爲之序。」〔五〇〕此後各目録學家皆踵武館臣之説〔五一〕，何刻覆宋遂成定説。然此説並不可靠。何刻本並非翻刻自南宋詹大和臨川本，而是另一王珏刻元明遞修本臨川文集〔五二〕，與一百八十卷之臨川本，分屬不同的版本系統。

明隆慶五年（一六一七），宗文堂據何刻本重刻臨川先生文集，三十册，卷首有王臨川先生文集序，次黄次山序。有總目録上、下二卷，正文卷前有細目。半葉十行行二十字，四周單邊，白口，書口中注「臨川集」，下有卷數、頁碼。杭州圖書館有藏。

明萬曆四十年（一六一二），王安石的二十二世裔孫王鳳翔（别號荆岑），據何遷本刊刻光啓堂王臨川集一百卷，美國柏克萊加州大學東亞圖書館有藏。書名頁題爲「刻臨川介甫王先生文集石城王荆岑梓」，卷首有嘉靖三十九年王宗沐臨川文集序、南宋黄次山紹興重刊臨川文集叙、茅坤王文公文集引、李光祚臨川文集序、王荆公本傳、新刊宋荆公王介甫先生事略。有「新刻臨川介甫王先生詩集目録」、「新刻臨川王介甫先生文集目録」，兩卷。第一卷標題爲「新刻臨川王介甫先生詩集卷一」，下有題名三行：「宋荆公臨川介甫王安石撰明豐城後學鎮静李光祚校廿二世孫鳳翔率男承宗（或題維鼎）繡梓。」正文半頁十行行二十字，書口上方題「王臨川文集」，下方題卷數、頁碼。宋集珍本叢刊第十四册亦收。

清代，王安石文集的新刻本有光緒九年（一八八三）聽香館刻本與小峴山房本等，僅據以上明本刊刻而已。

以上諸本，可稱之爲王安石文集的杭州本系統。趙萬里指出：「荆公詩文在過去八百年間，杭本實居獨占地位。」〔五三〕就目前所見王集版本而言，的确如此。（圖一：王安石文集版本）

除文集外，王安石的詩歌尚有南宋李壁注本傳世。李壁（一一五七—一二二二）字季章，號鴈湖居士，眉州丹棱人（今屬四川），著名史學家李燾之子，宋史卷三百九十八有傳。寧宗開禧三年（一二〇七），李壁謫居撫州，開始爲王安石詩歌作注。嘉定七年（一二一四），李壁門人李西美於四川眉州刊行此書，並請眉州知州魏了翁作序。此即李壁注王荆文公詩，五十卷，趙希弁郡齋讀書附志卷下著録。嘉定十七年（一二二四），又刻於撫州，有胡衍跋。理宗紹定三年（一二三〇）又有「庚寅增注本」問世。

圖一：王安石文集版本

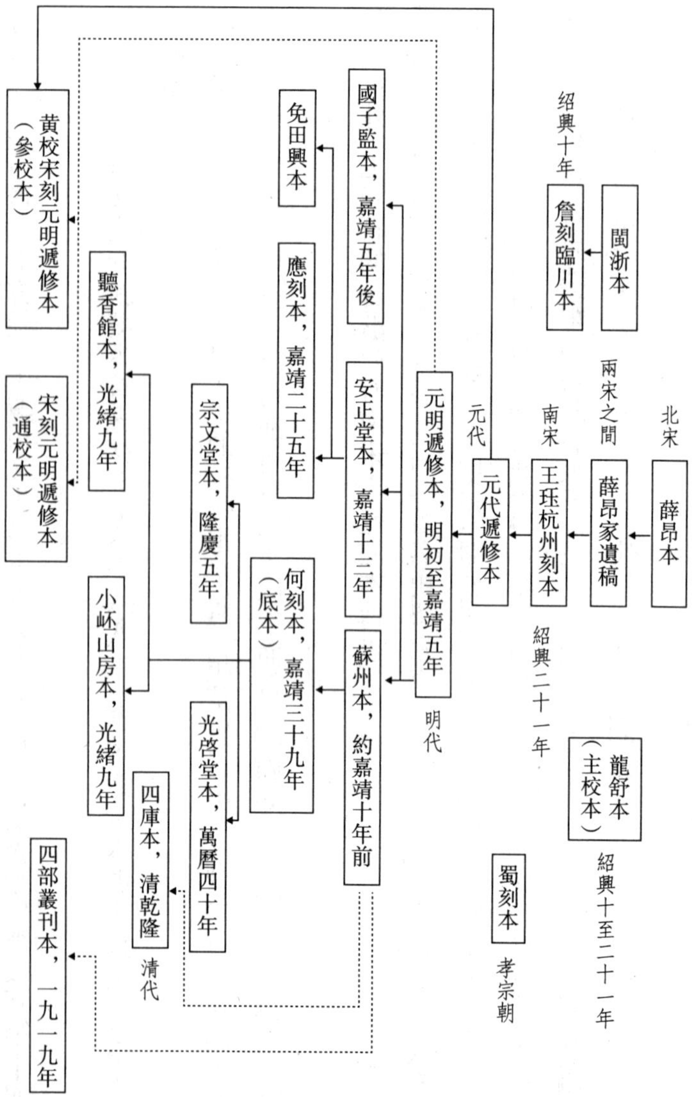
北宋
薛昂本
兩宋之間
薛昂家遺稿
南宋
王珏杭州刻本
紹興二十一年
閩浙本
詹刻臨川本
紹興十年
龍舒本（主校本）
紹興十至二十一年
蜀刻本
孝宗朝
元代
元代遞修本
元明遞修本，明初至嘉靖五年
明代
國子監本，嘉靖五年後
安正堂本，嘉靖十三年
蘇州本，約嘉靖十年前
免田興本
應刻本，嘉靖二十五年
何刻本，嘉靖三十九年（底本）
宗文堂本，隆慶五年
光啓堂本，萬曆四十年
四庫本，清乾隆
清代
聽香館本，光緒九年
小峴山房本，光緒九年
黄校宋刻元明遞修本（參校本）
宋刻元明遞修本（通校本）
四部叢刊本，一九一九年

李注王荆文公詩的初刻本，已不可見。紹定三年刻本，其殘帙十七卷，存臺北故宫博物院。元代刻本有兩種，一爲大德五年（一三〇一）王常刻本，一爲大德十年（一三〇六）毋逢辰刻本。清乾隆六年（一七四一），張宗松清綺齋據元刻本刻王荆文公詩五十卷、補遺一卷。一九五八年，中華書局上海編輯所予以排印出版。〔五四〕

二十世紀八十年代初，日本高津孝教授在名古屋蓬左文庫得見朝鮮活字本王荆文公詩李壁注。一九九三年，上海古籍出版社將之影印出版。此本較通行之清綺齋本李壁注王荆文公詩，多出注文一倍左右，附有「補注」和「庚寅增注」，被稱爲「李壁注本中迄今最佳的版本」。二〇一〇年，上海古籍出版社予以點校出版。

三

一、本書整理，以臺北「國家圖書館」藏明嘉靖三十九年何遷刻臨川先生文集一百卷爲底本，偶有脱葉，則據浙江圖書館藏何刻本補。它最接近於王珏刻本原貌，在王集各本中所收作品最全（共收録作品三一二二篇），且校訂精審，影響深遠。

二、本書整理，以南宋高宗紹興年間龍舒郡齋所刻王文公文集一百卷爲主校本，其中前七十卷據日本宫内廳所藏宋本，後三十卷據中華書局上海編輯所一九六二年影印本王文公文集。以下簡稱「龍舒本」。此本係現存最早王安石文集刻本，與臨川先生文集分屬不同的版本系統，共收録作品二二八一篇。

三、通校以中國國家圖書館藏南宋紹興二十一年王珏刻、元明遞修本臨川先生文集一百卷，以下簡稱「遞修本」；詩歌部分又通校以上海古籍出版社一九九三年影印日本蓬左文庫藏朝鮮活字本王荆文公詩李壁注五十卷，以下簡稱「朝鮮本」。

四、參校以下各個版本：

（一）北京大學圖書館藏王珏刻臨川先生文集殘本，存卷五十二至五十五。以下簡稱「殘宋本」。

（二）中國國家圖書館藏王珏宋刻元明遞修、黄廷鑑校臨川先生文集一百卷。以下簡稱「黄校本」。

（三）湖南圖書館藏明嘉靖五年刻臨川先生文集。

（四）日本内閣文庫藏明嘉靖二十五年應雲鸑刻臨川王先生荆公文集一百卷。以下簡稱「應刻本」。

（五）北京大學圖書館藏明嘉靖十三年劉氏安正堂刻臨川王先生荆公文集一百卷。以下簡稱「安正堂本」。

(六)明萬曆四十年王鳳翔光啓堂刊新刻臨川王介甫先生文集一百卷,宋集珍本叢刊第十四册。以下簡稱「光啓堂本」。

(七)四部叢刊初編本臨川先生文集一百卷。以下簡稱「四部叢刊初編本」。

(八)清文淵閣四庫全書本臨川文集一百卷。以下簡稱「四庫本」。

(九)臺北故宫博物院藏十七卷殘本李壁注王荆文公詩。以下簡稱「殘宋本李注」。

(一〇)中華再造善本影印元大德五年王常刊王荆文公詩箋注五十卷。以下簡稱「元大德本」。

(一一)清綺齋本王荆文公詩箋注。以下簡稱「清綺齋本」。

(一二)清光緒九年聽香館刻王臨川全集一百卷。以下簡稱「聽香館本」。

五、主要以下列書籍作爲他校:

(一)中華再造善本影印南宋刻本吴説古今絶句。此爲吴説手書王安石絶句,初刊於紹興二十三年(一〇五三)。

(二)中華再造善本影印南宋刻本吕祖謙皇朝文鑑。

(三)中華再造善本影印南京圖書館藏南宋刻本聖宋文選。

(四)中華再造善本影印中國國家圖書館藏南宋慶元三年刻本國朝二百家名賢文粹。

（五）上海古籍出版社一九八一年點校本王令集。
（六）中華書局一九七九年點校本李燾續資治通鑑長編。
（七）中華書局一九七七年點校本宋史。
（八）宋刻元明遞修本南宋杜大珪新刊名臣碑傳琬琰之集。
（九）武英殿聚珍本吴曾能改齋漫録。
（一〇）中華書局二〇一一年點校本葉夢得石林詩話。

宋代筆記、詩話中多引王安石詩文，然往往隨手劄記，率爾徵引，以爲談藝論學之助，訛誤甚多，甄别實難。惟葉夢得曾見薛昂本，吴曾所引則出自詹刻臨川本〔五五〕，彌足可珍，故引以他校。

六、本書以對校爲主。凡底本中可確定的訛、脱、衍、倒等文字，均於正文中予以改正，並出校勘記，説明校改所據版本和理由。没有版本依據，一般不改原文。

七、校本中異文，凡與底本文字義可兩通且有參考價值者，則酌情列入校勘記中。凡底本不誤而他本有闕、誤者，一般不出校記。校本中的通假字、異體字、古今字等不出校。校本中偶有影響深遠的誤字，則於校勘中予以辨析。

八、底本中凡俗體字、版别字等徑改不出校，古今字、異體字等酌情予改。詩賦之外的虚字，如之、乎、者、也、兮等，一般不校不改。

九、本書作者撰寫中所避當朝或前朝之諱，除缺筆外，不作回改，僅於校勘記予以説明。如貞觀避諱作正觀等。

一〇、關於王安石的佚文，自清代勞格、陸心源、羅振玉以來，直至全宋詩、全宋文的編纂等，學人廣搜博采，所得甚夥，然其中多有誤輯。今在前賢基礎上，將底本外自龍舒本王文公文集等所輯王安石詩文附於正文後，别爲集外文三卷，並考辨真僞。

王安石詩文，之前中華書局上海編輯所、上海人民出版社、巴蜀書社、上海古籍出版社、復旦大學出版社等，已先後出版過數種點校本。此次再整理，亦曾予以參考。在整理過程中，每有疑難，輒向華東師範大學古籍所顧宏義教授、劉寂潮先生叩問請教，獲益匪淺。人民文學出版社董岑仕女史於明代臨川文集各版本，研精覃深，惠我良多，匡予不逮。北京大學中文系張劍教授代爲查閲北京大學圖書館所藏殘宋本臨川文集，台州學院高平教授、湖南大學文學院鄢嫣博士代爲查閲日本及湖南圖書館所藏王安石文集各版本，高情厚誼，銘感不已。河南大學歷史文化學院仝相卿教授、上海大學文學院張呈忠教授、華東師範大學國際漢語文化學院成瑋教授、復旦大學中文系侯體健教授、上海師範大學中文系李貴教授、南京大學中文系卞東波教授、復旦大學中文系郭永秉教授等諸多師友，皆曾就書稿中若干問題，提出批評指正。儲楚、吴長城、高揚、伏虹曉四位同學幫助對校了應刻本，核對了遞修本中一些異文。本書責編中華書局胡珂女史認真審讀全篇，訂訛補闕。以上等等，謹此一併致謝！

因本人學力有限，時間倉促，整理過程中出現的種種不當，敬請讀者諒解並指正。

二〇二一年六月二十三日於華東師範大學

〔一〕宋史卷三百二十七王安石傳，中華書局一九七七年版。

〔二〕王安石臨川先生文集卷七十三答曾子固書，中華書局上海編輯所一九五九年版。

〔三〕臨川先生文集卷十三憶昨詩示諸外弟。

〔四〕邵伯温邵氏聞見録卷十一，中華書局一九八三年版。

〔五〕范純仁范忠宣公文集卷十三朝散大夫謝公墓誌銘，元刻明修本，宋集珍本叢刊第十五册，綫裝書局二〇〇四年版。

〔六〕蘇頌蘇魏公文集卷五十五朝議大夫致仕石君墓碣銘，中華書局一九八八年版。

〔七〕臨川先生文集卷十二感事。

〔八〕臨川先生文集卷三十九。

〔九〕臨川先生文集卷八十二度支副使廳壁題名記。

〔一〇〕王水照主編王安石全集總序，復旦大學出版社二〇一六年版。

〔一一〕儀顧堂集卷十七臨川集書後，浙江古籍出版社二〇一五年版。

〔一二〕陸九淵集卷十九荆國王文公祠堂記，中華書局一九八〇年版。

〔一三〕蔡鎮楚編中國詩話珍本叢書第一册，北京圖書館出版社二〇〇四年版。

〔一四〕楊仲良皇宋通鑑長編紀事本末卷一百三十尊王安石，江蘇古籍出版社一九八八年影印宛委别藏本。

〔一五〕朝鮮本王荆文公詩李壁注卷首魏了翁臨川詩注序，上海古籍出版社一九九三年版。

〔一六〕楊時集卷三十七范君墓碣，中華書局二〇一八年版。

〔一七〕張守毘陵集卷十二朝奉郎陸虞仲墓誌銘，上海古籍出版社二〇一八年版。

〔一八〕高宗建炎三年（一一二九），王棣以顯謨閣直學士知開德府，率軍民固守澶淵，城陷而死。可見至正金陵新志卷十三下（宋元方志叢刊，中華書局一九九〇年版）、李正民大隱集卷一王棣贈資政殿學士制（清乾隆鈔本，宋集珍本叢刊第三十六册）。

〔一九〕唐庚集序，唐庚詩集校注，中華書局二〇一六年版。「温陵吕榮義德修撰」八字，據文淵閣四庫全書本眉山集序補。

〔二〇〕四庫全書總目卷一百五十三臨川集提要：「昂亦嘗奉詔編定其集，顧蔡絛與昂同時，而並未言及。次山序中，亦祇舉閩浙本，而不稱别有敕定之書。其殆爲之，而未成歟？」中華書局一九六五年版。

〔二一〕弘治八閩通志卷五十，學生書局一九八七年版。

〔二二〕周煇著、劉永翔校注清波雜志校注卷十二，中華書局一九九四年版。

〔二三〕拙著荆公新學研究第一章，上海古籍出版社二〇〇六年版；高克勤王安石著述考，復旦學報（社科版）一九八八年第一期。

〔二四〕明嘉靖三十九年何遷刻臨川先生文集卷首。

〔二五〕汪藻浮溪集卷二十八詹大和墓誌銘，四部叢刊本。

〔二六〕序中未及薛本，蓋薛本因靖康之難，遭毁不傳，詹、黄未曾寓目。

〔二七〕孫覿内簡尺牘卷七與蘇守季文，文淵閣四庫全書本。

〔二八〕四庫館臣等將明代何遷刻本一百卷認定爲翻詹刻臨川本，故以臨川本爲百卷。見四庫全書總目卷一百五十三臨川集提要。余嘉錫亦然，並進而推測閩浙本：「其所刊既爲一百卷，則閩、浙兩本必皆一百卷，較然甚明。」四庫提要辨證卷二十一臨川集，中華書局一九八〇年版。

〔二九〕永樂大典卷九〇七，中華書局一九五九年版。

〔三〇〕鄭樵通志二十略藝文略八，中華書局二〇〇〇年版。

〔三一〕四庫提要辨證卷二十一臨川集。

〔三二〕焦竑國史經籍志，明徐象橒刻本。

〔三三〕傅增湘藏園群書經眼録，中華書局二〇〇九年版。

〔三四〕傅增湘藏園群書經眼録。

〔三五〕中國國家圖書館藏王珏刻元明遞修本臨川先生文集卷末。

〔三六〕「是正精確」、「參用衆本、取捨尤詳」等語，一直被理解爲王珏自述杭州本。其實，從行文習慣及文體表述而言，王珏不應如此自我吹噓，以上是他對薛本遺稿的描述。

〔三七〕關於臨川本與杭州本差異的詳細考證，可見拙文王安石文集在宋代的編撰、刊刻及流傳再考，未刊稿。

〔三八〕王嵐宋人文集編刻流傳叢考一七王安石集，江蘇古籍出版社二〇〇三年版。

〔三九〕瞿鏞鐵琴銅劍樓藏書目録卷二十，上海古籍出版社二〇〇〇年版。

〔四〇〕潘宗周寶禮堂宋本書録，上海古籍出版社二〇〇七年版。

〔四一〕明嘉靖二十五年應雲鸑刻臨川王先生荆公文集卷首。

〔四二〕楊士奇東里文集卷十題王臨川文後，文淵閣四庫全書本。

〔四三〕董岑仕臨川先生文集遞修本印次考，未刊稿。

〔四四〕明嘉靖三十年刻本。

〔四五〕周弘祖古今書刻，收入百川書志，上海古籍出版社二〇〇五年版。

〔四六〕王重民中國善本書提要集部臨川王先生荆公文集提要，上海古籍出版社一九八三年版。

〔四七〕日本内閣文庫藏臨川王先生荆公文集，存一至六十三卷，共六册。卷首有吴澄序，卷末有日本學者免田興跋，稱爲元刻本，實即安正堂本。

〔四八〕宋人文集編刻流傳叢考一七王安石集。

〔四九〕董岑仕臨川先生文集遞修本印次考。

〔五〇〕四庫全書總目卷一百五十三臨川集提要。

〔五一〕彭元瑞天禄琳琅書目後編卷六：「臨川先生文集，二函二十册。宋王安石撰，書一百卷。前有紹興十年黄次山序，（中略）今閩、浙兩本無傳，此其最古矣。」陸心源儀顧堂集卷十八臨川集跋：「臨川集一百卷，翻宋紹興中詹大和刊本。」曾釗面城樓集鈔卷三王臨川集跋：「右王荆公臨川集一百卷，宋紹興詹氏刊，明覆板者也。」丁仁八千卷樓書目卷十五：「臨川集一百卷，宋王安石撰。元刊本，明覆宋本。」張之洞書目答問：「臨川集一百卷，宋王安石。明嘉靖三十九年何氏翻宋本。」上海古籍出版社二〇〇一年版。

〔五二〕詳細考證，可見拙文王安石文集在宋代的編撰、刊刻及流傳再考。

〔五三〕趙萬里宋龍舒本王文公文集題記，王文公文集卷首，中華書局上海編輯所一九六二年版。

〔五四〕關於李壁注本的流傳刊刻，可見王水照王荆文公詩李壁注前言，王嵐宋人文集編刻流傳叢考一七。

〔五五〕詳細考證，可見拙文王安石文集在宋代的編撰、刊刻及流傳再考。

# 第一册目録

王安石文集卷第九……一三三

古詩……一三三

王安石文集卷第十四……二〇九

王安石文集卷第十六……二四七

律詩 五言八句 五言長篇附……二四七

王安石文集卷第十七

王安石文集卷第十九……二九七

律詩　七言八句……二九七

## 王安石文集卷第二十……三一三

王安石文集卷第二十一……三二九

律詩　七言八句……三二九

# 王安石文集卷第一

## 古詩

### 元豐行示德逢

四山翛翛映赤日，田背坼如龜兆出。湖陰先生坐草室，看踏溝車望秋實。雷蟠電掣雲滔滔，夜半載雨輸亭皋。旱禾秀發埋牛尻，豆死更蘇肥莢毛。倒持龍骨挂屋敖，買酒澆客追前勞。三年五穀賤如水，今見西成復如此。元豐聖人與天通，千秋萬歲與此同。先生在野故不窮〔一〕，擊壤至老歌元豐。

〔一〕「故」，龍舒本、朝鮮本作「固」。

### 後元豐行〔一〕

歌元豐，十日五日一雨風。麥行千里不見土，連山没雲皆種黍。水秧綿綿復多稌，龍骨長乾挂梁梠。鰣魚出網蔽洲渚，荻筍肥甘勝牛乳。百錢可得酒斗許，雖非社日長聞鼓。

吴兒蹋歌女起舞，但道快樂無所苦。老翁塹水西南流，楊柳中間杙小舟。乘興欹眠過白下，逢人歡笑得無愁。

〔一〕龍舒本題作「歌元豐」。

## 夜夢與和甫别如赴北京時和甫作詩覺而有作因寄純甫〔一〕

水菽中歲樂，鼎茵暮年悲。同胞苦零落，會合尚悽其〔二〕。況乃夢乖闊，傷懷而賦詩。詩言道路寒，乃似北征時。叔兮今安否？季也來何遲。中夜遂不眠，輾轉涕流離。老我孤主恩，結草以爲期。冀叔善事國，有知無不爲。千里永相望，昧昧我思之。幸唯季優游，歲晚相携持。於焉可晤語，水木有茅茨。畹蘭佇歸憩，遶屋正華滋。

〔一〕底本目録題作「夜夢與和甫别因寄純甫」。「寄」，皇朝文鑑卷十六録此詩作「簡」。

〔二〕「悽其」，龍舒本作「棲遲」。

## 純甫出釋惠崇畫要予作詩〔一〕

畫史紛紛何足數〔二〕，惠崇晚出吾最許。旱雲六月漲林莽，移我翛然墮洲渚〔三〕。黄蘆低摧雪翳土，皃鴈静立將儔侶。往時所歷今在眼，沙平水澹西江浦〔四〕。暮氣沈舟暗魚罟，欹眠嘔軋如聞櫓〔五〕。頗疑道人三昧力，異域山川能斷取。方諸承水調幻藥，灑落生綃變寒暑。金坡巨然山數堵，粉墨空多真漫與。大梁崔白亦善畫〔六〕，曾見桃花浄初吐。酒酣弄筆起春風，便恐漂零作紅雨。鶯流探枝婉欲語〔七〕，蜜蜂掇蘂隨翅股。一時二子皆絶藝，裘馬穿羸久羈旅。華堂豈惜萬黄金，苦道今人不如古。

〔一〕「釋」，龍舒本、朝鮮本作「僧」。

〔二〕「何」，遞修本作「莫」。

〔三〕「翛然」，原作「倏然」，據龍舒本、遞修本改。「翛然」，迅疾貌，超脱貌。

〔四〕「西江」，龍舒本作「江西」。

〔五〕「聞」，龍舒本、朝鮮本作「鳴」。李壁校曰：「一作『聞』。」

〔六〕「大」，龍舒本、朝鮮本作「濠」。

〔七〕「鶯流」，龍舒本、朝鮮本作「流鶯」。朝鮮本庚寅增注：「石本作『鶯流』，尤妙。」

## 徐熙花〔一〕

徐熙丹青蓋江左，杏枝偃蹇花婀娜。一見真謂值芳時，安知有人槃礴羸。同朝衆史共排娼，亦欲學之無自可。錦囊深貯幾春風，借問此木何時果？

〔一〕龍舒本、朝鮮本題作「題徐熙花」。

## 燕侍郎山水〔一〕

往時濯足瀟湘浦，獨上九疑尋二女。蒼梧之野煙漠漠，斷壠連岡散平楚。暮年傷心波浪阻，不意畫中能更覩。燕公侍書燕王府，王求一筆終不與。奏論讞死誤當赦，全活至今何可數。仁人義士埋黄土，秖有粉墨歸囊楮。

〔一〕龍舒本、朝鮮本題作「題燕侍郎山水圖」。

## 陶縝菜〔一〕

江南種菜漫阡陌，紫芥緑菘何所直。陶生畫此共言好，一幅往往黄金百。北山老圃不外慕〔二〕，但守荒畦斸荆棘。陶生養目渠養腹，各以所能爲物役〔三〕。

〔一〕龍舒本、朝鮮本題作「陶縝菜示德逢」。

〔二〕「外慕」，龍舒本、朝鮮本作「慕此」。李壁校曰：「一作『外慕』。」

〔三〕「能」，龍舒本、朝鮮本作「長」。

## 己未耿天騭著作自烏江來予逆沈氏妹于白鷺洲遇雪作此詩寄天騭

辛酉冬，天騭復來。誦之，遂書于壁，請天騭書所酬于右。〔一〕

朔風積夜雪，明發洲渚淨。開門望鍾山，松石皓相映。故人過我宿，未盡躋攀興。而我方渺然，長波一歸艇。款段庶可策，柴荆當未暝。與子出東岡，墻西掃新徑。

〔一〕目録原題作「逆沈氏妹于白鷺洲遇雪作詩寄天騭」。「誦之」，朝鮮本作「誦此」。

## 招約之職方并示正甫書記

往時江總宅，近在青溪曲。井滅非故桐，臺傾尚餘竹。池塘三四月，菱蔓芙蕖馥。蒲柳亦競時，冥冥一川緑。方坻最所愛，意謂可穿築。欲往無舟梁，長年寄心目。故人晚得此，心事付草木。消摇櫩宇新，攬結蹊隧熟〔一〕。更能適我願，中水開茆屋。鬼營誅荒梗，人境掃喧黷。濠魚淨留連，海鳥暖追逐。豈無方外客，於此停高躅。憶初桑落時，要我豈非夙。蠶眠忽欲老，一介未言速〔二〕。當緣東門水，尚澀南浦舳。吾廬雖隱翳，賞眺還自足。横陂受後澗，直塹輸前瀆。跳鱗出重錦，舞羽墮輭玉〔三〕。碧筩遞舒卷，紫角聯出縮。

千枝孫嶧陽，萬本母淇澳。滿門陶令株，彌岸韓侯蔌。尚復有野物，與公新聽矚。金鈿擁蕪菁，翠被敷苜蓿。蝦蟆能作技，科斗似可讀。櫺軒俯北渚，花氣時度谷。耘耕聊效顰〔四〕，締搆行可續〔五〕。荒乘儻不倦，一晝敢辭卜。雖無北海酒，乃有平津肉。翛翛仙李枝，城市久煩促。寄聲與俱來，蔭我臺上穀。

〔一〕「結」，龍舒本作「轡」。
〔二〕「介」，原作「个」，據龍舒本、嘉靖五年本改。遞修本黄校曰：「一本『介』作『个』，宋刊本『介』。」卷五十七辭免使相判江寧府表二：「伏念臣江湖一介。」
〔三〕「輭」，朝鮮本李壁校曰：「一作『煖』。」
〔四〕「耘耕」，朝鮮本作「耕鋤」，李壁校曰：「一作『耘鋤』。」
〔五〕「搆」，龍舒本、遞修本避宋高宗諱作「御名」。下同，不再出校。

## 同王濬賢良賦龜得「升」字

世傳一尾龜百齡，此龜逮見隋唐興〔一〕。雖然天幸免焦灼，想屢縮頸愁嚴凝。前年赴海不量力，欲替鼇負三崚嶒。番禺使君邂逅見，知困簸蕩因嗟矜。疾呼余且設網取，以組系首攤穿繩。北歸與俱度大庾，兩夫贔屭苦不勝。艤船秦淮擔送我，云此一可當十朋。

昔人寶龜謂神物，奉事槁骨尤兢兢。殘民滅國遞争奪，有此乃敢司黎蒸[二]。於時覩甲別貴賤，太卜藏法傳昆仍。豈如元君須見夢[三]，初知歡喜得未曾[四]。自從九江罷納錫，衆漁賤棄秋不登。卜人官廢亦已久，果獵誰復知殊稱。今君此寶世莫識[五]，我亦坐視心瞢瞢。楮牀纔堪比瓦礫，當粟孰肯捐斗升。糝頭腥臊何足嗜，曳尾汚穢適可憎。盛溲除聾豈必驗，蹈背出險安敢憑。刳腸以占幸無事，卷殼而食病未能。如聞翕息可視效，乃往有墮崖千層[六]。仰窺朝陽俯引氣，亦得難老如岡陵。諒能學此真壽類，世論妄以蟲疑冰。嗟余老矣倦呼吸，起晏光景難瞻承。但知故人所玩惜[七]，每戒異物相侵陵。唯憂盜賊今好卜，夜半刼請無威懲。復恐嚵夫負之走，并竊老木爲薪烝。淺樊荒圃不可保，守視且寄鍾山僧。

〔一〕「逮」，龍舒本作「殆」。
〔二〕「黎蒸」，朝鮮本作「靈烝」，李壁校曰：「一作『黎蒸』。」
〔三〕「如」，朝鮮本作「知」。
〔四〕「知」，朝鮮本作「如」。
〔五〕「此寶」，朝鮮本作「寶此」，義長。
〔六〕「乃往」，龍舒本、朝鮮本作「往乃」。

〔七〕「故」，龍舒本作「古」。

## 示元度營居半山園作。

今年鍾山南，隨分作園囿。鑿池構吾廬〔一〕，碧水寒可漱。溝西雇丁壯，擔土爲培塿。扶疎三百株，蒔楝最高茂。不求鵷鶵實，但取易成就。中空一丈地，斬木令結構。五楸東都來，斸以繞簷溜。老來厭世語，深卧塞門竇。贖魚與之游，餧鳥見如舊。獨當邀之子，商略終宇宙〔二〕。更待春日長，黄鸝弄清晝。

〔一〕「構」，朝鮮本作「溝」。

〔二〕「終」，龍舒本原校：「一作『經』。」

## 仲明父至宿明日遂行〔一〕

初登張公門，公子始冠幘。於今見公子，與我偕鬢白。山林坐語笑〔二〕，宛我在公側〔三〕。豈惟貌如之，侃侃有公德。憶公營瀨鄉〔四〕，許我歸作客。我歸公既逝，惆悵難再得。得子如得公〔五〕，交懷我忻戚。漂揺將安往，税駕止一昔。寤言且勿寐，庶以永今夕。何時復能還，裹飯治城宅〔六〕。

〔一〕龍舒本、朝鮮本題作「張明甫至宿明日遂行」。

〔二〕「語笑」，朝鮮本作「笑語」。

〔三〕「宛我」，龍舒本、朝鮮本作「宛然」。李壁校曰：「一作『宛我』。」

〔四〕「瀨鄉」，原作「懶鄉」，據朝鮮本改。李壁校曰：「別本『瀨』作『懶』，初疑如康節『安樂窩』之類，後乃知瀨鄉乃金陵地名，距公所居不遠，故末章復有『裹飯冶城』之約。」

〔五〕「得公」，龍舒本作「我公」。

〔六〕「宅」，龍舒本作「側」。

## 杏花

石梁度空曠，茅屋臨清炯。俯窺嬌饒杏，未覺身勝影。嫣如景陽妃，含笑墮宮井。怊悵有微波，殘粧壞難整。

## 奉酬約之見招〔一〕

君家段干木，爲義畏人侵。馮軾信厚禮，踰垣終褊心。川坻寧有此〔二〕，園屋諒非今。雨過梅柳浄，潮來蒲稗深。種芳彌近渚，伐翳取遥岑。清節亦難尚，曠懷差易尋。子猷憐水竹，逸少愜山林。況復能招我，親題漢上襟〔三〕。

〔一〕龍舒本卷四十一卷目題作「酬段約之見招」。

〔二〕「川坻」，龍舒本、朝鮮本作「溪山」。李壁校曰：「一作『川坻』。」

〔三〕「襟」，龍舒本、朝鮮本作「衿」。

## 寄吴氏女子〔一〕

伯姬不見我，乃今始七齡。家書無虚月，豈異常歸寧。汝夫綴卿官，汝兒亦搢綎〔二〕。兒已受師學，出藍而更青。女復知女功，婉嫕有典刑。自吾捨汝東，中父繼在廷。小父數往來，吉音汝每聆。既嫁可願懷，孰如汝所丁〔三〕。而吾與汝母，湯熨幸小停。丘園禄一品，吏卒給使令。膏粱以晚食，安步而車軿〔四〕。山泉皋壤間，適志多所經。汝何思而憂，書每説涕零。吾廬所封殖，歲久愈華菁。豈特茂松竹，梧楸亦冥冥。芰荷美花實，瀰漫争溝涇。諸孫肯來游，誰謂川無舲。姑示汝我詩，知嘉此林坰。末有擬寒山，覺汝耳目熒。因之授汝季，季也亦淑靈。

〔一〕龍舒本、朝鮮本題作「寄吴氏女子一首」。

〔二〕「搢綎」，朝鮮本李壁校曰：「諸本皆作『搢珽』，非也。玉藻：『天子搢珽。』非人臣所當用。據蔡邕傳云：『多士搢綎。』公蓋本此。」

〔三〕「丁」，原作「可」，失韻，據龍舒本、遞修本、朝鮮本改。「所丁」，意謂所遇、所當。詩大雅雲漢：「寧丁我躬？」

〔四〕「車」，朝鮮本作「輜」。

## 贈約之

君胸寒而痞，我齒熱以搖。無方可捄藥，相値久無憀。欲尋秦越人，魂逝莫能招。但當觀此身〔一〕，不實如芭蕉。

〔一〕「但」，龍舒本、朝鮮本作「且」。

## 寄楊德逢

山樊老憚暑，獨痞無所適。湖陰宛在眼，曠若千里隔。遥聞青秧底，復作龜兆坼。占歲以知子，將勤而後食。穿溝取西港，此計當未獲。翛翛兩龍骨，豈得長掛壁。晤言久不嗣，作苦何時息。炎天不可觸，悵望新舂白〔一〕。

〔二〕「舂」，原作「春」，據龍舒本、朝鮮本改。舂，擣粟也。「新舂」，謂新舂之米。杜甫暫往白帝復還東屯：「落杵光輝白，除芒子粒紅。」即此句所本。

## 再次前韻寄楊德逢〔一〕

一雨洗炎烝，曠然心志適。如輸浮幢海，滅火十八隔〔二〕。俯觀風水涌，仰視電雲坼。知公開霽後，過我言不食。黐愁陂路長〔三〕，泥淖困臧獲。明明吾有懷，如日照東壁。莫逢田父歸，倚杖問消息。渠來那得度，南蕩今已白。

〔一〕龍舒本題作「次前韻寄楊德逢」。

〔二〕「十八」，龍舒本作「忽相」。

〔三〕「黐愁」，原作「黐然」，據朝鮮本改。按，「黐愁」，却愁、而愁之意。此承上句，意謂甚盼德逢如約相過，然又慮陂路泥淖，德逢困窘。

## 仲明父不至張名軒民，仲明父其字也。〔一〕

月出映溝坻，煙升隱墟落。寒魚占窟聚，暝鳥投枝泊。亭皋閉晚市，隴首歸新穫。佇子終不來，青燈耿林壑。

〔一〕龍舒本、朝鮮本題作「示張祕校」。

## 與呂望之上東嶺

靖節愛吾廬，猗玗樂吾耳。適野無世諠〔一〕，吾今亦如此。紛紛舊可厭，俗子今掃軌。使君氣相求，眷顧未云已。追隨上東嶺，俯仰多可喜。何以況清明，朝陽麗秋水。微雲會消散，豈久汚塵滓。所懷在分衿，藉草淚如洗。

〔一〕「世」，元大德本、清綺齋本作「市」。

## 與望之至八功德水

念方與子違，懽悦夜不眠。起視明星高，整駕出東阡。聊爲山水遊，以寫我心悁。知子不餔糟，相與酌雲泉。

## 要望之過我廬

念子且行矣，要子過我廬。汲我山下泉，煑我園中蔬。知子有仁心，不忍鉤我魚〔一〕。我池在人境〔二〕，不與獱獺居。亦復無蟲蛆，出没争腐餘。食罷往遊觀，鱍鱍藻與蒲。清波映白日〔三〕，擺尾揚其鬐。豈魚有此樂，而我與子無？擊壤謡聖時，自得以爲娱。

〔一〕「鈎」，朝鮮本李壁校曰：「一作『釣』。」

〔二〕「人」，龍舒本、朝鮮本作「仁」。李壁校曰：「一作『人』。」

〔三〕「清波」，龍舒本、朝鮮本作「波清」。

## 聞望之解舟〔一〕

子來我樂只，子去悲如何？謂言且少留〔二〕，大舸已凌波。闇䵬雖莫測〔三〕，皇明邁羲娥。倏門歸有時〔四〕，京水非汨羅。

〔一〕龍舒本卷四十二卷目題目作「聞吕望之解舟」。

〔二〕「且少」，龍舒本、朝鮮本作「少淹」。

〔三〕「闇」，龍舒本、朝鮮本作「黯」。

〔四〕「時」，龍舒本、朝鮮本作「期」。

## 法雲

法雲但見脊，細路埋桑麻。扶輿度餤水，窈窕一川花。一川花好泉亦好，初晴漲緑深於草〔一〕。汲泉養之花不老，花底幽人自衰槁。

〔一〕「深」，龍舒本、朝鮮本作「濃」。

## 彎碕

殘暑安所逃？彎碕北窻北。伐翳作清曠，培芳衛岑寂。投衣挂青枝，敷簟取一息。涼風過碧水，俯見遊魚食。永懷少陵詩，菱葉淨如拭。誰當共新甘，紫角方可摘。

## 月夜二首〔一〕

山泉墮清陂，陂月臨靜路。惜哉此佳境〔二〕，獨賞無與晤。逮口哆陂陰，要予水西去。呼僮擁草坐，復使東南注〔三〕。

二

蹋月看流水〔四〕，水明搖蕩月〔五〕。草木已華滋，山川復清發。褰裳伏檻處，緑淨數毛髮。誰能挽姮娥〔六〕，俯濯淩波韈。

〔一〕龍舒本題作「步月」，爲第一首。第二首龍舒本不載。

〔二〕「境」，龍舒本、朝鮮本作「景」。

〔三〕「復使」句，龍舒本原校：「一云『復改東南注』。」

〔四〕「蹋」，遞修本作「躅」。

〔五〕「摇蕩」，朝鮮本作「蕩摇」。

〔六〕「姮」，遞修本避宋真宗諱缺筆。下同，不再出校。

## 兩山間

自予營北渚，數至兩山間。臨路愛山好，出山愁路難。山花如水浄〔一〕，山鳥與雲閑。我欲抛山去，山仍勸我還。祇應身後塚，亦是眼中山〔二〕。且復依山住，歸鞍未可攀。

〔一〕「山」，遞修本作「此」。黄校曰：「『此』字宋刊模糊，墨筆潤作『山』。」

〔二〕「亦」，龍舒本、朝鮮本作「便」。

# 王安石文集卷第二

## 古詩

### 題南康晏史君望雲亭〔一〕

南康父老傳史君，疾呼急索初不聞。未嘗遺汲谷簾水〔二〕，三歲只望香爐雲〔三〕。雲徐無心澹無滓〔四〕，史君恬静亦如此。飆然一去掃遺陰〔五〕，便覺歊煩悵千里〔六〕。歸田負戴子與妻〔七〕，圃蔬園果西山西。出門亭皋百頃緑，望雲纔喜雨一犂。我知新亭望雲好，欲斸比鄰成二老。莫嫌雞黍數往來，爲報襄陽德公嫂。

〔一〕龍舒本、朝鮮本題作「題晏使君望雲亭」。

〔二〕「嘗」，龍舒本、朝鮮本作「曾」。

〔三〕「歲」，龍舒本、朝鮮本作「載」。

〔四〕「澹」，龍舒本作「静」。

〔五〕「飆」，龍舒本、朝鮮本作「歘」。

〔六〕「歊煩」，朝鮮本、龍舒本作「煩歊」。「悵」，朝鮮本作「漲」，李壁校曰：「一作『悵』。」

〔七〕「戴」，朝鮮本作「載」，李壁校曰：「一作『戴』。」

## 洊亭

朝尋東郭來，西路歷洊亭。衆山若怨思，慘澹長眉青。迸水泣幽咽，復如語丁寧。豈予久忘之，而欲我小停。歇鞍松柏間，坐起俯軒欞。秋日幸未暮，奈何雨冥冥。

## 光宅寺〔一〕

翛然光宅淮之陰，扶輿獨來止中林〔二〕。千秋鍾梵已變響，十畝桑竹空成陰。昔人倨堂有妙理，高座翳遶天花深。紅葵紫莧復滿眼，往事無跡難追尋。

〔一〕龍舒本題作「光宅寺二首」，此爲第一首。

〔二〕「止」，朝鮮本李壁校曰：「一作『坐』。」

## 春日晚行〔一〕

門前楊柳二三月，枝條緑煙花白雪。呼僮羈我果下騮，欲尋南岡一散愁。緣岡初日溝港浄，與我門前緑相映。隔淮仍見裊裊垂，佇立怊悵去年時〔二〕。杏花園西光宅路，草暖沙晴正好渡〔三〕。興盡無人檝迎我，却隨倦鴉歸薄暮。

〔一〕龍舒本重出，卷四十五題作「春日晚行」，卷五十一題作「散愁」。

〔二〕「怊悵」，散愁作「惆悵」。

〔三〕「沙晴」，散愁作「花晴」。

## 新花〔一〕

老年少忻豫〔二〕，況復病在牀。汲水置新花，取慰此流芳〔三〕。流芳秖須臾〔四〕，我亦豈久長〔五〕。新花與故吾，已矣兩可忘〔六〕。

〔一〕龍舒本重出，卷四十九題作「新花」，卷五十一題作「絶筆」。

〔二〕「少」，龍舒本、朝鮮本作「無」，李壁校曰：「一作『少』。」「忻豫」，絶筆作「懽豫」。

〔三〕「此」，龍舒本、朝鮮本作「以」。

〔四〕「秖」，龍舒本作「在」，朝鮮本作「不」，李壁校曰：「一作『祇』。」

〔五〕「我」，龍舒本、朝鮮本作「吾」。

〔六〕「兩可」，朝鮮本作「可兩」，絶筆作「兩相」。

## 四皓二首〔一〕

四皓秦漢時，招招莫能致。紫芝可以飽，粱肉非所嗜。谷廣水涣涣，山長雲泄泄。與其貴而拘，不若賤而肆。

二

秦敺九州逃，知力起經綸。重利誘衆策，頗知聚秦民。頽然此四老，上友千載魂。采芝商山中，一視漢與秦。靈珠在泥沙，光景不可昏。道德雖避世，餘風迴至尊。嫡孽一朝正，留侯果知言。出處但有禮，廢興豈所存。

〔一〕龍舒本題作「四皓」，僅有第二首。

## 真人

予常值真人，能藏毒而寧。能納穢若浄，能易羶使馨。能解身赫赫，能逆知冥冥。日唯汝心攖，而汝耳目熒。廓然而無營，其孰擾汝靈。神奇實主汝，厥通莫之令。嘻予豈不知，黄帝與焦螟〔一〕。死心而廢形，乃可少聞霆。顧今親遘之，於吾獨剽聆。刳心事斯語，自儆以書銘。

〔一〕「與」，朝鮮本、殘宋本李注、元大德本皆作「覺」，義長。按，李壁注引列子湯問篇：「江浦之間生麼蟲，其名曰焦螟。群飛而集於蚊睫，弗相觸也，栖宿去來，蚊弗覺也。離朱、子羽方晝拭眥，揚眉而望之，弗見其形。觚俞、師曠方夜擿耳，俯首而聽之，弗聞其聲。唯黄帝與容成子居崆峒之上，同齋三月，心死形廢，徐以神視，塊然見之，若嵩山之阿；徐以氣聽，砰然聞之，若雷霆之聲。」黄廷鑑校曰（以下簡稱「黄校」）：「宋刊、明刊俱作『與』。」

## 寄蔡氏女子二首

建業東郭，望城西堠。千嶂承宇，百泉遶霤。青遥遥兮纚屬，緑宛宛兮横逗。積李兮縞夜，崇桃兮炫晝。蘭馥兮衆植，竹娟兮常茂。柳蔫綿兮含姿〔一〕，松偃蹇兮獻秀。鳥跂兮下上，魚跳兮左右。顧我兮適我，有班兮伏獸。感時物兮念汝，遲汝歸兮携幼。

二

我營兮北渚，有懷兮歸女。石梁兮以苫蓋，緑陰陰兮承宇。仰有桂兮俯有蘭，嗟汝歸兮路豈難。望超然之白雲，臨清流而長歎。

〔一〕「蔫」，皇朝文鑑卷三十寄蔡氏女子作「青」。

## 夢黄吉甫

夢傳失之妄，一作悲。晝冀見而想。豈伊不可懷，而使我心往。山林老顛眴，數日占黄壤。舟輿來何遲，北望屢憹悦。西城薺花時，落魄隨兩槳。歲晚洲渚浄，水消煙渺莽。躊躕壁上字，期我無乃迂。

## 遊土山示蔡天啓祕校〔一〕

定林瞰土山，近乃在眉睫。誰謂秦淮廣，正可藏一艓。朝予欲獨往，扶憊强登涉。蔡侯聞之喜，喜色見兩頰。呼鞍追我馬，亦以兩黥挾。斂書付衣囊，裹飯隨藥笈。翛翛阿蘭若，土木老山脅。鼓鍾卧空曠，簨簴雕捷業。升堂廓無主〔二〕，考擊誰敢輒。坡陀謝公冢，藏梓久穿劫。百金買酒地〔三〕，野老今行饁。紓懷起東山，勝踐比稠疊〔四〕。於時國累卵，楚夏血常喋。外實備艱梗，中仍費調燮。公能覺如夢，自喻一蝴蝶。桓温適自斃〔五〕，苻堅方天厭。且可緩九錫，寧當快一捷。彼哉斗筲人，得喪易矜怯。妄言屐齒折，吾欲刊史牒。傷心新城埭，歸意終難愜。漂摇五城舟，尚想浮河檝。千秋隴東月，長照西州堞。豈無華屋處，亦捉蒲葵箑。碎金諒可惜，零落隨秋葉。好事所傳玩，空殘法書帖。清談眇不嗣，陳迹怳如接。東陽故侯孫，少小同鼓篋。一官初嶺海，仰視飛鳶跕。窮歸放款段，高卧停遠蹀。牽襟肘即見，著帽耳纔壓。數椽危敗屋，爲我炊陳浥。雖無膏污鼎，尚有羹濡筴。縱言及平生，相視開笑靨。邯鄲枕上事，且飲且田獵。或昏眠委翳，或妄走超躐。或叫號而痁，或哭泣而魘。幸哉同聖時，田里老安帖。易牛以寶劍，擊壤勝彈鋏。追憐哀晉末，此土方岌嶪。强偷須臾樂，撫事終愁慄。予雖天戮民，有械無接摺。翁今貧而静，内熱非復葉。予衰極今歲，儻與雞夢協。委蜕亦何恨，吾兒已長鬣。翁雖齒長我〔六〕，未見白可鑷。祝翁尚難老，生理歸善攝。久留畏年少，譏我兩呫囁。束火扶路還，宵明狐兔懾。蔡侯雄俊士，心憭形亦諜。異時能飛鞚，快若五陵俠。胡爲阡陌間，踠足僅相躡。諒欲交轡語〔七〕，呿予不能噌〔八〕。

〔一〕「祕校」二字原無，據底本目録、龍舒本、朝鮮本補。

〔二〕「升堂」，原作「外堂」，據龍舒本、遞修本、朝鮮本改。

〔三〕「買」，朝鮮本作「置」。

〔四〕「比」，朝鮮本作「此」，李壁校曰：「一作『比』。」

〔五〕「桓」，遞修本避欽宗諱作「淵聖御名」。下同，不再出校。

〔六〕「齒」，皇朝文鑑卷十六遊土山示蔡天啓作「歲」。

〔七〕「欲」，朝鮮本作「能」。

〔八〕「呿予」，原作「怯子」，形訛，今據朝鮮本改。按，呿，張口貌；嗋，閉口貌。莊子秋水篇：「公孫龍口呿而不合。」莊子天運篇：「予口張而不能嗋。」

## 再用前韻寄蔡天啓

蔡侯東方來，取友無所挾。翛翛一囊衣，偶以一書笈。定林朝自炊，有匕或無筴。時羹藜藿，鑊大苦難燮。驕頑遂敢侮，有甚觀骿脅。澹然山谷中，變色未嘗輒。始見類欺魄，寒暄粗訓接。從容與之語，爛漫無不涉。奇經可治疾，祕祝可解魘。巫醫之所知，瞽史之所業。載車必百兩，獨以方寸攝。微言歸易悟，疾若髭赴鑷。天機信卓越，學等何足躐。縱談及既往，每與唐許協。揚雄尚漢儒，韓愈真秦俠。好大人謂狂，知微乃如諜。惟知造文字〔一〕，人或鬼愁懾。秦愚既改罪，新旺仍易疊。六書遂失指，隸草矜敏捷。誰珍壇山刻〔二〕，共賞蘭亭帖。東京一祭酒，收拾偶予愜。少嘗妄思索，老懶因退怯。侯方習篆籀，寸管静嘗擪。深原道德意，助我耕且獵。昔功恐唐捐，異味今得饁。京口娟學子〔三〕，追師嘗劫劫。陸嬴淮汴糧，水皺湖海艓。遠求而近遺〔四〕，如目不見睫。僞鳳易悦楚，真龍反驚葉。聞予再三歎〔五〕，往往心不厭。或自逸而走，或呿而不嚕。或嗤元郎漫，或訕白翁囁。鑠金徒欲消，韞玉豈愁浥。賢愚有定分，咄汝無喋喋。跨鞍隨我遊，曳屣聯我跕。照泉挹清泚，跂石緣嵬嶫。東陂數儵魚，西崦追蛺蝶。翳林窺搏黍，藉草聽批頰。黄尋遠蓮鬚，紅閲鄰杏靨。荏苒光景流，楊園忽無葉。扶痾歸未久，吾見喜寧帖。褰裳告我去，禄仕當隨牒。蕭晨秣款段，歸騎得追躡。謂言循東路，覆出西城堞。行矣忍羈旅，無魚勿彈鋏。天閑久索驥，駿足方騰蹀。長驅勿驕矜，小踠亦勿慄。鵬飛九萬里，勿借風一箑。溟波浩難窮，勉自養鱗鬣。爵禄實天械，功名爲接搢。寧能復與我，摇漾秦淮檝。附書勿辭頻，隔歲期滿篋。

〔一〕「知」，朝鮮本作「初」。

〔二〕「壇山」，原作「檀山」，據朝鮮本改。李壁注引歐陽脩集古録曰：「右周穆王刻石曰『吉日癸巳』，在今贊皇壇山上。壇山，在縣南十三里。」

〔三〕「京口」，清綺齋本作「京師」。

〔四〕「遺」，龍舒本、遞修本作「違」。

〔五〕「予」，殘宋本李注、清綺齋本作「子」。

## 用前韻戲贈葉致遠直講

葉侯越著姓，胄出實楚葉。縉雲雖窮遠，冠蓋傳累葉。心大有所潛，肩高未嘗脅。飄飄凌雲意，强禦莫能懾。辟雍海環流，用汝作舟檝。開胸出妙義，可發矇起魘。詞如太阿鋒，誰敢觸其鋏。聽之心凜然，難者口因嗋。搏飛欲峨峨，鎩墮今跕跕。忘情塞上馬，適志夢中蝶。若金静無求，在冶惟所挾。載醪但彼惑，饋漿非我諜。經綸安所施，有寓聊自愜。棋經看在手，棋訣傳滿篋。坐尋棋勢打，側寫棋圖貼。携持山林屐，刺擿溝港艓。一枰嘗自副〔一〕，當熱寧忘箑。反嗤褦襶子，但守一經笈。亡羊等殘生，朽筴何足摺〔二〕。歡然值手敵，便與對匕筴。縱横子墮局，膈膊聲出堞。樵父弛遠擔，牧奴停晏饁。旁觀各技癢，竊議兒女囁。所矜在得喪，聞此更心慄。熟視籠兩手，徐思撚長鬣。微吟静愔愔，堅坐高帖帖。未快巖谷叟，斧柯嘗爛浥。趨邊耻局縮，穿腹愁危業。或撞關以攻，或覷眼而壓。或贏行伺擊，或猛出追躡。垂成忽破壞，中斷俄連接。或外示閒暇，伐事先和燮。或冒突超越，鼓行令震疊。或粗見形勢，驅除令遠蹀。或開拓疆境，欲并包摠攝。或僅殘尺寸，如黑子著靨。或横潰解散，如尸僵血喋。或慚如告亡，或喜如獻捷。陷敵未甘虜，報仇方借俠。諱輸寧斷頭，悔悞乃批頰。終朝已罷精，既夜未交睫。翻然悟且歎，此何宜劫劫。孟軻惡妨行，陶侃懲廢業。揚雄有前言，韋曜存往牒。晉臣抑帝手，捘侯何啻涉〔三〕。如今劉冶城子争道，拒父乃如輒。争也實逆德，豈如私鬭怯。藝成況窮苦，此殆天所厭。如今劉與李，倫等安可躐。試令取一毫，亦乏寸金鑷。以此待君子，未與回參協。操具投諸江，道耕而德獵。

〔一〕「枰」，原作「抨」，今據朝鮮本改。按，枰即棋盤。

〔二〕「搢」，龍舒本作「挾」。按，本書卷四示耿天騭：「挾策能傷性，捐書可盡年。」

〔三〕「捘」，原作「梭」，今據遞修本、龍舒本改。捘，按、擠也。左傳定公八年：「將歃，涉佗捘衛侯之手，及捥。」

## 白鶴吟示覺海元公

白鶴聲可憐，紅鶴聲可惡。白鶴静無匹，紅鶴喧無數。白鶴招不來，紅鶴揮不去。長松受穢死，乃以紅鶴故。北山道人曰：

美者自美，吾何爲而喜？惡者自惡，吾何爲而怒？去自去耳，吾何闕而追？來自來耳，吾何妨而拒？吾豈厭喧而求静？吾豈好丹而非素？汝謂松死吾無依邪？吾方捨陰而坐露。

## 示安大師

道人深北山爲家，宴坐白露眠蒼霞。手扶棁杖雖老矣，走險尚可追麏麚。踞堂俯視何所有，窈窕樛木垂榠樝。深尋石路仍有栗，持以餽我因烹茶。

## 示寶覺

宿雨轉歊煩，朝雲擁清迴。蕭蕭碧柳輭，脉脉紅蕖靚。默卧如有懷，荒乘豈無興。幽人適過我，共取墻陰徑。

## 定林示道原

昨登定林山，俯視東南陔。但見一方白，莫知所從來。濕銀注寒晶，奩以青培堆。迢迢晻靄中，疑有白玉臺。是夕清風興，煩雲豁然開。常娥攀桂枝，顧景久徘徊。杖藜忽高秋，陳迹與子陪。壯觀非復昔，平蕪夜莓苔。

## 我所思寄黄吉甫

我所思兮在彭蠡，一奩寒晶徑千里。天低紺滑風静止，月澹星渟尤可喜。亦復可憐波浪起，琉璃崩嵌湧顛纍。萬斛之舟簸一葦，超邑越都如歷指。岸沙雪積山雲委，雲半飛泉挂龍尾。跳空散作平地水，牛乳芳甘那得比。蘿蔦冥冥蔭演迤，稍上尋源出奇詭。像圖釋迦祠老子，臺殿晻靄相重累。石槽環除逗清泚，松竹靚深無虎虒。其徒翛然棄塵滓，雖未應真終適己。黄侯可與談妙理，視棄榮宦猶弊屣。每採紫芝求石髓，我欲從之勸游徙。穀城公孫能若此，五老聞之當啓齒。寄聲五老吾念爾，相見無時老將死。

## 寄朱昌叔

西安春風花幾樹，花邊飲酒今何處？一盃塞上看黄雲，萬里寄聲無鴈去。世事紛紛洗更新，老來空得滿衣塵。青山欲買江南宅，歸去相招有此身。

## 與僧道昇二首

昇也初見我，膚腴仍潔白。今何苦而老，手脚皴以黑。聞有道人者，於今號禪伯。嬲汝以一句，西歸瘦如腊。汝觀青青枝，歲寒好顔色。此松亦有心，豈問庭前柏。

二〔一〕

跋陀羅師能幻物，幻穢爲浄持幻佛。佛幻諸天以戲之，幢幡香果助設施〔二〕。茫然悔欲除所幻，還爲幻佛力所持。佛天與汝本無間，汝今何恭昔何慢。十方三世本來空〔三〕，受記豈非遭佛幻。

〔一〕此篇龍舒本重出，卷四十三題作「與僧道昇二首」，卷五十一題作「佛幻」，題注「重」。
〔二〕「香果」，佛幻作「香花」。
〔三〕「三世」，朝鮮本作「世界」。

## 贈彭器資

鄱水滔天竟東注，氣澤所鍾賢可慕。文章浩渺足波瀾，行義迢迢有歸處。中江秋浸兩崖間，遡洄與我相往還。我挹其清久未竭，復得縱觀於波瀾。放言深入妙雲海，示我僊聖本所寰。楞伽我亦見髣髴，歲晚所悲行路難。

## 贈王居士

武林王居士，與子俱學佛。以財供佛事，不自費一物。

## 贈李士雲

李子山水人，而常寓城郭。毫端出窈窕，心手初不著。我聞大梵天，擎跨雞孔雀。執鈴揚赤幡，浩劫浄無作。佳哉子能圖，可以慰寂寞。相與驗其真，他年在寥廓。

# 王安石文集卷第三

## 古詩

### 題半山寺壁二首〔一〕

我行天即雨，我止雨還住。雨豈爲我行，邂逅與相遇。

二

寒時暖處坐，熱時涼處行。衆生不異佛，佛即是衆生。

〔一〕龍舒本題作「題半山亭壁二首」。

### 定林寺

衆木凜交覆，孤泉静横分。楚老一枝筇，於此傲人群。城市少美蔬，想今困惔焚。且憑東北風〔一〕，持寄嶺頭雲。

〔一〕「北」，朝鮮本作「南」，李壁校曰：「一作『北』。」

## 題定林壁

定林自有主，我爲林下客。客主各有心，還能共岑寂。

## 移桃花示俞秀老〔一〕

舍南舍北皆種桃，東風一吹數尺高。枝柯蔫綿花爛熳，美錦千兩敷亭皋。晴溝漲春緑周遭，俯視紅影移漁舠。山前邂逅武陵客，水際髣髴秦人逃。攀條弄芳畏晼晚，已見黍雪盤中毛。仙人愛杏令虎守，百年終屬樵蘇手。我衰此果復易朽，蟲來食根那得久。瑶池紺絶誰見有，更值花時且追酒，君能酩酊相隨否〔二〕。

〔一〕龍舒本題作「移桃花」。遞修本重出，見卷三、卷三十六，文字同。遞修本黄校於卷三十六校曰：「此首别宋本、明刊本俱無，繫接老人行。」

〔二〕「能」，光啓堂本作「來」。

## 對棋與道原至草堂寺〔一〕

北風吹人不可出，清坐且可與君棋。明朝投局日未晚，從此亦復不吟詩。

〔一〕「原」，原作「源」，今據底本目録改。道原即沈季長，王安石妹婿，本書屢見，如卷三十一寄沈道原。王安禮王魏公集卷七沈公墓誌銘：「公諱季長，字道原。」又，上海博物館藏王安石手書楞嚴經真蹟，其末附王安石跋，曰「余歸鍾山，道原假楞嚴經本，手自校正。」亦作「道原」。此篇龍舒本重出，卷四十八題作「對棋與道源至草堂寺」，卷七十七題作「對棋呈道原」，「日未晚」作「亦未晚」。

## 書八功德水庵

幽獨若可厭，真實爲可喜。見山不礙目，聞水不逆耳。翛然無所爲，自得而已矣。

## 放魚

捉魚淺水中，投置最深處。當暑脱煎熬，翛然泳而去。豈無良庖者，可使供匕箸。物我皆畏苦，捨之寧啖茹。

## 飌風

飌風摧萬物，暴雨膏九州。卉花何其多，天闕亦已稠〔一〕。白日不照見，乾坤莽悲愁。時也獨奈何，我歌無有求。

〔一〕「天闕」，朝鮮本李壁注曰：「建康山名，即牛首山。」郭麐《爨餘叢話》卷一：「『天闕』句與上不類，伏思數過，恍然知爲『夭閼』之誤。」甚是。夭閼，摧折。此句謂卉花雖多，摧折亦稠。

## 偶書〔一〕

惠施説萬物，槃特忘一句。寄語讀書人，呶呶非勝處。

〔一〕底本目録作「偶書二首」。

## 即事二首

雲從鍾山起，却入鍾山去。借問山中人，雲今在何處？

二

雲從無心來，還向無心去。無心無處尋，莫覓無心處。

## 擬寒山拾得二十首〔一〕

牛若不穿鼻，豈肯推人磨？馬若不絡頭，隨宜而起卧。乾地終不涴，平地終不墮。擾擾受輪迴，秖緣疑這箇。

二

我曾爲牛馬，見草豆歡喜。又曾爲女人，歡喜見男子。我若真是我，秖合長如此。若好惡不定，應知爲物使。堂堂大丈夫，莫認物爲己。

三

凡夫當夢時，眼見種種色。此非作故有，亦非求故獲。不知今是夢，道我能畜積。貪求復守護，嘗怕水火賊。既覺方自悟，本空無所得。死生如覺夢，此理甚明白。

四

風吹瓦墮屋，正打破我頭。瓦亦自破碎，豈但我血流。我終不嗔渠，此瓦不自由。衆生造衆惡，亦有一機抽。渠不知此機，故自認愆尤。此但可哀憐，勸令真正脩。豈可自迷悶，與渠作冤讎。

五

若言夢是空，覺後應無記。若言夢非空，應有真實事。燔燒陽自招，沈溺陰自致。令汝嘗驚魘，豈知安穩睡。

六

人人有這箇，這箇没量大。坐也坐不定，走也跳不過。鋸也解不斷，鎚也打不破。作馬便搭鞍，作牛便推磨。若問無眼人，這箇是甚麽。便遭伊纏繞，鬼窟裏忍餓。

七

我讀萬卷書，識盡天下理。智者渠自知，愚者誰信爾。奇哉閑道人，跳出三句裏。獨悟自根本，不從他處起。

八

幸身無事時，種種妄思量。張三袴口窄，李四帽簷長。失脚落地獄，將身投鑊湯。誰知受熱惱，却不解思涼。

九

有一即有二，有三即有四。一二三四五，有亦何妨事。如火能燒手，要須方便智。若未解傳薪，何須學鑽燧。

十

昨日見張三，嫌他不守己。歸來自悔責，分別亦非理。今日見張三，分別心復起。若除此惡習，佛法無多子。

十一

傀儡秪一機，種種没根栽。被我入棚中，昨日親看來。方知棚外人，擾擾一場獃。終日受伊謾，更被索錢財。

十二

李生坦蕩蕩〔二〕，所見實奇哉。問渠前世事，答我燒炭來。炭成能然火，火過却成灰。灰成即是土，隨意立根栽〔三〕。

十三

衆生若有我，我何能度脱？衆生若無我，已死應不活。衆生不了此，便聽佛與奪。我無我不二，四天王獻鉢。

十四

莫嫌張三惡，莫愛李四好。既往念即晚，未來思又早。見之亦何有，欻然如電掃。惡既是磨滅，好亦難長保。若令好與惡，可積如財寶。自始而至今，有幾許煩惱。

十五

失志難作福，得勢易造罪。苦即念快樂，樂即生貪愛。無苦亦無樂，無明亦無昧。不屬三界中，亦非三界外。

十六

打賊賊恐怖，看客客喜歡。亦有客是賊，切莫受伊謾。樂哉貧兒家，無事役心肝。既無賊可打，豈有客須看。

十七

有一種貧兒，不能自營生。若不作客走，即須隨賊行。復有一種貧，常時腹彭亨。若有亦不畜，若無亦不營。

十八

汝無名高者，以見利貪叨。汝無行實者，以取著名高。行實尚非實，利名豈堅牢。一朝投土窟，魂魄散逃逃。

十九

勇有孟施舍，能無懼而已。若人學佛法，勇亦當如此。休來講下坐，莫入禪門裏。但能一切捨，管取佛歡喜。

二十

利瞋汝刀山，濁愛汝灰河。汝癡分別心，即汝澮魔羅〔四〕。圓成但一性，一切法依他。徧了一切法，不如且頭陀。

〔一〕龍舒本題作「擬寒山拾得十九首」，無第二十首。

〔二〕「李」，原作「季」，今據朝鮮本改。遞修本黄校曰：「『季』字宋刊模糊，似『李』字。」按，李壁注曰：「李生，指士雲也。」邵博邵氏聞見後録卷十七：「李士寧，蓬州人，有異術。王荆公所謂『李生坦蕩蕩，所見實奇哉』者。」

〔三〕「栽」，原作「裁」，今據朝鮮本、嘉靖五年本改。按，李壁注引道書：「青童君：『欲植滅度根，先拔生死栽。』」

〔四〕「澹」，朝鮮本作「琰」，李壁校曰：「一作『澹』。」按，琰魔羅，即閻羅王。李壁注曰：「心不離癡，即是魔境。琰羅，即閻羅之類也。見地藏十輪經。」

## 自遣

閉户欲推愁，愁終不肯去。底事春風來，留愁愁不住。

## 自喻

岸涼竹娟娟，水浄菱帖帖。鰕摇浮遊鬚，魚鼓嬉戲鬣。釋杖聊一愒，褰裳如可涉。自喻適志歟，翾然夢中蝶〔一〕。

〔一〕「翾」，朝鮮本作「翻」。

## 古意

采芝天門山，寒露浄毛骨。帝青九萬里，空洞無一物。傾河略西南，晶射河鼓没。蓬萊眼中見，人世歎超忽。當時棄桃核，聞已撐月窟。且當呼阿環，乘興弄溟渤。

## 吾心

吾心童稚時，不見一物好。意言有妙理，獨恨知不早。初聞守善死，頗復吝肝腦。中稍歷艱危，悟身非所保。猶然謂俗學，有指當窮討。晚知童稚心，自足可忘老。

## 無營

無營固無尤，多與亦多悔。物隨擾擾集，道與翛然會。墨翟真自苦，莊周吾所愛。萬物莫足歸，此言猶有在。

## 病起

稚金敷新涼，老火灺殘濁〔一〕。桃枝煖泱泓〔二〕，散髮晞曉捉。煩痾脱然愈〔三〕，静若遺身覺。移榻欹獨眠，欣佳恐難數。

〔一〕「灺」，原作「弛」，今據龍舒本、朝鮮本改。按，灺，謂火熄、餘燼，故詩曰「老火灺」。

〔二〕「煖」，龍舒本作「輭」。

〔三〕「愈」，龍舒本、朝鮮本作「醒」。

## 獨歸

鍾山獨歸雨微冥，稻畦夾岡半黄青。陂農心知水未足〔一〕，看雲倚木車不停。悲哉作勞亦已久，暮歌如哭難爲聽。而我官閑幸無事，北窻枕簟風泠泠。於時荷花擁翠蓋，細浪嬲雪千娉婷。誰能歆眠共此樂，秋港雖淺可揚舲。

〔一〕「陂」，原作「疲」，今據朝鮮本改。按，李壁注曰：「諸本皆作『疲農』。余於臨川見公真迹，乃知是『陂』字。」

## 獨卧有懷

午鳩鳴春陰，獨卧林壑静。微雲過一雨，淅瀝生晚聽。紅緑紛在眼，流芳與時競。有懷無與言，佇立鍾山暝。

## 無動

無動行善行，無明流有流。種種生住滅，念念聞思修。終不與法縛，亦不着僧裘。

## 夢

知世如夢無所求，無所求心普空寂。還似夢中隨夢境，成就河沙夢功德。

## 車載板二首

荒哉我中園，珍果所不産。朝暮惟有鳥，自呼車載板。楚人聞此聲，莫有笑而莞。而我更歌呼，與之相往返。視遇若摶黍，好音而睍睆。壤壤生死夢，久知無可揀。物弊則歸土，吾歸其不晚。歸歟汝隨我，可相蒿里挽。

### 二

鳥有車載板，朝暮嘗一至。世傳鵬似鴞，而此與鴞似。唯能預人死，以此有名字。疑即賈長沙，當時所遭值。洛陽多少年，擾擾經世意。粗聞方外語，便釋形骸累。吾衰久捐書，放浪無復事。尚自不見我，安知汝爲異。憐汝好毛羽，言音亦清麗。胡爲太多知，不默而見忌。楚人既憎汝，彈射將汝利。且長隨我遊，吾不汝羹胾。

## 跋黄魯直畫

江南黄鶺飛滿野，徐熙畫此何爲者。百年幅紙無所直，公每玩之常在把。

## 過楊德逢莊

携僧出西路，日晏昧所投。循河望積穀，一飽覺易謀。稚子舉案出，咄嗟見盤羞。飯新秔有香，煮菜旨且柔。暮從秀巖歸，秣蹇得少留。捧腹笑相語，果然無所求。

## 秋熱

火騰爲虐不可摧，屋窄無所逃吾骸。織蘆編竹繼櫩宇〔一〕，架以松櫟之條枚。豈惟賓至得清坐，因有餘地蘇陪臺。谹陽陵秋更暴横，焮我欲作昆明灰。金流玉熠何足怪，鳥焚魚爛爲可哀。憶我少時亦值此〔二〕，翛然但以書自埋。老衰奄奄氣易奪，撫卷豈復能低徊。西風忽送中夜濕，六合一氣窑新開。簾窻幕户便防冷，且恐霰雪相尋來〔三〕。

〔一〕「櫩」，龍舒本、朝鮮本作「欄」。李壁注曰：「余在臨川，得此詩石本。一僧跋云：『元豐末，公居金陵秦淮小宅，甚熱中，折松枝架欄禦暑，因有此作。』」

〔二〕「時」，龍舒本、朝鮮本作「年」。
〔三〕「尋」，龍舒本、朝鮮本作「隨」。

## 秋早

暮尋蔡墩西，獨覺秋尚早。山路葩卉繁，野田風日好。禪林烏未泊，經屋塵初掃。鑾藤五花簟，復足休吾老。

# 王安石文集卷第四

## 古詩

### 同沈道原遊八功德水〔一〕

寒雲静如癡，寒日慘如戚。解鞍寒山中，共坐寒水側。新甘出短綆，一酌煩可滌。仰攀青青枝，木醴何所直。

〔一〕「原」，原作「源」，據清綺齋本改。沈道原，即沈季長，詳見本書卷三對棋與道原至草堂寺。

### 望鍾山

佇立望鍾山，陽春更蕭瑟。暮尋北郭歸，故遶東岡出。

### 思北山

日日思北山，而今北山去。寄語白蓮庵，迎我青松路。

## 上南崗

暮塢屋荒涼，寒陂水清淺。捐書息微倦，委轡隨小蹇。偶攀黄黄柳，却望青青巘。幽尋復有興，未覺西林晚〔一〕。

〔一〕「晚」，龍舒本、朝鮮本作「緬」。

## 謝公墩

走馬白下門，投鞭謝公墩。昔人不可見，故物尚或存。問樵樵不知，問牧牧不言。摩挲蒼苔石，點檢屐齒痕。想此絓長檣，想此倚短轅。想此玩雲月，狼籍盤與罇。井逕亦已没，漫然禾黍村。摧藏羊曇骨，放浪李白魂。亦已同山丘，緬懷蒔蘭蓀。小草戲陳迹，甘棠詠遺恩。萬事付鬼籙，恥榮何足論。天機自開闔，人理孰畔援。公色無懼喜〔一〕，儻知禍福根。涕淚對桓伊，暮年無乃昏。

〔一〕「懼喜」，朝鮮本作「喜懼」。

## 秋夜泛舟

池塹秋水浄，扁舟遡涼飈〔一〕。的皪荷上珠，俯映疎星揺。深尋畏魚淰，中路且回橈〔二〕。冥冥菰蒲中，乃復有驚跳。

〔一〕「遡涼飈」，遞修本作「涼飈飈」。

〔二〕「路且」，遞修本作「道只」。

## 和耿天隲同遊定林〔一〕

道人深閉門，二客來不速。攝衣負朝暄，一笑皆捧腹。逍遥烟中策，放浪塵外躅。晤言或世聞〔二〕，誰謂非絶俗。

〔一〕「林」下，朝鮮本有「寺」字。

〔二〕「聞」，龍舒本、朝鮮本作「閒」。

## 次韻約之謝惠詩

魚跳桑柳陰，鳥落蒲葦側。已無谿姑祠，何有江令宅。故人耽田里，老脱尚方舄。開亭捐百金，於此掃塵迹。地偏人罕至，心遠境常寂。我行西州旋，稅駕候顏色。相隨望南山，水際因一息。公時指岸木，謂此可尋尺〔一〕。伐之營中沚，持用自怡懌。懽言俟其成，邀我堂上食。百憂每多違，一諾還自惕。春風欄楹新〔二〕，坐久膝前席。翛然忘故約，北郭疑有適。長謠舒永懷，佇想對以臆。摛辭甚有理，竊比書石鷁。知公不欺我〔三〕，把玩果心惻。嘉肴既夙設，麗藻仍虛擲。左車公自迎，右劵吾敢責。聞說芼羹臛，芬香出鄰壁。婦休機杼事，兒失刀槧職。何膠膠擾擾，而紛紛籍籍。携持欲一往，繼此方如織。元龍但高眠，司馬勿親滌。幾能孩童舊，握手皆鬢白。有興即聯轆〔四〕，東阡與南陌。

〔一〕「謂」，原作「謁」，據龍舒本、朝鮮本改。此句承上，指約之謂岸木細微。

〔二〕「欄」，朝鮮本作「櫩」。

〔三〕「欺我」，朝鮮本作「我欺」。

〔四〕「聯轆」，朝鮮本作「扳聯」，李壁校曰：「一作『聯轆』。」

## 次韻舍弟江上

岸紅歸欲稠，渚綠合猶晚。晴沙上屐輕，暖水隨帆遠。吹波戲魚動，掠葉飛禽返。著意覓幽蹊，桃花悞劉阮。

# 酬王濬賢良松泉二詩

## 松

世傳壽可三松倒，此語難爲常人道。人能百歲自古稀，松得千年未爲老。我移兩松苦不早，豈望見渠身合抱。但憐衆木揔漂摇，顔色青青終自保。兔絲茯苓會當有，邂逅食之能壽考。不知篝火定何人，且看森垂覆荒草。君詩愛我亦古意，秀眉昔比南山栲。復謂留侯不及我，人或笑君無白皂。求僊辟穀彼誠悮，未見赤松饑已槁。豈如强飯適志遊，封殖蒼官蔭華皓。赤松復自無特操，上下隨烟何慅慅。蒼官受命與舜同，真可從之忘髮縞。詩雖祝我以再黑，積雪已多安可掃。試問蒼官值歲寒，戴白孰與蒼然好。

## 泉

宋興古刹今長干，靈曜臺殿荒檀欒〔一〕。二泉相望棄不渫，西泉尚絫三石槃。其流散漫爲沮洳，稍集小礫生微瀾。東泉土梗久蔽塞，穿治乃見甃甓完。道人慈哀波及遠〔二〕，溝蕩兩取合土山〔三〕。山前灌輸各自足，轆轤罷轉井口閑。取遥比甘覺近美〔四〕，與舊争洌知新寒。蟲蟲夏秋百源乾〔五〕，抱甕復道愁蹣跚。疾傾横逗勢未足，嗟此善利何時殫。慮長易脆有大檀，伐堅羌廬窟孱顔〔六〕。金多匠手肯出巧，風水千里安知難。没羽之虎行林間，籦龍失職因藏跧。循除静投悲瑟瑟，映瓦微見清潺潺。三年營之一日就，有口共以成爲懽。論功信可多後觀〔七〕，何似當時萬竹蟠〔八〕。

〔一〕「曜」，原作「躍」，今據龍舒本、朝鮮本改。按，「靈曜」，謂日月。
〔二〕「及」，朝鮮本作「汲」。
〔三〕「兩取合土山」，朝鮮本作「取土合兩山」。
〔四〕「覺」，朝鮮本作「見」。
〔五〕「蟲蟲」，朝鮮本作「爞爞」。
〔六〕「羌」，朝鮮本作「光」。
〔七〕「多」，龍舒本、朝鮮本作「侈」。
〔八〕「時」，朝鮮本作「年」。

## 答俞秀老

諸偶緣安有，實相非相偶。雖神如季咸，終亦失而走。

## 清涼寺送王彦魯

空懷誰與論，夢境偶相值。莫將漱流齒，欲挂功名事。

## 送惠思上人

黄鶴撫四海，翻然落中州〔一〕。一聽笙與鏞，低回如有求。飛鳴阿閣上，好與鳳皇遊。顧憐魯東門，無事反悲愁。歲晏忽驚矯，問胡不少留。因知網羅外，猶有稻粱謀。

〔一〕「翻」，龍舒本、朝鮮本作「翩」。

## 老景裝古人名。〔一〕

老景春可惜，無花可留得。繞屋褚先生，蕭蕭何所直。每嫌柳渾青，追悵李太白〔二〕。多謝安石榴，向人紅蘂拆。

〔一〕「裝古人名」，原作「哀古人名」，據龍舒本改。遞修本作「哀言人名」，聽香館本作「哀古人名」。黄校曰：「此頁宋刊模糊，題注四字莫辨。明刊作『哀古人名』，誤。」又題目中黄批改爲「裝」。

此詩以李太白、謝安石等人名諧音入詩，寓傷春之意。李注引石林詩話：「荆公有『老景春可惜』詩，以古人姓名藏句中，蓋以文爲戲。」

〔二〕「悵」，朝鮮本作「恨」。

## 雜詠八首

萬物余一體，九州余一家。秋毫不爲小，徼外不爲遐。不識壽與夭，不知貧與賒。忘心乃得道，道不去紛華。近迹以觀之，堯舜亦泥沙。莊周謂如此，而世以爲夸。

二

神龍豢可致，猛虎擾亦留。變生父子間，上聖不能謀。常情在欲得，義養或成仇。他人恩更輕，患禍信難周。

三

古風致遜悌〔一〕，班白見尊優。薄俗謬爲恭，獨在勢權尤。伏波迷俯仰，愛禮坐成仇。斷斷洙泗間，豈是老者羞。

四

羔豚窘虎豹，鳩雀窮鷹鸇。巧者具機弋，鷙猛還拘攣。論功莫如神，論大莫如天。悲哉區區人，乃欲逃其間。

五

黃雀死彈丸，厥罪在啄粟。翠鵠不近人，何爲亦窮辱。材爲世所利，高下同僵仆。能逃天地間，蟣蠓無不足。

六

關雎后之淑，棫樸王之明。兔罝尚好德，況乃公與卿。所以彼行葦，敦然遂其生。誰能絃且歌〔二〕，爲我發古聲。

七

召公方伯尊，材亦聖人亞。農時憚煩民，聽訟甘棠下。嗟今千室長，已恥問耕稼。彈琴高堂上，欲以世爲化。

八

任公蹲海濱，一釣飽千里。用力已云多，鈎緡亦難理。巨魚暖更逃，壯士饑欲死。游鯈不可數，空滿滄浪水。

〔一〕「致」，龍舒本、朝鮮本作「知」。

〔二〕「且」，原作「者」，今據龍舒本、遞修本、朝鮮本改。

## 張良

留侯美好如婦人，五世相韓韓入秦。傾家爲主合壯士，博浪沙中擊秦帝。脱身下邳世不知，舉國大索何能爲〔一〕。素書一卷天與之，穀城黄石非吾師。固陵解鞍聊出口，捕取項羽如嬰兒。從來四皓招不得，爲我立棄商山芝。洛陽賈誼才能薄，擾擾空令絳灌疑。

〔一〕「國」，朝鮮本作「世」。

## 司馬遷

孔鸞負文章，不忍留枳棘。嗟子刀鋸間，悠然止而食。成書與後世，憤悱聊自釋〔一〕。領略非一家，高辭殆天得。雖微樊父明，不失孟子直。彼欺以自私，豈啻相十百。

〔一〕「釋」，遞修本作「繹」。黄校曰：「『繹』字宋本模糊，明刊作『釋』。」

## 諸葛武侯〔一〕

漢日落西南，中原一星黄。群盜伺昏黑，聯翩各飛揚〔二〕。武侯當此時，龍卧獨摧藏。掉頭梁甫吟，羞與衆争光。邂逅得所從，幅巾起南陽。崎嶇巴漢間，屢以弱攻强。暉暉若長庚，孤出照一方。勢欲起六龍，東迴出扶桑。惜哉淪中路，怨者爲悲傷。豎子祖餘策，猶能走强梁。

〔一〕遞修本題作「諸葛」。

〔二〕「翩」，原作「翻」，據龍舒本、遞修本、朝鮮本改。

## 讀墨

誰爲堯舜徒，孔子而已矣。人皆是堯舜，未必知孔子。伯夷不辱身，柳下援而止。孔子尚有言，我則異於是。兼愛爲無父，排斥固其理。孔墨必相用，自古寧有此。退之嘲魯連，顧未知之耳〔一〕。如何蔽於斯，獨有見於彼。凡人工自私，翟也信奇偉。惜乎不見正，遂與中庸詭。退之醇孟軻，而駁荀揚氏。至其趣舍間，亦又蔽於己。化而不自知，此語孰云俚。詠言以自警，吾詩非好詆。

〔一〕「顧」，朝鮮本作「固」，李壁校曰：「一作『顧』。」

## 讀秦漢間事

秦儆天下材，入作阿房宫。宫成非一木，山谷爲窮空。子羽一炬火，驪山三月紅。能令掃地盡，豈但焚人功。

## 幽谷引

雲翳翳兮谷之幽，天將雨我兮田者之稠〔一〕。有繩于防兮有畚于溝，我公不出兮誰省吾憂。日暉暉兮山之下，歲則熟兮收者無。吾收滿車兮棄者滿筥，誰吾與樂兮我公燕語。山有木兮谷有泉，公與客兮醉其間。芳可搴兮甘可漱，無壯無穉兮環公以笑。公歸而醉兮人則喜〔二〕，公好我州兮殆其肯止。公歸不醉兮我之憂，豈其不懌兮將舍吾州。公一朝兮去我，我歲歲兮來遊。完公亭兮使勿毁，以慰吾兮歲歲之愁〔三〕。

〔一〕「我」，朝鮮本無。

〔二〕「歸而醉」，朝鮮本作「醉而歸」。

〔三〕「吾」下，朝鮮本有「民」字。

# 明妃曲二首〔一〕

明妃初出漢宫時，淚濕春風鬢脚垂。低徊顧影無顏色，尚得君王不自持。歸來却怪丹青手，入眼平生幾曾有〔二〕。意態由來畫不成，當時枉殺毛延壽。一去心知更不歸，可憐着盡漢宫衣。寄聲欲問塞南事，只有年年鴻鴈飛。家人萬里傳消息，好在氈城莫相憶。君不見咫尺長門閉阿嬌，人生失意無南北。

二

明妃初嫁與胡兒，氈車百兩皆胡姬。含情欲説獨無處，傳與琵琶心自知。黄金捍撥春風手，彈看飛鴻勸胡酒。漢宫侍女暗垂淚，沙上行人却回首。漢恩自淺胡自深，人生樂在相知心。可憐青冢已蕪没，尚有哀絃留至今。

〔一〕龍舒本卷四十收此篇，題下注曰：「續入。」

〔二〕「幾」，龍舒本、朝鮮本作「未」。

# 桃源行

望夷宫中鹿爲馬，秦人半死長城下。避時不獨商山翁〔一〕，亦有桃源種桃者。此來種桃經幾春，採花食實枝爲薪。兒孫生長與世隔，雖有父子無君臣。漁郎漾舟迷遠近，花間相見因相問〔二〕。世上那知古有秦，山中豈料今爲晉。聞道長安吹戰塵，春風回首一霑巾。重華一去寧復得，天下紛紛經幾秦。

〔一〕「時」，朝鮮本、皇朝文鑑卷十三桃源行作「世」。

〔二〕「因」，朝鮮本、皇朝文鑑卷十三桃源行作「驚」。

## 食黍行

周公兄弟相殺戮，李斯父子夷三族。富貴常多患禍嬰，貧賤亦復難爲情。身隨衣食南與北〔一〕，至親安能常在側。謂言黍熟同一炊，欻見隴上黄離離。游人中道忽不返，從此食黍還心悲。

〔一〕「身」，皇朝文鑑卷十三食黍行作「自」。

## 歎息行

官驅群囚入市門，妻子慟哭白日昏。市人相與説囚事，破家劫錢何處村。朝廷法令亦寛大，汝罪當死誰云寃。路傍年少歎息汝，正觀元元之子孫〔一〕。

〔一〕「正觀」，即「貞觀」，唐太宗年號，此避宋仁宗趙禎諱。下同，不再出校。

## 送春〔一〕

武陵山下朝買船，風吹宿霧山花鮮。萬家笑語横青天，綺窻羅幕舞嬋娟。小鬟折花叩船舷，玉琖寫酒醻金錢。朱甍飛動浮雲巘，天外筦簫來宛轉。斷橋人行夕陽路，樓觀瑠璃影中見。酡顔未分驊騮催，獨入坐客猶徘徊。豈知閶闔門邊住，春盡不見芳菲開。日月紛紛車走坂〔二〕，少年意氣何由挽。洞庭浪與天地白，塵昏萬里東浮眼〔三〕。黑貂裘敝歸幾時，相見緑樹啼黄鸝〔四〕。榮華俯仰憂患隨，命駕吾與高人期。

〔一〕按，此篇龍舒本不載。李壁注曰：「詞氣疑非公詩。又公未嘗至武陵，然亦詩人之作也。」

〔二〕「紛紛」，清綺齋本作「紛紜」。

〔三〕「昏」，安正堂本作「迷」。

〔四〕「相」，朝鮮本作「想」，義長。

## 兼并

三代子百姓，公私無異財。人主擅操柄，如天持斗魁。賦予皆自我，兼并乃姦回。姦回法有誅，勢亦無自來。後世始倒持，黔首遂難裁。秦王不知此，更築懷清臺。禮義日已偷，聖經久堙埃。法尚有存者，欲言時所咍。俗吏不知方，掊克乃爲材。俗儒不知變，兼并可無摧〔一〕。利孔至百出，小人私闔開。有司與之争，民愈可憐哉。

〔一〕「可」，龍舒本作「豈」。

# 王安石文集卷第五

## 古詩

### 和吴御史汴渠〔一〕

鄭國欲弊秦，渠成秦富彊。本始意已陋，末流功更長。維汴亦如此，浚源在淫荒。歸作萬世利，誰能弛其防。夷門築天都，横帶國之陽。漕引天下半，豈云獨荆揚。貨入空外府，租輸陳太倉。東南一百年，寡老無殘粻。自宜富京師，乃亦窘蓋藏。征求過夙昔，機巧到莛芒。御史閔其然，志欲窮舟航。此言信有激，此水存何傷。救世詎無術，習傳自先王。念非老經綸，豈易識其方。我懶不足數，君材仍自强〔二〕。他日聽施設，無乃棄篇章。

〔一〕「渠」下，龍舒本、朝鮮本有「詩」字。

〔二〕「仍」，朝鮮本作「宜」。

## 酬王詹叔奉使江南訪茶利害〔一〕

余聞古之人，措法貽厥後。命官惟賢材，職事又習狃。止能權輕重，王府則多有。豈嘗摧其子，而爲民父母。當時所經營，今十已毁九。其一雖幸在，漂摇亦將朽。公卿患才難，州縣固多苟。詔令雖數下，紛紛誰與守。官居甚傳舍，位以聲勢受。既不責施爲，安能辨賢不。區區欲捄弊，萬謗不容口。天下大安危，誰當執其咎？勞心適有罪，養譽終天醜。豈惟祖子孫〔二〕，教戒及朋友。貴者大其領，詩人歌四牡。至尊空獨憂，不敢樂飲酒。苟矣富阡陌，哀哉此無糗。鄉閭人所懷，今或棄而走。豈無濟時術，使爾安畎畝。故今二三公，戮力思矯揉。永惟東南害，茶法蓋其首。私藏與竊販，犴獄常紛糾。輸將一不足，往往死鞭杻。販陳彼雜惡〔三〕，强賣曾非誘。已云困關市，且復擾林藪。將更百年弊，謂民知可否。出節付群材，詢謀欲經久。朝廷每若此〔四〕，自可躋仁壽。因知從今始，漸欲人財阜。吾宗恢奇士，選使自朝右。聰明諒多得，爲上歸析剖。王程雖薄遽，邦法難鹵莽。願君博諮諏，無擇壯與耇。余知茶山民，不必生皆厚〔五〕。獨當征求任，尚恐難措手。孔稱均無貧，此語今可取。譬欲輕萬鈞〔六〕，當令衆人負。强言豈宜當，聊用報瓊玖。

〔一〕龍舒本、朝鮮本題作「酬王詹叔奉使江東訪茶法利害見寄」。
〔二〕「祖」，龍舒本作「詔」。
〔三〕「販」，龍舒本、朝鮮本作「敗」。「彼」，朝鮮本作「被」。
〔四〕「若」，朝鮮本作「如」。
〔五〕「余知茶山民不必生皆厚」，光啓堂本、聽香館本作「余知君恤民不好爲煩擾」。
〔六〕「欲」，朝鮮本作「如」。

## 酬王伯虎

吾聞人之初，好惡尚無朕。帝與鑿耳目，賢愚遂殊品。爾來百千年，轉化薄愈甚。父翁相販賣，浮詐誰能審。睢盱猴纓冠，狼籍鼠穴寢。滄海恐值到，誰論魚鼈淰〔一〕。鴞聲雖云惡，革去在食葚。嗟誰職教化，獨使此風稔。恬觀不知救，坐費太官廩。予生少而戇〔二〕，好古乃天禀。念此俗衰壞，何嘗敢安枕。有時不能平，悲吒失食飲。唯子同我病，亦或涕沾衽。謂予可告語，密以詩來諗。爛然辭滿紙，秋水濯新錦。窮觀何拳拳〔三〕，靜念復凜凜。賤貧欲救世，無寧猶拾瀋。説窮且版築，尹屈唯烹飪。逢時豈遽廢，避俗聊須噤。徂年幸未暮，此意可勤恁。

〔一〕「論」，朝鮮本作「念」。
〔二〕「而」，龍舒本、遞修本作「小」。
〔三〕「何」，龍舒本作「可」。

## 答虞醇翁

輟學以從仕，仕非吾本謀。欲歸諒不能，非敢忘林丘。臨餐恥苟得，冀以盡心疇。萬事等晝墁，雖勤亦何收。揚揚古之人，彼職乃無憂。感子撫我厚，欲言秖慚羞。

## 送潮州呂使君

韓君揭陽居，戚嗟與死鄰。呂使揭陽去，笑談面生春。當復進趙子，詩書相討論。不必移鱷魚，詭怪以疑民。有若大顛者，高材能動人〔一〕。亦勿與爲禮，聽之汩彝倫。同朝叙朋友，異姓接婚姻。恩義乃獨厚，懷哉余所陳。

〔一〕「高材」，朝鮮本作「材高」。

## 寄曾子固二首

巖巖中天閣，藹藹層雲樹。爲子望江南，蔽虧無行路。平生湖海士，心迹非無素。老矣不自知，低佪如有慕。傷懷西風起，心與河漢注〔一〕。哀鴻相隨飛，去我終不顧。

二

崔嵬天門山，江水遶其下。寒渠已膠舟，欲往豈無馬。時恩繆拘綴，私養難乞假。低佪適爲此，含憂何時寫。吾能好諒直，世或非詭詐。安得有一廛，相隨問耕者。

〔一〕「漢」，遞修本、嘉靖五年本作「剌」。黃校曰：「『剌』，明刊本『漢』，抄補同『剌』。」

## 虎圖

壯哉非羆亦非貙，目光夾鏡當坐隅。横行妥尾不畏逐，顧盻欲去仍躊躇。卒然我見心爲動〔一〕，熟視稍稍摩其鬚。固知畫者巧爲此，此物安肯來庭除。想當槃礴欲畫時，睥睨衆史如庸奴。神閑意定始一掃，功與造化論錙銖。悲風颯颯吹黃蘆，上有寒雀驚相呼。槎牙死樹鳴老烏，向之俛噣如哺雛。山墻野壁黃昏後，馮婦遥看亦下車。

〔一一〕「我」，皇朝文鑑卷二十一虎圖作「一」。

## 次韻信都公石枕蘄簟〔一〕

端溪琢枕緑玉色，蘄水織簟黄金紋。翰林所寶此兩物，笑視金玉如浮雲。都城六月招客語，地上赤日流黄塵。燭龍中天進無力，客主歊然各疲劇。形骸直欲坐棄忘，冠帶安能强修飾。恃公寛貸更不疑，箕倨豈復論官職。笛材平瑩家故藏，硯璞坳清此新得〔二〕。掃除堂屋就陰翳，公不自眠分與客。知公用意每如此，真能與物同其適。豈比法曹空自私，却願天日長炎赫。公才卓犖人所驚，久矣四海流聲名。天方選取欲扶世，豈特使以文章鳴。深探力取常不寐〔三〕，思以正議排縱横〔四〕。奈何甘心一榻上，欲卧潁尾爲潔清。賢愚勞佚非一軌，顧我病昏惟未死。心於萬事久儵然〔五〕，身寄一官真偶爾。便當買宅歸偃休，白髮溪山如願始〔六〕。看公勠力就太平，却上青天跨箕尾。

〔一〕龍舒本、朝鮮本題作「次韻歐陽永叔端溪石枕蘄竹簟」。
〔二〕「此」，遞修本作「手」。
〔三〕「常」，龍舒本、遞修本作「當」。
〔四〕「議」，遞修本作「論」。

〔五〕「翛」，龍舒本、朝鮮本作「蕭」。

〔六〕「溪」，朝鮮本作「青」。

## 和吴冲卿雪〔一〕

陽回力猶邅〔二〕，陰合勢方鞏。填空忽汗漫，造物誰慫恿。輕於擘絮紛，細若吹毛氄。雲連晝已昏，風助宵仍洶。憑陵雖一時，變態亦千種〔三〕。簾深卷或避，户隘關猶擁。滔天有凍浪〔四〕，匝地無荒隴。飛揚類挾富，委翳等辭寵。穿幽偶相重，值險輒孤聳。積慘會將舒〔五〕，群輕那久重。紛華始滿眼〔六〕，消釋不旋踵〔七〕。槁樹散飛花，空簷落懸湩〔八〕。還當困炎熱〔九〕，以此滌煩壅。共約市南人，收藏不爲冗。

〔一〕「雪」下，龍舒本有「詩」字。

〔二〕「猶」，朝鮮本作「能」。

〔三〕「態」，清綺齋本作「化」。

〔四〕「浪」，龍舒本、朝鮮本作「痕」。

〔五〕「慘」，龍舒本作「墋」。

〔六〕「始」，龍舒本、朝鮮本作「初」。

〔七〕「不」，遞修本作「今」。

〔八〕「縣」，龍舒本作「寒」。

〔九〕「還」，龍舒本、朝鮮本作「何」。

## 和沖卿雪詩并示持國〔一〕

地卷江海浮，天吹河漢湧。北風散作花，巧麗世無種。霾昏得照曜，塵滓歸掩擁。荒林無空枝，幽瓦有高隴。分纔一毛細〔二〕，聚或千鈞重。飛颺窺已眩〔三〕，摧壓聽還兇。漁舟平繫舷，樵屩没歸踵。空令物象瑩，豈免川塗壅。争光姮娥妬〔四〕，失色羲和恐。賴逢陽氣烝，轉作水波溶。舞庭稱賀嚴，掃路傳呼寵。衝遊謝壯少〔五〕，避卧甘閑冗。吴侯絶俗唱，韓子當敵勇。勝負觀兩豪，吾衰但陰拱。

〔一〕龍舒本卷四十卷目題作「和吴沖卿雪示韓持國」，題下注曰：「續添一首附四十一卷末。」

〔二〕「細」，清綺齋本作「輕」。

〔三〕「窺」，龍舒本、朝鮮本作「目」。

〔四〕「姮」，龍舒本、朝鮮本作「常」。

〔五〕「壯少」，龍舒本作「壯小」，朝鮮本作「少壯」。

## 送石賡歸寧

虛名誤長者，邂逅肯經過。所操十餘篇，浩蕩決江河。側身朝市間，樂少悲慚多。文章舊所好，久已廢吟哦。開編喜有得，一讀瘳沉痾。裹飯北城陰，永懷從晤歌。又欲及歲晚，空堂掃絲窠。稍出平生言，道藝相琢磨。忽隨鴈南飛，當此葉辭柯。去去梨嶺高，想見青坡陀。黄花一杯酒，爲壽樂如何。微詩等瓦礫，持用報隋和。

## 送張拱微出都

歸卧不自得，出門無所投。獨尋城隅水，送子因遠遊。荒林纏悲風，慘慘吹貂裘。捉手共笑語，顧瞻中河舟。嗟人皆行樂，而我方坐愁。腸胃繞鍾山，形骸空此留。念始讀詩書，豈非亦有求。一來裹青衫，觸事自悔尤。誤爲世所容〔一〕，榮禄今白頭。塞責以區區，一毛施萬牛。不足助時治，但爲故人羞。寬恩許自劾，終欲東南流。子今涉冬江，舩必泊蔡洲。寄聲治城人，爲我問一丘。

〔一〕「世」，龍舒本作「時」。

## 寄題睡軒

劉侯少忼慨，天馬脱羈羈。一官不得意，州縣老委蛇。新居當中條，墻屋稍補治。疏軒以睡名，從我遠求詩。朝廷法令具，百吏但循持。又況佐小邑，有才安所施。賦租如簿領，獄訟了鞭笞。翛然即高枕，於此樂可知。王官有空谷〔一〕，隱者常棲遲。拂榻夢其人，亦足慰所思。嗟予久留連，竊食坐無爲。浩歌臨西風，更欲往從之。

〔一〕「空」，龍舒本作「容」。

## 沖卿席上得「作」字。〔一〕

咨予乏時才〔二〕，始願乃丘壑。强走十五年，朱顔已非昨。低回大梁下，屢歎風沙惡。所欣同舍郎，誘我文義博。古聲無慆淫，真味有淡泊。追攀風月久，貌簡非心略。君恩忽推徙，所望頗乖錯。尚憐得經過，未比參辰各。留連惜餘景，從子至日落。明燈照親友，環坐傾杯杓。别離寬後悲，笑語盡今樂。論詩知不如，興至亦同作。

〔一〕「作」，龍舒本、朝鮮本作「昨」。

〔二〕「咨」，龍舒本、朝鮮本作「嗟」。

## 塞翁行

塞翁少小壟上鋤，塞翁老來能捕魚。魚長如人水滿眼，桑柘死盡生芙蕖。漢家新堤廣能築，胡兒壯馬休南牧。北風卷却波浪聲，衹放田車行轣轆。

## 白溝行

白溝河邊蕃塞地，送迎蕃使年年事。蕃馬常來射狐兔〔一〕，漢兵不道傳烽燧。萬里鉏耰接塞垣，幽燕桑葉暗川原。棘門灞上徒兒戲，李牧廉頗莫更論。

〔一〕「馬」，原作「使」，據龍舒本、遞修本、嘉靖五年本改。

## 河間

北行出河間，千歲想賢王。胡麻生蓬中，詰曲終自傷。好德尚如此，恃材宜見戕。乃知陰自脩，彼不爲傾商。區區三世家，廟冊富文章。教子以空言，得祚果不長〔一〕。

〔一〕「長」，原作「良」，今據朝鮮本改。按，李壁注曰：「武帝立三王，皆有制册，見武五子傳。言武帝不以躬行化其子，徒以空言勉之，宜三王之後皆不長也。」

## 陳橋

走馬黄昏渡河水，夜争歸路春風裏。指點韋城太白高，投鞭日午陳橋市。楊柳初回陌上塵，烟脂洗出杏花勻。紛紛塞路堪追惜，失却新年一半春。

## 澶州

去都二百四十里〔一〕，河流中間兩城峙。南城草草不受兵，北城樓櫓如邊城。城中老人爲予語，契丹此地經鈔虜。黄屋親乘矢石間，胡馬欲踏河冰渡。天發一矢胡無酋，河冰亦破沙水流。歡盟從此至今日，丞相萊公功第一。

〔一〕「四」，朝鮮本作「五」。

# 王安石文集卷第六

## 古詩

### 北客置酒

紫衣操鼎置客前，巾韝稻飰隨粱饘。引刀取肉割啖客，銀盤臂臑薧與鮮〔一〕。殷勤勸侑邀一飽，卷牲歸館觴更傳〔二〕。山蔬野果雜飴蜜，獾脯豕腊加炰煎〔三〕。酒酣衆史稍欲起〔四〕，小胡捽耳争留連。爲胡止飲且少安〔五〕，一杯相屬非偶然。

〔一〕「臂」，原作「擘」，今據龍舒本、朝鮮本改。李壁注曰：「臂臑，謂肩脚。」

〔二〕「館」，龍舒本、朝鮮本作「舍」。

〔三〕「腊」，龍舒本作「腤」。

〔四〕「酣」，龍舒本作「酬」。

〔五〕「且少安」，龍舒本作「少且安」。

## 奉使道中寄育王山長老常坦〔一〕

道人少賈海上游，海船破散身沈浮〔二〕。抱金滿篋人所寄〔三〕，吹簸偶得還中州。羸身歸金不受報〔四〕，秖取斗酒相獻酬。歡娛慈母終一世，脱棄妻子藏巖幽〔五〕。蒼煙寥寥池水漫，白玉菡萏吹高秋。夜燃柏子煑山藥，憶此東望無時休。塞垣春枯積雪溜〔六〕，沙磔盛怒黄雲愁〔七〕。五更匹馬隨鴈起，想見鄮郭花今稠〔八〕。百年夸奪終一丘，世上滿眼真悠悠。寄聲萬里心綢繆〔九〕，莫道異趣無相求。

〔一〕龍舒本、朝鮮本題作「寄育王山長老常坦」。按，此詩誤入歐陽脩居士外集卷四，題爲「奉使道中寄坦師」。

〔二〕「沈」，龍舒本、朝鮮本作「波」。

〔三〕「抱金」，居士外集卷四作「黄金」。

〔四〕「羸」，遞修本、嘉靖五年本、居士外集卷四作「贏」，義長。「金」，龍舒本、朝鮮本作「來」。

〔五〕「棄」，朝鮮本作「去」。

〔六〕「溜」，龍舒本、朝鮮本作「留」。

〔七〕「盛怒」，居士外集卷四作「威怒」。

〔八〕「今」，龍舒本、朝鮮本作「稠」。

〔九〕「聲」，朝鮮本作「身」。

## 送李屯田守桂陽二首

泊船香爐峰，始與子相識。寄書邗江上，詒我峰下石。緣以湘水竹，携持與南北。永懷故人歡，不顧百金易。竹枯歸樵蘇，石爛棄沙礫。夷門得邂逅〔一〕，緑髮皆半白。追思少時事，俛仰如一夕。老矣無所爲，空知念疇昔。常思一杯酒，要子相解釋。出門事紛紛，歸卧意還歘〔二〕。聞當上湓水，持詔守嶺阨〔三〕。方爲萬里别〔四〕，執手先慘戚。兹游信浩蕩，山水多所得。爲我謝香爐，風塵每相憶〔五〕。

二

蒼黄離家問南北，中路思歸歸不得。風濤何處不驚人，雨雪前村更欺客。舊交旌旆此盤桓，見我即令兒解鞍。荒山樂官歌舞拙，提壺沽酒聊一歡。行藏欲語眉不展〔六〕，互歎别離心繾綣。行年半百勞如此，南畝催耕未宜晚。

〔一〕「得」，龍舒本、朝鮮本作「忽」。

〔二〕「徂」，龍舒本作「迫」。

〔三〕「守」，龍舒本、朝鮮本作「出」。李壁校曰：「一作『守』。」

〔四〕「别」，龍舒本作「州」。

〔五〕遞修本黄校曰：「『相憶』兩字，明刊本散入上兩行，下明刊本至卷末俱差一行。」

〔六〕「語」，朝鮮本作「話」，義長。朝鮮本詩題下注曰：「此詩逐句藏鳥名，亦如藥名詩。」疑是。

## 送吴仲庶出守潭州〔一〕

吴公治河南，名出漢廷右。高才有公孫，相望千歲後〔二〕。平明省門開，吏接堂上肘。指撝談笑間〔三〕，静若在林藪〔四〕。連墻畫山水，隱几詩千首。浩然江湖思，果得東南守。傳鼓上清湘，旌旗蔽牛斗。方今河南治，復在荆人口。自古楚有材，酃渌多美酒。不知樽前客，更得賈生否。

〔一〕「送」，龍舒本作「和」。

〔二〕「歲」，龍舒本、朝鮮本作「載」。

〔三〕「撝」，龍舒本作「麾」。

〔四〕「在」，龍舒本作「入」。

## 雜詠三首〔一〕

懷王自墮馬，賈傅至死悲。古人事一職，豈敢苟然爲。哭死非爲生，吾心良不欺。滔滔聲利間，絳灌亦何知。

二

先生善鼓瑟，齊國好吹竽。操竽入齊人，雅鄭亦復殊。豈不得祿賜，歸卧自欷歔。寥寥朱絲絃，老矣誰與娱。

三

商陽殺三人，每輒不忍視。亦云食君食〔二〕，報禮當如此。波瀾吹九州，金石安得止。永懷南山阿，慷慨中夜起。

〔一〕此三首爲龍舒本卷四十六、朝鮮本卷八即事六首之第三、四、五首。

〔二〕「云」，龍舒本、朝鮮本作「均」。李壁注曰：「章茂憲侍郎所藏真跡，乃作『亦云食君實。』」

## 即事三首〔一〕

我起影亦起，我留影逡巡。我意不在影，影長隨我身。交游義相好，骨肉情相親。如何有乖睽，不得同苦辛。

二

昏昏白日卧，皎皎中夜愁〔二〕。明月入枕席，涼風動衾幬。蛬蟬相鳴悲〔三〕，上下無時休。徒能感我耳，顧爾安知秋〔四〕。

三

日月隨天旋，疾遲與天謀〔五〕。寒暑自有常，不顧萬物求。蜉蝣蔽朝夕，蟪蛄疑春秋。眇眇上古曆〔六〕，回環今幾周。

〔一〕此三首爲龍舒本卷四十六、朝鮮本卷八即事六首之第一、二、六首。

〔二〕「中」，朝鮮本作「終」。

〔三〕「蛬」，龍舒本作「巷」，安正堂本作「微」。

〔四〕「顧」，龍舒本作「故」，安正堂本作「蠢」。

〔五〕「謀」，龍舒本、朝鮮本作「侔」。

〔六〕「上」，朝鮮本作「萬」。

## 送鄭叔熊歸閩

鄭子喜論兵，魁然萬人敵。嘗持一尺筆〔一〕，跨馬河南北。方今邊利害，口手能講畫。疑師穀城翁，方略已自得。天兵卷甲老，壯士不肉食。低徊向詩書，文字鋭鐫刻〔二〕。科名又齟齬，棄置非人力。黄塵彫罽裘，逆旅同偪仄。秋風吹殘汴，霰雪已驚客。浩歌隨東舟，别我無慘惻。閩生今好遊，往往老妻息。南陔子所慕，天命豈終塞。

〔一〕「嘗持」，龍舒本作「當時」。

〔二〕「鋭」，龍舒本作「鑱」。

## 寄二弟時往臨川〔一〕

蕭條冬風高，吹我冠上霜。我行歲已寒，悲汝道路長。持以一作此。犬馬心〔二〕，千里不得將〔三〕。使汝身百憂，辛苦冒川梁〔四〕。青燈照詩書，仰屋涕數行。不有親戚思，詎知遠遊傷。

〔一〕「往」，龍舒本、朝鮮本作「在」。

〔二〕「以」，龍舒本作「此」。

〔三〕「得」，龍舒本、朝鮮本作「能」。李壁校曰：「一作『得』。」

〔四〕「苦」，朝鮮本作「勤」。

## 李氏沅江書堂

沅江水有梁與罾，沅田樹桑可蠶耕〔一〕。君於其間恥射利，獨岸清泚留朱甍。詩書當前日開闔，冠帶滿坐相逢迎。勉求高論出施設〔二〕，無以私智爲公卿。

〔一〕「田」，光啓堂本、聽香館本作「山」。「樹桑」，龍舒本、朝鮮本作「桑樹」。

〔二〕「出」，龍舒本作「坐」。

## 休假大佛寺

罷僊得休假，衣冠倦趨翔。挾書聊自娱，解帶寺東廊〔一〕。六龍高徘徊，光景在我裳。冬屋稍暄暖，病身更强梁〔二〕。從我有不思，捨我有不忘。問誰可與言，携手此徜徉。婉婉吾所愛，新居乃鄰墻。寄聲能來遊，維用寫愁腸〔三〕。

〔一〕「寺東」，龍舒本作「步寺」。

〔二〕「身」，光啓堂本作「骨」。
〔三〕「腸」，龍舒本、朝鮮本作「傷」。

## 別謝師宰

閶闔城西地如水，雞鳴黄塵波浪起。窮年一馬望扶桑，東得省門身輒止。簿書期會老紛紛，邂逅論心喜有君。數日未多還捨我，相看愁思亂於雲。

## 解使事泊棠陰時三弟皆在京師二首

始吾泊棠陰，三子不在舟。今當捨之去，三子還遠遊。茫然千里水，今見荻花洲。俛仰换春冬，紛紛空百憂。懷哉山川異，往矣霰雪稠。登高一涕泗，寄此寒江流。

二

泊船棠陰下，灘水清且淺。回首望孤城，浮雲一何緬。久留非吾意〔一〕，欲去猶繾綣。馳心故人側，一望三四反。蕭蕭東堂竹，異日留息偃。無恩被南國，疑此行當翦。

〔一〕「吾」，龍舒本作「可」。

## 驊騮

龍德不可係，變化誰能謀？一本無此二句。驊騮亦駿物，卓犖地上遊。怒行追疾風，忽忽跨九州。轍迹古所到，山川略能周。鴻蒙無人梯，沆漭遶天浮。巉巖拔青冥，仙聖所止留。欲往輒不能，視龍乃知羞。

## 寄朱氏妹

昔來高郵居，我始得朱子。從容談笑間，已足見奇偉。行尋城陰田，坐釣渠下沚。歸來同食眠，左右皆圖史。入視爾諸幼，歡言亦多祉。當時獨張倩，遠在廬山趾。沈君未言昏，名已習吾耳。安知十年來〔一〕，乖隔非願始。相逢輒念遠，悲吒多於喜。今茲豈人力，所念皆聚此。諸甥昔未有，滿眼秀而美。低徊吾親側，亦足慰勞止。嗟予迫時恩，一傳日千里。爾舟亦已戒，五兩翩然起〔二〕。蕭蕭東南縣，望爾何時已。空知夢爲魚，逆上西安水〔三〕。

〔一〕「年來」，遞修本作「來年」。
〔二〕「翩」，朝鮮本作「翻」。
〔三〕「安」，朝鮮本作「江」。

## 贈陳君景初

吾嘗奇華佗，腸胃真割剖。神膏既傅之，頃刻活殘朽。昔聞今則信，絶伎世嘗有。堂堂潁川士，察脉極淵藪。珍丸起病瘠，鱠蟲隨泄嘔。攣足四五年，下針使之走。一言儻不合，萬金莫可誘。又復能賦詩，往往吹瓊玖。卷紙誇速成，語怪若神授。名聲動京洛，蹤跡晦莨莠。相逢但長嘯〔一〕，遇飲輒掩口。獨醒竟何如，無乃寡俗偶。顧非避世翁，疑是壁中叟。安得斯人術，付之經國手。

〔一〕「嘯」，朝鮮本作「笑」，李壁校曰：「一作『嘯』。」

## 贈張康

昔在歷陽時，得子初江津。手中紫團參，一飲寬吾親。捨舟城南居，杖屨日相因。百口代起伏，呻呼聒比鄰〔一〕。叩門或夜半，屢費藥物珍。欲報恨不得，腸胃盤車輪。今逢又坎坷，令子馳風塵。顛倒車馬間，起先冰雪晨。嗟我十五年，得禄尚辭貧。所讀漫累車，豈能蘇一人。無求愧子義，有施慚子仁。逝將收桑榆，邀子寂寞濱。

〔一〕「呼」，朝鮮本作「吟」。

## 送程公闢守洪州〔一〕

畫船插幟摇秋光，鳴鐃傳鼓水洋洋〔二〕。豫章太守吴郡郎，行指斗牛先過鄉。鄉人出郭航酒漿，炰鼈鱠魚炊稻粱。芡頭肥大菱腰長，醻醻喧呼坐滿牀。怪君三年滯瞿塘〔三〕，又驅傳馬登太行。纓旄脱盡歸大梁〔四〕，翩然出走天南疆。九江左投貢與章，揚瀾吹漂浩無旁。老蛟戲水風助狂，盤渦忽坼千丈强。君聞此語悲慨慷，迎吏乃前持一觴。鄱州歷選多儁良，鎮撫時有諸侯王。拂天高閣朱鳥翔，西山蟠繞鱗鬣蒼。下視城塹真金湯，雄樓傑屋鬱相望。中户尚有千金藏，漂田種秫出穰穰。沉檀珠犀雜萬商，大舟如山起牙檣。一本無此一句。輸瀉交廣流荆揚，輕裙利屣列名倡〔五〕。春風蹋謡能斷腸，平湖灣塢煙渺茫〔六〕。樹石珍怪花草香，幽處往往聞笙簧。地靈人秀古所臧，勝兵可使酒可嘗。十州將吏隨低昂，談笑指麾回雨暘。非君才高力方剛，豈得跨有此一方。無爲聽客欲霑裳，使君謝吏趣治裝，我行樂矣未渠央。

〔一〕龍舒本、朝鮮本題作「送程公闢之豫章」。

〔二〕「傳」，龍舒本、朝鮮本作「伐」。

〔三〕「滯」，四部叢刊初編本作「寓」。

〔四〕「旄」，遞修本作「毛」。
〔五〕「裙」，朝鮮本作「裾」。
〔六〕「湖」，朝鮮本作「潮」。

## 鳳凰山〔一〕

驅馬信所適，落日望九州。青山滿天地，何往爲吾丘？貧賤身秖辱，富貴道足羞。涉世諒如此，惜哉去無由。

〔一〕龍舒本、朝鮮本題作「鳳凰山二首」，此爲第一首。

## 夢中作

青門道北雲爲屋，大壚貯酒千萬斛。獨龍注雨如車軸〔一〕，不畏不售畏不續。

〔一〕「獨」，龍舒本、朝鮮本作「燭」。李壁校曰：「當是『獨』字。」

## 彭蠡

茫茫彭蠡春無地，白浪春風濕天際。東西捩柂萬舟回，千歲老蛟時出戲。少年輕事鎮南來，水怒如山帆正開。中流蜿蜒見脊尾，觀者膽墮予方咍。衣冠今日龍山路，廟下沽酒山前住。老矣安能學佽飛，買田欲棄江湖去。

## 牛渚

歷陽之南有牛渚，一風微吹萬舟阻。華戎蠻蜀支百川，合爲大江神所躔。山盤水怒不得泄，到此乃有無窮淵。朱衣乘車作官府，操制生殺非無權。陰靈祕怪不欲露，燬犀得禍豈偶然〔一〕。

〔一〕「豈」，龍舒本、朝鮮本作「却」。

## 東門

東門白下亭，摧甓蔓寒葩。淺沙杙素舸，一水宛秋蛇。漁商數十室，門巷隱桑麻。翰林謫仙人，往歲酒姥家。調笑此水上，能歌楊白花。楊花飛白雪，枝裹緑煙斜。舞袖卷煙雪，綺裘明紫霞。風流翳蓬顆，故地使人嗟。迢迢陌頭青，空復可藏鵶。

## 和王微之登高齋三首〔一〕

寒雲沈屯白日埋，河漢蕩坼天如篴。衡門兼旬限泥潦，卧聽竅木鳴相挨。蕭辰忽掃纖翳盡〔二〕，北嶺初出青嵬嵬。微之新詩動我目，爛若火齊金盤堆。想携諸彦眺平野，高論歷詆秦以來。觥船淋浪始快意，忽憶歸雲胡爲哉〔三〕。念君少壯輟游衍，發揮春秋名玉杯。書成不得斷國論，但此空語傳八垓〔四〕。登臨興罷因感觸，更欲遠引追宗雷。君知富貴亦何有，諂譽未足償譏排。風豪雨横費調燮，坐使髮背爲黄台。留賓往往夜參半，雖有罇俎無由開。江南佳麗非一日，況乃故園名池臺〔五〕。能招過客飲文字，山水又足供歡咍。剩留官屋貯酒母，取醉不竭當如淮。

二〔六〕

六朝人物隨煙埃〔七〕，金輿玉几安在哉。鍾山石城已寂寞，祇見江水雲端來。百年故老有存者，尚憶世宗初伐淮。魏王兵馬接踵出，旗纛千里相搪挨。當時謀臣非不衆，上國拔取多陪臺。龍騰九天跨四海〔八〕，一水欲阻爲可咍〔九〕。降王北歸樓殿坼，棄屋尚鎖殘金堆〔一〇〕。神靈變化自真主，將帥何力求公台〔一一〕。山川清明草木静，天地不復屯雲雷。使君登高訪古昔〔一二〕，傷此陳迹聊持杯。因留嘉客坐披寫〔一三〕，酃渌笑語傾如篩。酒酣重惜功業晚，老矣萬卷徒兼該。攢峰列壑動歸興，憂端落筆何崔嵬。餘年無歡易感激，亦愧莊叟能安排。青燈明滅照不寐，但把君詩闔且開。

三

干戈六代戰血埋，雙闕尚指山崔嵬。當時君臣但兒戲，把酒空勸長星杯。臨春美女閉黄壤，玉枝自一作白。藥繁如堆〔一四〕。後庭新聲散樵牧〔一五〕，興廢倏忽何其哀。咸陽龍移九州坼，遺種變化呼風雷。蕭條中原碭無水，崛强又此憑江淮。廣陵衣冠掃地去，穿築隴畝爲池臺〔一六〕。吴儂傾家助經始，尺土不借秦人篩。珠犀磊落萬艘入，金璧照耀千門開。建隆天飛跨兩海，南發交廣東温台。中間業業地無幾，欲久割據誠難哉。靈旗指麾盡貔虎，談笑力可南山排。樓船蔽川莫敢動，扶伏但有謀臣來。百年滄洲自潮汐，事往不與波争迴。黄雲荒城失苑路，白草廢畤空壇垓。使君新篇韻險絶，登眺感悼隨嘲咍。嗟予愁憊氣已竭，對壘每欲相劘挨。揮毫更想能一戰，數窘乃見詩人才。

〔一〕龍舒本、朝鮮本題作「和微之登高齋二首」，即此之一、三首。

〔二〕「辰」，朝鮮本作「晨」。

〔三〕「憶」，原作「億」，據龍舒本、遞修本、朝鮮本改。「忽憶歸雲」，意謂忽思離去。「雲」下，元大德本校曰：「恐是『去』字。」
〔四〕「此」，朝鮮本作「比」，李壁校曰：「一作『此』。」
〔五〕「園」，龍舒本、朝鮮本作「國」。
〔六〕龍舒本、朝鮮本題作「和微之登高齋」。
〔七〕「埃」，朝鮮本作「淡」。
〔八〕「騰」，朝鮮本作「飛」。
〔九〕「一水欲阻」，遞修本、安正堂本作「欲阻一水」。「爲可」，龍舒本、朝鮮本作「真堪」。李壁校曰：「一作『爲可』。」
〔一〇〕「殘」，朝鮮本李壁校曰：「一作『黄』。」
〔一一〕「求」，龍舒本作「登」。
〔一二〕「訪古昔」，龍舒本、朝鮮本作「一訪古」。
〔一三〕「嘉」，龍舒本、朝鮮本作「佳」。
〔一四〕「自」，龍舒本、朝鮮本作「白」。
〔一五〕「散」，龍舒本作「歎」，朝鮮本作「變」。
〔一六〕「築」，朝鮮本作「鑿」，李壁校曰：「一作『築』。」

# 王安石文集卷第七

## 古詩

### 董伯懿示裴晉公平淮右題名碑詩用其韻和酬〔一〕

元和伐蔡何危哉！朝廷百口無一諧。盜傷中丞偶不死，利劍白日投天街。褁瘡入相議軍旅〔二〕，國火一再更檀槐。上前慷慨語發涕，誓出按撫除睽乖。指撝光顏戰洄曲，闞如怒虎搏虺豺。愬能捕虜取肝鬲，護送密乞完形骸。箝兵夜半投死地〔三〕，雪濕不敢燃薪⿱艹黠。空城豎子已可縛〔四〕，中使尚作嗁兒哇〔五〕。退之道此尤儁偉，當鏤玉牒東燔柴〔六〕。欲編詩書播後嗣，筆墨雖巧終類俳。唐從天寶運中圮，廊廟往往非忠佳。諸侯縱横代割據，疆土豈得無離⿰亻瓜。德宗末年懲戰禍，一矢不試塵蒙靫。憲皇初起衆未信，意欲立掃除昏霾。追還清明救薄蝕，屢敕主府拘窮蛙。王師傷夷征賦窘，千里亦忌毫氂差。小夫偷安自非計〔七〕，長者遠慮或可懷。桓桓晉公忠且壯，時命適與功名偕。是非末世主成敗，烜赫今古誰譏排。賢哉韋純議北赦，倉卒兩伐尤難皆。重華聲明彌萬國，服苗干羽舞兩階。宣王側身内脩政，常德立武能平淮。昔人經綸初若緩，欲棄此道非吾儕。千秋事往蹤跡在，嶽石款記如湘崖。文嚴字麗皆可喜，黄埃蔽没蒼蘚埋。當時將佐盡豪傑，想此兵禱陪祠齋。君曾西遷爲拓本，濡麝割蜜親劘揩。新篇波瀾特浩蕩，把卷熟讀迷津涯。褒賢樂善自爲美，當挂廟壁爲詩牌。

〔一〕龍舒本、朝鮮本題作「和董伯懿詠裴晉公平淮西將佐題名」。
〔二〕「相」，龍舒本、朝鮮本作「朝」。「旅」，朝鮮本作「國」。
〔三〕「箝」，原作「箚」，今據龍舒本、朝鮮本改。按，李壁注曰：「箝兵，猶銜枚之義。漢異姓諸王表：『箝口燒書。』師古曰：『箝其口，不聽妄言。』箝兵，亦此義。」
〔四〕「豎子」，龍舒本、朝鮮本作「豎守」。李壁校曰：「一作『豎子』。」
〔五〕「虓兒」，龍舒本作「虢兒」，朝鮮本作「兒虓」。李壁校曰：「一作『虓兒』。」
〔六〕「牒」，龍舒本、朝鮮本作「版」。
〔七〕「自非計」，朝鮮本作「徒自計」。

## 用王微之韻和酬即事書懷

秦惜逝者耋，晉嘉良士休。古人皆好樂，哀此歲月遒。嗟我抱愁毒，殘年自羈囚。但爲兔得蹄，非復天上鷗。雖知林塘美，欲往輒回輈。名園一散策，笑語隨觥籌。探題遶梅花，高詠接應劉。宿雨洗荒壍，寒蛟沈老湫。沿洄信畫舸，歸路子城幽。冬風不改緑，忽見新陽浮。歡事去如夢，嘉時念難留。明發得君句，謂將續前遊。語我飲倡樂，不如詩獻酬。淮洲奏鍾鼛〔一〕，雅刺德不猶。文墨有真趣，荒淫何足收。來篇信時女〔二〕，窈窕衆所求。兹理儻可諧〔三〕，華簪爲君抽。

〔一〕「奏」，原作「秦」，據四庫本、朝鮮本改。按，此句出自詩經小雅鼓鍾：「鼓鍾伐鼛，淮有三洲。」

〔二〕「信時女」，朝鮮本作「若淑女」。

〔三〕「諧」，朝鮮本作「諧」。

## 和仲求即席分題得「庶」字。〔一〕

刀筆漫無營，圖書紛不御。平生携手人，邂逅賞心處。名卿邵朱邑，膚使超嚴助。都官富篇章，博士熟經據。豈特好微言，又多知大慮。從容故天幸，倜儻盡人譽。千艘來交荆，萬舸去揚豫。良無此嘉客，式飲吾所庶〔二〕。

〔一〕龍舒本、朝鮮本題作「和吳仲庶」，朝鮮本題注曰：「中復也。」按，仲求，當爲李定，字仲求。王明清揮麈前録卷四：「李定字仲求，洪州人，晏元獻公之甥，文亦奇。欲預賽神會，而蘇子美以其任子距之，致興大獄。」

〔二〕「飲」，朝鮮本作「燕」。

## 出鞏縣

昭陵落月煙霧昏，篝火度谷行山根。投鞭委轡涉數村，寤出鞏縣城東門。向來宫闕不可見，但有洛水流渾渾。

## 書任村馬鋪

兒童繫馬黄河曲，近岸河流如可掬。任村炊米朝食魚，日暮滎陽驛中宿。投老經過身獨在，當時洲渚今平陸。秫黍冥冥十數家，仰視荒蹊但喬木。冰盤羹美客自知〔一〕，起看白水還東馳。爾來百口皆年少，歸與何人共此悲。

〔一〕「羹」，龍舒本、朝鮮本作「鱠」。遞修本黄校曰：「『鱠』字，宋刊本、明刊本俱缺。」

## 葛藴作巫山高愛其飄逸因亦作兩篇

巫山高，十二峰。上有往來飄忽之猨猱，下有出没瀺灂之蛟龍，中有倚薄縹緲之神宫。神人處子冰雪容，吸風飲露虚無中。千歲寂寞無人逢，邂逅乃與襄王通。丹崖碧嶂深重重，白月如日明房櫳。象牀玉几來自從，錦屏翠幔金芙蓉。陽臺美人多楚語，秖有纖腰能楚舞，争吹鳳管鳴鼉鼓。那知襄王夢時事，但見朝朝暮暮長雲雨。

二

巫山高，偃薄江水之滔滔。水於天下實至險，山亦起伏爲波濤。其巔冥冥不可見，崖岸斗絶悲猨猱。赤楓青櫟生滿谷，山鬼白日樵人遭。窈窕陽臺彼神女，朝朝暮暮能雲雨。以雲爲衣月爲褚，乘光服暗無留阻。崑崙曾城道可取，方丈蓬萊多伴侣。塊獨守此嗟何求，況乃低徊夢中語。

### 西風

少年不知秋，喜聞西風生。老大多感傷，畏此蟋蟀鳴。況乃捨親友，抱病獨遠行。中夜卧不周，惻惻感我情。起視天正黑，弱雲亂縱横。似有霰雪飄，不復星斗明。時節忽如此，重令壯心驚。諒無同憂人，樽酒安可傾。

## 久雨

煤炲著天無寸空，白沫上岸吹魚龍。羲和推車出不得，河伯欲取山爲宫。城門晝開眠百賈，飢孫得糟夜哺翁。老人慣事少所怪，看屋箕踞歌南風。

## 和王勝之雪霽借馬入省

泥水填馬不受韉，瓦雪得火猶藏溝。宿霧紛紛度城闕，朔氣凛凛吹衣裘。窮閻閉門無一客，剥啄驚我有前騶。强隨傳呼出屋去，鼻息涷合髭繆繆。投韁馬鬣任欹側，欲出操箠手還抽。行思江南悲故事，溪谷冬暖花常流。前年臘歸三見白，霽色嶺上班班留。杖藜此時將邑子，登眺置酒身優游。豈如都城今日事，秖恐一蹶爲親憂。因知田里駕款段，昔人豈即非良謀。君家洛陽名實大，談笑枯槁回春柔。平生意氣故應在，白髮未敢相尋求。從容退食想佳節，豈無歌聲相獻酬〔一〕。奈何亦作苦寒調，歎息朝夕無驊騮。超然遂有江湖意，滿紙爲我書窮愁。相如正應居客右，子路且莫乘桴浮。

〔一〕「聲」，龍舒本、朝鮮本作「舞」。

## 和吴沖卿鵶鳴樹石屏〔一〕

寒林昏鵶相與還，下有跂石蒼孱顔。曾於古圖見髣髴，已怪刀筆非人間〔二〕。君家石屏誰爲寫，古圖所傳無似者。鵶飛歷亂止且鳴，林葉慘慘風煙生。高齋日午坐中見，意似落日空上行〔三〕。君詩雄盛付君手，云此非人乃天巧。嗟哉渾沌死，乾坤至〔四〕，造作萬物醜妍巨細各有理。問此誰主何其精，恢奇譎詭多可喜。人於其間乃復雕鐫刻畫出智力，欲與造化追相傾。拙者婆娑尚欲奮，工者固已窮夸矜。吾觀鬼神獨與人意異，雖有至巧無所争〔五〕。所以號山間，埋没此寶千萬歲，不爲見者驚。吾又以此知妙偉之作不在百世後，造始乃與元氣并。畫工粉墨非不好，歲久剥爛空留名。能從太古到今日，獨此不朽由天成。世人尚奇輕貨力，山珍海怪採掇今欲索，此屏後出爲君得。胡賈欲價著不識〔六〕，吾知金帛不足論，當與君詩兩相直。

〔一〕龍舒本題作「和吴沖卿鵶樹石屏鳴」。

〔二〕「刀筆」，朝鮮本作「筆力」。

〔三〕「上」，龍舒本、朝鮮本作「山」。

〔四〕「至」，朝鮮本作「生」。

〔五〕「至」，朝鮮本作「智」，李壁校曰：「一作『至』。」

〔六〕「價著」，朝鮮本作「著價」。

## 送李宣叔倅漳州

關山到漳窮〔一〕，地與南越錯。山川鬱霧毒，瘴癘春冬作。荒茅篁竹閒，蔽虧有城郭。居人特鮮少，市井宜蕭索。野花開無時，蠻酒持可酌。窮年不用客〔二〕，誰與分杯杓。朝廷尚賢俊，磊砢充臺閣。君能喜節行，文藝又該博。超然萬里去，識者爲不樂。予聞君子居，自可救民瘼。苟能禦外物，得地無美惡。似聞最南方，北客今勿藥。林麓換風氣，獸虵凋毒蠚。如漳猶近州，氣冷又銷鑠。珍足海物味，其厚不爲薄。章舉馬甲柱，固已輕羊酪。蕉黄荔子丹，又勝楂梨酢。逢衣比多士，往往在丘壑。從容與笑語，豈不慰寂寞。太守好觴詠，嘉賓應在幕。想即有新詩，流傳至京洛。

〔一〕「關」，朝鮮本作「閩」。

〔二〕「用」，朝鮮本作「值」。

## 送裴如晦宰吴江

霜一作震。澤與天杳，旁臨無限情〔一〕。他時散髮處，最愛垂虹亭。飄然平生遊，捨我戴吴星。欲往獨不得，都門看揚舲。到縣問疾苦，爲予求所經。當知耕牧地〔二〕，往往茭蒲青。三江斷其二，洚水何由寧。微子好古者，此歌尚誰聽。

〔一〕「限情」，龍舒本、朝鮮本作「地形」。

〔二〕「耕牧」，龍舒本作「種牧」，朝鮮本作「種收」。

## 韓持國從富并州辟

韓侯冰玉人，不可塵土雜。官雖衆俊後，名字久訇磕。并州天下望，撫士威愛愜〔一〕。千金棄不惜，賓客常滿閤。遥聞餘風高，爲子置一榻。親交西門餞，百馬驕雜還。子材宜用世，談者爲嗚唈。矧今名主人，氣力足呵欱〔二〕。推賢爲時輔，勢若朽易拉。會當薦還朝，立子在閶闔。惜哉秣騏驥，賦以升龠合。洛予栖栖者〔三〕，氣象已摧塌。他年佐方州，説將尚不納。況於聲勢尊，豈易取酬答。有如持寸莛，未足感鞺鞳。顧於山水間，意願多所合。匡廬與韶石〔四〕，少小已嘗蹋。風遊會稽春，雪宿天柱臘。淮湖江海上，慣食蝦蟹蛤。西南窮岷嶓，東北盡濟漯〔五〕。身雖未嘗歷，魂夢已稠沓。荆溪最所愛，映燭多廟塔。溪果點丹漆，溪花團繡罨。扁舟信所過，行不廢樽榼。一從捨之去，霜雪行滿頷。思之不能寐，蹙若蚉蚋噆。方將築其濱，畢景謝噂沓。安能孤此意，顛倒就衰颯。唯子余所嚮〔六〕，嗜好比鶼鰈。何時歸相過，遊屐尚可蠟。

〔一〕「愜」，朝鮮本作「匝」。

〔二〕「呵」，龍舒本作「吁」，朝鮮本作「呼」。

〔三〕「咨」，清綺齋本作「嗟」。

〔四〕「匡」，龍舒本、朝鮮本作「羌」，因避宋太祖趙匡胤諱改字。遞修本缺末筆。

〔五〕「北」，龍舒本作「南」。「濟」，龍舒本作「洛」。

〔六〕「余」，朝鮮本作「予」。

## 寄吳沖卿

物變極萬殊，心通纔一曲。讀書謂已多，撫事知不足。與君語承華，念此非不夙。恨無數頃田，歸耕使成熟〔一〕。當官拙自計，易用忤流俗。窮年走區區，得謗大於屋〔二〕。歸來污省舍，又繼故人躅。相逢秪數步，吏案常填目。切磋非無傷〔三〕，阻闊嗟何速。孤危失所助，把卷常恨獨。虛名終自誤〔四〕，謬恩何見蹙。清明有沖卿，奧美如晦叔。時謂當選升，屈指尚五六。揆才最不稱，饕寵寧無恧。殷勤故人書，紙尾又見勗。君雖好德言，我自望忠告。易稱動不括，傳論大明服。進爲非成材，罪恐不容瀆。歲殘東風生，陜樹塵翳𦩘。何緣一杯酒，談笑相追逐。

〔一〕「耕」，龍舒本、朝鮮本作「講」。

〔二〕「於」，朝鮮本作「如」。

〔三〕「傷」，龍舒本、朝鮮本作「朋」。

〔四〕「自」，朝鮮本作「日」。

## 韓持國見訪

余生非匏瓜，於世不無求。弱力憚耕稼，衣食當周流。起家始二十，南北今白頭。愁傷意已敗，罷病恐難瘳。江湖把一節，屢乞東南州。治民豈吾能，閒僻庶可偷。謬恩當徂冬，黽勉始今秋。豈敢事高蹇，茫然乖本謀。撫心私自憐，仰屋竊歎愀。强騎黄飢馬，欲語將誰投。賴此城下宅，數蒙故人留。攬衣坐中庭，仰視白雲浮。白雲御西風，一一向滄洲。安得兩黄鵠，跨之與雲遊。

## 思王逢原

自吾失逢原，觸事輒愁思。豈獨爲故人，撫心良自悲。我善孰相我，孰知我瑕疵？我思誰能謀，我語聽者誰？朝出一馬驅，暝歸一馬馳〔一〕。馳驅不自得，談笑强追隨。仰屋卧太息，起行涕淋漓。念子冢上土，草茅已紛披。婉婉婦且少，煢煢一女嫠〔二〕。高義動閭里，尚聞致財貲。嗟我衣冠朝，略能具饘糜。葬祭無所助，哀顔亦何施〔三〕。聞婦欲北返，跂予常望之。寒汴已閉口，此行又參差。又説當産子，産子知何時。賢者宜有後，固當夢熊羆。天方不可恃，我願適在兹。我疲學更誤，與世不相宜。宿昔心已許，同岡結茅茨。此事今已矣，已矣尚誰知。渺渺江與潭，茫茫山與陂。安能久竊食，終負故人期。

〔一〕「暝」，朝鮮本作「暮」。

〔二〕「女」，龍舒本、朝鮮本作「兄」，義長。按，王令集附録劉發撰廣陵先生傳謂令「事寡姊如事父」，此「寡姊」，即「兄」也。李壁注曰：「有姊孀居也。」又下文曰「又説當産子」，則王令之女尚未出生。

〔三〕「哀」，龍舒本、朝鮮本作「衰」。

## 登景德塔

放身千仞高，北望太行山。邑屋如蟻冢〔一〕，蔽虧塵霧間。念此屋中人，當復幾人閑。雞鳴起四散，暮夜相與還〔二〕。物物各自我，誰爲賢與頑。賤氣即易凌，貴氣即難攀。愧予心未齊，俛首一破顔。

〔一〕「邑」，原作「巴」，今據龍舒本、遞修本、朝鮮本改。按，「邑屋」，即村舍、巷舍。

〔二〕「暮夜」，清綺齋本作「日暮」。

## 和劉貢甫燕集之作〔一〕

馮侯天馬壯不羈，韓侯白鷺下清池。劉侯羽翰秋欲擊，吴侯葩蕚春争披。沈侯玉雪照人潔，蕭灑已見江湖姿。唯予貌醜駭公等，自鏡亦正如蒙倛。忘形論交喜有得，杯酒邂逅今良時。心親不復異新舊，便脱巾屨相諧嬉。空堂無塵小雨定，濃緑翳水浮秋曦。高談四坐掃炎熱，木末更送涼風吹。此歡不盡忽分散，明月照屋空參差。平明餘清在心耳，洗我重得劉侯詩。劉侯未見聞已熟，吾友稱誦多文辭。才高意大方用世，自有豪俊相攀追。咨予後會恐不數，魂夢久向東南馳。何時扁舟却顧我，還欲迎子遊山陂。

〔一〕龍舒本、朝鮮本題作「和貢甫燕集之作」。清綺齋本題下有注：「馮京、韓維、吴充、沈遘皆同席。」

## 寄王逢原

北風吹雲埋九垓，草木零落空池臺。六龍避逃不敢出，地上獨有寒崔嵬。披衣起行愁不愜，歸坐把卷闔且開。永懷古人今已矣，感此近世何爲哉！申韓百家爇火起〔一〕，孔子大道寒於灰。儒衣紛紛欲滿地，無復氣焰空煤炲。力排異端誰助我，憶見夫子真奇材。楩柟豫章槩白日〔二〕，秪要匠石聊穿裁。我方官拘不得往，子有閑暇宜能來〔三〕。晤言相與入聖處，一取萬古光芒迴。

〔一〕「申」，龍舒本、朝鮮本作「莊」，李壁校曰：「一作『申』。」「火」，朝鮮本作「天」。
〔二〕「柟」，龍舒本、朝鮮本作「楠」。
〔三〕「閑」，清綺齋本作「餘」。

## 寄正之〔一〕

少時已感韓子詩，東西南北俱欲往。新年尤覺此語悲，恨無羽翼超惚恍。肺肝欲絶形骸外，涕洟自落衣巾上。此憂難與世共知，憶子論心更惆悵。

〔一〕朝鮮本題作「寄孫正之」。

## 思古

古之士方窮，材行已云貴。大臣公聽采，左右不得蔽。或從蒿藜間，入據廊廟勢。小夫不敢望，云我非其彙。朝遊儁者羞〔一〕，暮出逢者避。所以後世愚，人人願高位。

〔一〕「儁」，朝鮮本作「覼」。

## 惜日

白日照四方，當在中天留。春風地上行，當與時周遊。和氣所披拂，槁乾却濕柔。愛欲傳萬物，勢難停一州。棲棲孔子者，惜日此之由。不能使此邦，利澤施諸侯。豈若駕以行，使我遇者稠。當時三千人，齊宋楚陳周。小者傳吾粗，大能傳奥幽〔一〕。道散學以聖〔二〕，衆源乃常流。吾初如匏瓜，彼亦孰知丘。唯士欲自達，窮通非外求。豈必相天子〔三〕，乃能經九疇。行雖恥强勉，閉户非良謀。

〔一〕「能」，光啓堂本、聽香館本作「者」。

〔二〕「以」，朝鮮本校曰：「『以』字誤。」元大德本、清綺齋本作「湮」，義長。

〔三〕「豈」，原作「曁」，今據龍舒本、朝鮮本改。

## 送裴如晦即席分題三首以「黯然消魂，惟别而已」爲韻，擬「而」、「惟」字韻作。

飄然五湖長，昨日國子師。緑髮約略白，青衫欲成緇。牽舟推河水〔一〕，去與山水期。

春風垂虹亭，一杯湖上持。傲兀何賓客〔二〕，兩忘我與而。能復記此飲，詩成酒淋漓。

二

十月欸水冰〔三〕，問君行何爲？行不顧斗米，自與五湖期。平生湖上遊，幽事略能知。此後君最樂，窮年得游嬉。彩鯨抗波濤，風作鱗之而。鳴鼓上洞庭，笑看紅橘垂。漠漠大梁下，黄沙吹酒旗。應憐故人愁〔四〕，回首一相思。

三

邂逅君子堂，一杯相與持。便應取酩酊，萬事不足惟。平明蔡河風，回首成差池。獨我漫浪者，尚得行相追。磨刀鱠嚴冬，宿昔少陵詩。還當捕鱸魚，載酒與我期。甫里松菊盛，洞庭柑橘垂。文章爲我唱，不數陸與皮。

〔一〕「水」，朝鮮本作「冰」。
〔二〕「何賓」，朝鮮本作「河濱」。
〔三〕「欸水」，朝鮮本作「潁水」。
〔四〕「愁」，朝鮮本作「意」。

# 王安石文集卷第八

## 古詩

### 兩馬齒俱壯

兩馬齒俱壯，自驕千里材。生姿何軒軒，或是龍之媒。一馬立長衢，顧影方徘徊。一馬裂銜轡，犇嘶逸風雷。立豈餉芻豆，戀棧常思迴。犇豈欲野齕，久羈羨駑駘。兩馬不同調，各爲世所猜。問之不能言，使我心悠哉。

### 春從沙磧底

春從沙磧底，轉上青天際。靄靄桑柘墟，浮雲變姿媚。游人出暄暖，鳥語辭陰翳。心知歸有日，我亦無愁思。所嗟獨季子，尚客江湖澨。萬里卜鳳凰〔一〕，飄飄何時至。

〔一〕「卜」，原作「十」，據龍舒本、朝鮮本、嘉靖五年本改。「卜鳳凰」，指卜妻。李壁注曰：「詩意指婚姻事，當是純甫。」

## 晨興望南山

晨興望南山，不見南山根。草樹露顛頂，樛枝空復繁。銅瓶取井水，已至尚餘温。天風一吹拂，的皪成璵璠。

## 結屋山澗曲

結屋山澗曲，挂瓢秋樹顛。鳴不中律吕，時時驚我眠。吾兒亦惡聒，勠力事棄捐。止我爲爾歌，不如恣其然。狂風動地至〔一〕，萬竅各啾喧。一瓢雖易除，豈在有無間。皪皪山下石，泠泠手中弦。臨流寫所愛，坐聽以窮年。

〔一〕「狂」，龍舒本、朝鮮本作「秋」。

## 朝日一曝背

朝日一曝背，欣然忘夜寒。樵松煑澗水，既食取琴彈。彈作南風歌，歌罷坐長歎。寤彼栖栖者，遺世良獨難。

## 黄菊有至性

團團城上日，秋至少光輝。積陰欲滔天，況乃草木微。黄菊有至性，孤芳犯群威。采采霜露間，亦足慰朝饑。

## 少狂喜文章

少狂喜文章，頗復好功名。稍知古人心，始欲老鼉耕。低徊但志食〔一〕，邂逅亦專城。仰慚冥冥士，俯愧擾擾甿。良夜未遽央〔二〕，青燈數寒更。撥書置左右，仰屋慨平生。

〔一〕「志」，朝鮮本作「忘」。

〔二〕「遽」，皇朝文鑑卷十六少狂喜文章作「渠」。

## 三戰敗不羞〔一〕

三戰敗不羞，一官遷輒喜。古人思慰親，愧辱寧在己。於陵避兄食，織屨仰妻子。恩義有相權，潔身非至理。

〔一〕龍舒本、朝鮮本題作「涓涓乳下子」。

## 少年見青春

少年見青春，萬物皆嫵媚。身雖不飲酒，樂與賓客醉。一從鬢上白，百不見可喜。心腸非故時，更覺日月駛。聞歡已倦往，得飽還思睡。春歸只如夢，不復悲憔悴。寄言少年子，努力作春事。亦勿怪衰翁，衰强自然異。

## 白日不照物

白日不照物，浮雲在寥廓。風濤吹黄昏，屋瓦更紛泊。行觀蔡河上，負土私力弱〔一〕。隋堤散萬家，亂若春蠶箔。仍聞決數道，且用寬城郭。婦子夜號呼，西南漫爲壑。

〔一〕「私力」，原作「私有」，據龍舒本、遞修本、嘉靖五年本改。私力，謂一己之力。朝鮮本作「知力」，李壁校曰：「『知』一作『私』。」

## 草端無華滋

草端無華滋，陰氣已盤固。暄妍却如春，歲晚曾不寤。一裘可以暖，貧士終難豫。忽忽遠枝空，寒蟲欲坏户。

## 一日不再飯

一日不再飯，飯已八九眠。忽忽返照閒〔一〕，頓羸不可遷。筋骸黴纆束，肺腑鼎鐺煎。長往理不惜，高堂思所牽。

〔一〕「忽忽」，龍舒本作「怱怱」。

## 秋枝如殘人

秋枝如殘人，顔色先憔悴。微寒吹已空，性命一何脆。寧當記疇昔，葩葉相嫵媚。歲行誰使然，好殺豈天意。

## 青青西門槐〔一〕

人情甘阿諛，我獨倦請謁。尤於權門疎，萬事亦已拙。平生江湖期，夢寐不可遏。青青西門槐，少解馬上暍。

〔一〕朝鮮本李壁注曰：「此詩意雖高而語淺露，恐非公作。」龍舒本無此首。

## 天下不用車

天下不用車，人人乘馬馳。王良雖善御，攬轡欲從誰。漢武伐大宛，殺人若京坻。孝文却走馬，獨行先安之。萬物命在天，取舍各有時。陰陽更用事，冬暖豈所宜。卞氏强獻玉，兩刖亦已癡。幸終遇良工，已割得不疑〔一〕。

〔一〕「割」，原作「剖」，據嘉靖五年本改。遞修本黄校曰：「『剖』，明本同，宋本『割』字。」

## 山田久欲拆

山田久欲拆，秋至尚求雨。婦女喜秋涼，踏車多笑語。朔雲卷衆水，慘淡吹平楚。横陂與直塹，疑即没洲渚。霍霍反照中，散絲魚幾縷。鴻蒙不可問，且往知何許。敧眠露下舸，側見星月吐。龍骨已嘔啞，田家真作苦。

## 聖賢何常施

聖賢何常施，所遇有伸屈。曲士守一隅，欲以齊萬物。喪非不欲富，言爲南宫出。世無子有子，誰敢救其失〔一〕。

〔一〕「敢」，朝鮮本作「能」。

## 散髪一扁舟

散髪一扁舟，夜長眠屢起。秋水瀉明河，迢迢藕花底。愛此露的皪，復憐雲綺靡。諒無與歌弦〔一〕，幽獨亦可喜。

〔一〕「歌弦」，朝鮮本作「弦歌」。

## 道人北山來

道人北山來〔一〕，問松我東岡〔二〕。舉手指屋脊，云今如此長。開田故歲收，種果今年嘗。告叟去復來，耘鋤尚康强。死狐正首丘，遊子思故鄉。嗟我行老矣，墳墓安可忘。

〔一〕「北山」，吴曾能改齋漫録卷八引此詩作「從南」。

〔二〕「我」，龍舒本作「栽」。朝鮮本李壁校曰：「『我』字，别本作『栽』，此俗人誤改。」冷齋夜話卷四亦曰：「今誤作『問松栽東岡』。」

## 今日非昨日

今日非昨日，昨日已可思。明日異今日，如何能勿悲。當門五六樹，上有蟬鳴枝。朝聽尚壯急，暮聞已衰遲。仰看青青葉，亦復少華滋。萬物同一氣，固知當爾爲。我友南山居，笑談解人頤。分我秋柏實，問言歸何時。衣冠污窮塵，苟得猶苦飢。低徊歲已晚〔一〕，恐負平生期。

〔一〕「已」，龍舒本作「忽」。

## 秋日不可見

秋日不可見，林端但餘黄。杖藜思平野，俛仰畏無光。栗栗澗谷風，吹我衣與裳。娟娟空山月，照我冠上霜。

## 騏驥在霜野

騏驥在霜野，低徊向衰草。入櫪聞秋風，悲鳴思長道。黄金作鞭轡，粲粲空外好。人生貴得意，不必恨枯槁。

## 悲哉孔子没

悲哉孔子没，千歲無麒麟。蚩蚩盡鉏商，此物誰能珍。漢武得一角，燔烹誣鬼神。更以鑄黄金〔一〕，傳夸後世人。

〔一〕「鑄黄金」，龍舒本、朝鮮本作「黄金鑄」。

## 秋庭午吏散

秋庭午吏散，予亦歸息偃。豈無嘉賓客〔一〕，欲往心獨懶〔二〕。北窻古人篇，一讀三四反。悲哉不蚤計，失道行畹晚。

〔一〕「嘉」，龍舒本、朝鮮本作「佳」。
〔二〕「往」，龍舒本作「住」。

## 秋日在梧桐

秋日在梧桐，轉陰如急轂。冥冥蔽中庭，下視今可暴。高蟬不復嘒，稍得寒鴉宿。百遶有衰翁〔一〕，行歌待春緑。

〔一〕「衰」，龍舒本、朝鮮本作「詩」。

## 我欲往滄海

我欲往滄海，客來自河源。手探囊中膠，救此千載渾。我語客徒爾，當還治崑崙。歎息謝不能，相看涕黐盆。客止我且往，濯髮扶桑根。春風吹我舟，萬里空目存〔一〕。

〔一〕「目」，龍舒本、皇朝文鑑卷十六我欲往滄海作「自」。

## 前日石上松

前日石上松，斸移沙水際。青青折釵股，俯映幽人砌。蟠根今鬯茂，落子還蒼翠。三年一楮葉，世事真期費。

## 日出堂上飲

日出堂上飲，日西未云休。主人笑而歌，客子歎以愀。指此堂上柱，始生在巖幽。雨露飽所滋，凌雲亦千秋。所託願永久，何言值君收。乃令卑濕地，百蟻上窮鎪。丹青空外好，鎮壓已堪憂。爲君重去之，不使一蟻留。蟻力雖云小，能生萬蚍蜉。又能高其礎，不爾繼者稠。語客且勿然，百年等浮漚。爲客當酌酒，何豫主人謀。

# 王安石文集卷第九

## 古詩

### 孔子

聖人道大能亦博，學者所得皆秋毫。雖傳古未有孔子，蠛蠓何足知天高。桓魋武叔不量力，欲撓一草摇蟠桃〔一〕。顔回已自不可測，至死鑽仰忘身勞。

〔一〕「撓」，朝鮮本作「樹」。

### 揚雄二首〔一〕

子雲游天禄，華藻鋭初學。覃思晚有得，晦顯無適莫。寥寥鄒魯後，於此歸先覺。豈嘗知符命，何苦自投閣。長安諸愚儒，操行自爲薄。謗嘲出異己，傳載因疏略。孟軻勸伐燕，伊尹干説亳。叩馬觸兵鋒，食牛要禄爵。小知羞不爲〔二〕，況彼皆卓犖。史官蔽多聞，自古喜穿鑿。

二

子雲平生人莫知〔三〕，知者乃獨稱其辭。今尊子雲者皆是，得子雲心亦無幾。聖賢樹立自有師，人知不知無以爲。俗人賤今常貴古〔四〕，子雲今存誰女數。

〔一〕龍舒本、朝鮮本題作「揚雄三首」，此爲第二首。其中「孔孟如日月」一首，底本無。

〔二〕「小」，原作「少」，今據朝鮮本改。按，「小知」，莊子逍遥遊：「小知不及大知，小年不及大年。」

〔三〕「莫」，朝鮮本作「不」，李壁校曰：「一作『莫』。」

〔四〕「常」，龍舒本作「尊」。

## 漢文帝

輕刑死人衆，喪短生者偷〔一〕。仁孝自此薄，哀哉不能謀。露臺惜百金，灞陵無高丘。淺恩施一時，長患被九州。

〔一〕「喪短」，皇朝文鑑卷十六、詩話總龜後集卷十四引作「短喪」。

## 秦始皇

天方獵中原，狐兔在所憎。傷哉六孱王，當此鷙鳥膺。搏取已掃地〔一〕，翰飛尚憑凌。

遊將跨蓬萊〔二〕，以海爲丘陵。勒石頌功德，群臣助驕矜。舉世不讀易，但以刑名稱。蚩蚩彼少子，何用辨堅冰。

〔一〕「摶」，龍舒本、朝鮮本、光啓堂本作「搏」。

〔二〕「遊」，龍舒本作「逝」。

## 韓信

韓信寄食常歉然，邂逅漂母能哀憐。當時噲等何由伍，但有淮陰惡少年。誰道蕭曹刀筆吏，從容一語知人意。壇上平明大將旗，舉軍盡驚王不疑。摶兵擊楚濰半涉〔一〕，從初龍且聞信怯。鴻溝天下已横分，談笑重來卷楚氛。但以怯名終得羽，誰爲孔費兩將軍。

〔一〕「摶兵擊楚濰半涉」，原作「捄兵半楚濰半沙」，原校曰：「一作『摶兵擊楚濰半涉』。」今據改。龍舒本、朝鮮本作「摶兵擊楚濰半涉」，李壁校曰：「一作『救兵半楚濰半涉』。」按，史記卷九十二韓信傳：「（龍且）遂戰，與信夾濰水陳，（中略）韓信乃夜令人爲萬餘囊，滿盛沙，壅水上流，引軍半渡。」「捄」，「摶」之訛。摶兵，即聚兵。「半」，涉下而訛，當作「擊」。「沙」，「涉」之形訛。

## 叔孫通

先生秦博士，秦禮頗能熟。量主欲有爲，兩生皆不欲。草具一王儀，群豪果知肅。黄金既徧賜，短衣亦已續。儒術自此凋，何爲反初服。

## 東方朔

平原狂先生，隱翳世上塵。材多不可數，射覆亦絶倫。談辭最詼怪，發口如有神。以此得親幸，賜予頗不貧。金玉本光瑩，泥沙豈能堙〔一〕。時時一悟主，驚動漢庭臣。不肯下兒童，敢言詆平津。何知夷與惠，空復忤時人。

〔一〕「泥」，龍舒本、遞修本作「浮」。黄校曰：「宋刊模糊，墨潤作『泥』。」

## 楊劉

人各有是非，犯時爲患害。唯詩以譎諫，言者得無悔。汾王昔監謗〔一〕，變雅今尚載。末俗忌諱繁，此理寧復在。南山詠種豆，議法過四罪。玄都戲桃花，母子受顛沛。疑似已如此，況欲諄諄誨。事變故不同，楊劉可爲戒。

〔一〕「汾」，龍舒本、朝鮮本、皇朝文鑑卷十六楊劉作「厲」，李壁校曰：「一作『汾』。」

## 臧倉

位在萬乘師，孟軻猶不遇。豈云貧與賤，世道非吾趣。意行天下福，事忤由然去。命也固有在，臧倉汝何與。

## 田單

湣王萬乘齊，走死區區燕。田單一即墨，掃敵如風旋。舞鳥怪不測，騰牛怒無前。飄飄樂毅去，磊砢功名傳。掘葬與劓降，論乃愧儒先。深誠可奮士，王蠋豈非賢。

## 戴不勝

昔在宋王所，皆非薛居州。區區一不勝，辛苦亦何求。懷禄詎有恥，知命乃無憂。此士自可憐，能復識此不？

## 陸忠州

虞人以士招，御者與射比。當時尚羞爲，況乃天下士。英英陸忠州，學問輔明智。低佪得坎坷，勳業終不遂。

## 開元行

君不聞開元盛天子，糾合儁傑披姦猖。幾年辛苦補四海，始得完好無疽瘡。一朝寄託誰家子，威福顛倒那復理〔一〕。那知赤子徧愁毒，秖見狂胡倉卒起。茫茫孤行西萬里，傴仄歸來竟憂死。子孫險不失故物，社稷陵夷從此始。由來犬羊著冠坐廟堂，安得四鄙無豺狼。

〔一〕「那」，朝鮮本作「誰」。

## 相送行效張籍

一車南，一車北，身世忽忽俱有役。憶昔論心兩綢繆，那知相送不得留。但聞馬嘶覺已遠，欲望應須上前坂。秋風忽起吹泥塵〔一〕，雙目空回不見人。

〔一〕「泥」，朝鮮本作「沙」。

## 陰漫漫行

愁雲怒風相追逐，青山滅没滄江覆。少留燈火就空床，更聽波濤圍野屋。憶昨踏雪度長安，夜宿木瘤還苦寒。誰云當春便妍暖，十日九八陰漫漫〔一〕。

〔一〕「九八」，龍舒本、遞修本作「八九」。

## 一日歸行

賤貧奔走食與衣，百日奔走一日歸。平生歡意苦不盡，正欲老大相因依。空房蕭瑟施繐帷，青燈半夜哭聲稀。音容想像今何處，地下相逢果是非。

## 汴水〔一〕

汴水無情日夜流，不肯爲我少淹留。相逢故人昨夜去，不知今日到何州。州州人物不相似，處處蟬鳴令客愁〔二〕。可憐南北意不就〔三〕，二十起家今白頭。

〔一〕龍舒本、朝鮮本題作「汴流」。

〔二〕「鳴」，朝鮮本作「聲」。

〔三〕「意不就」，龍舒本、朝鮮本作「志未就」。李壁校曰：「一作『意不就』。」

## 陰山畫虎圖

陰山健兒鞭鞚急〔一〕，走勢能追北風及。逶迤一虎出馬前，白羽橫穿更人立。回旗倒戟四邊動，抽矢當前放蹄入。爪牙蹭蹬不得施，磧上流丹看來濕。胡天朔漠殺氣高，煙雲萬里埋弓刀。穹廬無工可貌此，漢使自解丹青包。堂上絹素開欲裂，一見猶能動毛髮。低佪使我思古人，此地摶兵走戎羯。禽逃獸遁亦蕭然，豈若封疆今晏眠。契丹弋獵漢耕作，飛將自老南山邊，還能射虎隨少年。

〔一〕「鞚」，朝鮮本李壁校曰：「一作『控』。」

## 杜甫畫像

吾觀少陵詩，爲與元氣侔。力能排天斡九地，壯顏毅色不可求。浩蕩八極中，生物豈不稠？醜妍巨細千萬殊，竟莫見以何雕鎪。惜哉命之窮，顛倒不見收。青衫老更斥，餓走半九州。瘦妻僵前子仆後，攘攘盜賊森戈矛。吟哦當此時，不廢朝廷憂。常願天子聖，大臣各伊周。寧令吾廬獨破受凍死，不忍四海赤子寒颼颼〔一〕。傷屯悼屈止一身，嗟時之人死所羞〔二〕。所以見公畫〔三〕，再拜涕泗流。惟公之心古亦少〔四〕，願起公死從之游。

〔一〕「赤子」，原闕，今據龍舒本、朝鮮本補。「颼」，龍舒本、朝鮮本作「飀」。

〔二〕「死」，龍舒本、朝鮮本、皇朝文鑑卷十三杜甫畫像作「我」。

〔三〕「畫」，龍舒本、朝鮮本、皇朝文鑑作「像」。

〔四〕「惟」，龍舒本、朝鮮本、皇朝文鑑作「推」。

## 吴長文新得顔公壞碑

魯公之書既絶倫，歲久更爲時所珍。荒壇壞冢朽崖屋，剥落風雨埋煨塵〔一〕。斷碑數尺誰所得，點畫入紙完如新。延陵公子好事者，拓取持寄情相親。六書篆籀數變改，訓詁後世多失真。誰初妄鑿妍與醜，坐使學士勞骸筋。堂堂魯公勇且仁，出遇世難親經綸。揮毫卓犖又驚俗，豈亦以此誇常民。但疑技巧有天得，不必勉强方通神〔二〕。詩歌甘棠美召伯，愛惜蔽芾由思人。時危忠誼常恨少，寶此勿復令埋堙。

〔一〕「煨」，龍舒本作「煙」。

〔三〕「勉强」，龍舒本、遞修本、朝鮮本作「强勉」。

## 答揚州劉原甫 來詩有「因君古人風，更欲投吾簪」之句。〔一〕

少食苦不足〔二〕，一官聊自謀。爲生晚更拙，懷禄尚遲留。黽勉詎有補，强顔包衆羞。謂我古人風，知君以相優。君實高世才，主恩正綢繆。哿矣哀此民，華簪寧易投。

〔一〕「來詩有」、「之句」，原闕，朝鮮本曰：「公自注云：『來詩有「因君古人風，更欲投吾簪」之句。』」據補。

〔二〕「食」，光啓堂本、聽香館本作「貧」。

## 寄鄂州張使君〔一〕

昔人寧飲建業水，共道不食武昌魚。公來建業每自如，亦復不厭武昌居。武昌山川今可想，緑水逶迤煙莽蒼。白鷗晴飛隨兩槳，岸薺茸茸映魚網。投老留連陌上塵，思公一語何由往。

〔一〕「鄂」，原作「岳」，今據龍舒本、遞修本、朝鮮本改。按，詩中言張使君「武昌居」，北宋時武昌屬鄂州。

## 送元厚之待制知福州

海隅山谷閒，人物最多處〔一〕。平日息相吹，連城黕如霧。閩王舊宫室，丹漆美無度。今爲大帥府，千里來赴愬。元侯文章翁，更以吏能著。峨峨中天閣，鳴玉新改步。銜詔出梨嶺，方爲遠人慕。旌旗滿流水，冠蓋東門駐。四坐共咨嗟，疑侯不當去。張仲稱孝友，樊侯正求助。名城雖云樂，行矣未宜遽。

〔一〕「人」，朝鮮本作「生」。

## 悼四明杜醇〔一〕

杜生四五十，孝友稱鄉里。隱約不外求，耕桑有妻子。藜杖牧鷄豚，筠筒釣魴鯉。歲時沽酒歸，亦不乏甘旨。天涯一杯飯，夙昔相逢喜。談辭足詩書，篇詠又清泚。都城問越客，安否常在耳。日月未渠央，如何棄予死。古風久凋零，好學少爲己。悲哉四明山，此士今已矣〔二〕。

〔一〕龍舒本、朝鮮本題作「傷杜醇」。

〔二〕「士」，朝鮮本作「事」，李壁校曰：「一作『士』。」

## 哭梅聖俞

詩行於世先春秋，國風變衰始柏舟。文辭感激多所憂，律吕尚可諧鳴球。先王澤竭士已偷，紛紛作者始可羞。其聲與節急以浮，真人當天施再流。篤生梅公應時求，頌歌文武功業優。經奇緯麗散九州，衆皆少鋭老則不。翁獨辛苦不能休〔一〕，惜無采者人名遒。貴人憐公青兩眸，吹噓可使高岑樓。坐令隱約不見收，空能乞錢助饋餾。疑此有物司諸幽，棲棲孔孟葬魯鄒，後始卓犖稱軻丘。聖賢與命相楯矛，勢欲强達誠無由〔二〕。詩人況又多窮愁，李杜亦不爲公侯。公窺窮阨以身投，坎軻坐老當誰尤。吁嗟豈即非善謀，虎豹雖死皮終留。飄然載喪下陰溝，粉書軸幅懸無旒。高堂萬里哀白頭，東望使我商聲謳。

〔一〕「翁」，朝鮮本作「公」。
〔二〕「達」，龍舒本作「違」。

## 遊章義寺

九日章義寺，倦遊因解鑣。拂榻寄午夢，起尋北山椒。岑蔚鳥絶迹，悲鳴唯一蜩。歡言與僧期，於此共簞瓢。斬松八九根，寥壁具一朝。伏檻何所見，蒼蒼圍寂寥。巖谷寒更静，水泉清不摇。安得有車馬，尚無漁與樵。神茂真觀復，心明衆塵消。陰嶺有嘉客〔一〕，儻來不須招。

〔一〕「嘉」，龍舒本、朝鮮本作「佳」。

## 飯祈澤寺

駕言東南遊〔一〕，午飯投僧館。山白梅蕊長，林黄柳芽短。笭箵沙際來，略彴桑間斷。春映一川明，雪消千壑漫。魚隨竹影浮，鳥誤人聲散。翫物豈能留，干時吾自懶。

〔一〕「遊」，朝鮮本作「還」。

## 答瑞新十遠

遠水悠然碧〔一〕，遠山天際蒼。中有山水人，寄我十遠章。我時在高樓，徙倚觀八荒。亦復有遠意，千載不相忘。

〔一〕「然」，朝鮮本作「悠」。

## 送文學士倅邛州

文翁出治蜀，蜀士始文章。司馬唱成都，嗣音得王揚。犖犖漢守孫〔一〕，千秋起相望。操筆賦上林，脱巾選爲郎〔二〕。擁書天禄閣，奇字校偏傍。忽乘駟馬車，牛酒過故鄉。時平無諭檄，不訪碧雞祥。問君行何爲，關隴正繁霜。中和助宣布，循吏綴前芳。豈特爲親榮，區區夸一方。

〔一〕「守」，原作「寄」，據龍舒本、朝鮮本、嘉靖五年本改。按，此詩所送之「文學士」，乃文同，字與可。朝鮮本李壁注曰：「文同，與可也。（略）嘉祐四年，任館職，以親老，請通判邛州。」「漢守」，指文翁。李壁注引與可誌銘曰：「其先文翁，廬江人，爲蜀守，子孫因家焉。」

〔二〕「巾」，龍舒本、朝鮮本作「身」。

## 送宋中道倅洺州〔一〕

漳水不灌鄴，不知幾何時。後世有史起，乃能爲可爲。余嘗憐洺民，舄鹵半不治。頗覺漳可引，但爲談者嗤。高議不同俗，功成人始思。夫子到官日，勿忘吾此詩。

〔一〕龍舒本、朝鮮本題作「送宋中道通判洺州」。

送張公儀宰安豐

楚客來時鴈爲伴，歸期秖待春冰泮〔一〕。鴈飛南北三兩回，回首湖山空夢亂。祕書一官聊自慰，安豐百里誰復歎。揚鞭去去及芳時，壽酒千觴花爛熳。

〔一〕「秖待春冰泮」，朝鮮本作「想是冰未泮」。

送陳謽

有司昔者患不公，翻名謄書今故密〔一〕。論才相若子獨棄，外物有命真難必。鄉閭孝友莫如子，我願卜鄰非一日。朱門弈弈行多慚，歸矣無爲惡蓬蓽。

〔一〕「謄」，原作「騰」，今據龍舒本、朝鮮本改。李壁注曰：「此詩余在撫州見石本，嘉祐元年作。」按，謄者，抄寫、過録，此指科舉考試中謄録試卷。

送孫長倩歸輝州

溪澗得雨潦，奔溢不可航。江海收百川，浩浩誰能量。溪澗之日短，江海之日長。願生畜道德，江海以自方。

## 送喬執中秀才歸高郵〔一〕

薄飯午不羹，空爐夜無炭。寥寥日避席，烈烈風欺幔。謂予勿惡此，何爲向子歎。長年客塵沙，無婦助親爨。寒暄慰白首，我弟纔將冠。遭迴歲又晚，想見淮湖漫。古人一日養，不以三公换。田園在戮力，且欲歸鋤灌。行矣子誠然，光陰未宜翫。負米力有餘，能無讀書伴。

〔一〕龍舒本題作「送喬秀才歸高郵」，朝鮮本題作「送喬秀才歸高郵縣」。

## 雲山詩送正之

雲山參差碧相圍，溪水詰曲帶城陴。溪窮壤斷至者誰，予獨與子相諧熙〔一〕。山城之西鼓吹悲，水風蕭蕭不滿旗。子今去此來無時〔二〕，予有不可誰予規？

〔一〕「熙」，龍舒本作「嬉」。
〔二〕「無」，朝鮮本作「何」。

# 王安石文集卷第十

## 古詩

### 和甫如京師微之置酒

季子將北征，貂裘解亭皋。使君擁鳴騶，出餞載酒醪。作詩寵行色，坐客多賢豪。信知大夫才，能賦在登高。陟圮憂未已，强歌反哀號。問言歸何時，逮此冬風饕。川塗良阻脩，筆轡慎所操。黄屋初啓聖，萬靈歸一陶〔一〕。詢謀及疏賤，拔取皆時髦。往矣果有合，可辭州縣勞。

〔一〕「一」，龍舒本作「之」。

### 别孫莘老

逢原未熟我，已與子相知。自吾得逢原，知子更不疑。把手湖上舟，望子欲歸時。茫然乃分散，獨背東南馳。寥寥西城居，邂逅與子期。鷄鳴入省門，朱墨來紛披。含意不自得，强顔聊爾爲。會合常在夜，青燈照書詩。往往並衾語，至明不言疲。忽忽捨我去，使我當從誰？送子不出門，我身方羈縻。我心得自如，今與子相隨。隨子至湖上，逢原所嘗嬉。想見荷葉盡，北風卷寒漪。已懷今日愁，更念昔日悲。相逢亦何有，但有鏡中絲。

## 寄丁中允寶臣

人生九州間，泛泛水中木。漂浮隨風波，邂逅得相觸。始我與夫子，得官同一州。相逢皆偶然，情義乃綢繆。我於人事疎，而子久矣修〔一〕。磨礱以成我，德大不可疇。乖離今六年，念子未嘗休。豈不道相逢，但得頃刻留。歡喜不滿顔〔二〕，長年抱離憂。古人有所思，千里駕車牛。如何咫尺間，而不與子遊。顧惜五斗米，無辜自拘囚。念彼磊落者，心顔兩慚羞。剡山碧榛榛，剡水日夜流。山行苦無巇，水淺亦可舟。使君子所善，來檄自可求。何時有來意〔三〕，待子南山頭。

〔一〕「矣」，龍舒本、遞修本、朝鮮本作「已」。

〔二〕「歡」，光啓堂本作「欣」。

〔三〕「有」，原作「子」，今據龍舒本、朝鮮本改。「子」，蓋涉上下文之「子」而訛。

## 示平甫弟

汴渠西受崑崙水，五月奔湍射黄矢〔一〕。高淮夜入忽倒流，碕岸相看欲生背。萬檣如山矻不動，嗟我仲子行亦止。自聞留連且一月，每得問訊猶千里。老工取河天上落，伏礫邅沙卷無底。土橋立馬望城東，數日知有相逢喜。墻隅返照媚槐穀，池面過雨蘇筤葦。欣然把手相與閑〔二〕，所願此時無一詭。豈無他憂能老我，付與天地從今始。閉門爲謝載酒人，外慕紛紛吾已矣。

〔一〕「黄」，朝鮮本作「菁」。

〔二〕「手」，朝鮮本作「酒」。

## 憶北山送勝上人〔一〕

蒼藤翠木江南山，激激流水兩山間。山高水深魚鳥樂，車馬跡絶人長閑。雲埋樵聲隔葱蒨，月弄釣影臨潺湲。黄塵滿眼衣可濯，夢寐惆悵何時還。

〔一〕龍舒本題作「憶蔣山」，朝鮮本題作「憶蔣山送勝上人」。

## 相國寺啓同天節道場行香院觀戲者

侏優戲場中，一貴復一賤。心知本自同，所以無欣怨。

## 馬上轉韻〔一〕

三月楊花迷眼白，四月柳條空老碧。年光如水儘東流，風物看看又到秋。人世百年能幾許，何須戚戚長辛苦。富貴功名自有時，簞瓢捽茹亦山雌。

〔一〕朝鮮本李壁注曰：「此詩疑不類介甫作。」然吴曾能改齋漫録卷十一曰：「荆公嘗任鄞縣令。昔見一士人，收公親劄詩文一卷，内有兩篇，今世所刊文集無之。其一馬上云（下略）。」即此篇。

## 乙巳九月登冶城作

欲望鍾山岑，因知冶城路〔一〕。躋攀隱木杪，稍記曾遊處。紅沉渚上日，蒼起榛中霧。即事有哀傷，山川自如故。

〔一〕「知」，龍舒本作「得」。

## 過劉貢甫

去年約子遊山陂，今者仍爲大梁客。天旋日月不少留，稱意人閒寧易得。天明徑欲相就語，雲雪填城萬家白〔一〕。冬風吹鬣馬更驕，一出何由問行迹。能言奇字世已少，終欲追攀豈辭劇。枕中鴻寶舊所傳，飲我寧辭酒或索。吾願與子同醉醒，顏狀雖殊心不隔。故知今有可憐人，回首紛紛斗筲窄。

〔一〕「雲」，朝鮮本作「霰」。

## 估玉

潼關西山古藍田〔一〕，有氣鬱鬱高拄天。雄虹雌霓相結纏，晝夜不散非雲煙。秦人挾斤上其巔，視氣所出深鑱鐫。得物盈尺方且堅，以斤試叩聲泠然。持歸市上求百錢，人皆疑嗟莫愛憐。大梁老估聞不眠，操金喜取走蹁躚。深藏牢包三十年，光怪鄰里驚相傳，欲獻天子無由緣。朝廷昨日鍾鼓縣，呼工琢圭寘神筵。玉材細瑣不中權，賈孫抱物詔使前。紅羅複疊帕紫氈〔二〕，發視紺碧光屬聯。詔問與價當幾千，衆工讓口無敢先，嗟我豈識真一作庬。與全〔三〕。

〔一〕「山」，朝鮮本作「上」。

〔二〕「帕」，原作「怕」，今據龍舒本、朝鮮本、嘉靖五年本改。「帕紫氈」，意謂以紫氈包纏。

〔三〕「真」，龍舒本、朝鮮本作「厖」。

## 信都公家白兔

水精爲宫玉爲田〔一〕，姮娥縞衣洗朱鉛〔二〕。宫中老兔非日浴，天使潔白宜嬋娟。揚鬚弭足桂樹間，桂花如霜亂後前〔三〕。赤鴉相望窺不得，空疑兩瞳射日丹。東西跳梁自長久，天畢横施亦何有。憑光下視罝罔繁，衣褐紛紛漫回首。去年驚墮滁山雲，出入虚莽猶無群。奇毛難藏果亦得，千里今以窮歸君。空衢險幽不可返，食君庭除嗟亦窘。令予得爲此兔謀，豐草長林且遊衍。

〔一〕「精」，龍舒本、遞修本、朝鮮本作「晶」。

〔二〕「姮」，龍舒本、朝鮮本作「常」；光啓堂本、聽香館本作「嫦」。

〔三〕「亂」，遞修本作「司」。

## 車螯二首

車螯肉甚美，由美得烹燔。殻以無味棄，棄之能久存。予嘗憐其肉，柔弱甘咀吞。又嘗怪其殼，有功不見論。醉客快一啖，散投墻壁根。寧能爲收拾，持用訊醫門〔一〕。

## 二

車螯肉之弱，恃殼保厥身。自非身有求，不敢微啓脣。尚恐擉者得，泥沙常埋堙。往往湯火間，身盡殼空存。維海錯萬物，口牙工咀吞〔二〕。爾無如彼何，可畏寧獨人。無爲久自苦，含匿不暴陳。豁然從所如，游蕩四海濆。清波濯其污〔三〕，白日曬其昏。死生或有在，豈遽得烹燔。

〔一〕「訊」，清綺齋本作「謁」。

〔二〕「工」，原作「且」，今據朝鮮本改。按，「工咀吞」，即善於吞噬。李壁注曰：「言海之百怪亦善吞噬，不獨人能捕爾也。」

〔三〕「濯」，原作「躍」，據朝鮮本、四庫本改。

## 與平甫同賦槐

冰雪泊楚岸，萬株同飄零。春風都城居，初見葉青青。歲行如車輪，蔭翳忽滿庭。秋子今在眼，何時動江舲。

## 甘棠梨

甘棠詩所歌，自足誇衆果。愛其凌秋霜，萬玉懸磊砢。園夫盛採摘，市賈争包裹。車輪動盈箱，舟載輒連柁。朝分不知數，暮在知幾顆。但使甘有餘，何傷小而橢。主人捐千金，飣餖留四坐。柑椑與橙栗，在口亦云可。都城紛華地，内熱易生火。問客當此時，蠲煩孰如我？

## 獨山梅花

獨山梅花何所似，半開半謝荆棘中。美人零落依草木，志士顛顇守蒿蓬。亭亭孤艶帶寒日，漠漠遠香隨野風。移栽不得根欲老，回首上林顔色空。

## 同昌叔賦鴈奴

鴈鴈無定棲[一]，隨陽以南北。嗟哉此爲奴，至性能懇惻。人將伺其殆，奴輒告之亟。舉群寤而飛，機巧無所得。夜或以火取，奴鳴火因匿。頻驚莫我捕，顧謂奴不直。嗷嗷身百憂，泯泯衆一息。相隨入矰繳，豈不聽者惑。偷安與受紿，自古有亡國。君看鴈奴篇，禍福甚明白。

〔一〕「鴈鴈」，朝鮮本作「鴻鴈」。

## 老樹

去年北風吹瓦裂，墻頭老樹凍欲折。蒼葉蔽屈忽扶疎〔一〕，野禽從此相與居。禽鳴無時不可數，雌雄各自應律呂。我牀撥書當午眠，能驚我眠聒我語。古詩鳥鳴山更幽，我念不若鳴聲收。但憂此物一朝去，狂風還來欺老樹。

〔一〕「屈」，龍舒本、朝鮮本作「屋」。李壁校曰：「一作『屈』。」

## 賦棗得「燭」字。〔一〕

種桃昔所傳，種棗予所欲。在實爲美果，論材又良木。餘甘入鄰家，尚得饞婦逐。況余秋盤中，快噉取饜足。風包墮朱繒，日顆皺紅玉。贄享古已然，豳詩自宜録。紖懷青齊間，萬樹蔭平陸。誰云食之昏，匿知乃成俗。廣庭觴聖壽，以此參肴蔌。願比赤心投〔二〕，皇明儻予燭。

〔一〕龍舒本題作「棗燭字」。

〔二〕「比」，朝鮮本作「此」。

## 飛鴈

鴈飛冥冥時下泊〔一〕，稻粱雖少江湖樂。人生何必慕輕肥，辛苦將身到沙漠。漢時蘇武與張騫，萬里生還值偶然〔二〕。丈夫許國當如此，男子辭親亦可憐。

〔一〕「鴈飛」，朝鮮本作「飛鴈」。

〔二〕「值」，朝鮮本作「但」。

## 寓言九首〔一〕

詵詵古之士，出必見禮樂。群游與衆飲〔二〕，仁義得揚搉〔三〕。心疲歌舞荒，耳聒米鹽濁。所以後世賢，絶俗乃爲學。

二

不得君子居，而與小人游。疵瑕不相摩，況乃禍釁稠。高語不敢出，鄙辭强顔酬。始云避世患，自覺日已偷。如無一齊人〔四〕，以萬楚人咻。云復學齊言，定復不可求。仁義多在野，欲從苦淹留。不悲道難行，所悲累身修。

三

周公歌七月，耕稼乃王術。宣王追祖宗，考牧與宮室。甘棠能聽訟，召伯聖人匹。後生論常高，於世復何實。

四

婚喪孰不供？貸錢免爾縈〔五〕。耕收孰不給？傾粟助之生。物贏我收之，物窘出使營。後世不務此，區區挫兼并。

五

正觀業萬世，經營豈非艱。其子一搖之，宗廟靈幾殫〔六〕。開元始聰明〔七〕，一眚犇岷山〔八〕。功高後毀易〔九〕，德薄人存難。

六

言失於須臾，百世不可除。行失几席間，惡名滿八區。百年養不足，一日毀有餘。諒彼耻不仁，戒哉惟厥初。

七

鐘鼓非樂本，本末猶相因。仁聲入人深，孟子言之醇。如何正觀君，從古同隋陳。風俗不粹美，惜哉世無臣。

八

遊鯨厭海濁，出戲清江湄。風濤助翻騰，網罟不敢窺。失身洲渚間，螻蟻乘其機。物大苦易窮，一窮無所歸。

九

猛虎卧草間，群鳥從噪之〔一〇〕。萬物忌强梁，寧獨以其私。虎終機械得，烏亦彈丸隨。山鷄不忤物，默與鳳凰期。

〔一〕此爲龍舒本、朝鮮本寓言十五首中九首，其餘七首，見本書集外文一。

〔二〕「衆飲」，原作「群飲」，據龍舒本、朝鮮本改。

〔三〕「得」，原作「待」，據龍舒本、朝鮮本改。按，遞修本黄校曰：「『群』、『待』，明刊本同，宋刊本作『衆』、『得』。」黄校甚是。此謂古人游飲，仁義可得揚搉，今則不然。

〔四〕「無」，原作「傅」，據龍舒本、嘉靖五年本、皇朝文鑑卷十六寓言四首改。按，遞修本黄校曰：「『傅』，明刊本同，宋刊本作『無』。」

〔五〕「免爾縈」，龍舒本作「勉爾營」。

〔六〕「靈」，遞修本作「能」。

〔七〕「開元」，遞修本作「開基」。

〔八〕「岷山」，遞修本作「西山」。

〔九〕「功高」，龍舒本作「高功」。

〔一〇〕「烏」，龍舒本、朝鮮本作「鳥」，下同。

## 舟中讀書

冉冉木葉下，蕭蕭山水秋。浮雲帶田野，落日抱汀洲。歸卧無與語，出門何所求。未能忘感慨，聊以古人謀。

## 和王樂道讀進士試卷〔一〕

文章始隋唐，進取歸一律。安知鴻都事，竟用程人物。變今嗟未能〔二〕，於己空自咄。

流波亦已漫，高論常見屈。故令俶儻士，往往棄堙鬱。臯陶叙九德，固有知人術。聖世欲爾爲，徐觀異人出。

〔一〕龍舒本、朝鮮本題作「讀進士試卷」。

〔二〕「嗟」，龍舒本作「差」。

## 自訟

孔子見南子，子路爲不怡。欲從公山氏，勃鬱見色辭。道如天之蒼，萬物不能緇。弟子尚不信，況余乏才資。明知古人仁，語默各有時。苟出不自慎，果爲聽者疑。白圭尚可磨〔一〕，駟馬猶能追。一言成不智，雖悔欲何爲。

〔一〕「可」，原作「有」，據龍舒本、朝鮮本改。按，遞修本黄校曰：「『有』，明刊本同，宋刊本『可』。」

## 彼狂

上古杳默無人聲，日月不忒山川平。人與鳥獸相隨行，祖孫一死十百生。萬物不給乃相兵，伏羲畫法作後程。漁蟲獵獸寬群争，勢不得已當經營。非以示世爲聰明，方分類別物有名。夸賢尚功列恥榮，蠱僞日巧雕元精。至言一出衆輒驚，上智閉匿不敢成。因時就俗救刖黥，惜哉彼狂以文鳴。强取色樂要聾盲，震蕩沈濁終無清。詠詭徒亂聖人氓，豈若泯默死蠶耕。

## 衆人

衆人紛紛何足競，是非吾喜非吾病。頌聲交作莽豈賢，四國流言旦猶聖。唯聖人能輕重人，不能銖兩爲千鈞。乃知輕重不在彼，要之美惡由吾身〔一〕。

〔一〕「之」，龍舒本、朝鮮本作「知」。李壁校曰：「一作『之』。」

# 王安石文集卷第十一

## 古詩

### 寄題郢州白雪樓

折楊黄華笑者多，陽春白雪和者少。知音四海無幾人，況乃區區郢中小。千載相傳始欲慕，一時獨唱誰能曉。古心以此分冥冥，俚耳至今徒擾擾。朱樓碧瓦何年有，榱桷連空欲驚矯。郢人爛漫醉浮雲，郢女參差躡飛鳥。丘墟餘響難再得，欄檻兹名復誰表。我來欲歌聲更吞，石城寒江暮雲繞〔一〕。

〔一〕「雲」，龍舒本、朝鮮本作「空」。

### 聖俞爲狄梁公孫作詩要予同作

虎豹不食子，鴟梟不乘雄。人惡甚鳥獸，吾能與成功。愛有以計留，去有勢不容。吾謀適合意，幾亦齒姦鋒。時恩淪九泉，褒取異代忠。堂堂社稷臣，近世孰如公？空使苗裔孫〔一〕，稱揚得詩翁。一讀亦使我，慨然想餘風。

〔一〕「空」，龍舒本作「當」。「苗裔孫」，原作「苗裔稱」，涉下文而訛，據朝鮮本、殘宋本李注改。此二句意謂狄梁公後裔，得梅聖俞稱揚。

## 蒙亭

隱者委所逢〔一〕，在物無不足。山林與城市，語道歸一轂。詩人論巨細，此指尚局束。頗知區區者，自屏忍所欲。孰識古之人，超然遺耳目。豈於喧與静，趣舍有偏獨。命亭今何爲，似乃畏驚俗。至意不標揭，小名聊自屬〔二〕。夏風簷楹寒，冬雪窻户燠。春樊亂梅柳，秋徑深松菊。壺觴日笑傲，裙屐相追逐〔三〕。此樂已難言〔四〕，持琴作新曲。

〔一〕「委」，朝鮮本作「安」。

〔二〕「小」，朝鮮本作「閣」。

〔三〕「裙屐」，原作「裙屣」，據四庫本、朝鮮本、殘宋本李注改。

〔四〕「已」，安正堂本作「亦」。

## 和王樂道烘蝨

秋暑汗流如炙輠〔一〕，敝衣濕蒸塵垢涴。施施衆蝨當此時，擇肉甘於虎狼餓。咀嚙侵膚未云已，爬搔次骨終無那。時時對客輒自捫，千百所除纔幾箇〔二〕。皮毛得氣强復活，爪甲流丹真暫破。未能湯沐取一空，且以火攻令少挫。踞爐熾炭已不暇，對竈張衣誠未過。飄零乍若蛾赴燈，驚擾端如蟻旋磨。欲毆百惡死焦灼，肯貸一凶生棄播。已觀細黠無所容，未放老奸終不墮。然臍郿塢患溢世，焚寶鹿臺身易貨。冢中燎入化秦屍，池上焮隨遷莽坐。彼皆勢極就煙埃，況汝命輕侔涕唾。逃藏壞絮尚欲索，埋沒死灰誰復課。一本無此八句。熏心得禍爾莫悔，爛額收功吾可賀。猶殘衆蟣恨未除，自計寧能久安臥。

〔一〕「暑」，原作「水」，據龍舒本、遞修本、朝鮮本、嘉靖五年本改。

〔二〕「千」，遞修本、龍舒本、朝鮮本、嘉靖五年本作「十」。

## 和聖俞農具詩十五首〔一〕

### 田廬

田父結田廬，聊容一身息。呼兒取茅竹，不借鄉人力。起行廬旁朝，歸臥廬下夕。悠悠各有願，勿笑田廬窄。

樵斧

百金聚一冶，所賦以所遭。此豈異莫耶〔二〕，奈何獨當樵。朝出在人手，暮歸在人腰。用捨各有時，此心兩無邀〔三〕。

耕牛

朝耕草茫茫，暮耕水潏潏。朝耕及露下，暮耕連月出〔四〕。身無一毛利〔五〕，主有千箱實。睆彼天上星，空名豈余匹。

水車

取車當要津，膏潤及遠野。與天常斡旋，如雨自滮瀉。置心亦何有，在物偶相假。此理乃可言，安得圓機者。

牧笛

緑草無端倪，牛羊在平地。芊綿杳靄間，落日一横吹。超遥送逸響〔六〕，澶漫寫真意〔七〕。豈比賣餳人，吹簫販童稚。

颺扇

精良止如留，疏惡去如擯。如擯非爾憎，如留豈吾吝。無心以擇物，誰喜亦誰慍。翁乎勤簸颺，可使糠粃盡。

田漏

占星昏晚中〔八〕，寒暑已不疑。田家更置漏，寸晷亦欲知。汗與水俱滴，身隨陰屢移。誰當哀此勞，往往奪其時。

牛衣

百獸冬自暖，獨牛非氄毛。無衣與卒歲，坐恐得空牢。主人覆護恩，豈啻一綈袍。問爾何以報，離離滿東皋。

樓種〔九〕

富家種論石，貧家種論斗。富貧同一時，傾瀉應心手。行看萬壟空，坐使千箱有。利物博如此，何慚在牛後。

耒耜

耒耜見於易，聖人取風雷。不有仁智兼，利端誰與開。神農后稷死，般爾相尋來。山林盡百巧，揉斲無良材。

錢鎛

於易見耒耜，於詩聞錢鎛。百工聖人爲，此最功不薄。欲收禾黍善，先去蒿萊惡。願同欹器悟〔一〇〕，更使臣工作。

耰耡

鍛金以爲曲，揉木以爲直。直曲相後先，心手始兩得。秦人望屋食，以此當金革。君勿易耰耡，耰耡勝鋒鏑。

襏襫

采采霜露下，披披煙雨中。蒲茅以爲友〔一一〕，短褐相與同〔一二〕。勿妬市門人，綺紈被奴僮。當慚邊城戍，擐甲徂春冬。

臺笠史記索隱謂：「蓬累，立也。」〔一三〕

耕有春雨濡，耘有秋陽暴。二物應時須，九州同我服〔一四〕。欲爲生少慕〔一五〕，得此自云足。君思周伯陽，所願豈華轂。

## 耘鼓

逢逢戲場聲，壞壞戰時伍。日落未云休，田家亦良苦。問兒今壟上，聽此何莽鹵。昨日應官繇，州前看歌舞。

〔一〕龍舒本、朝鮮本題作「和農具詩十五首」。

〔二〕「莫耶」，龍舒本、遞修本作「鏌鋣」。

〔三〕「心」，原作「日」，今據龍舒本、遞修本、朝鮮本改。按，「此心本無邀」，意謂用捨由時，此心本無所求。

〔四〕「月」，龍舒本作「野」。

〔五〕「身」，原作「自」，據龍舒本、遞修本、朝鮮本改。

〔六〕「超」，光啓堂本、聽香館本作「迢」。

〔七〕「澶」，龍舒本、朝鮮本作「誕」。

〔八〕「晚」，龍舒本、朝鮮本作「曉」。

〔九〕「樓」，聽香館本作「耬」。

〔一〇〕「同歆」，龍舒本、朝鮮本作「因觀」。

〔一一〕「蒲茅」，朝鮮本作「茅蒲」。

〔一二〕「短」，遞修本作「裋」。

〔一三〕龍舒本題作「薹笠」。「立」，朝鮮本作「笠」。
〔一四〕「服」，龍舒本作「欲」。
〔一五〕「欲」，龍舒本、朝鮮本作「孰」。

## 次韻酬微之贈池紙并詩

微之出守秋浦時，椎冰看擣萬穀皮。波工龜手咤今樣，魚網肯數荆州池。霜紈奪色賈不售，虹玉喪氣山無輝。方船穩載獻天子，善價徐取供吾私。十年零落尚百一，持以贈我隨清詩。君寧久寄金穀地，方執賜筆磨坳螭。當留此物朝上國，日侍帝側書新儀。不然名山副史本，褒拔元凱誅窮奇。咨予文章非世用〔一〕，畫鏤空爾糜冰脂。揮毫才足記姓字，竊學又恥從師宜。忽忽點污亦何忍，嘉貺但覺難爲辭。篇終有意責趙璧，窮國恐誤連城歸。傾囊倒篋聊一報，安敢坐以秦爲雌。

〔一〕「咨」，龍舒本作「嗟」。

## 酬沖卿月晦夜有感

夜雲不見天，況乃星與月。蕭蕭暗塵走〔一〕，坎坎寒更發。樓歌客尚飲，酩酊不畏雪。

巷哭復有人，鄰風送幽咽。紛然各所遇，悲喜孰優劣。君方感莊周，浩蕩擺羈紲。歸來亦置酒，玉指調絃撥。獨我坐無爲，青燈對明滅。

〔一〕「走」，龍舒本、朝鮮本作「定」。

## 送子思兄參惠州軍〔一〕

澐澐曲江水，天借九秋色。樓臺飛半空，秀氣盤韶石〔二〕。載酒填里閭，吹花換朝夕。笙簫震河漢，錦繡爛冠幘。地靈瘴癘絶，人物傾南極。先朝有名臣，卧理訟隨息。稍稍延諸生，談笑與賓客〔三〕。子來適妙年，謁入交履舄。寂寥九齡後，此獨望一國。虞翻禮丁覽〔四〕，韓愈俟趙德。孤岸鎮頽波，俗流未易識。我方文葆中，旋逐旌旗蹟。去思今豈忘，耳目熟遺迹。吏含殷勤言，俛仰問乖隔。當時府中兒，侵尋鬢邊白。下帷雖著書，不救寒饑迫〔五〕。謂宜門闌士，宦路久烜赫。奈何猶差池，更捧丞掾檄。驥摧千里蹄，鵬墮九霄翮。人生無巧愚，天運有通塞。試觀馳騁人，意氣宇宙窄。榮華去路塵，謗辱與山積。優游禄仕間，較計誰失得〔六〕。送君强成歌，陟岵翻感激。

〔一〕「軍」下，朝鮮本衍「事」字。

〔二〕「氣」，朝鮮本作「色」。

〔三〕「與」，龍舒本作「預」，朝鮮本作「顧」。

〔四〕「覽」，原作「汜」，今據朝鮮本、殘宋本李注改。按，此用典，三國志吴志卷十二虞翻傳：「初，山陰丁覽、太末徐陵，或在縣吏之中，或衆所未識。翻一見之，便與友善，終成顯名。」

〔五〕「饑」，朝鮮本作「餓」。

〔六〕「失得」，朝鮮本作「得失」。

## 送董伯懿歸吉州

我來以喪歸，君至因謫徙〔一〕。蒼黄憂患中，邂逅遇於此。去年服初除，聽赦相助喜。看君數歸月，但屈兩三指。茫然冬更秋，一笑非願始。籃輿楊柳下，明月芙蕖水。僮饑屢闚門，客罷方隱几。是非評衆詩，成敗斷前史。時時對奕石，漫浪争生死。送迎皆幅巾，設食但陳米。亦曾戲篇章，揮翰疾蒿矢。君豪才有餘，我老憊先止。東城景陽陌，南望長干紫。欲斸三畝蔬，於焉寄殘齒。經過許後日，唱和猶在耳。新恩忽捨我，欣悵生彼己。江湖北風帆，捩柂即千里。相逢知何時，莫惜縑與紙。

〔一〕「因」，朝鮮本作「以」。

## 八月十九日試院夢沖卿

空庭得秋長漫漫，寒露入幕愁衣單。喧喧人語已成市，白日未到扶桑閒。永懷所好卻成夢，玉色髣髴開心顔。逆知後應不復隔，談笑明月相與閒。

## 平甫歸飲

無田士相弔，亦以廢燕樂。我官雖在朝，得飲乃不數。詩書向墻户，賓至無杯杓。空取上古言，疇之等糟粕。有如揚子雲，歲晚天禄閣。但無載酒人，識字真未博。叔兮歸自東，一笑堂上酌。緒餘不及客，兒女聊相酢。高談非世歡，自慰亦不惡。寄言繁華子，此趣由來各。

## 答陳正叔

天馬志萬里，駕鹽不如閑。壯士困局束，不如棄之完〔一〕。利行有阸轍，勢涉無恬瀾。明明千年羞，促促一日歡。孰肯避此世，引身取平寬。超然子有意，爲我歌考槃。予方慕孔氏，委吏久盤桓。得失未云殊，聊各趨所安。

〔一〕「完」，遞修本黄校曰：「『完』字此刻本無末筆，誤增。」

## 過食新城藕

他年過食新城藕，枕藉船中載親友。今年却到經行處，獨坐昏煙對舞柳。甘酸向口無所適，牢落盤餐與樽酒。冰房玉節漫自好，欲御還休涕垂手。曾參宦學居常近，陽城離别初不久。人間此願兩未能，西風落日空迴首。

## 明州錢君倚衆樂亭

使君幕府開東部，名高海曲人知慕。艤船談笑政即成，洗滌山川作嘉趣〔一〕。平泉浩蕩銀河注〔二〕，想見明星弄機杼。載沙築成天上路，投虹爲橋取孤嶼。掃除荆棘水中央，碧瓦朱甍隨指顧。春風滿城金版舫，來看置酒新亭上。百女吹笙綵鳳悲，一夫伐鼓靈鼉壯。安期羨門相與遊，方丈蓬萊不更求。酒酣忽跨鯨魚去，陳迹空令此地留。

〔一〕「嘉」，龍舒本、朝鮮本作「佳」。

〔二〕「平」，安正堂本作「清」。

## 愛日

鴈生陰沙春，冬息陽海澨。冥冥取南北，豈以食爲累。咨予愁病軀，朴鄙人所戲〔一〕。無才治時難，量力當自棄。豈知塞上霜，飄然亦何事。高堂已白髮，愛日負明義。悲風吹平原〔二〕，秣馬聊一愒。含懷孰與語，仰屋思歎喟。孟母知身從，萊妻恥人制。一肉儻易謀，萬鍾非得計。

〔一〕「朴鄙」，朝鮮本作「鄙朴」。

〔二〕「悲風」，朝鮮本作「怨風」，李壁校曰：「『怨風』當作『悲風』。」

## 答裴煜道中見寄

君遊苦數歸苦晚，一驛險有千里遠。知君陟降旦暮間，馬力不勁厭長坂。雨脚墜地花枝低，風頭入溪蒲葉偃。此處登臨不奈愁，瓊樹森森遮疊巘。

## 餘寒

餘寒駕春風，入我征衣裳。捫鬢秖得凍〔一〕，蔽面尚疑創。士耳恐猶墜，馬毛欲吹僵。

牢持有失箸，疾飲無留湯。曈曈扶桑日，出有萬里光。可憐當此時，不濕地上霜。冥冥鴻鴈飛，北望去成行。誰言有百鳥，此鳥知陰陽。豈時有必至，前識聖所臧。把酒謝高翰，我知思故鄉。

〔一〕「鬢」，龍舒本作「鬒」。

## 孤城〔一〕

孤城回望一作首。距幾何〔二〕，記得好處常經過〔三〕。最思東山煙樹色〔四〕，更憶南湖秋水波。百年顛倒一作三年飄忽。〔五〕如夢寐，萬事乖隔一作萬事感激。徒悲歌〔六〕。應須飲酒不復道，今夜江頭明月多。

〔一〕龍舒本、朝鮮本題作「憶鄞縣東吴太白山水」。

〔二〕「望」，龍舒本、朝鮮本作「首」，李壁校曰：「一作『望』。」「距」，朝鮮本作「詎」。

〔三〕「記」，龍舒本、朝鮮本作「憶」。「常」，龍舒本、朝鮮本作「長」。

〔四〕「煙樹色」，龍舒本作「湖樹靄」，朝鮮本作「春樹靄」。

〔五〕「百年顛倒」，龍舒本、朝鮮本作「三年飄忽」。李壁校曰：「一作『百年顛倒』。」

〔六〕「乖隔」，龍舒本、朝鮮本作「感激」。李壁校曰：「一作『乖隔』。」

# 和微之藥名勸酒

赤車使者錦帳郎，從容珂馬留閑坊〔一〕。紫芝眉宇傾一坐，笑語但聞雞舌香。藥名勸酒詩實好，陟釐爲我書數行。真珠的皪鳴槽牀，金罍琥珀正可嘗。史君子細看流光，莫惜覓醉衣淋浪。獨醒至死誠可傷，歡華易盡悲酸早，人間没藥能醫老。寄言歌管衆少年，趁取烏頭未白前。

〔一〕「容」，原作「客」，今據遞修本、朝鮮本、殘宋本李注、嘉靖五年本改。按，「從容」，諧肉蓯蓉之音，中藥。朝鮮本卷十八既别羊王二君與同官會飲於城南因成一篇追寄用藥名：「酒肉從容追路遠。」李壁注曰：「肉蓯蓉。」

# 客至當飲酒二首

結屋在墻陰，閉門讀詩書。懷我平生友，山水異秦吴。杖藜出柴荆，豈無馬與車。窮通適異趣，談笑不相愉。豈復求古人〔一〕，浩蕩與之俱。客至當飲酒，日月無根株。

二

天提兩輪光，環我屋角走。自從紅顔時，照我至白首。纍纍地上土，往往平生友。少年所種樹，磦砢行復朽。古人有真意，獨在無好醜。冥冥誰與論，客至當飲酒。

〔一〕「豈」，朝鮮本作「寧」。

## 乙未冬婦子病至春不已

天旋無窮走日月，青髮能禁幾回首。兒呻婦歎冬復春，强欲笑歌難發口。黄卷幽尋非貴嗜，藜牀穩卧雖貧有。二物長乖亦可憐，一生所得猶多苟。

## 强起

寒堂耿不寐，轆轆聞車聲。不知誰家兒，先我霜上行。歎息夜未央，遽呼置前楹〔一〕。推枕欲强起，問知星正明。昧旦聖所勉，齊詩有雞鳴。嗟予以竊食，更覺負平生。

〔一〕「遽呼」，朝鮮本作「呼燈」，義長。

## 飲裴侯家

裴侯飲我日向中，四坐賓客顔皆紅。掃除高館邀我入，自出糶麥憐民窮。天邊眼力破萬里，桑麻冥冥山四起。野心探尋殊未已，更欲湔衣北城水。忽見碧樹櫻桃懸，下馬恣食不論錢。赤星磊落入我眼，恐是半醉遊青天。裴侯方坐塵沙裏，役身救物當如此。我曹偶脱簿領閒，何忍愛惜一日閑。且歸拂席飽眠睡，明日更看滁南山。

送謝師宰赴任楚州二首〔一〕

珠玉不自貴，故爲人所憐。賢愚亦如此，好惡有自然。聞子欲東南，使我抱幽悁〔二〕。炎風沙土中，甘與子留連。大梁非無客，跪起廢食眠。相看獨不厭，以此知子賢。衰氣已難强，壯心方少年。才高豈易得，勗子在雕鐫。

二

崑崙一支流向東，七月八月船如風。愛君少壯此行樂，恨我留連成老翁。神頭兩岸水無窮，伏檻荷花滿地紅〔三〕。當時不得君携手，今日山川在眼中。

〔一〕「二首」，原無，據底本目録補。

〔二〕「幽」，朝鮮本作「憂」，李壁校曰：「一作『幽』。」

〔三〕「地」，朝鮮本作「眼」。

## 次韻遊山門寺望文脊山〔一〕

宣城百山間，文脊尤奇峰。拔出飛鳥上，圖畫難爲容。聞昔有幽人，捫蘿追赤松。遺形此古室，孤坐鹿裘重。人去邈不反，洞壑空藏龍。側行蒼崖煙，俯仰求靈蹤。遊者如可得〔二〕，甘棄萬户封。安能久塵土，傾倒相迎逢。

〔一〕此篇龍舒本不載，乃吴季野之詩，誤入本書。梅堯臣集編年校注卷二十五有次韻和吴季野遊山寺登望文脊山，所次韻之詩即此篇（嘉靖寧國縣志卷四）。

〔二〕「如」，遞修本、嘉靖五年本作「追」。

## 車螯

海於天地間，萬物無不容。車螯亦其一，埋没沙水中。獨取常苦易，衛生乏明聰。機緘誰使然，含蓄略相同。坐欲腸胃得，要令湯火攻〔一〕。置之先生盤，噉客爲一空。蠻夏怪四坐，不論殻之功。狼籍堆左右，棄置任兒童。何當强收拾，持問大毉工。

〔一〕「令」，安正堂本作「命」。

## 疥

浮陽燥欲出，陰濕與之戰。燥濕相留連，蟲出乃投間〔一〕。搔膚血至股，解衣燎鑪炭。方其愜心時，更自無可患。呼醫急治之，莫惜千金散。有樂即有苦，愜心非所願。

〔一〕「出」，朝鮮本作「生」。

# 王安石文集卷第十二

## 古詩

### 和平甫舟中望九華山二首〔一〕

楚越千萬山，雄奇此山兼。盤根雖巨壯，其末乃脩纖。去縣尚百里，側身勇前瞻。蕭條煙嵐上，縹緲浮青尖。徐行稍復逼，所矚亦已添。精神去亹亹，氣象來漸漸。卸席取近岸，移船傍蒼蒹。窺觀坐窮晡，未覺晷刻淹。江空萬物息，四面波瀾恬。峨然九女鬟，争出一鏡匳。卧送秋月没，起看朝陽暹。遊氛蕩無餘，瑣細得盡覘。陵空翠纛直〔二〕，照影寒鋩銛。冢木立紺髮，崖林張紫髯。變態生倏忽，雖神詎能占。當留老吾身，少駐誰云曆！惜哉秦漢君，黄屋上衡灊。等之事嬉遊，捨此何其廉！我疑二后荒，神物久已厭。埋藏在雲霧，不欲登昏憸。又疑避褒封，蔽匿以爲謙。或是古史書，脱落簡與籤。當時備巡遊，今不在緗縑。終南秦之望，泰山魯所詹。天王與秩祭，俎豆羅醯鹽。苟能澤下民，維此遠亦沾。方今東南旱，土脉燥不黏。尚無膚寸功，豈免竊食嫌。神莽吾難知，士病吾能砭。文章巧傅會，智術工飛箝。薦寶互珪璧，論材自楩柟。苟以飾婦妾，謬云活蒼黔。豈如幽人樂，玆山謝閭閻。穴石作户牖，垂泉當門簾。尋奇出後徑，覽勝倚前簷。超然往不返，舉世徒呫呫。高興寄日月，千秋伴烏蟾。遐追商洛翁，秦火不能炎。近慕楚穆生，竟脱楚人鉗。吾意竊所尚，人謀諒難僉。

二〔三〕

誰謂九華遠，吾身未嘗詹。唱篇每起予，予口安能箝。憶在秋浦北，空江上新蟾。光潔寫一鏡，迴環兩堤奩。露坐引衣裓，風行欹帽簷。維舟當此時，巨細得盡瞻。試嘗論大略，次乃述微纖。此山廣以深，包畜萬物兼。嘘雲吐霧雨，生育靡不漸。巍然如九皇，德澤四海沾。此山相後先，各出群峰尖。毅然如九官，羅立在堂廉。挺身百辟上，附麗無姦憸。此山高且寒，五月不覺炎。草樹萋已緑，冰霜尚涵淹。頽然如九老，白髮連蒼髯。此山當無雲，秀色鬱以添。姹然如九女，靚飾出重簾。珮環與巾裙〔四〕，紺玉青紈縑。遠之妍西施，近或醜無鹽。變態不可窮，詩者徒呫呫。我初勇一往，役世難安恬。浪荒不走職，民瘼當誰砭。乖離今數旬，夢想欲窺覘。自期得所如，何啻釋囚鉗〔五〕。念昔太白巔，下視海日暹〔六〕。朅來天柱遊，屐齒尚苔黏。猶之健飲食，屢饗亦云饜。胡爲慕攀踏，已儓且不嫌。豈其仁智心，山水固所潛。男兒有所學，進退不在占。功名苟不諧，廊廟等閭閻。況乃掄椽杙，其誰辨梗柟。歸歟巖崖居，料理帶與籤。得石坐兀兀，逢泉飲厭厭。取舍斷在獨，豈必詢謀僉。子語實慰我，寧殊邑中黔。玉枝將在山，當倚以葭蒹。詩力我已屈，鋒鋩子猶銛。扶傷更一戰〔七〕，語汝其無謙。

〔一〕龍舒本、朝鮮本題作「和平甫舟中望九華山四十韻」。

〔二〕「直」，清綺齋本作「舞」。

〔三〕龍舒本、朝鮮本題作「重和」。

〔四〕「裙」，朝鮮本作「裾」。

〔五〕「囚鉗」，原作「因鉗」，据龍舒本、朝鮮本、嘉靖五年本改。囚鉗，束縛之意。

〔六〕龍舒本此句下有注：「太白，鄞之名山。」

〔七〕「傷」，原作「復」，今據龍舒本、遞修本、朝鮮本、嘉靖五年本改。按，此處以戰喻詩，故曰「扶傷」。

## 和中甫兄春日有感〔一〕

雪釋沙輕馬蹄疾，北城可遊今暇日。濺濺溪谷水亂流，漠漠郊原草争出〔二〕。嬌梅過雨吹爛熳，幽鳥迎陽語啾唧。分香欲滿錦樹園，剪綵休開寶刀室。胡爲我輩坐自苦，不念茲時去如失。飽聞高逕動車輪，甘卧空堂守經帙。淮蝗蔽天農久餓，越卒圍城盜少逸。至尊深拱罷簫韶，元老相看進刀筆。春風生物尚有意〔三〕，壯士憂民豈無術。不成歡醉但悲歌，回首功名古難必。

〔一〕龍舒本、朝鮮本題作「次韻和中甫兄春日有感」。

〔二〕「郊」，清綺齋本作「高」。

〔三〕「春風」，龍舒本、朝鮮本作「盲風」。

## 信陵坊有籠山樂官

萬里山林姿，羽毛何璀璀。鳴聲應律吕，唯有知者愛。都門市井兒，誰翫汝文采。應須鎖樊籠，勿受丸矰害。

## 收鹽

州家飛符來比櫛，海中收鹽今復密。窮囚破屋正嗟欷，吏兵操舟去復出。海中諸島古不毛，島夷爲生今獨勞。不煎海水餓死耳，誰肯坐守無亡逃。爾來賊盜往往有〔一〕，劫殺賈客沈其艘。一民之生重天下，君子忍與争秋毫。

〔一〕「賊盜」，朝鮮本作「盜賊」。

## 省兵

有客語省兵，兵省非所先。方今將不擇，獨以兵乘邊。前攻已破散，後距方完堅。以衆亢彼寡，雖危猶幸全。將既非其才，議又不得專。兵少敗孰繼，胡來飲秦川。萬一雖不爾，省兵當何緣？驕惰習已久，去歸豈能田。不田亦不桑，衣食猶兵然。省兵豈無時，施置有後前。王功所由起，古有七月篇。百官勤儉慈，勞者已息肩。游民慕草野，歲熟不在天。擇將付以職，省兵果有年。

## 發廩

先王有經制，頒賚上所行。後世不復古，貧窮主兼并。非民獨如此，爲國賴以成。築臺尊寡婦，入粟至公卿。我嘗不忍此，願見井地平。大意苦未就，小官苟營營。三年佐荒州，市有棄餓嬰。駕言發富藏，云以救鰥惸。崎嶇山谷間，百室無一盈。鄉豪已云然，罷弱安可生。茲地昔豐實，土沃人良耕。他州或呰窳，貧富不難評。豳詩出周公，根本詎宜輕？願書七月篇，一寤上聰明。

## 感事

賤子昔在野，心哀此黔首。豐年不飽食，水旱尚何有。雖無剽盜起，萬一且不久。特愁吏之爲，十室災八九。原田敗粟麥，欲訴嗟無賕〔一〕。間關幸見省，笞扑隨其後。況是交冬春，老弱就僵仆。州家閉倉庾，縣吏鞭租負。鄉鄰銖兩徵，坐逮空南畝。取貲官一毫，姦桀已云富。彼昏方怡然，自謂民父母。朅來佐荒郡〔二〕，懍懍常慚疚〔三〕。昔之心所哀，今也執其咎。乘田聖所勉，況乃余之陋。内訟敢不勤，同憂在僚友。

〔一〕「賕」，朝鮮本李壁校曰：「一作『詸』。」

〔二〕「郡」，遞修本作「邦」。

〔三〕「慚」，原作「漸」，今據朝鮮本、殘宋本李注改。「慚疚」，即慚愧。

## 美玉

美玉小瑕疵，國工猶珍之。大賢小玷缺，良交豈其絶？小缺可以補，小瑕可以磨〔一〕。不補亦不磨，人爲奈爾何〔二〕。

〔一〕「小缺」至「以磨」二句，遞修本作「小瑕可磨琢，小缺可補磨」。

〔二〕「奈爾」，遞修本作「交工」。

## 寄曾子固

吾少莫與合，愛我君爲最。君名高山嶽，嵑嶭嵩與太。低心收惷友，似不讓塵堨。又如滄江水，不逆溝畎澮。君身揭日月，遇輒破氛靄。我材特窮空，無用補倉廥。謂宜從君久，垢污得洮汰。人生不可必，所願每顛沛〔一〕。乖離五年餘，牢落千里外。投身落俗穽，薄宦自鉗釱。平居每自守，高論從誰丐。摇摇西南心，夢想與君會。思君挾奇璞，願售無良儈。窮閻抱幽憂，凶禍費禳禬。州窮吉士少，誰可婿諸妹？仍聞病連月，醫藥誰可賴？家貧奉養狹，誰與通貨貝？詩人刺曹公，賢者荷戈祋。奈何遭平時，德澤盛汪濊。鸞鳳鳴且下〔二〕，萬羽來翽翽。呦呦林間鹿，争出噬苹藾。乃令高世士，動輒遭狼狽。人事既難了，天理尤茫昧。聖賢多如此，自古云無奈。周人貴婦女，扁鵲名醫滯〔三〕。今世無常勢〔四〕，趨舍唯利害。而君信斯道，不閔身窮泰〔五〕。棄捐人間樂，濯耳受天籟。諒知安肥甘，未肯顧糠籺。龍螭雖蟠屈，不慕虵蟬蜕。令人重感奮，意勇忘身蕞。何由日親炙，病體同砭艾。功名未云合，歲月尤須愒。懷思切劘效，中夜淚霶霈。君嘗許過我，早晚治車軟。山蹊雖峻惡〔六〕，高眺發蒙昧。峰巒碧參差，木樹青晻藹。桐江路尤駛，飛槳下鳴瀨。魚村指暮火，酒舍瞻晨旆。清醪足消憂，玉鯽行可膾。行行願無留，日夕佇傾蓋。會將見顏色，不復謀蓍蔡。延陵古君子，議樂恥言鄶。細事豈足論，故欲論其大。拔拔發鞬橐，懍懍見戈鋭。探深犯嚴壁，破惑飜强旝。離行步荃蘭，偶坐陰松檜。宵床連衾幬，晝食共麤糲。茲歡何時合，清瘦見衣帶。作詩寄微誠，誠語無綵繪。

〔一〕「每」，遞修本作「在」。
〔二〕「且」，朝鮮本作「上」。
〔三〕「滯」，朝鮮本作「癚」。
〔四〕「今世」，朝鮮本作「嗟今」。
〔五〕「閔」，朝鮮本作「問」。
〔六〕「蹊」，原作「溪」，據遞修本、朝鮮本、殘宋本李注、嘉靖五年本改。「山蹊」，山路。

## 同杜史君飲城南

山公遊何處？白馬鳴翩翩。檀欒十畝碧〔一〕，五月浮寒烟。留客聽其間〔二〕，風吹江海縣。出鐏不見日，竹外空青天。焚蠟助月出，酒光發金船。狂客惜不去，醉翁舞回旋。何必吹簫人，玉枝自嬋娟。歸路借紅燭，雨星低馬前。

〔一〕「檀欒」，原作「檀那」，據朝鮮本、殘宋本李注、嘉靖五年本改。遞修本黄校改「那」爲「欒」，曰：「『那』，明刊皆誤。」

〔二〕「聽」，朝鮮本作「醉」。

## 有感

憶昔與胡子〔一〕，戲娱西城幽〔二〕。放斥僕與馬，獨身步田疇。牛豎歌我旁，聽之爲久留。一接田父語，歎之勝王侯。追逐恨不恣，暮歸輒懷愁。顧常輕千乘，秪願足一丘。子時怪我少，好此寂寞遊。笙簧不入耳〔三〕，又不甘醪羞。那知抱孤傷，罷頓不能遒〔四〕。世味已鮮少〔五〕，但餘野心稠。乖離今十年，班髮滿我頭。昔興亦略盡，食眠常百憂。每逢佳山水，欲往輒復休。方壯遂如此，況乃高春秋。

〔一〕「昔」，遞修本、朝鮮本作「昨」。

〔二〕「戲娱」，朝鮮本作「戲語」。

〔三〕「笙簧」，原作「笙篁」，據朝鮮本、殘宋本李注改。

〔四〕「罷頓」，原作「罷頔」，據朝鮮本、殘宋本李注改。罷頓，疲憊困頓。

〔五〕「少」，朝鮮本作「久」。

## 送孫叔康赴御史府

古人喜經綸，萬事㪷强聒。時來上青冥，俯仰但一節。危言回丘山，聲利盡毫末。由來治亂體，宿昔心已達〔一〕。肯隨俗好惡，議論輕自決。遺風何寥寥，夢寐待豪傑。天書下東南，趣召赴嚴闕。長材晦朝倫，高行隱家閫。新除藹聞望〔二〕，宿藴行施設。念吾非忘形〔三〕，此理未易説。

〔一〕「宿」，朝鮮本李壁校曰：「一作『夙』。」

〔二〕「聞」，原作「問」，據朝鮮本、殘宋本李注改。「聞望」，名譽、聲望。

〔三〕「吾非」，龍舒本、朝鮮本作「非吾」。

## 別馬祕丞

伯夷惡一世，季也皆鄉人。吾嘗論夫子，有似季之倫。人情路萬殊，近世頗荆榛。唯君遊其間，坦坦得所循。意君誠愷悌，慕向從宿昔。奈何初相懽，鷁首已云北。莓莓郊原青，漠漠風雨黑。冠蓋滿津亭，君今去何適。

## 到郡與同官飲時倅舒州。〔一〕

瀉碧沄沄橫帶郭，浮蒼靄靄遥連閣。草木猶疑夏鬱葱，風雲已見秋蕭索。荒歌野舞同醉醒，水果山肴互酬酢〔二〕。自嫌多病少懽顏，獨負嘉賓此時樂〔三〕。

〔一〕「飲」，原闕，今據龍舒本、嘉靖五年本、朝鮮本補。遞修本黄校曰：「『飲』字從宋刊補。」

〔二〕「互」，清綺齋本作「自」。

〔三〕「嘉」，朝鮮本作「佳」。

## 自舒州追送朱氏女弟憩獨山館宿木瘤僧舍明日度長安嶺至皖口〔一〕

晨霜踐河梁，落日憩亭皋。念彼千里行，惻惻我心勞。攬轡上層岡，下臨百仞濠。寒流咽欲絶，魚鼈久已逃。暮行苦邅迴，細路隱蓬蒿。驚麏出馬前〔二〕，鳥駭亡其曹。投僧避夜雨，古檠昏無膏〔三〕。山木鳴四壁，疑身在波濤。平明長安嶺，飛雪忽滿袍。天低浮雲深，更覺所向高。

〔一〕龍舒本、朝鮮本題作「自州追送朱氏女弟宿木瘤僧舍明日度長安嶺至皖口」。

〔二〕「驚」，遞修本黄校曰：「宋刊缺末筆。」避翼祖趙敬諱。

〔三〕「槃」，遞修本黄校曰：「宋刊缺末筆。」避翼祖趙敬諱。

## 招同官遊東園

青青石上蘖〔一〕，霜至亦已凋。冉冉水中蒲，爾生信無聊。感此歲云晚，欲懽念誰邀。嘉我二三子，爲回東城鑣。幽菊尚可泛，取魚繫榆條。毋爲百年憂，一日以逍遥。

〔一〕「蘖」，龍舒本、朝鮮本作「柏」。李壁校曰：「『柏』字誤，一作『蘖』。」

## 九日隨家人遊東山遂遊東園〔一〕

暑往詎幾時，涼歸亦云暫。相隨東山樂，及此身無憾。聊回清池柂，更伏荒城檻。采采黄金花，持盃爲君泛。

〔一〕龍舒本、朝鮮本題作「九日隨家人遊東山」。

## 秋懷

城南平野寒多露，窻壁含風秋氣度。鄰桑槭槭已欲空〔一〕，悲蟲啾啾促機杼。柴門半掩掃鳥迹〔二〕，獨抱殘編與神遇〔三〕。韓公既去豈能追，孟子有來還不拒。

〔一〕「已」，龍舒本作「漸」。

〔二〕「掩」，龍舒本、遞修本作「開」。「鳥」，遞修本作「馬」。

〔三〕「編」，安正堂本作「篇」。

既別羊王二君與同官會飲于城南因成一篇追寄用藥名。〔一〕

赤車使者白頭翁，當歸入見天門冬〔二〕。與山久別悲怱怱〔三〕，澤瀉半天河漢空。羊王不留行薄晚，酒肉從容追路遠。臨流黄昏席未卷，玉壺倒盡黄金盞。羅列當辭更繾綣，預知子不空青眼。嚴徐長卿誤推挽，老年揮翰天子苑。送車陸續隨子返，坐聽城鷄腸宛轉。

〔一〕「二篇追」，原闕，今據龍舒本、朝鮮本補。遞修本黄校曰：「三字以宋刊本增。『用藥名』三字，宋刊本細字側書。」底本目録題作「既別羊王二君與同官飲城南」。

〔二〕「冬」，龍舒本、朝鮮本作「東」。

〔三〕自「怱」以下至九鼎「尚覬」，底本缺頁，據浙江省圖書館藏何刻本補。

## 試茗泉〔一〕

此泉地何偏，陸羽曾未閲。坻沙光散射，竇乳甘潛洩。靈山不可見，嘉草何由啜。但有夢中人，相隨掬明月。

〔一〕龍舒本、朝鮮本有題注「得『月』字」。李壁注曰：「此泉在撫州之金谿翠雲院，石本尚存。詩序云：『治平丁未，臨川王公自江寧召還翰林，金谿吴顯道追送至撫州，因語及金谿令君政事餘暇，多得山水之樂，近以五題求詩於人，乃定韻各賦一詩。獨王公爲二，仍使其子同賦。』」

## 躍馬泉

古水縮蛟螭，憎山欲隳突。山祇來伐之，半嶺跳齧膝。玉珂鳴塞空，組練光照日。崩騰赴不測，一陷常萬匹。神戰異人間，千秋爲儵忽。泉旁往來客，夜寄幽人室。但聽鳴蕭蕭，何由見神物。

## 白紵山

白紵衆山頂，江湖所縈帶。浮雲卷晴明，可見九州外。肩輿上寒空，置酒故人會。峰巒帳錦繡〔一〕，草木吹竽籟。登臨信地險，俯仰知天大。留歡薄日晚，起視飛鳥背。殘年苦局束，往事嗟摧壞。歌舞不可求，桓公井空在。

〔一〕「帳」，朝鮮本作「張」。

## 七星硯

余聞星墮地，往往化爲石。石上有七星，此理余莫測。持來當白日，光彩不爲匿。恍如起鴻蒙〔一〕，俛仰帝垣側。當由偶然似，見取參筆墨。豪心蕩珍異，樂以萬金得。南工始爲僞，傅合巧無隙。亦時疑世人，故自有能識。

〔一〕「起」，龍舒本、朝鮮本作「超」，義長。李壁注曰：「鴻蒙，自然元氣也。斗居帝垣之側，故云『超鴻蒙』。」

## 九鼎

禹行掘山走百谷，蛟龍竄藏魑魅伏。心誌幽妖尚覬隙，以金鑄鼎空九牧。冶雲赤天漲爲黑，韛風餘吹山拔木。鼎成聚觀變怪索，夜人行歌鬼晝哭。功施元元後無極，三姓衛守相傳屬。弱周無人有宜出〔一〕，沈之九幽拆地軸〔二〕。始皇區區求不得，坐令神姦窺邑屋。

〔一〕「弱周」句，龍舒本作「弱固無人有功出」。

〔二〕「拆」，龍舒本、朝鮮本作「折」。

## 九井得「盈」字。

沿崖涉澗三十里，高下犖确無人耕。捫蘿挽蔦到山趾〔一〕，仰見吹瀉何崢嶸。餘聲投林欲風雨，末勢卷土猶溪阬。飛蟲凌兢走獸慄〔二〕，霜雪夏落雷冬鳴。野人往往見神物，鱗甲漠漠雲隨行。我來立久無所得，空數石上菖蒲生。中官繫龍沉玉册〔三〕，小吏磔狗澆鋃鐺。地形偶爾藏險怪，天意未必司陰晴。山川在理有崩竭，丘壑自古相虛盈。誰能保此千世後〔四〕，天柱不折泉常傾。

〔一〕「山」，朝鮮本作「巖」。

〔二〕「慄」，龍舒本、朝鮮本作「駭」。

〔三〕「沉」，龍舒本作「投」。

〔四〕「世」，龍舒本作「歲」，朝鮮本作「秋」。

## 寄題衆樂亭

陵陽遊觀吾所好，恨不即過衆樂亭。嘗聞髣髴入夢寐，吟筆自欲圖丹青。千峰秀出百里外，忽於其上崢簷楹。朝雲嘘噏日暖暖，夜水落澗風泠泠。春花窈窕鳥争舞，夏木蔭鬱猿哀鳴。潦收葉落天地爽〔一〕，海月影到山川明。籃輿晨出誰與適，坐與萬物觀虚盈。令思民事不忍後，田間笑語催蠶耕。吏休歸舍獄訟少，墟落飲酒欲秋成〔二〕。唯愁一日奪令去，出來老稚交逢迎〔三〕。彼民安知方禄仕〔四〕，徒喜使我寬逋征。令知道義士林服，遺愛豈用吾詩評。

〔一〕「爽」，龍舒本作「美」。

〔二〕「欲」，龍舒本、朝鮮本作「歡」。

〔三〕「出來」句，龍舒本作「出郊老稚來逢迎」，朝鮮本作「出郭老稚交逢迎」。

〔四〕「民安知」，龍舒本、朝鮮本作「安知此」。

## 書會别亭

西城路，居人送客西歸處。年年借問去何時，今日扁舟從此去。春風吹花落高枝，飛來飛去不自知。路上行人亦如此，應有重來此處時。

## 題舒州山谷寺石牛洞泉穴

皇祐三年九月十六日，自州之太湖，過懷寧縣山谷乾元寺宿。與道人文銳、弟安國擁火遊石牛洞，見李翱習之書，聽泉久之。明日復遊，乃刻習之後。〔一〕

水泠泠而北出，山靡靡而旁圍〔二〕。欲窮源而不得，竟悵望以空歸。

〔一〕龍舒本題作「留題三祖山谷寺石壁」，闕題注。皇朝文鑑卷二十六收録此詩，題作「題舒州山谷寺石牛洞」。

〔二〕「而」，龍舒本作「以」。

# 王安石文集卷第十三

## 古詩

### 泊舟姑蘇

朝遊盤門東，暮出閶門西。四顧茫無人，但見白日低。荒林帶昏煙，上有歸鳥啼。物皆得所託，而我無安棲。

### 崑山慧聚寺次孟郊韻〔一〕

僧蹊蟠青蒼〔二〕，莓苔上秋牀。露翰饑更清，風蘤遠亦香。掃石出古色，洗松納空光。久遊不忍還，迫迮冠蓋塲。

〔一〕此篇龍舒本重出，卷四十八題作「崑山慧聚寺次孟郊韻」，卷五十三題作「崑山慧聚寺二首次孟郊韻重」。

〔二〕「蟠」，龍舒本卷五十三作「盤」。

## 如歸亭順風

春江窈窈來無地，飛帆浩浩窮天際。朝出吴川夕霅溪，回首喬林吹岸薺。柁師高卧自嘯歌〔一〕，戲彼挽舟行復止。人生萬事反衍多，道路後先能幾何？

〔一〕「柁師高卧」，龍舒本、朝鮮本作「篙師晝卧」。

## 垂虹亭

三江五湖口，地與天不隔。日月所蔽虧，東西渺然白。漫漫浸北斗，浩浩浮南極。誰投此虹蜺，欲濟兩間阸。中流雜蜃氣，欄楯相承翼〔一〕。初疑神所爲，滅没在頃刻。晨坐其上，傲兀至中昃。猶憐變化功，不謂因人役〔二〕。今君持酒漿〔三〕，談笑顧賓客。頗誇九州物，壯麗此無敵。熒煌丹沙柱，璀璨黄金壁。中家不慮始，助我皆豪殖。喟予獨感此，剥爛有終極。改作不可無，還當采民力。

〔一〕「承翼」，原作「本翼」，據龍舒本、朝鮮本、遞修本、嘉靖五年本改。承翼，幫助。

〔二〕「役」，朝鮮本作「力」。

〔三〕「今」，龍舒本作「令」，義長。

## 張氏静居院

動者利進爲，静者樂止居〔一〕。物性有偏得，惟賢時卷舒。張侯始出仕，所至多名譽。老矣歸偃休，買地斸荒蕪。屋成爲令名，名實與時俱。南堂棲幽真，晨起瞻像圖。北堂畫五禽，游戲養形軀。燕有諸賓庭，學有諸子廬。問侯年幾何？矯矯八十餘。問侯何能爾？心不藏憂愉。問侯客何爲？弦歌飲投壺。問侯兒何讀？夏商及唐虞。嵩山填門户，洛水遶階除。侯於山水間〔二〕，結駟有通衢。我念老退者，古多賢大夫。留侯亦養生，乃欲凌空虚。閉門不飲酒，豈異山中臞〔三〕。疏傅稍喜客，揮金能自娱。不聞喜教子，滿屋青紫朱。張侯能兼取，勝事古所無。褒稱有樂石，丞相爲之書。而我不自量，聞風亦歌呼。

〔一〕「止居」，原作「正居」，據龍舒本、遞修本、朝鮮本、嘉靖五年本改。止居，即静居。上句言動者進取，此言静者静居。

〔二〕「侯」，原作「疾」，今據龍舒本、遞修本、朝鮮本、嘉靖五年本改。按，侯者，謂張侯。

〔三〕「臞」，龍舒本作「居」。

## 丙戌五月京師作二首〔一〕

北風閣雨去不下〔二〕，驚沙蒼茫亂昏曉。傳聞城外八九里，雹大如拳死飛鳥。

二

浮雲離披久不合，太陽獨行乾萬物。誰令昨夜雨霶沱，北風蕭蕭寒到骨。

〔一〕「月」，原作「日」，今據朝鮮本、嘉靖五年本改。李壁注曰：「慶曆六年五月甲申，雨雹，地震，即此年也。」據王安石年譜長編卷二考證，本年王安石在京待選。

〔二〕「風閣」，龍舒本作「閣風」。

## 答客

士常疑西伯，何至羑里辱。瞽鯀親父子，尚脱井廩酷。昏主雖聖臣，飛禍安可卜。致命遂其志，雖窮不爲戮。

# 次韻唐彦猷華亭十詠

顧林亭野王所居也。

寥寥湖上亭，不見野王居。平林豈舊物，歲晚空扶疎。自古聖賢人，邑國皆丘墟。不朽在名德，千秋想其餘。

寒穴

神泉冽冰霜〔一〕，高穴與雲平。空山渟千秋，不出嗚咽聲。山風吹更寒，山月相與清。北客不到此，如何洗煩酲。

吴王獵場

吴王好射虎，但射不操戈。匹馬掠廣場，萬兵助遮羅。時平事非昔，此地桑麻多。猛獸亦已盡，牛羊在田坡。

始皇馳道

穆王得八駿，萬事得期修。茫茫千載間〔二〕，復此好遠游。車輪與馬跡，此地亦嘗留。

想當治道時，勞者尸如丘。

柘湖湖中有山，生柘，故名柘湖。記云：「秦有女入湖爲神。」〔三〕今有廟。

柘林著湖山，菱葉蔓湖濱。秦女亦何事〔四〕，能爲此湖神。年年賽雞豚，漁子自知津。幽妖窟險阻，禍福易欺人。

陸瑁養魚池陸瑁仕吳，爲吏部尚書喜之父。吴平，喜仕晉，爲散騎常侍。〔五〕

野人非昔人，亦復水上居。紛紛水中游，豈是昔時魚。吹波浮還没，競食糟糠餘。吞舟不可見，守此歲月除。

華亭谷水行三百里入松江。

巨川非一源，源亦在衆流。此谷乃清淺，松江能覆舟。蟲魚何所知，上下相沉浮〔六〕。徒嗟大盈北，浩浩無春愁。華亭水自大盈入松江，而北入海。

陸機宅

故物一已盡，嗟此歲年深。野桃自著花，荒棘自生鍼。芊芊谷水陽，鬱鬱崑山陰。俛仰但如昨，遊者不可尋。

崑山世傳陸氏家生機、雲，故名崑山，言生玉也。〔七〕

玉人生此山，山亦傳此名。崖風與穴水，清越有餘聲。悲哉世所珍，一出受欹傾。不如鶴與猿，棲息尚全生。

三女崗吴王葬三女於此。

自古世上雄，慷慨擅功名。當時豈有力，能使死者生。三女共一丘〔八〕，此憾亦難平〔九〕。音容若有作，無力傾人城。

〔一〕「泉」，原作「農」，今據朝鮮本改。按，李壁注曰：「易言『山下出泉』，而此穴與雲平，所以爲神。」

〔二〕「千」，原作「萬」，今據朝鮮本改。此涉上句「萬」字訛。

〔三〕「秦有女入湖爲神」七字，朝鮮本作「女子爲湖神」。

〔四〕「女」，朝鮮本作「氏」。

〔五〕自「陸瑁」至「常侍」，原闕，據朝鮮本補。

〔六〕「沉浮」，原作「沉沉」，出韻，據朝鮮本、嘉靖五年本改。

〔七〕「言」，朝鮮本作「主」。

〔八〕「共」，朝鮮本作「死」。
〔九〕「憾」，朝鮮本作「恨」。

## 太白嶺〔一〕

太白巃嵸東南馳，衆嶺環合青紛披。煙雲厚薄皆可愛，樹石疎密自相宜。陽春已歸鳥語樂，溪水不動魚行遲。生民何由得處所，與兹魚鳥相諧熙。

〔一〕龍舒本、朝鮮本題作「太白巖」。

## 禿山

吏役滄海上，瞻山一停舟。怪此禿誰使，鄉人語其由。一狙山上鳴，一狙從之遊。相匹乃生子，子衆孫還稠。山中草木盛，根實始易求。攀挽上極高，屈曲亦窮幽〔一〕。衆狙各豐肥，山乃盡侵牟。攘争取一飽，豈暇議藏收。大狙尚自苦，小狙亦已愁。稍稍受咋嚙，一毛不得留。狙雖巧過人，不善操耡耰。所嗜在果穀，得之常似偷〔二〕。嗟此海山中，四顧無所投。生生未云已，歲晚將安謀。

〔一〕「屈曲」，原作「屈指」，今據朝鮮本改。按，屈曲，形容狙之攀援狀。

〔二〕「似」，龍舒本、朝鮮本作「以」。

## 贈曾子固

曾子文章衆無有，水之江漢星之斗。挾才乘氣不媚柔，群兒謗傷均一口。吾語群兒勿謗傷，豈有曾子終皇皇。借令不幸賤且死，後日猶爲班與揚。

## 鮑公水

村南鮑公山，山北鮑公水。高穴逗遠源，泠泠落山嘴。玉色與飴味，不可他味比。竹樹四蒙密，翠藤相披靡。漫郎昔少年，幽居得之此。臨窺若有遇，愛歎無時已。浮名未污染〔一〕，永矢終焉爾。奈何中棄入長安，十載風塵化舊顏〔二〕。讙囂滿耳不可洗，此水泠泠空在山。

〔一〕「污染」，朝鮮本作「染污」。

〔二〕「載」，光啓堂本作「年」。

## 寄李士寧先生

樓臺高聳間晴霞，松檜陰森夾柳斜。渴愁如箭去年華，陶情滿滿傾榴花。自嗟不及門前水，流到先生雲外家。

## 僧德殊家水簾求予詠

淙淙萬音落石顛，皎皎一派當簷前。清風高吹鸞鶴唳，白日下照蛟龍涎。浮雲妝額自能卷，缺月瑑鉤相與縣。朱門試問幽人價，翡翠鮫綃不直錢。

## 杭州修廣師法喜堂

浮屠之法與世殊，洗滌萬事求空虛。師心以此不挂物，一堂收身自有餘。堂陰置石雙嵽嵲，石脚立竹青扶疏。一來已覺肝膽豁〔一〕，況乃宴坐窮朝晡。憶初救時勇自許，壯大看俗尤崎嶇。豐車肥馬載豪傑，少得志願多憂虞。始知進退各有理〔二〕，造次未可分賢愚。會將築室返耕釣，相與此處吟山湖。

〔一〕「肝」，龍舒本、朝鮮本作「心」。

〔二〕「有」，朝鮮本作「一」。

## 復至曹娥堰寄剡縣丁元珍〔一〕

溪水渾渾來自北，千山抱水清相射。山深水急無艇子，欲從故人安可得。故人昔日此水上，罇酒扁舟慰行役。津亭把手坐一笑，我喜滿懷君動色。論新講舊惜未足，落日低徊已催客。離心自醉不復飲〔二〕，秋果寒花空滿席。今年却坐相逢處，怊悵難求别時迹。可憐溪水自南流，安得溪船問消息。

〔一〕「剡縣」二字，原目録無。
〔二〕「離」，聽香館本作「我」。

## 答曾子固南豐道中所寄

吾子命世豪，術學窮無閒。直意慕聖人〔一〕，不問閔與顔。彼昏何爲者，誣構來嚫嚫。應逮犯秋陽，動爲人所歎。不恤我躬瘁，乃嗟天澤慳。令人念公卿，燁燁趨王班。泊無憫世意，狙猿而佩環。愛子所守卓，憂予不能攀。永矢從子遊，合如扉上鐶。願言借餘力，迎浦疎潺潺。亦有衣上塵，可攀禪太山。大江秋正清，島溆相縈彎。四眄浩無主，日暮煙霞斑。水竹密以勁，霜楓衰更殷。賞託亦云健，行矣非間關。相期東北遊，致館淮之灣。無爲襲甯嬴〔二〕，悠然及温還〔三〕。

〔一〕「慕」，原作「暮」，今據龍舒本、遞修本、朝鮮本、嘉靖五年本改。

〔二〕「嬴」，原作「羸」，今據朝鮮本改。按，詩用甯嬴典。春秋左傳注疏卷十八文公五年春：「晉陽處父聘于衛，反過甯，甯嬴從之，及温而還。其妻問之，嬴曰：『以剛。』」

〔三〕「還」，原作「遠」，今據龍舒本、遞修本、朝鮮本、嘉靖五年本改。「及温還」，用甯嬴典故，見上注。

## 寄贈胡先生并序

孔孟去世遠矣，信其聖且賢者，質諸書焉耳〔一〕。翼之先生與予並世〔二〕，非若孔孟之遠也，聞薦紳先生所稱述，又詳於書，不待見而後知其人也。歎慕之不足，故作是詩。

先生天下豪傑魁，胸臆廣博天所開。文章事業望孔孟，不復睥睨蔡與崔。十年留滯東南州，飽足藜藿安蒿萊。獨鳴道德驚此民，民之聞者源源來。高冠大帶滿門下，奮如百蟄乘春雷〔三〕。惡人沮服善者起，昔時蹻跖今騫回〔四〕。先生不試乃能爾，誠令得志如何哉！吾願聖帝營太平，補葺廊廟枝傾頹。披旒發纊廣耳目，照徹山谷多遺材。先收先生作梁柱，以次構架桷與榱。群臣面向帝深拱，仰戴堂陛方崔嵬。

〔一〕「諸」下，朝鮮本有「詩」字。

〔二〕「世」，皇朝文鑑卷二十一寄贈胡先生作「時」。

〔三〕「春」，龍舒本、遞修本作「雲」。

〔四〕「蹻跖」，朝鮮本作「盜蹻」。

## 得曾子固書因寄

始吾居揚日，重問每見及。云將自親側，萬里同講習。子行何舒舒，吾望已汲汲。窮年夢東南，顔色不可挹。仁賢豈欺我，正恐事維縶。嚴親抱憂衰，生理賴以給。不然航江外，天寒北風急。無乃山路惡，僕弱馬行澀。孤懷未肯開，歲物忽如蟄。朅來高郵住，巷屋頗卑濕。蓬蒿稍芟除，茅竹隨補葺。苟云禦風氣，尚恐憂雨汁。故人莫在眼，屢獨開巾笈。忠信蓋未見，吾敢誣茲邑。出關誰與語〔一〕，念子百憂集。眺聽聊自放，日暮城頭立。徐歸坐當户，使者操書入。時開識子意，如渴得美湆。驪駒日就道，玉手行可執。舊學待鐫磨，新文得删拾。重登城頭望，喜氣滿原隰。

〔一〕「關」，朝鮮本作「門」。

## 寄虔州江陰二妹

貢水日夜下，下與章水期。我行二水間，無日不爾思。飄若越鳥北，心常在南枝。又如岐首蛇，南北兩欲馳。逝者日已遠，百憂詎能追。生存苦乖隔，邂逅亦何時。女子歸有道，善懷見於詩。庶云留汝車，慰我堂上慈。

## 登越州城樓

越山長青水長白，越人長家山水國。可憐客子無定宅，一夢三年今復北。浮雲縹緲抱城樓〔一〕，東望不見空回頭。人間未有歸耕處，早晚重來此地遊。

〔一〕「樓」，朝鮮本作「流」。

## 憶昨詩示諸外弟

憶昨此地相逢時，春入窮谷多芳菲。短垣囷囷冠翠嶺，躑躅萬樹紅相圍。幽花媚草錯雜出，黄蜂白蝶參差飛。此時少壯自負恃，意氣與日争光輝。乘閑弄筆戲春色，脱略不省旁人譏〔一〕。坐欲持此博軒冕，肯言孔孟猶寒飢。丙子從親走京國，浮塵坌並緇人衣。

明年親作建昌吏〔二〕，四月挽船江上磯。端居感慨忽自寤，青天閃爍無停暉。男兒少壯不樹立，挾此窮老將安歸？吟哦圖書謝慶弔，坐室寂寞生伊威。材疎命賤不自揣，欲與稷契遐相希。旻天一朝畀以禍〔三〕，先子泯没予誰依。精神流離肝肺絶，眥血被面無時晞。母兄呱呱泣相守，三載厭食鍾山薇。屬聞降詔起群彦，遂自下國趨王畿。刻章琢句獻天子，釣取薄禄歡庭闈。身着青衫手持版，奔走卒歲官淮沂。淮沂無山四封庳，獨有廟塔尤峨巍。時時憑高一悵望，想見江南多翠微。歸心動蕩不可抑，霍若猛吹飄旌旂。騰書漕府私自列，仁者惻隱從其祈。暮春三月亂江水，勁艣健帆如轉機。還家上堂拜祖母，奉手出涕縱横揮。出門信馬向何許，城郭宛然相識稀。永懷前事不自適，却指舅館接山扉〔四〕。當時髫兒戲我側，于今冠佩何頎頎。况復丘樊滿秋色，蜂蝶摧藏花草腓。令人感嗟千萬緒，不忍蒼卒回驂騑。留當開樽强自慰，邀子劇飲毋予違。

〔一〕「略」，朝鮮本作「落」。

〔二〕「昌」，當爲「康」之訛。按，本書卷七十一先大夫述：「丁衛尉府君憂，服除，通判江寧府。閲兩將，一以府倚公辦。」建康即江寧府，王安石之父王益生平未嘗爲吏建昌。

〔三〕「旻」，朝鮮本作「昊」。

〔四〕「接」，龍舒本、遞修本、朝鮮本作「排」，義長。

# 王安石文集卷第十四

## 律詩　五言八句

### 欣會亭〔一〕

數家鄰水竹，一塢共雲林〔二〕。晚食静適己，獨謡欣會心。移牀隨漫與〔三〕，操筴取幽尋。未愛神錐汝，猶憐妙斲琴〔四〕。

〔一〕龍舒本題作「過景德僧院」。

〔二〕「塢」，龍舒本作「鳥」。

〔三〕「漫與」，原作「漫興」，據龍舒本、遞修本、元大德本改。遞修本黄校曰：「『與』明刊本誤『興』。」

〔四〕「琴」，朝鮮本李壁校曰：「一作『今』。」黄校曰：「末三字宋刊亦模糊，墨潤作『妙斲琴』。」

### 東皋

起伏晴雲徑，縱横暖水陂。草長流翠碧，花遠没黄鸝。楚製從人笑，吴吟得自怡。東皋興不淺，遊走及芳時。

## 歲晚[一]

月映林塘澹，風含笑語涼。俯窺憐浄緑[二]，小立佇幽香。携幼尋新菂，扶衰坐野航[三]。延緣久未已，歲晚惜流光。

〔一〕此首亦見南宋王邁臞軒集，當爲四庫館臣誤從永樂大典輯入。

〔二〕「浄緑」，龍舒本、遞修本、朝鮮本作「緑浄」。

〔三〕「衰」，原作「蓑」，據龍舒本、遞修本、朝鮮本改。

## 半山春晚即事

春風取花去[一]，酬我以清陰[二]。翳翳陂路静，交交園屋深。牀敷每小息，杖屨或幽尋[三]。惟有北山鳥，經過遺好音。

〔一〕「風」，清綺齋本作「晚」。

〔二〕「酬」，龍舒本、朝鮮本作「遺」。李壁校曰：「一作『酬』。」

〔三〕「或」，朝鮮本作「亦」，李壁校曰：「一作『或』。」

## 欹眠

翠幕卷東岡，欹眠月半牀。松聲悲永夜，荷氣馥初涼。清話非無寄，幽期故不忘。扁舟亦在眼，終自懶衣裳。

## 露坐

露坐看溝月，飄然風度荷。珠跳散作點，金湧合成波。老失芳歲易〔一〕，静知良夜多〔二〕。陵秋久不寐〔三〕，吾樂豈弦歌。

〔一〕「老失芳歲易」，龍舒本、朝鮮本作「芳歲老易晚」。

〔二〕「静知良夜多」，龍舒本、朝鮮本作「良宵閑獨多」。

〔三〕「陵秋久不寐」，龍舒本、朝鮮本作「秋風不成寐」。以上三句，李壁校曰：「一作『老失芳歲易，静知良夜多。陵秋久不寐』。」

## 山行

出寫清淺景〔一〕，歸穿蒼翠陰。平頭均楚製，長耳嗣吴吟。暮嶺已佳色，寒泉仍好音。

誰同此真意，倦鳥亦幽尋。

〔一〕「清淺」，朝鮮本作「潺湲」，李壁校曰：「一作『清淺』。」

## 題雱祠堂在寶公塔院。〔一〕

斯文實有寄，天豈偶生才。一日鳳鳥去，千秋梁木摧。煙留衰草恨，風造暮林哀。豈謂登臨處，飄然獨往來。

〔一〕底本目録題作「題寶公塔院祠堂」，遞修本黄校曰：「明刊亦誤。」龍舒本卷六十五卷目題作「寶公塔院元澤祠堂」，正文題作「寶公塔院祠堂」。按，王雱字元澤。

## 定林〔一〕

漱甘涼病齒，坐曠息煩襟。因脱水邊屨，就敷巖上衾。但留雲對宿，仍值月相尋。真樂非無寄，悲蟲亦好音。

〔一〕此篇爲龍舒本定林院三首之第三首，朝鮮本題作「定林院」。

## 送張甥赴青州幕〔一〕

人情每期費，之子適予心。老餞城東陌，悲分歲暮襟。少留班露草，遂往隔雲林。未覺青丘遠，因風嗣好音。

〔一〕「甥」，龍舒本作「生」。

## 送張宣義之官越幕二首〔一〕

會稽遊宦鄉，海物錯句章。土潤箭萌美，水甘茶串香。今君誠暫屈〔二〕，他日恐難忘。唯有西興渡，靈胥或怒張。

二

誰謂貴公子，乃如寒士家。真宜舉敦樸，已自勝浮華。洲荻藏迷子，溪篁擁若耶。相望只在眼，音問莫言賒。

〔一〕龍舒本題作「送張宣義之官越」，爲第一首。

〔二〕「今君誠」，龍舒本作「君今試」，朝鮮本作「君今肯」。李壁校曰：「一作『今君誠』。」

## 送贊善張軒民西歸〔一〕

柴荆雀有羅，公子數經過。邂逅相知晚〔二〕，從容所得多。百憂生暮齒，一笑隔滄波。早晚西州路，遥聽下坂珂〔三〕。

〔一〕「張軒民」，龍舒本、朝鮮本作「張君」。
〔二〕「知」，龍舒本、朝鮮本作「逢」。李壁校曰：「一作『知』。」
〔三〕「珂」，朝鮮本作「坷」。

## 送鄧監簿南歸

不見驪塘路，茫然四十春〔一〕。長爲異鄉客，每憶故時人。水閲公三世，雲浮我一身。濠梁送歸處，握手但悲辛。

〔一〕李壁注曰：「鄧，臨川人。驪塘，在撫州。鄧家有刻石，『茫』作『芒』字。」

## 秋夜二首

客卧書顛倒，蟲鳴坐寂寥。殘燈生暗暈，重露集寒條。真樂閑尤見，深禪静更超。此懷無與晤，擁鼻一長謡〔一〕。

二

幔逗長風細，窻留半月斜。浮煙暝緑草，泫露冷黄花。獨曳緣雲筴，仍尋度水槎。歸時參夜半〔二〕，鄰犬静中譁。

〔一〕「鼻」，朝鮮本作「被」，李壁校曰：「一作『鼻』。」

〔二〕「參夜」，龍舒本、朝鮮本作「夜參」。

即事〔一〕

徑暖草如積，山晴花更繁。縱横一川水，高下數家村。静憩鷄鳴午〔二〕，荒尋犬吠昏。歸來向人説，疑是武陵源。

〔一〕龍舒本題作「即事十五首」，此爲其中第七首。朝鮮本題作「徑暖」。

〔二〕「鷄」字，龍舒本、朝鮮本原校：「一作『鳩』。」能改齋漫録卷三：「荆公詩『静憩鳩鳴午，荒尋犬吠昏』，學者謂公取唐詩『隻鳩鳴午寂，雙燕話春愁』之句。余嘗見東坡手寫此詩，乃是『静憩雞鳴午』。讀者疑之，蓋亦不知取唐人詩『楓林社日鼓，茅屋午時雞』。」

## 晝寢甲子四月十七日午時作。〔一〕

井逕從蕪漫，青藜亦倦扶。百年唯有且，萬事總無如。棄置蕉中鹿，驅除屋上烏。獨眠窻日午，往往夢華胥。

〔一〕按，此詩誤入劉敞公是集卷十九，題曰「晝寢」，當爲館臣自永樂大典輯出時闌入。題下曰：「予自注云：甲子四月十七日午時作。據甲子爲元豐七年，公是年屬疾，奏乞以宅爲寺。疾愈，僦居城中。」劉敞卒於神宗熙寧元年（一〇六八），題注所謂公，乃王安石。

## 過故居〔一〕

泝栰開新屋，扶輿遶故園。事遺心獨寄，路翳目空存。野果寒林寂，蠻花午篳温。難忘舊時處，欲宿愧桑門。

〔一〕龍舒本、朝鮮本題作「泝栰」。李壁校曰：「一作『過故居』。」

## 鴈

北去還爲客，南來豈是歸？倦投空渚泊，飢帖冷雲飛。垣栅鷄長暖〔一〕，溝池鶩自肥。

憐渠不知此，更墮野人機。

〔一〕「垣」，遞修本黄校曰：「宋刊缺末筆。」

## 與道原過西莊遂遊寶乘二首元豐四年十月二十四日。〔一〕

桑楊一作麻。已零落，藻荇亦一作復。消沈。園宅在人境，歲時傷我心。强穿西一作南。隸路，共望北山岑。欲覓一作與。道人語〔二〕，跨鞍聊一尋。

二

親朋會合少，時序感傷多。勝踐聊爲樂，清談可當歌。微風淡水竹，浄日暖煙蘿。興極猶難盡，當如薄暮何。

〔一〕「二首」，原無，據底本目録補。龍舒本、朝鮮本題作「與道原遊西菴遂至草堂寶乘寺二首」。

〔二〕「覓」，朝鮮本作「與」。

## 送陶氏婦兼寄純甫

雲結川原暗，風連草木萎。遥瞻季行役，正對女傷悲。夢事中千變〔一〕，生涯老百罹。

更慚無道力，臨路涕交頤。

〔一〕「中」，龍舒本、朝鮮本作「終」。李壁校曰：「一作『中』。」

## 自府中歸寄西庵行詳〔一〕

意衰難自力，扶路便思還。强逐蕭騷水，遥看慘淡山。行尋香草徧，歸漾晚雲間。西崦分明見，幽人不可攀。

〔一〕龍舒本題作「寄西庵祥師」，朝鮮本題作「寄西庵禪師行詳」。

## 贈上元宰梁之儀承議梁多留詩在江寧僧舍。〔一〕

白下有賢宰，能歌如紫芝〔二〕。民欺自不忍，縣治本無爲。風月誰同賞，江山我亦思。粉墻侵醉墨，怊悵緑苔滋。

〔一〕龍舒本題作「贈上元宰」。

〔二〕「歌」，龍舒本、朝鮮本作「詩」。

## 贈殊勝院簡道人〔一〕

早悟耆山善，今爲洛社豪。有生常寂寞，所得是風騷。露夕吟逾苦，雲收思共高〔二〕。此懷差自適，千社一牛毛。

〔一〕「道人」，龍舒本、朝鮮本作「師」。
〔二〕「收」，龍舒本、朝鮮本作「秋」。

## 懷吴顯道

南郭紅亭冷，西山白道曛。江光凌翠氣，洲色亂黄雲。歲暮誰邀客〔一〕，情親故憶君。天涯獨惆悵，歸鳥黑紛紛。

〔一〕「誰」，龍舒本作「惟」。

## 静照堂

任公蹲會稽，海上得招提。浄觀堂新搆，幽尋客屢携。飛簷出風雨，灑翰落虹蜺。投老黄塵陌，東看路恐迷。

## 重遊草堂次韻三首〔一〕

垣屋荒葛藟〔二〕，野殿冷檀沈。鶴有思顒意，鷹無戀遁心〔三〕。禪房閉深竹，齋鉢度遥岑。寂寞黄塵裏，金身倚一尋。

二

僧殘尚食少，佛古但泥多。寒守三衣法，飢傳一鉢歌。寬閑每迸竹，危朽漫牽蘿。怊悵庭前柏〔四〕，西來意若何。

三

野寺真蘭若，山僧老病多。疎鍾挾谷響，悲梵入樵歌。水映茅篁竹，雲埋蔦女蘿。拂塵書所見，因得擬陰何。

〔一〕「堂」下，龍舒本、朝鮮本有「寺」字。

〔二〕「垣屋」，清綺齋本作「屋垣」。

〔三〕「戀」，朝鮮本作「變」。

〔四〕「柏」，朝鮮本作「樹」。

## 題齊安寺山亭〔一〕

此山無躑躅〔二〕，故國有楊梅。悵望心常折，殷懃手自栽〔三〕。暮年逢火改，晴日對花開。萬里烏塘路，春風自往來。

〔一〕此篇龍舒本重出，卷六十三題作「題齋安寺」，卷七十七另題作「山亭楊梅」。
〔二〕「此」，龍舒本、朝鮮本作「北」。
〔三〕「殷」，遞修本黄校曰：「宋刊缺末筆。」

## 自白門歸望定林有寄

蹇驢愁石路，余亦倦躋攀。不見道人久，忽然芳歲殘。朝隨雲暫出，暮與鳥爭還。杳杳青松壑，知公在兩間。

## 宿定林示無外名務周。〔一〕

天女穿林至，姮娥度隴來〔二〕。欲歸今晼晚，相值且徘徊〔三〕。誰謂我忘老，如聞蟲造哀。鄰衾亦不寐，共盡白雲杯。

〔一〕龍舒本、朝鮮本題作「宿定林示寶覺」。「名」，原作「行」，據遞修本、嘉靖五年本、四庫本改。按，朝鮮本李壁注曰：「寶覺即無外，名務周。」

〔二〕「姮娥」，朝鮮本作「常娥」。

〔三〕「值」，龍舒本、遞修本作「阻」。

## 宿北山示行詳上人

都城羈旅日，獨許上人賢。誰爲孤峰下，還來宴坐邊。是身猶夢幻，何物可攀緣。坐對青燈落，松風咽夜泉。

## 獨飯

窻明兩不借，榻净一籧篨。栩栩幽人夢，夭夭老者居。安能問香積，誰可告華胥？獨飯墻陰轉，看雲坐久如。

## 草堂

草堂今寂寞，往事翳山椒。蕙帳空留鶴〔一〕，蘿衣終换貂〔二〕。生皆墮天袠，隱或寄公朝。疊潁何勞怒，東風汝自摇。

〔一〕「空」，龍舒本、朝鮮本作「今」。李壁校曰：「一作『空』。」

〔二〕「終换」，龍舒本作「空掛」。

## 示耿天隲〔一〕

挾策能傷性，捐書可盡年。弦歌無舊習，香火有新緣。白土長岡路，朱湖小洞天。望公時顧我，於此暢幽悁。

〔一〕龍舒本題作「宿耿天隲二首」，此爲其中第一首。

## 光宅〔一〕

今知光宅寺，牛首正當門。臺殿金碧毁，丘墟桑竹繁。蕭蕭新犢卧，冉冉暮鴉翻。回首千歲夢，雨花何足言。

〔一〕龍舒本題作「光宅寺二首」，此爲其中第二首。

示無外〔一〕

支頤横口語，椎髻曲肱眠。莫問誰賓主，安知汝輩年。鄰雞生午寂，幽草弄秋妍。却憶東窻簟，蠻藤故宛然。

〔一〕龍舒本題作「示寶覺三首」，此爲其中第二首。

北山暮歸示道人〔一〕

千山復萬山，行路有無間。花發蜂遞繞，果垂猿對攀。獨尋寒水度，欲趁夕陽還。天黑月未上，兒童初掩關。

〔一〕龍舒本題作「北山暮歸示道人二首」，此爲其中第一首。

懷古二首〔一〕

日密畏前境，淵明欣故園。那知飯不傷〔二〕，所喜菊猶存。亦有牀座好，但無車馬喧。

誰爲吾侍者，稚子候柴門。

二

長者一牀室，先生三徑園。非無飯滿鉢，亦有酒盈樽。不起華邊坐，常開柳際門。漫知談實相，欲辯已忘言。

〔一〕龍舒本題作「半山歲晚即事二首」。

〔二〕「儩」，原作「賜」，今據朝鮮本改。按，儩者，盡也。「飯不儩」，與下句「菊猶存」相對。李壁注引維摩經：「化菩薩往衆香國，得滿鉢香飯，回至維摩詰舍。時維摩詰語舍利佛等：『可食如來甘露味飯。大悲所熏，無以限意食之，使不消也。』有異聲聞：『念是飯少，而此大衆人人當食。』化菩薩曰：『四海有竭，此飯無盡。所以者何？功德具足者，所食之餘，終不可盡。』於是鉢飯悉飽衆會，猶故不儩。」

與寶覺宿精舍〔一〕

擾擾復翩翩，秋牀燭屢昏。真爲説萬物，豈止挾三言。問義曹溪室，捐書闕里門。若知同二妄，目擊道逾存。

〔一〕「精」，龍舒本、朝鮮本作「僧」。

## 中書偶成

忽忽余年往，茫茫不自知。慇懃照清淺，邂逅見衰遲。輔世無賢業，容身有聖時〔一〕。歸歟今可矣，何以長人爲。

〔一〕「容」，朝鮮本作「客」。

## 華藏寺會故人得「泉」字。

百憂成阻濶，一笑得留連。城郭西風裏，園林落照前。共知官似夢，莫負酒如泉。興罷重携手，江湖即渺然。

## 求全

求全傷德義，欲速累功名。玉要藏而待，苗非揠故生。未妨徐出晝，何苦急隳成。此道今亡矣，嗟誰可與明。

## 秋風

掔斂一何饕，天機亦自勞。墻隈小飄動，屋角盛呼號。漠漠驚沙密，紛紛斷柳高。江湖豈在眼，昨夜夢波濤。

## 次韻昌叔歲暮〔一〕

城雲漏日晚，樹凍裹春深。椮密魚雖暖，巢危鶴更陰。横風高彍弩，殘溜細鳴琴。歲換兒童喜，還傷老大心。

〔一〕朝鮮本題作「次韻朱昌叔歲莫」。

## 次韻酬昌叔羈旅之作

君方困旅食〔一〕，予亦誤朝簪。自索東方米，誰多季子金。高門萬馬散，窮巷一燈深。客主竟何事，蕭條梁父吟。

〔一〕「旅食」，清綺齋本作「逆旅」。

# 王安石文集卷第十五

## 律詩　五言八句

### 次韻唐公三首

東陽道中

山蔽吴天密，江蟠楚地深。浮雲堆白玉，落日寫黄金。渺渺隨行旅，紛紛换歲陰。强將詩詠物，收拾濟時心。

江行〔一〕

材非當世用，轂有故人推。使節春冬换，征帆日夜開。南遊取干越，東望得州來。試盡風波惡，生涯亦可哀。

旅思

此身南北老，愁見問征途。地大蟠三楚，天低入五湖。看雲心共遠，步月影同孤。慷慨秋風起，悲歌不爲鱸。

〔一〕龍舒本題作「次韻唐公江行」。

## 烏塘

地僻居人少，山稠伏獸多。怒貍朝搏鴈，饞虎夜窺騾。籬落生孫竹，門庭上女蘿。未應悲寂寞，六載一經過。

## 欲歸

水漾青天暖，沙吹白日陰。塞垣春錯莫，行路老侵尋。緑稍還幽草，紅應動故林。留連一盃酒，滿眼欲歸心。

## 發館陶

促轡數殘更，似聞雞一鳴。春風馬上夢，沙路月中行。笳鼓遠多思，衣裘寒始輕。稍知田父穩〔一〕，燈火閉柴荆。

〔一〕「穩」，龍舒本、朝鮮本作「隱」。李壁校曰：「『隱』，一作『穩』。」

## 王村

晻靄王村路〔一〕，春風北使旗。塵催輕騎走，寒咽短簫吹。攬轡聯貂帽，投鞭各酒巵。紛紛小兒女，何事倚墻窺。

〔一〕「王村」，原作「土村」，據龍舒本、遞修本、朝鮮本、嘉靖五年本改。按，詩題曰「王村」。

## 長垣北

攬轡長垣北，貂寒不自持。霜風急鼓吹，煙月暗旌旗。騎火流星點，墻桑亞戟枝。柴荆掩春夢，誰見我行時。

## 冬日

擾擾今非昔，漫漫夜復晨。風沙不貸客，雲日欲迷人。散髮愁邊老，開顔醉後春。轉思江海上，一洗白綸巾。

## 壬辰寒食

客思似楊柳，春風千萬條。更傾寒食淚，欲漲冶城潮。巾髪雪争出，鏡顔朱早凋。未知軒冕樂，但欲老漁樵。

## 雨中

尚疑櫻欲吐，已怪菊成漂。紫莧凌風怯，青苔挾雨驕。長閑故有味，多難自無聊。牢落柴荆晚〔一〕，生涯付一瓢。

〔一〕「落」，龍舒本作「勞」。

## 宿雨

緑攪寒蕪出，紅争暖樹歸。魚吹塘水動，鴈拂塞垣飛。宿雨驚沙盡〔一〕，晴雲晝漏稀。却愁春夢短，燈火著征衣。

〔一〕「盡」，朝鮮本作「静」。

## 乘日

乘日塞垣入，御風塘路歸。胡皆躍馬去，鴈却背人飛。煙水吾鄉似，家書驛使稀。忽忽照顔色，恨不洗征衣。

## 秋露

日月凋何急〔一〕，荒庭露送秋。初疑宿雨泫，稍怪曉霜稠。曠野將馳獵，華堂已御裘。空令半夜鶴，抱此一端愁。

〔一〕「凋」，朝鮮本作「跳」，義長。按，李壁注曰：「元微之詩：『日月東西跳。』又答胡靈之詩序：『日月跳丸，於今行二十年矣。』」

## 還自河北應客

媿客問謡俗，舊傳今自如。材難知驥馬〔一〕，味美賽河魚。塞水移民久，川防動衆初。北人雖異論，時議或非疎。

〔一〕「驥」，龍舒本、朝鮮本作「冀」。

## 將次洺州憩漳上

漠漠春風裏，茸茸緑未齊。平田鵶散啄，深樹馬迎嘶。地入河流曲，天隨日去低。高城已在眼，聊復解輕齎。

## 和仲庶夜過新開湖憶沖之仲涂共泛

水遠浮秋色，河空洗夜氛。行隨一明月，坐失兩孤雲。露髮此時濕，風顔何處醺。淹留各有趣，不比漢三君。白樂天有「二處成孤雲」之句。

## 送契丹使還次韻答浄因老〔一〕

老欲求吾志，時方摭我華。强將愁出塞，空得病還家。日轉山河暖，風含草木葩。勝遊思一往，不敢問三車。

〔一〕「因」下，龍舒本、朝鮮本有「長」字。

送吴叔開南征

摻袂不勝情，犀舟擊汰行。倦遊無萬里，惜别有千名。春草凄凄緑，江楓湛湛清。金陵多麗景，此去屬蘭成。

遊棲霞庵約平甫至因寄〔一〕

渺渺林間路，蕭蕭物外僧。高陰涼易入，閑貌老難增。官事真傷錦，君恩更飲冰。求田此山下，終欲忤陳登。

〔一〕「棲」，龍舒本作「西」。

和棲霞寂照庵僧雲渺平甫同作。〔一〕

蕭然一世外，所樂有誰同？宴坐能忘老，齋蔬不過中。無心爲佛事，有客問家風。笑謂西來意，雖空亦不空。

〔一〕「同作」，原闕，今據朝鮮本補。

## 宜春苑

宜春舊臺沼，日暮一登臨。解帶行蒼蘚，移鞍一作鞍。坐緑陰〔一〕。樹疎啼鳥遠，水静落花深。無復增修事，君王惜費金。

〔一〕「鞍」，龍舒本作「鞍」。朝鮮本李壁校曰：「『鞍』，諸本皆作『鞍』，誤。」

## 春日〔一〕

冉冉春行暮，菲菲物競華。鶯猶求舊友，燕不背貧家。室有賢人酒，門無長者車。醉眠聊自適，歸夢到天涯。

〔一〕龍舒本題作「春日二首」，此爲其中第一首。按，方回瀛奎律髓卷十：「此唐人得意詩，恐誤入半山集中，而鴈湖亦爲之注。姑存諸此，候考。」

## 癸卯追感正月十五事

正月端門夜，金輿縹緲中。傳觴三鼓罷，縱觀萬人同。警蹕聲如在，嬉遊事已空。但今千載後，追詠太平功。

晚興和沖卿學士

剡剡風生晚，娟娟月上初。白沙眠騄驥〔一〕，清浪浴鱏魚。竟欲從君飲，猶便讀我書。斜陽不到處，墻角樹扶疎。

〔一〕「騄」，原作「綠」，今據朝鮮本、殘宋本李注改。按，李壁注曰：「後漢靈帝光和四年，初置騄驥廐丞，領受郡國調馬。注云：『騄驥，善馬也。』」

秋興和沖卿

雲浮朝慘淡，風起夜颼飀。欲作冰霜地，先迴草樹秋。征人倚笛怨，思婦向砧愁。爲問隨陽鴈，哀鳴豈有求？

次韻沖卿除日立春

猶殘一日臈，併見兩年春。物以終爲始，人從故得新。迎陽朝翦綵，守歲夜傾銀。恩賜隨嘉節，無功衹自塵。

## 題友人郊居水軒

田中三畝宅，水上一軒開。爲有漁樵樂，非無仕進媒。槎頭收晚釣，荷葉卷新醅。坐説魚腴美，功名挽不來。

## 遊賞心亭寄虔州女弟

秀發千峰霽〔一〕，清涵萬里秋。滄江天上落，明月鏡中流。眼與魂俱斷，身依影獨留。爲憐幽興極，不見爾來遊。

〔一〕「峰」，龍舒本、朝鮮本作「山」。

## 江亭晚眺

日下崦嵫外，秋生沆碭閒。清江無限好，白鳥不勝閑。雨過雲收嶺，天空月上灣。歸鞍侵調角，回首六朝山。

## 金山寺〔一〕

重經高處寺，一與白雲親。樹木有春意，江山如故人。幽軒含氣象，偏影落風塵。日暮臨歸去，徘徊欲損神。

〔一〕龍舒本題作「金山寺五首」，此爲其中第一首。

## 揖仙閣

結閣揖仙子，疏塘臨隱扉。水花紅四出，山竹翠相圍。雲度疑軿下，鳧驚恐舄飛。蜀薑寧可待〔一〕，投釣此忘歸。

〔一〕「薑」，原作「韁」；「待」，原作「恃」，今據朝鮮本、殘宋本李注改。按，李壁注引左慈傳：「曹操顧衆賓曰：『今日高會，所少吴松江鱸魚耳。』慈求銅盤貯水，以竹竿餌釣於盤中，須臾引一鱸魚出。操又曰：『既已得魚，恨無蜀中生薑耳。』慈曰：『亦可得也。』操恐其近取，因曰：『吾前日遣人到蜀買錦，可過敕使者增市二端。』語頃，即得薑還，併獲操使報命。」因閣名「揖仙」，故詩用此仙異事。

## 舟夜即事

火炬臨遥岸〔一〕，餘光照客船。水明魚中餌，沙暖鷺忘眠。感慨無窮事，遲回欲曉天。山泉如有意，枕上送潺湲。

〔一〕「火炬」，原作「火距」，據龍舒本、遞修本、朝鮮本、嘉靖五年本改。

## 何處難忘酒二首擬白樂天作。

何處難忘酒？英雄失志秋。廟堂生莽卓，巖谷死伊周。賦斂中原困，干戈四海愁。此時無一盞，難遣壯圖休。

二

何處難忘酒？君臣會合時。深堂拱堯舜，密席坐皋夔。和氣襲萬物，歡聲連四夷。此時無一盞，真負鹿鳴詩。

## 送孫子高

蕩漾江南客，融怡席上珍。一罇相别酒，千里獨歸人。客路貧堪病，交情遠更親。自慚兒女意，失淚滴衣巾。

送董傳

悠悠隴頭水，日夜向西流。行路未云已，歸人空復愁。文章合用世，顏髮未驚秋。一聽秦聲罷，還來上國遊。

寄深州晁同年

秀色歸荒隴，新聲換氄毛。日催花蕊急，雲避鴈行高。駐馬旌旗暖，傳觴鼓吹豪。班春不知負，短髮爲君搔。

白雲然師

白首一山中，形骸槁木同。苔争庵徑路，雲補衲穿空。塵土隨車轍，波濤信柂工。昏昏老南北，應謝此高風。

自白土村入北寺二首

木杪田家出，城陰野逕分。溜渠行碧玉，畦稼卧黄雲。薄槿烟脂染，深荷水麝焚。夕陽人不見，雞騖自成群。

二

雨過百泉出，秋聲連衆山。獨尋飛鳥外，時渡亂流間。坐石偶成歇，看雲相與還。會須營一畝，長此聽潺湲〔一〕。

〔一〕「潺湲」，龍舒本、遞修本作「潺潺」。

題朱郎中白都莊

蕭灑桐廬守，滄洲寄一廛。山光隔釣岸，江氣雜炊煙。藜杖聽鳴艣，籃輿看種田。明時須共理，此興在他年。

史教授獨善堂

湖海十年舊，林塘三畝餘。静非談者隱，貧勝富人居。列鼎亦何有，幅巾聊自如。猶應不獨善，學子滿階除。

## 寄福公道人

帝力護禪林，滄洲側布金。樓依水月觀，門接海潮音。開士但軟語，遊人多苦吟。曾同方丈宿，燈火夜沉沉。

## 身閑〔一〕

身閑宜晚食，歲晏忌晨興。人自嘲便腹，吾方樂曲肱。睡蛇雖不去，夢虺已無憑。寄語中林客〔二〕，思禪病未能。

〔一〕朝鮮本題作「閑身」。

〔二〕「中林」，朝鮮本作「林中」，李壁校曰：「一作『中林』。」

## 還家〔一〕

還家豈不樂？生事未應閑。朝日已復出，征鞍方更攀〔二〕。傷心百道水，閡目萬重山〔三〕。何以忘羈旅，翛然醉夢間。

〔一〕此篇龍舒本題作「北山暮歸示道人二首」，此爲其中第一首。
〔二〕「方」，朝鮮本作「今」。
〔三〕「萬」，龍舒本、朝鮮本作「數」。

## 題湯泉壁示諸子有欲閑之意

吟哦一水上，披寫衆峰間。偶運非彭澤，留名比峴山。君才今禼稷，家行古原顔。平世雖多士〔一〕，安能易地閑。

〔一〕「士」，龍舒本作「學」。

## 和唐公舍人訪浄因

西城方外士，傳法自南華。高蹈玩一世，旁通兼數家。來遊仁者浄，傳詠正而葩。乘興何時再〔一〕，還能託後車。

〔一〕「再」，原作「載」，據遞修本、朝鮮本、殘宋本李注改。此句謂何時乘興再訪。

## 沂溪懷正之

故人何處所，天角浪漫漫。寂寞斷音驛，徘徊愁肺肝。世情紛可怪，旅況浩難安。願化東南鵠，高飛託羽翰。

## 答許秀才

高陽有才子，負笈求晨饘。所趣少知者，其辭多慨然。樵妻竟謝絶，漂母嘗哀憐。尚友古之人，于今猶壯年。

# 王安石文集卷第十六

## 律詩　五言八句　五言長篇附

### 次韻景仁雪霽

新聲生屋霤，殘點着垣衣。委翳無多在，飄零不更飛。坳中餘宿潤，暖處自朝暉。稍見青青色，還從柳上歸。

### 次韻范景仁二月五日夜風雪

何知此邂逅，談笑接清揚。對雪知春淺，回燈惜夜長。密雲通炫晃，殘月墮冥茫。故有臨邛客，抽毫興未忘。

### 次韻沖卿過睢陽

宫廟此神鄉，留親泊楚艎。天開今壯麗，地積古悲涼。不改山河舊，猶餘草木荒。還聞足賓客，誰是漢鄒陽？

答沖卿

風作九衢黄，南窻坐正凉。破瓜青玉美，浮蕣白雲香。詩懶猶能强，官閑肯便忘。賢愚各有用，尺寸果誰長？

得書知二弟附陳師道舟上汴

兒童聞太丘，邂逅兩心投。與汝今爲伴，知吾不復憂。園桃已解萼，沙水欲驚舟。一見南飛鴈，江邊肯更留。

初憩和州

衣足一囊弊，粟餘三釜陳。猶依食貧地，已媿省煩人。塵土病催老，風波愁過春。詩書今在眼，還欲討經綸。

## 瘧起舍弟尚未已示道原

側足呻吟地，連甍瘴瘧秋〔一〕。窮鄉醫自絀〔二〕，小市藥難求。肝膽疑俱破，筋骸漫獨瘳。慚君遠從我，契闊每同憂。

〔一〕「瘴瘧」，朝鮮本作「瘧瘴」。

〔二〕「絀」，龍舒本作「拙」。

## 送杜十八之廣南

東南炎海外，尋訪又輸君。過嶺猿啼暖，貪程馬送曛。清談消瘴癘，秀句起煙雲。及早來鄉薦，朝廷尚右文。

## 崑山慧聚寺次張祜韻〔一〕

峰嶺互出没，江湖相吐吞。園林浮海角，臺殿擁山根。百里見漁艇，萬家藏水村。地偏來客少，幽興秖桑門。

〔一〕龍舒本題作「崑山慧聚寺二首」，此爲其中第二首。

## 吴江

莽莽昔登臨，秋風一散襟。地留孤嶼小，天入五湖深。柑橘無千里，魚鰕有萬金。吾雖輕范蠡，終欲此幽尋。

## 江

靈源開闢有，贏縮但相隨。逆折山能礙，奔流海與期。泥沙拆蚌蛤，雲雨暗蛟螭。欲問深何許〔一〕，馮夷秖自知。

〔一〕「許」，龍舒本、遞修本作「處」。

## 江南

江南春起柂，秋至尚波濤。問舍才能定，呼舟已復操。行歌付浩蕩，歸夢得蕭騷。冉冉欲何補，紛紛爲此勞。

## 賈生〔一〕

漢有洛陽子，少年明是非。所論多感槩，自信肯依違。死者若可作，今人誰與歸？應須蹈東海，不但涕沾衣〔二〕。

〔一〕龍舒本題作「賈生二首」，此爲其中第一首。

〔二〕「但」，龍舒本、朝鮮本作「若」，義長。

## 還自舅家書所感

行行過舅居，歸路指親廬。日苦樹無賴，天空雲自如。黄焦下澤稻，緑碎短樊蔬。沮溺非吾意，憫嗟聊駐車。

## 世事〔一〕

世事一何稠，論心日已偷。尚蒙今士笑，宜見古人羞。老圃聊須問，良田亦欲求。非關畏黻冕，無責易身修。

〔一〕龍舒本題作「無題二首」，此爲其中第一首。

## 寄純甫

塞上無花草，飄風急我歸。梢林聽澗落，卷土看雲飛。想子當紅蘂，思家上翠微。江寒亦未已，好好著春衣。

## 招丁元珍

默默不自得，紛紛何所爲。畫墁聊取食，獵較且隨時〔一〕。秋入江湖暗，風生草樹悲。黄花一杯酒，思與故人持。

〔一〕「且」，龍舒本、遞修本、朝鮮本作「久」。

## 遊杭州聖果寺

登高見山水，身在水中央。下視樓臺處〔一〕，空多樹木蒼。浮雲連海氣，落日動湖光。偶坐吹横笛，殘聲入富陽。

〔一〕「處」，龍舒本、遞修本作「起」。

京兆杜嬰大醇能讀書其言近莊其爲人曠達而廉清自託於醫無貴賤請之輒往卒也以詩二首傷之〔一〕

蕭瑟野衣巾，能忘至老貧。避囂依市井，蒙垢出埃塵。接物工齊物，勞身恥爲身。傷心宿昔地，不復見斯人。

二

叔度醫家子，君平卜肆翁。蕭條昨日事，髣髴古人風。舊宅雨生菌，新阡寒轉蓬。存亡誰一問，嗟我亦窮空。

〔一〕底本目録題作「京兆杜嬰大醇卒以詩二首傷之」。

江上二首〔一〕

潮連風浩蕩，沙引客淹留。落日更清坐，空江無近舟。共看蒹葦宅〔二〕，聊即稻粱謀。未敢嗟艱食，凶年半九州。

二

書自江邊使，鄉鄰病餓稠。何言萬里客，更作百身憂。補敗今誰恤？趨生我自羞。西南雙病眼，落日倚扁舟。

〔一〕「二首」，原無，據底本目録補。龍舒本題作「江上五首」，此爲其中第四、五首。
〔二〕「蒹葦」，朝鮮本作「葭葦」，李壁注：「韓詩：『淺有葭葦』。」

## 夏夜舟中頗涼因有所感

扁舟畏朝熱〔一〕，望夜倚桅檣〔二〕。日共火雲退，風兼水氣涼。未秋輕病骨，微曙浣愁腸。堅我江湖意，滔滔興不忘。

〔一〕「舟」，原作「身」，今據龍舒本、遞修本、朝鮮本、嘉靖五年本改。
〔二〕「桅」，龍舒本、朝鮮本作「危」。

## 孤桐

天質自森森，孤高幾百尋。陵霄不屈己，得地本虚心。歲老根彌壯，陽驕葉更陰。明時思解愠，願斸五絃琴。

## 遲明

欹枕浩無情，蘧蘧獨遲明。霜繁紅樹老，雲澹素蟾清〔一〕。倦鵲猶三帀，寒雞未一鳴。故山何處所？應有曉猿驚。

〔一〕「澹」，原作「月」，今據朝鮮本、殘宋本李注改。「月」與上句「繁」詞性不類。

## 陪友人中秋夕賞月〔一〕

海霧看如洗，秋陽望却昏。光明疑不夜，清瑩欲無坤。掃掠風前坐，留連露下尊。苦吟應到曉，況有我思存。

〔一〕按，瀛奎律髓卷二十二：「『清瑩欲無坤』奇險，末句又用毛詩一語，陳中取新，竊恐是王逢原詩，誤刊荆公集，然王令集不載此詩，姑存此。」

## 慎縣修路者

畚築今三歲，康莊始一修。何言野人意，能助令君憂。勠力非無補，論心豈有求。十年空志食，因汝起予羞。

河勢

河勢浩難測，禹功傳所聞。今觀一川破，復以二渠分。國論終將塞，民嗟亦已勤。無災等難必，從衆在吾君。

送河間晁寺丞

公孫富文墨，名字世多知。談笑取高第，弦歌當此時。臨河薪石費，近塞繭絲移。緩急常愁此，看君有所爲。

暮春

春期行畹晚，春意賸芳菲。曲水應修禊，披香未試衣。雨花紅半墮，煙樹碧相依。悵望夢中地，王孫底不歸？

## 遊北山

攬轡出東城，登臨目暫明。煙雲藏古意，猿鶴弄秋聲。客坐苔紋滑，僧眠樾蔭清〔一〕。賞心殊未已，山下日西榮〔二〕。

〔一〕「樾蔭」，朝鮮本作「蔭樾」。

〔二〕「山下日」，朝鮮本作「山日下」，義長。

## 吴正仲謫官得故人寄蟹以詩謝之余次其韻〔一〕

越客上荆舠，秋風憶把螯。故煩分巨跪，持用佐清糟。飲量寬滄海〔二〕，詩鋒捷孟勞。甘飡飽觴詠，餘事付鈞陶。

〔一〕底本目録題作「吴正仲得故人寄蟹以詩謝之余次其韻」。

〔二〕「飲」，清綺齋本作「酒」。

## 陳師道宰烏程縣

嘗聞太丘長，德不負公卿。墟墓今千載，昆雲亦一城。本懷深閉蓄，餘論略施行。故自有仁政，能傳家世聲。

冬至

都城開博路，佳節一陽生。喜見兒童色，歡傳市井聲。幽閑亦聚集，珎麗各携擎。却憶他年事，關商閉不行。

湯泉

寒泉詩所詠，獨此沸如烝。一氣無冬夏，諸陽自廢興〔一〕。人游不附火，蟲出亦疑冰。更憶驪山下，歊然雪滿塍〔二〕。

〔一〕「自」，清綺齋本作「有」。
〔二〕「雪」，原作「雲」，據遞修本、四部叢刊初編本、朝鮮本、嘉靖五年本改。

讀鎮南邸報癸未四月作

賜詔寬言路，登賢壯陛廉。相期正在治，素定不煩占。衆喜夔龍盛，予虞絳灌憸。太平詎可致，天意慎猜嫌。

## 擬和御製賞花釣魚

雲暖蓬萊日，風酣太液春。水光承步輦，花氣入鈎陳。伏檻留清蹕，傳觴屬從臣。霏香連釣餌，落葉亂游鱗。鎬飲恩知厚，衢樽賜願均。更看追夏諺，先此詠逢辰。

## 和吳沖卿雪霽紫宸朝

虎士開閶闔，雞人唱九霄。雲移銀闕角，日轉玉廊腰。箒動川收潦，靴鳴海上潮。舞袍沾宿潤，拜笏擁殘飄。賜飲人何樂，歸嘶馬亦驕。低徊但志食〔一〕，吟咏得逍遥。

〔一〕「志」，原作「忘」，今據朝鮮本、元大德本改。按，「志食」，王詩屢用此語。本書卷第八少狂喜文章：「低佪但志食，邂逅亦專城。」卷第十六慎縣修路者：「十年空志食，因汝起予羞。」卷第二十二次韻昌叔懷潛樓讀書之樂：「志食長年不得休。」

## 和吳沖卿集禧齋祠

緘封祝辭密，占寫御名真。帝坐遥臨物，星圖俯映人。風含煙外節，月點霧中茵。沈藿升煙遠，槐檀取燎新。羽衣歸寂寞〔一〕，金錽立逡巡〔二〕。却想來時路，還疑隔一塵。

〔一〕「歸」，朝鮮本作「將」，李壁校曰：「一作『歸』。」

〔二〕「鎩」，朝鮮本李壁校曰：「别本一作『盾』。」

## 送周都官通判湖州

渌水烏程地，青山顧渚濱。酒醪猶美好，茶荈正芳新。聚泛樽前月，分班焙上春。仁風已入俗〔一〕，樂事始關身。橘柚供南貢，楓槐望北宸。知君白羽扇，歸日未生塵。

〔一〕「入」，龍舒本、遞修本、朝鮮本作「及」。

## 雙廟張巡、許遠。

兩公天下駿，無地與騰驤。就死得處所，至今猶耿光。中原擅兵革，昔日幾侯王。此獨身如在，誰令國不亡。北風吹樹急，西日照窗涼。志士千年淚，泠然落奠觴。

## 和子瞻同王勝之游蔣山并序

子瞻同王勝之游蔣山，有詩。余愛其「峰多巧障日，江遠欲浮天」之句，因次其韻。

金陵限南北，形勢豈其然。楚役六千里，陳亡三百年。江山空幕府，風月自觥船。主送悲涼岸，妃埋想故蓮。臺傾鳳久去，城踞虎争偏。司馬壖廟域，獨龍層塔顛。森疎五顧木，蹇淺一人泉。棁杖窮諸嶺，藍輿罷半天。朱門園淥水，碧瓦第青煙。墨客真能賦，留詩野竹娟。

## 送鄆州知府宋諫議

盛世千齡合，宗工四海瞻。天心初簡俊，雲翼首離潛。德望完圭角，儀形壯陛廉。徐鳴蒼玉佩，晝校碧牙籤。綸掖清光注，鑾坡茂渥霑。文明誠得主〔一〕，政瘼尚煩砭。右府參機務，東塗贊景炎。廟謨資石畫〔二〕，兵略倚珠鈐。坐鎮均勞逸，齋居養智恬。謳謡喧井邑，惠化穆蒼黔〔三〕。進律朝章舊，疏恩物議僉。通班三殿邃，徙部十城兼。申甫周之翰，龜蒙魯所詹。地靈奎宿照，野沃汶河漸。首路龍旗盛，提封虎節嚴。賜衣纏紫艾〔四〕，衛甲綴朱綅。海谷移文省，谿堂燕豆添。班春回紺幰，問俗卷彤襜。舟檝商巖命，熊羆渭水占。治裝行入覲，金鼎重調鹽。

〔一〕「誠」，龍舒本作「誰」。

〔二〕「廟」，龍舒本、遞修本作「府」。

〔三〕「穆」，朝鮮本作「洽」，李壁校曰：「一作『穆』。」

〔四〕「紫」，朝鮮本作「錦」，李壁校曰：「一作『紫』。」

## 見遠亭上王郎中〔一〕

高亭豁可望，朝暮對谿山。野色軒楹外，霞光几席間。樹侵蒼靄没，鳥背夕陽還。草帶平沙闊，烟籠别戍閑。圃畦荷氣合〔二〕，田徑燒痕斑。樵笛吟晴塢，漁帆出暝灣。登臨及芳節，宴喜發朱顔。夾砌陳旌旝，褰簾進佩環。觀風南國最，應宿紫宸班。康樂詩名舊，蕪音詎可攀。

〔一〕龍舒本題作「見遠亭」。此詩前四句，龍舒本重出，卷六十七又題作「見遠亭一絶上王郎中」。李壁注曰：「此詩元有十韻，舊本却作絶句刊，今得全篇足之。」

〔二〕「荷」，龍舒本、朝鮮本作「花」。

# 王安石文集卷第十七

## 律詩　七言八句

### 歲晚懷古

先生歲晚事田園，魯叟遺書廢討論。問訊桑麻憐已長，按行松菊喜猶存。農人調笑追尋壑，稚子歡呼出候門。遥謝載醪祛惑者，吾今欲辯已忘言。

### 段約之園亭

愛公池館得忘機，初日留連至落暉。菱暖紫鱗跳復没，柳陰黄鳥囀還飛。徑無凡草唯生竹，盤有嘉蔬不采薇〔一〕。勝事閬州雖或有，終非吾土豈如歸。

〔一〕「薇」，底本漫漶不清，據遞修本、朝鮮本補。

### 又段氏園亭

欹眠隨水轉東垣，一點炊煙映水昏。漫漫芙蕖難覓路，翛翛楊柳獨知門。青山呈露新如染，白鳥嬉游静不煩。朱雀航邊今有此，可能摇蕩武陵源〔一〕。

〔一〕「摇蕩」，龍舒本作「遥望」。

## 回橈〔一〕

柴荆散策静涼飈，隱几扁舟白下潮。紫磨月輪升靄靄，帝青雲幕卷寥寥。數家鷄犬如相識，一塢山林特見招。尚憶木瓜園最好，興殘中路且回橈。

〔一〕龍舒本題作「泛舟」。

## 酴醾金沙二花合發

相扶照水弄春柔，發似矜夸斂似羞。碧合晚雲霞上起，紅争朝日雪邊流。我無丹白知如夢，人有朱鉛見即愁。疑此冶容詩所忌，故將樛木比綢繆。

## 次韻公闢正議書公戲語申之以祝助發一笑〔一〕

故人辭禄未忘情，語我猶能作扞城。身不自遭如貢薜，兒應堪教比韋平。老罷豈得長高臥，雛鳳仍聞已間生。把盞祝公公莫拒〔二〕，緇衣心爲好賢傾。

〔一〕「次韻公闢正議」，龍舒本、朝鮮本作「輒次公闢韻」。

〔二〕「盞」，龍舒本、朝鮮本作「酒」。

次韻致遠木人洲二首

迷子山前漲一洲，木人圖志失編收。年多但有柳生肘，地僻獨無茅蓋頭。河側鮑生乾尚立〔一〕，江邊屈子槁將投。未妨他日稱居士，能使君疑福可求。

二

杌爾何年客此洲，飄流誰棄止誰收。無心使口肝使目，有幹作身根作頭。暴露神靈難寄託，禱祠村落幾依投。紛紛翦紙真虚負，立槁安知富可求。

〔一〕「生」，龍舒本、朝鮮本作「焦」。

次韻酬龔深甫二首

恩容楚老護松楸〔一〕，復得一龔從我遊〔二〕。講肄劇談兼祖謝，舞雩高蹈異求由。北尋五作故未愁〔三〕，東挽三楊仍有樛。陟巘降原從此始，但無瑶玉與君舟〔四〕。

二

握手東岡雪滿篸，後期惆悵老吴蠶。芳辰一笑真難值〔五〕，暮齒相思豈久堪。他日杜詩傳渭北，幾時周宅對漳南。百年邂逅能多少，且可勤來共草菴。

〔一〕「楚」，龍舒本、朝鮮本作「衰」。

〔二〕「從」，龍舒本、朝鮮本作「隨」。

〔三〕「未」，原作「乘」，據龍舒本、遞修本、朝鮮本改。

〔四〕此句下，龍舒本注曰：「此詩舊集作兩絶句，今併爲一首。」

〔五〕「辰」，龍舒本、朝鮮本作「晨」。

## 次葉致遠韻〔一〕

生涯聊占水中洲，豈即乘桴逐聖丘。身與鳧飛仍鴈集，心能茅靡亦波流。由來杞梓常先伐，誰謂菰蒲可久留。乘興吾廬知未厭，故移脩竹擬延騶。一作：知君聊占水中洲，去即東浮逐聖丘。憂國無時須問舍，得坻有興即乘流。由來要路當先據，誰謂窮鄉可久留。他日五湖尋范蠡，想能重此駐前騶。

〔一〕龍舒本題作「次韻葉致遠五首」，朝鮮本題作「次韻葉致遠」。詩末所謂「一作」，即龍舒本、朝鮮本所載。

傳谷口〔二〕，但知鄉里勝壺頭。嗟予老矣無一事，復得此君相與遊。

## 次韻酬朱昌叔五首〔一〕

點也自殊由與求，既成春服更何憂。拙於人合且天合，静與道謀非食謀。未愛京師傳谷口〔二〕，但知鄉里勝壺頭。嗟予老矣無一事，復得此君相與遊。

二

去年音問隔淮州，百謫難知亦我憂。前日杯盤共江渚，一歡相屬豈人謀。山蟠直瀆輸淮口，水抱長干轉石頭。乘興舟輿無不可，春風從此與公遊。

三

烏榜登臨興未休，共言何許更消憂。聯裾蕭寺尋真覺，方駕孫陵弔仲謀。語罷每開歡笑口，詩來仍掉苦吟頭。已知軒冕真吾累，且可追隨馬少游。

四

白下門東春水流，相看一噱散千憂。穿梅入柳曾莫逆，度壍緣岡初不謀〔三〕。世事但如吹劍首〔四〕，官身難即問刀頭。長臨鍛竈真自苦，有興復來從我遊。

五

樂世閑身豈易求，巖居川觀更何憂。放懷自事如初服〔五〕，買宅相招亦本謀。名譽子真矜谷口，事功新息困壺頭。知君於此皆無累，長得追隨壙埌遊〔六〕。

〔一〕龍舒本題作「次韻酬朱昌叔六首」，此爲其中前五首。

〔二〕「末」，或作「豈」。葉夢得石林詩話卷上載：「其末篇有云：『名譽子真矜谷口，事功新息困壺頭。』以『谷口』對『壺頭』，其精切如此。後數日，復取本追改云：『豈愛京師傳谷口，但知鄉里勝壺頭。』只今集中，兩本並存。」

〔三〕「塹」，龍舒本、朝鮮本作「嶺」。

〔四〕「如」，龍舒本、朝鮮本作「知」。

〔五〕「事」，朝鮮本作「遂」。

〔六〕「得」，龍舒本、朝鮮本作「約」；「壙埌」，龍舒本作「曠蕩」。

次韻送程給事知越州〔一〕

千騎東方占上頭〔二〕，如何誤到北山遊？清明若覲蘭亭月，暖熱因忘蕙帳秋。投老始知歡可惜〔三〕，通宵豫以别爲憂〔四〕。西歸定有詩千首〔五〕，想肯重來賁一丘。

〔一〕龍舒本題作「次程公闢韻」。
〔二〕「千騎」，龍舒本、朝鮮本作「旌節」。李壁校曰：「一作『千騎』。」
〔三〕「始」，龍舒本、朝鮮本作「更」。李壁校曰：「一作『始』。」
〔四〕「豫」，龍舒本、朝鮮本作「先」。李壁校曰：「一作『豫』。」
〔五〕「西歸定」，龍舒本、朝鮮本作「歸來若」。李壁校曰：「一作『西歸定』。」

## 次韻酬徐仲元〔一〕

投老逍遥屺與堂，天刑真已脱桁楊。緣源静翳無魚淰〔二〕，度谷深追有鳥頏〔三〕。每苦交游尋五柳〔四〕，最嫌尸祝擾庚桑〔五〕。相看不厭唯夫子，風味真如顧建康。

〔一〕「徐」字，龍舒本無。
〔二〕「無魚」，朝鮮本作「魚無」。
〔三〕「有鳥」，朝鮮本作「鳥有」。
〔四〕此句石林詩話卷中作「自喜田園安五柳」。
〔五〕「最」，石林詩話卷中作「但」。

### 詩奉送覺之奉使東川〔一〕

三秋不見每惓惓，握手山林復悵然〔二〕。後會敢期黄耇日，相看且度白鷄年。畏途石棧王尊馭，榮路金門祖逖鞭。一代官儀新藻拂，得瞻宸宇想留連〔三〕。

〔一〕龍舒本題作「奉酬許承議」，朝鮮本題作「送許覺之奉使東川」。
〔二〕「握」，遞修本作「捉」，應刻本作「携」。
〔三〕「宇」下，朝鮮本校曰：「一作『扆』」。

### 次韻奉酬覺之〔一〕

久知乘傳入西州，雞黍從容本不謀。户外驚塵尺書至〔二〕，眼中飛浪片帆收〔三〕。山林病骨煩三顧，湖海離腸欲萬周〔四〕。尚有光華賁岑寂，篋中佳句得長留。

〔一〕龍舒本題作「次韻許覺之」，朝鮮本題作「次韻覺之」。
〔二〕「尺」，原作「天」，據龍舒本、朝鮮本改。
〔三〕「飛」，朝鮮本作「白」。「片」，龍舒本、遞修本作「白」。
〔四〕「離腸」，龍舒本、遞修本作「傷離」。

## 送程公闢得謝歸姑蘇〔一〕

東歸行路歎賢哉，碧落新除寵上才。白傅林塘傳畫去，吴王花鳥入詩來〔二〕。唱酬自有微之在，談笑應容逸少陪。少保元絳謝事居姑蘇，又王中甫善歌詞，與相唱酬燕集。除此兩翁相見外，不知三徑爲誰開。

〔一〕「歸」，朝鮮本作「還」。龍舒本題作「送程公闢還姑蘇」。

〔二〕「鳥」，龍舒本、朝鮮本作「草」。

## 送項判官〔一〕

斷蘆洲渚落楓橋，渡口沙長過午潮。山鳥自呼泥滑滑〔二〕，行人相對馬蕭蕭。十年長自青衿識，千里來非白璧招。握手祝君能强飯，華簪常得從雞翹。

〔一〕龍舒本目録題作「送項瞻判官」。

〔二〕「呼」，龍舒本、朝鮮本作「鳴」。

## 次韻張德甫奉議〔一〕

知君非我載醪人，終日相隨免污茵。賞盡高山見流水，唱殘白雪值陽春。中分香積如來鉢，對現毗耶長者身。誰拂定林幽處壁，與君圖寫繼吾真。

〔一〕「德甫」二字，龍舒本無。

## 北山三詠〔一〕

### 寶公塔

道林真骨葬青霄，窣堵千秋未寂寥。寶勢旁連大江起，尊形獨受衆山朝。雲泉別寺分三徑，香火幽人止一瓢〔二〕。我亦鷲峰同聽法，歲時歌唄豈辭遥。

### 覺海方丈

往來城府住山林，諸法翛然但一音。不與物違真道廣，每隨緣起自禪深。舌根已凈誰能壞，足迹如空我得尋。歲晚北窻聊寄傲，蒲萄零落半牀陰。

## 道光泉

籦龍將雨繞山行〔三〕，注遠投深静有聲。雲涌浴槽朝自暖，虹垂齋鑊午還晴。銅瓶各滿幽人意，玉甃因高正士名。神力可嗟妨智巧，桔槔零落便苔生〔四〕。

〔一〕龍舒本無此總題。

〔二〕「止」，龍舒本、朝鮮本作「秖」。

〔三〕「籦龍」，原作「擇龍」，據龍舒本、遞修本、朝鮮本改。「籦龍」，本書屢見，如卷四泉詩：「没羽之虎行林間，籦龍失職因藏跧。」

〔四〕「便」，原作「箯」，今據龍舒本、遞修本、朝鮮本改。黄校曰：「『便』，明刊誤『箯』」。

## 登寶公塔

倦童疲馬放松門，自把長筇倚石根。江月轉空爲白晝，嶺雲分暝與黄昏。鼠摇岑寂聲隨起，鴟矯荒寒影對翻。當此不知誰客主〔一〕，道人忘我我忘言。

〔一〕「客主」，龍舒本、朝鮮本作「主客」。

## 重登寶公塔復用前韻二首〔一〕

空見方墳涌半霄，難將生死問參寥。應身東返知何國，瑞像西歸自本朝。遺寺有門非輦路，故池無鉢但僧瓢。獨龍下視皆陳迹，追數齊梁亦未遥。

二

碧玉旋螺恍隔霄，冠山仙冢亦寥寥。空餘華構延風月，無復靈蹤落市朝。帳座追嚴多獻寶，供盤隨施有操瓢。他方出没還如此，與物何心作逍遥〔二〕。

〔一〕「復用前韻」，龍舒本、朝鮮本無。

〔二〕「何」，朝鮮本作「無」，李壁校曰：「一作『何』。」

## 紙暖閣〔一〕

聯屏蓋障一尋方，南設鈎簾北置牀。側座對敷紅絮暖，仰牕分啓碧紗涼。氊廬易以梅烝壞，錦幄終於草野妨。楚穀越藤真自稱，每糊因得減書囊。

〔一〕龍舒本、朝鮮本題作「紙閣」。

## 雨花臺

盤互長干有絶陘，并包佳麗入江亭。新霜浦溆綿綿浄〔一〕，薄晚林巒往往青。南上欲窮牛渚怪，北尋難忘草堂靈。篔輿却走垂楊陌〔二〕，已戴寒雲一兩星。

〔一〕「浄」，朝鮮本作「白」。

〔二〕「篔輿」，原作「便輿」，據龍舒本、遞修本、朝鮮本、嘉靖五年本改。

## 北窗

病與衰期每强扶，雞壅桔梗亦時須。空花根蒂難尋摘，夢境煙塵費掃除。耆域藥囊真妄有，軒轅經匱或元無。北窻枕上春風暖，漫讀毗耶數卷書。

## 小姑

小姑未嫁與蘭支，何恨流傳樂府詩。初學水仙騎赤鯉，竟尋山鬼從文貍。繽紛雲襵空棠檝〔一〕，綽約煙鬟獨桂旗。弄玉有祠終或往，飛瓊無夢故難知。

〔一〕「雲」，龍舒本作「文」。

## 榮上人遽欲歸以詩留之

道人傳業自天台，千里翛然赴感來〔一〕。梵行毗沙爲外護，法筵靈曜得重開。已能爲我迂神足，便可隨方長聖胎。肯顧北山如慧約，與公西崦斸莓苔。

〔一〕「翛然」，原作「倏然」，據龍舒本、遞修本、朝鮮本、嘉靖五年本改。

## 呈陳和叔并序〔一〕

嘉祐末，和叔以集賢校理判登聞鼓院〔二〕，同知太常禮院。宅皮場街〔三〕，有園數畝，中置二椁，甎衮丈。北户臨溝，略彴通街。旁作小屋，毁輜車爲蓋。某以直集賢院爲三司度支判官，以知制誥糾察在京刑獄，同管勾三班院。間度彴，皈車蓋下〔四〕，隨所有無，坐卧甎上，笑語常至夜。如此三歲，而和叔遭太夫人憂，未幾，某亦喪親以去，時永昭陵尚未復土也。後與和叔皆蒙今上拔用，數會議語，皆憂傷之餘，責厚事叢，無復故情。元豐元年，某食觀使禄，居鍾山南，和叔經略廣東，道舊悵然〔五〕。某作詩以叙其事〔六〕。

毁車爲屋僅容身，三歲相要薄主人。晝寓桴瓢常至夜〔七〕，冬沿溝彴復尋春。南陔不洎公歸里，蒼墓垂成我喪親。後會縱多無此樂，山林投老一傷神。

〔一〕「呈」，龍舒本、朝鮮本作「送」。
〔二〕「鼓院」，朝鮮本作「檢院」。
〔三〕「宅」，原闕，今據龍舒本、朝鮮本補。
〔四〕「蓋」下，龍舒本、朝鮮本有「屋」字。
〔五〕「舊」下，龍舒本、朝鮮本有「故」字。
〔六〕「作」下，朝鮮本有「此」字。
〔七〕「桴」，龍舒本、朝鮮本作「墩」。李壁校曰：「此詩有石本，在臨川饒蒙家，真迹『墩』作『桴』。」

## 招吕望之使君

潮溝東路兩牛鳴〔一〕，十畝漪漣一草亭〔二〕。委質山林如許國，寄懷魚鳥欲忘形。紛紛易變浮雲白，落落誰鍾老柏青。尚有使君同好惡，想隨秋水肯揚舲。

〔一〕「東路」，龍舒本作「直下」，朝鮮本作「直上」。李壁校曰：「一作『東路』。」
〔二〕「漪漣」，龍舒本、朝鮮本作「漣漪」。

## 公闢枉道見過獲聞新詩因叙歎仰

青丘神父能爲政，碧落僊翁好作詩。舊事齊兒應共記，新篇楚老得先知。懷甎大峴如迎日，供帳閶門勝去時〔一〕。若與鴟夷鬭百草，錦囊佳麗敵西施。

〔一〕「勝」，龍舒本、朝鮮本作「憶」。

## 全椒張公有詩在北山西庵僧者墁之悵然有感〔一〕

十年怊悵攝山阡〔二〕，終欲持杯滴到泉。東路角巾非故約，西州華屋漫脩椽。幽明永隔休炊黍，真俗相妨久絶弦。遺墨每看疑邂逅，復隨人事散如煙。

〔一〕「有詩」，原作「在詩」，涉下而訛。今據底本目録、龍舒本、遞修本、朝鮮本、嘉靖五年本改。

〔二〕「攝山」，原作「躡山」，據四庫本改。朝鮮本李壁校曰：「『躡』當作『攝』。建康志云：『在城東北四十五里。』」又引續建康志曰：「白雲庵，在攝山天闕巖下。注云：侍讀張公瓌嘗讀書於此，左丞王安禮爲記。」

## 嶺雲

嶺雲合處小盤桓，人得敷衾馬解鞍。寒莢著天榆歷歷，浄華浮海桂團團。交游涣散淵明喜，吏卒蕭條叔夜寬。方丈老翁無一髮，更知來不爲皮冠。

## 蓼蟲

蓼蟲事業無餘習，芻狗文章不更陳。隱几自憐居喪我，倨堂誰覺似非人。難堪藏室稱中士，秖合箕山作外臣。尚有少緣灰未死，欲持新句惱比鄰。

## 莫疑

莫疑禪伯未知禪，莫笑仙翁不學仙。靈骨肯傳黄蘗燼，真心自放赤松煙。蓮華世界何關汝？楮葉工夫浪費年。露鶴聲中江月白，一燈岑寂擁書眠。

# 王安石文集卷第十八

## 律詩　七言八句

### 示俞秀老〔一〕

繚繞山如涌翠波，人家一半在煙蘿。時豐笑語春聲早，地僻追尋野興多。窣堵朱甍開北向，招提素脊隱西阿。暮年要與君携手，處處相煩作好歌。

〔一〕龍舒本題作「示俞秀老三首」，此爲其中第一首。

### 外厨遺火示公佐〔一〕

刀匕初無欲清七姓切。人〔二〕，如何竈鬼尚嫌嗔？翛翛短褐方煬一作圍。火〔三〕，冉冉青煙已被宸。邂逅焚巢連鳥雀，倉黄濡幕愧比鄰。王陽幸有囊衣在，報賞焦頭亦未貧。

〔一〕龍舒本、朝鮮本題作「示江公佐外厨遺火」。

〔二〕「七姓切」，原作「士姓切」，據四部叢刊初編本、四庫本改。

〔三〕「煬」，龍舒本、朝鮮本作「圍」。

## 讀眉山集次韻雪詩五首

若木昏昏末有鴉，凍雷深閉阿香車。摶雲忽散簁爲屑，翦水如分綴作花。擁箒尚憐南北巷，持杯能喜兩三家。戲挼弄掬輸兒女〔一〕，羔袖龍鍾手獨叉。

二

神女青腰寶髻鴉，獨藏雲氣委飛車。夜光往往多聯璧，白小紛紛每散花〔二〕。珠網纚連拘翼座，瑤池淼漫阿環家。銀爲宫闕尋常見，豈即諸天守夜叉。

三

惠施文字黑如鴉，於此機緘漫五車。皭若易緇終不染，紛然能幻本無花〔三〕。觀空白足寧知處，疑有青腰豈作家。慧可忍寒真覺晚，爲誰將手少林叉？

四

寄聲三足阿環鴉，問訊青腰小駐車。一一照肌寧有種，紛紛迷眼爲誰花？争妍恐落江妃手，耐冷疑連月姊家。長恨玉顔春不久，畫圖時展爲君叉。

五

戲摇微縞女鬟鴉[四]，試咀流酥已頰車[五]。歷亂稍埋冰揉粟，消沉時點水圓花。豈能舴艋真尋我，且與蝸牛獨卧家。欲挑青腰還不敢，直須詩膽付劉叉。

〔一〕「弄」，朝鮮本作「亂」。

〔二〕「白小」，朝鮮本作「小白」。

〔三〕「無花」，元大德本、清綺齋本作「非花」。朝鮮本補注曰：「『無花』一作『非花』，『非』字是。」

〔四〕「摇」，朝鮮本作「珠」。

〔五〕「已」字下，朝鮮本李校曰：「字誤。」

讀眉山集愛其雪詩能用韻復次韻一首

靚糚嚴飾曜金鴉，比興難工漫百車。水種所傳清有骨，天機能織皦非花[一]。嬋娟一色明千里，綽約無心熟萬家。長此賞懷甘獨卧，袁安交戟豈須叉？

〔一〕「織」，原作「識」，今據遞修本、朝鮮本、嘉靖五年本改。天機織花，喻雪。

## 八功德水

雪山馬口出琉璃，聞説諸天與護持。此水遥連八功德，供人真浄四威儀。當時迦葉無塵染，何事閔鄉有土思。道力起緣非一路，但知瓢飲是生疑。

## 寄題程公闢物華樓

吴楚東南最上游〔一〕，江山多在物華樓。遥瞻旌節臨尊俎〔二〕，獨卧柴荆阻獻酬〔三〕。想有新詩傳素壁，怪無餘墨到滄洲。凋湣南望重重緑〔四〕，章水還能向此流〔五〕。

〔一〕此句龍舒本、朝鮮本作「千里名城楚上游」。

〔二〕「瞻旌」，龍舒本、朝鮮本作「知玉」。李壁校曰：「一作『瞻旌』。」

〔三〕「荆阻」，龍舒本、朝鮮本作「門隔」。李壁校曰：「一作『荆阻』。」

〔四〕「凋湣」，龍舒本、朝鮮本作「偶陪」。李壁校曰：「一作『凋湣』。」

〔五〕「流」，龍舒本作「留」。

## 酬俞秀老

灑掃東庵置一牀，於君獨覺故情長。有言未必輸摩詰，無法何曾泥飲光？天壤此身知共弊，江湖他日要相忘。猶貪半偈歸思索，却恐提桓妄揣量〔一〕。

〔一〕「提桓」，原作「提柏」，據朝鮮本、四庫本改。遞修本作「提洹」。提桓，即帝釋天。

## 次韻吴沖卿召赴資政殿聽讀詩義感事〔一〕

沖卿詩云：「雪銷鳷鵲御溝融，燕見殊恩綴上公。晝日乍驚三接寵，正風獲聽二南終。解頤共仰天顔喜，墻面裁容聖域通。午漏漸長知禹錫〔二〕，侍臣何術補堯聰。」時修撰經義所初進二南，有旨資政殿讀云〔三〕。

周南麟趾聖人風，未有騶虞繫召公。雅頌兼陳爲四始，笙歌合奏以三終。討論詔使成書上，休澣恩容著籍通〔四〕。墻面豈能知奥義，延陵聽賞自爲聰。

〔一〕朝鮮本題作「次韻吴沖卿聽讀詩義感事」。
〔二〕「錫」，朝鮮本作「惜」。
〔三〕「讀云」，朝鮮本作「進讀」。龍舒本脱此首，僅存吴之原作。
〔四〕「澣」，原作「瀚」，據朝鮮本改。「休澣」，休假。

## 張侍郎示東府新居詩因而和酬二首

得賢方慕北山萊，赤白中天二府開。功謝蕭規慚漢第，恩從隗始詫燕臺。曾留上主經過跡，更費高人賦詠才。自古落成須善頌，掃除東閣望公來〔一〕。

二

榮觀流傳動草萊，中官賜設上尊開。鼓歌窈窱聽疑夢，肴果聯翩餽有臺。斧藻故應宜舊德，棟梁非復稱凡材。虚堂欲踵曹參事，試問齊人或肯來。

〔一〕「望」，朝鮮本作「待」。

## 次韻沖卿上元從駕至集禧觀偶成〔一〕

昭陵持橐從遊人，更見熙寧第四春。寶構中開移玉座，華燈錯出映朱塵〔二〕。輦前時看新歌舞〔三〕，仗外還如舊徼巡〔四〕。投老逢時追往事，却含愁思度天津。

〔一〕龍舒本題作「上元從駕集禧觀」，朝鮮本題作「上元從駕至集禧觀次沖卿韻」。

〔二〕「映朱塵」，龍舒本作「映垂紳」。朝鮮本李壁校曰：「一作『映垂紳』。」

〔三〕「輦」，龍舒本、朝鮮本作「樓」。
〔四〕「如」，光啓堂本、聽香館本作「從」。

## 次韻陪駕觀燈

繡筤含風下玉除，宫商挾奏斐然殊。福祥周室流爲火，恩澤堯樽散在衢。伏枕但能知廣樂，揮毫何以報明珠。願留巾篋歸田日，追詠公歡每自娱。

## 和吴相公東府偶成

承華往歲幸躊躇，風月清談接緒餘。並轡趁朝今已老，連墻得屋喜如初。誅茅我夢江皋地，澆薙公思洛水渠。斂退故應容拙者，先營環堵祭牢蔬。

## 和蔡樞密孟夏旦日西府書事

宫闕初晴氣象饒，寶車攢轂會東朝。重輪慶自離明發，内壤陰隨解澤消。賜篚外廷紛錦繡，燕庖中禁續薪樵。聯翩入賀知君意，咫尺威顔不隔霄。

## 和蔡副樞賀平戎慶捷

城郭名王據兩陲，軍前一日送降旗。羌兵自此無傳箭，漢甲如今不解纍。幕府上功聯舊伐〔一〕，朝廷稱慶具新儀。周家道泰西戎喙〔二〕，還見詩人詠串夷。

〔一〕「伐」，原作「代」，今據龍舒本、朝鮮本改。伐，功也。

〔二〕「周」，龍舒本、朝鮮本作「國」。

## 次韻奉和蔡樞密南京種山藥法〔一〕

蔡詩并序云：「蒙見索南都種山藥法，并以生頭數十莖送上〔二〕，輒成小詩〔三〕：『青青正是中分天，區種何妨試玉延。即見引須緣夏木，定知如蹠薦冬筵。俗傳種時以足按之，即如人足。潤還御水冰霜結，蔭近堯雲雨露偏。自褢自題還自媿，揠苗應笑宋人然。』」

區種抛來六七年，春風條蔓想宛延。難追老圃莓苔徑，空對珍盤玳瑁筵。嘉種忽傳河右壤，靈苗更長闕西偏。故畦穿斸知何日，南望鍾山一慨然。

〔一〕龍舒本、朝鮮本題作「和蔡樞密南都種山藥法」。

〔二〕「數」，朝鮮本作「百」。

〔三〕「輒」，朝鮮本作「因」。

## 次韻元厚之平戎慶捷來詩有「何人更得通天帶，謀合君心只晉公」之句〔一〕。

朝廷今日四夷功，先以招懷後殪戎。胡地馬牛歸隴底，漢人煙火起湟中。投戈更講諸儒藝，免胄争趨上將風。文武佐時慚吉甫，宣王征伐自膚公。

〔一〕「句」，朝鮮本作「語」。

## 謁曾魯公即赴會時。

翊戴三朝冕有蟬，歸榮今作地行仙。且開京闕一作洛。蕭何第〔一〕，未放江湖范蠡船〔二〕。老景已鄰周吕尚，慶門方似漢韋賢。一觴豈足爲公壽，願賦長虹吸百川〔三〕。

〔一〕「闕」，龍舒本、朝鮮本作「洛」。

〔二〕「放」，龍舒本、朝鮮本作「泛」。能改齋漫録卷七引此句亦作「泛」。

〔三〕「虹」，朝鮮本作「鯨」。

## 駕自啓聖還内

衣冠原廟漢家儀，羽衛親來此一時。天子當懷霜露感，都人亦歎鼓簫悲。紛紛瑞氣隨雲漢，漠漠榮光上日旗。塵土未驚閶闔閉，緑槐空覆影參差。

## 集禧觀池上詠野鵝

池上野鵝無數好，晴天鏡裏雪毰毸。似憐暄暖鳴相逐，疑戀寬閑去却回。京洛塵沙工點污，江湖矰弋飽驚猜。羽毛的的人難近，嗟此謀身或有才。

## 次韻東廳韓侍郎齋居晚興〔一〕

齋禁雖嚴異太常，蕭然高卧意何長〔二〕。煙含欲暝宫庭紫，日映新秋省闥黄。壯節易摧行踽踽，華年相背去堂堂。追攀坐歎風塵隔，空聽鈞天夢帝鄉。

〔一〕龍舒本題作「和韓子華齋居晚興」，朝鮮本題作「和東廳韓子華侍郎齋居晚興」。

〔二〕「卧」，龍舒本、朝鮮本作「詠」。

## 酬和甫祥源觀醮罷見寄

竊禄祠官久見容，每持金石薦宸衷。鈞天忽忽清都夢，方丈寥寥弱水風。知結勝緣人意外，想尋陳迹馬蹄中。新詩起我超然興，更感鍾山蕙帳空。

## 和御製賞花釣魚二首〔一〕

蔭幄晴雲拂曉開，傳呼仙仗九天來。披香殿上留朱輦，太液池邊送玉杯。宿蕊暖含風浩蕩，戲鱗清映日徘徊。宸章獨與春爭麗，恩許賡歌豈易陪。

二

靄靄祥雲輦路晴，傳呼萬歲雜春聲。蔽虧玉仗宮花密，映燭金溝御水清。珠蕊受風天下暖，錦鱗吹浪日邊明。從容樂飲真榮遇，願賦嘉魚頌太平。

〔一〕「二首」，原無，據底本目録、朝鮮本補。遞修本黄校曰：「此首（第二首）宋刊本亦空白，明刊有。」

## 次楊樂道韻六首〔一〕

### 後殿朝次偶題〔二〕

百年文物士優游，萬國今方似綴旒。發策東堂招儁乂，回輿北苑罷倡優。忽隨諸彦登龍尾，尚憶當年應鵠頭。獨望清光無補報，更慚虚食太官羞。

### 御溝

渺渺金河漲欲平，數支分緑報清明〔三〕。常縈輦路漂花去，更引流杯送酒行。静見金輿穿樹影，清含玉漏過墻聲。衰顔一照自多感，迴首江南春水生。

### 幕次憶漢上舊居〔四〕

漢水泱泱繞鳳林，峴山南路白雲深。如何憂國忘家日，尚有求田問舍心。直以文章供潤色，未應風月負登臨。超然便欲遺榮去，却恐元龍會見侵。

### 後苑詳定書懷〔五〕

文墨由來妙禁中，家傳豈獨賦河東。平生聽想風聲早〔六〕，數日追隨笑語同。御水新如鴨頭緑，宫花更有鶴翎紅。看花弄水聊爲樂，不晚朝廷相弱翁。

上巳聞苑中樂聲書事〔七〕

苑中誰得從春遊，想見漸臺瓦欲流。御水曲隨花影轉，宫雲低繞樂聲留。年華未破清明節，日暮初回祓禊舟。更覺至尊思慮遠，不應全爲拙倡優。

用樂道舍人韻書十日事呈樂道舍人聖從待制〔八〕

東門人物亂如麻，想見新鞲照路華。午鼓已傳三刻漏，從官初賜一杯茶。忽忽殿下催分首，擾擾宫前聽賣花。歸去莫言天上事，但知呼客飲流霞。

〔一〕「次」，朝鮮本作「和」。龍舒本無此總題，散見各卷。

〔二〕龍舒本題注曰：「後殿試進士詳定幕次次韻和楊樂道舍人二首。」

〔三〕「緑」，龍舒本作「渌」。

〔四〕龍舒本有題注「和楊樂道詳定」。

〔五〕龍舒本題作「次韻樂道詳定後苑書懷」。

〔六〕「風聲」，清綺齋本作「名聲」。

〔七〕「書事」，龍舒本、朝鮮本無。

〔八〕龍舒本題作「書十日事呈樂道舍人聖從待制」，朝鮮本無「樂道舍人」四字。

## 詳定幕次呈聖從樂道

殿閣掄材覆等差，從臣今日擅文華。揚雄識字無人敵〔一〕，何遜能詩有世家。舊德醉心如美酒，新篇清目勝真茶。一觴一詠相從樂，傳説猶堪異日誇。

〔一〕「揚雄」，原作「楊惟」，據遞修本、朝鮮本改。

## 崇政殿詳定幕次偶題

嬌雲漠漠護層軒，嫩水濺濺不見源。禁柳萬條金細撚，宫花一段錦新翻。身閑始更知春樂，地廣還同避世喧。不恨玉盤冰未賜，清談終日自蠲煩。

## 詳定試卷二首〔一〕

簾垂咫尺斷經過，把卷空聞笑語多。論衆勢難專可否，法嚴人更謹誰何。文章直使看無頪，勳業安能保不磨？疑有高鴻在寥廓，未應迴首顧張羅。

童子常誇作賦工，暮年羞悔有揚雄。當時賜帛倡優等，今日論才將相中。細甚客卿因筆墨，卑於爾雅注魚蟲。漢家故事真當改，新詠知君勝弱翁。

二〔二〕

〔一〕此篇第一首，龍舒本題作「詳定述懷」。

〔二〕龍舒本題作「詳定試卷」。

奉酬楊樂道

邂逅聯裾殿閣春，却愁容易即離群。相知不必因相識，所得如今過所聞。近代聲名出盧駱，前朝筆墨數淵雲。與公家世由來事，愧我初無百一分。

奉酬聖從待制

班行想望歲空多，知有龍門未敢過。和近聖人師展季，勇爲君子盜荆軻。三刀舊協庭闈夢，五袴今傳里巷歌。復道諫書嘗滿篋，不唯詩句似陰何。

## 次韻吳仲庶省中畫壁

畫史雖非顧虎頭，還能滿壁寫滄洲。九衢京洛風沙地，一片江湖草樹秋。行數鰷魚賓共樂〔一〕，卧看鷗鳥吏方休。知君定有扁舟意，却爲丹青肯少留。

〔一〕「鰷魚」，龍舒本、朝鮮本作「魚鰷」。

## 夜讀試卷呈君實待制景仁内翰

篝燈時見語驚人，更覺揮毫捷有神。學問比來多可喜，文章非特巧争新。蕉中得鹿初疑夢，牖下窺龍稍眩真。邂逅兩賢時所服，坐令孤朽得相因。

## 答張奉議

五馬渡江開國處，一牛吼地作庵人〔一〕。結蟠茅竹纔方丈，穿築溝園未過旬。我久欲忘言語道，君今來見句文身。思量何物堪酬對，棒喝如今總不親。

〔一〕「吼」，朝鮮本作「鳴」。

# 王安石文集卷第十九

## 律詩 七言八句

### 次韻和吴仲庶池州齊山畫圖知制誥時作。〔一〕

省中何忽有崔嵬，六幅生綃坐上開。指點便知巖石處〔二〕，登臨新作使君來。雅懷重向丹青得，勝勢兼隨翰墨回。更想杜郎詩在眼，一江春雪下離堆。

〔一〕龍舒本題作「和仲庶池州齊山圖」，無題注。朝鮮本題作「和仲庶池州齊山畫圖」。

〔二〕「石」，朝鮮本作「穴」。

### 次韻祖擇之登紫微閣二首〔一〕

漠漠秋陰護掖垣，青雲祇在兩楹間。宫樓唱罷雞人遠〔二〕，門闕朝歸虎士閑。華蓋北瞻天帝座，蓬萊東想道家山。却慚久此隨諸彦，文采初無豹一斑。

二

掖門相對敞銅鐶，轆轆飛甍在兩間。潤色平生知地禁，登臨此日愧身閑。浮雲倒影移窻隙，落木回飈動屋山。忽憶初來秋尚早，紫微花點緑苔斑。

〔一〕「次韻」，龍舒本、朝鮮本作「和」。

〔二〕「遠」，原作「還」，據龍舒本、遞修本、朝鮮本、嘉靖五年本改。光啓堂本、聽香館本作「退」。

## 送沈興宗察院出使湖南

諫書平日皂囊中〔一〕，朝路争看一馬驄。漢節飽曾衝海霧，楚帆聊復借湖風。皇華命使今爲重，直道酬君遠亦同。投老承明無補助，得爲湘守即隨公。

〔一〕「皂囊」，原作「早囊」，據龍舒本、遞修本、朝鮮本、嘉靖五年本改。

## 春風

一馬春風北首燕，却疑身得舊山川。陽浮樹外滄江水，塵漲原頭野火煙。日借嫩黄初著柳，雨催新緑稍歸田。回頭不見辛夷發〔一〕，始覺看花是去年。

〔一〕「發」，龍舒本、朝鮮本作「樹」。

## 永濟道中寄諸舅弟〔一〕

燈火忽忽出館陶，回看永濟日初高。似聞空舍烏烏樂〔二〕，更覺荒陂人馬勞。客路光陰真棄置，春風邊塞祇蕭騷。辛夷樹下烏塘尾，把手何時得汝曹？

〔一〕「舅」字，朝鮮本、龍舒本無。
〔二〕「烏烏」，龍舒本、朝鮮本作「烏鳶」。

## 道逢文通北使歸

朱顏使者錦貂裘，笑語春風入貝州。欲報京都近消息，傳聲車馬少淹留。行人盡道還家樂，騎士能吹出塞愁。回首此時空慕羨〔一〕，驚塵一段向南流。

〔一〕「慕羨」，龍舒本、朝鮮本作「羨慕」。

## 將次相州

青山如浪入漳州，銅雀臺西八九丘。螻蟻往還空壟畝，騏驎埋没幾春秋。功名蓋世知誰是，氣力迴天到此休。何必地中餘故物，魏公諸子分衣裘。

次韻平甫喜唐公自契丹歸予辭北使，而唐公代往。

留犁撓酒得戎心，繡袷通歡歲月深。奉使由來須陸賈，離親何必强曾參。燕人候望空甌脱，胡馬追隨出蹛林。萬里春風歸正好，亦逢佳客想揮金。

尹村道中

滿眼霜吹宿草根，謾知新歲不逢春。却疑青嶂非人世，更覺黄雲是塞塵。萬里張侯能奉使，百年曾子肯辭親？自憐許國終無用，何事紛紛客此身。

次韻王勝之詠雪

萬户千門車馬稀，行人却返鳥休飛。玲瓏翦水空中墮，的皪裝春樹上歸。素髮聯華驚老大，玉顔争好羨輕肥。朝來已賀豐年瑞，更問田家果是非。

## 次韻酬府推仲通學士雪中見寄

朝來看雪詠君詩，想見朱衣在赤墀〔一〕。爲問火城將策試〔二〕，何如雲屋聽牕知？曲墻稍覺吹來密〔三〕，窮巷終憐掃去遲。欲訪故人非興盡，自緣無路得傳巵。

〔一〕「赤墀」，原作「赤遲」，據龍舒本、遞修本、朝鮮本、嘉靖五年本改。赤墀，指皇宫中臺階，借指朝廷。
〔二〕「爲問」，能改齋漫録卷八、冷齋夜話卷四引此句，作「借問」。
〔三〕「吹來密」，原作「次來密」，據龍舒本、遞修本、朝鮮本改。

## 次韻宋次道憶太平早梅〔一〕

大梁春費寶刀催，不似湖陰有早梅。今日盤中看翦綵，當時花下就傳杯。紛紛自向江城落，杳杳難隨驛使來。知憶舊游還想見，西南枝上月徘徊。

〔一〕龍舒本、朝鮮本題作「次韻次道憶太平州宅早梅」。

## 和曾子翊授舒掾之作〔一〕

皖城終歲静如山，府掾應從到日閑〔二〕。一水碧羅裁繚繞，萬峰蒼玉刻孱顔。舊遊筆墨苔今老，浪走塵沙鬢已斑。攬轡羨君橋北路，春風枝上鳥關關。

〔一〕龍舒本題作「次韻曾子翊赴舒州官見詒之詩」，朝鮮本題作「次韻曾子翊赴舒州見貽」。

〔二〕「府掾」，龍舒本、朝鮮本作「官府」。

## 送劉和父奉使江西〔一〕

劉郎今日擁旌麾，傳到江南喜可知。上冢還須擊羊豕，下車應不問狐狸。無人敢效一作勸。公榮酒〔二〕，爲我聊尋逸少池。亦見嶺頭花爛熳，更將春色寄相思。

〔一〕「江西」，龍舒本、朝鮮本作「江南」。

〔二〕「效」，龍舒本、朝鮮本作「勸」。

## 次韻張子野竹林寺二首

澗水横斜石路深，水源窮處有叢林。青鴛幾世開蘭若，黄鶴當年瑞卯金。敗壁數峰連粉墨，涼煙一穗起檀沈。十年親友半零落，回首舊遊成古今。

二

京峴城南隱映深，兩牛鳴地得禪林。風泉隔屋撞哀玉，竹月緣堦貼碎金。藻井仰窺塵漠漠，青燈對宿夜沈沈。扁舟過客十年事，一夢此山愁至今〔一〕。

〔一〕「此」，龍舒本、朝鮮本作「北」。

送吴龍圖知江寧〔一〕

才高明主睠方深，屬郡聞風自革心。閭里不須多按治，山川從此數登臨。茅簷坐隔雲千里，柏壟初抽翠一尋。東望泫然知有寄，但疑公豈久分襟。

〔一〕「江寧」，原作「江寄」，據底本目録、龍舒本、遞修本、朝鮮本、嘉靖五年本改。吴龍圖，即吴中復，熙寧元年（一〇六八）四月知江寧。

送直講吴殿丞宰鞏縣

青嵩碧洛曾遊地，墨綬銅章忽在身。擁馬尚多畿甸雪，隨衣無復禁城塵。古來學問須行己，此去風流定慰人。更憶少陵詩上語，知君不負鞏梅春。

送真州吴處厚使君〔一〕

江上齋船駐彩橈，鳴笳應滿緑楊橋。久爲漢吏知文法，當使淮人服教條。拱木延陵瞻故國，叢祠瓜步認前朝。登臨莫負山川好，終欲東歸聽楚謡。

〔一〕龍舒本、朝鮮本題作「送吴仲純守儀真」。

送李質夫之陜府〔一〕

平世求才漫至公，悠悠羈旅士多窮〔二〕。十年見子尚短褐，千里隨人今北風。户外屨貧虚自滿，樽中酒賤亦常空。共嫌欲老無機械，心事還能與我同。

〔一〕「李」字，龍舒本、朝鮮本無。「之」，底本目録作「知」。
〔二〕「士」，龍舒本作「已」。

題儀真致政孫學士歸來亭〔一〕

彭澤陶潛歸去來，素風千歲出塵埃〔二〕。明時儁老心無累〔三〕，故里高門子有才。更作園林負城郭〔四〕，常留花月映池臺〔五〕。却尋五柳先生傳，薪水區區但可哀〔六〕。

〔一〕「儀真」，龍舒本、朝鮮本闕。
〔二〕「素」，龍舒本作「餘」。

〔三〕「累」，龍舒本作「異」。
〔四〕「作」，龍舒本、朝鮮本作「築」。
〔五〕「常」，龍舒本、朝鮮本作「長」。
〔六〕「薪」，原作「柴」，今據朝鮮本改。按，此用陶淵明典。李壁注曰：「淵明爲彭澤，送一力給其子，曰：『汝旦夕之費，自給爲難，今遣一力，助汝薪水之勞。此亦人子也，可善遇之。』」

## 次韻吴季野題岳上人澄心亭

高亭五月尚寒生〔一〕，回首塵沙自鬱蒸。砌水亂流穿石底，檻雲高出蔽山層〔二〕。躋攀欲絶人間世，締構知從物外僧〔三〕。腸胃坐來清似洗〔四〕，神奇未怪佛圖澄〔五〕。

〔一〕「高亭」，龍舒本作「空亭」，朝鮮本作「空庭」。
〔二〕「檻」，龍舒本、朝鮮本作「野」。
〔三〕「知」，龍舒本、朝鮮本作「應」。
〔四〕「清似洗」，原作「清似先」，據龍舒本、朝鮮本、嘉靖五年本改。李壁注引佛圖澄傳：「腹傍有一孔，常以絮塞之。（中略）平日一至流水側，從腹傍孔中引出五臟六腑洗之，還納腹中。」
〔五〕「神奇」，原作「神寄」，據龍舒本、遞修本、朝鮮本改。

## 送彦珍

挾筴窮鄉滿鬢絲，陂田荒盡豈嘗窺〔一〕。未應谷口終身隱，正合菑川舉國推。握手百憂空往事，還家一笑即芳時。柘岡定有辛夷發，亦見東風使我知。

〔一〕「陂田」，龍舒本、朝鮮本作「阪田」。

## 寄張先郎中

留連山水住多時，年比馮唐未覺衰。篝火尚能書細字，郵筩還肯寄新詩。胡牀月下知誰對，蠻榼花前想自隨。投老主恩聊欲報，每瞻高躅恨歸遲。

## 汜水寄和甫

虎牢關下水逶迤，想汝飄然過此時。灑血祇添波浪起，脱身難借羽翰追。留連厚禄非朝隱，乖隔殘年更土思。已卜冶城三畝地，寄聲知我有歸期。

## 寄黄吉甫〔一〕

朱顔去似朔風驚，白髮多於野草生。挾筴讀書空有得，求田問舍轉無成。解鞍烏石岡邊坐〔二〕，携手辛夷樹下行。今日追思真樂事，黄塵深處走雞鳴。

〔一〕龍舒本、朝鮮本題作「寄吉甫」。

〔二〕「坐」，朝鮮本作「路」。

## 次韻平甫村墅春日

昨日青青尚未齊，忽看春色滿高低。陂梅弄影争先舞，葉鳥藏身自在啼。樵蹻踏雲歸舊徑，漁簑背雨向前溪。似知我欲逃軒冕，談笑相過各有携。

## 即席次韻微之泛舟

畫舸幽尋北果園，應將陳迹問桑門。地隨墻塹行多曲〔一〕，天著岡巒望易昏。故國時平空有木，荒城人少半爲村。悠悠興廢皆如此，賴付乾愁酒一罇。

〔一〕「塹」，原作「墅」，據龍舒本、遞修本、朝鮮本、嘉靖五年本改。

## 示長安君

少年離别意非輕，老去相逢亦愴情。草草杯盤供笑語，昏昏燈火話平生。自憐湖海三年隔，又作塵沙萬里行。欲問後期何日是，寄書應見鴈南征。

## 和平甫招道光法師

練師投老演真乘〔一〕，像劫空王爪與肱。於摠持門通一路，以光明藏續千燈。從容發口酬摩詰，邂逅持心契慧能。新句得公還有賴，古人詩字恥無僧。

〔一〕「練」，朝鮮本作「鍊」。「真乘」，原作「真聖」，據遞修本、朝鮮本、嘉靖五年本改。真乘，佛教所謂真實教義。真聖，指神仙。

## 和祖仁晚過集禧觀

妍暖聊隨馬首東，春衫猶未著方空。煙霞送色歸瑤水，山木分香繞閬風。壯髪已輸塵外緑，衰顔漫到酒邊紅。日斜歸去人間世，却記前遊似夢中。

## 程公闢轉運江西〔一〕

江西一節鑄黄金，最慰章濱父老心。長孺向來真强予〔二〕，次公今不異重臨。餘風尚有歡謡在，陳迹非無勝事尋。豫想新詩能寄我，十年華省故情深。

〔一〕龍舒本題作「寄江西程公闢」，朝鮮本題作「送程公闢轉運江西」。

〔二〕「長孺」，龍舒本、朝鮮本作「直孺」。

## 次韻微之即席

釀成吴米野油囊，却愛清談氣味長。閑日有僧來北阜，平時無盜出南塘。風亭對竹酬孤峭，雪逕尋梅認暗香。江水中濡應未變〔一〕，一杯終欲就君嘗。

〔一〕「濡」，龍舒本作「泠」，朝鮮本作「溸」。

## 和王微之秋浦望齊山感李太白杜牧之

齊山置酒菊花開，秋浦聞猿江上哀。此地流傳空筆墨，昔人埋没已蒿萊。平生志業無高論，末世篇章有逸才。尚得使君驅五馬，與尋陳迹久徘徊〔一〕。

〔一〕「徘徊」，朝鮮本作「裴回」。

## 次韻王微之登高齋〔一〕

臺殿荒墟辱井堙，豪華不復見臨春。北山漠漠雲垂地，南埭悠悠水映人。馳道蔽虧松半死，射場埋没雉多馴。登高一曲悲亡國，想繞紅梁落暗塵。

〔一〕龍舒本、朝鮮本題作「次韻登微之高齋有感」。

## 和微之重感南唐事

叔寶傾陳衍弊梁，可嗟曾不見興亡。齋祠父子終身費，酣詠君臣舉國荒。南狩皖山非故地，北師淮水失名王。天移四海歸真主，誰誘昏童肯用良〔一〕。

〔一〕「良」，龍舒本、朝鮮本作「長」。

李君昆弟訪別長蘆至淮陰追寄〔一〕

怒水憑風雪壟高〔二〕，亂流追我衹魚舠〔三〕。忽看淮月臨寒食〔四〕，想映江春聽伯勞〔五〕。道義當成麟一角〔六〕，文章已秃兔千毫〔七〕。後生可畏吾知子，南北何時見兩髦〔八〕。

〔一〕龍舒本題作「寄李秀才兄弟」。「李」上，朝鮮本有「寄」字。
〔二〕「憑」，龍舒本、朝鮮本作「摶」。
〔三〕「衹」，龍舒本作「隻」。
〔四〕「淮月臨寒食」五字，龍舒本作「槐月臨秋渚」。
〔五〕此句龍舒本作「更聽漁人雜佩濤」。
〔六〕「當成」，龍舒本、朝鮮本作「終期」。
〔七〕「已」，龍舒本作「先」。
〔八〕「南北」，龍舒本作「握手」。「兩」，龍舒本作「二」。

貴州虞部使君訪及道舊竊有感惻因成小詩

韶山秀拔江清寫，氣象還能出搢紳。當我垂髫初識字，看君揮翰獨驚人。郵籤忽報旌麾入，齋閤遥瞻組綬新。握手更誰知往事，同時諸彦略成塵。

## 沖卿席上得行字〔一〕

二年相值喜同聲，並轡塵沙眼亦明。新詔各從天上得，殘樽同向月邊傾。已嗟後會歡難必，更想前官責尚輕。黽勉敢忘君所勗，古人憂樂有違行。

〔一〕龍舒本、朝鮮本題作「沖卿席上」。

## 示董伯懿

穿橋度塹祇閑行，詠石嘲花亦漫成。嚼蠟已能忘世味，畫脂那更惜時名。長干里北寒山紫，白下門西野水明。此地一廛須卜築，故人他日訪柴荆。

# 王安石文集卷第二十

## 律詩　七言八句

### 思王逢原三首〔一〕

布衣阡陌動成群，卓犖高才獨見君。杞梓豫章蟠絶壑，騏驎騕褭跨浮雲。行藏已許終身共，生死那知半路分〔二〕。便恐世間無妙質，鼻端從此罷揮斤。

二

蓬蒿今日想紛披，冢上秋風又一吹。妙質不爲平世得，微言唯有故人知。廬山南墮當書案，湓水東來入酒巵。陳迹可憐隨手盡，欲歡無復似當時。

三

百年相望濟時功，歲路何知向此窮。鷹隼奮飛凰羽短，騏驎埋没馬群空。中郎舊業無兒付，康子高才有婦同。想見江南原上墓〔三〕，樹枝零落紙錢風。

〔一〕龍舒本題作「思王逢原二首」，爲第二、三首。第一首，龍舒本題作「哭王令」。

〔二〕「路」，朝鮮本作「道」。

〔三〕「墓」，朝鮮本作「草」。

## 和吴御史臨淮感事

柵鏁城扉曉一開，柂牙車軸轉成雷。黄塵欲礙龜山出，白浪空分汴水來。澄觀有材邀昧陋，霽雲無力報姦回。騷人此日追前事，悲氣隨風動管灰。

## 和文淑湓浦見寄

多難漂零歲月賒，空餘文墨舊生涯。相看楚越常千里，不及朱陳似一家。髪爲感傷無翠葆，眼從瞻望有玄花。唯詩與我寬愁病，報爾何妨賦棣華。

## 次韻吴季野再見寄

衣裘南北弊風塵，志趣卑污已累親〔一〕。流俗尚疑身察察，交遊方笑黨頻頻。遠同魚樂思濠上，老使鷗驚恥海濱。邂逅得君還恨晚，能明吾意久無人。

〔一〕「趣」，龍舒本、朝鮮本作「格」。

## 次韻平甫贈三靈山人程惟象〔一〕

家山松菊半荒蕪，杖策窮年信所如。占見地靈非卜筮，筭知人貴自陶漁。久諳郭璞言多驗，老比顔含意更疎。祇欲勒成方士傳，借君名姓在新書。

〔一〕「山人」二字，朝鮮本無。

## 次韻和甫詠雪

奔走風雲四面來，坐看山壟玉崔嵬。平治險穢非無德，潤澤焦枯是有才。勢合便疑包地盡，功成終欲放春回。寒鄉不念豐年瑞〔一〕，只憶青天萬里開〔二〕。

〔一〕「寒鄉不念」，冷齋夜話卷四引作「農天不驗」。

〔二〕「憶」，冷齋夜話引作「欲」。

## 次韻張氏女弟詠雪

天上空多地上稀，初寒風力故應微。那能鎮壓黄塵起，强欲侵凌白日飛。邑犬横來矜意氣，窟蟾偷出助光輝。都城只有袁安僡，我亦年年幸賜衣。

## 次韻徐仲元詠梅二首

溪杏山桃欲占新，高梅放蕊尚嬌春〔一〕。額黄映日明飛燕，肌粉含風冷太真。玉笛悲涼吹易散〔二〕，冰紈生澀畫難親。争妍喜有君詩在，老我一作我老。倏然敢效顰。

二

舊挽青條冉冉新，花遲亦度柳前春。肌冰綽約如姑射，膚雪參差是太真。摇落會應傷歲晚，攀翻賸欲寄情親。終無驛使傳消息，寂寞知誰笑與顰。

〔一〕「高」，龍舒本、朝鮮本作「亭」。
〔二〕「悲」，朝鮮本作「凄」。「散」，朝鮮本作「徹」。

## 詩呈節判陸君名彦回。〔一〕

中郎筆墨妙他年，晚與君遊喜象賢。款款故情初未愸，飄飄新句總堪傳。英才但未遭文舉，明主寧當棄浩然。投贈臨分加組麗，小詩能不强雕鐫？

〔一〕龍舒本、朝鮮本題作「次韻酬陸彦回」。

## 留題曲親盆山和州曲叙。

巧與天成未覺殊，國工施手豈須臾。根連滄海蓬萊闊，勢壓黄河砥柱孤。坐上煙嵐生紫翠，影中樓閣見青朱。爲山觀水皆良喻，誰向君家識所趨？

## 不到太初兄所居遂已十年以詩攀寄〔一〕

一水衣巾翦翠綃，九峰環珮刻青瑶。生才故有山川氣，卜築兼無市井囂。三葉素風門閥在，十年陳迹履綦銷。歸榮早晚重攜手，莫負幽人久見招。

〔一〕按，能改齋漫録卷十一曰：「王荆公有唐律一首寄池州夏太初，今集不載，其叙云：『不到太初郎中兄所居，遂已十年，以詩奉寄。』詩云（下略）。」則詩題應爲「寄池州夏太初」。

## 偶成二首

漸老偏諳世上情，已知吾事獨難行。脱身負米將求志，勠力乘田豈爲名〔一〕。高論頗隨衰俗廢，壯懷難值故人傾。相逢始覺寬愁病〔二〕，搔首還添白髪生。

二〔三〕

懷抱難開醉易醒，曉歌悲壯動秋城〔四〕。年光斷送朱顔去〔五〕，世事栽培白髮生。三畝未成幽處宅，一身還逐衆人行。可憐蝸角能多少，獨與區區觸事争〔六〕。

〔一〕「乘」，原作「求」，今據朝鮮本改。按，孟子萬章下：「孔子嘗爲乘田矣。」趙岐注曰：「乘田，苑囿之吏也，主六畜之芻牧者也。」泛指小吏。仁宗至和元年（一〇五一）九月，王安石入京任群牧判官，「掌内外厩牧之事，周知國馬之政，而察其登耗焉。」（宋史卷一百六十四職官四）故詩中屢用此典。本書卷十二感事：「乘田聖所勉，況乃余之陋。」卷三十三發粟至石陂寺：「乘田有秩難逃責，從事雖勤敢歎嗟。」

〔二〕「覺」，龍舒本、遞修本、朝鮮本作「欲」。

〔三〕此首龍舒本重出，卷七十五題作「偶成」，此爲其中第二首，僅存四句。卷七十四題作「有感五首」，此爲其中第一首。

〔四〕「懷抱」至「秋城」二句，龍舒本不載。

〔五〕「年」，龍舒本卷七十五作「風」。「去」，朝鮮本、龍舒本卷七十四作「老」。

〔六〕「可憐」至「事争」二句，龍舒本不載。

## 雨過偶書

霶然甘澤洗塵寰，南畝東郊共慰顔。地望歲功還物外，天將生意與人間。霽分星斗風雷静，涼入軒窻枕簟閒。誰似浮雲知進退，纔成霖雨便歸山。

## 季春上旬苑中即事

輦路行看斗柄東，簾垂殿閣轉春風。樹林隱翳燈含霧，河漢欹斜月墜空。新蕊漫知紅簌簌，舊山常夢直叢叢。賞心樂事須年少，老去應無日再中。

## 上西垣舍人〔一〕

共説才高世所珍，諸賢誰敢望光塵？討論潤色今爲美，學問文章老更醇。賦擬相如真復似，詩看子建的應親。仍聞悟主言多直，許史家兒往往嗔。

〔一〕龍舒本題作「西垣當直」。

## 退朝

門外嗚騶送響頻，披衣强起赴鷄人。火城夜闇雲藏闕，玉座朝寒雪被宸。邂逅欲成雙白鬢，蕭條難得兩朱輪。猶憐退食親朋在，相與吟哦未厭貧。

## 與微之同賦梅花得香字三首

漢宮嬌額半塗黄，粉色凌寒透薄粧。好借月魂來映燭，恐隨春夢去飛揚。風亭把盞酬孤艷，雪徑回輿認暗香。不爲調羹應結子，直須留此占年芳。

二

結子非貪鼎鼐嘗，偶先紅杏占年芳。從教臘雪埋藏得，却怕春風漏洩香。不御鉛華知國色，祇裁雲縷想仙裝。少陵爲爾牽詩興，可是無心賦海棠〔一〕。

三

淺淺池塘短短墻，年年爲爾惜流芳。向人自有無言意，傾國天教抵死香。鬚裊黄金危欲墮〔二〕，蒂團紅蠟巧能裝。嬋娟一種如冰雪，依倚春風笑野棠。

〔一〕龍舒本注曰：「鄭谷海棠詩云：『子美無心爲發揚。』而子美有『東閣官梅動詩興』之句。」

〔二〕「裊」，朝鮮本李壁校曰：「一作『撚』。」

## 和晚菊

不得黄花九日吹，空看野葉翠葳蕤。淵明酩酊知何處？子美蕭條向此時。委翳似甘終草莽，栽培空欲傍藩籬。可憐蜂蝶飄零後，始有閑人把一枝。

## 景福殿前柏

香葉由來耐歲寒，幾經真賞駐鳴鑾。根通御水龍應蟄，枝觸宫雲鶴更盤。怪石誤蒙三品號，老松先得大夫官。知君勁節無榮慕，寵辱紛紛一等看。

## 四月果

一春强半勒花風，幾日園林幾樹紅。汲汲追攀常恨晚，紛紛吹洗忽成空。行看果下蒼苔地，已作人間白髮翁。豈惜解鞍留夜飲，此身醒醉與誰同？

## 墻西樹

墻西高樹結陰稠，步屧窮年向此留〔一〕。白日屢移催我老，清風一至使人愁。紛紛暝烏驚還合，渺渺涼蟬咽欲休。回首舊林歸未得，看看知復幾春秋〔二〕。

〔一〕「屣」，朝鮮本作「屧」。

〔二〕「看看」，龍舒本、朝鮮本作「相看」。

## 度麾嶺寄莘老

區區隨傳換冬春，夜半懸崖託此身。豈慕王尊能許國，直緣毛義欲私親。施爲已壞生平學〔一〕，夢想猶歸寂寞濱。風月一歌勞者事，能明吾意可無人。

〔一〕「生平」，朝鮮本作「平生」。

## 狄梁公陶淵明俱爲彭澤令至今有廟在焉刁景純作詩見示繼以一篇

嘉祐中提點江東刑獄時作。〔一〕

梁公壯節就夔魖，陶令清身託酒徒。政在房陵成底事，年稱甲子亦何須。江山彭澤空遺像，歲月柴桑失故區。末俗此風猶不競，詩翁歎息未應無。

〔一〕「提點江東刑獄」，朝鮮本作「江東提刑」。

## 寄沈鄱陽時爲江東提刑。

離家當日尚炎風，叱馭歸時九月窮。朝渡藤溪霜落後，夜過麾嶺月明中。山川道路良多阻，風俗謡言苦未通。唯有番君人共愛，流傳名譽滿江東。

## 送裴如晦宰吴江〔一〕

青髮朱顔各少年，幅巾談笑兩歡然。柴桑别後餘三徑，天禄歸來盡一廛。邂逅都門誰載酒？蕭條江縣去鳴弦。猶疑甫里英靈在，到日憑君爲艤船。

〔一〕龍舒本、朝鮮本題作「席上賦得然字送裴如晦宰吴江」。遞修本題注曰：「分題以『黯梅堯臣。然安石。銷裴煜。魂王安國。惟姚闢。别焦千之。而蘇洵。已歐陽脩。』」按，遞修本原文有塗抹，今據李壁注卷十庚寅增注補。

## 次韻樂道送花

沁水名園好物華，露盤分送子雲家。新糊欲應何人面？彩筆知書幾葉花。曾和郢中歌白雪，亦陪天上飲流霞。春風已得同心賞，更擬携詩載酒誇。

## 籌思亭在江東轉運司南廳後園。

昔人何計亦何思，許國憂民適此時。寓興中園爲遠趣〔一〕，託名華榜有新詩。數株碧柳蒼苔地，一丈紅蕖渌水池〔二〕。坐聽楚謡知歲美，想銜杯酒問花期。

〔一〕「園」，龍舒本、朝鮮本作「原」。

〔二〕「渌」，龍舒本作「緑」。

## 愁臺

頹垣斷壍有平沙，老木荒榛八九家。河勢東南吹地坼，天形西北倚城斜。傾壺語罷還登眺，岸幘詩成却歎嗟。萬事因循今白髮，一年容易即黄花。

## 和正叔懷其兄草堂

茆堂竹樹水之濱，耕稼逍遥似子真。小吏一身今倦宦，先生三畝獨安貧。欲抛縣印辭黄綬，來伴山冠戴白綸。祇恐明時收士急，不容家有兩閑人。

## 鄭子憲西齋〔一〕

漫構軒窻意亦深，滔滔浮俗倦登臨。詩書千載經綸志，松竹四時蕭洒心。曉枕不容春夢到，夜燈唯許月華侵。行看富貴酬勤苦，車馬重來拾翠陰〔二〕。

〔一〕龍舒本、朝鮮本題作「鄭子憲新起西齋」。

〔二〕「拾」，龍舒本作「瑣」。

## 寄題思軒

名郎此地昔徘徊，天誘良孫接踵來。萬屋尚歌餘澤在，一軒還向舊堂開。右軍筆墨空殘沼，内史文章袛廢臺。邑子從今誇勝事，豈論王謝世稱才。

## 陳君式大夫恭軒

恭軒静對北堂深〔一〕，新斸檀欒一畝陰。膝下往來前日事，眼中封植去年心〔二〕。每懷罇斝沾餘瀝〔三〕，獨喜弦歌有嗣音。肯構會須門閥大，世資何用滿籯金。

〔一〕「深」，龍舒本、遞修本作「林」。

〔二〕「中」，朝鮮本作「前」。「植」，龍舒本作「殖」。「去年」，朝鮮本李壁校曰：「真跡作『長年』。」

〔三〕「沾餘瀝」，原作「沾餘瀝」，據龍舒本、遞修本、朝鮮本、嘉靖五年本改。「沾餘瀝」，語出蕭統文選廣絶交論「霑玉斝之餘瀝。」此句李壁注曰：「公此詩，撫州有石本。陳之孫博古跋云：『曾祖中散手植緑竹一叢，於所居之側，四時葱蒨，秀色可佳。捐館之後，祖朝奉大夫於竹之傍，開一軒對之，命曰『恭』，蓋取桑梓必恭之義。舒王、曾公兄弟來歸里閈，必游息賞玩而去』云云。作此詩時，在相位，詩石結銜『平章事』。」

## 寄黄吉甫

學兼文武在吾曹，别後應看虎豹韜。欲問廟堂誰鎮撫，尚傳邊塞敢驚騷。旌旗急引飛黄下時發騎士南征，烽火遥連太白高。聞説荆人亦憔悴，家家還願獻春醪。

## 高魏留

魏留十七助防邊，埋没鹽州十八年〔一〕。衣屨窮空委胡婦，糗糧辛苦待山田。關河舊路頻回首，腹背他時兩受鞭。邂逅得歸耶戰死，母隨人去亦蕭然。

〔一〕「八」，龍舒本作「九」。

## 丁年

丁年結客盛遊從，宛洛氈車處處逢。吟盡物華愁筆老，醉消春色愛醅濃。壚間寂寞相如病，鍛處荒涼叔夜慵。早晚青雲須自致，立談平取徹侯封。

# 王安石文集卷第二十一

## 律詩 七言八句

### 送王詹叔利州路運判〔一〕

王孫舊讀五車書，手把山陽太守符。未駕朱轓辭輦轂，却分金節佐均輸。人才自古常難得，時論如君豈久孤？去去便看歸奏事〔二〕，莫嗟行路有崎嶇。

〔一〕此篇龍舒本不載。朝鮮本李壁注曰：「此詩頗不類公作。」

〔二〕「事」，朝鮮本作「計」，李壁校曰：「一作『事』。」

### 送周仲章使君

看君東下霅溪船，迴首紛紛已五年。簪筆少留吾所望，剖符輕去此何緣？高麾行路穿秦樹，駿馬歸時著蜀韉。子墨文章應滿篋，承明宣室正詳延。

## 送王蒙州

請郡東南促去程〔一〕，拍堤江水照紅旌。仁聲已逐春風到，使節猶占夜斗行。箭落皂鵰鶱兔避，句傳炎海鱷魚驚。麒麟不是人間物，漢詔先應召賈生。

〔一〕「促」，龍舒本、朝鮮本作「没」。李壁校曰：「一作『促』。」

## 送龐僉判

北都兩去不辭勤，仕路論材況出群。一相開藩嘗負弩，三年通籍更從軍。清談猶得當時事，遺愛應從此日聞。我憶荆溪山最樂，看君摩翮上青雲。

## 送潘景純

東都曾以一當千，場屋聲名十五年。晚賜緑衣隨宦牒，始操丹筆事戎旃。明時正欲精蒐選，榮路何當力薦延。賴有史君能好士，方看一鶚在秋天。

## 送僧無惑歸鄱陽

晚扶衰憊寄人間，應接紛紛祇强顔。挂席每諳東匯水，採芝多夢舊遊山。故人獨往今爲樂，何日相隨我亦閑。歸見江東諸父老，爲言飛鳥會知還。

## 送遜師歸舒州

山川相對一悲翁，往事紛紛夢寐中。邂逅故人恩意在，低徊今日笑言同。看吹陌上楊花滿，忽憶巖前蕙帳空。亦見桐鄉諸父老，爲傳衰颯病春風。

## 寄育王大覺禪師〔一〕

單已安那示入禪，草堂難望故依然〔二〕。山今歲暮終岑寂，人更天寒最静便。隱蹟亦知甘自足，憑心豈吝慰相憐。所聞不到荆門耳，人老禾新又一年。

〔一〕龍舒本題作「寄育王大覺禪師二首」，此爲其中第二首。

〔二〕「難」，聽香館本作「南」。

## 寄無爲軍張居士

南陽居士月城翁，曾習禪那問色空。卓犖想超文字外，低徊却寄語言中。真心妙道終無二，末學殊方自不同。此理世間多未悟，因君往往歎西風。

## 次韻酬鄧子儀二首

青溪相值各青春，老去臨流輒損神。事事只隨波浪去，年年空得鬢毛新。論心未忍遺横目，千世還憂近逆鱗。嘉句感君邀我厚，自嗟才不異常人。

二

金陵邂逅府東偏，手得新蒲每共編。采石偶耕垂百日，青溪並釣亦三年。君才有用方求禄，我志無成稍問田。一笑欲論心迹事〔一〕，白頭相就且欹眠。

〔一〕「心迹」下，朝鮮本李校曰：「二字恐誤。」

## 送李璋

湖海聲名二十年，尚隨鄉賦已華顛〔一〕。却歸甫里無三徑，擬傍胥山就一廛。朱轂風塵休悵望，青鞋雲水且留連。故人亦見如相問，爲道方尋木鴈篇。

〔一〕「賦」，朝鮮本作「試」，李壁校曰：「一作『賦』。」

送章宏

道合由來不易謀，豈無和氏識荆璆。一川濁水浮文鷁，千里輕帆落武丘。身退豈嫌吾道進，學成方悟衆人求。西風乞得東南守，杖策還能訪我不？

別葛使君

邑屋爲儒知善政，市門多粟見豐年。追攀更覺相逢晚，談笑難忘欲別前。客幕雅遊皆置榻，令堂清坐亦鳴弦。輕舟後夜滄江北，迴首春城空黯然。

送王龍圖守荆南

壯志高才偃一藩，更嗟賢路此時難。長幡欲動何妨屈，老驥能行豈易閑。沙市放船寒月白，渚宫留御古苔斑。知公未厭還隨詔，歸看功名重太山。

## 次韻酬宋中散二首

初見彤庭賜履雙，便參東閣寄南邦。時聞正論除疑網，每讀高辭折慢幢。陳迹欲尋無復日，舊恩思報有如江。風流今見佳公子，投老心旌一片降。

二

超然京洛諒難雙，處在家庭譽在邦。道義門中窺户牖，風騷壇上見麾幢。素書款款誰憐杜，彩筆遒遒獨勝江。信美賢公有才子，篤誠真復類尨降。

## 和宋太博服除還朝簡諸朋舊

呼門初起外廷臣，秀氣稜稜動搢紳。談論坐來能慰我，篇章傳出亦驚人。生芻一束他年闕，伐木相求此地新。便欲與君同樂處，窮通餘事不關身。

## 次韻酬宋玘六首

洗雨吹風一月春，山紅漫漫緑紛紛。褰裳遠野誰從我，散策空陂忽見君。青眼坐傾新歲酒，白頭追誦少年文。因嗟涉世終無補，久使高材雍上聞。

二

東風渺渺客天涯，病眼先春已見花。遠欲報君羞强聒，老知隨俗厭雄誇。窮通往事真如夢，得失秋毫豈更嗟？邂逅故人唯有醉〔一〕，醉中衣幘任欹斜。

三

城中燈火照青春，遠引吾方避糾紛。遊衍水邊追野馬〔二〕，嘯歌林下應山君。愁尋徑草無求仲，喜對簷花有廣文。邂逅一樽聊酩酊，聲名身後豈須聞。

四

遠迹荒郊謝儁豪，春風誰與駐干旄？故交重趼恩何厚，新句連篇韻更高。美似狂酲初噉蔗，快如衰病得觀濤。久知坯冶成天巧，豈與人間共一陶。

五

無能私願秖求田，時物安能學計然〔三〕。鑿井未成歌擊壤，射熊猶得夢鈞天。遥思故國歸來日，留滯新恩已去年。携手與君遊最樂，春風陂上水濺濺〔四〕。

六

山陂疇昔從吾親，諸父先生各佩紛。零落長年誰語此，遲回故地却逢君〔五〕。衣冠偶坐論經術，襤褸當時刺繡文。更怪高材終未遇，有司何日選方聞。

〔一〕「醉」，朝鮮本作「酒」。

〔二〕「衍」，龍舒本作「治」。

〔三〕「時」，龍舒本、朝鮮本作「財」。李壁校曰：「一作『時』。」

〔四〕「陂」，朝鮮本作「波」。

〔五〕「遲」，龍舒本、朝鮮本作「遷」。

## 寄吴正仲却蒙馬行之都官梅聖俞太博和寄依韻酬之

山水玄暉去後空，騷人還向此間窮。小詩聊與論孤憤，大句安知辱兩雄。秦甲久愁荆劍利〔一〕，趙兵今窘漢旗紅。背城不敢收餘燼，馬首翩翩只欲東。

〔一〕「久」，朝鮮本作「又」。

## 寄平甫

少時爲學豈身謀，欲老低徊各自羞。乘馬從徒真擾擾，求田問舍轉悠悠。弦歌舊國平生樂，鞍馬新年幾日留。坐想摇鞭楊柳路，春風先我入皇州。

## 次韻舍弟常州官舍應客

霜雪紛紛上鬢毛，憂時自悔目空蒿。桑麻祇欲求三畝，勢利誰能筭一毫。此地舊傳公子札〔一〕，吾心真慕伯成高。飄然更有乘桴興，萬里寒江正復艚。

〔一〕「札」，龍舒本、遞修本作「禮」。

## 舟還江南阻風有懷伯兄

幾時重接汝南評，兩槳留連不計程。白浪黏天無限斷〔一〕，玄雲垂野少晴明〔二〕。平皋望望欲何向，薄宦嗟嗟空此行。會有開樽相勸日，鶺鴒隨處共飛鳴〔三〕。

〔一〕「限」，聽香館本作「間」。

〔二〕「晴明」，龍舒本、朝鮮本作「陰晴」。

〔三〕「鶺鴒」，朝鮮本作「脊令」。

## 同陳伯通錢材翁遊山二君有詩因次元韻〔一〕

秋來閑興每登臨，因叩精藍望碧岑。强策羸驂尋水石，忽驚幽鳥下煙林。同時覽物悲歡異〔二〕，自古忘名趣向深。安得湖山歸我手，静看雲意學無心。

〔一〕「次」，朝鮮本作「依」。

〔二〕「同」，龍舒本、朝鮮本作「經」。李壁校曰：「一作『同』。」

## 夢張劍州

萬里憐君蜀道歸，相逢似喜語還悲。江淮別業依前處，日月新阡卜幾時？自説曲阿留未穩〔一〕，即尋溢水去猶疑。茫然却是陳橋夢〔二〕，昨日春風馬上思。

〔一〕「留」，原作「猶」，今據龍舒本、遞修本、朝鮮本、嘉靖五年本改。「猶」，涉下文而訛。

〔二〕「却」，朝鮮本作「知」，李壁校曰：「一作『却』。」

## 酬慕容員外嘗爲王宮教授，以武舉入官，被謫〔一〕。

初駕王門學者師，晚漂湖海衆人悲。吹毛未識腰間劍〔二〕，刺股猶藏袖裏錐。衛霍功名還有命，蘇張才氣久非時〔三〕。江尤亦見應須飲，莫放窮愁入兩眉。

〔一〕「謫」，原脱，據朝鮮本補。

〔二〕「識」，聽香館本作「試」。

〔三〕「久非時」，朝鮮本作「豈無時」。

## 次韻張唐公馬上

揭節初悲力不任〔一〕，賜身終愧謬恩臨。病來氣弱歸宜早，偷取官多責恐深。膏澤未施空謗怒〔二〕，瘡痍猶在豈謳吟。黄昏信馬江城路，欲訪何人話此心？

〔一〕「揭」，龍舒本、朝鮮本作「竭」。「任」清綺齋本作「勝」。

〔二〕「怒」，原作「怨」，據龍舒本、遞修本、朝鮮本、嘉靖五年本改。黄校曰：「『怒』，宋刊本模糊，明刊本『怨』。」

## 和王司封會同年

收科天陛頃同時，回首相歡事亦稀〔一〕。追講舊遊犀麈脱，交酬新唱彩牋飛。直須傾倒罇中酒，休惜淋浪坐上衣。日暮主翁留客轄，會稽聊滯買臣歸。

〔一〕「回」，龍舒本、朝鮮本作「白」，義長。

## 次韻酬子玉同年

子玉詩云：「過盡金湯知帝策，見求貂虎識軍儀。男兒本有四方志，秖在蓬瀛恐不知。」

盛德無心漠北窺，蕃胡亦恐勢方羸。塞垣高壘深溝地，幕府輕裘緩帶時。趙將時皆思李牧，楚音身自感鍾儀。慚君許我論邊鎖，俎豆平生却少知。

## 和舍弟舟上示沈道原〔一〕

還裝欲盡喜舟輕，更喜嘉賓伴此行。野飲不忘魚可釣，旅羹何惜鴈能鳴。西山壯馬先歸牧〔二〕，南穴殘梟欲就烹。憂國自多廊廟宰，與君詩酒盡交情。

〔一〕「原」，原作「源」，徑改，見本書卷三對棋與道原至草堂寺。

〔二〕「壯」，朝鮮本作「牡」。

## 過山即事

却過兹山已九年，江湖身世只飄然。曲城丘墓心空折，鹽步庭闈眼欲穿。慘慘野雲生隴底，蕭蕭饑馬立風前。轉多愁思催華髮，早晚輕舟上秀川。

## 酬裴如晦

二年羈旅越人吟，乞得東南病更侵。殤子未安莊氏義〔一〕，壽親還慰魯侯心。鮮鮮細菊霜前蕊，漠漠疎桐日下陰。濁酒一杯秋滿眼，可憐同意不同斟。

〔一〕「殤」，原作「傷」，今據龍舒本、朝鮮本改。按，殤者，夭亡。宋仁宗嘉祐二年（一〇五七），王安石自京師出知常州，途經揚州，一子夭亡，故詩曰「殤子」。本書卷七十四上歐陽永叔書四：「某以五月去左右，六月至楚州，即七舍弟病，留四十日。至揚州，又與四舍弟俱，失群牧所生一子。」

## 酬鄭閎中

蕭條行路欲華顛，迴首山林尚渺然。三釜衹知爲養急，五漿非敢在人先。文章滿世吾誰慕？行義如君衆所傳。宜有至言來助我，可能空寄好詩篇。

## 寄余温卿

雲散風流不自禁，天涯無路盍朋簪。空馳上國青泥信，誰和南山白石音？平日離愁寬帶眼，訖春歸思滿琴心。終回一命翩翩駕〔一〕，獨過嵇山鍛樹陰〔二〕。

〔一〕「回」，朝鮮本作「思」。

〔二〕「嵇」，底本作「稽」，今據元大德本改。按，嵇山，在今安徽宿縣西南，相傳嵇康曾居此鍛鐵。稽山，即會稽山，在今浙江紹興東南，與嵇康無涉。

## 寄郎侍郎

兩朝人物歎賢豪，凛凛清風晚見褒。江漢但歸滄海闊，丘陵難學太山高。放懷詩酒機先息，迴首功名世自勞。久願作公樽俎客，恨無三畝斲蓬蒿。

送道光法師住持靈巖

靈巖開闢自何年？草木神奇鳥獸仙。一路紫苔通窅窱，千崖青靄落潺湲。山祇嘯聚荒禪室，象衆低摧想法筵。雪足莫辭重跰往，東人香火有因緣。

# 王安石文集卷第二十二

## 律詩 七言八句

### 奉酬永叔見贈

欲傳道義心猶在一作雖壯。〔一〕，强學一作學作。文章力已窮〔二〕。他日若能窺孟子，終身何敢望韓公。摳衣最出諸生後，倒屣嘗傾廣座中。祇恐虚名因此得，嘉篇爲貺豈宜蒙。

〔一〕「猶在」，龍舒本、朝鮮本作「雖壯」。

〔二〕「强學」，龍舒本作「學作」。

### 送陳舜俞制科東歸

諸賢發策未央宫，獨得菑川一老翁。曲學暮年終漢相，高談平日漫周公。君今壯歲收科第〔一〕，我欲它時看事功。聞説慨然真有意，贈行聊以古人風〔二〕。

〔一〕「今」，龍舒本、朝鮮本作「能」。李壁校曰：「一作『今』。」

〔二〕「以」，原作「似」，據龍舒本、遞修本、朝鮮本、嘉靖五年本改。

## 送何正臣主簿

何郎冰雪照青春，應敵皆言筆有神。魯國儒人何獨少，元君畫史故應真。百年冠蓋風雲會，萬里山川日月新。可但諸公能品藻，會須天子擢平津。

## 與舍弟華藏院此君亭詠竹〔一〕

一逕森然四座涼，殘陰餘韻去何長〔二〕。人憐直節生來瘦，自許高材老更剛。曾與蒿藜同雨露，終隨松柏到冰霜。煩君惜取根株在〔三〕，欲乞伶倫學鳳凰〔四〕。

〔一〕龍舒本、朝鮮本題作「華藏院此君亭」。
〔二〕「去」，龍舒本、朝鮮本作「興」。
〔三〕「取」，朝鮮本作「此」。
〔四〕「欲乞」，龍舒本、朝鮮本作「乞與」。

## 上元戲呈貢父

車馬紛紛白晝同，萬家燈火暖春風。別開閶闔壺天外，特起蓬萊陸海中。盡取繁華供俠少，祇分牢落與衰翁。不知太一遊何處〔一〕，定把青藜獨照公。

〔一〕「太一」，原作「太乙」，據龍舒本、遞修本、朝鮮本、嘉靖五年本改。李壁引王子年拾遺記：「我太一之精。」

## 次韻楊樂道述懷之作〔一〕

素心非不慕前修，自怪因循欲白頭。獵較趣時終瑣瑣，畫墁營職信悠悠。濠梁最憶知魚樂，牢筴飜慚爲彘謀。尚有故人能慰我，詩成珠玉每相投。

〔一〕「之作」，底本目録無。朝鮮本題作「次楊樂道述懷」。

## 和楊樂道見寄

宅帶園林五畝餘，蕭條還似茂陵居。殺青滿架書新繕，生白當牕室久虛。孤學自難窺奧密，重言猶得慰空疎。相思每欲投詩社，只待春蒲葉又書〔一〕。

〔一〕「又」，朝鮮本作「可」。

## 寄吴沖卿二首

平生身事略相同〔一〕，三歲連墻左廐中。更得謬恩分省舍，又將衰鬢作鄰翁。聯翩久傍官槐緑〔二〕，契闊今看楚蓼紅。不欲與君爲遠别，沙臺吹帽約秋風。

二時吴晉州方得罪。〔三〕

塞垣花氣欲飛浮，眼底紛紛緑漸抽〔四〕。悠遠山川嗟我老，急難兄弟想君愁。舊知白日諸曹滿，試問紅燈幾客留？時節只應無意思，亦如行路判春休。

〔一〕「身」，朝鮮本作「心」。

〔二〕「官」，龍舒本、朝鮮本作「宫」。

〔三〕「吴」，朝鮮本作「兄」。

〔四〕「抽」，龍舒本作「油」。

## 酬沖卿見别

同官同齒復同科，朋友婚姻分最多。兩地塵沙今齟齬，二年風月共婆娑。朝倫孰與君材似，使指將如我病何？升黜會應從此異，願偷閑暇數經過。

## 次御河寄城北會上諸友

客路花時祇攪心，行逢御水半晴陰。背城野色雲邊盡，隔屋春聲樹外深。香草已堪回步履，午風聊復散衣襟。憶君載酒相追處，紅萼青跗定滿林。

## 寄友人三首

萬里書歸説我愁，知君不忘北城幽。一篇封禪才難學，三畝蓬蒿勢易求。欲與山僧論地券，願爲鄰舍事田疇。應須急作南征計，漠北風沙不可留。

二

水邊幽樹憶同攀，曾約移居向此間。欲語林塘迷舊逕，却隨車馬入他山。飛花著地容難治，鳴鳥窺人意轉閑。物色可歌春不返，相思空復慘朱顔。

三

一别三年至一方〔一〕，此身漂蕩只殊鄉。看沙更覺蓬萊淺，數日空驚霹靂忙。渺渺水波低赤岸，濛濛雲氣淡扶桑。登臨舊興無多在，但有浮槎意未忘。

〔一〕「至」，朝鮮本作「各」。

## 寄張襄州

襄陽州望古來雄，耆舊相傳有素風。四葉表閭唐尹氏，一門逃世漢龐公。故家遺俗應多在，美景良辰定不空。遥憶習池寒夜月，幾人談笑伴詩翁？

## 次韻昌叔懷灊樓讀書之樂〔一〕

志食長年不得休，一巢無地拙於鳩。聊爲薄宦容身者，能免高人笑我不？道德文章吾事落，塵埃波浪此生浮。看君別後行藏意，回顧灊樓衹自羞。

〔一〕「次韵昌叔」，龍舒本作「和君」，朝鮮本作「和昌叔」。「懷」字，底本目録無。

## 酬浄因長老樓上翫月見懷有疑君魂夢在清都之句〔一〕

道人心與世無求，隱几蕭然在此樓〔二〕。坐對高梧傾曉月，看翻清露洗新秋。登臨更欲邀元亮，披寫還能擬惠休。顧我不知天上樂，虚疑昨夜夢仙遊。

〔一〕「有疑君魂夢在清都之句」十字，底本目録無。

〔二〕「此」，朝鮮本作「北」。

## 寄張諤招張安國金陵法曹

我老願爲臧丈人，君今少壯豈長貧〔一〕。好須自致青冥上〔二〕，可且相從寂寞濱。深谷黄鸝驕引子〔三〕，曲碕翠碧巧藏身。尋幽觸静還成興，何必區區九陌塵。

〔一〕「少壯豈長」，龍舒本、朝鮮本作「年少未」。李壁校曰：「一作『少壯豈』。」

〔二〕「冥」，龍舒本作「雲」。

〔三〕「驕」，朝鮮本作「嬌」。

## 欲往浄因寄涇州韓持國

紫荆山下物華新，只與都城共一春。令節想君携緑酒，故情憐我踏黄塵。泔魚已悔他年事，搏虎方收末路身。欲寄微言書不盡，試尋僧閣望西人。

送别韓虞部

客舍街南初著巾，與君兄弟即相親。當年豈意兩家子，今日更爲同社人。京洛風塵嗟阻闊，江湖杯酒惜逡巡。歸帆嶺北茫茫水，把手何時寂寞濱。

懷舒州山水呈昌叔

山下飛鳴黄栗留，溪邊飲啄白符鳩。不知此地從君處，亦有他人繼我不？塵土生涯休盪滌，風波時事只飄浮。相看髪秃無歸計，一夢東南即自羞。

呈柳子玉同年

三年不上鄴王臺，鴻鴈歸時又北來。水底舊波吹歲换，柳梢新葉卷春回。塵沙漠漠凋雙鬢，簫鼓忽忽把一盃。勞事欲歌無與和，衰顔思見故人開。

次韻陸定遠以謫往來求詩

牢落何由共一樽，相望空復歎芝焚。濟時尚負生平學，慰我應多别後文〔一〕。可但風流追甫白，由來家世出機雲。行吟强欲偷新格，自笑安能到萬分。

〔一〕「應」，朝鮮本作「空」，李壁校曰：「一作『應』。」

李璋下第

浩蕩宫門白日開，君王高拱試群材。學如吾子何憂失，命屬天公不可猜。意氣未宜輕感慨，文章尤忌數悲哀。男兒獨患無名爾，將相誰云有種哉？

送楊驥秀才歸鄱陽

客舍風塵弊綵衣，悲吟重見鴈南飛。荆山和氏方三獻，太學何生且一歸。曠野已寒諳獨宿，長年多難惜分違。巾箱所得皆幽懿，亦見鄉人爲發揮。

平山堂

城北横岡走翠虬，一堂高視兩三州。淮岑日對朱欄出，江岫雲齊碧瓦浮。墟落耕桑公愷悌，杯觴談笑客風流。不知峴首登臨處，壯觀當時有此不？

## 示德逢

先生貧敝古人風，緬想柴桑在眼中〔一〕。憐愍雞豚非孟子，勤勞禾黍信周公。深藏組纚三千牘〔二〕，静占寬閑五百弓。處世但令心自可，相知何藉一劉龔。

〔一〕「柴」，原作「榮」，今據龍舒本、朝鮮本改。按，柴桑，謂陶潛。詩注卷三十一席上賦得然字送裴如晦宰吴江「柴桑别後餘三徑，天禄歸來盡一廛」，李壁注曰：「柴桑、天禄，謂淵明、子雲。」

〔二〕「組纚」，朝鮮本作「組麗」。

## 示四妹

孟光求壻得梁鴻，廡下相隨不諱窮。卓犖才名今日事，蕭條門巷古人風。五噫尚與時多忤，一笑兼忘我屢空。六月塵沙不相貸，泫然搔首又西東。

## 寄酬曹伯玉因以招之

寒鴟對立西風樹，幽草環生白露庭。清坐苦無公事擾〔一〕，高談時有故人經。思君異日投朱紱，過我何時載渌醽〔二〕？及此江湖氣蕭爽〔三〕，最宜相值倒吾缾。

〔一〕「苦」，聽香館本作「喜」。

〔二〕「醽」，原作「檽」，據龍舒本、遞修本、朝鮮本、嘉靖五年本改。

〔三〕「及此」，原作「及北」，今據龍舒本、朝鮮本改。

次韻奉酬李質夫〔一〕

逸少池邊有舊山，幾年征淚染衣斑。駑駘自飽方争路，騕褭長饑不在閑。雪漲江南歸浩蕩，煙埋河朔去間關。勞歌一聽皆愁思，況我心非木石頑。

〔一〕朝鮮本題作「奉酬李質夫」。

寄袁州曹伯玉使君

宜春城郭繞樓臺，想見登臨把一盃。濕濕嶺雲生竹箘，冥冥江雨熟楊梅。政成定入邦人詠，詩就還隨驛使來。錯莫風沙愁病眼，不知何日爲君開。

邢太保有鶴折翼以詩傷之客有記翎經冥三韻而忘其詩者因作四韻〔一〕

不爲摧傷改性靈，静中猶見好儀形〔二〕。每憐今日長垂翅，却悔當時誤翦翎〔三〕。醫得舊創猶有法，相知多難豈無經。稻粱且向人間覓，莫羨摶風起北冥。

〔一〕「客有記翎經冥三韻而忘其詩者而作四韻」十七字，底本目録無。「三」，龍舒本作「二」。

〔二〕「好」，朝鮮本作「舊」。

〔三〕「時」，朝鮮本作「年」。

寄致政吴虞部

白鷗生意在滄波，不爲風塵有網羅。年抵馮唐初未半，才方疎廣豈能多。孤清楚國知誰繼？遺愛郴人想共歌。嗟我欲歸真未晚，雪舟乘興會相過。

再至京口寄漕使曹郎中

漂流曾落此江邊，憶與詩翁賦浩然浩然，堂名。鄉國去身猶萬里，驛亭分首已三年。北城紅出高枝靚，南浦青回老樹圓。還似昔時風露好，只疑談笑在君前。

次韻平甫金山會宿寄親友

天末海門橫北固〔一〕，煙中沙岸似西興。已無船舫猶聞笛，遠有樓臺祇見燈。山月入松金破碎，江風吹水雪崩騰。飄然欲作乘桴計，一到扶桑恨未能。

〔一〕「門」，龍舒本作「雲」。

## 送何聖從龍圖

射策曾稱蜀郡雄，朝廷重得漢司空。應留賜席丹塗地，誤責飛芻紫塞功。三徑欲歸無舊業，百城先至有清風。潞山直與天爲黨，回首孫高想見公。

## 送趙學士陜西提刑〔一〕

遥知彼俗經兵後，應望名公走馬來。陛下東求今日始，胸中包畜此時開。山西豪傑歸囊牘，渭北風光入酒盃。堪笑陋儒昏鄙甚，略無謀術贊行臺。

〔一〕李壁注曰：「此詩不類公作，姑存。」

## 丙申八月作

秋風摧剥利如刀，漠漠昏煙玩日高。眼看南山露崖嶷〔一〕，心隨東水轉波濤。歸期正自憑蓍蔡，生理應須問酒醪。還有詩書能慰我，不多霜雪上顛毛。

〔一〕「嶷」，朝鮮本作「窾」，義長。按，「崖窾」，即山崖之隙穴。

## 登西樓

樓影侵雲百尺斜，行人樓上憶天涯。情多自悔登臨數〔一〕，目極因驚悵望賒〔二〕。一曲平蕪連古樹，半分殘日帶明霞。潘郎何用悲秋色，秪此傷春髮已華〔三〕。

〔一〕「登臨」，清綺齋本作「登高」。

〔二〕「因」，清綺齋本作「應」。

〔三〕「此」，清綺齋本作「使」。

## 即事〔一〕

河流南苑岸西斜〔二〕，風有晶光露有華。門柳故人陶令宅〔三〕，井桐前日總持家。嘉招欲覆盃中淥〔四〕，麗唱仍添錦上花。便作武陵樽俎客，川源應未少紅霞〔五〕。

〔一〕龍舒本題作「次韻酬段約之見招」。

〔二〕「河」，龍舒本、朝鮮本作「淮」。
〔三〕「陶令」，龍舒本、朝鮮本作「元亮」。
〔四〕「嘉」，龍舒本、朝鮮本作「佳」。
〔五〕「源」，龍舒本、朝鮮本作「原」。

中國古典文學基本叢書

# 王安石文集

第五册

〔北宋〕王安石 撰

劉成國 點校

中華書局

# 第五册目録

集外文一　詩　詞……一七三五

# 王安石文集卷第九十一

## 墓誌

### 太子太傅致仕田公墓誌銘

田氏故京兆人，後遷信都。晉亂，公皇祖太傅入于契丹。景德初，契丹寇澶州〔一〕，略得數百人，以屬皇考太師。太師哀憐之，悉縱去，因自脱歸中國。天子以爲廷臣，積官至太子率府率以終。爲人沉悍篤實，不苟爲笑語。生八男子，多知名，而公爲長子。

公少卓犖有大志，好讀書，書未嘗去手，無所不讀，蓋亦無所不記。其爲文章，得紙筆立成，而閎博辨麗稱天下。初舉進士，賜同學究出身，不就。後數年，遂中甲科，補江寧府觀察推官。以母英國太夫人喪，罷去。除喪，補楚州團練判官，用舉者監轉般倉，遷祕書省著作佐郎。又對賢良方正策爲第一，遷太常丞、通判江寧府。

數上書言事，召還，將以爲諫官。方是時，趙元昊反，夏英公、范文正公經略陜西，言：「臣等才力薄，使事恐不能獨辨，請得田某自佐。」以公爲其判官，直集賢院，參都總管軍事。自真宗弭兵，至是且四十年，諸老將盡死，爲吏者不知兵法〔二〕，師數陷敗，士民震恐。二公隨事鎮撫，其爲世所善，多公計策。大將有欲悉數路兵出擊賊者〔三〕，朝廷許之矣，公極言其不可，乃止。又言所以治邊者十四事，多聽用。

還爲右正言，判三司理欠憑由司，權修起居注，遂知制誥，判國子監。於是陝西用兵未已，人大困，以公副今宰相、樞密副使韓公宣撫。自宣撫歸，判三班院，而河北告兵食闕，又以公往視。而保州兵士殺通判，閉城爲亂，又以公爲龍圖閣直學士、知成德軍，真定府、定州安撫使，往執殺之。論功遷起居舍人，又移秦鳳路都總管、經略安撫使、知秦州。遭太師喪，辭起復者久之。上使中貴人手敕趣公，公不得已，則乞歸葬然後起。既葬，託邊事求見上，曰：「陛下以孝治天下，方邊鄙無事，朝廷不爲無人，而區區犬馬之心，尚不得自從。臣即死，知不瞑矣。」因泫然泣數行下。上視其貌甚瘠，又聞其言，悲之，乃聽終喪。蓋帥臣得終喪，自公始。

服除，以樞密直學士爲涇原路兵馬都總管、經略安撫使，知渭州，遂自尚書禮部郎中遷右諫議大夫、知成都府，充蜀、梓、利、夔路兵馬鈐轄。西南夷侵邊，公嚴兵待之〔四〕，而誘以恩信，即皆稽顙。蜀自王均、李順再亂，遂號爲易動，往者得便宜決事，而多擅殺以爲威。至雖小罪，猶并妻子遷出之蜀，流離顛頓，有以故死者。公拊循教誨，兒女子畜其人，至有甚惡，然後繩以法。蜀人愛公，以繼張忠定，而謂公所斷治爲未嘗有誤〔五〕。歲大凶，寬賦減徭，發廩以救之，而無餓者。事聞，賜書獎諭，遷給事中，以守御史中丞充理檢使召焉。未至，以爲樞密直學士、權三司使，既而又以爲龍圖閣學士、翰林學士，又遷尚書禮部侍郎，正其使號。

自景德會計，至公始復鈎考財賦，盡知其出入。於是入多景德矣，歲所出乃或多於入。公以謂厚斂疾費如此，不可以持久，然欲有所掃除變更，興起法度，使百姓得完其蓄積而縣官亦以有餘，在上與執政所爲，而主計者不能獨任也。故爲皇祐會計録上之，論其故，冀以寤上。上固恃公，欲以爲大臣。居頃之，遂以爲樞密副使，又以檢校太傅充樞密使。公自常選，數年遂任事於時，及在樞密爲之使，又超其正〔六〕，天下皆以爲宜，顧尚有恨公得之晚者。

公行内修，於諸弟尤篤，爲人寬厚長者，與人語款款若恐不得當其意。至其有所守，人亦不能移也。自江寧歸，宰相私使人招之，公謝不往。及爲諫官，於小事近功有所不言，獨常從容爲上言爲治大方而已。范文正公等皆士大夫所望以爲公卿，而其位未副。公得間，輒爲上言之，故文正公等未幾皆見用。當是時，上數以天下事責大臣，慨然欲有所爲，蓋其志多自公發。公所設施，事趣可，功期成，因能任善，不必己出，不爲獨行異言，以峙聲名。故功利之在人者多，而事迹可記者止於如此。

嘉祐三年十二月，暴得疾，不能興。上聞悼駭〔七〕，敕中貴人、太醫問視，疾加損輒以聞〔八〕。公即辭謝，求去位，奏至十四五，猶不許，而公求之不已，乃以爲尚書右丞、觀文殿學士、翰林侍讀學士、提舉景靈宫事。而公求去位終不已，於是遂以太子少傅致仕。致仕凡五年，疾遂篤，以八年二月乙酉薨于第，享年五十九。號推誠保德功臣，階特進，勳上柱國，爵開國京兆郡公，食邑三千五百户，實封八百户，詔贈太子太保〔九〕，而賻賜之甚厚。

公諱況，字元均。皇曾祖諱祐，贈太保。皇祖諱行周，贈太傅。皇考諱延昭，贈太師。妻富氏，封永嘉郡夫人，今宰相河南公之女弟也。無男子，以弟之子至安爲主後〔一〇〕。女子一人，尚幼。

田氏自太師始占其家開封，而葬陽翟，故今以公從太師葬陽翟之三封鄉西吴里。於是公弟右贊善大夫洵來曰：「卜葬公利四月甲午，請所以誌其壙者。」蓋公自佐江寧以至守蜀，在所輒興學，數親臨之，以進諸生。某少也與公弟游，而公所進以爲可教者也，知公爲審。銘曰：

田室於姜，卒如龜祥。後其孫子，曠不世史。於宋繼顯，自公攸始〔一一〕。奮其華蕤，配實之美。乃發帝業，深宏卓煒。乃興佐時，宰飪調胹。文馴武克，内外隨施。亦有厚仕，孰無衆毁。公獨使彼，若榮豫己。維昔皇考，敢於活人。傳祉在公，不集其身。公又多譽，公宜難老。胡此殆疾，不終壽考。掩詩於幽，爲告永久。

〔一〕「寇」，原闕，今據龍舒本及新刊名臣碑傳琬琰之集中卷三田太傅况墓誌銘補。

〔二〕「兵法」，新刊名臣碑傳琬琰之集作「軍興法」，義長。按，周禮注疏卷十六鄭玄注曰：「縣官徵聚物曰興，今云軍興是也。」

〔三〕「大將」，新刊名臣碑傳琬琰之集作「將軍」。

〔四〕「待」，原作「憚」，據新刊名臣碑傳琬琰之集改。范純仁范忠宣集卷十六太子太保宣簡田公神道碑銘作「盛兵甲臨之」，即此句「嚴兵待之」之意。

〔五〕「謂」，光啓堂本、聽香館本作「獨」。

〔六〕「正」，新刊名臣碑傳琬琰之集作「匹」。

〔七〕「悼」，光啓堂本、聽香館本作「驚」。

〔八〕自「輒以聞」至下篇給事中贈尚書工部侍郎孔公墓誌銘之「兼管内河堤」，底本脱頁，據浙江省圖書館藏何刻本補。

〔九〕「保」，原作「傅」，今據龍舒本、新刊名臣碑傳琬琰之集改。按，續資治通鑑長編卷一百九十八嘉祐八年二月乙酉：「太子少傅致仕田況卒，贈太子太保，謚宣簡。」

〔一〇〕「以弟之子至安爲主後」，按，宋史卷二百九十二田況傳稱「以兄子爲後」。范忠宣集卷十六太子太保宣簡田公神道碑銘：「以弟之子至安爲嗣，卒，又以至平爲後焉。」

〔一〕「自」，原作「目」，今據龍舒本、遞修本改。

# 給事中贈尚書工部侍郎孔公墓誌銘

宋故朝請大夫、給事中、知鄆州軍州事兼管内河堤勸農、同群牧使、上護軍、魯郡開國侯、食邑一千六百户、食實封二百户、賜紫金魚袋孔公者，尚書工部侍郎、贈尚書吏部侍郎諱勗之子，兖州曲阜縣令、襲封文宣公、贈兵部尚書諱仁玉之孫，兖州泗水縣主簿諱光嗣之曾孫，而孔子之四十五世孫也。其仕當今天子天聖、寶元之間，以剛毅諒直名聞天下。嘗知諫院矣。上書請明肅太后歸政天子，而廷奏樞密使曹利用、尚御藥羅崇勳罪狀。當是時，崇勳操權利與士大夫爲市，而利用悍彊不遜，内外憚之。嘗爲御史中丞矣。皇后郭氏廢，引諫官、御史伏閤以争，又求見上〔一〕，皆不許，而固争之，得罪然後已。蓋公事君之大節如此。此其所以名聞天下，而士大夫多以公不終於大位，爲天下惜者也。

公諱道輔，字原魯。初以進士釋褐，補寧州軍事推官。年少耳，然斷獄議事，已能使老吏憚驚。遂遷大理寺丞、知兖州仙源縣事，又有能名。其後嘗直史館，待制龍圖閣，判三司理欠憑由司、登聞檢院、吏部流内銓，糾察在京刑獄，知許、徐、兖、鄆、泰五州，留守南京，而兗、鄆、御史中丞皆再至。所至官治，數以争職不阿，或絀或遷，而公持一節以終身，蓋未嘗自詘也。

其在兗州也，近臣有獻詩百篇者，執政請除龍圖閣直學士。上曰：「是詩雖多，不如孔道輔一言。」乃以公爲龍圖閣直學士。於是人度公爲上所思，且不久於外矣。未幾，果復召，以爲中丞。而宰相使人説公稍折節以待遷，公乃告以不能。於是人又度公且不得久居中，而公果出。

初，開封府吏馮士元坐獄，語連大臣數人，故移其獄御史。御史劾士元罪止於杖，又多更赦。公見上，上固怪士元以小吏與大臣交私〔二〕，污朝廷，而所坐如此，而執政又以謂公爲大臣道地，故出知鄆州。公以寶元二年如鄆，道得疾，以十二月壬申卒於滑州之韋城驛，享年五十四。其後詔追復郭皇后位號，而近臣有爲上言公明肅太后時事者，上亦記公平生所爲，故特贈公尚書工部侍郎。

公夫人金城郡君尚氏，尚書都官員外郎諱賓之女。生二男子：曰淘〔三〕，今爲尚書屯田員外郎；曰宗翰，今爲太常博士，皆有行治，世其家。累贈公金紫光禄大夫、尚書兵部侍郎，而以嘉祐七年十月壬寅，葬公孔子墓之西南百步。

公廉於財，樂振施，遇故人子恩厚尤篤，而尤不好鬼神禨祥事。在寧州，道士治真武像，有蛇穿其前，數出近人，人傳以爲神〔四〕。州將欲視驗以聞，故率其屬往拜之，而蛇果出，公即舉笏擊蛇殺之。自州將以下皆大驚，已而又皆大服。公由此始知名。然余觀公數處朝廷大議，視禍福無所擇，其智勇有過人者。勝一蛇之妖，何足道哉？世多以此稱公者，故余亦不得而略也。銘曰：

展也孔公，維志之求。行有險夷，不改其輈。權彊所忌，讒諂所讎。考終厥位，寵禄優優。維皇好直，是錫公休。序行納銘，爲識諸幽。

〔一〕「又」，龍舒本作「之」，屬上句。

〔二〕「固怪」，新刊名臣碑傳琬琰之集中卷十四孔中丞道輔墓誌銘作「曰」。

〔三〕「曰淘」，按隆平集卷十四孔道輔傳曰：「子宗亮、宗翰。」闕里志卷二十四張宗益宋守御史中丞贈太尉孔公後碑謂其名舜亮。

〔四〕「傳」下，新刊名臣碑傳琬琰之集有「之」字。

## 司封員外郎祕閣校理丁君墓誌銘〔一〕

朝奉郎、尚書司封員外郎、充祕閣校理、新差通判永州軍州兼管内勸農事、上輕車都尉、賜緋魚袋晉陵丁君卒。王某曰〔二〕：「噫！吾僚也，方吾少時，輔我以仁義者。」乃發哭吊其孤，祭焉而許以銘。越三月，君壻以狀至，乃敘銘赴其葬。敘曰：

君諱寶臣，字元珍。少與其兄宗臣皆以文行稱鄉里，號爲「二丁」。景祐中，皆以進士起家。君爲峽州軍事判官，與廬陵歐陽公游，相好也。又爲淮南節度掌書記。或誣富人以博，州將，貴人也，猜而專，吏莫敢議，君獨力争正其獄。又爲杭州觀察判官，用舉者兼州學教授。又用舉者遷太子中允，知越州剡縣。蓋其始至，流大姓一人，而縣遂治，卒除弊興利甚衆，人至今言之。

於是再遷爲太常博士，移知端州。儂智高反，攻至其治所，君出戰，能有所捕斬。然卒不勝，乃與其州人皆去而避之，坐免一官，徙黄州。會恩除太常丞、監湖州酒，又以大臣有解舉者，遷博士，就差知越州諸暨縣。其治諸暨如剡，越人滋以君爲循吏也。英宗即位，以尚書屯田員外郎編校祕閣書籍，遂爲校理，同知太常禮院。

君質直自守，接上下以恕。雖貧困，未嘗言利，於朋友故舊，無所不盡。故其不幸廢退，則人莫不憐；少進也，則皆爲之喜。居無何，御史論君嘗廢矣，不當復用，遂出通判永州。世皆以咎言者，謂爲不宜。夫毆未嘗教之卒，臨不可守之城，以戰虎狼百倍之賊，議今之法，則獨可守死爾；論古之道，則有不去以死，有去之以生。吏方操法以責士，則君之流離窮困幾至老死，尚以得罪於言者，亦其理也。

君以治平三年待闕於常州，於是再遷尚書司封員外郎，以四年四月四日卒，年五十八。有文集四十卷。明年二月二十九日，葬于武進縣懷德北鄉郭莊之原。君曾祖諱輝，祖諱諒，皆弗仕。考諱柬之，贈尚書工部侍郎。夫人饒氏，封晉陵縣君，前死。子男隅，太廟齋郎；除、隮爲進士，其季恩兒尚幼。女嫁祕書省著作佐郎、集賢校理同縣胡宗愈，其季未嫁，嫁胡氏者亦又死矣。銘曰：

文於辭爲達，行於德爲充。道於古爲可，命於今爲窮。嗚呼已矣！卜此新宫。

〔一〕「祕閣」，原作「之閣」，據底本目録、遞修本改。

〔二〕「王」上，龍舒本有「臨川」二字。

## 王平甫墓誌

君臨川王氏，諱安國，字平甫。贈太師、中書令諱明之曾孫，贈太師、中書令兼尚書令諱用之之孫，贈太師、中書令兼尚書令、康國公諱益之子。自丱角未嘗從人受學，操筆爲戲，文皆成理。年十二，出其所爲銘、詩、賦、論數十篇，觀者驚焉，自是遂以文學爲一時賢士大夫譽歎。蓋於書無所不該，於詞無所不工，然數舉進士不售。舉茂材異等，有司考其所獻序言第一〔一〕，又以母喪不試。君孝友，養母盡力。喪三年，常在墓側，出血和墨，書佛經甚衆。州上其行義，不報。今上即位，近臣共薦君材行卓越〔二〕，宜特見招選，爲繕書其序言以獻〔三〕，大臣亦多稱之。手詔褒異，召試，賜進士及第，除武昌軍節度推官，教授西京國子〔四〕。未幾，校書崇文院，特改著作佐郎、祕閣校理。士皆以謂君且顯矣，然卒不偶，官止於大理寺丞，年止於四十七，八月十七日不起〔五〕，越元豐三年四月二十七日，葬江寧府鍾山母楚國太夫人墓左百有十六步。有文集六十卷。妻曾氏，子旊、斿，女婿葉濤，處者四女。濤有學行，知名；旊、斿亦皆嶷嶷有立。君祉所施，庶在於此。

〔一〕「言」下，龍舒本有「爲」字。

〔二〕「材」，原作「林」，據龍舒本、遞修本改。

〔三〕「書」，龍舒本作「寫」。

〔四〕「子」下，龍舒本有「監」字。

〔五〕「八」上，原有「以熙寧七年」五字，據遞修本、嘉靖五年本刪。龍舒本亦有此五字。黄校曰：「『四十七』下，明刊多『以熙寧七年』五字。」則黄所見宋本並無此五字。按，熙寧八年(一〇七五)四月，王安國尚在世，撰尚書屯田員外郎張君墓誌銘，其卒在熙寧十年八月十七日。詳細考證，可見拙文新出土尚書屯田員外郎張君墓誌銘與王安國卒年新證。

## 建安章君墓誌銘

君諱友直，姓章氏。少則卓越，自放不羈，不肯求選舉，然有高節大度過人之材。其族人郇公爲宰相，欲奏而官之，非其好，不就也。自江淮之上，海嶺之間，以至京師，無不遊。將相大人豪傑之士，以至閭巷庸人小子，皆與之交際，未嘗有所忤，亦莫不得其懽心。卒然以是非利害加之，而莫能見其喜慍〔一〕，視其心，若不知富貴貧賤之可以擇而取也，頽然而已矣。昔列禦寇、莊周當文武末世，哀天下之士沈於得喪，陷于毀譽，離性命之情，而自託於人僞，以争須臾之欲，故其所稱述，多所謂天之君子。若君者，似之矣。

君讀書通大指，尤善於相人，然諱其術，不多爲人道之。知音樂、書畫、奕棋，皆以知名於一時。皇祐中，近臣言君文章善篆，有旨召試，君辭焉。於是太學篆石經，又言君善篆，與李斯、陽冰相上下，又召君，君即往。經成，除試將作監主簿，不就也。嘉祐七年十一月甲子，以疾卒于京師，年五十七。

娶辛氏，生二男：存、孺，爲進士。五女子：其長嫁常州晉陵縣主簿侍其𤪌，早卒，又娶其中女〔二〕；次適歙州祁門縣令黄元〔三〕；二人未嫁。

君家建安者五世矣，其先則豫章人也。君曾祖考諱某，仕江南李氏〔四〕，爲建州軍事推官。祖考諱某，皇著作佐郎，贈工部尚書。考諱某，京兆府節度判官。君以某年某月某甲子，葬潤州丹陽縣金山之東園。銘曰：

弗續弗彫，弗跂以爲高。俯以狎於野，仰以游於朝。中則有實，視銘其昭。

〔一〕「見」，原作「知」，據龍舒本、遞修本改。「知」字涉下而訛。

〔二〕「又」上，龍舒本有「疇」字。

〔三〕「歙州祁門縣令」，龍舒本作「蘇州吴縣尉」。

〔四〕「仕」，龍舒本作「佐」。

## 王補之墓誌銘〔一〕

君南城人，王氏，諱無咎，字補之，嘉祐二年進士也。初補江都縣尉，丁父憂。服除，調衛真縣主簿。嘗棄天台縣令，以與予共學，久之，無以衣食其妻子，乃去，補南康縣主簿。會予召至京師，因留教授。上方興學校，以經術造士，予言君可教國子，命且下而君死。君所在，學者歸焉，賢士大夫皆慕與之游。然君寡合，常閉門治書，唯與予言莫逆。當熙寧初，所謂質直好義，不爲利疚於回〔二〕，而學不厭者，予獨知君而已。君之死，年四十有六，實熙寧二年閏十一月丁巳。至四年二月壬申，妻曾氏，子絪、緼，始克葬君南城縣禮教鄉長義里。銘曰：

安時所難，學以爲己。於呼鮮哉，可謂君子！

〔一〕龍舒本題作「台州天台縣令王君墓誌銘」。

〔二〕「於」，龍舒本作「勢」。

## 尚書祠部員外郎祕閣校理張君墓誌銘〔一〕

滁全椒張君諱瑗，字君玉。其先有司泗州法者，諱煦，於君爲曾祖，嘗曰：「吾施德於人多矣，後當有顯者。」尚書刑部侍郎、參知政事諱洎者，於君爲祖，有二子，生君者長子，諱安期，官終國子博士。

君以進士甲科，守祕書省校書郎、簽書平江軍節度判官廳公事。故事，得獻書求試，君無所獻。知建昌軍南豐縣，通判鄂州〔二〕，又將通判梓州，而有以君爲言者，乃召試以爲祕閣校理。於是自校書五遷爲尚書祠部員外郎〔三〕。年五十五，以嘉祐五年四月壬申卒京師〔四〕。

夫人蓬萊縣君王氏，生三男子：伯孫、仲孫、世孫。三女子：其一嫁試將作監主簿蘇泌，其次尚幼。治平二年九月甲申〔五〕，葬君全椒善政鄉脩仁里，於是伯孫主邵武軍光澤縣簿。

君與余善，其能貧而不爲利，余所畏。其於故事，蓋無所問而不知。其好書，天性也，往往日旰，竈薪不屬，而闔門讀書自若。又能爲吏，當官有所守，嶷嶷必得其意，然平居安言徐視易狎〔六〕，若無能者。銘曰：

有幽滁山，滁水兩間。槃礴演迤，乃多君子。我儀其蓄，以博厥聞。我肖其滌，以清厥身。書此哀石，永詒崖濱〔七〕。

〔一〕此篇龍舒本重出，一題作「祕閣校理張君墓誌銘」，一題作「張君玉墓誌銘」。

〔二〕自「節度判官」至「鄂州」二十九字，龍舒本作「平江軍知南豐縣通判鄂州」。

〔三〕「書」下，龍舒本有「郎」字。

〔四〕「四月壬申」，龍舒本作「八月某甲子」。

〔五〕「九月甲申」，龍舒本作「十一月某甲子」。

〔六〕「安」，原作「妥」，今據龍舒本改。按，「安言」，謂言辭從容不迫。

〔七〕「崖濱」，龍舒本作「後人」。

# 王安石文集卷第九十二

## 墓誌

### 户部郎中贈諫議大夫曾公墓誌銘

公諱致堯，字正臣。其先封鄫，鄫亡，去邑爲氏。王莽亂，都鄉侯據棄侯，之豫章家之，蓋豫章之南昌後分爲南豐，故今爲南豐人。可徒爲宜州刺史〔一〕，再世生仁旺，贈尚書水部員外郎，公考也。

李氏有江南，撫州上公進士第一，不就。太平興國八年，乃舉進士中第，選主符離簿。歲餘，授興元府司録，道遷大理評事，遷光禄寺丞、監越州酒。召見，拜著作佐郎、知淮陽軍。將行，天子惜留之，直史館，賜緋魚袋，使自汴至建安軍行漕。詔曰：「凡三司、州郡事有不中理者，即驗之。」最鈎得匿貨以五百萬計。除祕書丞、兩浙轉運副使，改正使。

始，諫議大夫知蘇州魏庠、侍御史知越州王柄不譬於政〔二〕，而喜怒縱入。庠介舊恩以進，柄喜持上。公到，劾之以聞。上驚曰：「曾某乃敢治魏庠，克畏也。」克畏，可畏也，語轉而然。庠、柄皆被絀。楊允恭督揚子運，數言事，多可，人厭苦之。公每得詔，曰：「使在外，便文全己，非吾心也。」輒不果行。允恭告上，上使問公，公以所守言。上繇此薄允恭，不聽。言苛税一百三十餘條〔三〕，罷之。

移知壽州。壽俗挾貲自豪〔四〕，陳氏、范氏名天下，聞公至，皆迎自戢，公亦盡歲無所罰。既代，空一城人遮行，至夜，乃從二卒騎出城去。在郡轉太常博士〔五〕、主客員外郎。章聖嗣位，常親決細務，公言之，又言民憊甚，宜弛利禁。是時羌數犯塞，大臣議棄銀、夏以解之。公奏曰：「羌虚款屬我，我分地王之，非計也。令羌席此，劫它種以自助，不過二三年，患必復起矣。宜擇人行塞下，先調兵食，待其變而已。」不報。二年，羌果反，圍靈州，議臣請去靈州勿事〔六〕。公議曰：「羌所以易拒者，以靈州綴其後也。」

判三司鹽鐵勾院。天子欲以爲知制誥，召試矣，大臣或忌之，遷户部員外郎、京西轉運使。請限公卿大夫子官京師。陳彭年議遣使行諸部減吏員，下其事京西，公曰：「彭年議，無賢愚一切置不用邪？抑擇愚而廢之邪？擇愚而廢之，人材其可以蚤暮驗邪？」上令趣追使還。數論事，上感之，還公。既而王均誅，命公撫蜀，所創更百餘事。

李繼遷再圍清遠、靈武，以丞相齊賢爲邠寧環慶涇原儀渭經略使，丞相引公爲判官。公奏記曰：「兵數十萬，王超既以都部署爲之主〔七〕，丞相徒領一二朝士往臨之〔八〕，超肯用吾進退乎？吾能以謀付與超而有不能自將乎？不并將而西〔九〕，無補也。超能薄，此重事，願更審計。」丞相及公以爲言〔一〇〕。詔陝西即經略使追兵，皆以時赴。公曰：「將士在空虛無人之處〔一一〕，事薄而後追兵，如後何？」遂辭行。上怒，未有所發。會召賜金紫，公曰：「丞相敏中以非功德進官，臣論其不可用〔一二〕。今臣受命〔一三〕，事未有效，不敢以冒賜。」固辭。上繇此貶公爲黄州團練副使。既而超果敗，清遠、靈武踵亡。

會南郊恩，復官，知泰州。丁母夫人陳氏憂。外除〔一四〕，授吏部員外郎、知泉州。公常謂選舉舊制非是，請得論改之。陳省華子堯咨受請，殿上爲姦〔一五〕，以科第畀舉人〔一六〕，敗。省華、堯咨有邪巧材，朝廷皆患惡，而方幸，無敢斥之者。公入十餘疏辯之，移知蘇州。至五日，移知揚州。揚州守職田歲常得千斛，然遣吏督貧民耕，民苦之，公不使耕。

天子方崇符瑞，興昭應諸宫，且出幸祠。公疏言：「昔周成王既卜世三十，卜年七百。然觀於周禮，其經緯國體人事，微細無不具，則知王者受命，必脩人事，以稱天所以命之之意，不舉屬之天以怠人事也。」終曰：「陛下始即位，以爵禄得君子〔一七〕。近年以來，以爵禄畜盗賊。」大臣愈不懌，移知鄂州。封泰山恩，遷禮部郎中。始解揚州，受添支差多一月，公尋自言，患公者因復絀公監江寧鹽酒〔一八〕。西祀恩，遷户部郎中。

以祥符五年五月丁亥疾不起〔一九〕，年六十六。階至朝請郎，勳至騎都尉。遺戒曰：

「毋陷於俗，媚佛夷鬼以污我。」家人行之〔二〇〕。

所著仙凫羽翼三十卷〔二一〕、廣中台志八十卷、清邊前要五十卷、西陲要紀十卷、爲臣要紀三卷、直言集五卷、文集十卷〔二二〕，傳於世，尤長於歌詩云。以其年十一月歸葬南豐之東園〔二三〕，水濆墓，天聖元年改葬龍池鄉之源頭。

始公娶黄氏，生子男三人〔二四〕，易占嘗爲太常博士，以能文稱。公以博士故，贈至右諫議大夫。公殁八年，而博士子鞏生。生三十五年〔二五〕，鞏以博士命次公生平事，使來曰：「爲我誌而銘之。」

某視公猶大父也〔二六〕，其少也，則得公之詳如其孫之云。始，公自任以當世之重也，雖人望公則亦然。及遭太宗，自謂志可行〔二七〕，卒之閉於姦邪，彼誠有命焉。悲夫！亦正之難合也。雖其難合〔二八〕，其可少枉乎〔二九〕？雖其少枉，合乎未可必也，彼誠有命焉。雖然，其難合也，祇所以見正也〔三〇〕。孔子曰：「所謂大臣者，以道事君，不可則止。」於戲！公之節，非庶幾所謂大臣者歟？銘曰：

既墓而圮，乃升宅原。誰來求銘？公子與孫。公初洎終，惟義之事。維才之完，而薄于施〔三一〕。乃其後人〔三二〕，有克厥家。天啓予公，非在兹邪？

〔一〕「可徒爲宜州刺史」，龍舒本作「某爲唐沂州刺史」。

〔二〕「譬」，龍舒本、新刊名臣碑傳琬琰之集中卷二曾諫議致堯墓誌銘作「善」。

〔三〕「一」，龍舒本、新刊名臣碑傳琬琰之集作「二」。

〔四〕「挾」，龍舒本、新刊名臣碑傳琬琰之集作「富」。

〔五〕「在」，原無，據龍舒本、新刊名臣碑傳琬琰之集補。

〔六〕「議臣請去」，龍舒本作「棄」。

〔七〕「爲之主」，龍舒本作「矣」。

〔八〕「丞」上，龍舒本有「今」字。

〔九〕「而」，原無，據龍舒本補。

〔一〇〕「及公以」，龍舒本作「乃以公」。

〔一一〕「士」，原無，據龍舒本、新刊名臣碑傳琬琰之集補。

〔一二〕「用」，原作「甫」，據龍舒本、新刊名臣碑傳琬琰之集改。

〔一三〕「今」，原作「爾」，據龍舒本改。按，續資治通鑑長編卷五十一咸平五年春正月丁未：「致堯既受命，乃不欲行，因抗疏言：『宰相向敏中以非功德進官，臣論其不可用。今臣受命未有效，不敢冒章紱之賜。』」

〔一四〕「外」，聽香館本作「服」。

〔一五〕「受請殿上爲姦」，龍舒本作「請託多爲姦」。

〔一六〕「科」，原無，據龍舒本補。

〔一七〕「得」，龍舒本、新刊名臣碑傳琬琰之集作「待」。

〔一八〕「患」，龍舒本作「惡」。

〔一九〕「丁亥」，龍舒本、新刊名臣碑傳琬琰之集作「二十日」。

〔二〇〕「行之」，原作「之行」，據龍舒本乙。

〔二一〕「仙」，聽香館本作「雙」。

〔二二〕自「所著」至「十卷」四十五字，龍舒本、新刊名臣碑傳琬琰之集作「所著書若干卷」。

〔二三〕「其年十一月」，龍舒本、新刊名臣碑傳琬琰之集作「某年某月日」。

〔二四〕「生子男三人」，龍舒本、新刊名臣碑傳琬琰之集作「生子七人仕者三人」。歐陽脩居士集卷二十一曾公神道碑銘作「子男七人曰某」。

〔二五〕「三十五」，龍舒本作「若干」。「年」下，龍舒本、新刊名臣碑傳琬琰之集有「水漬墓，改葬公龍池鄉之原頭，某年月日也，葬有日也」。

〔二六〕「某」，龍舒本、新刊名臣碑傳琬琰之集作「安石」。

〔二七〕「自」上，龍舒本、新刊名臣碑傳琬琰之集有「愈」字。

〔二八〕「合」，原作「命」，據龍舒本、遞修本及上下文意改。

〔二九〕「枉」下，龍舒本有「合」字。
〔三〇〕「正」，龍舒本、新刊名臣碑傳琬琰之集作「士」。
〔三一〕「於」，龍舒本作「其」。
〔三二〕「乃」，龍舒本作「及」。

## 京東提點刑獄陸君墓誌銘

提點京東諸州軍刑獄公事兼本路勸農事、朝奉郎、尚書司封員外郎、充集賢校理、上輕車都尉、賜緋魚袋借紫陸君〔一〕，諱廣，字彦博。其先吴郡人也，至君之高祖始遷福州之侯官，以避唐末之亂。曾祖諱景遷，仕吴越，爲驍騎上將軍、檢校太傅〔二〕。祖諱崇扆，以威武軍觀察推官從其王歸京師〔三〕，官至殿中丞，歷知瀘、道、潮、貴四州以卒〔四〕。考諱中和，不仕，以君故，贈官至尚書職方員外郎。君以天聖二年進士起，至皇祐四年某月以使走齊州，某甲子卒於鄆之平陰。君子長倩等以嘉祐四年某月某甲子，葬君杭州之錢塘某所之原，而書君繫世、官職、行能、勞烈、卒葬之地與時〔五〕，以來求誌墓。銘曰：

於惟陸氏，吴郡其始。福之侯官，近自唐徙。君曾大考，太傅將軍。實仕吴越，爲王陪臣〔六〕。太傅有子，始來皇朝。丞于殿中，歷將四州。卒葬侯官，實生處士。贈官職方，君實其子。維君諱廣，彦博其字。文辭甲科，四府從事。起家邵武，再選徐州。遂監税酒，滿歲陳留。許昌之招，寧海之從。乃令烏程，乃丞開封。始佐著作，去爲尉氏。詠歌仁明，無有壯穉。移邛大邑，告母高年。免蜀就養，税商于泉。又移導江，斗穀千錢。君命振之，以我公田。盜屠民家〔七〕，尉以囚來。囚言實盜〔八〕，君曰釋之。尉方力争，衆亦莫寤。後得真盜，果如君慮。離堆之江，豪右擅焉。君修堰渠，始詘其專。灌田爲頃，萬有七千。鐫約示後，後無凶年。鄭文肅公，來治杭劇。君以通判，往從其辟。州人僦屋，吏代之輸。君爲刱法，遂無逋租。中書選君，御史推直。有言朝廷，今以爲敕。冬狩于郊，大講戎兵。作箴以獻，逆戒荒萌。召寘集賢，以爲校理〔九〕。當時名氏，簡在天子。出知婺州，惡吏先鉏。募能拯溺，民以不漁。婺之明年，改命治泉。泉人習君，謡語讙然。爲橋南江，濟者免覆。置稟州學，士懷我育。有告衆叛，當君燕時。命捕立得，坐人不知。蘇饑息窮，去害除弊。使臣以聞，守政尤異。智高盤邊，吏不時搏。君書驛上，焯有方略。歸佐三司，廷論南師。帝曰可哉，汝言予施。河京以東〔一〇〕，再執刑柄。諏囚于齊，至鄆而病。棄世平陰，當五十三〔一一〕。有子四人，扶喪而南。長倩惟伯，仲惟長緒。長恕惟叔，季惟長愈。倩掾秀州，敏有辭章〔一二〕。緒由君恩，郊社齋郎。又女六人，皆出陳氏。維陳淑慎，善相君子。四男有立，女亦有歸。受封長安，即養無違。爰以嘉祐〔一三〕，四年十月〔一四〕。歸君錢塘，范村之穴。惟君静深，不苟笑嘻。隆親篤友，遇物愛慈。讀書慨然，慕古奇偉。顧謂諸子，仕當如此。官止外郎，尚書司封。又不得年，以旣厥庸。有文藏家，後世之詒。於君所得，可以此窺。有幽斯窆，掩石在下。撰君初終，以告來者。

〔一〕「東」下，龍舒本有「路」字。

〔二〕「軍」，原作「官」，據龍舒本改。按，陳襄古靈集卷二十右侍禁陸君墓誌銘亦云其「曾祖諱景遷，爲吴越驍衛上將軍」。

〔三〕「觀察」，龍舒本作「節度」。

〔四〕「貴」，光啓堂本、聽香館本作「廣」。

〔五〕「與」，原作「一」，今據龍舒本改。

〔六〕「王」，原作「皇」，今據龍舒本改。按，此指吴越王，不應稱「皇」。

〔七〕「屠」，龍舒本作「諸」。

〔八〕「囚」，龍舒本作「因」。

〔九〕「以」，龍舒本作「一」。

〔一〇〕「河京以東」，龍舒本作「儂寇以平」。

〔一一〕「當」，龍舒本作「壽」。

〔二〕「辭」，龍舒本作「文」。

〔三〕「爰」，龍舒本作「遂」。

〔四〕「四年十月」，原作「六年正月」，據龍舒本及上文「君子長倩等以嘉祐四年某月某甲子，葬君杭州之錢塘某所之原」改。

## 廣西轉運使屯田員外郎蘇君墓誌銘

慶曆五年，河北都轉運使、龍圖閣直學士信都歐陽脩以言事切直，爲權貴人所怒，因其孤甥女子有獄，誣以姦利事。天子使三司户部判官、太常博士武功蘇君，與中貴人雜治。當是時，權貴人連内外諸怨惡脩者，爲惡言欲傾脩，鋭甚，天下洶洶，必脩不能自脱。蘇君卒白上曰：「脩無罪，言者誣之耳。」於是權貴人大怒，誣君以不直，絀使爲殿中丞、泰州監税。然天子遂寤，言者不得意，而脩等皆無恙。蘇君以此名聞天下。

嗟乎！以忠爲不忠，而誅不當於有罪，人主之太戒。然古之陷此者相隨屬，以有左右之讒，而無如蘇君之救〔一〕，是以卒至於敗亡而不寤。然則蘇君一動，其功於天下，豈小也哉？蘇君既出逐，權貴人更用事，凡五年之間再赦，而君六徙，東西南北，水陸奔走輒萬里。其心恬然，無有怨悔，遇事强果，未嘗少屈。蓋孔子所謂剛者，殆蘇君乎！

蘇君之仁與智，又有足稱者。嘗通判陝府，當葛懷敏之敗，邊告急，樞密使使取道路戍還之卒，再戍儀、渭。於是延州還者千人，至陝，聞再戍，大恐〔二〕，即讙聚謀爲變。吏白閉城，城中無一人敢出。君徐以一騎出卒間，諭慰止之，而以便宜還使者。戍卒喜曰：「微蘇君，吾不得生。」陝人亦曰：「微蘇君，吾其掠死矣！」有令刺陝西之民以爲兵，敢亡者死。既而亡者得，有司治之以死，君輒縱去〔三〕，而言上曰：「令民以死者，爲事不集也。事集矣，亡者猶不赦〔四〕，恐其衆相率而爲盜〔五〕。惟朝廷幸哀憐愚民，使得自反。」天子以君言爲然，而三十州之亡者皆不死。其後知坊州，州稅賦之無歸者，里正代爲之輸，歲弊大家數十〔六〕。君悉鈎治，使歸其主。坊人不憂爲里正，自蘇君始也。

蘇君諱安世，字夢得。其先武功人，後徙蜀，蜀亡，歸家于京師，今開封人也〔七〕。曾大考諱進之，率府副率。大考諱繼，殿直。考諱咸熙，贈都官郎中。君以進士起家三十二年〔八〕，其卒年五十九。爲廣西轉運使，而官止於尚書屯田員外郎者，以君十五年不求磨勘也。

君娶南陽郭氏，又娶清河張氏，爲清河縣君。子四人〔九〕：台文，永州推官；祥文，太廟齋郎；炳文，試將作監主簿；彦文，未仕。女子二人〔一〇〕：適進士會稽江崧、單州魚臺縣尉江山趙揚，三人尚幼。

君既卒之三年，嘉祐二年十月庚午，其子葬君揚州之江都東興寧鄉馬坊村，而太常博士、知常州軍州事臨川王某爲銘曰〔一一〕：

皇有四極，周綏以福。使維蘇君，奠我南服。亢亢蘇君，不圜其方。不晦其明，君子之剛。其枉在人，我得吾直。誰懟誰愠，祇天之役。日月有丘，其下冥冥。昭君無窮，安石之銘〔一二〕。

〔一〕「救」，原作「寂」，據遞修本、龍舒本改。

〔二〕「恐」，龍舒本、皇朝文鑑卷一百四十一蘇安世墓誌銘作「怨」。

〔三〕「君」上，龍舒本、皇朝文鑑有「而」字。

〔四〕「亡」上，龍舒本、皇朝文鑑有「而」字。

〔五〕「率」，龍舒本、皇朝文鑑作「聚」。

〔六〕「弊」，原作「幣」，今據龍舒本、皇朝文鑑改。按，弊者，使凋弊、貧困。

〔七〕「今」下，龍舒本、皇朝文鑑有「爲」字。

〔八〕「家」，龍舒本、皇朝文鑑作「起」。

〔九〕「四人」，原無，據龍舒本、皇朝文鑑補。

〔一〇〕「二」，原作「五」，據遞修本、永樂大典卷二一四〇四所收此文改。

〔二〕「某」，龍舒本、皇朝文鑑作「安石」。
〔三〕「安石之銘」，遞修本作「某之銘」，永樂大典引作「某爲之銘」。

## 太子中舍沈君墓誌銘

沈氏世家吴興，其後有陵者仕吴越王，卒官明州，家之，五世而生公。

公諱兼，字子達〔一〕，以五舉進士得同學究出身，再補尉，有能名。用舉者遷衛尉寺丞，知湖之歸安縣，移知邵武之歸化，又有能名。遷太子中舍、通判蘇州，其以能聞愈甚。公好剛〔二〕，遇事果急，不顧計。爲通判日，與守争可否，不爲之小屈。重犯轉運使，使、守相與害公，入之法，除名。天子薄其罪，免所居官而已。公歸怡怡，間爲五字詩自戲娱，無躁戚言。卒于家，年七十三，慶曆六年七月也。

子男一人，起；女三人。起好學，通政事，能守節法，爲進士，與某同時得科名者也〔三〕。公之坐獄，爲判官滁州〔四〕，立棄官從公〔五〕，世以爲孝。將以某年某月葬公某處，以夫人柳氏祔，先三月來求銘。與銘曰：

生也不得，其須而死。死也何有？有嘉者子。嗚呼，已矣夫！

〔一〕「子達」，原作「子逵」，據龍舒本、遞修本改。按，正德姑蘇志卷三十九：「沈兼字子達。」其名字當取「達則兼濟天下」之意。

〔二〕「剛」，原作「問」，據龍舒本、遞修本及下文文意改。

〔三〕「某」，龍舒本作「安石」。

〔四〕「州」，原作「門」，今據龍舒本改。按，沈括長興集卷三十故天章閣待制沈興宗墓誌銘：「公諱起，字興宗，（中略）復以高第調滁州軍事推官。」

〔五〕「公」下，龍舒本有「以得罪」三字。

## 祕書丞張君墓誌銘

君諱某，字某，其先成都之新繁人。曾祖諱某，不仕。祖諱某，太宗時以高貲徙内地，除三班奉職，非其好也，即辭去，不仕，始家真州之揚子而葬焉。皇考諱某，起進士，終登州軍事判官，贈太常博士。生三子，而君長子也。

君寬和厚重，友愛諸弟甚篤，待朋友以信，而樂棄財物以寬人之急。年七歲，日誦書數百言，操筆爲篇章，立就。及壯〔一〕，舉進士開封，第一，遂以釋褐，爲宣州寧國縣主簿。會南陵無令，州以君行令事，有能名。用舉者令潁州之沈丘縣，轉著作佐郎，知江寧府上元縣事，又皆有能名。移知英州，遷祕書丞。以嘉祐二年十二月某甲子卒于州寢，是時君年四十七，天子官其一子師軻太廟齋郎。君之疾病也，州人相與爲君奔走請命，至有欲以身代者，蓋其得人心如此。

夫人河南縣君丹陽吴氏，生三男子：長即師軻，次某，次某，皆尚幼。五女，皆未嫁。某年某月某甲子，葬君某州之某縣某鄉某所之原。余與君相好，又同年進士也，故與爲銘曰：

嗚呼張公兮韡矣其光，其先蜀産兮後葬于揚。視瞻先人兮兆此新塋〔二〕，深泉高壤兮萬世之藏。

〔一〕「壯」下，龍舒本有「年」字。

〔二〕「兮」，原作「方」，據龍舒本、遞修本及上下文句式改。

## 司封郎中張君墓誌銘

君張氏，諱式，字景則。其先建州浦城人，後徙建安，蓋弗仕者三世。諱漢夫者，曾祖也；諱謨者，祖也；諱希顔者，父也。父以君貴，乃贈尚書職方員外郎，有氣節，知君可教，乃付家事長子，而縱君遊學。及長〔一〕，文辭行義爲鄉里所推。

天禧二年，釋進士褐，主福州閩縣簿，又主南劍將樂簿。有銀冶，坐歲課不足，繫者常數百人。君籍其人，使富貧財力相兼，課遂有羡，無繫者。歸，以勞除開封府祥符縣尉。趙稹將并州，辟軍事判官。稹所爲有不可，於衆徐啓諭，弗許〔二〕，稹以故聽，而君亦以此稱長者。未幾，遭母夫人喪。服除，改祕書省著作佐郎、知福州古田縣。耕籍田恩，遷太常博士、知開封府咸平縣。吕許公罷宰相，以許州觀察判官辟，從之。又通判饒州，獄有十數年不決者，君一言而決。會擇河北吏，御史中丞舉君，得洺州，賜緋魚。又以選知虔州。虔於東南州爲最劇，君能鎮撫之以無事。三司市紬絹十餘萬，非經數，君拒弗市，民以君爲有賜也。又知濠、壽二州。人縊其妻而以自殺告，獄既具，詰立服，舉州讙以爲明。居頃，召爲開封府推官，坐榜掠囚死，出知岳州。皇祐二年九月六日，卒，享年六十二，官至尚書祠部郎中。

君廉静好書，長於政事，所居官，舉既去而人思。見時事有不便，往往能極言之無所忌。趙元昊反時，誘人出財助軍〔三〕，誘多得賞，於是吏或劫富人出財〔四〕，君疏罷之。爲開封推官時，宫中以私財爲佛寺置田，又疏以爲亂法，後遂以君言而止。既老矣，終不肯治田宅，所得禄以置書，曰：「吾子業此，足以自活，不然，雖田宅何足？」

妻姓徐，濮陽縣君。子六人：忞、志、思、惎、愻、憙〔五〕。忞以君故，得太廟齋郎，與惎同時中進士第。女二人，皆已嫁。

某月某日葬君某鄉某里。銘曰：

張祖留侯，世窮久幽。君始士服，起家以學。發於州縣，治見稱舉。有言朝廷，弊事用除。維清厥誨，尚後弗渝。

〔一〕「及」下，龍舒本有「壯」字。

〔二〕「訐」，原作「許」，今據龍舒本改。訐者，謂攻人之短。

〔三〕「軍」，龍舒本作「邊」。

〔四〕「出」下，龍舒本有「其」字。

〔五〕「惎」，原作「甚」，形訛，據龍舒本、遞修本改。按，墓主之子六人，其名皆从「心」。

## 葛興祖墓誌銘

許州長社縣主簿葛君，諱良嗣，字興祖。其先處州之麗水人，而興祖之父徙居明州之鄞，興祖葬其父潤州之丹徒，故今又爲丹徒人矣。曾大父諱遇，不仕。大父諱旰，贈尚書都官郎中。父諱源，以尚書度支郎中終仁宗時。度支君三子，當天聖、景祐之間，以文有聲赫然進士中。先人嘗受其贄，閲之終篇，而屢歎葛氏之多子也。既而三子者，伯、仲皆蚤死，獨其季在，即興祖。

興祖博知多能，數舉進士，角出其上。而刻勵修潔，篤於親友，慨然欲有所爲，以效於世者也。年四十餘，始以進士出仕州縣。餘十年，而卒窮於無所遇以死。嗟乎！命不可控引而才之難恃以自見，蓋久矣。然興祖於仕未嘗苟，聞人疾苦，欲去之如在己。其臨視〔一〕，雖細故人不以屬耳目者，必皆致其心。論者多怪之，曰：「興祖且老矣，弊於州縣，而服勤如此。」余曰：「是乃吾所欲於興祖。夫大仕之則奮，小仕之則怠忽以不治，非知德者也。」興祖聞之，以余之言爲然。

興祖娶胡氏，又娶鄭氏。其卒年五十三，實治平二年三月辛巳。其葬以胡氏祔，在丹徒之長樂鄉顯揚村，即其年十一月某甲子也。興祖四男子〔二〕：蘩、蘊皆有文學；蘩，許州臨潁縣主簿；蘊，鄧州穰縣主簿；藻、蘋尚幼也〔三〕。四女子，皆未嫁云。銘曰：

蹇於仕，以爲人尤。不憖施以年，孰主孰謀？無大憾於德，又將何求？

〔一〕「其」下，龍舒本有「所」字。
〔二〕「四」，原作「三」，據龍舒本及下文改。
〔三〕「藻」，底本無，據龍舒本補。

# 王安石文集卷第九十三

## 墓誌

### 太常博士曾公墓誌銘

公諱易占，字不疑，姓曾氏，建昌南豐人，其世出有公之考贈諫議大夫致堯之碑。大夫當太宗、真宗世爲名臣。公少以廕補太廟齋郎，爲撫州宜黄、臨川二縣尉，舉州司法〔一〕。中進士第，改鎮東節度推官。還，改武勝節度掌書記〔二〕、崇州軍事判官，皆不往。用舉者監真州裝卸米倉，遷太子中允、太常丞、博士，知泰州之如皋、信州之玉山二縣。知信州錢仙芝者，有所丐於玉山，公不與，即誣公。吏治之，得所以誣公者，仙芝則請出御史。當是時，仙芝蓋有所挾，故雖坐誣公抵罪，而公亦卒失博士，歸不仕者十二年。復如京師，至南京病，遂卒。

娶周氏、吴氏，最後朱氏，封崇安縣君。子男六人：鞏、鞏、牟、宰、布、肇。女九人。公以端拱己丑生，卒時慶曆丁亥也。後卒之二年而葬，其墓在南豐之先塋。

始，公以文章有名，及試於事，又愈以有名。臨川之治，能不以威，而使惡人之豪帥其黨數百人，皆不復爲惡。在越州，其守之合者倚公以治，其不合者有所不可，公輒正之〔三〕。莊獻太后用道士言作乾明觀，匠數百人，作數歲不成。公語道士曰：「吾爲汝成之。」爲之捐其費太半，役未幾而罷。如皋歲大饑，固請於州，而越海以糴，所活數萬人。明年稍已熟，州欲收租賦如常，公獨不肯聽，歲盡而泰之縣民有復亡者，獨如皋爲完。既又作孔子廟，諷縣人興于學。玉山之政，既除其大惡，而至於橋梁廨驛無所不治。蓋公之已試於事者能如此。既仕不合，即自放，爲文章十餘萬言，而時議十卷尤行於世。時議者，懲已事，憂來者，不以一身之窮而遺天下之憂。以爲其志不見於事，則欲發之於文；其文不施於世，則欲以傳於後。後世有行吾言者，而吾豈窮也哉？蓋公之所爲作之意也。寶元中，李元昊反，契丹亦以兵近邊，陽爲欲棄約者。天子獨憂之，詔天下有能言者皆勿諱，於是言者翕然論兵以進。公獨以謂天下之安危，顧吾自治不耳。吾已自治，夷狄無可憂者；不自治，憂將在於近，而夷狄豈足道哉？即上書言數事，以爲事不爾，後當如此。既而皆如其云。

公之遭誣，人以爲冤，退而貧，人爲之憂也。而公所爲十餘萬言，皆天下事，古今之所以存亡治亂，至其冤且困，未嘗一以爲言。公没，而其家得其遺疏，曰：「劉向有言：『讒邪之所以並進者，由上多疑心。用賢人而行善政，如或譖之，則賢人捨而善政還。』此可謂明白之論切於今者。夫夷狄動於外，百姓窮於下，臣以謂尚未足憂也。臣之所謂可憂者，特在分諸臣之忠邪而已。」其大略如此，而其詳有人之難言者。蓋公既病而爲之，未及上而終云。嗚呼！其尤可以見公之志也。夫諫者貴言人之難言，而傳者則有所不得言。讀其略，不失其詳，後世其有不明者乎？

公之事親，心意幾微，輒逆得之。好學不怠，而不以求聞於世。所見士大夫之喪葬二人，逆一人之柩以歸，又字其孤。又一人者，宰相舅，嘗爲贊善大夫，死三十年猶殯，殯壞，公爲增修；又與宰相書，責使葬之。此公之行也。蓋公之試於事者小，而不盡其材，而行之所加又近，唯其文可以見公之所存而名後世。故公之故人子王某，取其尤可以銘後世者，而爲銘曰：

夫辨邪正之實，去萬事之例，而歸宰相之責。破佛與老〔四〕，合兵爲農，以立天下之本。設學校，獎名節，以材天下之士。正名分，定考課，通財幣〔五〕，以成制度之法。古之所以治者，不皆出於此乎？而時議之言如此。讀其書以求其志，嗚呼，公之志何如也！

〔一〕「州」，原作「三」，形訛。「州司法」，即撫州司法參軍。新刊名臣碑傳琬琰之集中卷四十二李清臣曾博士易占神道碑曰：「歷撫州宜黄、臨川縣尉，舉州司法。」陳師道後山集卷十六光禄曾公神道碑亦曰：「徙司法參軍。」

〔二〕「勝」下，龍舒本有「軍」字。

〔三〕「輒」，原作「輕」，據龍舒本及上下文意改。

〔四〕「破佛與老」，原無，據龍舒本補。

〔五〕「幣」原作「弊」，據龍舒本、四庫本改。

## 内翰沈公墓誌銘

公姓沈氏，諱遘，字文通，世爲杭州錢塘人。曾祖諱某，皇贈兵部尚書。祖諱某，皇贈吏部尚書。父扶，今爲尚書金部員外郎。

公初以祖廕補郊社齋郎，舉進士於廷中，爲第一。大臣疑已仕者例不得爲第一，故以爲第二，除大理評事、通判江寧府。當是時，公年二十，人吏少公，而公所爲卓越，已足以動人，然世多未知公果可以有爲也。祀明堂恩，遷祕書省著作佐郎。歲滿召歸，除太常丞、集賢校理，判登聞鼓院、吏部南曹，權三司度支判官，又判都理欠憑由司。於是校理八年矣，平居閉門，雖執政非公事不輒見也，故雖執政初亦莫知其爲材。居久之，乃始以同修起居注召試知制誥。及爲制誥，遂以文學稱天下。

金部君坐免歸。求知越州，又移知杭州。鉏治姦蠹，所禁無不改，崇獎賢知，得其歡心，兩州人皆畫像祠之。英宗即位，召還，勾當三班院，兼提舉兵吏司封官告院，兼判集賢院，延見勞問甚悉。居一月，權發遣開封府事。公初至，開封指以相告曰：「此杭州沈公也。」及攝事，人吏皆屏息。既而以知審官院，遂以龍圖閣直學士權知開封府。公旦晝視事，日中則廷無留人，出謝諸客，從容笑語。客皆怪之〔一〕，公獨有餘日，而畿内翕然稱治，人人如公坐視其左右。於是名實暴燿振發，賢臨一時，自天子大臣皆論以爲國之器，而閭巷之士奔走談説，讙呼鼓舞，以不及爲恐。

會母夫人疾病，請東南一州視疾〔二〕。英宗曰：「學士豈可以去朝廷也？」明日，除翰林學士、知制誥，充群牧使，兼權判吏部流内銓、判尚書禮部。公雖去開封，然皆以爲朝夕且大用矣，而遭母夫人喪以去。英宗聞公去，尤悼惜，特遣使者追賜黃金百兩〔三〕，而以金部君知蘇州。公居喪致哀，寢食如禮，以某年某月得疾杭州之墓次〔四〕，某日至蘇州，而以某日卒〔五〕，年四十。

有三男子〔六〕，六女。中男恭嗣，後公六日卒；隆嗣、延嗣與六女皆尚幼。夫人陸氏，封安定郡君。公官右諫議大夫，散官朝散大夫，勳輕車都尉，爵長安縣開國伯〔七〕，食邑八百户。有文集十卷。

公平居不常視書〔八〕，而文辭敏麗可喜，强記精識，長於議論，世所謂老師宿學無所不讀、通於世務者〔九〕，皆莫能屈也。與人甚簡，而察其能否賢不肖尤詳，視遇之各盡其理。爲政號爲嚴明，而時有所縱舍，於善良貧弱撫恤之尤至〔一〇〕。在杭州，待使客多所闊略〔一一〕，而州人之貧無以葬及女子失怙恃而無以嫁者，以公使錢葬嫁之，凡數百人。於其卒，知與不知，皆爲之歎惜。

某年某月某日，葬公杭州某鄉某里〔一二〕。銘曰：

沈公儀儀，德義孔時。升自東方，其明孰夷？視瞻歎譽，無我敢疵。正晝而隕，嗚呼可悲！序傳有史，亦在銘詩。

〔一〕「之」，原無，據新刊名臣碑傳琬琰之集中卷十四沈翰林遘墓誌銘補。

〔二〕「視」，新刊名臣碑傳琬琰之集作「侍」。

〔三〕「特」，原作「恃」，據龍舒本改。「百兩」，原無，據龍舒本、新刊名臣碑傳琬琰之集補。按宋史卷三百十一沈遘傳：「英宗閔其去，賚黄金百兩。」

〔四〕「某年某月」，新刊名臣碑傳琬琰之集作「治平四年七月一日」。

〔五〕「某日」，新刊名臣碑傳琬琰之集作「九日」。

〔六〕「有三男子」，原作「有三三男子」，「有三」屬上句。據新刊名臣碑傳琬琰之集改。按，據墓誌填諱，沈遘卒於治平四年（一〇六七），而上文謂其登進士高第時「年二十」，時爲皇祐元年（一〇四九），則遘卒時年方四十。「有三」之「三」，涉下文而訛。

〔七〕「長安」，疑爲「長興」之訛。董斯張吳興備志卷三十二：「沈遘封長興縣伯，見西溪集。臨川集以『長興』爲『長安』，誤。」按，今四部叢刊影印覆宋本沈遘西溪集，作者題爲：翰林學士、右諫議大夫、知制誥、充群牧使、兼判吏部流内銓、判尚書禮部、長興縣開國伯、食邑八百户、輕車都尉、賜紫金魚袋沈遘文通撰。「遘」字注：「御名同音。」

〔八〕「視書」，新刊名臣碑傳琬琰之集作「視事」。按，陸游老學庵筆記卷一：「及（王安石）作文通墓誌，遂云：『公雖不常讀書。』（略）乃改「讀書」作「視書」。」

〔九〕「讀」，新刊名臣碑傳琬琰之集作「該」。

〔一〇〕「弱」，光啓堂本、聽香館本作「窮」。

〔一一〕「待使客」，新刊名臣碑傳琬琰之集作「待接賓客」。

〔一二〕以上二句，新刊名臣碑傳琬琰之集作：「即其年十月十六日，葬公錢塘龍居山皇祖尚書之兆。」

## 王深父墓誌銘

吾友深父，書足以致其言，言足以遂其志，志欲以聖人之道爲己任，蓋非至於命弗止也。故不爲小廉曲謹以投衆人耳目，而取舍、進退、去就必度於仁義。世皆稱其學問、文章、行治，然真知其人者不多，而多見謂迂闊，不足趣時合變。嗟乎！是乃所以爲深父也。令深父而有以合乎彼，則必無以同乎此矣。

嘗獨以謂天之生夫人也，殆將以壽考成其才，使有待而後顯，以施澤於天下。或者誘其言以明先王之道，覺後世之民。嗚呼！孰以爲道不任於天，德不酬於人，而今死矣。甚哉，聖人君子之難知也！以孟軻之聖，而弟子所願，止於管仲、晏嬰，況餘人乎？至於揚雄，尤當世之所賤簡，其爲門人者，一侯芭而已。芭稱雄書，以爲勝周易。易不可勝也，芭尚不爲知雄者。而人皆曰：「古之人生無所遇合，至其没久而後世莫不知。」若軻、雄者，其没皆過千歲，讀其書知其意者甚少，則後世所謂知者，未必真也。夫此兩人以老而終，幸能著書，書具在，然尚如此。嗟乎深父！其智雖能知軻，其於爲雄，雖幾可以無悔，然其志未就，其書未具，而既早死，豈特無所遇於今，又將無所傳於後。天之生夫人也而命之如此，蓋非余所能知也。

深父諱回，本河南王氏。其後自光州之固始遷福州之侯官，爲侯官人者三世。曾祖諱某，某官；祖諱某，某官；考諱某，尚書兵部員外郎。兵部葬潁州之汝陰，故今爲汝陰人。深父嘗以進士補亳州衛真縣主簿，歲餘自免去。有勸之仕者，輒辭以養母。其卒以治平二年七月二十八日，年四十三。於是朝廷用薦者，以爲某軍節度推官、知陳州南頓縣事，書下，而深父死矣。

夫人曾氏，先若干日卒。子男一人，某。女二人，皆尚幼。諸弟以某年某月某日，葬深父某縣某鄉某里，以曾氏祔。銘曰：

嗚呼深父！惟德之仔肩，以迪祖武。厥艱荒遐，力必踐取。莫吾知庸，亦莫吾侮。神則尚反，歸形此土。

## 叔父臨川王君墓誌銘

孔子論天子、諸侯、卿大夫、士、庶人之孝，固有等矣。至其以事親爲始而能竭吾才，則自聖人至於士，其可以無憾焉一也。

余叔父諱師錫，字某。少孤，則致孝於其母，憂悲愉樂不主己〔一〕，以其母而已。學於他州，凡被服、食飲、玩好之物，苟可以悈吾母而力能有之者，皆聚以歸，雖甚勞窘，終不廢。豐其母以及其昆弟、姑姊妹，不敢愛其力之所能得；約其身以及其妻子，不敢歉其意之所欲爲。其外行，則自鄉黨鄰里及其嘗所與遊之人，莫不得其歡心。其不幸而蚤死也，則莫不爲之悲傷歎息。夫其所以事親能如此，雖有不至，其亦可以無憾矣。

自庠序聘舉之法壞，而國論不及乎閨門之隱。士之務本者，常詘於浮華淺薄之材。故余叔父之卒，年三十七，數以進士試於有司，而猶不得祿賜以寬一日之養焉。而世之論士也以苟難爲賢，而余叔父之孝又未有以過古之中制也，以故世之稱其行者亦少焉。蓋以叔父自爲，則由外至者，吾無意於其間可也。自君子之在勢者觀之，使爲善者不得職而無以成名，則中材何以勉焉？悲夫！

叔父娶朱氏，子男一人，某；女子一人，皆尚幼。其葬也，以至和四年祔于真州某縣某鄉銅山之原皇考諫議公之兆〔二〕。爲銘，銘曰：

夭孰爲之？窮孰爲之？爲吾能爲，已矣無悲！

〔一〕「主」下，龍舒本有「以」字。

〔二〕「至和四年」，疑爲「嘉祐二年」。仁宗至和三年九月改元嘉祐，無四年。此文或撰於至和年間墓主未葬之前。

## 虞部郎中刁君墓誌銘

刁氏於江南爲顯姓〔一〕。當李氏時，君曾祖諱某，甚貴寵，嘗節度昭信軍，卒，葬昭信城南。皇祖諱某，亦嘗仕李氏。歸朝廷，以尚書兵部郎中直祕閣，終真宗時，其墓在江寧牛首之北。後祕閣再世不大遂，然多名人，在世議中。尚書屯田員外郎諱某者，葬丹徒，於君爲皇考，故君爲丹徒人。

君諱某，字某。嘗舉進士，不中，遂用皇祖蔭仕州縣，以尚書虞部郎中知廣德軍，歸，卒于京師，年六十一。後卒之若干日，治平二年二月十五日，葬丹徒樂亭村。

君敦厚謹飭，治内外皆嚴以有恩。所居官舉其治，以此多薦者。初娶孫氏，後娶郭氏，封金華縣君。有六男子：珉，試將作監主簿；璹，守某縣令；次玘、瓌、玠、珣，爲進士。三女〔二〕：長嫁尚書屯田員外郎梁昱，餘未嫁。銘曰：

刁氏南祖，奮功以武。詒禄于孫，有蔚有文〔三〕。君以祖芘，厥艱初仕。祗載不惰，有榮于位。徂相名原，窾此新宫。筮云終吉，銘告無窮。

〔一〕自「刁氏於江南爲顯姓」至袁州軍事推官蕭君墓誌銘中「嘗以尚書刑部郎中集賢殿修」，底本脱頁，據浙江省圖書館藏何刻本補。

〔二〕「女」下，龍舒本有「子」字。

〔三〕「有」，龍舒本作「其」。

## 王會之墓誌銘

君諱逢，字會之，姓王氏，太平州當塗縣人也。嘗舉進士，不中，去以所學教授。於是蘇州士人從轉運使乞君主其學，學者常致數千百人。君所獎養成就者多矣〔一〕，乃始以進士起家，權南雄州軍事判官。歸，試判超等，補袁州軍事判官，留爲國子監直講，兼隴西郡王宅教授。李某行内修謹，君蓋有力焉。岐國公主既嫁，爲君求遷，有命矣，君辭焉，乃已。

君少以文學知名，於書無所不觀，而尤喜易，作易傳十卷、乾德指説一卷、復書七卷，名士大夫多善其書者。於是樞密使張公舉君可試館職，而宰相無知君者，故不用。通判徐州，以疾不赴，求監蘇州酒。以嘉祐八年正月六日不起，年五十九，至太常博士。君爲人樂易，篤於朋友故舊，於勢利無所苟，能愛人以得其歡心。

君皇祖考延嗣，祖、考皆不仕，而皇考以君故贈大理評事。前夫人蘇氏，後夫人陳氏，皆無子。陳氏名家子，亦有賢行，以嘉祐八年四月二日葬君蘇州吴縣三玄鄉陸公原，以前夫人蘇氏祔焉。銘曰：

宜壽也，五十而已。宜貴也，止於博士。謂卒有後也，而終無子。嗚呼夫子！命不可與謀。其歸其安，永矣兹丘。

〔一〕「多」，原作「少」，據龍舒本、遞修本及上下文意改。

## 袁州軍事推官蕭君墓誌銘

袁州軍事推官新喻蕭君，諱洵，字公美。初，年十五，以父命就學於鄉里，後數舉進士不合，用父廕試祕書省校書郎。選筠州司法，嘗獨守法争議，脱數人於幾死。又選吉州吉水縣主簿，遂佐袁州，攝行宜春令事，縣甚治。用舉者十四人，當召對，以治平二年五月十八日卒京師，年四十五。越四年二月三日，葬新喻鍾山鄉鍾山里，於是夫人張氏前死而别葬。子男一人，錞，郊社齋郎。女六人，其四人既爲士妻，其二尚幼。

蕭氏故長沙人。當李氏時，遷江南，或居廬陵，或新喻，後皆以才力名藝自顯。君曾祖諱紹，有儒學，不仕。祖諱世則，贈光禄卿。父固，嘗以尚書刑部郎中、集賢殿修撰守桂州，經略南方，號稱能臣。已而有所牾，以祠部郎中分司，遂致仕。君惇厚謹密，事親左右不怠，當官廉實以敏，以故多舉者。銘曰：

於嗟蕭君，營此新卜。何性之祥，而命之不穀。匪父匪母，匪子爲憂。自其邑里，皆歎以愀。有銘厥實，藏在中丘。

## 大理寺丞楊君墓誌銘

君諱忱，字明叔，華陰楊氏子。少卓犖，以文章稱天下。治春秋，不守先儒傳注，資他經以佐其説，其説超厲踔越，世儒莫能及也〔一〕。及其爲吏，披姦發伏，振擿利害，大人之以聲名權勢驕士者，常逆爲君自詘。蓋君有以過人如此。然崎其能，奮其氣，不治防畛以取通於世，故終於無所就以窮。

初，君以父蔭守將作監主簿，數舉進士不中。數上書言事，其言有衆人所不敢言者。丁文簡公且死，爲君求職，君辭焉。後用大臣薦，召試學士院〔二〕，又久之不就。積官至朝奉郎，行大理寺丞、通判河中府事、飛騎尉，而坐小法絀監蘄州酒稅，未赴，而以嘉祐七年四月辛巳卒於河南，享年三十九。顧言曰：「焚吾所爲書，無留也，以柩從先人葬。」八年四月辛卯，從其父葬河南府洛陽縣平樂鄉張封村。

君曾祖諱津。祖諱守慶，坊州司馬，贈尚書左丞。父諱偕，翰林侍讀學士，以尚書工部侍郎致仕，特贈尚書兵部侍郎。娶丁氏，清河縣君，尚書右丞度之女。男兩人：景略，守太常寺太祝，好書，學能自立；景彦，早卒。君有文集十卷，又别爲春秋正論十卷、微言十卷、通例二十卷。銘曰：

芒乎其孰始，以有厥美？昧乎其孰止，以終於此？納銘幽宮，以慰其子。

〔一〕「及」，龍舒本作「難」。

〔二〕「召」下，龍舒本有「君」字。

## 節度推官陳君墓誌銘

人之所難得乎天者，聰明辨智敏給之材。既得之矣，能學問修爲以自稱，而不弊於無窮之欲，此亦天之所難得乎人者也。天能以人之所難得者與人，人欲以天之所難得者徇天，而天不少假以年，則其得有不暇乎修爲，其爲有不至乎成就，此孔子所以歎夫「未見其止」而惜之者也。

陳君諱之元〔一〕，字某，年二十七，爲武昌軍節度推官以卒。自其爲兒童，强記捷見，能不勞而超其長者。少長，慨然慕古人所爲，而又能學其文章。既以進士起家，則喜曰：「無事於詩賦矣，以吾日力盡之於所好，其庶乎吾可以成材。」於是悉橐其家書之官，而蚤夜讀以思，思而不得，則又從其朋友講解，至於達而後已〔二〕。其材與志如此，使天少假以年，則其成就當如何哉！然無幾何，得疾病，遂至於不起。嗟乎！此亦所謂未見其止而可惜者也。

君某州之某縣人，曾祖曰某，祖曰某，考曰某。以嘉祐某年某月某甲子，其兄之方爲之卜某州某縣某所之原以葬。而臨川王某爲銘曰：

浮揚清明，升氣之鄉。沈翳濁墨〔三〕，降形之宅。其升遠矣，其孰能追？其降在此，有銘昭之。

〔一〕「之元」，龍舒本作「之光」。
〔二〕「達」，龍舒本作「通」。
〔三〕「墨」，龍舒本作「黑」。

# 王安石文集卷第九十四

## 墓誌

### 尚書祠部郎中集賢殿修撰蕭君墓誌銘

區希範誅，廣西困於兵，詔以尚書屯田員外郎蕭君知桂州，兼廣西都巡檢、提舉兵甲溪峒事。至則因其故俗，治以寬大，廣西遂安，而君以材選爲荆湖南路提點刑獄。未幾，以君之信於南方也，又以君爲廣西水陸計度轉運使。方是時，儂智高蒐兵，誘聚中國亡命，陰以其衆窺邊境，而邊吏士尚皆不寤。君獨憂此，以謂必爲南方之患，乃選遣才辯吏，說智高内屬，上書言狀，請因以一官撫之，使抗交趾，且可以紓患。書下樞密，樞密以智高故屬交趾，納之生事，以詔問君：「能保交趾不争智高，智高終無爲寇，則具以聞。」君曰：「蠻夷視利則動，必保其往，非臣之所能。顧今中國勢未可以有事於蠻夷，則如智高者，撫之而已。且智高才武强力，非交趾所能争而畜也。就其能争，則蠻夷方自相攻，吾乃所以閒而無事。」争議至五六，而樞密遂絀君言不報。君又奏請擇將吏、繕兵械、修城郭以待變，亦至五六，又皆不報。而君以召歸，智高果反邕州，殺其守將，出入廣東、西十有一州，所至殘破，吏士多走死。樞密乃更歸責於君，以知吉州。一時士大夫紛紛欲爲君訟，君遂絶口無所道。世以此稱君長者，又因知君智謀果可以任邊事。

居頃之，遂復以爲廣東轉運使，又以直昭文館知桂州。當是時，儂宗旦聚兵智高故地，無所屬，邕州爲之警，諸將皆議興師，君又獨持招降之議。朝廷用君議，宗旦遂釋兵服，以爲西頭供奉官，而邊無事。於是君積官至尚書刑部郎中，以集賢殿修撰再任。

會蠻申紹泰反，巡檢宋士堯戰死。仁宗使中貴人出視，君坐士堯死降知江州，而提點刑獄因中貴人言君罪狀，朝廷爲置獄。而君所坐止於贖金，諸提點刑獄所言多無之，然猶奪兩官以免。稍除監撫州鹽酒，辭不往，以分司南京就第。諸公多欲薦起之者，君遂告老，即以尚書祠部郎中致仕。

君諱固，字幹臣。初以進士選桂陽監判官、楚州團練推官，用舉者二十三人，改大理寺丞，知開封府陽武、永康軍青城兩縣，通判虔州。以方略擒盜，賜書奬諭，移知江州。所至皆有善狀，推賢舉善，束縛姦吏，明而不殘。於財利尤能開闔斂散，故在廣東收銅、鹽課，皆倍前以十萬數〔一〕。治平三年，年六十五，以九月十七日卒於家。

初娶隴西縣君李氏，再娶彭城縣君劉氏。子男二人：洵，袁州軍事推官，前死；洞，試祕書省校書郎、知鄂州嘉魚縣事。女三人，嫁江州湖口縣主簿何正臣、龔州司户參軍歐陽成，其季尚幼也。孫男、女十八人。

蕭氏故長沙人。君曾祖諱處鈞，當湖南馬氏時爲衡州司馬，以馬氏方亂，棄其官歸李氏江南，不願仕，有賜田百頃袁州之新喻。新喻後屬臨江軍，故今爲臨江新喻人。祖諱紹，考諱世則〔二〕，皆以儒學不仕，而考以君故贈官至光禄卿。君之疾革也，出其奏議焚之，其子孫所録傳尚二百餘篇，蓋其言詳密，多世務之要。四年九月二十二日，葬君新喻安和鄉長宣里佛子岡。銘曰：

司馬去荆，望此南國。君賁厥趾，蕭宗以殖。致功蠻方，時告厥猶。朝爲弗聞，疆埸用憂。受慝不讓，退安一州。既窮而通，終以無偶。銘詩幽宮，傳載永久。

〔一〕「倍」，光啓堂本、聽香館本作「增」。

〔二〕「世則」，原作「出則」，據遞修本、光啓堂本改。按，本書卷九十三袁州軍事推官蕭君墓誌銘曰：「祖諱世則，贈光禄卿，父固。」

## 贈光禄少卿趙君墓誌銘

儂智高反廣南，攻破諸州，州將之以義死者二人，而康州趙君，余嘗知其爲賢者也。

君用叔祖蔭試將作監主簿，選許州陽翟縣主簿、潭州司法參軍。數以公事抗轉運使，連劾奏君，而州將爲君訟於朝，以故得無坐。用舉者爲温州樂清縣令，又用舉者就除寧海軍節度推官、知衢州江山縣。斷治出己，當於民心，而吏不能得民一錢；棄物道上，人無敢取者。余嘗至衢州，而君之去江山蓋已久矣，衢人尚思君之所爲〔一〕，而稱説之不容口。又用舉者改大理寺丞，知徐州彭城縣。

祀明堂恩，改太子右贊善大夫，移知康州。至二月，而儂智高來攻〔二〕，君悉其卒三百以戰，智高爲之少卻。至夜，君顧夫人取州印佩之，使負其子以匿，曰：「明日賊必大至，吾知不敵，然不可以去，汝留死無爲也。」明日，戰不勝，遂抗賊以死，於是君年四十二。兵馬監押馬貴者，與卒三百人亦皆死，而無一人亡者。

初，君戰時，馬貴惶擾，至不能食飲。君獨飽如平時，至夜，貴卧不能著寢，君即大鼾，比明而後寤。夫死生之故亦大矣，而君所以處之如此。嗚呼！其於義與命，可謂能安之矣！

君死之後二日，而州司理譚必始爲之棺斂。又百日，而君弟至，遂護其喪歸葬。至江山，江山之人老幼相携扶祭哭〔三〕，其迎君喪有數百里者。而康州之人，亦請於安撫使，而爲君置屋以祠。安撫使以君之事聞天子，贈君光禄少卿，官其一子覲右侍禁，官其弟子試將作監主簿，又以其弟潤州録事參軍師陟爲大理寺丞、簽書泰州軍事判官廳公事。

君諱師旦，字潛叔，其先單州之成武人〔四〕。曾祖諱晟，贈太師。祖諱和，尚書比部郎中，贈光禄少卿。考諱應言，太常博士，贈尚書屯田郎中。自君之祖始去成武，而葬楚州之山陽，故今爲山陽人。而君弟以嘉祐五年正月十六日，葬君山陽上鄉仁和之原，於是夫人王氏亦卒矣，遂舉其喪以祔。銘曰：

可以無禍，有功於時。玩君安榮，相顧莫爲。誰其視死，高蹈不疑？嗚呼康州，銘以昭之。

〔一〕「衢」，光啓堂本、聽香館本作「縣」。

〔二〕自「儂智高反廣南」至「智高」，龍舒本闕。

〔三〕「携扶」，龍舒本作「扶攜」。

〔四〕「成武」，原作「武成」，今據龍舒本乙正，下同。按，成武縣，北宋時屬單州。宋史卷八十五地理一：「單州，（中略）縣四：單父、碭山、成武、魚臺。」

## 朝奉郎守國子博士知常州李公墓誌銘

公李氏，諱餘慶，字昌宗。年四十四，官止國子博士，知常州以卒。然公之威名氣略聞天下，自其卒至今久矣，天下尚多談公之爲有過於人者。余嘗過常州，州之長老道公卒時就葬於横山，州人填道瞻送歎息，爲之出涙；又爲之畫像，寘之浮屠以祭之。於是又知公之有惠愛於常人也。已而與公之子處厚遊，則得公之所爲甚具。蓋公之爲政，精明强果，事至能立斷而得，久姦宿惡輒取之不貸。至其化服，則撫循養息，悉有其處。所以威震遠近，而蒙其德者，亦思之無窮也。當明肅太后時，嘗欲用公矣，公再上書論事，其言甚直，以故不果用而出常州。嗚呼！公之自任，豈止於一州而已？此有志者所以爲之惜也。

始公以叔父任，起家應天府法曹參軍，遇事輒争之，留守者不能奪也，卒薦公改太常寺太祝，知湖州歸安縣。其後通判秀州，州近監，公作華亭、海鹽二監，以業盜販之民，歲入緡錢八十萬。又爲石堤，自平望至吴江五十里，以除水患，人至今賴之。其所至處，利害多如此。然非公大志所欲以就名成功者，故不悉著，著其利於民尤大而能以久者云。

公平生慷慨，好議當世事，其所趣舍，必欲如己意，雖强有勢，終不爲撓。嘗考前世治亂之迹，與其君臣之間議論，編爲七十卷，藏於家。此蓋其大志所存也。公之先爲開封之陳留人，五代祖爲梁使閩，因避地，家於福之漣江。曾大父周，不仕。大父郁，贈尚書虞部員外郎。考慕玢，祕書省著作佐郎，贈尚書工部員外郎。夫人龔氏，永安縣君。男五人：處常，忠武軍節度推官，與誼、諴皆已卒；處厚，大理寺丞，與處道皆進士。既葬之二十三年，至和元年，余銘其墓曰：

公閩於家，來自陳留。維時方屯，閉蓄函收。其孰有源，而久於幽。自公之考，乃施乃流。其流至公，孰敢泳游。茫洋演迤，小大畢浮。曷蹇于行，使止一州？庶其涣發，在後之修。

## 左班殿直楊君墓誌銘

束鹿楊闢狀其先人曰：

君諱文詡〔一〕，字巨卿。少孤，鞠於世父。世父戰契丹于常山，君始十七，能以兵入，得甲馬。其後世父爲峽州麻谿寨主，合州兵討蠻之叛者。君以二十五卒馳前，與蠻三千遇。蠻傳畏君勇，悉還走險，其酋據險下射，殺君卒幾盡。君以兩矢自下顛其酋，而後世父軍亦至，遂戡其衆以歸。天子賞世父一官，而以君屬三班爲殿侍。

君曾祖諱淵，祖諱君正，父諱德成，皆以經術教授鄉里，遭五代變擾，皆不仕。君亦少敏强記，通五經、刑名、書數。然負其材武，思一有所奮，成功名，以故爲武吏。稍遷借職，監睦州酒，由借職三遷爲左班殿直，由睦州亦三遷爲邵州武岡寨兵馬監押。由武岡歸京師，以慶曆七年二月二十九日，年七十三而卒。

初，康定中，將相欲五路兵攻夏。故相陳恭公爲陝西招討使，欲君爲用。知君者皆曰：「君嘗有所試，今其時也，勉之矣！」君不應而辭以疾，顧説恭公曰：「吾士卒惰久矣，而數敗以恐，卒然毆之以入不測，戰久講勝悍强之賊，愚不知計策，見其危而已。」恭公默然，而其後兵果不得出。自是君亦老矣，更讀書，勸諸子以學，無復言兵事。

方君少壯時，喜兵，彎弓擊劍〔二〕，士莫敢伍。然仁恕愛物，遇人謙謹。麻谿士卒殺戮無所擇，君爲救止，全活甚衆。其在武岡〔三〕，以恩信得諸蠻，蠻有嵩、敘、上下誠等州刺史，至呼君爲父，終君去不爲侵竊。

君夫人杜氏，生三男：其長子早卒，次闢爲大理寺丞，次閎。三女子，皆已嫁，其長亦早卒。夫人少君十歲，以嘉祐二年五月二十三日卒于酸棗，而壽與君皆七十三。六月二日，合葬于陳州宛丘縣友于鄉彭陵原。

臨川王某曰：士之以材稱於世而能以義克者，少矣。子路，學孔子者也，然怙其勇以不得死。君以此其材至白首無所遇，而恂恂自克，以考厥終，克有名子，載其行治，其可銘。銘曰：

擐堅挽强，可扞四方。視時弛張，以不悖于常，維士之良。

〔一〕「文詡」，龍舒本作「文翊」。
〔二〕「擊」，原闕，今據龍舒本補。
〔三〕「在」，原闕，今據龍舒本補。

## 内殿崇班錢君墓碣

内殿崇班、廣德軍兵馬都監錢君之墓，在和州之歷陽雞籠鄉永昌里。初，錢氏以布衣起，王吴越。當五代時，諸侯王僭悖，獨常順事中國，道閉無所出，則間以其方物取海上輸之天子。至宋受命，欲一天下，吴越王即帥其屬朝京師，而盡獻其地。天子受其地，王之淮海，而褒題其子孫〔一〕。蓋至於今百年，錢氏之有籍於朝廷者，殆不可勝數。而以才稱於世，嘗任事者，比比出焉。

君諱某，字某，右屯衛將軍諱某之子，昭化軍節度使諱某之孫，吴越文穆王諱某之曾孫，錢氏以才稱於世者也。其爲子弟也，父昆稱良焉；其爲父兄，又能教其子弟；其爲吏，又能修其職事，而天子嘗任之以爲材。始以季父思公蔭補三班借職〔二〕，稍遷至内殿崇班、知欽州，州人甚愛之。歸，奏事殿中稱旨，遂遷内殿承制、提點廣南西路刑獄。在廣西四年，以功次遷供備庫副使，刺舉當法，賢士大夫多譽之。當是時，儂智高爲姦，數嫚邊吏，邊吏莫能抗，諸州又皆無兵，君即奏請戍兵以待變。奏至五六，而大臣終不許，即復上書求罷，又不許，而儂智高果反。君坐詘三官，監饒州酒。居久之，稍復遷至内殿崇班、廣德軍兵馬都監。至廣德之明年，嘉祐二年，君年七十一矣，以三月某甲子卒。昭化之治和州也，凡十八年，有惠愛於州人。其卒，子孫遂留以葬。故君子淇、沂、沃、溥，奉君喪，以某年某月某甲子歸葬於永昌先人之兆。而淇、沂以余曾從事於文辭，自君之將葬至於今三年，跋涉而從余以求銘數矣，然不止而愈勤。

噫！其若是，余不可以無銘。於是爲之敘次，使歸而鑱諸墓。

〔一〕「題」，龍舒本作「顯」。

〔二〕「思」，原作「恩」，今據龍舒本改。按，思公，謂錢惟演，字希聖，錢俶之子，卒後謚思。宋史卷三百十七有傳：「晚節率職自新，有惶懼可憐之意，取謚法『追悔前過曰思』，改謚曰思。」

## 吴處士墓誌銘

君吴氏，諱某，字某，其先建安大姓。曾大父諱某，建州長史。大父諱某，館驛巡官、檢校尚書吏部員外郎，皆江南李氏所置也。方李氏時，吏部府君之父子同時仕江南者以十數，至君之考諱某，始以汀州軍事推官歸選於朝，主鄭之新鄭簿。

君少孤，事母夫人至孝，與其弟軻相愛。春秋祭先人，雖老矣，視牲省器，皆不以屬子孫，俯仰齋慄，如見其饗之者；已祭，未嘗不悲哀也。讀書取大指，通而已。或勸之謀利，曰：「吾貧久矣，人以我爲憂，而我以是爲樂，不能改也。」有子三人，甫、申、冉，皆不使事生産，曰：「士而貧，多於工商而富也。」三人者皆以進士貢於鄉，而申爲太平州軍事推官。君年七十八，某年某月某日卒於太平之官舍，甫等護其柩歸葬於江州某縣某鄉某原，某年某月日也。夫人前君卒，别葬，實南陽葉氏。

始，君所居毁於水，乃奉母夫人來客江州，愛其山川而遂家之，故其葬也以歸焉。申之友南陽張頡論次君之事如此，而申以告曰：「先人不幸，力爲善而不獲顯於天下。今其葬，宜得銘，使後世有見焉。」嗟乎！予不及識君矣。然予之故人多能言君之教諸子盡其道，故卒皆有立，而申之文行尤以知名於世。方今士大夫之列於朝者，天子於其父母皆有以寵嘉之，其官封之卑鉅視其子，所以勸天下之爲父母，而慰其子之心。以君之善教而子之材，宜及其身有高爵盛位之報焉。其生也既不及，其没也孰知其不卒享也哉？是故不宜無銘也。銘曰：

士或爲仁，稱止一鄉。至其後興，厥聞迺光。或業以勤，而傳之圮〔一〕。維是不朽，實君有子。

〔一〕「圮」，龍舒本作「記」。

## 尚書司封員外郎張君墓誌銘〔一〕

君姓張氏，諱彦博，字文叔，其先家齊州之禹城。曾祖諱玘，贈太子洗馬。祖諱制，又徙其家於蔡州，贈尚書吏部侍郎。父諱保雍，仕至尚書刑部郎中、兩淛轉運使。

君以廕爲太廟齋郎，調武昌縣尉，能禁抑淫祠，使盡去境内。再調撫州司法，嘗攝令臨川，始取强悍者一人，痛治以威，而皆喜以畏。却使者不急之須，而使者不敢怒。徙亳州酇縣令，用薦者監蘄州石橋茶場。鎖廳應進士舉，中其科。尋丁母憂。服除，調興化軍興化縣令。僧有連結爲姦黨者，久至三十餘年，君悉捕以置於法，而廢其寺。古田縣有劇賊，即遁去。復調黄州黄陂縣令，稍築堤防以利農，告使者更鹽利之法，自是役賴以均。改袁州軍事判官，以治平四年十月六日卒于官，享年四十九。

君少力學問，尤知史書，不憚折節以交賢士大夫，而喜趍人之急。教兄之孤子至於登第，撫三女，悉得所歸。而其仕也，所爲又能不苟，故前後多薦者。初娶劉氏，又娶方氏。子二人：曰仲偉，曰次賢。君昔去石橋，遂留居於蘄，故其葬也，從劉氏於蘄之安仁鄉芙蓉山，蓋熙寧二年十月六日也。君於文章尤喜作歌詩，有集四十卷藏於家。銘曰：

恭惠敏明，交悦以稱，不遂其成。恢曠坦易，或投以累，終以困躓。惟人載德，宜福多錫，得壽亦嗇。曷告其悲，銘續風詩，萬世之貽。

〔一〕遞修本題作「張君墓誌銘」。

## 尚書屯田員外郎仲君墓誌銘

君仲氏，諱訥，字樸翁，廣濟軍定陶人。曾祖諱環，祖諱祚，皆弗仕。而至君父諱尹，始仕至曹州觀察支使，贈右贊善大夫。

君景祐元年進士，起家莫州防禦推官，年少初官，然上下無敢易者。時傳契丹且大擾邊，朝廷使中貴人來問，知州張崇俊未知所對。公策契丹無他爲，具奏論之，崇俊喜曰：「朝廷必知非吾能爲此，然亦當善我能聽用君也。」又權博州防禦判官，以母夫人喪去。去三年，復權明州節度推官。縣送海賊數十人，獄具矣，君獨疑而辨之，數十人者皆得雪。用舉者改大理寺丞，知大名府清平、邛州臨溪兩縣，又通判解州。於是三遷爲尚書屯田員外郎，而以皇祐五年十二月二十一日卒，年五十五。

君厚重有大志，不妄言笑，喜讀書，爲古文章，晚而尤好爲詩，詩尤稱於世。所在有聲績，然直道自信，於權貴人不肯有所屈，故好者少，然亦多知其非常人也。其在越、蜀，士多從之學。當寶元、康定間，言者喜論兵，其計不過攻、守而已。君獨推書所謂「食哉唯時，柔遠能邇，惇德允元，而難任人，蠻夷率服」，爲禦戎議二篇。嗟乎，此流俗所羞以爲迂而弗言者也，非明於先王之義，則孰知夫中國安富尊强之爲必出於此？君知此矣，則其自信不屈，宜以有所負而然，惜乎其未試也。

君初娶王氏，尚書駕部郎中蘭之女；又娶李氏，尚書虞部員外郎宋卿之女。三男子：伯達爲太常博士，次伯适、伯同〔一〕，爲進士。三女子：嫁殿中丞任庚、并州交城縣尉崔絳、興元府户曹參軍任膺。博士以熙寧元年十一月二十一日，葬君於定陶之閔丘鄉，而以余之聞君也來求銘。銘曰：

於戲樸翁，天偶人觭。翔其德音，而躓於時。

〔一〕「同」，龍舒本作「冏」。

## 臨川吳子善墓誌銘

臨川吳氏有子興宗，字子善。年二十喪母，而其父以生事付之，則先日出以作，後日入以息。日午矣，家一人未飯，其夫婦必尚空腹；天寒矣，家一人未纊，其夫婦必尚單衣。蓋如此者二十年而終，三十年而己死。

凡嫁五妹，辦數喪，又以其筋力之餘，及於鄉黨。苟有故，必我勞人佚，先往後歸。而尤篤於友愛，見弟有過，則顔色愈温，須飲酒歡極之間，乃微示以意。既而即泣下曰：「吾親屬我以汝，吾所以不避艱險者，保汝而已。」其弟終感悟悔改爲善士，以文學名於世。此待其弟乃爾，若於他人，則絶口不涉其非。然里中少年聞其謦欬之音，往往逃匿，若匿不及，則俛首恐愧。而嘗有所絓，一至訟庭，及着械，同絓數十人爲之皆哭，掌獄者驚起白守，守立免焉。其見畏愛多此類。

某謂其父爲諸舅，甚知其所爲，故於其弟子經孝宗之求誌以葬也，爲道而不辭。子善嘗應進士舉，後專於耕養，遂不復應。其死以治平四年八月九日，而十二月十二日與其母黄氏，共葬於靈源村父墓之域中。

父諱偃，亦有行義，用疾弗仕。祖諱表微，尚書屯田員外郎。曾祖諱英，殿中丞。初妻姓王氏〔一〕，一男良弼，皆前卒。再娶楊氏，生蕘、适、柾，蕘始九歲；而四女，幼者一歲云。

〔一〕「妻」，聽香館本作「娶」。

# 王安石文集卷第九十五

## 墓誌

### 比部員外郎陳君墓誌銘

陳晉公有子五人，其一人今宰相是也。公，晉公之中子，而今宰相弟。晉公諱某〔一〕，事始卒在史官。

公諱某，字某，九歲，用晉公恩守祕書省校書郎。晉公薨，恩改太常寺奉禮郎。服除，久之，會封禪恩，改大理評事、監鳳翔府酒稅。又會祀汾陰，改衛尉寺丞。歸，以最升知邵武之邵武縣。獻文章，得試學士院，宰相才之，議與科名。公固辭：「親在，願得進官職也，不願得科名。」從之，通判秀州，改大理寺丞。歸，又獻文章，表乞治劇郡，得淮陽軍，改太子中舍。今上即位，恩改殿中丞。是歲，賜緋衣銀魚，知臨江軍。還，得睦州。薦者數人，天子以公名屬審官，又徙知遂州，以齊國太夫人疾辭。還，改虞部員外郎。上便宜數事，得引對，因自贊，天子欲稍進用之，而遭齊國太夫人之喪以去。居無何，睦州人王稷上書，斥公赦前數事，服除，猶坐是監虔州税。

明道元年，恩改比部員外郎、通判建州，改駕部。用舉者徙知吉州，坐法免。起爲比部，監泗州糧料，又坐法免。起爲虞部，監饒州錢監。復得比部，歸，羈居京師。久之，乃出監江陰軍酒税。道疾病，上書自言：「先臣恕得幸先皇帝，至大臣，臣階先臣以得仕〔二〕，屢進所學，蒙記識。方壯少時，頗汲汲欲自奮，收一日之效，以卒事陛下〔三〕。而孤行單立，無黨友之助，又薄命不幸，數遭小人，以見困躓，負先臣餘教，辱陛下器使之恩。今老矣，念終無以報盛德，深自媿恥，夙夜憂畏，以故得疾病且死。無田園以歸，無强有力子弟以養，唯男一人世昌去年爲進士，得嘉慶院解。臣兄在中書，奏不得試禮部。今當爲遠官，去臣旁遠甚。陛下憐之，幸聽臣分司，改世昌蘇、常間一官，以卒養臣，天地之賜也。臣誠窮，即不自言〔四〕，誰當爲臣言者？」書入未報，竟卒於江寧，得年若干，時某年月也。

夫人某氏，子男兩人：世昌，泉之晉江主簿；次世長，前死。女兩人，皆已嫁。主簿將以某年月日葬公某處，葬有日，使來乞銘。初，公爲臨江軍，先君爲之佐。其後二十五年，某得主簿於淮南〔五〕，而兄事之，仍世有好，義不可以辭無銘也。

公名臣子，少壯得美仕，間以文藝自進。意自以爲且貴富世其家，而遭平世，槩以文法持臣下，故其材不得有所肆，而卒以齟齬窮。其感激怨懟，往往見於文辭。主簿離其槖爲二十卷，讀之〔六〕，知其心之所存也，而其求分司語尤悲〔七〕，因掇其大槩而存之。噫，其亦可悲也夫！銘曰：

於此有木焉，一本而中分。其材均，樹之時又均。或斷而焚，而剖以爲犧尊。誰令然耶？其偶然耶？吾又何嗟！

〔一〕「某」，皇朝文鑑卷一百四十一陳比部墓誌銘作「恕」。
〔二〕「臣」，原無，據龍舒本、光啓堂本及上下文意補。
〔三〕「下」下，龍舒本、皇朝文鑑有「之分」二字，義長。
〔四〕「不」，龍舒本、皇朝文鑑作「無」。
〔五〕「某」，龍舒本、皇朝文鑑作「安石」。
〔六〕「讀之」，光啓堂本、聽香館本作「以是」。
〔七〕「分司」，原作「有司」，據龍舒本、遞修本、皇朝文鑑改。按，上文曰「幸聽臣分司」。

## 贈尚書吏部侍郎句公墓誌銘

公句氏，諱希仲，字袞臣。景德二年〔一〕，以開封浚儀進士起家，歷選於吏部，爲揚州江都主簿，洪州新建縣尉，權管勾洪州奉新縣事，開封府右軍巡判官。其後除於審官，爲監黄州岐亭鎮茶鹽酒税、監虔州税，知洪州分寧縣，知容州，勾當在京左右廂店宅務，知高郵軍，知岳、安、袁、吉、筠五州。又其後除於中書，爲知隨州，又遂以疾求分司西京，而以皇祐三年四月丁亥卒於安州之傳舍，享年七十一。散官至朝奉郎，職事官至光禄卿，勳至上柱國，賜緋魚袋。

公通訓詁，工篆隸書，能傳其父學，又善爲詩。其在高郵，歲大饑，以便宜振救，所活萬餘人。在鄂州，前吏以逃户諸税責鄰人，至或無桑矣，而猶責其絲。公歎曰：「上恩及於無告，而州縣若此壅之，何也〔二〕？」即奏除之。在吉州，州素多事，公至則御之以簡，奸吏惡民，顧不得有爲，至相戒而去〔三〕。

公奉寡嫂，畜孤兄子，尤篤於恩禮。自爲郎中，先任其兄子，次及諸從，最後乃蔭公子。兄外孫尹構幼失父母，公收教之，再舉進士禮部矣，顧言以構名聞，構由此補郊社齋郎。蓋其爲人敦厚長者，詳於施人而略於養己如此。

句氏其先京兆人，公曾祖諱同章，始遷成都之華陽。祖諱令瑄〔四〕，皇贈光禄寺丞。父諱中正，爲孟氏武泰軍節度掌書記〔五〕。太宗時，自潞州録事參軍召拜著作佐郎、直史館，其後改直昭文。在兩館二十六年，同館士多去爲將相〔六〕，而公脩職守道，未嘗爲之少屈。以尚書屯田郎中卒於真宗之初，而葬浚儀。浚儀，今祥符也，故公子以某年某月某甲子〔七〕，葬公開封之開封縣保安鄉永寧村。

公元配清河張氏〔八〕，繼配楚丘邊氏、祥符劉氏，劉氏封延安郡君。三男子：諶，尚書屯田員外郎；詵，早世；請，太廟室長。女子九人，嫁尚書駕部員外郎王正己、湖州德清縣令郭真卿、尚書虞部郎中楊定、殿中丞劉偁、榮州録事參軍張道古、起居舍人龔鼎臣〔九〕、殿中丞杜師益、泰寧軍節度推官謝京、登州司理參軍王勗。及公之葬也，以公子諶故，張夫人追封仙遊縣太君，邊夫人追封仙源縣太君，劉夫人進封仁壽郡太君〔一〇〕，而公亦贈官至尚書吏部侍郎。銘曰：

句宗華陽，世實京兆。來家東都，公考有廟。温温句公，有美有相。不衒不求，卒爲圭璋。考翼在上，公承在下〔一一〕。爲此幽宫，亦浚之野。

〔一〕「二」，原作「六」。按，真宗景德無六年，唯二年有貢舉。沈欽韓王荆公文箋注卷七：「其三年，四年，但試應制科舉人，不貢舉。此蓋二年之訛。」

〔二〕「何也」，原作「可乎」，據龍舒本、遞修本改。應刻本、四部叢刊初編本作「可也」。

〔三〕「至相戒而去」，龍舒本作「至相與戒云以俟其去」。

〔四〕「瑄」，原作「宣」，據龍舒本改。遞修本黄校曰：「『宣』，宋刊『瑄』。」

〔五〕「度」下，原有「使」字，據龍舒本、嘉靖五年本删。遞修本黄校曰：「宋刊無『使』字。」

〔六〕「士」，原作「事」，今據龍舒本、嘉靖五年本改。按，「同館士」，謂同時任館職之人。遞修本黃校曰：「『事』，宋刊『士』。」

〔七〕「公子」，原作「公卒」，據龍舒本、嘉靖五年本改。遞修本黃校曰：「『卒』，宋刊『子』。」

〔八〕「元」，龍舒本作「先」。

〔九〕「龔」，原作「鍾」，今據龍舒本、嘉靖五年本改。遞修本黃校曰：「『鍾』，宋刊『龔』。」按，龔鼎臣，字輔之，宋史卷三百四十七有傳。續資治通鑑長編卷一百九十四嘉祐六年己亥：「起居舍人、同知諫院龔鼎臣爲淮南路體量安撫使。」劉摯忠肅集卷十三正議大夫致仕龔公墓誌銘：「公諱鼎臣，字輔之，姓龔氏。（中略）兩夫人：李氏，都官郎中之女，追封贊皇郡君；某氏，光祿卿希仲女，長樂郡君。」「光祿卿希仲」，即墓主句希仲。

〔一〇〕「進」，原作「追」，據嘉靖五年本改，遞修本黃校曰：「『追』，宋刊『進』。」據改。

〔一一〕「承」，原作「丞」，據嘉靖五年本改，遞修本黃校曰：「『丞』，宋刊『承』。」據改。

## 山南東道節度推官贈尚書工部郎中傅公墓誌銘

公姓傅氏，諱立，字伯禮，其先大名內黃人，今鄆須城人也。慶曆二年，以五舉進士得同三禮出身，主鄭州管城縣簿。用舉者爲滑州靈河縣令，遭母夫人喪。喪除，以山南東道節度推官知磁州昭德縣事。嘉祐四年七月六日，卒于官舍，享年六十六。

公以文行有聲於鄉〔一〕，其志氣甚大。既久困不遂，因不復有仕意，鄉人强之，乃起佐管城。所爲問義理如何，不肯有所顧計。貝州妖人爲亂，吏坐不察者衆，州縣懲艾，有以妖告者，輒又致之刑辟。或誣浮屠、道人爲妖，州捕之急，公辯其無罪，即釋之。在昭德，縣人治河隄，揔役者妄怒以立威，諸縣畏其糾劾，莫敢校。及啓公縣人，公奪之縱去，縣人感悦，不督而功自倍，揔役者亦不敢復犯公所部。其施於政者多如此，故其卒，老稚相扶携祭哭，思慕久之不怠。蓋公孝慈忠信，剛毅有守，遇事不爲可愧，其仁心尤至。既病亟，呼其季子告曰：「吾嘗質田於鄲〔二〕，數十口賴以活者三十年。今田主往往而在，汝兄仕於朝，所不足者非財，可以券還之。」於是長子方官於莫州，及歸遭喪，終以田歸主，如公戒。

公曾祖諱凝，贈尚書庫部員外郎。祖諱世隆，尚書户部員外郎、知邛州。父諱珏，右班殿直。凡三世皆以經學舉，至公始爲進士。而公子亦皆爲進士：曰堯俞，尚書兵部員外郎；曰舜俞，郊社齋郎；曰君俞，未仕；餘四人皆早死。兵部君以才德爲世名人，嘗爲諫官，以言事不合，辭知雜御史不肯就。以熙寧二年十月某日，葬公於孟州濟源縣清廉鄉美化里，以夫人長壽縣太君王氏祔，於是公贈官至尚書工部郎中。太君有賢行，方兵部除知雜御史也，適北使未返，而親故皆賀，夫人弗受〔三〕，治裝爲行。及兵部歸，而果辭不就以出也。銘曰：

惟傳厥先相武丁，告功皇天上比星。公躬服仁世守經，奮發華藻揚芬馨。宜殖福禄引厥齡，摧藏沉淹以淵渟。齎志弗獲終冥冥，爰有美子集帝庭。忠功孝名神所聽，卜塋高原日永寧。

〔一〕「於」，遞修本作「州」。

〔二〕「鄚」，疑爲「鄚」之訛。墓主爲鄚州須城人，質田養家，當在鄚。下文又曰其子官於莫州，及歸遭喪，乃以田歸之。其歸之處，當爲鄚州。

〔三〕「人」，原脱，據遞修本、光啓堂本補。

## 尚書度支員外郎郭公墓誌銘

公諱維，字仲逸，少好學，有大志。年二十五，起爲泰州司理〔一〕，調泰、真二州判官，以能聞。監真州之酒税，丁母憂。服除，改著作佐郎、知南豐縣。俗喜訟，令始至，豪猾輒搆事入縣，察令能否。公至，即得其妄，窮而徙之，由此無敢犯法〔二〕。改新都縣，又以治稱，既去，民思之，相與繪公像祠焉。使者薦其材，就知雅州。王蒙正姻明肅太后家〔三〕，侵民田幾至百家，有訴者，更數獄，無敢直其事。詔公治之。其行也，人爲公憚。公至，則拔根擿節，不漏毫末，以田歸民，蒙正坐除名。既歸，天子目之，賜之朱衣，得尚書屯田員外郎、知常州。至州，索宿姦數人流之，州以無事。移提點淮南刑獄。吏不治，道聞公至，往往豫以事求解，部中肅然。遷度支以卒，慶曆二年正月也，凡仕二十七年。

公剛毅能斷，當事勇不自恤。繇景德、祥符之間，四海平治，寬文法待吏，而吏乃相習爲遨嬉浮沉者。或按一吏，則交議群詆，以爲暴刻生事，日浸月積，而民敝於下矣。至公始按吏，而獨急於權倖。有大臣出揚〔四〕，不治，曲以禮事公。公奏斥，不報；既代，猶斥之，以是被按，一無憾言。以聲威聞，而所至即有惠愛。某嘗羈游過常〔五〕，里中民有以褻語相罵者，其長者怒曰：「爾欲忘郭屯田邪？」蓋公在常以此法其民〔六〕，時卒已九年矣，猶不忘之。惜乎朝廷方欲顯用，而公已不幸，其出於治者，猶未足以盡其志。故不悉書，特掇其一二而存之，此足以見公之志也。

祖某，不仕。父某，贈殿中丞。母劉氏，仙源縣太君。妻張氏，南陽縣君。子男三人：先正，烏江縣尉；聰正，舉進士；祥正，星子主簿。女六人。以某年月日葬公於某處，公之里也。將葬，先正等以今司封員外郎趙諴書來乞銘。先人與公祥符八年以進士起，而公子且與某遊〔七〕，有好也，銘不敢讓。銘曰：

翼翼汾陽，子儀始王。德完道粹〔八〕，功蓋于唐。宜享世澤，流如海長。原原南寓，孰嗣而昌？公生而明，剛簡自徇。拔身貧羈，誼不辱進。蘇窮斥姦，惠立威振。而年不長，志不時盡。既奮既材，天奚弗憖？刻銘在幽，來者之訊〔九〕。

〔一〕遞修本黄校曰：「『起』字宋刊空白。」
〔二〕「犯」下，龍舒本有「公」字，屬下。
〔三〕「姻」下，龍舒本有「連」字，義長。
〔四〕「出」下，龍舒本有「鎮」字。
〔五〕「某」，龍舒本作「安石」。
〔六〕「法」，龍舒本作「治」。
〔七〕「公子且與某遊」，龍舒本作「而子且與安石道近」。
〔八〕「粹」，龍舒本作「辟」。
〔九〕「訊」，原作「感」，今據龍舒本改。遞修本作「哉」，黄校曰：「『哉』抄補明刊『感』。」

## 贈尚書刑部侍郎王公墓誌銘

江陵縣有合葬龍山之西者，爲宋龍川令、贈尚書刑部侍郎王公之墓。公之卒，得年七十一，其葬之歲在辛卯，爲皇祐三年十二月甲申。龍川，其所卒也。以刑部侍郎贈公者，曰公之子光禄卿周。

公諱文亮，字昭遠，其先晉丞相導也。丞相十有六世之孫儉，爲唐正議大夫，刺明州，始去長安之萬年，爲明之奉化人。大夫之兄曰滐，滐生紳，紳生韶，韶生公，四世咸爲縣令。方錢氏之王吴越也，公嘗試策入等，爲其屬州之掾。國除，選於京師，復掾密州，尉夔奉節，爲邢之任令。舉者二十餘人，不用，歎曰：「吾既其衰矣而爲是，是不可以已耶！」即以疾去。去之八年，無復言進仕。黨故强起之，復歎曰：「仕不仕，惟義也，吾敢自必於其間耶？」起令龍川，遂卒。

始公尚少，以文稱於士友。嘗度浙江，有忘白金百斤於舟，公最後獨見之，留三日，得忘者歸之而後去，而不告以名。佗日，從者以爲言，於是又稱其長者，今兩縣吏民，皆曰賢令也。既亡，皆哀焉。

合葬于龍山者，天水郡太君權氏，善草隸書，誦數經，能略通其説，實唐貞孝公皋之十七世孫云。子男四人：向、頻〔一〕、高爲進士，充其業，其季光禄君也。女三人，皆歸聞人。光禄君方潔勤審，下賢好學，人以爲君子之子焉。自晉之亂，而戎夷盗賊，穴有中國，且亂且治，至于今歲千年。士大夫之家流落顛頓，不常其世，後雖有振起者，多不知其族之所出。獨光禄君之家爲世其家，而能自道尤詳，自大夫伯仲至公四世之告命皆具在。命其宗人之子某銘公之墓者，光禄君也。銘曰：

公先籍秦系相導，大夫相孫維作守。兄滌遂留家海浦，子紳孫詔公祖考。于東四傳弗甚耀，藏仁厥家以賚後。後蕃而昌其必效，今卿追公爲之兆。

〔一〕「頻」，龍舒本作「類」。

## 兵部員外郎馬君墓誌銘

馬君諱遵，字仲塗，世家饒州之樂平。舉進士，自禮部至於廷，書其等皆第一。守祕書省校書郎，知洪州之奉新縣，移知康州。當是時，天子更置大臣，欲有所爲，求才能之士以察諸路，而君自大理寺丞除太子中允、福建路轉運判官，以憂不赴。憂除，知開封縣，爲江、淮、荆湖、兩浙制置發運判官。於是君爲太常博士，朝廷方尊寵其使事，以監六路，乃以君爲監察御史，又以爲殿中侍御史，遂爲副使。已而還之臺，以爲言事御史。至則彈宰相之爲不法者，宰相用此罷，而君亦以此出知宣州。至宣州一月〔一〕，移京東路轉運使，又還臺爲右司諫、知諫院，又爲尚書禮部員外郎兼侍御史知雜事、同判流内銓。數言時政，多聽用。

始君讀書，即以文辭辯麗稱天下。及出仕，所至號爲辨治，論議條鬯，人反覆之而不能窮。平居頹然，若與人無所諧，及遇事有所建，則必得其所守。開封常以權豪請託，不可治。客至，有所請，君輒善遇之，無所拒；客退，視其事，一斷以法。居久之，人知君之不可以私屬也，縣遂無事。及爲諫官、御史，又能如此，於是士大夫歎曰：「馬君之智，蓋能時其柔剛以有爲也！」

嘉祐二年，君以疾求罷職以出，至五六，乃以爲尚書吏部員外郎、直龍圖閣，猶不許其出。某月某甲子君卒，年四十七。天子以其子某官某爲某官，又官其兄子持國某官。夫人某縣君鄭氏，以某年某月某甲子葬君信州之弋陽縣歸仁鄉裏沙之原。君故與予善，予常愛其智略，以爲今士大夫多不能如，惜其不得盡用，亦其不幸早世，不終於貴富也。然世方懲尚賢任智之弊，而操成法以一天下之士，則君雖壽考且終於貴富，其所畜亦豈能盡用哉？嗚呼，可悲也已！既葬，夫人與其家人謀，而使持國來以請曰：「願有紀也，使君爲死而不朽。」乃爲之論次，而繫之以辭曰：

歸以才能兮，又予以時。投之遠塗兮，使驟而馳。前無禦者兮，後有推之。忽税不駕兮，其然奚爲？哀哀煢婦兮，孰慰其思？墓門有石兮，書以余辭。

〔一〕「月」，原作「日」。按，續資治通鑑長編卷一百七十六至和元年七月乙巳：「殿中侍御史馬遵知宣州。」同書卷一百七十七至和元年八月丁未：「徙知宣州、殿中侍御史馬遵爲京東轉運使。」今據改。

## 泰州海陵縣主簿許君墓誌銘

君諱平，字秉之，姓許氏。余嘗譜其世家，所謂今泰州海陵縣主簿者也。君既與兄元相友愛稱天下，而自少卓犖不羈，善辨説，與其兄俱以智略爲當世大人所器。寶元時，朝廷開方略之選，以招天下異能之士，而陝西大帥范文正公、鄭文肅公争以君所爲書以薦，於是得召試爲太廟齋郎，已而選泰州海陵縣主簿。貴人多薦君有大才，可試以事，不宜棄之州縣。君亦常慨然自許，欲有所爲，然終不得一用其智能以卒。噫，其可哀也已！

士固有離世異俗，獨行其意，駡譏笑侮，困辱而不悔。彼皆無衆人之求，而有所待於後世者也，其齟齬固宜。若夫智謀功名之士，窺時俯仰，以赴勢物之會，而輒不遇者，乃亦不可勝數。辯足以移萬物而窮於用説之時，謀足以奪三軍而辱於右武之國，此又何説哉？嗟乎！彼有所待而不悔者〔一〕，其知之矣。

君年五十九，以嘉祐某年某月某甲子，葬真州之揚子縣甘露鄉某所之原。夫人李氏。

子男瓌，不仕；璋，眞州司户參軍；琦，太廟齋郎；琳，進士。女子五人，已嫁二人，進士周奉先、泰州泰興縣令陶舜元。銘曰：

有拔而起之，莫擠而止之。嗚呼許君！而已於斯，誰或使之？

〔一〕「悔」，聽香館本作「遇」。

# 漢陽軍漢川縣令陳君墓誌銘

陳君之墓，在某州某縣某鄉某所之原，以某年某月某甲子葬。陳君者，諱之祥，字某，家某州之某縣。其業進士，其中等以皇祐元年〔一〕。其官滁州全椒縣主簿、漢陽軍漢川縣令。其爲人强於學，果於行，能使爲之長者聽，爲之民者思。其卒年三十二，有一男一女，皆出夫人李氏。其葬，臨川王某爲之銘。

芒乎既壯而能充，忽乎奚去而誰從？歸形幽陰兮，窾土以爲宫。聚封其上兮，爲記無窮。

〔一〕「元」，原作「二」。按，正德姑蘇志卷五：「皇祐元年馮京榜，陳之祥，質子。」今據改。皇祐二年（一〇五〇），無貢舉。

# 王安石文集卷第九十六

## 墓誌

### 亡兄王常甫墓誌銘

先生七歲好學，毅然不苟戲笑，讀書二十年。當慶曆中，天子以書賜州縣，大置學。先生學完行高，江淮間州争欲以爲師，所留，輒以詩、書、禮、易、春秋授弟子。慕聞來者，往往千餘里，磨礱淬濯，成就其器，不可勝數。而先生始以進士下科，補宣州司户。至三月，轉運使以監江寧府鹽院。又三月卒，又七月葬，則卒之明年四月也，實皇祐四年，墓在先君東南五步。先君姓王氏，諱益，官世行治既有銘。先生其長子，諱安仁，字常甫，年三十七，生兩女。

嗚呼！先生之道德，蓄於身而施於家，不博見於天下。文章名於世，持以應世之須爾〔一〕，大志所欲論著，蓋未出也。而世之工言能使不朽者，又知先生莫能深。嗚呼！先生之所存，其卒於無傳耶？始，先生常以爲功與名不足懷，蓋亦有命焉，君子之學，盡其性而已。然則先生之無傳，蓋不憾也。雖然，先生孝友最隆，委百世之重而無所屬以傳，有母有弟，方壯而奪之，使不得相處以久，先生尚有知，其無窮憂矣！嗚呼，以往而推存，痛其有已耶！痛其有已耶！先生有文十五卷，其弟既次以藏其家，又次行治藏於墓。嗚呼，酷矣！極矣！銘止矣！其能使先生傳耶？

〔一〕「持」，應刻本、四部叢刊初編本作「特」。

## 主客郎中知興元王公墓誌銘〔一〕

公王氏，諱某，字某。其先著望太原，而公之曾大考諱某，考諱某，皆葬撫州之臨川縣。公少力學，以孝悌稱於鄉里。既壯，起進士，爲漢州軍事推官。至則以材任劇，在上者交舉之，遷大理寺丞、知大名府大名縣，就除通判忻州，又通判真定府。府帥王嗣宗恃氣侮折其屬，爲不法，以故久之莫敢爲通判者。公行，嗣宗固不懌，稍侵公以氣，公恬然不爲校也，以禮示之而已，嗣宗詘服。居十餘日，公請視獄。獄中繫者常數百人，嗣宗意愠，輒久之不問，吏亦不敢言治。公視獄，所當者數十人而已〔二〕，餘悉當釋，無所坐。於是嗣宗趣有司如公指，即日斷出之，自是事無不聽公所爲。公輒分別可否〔三〕，而使其政皆由嗣宗以出，雖府人或不知公於嗣宗日有助也。一府遂治，而士以此稱公爲長者。

始，公中進士時，同進有常陵公者嫉公，先以被酒，取公敕牒裂燒之，公爲諱其事，以失亡告有司而已。及後，陵公者爲屬吏，公舉遷之。或非公以德報怨，公曰：「受詔舉京官，彼今爲吾屬而任京官，吾則舉之，何報怨之謂哉？且吾與彼乃未始有怨也。」蓋公之行己多如此。

居一歲，移知保州，又以舉者移知深州，又以選移知齊州。二州之人皆曰：「公愛我。」已而提點刑獄淮南，兼勸農事。公於爲獄，務在寬民，而以課田桑爲急。按渠陂之故，誘民作而修之，利田至萬九十頃〔四〕。天子賜書奬諭，後出氏名付大臣召用，而當是時，丁謂爲宰相。先是，謂以二人屬公善視之，曰：「皆能吏也。」至則皆有罪，公發其狀以聞。由此謂欲傷公，不果〔五〕。而久之，公所任吏亦有贓坐，即絀公監池州順安鎮酒税。會今上即位，移滁州，又移知興元府。自丁謂得罪徙南方，論者皆以公宜復用，而公亦且得疾不起矣。享年六十二，官至尚書主客郎中。

明年，天聖七年，葬和州之歷陽縣。後若干年，公夫人張氏葬，而公墓塾乃改卜合葬於真州揚子縣萬寧鄉銅山之原。公子六人，於是存者二人：曰某，爲殿中丞；曰某，爲進士。其四人皆已卒：曰某，開封士曹參軍；曰某，楚州寶應縣主簿；曰某、曰某〔六〕，爲進士。而公以殿中君積贈官至右諫議大夫。某，公兄孫也，受命於叔父而爲銘。銘而次公之行事不能詳者，以不得事公，而公之没，叔父皆尚少故也。嗚呼！於公之行事雖不得其詳，而其略所聞如是，蓋可以考公德矣。銘曰：

王亡晉封，遠跡南土。公始有廟，妥其禰祖。孰强而勝〔七〕，孰忌以争？孚予恭寬，在室而亨。嶷嶷之節，因時乃發。曰黜予咎，匪仇予遏。避善不名，亦不隕聞。寘銘新基，維以長存。

〔一〕龍舒本題作「主客郎中叔祖墓誌銘」。
〔二〕「當」下，龍舒本有「治」字。
〔三〕「輒」，原作「頼」，文意扞格，今據龍舒本改。聽香館本作「預」。
〔四〕「至」下，龍舒本有「五」字。
〔五〕「果」下，龍舒本有「用」字。
〔六〕「曰某曰某」，龍舒本作「曰某」。
〔七〕「而勝」，龍舒本作「以傲」。

## 胡君墓誌銘

王某之治鄞三月〔一〕，其故人胡舜元凶服立於門。揖入，問弔故，則喪其父五月〔二〕，留而館，意獨怪其來之早也。居數月，語吾弟曰：「吾釋父之殯，跋山浮江，從子之兄于海旁，願有謁也久矣，不敢以言。吾親之生，我學於四方，不得所欲以養，今已不幸卒也。得子之兄誌而銘之，藏之墓中，可以顯於今世以傳於後，雖吾小人與榮焉，無悔焉。不知子之兄可不可？」吾弟以告，予歎曰：「審如是，可以爲孝。君子固成人之孝，而吾與之又舊，其何顧而辭耶？」〔三〕取吾所素知者，爲之誌而銘之。誌曰：

君諱某，池之銅陵人。生於丁丑，興國之年也。卒於丁亥，是爲慶曆七年。子七人，某以十月葬君於谷垂山。胡氏世大家，闔門數百人。君有子舜元，獨招里先生教之爲士。其卒也，族分而貲衰，舜元爲善士。銘曰：

壽七十一，不爲不多。吾與之銘，千古不磨。

〔一〕「某」，龍舒本作「安石」。

〔二〕「父」，龍舒本、遞修本作「天」。

〔三〕「耶」，龍舒本、遞修本作「即」，屬下句。

## 屯田員外郎邵君墓誌銘

邵公既國燕，其子孫處者猶食其初邑，至後世遂爲邵氏。今有田里丹陽者，獨爲大家，其所出往往稱天下〔一〕。

君，丹陽人也，諱某，字某。少敏爽，皇考某欲大就之，爲破貲聚留師賓，以發其材。及壯，行内修，不標飾爲名，而有譽於爲士者。年四十，始以進士出佐鎮東軍，積功次，入尚書爲屯田員外郎，通判亳州。遭母夫人某氏喪，不行以卒。

君工爲詩歌，喜飲酒，與人交，恬如也。尤不好官爵，至京師，一不問權貴人所舍。事有類君者，自言得遷，或勸君自言，終不許。然起家十九年，更三縣，以材奏君者甚衆。

卒之明年，皇祐某年某月，弟某葬君某所，以夫人某氏祔。子男兩人，曰某，曰某。一女子，尚幼〔二〕。銘曰：

秉於朝，葬於里。厥嬪祔之祭則子，以完歸親維有祉。

〔一〕「稱」，聽香館本作「甲」。
〔二〕「尚」上，龍舒本有「皆」字。光啓堂本、聽香館本作「一女尚幼」。

## 馬漢臣墓誌銘

合淝人馬仲舒，字漢臣，其先茂陵人。父皋爲江東撥發，寘其家金陵，漢臣因入學，齒諸生。爲人喜酒色，其相語以褻私侈爲主，父母不欲之，又隆愛之，不能逆其意以教也。

然漢臣亦疎金錢，急人險艱〔一〕，不自顧計。於衆中尤慕近予，予亦識其可教，以禮法開之，果大寤，遂自挫刻，務以入禮法。從予學作進士，既數月，其辭章粲然，充其科者也。漢臣長予四年，予兄弟視之，漢臣視予則師弟子如也。嘗助予叔父之喪，若子姓然〔二〕。慶曆元年〔三〕，漢臣冠五年矣，從予入京師待進士舉，六月病死。死時，予亦病。其叔父在京師，因得棺斂歸金陵殯之，某年某月乃葬于某處。孔子曰：「秀而不實者，有矣夫！」漢臣幾是矣。噫！誌其墓云。

〔一〕「艱」，遞修本作「難」。

〔二〕「姓」，龍舒本作「姪」。

〔三〕「元」，原作「六」，形訛。按，馬仲舒長王安石（一〇二一—一〇八六）四歲，則其「既冠五年」，當爲二十五歲，時王安石二十一歲，爲慶曆元年（一〇四一）。

## 贛縣主簿蕭君墓誌銘

君諱化基，字子固〔一〕，實蕭氏。其先有自長沙避地廬陵者，曰霽，方李氏有江南，爲洪之武寧令，於君爲曾大父。其後再世曰焕，曰良輔，皆不仕。至君之兄侍御史定基，始以材起爲名家，而追贈其皇考尚書工部員外郎。

君於工部爲少子，少謹厚，能自力業其世以善富。既御史貴，得任子弟，君猶私其能，不願治民。然御史竟官君爲明之奉化尉，主簿於虔之贛縣，監真州酒。恬慎祗修，在勢者任之。春秋六十二，至和元年四月癸酉，以官卒。其子汝霖、汝能、汝爲、汝正護其柩歸，以十一月壬午葬其縣之儒行鄉白沙原。夫人楊氏前葬矣，今不祔。

先人於御史以弟交，君，予丈人行也。二父皆有子知名南方，交於予，以故請銘。銘者，所以名前人而燕孝子之心也，於是爲銘。銘曰：

韡矣蕭宗，楚產之良。繩繩主簿，有善其鄉。我脩不茍，曰攸爲康〔二〕。圖銘壙石，維後之藏。

〔一〕「固」，遞修本作「因」。

〔二〕「曰攸」，原作「寔可」，據龍舒本改。按，洪範：「五福：一曰壽，二曰富，三曰康寧，四曰攸好德，五曰考終命。」此句化用之。又四庫本作「闕後」，當是「曰攸」之訛。

## 祕書丞謝師宰墓誌銘

君姓謝氏，諱景平，字師宰。尚書兵部員外郎、知制誥、陽夏公、贈禮部尚書諱絳之子，太子賓客、陳留公、贈禮部尚書諱濤之孫，泰寧軍掌書記〔一〕、贈尚書吏部侍郎諱崇禮之曾孫。

初以祖父廕試祕書省校書郎，守將作監主簿。既而中進士第，僉書崇信軍節度判官廳公事，監楚州西河轉般倉。累官至祕書丞，年三十三，以治平元年十二月庚申卒。妻尹氏，生男女四人，皆前死。其兄以某年某月某日，葬君鄧州穰縣五隴山南。謝氏故家河南緱氏，君六世祖仕吴越，故自陳留公以上三世葬杭之富陽，至君始葬陽夏公於鄧，爲穰人，而今以君祔葬〔二〕。

君於忿不忮，於欲不求，雖學之力，亦其天性。故其孝弟忠信，寬柔遜讓，莊静謹潔，稱於兒童，以至壯長。而成不充其志，施不盡其材，此學士大夫所以哀其死而多爲之出涕也。然君文學、政事、言語已能自達於一時，其於道德之意、性命之理，則求之而不至，聞矣而不疑。嗚呼，可謂賢已！銘曰：

陽夏四子，皆賢而材。季也早死，吾銘其埋。今又銘叔，嗚呼可哀！古之死者，以死爲息。嗟叔方剛，何惕之亟？昭昭者逝，嶷嶷者藏。爲識在斯，銘則不亡。

〔一〕「軍」，原作「君」。按，據歐陽忞輿地廣記，泰寧軍即兖州，北宋時屬京東西路。據改。

〔二〕「今」，遞修本黄校曰：「抄補本作『命』，明刊『今』。」

# 尚書刑部郎中周公墓誌銘

周氏其先自華陰入蜀。蜀孟氏時，公之皇考諱敬述〔一〕，以文章知名，嘗至要官任事矣。孟氏亡，因不復仕，而天子召以爲壽州下蔡令，由下蔡以爲太子中允、知江州，賜紫衣、金魚，使撫初附之民。其後爲祕書丞、知泰州以卒，而得州之北原以葬。有子四人，其卒皆位於朝，而公第二。

公諱嘉正，字幹之。少與其昆弟俱以進士甲科起家，爲通州軍事推官。其後通判廣州，提點福建刑獄，知壽州，爲三司鹽鐵判官。故宰相丁謂慮其材〔二〕，天子以爲河北轉運使，而公不就。已而謂得罪，公坐出知金州，又知海州，又知濠州，而以工部郎中分司南京，歸治疾于海陵之第。明道元年，以恩遷刑部，二年，年六十四以卒。

公寬厚而廉清，而其才尤長於政事。自爲推官時，已能有所建易，爲士民所記。及奉使福建，獄有冤，輒辨，有疑若可貸，輒以聞，所活至數十人；而其治，大抵遇姦吏爲獨急。

子男五人：曰象先〔三〕，今爲武康軍節度推官、監台州税；曰彦先，爲右侍禁、知循州興寧縣；曰茂先，爲泰州司法參軍；曰行先，爲山南東道節度推官、知江州彭澤縣；曰嗣先，爲進士。女七人，皆嫁爲士大夫妻。嘉祐三年三月壬申，公子與孫葬公皇考祕書丞、贈尚書工部侍郎之兆東，以安喜縣君錢氏祔，縣君實左右公以有家者也。銘曰：周遷于蜀，爰自先人。考有四子，發于海濱。公有令聞，貴維次子。歸寬民人，施刻在己。方飛方騫，方升于天〔四〕。既錣以歸，既隕于泉。有高其後，有光其前〔五〕。作爲銘詩，兆此新阡。

〔一〕「敬述」，本卷右侍禁周君墓誌銘、泰州司法參軍周君墓誌銘皆作「述」。

〔二〕「慮」，聽香館本作「薦」。

〔三〕「象」，遞修本作「蒙」。遞修本黄校曰：「『蒙』，抄補同，明刊『象』。」

〔四〕「升」，底本墨釘，今據光啓堂本、聽香館本補。

〔五〕「光」，原闕，今據光啓堂本、聽香館本補。

## 右侍禁周君墓誌銘

君周氏，諱彦先，字師古。曾大父諱環，贈大理評事。大父諱述，祕書丞，贈尚書工部侍郎。考諱嘉正，尚書刑部郎中。

君少以郎中君蔭補三班奉職，監泗州浮橋，又監楚州船場，爲揚、泰州巡檢。而近臣薦君閤門祗候，大臣曰：「周某可用矣，然吾將試之邊。」乃白以爲瀛、莫等七州軍沿邊巡檢。邊人兩界上爲群盜，君得姓名，以白安撫使，移之契丹，契丹悉捕斬之。自是久之，邊無盜也。已而君上書言漕事，又言邊將使人耕邊以給公使，不即禁止，往往能生事。於是邊將大怒，而君所部卒有犯法者，因詆君以不詰，坐是監廣州清遠縣鹽場。轉運使留君以監市舶，它吏方習爲姦賕事，而君獨不買舶中一物。轉運使嘗數稱君以媿它吏，而薦君以知循州之興寧縣。至則相縣南三十里寧昌驛以爲治所，而吏自此得不以瘴死。然君既得疾於興寧矣，遂卒，卒時年四十二。縣人以君爲能撫我，思之也。

君先夫人盛氏，尚書工部侍郎諱京之子；後夫人王氏，尚書主客郎中諱貫之之子，皆有賢行。五子：濤、洵、湇、渥、澥，皆爲進士。二女子：嫁如皋史堪、德安鄭汾，亦皆爲進士。而濤今爲著作佐郎、知汝州梁縣，以嘉祐三年三月壬申，葬君皇考郎中之兆次，而以先夫人祔。臨川王某爲銘曰：

君弟吾嫂，夫人吾姑。君能有家，不失疾徐。治兵與民，威愛之孚。銘昭子孫，以告不誣。

## 泰州司法參軍周君墓誌銘

君周氏，諱茂先，字去華。其先成都人，至君大父諱述，爲祕書丞、知泰州以卒，始葬泰州之北原，而子孫遂爲州人不去。父諱嘉正，尚書刑部郎中。君以父蔭爲楚州司户參軍，又爲泰州司法參軍，皆有能名。明道二年五月，刑部君終于第，君思慕哭泣，至其年十月亦卒，於是君年三十二。夫人南陽張氏，守其孤不嫁，其後孤涣以進士起家洪州南昌縣主簿。二女子，嫁池州貴池縣尉宣城查埶、進士建安吴觀。而以嘉祐三年三月壬申，葬君北原之兆，銘曰：

綿綿之孤，屬于單妻。既恃而殖，黽錫告命〔一〕。曰維孝子，從先人宅。

〔一〕「告」，遞修本作「吉」。

## 尚書屯田員外郎周君墓誌銘

君周姓，諱濤，字幾道。中慶曆六年進士甲科，歷亳州觀察推官、撫州軍事推官、著作佐郎、祕書丞、太常博士、尚書屯田員外郎，知汝州梁、杭州錢唐二縣。内行敏能，爲政壹自急飭，視民疾如在己，不肯釋事實爲名聲要利，所在民愛譽甚於士大夫。治平三年六月在京師，授簽書梓州判官事。七月十三日，以官卒，年四十有四。

曾祖諱述，故鄆人，皇祕書丞，贈工部侍郎，始占海陵以葬。祖諱嘉正，皇刑部郎中。

父諱彦先，終右侍禁，贈右監門衛將軍。妻曰昭德縣君錢氏。子男五人：稃、穜、秩、穆、稌。以其年十月十六日，葬君揚州江都縣同軌南鄉東武里。銘曰：

於勢與聲，蹲循弗争，無忌其生。於善與恥，操終如始，有哀其死。

## 虞部郎中晁君墓誌銘

尚書虞部郎中晁君諱仲參，字孝先，以治平四年五月九日卒於通判舒州事。其子以熙寧二年正月二十九日卜濟州任城縣諫議鄉吕村之原以葬，狀君之行來乞銘，掇其語爲銘曰：

晁望潁川，衛有卿丙。錯以術用，作漢家令。魏晉南北，史無傳人。良正官唐，仍不大振。開封于家，徙鉅野縣。辟時艱屯，出宋而顯。迥奮布衣，太子太師。宗慤秉政，父子一時。三朝四世，錫榮丘墓。佺令中書，爲君曾祖。有子迪者，刑部侍郎。乃生宗簡，世德孔揚。使京東西，郎于刑部。君實其嗣，少則多譽。仲父保任，主簿上虞。宰墨墮政，易君仕初。從容調晰，史莫玩法。墨以廉終，弱伸强懾。按察擾獄，夙如我謀。君不爲奪，械囚于州。將范文正，歎愛而謂。畏宜繩私，公勇勿畏。君願持此，畢身無尤。薦監越酒，旋宅父憂。判官于滁，擢丞大理。汝州郟城，來知縣事。富姓賕吏，寓田勢家。

役煩且窘，中户愁嗟。君裒僞券，應手即辨。完蠹噓枯，俗戒以勸。秦王諸孫，上冢入郛。卒榜驛隸，君擒而誅。將勠中人，匿車夜遁。移内侍省，罪令即訊。迄明年至，徒御無譁。能聲震越，號稱其家。易曹濟陰，太子贊善。督尉索盜，里閭宴衎。馬入罷牧，地租于民。廚傳費劇，輸之殆貧。君曰閔哉，責豈無豫！操書鐫守，多絀其數。遷官博士，去領開州。大築學校，率衣冠游。温湯之鹽，實不酬課。歲蠲五萬，奏自君可。岷疾不治，謁巫代醫。教以餌藥，盡投詭祠。失怙恃者，予其娶嫁。坐堂朝晡，飲酒閒暇。英宗纂極，員外于虞。比駕二部，閲最而除。今天子恩，始正郎位。攝舒期年，條教逾肆。殍來鄰邦，賑使無僵。扶攜飽去，又遺之糧〔一〕。敦於除害，未始愛力。取樅陽河，避羅刹石。析池口征，合于銅陵。官不失筭，舟無危行。人幸是爲，曠數十載。趨令驩呼，無有稚艾。孤山馬當，歲漂百航。鑿秋口浦，直走雷江。脱險風濤，幾五百里。章隨驛聞，就付其事。方冬告役，君夏而徂。壽五十五，識者歎吁。齊公孫氏，作配甚似。封永康君，誕惟四子。端仁端義，端禮端智。仁中進士，常州司理。義郊社郎，餘則未仕。五女四人，歸爲士妻。石端俣彦，俣歸而嫠。范胡二壻，純粹僧孺，幼處于家。君孫有五，男節符籛，其二則女。惟君平生，外晦内明。忤出不意，默無與争。禄賙族婣，恩稱疏戚。庖無朝炊，笑語如昔。晚尤静曠，病不告遺。極談性命，方絶之時。子丐埋辭，哀龕走汴。掇其緒餘，以質幽窀。

〔一〕「糧」，原作「種」，今據光啓堂本、聽香館本改。

## 度支郎中葛公墓誌銘〔一〕

葛，公姓也；源，名也；宗聖，字也。處州之麗水，公所生也；明州之鄞，後所遷也。貫，曾大考也；遇，大考也；旺，累贈都官郎中，考也。

進士，公所起也。洪州左司理參軍，吉州太和縣主簿，江州德化縣令，監興國茶場，威武軍節度推官、知廣州四會縣，著作佐郎、知開封府雍丘縣，祕書丞、知泉州同安縣，太常博士、通判建州，屯田員外郎、知慶成軍，都官員外郎、知南劍州，司封員外郎、祠部郎中、江浙荆湖福建廣南提點銀銅坑冶鑄錢，度支郎中、荆湖北提點刑獄，此公之所閱官也。

州將之甥，與異母兄毆人，而甥殺之。州將脅公曰：「兩人者皆吾甥，而殺人者乃其兄也，我知之。彼大姓也，無爲有司所誤，不然，此獄也將必覆。」公劾不爲變〔二〕。此公之爲司理參軍也。州符徙吉水，行令事。他日，令始至，大猾吏輒誘民數百訟庭下，設變詐以動令。如此數日，令厭事，則事常在吏矣。公至，立訟者兩廡下，取其狀，視有如吏所爲者，使自書所訴；不能書者，吏授之，往往不能如狀，窮，輒曰：「我不知爲此，乃某吏教我所爲也。」悉捕劾，致之法，訟以故少，吏亦終不得其意。毛氏寡婦告其子，以恩義説之不得，即使人微捕得之，與閒語者驗其對，乃書寡婦告者也。窮治，具服爲私謀誣其子孫。距州溪水惡，而歲租幾千萬碩，舟善敗，民以輸爲愁。公始議縣置倉以受輸，則官漕之亦便，州不聽，公論之不已。倉成，至今賴其利。此公之爲主簿也。

中貴人擊驛吏，取所給過家。以言府，府不敢劾。公曰：「中貴人何憚？爲吾民而有陵之者，吾亦恥之。」上書論其事，中貴人坐絀。此公之爲縣於雍丘也。屬吏常有隙於公，同進者因譏之，公察其旨，不聽，以爲舉首。此公之爲州於南劍也。鑄錢歲十六萬，其所施置，後以爲法程。此公之爲銀銅坑冶鑄錢也。鄂州崇陽大姓與人妻謀而殺其夫，州受賕，出之。公使再劾，劾者又受賕，獄如初，而公終以爲不直。其弟訴之轉運使，雖他在事者亦莫不以爲冤，復置之獄，卒得其姦賕狀，論如法。此公之爲提點刑獄也。

甲子四百三十五，公所享年也。至和元年六月乙未，卒之年月日也。潤州之丹徒縣長樂鄉顯陽村，公所葬也。嘉祐元年十月壬申，葬之年月日也。鄉邑孫氏，今祔以葬者，公元配也。萬年縣君范陽盧氏，公繼配也。良肱、良佐、良嗣，公子也。妻太常博士黄知良，曰金華縣君，公女也。起進士，爲越州餘姚縣尉，主公之喪而請銘以葬者，良嗣也。論次其所得於良嗣而爲之銘者，臨川王某也〔三〕。銘曰：

士竅以養交兮，弛官之不忌。維公之所至兮，樂職嗜事。彼能顯聞兮，公則不晰。不銘示後兮，孰勸爲瘁？

〔一〕龍舒本題作「尚書度支郎中葛公墓誌銘」。

〔二〕「變」下，皇朝文鑑卷一百四十一葛源墓誌銘有「也」字。

〔三〕「某」，龍舒本作「安石」。

# 王安石文集卷第九十七

## 墓誌

### 王逢原墓誌銘

嗚呼！道之不明邪，豈特教之不至也，士亦有罪焉。嗚呼！道之不行邪，豈特化之不至也，士亦有罪焉。蓋無常產而有常心者，古之所謂士也。士誠有常心以操聖人之說而力行之，則道雖不明乎天下，必明於己；道雖不行於天下，必行於妻子。内有以明於己，外有以行於妻子，則其言行必不孤立於天下矣。此孔子、孟子、伯夷、柳下惠、揚雄之徒，所以有功於世也。嗚呼！以予之昏弱不肖，固亦士之有罪者，而得友焉。

余友字逢原，諱令，姓王氏，廣陵人也。始予愛其文章，而得其所以言；中予愛其節行，而得其所以行；卒予得其所以言，浩浩乎其將沿而不窮也，得其所以行，超超乎其將追而不至也。於是慨然歎，以爲可以任世之重而有功於天下者，將在於此，余將友之而不得也。嗚呼，今棄予而死矣！悲夫！

逢原，左武衛大將軍諱奉譓之曾孫，大理評事諱珙之孫，而鄭州管城縣主簿諱世倫之子。五歲而孤，二十八而卒。卒之九十三日，嘉祐四年九月丙申，葬于常州武進縣南鄉薛村之原。夫人吴氏，亦有賢行，於是方娠也，未知其子之男女。銘曰：

壽胡不多？天實爾嗇。曰天不相，胡厚爾德？厚也培之，嗇也推之。樂以不罷，不怨以疑。嗚呼天民，將在于兹！

## 宋尚書司封郎中孫公墓誌銘

公諱錫，字昌齡。曾祖釗，祖易從，父再榮，皆弗仕。及公仕，贈其父至尚書兵部侍郎。公以天聖二年進士，起家和州歷陽、無爲巢二縣主簿。部使者及兩制以御札舉者十餘人〔一〕，改鎮江軍節度推官，知杭州仁和縣。籍取兇惡，戒以不改必窮極案治，而治其餘一以仁恕，故縣人畏愛之。以兵部喪去。三年，乃用舉者以集慶軍節度掌書記充國子監直講，豫校史記、前後漢書、南北史，修集韻。選蘇王宫伴讀，教導有法，宗室召燕飲〔二〕，未嘗往。居頃之，改著作佐郎，當罷矣，又留爲國子監丞，講讀。

七年，乃用舉者召試集賢校理，同知太常禮院，判吏部南曹、登聞鼓院，爲開封府推官，賜緋魚。坐考鏁廳進士舉籍中有不中格者兩人，降監和州清酒務。當是時，龐宰相爲樞密使，薦宜侍講禁中，方召，而公以謫去。久之，會明堂恩，召還，同判尚書刑部。先時，主者多持事往決於中書，公獨視法如何，不往。戎州人向吉等操兵賈販，恃其衆，所過不輸物税，州縣捕逐，皆散走。成都鈐轄司奏請不以南郊赦除其罪，從之，逮捕親屬繫獄，至更兩赦。有詣闕訴者，刑部詳覆官以爲特敕遇赦不原者，雖數赦，猶論如法。公獨奏釋之，凡釋百二十三人。公於議法多如此。

復爲開封府推官。當隨尹奏事，仁宗問大辟幾何，且以慎刑愛人爲戒。公因奏開封敕有重於編敕而當改者數事，仁宗皆以爲然。它日，問尹以公姓名，稱之。於是貴戚女使有奏讞，上薄其罪，付公監決，曰：「此人平恕，可任也。」道士趙清貺出入龐宰相家，受賕，御史以劾龐。府治實清貺自爲，龐不知也，清貺坐杖配沙門島，行兩日死。御史又劾府希宰相指，故杖清貺殺之滅口。仁宗亦疑，乃悉罷知府、推判官，而以公知太平州。初，清貺事獨判官王礪劾決，公不自辨也。

未幾，仁宗即寤，罷者皆復，而以公提點淮南路刑獄。在淮南二年，所活大辟十三人，考課爲天下第一，所舉多善士，未嘗聽人請屬。還爲三司户部判官，求知宣州，許之，特詔秩禄視轉運使。至則召五縣令，約以州所下書有不便封還，故縣得自爲政而州無事。且滿，州人詣轉運使、提點刑獄，乞留。還，又知舒州，發常平、廣惠倉以活陳、許、潁、蔡流人。及歸，計口量遠近給食遣去，去者率錢買香，焚之府門以祝公，至或感泣。初，提點刑獄恐聚流人爲盗，又惜常平、廣惠倉，數牒止公，不聽，申以手書，又不聽。佐屬皆争曰：「不可。」公行之自若。比代去，州人闔城門留之，薄暮，與争門乃得出，遂以告老致仕。於是官至尚書度支郎中，散官至朝奉郎，勳至上柱國。今上即位，遷司封，賜金紫。以熙寧元年正月十二日卒，年七十八。

孫氏世爲廣陵富姓。兵部兄弟五人，其季婦有子寡，欲分財，以義譬解不得，乃悉推田宅與諸兄弟，脱身携公居建安軍揚子，故今爲真州人。諸兄弟後破産，而兵部居揚子，又卒爲富姓。爲公千里迎師，立學舍，市書至六七千卷。公感勵奮激，誦習忘寢食。年十九，舉進士開封，第二，坐同保匿服罷；而再舉，又第一〔三〕。當是時，以文學稱天下。及仕，號爲忠厚正直。終身未嘗言利，老而貧，不以爲悔，鄉人尤歸其長者。有文集二十卷。

初娶莊氏，早卒；又娶裴氏、刁氏，刁氏封壽安縣君，亦前死。子湜、澄、泳、淵、淑、湘，早卒；溱，太廟齋郎，後公數月死。澄，楚州寶應主簿。洙，祕書丞、集賢校理。漸，太廟齋郎。女十人：一人嫁，三人未嫁，三人嫁而卒，三人未嫁而卒。九月十六日，葬公揚子縣懷民鄉北原。銘曰：

於戲孫公！有直其道。爲之少時，以濟壯老。人信公行，承趨薦保。天順公德，與公壽考。維公有子，喪事哀祇。慰其孝思〔四〕，用此銘詩。

〔一〕「御札」，原作「御孔」，據龍舒本、遞修本改。

〔二〕「召」，聽香館本作「多」。

〔三〕「二」，龍舒本、遞修本作「三」。

〔四〕「孝」，原作「考」，今據龍舒本改。

## 荆湖北路轉運判官尚書屯田郎中劉君墓誌銘并序

治平元年五月六日，荆湖北路轉運判官、尚書屯田郎中劉君，年五十四，以官卒。三年，卜十月某日，葬真州揚子縣蜀岡，而子洙以武寧章望之狀來求銘。噫，余故人也！爲序而銘焉。序曰：

君諱牧，字先之，其先杭州臨安縣人。君曾大父諱彦琛，爲吴越王將，有功，刺衢州，葬西安，於是劉氏又爲西安人。當太宗時，嘗求諸有功於吴越者録其後，而君大父諱仁祚辭以疾。及君父諱知禮又不仕，而鄉人稱爲君子，後以君故，贈官至尚書職方郎中。

君少則明敏，年十六求舉進士，不中，曰：「有司豈枉我哉？」乃多買書，閉户治之。及再舉，遂爲舉首。起家饒州軍事推官，與州將争公事，爲所擠，幾不免。及後將范文正公至，君大喜，曰：「此吾師也。」遂以爲師。文正公亦數稱君，勉以學。君論議仁恕，急人之窮，於財物無所顧計，凡以慕文正公故也。弋陽富人爲客所誣，將抵死，君得實以告，文正公未甚信，然以君故，使吏雜治之。居數日，富人得不死。文正公由此愈知君，任以事。歲終，將舉京官，君以讓其同官有親而老者。文正公爲歎息許之，曰：「吾不可以不成君之善。」及文正公安撫河東，乃始舉君可治劇，於是君爲兗州觀察推官。又學春秋於孫復，與石介爲友。州旱蝗，奏便宜十餘事。其一事，請通登、萊鹽商，至今以爲賴。

改大理寺丞，知大名府館陶縣。中貴人隨契丹使，往來多擾縣，君視遇有理，人吏以無所苦。先是多盜，君用其黨推逐，有發輒得，後遂無爲盜者。詔集强壯，刺其手爲義勇，多惶怖，不知所爲，欲走。君諭以詔意，爲言利害，皆就刺，欣然曰：「劉君不吾欺也。」留守稱其能，雖府事往往咨君計策。用舉者通判廣信軍，以親老不行，通判建州。

當是時，今河陽宰相富公以樞密副使使河北，奏君掌機宜文字。保州兵士爲亂，富公請君撫視。君自長垣乘驛至其城下，以三日，會富公罷出，君乃之建州。方并屬縣諸里，均其徭役，人大喜，而遭職方君喪以去。通判青州，又以母夫人喪罷。又通判廬州。朝廷弛茶榷，以君使江西，議均其稅，蓋期年而後反。客曰：「平生聞君敏而敢爲，今濡滯若此，何故也？」君笑曰：「是固君之所能易也〔一〕，而我則不能。且是役也，朝廷豈以爲它？亦曰愛人而已。今不深知其利害，而苟簡以成之，君雖以吾爲敏，而人必有不勝其弊者。」及奏事，皆聽，人果便之。除廣南西路轉運判官。於是修險阸，募丁壯，以減戍卒，徙倉便輸，考攝官功次，絶其行賕。居二年，凡利害無所不興廢。乃移荆湖北路，至，踰月卒。家貧無以爲喪，自棺槨諸物，皆荆南士人爲具。

君娶江氏，生五男二女。男曰洙、沂、汶，爲進士。洙以君故，試將作監主簿，餘尚幼。初，君爲范、富二公所知，一時士大夫争譽其才，君亦慨然自以當得意。已而屯邅流落，抑没於庸人之中。幾老矣，乃稍出爲世用，若將有以爲也，而既死。此愛君者所爲恨惜，然士之赫赫爲世所願者，可睹矣。以君始終得喪相除，亦何負彼之有哉？銘曰：

嗟乎劉君，宜壽而顯。何畜之久，而施之淺？雖或止之，亦或使之。唯其有命，故止於斯。

〔一〕「是」，光啓堂本、聽香館本作「此」。

## 廣西轉運使李君墓誌銘并序

君諱寛，字伯强，姓李氏。其先隴西人，後移光山，至君六世祖，又移建安。今爲南昌人者，以君大皇考爲鼻祖。君皇考諱某，以太子洗馬致仕，終尚書虞部郎中，其贈官至衛尉卿。大皇考諱某，以殿中丞致仕，其贈官至吏部尚書。曾大皇考諱某，當五代之亂，無爵禄，以尚書故，贈大理評事。

君始以世父蔭守將作監主簿，監洪州鹽院。用歲課倍，得知袁州宜春縣，改知福州福清縣。當是時，能聞朝廷矣，就除通判桂州，又通判江州，二州皆治，遂知吉州。請於天子，立學以教，學者常三百人。施方略，捕盜賊，無衆寡遠近必得，以至米鹽酒摧，皆爲除弊致利。移衡州，不赴，改江州。州人曰：「是嘗涖我矣。」不待至而服。未幾，移潤州，不赴，改信州，又不赴，改太平州。轉運使言饒大劇，州將不能治，而太平不足用君，乃换饒州。屬縣惡吏聞且至，有棄其官而去。至則禁巫醫之罔民，案畜蠱者，遂以無事。安撫使言治行，於江南爲第一。

母夫人終，去位三年。知虔州，將行，三司請君制置糧草河北，一歲減緡錢八十七萬，由此提點江、浙等路鑄錢坑冶。以衛尉老，奏徙治所南昌，從之。移提點荆湖北刑獄，辭不往，又請便官以養，乃改江西。居一月，遭衛尉喪。服除，久之，尚不忍去墓所。詔就起君提點江東刑獄，又移京西，除廣西轉運使。自儂智高反，宿軍邕州，歲漕不足，乃多治船，設賞罰，而邕軍食以有餘。所部攝官以三十四員爲額，待攝常數十百人，一員闕，皆争賕吏。君第其課爲三等，有闕以次補，攝官不賕吏由此始。二廣使者故不以春夏出，會有詔閱邊卒，君即出，道遇瘴，歸卒，年六十，治平二年九月二十三日也。

初，李氏既居江南，尚書未老，致其事歸養。其子侍郎以分司歸，亦未老。當侍郎之歸，衛尉又以從其兄弗仕，仍世德義，爲南人所慕。君既生有美質，而積習名教，自爲兒童侍衛尉側，不惰終日。及壯砥礪，以材能自顯。其於吏治精壯果敏，機張鍵閉，姦不可知，目所指取，必得其情狀。故所在豪人猾吏，重手累足，以終君去，不敢有所觸。君視遇其屬士大夫賢者尤謹，所拔舉過百人，後多知名云。

夫人胡氏，仁和縣君。子男五人：長曰承勉，宣州旌德縣令，早卒；次曰亞夫，太廟齋郎；曰獻夫，試將作監主簿；曰渭夫，試祕書省校書郎；曰太平奴，方晬而夭。女二人：長適蘇州常熟縣主簿佘公弼，次適大理寺丞田真卿。孫男三人。君與弟尚書司門郎中定相友愛尤篤，遺奏以司門之子簡夫聞。詔除司門知太平州，補簡夫郊社齋郎，又詔君喪所過州發卒護送。以明年二月歸殯于洪州，某月某日葬新建縣桃花鄉曹山，去先墓五里，君所自爲壽藏也。君積散官至朝奉郎，職事官至尚書金部郎中，勳至護軍，賜服佩至三品，銘曰：

李姓章浦，自君考祖。棄閩徂遷，望此荆楚。君於治人，無有黨讎。部我千里，如農一丘。薅姦鉏彊，以殖善柔。均之利澤，深莳平耰〔一〕。乃登禄實，尚饋春秋。君能孝祀，君則多子。有來無窮，其視章水。

〔一〕「耰」，原作「擾」，據遞修本改。「平耰」，播種、種植。「深莳平耰」，光啓堂本、聽香館本作「及時平休」。

## 國子博士致仕李君墓誌銘

朝奉郎、國子博士致仕、騎都尉、賜緋魚袋廣陵李君者，諱問，字某。以數舉進士，賜同學究出身。嘗爲韶州樂昌、無爲軍廬江二縣主簿，河中府臨晉縣令。以昭德軍節度推官知邢州平鄉縣，以大理寺丞知蘇州吴江、衢州江山二縣。又以太子中舍、殿中丞監在京箔場、太平州蕪湖縣酒税，遂告老。會今上即位，遷博士，至明年而卒。又明年十二月二十五日，葬廣陵某鄉某里。

君善爲詩，當時名人柳開、王禹偁稱之。少貧，幾不自存，有姊氏以田宅〔一〕，弗取也。及爲吏，所在推誠愛人，人至不忍有所負以累君，去輒遮泣挽留。及老矣，而彌貧，然終不以貧故變節有所取。年九十，精悍如此。及將卒，尚讀書，與家人笑語自若，投其書，若將寐者，遂卒，卒時治平元年十一月十一日也。

李氏故金陵人，其後遷高郵，又遷廣陵。君曾祖諱某，祖諱某，考諱某，以君故贈殿中丞。君娶開封浩氏，有兩男子：察，山南東道節度推官，蚤卒；定，集慶軍節度推官。一女，嫁杭州新城縣令許仲蔚。定有文行〔二〕，從余遊，故與爲銘。銘曰：

斬曠平，窾幽密。工相方，史諏日。於惟君，考此室。猶其永寧，尚終吉。

〔一〕「以」，龍舒本作「與」。
〔二〕「行」，龍舒本作「學」。

## 朝奉郎守殿中丞前知興元府成固縣楊君墓誌銘

楊氏自太尉震守節於漢以死，而將相名臣之族多出於華陰，歷八九百年以至於今不絕，爲士大夫家，而尚能譜太尉之昭穆。當五代之亂，君曾祖諱某者〔一〕，在吴越，因相其王。王遷國除於太宗之時，而國相之子孫歸仕於天子，又多賢顯。尚書刑部郎中諱某者，君皇祖也。尚書司封郎中諱某者，君皇考也。楊氏之爲江都人者，自君皇考始。

君諱某，字公適。幼詳敏知，好文學，故我叔祖興元府君嫁之以其子。及長而仕，號爲能吏，所在官治多舉者。自太廟齋郎更九官，而以殿中丞知興元府成固縣事。治平元年歸，得疾於楚州，二月二十一日卒，年六十五。

夫人王氏，即興元府君尚書主客郎中諱某之女。五男子：湜、洙、治、滌、渟。湜，宿州符離縣尉，餘皆進士。洙、治前死。四女子：其已嫁者二人，太常少卿吕璹、試將作監主簿孫綖者，君壻也；其一人未嫁而前死。諸子孫以二年十一月四日，葬君江都東興鄉之北原。以某嘗得侍君〔二〕，而君知之於少時者也，故屬以銘。銘曰：

赫赫太尉，窮于季世。華陰之楊，終熵而昌。艱難徂遷，亦相其王。王以家朝，相隨内屬。有子有姓，尚多顯服。君勱厥紹，考終世禄。書銘在京，兆實初卜。

〔一〕「曾」下，龍舒本有「皇」字。

〔二〕「某」，龍舒本作「安石」。

## 都官郎中致仕周公墓誌銘

尚書都官郎中南康周公卒之明年，皇祐五年，葬某所，子藴、詠使請銘。次其語曰：公諱某，字某。其先占蔡之汝陽，唐末遇亂於光、蘄，遷江州之星子鎮。太平興國中，以鎮爲縣，又以爲南康軍，故今爲南康人焉。曾大父某，大父某，當李氏時，皆以學行爲處士家。皇考某，累贈尚書職方郎中。

始以進士起，至尚書屯田郎中，求監池之永豐監，遂致仕。已而今天子大享明堂，恩除都官，于家以卒。嘗令岳之沅江、壽之霍丘、池之建德、邛之依政、河南之洛陽，凡五縣。通判池州。守二州，曰蓬曰安。其治之寬嚴，視事劇易，尤惠於池、蓬。蓬人愛思，至爲公畫像。在洛陽，明肅太后使中貴人用事者來，留守傾身媚附之，中人諷公請己〔一〕，獨拒之不往。故相張士遜薦公説書國學，且諭公見執政，公固謝之。其篤學果行，蓋有世士夫所難者〔二〕。卒時春秋七十七，戒喪葬無用浮屠説。有文十卷，世傳之。

先夫人王氏，封仁壽縣君。二子：藴，保信軍節度推官；詠，太廟齋郎。銘曰：

余聞異時宦官之幸，雖隆名尊爵，有紀於時者，往往爲之詘焉。又觀古之士，能無折身以市於貴勢，蓋亦少也。信公之所守，則其賢遠矣。我銘公藏，不刻其他。惟兹之存，以勸毋邪。

〔一〕「請」，聽香館本作「詣」。

〔二〕「士」下，聽香館本有「大」字。

## 張常勝墓誌銘

君湖州烏程縣人，姓張氏，名文剛，字常勝。好學能文，孝友順祥，再舉進士不第。年二十七，熙寧五年九月九日卒，以六年二月十日葬于鳳凰山。曾祖任，祖維，贈刑部侍郎。

父先，尚書都官郎中致仕。女三人。君妻，予從父妹也，故君從予學。銘曰：

才足以貴，而莫之知。善足以壽，而止於斯。嗚呼逝矣兮，銘以哀之。

# 王安石文集卷第九十八

## 墓誌

### 尚書都官員外郎侍御史王公墓碣銘

慶曆五年，天子以尚書都官員外郎、通判荆南府王公爲侍御史。居一年，以入三司爲户部判官，又一年，還之，爲言事御史。頃之，奏事殿中，疾作，歸，翌日卒。其家以不起聞，天子悼閔，走中人賻之金帛，又官其一子。先是，御史有物故者不賻，由公故，乃敕有司并賻〔一〕。蓋天子之所以録其忠如此。

自公舉進士時，已能力學自立，以經術游於江淮之南，爲學者所歸。至爲許州司理參軍〔二〕，則以其職與强貴人抗曲直，獄疑當死賴以活者至數人。再主簿於杭之臨安、開封之扶溝，遂選開封府法曹參軍〔三〕，令皆不能出其治，尹亦不敢侵其守。而薦者以十數，歲當遷，府推官惡不順己，持其奏不肯書，欲詘公請己。公故不詘，推官度終無可奈何，乃卒任公。遷祕書省著作佐郎，已而覃恩遷祕書丞〔四〕，乃出知洪州分寧縣，入爲審刑詳議官，數以疑似辨上前，輒釋。及佐荆南，能以義憚其守，錯諸不法事。嘗上書，論南方用師討傜蠻，不如撫而降之利。

先是，公在京師，天子以災異詔百官言事，公所言有以儆世者。其後，御史府惡老者在，事不能自已，以言趣之去位。公以謂：「於老者薄，非所以廣仁孝於天下，且養之非其道，使至於無恥，而專以法格之，滋所以使人薄也。」乃推三代禮意，爲養老頌以諷。凡公之行己治民及所以論於上者，皆出於寬厚誠恕，而其言易直以明。故其召而爲御史也，未至，而好公者已信其能稱職矣。同時御史，聞一事皆争言塞職。其已嘗言，公未嘗繼以言，曰：「可悟上意足矣。」然排黨幸爲獨切，其言多同時御史所不能言者。每承上問言：「人不能無過，若以古繩墨治之，世殆無全人，爲國家用者，要之忠信而已。忠信雖有過，尚足用也。」其大指所存如此。嗚呼！古所謂淑人君子者，公於是可以當之矣。公既行内修其大者，爲世所稱，至其施於小，亦皆敏而盡力，顧余不得盡載也。然讀余之所載，則亦緊足以知公矣。

公諱某，字某。其先爲漢鴈門太守者曰澤，澤後十八世雄爲唐東都留守，封望太原，族墓在河南，而世宦學不絶，爲聞姓。至唐之將亡，雄諸孫頗陵夷，始自缺，其譜亡，不知幾傳而至護，始居福之侯官，曰本河南人，雄之後也。護生伸，伸生廷簡〔五〕，當閩王審知時被署爲安遠使，有勞烈於其國。審知死，遂置其官，以老安遠。二子，其季居政，娶邑里姚氏女，生公。自護四世至公，始以文行發名，追官皇考至祕書丞，而以昭德縣太君封其母。夫人曾氏，贈尚書兵部侍郎會之女，封金華縣君。婦順母嚴，公所以紀其家，蓋有助焉。生五男子：回、向、固、同、冏，皆爲士，其文學行義，有過絶人者。故人莫不知公後世之將大顯以蕃，而以公之仕不充其志，爲無憾也。公年六十三，以既卒之三年，葬潁州之某鄉某原。初，公嘗過游潁之樂，故諸孤御其母家焉，而以公於葬。至是，回之友臨川王某追銘墓上，實至和二年也。銘曰：

顯姓維王，出不一宗。公先河南，實祖於雄。來閩四世，乃挺以生。其來則否，其去而亨。歸忠于君，播惠在甿。配時前人，駿發以升。世不載德，孰爲榮名？謂公有後，其豈公卿！

〔一〕「并」，遞修本作「與」。
〔二〕「司理」，遞修本作「法曹」。
〔三〕「選」，遞修本作「遷」。
〔四〕「遷」，遞修本作「進」。
〔五〕「廷簡」，曾鞏集卷四十二王容季墓誌銘作「廷銘」。

# 孔處士墓誌銘

先生諱旼，字寧極。睦州桐廬縣尉諱詢之曾孫，贈國子博士諱延滔之孫，尚書都官員外郎諱昭亮之子。自都官而上，至孔子四十五世。先生嘗欲舉進士，已而悔曰：「吾豈有不得已於此邪？」遂居于汝州之龍興山而上，葬其親於汝。汝人争訟之不可平者，不聽有司而聽先生之一言；不羞犯有司之刑，而以不得於先生爲恥。慶曆七年，詔求天下行義之士，而守臣以先生應詔。於是朝廷賜之米帛，又敕州縣除其雜賦。嘉祐三年〔二〕，近臣多言先生有道德可用，而執政度以爲不肯屈，除守祕書省校書郎致仕。四年，近臣又多以爲言，乃召以爲國子監直講。先生辭，乃除守光禄寺丞致仕。五年，大臣有請先生爲其屬縣者，於是天子以知汝州龍興縣事。先生又辭，辭未聽，而六月某日先生終於家，年六十七。大臣有爲之請命者，乃特贈太常丞。

至七年月日，弟晹葬先生於堯山都官之兆，而以夫人李氏祔。李氏，故大理評事昌符之女。生一女，嫁爲士人妻，而先物故。先生事父母至孝，居喪如禮，遇人恂恂，雖僕奴不忍以辭氣加焉。衣食與田桑有餘，輒以賙其鄉里，貸而後不能償者，未嘗問也。未嘗疑人，人亦以故不忍欺之。而世之傳先生者多異，學士大夫有知而能言者。蓋先生孝弟忠信，無求于世，足以使其鄉人畏服之如此，而先生未嘗爲異也。

先生博學，尤喜易，未嘗著書，獨大衍一篇傳於世。考其行，殆非有得於内〔二〕，其孰能致此耶？當漢之東徙，高守節之士，而亦以故成俗，故當世處士之聞獨多於後世。乃至於今，知名爲賢而處者〔三〕，蓋亦無有幾人。豈世之所不尚，遂湮没而無聞〔四〕？抑士之趨操，亦有待於世邪？若先生，固不爲有待於世，而卓然自見於時，豈非所謂豪傑之士者哉！其可銘也已。銘曰：

有入而不出，以身易物。有往而不反，以私其佚。嗚呼先生！好潔而無尤。匪佚之爲私，維志之求。

〔一〕「三」，或爲「二」之訛。按續資治通鑑長編卷一百八十六：「嘉祐二年六日壬子，以汝州龍山孔旼爲校書郎致仕。」

〔二〕「殆」，龍舒本、遞修本、新刊名臣碑傳琬琰之集中卷三十五孔處士旼墓誌銘作「治」，屬上句。

〔三〕「名爲」，底本漫漶，據龍舒本、遞修本、新刊名臣碑傳琬琰之集補。

〔四〕「没而」，底本漫漶，據龍舒本、遞修本補。

## 右領軍衛將軍致仕王君墓誌銘

君王氏，諱乙，字次公。其望在太原，而實家大名之元城，不知其始所以徙。曾祖諱安，當周世宗時，爲閤門通事舍人。祖諱廷溫，開寶中泰寧軍節度副使。考諱奉諲，右班殿直，贈左武衛大將軍。

君嘗舉進士不中，因獻其所藏書祕閣，而上書言：「先臣某逮□許王，於先皇帝有一日之幸，臣實其子。」天子下其問驗，以爲三班借職，累遷至内殿崇班、閤門祇候、淮南東路都巡檢使。皇祐二年，年七十三，以右領軍衛將軍致仕〔一〕，卒於海州。而以嘉祐二年，葬真州之揚子縣某鄉某原，以後夫人劉氏祔。於是，先夫人林氏既葬矣。

君强記博聞，剛毅而聰明。好讀書，雖老矣，讀書未嘗少止。於窮人賤士，苟義所在，樂與之爲膠漆。一欲以不直加我〔二〕，雖嚴貴人，義終不爲受也。數上書言事，皆中世病，而用事者多不聽，聽者兩言耳，又事之小者，然當時蒙其利。言楚州可去堰爲牐，歲省卒二十一萬七千人〔三〕，錢一百三十萬，米六萬八千石。又言河陰可以茶、鹽募入穀，而漕之河北。爲十説以排三司之難，三司不能絀其一，此當時蒙其利者也。

宋興百年，大定於太宗，至真宗，内外富矣〔四〕。内外自是遂務以無爲養息天下，朝廷所尚賢良進士，而將相大臣之世用。君方慨然懷古人趨赴功業之意，欲起貧賤，不勢左右，而以其辯智當人主。衆圓獨方，用非其時，卒以不合。嗚呼，甚可悲也！然天下不肖多畏惡君，以其伉直，而幸其齟齬不得意以老，獨賢者哀之耳！

君子越石，秦州觀察判官；其次子仁傑，爲進士〔五〕。女二人，嫁進士林度、陳州項城主簿宋造〔六〕。余嘗爲君僚，而與其子越石同年進士也。銘其葬曰：

强能吾羸，吾與之爲抗；羸者惴惴，吾與之爲讓。卒羸于强，以窒于行。維其心之享，以實其聲也。

〔一〕「右」，王令集卷二十叔祖左領軍衛將軍致仕王公行狀作「左」。

〔二〕「直」，底本漫漶，據遞修本、光啓堂本補。

〔三〕「二十一萬」，原作「二十二萬」，據王公行狀、四部叢刊初編本改。續資治通鑑長編卷一百四天聖四年十月乙卯條引此文，亦作「二十一萬」。

〔四〕「内外」，底本漫漶，據遞修本、光啓堂本補。

〔五〕「其次子仁傑爲進士」，疑當爲「其次子建、仁傑，爲進士」。按王公行狀：「子三人：越石，秦州觀察判官；子建、仁傑，皆舉進士。」

〔六〕「宋造」，王公行狀作「宋适」。韓琦安陽集卷十五有次韻和留守宋适推官遊宴御河二首，疑即此人。

## 朝奉郎尚書司封員外郎張君墓誌銘

朝奉郎、尚書司封員外郎、知安州軍州兼管内勸農事、騎都尉、賜緋魚袋借紫張君，年五十六，以皇祐二年十二月十一日卒，以熙寧元年某月某日葬。

君諱禂，字聖休，餘杭人。曾祖曰浩，祖曰文寶，弗仕。考曰延遇，仕至左侍禁，贈官至左驍騎將軍。君少孤，與其弟祇皆文行知名，以布衣教授宗室。後中進士第，歷宣州宣城縣主簿、撫州司法參軍。用舉者遷大理寺丞，知雅州名山、洪州奉新兩縣，監海州榷貨務，通判池、廣兩州。乃自尚書屯田員外郎召拜殿中侍御史，用磨勘，遷侍御史。劾奏殿前都指揮使郭承祐恃恩驕嫚；論宦官雖高，不當坐侍燕，而謫請求者；又論不當禁諫官、御史風聞言事，仁宗皆以爲然。君之爲吏也，數決疑獄，所至稱辨治〔一〕。及是言事，又能舉其職。方是時，爲御史者拔舉多不次，君素寬裕静退，恥以彈治人得用。未幾，即稱疾求出，乃知安州，州大治。會卒，人追喪車慟哭。

初，驍騎府君監湖州兵，遂葬卞山。至是，君從葬，以夫人京兆縣君施氏祔。施氏生一子稚恭，爲進士。一女，適信州司理參軍王汶。孫大正、大成、大亨、大鈞，今尚幼。君事母孝，友其弟甚篤，於權勢財利能廉，吏治尤可紀。在廣州，奏請城之，未及築外郛而召。後儂智高反，州人賴君所築活，以不卒功爲恨。銘曰：

有嘉張君，質静寬徐。進非所好，人用稱譽。視利在前，蹲循弗趨。退施一州，用智之餘。嘻其葬矣，次有銘書。

〔一〕「辨治」，底本漫漶，據遞修本、光啓堂本補。

## 謝景回墓誌銘

君姓謝氏，諱景回，字師復。以泰寧軍節度掌書記諱崇禮者爲曾大父，以太子賓客、陳留公諱濤者爲大父，而兵部員外郎、知制誥、陽夏公諱絳者之少子也。幼好學，有大志，聰明卓然，不類童子。年十九，所爲文辭已可傳載。於是得疾不可治，以嘉祐四年十二月丙子，棄世於漢東，人莫不爲謝氏哀之。諸兄以八年十月乙酉，葬君鄧州穰縣五壟原之兆〔一〕，而臨川王某爲銘曰〔二〕：

攻乎其爲良，汰乎其爲精。吾見其質，吾聞其聲。如或毁之，用不既於成。哀以銘詩，亦慰其兄。

〔一〕「鄧州」，原作「鄧川」，據龍舒本、遞修本改。

〔二〕「某」，龍舒本作「安石」。

## 真州司法參軍杜君墓誌銘〔一〕

真州司法京兆杜涣濟叔〔二〕，年三十七，以皇祐四年四月辛酉卒。子男某，尚稚。自將以下合貨財〔三〕，以葬於北城之野，而留其孥以處。杜氏世占永寧之博野，父詢嘗歷江寧府司録參軍，遂葬，家焉。有子五人，濟叔最少，實慶曆六年進士。臨川王某銘其葬焉〔四〕，銘曰：

猗嗟杜氏，博野之良。有官于南，遂宅以藏。是生司法，以節自强。翼翼而才，頎而陽陽〔五〕。其生可懷，死矣皆傷。江之北垣，南墓在望。奚葬不歸？卜者曰祥。後有子孫，既實而昌。求藏厥初，來考銘章。

〔一〕龍舒本題作「杜涣墓誌銘」。

〔二〕「濟叔」，底本漫漶，據龍舒本、遞修本補。

〔三〕「自」，龍舒本作「州」。

〔四〕「某」，龍舒本作「安石」。

〔五〕「翼翼而才頎而陽陽」，原作「頎而陽陽翼翼而才」，今據龍舒本乙正。

## 金溪吴君墓誌銘

君和易罕言，外如其中，言未嘗極人過失〔一〕。至論前世善惡，其國家存亡治亂成敗所繇，甚可聽也。嘗所讀書甚衆，尤好古而學其辭，其辭又能盡其議論。年四十三，四以進士試於有司，而卒困於無所就。其葬也，以皇祐六年某月日，葬撫州之金溪縣歸德鄉石廩之原〔二〕，在其舍南五里。當是時，君母夫人既老，而子世隆、世範皆尚幼。三女子：其一卒，其二未嫁云。

嗚呼！以君之有，與夫世之貴富而名聞天下者計焉，其獨歉彼耶？然而不得祿以行其意，以祭以養，以遺其子孫以卒，此其士友之所以悲也。夫學者將以盡其性，盡性而命可知也。知命矣，於君之不得意，其又何悲耶？銘曰：

蕃君名，字彥弼，氏吴。其先自姬出，以儒起家世冕黻。獨成之難幽以折〔三〕，厥銘維甥訂君實〔四〕。

〔一〕「極」，聽香館本作「及」。
〔二〕「葬」，原無，據龍舒本補。
〔三〕「難」，龍舒本作「艱」。
〔四〕「維甥訂」三字，底本漫漶，據龍舒本、遞修本補。

## 太常少卿分司南京沈公墓誌銘

皇祐三年十一月庚申，太常少卿、分司南京錢塘沈公卒。明年，子披、子括葬公錢塘龍居里先公尚書之兆〔一〕，卜十月甲戌吉，與其宗謀銘，則書公官壽行世來以請。予論次其書曰：

沈氏自沈子逞以身屬社稷，書於春秋，文學、賢勞、功名，不曠于史，而武康之族，尤獨顯於天下。至公高祖始徙去，自爲錢塘人。大王父某，當錢氏時匿不仕。王父某，官咸平、端拱間，至大理寺丞。父某，學行顯聞，早世，無爵位，由長子同及公贈兵部尚書。

公諱周，字望之。少孤，與其兄相踵爲進士，起家掾漢陽，從事高郵，用舉者入大理爲丞，監蘇州酒。知簡之平泉縣，縣人銘其政於石。遂自封州守佐蘇州，由蘇州爲侍御史。有以丞相指謁公者，不爲聽。居頃之，出刺潤州，又刺泉州。其爲治取簡易，訟有可已者，輒諭以義，使歸思之，獄以故少。泉州舊多盜，日暮市門盡閉，禁民勿往來。公至，除其禁，而盜亦以止。佐開封，訟數年不遣者以百數，公斷治立盡。嘗代其尹爭獄於上，大臣爲公自絀。三司使請鑄大錢，下其書議，議者無敢忤。公爲其判官，獨曰：「壞四錢爲之可以當十，民盜變舊錢且盡，鑄之爲誘民死耳，不如無鑄。」議上，如公言。於是天子以江東之按察爲已悉，聞公寬厚，即以爲使。盡歲無所劾，而部亦以治稱。然公已老，不樂事權〔二〕，自請得明州。明年，遂以分司歸第，三月卒〔三〕。

夫人許氏，六安縣君。兩男世其家〔四〕，一女子已嫁。公廉静寬慎，貌和而内有守。

春秋七十四，更十三官而不一挂於法。鄉黨故舊聞其歸則喜，喪，哭之多哀，而無一人恨望者。銘曰：

公生四方，卒於故里。先君之從，祭則孫子。有櫝有松，有鬱其岡。不阤不騫，萬世之藏。

〔一〕「錢塘」，龍舒本作「邑」。

〔二〕「事」下，龍舒本有「利」字。

〔三〕「三」上，龍舒本有「歸」字。

〔四〕「兩」上，龍舒本有「子」字。

## 吴録事墓誌

君諱蕡，字成之，世爲撫州金谿人。曾祖某，不仕。祖德筠，尚書屯田員外郎。父敏，尚書都官員外郎。君以蔭入官，任吉州太和、袁州萍鄉縣主簿，尉蘄州石橋茶場，廬州司理，亳壽州、江寧府録事參軍。以某年月日卒于家，享年若干。

君事親孝，友于兄弟。與厭侈父母兄弟，寧窮困身妻子，故老妻長子，人不勝憂也，義不忍貲親遺産，悉推兄弟。比没世，妻子遵約，鄉人賢，以爲難。君嘗議獄，上官指教再三，君弗許再三。上官顧歎，許舉京官，君弗謝，乃終弗舉，後他上官率以質直弗舉也。二男子，偉、豪，長有志行如君。二女子，歸晏脩睦、王令，季有特操如令。豪養寡姊妹，嫁孤甥，夫婦孳孳，鄉人又以爲難。卜以元豐八年某月日，葬于唐州桐柏縣淮源鄉，妻李祔〔一〕。臨川王某誌。

〔一〕「妻」，原作「實」，今據聽香館本改。

## 宋贈保寧軍節度觀察留後追封東陽郡公宗辯墓誌銘〔一〕

公諱宗辯，字慎微。祖諱元佐，是爲魏恭憲王。考諱允升，太師、平陽郡王，謚曰恭懿。公平陽第十三子，生數歲而平陽薨。事母孝，友于兄弟，好讀書，不舍晝夜。常獻所爲文，得試學士院，兄弟四人，皆中優等，遷官。而仁宗遇公甚寵，嘗親書「近親才賢，好文博古」八字賜之〔二〕。公既好書，又嗜醫方，所蓄方甚衆。每躬自治藥，以振人之疾，其惻隱不倦，蓋天性也。以熙寧元年七月己卯，終于睦親北宅，享年四十六。官至右衛大將軍、金州防禦使，爵天水郡開國公，食邑三千户，食實封五百户。贈保寧軍節度觀察留後，追封東陽郡公。

夫人李氏，封德安郡君，贈尚書、中書令漢瓊之孫。子男十五人：仲富，右内率府副率；仲尋，右羽林軍大將軍、黎州團練使；仲綰，右武衛大將軍、雅州刺史；仲瑝，右武衛大將軍、彭州刺史；仲緘，右千牛衛將軍；仲汧，右監門率府率；仲琨，右内率府副率。仲富前公卒，餘亦皆蚤死。女子十九人：嫁者四人，未嫁而死者九人，餘尚幼也。二年二月十七日，葬河南永安縣。銘曰：

猗歟賢公，蕃此皇國。耀其藻章，以賁明德。能不外勸，維家之飭。厥承詵詵，餽我無射。如何不怡，遂永窀穸！

〔一〕「寧」，原作「慶」，今據龍舒本改。按，保寧軍，宋史卷八十八地理志云婺州，「淳化元年，改保寧軍節度」。又云徽宗崇寧四年升拱州爲保慶軍。本文撰於神宗時，尚無保慶軍之稱。

〔二〕「才賢」，龍舒本作「賢才」。

## 贈虔州觀察使追封南康侯仲行墓誌銘

公諱仲行，字德之。故婺州觀察使諱宗迴之子，贈節度使、同中書門下平章事、蔡國公諱允言之孫，魏王諱元佐之曾孫。母曰齊安郡君梁氏。慶曆四年賜名，除太子右衛率府率、右監門衛大將軍，爵天水郡開國侯，食邑一千三百户。年二十二，以治平四年八月二十九日卒。贈虔州觀察使，追封南康侯。夫人張氏，封壽昌縣君。子男士仡，早卒；士泉，右監門率府率，其季與女皆幼〔一〕。君仁而好學，其卒也宗室皆憐傷，其葬也以熙寧二年二月十七日，葬河南府永安縣。銘曰：

爵之尊，禄之殖，維年之卑不配德。

〔一〕「皆」下，原有「尚」字，據嘉靖五年本删。遞修本黄校曰：「『尚』字宋刊空白。」

## 贈華州觀察使追封華陰侯仲庬墓誌銘

公諱仲庬，字子厚。濮國公宗樸之子，濮安懿王諱允讓之孫，魯恭靖王諱元份之曾孫也。母曰蕭國夫人王氏。以皇祐元年賜名，除太子右内率府副率。二年，改太子右監門率府率。嘉祐五年，改右千牛衛將軍。八年，改右監門衛大將軍。治平二年，領嘉州刺史。四年改右武衛大將軍〔一〕，領雅州團練使。熙寧元年，年二十四，以三月三日卒。上爲不視朝一日，内出司賓祭弔，贈華州觀察使，追封華陰侯。

公生而秀麗，長而聰敏，於宗室爲好學。上承下撫，無不得意。故其卒，哭者皆爲盡哀。妻馬氏，封安平縣君。女一人，尚幼。公以熙寧二年二月十七日，葬河南府永安縣。銘曰：

維濮世封，實承安懿。公緒厥慶，尚終有嗣。奄其喪矣，一女之存。歸銘幽宫，以慰公魂。

〔一〕「年」，原無，據四庫本補。

## 贈奉寧軍節度使追封祁國公宗述墓誌銘

公諱宗述，字子耆。韓恭懿王諱元偓之孫，而東平郡王名允弼之子也。以天聖元年生，以景祐元年賜名，除右侍禁，歷太子右司禦率府、右監門衛將軍、左屯衛大將軍、廉州刺史，隰州團練使，濰州、嘉州防禦使。熙寧元年正月十八日，以不起聞，上幸其第奠哭之。贈奉寧軍節度使，追封祁國公。越明年二月十七日，葬河南永安縣。

公重厚，寡笑言，内行治，未嘗有謫。樂振施，知音樂，善射，尤爲東平王所愛。妻任氏，樂安郡君。子男七人：仲璆、仲俶、仲誘、仲瓬、仲醻。仲璆早卒，兩人未名而死。銘曰：

維德之嘉，維能之多。惟命之不遐，宗室之嗟。

## 右千牛衛將軍仲虁墓誌銘

君諱仲虁，字彦之。曾祖諱元佐，是爲魏恭憲王。祖諱允言，贈安遠軍節度使、同中書門下平章事，封密國公。父宗悦，前左屯衛大將軍、池州團練使、祁國公。君官至右千牛衛將軍〔一〕，坐法廢。熙寧元年，年二十二，以五月二十五日卒。至某年某月某日，葬河南府永安縣。妻郭氏。有六男子，死者四人，士孈今爲右監門率府率，一人尚幼。銘曰：

託靈皇宗慶之多，終以無禄傷如何！棄此白日營山阿。

〔一〕「右」，原作「又」，據遞修本、聽香館本改。

## 贈右屯衛大將軍世仍墓誌銘

君諱世仍，字季遷，宣城郡公從審第十子。宣城以越懿王諱德昭爲祖，以安定郡公諱惟和爲考。君母曰渤海郡夫人吴氏，實山南東道節度使元扆之孫。娶潘氏，鄭王美之孫也。年二十二，生二男子、一女，以熙寧元年八月二十三日卒。於是官至右千牛衛將軍，制以右屯衛大將軍告其第。用二年二月十七日〔一〕，葬于河南府永安縣。君授尚書，能通章句。遇人恭謹有恩，然喜飲酒，以故得疾死。銘曰：

有昭其明，有韡其榮。維其弗馮，以隕其生。

〔一〕「十七日」，原爲「十九日」，據遞修本黄校改。以上諸宗室，皆同日葬於熙寧二年二月十七日。

# 王安石文集卷第九十九

## 墓誌

### 仙源縣太君夏侯氏墓碣

仙源縣太君夏侯氏，濟州鉅野人。尚書駕部員外郎諱晟之子，翰林侍讀學士、尚書户部侍郎譙公諱嶠之孫，贈太子太師諱浦之曾孫，尚書兵部員外郎、知制誥、知鄧州軍州事陽夏公謝氏諱絳之夫人，太常博士、通判汾州軍州事景初之母。年二十三卒，後五年葬杭州之富陽。於是時，陽夏公爲太常丞、祕閣校理，博士生五歲矣，而其女兄一人亦幼。又十五年，康定二年，博士舉夫人如鄧，以合於陽夏公之墓。而臨川王某書其碣，曰：

夫人以順爲婦，而交族親以謹；以嚴爲母，而撫媵御以寬〔一〕。陽夏公之名，天下莫不聞，而曰：「吾不以家爲恤，六年於此者，夫人之相我也。」故於其卒，聞者欲其有後，而夫人之子果以才稱於世。嗚呼！陽夏公之事在太史，雖無刻石，吾知其不朽矣。若夫夫人之善，不有以表之隧上，其能與公之烈相久而傳乎？此博士所以屬予之意也。予讀詩，惟周士大夫、侯、公之妃，修身飭行，動止以禮，能輔佐勸勉其君子，而王道賴以成。蓋其法度之教非一日，而其習俗不得不然也。及至後世，自當世所謂賢者，於其家不能以獨化。而夫人卓然如此，惜乎其蚤世也！顧其行治，雖列之於風以爲後世觀，豈愧也哉？

〔一〕「撫」，底本漫漶不清，據遞修本、光啓堂本補。

## 揚州進士滿夫人楊氏墓誌銘

揚州進士滿涇之夫人楊氏者，著作元賓之女也。年六十有一，以治平四年十月庚戌卒，而以熙寧二年八月庚申葬，其墓在江都縣馬坊里之南原。有子七人，建中、居中、執中、存中、方中、閎中、求中，皆嚮學。建中，壽州壽春縣令；執中，潁州萬壽縣令；居中，舉進士。女二人，孫男女八人。

夫人性温恭静約，事當意與否，未嘗形於喜愠。以止有吾母也，故思其父愈久而猶悲；以不逮吾姑也，故事其舅愈勞而不懈。承其夫以順，勵其子以善，而汎接於族人也，又能以惠振其貧，以慈撫其賤，以恕掩其過，以篤悛其悍。老矣，歲時尚先諸婦以莅祭祀，蓋夫人之性行可稱者多至如此。而其子又懇懇不已，以求余銘，故勉爲之銘曰：

滿氏有家，保族衍大。夫人來嬪，德協内外。夫喜而謂，偕我鮐背。子祈以耋，温凊之愛。奚命之畸，使棄弗逮。維前之祥，德則弗諼。惟後之祥，有子才賢。銘慰諸幽，亦賁新阡。

## 曾公夫人萬年太君黄氏墓誌銘

夫人江寧黄氏，兼侍御史、知永安場諱某之子，南豐曾氏贈尚書水部員外郎諱某之婦，贈諫議大夫諱某之妻。凡受縣君封者四：蕭山、江夏、遂昌、濉陽；受縣太君封者二：會稽、萬年。男子四〔一〕，女子三。以慶曆四年某月日卒於撫州，壽九十有二。明年某月，葬于南豐之某地。夫人十四歲無母，事永安府君至孝，修家事有法。三十三歲歸曾氏〔二〕，不及舅水部府君之養。以事永安之孝，事姑陳留縣君；以治父母之家，治夫家。事姑之黨，稱其所以事姑之禮；事夫與夫之黨，若嚴上然；眎子慈，眎子之黨若子然。每自戒不處白人善否，有問之，曰：「順爲正，婦道也，吾勤此而已。處白人善否，靡靡然爲聰明，非婦人宜也。」以此爲女與婦，其傳而至於没，與爲女婦時弗差也。故内外親無老幼疎近，無智不能，尊者皆愛，輩者皆附，卑者皆慕之。爲女婦在其前者，多自歎不及，後來者皆曰：「可矜法也。」其言色在視聽則皆得所欲，其離别則涕洟不能捨，有疾皆憂，及喪來弔哭，皆哀有餘。於戲！夫人之德如是，是宜有銘者。銘曰：

女子之德，煦頤愉愉。教隳弗行，婦妾乘夫。趨爲亢厲，勵之顓愚。猗嗟夫人，惟德之經！媚于族姻，柔色淑聲。其究女初，不傾不盈。誰疑不信，來監于銘！

〔一〕「男子四」，本書卷九十二户部郎中贈諫議大夫曾公墓誌銘曰：「始公娶黄氏，生子男三人。」龍舒本作：「始公娶黄氏，生子七人，仕者三人。」歐陽脩居士集卷二十一尚書户部郎中贈右諫議大夫曾公神道碑銘曰：「子男七人。」蓋非墓主黄氏所生者不書。

〔二〕「三十三」，遞修本、應刻本、光啓堂本作「二十三」。

## 太常博士楊君夫人金華縣君吴氏墓誌銘并序

錢塘楊蟠將合葬其母，縗絰以走晉陵，而問銘於其守臨川王某〔一〕。王某曰：古者諸侯、大夫有德善功烈，其子孫必爲器以銘，而國之人必能爲之辭。越國而求銘，予未之聞也。今杭大州，以文稱於時者蓋有，而蟠也釋其殯，千里以取銘於予，蓋所以嚴其親之終，而欲信其善於後世。如此其慎也，予豈敢孤其意，以愛不腆之辭乎？於是爲之序曰：

故太常博士、知婺州東陽縣事楊君諱翺字翰之之夫人金華縣君吴氏，世爲婺州之金華人。自其大父文顗始有籍於杭州之錢塘，而楊君亦自其父徵始去處州之麗水，而爲錢塘人，而葬於錢塘之履泰鄉龍井之原。楊君之卒也，年六十七，以慶曆二年十二月二十一日從其先人以葬。而夫人後君十六年以卒，卒時嘉祐二年，年七十三，而以明年二月二十日祔于楊君之墓。

楊君少以文學中進士甲科，而晚以廉静不苟合窮於世。夫人有馴德淑行，協于上下，内外無怨。楊君有子十一人，其一人則孽也。夫人母其孽子猶吴氏之甥，雖鄉人之習於楊君者，不知爲異母。既楊君卒，教養嫁娶皆各不失其時，而子端、子蟠同時以進士起家，爲密、和二州推官。鄰里歎慕，以爲夫人榮，然夫人不爲之喜也。至楊君之弟子完及進士第，乃喜曰：「吾姒老矣，此亦足以慰其心也。」蓋其仁如此。夫人生男女十人，卒時，子輔國、子端與其女子七人皆已卒，而蟠獨在，爲泗州軍事推官。銘曰：

博士有家，夫人實紹。博士有子，夫人實教。遊其門庭，弦誦之聲。御其堂奥，賓祭齋明。皇命淑人，維君郡縣。問名考德，夫人實踐。歸哉萬年，博士之丘。銘以昭之，無有春秋。

〔一〕「某」，龍舒本作「安石」，下句同。

# 長安縣太君王氏墓誌〔一〕

長安縣太君臨川王氏，尚書都官員外郎、贈太師、中書令兼尚書令、潭國公諱益之女，尚書左丞張公諱若谷之婦〔二〕，尚書比部郎中諱奎之妻〔三〕，國子博士覘、開封府雍丘尉視之母。十四而嫁，五十一而老，五十六而卒。其卒，在潁州子覘官舍，實元豐三年正月己酉。

君爲婦而婦，爲妻而妻，爲母而母，爲姑而姑，皆可譽歎，莫能間毁。工詩善書，强記博聞，明辨敏達，有過人者。循循恭謹，不自高顯。晚好佛書，亦信踐之，衣不求華〔四〕，食不厭蔬。慈哀所使，不治小過，欲歸歸之，欲嫁嫁之。君二女：長不慧，不可以適人；其季，殿中丞龔原妻也。卜六年，葬江州德化縣〔五〕。

兄安石爲誌如此，弟安上書丹。

〔一〕龍舒本題作「長安縣太君墓表」。

〔二〕「丞」下，龍舒本有「致仕贈太尉」五字。

〔三〕「中」下，龍舒本有「贈衛尉少卿」五字。

〔四〕「衣」，底本漫漶，據龍舒本、遞修本補。

〔五〕「縣」下，龍舒本有「某鄉某里之原」六字。

## 永安縣太君蔣氏墓誌銘

毗陵錢公餗、公謹、公輔、公儀、公佐，以皇祐六年三月戊子葬其母永安縣太君蔣氏。方是時，太君年七十矣，公謹爲鄭州新鄭尉，公輔爲太常丞、集賢校理。五子者，卜明年之三月壬午，祔于皇考府君屯田員外郎、贈兵部員外郎諱治之墓，而具書使圖所以昭後世者。叙曰：

蔣氏，常之宜興人，世以財傑其鄉，而其族人有以進士至大官者。太君年二十一，歸于錢氏，與兵部君致其孝。兵部君没，太君進諸子於學，惡衣惡食，御之不愠，均親嫡庶，有鳲鳩之德，終不以貧故，使諸子者趨於利以適己。既其子官於朝，豐顯矣，里巷之士以爲太君榮，而家人卒亦不見其喜焉。自其嫁至於老，中饋之事親之惟謹；自其老至於没，紉縫之勞猶不廢。子婦嘗諫止之，曰：「吾爲婦，此固其職也。」子婦化服，循其法。嗚呼！不流於時俗而樂盡其行己之道，窮通榮辱之接乎身而不失其常心，今學士大夫之所難，而以女子能之，是尤難也。女六人，皆有歸。孫七人，皆幼云〔一〕。銘曰：

詩始關雎，士莫不知。孰能其家，内外無違？闈豈在多，善成於好。於惟夫人，孰輔而告？婦功之修，母道之行〔二〕。宜休而勸，不耄以明。紹良配淑，式穀爾後。勗哉其興，以克有廟。

〔一〕「孫七人皆幼云」，按，周煇清波別志卷三：「臨川荆公集誌公輔母蔣夫人，末云：『孫七皆幼。』豈從其所請，或後來增入邪？煇頃於故家得汴都所刊荆公集，無『七子皆幼』四字。」

〔二〕「道」，底本漫漶，據龍舒本、遞修本、應刻本補。

## 建陽陳夫人墓誌銘

夫人建陽陳氏，嫁同縣人余君爲繼室。余君諱楚，有子四人，其二人則夫人之子。夫人之少子翼生三歲，而余君卒。余氏，世大姓也。夫人盡其産以仁先母之子，而使翼之四方遊學，戒曰：「往成汝志，必力，無以吾貧爲恤。」於是翼年十五，蓋在外十二年，而後以進士起家爲吏，歸見夫人於鄉里。方此時，夫人閉門窮窶，幾無以自存，母子相泣，閭巷聚觀歎息曰：「賢哉是母，有子，食其禄，宜也！」蓋食其子之禄十四年，翼尉宿松，而夫人年七十八，以某年某月卒於宿松之官舍，某年某月某日葬宣州宣城縣鳳林鄉竹塘里。夫人之子長曰某，死矣。翼有文學，善議論，雖久困無所合，然一時文人多知之者〔一〕，其卒能追榮夫人乎！於其葬，臨川王某銘曰：

在句之陰，有幽新宅。誰筮葬母，瘞銘斯石？子閩余姓，母氏惟陳。煢煢其行，婉婉其仁。善禄有終，名則不泯。

〔一〕「文人多知之者」，龍舒本作「聞人多稱之者」。

## 李君夫人盛氏墓誌銘

夫人盛氏，其先錢塘人。曾大父諱某，某官，贈某官。父諱某，某官，贈某官，實始去吴，有里籍於汴。夫人之幼，季父文肅公稱其智，曰：「宜以某字。」遂名之。年二十三，歸隴西李某，爲某官。以後生三男子〔一〕，皆進士，某，某官，其季曰某。女子四人：其長嫁某官某，次嫁某官某，處者其季也。春秋若干，先李君卒，卒於寧海之官舍。卒之某年葬某所，實皇祐四年。

夫人事舅姑以孝聞，持喪哀臞，事齋〔二〕，飭卑衣食，以其餘推親黨。能讀易、論語、孝經、諸子之書，親以教子。子男女娶嫁，必問賢否，有挾貴以請者，李君輒不聽，維夫人有助云。銘曰：

夫人之德，順慎明祇。來胥有家，婦子師師。維師之難，我敏爲之。誰爲女史？視此銘辭。

〔一〕「以」，龍舒本作「其」。

〔二〕「事齋」，龍舒本作「齋飾」。

## 金太君徐氏墓誌銘〔一〕

夫人天性篤於孝謹，女工婦事，不懈以敏，恭儉有節，仁於宗族。故以事其舅而順，以相其君子而宜，以臨其子孫而治，以有賢子大其家室。其享諸福，終于壽考。銘曰：

婉婉女工，彼徐之子。來嬪金宗，有衍其始。鄱人大家，相望而有。誰則無父，無姑無母？帝嘉汝子，服位在朝。賜邑用書，象首錦橐。孝祇順慈，俯仰皆宜。考終榮禄，於慶有施。偉歟夫人，叶此銘詩。

〔一〕此篇即本書卷一百仁壽縣太君徐氏墓誌銘中片斷。

## 楚國太夫人陳氏墓誌銘

夫人陳氏，故鎮安軍節度使、檢校太師、同中書門下平章事、贈太師、中書令兼尚書令、定國文簡程公諱琳之妻也。陳氏世家壽春，其先潁川人，漢太丘長寔之後也。夫人曾皇考諱淵，左班殿直。皇祖考諱誨，皇考諱京，皆不仕。而皇考愛賢夫人，不欲以妻鄉邑，乃徙居京師，擇所居，得定公以嫁。

當是，夫人年十九，定公尚爲進士。其後公至將相，終于位。夫人用公自臨潁縣君九封而爲衛國夫人，用公子加號陳國夫人〔一〕，再封而得楚國夫人。莊而仁，儉而禮，上承下御，無不得宜。故在父母家爲淑女，既嫁爲令妻，其卒有子爲賢母。公薨六年，當嘉祐七年，夫人年七十一，以十一月戊午薨于開封武成坊之第室。至明年二月甲申，而公子以夫人祔于河南伊闕縣神陰鄉定公之墓。

於是公子四人：嗣隆爲尚書屯田員外郎，嗣弼爲國子博士，嗣恭爲尚書屯田員外郎，嗣先爲大理寺丞。女子五人〔二〕：公壻榮諲爲尚書刑部郎中，韓縝爲侍御史，晁仲綽爲尚書屯田郎中，潘士龍爲殿中丞，王偁爲試將作監主簿。銘曰：

程公克壯，萬夫所嚮。奮功發名，乃取將相。云誰公配，嬀姓氏陳。文武自出，太姬之孫。歸佐休顯，自公初屯。序歷爵邑，爲君夫人。公既樹纛，以相爲伯。帝曰嘉矣，夫人好德。能勸其夫，使有嘉績。往以朕命，賜封大國。出書五色，玳首金葩。褒之重錦，來告于家。有豫不怠，有盈不侈。致好内外，具宜福履。侔仁鳲鳩，以母諸子。歲時振振，爲壽在廷。手笏腰章，亦有公甥。維子之才，而甥又獻〔三〕。維貴維富，而兼壽善。嗟此婉娩，考終得願。作詩并藏，爲識新窆。

〔一〕「用」上，龍舒本有「又」字。
〔二〕「女」上，龍舒本有「公」字。
〔三〕「獻」，龍舒本作「彦」。

## 寧國縣太君樂氏墓誌銘

尚書屯田員外郎、通判河南府、西京留守司事陳君諱見素之夫人樂氏，太常博士諱黄裳之子，尚書職方員外郎、直史館、贈尚書兵部侍郎諱史之孫，而贈尚書刑部郎中諱璋之曾孫也。其先自京兆遷江南，爲臨川人。至李氏國除，而史館君歸仕於皇朝，子孫多顯者，於是又遷其家爲河南人焉。

夫人以祥符八年歸嬪陳氏，封萬年縣君，又以其子封寧國縣太君。年七十五，以嘉祐八年二月辛巳卒于京師，卜以三月丙寅祔葬河南唐興鄉屯田君之墓。

於是夫人之子男三人：其一人爲太常博士、集賢校理；其一人爲祕書丞、集賢校理；其一人爲祕書省著作佐郎、開封府户曹參軍。女子六人，存者三人，皆已嫁。諸孫男女十九人，曾孫一人，尚幼也。

夫人少知讀書，能略識其大指，微諫數當，故博士君特愛而賢之，欲有所爲，多與之謀。及歸陳氏，不逮養皇姑矣，屯田君二弟皆尚幼也，夫人鞠視如己子。出匳中物，以助施族人游士之貧者，蓋其家蕭然也，而無愠色。治諸子有節法，誨厲教督，造次必於文學，故諸子皆以藝自奮，名稱一時，以至諸孫亦多有爲善士。先人與屯田君皆祥符八年進士，昆弟又與夫人子爲同年友，故其葬，來屬以銘。銘曰：

夫人既嚴兮，又順以祥。來配君子兮，是生三良。以才自致兮，名聲之揚。慶暨諸孫兮，學問文章。象服命書兮，寵禄方將。氣魂天游兮，體魄在牀。往營新宫兮，嶷洛之陽。作詩幽石兮，示後無疆。

## 仙居縣太君魏氏墓誌銘

臨川王某曰：俗之壞久矣！自學士大夫多不能終其節，況女子乎？當是時，仙居縣太君魏氏抱數歲之孤，專屋而閒居，躬爲桑麻，以取衣食。窮苦困阨久矣，而無變志，卒就其子，以能有家，受封于朝，而爲里賢母。嗚呼，其可銘也！於其葬，爲序而銘焉。序曰：

魏氏，其先江寧人。太君之曾祖諱某，光禄寺卿；祖諱某，池州刺史；考諱某，太子諭德，皆江南李氏時也。李氏國除，而諭德易名居中，退居于常州。以太君爲賢，而選所嫁，得江陰沈君諱某，曰：「此可以與吾女矣。」於是時，太君年十九，歸沈氏。歸十年，生兩子，而沈君以進士甲科爲廣德軍判官以卒。太君親以詩、論語、孝經教兩子，兩子就外學，時數歲耳，則已能誦此三經矣。其後，子迥爲進士，子遵爲殿中丞、知連州軍州。而太君年六十有四，以終于州之正寢，時皇祐二年六月庚辰也。嘉祐二年十二月庚申，兩子葬太君江陰申港之西懷仁里。於是遵爲太常博士、通判建州軍州事，而沈君贈官至太常博士。銘曰：

山朝于躋，其下惟谷。纘我博士，夫人之淑。其淑維何？博士其家。二子翼翼，蕚跗其華。詵詵諸孫，其實其葩。孰云其昌？其始萌芽。皇有顯報，曰維在後。碩大蕃衍，封牲以告。視銘考施，夫人之效。

## 右武衛大將軍黎州刺史世岳故妻安喜縣君李氏墓誌銘〔一〕

安喜縣君李氏，連州刺史、贈太師、中書令、尚書令繼昌之曾孫，鎮國軍節度使、駙馬都尉、贈太師、中書尚書令、秦國文和公遵勉之孫，供備庫使、贈安武軍節度使端憲之子，是爲皇族右武衛大將軍、黎州刺史世岳之妻。温柔静恭，内外親稱之。治平四年，年二十五，以十一月二十四日感疾死，至二年二月十七日葬河南府永安縣。銘曰：

懿懿獻穆，下歸以祉。有來肅雍，施及孫子。厥嬪皇宗，莫醜具美。噫乎終藏，兆此新里。

〔一〕「右」上，龍舒本有「宋」字。

## 仁壽縣君楊氏墓誌銘〔一〕

太子中允致仕晉陵孫君貫之之夫人仁壽縣君楊氏者，其先青州千乘人。曾祖諱元，祖諱從，皆不仕。父諱霖，爲進士，數舉不遂，初徙其家常州之無錫。

夫人年十七歸孫氏，舅姑曰：「吾婦之承我也孝。」夫曰：「吾妻之助我也仁。」至生子而成爲士，能賢以有名，則又曰：「吾母之能誨我也。」自内外族親以至州里之言，則又皆以其舅、姑、夫、子之言爲信。嗚呼，可謂賢矣！夫人生三男子：伯曰舜卿，季曰昌言，皆早死；曰昌齡，簽書建康軍節度判官廳公事。治平三年，自尚書屯田員外郎召爲御史，五月十四日次高郵，而夫人卒。享年六十四，以某月某日葬某縣某鄉某里。銘曰：

猗嗟夫人，女德之茂。中允之妻，御史之母。孝其舅姑，以順其夫。又善教子，終成御史。官封偕老，禄養卒齒。歸安新丘，送者空里。其哀無窮，榮則多已。

〔一〕龍舒本題作「仁壽縣君楊氏墓誌銘并序」。

# 王安石文集卷第一百

## 墓誌

### 鄞女墓誌銘

鄞女者，知鄞縣事臨川王某之女子也〔一〕。慶曆七年四月壬戌前日出而生，明年六月辛巳後日入而死，壬午日出葬崇法院之西北。吾女生，惠異甚，吾固疑其成之難也。噫！

〔一〕「某」，龍舒本作「安石」。

### 仙遊縣太君羅氏墓誌銘

仙遊縣太君羅氏，世家南劍州之沙縣。祕書少監陳君諱某之妻〔一〕，比部員外郎儼、古田縣尉侃、衛尉寺丞佩、同學究出身偉、殿中丞偁之母。年八十三，以某年某月某甲子卒。女一人，適張氏。孫男女若干人。

太君有賢行，事皇姑蕭氏，順焉。諸姒慕其所爲〔二〕，後亦皆稱孝婦。經紀内治，能勤不懈，以至於老。少監君行治勞烈稱天下，有施於後世，其子孫蕃衍，能中其家法，皆由太君善相其夫而能教子。陳氏之所以興，太君與有力焉。銘曰：

嗚呼夫人！有德有祉。婦于嚴姑，酒食燕喜。乃相君子，陳宗以興。乃教衆兒，有以賢稱。樂其室家，以暨孫曾。巋然壽寵〔三〕，宜後之承。

〔一〕「某」，底本墨丁，據龍舒本、遞修本改。

〔二〕「姒」，原作「妣」，今據龍舒本改。按，妣者，指女性長輩，如母、祖母等。詳文意，此處當指墓主之妯娌。

〔三〕「巋」，原作「歸」，今據龍舒本改。按，「巋然」，張説張燕公集卷十八贈陳州刺史義陽王碑：「鬒髮羈孤，託身炎厲。藐是餘慶，巋然獨存。」

## 壽安縣君王氏墓誌銘〔一〕

江淮荆湖兩浙制置發運使、少府監廣陵孫君之夫人壽安縣君太原王氏，其先自滄州之清池徙河南，世有顯人。太府卿諱某者，皇曾祖也；庫部員外郎、贈禮部侍郎諱某者，皇祖也；屯田郎中，贈吏部侍郎諱某者，皇考也。至夫人諸兄，亦皆爲郎、尚書，而多以材藝稱當世。

夫人好讀書，善爲詩，静專而能謀，勤約以有禮。吏部君愛之尤，而擇所嫁，於是少府君爲大理評事、簽書淮南節度判官廳公事，以夫人歸焉。皇姑曰：「自兒有婦，内外族人加親，而吾食寢甘焉〔二〕。」少府君材能爲朝廷所信，以至休顯，其盡心外事不以家爲䘏者，以夫人爲之内也。嘉祐四年某月某甲子，夫人卒，年五十三。明年某月某甲子，葬揚州之天長縣博陵鄉皇姑之兆。子男二人，某、某。女六人：一嫁蘇州節度推官毗陵張誨，一尚幼，四先夫人卒。銘曰：

竭竭少府，有儀有聲。誰相其祁〔三〕，以迄休成？維王淑女，順婦慈母。内諧尊卑，燕及婚友。錦韜象軸，告命之華。序章爵邑，維榮有家。方大茀禄，以宜寵服。嗚呼其徂〔四〕，葬有吉卜。

〔一〕按，此篇陸佃陶山集卷十五亦載，當爲誤收。墓主葬於仁宗嘉祐五年，陸佃年方十九，尚未成名。此篇非陸所撰。

〔二〕「皇」，底本漫漶，據龍舒本、遞修本補。

〔三〕「祁」，龍舒本作「初」。

〔四〕「徂」，遞修本作「祖」，黄校曰：「『祖』字從宋刊。」

## 河東縣太君曾氏墓誌銘

尚書都官員外郎臨川吴君諱某之夫人、河東太君南豐曾氏，尚書吏部郎中、贈右諫議大夫諱某之子。諫議君伉直以擯死，而都官君尤孝友忠信，鄉里稱爲長者。夫人於財無所蓄，於物無所玩，自司馬氏以下，史所記世治亂、人賢不肖，無所不讀。蓋其明辨智識，當世游談學問知名之士有不能如也，雖内外族親之悍强頑鄙者，猶知嚴憚其爲賢。而夫人拊循應接，親疏小大，皆有禮焉。嘉祐三年某月某甲子，年七十四，終于寢。有子四人：芮，祕書丞；蕡，亳州録事參軍；其次蕃、蒙，曾出也，皆進士，而蒙爲濠州司户參軍。於是蕡、蕃皆已卒，芮、蒙以某年某月某甲子，葬夫人某縣某鄉某所之原。某實夫人之外孫，而夫人歸之以其孫者也。涕泣而爲銘曰：

静專幽閒，女子之方。閎觀博考，乃士之常。猗歟夫人，學問明智。其德女子，其能則士。我求子往〔一〕，孰與比齊？嗚呼公父，穆伯之妻。

〔一〕「子」，原作「于」，據遞修本改。黄校曰：「『于』宋刊作『子』。」

# 曾公夫人吴氏墓誌銘〔一〕

夫人吴氏，太常博士南豐曾君之配〔二〕，世家臨川。二十四歸曾氏〔三〕，三十有五以病終〔四〕。子男三：鞏、牟、宰，女一〔五〕。時博士方爲越州節度推官〔六〕，某年月日〔七〕，乃啓其殯臨川，葬南豐之某地〔八〕。

前葬，鞏謀於宗之長者，而請於博士曰：「夫人事皇姑萬壽太君，承顔色教令，一主於順。斟酌衣服飲食盡其力，皇姑愛之如己女。於大人得輔佐之宜〔九〕，於族人上下適其分。今其葬，宜得銘，祕之墓中於以永〔一〇〕，永延夫人之德，無不可者。」博士曰：「然。」乃來求銘。夫人固早没，不及見其存時。雖然，博士先人行也，而又鞏於友莫厚焉，於夫人之葬而銘也，其何讓？銘曰：

宋且百年江之南，有名世者先焉。是爲夫人之子，葬夫人於此。於戲！

〔一〕墓誌拓本題作「南豐曾君夫人吴氏墓誌銘」。

〔二〕「君」下，墓誌拓本有「易占」二字。

〔三〕「十」下，墓誌拓本有「有」字。

〔四〕「病」，墓誌拓本作「疾」。

〔五〕「女二」，墓誌拓本作「一女」。
〔六〕「時」上，墓誌拓本有「于」字。
〔七〕「某年月日」，墓誌拓本作「慶曆五年七月二十三日」。
〔八〕「葬」上，墓誌拓本有「八月六日」四字。「某地」，墓誌拓本作「源頭」。
〔九〕「輔」，底本漫漶，據遞修本、光啓堂本補。
〔一〇〕「祕」，墓誌拓本作「閟」。

## 樂安郡君翟氏墓誌銘并序

尚書主客員外郎錢塘沈君名扶之夫人翟氏者，鄂州節度推官諱希言之子，太子左清道率府率致仕諱守序之孫，利州葭萌縣令諱令圖之曾孫。少則賢孝，父母稱之，及嫁爲婦，則舅姑稱之如父母。處娣姒，能和以有禮；畜妾御，能正以有仁，閨門雝雝，上下順治。自皇舅尚書公以才爲時用，繼以主客及夫人之子，而沈氏日大矣。夫人之德善亦日以顯，内外親皆悦服而歸之，以謂其必大享爵禄，終於壽考，乃以治平三年九月十日卒于京師，享年五十七。

初，主客自河北提點刑獄移知明州，而長子方領開封府事，治有異狀，爲上所禮。以夫人久疾，請於上，留主客京師，詔特聽留，以佐三司。於是，諸名醫治夫人，無所不爲，然終不起。始封長安縣君，進京兆、樂安二郡君。生五男三女：男曰遘〔一〕，翰林學士、右諫議大夫、知制誥；曰迥，泰州軍事判官；曰遼，將作監主簿、監壽州酒〔二〕；曰遨，漳州漳浦縣主簿；曰逌，試將作監主簿。女適祕書省著作佐郎顏處恭，邢州堯山縣令王子韶，太常博士、監察御史裏行蔣之奇。

翟氏，濟州金鄉人。商州團練使守素者，當太祖時親信任事，族人因多爲武吏。而皇考獨好文學，舉進士中第，負材任氣，不肯有所屈，以終不得意。夫人之兄嚴，亦知名，又早卒。夫人傷其家替，每獨歎息。今上即位，翰林守杭州，其季舅惟康以奉獻得仕，今爲道州寧遠縣主簿。夫人既卒，詔以主客知蘇州，十二月某日，葬夫人杭州錢塘縣龍居山舅姑之兆。銘曰：

沈侯世獻，得相惟媛。歸嬪于宗，誨子而彥。相之斯何？德則有儀。誨之斯何？慶則有貽。始周姓姬，後氏爲翟。於梁曰璜，實佐其國。至漢高陵，又以才稱。世降弗嗣，乃隮女子。許公之妻，公武之母。昭於銘詩，無盛與夷。彼暴而興，亦遄其沮。我以吾仁，其昌孰禦。梴梴中丘，萬木如茨。往從舅姑，協我初龜。

〔一〕「遘」，原闕，今據龍舒本補。按，墓主爲沈扶之妻，沈遘之母。本書卷九十三內翰沈公墓誌銘：「公姓沈氏，諱遘，字文通，世爲杭州錢塘人。（中略）父扶，今爲尚書金部員外郎。」

〔二〕「酒」，底本漫漶，今據龍舒本、遞修本補。

## 高陽郡君齊氏墓誌銘〔一〕

夫人故翰林侍讀學士、贈開府儀同三司王公諱洙之妻〔二〕，故光禄寺丞力臣、今太常寺太祝欽臣、祕書省著作佐郎陟臣、祕書省正字曾臣之繼母也〔三〕。齊氏好讀書，能文章，有高節美行。治平二年，年五十五，以五月初三日終于亳州其子之官舍。治平三年十月初八日，祔葬於南京虞城縣孟諸鄉田丘里。

初，夫人自哀早孤，誓不嫁以養母。及公失初妻，諸子幼，聞夫人賢行〔四〕，求之，曰：「是必能母吾子。」於是母兄强嫁之。及歸，果能母諸子。聰明而仁，恭儉以有禮，閨門欣欣，無一異言。始封縣文安，又封郡高陽〔五〕。而公卒，即舉家政屬之子婦，齋居素服，不御酒樂，以至没齒。雖時爲詩，然未嘗以視人，及終，乃得五十四篇。其言高潔曠遠，非近世婦人女子之所能爲。又得遺令一篇，令薄葬，其言死生之故，甚有理。

齊氏，祁州蒲陰人。夫人曾祖諱某，故不仕。祖諱安，故不仕。考諱永清，莫州防禦推官。兄恢弟惲，皆知名。

公四男一女，女嫁尚書職方員外郎陳安道。夫人既善撫諸子，而諸子亦多賢，能致孝。於葬，來求銘。銘曰：

在冀中山，有孝季齊。少孤恃母，悲不忍離。及以義行，乃終順慈。顯顯王公，學問文章。族爲大家，爵禄寵光。來繼來助，其賢則譽。銘詩幽宫，以告齊終。齊終有始，自其爲子。

〔一〕龍舒本題作「故高陽郡君齊氏墓誌銘并序」。

〔二〕「贈開封府儀同三司諱洙」，龍舒本作「某官王公諱某」。

〔三〕「故光」句，龍舒本作「故某官力臣、今某官欽臣、某官陟臣、某官曾臣之繼母」。

〔四〕「賢行」，龍舒本作「行賢」。

〔五〕「郡高陽」，龍舒本作「高陽郡」。

## 同安郡君劉氏墓誌銘

尚書户部侍郎致仕廬陵王公贄之夫人，同縣劉氏女也。父諱某，祖諱某，曾祖諱某，三世皆弗仕，然常爲州大姓。方公少時，夫人父知公必貴，故歸以其子。夫人之在父母家，既以孝聞，及嫁，舅姑又稱其孝，能相其夫以順，又能畜其婦子以慈。公當仁宗時，以御史見聽用，閲天章、龍圖、樞密三學士，夫人亦累封爲同安郡君。治平四年十一月七日，終於廬陵宣化坊之私第。有二子：儀，殿中丞，前死；億，今爲尚書都官員外郎。女一人，嫁撫州軍事推官蕭迅。公之告老，詔以億通判本州以養，及是喪夫人，能自致焉。明年某月某日，葬某縣某鄉某里。銘曰：

於美夫人，明祇順飭。來嬪王宗，時藹其德。公榮在朝，皇命所特。出使入侍，往來赫赫。登爲大家，自我承翼。有田有廬，偕老而息。亦有孝子，媚于朝夕。噫乎終哉！兆此幽宅〔一〕。

〔一〕「兆」，原作「凡」，據龍舒本、遞修本改。兆，葬也。

## 仁壽縣太君徐氏墓誌銘

夫人徐氏，饒州浮梁縣人。曾祖諱某，某官。祖諱某，父諱某，皆不仕。夫曰尚書屯田郎中金君諱某，同縣人也。生子十一人，男四人：君著、君佐、君卿、君佑，皆進士，君卿今爲尚書職方員外郎。女七人，皆適士族。孫十九人：男六人；女十三人，已嫁者十二人。曾孫男女十四人，外孫四十七人。夫人以職方故，封金堂、壽安二縣君，又封仁壽縣太君。後郎中之没九年，享年七十七，卒於池州官舍，實治平三年八月十三日。以四年某月某日藏柩于某鄉某里，祔郎中之葬。

夫人天性篤於孝謹，女功婦事，不懈以敏，躬儉有節，仁於宗族。故以事其舅姑而順，以相其君子而宜，以臨其子孫而治。以有賢子，大其家室，具享諸福，終于壽考。臨川王某銘其葬曰：

婉婉女工，彼徐之子。來嬪金宗，有衍其始。鄱人大家，相望而有。誰則無父，無姑無母？帝嘉汝子，服位在朝。賜邑用書，象首錦橐〔一〕。孝祗順慈，俯仰皆宜。考終榮禄〔二〕，於慶有施〔三〕。偉歟夫人，協此銘詩。

〔一〕自「鄱人大家」至「象首錦橐」八句，龍舒本作「帝嘉女子，服位在朝。賜邑用書，象首錦橐。鄱人大家，相望而有。誰則無父，無姑無母」。

〔二〕「考」，龍舒本作「老」。

〔三〕「施」，龍舒本作「詒」。

## 永嘉縣君陳氏墓誌銘

陳氏於蘇州爲大姓。夫人者，太子中允諱之武之子，某官贈太常卿諱郁之孫，左贊善大夫諱質之曾孫，而太常博士王君諱逢之妻也。聰明順善，動有禮法，以不及養舅姑也，故於祭祀尤謹。博士禄賜，盡之宗族朋友，不足，則出衣服簪珥助之而不言。選飾妾御，進之不忌，然博士終無子。蓋吾聞於博士者如此。撫博士之兄子如己子，哭博士三年，未嘗如陳氏。除喪，大貧。顯者求以爲妻，族人强之，不可；又强之，則涕泣自誓。居頃，感疾以死。蓋吾聞於博士之兄子景元者如此。然夫人之行，非特出於二人之言，凡習陳氏、王氏者，皆知其爲賢，而哀其志。其封曰永嘉縣君，其卒於蘇州，以治平二年十一月九日，年三十八。其葬，以三年十一月某日，從博士於閶門之西原。銘曰：

榖也從於此，喪也隨以死。歸義與命，奚傷乎無子？

## 王夫人墓誌銘

右侍禁、知循州興寧縣事海陵周君諱彦先之夫人王氏，我叔祖尚書主客郎中、贈右諫議大夫諱貫之之子。年二十三嫁周氏，嫁六年，生一子瀞，而周君卒。後十八年，子濤爲祕書省著作佐郎、知汝州梁縣事，而夫人年四十八，以疾棄世於梁縣。子濤等護其喪歸，以嘉祐四年十一月二十九日庚申，葬海陵城北之兆。夫人心莊而行厲，氣和而色婉，撫接内外親疏皆有恩意，而於人終身不校。嗚呼，其賢如此！銘曰：

於嗟夫人少憫憂，祇專静嘉好衆仇。克協婦子祠春秋，方胥有家裕厥羞〔一〕。不永于享其何尤？序哀以銘款諸幽。

〔一〕「羞」，遞修本作「修」，黄校改作「羞」，曰：「『羞』俱從宋刊校。」

右監門衛大將軍世耀故妻仁壽縣君康氏墓誌銘〔一〕

皇族右監門大將軍世耀之妻康氏，故内殿崇班、閤門祇候遵度之子。祖曰廷翰，皇任磁州防禦使；曾祖曰碩，皇贈左千牛衛大將軍。以嘉祐三年爲宗婦，封仁壽縣君。生一子令優，爲右千牛衛將軍。而以熙寧元年六月九日疾病死，享年二十有六。自爲女子以至於爲母，卑尊幼長無所非議，故於其死皆哀憐。二年二月十七日，葬河南永安。銘曰：

芒乎其孰致而來？奄乎其孰推而往？爲之幽宫〔二〕，覆以新壤。魂浮氣游，變化惚恍。宛其德音，尚可追想。

〔一〕「右」上，龍舒本有「宋」字。

〔二〕「宫」，原作「官」，據龍舒本、遞修本改。「幽宫」，即墳墓。

壽安縣太君李氏墓誌銘

新喻蕭渤狀其母，授息總，使來求銘以葬。惟夫人姓李氏，於邑里實大姓。曾祖諱某，祖諱某，考諱某，皆弗仕。而曾祖以其孫憲成公故，贈官至太子太師。夫人柔順静專，仰俯有儀，年十有五而嫁，是爲鼎州團練推官蕭君諱賁之妻。年二十有二，生渤、淇、澈三男。一女子而寡，執節不嫁，父母欲奪之不得。卒就其男宦學，歸其女爲士妻。孫曾詵、詵，饋祀裕如，鄉人歸高，稱諺歎息。治平三年，渤用尚書駕部員外郎選主廣濟河漕，而夫人年六十有八，以九月八日卒于東都之私寢。越明年某月十有一日，合葬新喻某鄉某里。於是推官君以渤故贈右諫議大夫，夫人封壽安縣太君。銘曰：

有幽新宫，在阜之陽。慶既造家，乃終同藏。共伯之妻，文伯之母。於嘉夫人，亦緒厥後。磨石摛丹，詒銘永久。

## 右千牛衛將軍仲焉故妻永嘉縣君武氏墓誌銘〔一〕

皇族右千牛衛將軍仲焉之妻故永嘉縣君武氏，内殿崇班掖之子，故左班殿直昭遜之孫，贈尚書工部侍郎崇亮之曾孫。年十八，以熙寧元年十二月十四日棄世，以明年二月十七日葬河南永安〔二〕。縣君在襁褓，父母以爲婉，及嫁，節儉慈仁，人稱之。銘曰：

象服之粲兮，容車之皖兮。歸于陵陂，哀歌以相挽兮。摛銘壙石，識幽以告遠兮。

〔一〕「右」上，龍舒本有「宋」字。

〔二〕「安」下，龍舒本有「縣」字。

## 鄭公夫人李氏墓誌銘

尚書祠部郎中、贈户部侍郎安陸鄭公諱紓之夫人追封汝南郡太君李氏者，尚書駕部郎中、贈衛尉卿文蔚之子也，光州仙居縣令、贈工部員外郎諱岵之孫。以祥符九年嫁，至天聖九年，年三十二，以八月壬辰卒於其夫爲安州應城縣主簿之時。後三十七年，爲熙寧元年八月庚申，祔於其夫安陸太平鄉進賢里之墓。於是夫人兩子：獮爲祕書丞、知潭州攸縣，獬爲翰林學士、尚書兵部員外郎、知制誥。一女子，嫁郊社齋郎張蒙山。

夫人敏於德，詳於禮，事皇姑稱孝，内諧外附，上下裕如。鄭公大姓，嘗以其富主四方之游士，至侍郎則始貧而專於學。夫人又故富家，盡其資以助賓祭。補紉澣濯，饎爨朝夕，人有不任其勞苦，夫人歡終日，如未嘗貧。故侍郎亦以自安於困約之時，如未嘗富。鄭氏蓋將日顯矣，而夫人不及其顯禄，嗚呼，良可悲也！於其葬，臨川人王某爲銘曰：

於嗟夫人！歸孔時兮〔一〕。窈其爲德，婉有儀兮。命云如何〔二〕？壯則萎兮。烝烝令子，悲慕思兮。有嚴葬祔，祭配祇兮〔三〕。告哀無窮，銘此詩兮。

〔一〕「時」，原作「昭」。遞修本黄校曰：「『昭』，明刊同，宋刊『時』。」據改。
〔二〕「何」，底本漫漶，據遞修本、光啓堂本補。
〔三〕「兮」，底本漫漶，據遞修本、光啓堂本補。

# 集外文一　詩　詞

## 鳳凰山二首之二〔一〕

歡樂欲與少年期，人生百年常苦遲。白頭富貴何所用，氣力但爲憂勤衰。願爲五陵輕薄兒，生在正觀開元時。鬬雞走犬過一生，天地安危兩不知。

〔一〕龍舒本卷四十七，朝鮮本卷八。

## 揚雄〔一〕

孔孟如日月，委蛇在蒼旻。光明所照耀，萬物成冬春。揚子出其後，仰攀忘賤貧。衣冠渺塵土，文字爛星辰。歲晚天禄閣，强顔爲劇秦。趨捨迹少邇〔二〕，行藏意終鄰。壤壤外逐物，紛紛輕用身。往者或可返，吾將與斯人。

〔一〕龍舒本卷三十八，朝鮮本卷十二，皇朝文鑑卷十六。

〔二〕「邇」，皇朝文鑑卷十六作「忤」，義長。李壁注曰：「『邇』字恐是『遠』字，或『苟』字，又謂迹若淺近然。」

寓言十五首其四〔一〕

父母子所養，子肥父母充。欲富榷其子，惜哉術之窮。霸者擅一方，窘彼足自豐。四海皆吾家，奈何不知農。

〔一〕龍舒本卷五十，朝鮮本卷十五。

其六〔一〕

小夫謹利害，不講義與仁。讀書疑夷齊，古豈有此人？其才一莛芒，所欲勢萬鈞。求多卒自用〔二〕，餘禍及生民。

〔一〕龍舒本卷五十，朝鮮本卷十五。
〔二〕「用」，朝鮮本作「困」。

其七〔一〕

瞢瞢俗所共，察察與世違。違世有百善，一疵惡皆歸。就求無所得，猶以好名譏。彼哉負且乘，能使正日微。

〔一〕龍舒本卷五十，朝鮮本卷十五，皇朝文鑑卷十六。

其八〔一〕

始就詩賦科，雕鐫久才成。一朝復棄之，刀筆事刑名。中材蔽末學，斯道苦難明。忽貴不自期，何施就升平？

〔一〕龍舒本卷五十，朝鮮本卷十五。

其十〔一〕

明者好自蔽，況乃知我匹。每行悔其然，所見定萬一。不求攻爾短，欲議世之失。耘而舍其田，辛苦亦何實。

〔一〕龍舒本卷五十，朝鮮本卷十五。

### 其十三〔一〕

好樂世所共，欲禁安能捨。孰將開其淫〔二〕，要在習以雅。歐人必如己，墨子見何寡。惜哉後世音，至美不如野。

〔一〕龍舒本卷五十，朝鮮本卷十五。

〔二〕「將」，朝鮮本作「能」。

### 澶州〔一〕

津津北河流〔二〕，嶭嶭兩城峙。春秋諸侯會，澶淵乃其地。書留後世法，豈獨譏當世。野老豈知此，爲予談近事。邊關一失守，北望皆胡騎。黄屋親乘城，穹廬矢如蝟。紛紜擅將相，誰爲開長利？焦頭收末功，尚足誇一是。歡盟自此數，日月行人至。馳迎傳馬單，走送牛車弊。征求事供給，廝養猶琛麗〔三〕。戈甲久已銷，澶人益憔悴。能將大事小，自合文王意。語翁無歎嗟，小雅今不廢。

〔一〕龍舒本卷四十一，朝鮮本卷二十。龍舒本題下注曰：「此詩係續添，與四十七卷内一首意同。」

〔二〕「北河」，朝鮮本作「河北」。

〔三〕「琛」，朝鮮本作「珍」。

## 寄平甫弟衢州道中〔一〕

淺溪受日光炯碎〔二〕，野林參天陰翳長。幽鳥不見但聞語，小梅欲空猶有香。長年無可自娱戲，遠遊雖好更悲傷。安得冬風一吹汝，手把詩書來我傍。

〔一〕龍舒本卷四十三，朝鮮本卷二十。

〔二〕「淺」，朝鮮本李校曰：「一作『溅』，非。」

## 河北民〔一〕

河北民，生近二邊長苦辛。家家養子學耕織，輸與官家事夷狄。今年大旱千里赤，州縣仍催給河役。老小相携來就南，南人豐年自無食。悲愁白日天地昏，路傍過者無顔色。汝生不及正觀中，斗粟數錢無兵戎。

〔一〕龍舒本卷五十一，朝鮮本卷二十一。

## 哀賢亭〔一〕

黄鳥哀子車，强埋非天爲。天奪不待老，還能使人悲。馬侯東南秀，鞭策要路馳。歸骨萬里州，乃當强壯時。墓門閉空原，白日無履綦。蒼蒼柏與松，浩浩山風吹。我初羞夷吾，鮑叔亦我知。終欲往一慟，詠言慰孤嫠。

〔一〕龍舒本卷四十八，朝鮮本卷二十一。

## 梁王吹臺〔一〕

繁臺繁姓人，埋滅爲蒿蓬。况乃漢驕子，魂遊誰肯逢？緬思當盛時，警蹕在虚空。蛾眉倚高寒，環珮吹玲瓏。大梁千萬家，回首雲濛濛。仰不見王處，雲間指青紅。賓客有司馬，鄒枚避其風〔二〕。灑筆飛鳥上，爲王賦雌雄。惜今此不傳，楚辭擅無窮。空餘一丘土，千載播悲風。

〔一〕龍舒本卷四十八，朝鮮本卷二十一。

〔二〕「風」，朝鮮本作「鋒」。

# 靈山寺〔一〕

靈山名誰自？波濤截孤峰。何年佛子住，四面憑危空。折椽與裂瓦，委棄填西東。庫廊行抑首，居者莽誰容？吾舟維其側，落日生秋風。瞰崖聊寄目，萬物極纖穠。震蕩江海思，洗滌堙鬱中。胡爲嬉遊人〔二〕，過此無留蹤。景豈龍遊殊金山之寺名。〔三〕，盛衰浩無窮。吾聞世所好，樓殿浮青紅。那知山水樂，豈在豪華宫。世好萬事爾〔四〕，感激難爲工〔五〕。

〔一〕龍舒本卷四十八，朝鮮本卷二十一。

〔二〕「嬉遊」，龍舒本作「喜遊」，據朝鮮本改。

〔三〕「豈」，龍舒本作「起」，據朝鮮本改。

〔四〕「萬事」，朝鮮本作「□變」，清綺齋本作「幻變」。

〔五〕「爲」，龍舒本作「論」，據朝鮮本改。

# 白鷗〔一〕

江鷗好羽毛，玉雪無塵垢。滅没波浪間，生涯亦何有。雄雌屢驚矯，機弋常紛糾。顧我獨無心，相隨如得友。飄然紛華地，此物乖隔久。白髮望東南，春江緑如酒。

〔一〕龍舒本卷四十九，朝鮮本卷二十一。

## 詠風〔一〕

風從北海起，至此南海上。問風來何事，去復欲何向？誰遣汝而號，誰應汝而唱？汝於何時息？汝作無乃妄。風初無一言，試以問雲將。

〔一〕龍舒本卷四十九，朝鮮本卷二十一。

## 白雲〔一〕

英英白雲浮在天，下無根蔕旁無連〔二〕。西風來吹欲消散，落日起望心悠然。願回羲和借光景，常使秀色當簷邊。時來不道能爲雨，直以無心最可憐。

〔一〕龍舒本卷四十九，朝鮮本卷二十一。

〔二〕「根蔕」，朝鮮本補注曰：「一作『根著』。」

## 次韻張子野秋中久雨晚晴〔一〕

天沈四山黑，池漲百泉黄。苦濕欲千里，願晴非一鄉。埽除供晚色，洗刷放秋光。菊泣花猶重，秔肥穗稍長。積陰消户牖，返照媚林塘。想見陽臺路，神歸髮彩涼。

〔一〕龍舒本卷五十四，朝鮮本卷二十五。

## 次韻留題僧假山〔一〕

態足萬峰奇，功纔一簣微。愚公誰助徒？靈鷲却愁飛。竇雪藏銀鎰，簷曦散玉輝。未應頹蟻壤，方此鎮禪扉。物理有真僞，僧言無是非。但知名盡假，不必故山歸。

〔一〕龍舒本卷五十四，朝鮮本卷二十五。

## 寄王補之〔一〕

平居相值少〔二〕，況復道塗留。令我思揮麈，逢君爲艤舟。人情方慕貴，吾道合歸休。吏責真難塞，聊爲泮水游。

〔一〕龍舒本卷六十，朝鮮本卷二十五。

〔二〕「少」，清綺齋本作「晚」。

## 寄謝師直〔一〕

湖海三年隔，相逢塞路中。黄金酌卯酒，白髮對春風。所願乖平日，何知即老翁。悠悠越溪水，好在釣魚筒。

〔一〕龍舒本卷六十，朝鮮本卷二十五。

## 射亭〔一〕

因射構兹亭〔二〕，序賢仍閲兵。庶民觀禮教，群寇避威聲。城壘前相壯，谿山勢盡傾。宜哉百里地，桴鼓未嘗鳴。

〔一〕龍舒本卷六十七，朝鮮本卷二十五。

〔二〕「構」，原避諱作「御名」，據朝鮮本補。

## 得孫正之詩因寄兼呈曾子固〔一〕

一歲已闌人意倦，出門風物更蕭然。水摇疏樹荒城路，日帶浮雲欲雪天。未有詩書論進退，謾期身世託林泉。因思漠北離群久，此日窮居賴見賢。

〔一〕龍舒本卷五十九，朝鮮本卷三十七。

豫章道中次韻答曾子固〔一〕

離別何言邂逅同，今知相逐似雲龍。蒼煙白霧千山合，緑樹青天一水容。已謝道塗多自放，將歸田里更誰從。龐公有意安巢穴，肯問簞瓢與萬鍾。

〔一〕龍舒本卷五十五，朝鮮本卷三十七。

離北山寄平甫〔一〕

日月沄沄與水争，披襟照見髮華驚。少年憂患傷豪氣，老去經綸誤半生。休向朝廷論一鶚，只知田里守三荊。青溪幾曲春風好，已約歸時載酒行。

〔一〕龍舒本卷五十九，朝鮮本卷三十七。

## 答孫正之〔一〕

無才處處是窮塗，兩地誰傳萬里書？節物崢嶸催歲暮，溪山蕭灑入吾廬。南歸猶喜尋同志，北去還聞困索居。佳句不須論舊約，相隨陽羨有籃輿。

〔一〕龍舒本卷五十五，朝鮮本卷三十七。

## 寄勝之運使〔一〕

蕭然生事委江皋，壯志何嘗似釣鼇。千里得書來見約，一朝乘興去忘勞。已將流景休談笑〔二〕，聊爲知音破鬱陶。正是東風將欲發，湖山春色助揮毫。

〔一〕龍舒本卷五十九，朝鮮本卷三十七。

〔二〕「休」，朝鮮本校曰：「一作『供』。」

## 將至丹陽寄表民〔一〕

曉馬駸駸路阻脩，春風漠漠上衣裘。三年銜恤空餘息，一日忘形得舊遊。末路悲歡隨俯仰，此生身世信沉浮。寄聲德操家人道，炊黍吾今願少留。

〔一〕龍舒本卷三十七。

宿土坊驛寄孔世長〔一〕

燒夜郊原百草荒，弊裘朝去犯嚴霜。殘年意象偏多感，回首風煙更異鄉。往返自非名利役，辛勤應見友朋傷。章江猶得同游處，最愛梅花蘸水香。

〔一〕龍舒本卷六十，朝鮮本卷三十七。

寄孫正之〔一〕

南游忽忽與誰言，共笑謀生識最昏。萬事百年能自信，一簞五鼎不須論。友中惟子長招隱，世上何人可避喧〔二〕？千里秋風相望處，皖公溪上正開樽。

〔一〕龍舒本卷六十，朝鮮本卷三十七。

〔二〕「可」，朝鮮本校曰：「一作『肯』。」

## 道中寄黄吉甫〔一〕

白霧青山入馬蹄〔二〕，朝寒瑟瑟樹聲悲。平山斷壠回環失，鳴鳥游魚上下隨。廟筭未聞收策士，瘴鄉誰與擇軍麾？憂時自欲尋君語，行路何妨更有詩。

〔一〕龍舒本卷六十，朝鮮本題作「道中寄吉父」。

〔二〕「山」，朝鮮本作「煙」。

## 送孫立之赴廣西〔一〕

十年一别兩相過，前想悲歡慷慨歌。窮去始知風俗薄，静來猶厭事機多。相期鼻目傾肝膽，誰伴溪山避網羅。萬里辛勤君舊識，重江應亦畏風波。

〔一〕龍舒本卷五十七，朝鮮本卷三十七。

## 送福建張比部〔一〕

畫船簫鼓出都時，萬里鷺鷗去不追。却望塵沙應駐節，會逢山水即吟詩。長魚俎上通三印，新茗齋中試一旗。只恐遠方難久滯，莫愁風物不相宜。

〔一〕龍舒本卷五十七，朝鮮本卷三十七。

別雷國輔〔一〕

侍郎憂國最賢勞，太尉西州第一豪。家廟比來聞澤厚，公孫今果見才高。明時尚使龍蛇蟄，壯志空傳虎豹韜。莫厭皖山窮絶處，不妨雲水助風騷。

〔一〕龍舒本卷五十八，朝鮮本卷三十七題作「別雷國輔之皖山」。

垂虹亭〔一〕

坐覺塵襟一夕空，人間似得羽翰通。暮天窈窈山銜日，爽氣騣騣客御風。草木韻沉高下外，星河影落有無中。飄然更待乘桴伴，一到扶桑興未窮。

〔一〕龍舒本卷六十七，朝鮮本卷三十七。

題正覺相上人籜龍軒〔一〕

風玉蕭蕭數畝秋，籜龍名爲道人留。不須乞米供高士，但與開軒作勝游。此地七賢誰笑傲，何時六逸自賡酬？侵尋衰境心無著〔二〕，尚有家風似子猷。上人請予命名。

〔一〕龍舒本卷六十七，朝鮮本卷三十七。

〔二〕「著」下，朝鮮本注曰：「公自注云：『上人請予命名。』」

## 題友人壁〔一〕

茆簷前後欠松蘿，百里乘閑向此過。澗水遶田山影轉，野林留日鳥聲和。蕭條雞犬逢人少，想象乾坤發興多。世事不如閑静處，知君出處意如何。

〔一〕龍舒本卷六十八，朝鮮本卷三十七。

## 清明輦下懷金陵〔一〕

春陰天氣草如煙，時有飛花舞道邊。院落日長人寂寂，池塘風慢鳥翩翩。故園回首三千里，新火傷心六七年。青蓋皂衫無復禁，可能乘興酒家眠。

〔一〕龍舒本卷七十，朝鮮本卷三十七。

## 聞和甫補池掾〔一〕

遭時何必問功名，自古難將力命爭。萬户侯多歸世胄，五車書獨負家聲。才華汝尚爲丞掾，老懶吾今合釣耕。外物悠悠無得喪，春郊終日待相迎。

〔一〕龍舒本卷六十一，朝鮮本卷三十七。

## 寶應二三進士見送乞詩〔一〕

少喜功名盡坦途，那知干世最崎嶇。草廬有客歌梁甫〔二〕，狗監無人薦子虛。解玩山川消積憤，静忘歲月賴群書。慚君車蓋如平昔〔三〕，不笑謀生萬事疎。

〔一〕龍舒本卷六十一，朝鮮本卷三十七。

〔二〕「客」，龍舒本作「喜」，涉上而訛，據朝鮮本改。

〔三〕「車」，朝鮮本作「枉」，義長。

## 謝郟亶祕校見訪於鍾山之廬〔一〕

誤有聲名只自慚，煩君跋馬過茅簷。已知原憲貧非病，更許莊周知養恬。世事何時逢坦蕩，人情隨分值猜嫌。誰能胸臆無塵滓，使我相從久未厭。

〔一〕龍舒本卷六十二，朝鮮本卷三十七。

## 同長安君鍾山望〔一〕

解裝相值得留連，一望江南萬里天。殘雪離披山韞玉，新陽杳靄草含煙。餘生不足償多病，樂事應須委少年。惟有愛詩心未已，東歸與續棣華篇。

〔一〕龍舒本卷六十四，朝鮮本卷三十七。「長安君」，龍舒本作「長安公」，據朝鮮本改。按，「長安君」，即王文淑。朝鮮本李注曰：「公之女弟也。」

## 奉招吉甫〔一〕

經綸無地委蓬蒿，凜凜胸懷且自韜。誰奮長謀平嶺海，猶將餘力寄風騷。名慚隨俗貧中役，恨未收身物外高。永夜西堂霜月冷，邀君相伴有松醪。

〔一〕龍舒本卷六十二，朝鮮本卷三十七。

## 閒居遣興〔一〕

慘慘秋陰緑樹昏，荒城高處閉柴門。愁消日月忘身計〔二〕，静對溪山憶酒樽。南去干戈何日解？東來駬騎此時奔。誰將天下安危事，一把詩書子細論？

〔一〕龍舒本卷七十四，朝鮮本卷三十七。

〔二〕「計」，清綺齋本作「世」。

## 到家〔一〕

五年羈旅倦風埃，舊里依然似夢回。猿鳥不須懷悵望，溪山應亦笑歸來。身閑自覺貧無累，命在誰論進有材。秋晚吾廬更瀟灑，沙邊煙樹緑洄洄。

〔一〕龍舒本卷七十六，朝鮮本卷三十七。

## 松江〔一〕

宛宛虹霓墮半空，銀河直與此相通。五更縹緲千山月，萬里淒涼一笛風。鷗鷺稍回青靄外，汀洲時起緑蕪中。騷人自欲留佳句，忽憶君詩思已窮。

〔一〕龍舒本卷七十一，朝鮮本卷三十七。

皇祐庚寅自臨川如錢塘過宿此嘉祐戊辰自番陽歸臨川再宿金峰〔一〕

十年再宿金峰下，身世飄然豈自知。山谷有靈應笑我，紛紛南北欲何爲？

〔一〕朝鮮本卷三十九初去臨川，李壁注曰：「撫州金峰有公題字云：『皇祐庚寅，自臨川如錢塘，過宿此。嘉祐戊辰，自番陽歸臨川，再宿金峰。』此詩云（中略）。此詩非庚寅歲作，即戊辰年也。集中無此詩。」

寄李道人〔一〕

李生富漢亦貧兒，人不知渠只我知。跳過六輪中要峭，養成三界外愚癡。

〔一〕龍舒本卷六十，朝鮮本卷四十八。

憶江南〔一〕

城南城北萬株花，池面冰消水見沙。迴首江南春更好，夢爲蝴蝶亦還家。

〔一〕龍舒本卷七十四，朝鮮本卷四十八。

## 謝微之見過〔一〕

此身已是一枯株，所記交朋八九無。唯有微之來訪舊，天寒幾夕擁山爐。

〔一〕龍舒本卷六十二，朝鮮本卷四十八。

## 惜春〔一〕

滿城風雨滿城塵，蓋紫藏紅謾惜春〔二〕。春去自應無覓處，可憐多少惜花人。

〔一〕龍舒本卷七十二，朝鮮本卷四十八。

〔二〕「蓋紫藏紅」，朝鮮本作「淺紫殘紅」。

## 子貢〔一〕

一來齊境助奸臣，去誤驕王亦苦辛。魯國存亡宜有命，區區龝覆亦何人？

〔一〕龍舒本卷七十三，朝鮮本卷四十八。

## 代答陳碧虚〔一〕

超然便可赴仙期，何苦茅山下泊爲？紫府未應無鶴料，西城問取我宗支。

〔一〕古今絶句。

## 奉和下闕〔一〕

故國波濤煙雨間，幽亭時見片雲還。危峰疊嶂秀如畫，知是江南何處山？

### 其二

潮落江風怒不收，昇州一日到真州。緌衣認得經行處，事事傷心欲白頭。

〔一〕古今絶句。

## 花下〔一〕

花下一壺酒，定將誰舉杯？雪英飛舞近，疑是古人來。

〔一〕古今絶句。

## 同應之登大宋阪〔一〕

望闊真多思，憑高更損神。山川散白日，草木共青春。寂寂興亡事，悠悠來往人。素衣吴白紵，盡化洛陽塵。

〔一〕永樂大典卷二七五五，第一四一〇頁。

## 重過佘婆岡市〔一〕

重岡古道春風裏，草色花光似故人。却喜此身今漫浪，田家隨處得相親。

〔一〕景定建康志卷十六：「金陵驛，亦名蛇盤驛，在上元縣長樂鄉蛇盤市，俗呼佘婆，音之訛也。（中略）王半山題（下略）。」

## 題寶岩寺寒碧亭〔一〕

兩岸青山刻峭成，一溪回曲篆紋平。緑陰隱隱無重數，欲去黄鸝又一聲。

〔一〕延祐四明志卷二十。

## 又〔一〕

風吹洞口雲，水動山頭月。野老時問人，前村多少雪？

〔一〕延祐四明志卷二十。

## 聽泉亭〔一〕

逗石穿雲落澗隈，無風自到枕邊來。十年客邸黄粱夢，一夜水聲卻唤回。

〔一〕光緒奉化縣志卷三十七。

## 天童寺〔一〕

山山桑柘緑浮空，春日鶯啼谷口風。二十里松行欲盡，青山捧出梵王宫。

〔一〕康熙鄞縣志卷五。

## 天童寺虎跑泉〔一〕

供廚煮浴方成沼，轉磨鳴春始到田。還了山中清浄債，卻來人間作豐年。

〔一〕聞性道、釋德介天童寺志卷一。

## 題績邑楊溪〔一〕

橋横葛仙陂，住近揚雄宅。主人胡不歸，爲我炊香白。

〔一〕弘治徽州府志卷十二：「績邑楊溪有葛琳者，與王荆公相好。王嘗語葛曰：『仙鄉産何佳品？』葛曰：『惟香白粲爲佳。』後荆公持節過焉。琳適游宦蜀中，荆公題詩溪上曰（下略）。」

## 咏梅〔一〕

頗怪梅花不肯開，豈知有意待春來。燈前玉面披香出，雪後春容取勝回。觸撥清詩成走筆，淋漓紅袖趣傳盃。望塵俗眼那知此，只買夭桃艶杏栽。

〔一〕吴自牧夢粱録卷十八：「梅花有數品，（中略）王介甫咏曰（下略）。」

## 口嗡〔一〕

口嗡天憲手持鈞，已是龍墀第一人。回首三千大千界，此身猶是一微塵。

〔一〕張邦基墨莊漫録卷四：「荆公退居鍾山，常獨遊山寺。有人擁數卒，按膝據牀而坐，驕氣滿容，謾罵，左右爲之辟易。公問爲誰，僧云押綱張殿侍也。公即索筆題一詩於扉云（下略）。」

## 雨來〔一〕

雨來未見花間蕊，雨後全無葉底花。蜂蝶紛紛過墻去，却疑春色在鄰家。

〔一〕按，此篇乃王安石改王駕之作而成。胡仔苕溪漁隱叢話後集卷二十五：「王駕晴景云：『雨前初見花間蕊，雨後兼無葉底花。蛺蝶飛來過墻去，應疑春色在鄰家。』此唐百家詩選中詩也。余因閲荆公臨川集，亦有此詩，云（中略）。百家詩選是荆公所選，想愛此詩，因爲改七字，使一篇語工而意足，了無鑱斧之迹，真削鐻手也。」

## 讀書堂〔一〕

烏石岡頭上冢歸，柘岡西畔下書帷。辛夷花發白如雪，萬國春風慶曆時。

〔一〕俞德鄰佩韋齋輯聞卷二：「王荆公讀書堂詩云（中略）。此詩尤婉而成章者也。」

## 急足集句〔一〕

年去年來來去忙，傍他門户傍他墻。一封朝奏緣何事？斷盡蘇州刺史腸。

〔一〕方勺泊宅編卷上：「舒王嘗戲作急足集句云（下略）。」

詩謎〔一〕

佳人佯醉索人扶，露出胸前白雪膚。走入繡幃尋不見，任他風雨滿江湖。

〔一〕胡仔苕溪漁隱叢話前集卷三十三：「遯齋閑覽云：『或傳一詩謎云（中略）。乃賈島、李白、羅隱、潘閬四詩人名世，云是荆公所作。』」

隱語〔一〕

生在色界中，不染色界塵。一朝解纏縛，見性自分明。

〔一〕胡仔苕溪漁隱叢話前集卷三十三：「苕溪漁隱曰：『世傳露頭隱語是半山老人作，云（下略）。』」

字謎三首〔一〕

兄弟四人兩人大，一人立地三人坐。家中更有一兩口，任是凶年也得過。

二

常隨措大官人，滿腹文章儒雅。有時一面紅粧，愛向風前月下。

### 三　甑謎

將軍身是五行精，日日燕山望石城。待得功成身又退，空將心腹爲蒼生。

〔一〕莊綽雞肋編卷上：「王介甫作字謎云（下略）。」

### 用字謎〔一〕

一月又一月，兩月共半邊。上有可耕之田，下有長流之川。一家有六口，兩口不團圓。

〔一〕胡仔苕溪漁隱叢話後集卷二十五：「苕溪漁隱曰：『謎字自鮑照始以字體解釋爲之。（中略）故介甫用字謎云（下略）。』」

### 雨霖鈴〔一〕

孜孜矻矻，向無明裏、强作窠窟。浮名浮利何濟？堪留戀處，輪迴倉卒。幸有明空妙覺，可彈指超出。緣底事、抛了全潮，認一浮漚作瀛渤。

本源自性天真佛，秖些些、妄想中埋没。貪他眼花陽艷，誰信他、本來無物〔二〕。一旦茫然，終被閻羅老子相屈。便縱有、千種機籌，怎免伊唐突？

〔一〕龍舒本卷八十。

〔三〕「誰信他」，原作「信道」，據曾慥樂府雅詞改。陳耀文花草稡編作「誰信道」。

## 漁家傲夢中作〔一〕

隔岸桃花紅未半，枝頭已有蜂兒亂。惆悵武陵人不管。清夢斷，亭亭佇立春宵短。

〔一〕方勺泊宅編卷一：「介甫嘗晝寢，謂葉濤曰：『適夢三十年前所喜一婦人，作長短句贈之，但記其後段（下略）。』」

## 生查子〔一〕

雨打江南樹，一夜花開無數。緑葉漸成陰，下有遊人歸路。與君相逢處，不道春將暮。把酒祝東風，且莫恁、匆匆去。

〔一〕能改齋漫録卷十六：「王江寧元豐間，嘗得樂章兩闋於夢中云（下略）。」

## 謁金門

春又老，南陌酒香梅小。徧地落花渾不掃，夢回情意悄。

紅牋寄與添煩惱，細寫相思多少。醉後幾行書帶草，淚痕都揾了。

菩薩蠻集句〔一〕

海棠亂發皆臨水，君知此處花何似？涼月白紛紛，香風隔岸聞。囀枝黄鳥近，隔岸聲相應。隨意坐莓苔，飄零酒一杯。

〔一〕王明清揮麈録餘話卷二：「明清嘗於王瑩夫瓘處見王荆公手書集句詩一紙云（下略）。」

千秋歲引秋景〔一〕

别館寒砧，孤城畫角，一派秋聲入寥廓。東歸燕從海上去，南來鴈向沙頭落。楚臺風，庾樓月，宛如昨。無奈被些名利縛，無奈被它情擔閣。可惜風流總閒却。當初謾留華表語，而今誤我秦樓約。夢闌時，酒醒後，思量著。

〔一〕黄昇花菴詞選卷二，花草粹編卷十六。

## 佚句

衰俗易高名已振，險途難盡學須强。〔一〕

濃緑萬枝紅一點，動人春色不須多。〔二〕

隱几先生未忘物，葛陂猶問化龍身。〔三〕

霜筠雪竹鍾山寺，投老歸歟寄此生。〔四〕

青山捫虱坐，黄鳥挾書眠。〔五〕

蕭蕭摶黍聲中日，漠漠春鋤影外天。〔六〕

夕陽到處花偏暖。〔七〕

殷勤爲解丁香結，放出枝頭自在春。〔八〕

神仙出没藏杳冥，帝遣萬鬼驅六丁。〔九〕

一日鳳鳥去，千年梁木摧。〔一〇〕

〔一〕晁説之晁氏客語。胡寅斐然集卷二十八跋唐質肅公詩卷引作：「薄俗易高名已重，壯圖難就學須强。」

〔二〕趙令畤侯鯖録卷三。然墨客揮犀卷十曰：「唐人詩云：『嫩緑枝頭紅一點，動人春色不須多。』

不記作者名字。鄧元孚待制曾見舒王（王安石）親書此兩句於所持扇上，或以爲舒王自作，非也。」

〔三〕京口耆舊傳卷四。

〔四〕魏泰東軒筆録卷十二。

〔五〕葉夢得石林詩話卷上。

〔六〕胡仔苕溪漁隱叢話前集卷三十六。

〔七〕陳應行吟窗雜録卷四十五。

〔八〕楊萬里誠齋詩話：「陸龜蒙云：『殷勤與解丁香結，從放繁枝散誕春。』介甫云：『殷勤爲解丁香結，放出枝頭自在春。』作者不及述者」。

〔九〕能改齋漫録卷十七：「韓子蒼言王荆公嘗詠東坡此詩，而集不載，止記其兩句云（下略）。」

〔一〇〕邵伯温邵氏聞見録卷十一：「雱死，荆公罷相，哀悼不忘，有『一日鳳鳥去，千年梁木摧』之詩，蓋以比孔子也。」

# 集外文二　賦　文

## 首善自京師賦崇勸儒學爲天下始。〔一〕

王化下究，人文内崇。繫京師首善之教，自太學親民之功。闓承師論道之基，先繇轂下；廣成俗化民之誼，甫暨寰中。古之聖人，君有天下。治遠於近，制衆以寡。不用文，何以修飾政教；非設校，何以崇明儒雅？迺建左學，率先諸夏。在郊立制，繫一人之本焉；養士興仁，形四方之風也。本仁祖義，取材斂賢。講制量于中土，邕聲明於普天。始于邦家，用廣師儒之衆；行乎鄉黨，斯爲庠序之先。是何拳拳諸生，亹亹先覺。所傳者道德仁義，所肄者詩書禮樂。以言乎功，則萬世用乂；以言乎化，則八紘匪邈。其流及於三代，率以明倫；此理達於諸侯，誰其廢學？故曰校官者，庶俗之原本；京邑者，群方之表儀。養源於上，則庶俗流被；設表於内，則群方景隨。惟時於變，繫上之爲。三王四代惟其師，使人知化；兆姓黎民輯於下，自我興基。向若俗敗隄防，朝隳統紀，教化之宮衰落，禮義之官廢弛。鄉風者無以勸於善，肄業者不能官其始。則撫封之主，毀鄉校者有之；承學之民，在城闕者多矣。必也啓冑子之祕宇，據神邦之奥區。憲先王而講道，風下國以恢儒。邑翼翼以宅中，契商人之詠；士彬彬而蒙化，參漢室之謨。噫！孝武，逸王也，而有興置之謀；公孫，具臣也，而有將明之論。矧睿明之主紹起，俊乂之僚並建。宜乎隆儒館以視方來，使元元之敦勸。

〔一〕皇朝文鑑卷十一首善自京師賦。

## 松賦并序

規近效，棄遠功，玩華而不務本，世俗之常也。聖人反之，所以寶有天下，久而彌固。予作松賦，是之取爾。賦曰：

子虛先生，宅心無何。手栽萬松，老于山阿。伊松也，天輸其功，地肆其封。殖質參差，交陰尨茸。深不待培，已磐洪泉；高不得秋，已摩蒼穹。四時鬱蔥，旦暮玲瓏。太山不得斂其雲，八門不得收其風。百狀千態，殫奇盡怪，雖伐楚越之竹以賦云，猶將無窮。乃有貴介公子，槃遊戾止，眷然顧之，意不自喜。詰先生曰：「吾有武谿靈桃，房陵甘李，越仙之杏，梁侯之柿。縹葉緗核，丹葩素蕊。或同心而並蒂，或合歡而連理。殊名詭號，究奢極侈。至若春畀其華，露予之滋。鬬媚競妍，夭夭猗猗。差可以綈暫歡、銷積悲，攄發太和，逢迎茂時。願獻其種，使先生植之。惡用焦其心思，癯其體肌，以事此離詭輪囷之姿哉？」

先生久之，忻然而嘻曰：「予懷黄金、飛翠緌，宜若知眇萬物，心窮無涯，夫豈較然易知而未之思！子謂『春畀其華，露予之滋。鬬媚競妍，夭夭猗猗』，盍曰『仰春以華，春有時而歸；恃露以滋，露有時而晞。狂風烈雨，有時而遇之。零西墜東，吾昨與期』。姑眂吾松，天姿鬖髿。沆瀣宵零，不爲之滋。蒼精調元，不爲之革。朔雪袤丈，不改其節目；東坑爲陵，不遷其根牙。尚安肯含朽抱蠹，榮朝瘁暮，取纖人之光夸哉！」

公子撫然，爲間自謁去，掉金叜，鳴玉珂。先生弗爲禮，反據松爲歌曰：「植尔本根，蟠崖錮泉。茂尔枝葉，陵雲蔽天。俾尔强而堅，千百萬斯年。」〔一〕

〔一〕新刊國朝二百家名賢文粹卷一百七十七。

## 論舍人院條制〔一〕

準月日中書劄子〔二〕，奉聖旨指揮，今後舍人院不得申請除改文字者。竊以爲舍人者，陛下近臣，以典掌誥命爲職司，所當參審〔三〕。若詞頭所批事情不盡，而不得申請，則是舍人不復行其職事，而事無可否，聽執政所爲。自非執政大臣欲傾側而爲私，則立法不當如此。前日具論，冀蒙陛下審察，而至今未奉指揮。臣等不知陛下以今月八日指揮爲是而不改乎？將不必以爲是，而特以出於執政大臣所建而不改乎？將陛下視臣等所奏，未嘗可否，而執政大臣自持其議而不肯改乎？以爲是而不改，則臣等考尋載籍以來，未有欲治之世而設法蔽塞近臣論議之端如此者也。不必爲是，而特以出於執政大臣所建而不改，是則陛下不復考問義理之是非，一切苟順執政大臣所爲而已也。若陛下視臣等所奏，未嘗有所可否，而執政大臣自持其議而不肯改，則是政已不自人主出，而天下之公議廢矣。此所以臣等惓惓之義，不能自已者。

臣等竊觀陛下自近歲已來，舉天下之事，屬之七八大臣。天下之初，亦翕然幸其所能爲救一切之弊。然而方今大臣之弱者，則不敢爲陛下守法以忤諫官、御史，而專爲持禄保位之謀。大臣之彊者，則挾聖旨、造法令，恣改所欲，不擇義之是非，而諫官、御史亦無敢忤其意者。陛下方且深拱淵默，兩聽其所爲而無所問，安有朝廷如此而能曠日持久而無亂者乎？自古亂之所生，不必君臣爲大惡，但無至誠惻怛求治之心，擇利害不審，辨是非不早，以小失爲無傷而不改，以小善而爲無補而不爲，以阿諛順己爲悦而其説用，以直諒逆己爲諱而其言廢，積事之不當，而失人心者衆矣，乃所以爲亂也。

陛下以臣等所言爲是，則宜以至誠惻怛欲治念亂之心，考覈大臣，改修政事，則今月八日指揮爲不，當先改矣。若以臣等所言爲非，則臣等狂瞽不知治體，而誣謗朝廷政事，當明加貶斥，以懲妄言之罪，則別選才能通達之士以補從官。臣等受陛下寵禄，典領朝廷職事，不得其守，則義不得不言。而朝廷以爲非也，則義不敢辭貶斥。伏乞詳酌，早賜指揮。

〔一〕龍舒本卷三十一。宋朝諸臣奏議卷五十六收録題作「上仁宗論舍人不得申請除改文字」，文末注曰：「嘉祐六年六月上，時爲知制誥。」續資治通鑑長編卷一百九十三亦載。

〔二〕「準」上，宋朝諸臣奏議有「臣等」二字。「月」下，有「八」字。

〔三〕「所」上，宋朝諸臣奏議有「除改乃其職事」六字。

## 進二經劄子〔一〕

臣蒙恩免於事累，因得以疾病之餘日，覃思内典。切觀金剛般若、維摩詰所説經，謝靈運、僧肇等注多失其旨，又疑世所傳天親菩薩、鳩摩羅什、慧能等所解，特妄人竊藉其名，輒以己見，爲之訓釋。不圖上徹天聽，許以投進。伏維皇帝陛下宿殖聖行，生知妙法。方册所載，象譯所傳，如天昭曠，靡不幬察，豈臣愚淺，所敢冒聞？然方大聖以神道設教，覺悟群生之時，羽毛皮骼之物，尚能助發實相，況臣區區，嘗備顧問，又承制旨，安敢蔽匿？謹繕録上進。干浼天威，臣無任惶愧之至！

〔一〕龍舒本卷二十。

## 論孫覺令吏人寫章疏劄子〔一〕

臣今日蒙宣召，諭以孫覺令吏人寫論列大臣章疏。臣初亦怪其不能謹密，但疑此朋友所當誨責，非人主所當譴怒。既又反復思惟，陛下以覺爲可聽信，故擢在諫官，進賢退不肖。自其職分所當論列，雖揚言于朝以迪上心，于義未爲失也。但令吏人書寫章疏，誠不足以加譴怒。

凡人臣當謹密者，以君子小人消長之勢未分，言有漏泄，或能致禍，如其不密，則害將及身〔二〕。若遭值明主，危言正論，無所忌憚，亦何謹密之有乎？惟有奸邪小人，以枉爲直，懼爲公論之所不容，則唯恐其言之不密。若得此輩在位，陛下何所利乎？若陛下疑覺有交黨之私、招權之奸，則恐盛德之世不宜如此。魏鄭公以爲上下各存形跡，則國之廢興或未可知。若陛下不考察邪正是非，而每事如此猜防，則恐善人君子各顧形跡，不敢盡其忠讜之言，而奸邪小人得伺人主之疑，以行譏慝也。若陛下恐陳升之聞此或不自安，臣亦以爲不然。漢高祖，雄傑之主也〔三〕，然鄂千秋明論相國蕭何功次，而高祖不疑，乃更加賞，亦不聞蕭何以此爲嫌。陛下聖質高遠〔四〕，自漢以來，令德之主皆未有能企及陛下者。每事當以堯、舜、三代爲法，奈何心存末世褊吝之事乎？書曰：「任賢勿貳，去邪勿疑。」不明知其賢而任之以爲賢，不明見其邪而疑之以爲邪，非堯、舜、三代之道也。陛下以臣爲可信，故聖問及之，臣敢不盡愚？今日口對，未能詳悉，故謹具劄子以聞。

〔一〕宋朝諸臣奏議卷五十二，皇朝文鑑卷五十一。

〔二〕「害將」，皇朝文鑑作「及於」。

〔三〕「傑」，皇朝文鑑作「猜」。

〔四〕「質」，皇朝文鑑作「明」。

## 謀殺罪議〔一〕

刑統殺傷罪名不一，有因謀，有因鬭，有因劫囚竊囚，有因略賣人，有因被囚禁拒捍官司而走，有因强姦，有因厭魅咒咀，此殺傷而有所因者也。惟有故殺傷則無所因，故刑統「因犯殺傷而自首，得免所因之罪，仍從故殺傷法」。其意以爲，於法得首，所因之罪既已原免，而法不許首殺傷，刑名未有所從，唯有故殺傷爲無所因而殺傷，故令從故殺傷法。至今因犯過失殺傷而自首，則所因之罪已免，唯有殺傷之罪未除。過失殺傷，非故殺傷，不可亦從故殺傷法，故刑統令過失者，從本過失法。至於鬭殺傷，則所因之罪常輕，殺傷之罪常重，則自首合從本法可知。此則刑統之意，唯過失與鬭當從本法，其餘殺傷，得免所因之罪，皆從故殺傷罪科之，則於法所得首之罪皆原，而於法所不得首之罪皆不免，其殺傷之情本輕者，自從本法，本重者，得以首原。今刑部以因犯殺傷者，謂别因有犯，遂致殺傷。竊以爲律但言「因犯」，不言「别因」，則謀殺何故不得爲殺傷所因之犯？又刑部以始謀專爲殺人，即無所因之罪。竊以爲，律：「謀殺人者徒三年，已傷者絞，已殺者斬。」謀殺與已傷、已殺，自爲三等刑名，因有謀殺徒三年之犯，然後有已傷、已殺絞斬之刑名，豈得稱别無所因之罪？今法寺、刑部乃以法得首免之謀殺，與法不得首免之已傷合爲一罪，其失律意明甚。臣以爲亡謀殺已傷，按問欲舉，自首，合從謀殺減二等論。然竊原法寺、刑部所以自來用例斷謀殺已傷不許首免者，蓋爲律疏但言「假有因盜殺傷，盜罪得免，故殺傷罪仍科」，遂引爲所因之罪，止謂因盜殺傷之類。盜與殺傷爲二事，與謀殺殺傷類例不同。臣以爲，律疏假設條例，其於出罪，則當舉重以包輕，因盜傷人者斬，尚得免所因之罪，謀殺傷人者絞，絞輕於斬，則其得免所因之罪可知也。然議者或謂：謀殺已傷，情理有甚重者，若開自首，則或啓姦。臣以爲，有司議罪，惟當守法，情理輕重，則敕許奏裁。若有司輒得捨法以論罪，則法亂於下，人無所措手足矣。

〔一〕文獻通考卷一百七十。

## 上神宗乞追還陳習誤罰昭示信令〔一〕

臣竊聞轉對官陳習坐言人罪惡，被黜監當。習之爲人，忠邪愿奸，臣所不知，然陛下施罰如此，有未安者二：上下之所以相遇者，詔令也；詔令所以行於天下者，信也。詔令不信，則人主之權廢矣。故孔子以爲兵與食皆可去，而不可以無信。今陛下命群臣，使斥言有位之阿私、朋比、尸素，有一人言之，則不考問其虛實而絀之，則甚害陛下之信。此未安者一也。人主之聽天下，不可以偏，偏則有弊。偏於惡言人罪，則其弊至於奸不上聞。真宗但惡人潛行交結，陰有中傷，故詔言事者不得留中，此未有大失也。然在位者遂以爲人主厭惡言人之惡者，其俗之弊，乃至大臣奸邪贓污，而真宗終不得聞。蓋言人之惡者，既衆人所不喜，而人主又厭惡之，則其弊必至于此。今有一人爲陛下斥言人臣之罪，未知其虛實，而陛下遂以爲大惡，則今孰敢爲陛下言人之奸者乎？奸不上聞，則雖大臣復有贓污狼藉者，陛下亦無由知之，而天下之政壞矣。此未安者二也。

臣聞人主之聽天下，務在公聽并觀，而考之以實，斷之以義。是非善惡皆所欲聞，所不欲聞者，誣罔欺誕之言而已。即不欲聞人之惡，則「象恭滔天」、「方命圮族」，非堯之所得知也。堯所以能知共工及鯀之惡，而又知舜之善者，蓋以能公聽并觀，不蔽于左右親習之人，而考之以實，斷之以義，一切斥絶拒塞誣罔欺誕無義之言而已。故書之稱堯者，以其能疾讒説、畏巧言，非以其惡言人之惡也。人主所以爲賞罰者，以善惡也。欲知善而不欲知惡，則是欲有賞而無罰也。有賞而無罰，有春而無秋，非天地之道、陰陽之理也。臣愚以爲陛下此舉過矣。其作始則小，其弊成于後則大，不可不察也。

改過不吝者，成湯之所以聖也。伏惟陛下不吝改此，則天下幸甚。熙寧元年十一月上，時爲翰林學士。上批：「陳習可特召還，與依舊差遣。」

〔一〕宋朝諸臣奏議卷二十二。

## 言司馬光不當居高位奏〔一〕

光外託劘上之名，内懷附下之實。所言盡害政之事，所與盡害政之人，而欲寘之左右，使與國論，此消長之大機也。光才豈能害政，但在高位，則異論之人倚以爲重。韓信立漢赤幟，趙卒氣奪，今用光，是與異論者立赤幟也。

〔一〕宋史卷三百三十六司馬光傳。皇宋通鑑長編紀事本末卷六十三：「（熙寧三年二月壬申）翰林學士兼侍講學士、右諫議大夫、史館修撰司馬光爲樞密副使。先是，王安石奏言：『有人於此，外托劘上之名，内懷附下之實，所言者盡害政之事，所與者盡善政之人。彼得高位，則懷陛下眷遇，將革心易慮助陛下所爲乎？將因陛下權寵，搆合交黨，以濟忿欲之私而沮陛下所爲乎？臣以既然之事觀之，其沮陛下所爲必矣。』於是安石復謁告，而光有是命。」二者文字，略有不同。

## 答詔問馮京等處置事宜劄子〔一〕

臣伏奉手詔示以馮京奏疏，使得參預處置之宜。顧臣區區，才智淺薄，不能宣暢聖問，使群愚早服，尚何以塞明旨、裨大慮乎？然則初固疑京必出於此。蓋京所恃以爲心腹腎腸者，陳襄、劉攽而已，重爲衆姦所誤，何爲而不出於此？書曰：「惟辟作威。」又曰：「去邪勿疑。」陛下赫然獨斷，發中詔暴其所奏，明其不知邪正是非，必撓國政，而罷黜之，則内外自知服矣。即疑未有可代，使知雜御史攝事，乃是先朝典故，徐擇可用，固未爲晚。

若示人以疑，取决於外，必有遷延其事以待衆姦之合，而衆姦知陛下於邪正是非之辨未能果也，必復合而譸張，以亂聖德而疑海内，如陛下所料無疑也。若陛下未欲卒然行此，則且委曲訓諭以邪正是非所在，觀其意若可開悟則大善，若度其不可開悟，臣以謂除事之害，莫如早也。近陛下累宣諭胡宗愈事，既已盡其情狀，涵而不决，令久在耳目之地，亦非難壬人、勝流俗之道也。願陛下并慮及此。若陛下以謂如此者衆，不可勝誅，則臣恐邪説紛紛，無有已時，何有定國事乎？且以堯、舜之明而憂驩兜、畏共工，奈何陛下獨欲無所難也！朝廷去邪與疆埸除寇無以異也，寇衆而强，磐亘歲久，則扞之以勇，持之以不倦，所討多而後聽服，固其理也。臣既預聞大政，又陛下待臣不疑如此，不敢避形迹有所不盡，伏惟陛下赦其狂愚而察其忠，幸甚。所有馮京疏，謹隨劄子進納。

〔一〕續資治通鑑長編卷二百十三，熙寧三年七月壬辰。

## 論陳襄不當除知制誥劄子〔一〕

臣伏見陛下宣論中書，以知制誥闕，令勘會蔡延慶、陳襄等資歷。竊以陛下擢人置之高位，縱不能得忠良智能之士助興政理，猶當得其無損。如陳襄邪慝，附下罔上，陰合姦黨，興訕造訕，以亂時事，陛下必已明知。陛下每欲崇獎，臣誠不知所謂。今違道合衆、妨功害能之臣不爲不多矣，陛下又進如襄者助之，不知于時事爲無損邪？有損邪？今春陛下除襄侍講，又召試知制誥。襄辭命之語，以爲古之仕者，不得志則可以之齊、之楚、之宋。今天下一君，不可以他之，惟辭尊居卑爲可，故欲辭侍講、知制誥，而且在記注之官。陛下以謂記注之官，可比抱關擊柝之賤乎？人臣辭官之禮，可以出此言乎？且襄止是附離富弼、曾公亮苟求官職之人，今日陛下德義，朝廷政事，何至使如襄者以任高位爲辱也！其不識禮義，敢爲驁誕，以疑惑聖聽、取悦姦人如此！若陛下徒以左右游談之助多而擢用，此乃流俗之所以勝而襄之計中也。襄今春既有辭尊居卑之奏，今秋必不敢遽復就職，不逡巡而後受，則偃蹇而終辭。高位者，人主所以榮天下之材，陛下乃强以與亂時事之憸人，而爲其所拒，以廣其流俗之妄譽，而自令爵命爲世所賤，臣竊爲陛下恥之。臣已嘗略論襄之邪慝，不宜重有所陳，顧在廷之臣，孰肯違流俗以助陛下，消小人之道者乎？是以復冒昧言之，伏惟陛下詳酌。

〔一〕續資治通鑑長編卷二百十五，熙寧三年九月。

## 答詔問黜孔文仲事奏〔一〕

陛下患韓維輩出死力争文仲事，臣固疑其如此。文仲誣上不直，以迎合考官不逞之意，若不如聖詔施行，而用考官等第獎擢，則天下有識者必竊笑朝廷聽察之不明，而疏遠無知者謂陛下所爲誠如文仲所言，而比周不逞之人更自以爲得計。此臣不敢不奉行聖詔也。今韓維欲出死力争之，若陛下姑息從之，則人主之權坐爲群邪所奪，流俗更相扇動，後將無復可以施爲。今流俗之人務在朋黨因循，而陛下每欲考功責實，考功責實最害于朋黨因循，則其欲撓陛下之權，固宜如此。陛下誠能深思熟計，以静重持之，俟其太甚，然後御之以典刑，則小人知畏而俗亦當漸變矣。其詳，乞俟臣祠事罷，入見奏論。

〔一〕續資治通鑑長編卷二百十五，熙寧三年九月。

## 乞獎諭梓州路轉運司減省差役奏〔一〕

據梓州路轉運司奏：「本路多以小小官物爲名，起發綱運，枉破衙前重難分數。如戎州近年起發牛筋、角三綱，載送官員至荆南，共載牛筋四十有五斤，角九十對，差兵稍五十有五人，借過紬、絹、布一百餘疋，綿三百餘兩，大錢二十四貫有奇，糧米一百四十八石有奇。瀘州發牛筋、角八綱，所載物及借請錢、糧等，其數多少，大略與戎州相去無幾。而又所差兵士，借請錢、糧、綿、絹，動經一年以上或一年半不還。緣路請過錢、糧，尚不在此數。所差衙前，押牛皮綱又最爲第一等重難。今來已將昌、普等七州軍所納筋、角綱，止附搭成都府下水綱船，至荆南及梓、遂等七州軍，貯以欆籠，差遞鋪兵擔至鳳州交割，更不別差船綱，見今亦無積壓未發數目。及團併陸路綱運，共減一百三十六綱，并減定本路諸州軍監遠近接送知州、通判、簽判衙前，及減罷押綱隨送得替官員衙前，共二百八十三人，及省諸州軍監縣差役公人共五百一人。兼點檢梓州等處，自來公使厨庫衙前陪費錢物，最爲侵刻。内遂州每年綱運重難三千一百餘分，公使厨庫乃占二千七百分；梓州有在州酒場、兩鹽井，第一等優輕，皆以理折勾當公使厨庫重難分數，而差以次場務充管勾綱運；及果、榮、戎、瀘等州，衙前苦於公厨之類陪費，若不更改，即今後投名衙前，各不願充役。乞行裁減，及差官重定諸州衙規事。」

檢會近累詔諸路監司提舉官，相度差役利害，各未見條上。其前項事並是久來於公私爲害，而監司或以因循背公養譽爲事，不肯悉心營職，除去宿弊。今梓州路轉運司獨能上體陛下憂恤百姓之意，率先諸路奉承詔旨，講求上件利害，公忠之實，宜被旌賞。乞特加奬諭。其所減衙前及綱運，并差官重定衙規事，仍乞依所奏施行。所有公使厨庫陪備冗費合行裁節約束事件，并據本司狀稱：「見不住催促諸州軍相度農田水利、差役條件，如綱運及州縣役人更有可以團併、裁減，兼省併鄉邑，合行減放役人，别具聞奏。」並乞下本路速相度畫一條上。内減省州縣役人，更下本司相度保明，經久有無妨闕。其減省役人、團併綱運及裁減公使厨庫非理陪費，仍下諸路並依此及詳朝廷累降指揮，速具合裁定事件聞奏。

〔一〕續資治通鑑長編卷二百十七，熙寧三年十一月乙卯。

## 論交阯事宜疏〔一〕

伏奉手詔，賜示王珪所進文字，且論及交趾事。竊承聖志以豐財靖民爲事，此生民之福也。然萬里之外，計議於初，不容不審。温杲等以欽、廉等州爲憂，是也。至欲戒敕邊臣，撫慰交趾，即恐不須如此，既傷陛下之信，或更致交趾之疑。蓋朝廷未嘗有此，而今有此，則彼安能不思其所以然乎？昔者秦有故，厚遺義渠戎王，更爲義渠所覺，反見侵伐。臣恐用杲之策，即萬一交趾更覺而自備，且或爲難於邊，則是秦與義渠之事也。其餘所建明數事，并易潘夙、陶弼，候開假取旨。臣聞先王智足以審是非於前，勇足以斷利害於後，仁足以宥善，義足以誅姦，闕廷之内，莫敢違上犯令，以肆其邪心，則蠻夷可以不誅而自服；即有所誅，則何憂而不克哉！中世以來，人君之舉事也，初常果敢而不畏其難，後常爲妨功害能之臣所共沮壞，至於無成而終不寤。忠計者更得罪，正論者更見疑，故大姦敢結私黨，託公議以沮事，大忠知事之有敗而難於自竭。如此則雖唱而孰敢和，雖行而孰敢從？彼姦人取悦於内而誕謾於外，愚人冒利徼幸於前而不圖患之在後，又皆不足任此。如此而以舉事，則事未發而智者前知其無成矣。蓋天下之憂，不在於疆埸，而在於朝廷；不在於朝廷，而在於人君方寸之地。故先王詳於論道而略於議事，急於養心而緩於治人。臣愚不足以計事，然竊恐今日之天下，尚宜取法於先王，而以中世人君爲戒也。臣於衆人中最蒙陛下眷遇，宜先衆人敢及於此。伏惟陛下省察，則天下幸甚。

〔一〕續資治通鑑長編卷二百十七，熙寧三年十一月。

## 乞賑卹士卒奏〔一〕

今士卒極窘，或云有衣紙而擐甲者，此最爲方今大憂。自來將帥不敢言賑卹士卒，賑卹士卒，即衆以爲姑息致兵驕。臣愚以爲親士卒如愛子，故可與之俱死。愛而不能令，譬如驕子不可用也，兵驕在於愛之之過。前見陛下言郭進事，臣案進傳，言進知人疾苦，所至人爲立碑紀德政，惟士卒小有違令輒殺。又太祖盡以所收租税付之，具牛酒犒士卒。進所殺必皆違令者，至於犒賞士卒，知其疾苦，必已備盡人情。惟其能如此，然後能殺違令者而令無怨。不然，則進何以能用其士卒，每戰必克？今將帥於撫士卒，未嘗敢妄用一錢，視士卒窮困如此，然無一言聞上，蓋習見近俗。臣恐士卒疾困則難用，且或復有慶州之變，謂宜稍寬牽拘將帥之法，使得用封樁錢物，隨宜賑恤士卒，然後可以責將帥得士卒死力也。

〔一〕續資治通鑑長編卷二百二十二，熙寧四年四月。

## 論秦鳳沿邊招納事劄子〔一〕

臣伏見秦鳳沿邊安撫司招納事，乃以兼制羌夷，朝廷所當併力以就，其事獨出於聖算而又專委王韶。獨出于聖算，則執政以己不任其咎而幸無所成，以復其前言；專委王韶，則將帥以權有所分而多方沮壞，以快其私志。此皆陛下所自照察也。比來中外交奏，謂韶姦罔，屢經按驗，韶實無他，故得遷延至今，所營稍見功緒。而郭逵又復與韶矛盾，論奏紛紜。逵之捃拾不遺餘力，然其所詆，亦未見韶顯然罪狀。而逵前後反覆，辭指不遜，具在聖覽，非臣敢誣。今日陛下宣諭逵欲以招納爲己任，又言逵以爲韶之措置多所乖方，逵又以爲木征極易掃除。如逵所奏，韶事初未見有乖方。若言木征易爲掃除，則奏狀何故張皇木征事勢如此？方陛下委逵以招納之事，逵固不以爲然，不知今日何故却欲以爲己任？其所言不可憑信如此，而又嫚侮驕盈，陛下都無所懲，何以復馭將帥？招納一事，方賴中外協力之時，在廷既莫肯助陛下成就此功，郭逵又百端傾壞。逵既權勢盛大，其材又足爲姦，若扇動傾摇於晻昧之中，恐陛下終不能推見情狀。如此，則豈但不能集事，亦恐因此更開邊隙。書曰：「兢兢業業，一日二日萬幾。」今日便有處置，已非古之先見，然猶愈於迷而不復也。伏惟陛下早賜詳酌，徙逵所任，稍假王韶歲月，寬其銜轡，使讒誣者無所用其心，則臣敢以爲事無不成之理。臣於郭逵、王韶何所適莫，但蒙陛下知遇異于衆人，義當自竭以補時事，故輒忘進越犯分之罪，而冒昧陳愚，伏惟陛下裁赦。

〔一〕續資治通鑑長編卷二百三十，熙寧五年二月。

## 宣德門衛士撾傷本人乘馬事劄子一〔一〕

臣今月十四日從駕至宣德門，依逐年例，自西偏門入。有守門親事官閉拒不令臣入，撾擊臣從人鞍馬。從人告訴，而臣切恐成例有違儀制，所以未敢陳奏。尋取責到行首司王冕等狀，稱自來從駕觀燈，兩府臣僚並於宣德門西偏門内下馬，却於左昇龍門出。兼檢到嘉祐八年、熙寧四年本司日記，體例分明。又會問得皇城司吏手狀稱，宣德門即無兩府臣僚上下馬條貫。尋又令會問自來體例，却據勾當皇城司狀稱：「取到在内巡檢指揮使畢潛等狀，稱自來每遇上元節，兩府臣僚合於宣德門外下馬。」切緣臣自備位兩府以來，上元節從駕，並於宣德門西偏門内下馬，門衛未嘗禁止，獨今年閉拒不許入，而隨以撾擊。會問到皇城司，又稱：「即無條貫，却只取到在内巡檢指揮使畢潛等狀，稱自來合於宣德門外下馬。」雖據皇城司取到畢潛等狀内所稱如此，即與行首司王冕等狀内所稱自來體例不同。伏乞聖慈以臣所奏，付所司勘會條例施行。所有取責會問到文狀，謹具劄子繳連進呈。取進止。正月二十四日，臣安石劄子。

〔一〕續資治通鑑長編卷二百四十二，熙寧六年正月。

## 宣德門衛士撾傷本人乘馬事劄子二〔一〕

臣近論奏宣德門西偏門事，聞已送開封府勘會。臣止爲自來兩府臣僚下馬有常處，而今來皇城司與中書行首司所稱各異，理須根究，乞付所司定奪，使人有所遵守。至於禁門中衛之人，既見元無條貫，遂有止約，亦無深罪。伏乞聖慈詳酌，特加矜恕。干冒天威，臣無任惶懼之至。取進止。二月日，臣安石劄子。

〔一〕續資治通鑑長編卷二百四十二，熙寧六年正月。

## 謝慰諭宣德門事劄子〔一〕

臣檢御無素，乃至私人干犯禁衛，惶懼震擾，不知所圖。方俟得望清光，冒昧陳叙，伏蒙聖恩曲賜慰諭，臣誠感誠恐，無任激切屏營之至。

〔一〕續資治通鑑長編卷二百四十二，熙寧六年正月。李燾注曰：「陸佃所編安石文字，有三劄子，皆論宣德門事，今並附此。」

## 言星變不足信劄子〔一〕

臣等伏觀晉武帝五年，彗實出軫，十年，軫又出孛，而其在位二十八年，與乙巳占所期不合。蓋天道遠，先王雖有官占，而所信者人事而已。天文之變無窮，人事之變無已，上下傅會，或遠或近，豈無偶合？此其所以不足信也。周公、召公豈欺成王哉？其言中宗所以享國日久，則曰：「嚴恭寅畏天命，自度，治民不敢荒寧。」其言夏、商所以多歷年所，亦曰德而已。裨竈言火而驗，及欲禳之，國僑不聽，則曰：「不用吾言，鄭又將火。」僑終不聽，鄭亦不火。有如裨竈未免妄誕，況今星工，豈足道哉？所傳占書，又世所禁，謄寫譌誤，尤不可知。伏惟陛下盛德至善，非特賢於中宗，周、召所言，則既閲而盡之矣，豈須愚瞽復有所陳？然竊聞兩宫以此爲憂，臣等所以徬徨不能自已。伏望陛下以臣等所陳開慰太皇太后、皇太后，臣等無任兢惶懇激之至。

〔一〕續資治通鑑長編卷二百六十九，熙寧八年十月。李燾注曰：「安石劄子，今據陸佃所編增入，劄子稱十月而無其日。」

## 乞黜鄧綰練亨甫奏〔一〕

臣久以疾病憂傷，不接人事，以故衆人所傳議論多所不知。昨日方聞御史中丞鄧綰嘗爲臣子弟營官，及薦臣子婿可用，又爲臣求賜第宅。綰爲國司直，職當糾察官邪，使知分守，不相干越，乃與宰臣乞恩，極爲傷辱國體。兼綰近舉御史二人，尋却乞不施行，必别有所因。臣但聞其一人彭汝礪者，嘗與練亨甫相失，綰聽亨甫游説，故乞别舉官。亨甫身在中書習學公事，兼臣屢嘗説與須避嫌疑，勿與言事官子弟交通。今審知所聞，即豈可令執法在論思之地？亨甫亦不當留備宰屬。乞以臣所奏付外，處以典刑。

〔一〕續資治通鑑長編卷二百七十八，熙寧九年九月。

## 乞重鞫俞遜侵盜錢物事奏〔一〕

江東轉運判官何琬奏，江寧府禁勘臣所送本家使臣俞遜侵盜錢物事已經年，吕嘉問到任，根治累月，案始具。今深恨俞遜麤異，故加以論訴，不干己罪。如琬所言，則是嘉問爲臣治遜獄事有姦，臣與嘉問親厚交利而已。竊恐陛下哀憐舊臣，不忍暴其污行，故不别推究，如此則臣與嘉問常負疑謗，不能絶琬等交鬭誣罔。望特指揮，以江寧府奏劾俞遜事，下別路差官重鞫。

〔一〕續資治通鑑長編卷二百九十三，元豐元年十月。

## 武舉試法奏〔一〕

三路義勇藝入三等以上，皆有旨録用，陛下又欲推府界保甲法於三路，則武力之人已多。近以學究一科徒誦書不曉理，廢之，而武舉復試墨義，則亦學究之流，無補於事。先王收勇力之士，皆屬於車右者，欲以備禦侮之用，則記誦何所施？

〔一〕宋史卷一五七選舉志三。

## 言熙河新附蕃部事宜奏〔一〕

今以三十萬之衆，漸推文法，當即變其夷俗。然韶所募勇敢士九百餘人，耕田百頃，坊三十餘所。蕃部既得爲漢，而其俗又賤土貴貨，漢人得以貨與蕃部易田，蕃人得貨，兩得所欲，而田疇懇，貨殖通，蕃漢爲一，其勢易以調御。請令韶如諸路以錢借助收息，又捐百餘萬緡養馬於蕃部，且什伍其人，獎勸以武藝，使其人民富足，士馬强盛，奮而使之，則所嚮可以有功。今蕃部初附，如洪荒之人，唯我所御而已。

〔一〕宋史卷一百九十一兵志五。

## 沈德妃姪授監簿〔一〕

敕某：京官，吾所重也。故設磨勘之法，以待吏部之選。非有勞而無罪，及有任舉之官，則不可以得之。爾由外戚，以孩幼入官，得吾之所重。其强勉學問，求爲成人，以稱吾待爾之意。

〔一〕龍舒本卷十二，皇朝文鑑卷三十八。

## 覃恩轉官制 一〔一〕

敕某等：永惟先帝，君臨天下，餘四十年，功德之所及博矣。非夫在廷文武之士，宣力中外，亦何以致此哉！眇然之躬，嗣守成業，敢忘大賚，以勞衆工？爾等各以才選，序於朝位，膺踐禄次，往其丕欽！

〔一〕龍舒本卷十三。

## 吴省副轉官制〔一〕

朕設考課之令，以待萬官之衆。不欲使一介之賤，有勤而不察，有善而不知。又況於左右任信才良之臣，校功數最，當以叙進者乎？以爾具官某學足以知前人，智足以議當世，比更選用，皆以才稱。三司地征，使務爲劇，往貳厥事，不勞而能。疇其積功，遷位一等。是雖有司之常法，然非夫效實之如此，則何以稱焉！

〔一〕龍舒本卷十三。

## 士度支轉官制〔一〕

爾才能行義，多爲士大夫所稱。故起爾於貶斥，而歲餘超遷，以佐三司。今有司考績，又當增位。朕爵賞欒與士共，而嘉爾之有勞。往其欽哉，永稱厥職！

〔一〕龍舒本卷十三。

## 范鎮户部侍郎致仕制熙寧三年十月己卯。〔一〕

敕：舉直錯枉，古之善政；服讒搜慝，義所當誅。翰林學士、户部侍郎、知制誥范鎮，材無任職之能，行有懷奸之寔。頃居諫省，以朋比見攻；晚寘翰林，以阿諛受斥。朕惟用舊，不汝疵瑕。而每託論議之公，欲濟傾邪之惡。乃至厚誣先帝，以蓋其附下罔上之醜；力引小人，而狃於敗常亂俗之姦。稽用典刑，誠宜竄殛；宥之田里，姑示矜容。往服寵私，勿忘修省。可。

〔一〕宋大詔令集卷二百五，續資治通鑑長編卷二百一十六。

## 賀生皇子第五表〔一〕

祉扶宗祏，慶襲宮闈。凡預照臨，惟胥鼓舞。中謝。

臣聞有秩秩幽幽之德，所以考室而見祥；有詵詵揖揖之風，所以宜家而多子。克參盛美，允屬昌時。伏惟皇帝陛下膺命上天，紹休烈祖。本支方茂，用光世德之求；功業能昭，永賴孫謀之燕。適追來孝，申錫無疆。臣久玷恩私，外叨屬任。四方來賀，望雙闕以無階；萬福攸同，撫微軀而有賴。

〔一〕龍舒本卷十五，皇朝文鑑卷六十五。

## 賀生皇子第六表〔一〕

本支浸衍，實爲萬世之休；遐邇同欣，胥賴一人之慶。中謝。臣聞王懋厥德，則后妃無嫉妬之心；天錫之祺，則子孫有衆多之美。蕃釐有繼，垂裕無窮。伏維皇帝陛下躬睿智之資，撫休明之運。教由内始，正自身先。治既格於人和，誠遂膺於帝祉。乃占我夢，實多考室之祥；則百斯男，克紹刑家之慶。臣叨榮特厚，竊忭尤深。雖接武縉紳，莫預造庭之列；而瞻威咫尺，唯傾就日之誠。

〔一〕龍舒本卷十五。

## 賀正第五表元豐六年。〔一〕

人正肇序，歲事更端。物乘引達之期，朝布始和之令。臣中謝。伏維皇帝陛下動稽天若，道與時行。一德紹休，新又新而弗息；萬靈隤祉，朔復朔以無期。臣久誤聖知，外叨方任。奉觴稱慶，踵弗繼於朝紳；嚮闕傾心，目如瞻於天仗。

〔一〕龍舒本卷十五。

## 賀正第六表元豐七年。〔一〕

伏以肇天德於青陽，群生以遂；憲邦經於正歲，百度惟新。臣中謝。伏維皇帝陛下妙用敕於時幾，大仁參於化育。于帝其訓，既格神人之寧；維春之祺，遂如山阜之固。惟仰祈於壽祝，思自致於誠心。

〔一〕龍舒本卷十五。

## 賀冬第四表元豐五年。〔一〕

陽舒以復，陰極而終。視履考祥，乃見行中之吉；對時育物，以滋衆萬之生。恭維皇帝陛下心玩神明，誠參天地。保大和而率豫，介百福以來崇。臣比解繁機，叨承外寄。莫預稱觴之列，但深存闕之思。

〔一〕龍舒本卷十五。

## 賀南郊禮畢表〔一〕

臣某言：伏覩今月二十七日南郊禮畢者。熙事備成，湛恩汪穢。上格三靈之祐，俯臻萬物之和。中謝。

臣聞致孝以顯親，而其仁極於配天；隆禮以尊上，而其義盡於饗帝。迪前王之能事，考有司之盛儀。作民恭先，唯聖時克。伏維皇帝陛下紹膺丕緒，懋建大中。飭齋戒之誠心，稱燎煙之吉禮。四表率籲，皆致寧神之驩；多士具來，悉秉在天之德。既受釐於元祀，遂均惠於寰區。凡在觀瞻，孰不呼舞？臣夙叨睿獎，親值休辰。雖進趨無預於相儀，而欣幸實同於賴慶。臣無任。

〔一〕龍舒本卷十五。

## 乞皇帝御正殿復常膳第三表〔一〕

臣某等言：伏覩手詔，彗出東方，自今月十一日，更不御正殿，減常膳如故事者。太史瞻文，告星躔之表異；中宸軫慮，順天道以變常。凡暨臣工，靡遑夙夜。臣某等中謝。

竊以天人相與，精祲交通。厥維至誠，迺有嘉應。伏維皇帝陛下欽文繼統，恭儉在躬。因世久安，革時大弊。運聖神之化，鼓動於群生；建文武之功，緝成於大業。雖有異星之變，何傷聖德之明？顧乃徹膳避朝，深念畏天之實；赦過宥罪，廣敷惠下之仁。精誠式孚，妖象既殞。伏願趨傳清蹕，肆陳路寢之儀；復御珍羞，中飭内饔之職。冀垂淵聽，俯徇輿情。臣等無任祈天俟命激切屏營之至。

〔一〕龍舒本卷十六。

## 辭使相第三表〔一〕

臣某言：兼榮將相，託備藩維。雖皆序爵以稱功，乃以辭榮而竊寵。自惟忝冒，彌積凌兢。中謝。

伏念臣晚值聖時，久陪國論。詢謀下逮，或有誤合之片言；睿智日躋，實爲難逢之嘉會。所願備殫其智力，以圖稍就於事功。末學短能，固知易竭；要官重任，終懼顛躋。遂當引分以避嫌，重以罹憂而成疹。冒聞已瀆，敢逃逋慢之誅；聰察俯加，更溢襃延之數。此蓋伏遇皇帝陛下懋昭大德，灼見俊心。謂其陳力之已疲，及此籲天而賜閔。并包之度，示無替於始終；報稱之心，冀不忘於夙夜。臣無任云云。

〔一〕龍舒本卷十六。

## 乞免使相充觀察使第一表〔一〕

臣某言：近累具表，乞以本官外除一宫觀差遣。伏奉敕命，就除充集禧觀使，權於江寧府居住，仍放朝謝者。以病自陳，庶全於私分；蒙恩幸許，尚竊於隆名。淪肌雖荷於優容，省己終難於叨昧。輒披情素，上冒聰聞。伏念臣久玷近司，迄無明效。終蒙解免，實賴保全。自顧衰骸，已難勝於勞勩；數違明詔，實仰冀於矜憐。號兼將相之崇，身就里閭之逸。誤恩若此，前載所無。非惟私義之難安，固亦公論之弗與。伏望陛下深垂簡照，俯徇虔祈。特回涣號之已孚，許以本官而充使。如此則上足以成陛下循名之政，下足以免愚臣冒寵之輕。臣無任。

〔一〕龍舒本卷十六。

## 乞免使相充觀察使第三表〔一〕

温厚之辭，屢加褒勉；顓愚之守，尚冀矜憐。敢逃冒責之誅，願獲終辭之志。伏念臣衰殘控訴，寵獎優從。休其疲勦之餘，賜以燕閒之樂。叨恩已厚，序爵更崇。且名器不以假人，而乃繆當非次；飙牢欲其稱事，而乃坐享不貲。是將危身，亦以累國。伏維陛下公聽以揆萬事，原省以通衆情。因忘反汗之嫌，俾遂籲天之欲。庶安愚分，用厭師言。

〔一〕龍舒本卷十六。

## 謝賜生日表〔一〕

臣某言：伏蒙聖慈特差臣女壻前守常州江陰縣主簿蔡卞，沿路押賜生日禮物：衣一對、衣著一百匹、金花銀器一百兩、馬二匹、金鍍銀鞍轡一副者。寬假之恩，幸從於私欲；匪頒之寵，尚玷於常科。知報稱之良難，積驚慚而實厚。伏念臣見收末路，承乏近司。犬馬之力已殫，訖無補報；螻蟻之誠自列，竊幸退藏。尚兼將相之崇，且受藩維之託。叨逾已極，賜與更蕃。此蓋伏遇皇帝陛下仁冒海隅，禮優臣庶。宥衆尤之積累，示全度之并包。爰及微生，具膺殊獎。致養以樂，永懷弗洎之悲；移孝則忠，敢怠進思之義？臣無任。

〔一〕龍舒本卷十八。

## 與沈道原書二〔一〕

某啓：知在長蘆，營造功德，無緣一造，豈勝鄉往！見黄吉父，説四妹甚瘦悴〔二〕，恐久蔬食而然，切須斟量，勿使成疾。一切如夢，不須深以概懷，但精心祈嚮，亦不必常斷肉也。每欲與七弟到長蘆，相要會聚數日，然頭眴多痰，動輒復劇，是以未果。稍寒，自愛！念二謝書，思憶不可言也。某啓上。

### 二

某啓：承眷恤，重以感慰。衰莫眩昏，幸而獲愈，然槁骸殘息，待盡朝夕，頓伏牀枕，無足言者。十四、念二，并煩存問，感愧感愧！四妹且時時肉食，恐久而成疾也。相去雖近，無緣會晤，良食自愛！疲倦，書不及悉。某啓上。

三

某啓：比承誨問，豈勝感慰！腫瘍雖未潰，度易治，不煩念恤。推官到此，深喜闔門吉慶。疲困，不宣悉，冀倍自愛。某啓上。

〔一〕龍舒本卷四。

〔二〕「妹」，原作「姐」，今據下文「四妹」改。沈道原爲王安石妹婿。

## 與耿天騭書二〔一〕

某啓：比得誨示，以無便不即馳報，然鄉往何可勝言也！歲月如流，日就衰茶，今夏復感眩瞀如去秋，偶復不死，然幾如是而能復久存乎？旁婦已别許人，亦未有可求昏處，此事一切不復關懷。陶淵明所謂「身如逆旅舍，我爲當去客」，於未去間，凡事緣督應之而已。藿香散并方附去，或别要應病藥，不惜諭及。臺上草木茂密，芙蕖極盛，未知何時可復晤語。千萬自愛！

二

某啓：承誨示勤勤，并致美梨，極荷不忘。純甫事失於不忍小忿，又未嘗與人謀，故至此。事已無可奈何，徒能爲之憂煎耳。旁每荷念恤，然此須渠肯，乃可以謀，一切委之命，不能復計校也。藥封上。未審營從何時能如約見過，日以企竚。稍涼，自愛。貴眷各吉慶。不宣。某啓上。

〔一〕龍舒本卷四。

## 與柳承議書〔一〕

某啓：承誨示，感愧。公方護喪歸里，應接必多，豈敢費煩厚饋！糖冰謹已拜貺，餘輒納還，冀蒙亮悉也。

〔一〕龍舒本卷四。

## 與郭祥正太博書五之四〔一〕

某啓：近承屈顧，殊不得從容奉顔色，遽此爲别，豈勝區區愧恨！乍遠，千萬自愛。承行李朝夕當復來此，諸須面訴乃悉。許詩不惜多，以藁副見借爲幸。

〔一〕龍舒本卷四。

## 同前之五

某頓首：比承手筆，尤劇欣慰。時序感心，不能自釋。咫尺無由奉見，嚮往尤深。蒙許寄詩，幸甚！尚此留連，不惜數賜教也。冬寒，自愛。舍弟近出，歲盡乃歸，承書所以不得報也。

## 與孟逸祕校書第四〔一〕

某頓首仲休兄足下：辱手筆，感慰！跋涉溪山之遠，亦勞矣，然足以慰二邑元元之望，惟寬中自愛也。人求還急，修答不謹，幸見亮，有不逮，見教。

〔一〕龍舒本卷四。

## 答吕吉甫書〔一〕

承累幅勤勤，爲禮過當，非所敢望於故人也。不敢視此以爲報禮，想蒙恕察。承已祥除，伏惟尚有餘慕。知有所論著，恨未見之。惟賴恩覆，以得優游，然以疾憊，棄日茫然，未有獲也。諸令弟各想禔福。

〔一〕龍舒本卷六。

## 再答呂吉甫書〔一〕

承誨示勤勤，豈勝愧感！聞有太原新除，不知果成行否，想遂治裝而西也。示及法界觀文字，輒留玩讀，研究義味也。觀身與世，如泡夢幻，若不以此洗心而沈於諸妄，不亦悲乎！相見無期，惟刮磨世習，共進此道，則雖隔闊，常若交臂。雖衰茶瞢耗，敢不勉此！猶冀未死間，或得晤語，以究所懷。未爾，良食，爲時自愛。令弟各想安裕，必同時西上也。

### 二

惠及海物，愧荷不忘。村落無物將意，栗二篚馳獻。某今年雖無大病，然年彌高矣，衰亦滋極，稍似勞動，便不支持。向著字説，粗已成就，恨未得致左右。觀古人意，多寓妙道於此，所惜許慎所傳止此，又有僞謬，故於思索難盡耳。

〔一〕龍舒本卷六。

## 答田仲通書〔一〕

某再拜仲通兄足下：鄉時在京師，欲走陽翟見顏色，以事卒不果，至今悔恨，非復可自解釋。自得從足下游，私心未嘗一日忘。羈窮不幸，不得常從，以進道藝，其恨豈有忘時哉！而足下於交游中，亦最見愛云云。

〔一〕龍舒本卷六。

## 答杭州張龍圖書〔一〕

某啓：阻闊歲久，豈勝鄉往！承誨示，乃知輿衛近在京口，動止多福，重增企仰。無緣會晤，惟冀爲時倍自壽重。衰疾，書不宣悉。某啓上知府龍圖。

〔一〕龍舒本卷六。

## 與王逢原書四〔一〕

安石頓首。承跋涉到江陰，與賢閤萬福，良以爲慰！安石居此，鬱鬱殊無聊，念非見君子，誰與論此？不久來江寧，冀逢原一來，不審肯否？儻可與子明同來乎？不知脚氣近日如何？切自慎愛，千萬，千萬！近見莘老，其不肯豫人事，固知其如此久矣。而書來過相稱譽，似以俗人見遇，不知其故何也？既已任此職事矣，彼以此遇我，殆其宜也。冬寒，自愛。安石頓首。

〔一〕王令集附録。

與王逢原書五〔一〕

安石頓首。辱書，感慰。舟但乘至蘄陽，當無人呵問，兼是吴舅法所當得，亦何嫌不自駕之，以往還就載官物可也。旅居僧舍，良亦無聊，千萬自愛！時以書見教。今日尚苦大風，不可行。忽忽，不謹。安石頓首。

〔一〕王令集附録。

與王逢原書七〔一〕

安石頓首。辱教具曉。盛指陳山人，今在此，幸便訪及也。他俟面謁。忽忽，不謹。安石頓首。

〔一〕王令集附録。

# 與王逢原書八〔一〕

安石頓首。比辱足下來見顧存，而人事紛紛，殊不得從容盡所欲言，而遂爾遠違，區區鄉往之情，豈可以書言哉？到天長，乃知行李已到毗陵，脚氣已漸平復，殊以爲慰。即日動止，想與賢閤俱萬福，貴眷各寧康。已到宿州，薄晚遂行，更數日即到京師，别上狀。然書所傳道，豈可以盡意乎？近見説脚氣，但於早起未下牀未語以前，取唾以手大指摩脚心，取極熱，乃下牀，久之自不復發，嘗試爲之。此乃嘗有人以此除疾，爲之無妨也。葛子明得書否？二舅處有書來否？苦熱，自愛！安石寓家船中，數日來熱不可勝任，殊以爲憂，爲之奈何！安石頓首。

〔一〕王令集附録。

# 與陳祈柬〔一〕

安石頓首：還弊廬，幸數對接。發日更承出餞，寵以佳句，尤愧怍，不敢當厚意之辱。宿宇下，嘗成一絶，今書奉寄，想一笑而已。秋涼，加愛。安石頓首陳君景弟足下，九月十二日。

〔一〕朝鮮本卷四十六書陳祈兄弟屋壁李壁注引。

## 與呂晦叔書〔一〕

備官京師二年，鄙吝積於心，每不自勝。一詣長者，即廢然而反。夫所謂德人之容，使人之意消者，於晦叔得之矣。以安石之不肖，不得久從左右，以求其放心，而稍近於道。猥以私養竊禄，所以重貪污之罪，惓惓企望，何以勝懷！因書見教，千萬之望。

〔一〕吕本中紫微詩話，歷代詩話第三七一二頁。按，全宋文卷一千三百七十九自歷代詩話録入此文，題爲「與吴正憲公書」，然核歷代詩話，知「吴」字乃擅加。此書實爲王安石寄與吕本中曾祖吕公著，故曰「於晦叔得之。」晦叔，吕公著之字，謚曰正獻。宋史卷三百三十六吕公著傳：「吕公著字晦叔。（中略）明年二月薨，年七十二。（中略）贈太師、申國公，謚曰正獻。」吕公著傳隱括此信爲：「安石嘗曰：『疵吝每不自勝，一詣長者，即廢然而反，所謂使人之意消者，於晦叔見之。』」

## 赴官帖〔一〕

安石啓：承誨累幅，豈勝感慰！初謂優游園宅，足慰親懷，乃知營從赴官不久，煩暑尚在，冀倍自調嗇。令兄想侍奉佳福。安石啓推官足下。

〔一〕岳珂寶真齋法書贊卷二。

## 修學帖〔一〕

吾在此粗如常。得弟書，喜安佳。歲莫，豈勝憂想！不知行李何時至此，日以企佇，切好將息。累得十姪書，切有便更寄書來也。十四、十六、念一等孫安佳，思憶思憶！十五切修學，有便寄書來也。六弟日夕往來，七八姪、十一姪常相見。諸不一一，思憶思憶。押送七弟。

〔一〕岳珂寶真齋法書贊卷二。

## 與著作明府帖〔一〕

安石啓：特枉營衛，殊闕從容，然慰久闊鄉往之情多矣。宿寒，安否？明日儻肯顧一飯否？餘留面叙，不宣。安石啓上著作明府。

〔一〕中國法帖全集第十三册停雲館帖第五册。

## 與蔣潁叔帖〔一〕

安石啓：承枉顧，深慰久闊鄉往。衰疾畏風，未獲遣詣。請過宿，幸早飭駕也。餘留面賦，不宣。安石啓上潁叔。

〔一〕停雲館帖第五册。

## 過從帖〔一〕

安石啓：過從謂必得奉見。承書示，乃知違豫，又不敢謁見，唯祈將理，以副頌盼。不宣。安石上通判比部閣下。

〔一〕書法叢刊二〇〇三年第四期。

## 賀杭州蔣密學啓〔一〕

右某：近者伏審拜命徽章，陞榮北省，伏維慶慰。竊以上大夫爲内諫，漢擢忠良；府學士統要藩，唐稱優顯。逮宋兼任，非賢不居。某官天與粹温，岳儲靈哲。夙抱經濟，游天子之彤庭；首見推明，爲士林之高選。斷直躬以自處，伏大節而不回。名動一朝，官歷兩省。望之補外，理固非宜；陽城拜官，賀者甚衆。上方圖任，夕有召書。某展慶未遑，忭心竊倍。顧言塵冗，將幸坯陶。依戴所深，翰墨難致云云。

〔一〕龍舒本卷二十二。

## 賀太守正啓〔一〕

獻歲發春，自天降祉。方竦瞻於治所，阻交致於壽觴。伏以某官德履端方，才猷敏妙。久鎮臨於邊劇，已茂著於勞能。諒因正始之辰，倍享宜新之祐。某首承榮翰，第切感悰。方履餘寒，冀加珍護。

〔一〕聖宋名賢五百家播芳大全文粹卷二十六。

## 請秀長老疏二〔一〕

伏以性無生滅，不出於如；法有思修，但除其病。故牟尼以無邊闡教，諸祖以直指明宗。雖開方便之多門，同趣涅槃之一路。知言語之道斷，凡爾忘緣；悟文字之性空，熾然常説。至於窮智之所不能到，諭言之所不可傳，苟非其人，曷與於此？秀公早種多識，獨悟惟心。或以群言開有學之迷，或以一指應無窮之問。雲門法印，既所親承；正覺道場，誠資演暢。宜從衆志，來嗣一音。

二

伏以正法眼藏，諸祖之所親傳；大甘露門，衆生之所祈嚮。非由開士，曷振宗源？伏惟某人性悟無生，識趨有學。喻法常知於捨筏，陶真已得於遺珠。靈焰無窮，能作千生之續；妙音普振，同霑一雨之滋。願臨真覺之道場，親受雲門之法印。仰惟慈證，俯徇衆求。

〔一〕龍舒本卷二十四。

大丞相請疏〔一〕

伏以肇置仁祠，永延睿算。歸誠善導，開跡勝緣。文公長老獨受正傳，歷排戲論。求心之所祈嚮，發趣之所追宗。俯惟慈哀，愍徇勤企。謹疏。

元豐八年三月日，觀文殿大學士、集禧觀使、守司空、上柱國、荆國公、食邑九千五百户、實封三千户王安石疏。

〔一〕雲庵真淨禪師語録卷首。

## 請寶月禪師書〔一〕

祈嚮妙法，不爲不久。以塵牢自障，道力甚少，神耀觀之，無所不知。輒求志言，以自救藥。自昔有道者不以幽閑獨處爲樂，而以忘疲利他爲行。師能無北遊人間，廣度衆生之緣乎？今令曾道人去，望早下山。

〔一〕章炳文搜神秘覽下：「信州白華巖法號寶月，字淨空。（中略）王僕射安石亦常遣人請歸金陵之蔣山，其書曰（中略）。師但以偈答之而已。」按，文集卷三十五送李生白華巖修道中所謂「白華巖主」，即寶月。

## 國風解〔一〕

周南、召南者，文王之詩。曰：言文王之化被民深，則詩人歌者其志遠，以見聖人之風，而屬之周公，故爲周南也；言文王之教化人淺，則詩人歌者其志近，以見賢人之風，而屬之召公，故爲召南也。然其詩則文王，其事則后妃、夫人，不言美。而甘棠美召伯，江有汜美媵，何彼穠矣美王姬，而皆言美者，蓋召伯也、媵也、王姬也，各主於一人而美之也。若后妃、夫人，則皆文王教化之所致，其美不足以爲言也，故先以周南，而召南次之也。

邶、鄘、衛，皆衛詩。三國本商紂之地，而武王伐紂，裂其地以封紂子武庚并管蔡者。及其叛而周公誅之，乃以餘民封康叔。而後之刺美其君者，三國之人，咸有所賦，是以分邶、鄘、衛焉。故邶、鄘之詩序必曰衛者，以別其衛詩爾。至於衛，則無所言衛矣。有凱風，定之方中、干旄、淇澳、木瓜，以美文公、桓公、武公。而凱風、木瓜雖非其君，然國之淫風流行，而有盡孝道以慰其母心之子，國爲狄人所滅，而有救而封之之齊桓公。則所以美之者，其君亦與焉，故次召南也。

王者，周也。自平王東遷，其後政不足以及天下，而止於一國，於是爲風而不雅矣。不言周者，蓋平、桓、莊王德之不脩，政之不講，非周之罪也，故次衛也。

鄭有緇衣，武公之美，而次於王後者，蓋王之皆刺，而不能加於多美之諸侯者，天下之公義也。若諸侯之少美矣，雖王之皆刺，而不足以勝之，豈非君與臣善惡不相遠，則君得以先其臣，而理所可也，故次王也。

齊皆刺也，然有木瓜美桓公，繫於衛詩之末，故次鄭也。

魏皆刺也，而無所主名，言爲魏之君者，皆甚惡爾。夫序詩者，豈以一端而已，皆美而無所主名，則先之，好其善之盛也，周南是也；皆刺而無所主名，則先之，醜其惡之極也，魏是也。故次齊也。

唐本晉詩，而美武公者，無衣也。然武公始并晉國，而大夫爲之請命于天子之使，而作是詩也。夫不請命于天子，雖云美而君子所不與，猶若武公無美焉爾。或曰：「魯之有頌，亦請命於周，乃列於周、商之間，而於此詘晉，何也？」曰：「魯請於天子，而史克作頌，與夫請天子之使而爲之者異矣，弟賢于無美者也，故次魏也。」

秦之車鄰美秦仲，駟鐵、小戎美襄公，雖賢於唐，然本西垂，秦仲始大，至於襄公，方列於諸侯，故次唐也。

陳皆刺也，而所刺主於幽公、僖公之徒，言其餘君或不至於是，然刺詩多矣，故次秦也。

檜皆刺也，而無所主名，猶魏也，故次陳也。

曹皆刺也，然所刺止於昭公、共公，猶陳也，故次檜也。

豳七月，周公攝政之詩也，所美見於東山、破斧、伐柯、九罭、狼跋也。其七月陳王業，鴟鴞以遺王者，皆公所自爲，故不言美也。然名之以「雅」，則公非王也；次以之周南，則公非諸侯。因其陳王業先公之所由，乃以屬於豳也。不屬於周者，周，王國也，周公何所繫焉？所以居小雅之前，而處變風之後，故次豳也。

或曰：「國風之次，學士大夫辨之多矣，然世儒猶以爲惑。今子獨刺美序之，何也？」曰：「昔者聖人之於詩，既取其合於禮義之言以爲經，又以序天子諸侯之善惡，而垂萬世之法。其視天子諸侯位雖有殊，語其善惡，則同而已矣。故余言之甚詳，而十有五國之序，不無微意也。」

嗚呼！惟其序善惡以示萬世，不以尊卑小大之爲後先，而取禮之言以爲經，此所以亂臣賊子知懼而天下勸焉。

〔一〕龍舒本卷三十。

## 周秦本末論〔一〕

周强末弱本以亡，秦强本弱末以亡，本末惟其稱也。

周有天下，疆其地爲千八百國，制方伯、連率之職，諸侯有不享者，舉天下之衆以臨之；有不道者，合天下之兵以誅之，自以爲善計也。及其弊，巨吞細，盛憑弱，而莫之能禁也，以至於亡。無異焉，强末弱本之勢然也。秦戒周之亡，郡而不國，削諸侯之城，銷天下之兵聚咸陽，使姦人雖有覦心，無所乘而起，自以爲善計也。及其弊，役夫窮匠操鉏櫌棘矜以鞭笞天下，雖欲全節本朝，無堅城以自嬰也，無利兵以自衛也，卒頓顙而臣之。彼歐天下之衆以取區區孤立之咸陽，不反掌而亡。無異焉，强本弱末之勢然也。

後之世變秦之制，郡天下而不國，得之矣，聖人復起，不能易也。銷其兵，削其城，若猶一也，萬一逢秦之變，可勝諱哉？

〔一〕龍舒本卷三十。

## 荀卿上〔一〕

楊墨之道，未嘗不稱堯舜也，未嘗皆不合於堯舜也。然而孟子之所以疾之若是其至者，蓋其言出入於道而已矣。荀卿之書，脩仁義忠信之道，具禮樂刑政之紀，上祖堯舜，下法周孔，豈不美哉？然後世之名遂配孟子，則非所宜矣。

夫堯舜、周孔之道，亦孟子之道也；孟子之道，亦堯舜、周孔之道也。荀卿能知堯舜、周孔之道，而乃以孟子雜于楊朱、墨翟之間，則何知彼而愚於此乎？昔墨子之徒，亦譽堯舜而非桀紂，豈不至當哉？然禮樂者，堯舜之所尚也，乃欲非而棄之，然則徒能尊其空名爾，烏能知其所以堯舜乎！荀卿之尊堯舜、周孔，亦誠知所尊矣，然孟子者，堯舜、周孔之徒也，乃以雜於楊朱、墨翟而并非之，是豈異於譽堯舜而非禮樂者耶？昔者聖賢之著書也，將以昭道德於天下，而揭教化于後世爾，豈可以託尊聖賢之空名，而信其邪謬之説哉？今有人於此，殺其兄弟，戮其子孫，而能盡人子之道以事其父母，則是豈得不爲罪人耶？荀卿之尊堯舜、周孔而非孟子，則亦近乎是矣。

昔告子以爲性猶杞柳也，義猶桮棬也。孟子曰：「率天下之人而禍仁義者，必子之言矣！」夫杞柳之爲桮棬，是戕其性而後可以爲也。蓋孟子以謂人之爲仁義，非戕其性而後可爲，故以告子之言爲禍仁義矣。荀卿以爲人之性惡，則豈非所謂禍仁義者哉？顧孟子之生不在荀卿之後焉爾，使孟子出其後，則辭而闢之矣。

〔一〕聖宋文選卷十，歷代名賢確論卷三十。

## 性論〔一〕

古之善言性者，莫如仲尼，仲尼，聖之粹者也。仲尼而下，莫如子思，子思，學仲尼者也。其次莫如孟軻，孟軻，學子思者也。仲尼之言，載於語。子思、孟軻之説，著于中庸而明於七篇。然而世之學者，見一聖二賢性善之説，終不能一而信之者，何也？豈非惑於語所謂「上智下愚」之説與？噫，以一聖二賢之心而求之，則性歸於善而已矣。其所謂愚智不移者，才也，非性也。性者，五常之謂也；才者，愚智昏明之品也。欲明其才品，則孔子所謂「唯上智與下愚不移」之説是也。欲明其性，則孔子所謂「性相近習相遠」、中庸所謂「率性之謂道」、孟軻所謂「人無有不善」之説是也。

「夫有性有才之分，何也？」

曰：「性者，生之質也，五常是也，雖上智與下愚，均有之矣。蓋上智得之之全，而下愚得之之微也。夫人生之有五常也，猶水之趨乎下，而木之漸乎上也。謂上智者有之，而下愚者無之，惑矣。」

或曰：「所謂上智得之之全，而下愚得之之微，何也？」

曰：「仲尼所謂『生而知之』，子思所謂『自誠而明』，孟子所謂『堯舜先得我心之所同』，此上智也，得之之全者也。仲尼所謂『困而學之』，子思所謂『勉强而行之』，孟子所謂『泰山之於邱垤，河海之於行潦』，此下愚也，得之之微者也。」

曰：「然則聖人謂其不移，何也？」

曰：「謂其才之有小大，而識之有昏明也。至小者不可强而爲大，極昏者不可强而爲明，非謂其性之異也。夫性猶水也，江河之與畎澮，小大雖異，而其趨於下同也。性猶木也，楩楠之與樗櫟，長短雖異，而其漸於上同也。智而至於極上，愚而至於極下，其昏明雖異，然其於惻隱、羞惡、是非、辭遜之端，則同矣。故曰：仲尼、子思、孟軻之言，有才性之異，而荀卿亂之。揚雄、韓愈惑於上智下愚之説，混才與性而言之。」

〔一〕聖宋文選卷十。

## 性命論〔一〕

天授諸人則曰命，人受諸天則曰性〔二〕。性命之理，其遠且異也，故曰「保合太和，各正性命」。是聖人必用其道，以正天下之命也。

「然命有貴賤乎？」曰：「有。」「有壽短乎？」曰：「有。」故賢者貴，不賢者賤，其貴賤之命正也。抑貴無功而賤碩德，命其正乎？無憾而壽，以辜而短，其壽短之命正也。抑壽偷容而短非死，命其正乎？故命行則正矣，不行則不正。是以堯舜四門無凶人，而比户可封，此其行貴賤壽短之命於天下也。降及文王興，而棫樸之詩作，則士不僥倖，而貴賤之命正矣。成王刑措，而假樂之詩作，則民不憾死，而壽短之命正矣。以至仁及草木，而天下之命其有不正乎？其後幽王有聖人之勢而不稱以德，故君子見微而思古，小人播惡而思高位。詩曰：「謀之其臧，則具是違。謀之不臧，則具是依。」夫有德者舉窮，不德者舉達，則貴賤之命行乎哉？抑小人進用，而刑罰不當，故惡有所容，而善斯以戮。詩曰：「此宜無罪，女反收之；彼宜有罪，女覆説之。」夫是善者殺，不善者或生，則壽短之命行乎哉？此知命非聖人不行也。

去周之遠，又不明情生於性，分出於命，而有命授分定之説。是以漢唐之治，亦曰堯舜之治。堯舜以君子知命，民下知分；漢唐之治，亦以君子知命，民下知分〔三〕。然曰命與分則同矣，其所以知之則異，豈槩於振古乎？振古，聖人行於上者也。所謂君子知命，則侯奉上，卿奉官，士奉制，没而後止。夫然，貴賤壽短，未始不悉以禮義上下也。漢唐則不然。其間陰陽之術熾，而運數之惑興；讖緯之説侵，而報應之訛起。其所謂命者，非曰性命也，則命授分定也。所謂行命者，非曰聖人也，則曰冥有所符，默有所主也。故朝耕漢隴，暮踰三國之魏；晨藉唐版，夕歸五代之梁。此不曰不臣不民，而曰命受分定者，豈不瞽惑哉？然亦誰階之乎？其階賞罰不當，而德眚無歸，民厭其勢，而一歸于命，悲夫！

〔一〕聖宋文選卷十。
〔二〕「性」下，原文衍一「命」字。
〔三〕「民下」，原作「民不」，據上文改。

## 名實論上〔一〕

事有異同，則情有逆順，故好惡而毀譽不能已。是名生於天下之好惡，而成於天下之貴賤。時之所好，果是也歟？時之所惡，果非也歟？士不顧其傷志害德，隨物而上下，故棄世之所惡，而趨世之所好，則天下貴之；棄世之所好，而趨時之所惡，則天下賤之。故曰：「不如鄉人之善者好之，而不善者惡之。」是名生於好惡，而好惡之情，未嘗辨也。是以近義則行，何衆惡之足畏也？遠義則止，何衆好之能順也？士有不得乎名，則不急急於爲善，故名雖高於其鄉，而行不信於友，立其朝而忠不盡於君。是以不實之弊，其所以有者也。然得名而行於世，則所惡而安，故以名爲事者，身樂而意放，此名出於人之所甚欲，而得之不辭也。是好名必求勝，必用强。好名則諱過而善不進，求勝則幸人之不及，而徒欲以自見也；用强則過惟恐在己，而善惟恐在人。若然，則争能忌才之士并處於世，而更爲强弱。

嗟夫！求名所以自厚，適所以自薄；好勝所以自高，乃所以自下。以身徇物，則内輕而外重，非自薄與？信己不足，而求人之必信，非自下與？如能潔其身則全其内，行其志而不求乎外，天下歸之不爲悦，天下去之不爲憾，顧天下或違或從，蓋無有已，又奚毁譽之可加而得喪之存也？故士無守名之累者，所以得其寔。然勢不行，法不立，賢者少〔二〕，而不賢者多，紛綸擾攘，布處天下。强者自其己强而樂其善，弱者困於己弱而人樂其有過，此人情之至惡。因其疑心，而有不能以自盡，君子于斯，其果可以不察乎？況欲爲治，則以得人爲先；用人，則以名實爲本。然名實之弊如此，其可以苟取而不慎乎？

〔一〕聖宋文選卷十。

〔二〕「少」，原無，據上下文意補。

## 名實論中

一鄉之人不能辨，則可欺以言；一國之人不能察，則可欺以行；天下之士不能知，則可欺以名。蓋聽有所不至，則巧言勝；俗有所不能，則僞行尊；道有所不明，則虚名立。然而巧言雖傳，不中理則有或可辨；僞行雖固，不中義則尚或可察。名不得其實，而欲得其僞，則雖縻歲月、殫思慮，有不能盡之者。故名亂實而欲求其僞，則先王於道未嘗存而不講，於政未嘗存而不議也，是亦無所苟而已。然近世之士，矜名而自是，好高而不能相下也，不知自虛所以有取，自下所以有得，故道失而無求，政荒而無問。自知不審，而志欲求問於人，如販夫之售貨，耕人之待穫。其役物而失信，要時而喪己，有待於外也如此，是可悲已。

古者明於自得而無所蔽，故常反身而觀其寔。其能可以爲卑，方其居卑則勞而不怨；有志可以用大，方其用大則安而不矜。故居卑者不愧勞，用大者不易事，遠近相維，小大相應，而天下之治畢舉。斯蓋名不浮寔，則寔不可以妄加，多而不可以妄損。故名徹於朝廷公卿大夫之間，而士不遺於窮邦陋壤之遠，得之無疑，用之必稱，其名非有以欺世也。及至誠之道亡，而天下苟於從事，上無以得下之情，下無以應上之實。名愈高，則其詭譎愈多；行愈隆，則其養僞文飾愈甚。進退不以誠相懷，利害不以情相收，求欲之心多，而及物之志寡。故其任重則顛覆，任輕則怨誹。是四方之士，其意莫不以天下自任之爲患也。奈何隨而用之，則有喪而無得。彼皆欲爲其大，則將就一二爲之小，則天下功薄而不脩，廢業而不補。蓋好名之士衆，而去取之計昏，雖有可用之士，莫得而見，疑名足以亂實也。好高而不適於用，士雖有所取，而恥事其已能，而務爲其所不至，遂亦喪其所長而效不立，此其甚弊也。

然而才有餘而治其寡，則事舉而功倍；才無餘而專其多，則智寡而易敗，此好名無實必至之勢也。今工伎力役，猶有所不奪也。以伎從利，雖不售則亦不怨，易業而相爲事，惜其業之不專，而忘其勢之必取也。故函人不以治弓矢，陶人不以治輪輿，巧有所偏，智有所盡，不以其所不習自名而欺世取名也。以力事人者，雖不用，終不以其所不能而求役於人，自信其能而有待也。故善於御車者，不善操舟；習於用陸者，不習於用川。其致力各得其至，而所趨相反，所效不同也。故名實不亂，不如工伎力役。然世之好名，舉欲兼天下之能，盡天下之務，意欲與聖人并遊於世而争相先後。故天下恃名而不恃寔，求勝而不求義，傲侮當世而無所憚，尊隆自許而無所愧。然而天下從之，而公論滅矣。是以軒冕爵禄不及善士，而天下無勸，矯僞澆浮之風起而不可禦。其爲惑天下也，有甚於此乎？

## 名實論下

自古深患，莫大於不智，而輕與次之。不智則天下用巧，直道隱而至論廢矣；輕與則天下苟於妄合而幸于偶遇，其俗浮而其行偷矣。是天下不明，而名也亂實。惟至智則不以理惑，兼衆人之所不能明，盡衆人之所不能察，觀所舉則知所志，審所守則知所用，天下至隱之情無所施於上。如此則何名之可加，而何寔之可誣？然而智有所强，而不能盡於物，則其可取者益疎，其所棄者益密。是故僞起於動止之間而莫之察，奸出於俯仰之近而莫之辨，至使貪者託名以肆欲，夸者託名以擅權，辨者託名以行説，暴者託名以殘物。實不足而名有餘，則其爲患也如此。

事有不容於天下，則大無過於盜國，小無賤於盜貨。然盜國之雄，盜貨之强，數旅之師，可掩而獲，匹夫有勇，可擒而戮。至於盜名之士，則雖有萬乘之尊，百里之封，上不敢與爲君，師不敢與爲友，貴無敢驕，而禮無敢亢，悻悻然嘗恐天下以失士而議己矣。故盜名之士無王公之尊，命令之重，而屈人之勢，移人之俗。蓋善爲奇言異行，以爲高世特立之人，以驚駭愚俗之耳目。是以合徒成群，而天下俗尚。責其效，則官學不足以成業，從政不足以經世。然公卿大夫無以窺其非，而國人士民無以措其業，議名出於人上，而有以伏其心故也。蓋亦求名有獲，則利亦隨至。故志於禄則僞辭以養安，志於進則僞退以要寵。世之人不知求其心，而徒得其迹，則天下稱之，彌久而彌盛。使好名之俗成，而比周黨起。安坐而觀，則莫知其志之所在。雖能摧衆口之辨，屈百家之知，奚足以勝其衆、破其僞？

故名者，天下之至公，而用之以至私；僞者，天下之至惡，而處之以至美。故上失於所任，下失於所望。故自古亂國者無他，因名以得人則治，因名以失人則亂。故不智而且輕與，則名實相疑而不明，則有以養天下之大患。然則無實之譽，其可使獨推于世而居物之先哉？

## 召公論〔一〕

漢之諸儒，皆以爲周公攝政而召公不悦。以孔氏古文考之，則召公之不悦也，周公既歸政矣。然召公之不悦，何也？

曰：「成王，可與爲善可與爲惡者也。周公既復辟，成王既即位，蓋公懼王之不能終而廢先王之業也，是以不悦焉。夫周之先王，非聖人則仁人也，積德累行數世而後受命，以周公繼之，累年而後太平，民之習治也久矣。成王以中才承其後，則其不得罪於天下之民而無負於先王之烈也，不亦難乎？如此則責任之臣，不得不以爲憂也。周公曰：『君惟乃知民德，罔不能厥初，惟其終。』然則召公之不悦，亦周公之心也。周公以爲在天者，其命之終吉凶，吾不得而知也。在人者，後嗣或不修德墜厥命，則吾亦不得而知也。在我者，吾知勉之而已，則天不庸釋於文王受命也。且以古之人君，至於文武，所以能保其天下國家者，亦皆有賢人爲佐，我自今乃相與濟成王，同未在位之時，則可以無大責矣。夫在我者，君子之所及而當勉者也。在天與人者，吾如彼何哉？故周公之告也，亦竭其心、盡其力而已，所以勉且慰之也。」

曰：「如周公之詰，則召公可以無不悦矣。然則召公之所以不及周公，儻在是乎？」

曰：「憂其可憂，疑其可疑，召公之所以不悦也；憂其可憂而卒之以不憂，疑其可疑而卒之以不疑，周公之所以詰也。五聲之相得也，五味之相入也，其始不同而卒於和也。聖賢之相揆也，亦若是而已矣。以此謂召公爲不及周公，則吾於征苗，以伯翳爲賢於禹也，其可乎？」

「然則召公固無不悦周公之事乎？」

曰：「自堯舜没至於周，而賢人爲衆。詩曰：『肅肅兔罝，椓之丁丁。赳赳武夫，公侯干城。』言兔罝之人猶足以干城乎公侯也。又曰：『肆成人有德，小子有造，古之人無斁，譽髦斯士。』言其爲士者亦皆有德之髦也。當此之時，而召公爲公，則其爲賢亦遠矣。以召公爲不足以知周公也，則凡在周之士大夫宜無一人知周公者矣，然則周公孰與之謀而就事乎？且以召公爲不賢而不足以知周公也，則文、武、周公曷爲任之至於此極，而召公又安能以其令名終也？」

「以召公爲賢而不悦乎周公，則其與之共事而不争，又不去焉，何也？」

「夫聖人之所立，賢人有所不能知者矣。顔子曰：『既竭吾才，如有所立卓爾，雖欲從之，未由也已。』顏子之於孔子，有所不能知者也。雖然，未嘗不心悦而誠服之也。此其所以爲賢人也。如賢人之於聖人，既不足以知之，而又不能悦也，則是聖與賢幾異類而相反也。」

或曰：「子路之於孔子，嘗不悦也。」

曰：「由之鄙人也，何足以語召公也哉！孔子曰：『由也，千乘之國，可使治其賦也。』文、武、周公之使人猶孔子也，文、武、周公所以爲三公，與孔子所使治千乘之賦者，其智之不同亦可知已。」

「然則成王之疑周公也，召公曷爲不諫？」

曰：「召公，坐而論道以相成王者也，其朝夕所以開王心者，史能悉記之乎？」

〔一〕歷代名賢確論卷九。

## 許旌陽祠記〔一〕

自古名德之士，不得行其道以濟斯世，則將效其智以澤當時，非所以内交要譽也，亦曰士而獨善其身，不得以謂之士也。後世之士失其所業〔二〕，糜爛於章句訓傳之末，而號爲穎拔者，不過利其藝以干時射利而已，故道日喪而智日卑。於是有不昧其靈者，每厭薄焉。非士之所謂道者名不副其實也，亦以所尚者非道也。嗚呼！其來久矣。

晉有百里之長曰許氏者，嘗爲旌陽令，有惠及於邑之民。其爲術也，不免乎後世方技之習，如植竹水中，令疾病者酌水飲焉，而病者旋愈。此固其精誠之所致也。而藏金於圃，使囚者出力而得之，因償負而獲免於桎梏，豈盡出方技之所爲者？以是德於民。既後斬蛟而免豫章之昏墊，大抵皆其所志足以及之；志之所至，智亦及焉。是則公之有功於洪，論者固自其道而觀之矣。夫以世降俗末之日，仕於時者得人焉如公，亦可謂晦冥之日月矣。公有功於洪，而洪人祀之虔且久。祥符中，升其觀爲宫，而公亦進位於侯王之上。於是州吏峻其嚴祀之宫室，與王者等，兹固侈其功而答其賜也。工弗加壯，中焉以圮，令師帥南豐曾君鞏慨然新之。鞏，儒生也，殆非好尚老氏之教者，殆曰能禦大災、能捍大患，則祀之，禮經然也。國家既隆其禮於公，則視其陋而加之以麗，所以敬王命而昭令德也。書來，使予記之。予嘗有感於士之不明其道而澤不及物者，得以議吾儒也，故於是舉樂爲之述焉〔三〕。

〔一〕萬曆新修南昌府志卷二十一。清金桂馨逍遥山萬壽宫志卷十五亦録有此文，題爲「重建許旌陽祠記臨川王安石」。

〔二〕「業」，逍遥山萬壽宫志作「宗」。

〔三〕「焉」下，逍遥山萬壽宫志有「元豐三年八月既望」八字。

## 送丘秀才序〔一〕

古之人以婚姻爲兢兢，合異德以復萬世之故。春秋世，此禮始寖廢。不親迎者，吾聞之矣；先配而後祖者，吾聞之矣。時其遂不復振，人皆直情而徑行，烏識所謂兢兢者乎？至隋，文中子喟然傷之，曰：「昏禮廢，天下無家道矣。」始采周公、孔子之舊，續而存之。賈瓊者乃曰：「今皆亡，焉用續？」夫瓊何人也？世之所謂賢人也，親炙子之教也。賢而親炙子之教，然且云爾，其不在於程、仇、董、薛之列也宜。今世之讀中説者，皆知瓊之言非是，然而不爲瓊之所爲者，亦末矣。夫人萬一有喜事者，追古之昏禮而行之，世必指目以怪迂之名。被之矣，若之何其肯拂所習而從之也？於戲！古既往，後世不可期，安得法度士，與之奮不顧世，獨行古之所行也！南丘子學於金陵，以親之命歸逆婦，吾望其能然，以是諗之。

〔一〕龍舒本卷三十六。

## 書楞嚴經要旨後〔一〕

余歸鍾山，假道原本，手自校正，刻書寺中。時元豐八年四月十一日，臨川王安石稽首敬書。

〔一〕上海博物館藏王安石手書楞嚴經真跡。

## 祭先聖文〔一〕

惟王之道，内則妙萬物，而外則爲王者〔二〕。爲緒餘於一時，而鼓舞於萬世。學者範圍於覆燾之中，而不足以酬高厚之德。今與諸生釋奠而不敢後者，兹學校之儀，而興其所以愛禮之意也。

〔一〕龍舒本卷八十一。聖宋名賢五百家播芳大全文粹卷八十四收録，題爲「祭先聖祝文」。

〔二〕「爲」，聖宋名賢五百家播芳大全文粹作「師」。

## 祭先師文〔一〕

外物不足以動心而樂者，可謂知性矣，然後用舍之際，始可以語命。而三千之徒，聖人獨以公預，此所以學校有釋菜之事，而以公配享焉。

〔一〕龍舒本卷八十一。聖宋名賢五百家播芳大全文粹卷八十四收録，題爲「祭先師祝文」。

## 屯田員外郎致仕虞君墓誌銘〔一〕

祥符八年，真宗第進士於廷，先人與上饒虞君俱在其選。其後慶曆二年、皇祐元年，虞君之諸子相繼以進士起，而先人之孤亦在焉。故安石嘗與虞君之諸子遊，而諸子稱君之所爲甚悉。

君廉於進取，寬厚長者，人可欺以其方，而君未嘗輒欺人也。自爲進士時，能以文學知名於鄉里，三爲舉首。嘗獻其所爲書于天子，天子以爲能，欲特召試，而以君方試於有司，乃止。及君起家爲建州司理參軍、福州觀察推官，轉運使奏君監福州之寶積銀場，君爲創法而銀大溢。歲終當遷，有司使人喻君求賂，君謝不與，曰：「與其以賂遷，吾寧困以終身也。」終以此不得遷，而復爲軍事判官郴州。州嘗失入人罪，吏方被劾，而有赦除其罪。君初在告，不與斷其獄而與奏其按也，刑部遂書君爲失入，坐是坎壈不得意，以至於老，而君初未嘗自訟也。

自郴州歸，而爲邵州防禦判官，又爲杭州節度推官，又爲台州軍事判官。所至輒以治行爲在勢者所稱，章交於朝廷，而天子終以其嘗失入不用。已而右諫議大夫李宥特薦之，召赴京師，又不用。流内銓以爲言，乃以君知明州之慈溪縣，縣得君以無事，而君日與處士講學賦詩飲酒，恬如也。淮南轉運使吴遵路、兩浙轉運使段少連葉清臣皆一時名人，交薦君以爲材，而朝廷又以君爲台州軍事判官，不用。及李元昊反，近邊皆騷動，有詔舉能吏可以爲河北、河東、陝西諸縣者，於是君始得遷，爲太子中允、知河中府猗氏縣。今并州故相國龐公經略陝西，欲辟公爲其判官，君不肯就而辭以老。龐公賢其意，亦不强也。後遷太常丞、知越州山陰縣，太常博士、尚書屯田員外郎，通判滁州。間從容語諸子曰：「吾嘗游宜興，甚愛其山水，兒爲我築室荆溪上，吾且休於此矣。」時皇祐二年也。明年，遂致仕，諸子爲築室荆溪上，如其志。以至和三年七月戊戌卒，享年八十。

君既不急於仕進，亦未嘗問家人生産，士友多哀君困厄。及其老，諸子皆孝友，能致其力以養，而多以文學稱於世。其長子太微，爲潤州司理參軍；次太寧，爲和州防禦推官；太熙爲蘇州吴江縣尉，太沖爲通州静海縣主簿，太蒙爲進士。女子五人，皆嫁爲士大夫妻。諸孫男女凡十八人。内外詵詵，人不以公初不得意爲可憐，而顧以其後子孫慈良衆多爲可願也。

君諱肅，字元卿，其先自會稽遭亂避徙江南。曾大父諱瞻，大父諱璉，當李氏時，爲李氏將兵上饒以拒閩人。兵罷，因留家之不去，故至今爲上饒人。父諱戬，博學善屬文，嘗求進士第不得，遂止，不復言仕，以君故，贈殿中丞。君子以嘉祐二年某月日，葬君常州宜興縣永定鄉某山，而以夫人福昌縣君周氏祔。夫人有賢行，君所以得毋恤其家，亦以其夫人也。將葬，君子使來告曰：「宜銘吾先人，莫如子。」於是爲銘曰：

蹈污而陵巇，又左右以窺，以徼其私。人趨爲之，而公謝不爲。秀髮而豪眉，子孫頎頎。以榮其歸，維帝之詒。

〔一〕龍舒本卷九十五。

## 宋故贈尚書都官郎中司馬君墓表〔一〕

朝奉郎、尚書刑部員外郎、知制誥、權修起居注、糾察在京刑獄、上騎都尉、賜紫金魚袋王安石撰。朝奉郎、尚書都官員外郎、知同州兼同群牧及管内勸農事、騎都尉、賜緋魚袋借紫雷簡夫書。朝奉郎、尚書屯田員外郎、知國子監書學、權同判吏部南曹、上騎都尉，賜緋魚袋楊南仲篆額。布衣曹知白模刻。

君姓司馬氏，諱沂，陝州夏縣涑水鄉高堠里人。其先出於晉安平獻王孚，至征東大將軍陽，始葬於河東安邑。後魏分安邑爲夏縣，遂爲夏縣人。自唐以來，降在畎畝，而君之曾祖林、祖政、父炳，皆不仕，然累世未嘗異居，故家之食口甚衆，而貧無以贍。君幼孝謹，父兄悉以家事付之，能儉勤以成其家。當是時，田不加廣，又未嘗爲商賈奇衺之業，而司馬氏更富，父兄皆醉飽安逸。而時有餘力，則及其鄉人，然君遂以惡衣疏食終身。其卒也，以景德三年十二月丙子，年三十二。以祥符六年□□□□葬涑水之南原。夫人同邑李氏女，年二十八，生男詠、里及一女子而寡。頃之，詠及女皆卒，於是父母欲奪其志，而舅姑亦遺焉。夫人自誓不嫁，躬執勤苦，使里之四方就學。姑李氏老且病，常卧一榻，扶然後起，哺然後食。夫人左右視養，未嘗少失其志，如是累年，以至其没。既而里以□□□仕，奉夫人之官，夫人始别其母，而思慕成疾，久之乃愈。里積遷至尚書都官郎中，歷將數州，□□□而封君尚書都官郎中。夫人封永壽縣太君，年八十三，以嘉祐五年九月甲寅終于京師。其年十一月壬寅，合葬于君之墓，而君之從父弟子起居舍人光序其事如此，以來請曰：「願有述也，以表之墓上。」

嗚呼，君所謂謹身節用以養父母，而道行於妻子者歟！以此而學，則豈與夫操浮説而無其質者比哉！夫人之德，可謂協矣。雖非其家人所欲論著，吾固樂爲道之。又況以起居之賢，嘗爲吾僚而有請也，於是書以遺之云。

〔一〕胡聘之山右石刻叢編卷十三，涑水司馬氏源流集略卷三，（成化）山西通志卷十五。

## 邵景先墓誌〔一〕

少敏爽，皇考邈欲大就之，爲破貲聚留師賓，以發其才。及壯，内行修，不標飾爲名，而有譽於爲士者。年四十，始出佐鎮東軍，積功次，入尚書，爲屯田員外郎、通判亳州。遭母喪，不行，卒。

君工於詩歌，喜飲酒，與人交恬如也，尤不好官爵。至京師，一不問權貴人所舍。事有類君者，自言得遷，或勸君自言，終不許。然起家十九年，更三縣，以材奏君者甚衆。卒之明年，弟景純葬之景岡。

〔一〕京口耆舊傳卷三：「（邵）景先，字伯綏，擢天聖八年進士第。王安石撰墓誌。」

## 雜説〔一〕

大畜，剛上而尚賢，能止健；大有，柔得尊位大中，而上下應之。剛上能止健，所以畜之之道也；柔得尊位大中，所以有之之道也。方其畜之不可以不剛，方其有之不可以不柔。（大有）

〔一〕以下佚文題曰「雜説」，出自臺北「國家圖書館」藏南宋吕祖謙所編古文選本精騎卷二王荊公文集。之前尚有多篇王文片段，選自龍舒本王文公文集。此承上海大學楊曦博士告知，並慷慨賜予此書電子版。謹此致謝！

二

常人不見孚，則或急於進，以求有爲而見其材；或急於退，以懟其上之不我知。惟君子爲能不見孚而裕於進止也。然初六最在卦下，未受命者也，未受命，故裕於進止而無咎。其既受命，則有官府，有言責，不得其志，則不可一朝居也。其進止，亦可裕乎？（晉罔孚裕無咎）

三

九三不如九五之得尊位大中，未占有孚，是以言而後能革也。不待言而能革者，革之上也；待言而後能革者，革之次也。（革言三就）

四

見唐虞禪即以爲公天下，見禹湯繼即以爲私天下，以禪爲公，則以繼爲私矣。此小人不知聖人，而以利心量禹、湯、文、武、周公，以爲私其子孫而已。何其陋哉！（禮運天下爲

家說）

五

古者受命之君，未嘗無符瑞也。古之人因其有以著之，所以明天命之不可以力求也。或以爲符瑞之說用，則後世之姦人託是以欺世，而莫之能禦也。夫古之人教後世，未嘗不至於誠善也。能以誠善遺後世，而不能止後世矯託以濟其姦者也。惟其得志於天下，則能以義禁之耳。且使彼詐力以饕天下者，欲符瑞之說焉，則彼之命不可以力求矣。其所以矯託以欺世，惟不信故也。故符瑞之說行，姦人固有畏天命而止者；符瑞之說廢，終不能止姦人干非其命也。（義命）

六

「孔子曰：『微管仲，吾其披髮左衽矣。』假令之世，不爲管仲所爲，則民左衽，君子爲之乎？」

曰：「不爲也。」

「不爲，可謂仁乎？」

曰：「天將必大任我乎，吾不必爲管仲所爲。必爲管仲所爲，而後可以免民左衽，則

吾雖不爲管仲，其憂非管仲乎？」（仁說）

七

今徒曰無心則莫怨，莫怨則莫害，是亦不足以爲知矣。夫莠之敗田，無心也，田者不怨也，而豈能使之勿耨乎？夫苟無心而已，則其不得戕於物也幸矣。（治心）

八

或曰：「能言拒楊墨者，孟子也；能言拒佛老者，韓子也。吾以謂韓子之功，猶孟子也。」

「亦嘗聞伐燕之語乎？以燕伐燕者，韓子也；爲天吏以伐燕者，孟子也。」（言）

九

萬物不能憂者，至樂也；萬物不能樂者，至憂也。君子有至樂，亦有至憂。故富有天下，貴爲天子，而不能樂舜之憂；一簞食，一瓢飲，而不能憂顏子之樂。（戒懼）

十

告宿學之謬，難於始學也。始學虛，宿學實，實其所學，而告之無自入也。（學說）

十一

化賤者易，化貴者難；化勞者易，化逸者難。故公子之信厚如麟趾，國君之仁如騶虞，所以爲周召之終。

十二

俗之所榮，罰之不能止；俗之所恥，賞之不能誘。故君子無爲也，反身以善俗而已矣。（刑罰）

十三

甚哉，君子之難知也！故淳于髡得齊王於眉睫之間，而不足以知孟子。（君子小人）

十四

詖女用於内，則姦士用於外。詩不云乎？「庶姜孽孽，庶士有朅。」（任用）

十五

塗人之小者知有財利，大者知有權勢，其上乃知有名而已。知有財利也，奪之則怨；知有權勢也，絀之則怨；知有名也，毁之則怨。伯夷不知有此三者，知求仁而已。求仁在

我，其得之也無所喜，其不得之也無所怨。故孔子曰：「求仁得仁，又何怨？」（伯夷）

十六

無功而禄，謂之素餐；無德而隱，謂之素隱。素餐盜實，素隱盜名。

十七

以衆之所同爲善，莫善乎鄉原；以衆之所異爲善，莫善乎行怪。

十八

君子之過，以人知之爲幸，以其好善行也；小人之過，以人不知爲幸，以其好善名也。（名實）

十九

夫有思也，思東則怠西；有爲也，爲此則怠彼，則是滯而不通，非所以爲無方無體也。

二十

索鬼神，除盜賊，最後者。人事備，然後可以及鬼神；所養盡，然後可以罪盜賊。

二十一

德薄而位高者，可以無愧。何也？德又有薄於我者也。亡功而厚禄者，可以無慊，何也？功又有寡於我者也。噫！三公之位，人人皆曰我能爲之；萬鐘之富，人人皆曰我當享之，足以見今之多幸而爵禄之不幸也。

二十二

夫後之視今，與今之視昔，蓋已成已敗之驗，其事之是非易見也。若夫今之視今，昔之視昔，未成未敗之前，其事之是非難見也。

然則如之何而可？

曰：莫若究夫昔之所以成敗之初，而驗今之所爲是非之端。與治同其初者，莫不與；與亂同其初者，莫不亡。聖人之言，如是而已也。

二十三

三代之法律，不若漢世之密；三代之境土，不若漢世之廣；三代之取斂，不若漢世之巧；三代之宫室，不若漢世之侈。以漢世修法律之精工，議三代之禮樂；以漢世開闢境土之勞苦，講三代之田禄；以漢世務取斂之奇巧，論三代之賦役；以漢世修宫室之功力，復三代之制度，吾見其有餘矣。惜哉！

二十四

治世之法，必有可革；亂世之法，必有可因。

二十五

祐神者，非神祐我，而我能祐神。莊子所謂「精之又精，反以相天」，是也。道未足則有待於彼，故爲神所祐，未能祐神；道足則無待於外，故神亦爲我所祐。書言成湯之道，曰：「山川鬼神，亦莫不寧。」山川鬼神待我而後寧，此祐神之謂也。

二十六

或問賢，揚子曰顔淵、黔婁、四皓、韋元者，言賢亦當有局限。自出顔子之上，即聖人矣；自出韋元以下，衆人矣。

二十七

市井輕薄欲群行而罔野民，必一人爲惡，一人爲善。彼非不知皆惡之爲快也，而皆惡則無以就事；非不知皆善之爲直也，而皆善則無以就事。

二十八

人之所學，學改其觀而已矣。夫樓船之載，其物如山，及船一轉，則如山之物莫不易嚮。心亦如是。夫平生之多聞廣見，博學詳説，皆聚於心。心觀忽遷，則曩之多廣詳博者，盡隨而改。

二十九

古之人曰異端而不曰異終者，其端異可也，其終烏得而爲異？

三十

高宗既免喪，其惟弗言；而康王告諸侯，乃父死之九日，何也？義無常情，歸諸是而已。故時每不同，而是無異也。高宗弗言，蓋有所可以弗言也；康王之誥，蓋有所不可不誥也。方其有所弗言，終身弗言可也，況免喪乎？方其有所不可不誥也，父死之日誥焉可也，況九日乎？此無它，隨時焉耳。

三十一

筋疲而跛倚者以太山爲固，而不知天下之固莫固於無力之力，而太山爲易蹈；狐疑而求決者以巫咸爲至神，而不知天下之神莫神於無知之知，而巫咸爲大惷。是以善倚者不倚泰山，而倚於無力之力；善決者不問巫咸，而問於無知之知。

# 集外文三　存疑與辨僞

## 君難託〔一〕

槿花朝開暮還墜，妾身與花寧獨異。憶昔相逢俱少年，兩情未許誰最先。感君綢繆逐君去，成君家計良辛苦。人事反復那能知，讒言入耳須臾離。嫁時羅衣羞更著，如今始痼君難託。君難託，妾亦不忘舊時約。

〔一〕龍舒本卷五十一，朝鮮本卷二十一。按，此詩或謂王安國作。陸游家世舊聞卷下：「先君言：今臨川集中，有君難託一篇，是平甫詩，自載平甫集。議者便謂荆公去位後所作，此淺丈夫之論也。」

## 寄慎伯筠〔一〕

世網掛士如蛛絲，大不及取小綴之。宜乎倜儻不低斂，醉脚踏倒青雲低〔二〕。前日才能始誰播？一口驚張萬誇和。雷公訴帝喘似吹〔三〕，咸恐聲名塞天破。文章喜以怪自娱，不肯裁縮要有餘。多爲峭句不姿媚，天骨老硬無皮膚。人傳書染莫對當，破卵驚出鸞鳳翔。人間下筆不肯屈，鐵索急纏蛟龍僵。少年意氣强不羈，虎脇插翼白日飛。欲將獨立誇萬世，笑誚李白爲癡兒。四天無壁才可家，醉膽憒痒遺酒斝。欲偷北斗酌竭酒，力拔太華鑱鯨牙。世儒口軟聲似蠅，好於壯士爲忌憎。我獨久仰願一見，浩歌不敢兒女聲。

〔一〕龍舒本卷四十三，朝鮮本卷二十一。李壁注曰：「或云王逢原作。」按，李注是。此詩又見王令集卷二，題作「贈慎東美伯筠」。吴泳鶴林集卷三十四周侍郎墓誌銘：「每愛誦王逢原『世網掛士如朱絲』之詩，謂小綴大遺，不足以籠絡人才。」徐象梅兩浙名賢録卷四十四高隱：「慎伯筠，字東美，西安人。豪於詩，應貢至京師。（中略）王逢原嘗贈以詩曰（中略）。是詩亦可見其概。」

〔二〕「雲」，朝鮮本作「天」。

〔三〕「似」，清綺齋本作「欲」。

## 望皖山馬上作〔一〕

亘天青鬱鬱，千峰互嶕崪。收馬倚長崖〔二〕，煙雲争吐没。遠疑嵩華低，近豈灊衡匹。奚爲鮮眺覽，過者輒倉卒。吾將凌其巔，震蕩睨溟渤。旁行告予言，世孰於兹忽〔三〕。窔深不可俯，儲藏盡妖物。踴躍狼虎群，蜿蜒蛇虺窟。惜哉危絶山，歲久沉汩没。誰將除茀塗，萬里遊人出。

〔一〕龍舒本卷四十五，朝鮮本卷二十一。李壁注曰：「此詩疑非荆公作。」

〔二〕「收」，朝鮮本作「放」。

〔三〕「兹」，朝鮮本作「此」。

## 汝瘿和王仲儀或云梅聖俞詩。〔一〕

汝水出山險，汝民多病瘿。或如鳥粻滿，或若猿嗛並。女慚高掩襟，男大闊裁領。飲水擬注壺，吐詞侔有梗。欂里既已聞，杜預亦不幸。秦人號智囊，吴瓠掛狗頸。膃腲常拄頤，伶仃安及脛。秖欲仰問天，無由俯窺井。挾帶歲月深，冒犯風霜冷。厭惡雖自知，剖割且誰肯。不惟羞把鏡，仍亦愁弔影。内瘵煩羊靨，外砭廢針穎。在木曰楠榴，刳之可曰皿。此誠無所用，既有何能屏？膨脝厠元首，臃腫異巓頂。難將面目施，可與胎胞逞。賢者臨汝守，世德調金鼎。氓俗雖醜乖，教令日脩整。風土恐隨改，晨昏憂屢省。儻欲覲慈顔，名城不難請。

〔一〕龍舒本卷四十六，朝鮮本卷二十一。李壁注曰：「梅宛陵集亦載此詩，未知誰作。」按此乃梅堯臣作。梅堯臣集編年校注卷十六載此詩。王仲儀，即王素，北宋名相王旦之子。梅堯臣與之多有唱和，如梅堯臣集編年校注卷十六王仲儀寄鬬茶。此詩當爲梅作。

## 三月十日韓子華招飲歸城〔一〕

清明曉赴韓侯家，自買白杏丁香花。雀眼塗金銀篋籠，貯在當庭呼舞娃。舞娃聊捧笑向客，不顧插壞新烏紗。朝來我舍報生子，賀勸大白浮紅霞。酒狂有持梧桐板，暴謔一似漁陽撾〔二〕。祖裼擊鼓禰處士，當時偶脱猛虎牙。褊衷不容又何益？鸚鵡洲上空蒹葭。

〔一〕龍舒本卷四十六，朝鮮本卷二十一。劉辰翁評曰：「不似不似，知何人詩？」此詩又見梅堯臣集編年校注卷二十三，當爲梅作，梅集中有多篇與韓絳（字子華）唱和之作。

〔二〕「漁陽撾」，龍舒本作「鄱陽槎」，據朝鮮本改。按，「漁陽撾」，用禰衡典，即下文之「禰處士」。

## 東城〔一〕

昔予出東城，初見壟上耕。忽忽日北至，歲月良可驚。雖云一草死，萬物尚華榮。誰能當此時，歎息微陰生〔二〕。

〔一〕龍舒本卷四十七，朝鮮本卷二十一。李壁注曰：「五月一陰生，言見微知著，睹盛知衰者難得也。此詩當作於仁、英之時。」此詩又見王令集卷八。

〔二〕「生」，龍舒本作「行」，據朝鮮本改。按，李壁注曰：「五月一陰生。」

## 勿去草或云是楊次公詩。〔一〕

勿去草，草無惡，若比世俗俗浮薄。君不見長安公卿家，公卿盛時客如麻。公卿去後門無車，惟有芳草年年佳。又不見千里萬里江湖濱，觸目悽悽無故人，惟有芳草隨車輪。一日還舊居，門前草先鋤。草於主人實無負，主人於草宜何如？勿去草，草無惡，若比世俗俗浮薄。

〔一〕龍舒本卷四十七，朝鮮本卷二十一。李壁注：「或云是楊次公詩。」劉辰翁評曰：「是。」又見楊傑（字次公）無爲集卷三。皇朝文鑑卷十三、兩宋名賢小集卷八十五亦録爲楊傑之作。當爲楊作。

## 江鄰幾邀觀三館書畫一云梅聖俞作。〔一〕

五月祕府始曝書，一日江君來約予。世間雖有古畫筆，可往共觀臨石渠。我時冒熱跨馬去，開廚發匣鳴鏁魚。羲獻墨跡十一卷，水玉作軸排疏疏。最奇小楷樂毅論，永和題尾付官奴。又有四山絶品畫，戴嵩吴牛望青蕪。李成寒林樹半枯，黄筌工妙白兔圖。不知名姓貌人物，二公對奕旁觀俱。黄金錯鏤爲投壺，粉幛復畫一病夫。後有女子執巾裾，床前紅毯平火爐。床上二姝展氍毹，遶床屏風山有無。堂上列畫三重鋪，此幅巧甚意思殊。孰真孰假丹青模，世事若此還可吁。

〔一〕龍舒本卷五十，朝鮮本卷二十一。李壁注曰：「按此詩梅宛陵集亦有，未知果誰作。竊疑詞氣，近類聖俞也。」按，梅堯臣集編年校注卷二十三録此詩，題作「二十四日江鄰幾邀觀三館書畫録其所見」。當屬梅。

## 次韻王禹玉平戎慶捷〔一〕

熙河形勢壓西陲，不覺連營列漢旗。天子坐籌星兩兩，將軍歸佩印累累。稱觴別殿傳新曲，銜璧名王按舊儀〔二〕。江漢一篇猶未美，周宣方事伐淮夷。

〔一〕龍舒本卷五十三，朝鮮本卷三十七。按，此乃王珪所作，華陽集卷三題作「依韻和蔡樞密岷洮恢復部落迎降」。兩宋名賢小集卷四十、瀛奎律髓卷三十均録爲王珪之作。

〔三〕「名」，龍舒本作「寧」，據朝鮮本改。按，李壁注曰：「言匈奴單于遣名王奉獻來學。」

## 和金陵懷古〔一〕

懷鄉訪古事悠悠，獨上江城滿目秋。一鳥帶煙來别渚，數帆和雨下歸舟。蕭蕭暮吹驚紅葉，慘慘寒雲壓舊樓〔二〕。故國淒涼誰與問？人心無復更風流。

〔一〕龍舒本卷五十二、朝鮮本卷三十七，皇朝文鑑卷二十四。按，此詩又見王珪華陽集卷三。兩宋名賢小集卷四十著録爲王珪。瀛奎律髓卷三亦屬之王珪，曰：「此詩誤刊荆公集中，今以岐公集爲正。」當爲王珪之作。

〔二〕「舊」，朝鮮本校曰：「别本『舊』一作『故』。」

## 寄程給事〔一〕

憶昔都門手一攜，春禽初向苧羅啼。夢回金殿風光别，吟到銀河月影低。舞急錦腰迎十八，酒酣金盞照東西。何時得遂扁舟去，邂逅從君訪剡溪。

〔一〕龍舒本卷五十九，朝鮮本卷三十七。李壁注曰：「恐非公作。」按，此詩亦見王珪華陽集卷四，題作「寄公闢」。又見鄭獬鄖溪集卷二十七、秦觀淮海後集卷三。兩宋名賢小集、瀛奎律髓皆録作鄭獬之作。疑爲鄭作。

## 寄國清處謙〔一〕

三江風浪隔天台，想見當時賦詠才。近有高僧飛錫去，更無餘事出山來。猿猱歷歷窺香火，日月紛紛付劫灰。我欲相期談實相，東林何必謝劉雷。

〔一〕龍舒本卷六十，朝鮮本卷三十七。按，此詩林師蒧天台集續集卷下録爲趙湘詩，是。

## 送致政朱郎中東歸〔一〕

平生不省問田園，白首忘懷道更尊。已上印書辭北闕〔二〕，稍留冠蓋餞東門。馮唐老有爲郎戀，疎廣終無任子恩。今日榮歸人所羨，兩兒腰綬擁高軒。

〔一〕龍舒本卷五十七，朝鮮本卷三十七。按，此詩又見歐陽脩居士外集卷六，題爲「送致政朱郎中」。

〔二〕「辭」，清綺齋本作「通」。

## 杭州呈勝之〔一〕

游觀須知此地佳，紛紛人物敵京華。林巒腊雪千家水，城郭春風二月花。彩舫笙簫吹落日，畫樓燈燭映殘霞。如君援筆宜摹寫，寄與塵埃北客誇。

〔一〕龍舒本卷六十一，朝鮮本卷三十七。按，此詩兩宋名賢小集卷六十一、瀛奎律髓卷四録爲王安國之作。方回曰：「此王安國詩。今王校理集行於世，誤入其兄荆公集中。」是。勝之即王益柔。李壁注曰：「嘗從王勝之招，具上注。」詩當作於嘉祐八年春夏間，其時王益柔爲兩浙轉運使，而王安國客居杭州。

## 西帥〔一〕

吾君英睿超光武，良將西征捍隗囂。誓斬郅支聊出塞，生禽頡利始歸朝。一丸豈慮封函谷，千騎無由飲渭橋。好立功名摽竹素，莫教空説霍嫖姚。

〔一〕龍舒本卷七十六，朝鮮本卷三十七。李壁注曰：「或云此是王元之詩。」西清詩話云：「（荆公）其文迄無善本，（中略）『吾皇英睿超光武，上將成名得隗囂』，皆王元之詩也。」

## 宫詞〔一〕

六宅新粧促錦，三宫巧仗叢花。一片黄雲起處，内人遥認官家。

〔一〕龍舒本卷七十六，朝鮮本卷四十。按，李壁注曰：「此王建宫詞，初非公作。」又趙德麟侯鯖録卷七：「沈存中括元豐中入翰林爲學士，有開元樂詞四首，裕陵賞愛之。（中略）『殿後春旗簇仗，樓前御隊穿花。一片紅雲鬧處，外人遥認官家。』」

## 春怨〔一〕

掃地待花落，惜花輕著塵。遊人少春戀，踏去却尋春。

〔一〕龍舒本卷七十二，朝鮮本卷四十。此詩又見王令集卷十。

## 雜詠絶句九〔一〕

百年禮樂逢休運，千里江山極勝遊。那似鮑昭空寫恨，不爲王粲祇消憂。

〔一〕龍舒本卷七十五、朝鮮本卷四十六。按，此詩乃劉敞公是集卷二十三臨崑亭後半首：「孤城西北起高樓，天半崑崙入寸眸。碧樹參差見平圃，屯雲重疊辨軒丘。百年禮樂逢休運，千里江山極勝遊。那似鮑昭空寫恨，不爲王粲獨銷憂。」詩曰「鮑昭寫恨」、「王粲銷憂」，正合登高主題，當屬劉敞之作。

## 樓上望湖〔一〕

樓上人腸渴欲枯，樓前終日望平湖。無舟得入滄浪去，爲問漁人得意無？

〔一〕龍舒本卷六十六，朝鮮本卷四十八。按，此詩亦見王令集卷十。

## 晚春或云盧秉詩。〔一〕

春殘葉密花枝少，睡起茶多酒盞疎。斜倚屏風搔首坐，滿簪華髮一床書。

〔一〕龍舒本卷七十二，朝鮮本卷四十八。或以爲此乃王禹偁（字元之）之作。釋惠洪冷齋夜話卷二：「王元之詩曰：『春殘葉密花枝少，睡起茶親酒盞疎。』」

## 白鷺亭〔一〕

柱上題名客姓蘇，江山清絕冠吴都。六花飛舞憑欄處，一本天生卧雪圖。

〔一〕景定建康志卷二十二：「白鷺亭，接賞心亭之西。（中略）王荆公安石詩（下略）。」然曾極金陵百詠亦收，當爲曾作。

## 題回峰寺〔一〕

山勢欲壓海，禪扃向此開。魚龍腥不到，日月影先來。樹色秋擎出，鐘聲浪答回。何期乘吏役，暫此拂塵埃。

〔一〕昌國州圖志卷六：「王安石。往宋皇祐元年，知明州鄞縣事，嘗捧郡檄至此。題回峰寺詩云（中略）後熙寧四年入相，封荆國公。」然延祐四明志卷十八曰：「正覺教寺，縣西北六十四里，周廣順初，僧清肅置，名回峰。宋治平中，改額。（中略）文康公王曙咸平中以著作佐郎宰邑，詩云：（中略）劉昌詩蘆浦筆記卷十：「山勢欲壓海，（中略）暫得拂塵埃。」右文康王公所賦。公諱曙，字晦叔，嘗宰定海縣。景祐中，爲執政。開禧丙寅，商逸卿得隸古遺墨，刻於縣治願豐亭。」則此詩作者當爲王曙。

## 山居雜言〔一〕

法和衣鉢過南華，正葉傳師萃一花。勝地霧迷淮水石，望星人指楚天涯。數千松倚西山老，七百僧悲去路賒。一片蒼苔涅槃石，至今繚遶白雲遮。

〔一〕弘治黄州府志卷七。考王安石生平，似未至黄州，不知何以有此作。疑爲他人之作。

### 送王郎中知江陰〔一〕

持歸霄漢青綾被，去看吴都白馬潮。疊鼓渡江寒浪伏，鳴鐃入境野雲飄。魚穿楊柳誇鯨膾，人采芙蓉學細腰。家有三槐爲太守，弟兄誰似李文饒？

〔一〕嘉靖江陰縣志卷二十一，梅堯臣集編年校注卷二十三。當爲梅作。

### 挽舜元胡著作郎〔一〕

德行文章里閈宗，姓名朝野盡知公。侍親存没皆全孝，報政初終必竭忠。性直不從花縣樂，分安求逸郁堂空。從今永别人間去，笑入蓬瀛閬苑中。

〔一〕嘉靖銅陵縣志卷八。

### 胡氏逢原堂〔一〕

我愛銅官好，君實家其間。山水相縈萃，花卉矜春妍。有鳴林間禽，有躍池中鮮。葉山何嵯峨，秀峙東南偏。峰巒日在望，遠色涵雲邊。賓客此遴集，觴飲常留連。君家世儒雅，子弟清風傳。前日闢書堂，名之曰逢原。有志在古道，馳情慕高賢。深哉堂名意，推此宜勉旃。木茂貴培本，流長思養源。左右無不宜，愿獻小詩篇。

〔一〕嘉靖銅陵縣志卷八。按，詩末曰：「左右無不宜，願獻小詩篇。」細味此語，以上二首皆非王安石所作。

## 題夏旼扇〔一〕

白馬津頭驛路邊，陰森喬木帶漪漣。夕陽一馬匆匆過，夢寐如今十五年。

〔一〕吴曾能改齋漫録卷十一：「王荆公嘗題一絶句於夏旼扇云：（中略）本集不載，見湟川集。」據此，則此詩或爲王安石題寫他人之作。

## 和叔才岸傍古廟〔一〕

樹老垂纓亂，祠荒向水開。偶人經雨踣，古屋爲風摧。野鳥棲塵座，漁郎奠竹杯。欲傳山鬼曲，無奈楚詞哀。

〔一〕瀛奎律髓卷二十八。此詩亦見於梅堯臣集編年校注卷四，題爲「和才叔岸傍古廟」，或屬梅作。

## 題石牛洞〔一〕

水無心而宛轉，山有色而環圍。窮幽深而不盡，坐石上以忘歸。

〔一〕按，王安石所題，見本書卷十二。此詩爲後人所題，非王作。

## 海棠五言排律〔一〕

桂須辭月窟，桃合避仙源。贈别難饒柳，忘憂肯避萱。輕輕飛燕舞，脉脉息嬀言。蕙陋須侵徑，梨花浪吕園。論心留蝶宿，低面壓鶯喧。不奈神仙品，何辜造化恩。烟愁思舊夢，雨泣怨新婚。畫恐明妃恨，移同卓氏犇。

〔一〕陳景沂全芳備祖前集卷七，詩末題王荆公。然此詩乃王禹偁商山海棠之片段，全詩見小畜集卷八。

## 李花七言絶句〔一〕

朝摘桃花紅破萼，暮摘李花繁滿枝。客心浩蕩東風急，把酒看花能幾時。

〔一〕全芳備祖前集卷九，詩末題王荆公。然此詩乃王珪七言古詩和梅聖俞感李花之片段，全詩見華陽集卷一。

## 石竹花七言律詩散聯〔一〕

麝香眠後露檀勾，繡在羅衣色未真。斜奇細叢如有恨，冷摇數朵欲無春。

〔一〕全芳備祖前集卷二十七，詩末題王文公。然此詩乃林逋山舍小軒有石竹二叢開然秀發因成二章之片段，全詩見林和靖詩集卷二。

## 桑五言古詩〔一〕

谿橋接桑畦，鈎籠曉群遇。今早去何早，向晚蠶恐卧。

〔一〕全芳備祖後集卷二十二，詩末題王文公。然此詩乃文同採桑之片段，全詩見丹淵集卷三。

## 清平樂〔一〕

留春不住，費盡鶯兒語。滿地殘紅宫錦污，昨夜南園風雨。

小憐初上琵琶，曉來思繞天涯。不肯畫堂朱户，東風自在楊花。

〔一〕周紫芝竹坡詩話：「大梁羅叔共爲余言：『頃在建康士人家，見王荆公親寫小詞一紙，其家藏之甚珍。其詞云（中略）。荆公平生不作是語，而有此，何也？』儀真沈彦述爲余言：『荆公詩如「濃緑萬枝紅一點，動人春色不須多」，「春色惱人眠不得，月移花影上闌干」等篇，皆平甫詩，非荆公詩也。』沈乃元龍家婿，故嘗見之耳。叔共所見，未必非平甫詞也。」

## 千秋歲引〔一〕

詞賦偉人，當代一英雄，信獨步儒林蟾宫客。名登鴈塔正青春，更不歷郡縣徒勞力。即趨朝，典文衡，居花掖。得儔詞科推第一，便掌經綸天上尺。見説慶生辰，當此日。翠蓂三四葉方新，朱明正屬清和節。行作箇，黑頭公，專調燮。

〔一〕陳耀文花草稡編卷十六。按，王安石生平鄙薄詩賦取士，此詞乃壽詞，極阿諛之語，斷非王作。

## 西江月 紅梅〔一〕

梅好惟嫌淡竚，天教薄與胭脂。真妃初出華清池，酒入瓊姬半醉。

東閣詩情易動，高樓玉管休吹。北人渾作杏花疑，惟有青枝不似。

〔一〕黄大輿梅苑卷八，復旦大學出版社版臨川先生文集附録據以收入。然此實爲王安禮之作，見王魏公集卷一。

## 祭沈舍人文〔一〕

惟公之德，孔潔且碩。淡泊超然，更無忤逆。德實不類，不容如石。遂扼其行，卒不克馳。謂天惡賢，我不敢知。果好之耶，今又何其！惟公於我，義兼師友。何以薦誠，有馨惟酒。物則微矣，其誠則有。

〔一〕永樂大典卷一四〇四六。按，此篇録在「王安石臨川集祭沈中舍文」後，疑爲誤收，姑存此。

## 論邕管事宜〔一〕

兩江溪峒非獨爲邕、管之藩籬，實二廣所恃以安者也。然而州峒無城壁不足以守禦，道路散漫，不足以控扼。其有可勝之勢者，生齒三十餘萬衆而已。以山川之險阻而生長於其間，又漸被聲教百年之久，豈無可用之材？然上之人未能固結其腹心，是以雖欲自效犬馬，不可得也。夫欲知外蠻之情，莫如用兩江州峒之民；率兩江州峒之民，莫如責兩江州峒之酋首。今兩江州峒酋首有材力足以服衆，有計數足以料事，有勇足以赴功，有惠足以使人，有桀黠者，有姦詐者，有塞實者，上之人未必盡知，知之未必能用，用之未必能盡其才。此所以熙寧中交賊長驅圍邕州城凡四十餘日，而兩江州峒之酋偃然坐視，無一人出力率衆以爲之援助者。非條法之不嚴，良由平日不假之以事權，所以上下不能相及，一旦緩急，左江之視右江，田州之視凍州，無以異於胡人之視越人，爾爲爾，而我爲我也。

大抵峒酋畜積豐足，所以好名而不甚嗜利，可以賞勸，難以威勝。爲邕守者，刑法苛察則怨望必生，體貌高嚴則下情不達，嗇其貨財則不足以致其力，略其功賞則不足以盡其心，此其情不可不知也。若夫峒民，則性氣愚弱，而生事苟簡，無懷土之思。冬被鵝毛木棉以爲裘，夏緝蕉竹麻苧以爲衣，團飯掬水，終日饜飽，屋不置竈，不穿井，不畜糧。其養生喪死之具，悉冗土以藏，謂之地穴。高險崖巖之上，各安巢穴，一有寇至，舉家以登，矢石所不能及，謂之山塞。爲邕守者少科率其力役，寬禁約，使之易避；厚勸賞，使之樂趨，則居處得以安，事藝得以精。不然，則煩擾困苦，不勝其弊，去而之他州峒、入外界者有之矣。

今兩江團結係籍丁壯十萬餘人。左江如安平州、七源州、思明州、西平州、籠州、禄州、古甑峒、羅徊峒、武德峒，右江如田州、凍州、廉州、隆州、忠州、安德州，則曾經戰鬬，人人可用，外蠻嘗畏之。若其餘州峒，則彊弱能否相半耳。其酋首之家最得力者，惟家奴及田子甲也。因攻打山獠，有以牛布博買，有因嫁娶，所得生口皆以男女相配，給田與耕，專習武藝，世爲賤隸，謂之家奴。其選擇管内丁壯事藝精彊之人，與免諸般科率工役，則謂之田子甲，又謂之馬前牌。大州峒有五百人，其次不下三二百人，皆其自衛之親兵也。大率人材輕勁善走，耐辛苦，以皮爲屐，陟高涉深，如履平地。遇有事宜，倚山靠險，乘間伺隙，敵未易當。若施之平原曠野，教以陣隊，授之節制，則非其所宜矣。所用器械，則有桶子甲、長鎗、手標、偏刀、遏鏟牌、山弩、竹箭、桄榔木箭。遇敵則以標、牌在前，長鎗、山弩夾以跳，一於進前，而不慮其旁後也。交趾用兵，亦多如此。箭羽以木葉而不施鏃，塗之毒藥，勿問久近，臨用時漬以薑汁，發其藥力。兩江俱有毒藥，而出吴峒者爲最緊也。田、凍、忠、江等州産鐵，歸化順安州、城計、貢緑等峒産銅，凍州、安平州産漆，難得魚膠，以生牛皮爛蒸細擣以製造兵器，亦甚牢固。凍州所打偏刀，諸蠻尤貴之，以斬牛多寡定其價直，連斬五牛而芒刃不鈍者，其直亦五牛也。又作蛾眉小刀，男女老少皆佩之以防，中藥箭則用此刀剜去肌肉，得不死也。

〔一〕唐順之稗編卷一百十七，四庫本。按，此篇絶非王安石所作。文中曰「熙寧中交賊長驅圍邕州城凡四十餘日」，則此文當作於神宗元豐以後。然熙寧九年十月，王安石已罷相出判江寧，熙寧十年六月十四日，又以集禧觀使退居江寧，不應再上此等奏疏措置邊事。

## 乞廢玄武湖爲田疏〔一〕

臣蒙恩特判江寧軍府，於去年十一月十一日到任管當職事。當時集官吏軍民，宣布聖化，啓迪皇風。終成一載，所幸四郊無壘，天下同文。然臣竊見金陵山廣地窄，人烟繁茂，爲富者田連阡陌，爲貧者無置錐之地。其北關外有湖二百餘頃，古跡號爲玄武之名，前代以爲遊玩之地，今則空貯波濤，守之無用。臣欲於内權開丁字河源，泄去餘水，決瀝微波，使貧困飢人盡得螺蚌魚蝦之饒，此目下之利。水退之後，濟貧民，假以官牛、官種，又明年之計也。貧民得以春耕夏種，穀登之日，欲乞明敕所司，無以侵漁聚斂，只隨其田土色高低歲收水面錢，以供公使庫之用，無令豪强大作侵占。車駕巡狩，復爲湖面，則公私兩便矣。伏望明降隆章，綏懷貧腐。

〔一〕景定建康志卷十八：「熙寧八年十一月十一日，王安石奏……」。按，此文絶非王安石所作。熙寧八年十一月王安石已復相。

# 除韓琦京兆尹再任判大名府制〔一〕

門下：分陝稱伯，召南當公職之尊；啓魏就封，畢萬得國名之大。況吾元老，爲世宗臣？久倚師垣之嚴，宜遷尹節之寵。飭宣典策，誕告縉紳。具官韓琦道醇而深，器遠而博。渾渾忠孝之業，憲憲文武之姿。感通仁朝，亮衆采於台極；翼戴英考，捧大明於天衢。肆朕纘圖，厥初謀落。燮諧四氣之序，熙輯百官之成。登昭公槐，奄涖國社。鎮定大事，妥如九鼎之安；承寧諸侯，端若元龜之信。歲勤再閱，師律既和。重念郊圻之雄，旁據河山之險。徒得君重，以宣王靈。就更西雍之旄，留主北門之鑰。載敦爰賦，并實幹封。

於戲！漢洛陳平，安危注於上意；唐用裴度，輕重繫乎厥身。維迺純誠，無愧前烈。懋服休命，往其欽哉！可。

〔一〕永樂大典卷一一〇〇一收録此文曰：「王安石臨川集。」復旦大學出版社版臨川先生文集附録據以收入。然皇朝文鑑卷三十五收録爲元絳之作。據續資治通鑑長編等，韓琦再判大名府在熙寧三、四年間，其時王安石已拜相，不掌内外制，而元絳以翰林學士知制誥。此文當屬元作。

## 賀降皇太子表代〔一〕

甲館告寧，天爲百瑞。恩言周布，歡動四方。中賀。

臣聞聖則多男，人之所祝；冠而生子，古以爲祥。恭惟昌期，宜有昭報。上以慰兩宮之念，下以爲萬世之基。凡在寰區，舉興善頌。伏維皇帝陛下聖神文武，睿哲温恭。以天縱生知之資，務日就默識之學。内修法度，焕然一代之文；外服戎夷，終自兩階之舞。承列聖之丕緒，方懷燕翼之思。以百姓而爲心，宜有子孫之福。益著思齊之聖，更形既醉之詩。十四月而生堯，已有同德之兆；千萬歲而壽武，願同庶物之心。

〔一〕聖宋名賢五百家播芳大全文粹卷一。此文又見於陳師道後山集卷十五，題爲「代賀生皇子表」。按，文曰：「内修法度，焕然一代之文；外服戎夷，終自兩階之舞。」則所賀者爲神宗。神宗朝，王安石身居高位，不應再代他人上賀表。此文當屬陳師道。

## 上蔣侍郎書〔一〕

某嘗讀易，見晉之初六曰：「晉如摧如，正吉。罔孚，裕，無咎。」此謂離明在上，已往應之。然處卦之初，道未章著，上雖明照而未之信，故摧如不進，寬裕以待其時也。又比之上六曰：「比之無首，凶。」此謂九五居中，爲上下之主，衆皆親比，而己獨後期，時過道窮，則人所不與也。斯則聖人賾必然之理，寓卦象以示人事，欲人進退以時，不爲妄動。時未可而進，謂之躁，躁則事不審而上必疑；時可進而不進，謂之緩，緩則事不及而上必違。誠如是，是上之人非無待下之意，由乎在下者動之不以時，干之不以道，不得中行而然耳。

夫讀聖人之書，師聖人之道，約而爲事業，奮而爲文辭，而又胸中所藴，異乎世俗之所尚。凡聞當世賢公卿大夫之名，則必蘄一見，以卜特達之知，庶乎道有所聞，而志有所展。其於進退之理，可以不觀時乎？

故自執事下車受署，于兹數月，士之籍于郡者，皆獲見於左右。然某獨以區區之質，保在逆旅，適當宇下，屏息退處，終未能伏謁麾棨。豈無意乎？蓋以聲迹沉下，最處疏賤，舊未爲執事之知。加公庭兼視之初，賓游接武之際，雖神明之政，尚或未周。某當是之時，苟一而進，則才之與否，竊慮未察，故晉之義有「摧如」之退也。

今執事聰明視聽，悉已周洽。風俗之美惡，士流之能否，皆得而知之矣，況復側聆執事屢以羈齒掛於餘論。某當此之時，苟不自進，是在比之義，有「後夫」之凶也。故竊自蹈於二卦之象，當可進之時，得其中而行之，則或幾于聖人之訓矣。

恭維執事稟天正氣，爲朝名臣，以文雅蹇諤，簡在上意。是以出入臺閣，踐履中外，朝廷百執事、天下之人，孰不憚執事之威名，服執事之德望，謂師尹庶士，坯治群品，天子用之，期於匪久。雖某居喪之制，越在草土，厭冠苞屨，不入公門，苟候外除，然後請于左右。倏然朝廷走一封之傳，升執事於嚴近，與諸公對掌機政，召和氣於天下，則必廉隅之上，體貌之殊絶，廊廟之間，貴賤之不接。某於是時，願拜風采，則無因而至前矣。今所以道可進之時，不以喪禮自忌，直詣鈐下，期一拜伏者，誠以斯時之難得會也。

執事必以某進得其時，於道無所戾，賜之坐次，察其言行。若乃時政之得失，國家之大體，雖不能盡識其所底，至於前古之盛鑒，聖賢之大意，亦少見其素藴焉。而某受知於執事，豈止於兹乎？冀異時執事陶鎔之下，庶或裨於均政之萬一。言質意直，干浼英聽，無任惶越之至。

〔一〕龍舒本卷二。按，此書存疑。其一，書中稱蔣侍郎曰：「恭維執事稟天正氣，爲朝名臣，以文雅蹇諤，簡在上意。是以出入臺閣，踐履中外，朝廷百執事、天下之人，孰不憚執事之威名，服執事之德望，謂師尹庶士，坯治群品，天子用之，期於匪久。」考仁宗一朝，惟蔣堂庶幾足以當此。蔣堂，字希魯，以禮部侍郎致仕，喜延譽後進，宋史卷二百九十八有傳：「徙杭州、蘇州，以尚書禮部侍郎致仕，卒，特贈吏部侍郎。堂爲人清脩純飭，遇事毅然不屈，貧而樂施，好學，工文辭。延譽晚進，至老不倦。」其二，書曰：「雖某居喪之制，越在草土，厭冠苞屨，不入公門，苟候外除，然後請于左右。」王安石父親王益卒於寶元二年（一〇三九）二月，其時王安石尚未入仕。嘉祐八年（一〇六三）八月，王安石因母喪，自知制誥丁憂歸江寧。然蔣堂早已卒於皇祐六年（一〇五四）三月。此書作者於居喪之時，行干謁之事，與王安石之出處似不相符，姑且存疑。

## 上龔舍人書〔一〕

閏八月七日，具位王某謹白書于安撫諫院舍人：某讀孟子，至於「不見諸侯」，然後知士雖阨窮貧賤，而道不少屈於當世，其自信之篤、自待之重也如此。是皆出處之義，上下之合，不可苟也。爲人上者而不以是，不足與有爲；爲人下者而不以是，雖有材，不足以有爲，其進幾於禍矣。在上不驕，在下不諂，此進退之中道也。某嘗守此言，退而甘自處於爲賤，夜思晝學，以待當世之求，而未嘗懷一刺、吐一言，以干公卿大夫之間，至于今十年矣。

已而思之，方孟子之時，天下紛亂，諸侯皆欲自以爲王，强攻弱，大并小，戰伐侵入，無歲無之。此乃存亡得失之秋，所謂得士則興、失士則亡之時也。故下得以自重，而上不可以不求焉。方今席奕世之基業，治雖未及三代、兩漢，然亦可以謂之亡事矣。其選才取士，外則賢良、進士、諸科之舉，内則公卿、提轉、郡守之薦。然皆士自媒紹其所長，以干於當世，然後得充其選，未嘗聞公卿大夫能自察其賢而薦之者。則士之包羞冒恥，棲棲屑屑，伺人之顔色，徇時之好尚，以謀進退者，世未嘗爲辱也，又豈知論出處進退之義者哉！今公卿大夫之取士，無問賢否，而媚於己者好之；今士之進退不以義，而惟務苟合而已。吁，可悲也！

方公卿大夫據高明之勢，外以富貴自尊，内以智能自負，必不欲求於人，欲人之求己。士不欲求於人，如此則上下之合，無時可得矣。某是以翻然改曰：「苟一往公卿大夫之門，與之議論，察其爲人，可與言則進，不可與言則退，於道宜未爲屈也。」由是頗欲虚遊於當世公卿大夫之間，以觀可否而去就之。方自竄於窮遠僻陋之地，其勢不得以往也。

比聞天子念東南之民困於昏墊，輟侍從之臣親至其地，以勞徠安集之。某私切自喜，以其所謂當世之公卿大夫，將得而見之矣。既而問某者果誰邪，又有以閤下名告之者，而因含笑大喜，曰：「以閤下之勢，方用於朝廷，以閤下之賢，嘗聞於天下，則某不待接其議論，察其爲人，而後知其可以説干之也。」矧閤下官曰諫諍，出宣霈澤，當思所以副朝廷待之之意，則天下之利害，生民之疾苦，未宜忽之而不以夙夜疚懷也。儻有意於此，則非士君子不可與論焉。然則某之言，可冀其合矣。輒冒尊嚴，以進其説，閤下其擇焉。某再拜。

〔一〕龍舒本卷二。按，此二書非王安石之作。此二書作於嘉祐六年（一〇六一），淮南、兩浙水災。宋史卷十二仁宗本紀四：「秋七月乙酉，泗州淮水溢。丙戌，詔淮南、江、浙水災，差官體量蠲稅。」龔舍人，爲龔鼎臣，字輔之，宋史卷三百四十七有傳：「淮南災，以鼎臣體量安撫，蠲逋振貸，全活甚衆。」續資治通鑑長編卷一百九十四：「（嘉祐六年八月）己亥，起居舍人、同知諫院龔鼎臣爲淮南路體量安撫使，侍御史陳經爲兩浙路體量安撫，以水災也。」此時，王安石正在京任知制誥，已出仕二十年矣。而書曰「方自竄於窮遠僻陋之地」，又曰：「某嘗守此言，退而甘自處於爲賤，夜思晝學，以待當世之求，而未嘗懷一刺、吐一言，以干公卿大夫之間，至於今十年矣。」故此具位王某斷非王安石。

## 再上龔舍人書

閏八月九日，具位王某再白書于安撫舍人閤下：某前日輒以狂瞽之言，有聞於下吏。伏蒙閤下不間疏賤，借之以顏色，接之以從容，使極論而詳説之。是其可以吐胸中之有，發露于左右之時也。然辭有所未盡，意有所未竭，蓋將有以。何哉？前日所與某言者，不過欲計校倉廩，誘民出粟，以紓百姓一時之乏耳。某之所欲言者，非此之謂也。願畢其說，閣下其擇焉。

某嘗聞善爲天下計者，必建長久之策，興大來之功，當世之人涵濡盛德，非謂苟且一時之利，以邀淺鮮之功而已。夫水旱者，天時之常有也。倉廩財用者，國家常不足也。以不足之用，以禦常有之水旱，未見其能濟焉，甚非治國養民之術也。

某不敢遠引古昔，止於近者十數年間耳目之所經者論之。頃自慶曆八年，河北、山東饑；皇祐二年、三年，兩浙、淮南饑；三年、四年，江南饑；嘉祐五年，兩浙饑；四年，福建饑；今年，淮南、兩浙又饑。其川、廣、夔、陝、京西、河東，則某聞見所不及，不可得而言也。某竊計之，歷年纔一紀，而歲之空匱，民至流亡殍死，居其太半，卒未聞朝廷有救之之術，豈非政失於苟且，而不建長久之策者哉？伏自慶曆以來，南北饑饉相繼，朝廷大臣、中外智謀之士，莫不惻然不忍民之流亡殍死，思所以存活之。其術不過發常平，斂富民，爲饘粥之養。出糟糠之餘，以有限之食，給無數之民。某原其活者，百未有一，而死者白骨已被野矣。此有惠人之名，而無救患之實者也。

某竊謂百姓所以養國家也，未聞以國家養百姓者也。記曰：「君者所養，非養人者也。」有子曰：「百姓不足，君孰與足？」此之謂也。昔者，梁惠王嘗移粟以救饑饉，孟子論而非之，所謂「徒善不足以爲政，徒法不能以自行。」若夫治不由先王之道者，是徒善、徒法也。且五帝、三王之世，可謂極盛最隆，亦不能使五穀常登而水旱不至，然而無凍餒之民者，何哉？上有善政，而下有儲蓄之備也。

某歷觀古者以還，治日常少，而亂日多。今宋興百有餘年，民不知有兵革，四境之遠者至萬餘里，其間可桑之野，民盡居之，可謂至大至庶矣。此誠曠世不可逢之嘉會，而賢者有爲之時也。今朝廷公卿大夫，不以此時講求治具，思所以富民化俗之道，以興起太平，而一切惟務苟且，見患而後慮，見災而後救，此傳所謂「轂既破碎，乃大其輻，事已敗矣，乃重太息」，其云益乎？

某於閣下無一日之好，論其相知，固已疎矣。然自閣下之來，以説干閣下再矣。某固非苟有覬於閣下者也。某嘗謂大丈夫有學術才謀者，常患時之不遭也；既遭其時，患言之不用也。今閣下勢在朝廷，不可謂時不遭矣；居可言之地，不可謂言不用矣，惟閣下未爲之爾。某故感激而屢干於左右者以此，閣下其亮之。某再拜。

## 清溪亭記〔一〕

臨池州之溪上，隸軍事判官之府，京兆杜君建。夫吴、楚、荆、蜀、閩、越之徒，出入於是，而離離洞庭、鄱陽之水，浮於日月之無窮。四方萬里之人，飛帆鼓楫，上下於波濤之中，犯不測之險於朝暮之際，而吾等乃於數楹之地，得偉麗之觀於寢食坐作之間，是可喜也。

君曰：「夫僊其形於事者，宜有以佚其勞。厭其視聽之喧囂，則必之乎空曠之野，然後能無患於晦明。飛禽之啁啾，怒浪之洶湧，漁蓬樵蹻嘯於前而歌於後，孰與夫訟訴笞榜之交於耳也！岸幘穿屨，弦歌而詩書，投壺飲酒，談古今而忘賓主，孰與夫擎跽折旋之密接於吾目也！」

此亭之所以作也。

〔一〕祝穆方輿勝覽卷十六。復旦大學出版社版臨川先生文集附録據此收入。然此文實爲王安國所作，皇朝文鑑卷八十一收録，文末曰：「乃因和甫請記，而爲之記者。臨川王安國。」

## 晉張林妻徐氏贊〔一〕

按張林碑，夫人姓徐，吴郡人。

柔惠清慎，中和聖善。婦德既備，母道亦踐。志厲冰玉，厥德丕顯。靡靡其操，翼翼其仁。明景内映，朗節外新。共孅風邁，淑謹其身。

〔一〕吴都文粹卷六。按，此篇題下未署作者，然上篇爲王安石之送李璋，故復旦大學出版社版臨川先生文集附録據以收入。然此篇出自晉張林碑，紹定吴郡志卷二十七烈女收入，曰：「晉張林妻徐氏者。案張林碑曰：『夫人姓徐，吴郡人，柔惠清順，（中略）淑謹其身。』」紹定吴郡志據古今小名録轉引此片段，並非王安石所撰。

## 回皇親謝及第啓〔一〕

伏審校藝中程，霈恩移鎮。凡兹有識，皆謂至榮。今國家興學校以養育天下之材，而材猶未能有成；革科舉以新美天下之士，而士或未盡去故。况於以公子之樂善，而能先儒者以試經。儻非出常之才，孰能出類如此？

伏維某官世綿瓜瓞，才韡棣華，不以富貴而自驕矜，而爲貧賤之所求取。决科異等，有光漢族之文章；進秩重藩，益壯周家之屏翰。非特爲榮於宗室，蓋將有激於士風。某限列諫垣，莫趨宫屏，未能馳謝，乃枉賜言。惟荷眷之至深，非多辭之可喻云云。

〔一〕龍舒本卷二十二。按，啓曰「某限列諫垣」，然王安石生平未曾任臺諫之職。此啓非王安石之作。

# 除辭掖謝楊舍人啓〔一〕

投老丐閑，蒙恩得謝。皇明簡照，尚綴内朝鵷鷺之班；賜禮疏榮，又玷西掖絲綸之重。鞠躬拜貺，舞手知榮。

伏念某濩落無所取材，踈愚不適于用。移山之迂而力不逮，補天之缺而技已窮。氣索于三竭之餘，腸危于九回之後。平生許國，但有空言；老去歸田，更叨懋寵。曷謂拂衣之去，自同衣錦之還。兹蓋伏遇某官文章極潤色之工，議論得知言之要。眷兹遺老，被遇三朝。屬有煩言，投閒一世。高辭起廢，侔朱絃三歎之音；溢美過情，儷華衮九章之服。一門榮耀，四野流傳。豈獨慰百年垂盡之齡，蓋將爲什襲傳家之寶。其爲欣荷，曷可勝陳。

〔一〕按，此篇及下篇，聖宋名賢五百家播芳大全文粹卷二十八收録，然是書宋刻本題爲「除中書舍人」，題下未列作者。因上篇爲「除知制誥謝執政啓　王介甫」，故或輯爲王安石之作。然大有可疑。一，北宋前期，中書舍人爲階官，王安石未曾擔任此官。二，啓中「投老丐閑」、「老去歸田」、「眷兹遺老」、「百年垂盡之齡」等語，與王安石除知制誥時履歷不合。當非王作。

## 除辭掖謝同列啓

叨膺宸命，進直掖垣。竊以右文之朝，尤重代言之職。辭章誇兩漢之盛，册書近三代之隆。必得時才，方稱邦選。豈兹庸瑣，獲預兼收。此蓋伏遇某官賢以下人，虚而待物。素篤相先之意，彌推樂與之誠。裁謝未遑，流音首及。深味眷存之厚，詎殫愧諷之忱。

## 宋故前尚書祠部員外郎宋君夫人俞氏墓誌銘

朝奉郎、□□□□□郎中、知商州軍州兼管内勸農、提點金場坑冶務公事、輕車都尉、賜緋魚袋、借紫王安石撰並書〔一〕

夫人其先家杭之臨安，世仕錢氏。曾祖琉，事文穆、忠獻、忠懿王，積功至歙州刺史；祖遜，納女於忠懿，封秦國夫人，爲浙西道營田副使；父仁壽，鄧王府衙内都虞候，從忠懿朝京師，除左班殿直，娶越州觀察使錢公儀之女，生夫人於大樑。錢氏以忠孝稱，□□赫奕，而俞爲盛族。祠部君學贍而行方，爲郡國師。故夫人師□□□子曰乾，乾秀穎絶倫，早卒。夫人静柔博愛，遇族屬無厚□□，愉愉煦煦，常恐不及。祠部之首妃史夫人生子宏，人不知其非□超。宏登進士第，爲尚書職方員外郎。夫人封壽安縣太君。嘉祐八年十一月十一日終，享年七十七。先是，職方君終矣。孫仲彦，大理寺丞、簽書枋州軍事判官廳公事，以熙寧五年九月癸酉，葬夫人於京兆藍田縣薛王里之北原，祔祠部君穴。使□□於予，予於仲彦舅也，熟夫人之風跡，爲之銘曰：

九德備人之懿，五福全天之賜。然然令終□問不□□□，其居昌厥後嗣。

〔一〕按，此墓誌撰者結銜中有「知商州」，然王安石從未任此職。「王安石」三字，當爲墓誌拓者挖改。此文作者當爲王公儀，熙寧初知商州。

## 宋朝散大夫授光禄卿知懷州軍兼管内河堤勸農使上騎都尉中都縣開國子爵食邑六百户賜金紫袋吕公墓誌銘〔一〕

朝散大夫兼諫議大夫、參知政事、太原郡開國侯爵、食邑一千二百户、護軍、賜金紫魚袋王安石撰。

吕氏，其先河南汝寧府光州固始縣人也。自君始祖諱占，移居福建泉州晉江縣七都曾埭吴坑，占爲始祖也。曾祖霈無仕爵。（父）晏有賢行，轉運使辟薦泉州助教，官至工部侍郎，累贈尚書。母曾氏，封南郡太君夫人；楊氏，封清源郡太君夫人。公，楊氏生也，諱璹，字季玉。年十六歲時，侍郎晏使治農事，佃客久負債，多至數十萬。君至，悉焚其券，諸佃皆喜曰：「仁人君子也。」侍郎晏聞而奇之，亦弗問也。

景祐元年舉進士，除補筠州新昌縣尉，以清源郡太君夫人故而丁憂去官，迨服滿，調爲邵武軍主簿，典尤溪場，歲得銅四十萬觔，以功遷漳州漳浦縣令。其地多山林，初有霧瘴虎豹蛇蟲之害，不得耕耨。君至縣，始教民焚山林，虎豹逃匿，民得耕種，其地大治，民咸悦服。又有汀、虔民千餘人，因販鹽縱掠，攻劫所至，莫敢當者。君度且至，乃集吏，募民有武藝者，設伏擒捉之，其盜遂息。職當改官，而君歸，不育目言其功。時以磨勘，改校書著作郎。後又遷漳州府衡山縣，獲强盜，廢淫祠，大變其俗。

乃遷宜州通判，路經桂州，值儂智高反，轉運使辟君進兵會，且權知邕州。州郡殘破，部内往往爲盜，諸蠻皆有驕志。或勸君勿赴，君不許，僅得人二千以行。躡智高之後，獲賊首以歸，器械甚衆。於是招復逃亡，懷輯溪洞，賴以無事。在宜州，蠻有欲叛者，君亦諭之。朝廷乃皆録其功，磨勘一歲，遷潮州，後遷開封府司録参軍事。

有内都知史志聰有獄，多爲志聰地者。君至，審鞫之盡，且上言當以東漢爲戒。志聰以謫去。故事，有疑必白郡，乃敢治。君至，先鞫之，後獨具案上之。有非法當白，及朔望，未嘗至公府，以故郡無留獄。終君職事，凡獄空者八次。後遷知濰、淮二州。在濰州時，教民耕田，開闢曠土甚多，民因致富。及至淮州，爲政清明簡易，又盡開河灌溉之利。

方將有爲，而君以熙寧三年八月二十七日病起，遂告終於州宅，寢疾八日而終，時年六十四。君爲人聰明敏達，至於爲吏，善於斷決，所至無不稱職，到官皆有治狀，漳浦人建祠祀之。惜乎其卒於淮州也。然恬於進取，不苟求知於人，薄於自奉，至於周給無所吝也。其先，邕州有婦人，其夫先没，陷於寇，不能自歸。君資而遣之，得歸至家，及婦人之兄來謝，乃知其姓名。凡所周給多類此。

先娶鄭氏，繼娶楊氏，封仁壽太君夫人。有子二十九人。長子惠卿，官至參知政事；次子德卿，官至太子中允、集賢校書、理崇政殿説書；次子温卿，官至看詳編修中書條例，同判司農寺；次子和卿，官至河中府知府；次子虞卿爲知縣；次子康卿，官至台州觀察推官；次子諒卿，官至太廟齋郎；升卿方第，同丁憂；道卿、季卿未仕。餘五子皆幼，其餘皆前君死，登顯仕八人。女子三：長適温陵張澈；次適婺州節度推官郭附；次適温陵宋仲遠。孫男十人：曰淵、汴、遊、濰，惠卿子；法、洵，德卿子；鴻，虞卿子；浚，康卿子；液、洞，温卿子。孫女四。

君職授光禄卿、朝散大夫、開國中都，爵爲子，食邑六百户。惠卿等以熙寧四年葬公，墓在南安縣康安鄉禮順里之原。銘曰：

天作高山，下有吉宅。卜維賢孝，龜墨皆食。百世之後，乘者下之。曰維名卿，吕侯在兹。

〔一〕陳國仕豐州集稿卷十四，中國稀見史料第二輯。按，墓主呂璹，呂惠卿之父。然撰者官職結銜，及文中所提及惠卿諸弟、諸子，與史書所載多有不合，當爲僞作。

除以上外，諸家所輯王安石散佚詩文尚有四明山志卷一千丈岩瀑布「拔地萬重清嶂立」、聽泉亭「逗石穿雲落澗隈」、登二靈山「海上神仙窟」，聖宋名賢五百家播芳大全文粹卷九十一晉征虜將軍征討大都督破苻堅露布等，以及古今圖書集成文學典卷一百八十里仁爲美、五十以學易、浴乎沂、參也魯四篇經義、吴氏女子墓誌銘、與弟純甫書等。近些年來，以上諸篇經學者考證，確非王安石所作，故本書不再收入。

# 附録一　史傳資料

## 邵氏聞見録卷十一引司馬光記王安石事

王安石字介甫，撫州臨川人。舉進士，有名於時。慶曆二年第五人登科，初簽署揚州判官，後知鄞縣。好讀書，能强記，雖後進投藝及程試文有美者，讀一過輒成誦在口，終身不忘。其屬文動筆如飛，初若不措意，文成，觀者皆服其精妙。友愛諸弟，俸禄入家，數日輒無，爲諸弟所費用，家道屢空，一不問。議論高奇，能以辯博濟其説，人莫能詘。始爲小官，不汲汲於仕進。皇祐中，文潞公爲宰相，薦安石及張瓌、曾公定、韓維四人恬退，乞朝廷不次進用，以激澆競之風。有旨皆籍記其名。至和中，召試館職，固辭不就，乃除群牧判官；又辭，不許，乃就職。少時懇求外補，得知常州，由是名重天下，士大夫恨不識其面。朝廷嘗欲授以美官，惟患其不肯就也。自常州徙提點江南西路刑獄。嘉祐中，除館職、三司度支判官，固辭，不許。未幾，命修起居注，辭以新入，館職中先進甚多，不當超處其右。章十餘上，有旨令閤門吏齎敕就三司授之，安石不受；吏隨而拜之，安石避之於厠。吏置敕於案而去，安石使人追而與之。朝廷卒不能奪。歲餘，復申前命，安石又辭，七八章乃受。尋除知制誥，自是不復辭官矣。

## 續資治通鑑長編卷三百七十四引哲宗實録王安石傳

（宋）李燾

新録王安石傳辨誣曰：「王安石學術政事，敗壞天下，至於今日。而舊録立傳，多取安石私史之語以文之。」又云：「安石居金陵，閲佛書，恍然有得。是所得不在六經，而在佛書。古之學者以其所得施之政事，今安石以道自任，而所得乃在爲相之後，顛倒如此。」

## 宣和書譜卷十二王安石

（宋）佚名

舒王王安石，字介甫，本撫州人，後居金陵。退相日，官特進、荆國公。既殁，謚曰文，追封舒王。神考朝，聖賢相遇，千載一時，其功業昭昭，簡册具載。當時安石慨然以真儒之道爲倡於天下，後世蓋自比於孟軻，其視揚雄、韓愈爲不足道。暮年歸老金陵，浮沈漁樵間，跨驢挾册，往來北山下。道旁醉尉雖誰何，不復介意。作小詩，如壯歲語，出奇凌轢，脱去流俗，學者編爲北山詩。平生視富貴真如浮雲，不溺於財利聲色，信宗公偉人也。凡作行字，率多淡墨疾書，初未嘗略經意，惟達其辭而已。然而使積學者盡力莫能到，豈其胸次有大過人者，故筆端造次。

## 三朝名臣言行後録卷六丞相荆國王文公

（宋）朱熹

公名安石，字介甫，撫州臨川人。慶曆二年登進士甲科，簽書淮南節度判官廳公事。代還，例當獻文求試，公獨無所獻。特召試，亦固辭。知明州鄞縣，通判舒州。召爲群牧判官，出知常州，提點江南東路刑獄。入爲三司度支判官，除直集賢院，累辭不獲命，始就職。嘉祐五年四月，除同修起居注，固辭不拜。十一月，申前命，章又五上，不許，遂除知制誥、糾察在京刑獄，同知嘉祐八年貢舉。丁母憂。服除，英宗朝累召不起。

神宗即位，就除知江寧府，召爲翰林學士。未幾，除諫議大夫、參知政事。熙寧三年，拜禮部侍郎、同平章事。七年，以旱求避位，拜觀文殿大學士、知江寧府。明年，再入爲首相，以三經義成，拜左僕射。九年，以使相判江寧，公懇辭，遂復以大觀文領集禧觀使。元豐三年，改特進，封荆國公。哲宗即位，拜司空。明年，薨，年六十六。紹聖賜謚，配享神宗廟庭。崇寧三年，詔配祀文宣王廟。政和三年，追封舒王。靖康初，用諫議大夫楊時言，停文宣王廟配享，列于從祀。建炎中，用員外郎趙鼎言，罷配享神宗廟庭。

## 郡齋讀書志卷十二王氏雜説提要引蔡卞王安石傳

（宋）晁公武

自先王澤竭，國異家殊，源流浸深。宋興，文物盛矣，然不知道德性命之理。安石奮乎百世之下，追堯、舜、三代，通乎晝夜陰陽所不能測而入於神。初著雜説數萬言，世謂其言與孟軻相上下。於是天下之士始原道德之意，窺性命之端云。

## 東都事略卷七十九王安石傳

（宋）王稱

王安石字介甫，撫州臨川人也。父益，都官員外郎。安石蚤有盛名，博聞强記，爲文動筆如飛，觀者服其精妙。舉進士高第，僉書淮南節度判官。召試館職，固辭，乃知鄞縣。安石好讀書，三日一治縣事。起堤堰，决陂塘，爲水陸之利。貸穀于民，立息以償，俾新陳相易。興學校，嚴保伍，邑人便之。通判舒州。

文彦博爲相，薦安石恬退，不次進用，可以激奔競之風。尋再召試，又固辭，乃以爲群牧判官，出知常州。由是名重天下。提點江東刑獄，入爲三司度支判官，獻書萬餘言，極陳當世之務。居頃之，除直集賢院，累辭不獲命，始就職。除同修起居注，固辭不拜，遂除知制誥，自是不復辭官矣。以母憂去，服除，英宗朝累召不起。神宗即位，除知江寧府，召爲翰林學士。

初入對，神宗曰：「方今治當何先？」安石曰：「以擇術爲先。」神宗曰：「唐太宗何如？」安石曰：「陛下當以堯、舜爲法。太宗所知不遠，所爲不盡合先王，但乘隋亂，子孫又皆昏愚，所以獨見稱述。堯、舜所爲，至簡而不煩，至要而不迂，至易而不難，但末世學者不能通知，常以爲高不可及，不知聖人經世立法，以中人爲制也。」神宗曰：「卿所謂責難於君。朕自視眇然，恐無以副卿此意，可悉意輔朕，庶同濟此道。」

一日講席，群臣退，神宗留安石坐，曰：「有欲從容與卿論議者。」因言：「唐太宗必得魏鄭公，劉備必得諸葛亮，然後可以有爲。二子誠不世出之人也。」安石曰：「陛下誠能爲堯、舜，則必有皋、夔、稷、禼；陛下誠能爲高宗，則必有傅說。魏鄭公、諸葛亮皆有道者所羞，何足道哉！以天下之大，人民之衆，百年承平，學者不爲不多。然常患無人可以助治者，以陛下擇術未明，推誠未至，雖有皋、夔、稷、禼、傅說之賢，亦必爲小人所蔽，因卷懷而去耳。自古患朝廷無賢者，以人君不明、好近小人故也。好近小人，則賢人雖欲自達，無由矣。」神宗曰：「自古治世，豈能使朝廷無小人？雖堯、舜之時，不能無四凶。」安石曰：「惟能辨四凶而誅之，此乃所以爲堯、舜也。若使四凶得肆其讒慝，則皋、夔、稷、禼亦安肯苟食其禄以終身乎？」未幾，除右諫議大夫、參知政事。

安石既執政，神宗曰：「人皆不能知卿，以爲卿但知經術，不可以經世務。」安石曰：「經術者，所以經世務也。後世所謂儒者，大抵皆庸人，故世俗皆以經術不可施於世務。」神宗曰：「朕察人情，比於卿，有欲造事傾摇者。朕常以吕誨爲忠實，毁卿於時事不通；趙抃、唐介數以言扞塞，惟恐卿進用。卿當立變此風俗，不知卿所施設，以何爲先？」安石曰：「變風俗，立法度，最方今所急也。」於是設制置三司條例司，與知樞密院陳升之同領之，而青苗、免役、市易、保甲等法相繼興矣。

常平倉法，以豐歲穀賤傷農，故增價收糴，使蓄積之家無由抑塞農夫，須令賤糴。凶歲穀貴傷民，故減價出糶，使蓄積之家無由邀勒貧民，須令貴糴。物價常平，公私兩利也。安石以常平法爲不善，更將糴本作青苗錢，散與人户，令出息二分，置提舉官以督之。古者，百姓出力以供在上之役，安石以爲百姓惟苦差役破産，不憚增税，乃請據家貲高下，各令出錢，雇人充役。鄉者役人皆上等户得之，其下等、單丁、女户及品官、僧道，本來無役，安石乃使之一概輸錢，於是賦斂愈重。市易之法，聽人賒貸縣官貨財，以田宅或以金帛爲抵當，三人相保則給之，皆出息什分之二。過期不輸，息外每月更加罰錢百分之二。保甲之法，始因戎狄驕傲，侵據漢唐故地，有征伐開拓之志，故置保甲。乃藉鄉村之民，二丁取一，皆授以弓弩，教之戰陣。又令河北、陝西、河東三路皆五日一教閲。每一丁教閲一丁，及諸縣弓手亦皆易以保甲。其保甲習於游惰，不復務農。京東、西兩路保甲養馬，仍各置提舉官，權任比監司。自是四方争言農田水利，古陂廢堰，悉務興復。又立賒貸之法，又令民封狀增價，以買坊場。又增茶鹽之額，又設措置河北糴便司，廣積糧穀於臨流州縣，以備饋運，而天下騷然矣。

自安石變法以來，御史中丞吕誨首論其過失，安石求去位，神宗爲出誨。御史劉琦、錢顗、劉述又交論安石專肆胸臆，輕易憲度，殿中侍御史孫昌齡亦繼言，皆坐貶。同知諫院范純仁亦論安石欲求近功，忘其舊學，罷諫職。吕公著代吕誨爲中丞，亦力請罷條例司并青苗等法。諫官孫覺、李常、胡宗愈，御史張戩、王子韶、陳襄、程顥，皆論安石變法非是，以次罷去。前宰相韓琦上疏論青苗之害，乞罷諸路提舉官，依常平舊法行之。奏至，安石稱疾，求分司，神宗不許。時翰林學士司馬光當批答，安石指言光有「士夫沸騰，黎民騷動」之語。神宗諭安石曰：「詔中二語，乃爲文督迫之過，而朕失於詳閱，當令吕惠卿諭旨。」翌日，安石入謝，因爲神宗言中外大臣、從官、臺諫、朝士朋比之情，且曰：「陛下欲以先王之正道勝天下流俗，故與流俗相爲輕重。流俗權重，則天下之人歸流俗；陛下權重，則天下之人歸陛下。權者與物相爲輕重，雖千鈞之物，所加損不過銖兩而移。今姦人欲敗先王之正道，以沮陛下之所爲。是於陛下與流俗之權適争輕重之時，加銖兩之力，則用力至微，而天下之權已歸於流俗矣。此所以紛紛也。」神宗以爲然，安石乃視事。

熙寧三年，拜禮部侍郎、同中書門下平章事，監修國史。御史中丞楊繪、御史劉摯陳免役之害，坐黜。御史林旦、薛昌朝、范育皆以忤安石罷。知雜御史謝景温初附安石，亦以不合去。六年，命知制誥吕惠卿修撰經義，以安石提舉，而以子雱兼同修撰。王韶取熙、河、洮、岷、疊、宕等州，安石率群臣入賀，神宗解玉帶賜之，以旌其功。慈聖光獻皇后、宣仁聖烈皇后間見神宗，流涕言新法之不便者，且言王安石亂天下。神宗亦流涕，退命安石裁損之，安石重爲解，乃已。七年，神宗以久旱，益疑新法之不便，安石不悦，求避位，遂拜吏部尚書、觀文殿大學士、知江寧府。明年，復拜同中書門下平章事、昭文館大學士。三經義成，拜尚書左僕射兼門下侍郎。

初，吕惠卿爲安石所知，驟引至執政。安石去位，惠卿遂叛安石。洎安石再相，苟可以中安石，無不爲也。會安石子雱卒，安石力求去。九年，拜鎮南軍節度使、同平章事、判江寧府。安石丐奉祠，以使相爲集禧觀使，封舒國公，又辭使相，乃以左僕射爲觀文殿大學士。元豐三年，封特進，改封荆國公。

安石退居金陵，始悔恨爲吕惠卿所誤，每歎曰：「吾昔交游，皆以國事相絶。」意甚自愧也。哲宗即位，拜司空。明年薨，年六十六，贈太傅。紹聖初，謚曰文，配享神宗廟廷。

崇寧二年，配享文宣王廟。政和三年，封舒王。靖康元年，停文宣王配享，列于從祀。後又罷安石配享神宗廟，而奪其王爵。

初，安石提舉修撰經義，訓釋詩、書、周官。既成，頒之學官，天下號曰「新義」。晚歲爲字説二十四卷，學者爭傳習之。日以經試于有司，必宗其説，少異，輒不中程。先儒傳注既盡廢，士亦無復自得之學，故當時議者謂王氏之患在好使人同己。安石又著日録七十卷，如韓琦、富弼、文彦博、司馬光、吕公著、范鎮、吕誨、蘇軾及一時之賢者，重爲毁詆，而安石不卹也。

安石性强忮，遇事無可否，自信所見，執意不回。至議變法，而在廷交執不可，安石傅經義出己意，辨論輒數百言，衆皆不能詘，甚者謂「天變不足畏，祖宗不足法，人言不足卹」。罷黜中外老成人幾盡，多用門下儇慧少年。久之，以旱引去。洎復相，歲餘罷。終神宗世八年，不復召，而恩顧不久衰云。弟安國、安禮，子雱。

（中略）

雱字元澤，未冠，著書已數千百言。舉進士，爲旌德尉，作策三十餘篇，極論天下事。又作老子訓傳及佛書義解，亦數萬言。有以雱書聞者，召見，除太子中允、崇政殿説書。被旨撰詩、書義，擢天章閣待制。書成，遷龍圖閣直學士。雱病疽已彌年，辭不拜，卒，年三十三，贈左諫議大夫。詔即其家上雱所著論語、孟子義。雱論議刻深，常稱商君以爲豪傑之士，言不誅異議者，法不行。嘗勸安石誅不用命大臣，安石曰：「兒誤矣。」政和三年，封臨川伯，從祀文宣王廟。雱無子，以族人之子棣爲後。徽宗時，爲顯謨閣待制。

臣稱曰：安石之遇神宗，千載一時也，而不能引君當道，乃以富國强兵爲事。擯老成，任新進，黜忠厚，崇浮薄，惡鯁正，樂諛佞，是以廉恥汨喪，風俗敗壞。孟子所謂「作於其心，害於其事，作於其事，害於其政」者，豈不然哉？烏虖！安石之學既行，則姦宄得志，假紹述之説，以脅持上下，立朋黨之論，以禁錮忠良。卒之民愁盜起，夷狄亂華，社稷爲墟，其禍有不可勝言者。悲夫！

## 名臣碑傳琬琰集下卷十四王荆公安石實録

（宋）杜大珪

元祐元年四月癸巳，觀文殿大學士、守司空、充集禧觀使、荆國公王安石薨。安石字介甫，撫州臨川人。父益，都官員外郎。安石少有大志，慶曆二年，登進士甲科，簽書淮南節度判官廳公事。代還，例當進所業試館職，安石獨不進。特召試，亦固辭。知明州鄞縣，通判舒州，除知建昌軍，不赴。召爲群牧判官，差提點府界諸縣鎮公事。出知常州，提點江南東路刑獄，入爲三司度支判官。獻萬言書，極陳當世之務。居頃之，除直集賢院，累辭不獲，始就職。

嘉祐五年四月，除同修起居注，固辭不拜。十一月，申前命，章又五上，不許，遂除知制誥、糾察在京刑獄，移判三班院，同知嘉祐八年貢舉。丁母憂，服除，英宗朝累召不赴。神宗在藩邸見其文，異之，及即位，就除知江寧府，召爲翰林學士。

初入對，上曰：「方今治當何先？」安石曰：「以擇術爲先。」上曰：「唐太宗何如？」安石曰：「陛下當以堯、舜爲法。太宗所知不近，所爲不盡合先王，但乘詐取，子孫又皆昏惡，所以獨見稱述。堯、舜所爲，至簡而不煩，至要而不迂，至易而不難，但末世學者不能通知，常以爲高不可及，不知聖人經世立法，以中人爲制也。」上曰：「卿可謂責難於君。朕自視渺然，恐無以副卿此意，可悉意輔朕，同濟此道。」一日講席，群臣退，上留安石坐，曰：「有欲從容與卿議論者。」因言：「唐太宗必得魏鄭公，劉備必得諸葛亮，然後可以有爲，二子誠不世出之人也。」安石曰：「陛下誠能爲堯、舜，則必有皋、夔、稷、契；陛下誠能爲高宗，則必有傅説。魏鄭公、諸葛亮皆有道者所羞，何足道哉！以天下之大，人民之衆，百年承平，學者不爲不多。然常患無人可以助治者，以陛下擇術未明，推誠未至，雖有皋、夔、稷、契之賢，亦必爲小人所蔽，因卷懷而去耳。自古患朝廷無賢者，以人君不明，好近小人故也。好近小人，則賢人雖欲自達，無由矣。」上曰：「自古治世，豈能使朝廷無小人？雖堯、舜之時，豈能無四凶？」安石曰：「唯能辨四凶而誅之，此乃所以爲堯、舜也。若使四凶得肆其讒慝，則皋、夔、稷、契亦豈能苟食其禄，以終身乎？」

未幾，除諫議大夫、參知政事。安石既執政，上曰：「人皆不能知卿，以爲卿但知經術，不可以經世務。」安石曰：「經術者，所以經世務也。後世所謂儒者，大抵皆庸人，故世俗皆以爲經術不可施於世務。」上曰：「朕察人情，比於卿有欲造事傾摇者。朕嘗以呂誨爲忠實，嘗毀卿於時事不通；趙抃、唐介數以言扞塞，惟恐卿進用。卿當力變此風俗。不知卿所施設，以何爲先？」安石曰：「變風俗，立法度，最方今所急也。」於是青苗、市易、坊場、保甲、保馬、導河、免役之政相繼並興。設制置三司條例司，與知樞密院事陳升之同領之。御史中丞呂誨論安石十事，以爲慢上無禮，見利忘義，要君取名，用情罔公，以私報怨，怙勢招權，專政害國，凌轢同位，朋姦害政，商榷財利，以動摇天下。疏奏，安石求去位，上爲出誨。知雜御史劉述、侍御史劉琦、侍御史裏行錢顗又交論安石專肆胸臆，輕易憲度，與陳升之合謀侵奪三司史柄，願罷免以慰天下。殿中侍御史孫昌齡亦繼言，皆坐貶。同知諫院范純仁既抗疏論辨，又申中書，謂安石欲求近功，忘其舊學，尚法令則稱商鞅，言財利則背孟軻，鄙老成爲因循之人，棄公論爲流俗之語；異己者指爲不肖，合意者即謂才能。且謂宰相曾公亮依隨，參知政事趙抃不能力救，請罷安石機務，留之經筵。詔罷純仁諫職。呂公著代呂誨爲中丞，亦請罷條例司并青苗等法。諫官孫覺、李常、胡宗愈，御史張戩、王子韶、陳襄、程顥皆論列安石變法非是，以次罷去。前宰相韓琦上疏論青苗法，乞罷諸路提舉官，委提點刑獄官依常平舊法行之。奏至，安石稱疾，求分司，上不許。時翰林學士司馬光當批答，安石指言有「士大夫沸騰，黎民騷動」之語。上以手詔諭曰：「詔中二語，乃爲文督迫之過，而朕失於詳閱，當令呂惠卿諭指。」翼日，安石入謝，因爲上言中外大臣、從官、臺諫、朝士朋比之情，且曰：「陛下欲以先王之正道勝天下流俗，故與流俗相爲輕重。流俗權重，則天下之人歸流俗；陛下權重，則天下之人歸陛下。權者與物相爲輕重，雖千鈞之物，所加損不過銖兩而移。今姦人欲敗先王之正道，以沮天下，與流俗之權適爭輕重之時加銖兩之力，則用力至微，而天下之權已歸於流俗矣。此所以紛紛也。」上以爲然，安石乃視事。

熙寧三年十二月，拜禮部侍郎、同中書門下平章事，監修國史。御史中丞楊繪陳免役有難行者五，御史劉摯陳十害，坐黜。御史林旦、薛昌朝、范育皆以言李定忤安石，罷。知雜御史謝景初附安石，亦以不合去。六年三月，命知制誥呂惠卿修撰經義，以安石提舉，而子雱兼同修撰。固辭，弗聽。王韶取熙、河、洮、岷、疊、宕等州，安石率群臣入賀，上解所服玉帶賜安石，遣内侍諭旨曰：「洮、河之舉，小大並疑，惟卿啓迪，迄有成功。今解所御帶賜卿，以旌卿功。」安石再拜固辭，不許。

安石益自任，時論卒不與，上疑之。慈聖光獻、宣仁聖烈皇后間見上，流涕言新法之不便者，且曰：「王安石亂天下。」上亦流涕，退命安石議裁損之，安石重爲解，乃已。熙寧七年四月，上以久旱，百姓流離，憂形顔色。每輔臣進見，嗟歎懇惻，益疑法之不便。安石不悦，求避位，上固留之，請愈堅，遂拜吏部尚書、觀文殿大學士、知江寧府，仍詔出入如二府儀，大朝會綴中書門下班，依舊提舉修撰經義。明年二月，拜同中書門下平章事、昭文館大學士。六月，三經義成，拜尚書左僕射、門下侍郎。

初，吕惠卿爲安石所知，驟引至執政。安石去，惠卿遂背之。安石再相，於是起華亭詔獄，而徐禧、王古、蹇周輔三輩按惠卿之情不得。緣練亨甫、吕嘉問以鄧綰所條惠卿事交鬭其間，復爲惠卿所中，語連安石。子雱既病，坐此憤恚而卒。安石憂傷益不堪，祈解機務。九年十月，拜檢校太傅，依前尚書左僕射、鎮南節度、同中書門下平章事、判江寧府。安石懇辭，丐以本官領宫觀。上遣内侍王從政齎詔敦諭，須視事乃還。從政留金陵累月，安石請不已，許以使相爲集禧觀使，又累辭使臣，乃以本官爲觀文殿大學士，領使如故。元豐三年九月，拜特進，封荆國公。哲宗即位，拜司空。明年四月癸巳，薨，年六十六。再輟視朝，贈太傅，推遺表恩七人，詔所在給葬事。紹聖初，謚文公，配享神宗廟廷。用子旁郊祀恩，贈太師。崇寧二年，詔配祀文宣王廟。政和三年，封舒王。靖康元年，從諫議大夫兼國子祭酒楊時言，停文宣王廟配享，列於從祀。建炎二年夏，以久陰不解，詔百執事赴都堂給札，條具時政闕失，司勳員外郎趙鼎言：「自紹聖以來，學術政事敗壞殘酷，禍貽社稷，其源實出於安石。今安石之患未除，不可以言政。」於是罷安石配享神宗廟廷。靖康初，廷臣有建議乞罷安石配享者，爭議紛然，卒無定論，至是始決。紹興四年八月，吏部員外郎呂聰問請奪安石謚，有詔追所贈王爵。

初，安石提舉修撰經義，訓釋詩、書、周官。既成，頒之學官，天下號曰「新義」。晚歲居金陵，爲字說二十四卷，學者爭傳習之。凡以經試於有司，必宗其說，少異，輒不中程。先儒傳注既盡廢，士亦無復自得之學，故當時議者謂王氏之患在好使人同。靖康初，始詔有司取士擇經說優長者，無專主王氏。

安石早有盛名，其學以孟軻自許，荀況、韓愈不道也。性强忮，遇事無可否，信所見，執意不回。司馬光謂其泥古，所爲迂闊。吴奎謂嘗與安石同領群牧，備見其自用護前。嘉祐末，韓琦作相，安石糾察在京刑獄，爭刑名不當。有旨釋罪，安石堅不入謝，意琦抑之，會以憂去職。服除，三召，終琦在相位不至。神宗謂人言安石姦邪則過，但太執不曉事耳。唐介謂安石好學，惟護前。初，除安石爲翰林學士，命下數日，琦罷相，安石始造朝。其初執政也，宰相在告，進除目出侍從官，趙抃引故事争，安石辨益强，卒從之。至議變法，上未嘗不疑，在廷臣交執不可。安石傅經義出己意，辨論輒數百言，衆人不能詘。甚者謂「天變不足畏，祖宗不足法」，又以人言是非一歸之流俗。故二年間遍諫官、御史，以安石去者凡二十人，而安石不恤也。久之，上聞兩宫言，意感悟，安石因旱引去。洎復相，歲餘罷，終神宗朝不復召者凡八年云。子雱、旁。

## 賓退録卷七引四朝國史王安石傳〔一〕

（宋）趙與旹

史臣曰：嗚呼！安石託經術，立政事，以毒天下。非神宗之明聖，時有以燭其姦，則社稷之禍不在後日矣，今尚忍言之！「天變不足畏，祖宗不足法，人言不足恤」，此三者，雖少正卯言僞而辨，王莽誦六藝以文姦言，蓋不至是也。所立幾何？貽害無極。悲夫！

〔一〕方回桐江續集卷九臨覽古五首其四：「賢者儻畏死，世論終不公。古若不置死，何藉誅妖凶。荆舒底姦鬼，廟食丘軻同。舉世知其非，囁嚅不敢攻。著書斥日録，獨一陳了翁。禍至裂宇宙，板蕩中原空。筆削討厥罪，乃在乾淳中。我讀四朝史，方知天聽聰。」自注曰：「四朝國史王安石傳最佳，文雖簡，而能盡其罪。」

# 宋史卷三百二十七王安石傳

（元）脱脱

王安石字介甫，撫州臨川人。父益，都官員外郎。安石少好讀書，一過目終身不忘。其屬文動筆如飛，初若不經意，既成，見者皆服其精妙。友生曾鞏携以示歐陽脩，脩爲之延譽。擢進士上第，簽書淮南判官。舊制，秩滿許獻文求試館職，安石獨否。再調知鄞縣。起堤堰，决陂塘，爲水陸之利；貸穀與民，出息以償，俾新陳相易，邑人便之。通判舒州。文彦博爲相，薦安石恬退，乞不次進用，以激奔競之風。尋召試館職，不就。脩薦爲諫官，以祖母年高辭。脩以其須禄養言於朝，用爲群牧判官。請知常州，移提點江東刑獄，入爲度支判官，時嘉祐三年也。

安石議論高奇，能以辨博濟其説，果於自用，慨然有矯世變俗之志。於是上萬言書，以爲：「今天下之財力日以困窮，風俗日以衰壞，患在不知法度，不法先王之政故也。法先王之政者，法其意而已。法其意，則吾所改易更革，不至乎傾駭天下之耳目，囂天下之口，而固已合先王之政矣。因天下之力以生天下之財，取天下之財以供天下之費，自古治世，未嘗以財不足爲公患也，患在治財無其道爾。在位之人才既不足，而閭巷草野之間亦少可用之才，社稷之託，封疆之守，陛下其能久以天幸爲常，而無一旦之憂乎？願監苟且因循之弊，明詔大臣，爲之以漸，期合於當世之變。臣之所稱，流俗之所不講，而議者以爲迂闊而熟爛者也。」後安石當國，其所注措，大抵皆祖此書。

俄直集賢院。先是，館閣之命屢下，安石屢辭，士大夫謂其無意於世，恨不識其面。朝廷每欲畀以美官，惟患其不就也。明年，同修起居注，辭之累日。閤門吏齎敕就付之，拒不受，吏隨而拜之，則避於廁。吏置敕於案而去，又追還之；上章至八九，乃受。遂知制誥，糾察在京刑獄，自是不復辭官矣。

有少年得鬭鶉，其儕求之不與，恃與之昵，輒持去，少年追殺之。開封當此人死，安石駁曰：「按律，公取、竊取皆爲盗。此不與而彼攜以去，是盗也；追而殺之，是捕盗也，雖死，當勿論。」遂劾府司失入。府官不伏，事下審刑、大理，皆以府斷爲是。詔放安石罪，當詣閤門謝。安石言：「我無罪。」不肯謝。御史舉奏之，置不問。

時有詔舍人院無得申請除改文字，安石争之曰：「審如是，則舍人不得復行其職，而一聽大臣所爲。自非大臣欲傾側而爲私，則立法不當如此。今大臣之弱者不敢爲陛下守法，而彊者則挾上旨以造令，諫官、御史無敢逆其意者。臣實懼焉。」語皆侵執政，由是益與之忤。以母憂去，終英宗世，召不起。

安石本楚士，未知名於中朝。以韓、吕二族爲巨室，欲藉以取重，乃深與韓絳、絳弟維及吕公著交，三人更稱揚之，名始盛。神宗在潁邸，維爲記室，每講説見稱，輒曰：「此非維之説，維之友王安石之説也。」及爲太子庶子，又薦自代。帝由是想見其人，甫即位，命知江寧府。數月，召爲翰林學士兼侍講。

熙寧元年四月，始造朝。入對，帝問爲治所先，對曰：「擇術爲先。」帝曰：「唐太宗何如？」曰：「陛下當法堯、舜，何以太宗爲哉？堯、舜之道，至簡而不煩，至要而不迂，至易而不難。但末世學者不能通知，以爲高不可及爾。」帝曰：「卿可謂責難於君，朕自惟眇躬，恐無以副卿此意。可悉意輔朕，庶同濟此道。」

一日講席，群臣退，帝留安石坐，曰：「有欲與卿從容論議者。」因言：「唐太宗必得魏徵，劉備必得諸葛亮，然後可以有爲，二子誠不世出之人也。」安石曰：「陛下誠能爲堯、舜，則必有皋、夔、稷、卨；誠能爲高宗，則必有傅説。彼二子皆有道者所羞，何足道哉？以天下之大，人民之衆，百年承平，學者不爲不多。然常患無人可以助治者，以陛下擇術未明，推誠未至，雖有皋、夔、稷、卨、傅説之賢，亦將爲小人所蔽，卷懷而去爾。」帝曰：「何世無小人，雖堯、舜之時，不能無四凶。」安石曰：「惟能辨四凶而誅之，此其所以爲堯、舜也。若使四凶得肆其讒慝，則皋、夔、稷、卨亦安肯苟食其禄以終身乎？」

登州婦人惡其夫寢陋，夜以刃斷之，傷而不死。獄上，朝議皆當之死，安石獨以律辨證之，爲合從謀殺傷，減二等論。帝從安石説，且著爲令。

二年二月，拜參知政事。上謂曰：「人皆不能知卿，以爲卿但知經術，不曉世務。」安石對曰：「經術正所以經世務，但後世所謂儒者，大抵皆庸人，故世俗皆以爲經術不可施於世務爾。」上問：「然則卿所施設以何先？」安石曰：「變風俗，立法度，正方今之所急也。」上以爲然。於是設制置三司條例，命與知樞密院事陳升之同領之。安石令其黨呂惠卿預其事。而農田水利、青苗、均輸、保甲、免役、市易、保馬、方田諸役相繼並興，號爲新法，遣提舉官四十餘輩，頒行天下。

青苗法者，以常平糴本作青苗錢，散與人户，令出息二分，春散秋斂。均輸法者，以發運之職改爲均輸，假以錢貨，凡上供之物，皆得徙貴就賤，用近易遠，預知在京倉庫所當辦者，得以便宜蓄買。保甲之法，籍鄉村之民，二丁取一，十家爲保，保丁皆授以弓弩，教之戰陣。免役之法，據家貲高下，各令出錢顧人充役，下至單丁、女户，本來無役者，亦一概輸錢，謂之助役錢。市易之法，聽人賒貸縣官財貨，以田宅或金帛爲抵當，出息十分之二，過期不輸，息外每月更加罰錢百分之二。保馬之法，凡五路義保願養馬者，户一匹，以監牧見馬給之，或官與其直，使自市，歲一閲其肥瘠，死病者補償。方田之法，以東、西、南、北各千步，當四十一頃六十六畝一百六十步爲一方，歲以九月，令、佐分地計量，驗地土肥瘠，定其色號，分爲五等，以地之等，均定稅數。又有免行錢者，約京師百物諸行利入厚薄，皆令納錢，與免行户祇應。自是四方争言農田水利，古陂廢堰，悉務興復。又令民封狀增價以買坊場，又增茶鹽之額，又設措置河北糴便司，廣積糧穀于臨流州縣，以備饋運。由是賦斂愈重，而天下騷然矣。

御史中丞吕誨論安石過失十事，帝爲出誨，安石薦吕公著代之。韓琦諫疏至，帝感悟，欲從之，安石求去。司馬光答詔，有「士夫沸騰，黎民騷動」之語，安石怒，抗章自辨，帝爲巽辭謝，令吕惠卿諭旨，韓絳又勸帝留之。安石入謝，因爲上言中外大臣、從官、臺諫、朝士朋比之情，且曰：「陛下欲以先王之正道勝天下流俗，故與天下流俗相爲重輕。流俗權重，則天下之人歸流俗；陛下權重，則天下之人歸陛下。權者與物相爲重輕，雖千鈞之物，所加損不過銖兩而移。今姦人欲敗先王之正道，以沮陛下之所爲。於是陛下與流俗之權適争輕重之時，加銖兩之力，則用力至微，而天下之權已歸于流俗矣，此所以紛紛也。」上以爲然。安石乃視事，琦説不得行。

安石與光素厚，光援朋友責善之義，三詒書反覆勸之，安石不樂。帝用光副樞密，光辭未拜而安石出，命遂寢。公著雖爲所引，亦以請罷新法出潁州。御史劉述、劉琦、錢顗、孫昌齡、王子韶、程顥、張戩、陳襄、陳薦、謝景温、楊繪、劉摯，諫官范純仁、李常、孫覺、胡宗愈，皆不得其言，相繼去。驟用秀州推官李定爲御史，知制誥宋敏求、李大臨、蘇頌封還詞頭，御史林旦、薛昌朝、范育論定不孝，皆罷逐。翰林學士范鎮三疏言青苗，奪職致仕。惠卿遭喪去，安石未知所託，得曾布，信任之，亞於惠卿。

三年十二月，拜同中書門下平章事。明年春，京東、河北有烈風之異，民大恐。帝批付中書，令省事安静以應天變，放遣兩路募夫，責監司、郡守不以上聞者。安石執不下。開封民避保甲，有截指斷腕者，知府韓維言之。帝問安石，安石曰：「此固未可知，就令有之，亦不足怪。今士大夫睹新政，尚或紛然驚異，况於二十萬户百姓，固有惷愚爲人所惑動者，豈應爲此遂不敢一有所爲邪？」帝曰：「民言合而聽之則勝，亦不可不畏也。」東明民或遮宰相馬訴助役錢，安石白帝曰：「知縣賈蕃乃范仲淹之壻，好附流俗，致民如是。」又曰：「治民當知其情僞利病，不可示姑息。若縱之使妄經省臺，鳴鼓邀駕，恃衆僥倖，則非所以爲政。」其彊辯背理率類此。

帝用韓維爲中丞，安石憾曩言，指爲善附流俗以非上所建立，因維辭而止。歐陽脩乞致仕，馮京請留之，安石曰：「脩附麗韓琦，以琦爲社稷臣。如此人，在一郡則壞一郡，在朝廷則壞朝廷，留之安用？」乃聽之。富弼以格青苗解使相，安石謂不足以阻姦，至比之共、鯀。靈臺郎尤瑛言天久陰，星失度，宜退安石，即黥隸英州。唐坰本以安石引薦爲諫官，因請對極論其罪，謫死。文彦博言市易與下争利，致華嶽山崩。安石曰：「華山之變，殆天意爲小人發。市易之起，自爲細民久困，以抑兼并爾，於官何利焉。」閼其奏，出彦博守魏。於是呂公著、韓維，安石藉以立聲譽者也；歐陽脩、文彦博，薦己者也；富弼、韓琦，用爲侍從者也；司馬光、范鎮，交友之善者也，悉排斥不遺力。

禮官議正太廟太祖東嚮之位，安石獨定議還僖祖於祧廟，議者合争之，弗得。上元夕，從駕乘馬入宣德門，衛士訶止之，策其馬。安石怒，上章請逮治。御史蔡確言：「宿衛之士，拱扈至尊而已。宰相下馬非其處，所應訶止。」帝卒爲杖衛士，斥内侍，安石猶不平。王韶開熙河奏功，帝以安石主議，解所服玉帶賜之。

七年春，天下久旱，饑民流離，帝憂形於色，對朝嗟歎，欲盡罷法度之不善者。安石曰：「水旱常數，堯、湯所不免，此不足招聖慮，但當修人事以應之。」帝曰：「此豈細事，朕所以恐懼者，正爲人事之未修爾。今取免行錢太重，人情咨怨，至出不遜語。自近臣以至后族，無不言其害。兩宫泣下，憂京師亂起，以爲天旱更失人心。」安石曰：「近臣不知爲誰，若兩宫有言，乃向經、曹佾所爲爾。」馮京曰：「臣亦聞之。」安石曰：「士大夫不逞者以京爲歸，故京獨聞此言，臣未之聞也。」監安上門鄭俠上疏，繪所見流民扶老携幼困苦之狀，爲圖以獻，曰：「旱由安石所致。去安石，天必雨。」俠又坐竄嶺南。慈聖、宣仁二太后流涕謂帝曰：「安石亂天下。」帝亦疑之，遂罷爲觀文殿大學士、知江陵府，自禮部侍郎超九轉爲吏部尚書。

吕惠卿服闋，安石朝夕汲引之，至是，白爲參知政事，又乞召韓絳代己。二人守其成模，不少失，時號絳爲「傳法沙門」，惠卿爲「護法善神」。而惠卿實欲自得政，忌安石復來，因鄭俠獄陷其弟安國，又起李士寧獄以傾安石。絳覺其意，密白帝請召之。八年二月，復拜相，安石承命，即倍道來。三經義成，加尚書左僕射兼門下侍郎，以子雱爲龍圖閣直學士。雱辭，惠卿勸帝允其請，由是嫌隙愈著。惠卿爲蔡承禧所擊，居家俟命。雱風御史中丞鄧綰，復彈惠卿與知華亭縣張若濟爲姦利事，置獄鞫之。惠卿出守陳。

十月，彗出東方，詔求直言，及詢政事之未協於民者。安石率同列疏言：「晉武帝五年，彗出軫；十年，又有孛。而其在位二十八年，與乙巳占所期不合。蓋天道遠，先王雖有官占，而所信者人事而已。天文之變無窮，上下傅會，豈無偶合。周公、召公，豈欺成王哉？其言中宗享國日久，則曰『嚴恭寅畏，天命自度，治民不敢荒寧』。其言夏、商多歷年所，亦曰『德』而已。裨竈言火而驗，故禳之，國僑不聽，則曰『不用吾言，鄭又將火』。僑終不聽，鄭亦不火。有如裨竈，未免妄誕，況今星工哉？所傳占書，又世所禁，謄寫譌誤，尤不可知。陛下盛德至善，非特賢於中宗，周、召所言，則既閱而盡之矣，豈須愚瞽復有所陳。竊聞兩宮以此爲憂，望以臣等所言，力行開慰。」帝曰：「聞民問殊苦新法。」安石曰：「祁寒暑雨，民猶怨咨，此無庸恤。」帝曰：「豈若并祁寒暑雨之怨亦無邪？」安石不悦，退而屬疾卧，帝慰勉起之。其黨謀曰：「今不取上素所不喜者暴進用之，則權輕，將有窺人間隙者。」安石是其策。帝喜其出，悉從之。時出師安南，諜得其露布，言：「中國作青苗、助役之法，窮困生民。我今出兵，欲相拯濟。」安石怒，自草敕牓詆之。

華亭獄久不成，雱以屬門下客呂嘉問、練亨甫共議，取鄧綰所列惠卿事，雜他書下制獄，安石不知也。省吏告惠卿于陳，惠卿以狀聞，且訟安石曰：「安石盡棄所學，隆尚縱横之末數，方命矯令，罔上要君。此數惡力行於年歲之間，雖古之失志倒行而逆施者，殆不如此。」又發安石私書曰「無使上知」者。帝以示安石，安石謝無有。歸以問雱，雱言其情，安石咎之。雱憤恚，疽發背死。安石暴綰罪，云「爲臣子弟求官及薦臣壻蔡卞」，遂與亨甫皆得罪。綰始以附安石居言職，及安石與呂惠卿相傾，綰極力助攻惠卿。上頗厭安石所爲，綰懼失勢，屢留之於上，其言無所顧忌；亨甫險薄，諂事雱以進，至是皆斥。

安石之再相也，屢謝病求去，及子雱死，尤悲傷不堪，力請解幾務。上益厭之，罷爲鎮南軍節度使、同平章事、判江寧府。明年，改集禧觀使，封舒國公。屢乞還將相印。元豐二年，復拜左僕射、觀文殿大學士。換特進，改封荆。哲宗立，加司空。

元祐元年，卒，年六十六，贈太傅。紹聖中，謚曰文，配享神宗廟庭。崇寧三年，又配食文宣王廟，列于顔、孟之次，追封舒王。欽宗時，楊時以爲言，詔停之。高宗用趙鼎、吕聰問言，停宗廟配享，削其王封。

初，安石訓釋詩、書、周禮，既成，頒之學官，天下號曰「新義」。晚居金陵，又作字説，多穿鑿傅會，其流入於佛、老。一時學者，無敢不傳習，主司純用以取士，士莫得自名一説，先儒傳注，一切廢不用。黜春秋之書，不使列於學官，至戲目爲「斷爛朝報」。

安石未貴時，名震京師，性不好華腴，自奉至儉，或衣垢不澣，面垢不洗，世多稱其賢。蜀人蘇洵獨曰：「是不近人情者，鮮不爲大姦慝。」作辯姦論以刺之，謂王衍、盧杞合爲一人。

安石性强忮，遇事無可否，自信所見，執意不回。至議變法，而在廷交執不可，安石傅經義，出己意，辯論輒數百言，衆不能詘。甚者謂「天變不足畏，祖宗不足法，人言不足恤」。罷黜中外老成人幾盡，多用門下儇慧少年。久之，以旱引去。洎復相，歲餘罷，終神宗世不復召，凡八年。子雱。

雱字元澤。爲人慓悍陰刻，無所顧忌。性敏甚，未冠，已著書數萬言。年十三，得秦卒言洮、河事，歎曰：「此可撫而有也。使西夏得之，則吾敵彊而邊患博矣。」其後王韶開熙河，安石力主其議，蓋兆於此。舉進士，調旌德尉。

雱氣豪，睥睨一世，不能作小官。作策三十餘篇，極論天下事。又作老子訓傳及佛書義解，亦數萬言。時安石執政，所用多少年，雱亦欲預選，乃與父謀曰：「執政子雖不可預事，而經筵可處。」安石欲上知而自用，乃以雱所作策及注道德經鏤板鬻于市，遂傳達於上。鄧綰、曾布又力薦之，召見，除太子中允、崇政殿説書。神宗數留與語，受詔注詩、書義，擢天章閣待制兼侍講。書成，遷龍圖閣直學士，以病辭不拜。

安石更張政事，雱實導之。常稱商鞅爲豪傑之士，言不誅異議者法不行。安石與程顥語，雱囚首跣足，携婦人冠以出，問父所言何事。曰：「以新法數爲人所阻，故與程君議。」雱大言曰：「梟韓琦、富弼之頭于市，則法行矣。」安石遽曰：「兒誤矣。」卒時纔三十三，特贈左諫議大夫。（中略）

論曰：朱熹嘗論安石：「以文章節行高一世，而尤以道德經濟爲己任。被遇神宗，致位宰相，世方仰其有爲，庶幾復見二帝三王之盛。而安石乃汲汲以財利兵革爲先務，引用凶邪，排擯忠直，躁迫强戾，使天下之人囂然喪其樂生之心。卒之群姦嗣虐，流毒四海，至於崇寧、宣和之際，而禍亂極矣。」此天下之公言也。昔神宗欲命相，問韓琦曰：「安石何如？」對曰：「安石爲翰林學士則有餘，處輔弼之地則不可。」神宗不聽，遂相安石。嗚呼！此雖宋氏之不幸，亦安石之不幸也。

# 附録二　制詞　祭文　挽詞

三司度支判官祠部員外郎直集賢院同修起居注王安石可刑部員外郎餘如故

（宋）沈遘

敕某：左右史以記言動，以立書法，以觀後嗣，其任莫重焉。故朕選于衆，以爾安石爲之。惟爾安石，經明行修，秉君子之節；材劇志大，通聖人之方。信其可以任重而致遠，簡在乎朕心者矣。今遷爾郎位一等，蓋有司之常法，亦非朕所以畜爾之意也。爾其往服，待我之用。可。

西溪文集卷一

工部郎中知制誥王安石可舊官服闋

（宋）韓維

敕：三年之喪，禄之於家，而不敢煩以事。此朝廷所以待近臣，而申孝子之情也。若夫既除而從政，則下之所當勉也。具官某學通經術，行應法義。銜哀服禮，内外竭盡。可謂邦之俊良，民之表儀者矣。朕臨政願治久矣，想聞生之奇論，以佐不逮。其悉朕意，亟復於位。可。

南陽集卷十六

## 工部郎中知制誥王安石可翰林學士制

（宋）鄭獬

文王有四友。孔子曰「自吾得回，門人益親」，亦有四友焉。維予之翰林先生，文章議論，以輔不逮者，蓋爲先後左右之臣矣。具官某學爲世師，行爲人表，廉於自進，優處於東藩。兹有僉言，宜還中禁。俾夫左右先後，以道義輔於予，豈特專文墨視草而已哉！可。

鄖溪集卷一

## 召翰林學士王安石入院口宣

（宋）鄭獬

有敕：卿賢具素優，德名絶出。行潔而才茂，學深而志通。嘗奮高文，入司雅誥。適佩符於藩府，宜促駕於鋒車。更宜禁林，發潤天藻。攄忠嘉之閎論，補密勿之沈謀。副我虛懷，服兹優數。今差某官召卿入院充學士。

鄖溪集卷十

## 王安石除參知政事制

與其明察爲公，莫若嚴重而有制。與其將順爲美，莫若規正而有守。循紀綱，本教化，以輯寧之久，其在兹乎！（下闕）

徐自明宋宰輔編年録卷七

## 王安石授金紫光禄大夫禮部侍郎同中書門下平章事監修國史進封開國公加封邑功臣制

（宋）王珪

門下：夫天地至神也，非統氣運物，則功不足見於時；聖賢一道也，非經世裕民，則名不足見於後。故士莫不待辰而欲奮，志莫如得位而遂行。矧夫居三公之官，而有臨四海之勢，豈不能究利澤，躬義榮，以事施於一時，而譽動於後世者哉！

具官某良心不外〔一〕，德性攸尊。至學窮於聖人，貴名薄於天下。不以榮辱是非易其介，不以安危利害辭其難。方予訪落之初，勞於用賢之務。昭發猷念，預裁政幾。衆皆所傷，曾靡捐身之憚；孤忠自許，唯知報國之圖。朕與其知道者深，倚以爲相者久。兹合至公之首，肆敭大命之休。若作室，用汝爲垣墉；若濟川，用汝爲舟檝。予有違而汝弼，汝有爲而予從。於時大亨，蓋出絶會。

於戲！自成湯至於帝乙，靡不懷畏相之心；若孟子學於仲尼，其唯達事君之道。尚祈交敕，卒俾蒙成〔二〕。可。

華陽集卷三十七

〔一〕「具官某」，宋大詔令集卷五十六王安石宰相制作「朝散大夫右諫議大夫參知政事上護軍太原郡開國侯食邑一千一百户賜紫金魚袋王安石」。

〔二〕「成」下，宋大詔令集卷五十六王安石宰相制有「可特授金紫光禄大夫、行尚書禮部侍郎、同中書門下平章事、監修國史、上柱國、進封開國公、食邑一千户、食實封四百户，仍賜推忠協謀佐理功臣」。

## 除王安石制

（宋）韓維

門下：朕考大駕親祠之制，蓋爲歲必三；稽路寢嚴配之文，其成禮者再。肆追盛典，肅舉精禋。賴上下之靈，克成熙事；酬左右之助，首及元臣。具官王安石德蹈中和，器函方大。高議足以謀王體，純誠足以享帝心。惟民式瞻，實朕攸倚。剌六經而考制，允協厥中；總衆職以奉詞，不愆於素。仗其忠力，成我考名。峻階品所以明等威，崇表號所以識功實。陪敦多賦，流衍真封。併茂褒恩，式昭眷禮。於戲！薦四時之和氣，已賴燮諧；得萬國之歡心，更期勵翼。茂綏吉禄，永弼丕基。可特授光禄大夫、依前行尚書禮部侍郎、同中書門下平章事、監修國史、加食邑一千户、實封四百户，仍賜推忠協謀同德佐理功臣，勳封如故。主者施行。

南陽集卷十五

## 王安石罷相知江寧府制

門下：入則冠宰路之重，百辟之所儀刑；出則寄帥垣之尊，萬邦之所憲法。苟非令德，奚稱異恩？粤予端揆之臣，久托機衡之任。錫之寵渥，均厥賢勞。推忠協謀同德佐理功臣、光禄大夫、行尚書禮部侍郎、同中書門下平章事、監修國史、上柱國、太原郡開國公、食邑三千一百户、食實封八百户王安石，稟明哲之姿，蹈柔嘉之則。學問淵博，爲時儒者之宗；議論堅明，有古直臣之烈。洛疇偉望，升冠近司。憂勤百爲，夷險一節。方藉壯猷之助，且觀盛化之流。遽上封章，願還政事。確誠莫奪，茂典載加。正位天官之聯，升華殿幄之侍。仍加賦邑，以重藩維。於戲！納忠告猷，卿所素尚；尊德樂道，朕豈敢忘。毋怠乃心，而不予輔。可特授行吏部尚書、觀文殿大學士、知江寧軍府事、兼管内觀農使、兼江南東路屯駐駐泊兵馬鈐轄、加食邑一千户、食實封四百户，改賜推誠保德崇仁翊戴功臣。

熙寧七年四月丙戌。　景定建康志卷二一　（宋）徐自明宋宰輔編年録卷八

## 王安石自江寧拜昭文相制

門下：乾健坤順，二氣合而萬物通；君明臣良，一德同而百度正。眷予元老，時迺真

儒。若礪與舟，世莫先於汝作；有衮及繡，人久佇於公歸。越升冢席之崇，播告路朝之聽。

推誠保德崇仁翊戴功臣、觀文殿大學士、特進、行吏部尚書、知江寧府、上柱國、太原郡開國公、食邑四千六百户、食實封一千二百户王安石，信厚而簡重，敦大而高明。潛於神心，馳天人之極摯；尊厥德性，泝道義之深源。延登傑才，裨參魁柄。傳經以謀王體，考古而起治功。訓齊多方，新美萬事。爾則許國，予惟知人。讒波稽天，孰斧斨之敢鈌；忠氣貫日，雖金石而自開。向厭機衡之煩，出宣屏翰之寄。遽周歲歷，殊拂師瞻。亟還冠於宰司，以大釐於邦采。兼華上館，衍食本封。載更功號之隆，用侈台符之峻。

於戲！制天下之動，爾惟樞柅；通天下之志，爾惟蓍龜。繫國重輕於乃身，致民仁壽於當代。往服朕命，圖成厥終。可特授依前行吏部尚書、同中書門下平章事、昭文館大學士兼譯經潤文使，加食邑一千户，食實封四百户，改賜推忠協謀同德佐理功臣。

熙寧八年二月癸酉。

景定建康志卷二一　宋大詔令集卷五十六

## 王安石進左僕射制熙寧八年六月辛亥，三經義成。

周公之制禮樂，位斯貴於一時；孔子之删詩書，道蓋尊於萬世。惟三經之甚奥，曠千載以難明。若咨宗師，爰建義訓。果成編於至當，足貽惠於將來。參詳竄定之勞，並需遷官之賞。唱導主張之任，宜加異數之文。屬兹良辰，告迺庶位。

推忠協謀同德佐理功臣、特進、行吏部尚書、同中書門下平章事、昭文館大學士兼譯經潤文使、上柱國、太原郡開國公、食邑五千六百户、食實封一千六百户王安石，識貫古今，術該聖賢。服仁義以維其功，仗公忠而奮其節。覺斯民也，任同伊尹之心；如蒼生何，居起謝安之志。入籌當世之務，闢至治於無窮；出納聖人之書，彰微言於不朽。質舊説之難到，正先儒之未安。理既炳于丹青，義可刊于金石。覽觀具悉，開發洪多。是用升左揆之榮班，兼東臺之要職。仍陪封邑，併示襃恩。

於戲！斥乎異端，功已齊於荀孟；見於行事，名當邁於皋夔。往懋訏謨，輔成美化。可特授尚書左僕射兼門下侍郎、同中書門下平章事、昭文館大學士兼譯經潤文使、加食邑一千户、食實封四百户。

宋大詔令集卷五十六

王安石罷相拜太傅鎮南軍節度同中書門下平章事判江寧府制熙寧九年十月丙午。

門下：入居丞弼，用表儀於百官；出總翰藩，將師帥於九牧。地雖中外之異，體亦重輕之均。推忠協謀同德佐理功臣、特進、尚書左僕射兼門下侍郎、同中書門下平章事、昭文館大學士、監修國史兼譯經潤文使、上柱國、太原郡開國公、食邑六千六百户、食實封二千户王安石，得古人之風，蘊真儒之學。眷方深於台甫，志彌懋於政經。挈持綱維，糾正法度。俄屬伯魚之逝，遽興王導之悲。引疾自陳，匄閑斯確。宜仍宰路之秩，載加衮鉞之榮。

於戲！大官大邑以庇身，建節雖臨於鄉郡；嘉謀嘉猷而告居，乃心猶在於朝廷。納忠不忘，懷德甚邇。可特授檢校太傅、依前尚書左僕射、同中書門下平章事、使持節都督洪州諸軍事、行洪州刺史、鎮南軍節度、洪州管内觀察處置等使、判江寧府兼管内勸農使、充江南東路兵馬鈐轄、加食邑一千户、食實封四百户，改賜推誠保德崇仁翊戴功臣。

宋大詔令集卷六十九　景定建康志卷二

## 王安石贈太傅制

（宋）蘇軾

敕：朕式觀古初，灼見天意。將以非常之大事，必生希世之異人。使其名高一時，學貫千載。智足以達其道，辯足以行其言。瑰瑋之文，足以藻飾萬物；卓絶之行，足以風動四方。用能於期歲之間，靡然變天下之俗。

故觀文殿大學士、守司空、集禧觀使王安石，少學孔孟，晚師瞿聃。罔羅六藝之遺文，斷以己意；糠粃百家之陳迹，作新斯人。屬熙寧之有爲，冠群賢而首用。信任之篤，古今所無。方需功業之成，遽起山林之興。浮雲何有，脱屣如遺。屢争席於漁樵，不亂群於麋鹿。進退之際，雍容可觀。朕方臨御之初，哀疚罔極；乃眷三朝之老，邈在大江之南。究觀規模，想見風采。豈謂告終之問，在予諒闇之中。胡不百年，爲之一涕。

於戲！死生用捨之際，孰能違天？贈賻哀榮之文，豈不在我！寵以師臣之位，蔚爲儒者之光。庶幾有知，服我休命。可特贈守太傅。

蘇軾文集卷三十八

# 故荆國公王安石配饗孔子廟廷詔崇寧三年六月九日。

敕門下：道術裂於百家，俗學弊於千載。士以傳注之習，汨亂其聰明，不見天地之純全，古人之大體，斯已久矣。故荆國公王安石由先覺之智，博聖人之經，闡性命之幽，合道德之散。訓釋奧義，開明士心。總其萬殊，會于一理。於是學者廓然如覩日月，咸知六經之爲尊。有功于孔子至矣。其施於有政，則相我神考，力追唐、虞、三代之隆。因時制宜，創法垂後。小大精粗，靡有遺餘。内聖外王，無乎不備。蓋天降大任以興斯文，孟軻以來，一人而已。

朕方丕承先志，崇建膠庠，命教四方，遍于郡邑。推原其本，想見儀刑。夫時有後先，人無今昔。孔子之道，得公而明。求其所同，若合符節。春秋釋奠，其與饗之。王安石可配饗孔子廟廷，故兹詔示，想宜知悉。

宋大詔令集卷一百五十九

## 荊國公王安石配享孔子廟廷贊

孔孟云遠，六經中微。斯文載興，自公發揮。推闡道真，啓迪群迷。優入聖域，百世之師。

（宋）楊仲良皇宋通鑑長編紀事本末卷一百三十

## 王安石封舒王御筆手詔政和三年正月二十日。

昔我神考憫天下弊於俗學，訓釋經典，作新斯人，追述先王，興起萬事。得王安石相與有爲，咸有一德，格于皇天。朕述而明之，聲名文物，禮樂法度，於是大備。推原所自，迄至有成，其可弭忘。夫有功而未褒，有德而未顯，非所以報功崇德也。昔趙普、潘美，王於韓、鄭；鄭康成、孔安國，從祀孔子。安石被遇先帝，與其子雱修撰經義，功不在數子之下。安石可封王爵，雱可配享文宣王廟廷。

宋大詔令集卷二百二十二

## 王安石封舒王制

敕：朕恭惟神考，追述先王。訓釋群經，以作新于俗學；興起萬世，以垂裕於後昆。蓋得非常之人，輔成不世之烈。肆頒顯號，追賁元臣。

故特進、守司空、贈太師、荆國公、食邑五千户、食實封一千七百户王安石降命應期，自天生德。學術精微，足以窮道奥；器識宏遠，足以用事幾。負命世亞聖之才，有尊主庇民之志。入輔機政，延登宰司。力贊斯文於將興，獨爲多壬之先覺。若伊尹佐祐厥辟，咸一德以格天；若周公勤勞王家，用期年而變俗。千載之遇，萬世有辭。

朕祗遹貽謀，克篤前烈。名正而朝廷辨治，化行而華夏敉寧。道德一而風俗同，法度彰而禮樂著。原其所自，安可弭忘！想風采以如生，蓋典刑之具在。相攸南土，實既舊封，參考國章，申加王爵。噫！繼志述事，孝莫大于奉先；崇德報功，禮務隆于追遠。尚其精爽，歆此褒崇。可追封舒王，餘如故。

宋大詔令集卷二百二十二

## 追廢王安石配饗詔奉旨撰。

（宋）胡寅

仰惟神祖英睿之資，勵精圖治，將以阜安宇内，威服四夷，甚盛德也。王安石首被眷求，進秉國政，所當致君堯舜，措俗成康，以副委屬之重。而乃文飾姦説，附會聖經，名師帝王，實慕非、鞅。以聚斂爲仁術，以法律爲德政。排擯故老，汲引憸人。變亂舊章，戕毁根本。高言大論，詆訾名節。歷事五代者謂之知道，劇秦美新者謂之合變。逮其流弊之極，賢人伏處，天地閉塞，禍亂相踵，率獸食人，三綱五常，寖以堙滅。而習俗既久，猶未以爲安石罪，朕甚懼焉。

昔者世衰道微，暴行有作，孔子撥亂反正，寓王法于春秋，以俟後世。朕臨政願治，表章斯文。將以正人心，息邪説，使不淪胥于異學。荆舒禍本，可不懲乎？安石廢絶春秋，實與亂賊造始。今其父子從祀孔廟，禮文失秩，當議黜之。夫安石之學不息，則孔子之道不著。子大夫體朕至意，倡率于下，塞源拔本，無俾世迷。庶幾于抑水膺戎，驅猛距詖，崇夫子之事，爲聖人之徒，則予一人有辭于永世。惟子大夫之休烈，尚明聽之哉！

斐然集卷十四

## 王安石黜從祀詔

淳祐元年春正月甲辰，詔曰：朕惟孔子之道，自孟軻後不得其傳。至我朝周惇頤、張載、程顥、程頤，真見實踐，深探聖域，千載絶學，始有指歸。中興以來，又得朱熹精思明辯，折衷融會，使大學論孟中庸之書，本末洞徹；孔子之道，益以大明于世。朕每觀五臣論著，啓沃良多。今視學有日，其令學官列諸從祀，以副朕奬崇儒先之意。

尋又詔曰：王安石謂天命不足畏，祖宗不足法，人言不足恤。此萬世罪人，豈宜從祀孔子？其黜之。

宋史卷四十二理宗本紀二　清徐乾學資治通鑑後編卷一百四十二

## 丞相荆公挽歌詞

（宋）陸佃

慣識無心有海鷗，行藏須向古人求。皋陶一死隨神禹，孟子平生學聖丘。雕簋想陪清廟食，玉杯應從裕陵遊。遥瞻舊館知難報，絳帳横經二十秋。

陶山集卷十三

## 祭丞相荆公文

（宋）陸佃

維元祐元年，歲次丙寅，四月某朔某日某甲子，門生朝奉郎、試尚書吏部侍郎、充實録修撰陸某，謹以清酌庶羞，致祭于故司空、觀文殿大學士、贈太傅、荆國王公先生之靈。維公之道，形在言行。言爲詩書，行則孔孟。孰挽而生，孰推以死？天乎人乎，抑莫之使。於皇神宗，更張治具。夔一而足，二則仲父。迨龍之升，奄忽换世。公則從邁，天不憖遺。嗚呼哀哉！德喪元老，道亡真儒。疇江漢以濯之，而泰山其頽乎。承學諸生，無問識否。齋戒是修，矧從公久。祝之使肖，成就長養。聞訃失聲，形留神往。回也昔何敢死，賜也今將安仰？慟貌象之誰如，怳音塵之可想。嗚呼已矣！病不請禱，葬不反築。寄哀一觴，百身何贖！尚饗。

陶山集卷十三

## 江寧府到任祭丞相荆公墓文

（宋）陸佃

維元祐七年歲次壬申，某月朔某日某甲子，門生朝奉大夫、充龍圖閣待制、知江寧軍府事、充江南東路兵馬鈐轄陸某，謹致祭于故司空、觀文殿大學士、贈太傅、荆國王公先生之墓。嗚呼！法始乎羲，樸散而器。列靈嗣興，文始具備。祖述憲章，約成六藝。大明西没，群星争麗。派别支分，散作百氏。歷漢更唐，衆説蠭起。天錫我公，放黜淫詖。發揮微言，貽訓萬祀。卒相裕陵，真真僞僞。義兼師友，進退鮮儷。荆山鼎成，龍去不回。公從而上，梁壞山頹。某始以諸生，得依門墻。一見如素，許以升堂。春風濯我，暴之秋陽。今也受命，來守是邦。公之所憩，蔽芾甘棠。蕙帳一空，墓柏已行。俯仰陳迹，失涕沾裳。論德敘情，以侑一觴。尚饗。

陶山集卷十三

## 王丞相荆公挽詞

（宋）郭祥正

其一

間世君臣會，中天日月圓。裕陵龍始蟄，鍾阜鶴隨仙。畜德何人紹，成書闔國傳。回頭盡陳迹，麟石卧孤煙。

其二

公在神明聚，公亡泰華傾。文章千古重，富貴一豪輕。若聖丘非敢，猶龍耳强名。悲

風白門路，啼血送銘旌。青山集卷十九

## 奠謁王荆公墳

（宋）郭祥正

其一

再拜孤墳奠濁醪，春風斜日漫蓬蒿。扶持自出軻雄上，光焰寧論萬丈高。

其二

大手曾將元鼎調，龍沈鶴去事寥寥。寺樓早晚傳鍾響，墳草春回雪半消。

其三

平昔偏蒙愛小詩，如今吟就復誰知？篋中不忍開遺卷，矯矯龍虵彼一時。青山集卷二十九

## 哀王荆公

（宋）張舜民

其一

門前無爵罷張羅，元酒生芻亦不多。慟哭一聲唯有弟，故時賓客合如何。

其二

鄉閭匍匐苟相哀，得路青雲更肯來。若使風光解流轉，莫將桃李等閒栽。

其三

去來夫子本無情，奇字新經志不成。今日江湖從學者，人人諱道是門生。

其四

江水悠悠去不還，長悲事業典刑間。浮雲却是堅牢物，千古依棲在蔣山。

畫墁集卷四

# 代祭王荆公文

（宋）劉弇

## 其一

噫嗟公乎，何爲其然乎！豈富貴迫而賢有智累乎？將造物者畀付施予，或嗇或賸，而羌不可以力騁乎？抑亦靈芝慶雲，止爲瑞物，而固不免夫翕霍而散，與濯濯而萎者乎？且從古以爲難者，莫甚於掃不振之蠹，起久仆之痿，以與一世，期乎有成。而甚者至使天子快登平之適，遭斯民無愕眙之斗駭，非守能固其初、力足以劭其後者，能之乎？然士或勇於有爲，而昧於知經，求完乎此者不踦則躓。而於斯時也，有能爍傳注之秋燐，探百聖乎虞淵，偉然號爲一家，而使後世於此有攷者，方自我作訓，則可不謂睨聖人之閫而直躋者乎！已而擲去事權，一毛九牛，凡此者，人皆難之，而公或以爲易；人皆偏焉，而公可得而兼。若公者，其殆命世乎？其有待而未已者乎？然則我尚何悲乎？夫惟周衮旋待於公歸，商霖更期於説作，天下之有望於公者以此。與夫識公於四十年之契闊，而遇我如旦暮之頃，訪公於千餘里之鍾山，而輒申我以縞紵之好，吾之有得於公者亦以此。而厥望未償，撫惠方爾，一旦歸窀於漠漠之九原，功業之及人者未能幾何，而塊獨遺此平生，則吾尚何可無悲乎？噫嗟公乎！庶其來舉予觴乎！尚饗。

其二

嗚呼！麟鳳儀游，忭舞走飛。傑立一世，有公於茲。江河取東，吞吐源委。滋物洗光，非公而誰？自古在昔，革制實難。睢盱回泬，衆所共患。或拊而跳，或諗而讙。及公有爲，卒底於安。久矣聖經，理鬱弗通。傳注披披，帊覆帟蒙。繇漢迄唐，大陊厥宗。及公有訓，孰敢啅訌。奎輝不揚，蔑我文造。冗長戚促，孰訂孰攷。朱藍等妍，鏤句雕藻。及公有作，霾翳一掃。始公熙寧，□□實舟。蕃錫大賚，天子是優。著蔡國經，天子是諏。人謂公進，說商旦周。公熙寧季，以位告去。孰視富貴，擲如遺屨。我徂東阡，甕牖蓬户。人謂公退，留侯疎傅。嗟嗟我公，今則已矣。來軫孔遒，未稅先柅。壽則大耆，及中斯止。平生磊砢，尚可僂指。曩予晚遭，公力是藉。方公長往，余弔莫暇。音徽永沬，碎影何謝。長跽薦辭，播哀修夜。尚饗。

龍雲集卷三十

## 祭介父

（宋）孔平仲

謹以清酌庶羞之奠，致奠於故丞相荆國公之墓。嗚呼，人之相知，自古難偶。公於不屑，一見加厚。雖未及用，意則至焉。去公山中，俯仰十年。奉命出使，今復來此。音容闃然，松柏拱矣。酒薄食陋，所豐者誠。再拜奠公，敢有死生。尚饗。

三孔先生清江文集卷三十七

## 上王荆公墓

（宋）曾肇

天上龍胡斷，人間鵩鳥來。未應淮水竭，所惜泰山頽。華屋今非昔，佳城閉不開。白頭門下士，悵望有餘哀。

曲阜集卷四

# 附録三　文集版本序跋與著録

## 紹興重刊臨川文集叙

（宋）黄次山

紹興重刊臨川集者，郡人王丞相介父之文，知州事桐廬詹大和甄老所譜而校也。藝祖神武定天下，列聖右文而守之。江西士大夫多秀而文，挾所長與時而奮。王元之、楊大年篤尚音律，而元獻晏公臻其妙。柳仲塗、穆伯長首唱古文，而文忠歐陽公集其成，南豐曾子固、豫章黄魯直，亦所謂編之乎詩書之册而無媿者也。

丞相旦登文忠之門，晚躋元獻之位，子固之所深交，而魯直稱爲不朽。近歲諸賢舊集，其鄉郡皆悉刊行。而丞相之文流布閩、浙，顧此郡獨因循不暇，而詹子所爲奮然成之者也。紙墨既具，久而未出。一日謂客曰：「讀書未破萬卷，不可妄下雌黄。讎正之難，自非劉向、揚雄，莫勝其任。吾今所校本，仍閩、浙之故耳，先後失次，訛舛尚多。念少遲之，盡更其失，而慮歲之不我與也。計爲之何？」客曰：「不然。皋、蘇不世出，天下未嘗廢律；劉、揚不世出，天下未嘗廢書。凡吾所爲，將以備臨川之故事也。以小不備而忘其大不備，士夫披閲，終無時矣。明窗净榻，永晝清風，日思誤書，自是一適。若覽而不覺其誤，孫而不能思，思而不能得，雖劉、揚復生，將如彼何哉！」詹子曰：「善！客其爲我志之。」

十年五月戊子，豫章黄次山季岑父叙。

明嘉靖三十九年何遷刻臨川先生文集卷首，黄次山三餘集卷四

## 題臨川先生文集

（宋）王珏

曾大父之文，舊所刊行，率多舛誤。政和中門下侍郎薛公、宣和中先伯父大資，皆被旨編定，後罹兵火，是書不傳。比年臨川、龍舒刊行，尚循舊本。珏家藏不備，復求遺（原作「道」）稿於薛公家，是正精確，多以曾大父親筆、石刻爲據。其間參用衆本，取捨尤詳。至於斷缺，則以舊本補校足之。凡百卷，庶廣其傳云。

紹興辛未孟秋旦日，右朝散大夫、提舉兩浙西路常平茶鹽公事王珏謹題。

中國國家圖書館藏王珏刻元明遞修本臨川先生文集

## 跋半山詩

（宋）汪藻

半山别集有詩百餘首，表、啓十餘篇，乃荆公罷相居半山時老筆也。祝邦直作淮南學事司屬官時摹印，甚精。德興建節鄉人周彦直，舊從荆公學，亦用此集印行。余皆寶之。過江以來二十年，求之莫獲。頃見徐師川，云黄魯直讀此詩，句句擊節。公器之不可揜也如此。近觀臨川前後集，猶識其在集中者數十首，因擇出録之，而表、啓不存一字，可惜也。然録者極多舛誤，非不知其非真，但不敢擅下雌黄耳。今人謂荆公詩皆其少作，而此老筆無人辨之，尤悵然也。

永樂大典卷九〇七引汪藻浮溪集

## 讀臨川集

（宋）孫覿

本朝鴻儒碩學，比比出於慶曆、嘉祐間，而莫勝於熙寧、元豐之際。王荆公自謂知經明道，與南豐曾子固、二王（深甫、逢原）四人者，發六藝之藴於千載絶學之後，而自比於孟軻、揚雄，凡前世之列於儒林者，皆不足道也。荆公當國，二王已下世，獨有子固以祕閣校勘在京師，便當引而進之，致主行道，以共功名。乃擯棄不用，通判越州而去。予觀南豐集，序禮閣新議則指新法，記襄州長渠則指水利，問兵詩則指徐德占，論交詩則指吕吉甫，而二人者如水火矣。夫道一而已矣，此不可曉者一也。

公爲小官時，已負重名於世。及召試官職，累辭不試，除集賢校理，累辭不受。其後擢修起居注，凡以十二疏辭而名益重。神宗即位，召爲翰林學士，尋拜參知政事，不逾年至宰相，位極人臣，例用故事三辭而止。此不可曉者二也。

公既得位，罷黜詞賦，崇尚經術，盡革故時聲病彫篆之習，天下翕然以通今學古爲高。而公所爲文，凡有韻有聲律者，皆好絶一時。此不可曉者三也。

鴻慶居士集卷三十三

## 跋荆公詩

（宋）陸游

右荆公手書詩一卷。前六首贈黄慶基，後七首贈鄧鑄，石刻皆在臨川。淳熙七年七月十七日，陸某謹題。

渭南文集卷二十七

## 臨川文集序

（宋）程敦厚

自孔子殁，曾子、子思、孟子以降，得道德之傳而發聖賢之祕，以詔後覺，惟國朝歐陽氏、司馬氏、蘇氏、王氏、程氏，各一家言，皆非漢唐先儒之所能到。然王氏之學，其弊在於尚同，而施於政事者又不幸失於功利。文正、東坡二先生之所排者，以此而已。及至於文詞之雅健，詩章之精深，春容怡愉，一唱三歎，盡善極摯，則無以議也。而後代之士見之不明，講之不詳，輒擯以爲邪説，舉而棄之，可乎？

鄉人杜仲容悉裒臨川凡所論著，合爲大成集，鍥木以行於世，曰：「抑有以也。謂吾州里唯知尊蘇氏，而不博取約守，以會仁智之歸。彼自陋也，將因以廣之。」予於是樂爲之書。

新刊國朝二百家名賢文粹卷一百五十九

## 臨川詩注序

（宋）魏了翁

國朝列局修書，至崇、觀、政、宣而後，尤爲詳備。其書則經史、圖牒、樂書、禮制、科條、詔令、記注、故實、道史、内經，而臣下之文，鮮得列焉。時惟臨川王公遺文獲與編定，薛肇明諸人寔董其事，以至張官置吏，咸軼故常。是雖曰出於一時之好尚，然其鍛鍊精粹，誠文人之巨擘。以元祐諸賢號與公異論者，至其爲文，則未嘗不推許之。然肇明諸人所編，卒以靖康多難，散落不全。今世俗所傳，已非當時善本。故其後先舛差，簡帙間脱，亦有他人之文淆亂其間。雖然，是猶未足多辨者。而公博極群書，蓋自經、子、百史，以及於凡將、急就之文，旁行敷落之教，稗官虞初之説，莫不牢籠搜攬，消釋貫融。故其爲文，使人習其讀而不知其所由來，殆詩家所謂秘密藏者。

石林李公曩寓臨川，耆公之詩，遇與意會，往往隨筆疏於其下。涉日既久，命史纂輯，固已粲然盈編，特未書出以示人也。了翁來守眉山，得與寓目，見其闚奇摘異，抉隱發藏，蓋不可以一二數，則爲之舍然歎曰：「是固異乎世所謂箋訓者矣！」箋訓之病，黨枯護朽，守缺保殘，有不非服、鄭之陋，無是正左、班之忠。今石林之於公，則有不然。其丰容有餘之詞，簡婉不迫之趣，既各隨義發明；若博見彊志，廋詞險韻，則又爲之證辯鉤析，俾覽者皆得以開卷瞭然。然公之學，亦時有專己之癖焉。石林於此，蓋未始隨聲是非也。明妃曲之二章曰「漢恩自淺胡自深，人生樂在相知心」，則引范元長之語以致其譏。君難託之詩曰「人事反復那得知，讒言入耳須臾離」，則明君臣始終之義以返諸正。自餘類此者尚衆，姑摘其一二以明之。則詩注之作，雖出於肆筆脱口若不經意之餘，而發揮義理之正，將以迪民彝、厚世教，夫豈箋訓云乎哉！石林嘗參預大政，今以洞霄之禄里居，其爲文章，固已施諸朝廷，編之金鐀。此殆公得之遊戲者，而其門人李西美醇儒，必欲以是書板行，而屬了翁敘所以作，迺書以授之。

嘉定七年十一月庚午，臨邛魏了翁謹序。

朝鮮本王荆文公詩李壁注卷首

## 王荆文公詩箋注序

（元）劉將孫

洛學盛行，而歐、蘇文如不必作；江西派接，而半山詩幾不復傳。諸老心相服，各有在，而世俗剽耳附聲者，往往可歎也。開禧參政鴈湖李氏，獨箋臨川詩於共懲荆舒之後，與象山記祠堂磊磊恨意相似。文章行義，固各有必，不可概揜者。然東南僅刻兩本，眉久廢，撫亦落，士大夫或白首不及見，以是藏本極少，亦牽聯没没至此。

李箋比注家異者，間及詩意；不能盡脱窠臼者，尚襲常眩博，每句字附會膚引，常言常語亦跋涉經史。先君子須溪先生於詩喜荆公，嘗點評李注本，删其繁，以付門生兒子。

安成王士吉，往以少俊，及門有聞，日以書來訂請曰：「刻荆公詩，以評點附句下，以鴈湖注意與事確者類篇次，願序之。」於是荆公詩當粲然行世矣。

公詩爲宋大家，非文人詩。而具用文法，抑光耀以樸意，融制作爲裁體，陶冶古今而呼吸如令，精變塵秕而形神俱妙。其覈也如老吏之約三尺，其麗也又如一笑之可千金。歷選百年，亦東京之子美也。獨其不得如子美之稱於唐者，相業累之耳。嗚呼！使公老翰林學士，蹥然一代詞宗，亦何必執政耶！論詩文與論人物異，論行事意見又異。鴈湖箋此詩，尚以明君怨置議論，蓋共正之。然彼詠明君耳，何與大節，而刺刻玼之？因士吉刻本，記先君子所嘗爲荆公感歎者於此，而非敢評公詩也。

大德辛丑冬至，嗣子將孫謹書于汀泮之如舟軒。

元大德五年王常刻本卷首　朝鮮本王荆文公詩李壁注卷首

## 王荆文公詩箋注序

（元）毋逢辰

詩學盛於唐，理學盛於宋，先儒之至論也。其論諸賢大家數，甚而有「五言七言散文」之誚，獨於臨川王文公（原作「文正公」）之詩，莫有置其喙者。及觀文公（原作「文正公」）

選唐百家詩選，序有云：「廢日力於此，良可悔也。然欲觀唐詩者，觀此足矣。」公於選詩廢日力且如此，況作詩乎？又楊蟠後序云：「文公（原作「文正公」）道德文章，天下之師，於詩尤極其工。雖嬰以萬務，而未嘗忘之。」則知公之作詩坐廢日力，而未始以爲悔，宜其法度嚴密，音律諧暢，而無異時「五七言散文」之弊。予故謂公之詩，非宋人之詩，乃宋詩之唐者也。後之學詩者，能作如是觀，當自有得於吾言之外。

方今詩道大昌，而建安兩書坊竟缺是集。予偶由臨川得善本，鋟梓于考亭，輒摭所聞者以繫其集端云。

大德丙午仲秋，龍門毋逢辰序。

朝鮮本王荆文公詩李壁注卷首

## 臨川王文公集序

（元）吴澄

唐之文能變八代之弊，追先漢之蹤者，昌黎韓氏而已，河東柳氏亞之。宋文人視唐爲盛，唯廬陵歐陽氏、眉山二蘇氏、南豐曾氏、臨川王氏五家，與唐二子相伯仲。夫自漢東都以逮于今，駸駸八百餘年，而合唐、宋之文，可稱者僅七人焉，則文之一事誠難矣哉！

荆國文公才優學博而識高，其爲文也度越輩流。其行卓，其志堅，超超富貴之外，無一毫私欲之汩，少壯至老死如一。其爲人如此，其文之不易及也固宜。宋政和間，官局編書諸臣之文，獨臨川集得預其列。靖康之禍，官書散失，私集竟無完善之本，弗如歐集、曾集、老蘇大蘇集之盛行於時也。公絶類之英，間氣所生，同時文人雖或意見素異，尚且推尊公文，口許心服，每極其至。而後來卑陋之士，不滿其相業，因并廢其文。此公生平所謂流俗，胡乃於公之死後而猶然也！金谿危素好古文，慨公集之零落，搜索諸本，增補校訂，總之凡若干卷，比臨川、金陵、麻沙、浙西數處舊本，頗爲備悉，請予序其成。

噫！公之文如天之日星，地之海嶽，奚資於序？而公相業所或不滿者，亦鮮究其底裏，何也？公負蓋世之名，遇命世之主，君臣密契，殆若管、葛。主以至公至正之心，欲堯舜其民；臣以至公至正之心，欲堯舜其君。然而公之學雖博，所未明者，孔孟之學也；公之才雖優，所未能者，伊周之才也。不以其所未明未能自少，徒以其所已明已能自多，毅然自任而不回，此其蔽也。一時之議公者，非偏則私，不惟無以開其蔽，而亦何能有以愜公論哉！論之平而當，足以定千載是非之真者，其唯二程、朱、陸四子之言乎！

吴澄幼清序。

吴文正集卷二十　日本内閣文庫藏六十三卷殘本臨川王先生荆公文集卷首

## 臨川王文公集跋

（日）龜田興

元刻王半山集十卷，明徐興公所藏之本也，興公自題於前。按，此本吴草廬有序，而集中諱淵聖之名，則翻南宋槧本者無疑矣。往歲余得之書肆，而三卷失傳爲恨耳。嗚呼，興公縹囊中之物，而流落海外，歸於余，實不勝百六飆回之感也。官醫丹波永世見此集，而懇求焉，因識其事而與之。亡佚三卷，永世行問於不知何人之手，則神物豈得不合耶！

癸丑之夏，鵬齋龜田興。有［長興私印］。

日本内閣文庫藏六十三卷殘本臨川王先生荆公文集卷末

## 題王臨川文後

（明）楊士奇

歐、蘇、曾、王四家全集，今書坊皆無刻板，獨北京有荆公臨川集板，在國子監舊崇文閣，而所闕什一。用之永樂八年扈從在北京，印二本，以一本寄余，凡十册。既已録補，遂取吴草廬先生所爲序冠諸卷首，又取二程、朱、陸四先生及司馬文正諸賢所論公平生者附於序後。蓋凡天下後世之狺狺於公者，皆吠聲而已，豈其真有所見哉？夫的然有所見者，余之所録是已。

東里文集卷十

## 楊士奇題識

吴文正公序荆公文云：「論之平而當，惟二程、朱、陸之言。」余既取四先生所嘗論公者附于序後，而司馬温公於公之事，役法之外，其他所論亦公而當，故又取附四先生所論之後。上蔡、龜山皆程氏門人，又附温公之後。然今温公文集有彈荆公章，力詆其姦邪，與前所論者如出兩口。嘗見胡三省通鑑音釋辨誤云：「温公從曾孫伋，欲昌其家學，凡言書出於司馬公者，必鋟梓行之，而不審其爲人傅會。」又引容齋隨筆曰：「司馬季思知泉州，刻温公集，有作中丞日彈王安石章，尤可咲。温公治平四年解中丞還翰林，而此章乃熙寧三年者。季思爲妄人所誤，不能察耳。」季思，伋字也，彈文非温公所作無疑。曰並附志其説。永樂十五年十月一日廬陵楊士奇識。

湖南圖書館藏臨川先生文集卷首

# 臨川王先生荆公文集序

(明)章衮

嘉靖丙午秋八月，臨川邑侯象川應君刻荆國王文公集成，謂衮邑人也，宜有以叙其事。昔我象山陸文安公序公祠堂於宋，草廬吴文正公序公文集於元，二公皆命世大儒，其事核而精，其文直而肆，公之純疵得失，猶方員之囿於規矩也。予末小子，安敢復有所贅？然竊唯公之相業所以未能成先資之信、快人心之公者，直以變法之故爾。二公之言雖已抉發隱義，提挈宏綱，而其端緒曲折，尚若有未暇及者。故雖不敏，不敢過避焉。

夫善觀人者必驗乎心跡，善爲治者必核乎名實。心跡不明則名實不正，名實不正則爵禄廢置、生誅予奪皆失其道，而天下之治靡矣。若公與神宗之事，豈非千萬世名實不正之最甚者乎？宋之有天下，燕雲盡失，契丹已强於北，元昊繼起，兵力又奪於西。不能數戰，則其勢不得不出於求和。轉輸金繒，每歲不貲，卑禮甘言，惟恐挑禍。漢之文景，國辱而民不困，時則有文景之辱，而無文景之利。此蓋凛然不可恃以常安之勢也。治平、熙寧之際，上刓下弊，綱紀法度，根本枝葉，無不受病。譬如中年之人，雖容色言動無異少時，然縱恣之餘，腹心肝鬲之疾，纏綿膠錮，待時而發，此蓋斷然不容怠忽玩愒之時也。神宗深知天下之勢，將欲大有所爲，而又不御游畋，不治宫室，眷求義德，與圖治理，誠曠世一出，人臣所當效力致死之君也。乃公之節行文章既已大過於人，而道德經濟又獨惓惓以身任之。當仁宗在位之日，使回一書，究極治體，直欲化裁三代，以趣時變，與區區隨世遷就諸人，規模敻别。繼論時政，則語意益切，岌然如禍亂之逼乎其後。賈太傅之痛哭，劉賢良之剴切，可謂異世同符矣。有臣如此，蓋亦曠世一出，人君所當虚己委任、共享天心者也。夫其君臣相遇之盛如此，而時勢所值，又當否泰安危往來消長之際，然則公與神宗所以悉心謀議，創制立法，而將以伸其大有爲之志於天下，豈但君臣之分義則然，固亦天命人心所不容已也。

今考當時常平倉，司馬公所謂三代之良法，放青苗錢之害小、廢常平倉之害大者也。然積滯不散，侵移他用，平時既無補於貧民，必待年凶物貴然後出糶，而所及者又皆城市游手之輩。況穀貴則減價而糶，惟富民爲能應其糶；穀賤則增價而糴，惟富民爲能應其糴。貧民下户既無可糶，又不能糴，勢不免於借貸。蘇潁濱曰：「天下之人無田以爲農，無財以爲商，禁而勿貸，不免轉死於溝壑。使富民爲貸，則用不仁之法，收太半之息。不然，亦不免脱衣避屋以爲質，民受其困，而上不享其利。周官之法，使民之貸者與其有司辨其貴賤，而以國服爲息。今可使郡縣盡貸，而任之以其土著之民。」潁濱此論，則公所行青苗錢之法也。考之於古，景公之於齊，子皮之於鄭，司城子罕之於宋，既皆以貸而得民；驗之於今，則前此陝西一路已翕然稱便矣。然則青苗錢之放，乃所以救常平之失，而修耕斂補助之政也。

古者民多則國强，民少則國弱，兵無非民故也。宋自雍熙、端拱以來，西北多事，朝廷争言募兵。既募征行之兵，又募力役之兵，大率非游手之徒，則亡命之輩。於是始聚百萬之兵，而仰食於縣官，非如漢、唐之初，有事則擐甲胄以蹈行陳，無事則服田積穀以廣軍儲。冗而無制，則老弱參半而不堪戰鬬；聚而不散，則偃蹇驕隋而易於爲亂。而上下以爲得計，方且盡用衰世掊刻之術，剥吾民以啗之。及不可用，則又爲之俛首以事驕虜，而使此輩自安於營伍之中。况是時，京東、京西、淮南諸路劇盜如王倫、張海輩，肆意横行，建旗鳴鼓，官吏逢迎入城，與之宴飲。雖有番戍之兵，如入無人之境。兵制之壞，莫甚於此。此公保甲之法所由行也。其要在於訓練齊民，使皆可戰，稍復府兵之舊，以減募兵、紓民力。當時蘇東坡極言養兵之害，而欲訓練州縣之土兵，以省禁兵，意亦如此。然必畿甸就緒，乃以漸推之於天下，始但隸於司農，以捕盜賊相保任；繼乃肄習武事，定其賞罰，而隸於兵部，其政令一聽於樞密。蓋公所以計之者審矣。

民情莫不欲富，亦莫不欲逸也。宋至中葉，役法大壞，産破家亡，視爲常事，而衙前州役爲甚。韓絳則言：「民有父自經死，冀免其子，逐嫁祖母，與母析居，以圖避免者。」司馬公則言：「自置鄉户衙前以來，民益困乏，不敢營生。多種一桑，多置一牛，畜二年之糧，藏十疋之帛，則已目爲富户，抉充衙前。」吴充則言：「鄉役之中，衙前爲重，至有家貲已竭而逋負未除，子孫既没而隣保尤逮。田地不敢多耕，骨肉不敢義聚者。」然則當役之家，出錢以雇役，坊郭、女户、品官之家斂錢以助役，官又爲之賣坊場、給閒田，以充雇直，固先王致民財以禄庶人在官之意也。況公之爲是法也，揭示一月，民無異詞，乃著爲令。令下之日，物情大快，於是始行諸天下，而亦各從其便以爲法。此則雇役法之大略也。

諸路上供，歲有定數，年有豐凶，故出辦有難易；道有遠近，故勞費有多寡。典領之官，專務取贏，内外不相知，饒乏不相補，四方有倍蓰之輸，中都有半價之鬻。徒使富商大賈，乘公私之急，以擅輕重斂散之權，而農民重困，國用無餘。於是均輸之法行焉。

先王之於商也，未嘗不欲抑之，以懲游末；亦未嘗不欲厚之，以通貨賄。其於民也，固嘗補助於耕斂之時，又欲周給於祭祀喪紀困迫之日。此周官泉府之法所以爲厚也。今雖萬室之邑，然貨之滯而不售，民之欲賒且貸者已不貲矣，而況都會之地哉？公之所以創爲市易之法者，固將抑兼并以厚商賈、備經制以利民用。而必量取一分二分之息者，亦欲其仁可繼爾。

諸監既廢，賦牧地以佐芻粟，諸兵騎戰，仰給市馬，而義勇、保甲之馬復從官給。番部養馬既不常行，各邊市馬又患不足，此户馬、保馬之法所由以行也。然户馬則蠲科賦，保馬則蠲征役，而馬又皆從官給也。藉使尤或少厲於民，則亦斟酌修改之而已。國固可使乏馬，馬顧可使獨在邊番，而成周丘甸所出之馬，豈皆官養之邪？

若夫熙、河一帶，西控吐番，東蔽涇、涼，夏人右臂，實維兹地。若使彼間而取之，則豈惟鄜延一路不解甲哉，將秦、隴復受兵矣，而西域之不可通無論也。此公所以鋭意於王韶之策歟？

宋之於北虜，雖慚於納賂，亦怯於用兵。惟怯，故彼得肆無厭之求；惟慚，故此常懷憤恨之意。然既不能攻之以雪其慚，則亦驕之以圖其後，未有不能攻之又不能驕之，而睢盱以幸目前之安者。此公所以割地畀遼，且曰：「將欲取之，必固與之也。」

他如銷併軍營，修復水利，罷詩賦、頒經義，與夫方田之法之類，雖若紛然並出於一時，然君以堯舜其民之心堅主之於上，臣以堯舜其君之心力贊之於下，要皆以爲天下，而非私己也。諸臣若能原其心以議其法，因其得以救其失，推廣以究未明之義，損益以矯偏勝之情，務在協心一德，博求賢才，以行新法，宋室未必不尚有利也。而乃一令方下，一謗隨之，今日鬨然而攻者，安石也；明日譁然而議者，新法也。臺諫借此以賈敢言之名，公卿藉此以徼恤民之譽，遠方下吏，隨聲附和，以自托於廷臣之黨，而政事之堂幾爲交惡之地。且當是時，下則未有不逞之民，指新法以爲倡亂之端；遠則未有二虜之使，因新法而出不遜之語。而縉紳之士，先自交搆横潰，洶洶如狂，人挾勝心，牢不可破。祖宗之法，概以爲善，其果皆善乎？新創之法，概詆爲惡，其果皆惡乎？抑其爲議，有一人之口而自相牴牾，如蘇潁濱嘗言官自借貸之便，而乃力詆青苗錢之非；司馬公在英宗時，嘗言農民租税之外當無所與，衙前當募民爲之，而乃力詆雇役之非；蘇東坡嘗言不取靈武則無以通西域，西域不通則契丹之强未有艾，而乃力詆熙河之役之非。又如已非雇役不可行，而他日又力争雇役不可罷之類是也。有事體相類，自來行之則以爲是，公行之則以爲非。如河北弓箭社，實與保甲相表裏，蘇東坡請增修社約并加存恤，而獨深惡保甲法之類是也。如青苗錢之放，專爲資業貧民，不使富民乘急以邀倍稱之息。司馬、韓、歐諸公既極言此錢不可放，則亦求所以抑兼并而振貧弱可也，乃徒訟此之非利，而不顧彼之爲害，何邪？蘇東坡論雇役，至謂士夫宣力之餘亦欲取樂，若厨傳蕭然，則似危邦之陋風，恐非太平之盛觀。似此之類，既非真知是非之定論，亦非曲盡利害之訏謨，宜公概謂流俗而主之益堅、行之益力也。

一時議論既如此矣，而左右記注之官、異時紀載之筆，又皆務爲巧詆，至或離析文義、單摭數語而張皇之。如「三不足」之説，公之所以告君者，何嘗如是也？然則當時所以攻新法者，非寔攻新法也，惡公而并反其法爾。昔者桓公舉夷吾於士師而委之以國，夷吾乃爲之作内政，興鹽策，委幣以斂州縣之穀，守準以御輕重之權，舉齊國之政而更張其太半，且曰：「國之重器莫重於令，虧令者死，益令者死，不行令者死，留令者死，不從令者死。」桓公卒賴其計，以成九合之功。子産之相鄭也，使都鄙有章，下上有服，田有封洫，廬井有伍，作丘賦，制參辟，鑄刑書，舉鄭國之政而更張其太半。雖國人「孰殺子産」之謡，叔向「將亡多制」之書，士文伯「火未出而作火，以鑄刑器，不火何爲」，又六月火現，而鄭果災之，先見明騐，亦鋭然行之，而無所疑畏。卒之鄭賴以安，雖晉、楚之强，莫能加焉。又其下如衛鞅之於孝公，盡取秦法而更爲之，盡取秦民而束縛馳驟之，雖甘龍辨説之煩，秦民言令不便者以千數，而鞅終不爲沮。卒之國内大治，諸侯重足屏息，争西嚮而割地。彼數子，諸侯之貴臣爾，然皆以其計數之審，果敢堅忍，大得逞於其國。而公以世不常有之材，當四海爲家之日，君臣相契有如魚水，乃顧落落如彼者，時勢異而媢忌衆故也。

夫國内多故，四竟多敵，譬彼舟流，不知所届，惟才與智，衆必歸之。此管仲諸人所以得志也。宋之治體，本涉優柔。真、仁而降，此風寖盛。士大夫競以含糊爲寛厚，因循爲老成，又或高談雅望，不肯破觚解攣，以就功名。而其小人晏然，如終歲在閑之馬，雖或蒭豆不足，一旦圉人剪拂而燒剔之，必將趯然蹄而齗然齧。當此時而欲頓改前轍，以行新法，無惑乎其駭且謗矣。公之所以不俚於口者，此也。賈誼年少美才，疏遠之臣，慨然欲爲國家改制立法。當時絳、灌之徒，雖甚害之，而未至若是之甚者，以誼未嘗得政，而文帝直以衆人待之也。公令聞廣譽傾一世，既已爲人所忌，加以南人驟貴，父子兄弟蟬聯禁近，神宗又動以聖人目之，而寄以心膂。及横議蠭起，公又悍然以身任天下之怨，力與之抗而不顧。公之所以不俚於口者，此也。古人自修身、正家以至治國、平天下，莫不有法，而懿德善道實行於其間，未有捨法度而可以爲仁義者也。或乃謂公不務其本而專事法度，然則孟子不以仁政不能平治天下之説，非邪？古者水土初平，即底慎則壤，以制國用。周官一書，理財最備，而大易明著「理財正辭，禁民爲非」之訓，蓋古之人未嘗諱理財也，後儒始忌諱爾。而或病公專言理財，然則國非其國，可耶？宋之儒者，大率據經泥古，尊三代而羞漢、唐，至有欲復井田、封建之法者。然亦幸其未試爾，如其試焉，能不如公之叢謗乎？當時一伊川在朝，其事權視公不啻十分之一，而已不勝其醜詆之多，則於公又何言哉？

元豐之末，公既罷相，神宗相繼徂落，群議既息，事體亦安。元祐若能守而不變，循習日久，膏澤自潤，孰謂非繼述之善也？乃毅然追懟，必欲盡罷熙豐之法。公以瞑眩之藥攻治之於先，司馬公又以瞑眩之藥潰亂之於後，遂使國論屢摇，民心再擾。夷想當時，言新法可不罷者，當不止於范純仁、李清臣數子，特史氏排公不已，不欲備存其説爾。不然，哲宗非漢獻、晉惠比也，何楊畏一言而章惇即相，章惇一來而黨人盡逐新法復行哉？悲夫！始也群臣共爲一黨以抗君，終也君子小人各自爲黨以求勝，糾紛決裂，費時失事，至於易世而尤不知止。從古以來，如是而不禍且敗者，有是理哉！公昔言於仁宗，謂：「晉武帝因循苟且，不爲子孫長遠之謀，當時在位亦皆偷合苟容，棄禮義、捐法制，後果海内大擾，中國淪於夷狄者二百餘年。」又謂：「可以有爲之時，莫急於今日，過今日則恐有無及之悔。」由此觀之，靖康之禍，公已逆知其然。所以苦心戮力，不畏艱難，不避謗議，而每事必爲者，固公旦天未陰雨、綢繆牖户之心也。況熙豐之用章惇，公爲之也；元祐之用章惇，亦公爲之乎？而古今議者乃以靖康之禍之獄獨歸於公，無亦秦人梟轘參夷之習未亡乎？

名實者，政事之本，治亂之原也。春秋二百四十二年之間，諸侯卿大夫之心跡，莫不詳其本末，權其輕重，而折諸天，以正名議，辟美惡，功罪不相掩也。夫是以天理明而王法著，禮樂刑政可得而措焉。由公而前，若唐、晉、兩漢之世；由公而後，若崇、觀、宣、靖、紹興、開禧之間，大臣之賢不肖可知也。然或幸而得免於司寇之議，或雖議而未盡其罪，或適得本罪而未誅其意。乃公獨以體國之忠，救時之志，而蒙衆惡皆歸之謗，使後世幹蠱興事之臣戒於覆轍，而妬賢嫉能之輩引以藉口，此吾所以痛悼於千萬世名實之不正也。

雖然，公亦不得無罪焉。夫天地之道，浸言以漸也，況於人事哉？而公乃謂「論善俗之方，始欲徐徐而變革；思愛日之義，又將汲汲於施爲」。坐此蔽，而欲速之弊不免矣。古者謀及乃心，謀及卿士，謀及庶人，謀及卜筮。聖人於革之時，必以「巳日乃孚」、「革言三就」爲訓，而公乃謂「以物役己，則神志有交戰之勞；以道徇衆，則事功無必成之望」。坐此蔽，而自用之弊不免矣。當世之患，上之人畏下太甚，而不能果斷；下之人持上太急，而動生謗議。公之意見，偶蔽於此，故於異議之人，概以讒説罷之。然禹、皋吁咈，反以相和；周、召異同，不妨共政。公不以此自勉，而欲以誅罰勝之，豈子産安定國家必大焉先之道邪？公嘗謂：「洪水之患，不可留而俟人，而諸臣之才，惟鯀優於治水。故雖方命圮族，而不能捨鯀。」其平昔議論如此，所以不恤衆論而用章、吕者，亦曰姑取其才以濟吾事爾。然豈有欲求善治而用小人、既用小人而無後悔者邪？數者，公之罪也。雖不無不幸於其間，然律以皇極無有偏黨好惡之義，誰能爲公諱也？

公之文集凡百卷。邑以公重，故集以地名。自宋以來，文章名家累數十，往往退讓下風，而莫敢争列。草廬「日星」、「海嶽」之喻，蓋定論也。夫以公所立之高、所任之大既如彼，其文之不易及又如此，徒以大中未協，偏蔽尤存，不能不競不絿、不剛不柔以通天下之志，涣天下之群。故雖遭逢誼辟，而沮撓牽奪之餘，非惟不足以酬其堯舜君民之志，反以增重異議者之勢，使之勇於附和，以抑蔽其君臣相與之至情正義於天下後世。然則後之儒者，其毋以影響未試之學而自許太過也夫！其尚克偏去蔽以爲王治之本，而毋以議論勝事實也夫！

或曰：「使神宗享國比於殷武，而公之行政得如管仲，將群疑終不亡而事功終無成乎？」予曰：「嘻！此予所以重爲公慨也，此予所以知天之無意於宋也。不然，以彼之君臣，乘崇高富貴之勢而久於其道，乃顧出齊桓、管仲諸人之下耶？」

是爲序。嘉靖丙午秋八月望日，邑後學章袞汝明謹書。

明嘉靖二十五年應雲鸑刻臨川王先生荆公文集卷首

## 臨川王先生荆公文集序

（明）陳九川

邑侯應君象川刻荆公集成，既屬介庵章子序之矣，余適東探禹穴，窺石梁、鴈蕩而歸，復俾序其後。嗚呼！是文獻之所存也，夙志繫焉，雖不敏，其何敢辭！

公文章發於經術，長雄一代，然其未嘗刻意，殆亦天授，視昌黎所誌子厚者遠矣。乃顧寥落不得與歐、蘇諸集並流天下，撫雖公桑梓之區，而亦無梓焉。豈非世儒疵公相業，横議不明使然耶？

夫公之相業，明道、象山之論公矣精矣。或疑明道不非新法，而疵陸黨焉。此與兒童之見何異？然嘗竊怪之。公以間世之英，氣魄蓋世，負伊周之志，宗孔孟之學，其不邇聲色、不殖貨利、難進易退之介，固已信於天下。遇大有爲之君，而師行先王之法意，雖其條理弛張，或未盡善，彼其志蓋昭然可睹也。然而新法一行，群議鼎沸，一時攻訐成風，至詆爲奸邪，其何故哉？聖道絶而學術裂也。

夫聖人，是非之凖也。春秋賢卿大夫，其見稱於孔子者不少矣，而獨多管仲之功曰：「民到于今受其賜，微管仲，吾其被髮左衽矣。」及其攝相，未幾而誅亂政大夫，勤師郈、費，彼亦睿聖獨見治亂之原耳，固非群情之所趨也。況夷狄之逼中國，豈魯三都比耶？乃有以先王之道匡天下而不爲管仲者，非夫子之所深與哉？

世喪道微，千有餘年，非實得其墜緒如濂溪、明道者，固難優於春秋賢卿大夫。其束私見而攣故習，雖賢者不免焉，則是非之謬於聖人久矣。何者？見有所囿則蔽於睹遠，意有所詑則樂於黨同，其勢然也。昔充國平羌之策，裴度伐蔡之議，此特一事耳。自其成而觀之，雖庸人無疑也，而其始舉朝異之，況大取天下之弊法而更張之者哉？宋之中葉，國勢寖弱，民志不振，夷狄交侵，遼、夏爲患，猶人癰疽並發于肩臂，而神力俱疲。咸以其無甚作楚，因謂之安。公既洞見天下之勢，逆知夷狄之禍，而獨憂之。故每啓昭陵以至誠惻怛憂天下之心，而拳拳以晉武、梁武趨過目前爲戒，蓋欲早爲之所也。其相裕陵以更化，蓋將通壅滯、實臟腑而攻潰之，洗瘡痍而登之泰和也。諸賢既罔或齊公之見，怪其作用，而乘客氣勝心以逞者，又復攘臂其間，訐以爲直，不遜以爲勇，夫子之所惡也，而世以爲賢。甚至攖人心、挾天變以要其上，而黨排之，必使公不得究其志。至元祐盡罷新法而後快，則彼雖幽厲之政宜可反而中興，復文武之境土矣。乃顧自貽紹聖之戚，因循坐致靖康之禍，卒使中國淪於夷狄，一如公如憂者，果誰執其咎？而顧横加諸公，是尚爲有是非之心乎？使公罷而繼相明道，以大公之學善其後，則于公有光矣，豈至淪胥有敗哉？而問相之對，博舉而不一及之者，豈獨不知明道邪？亦以其素不排公故耳。雖然，公自謂用志精則知人明，乃亦不知薦明道，何耶？公謂其忠信而學如捉風，則於知人也亦不可謂哲矣。且公相時，濂溪亦未艾也，公欲大有爲於天下，而不與王佐才共之，其克有濟乎哉？然則公雖非蔽賢，庸亦自有所蔽矣。一時英望之去，多所素與，公意爲天下忍之，欲俟法行還之，與樂成耳。知者行之，仁者守之之説，明道已不可之，而公卒貽後悔，則蔽之爲害也。公謂然謂蔽於其末，然乎哉？夫子之學，毋意、必、固、我，而周公聖之才者，以無驕吝也。公謂未有不得先王之道，而能行先王之法者。彼其憂斯民之左衽，不以身家貳其志，而汲汲於施爲，固自任以至誠惻怛，得先王之道矣。而不知其倚於獨立，果於行法，卑群言而爲所激者，乃流於意、必、驕、吝之私，其心不免之於哀矜而有所忿懥矣，烏能得其正而不辟邪？是亦務聖道而不精之過也，於諸賢何獨尤哉？至其洞見幽遠，圖患於未形，雖聖人不易也。其後忠定因水災而憂虜變，蓋公之餘明也，而天下服其忠知，欽、高相之，不下裕陵之倚公者以此。然其禦寇、恢復諸策，亦卒奪於讒議而幾危其身。於乎！有宋夷狄之禍極矣。使公不能制之於未亂之前，而忠定不能救之於既變之後，則横議禍流也。夫學術不明，使下無公論，上無信史，蔽人心而奪國是，卒亡宋於虜，豈獨使公負重毁於後世哉？悲夫！此余所以重爲千古發感慨而不能已也。

若夫新法之未始不善也，介庵辯之詳矣，後世亦多祖而用之，故余略焉，特取其大而隱者著之耳。昔陳申公序忠定奏議，述鄭亞稱李衛公之言，謂其藴開物致君之才，居丞弼上公之位，建靖難平戎之策，垂經天緯地之文。余於公亦姑云然爾。善讀公集者，當自得其志之所宗。應侯寧波人，公嘗令其邑，稱循吏而廟食焉，至今神之。其青苗諸法多試於邑而民便之者，侯習知其法施於民也，故梓其集於吾臨川云。

嘉靖丙午秋九月既望，邑後學陳九川謹序。

明嘉靖二十五年應雲鸑刻臨川王先生荆公文集卷末

# 臨川王先生荆公文集題後

（明）應雲鸑

荆國文公古詩十三卷，律詩二十一卷，挽詞一卷，集句、歌曲二卷，四言詩、古賦、樂章、銘贊一卷，書疏一卷，奏狀一卷，劄子四卷，内制四卷，外制七卷，表六卷，論議九卷，雜著一卷，書七卷，啓三卷，記二卷，序一卷，祭文、哀詞二卷，神道碑三卷，行狀、墓表一卷，墓誌十卷。舊閩、浙、蘇、吴俱有刻，公梓里臨川顧缺無傳。予忝牧以來，每用爲慨，謀之，購善本而無從也。走取家藏舊本，讎校而翻刻焉。

於乎！公之文取材百氏，附翼六經，與韓、柳、歐、蘇、曾氏卓然成七大家，並傳海内，當與日月争光，豈以刻不刻爲公重哉！憶予少小時侍先君古愚公，論宋史至熙寧，奮袂誚公。先君厲聲曰：「稚兒，毋乃剿説！」時惝退不知所云。異時遊四明，泛鑑湖，公撰述吟詠，勒在木石，璀璨陸離，與山光水色争雄競麗，心目眩瞀，不可攬結。蓋私極愛慕，願爲執鞭久矣。既而旅金陵，得公全集，昕夕讀不忍去手，然直謂公文章家丈人耳。徐考公宰鄞諸政，青苗、保甲、市易、水利種種，有成蹟可按，鄞民至今賴之，乃喟然歎曰：「若公者，豈獨長于文已乎，豈獨能於宰已乎！夫隆污者道也，成敗者數也。公動稽堯舜，心表天日，乘時遇主，謂周官往軌，運掌可脩，而靡所究竟。此豈專任自信之過哉？一時名賢，弗克和衷，胥匡變而之道，此何咎焉？矧公學本經術，才弘經濟，志存周孔，行比夷由，固傑然一人豪也。一咻衆排，甚者寃以靖康禍本，此非所謂剿説者耶？」

公墓不知所在，謀所以專祠公而不獲。公二十二世孫王生瑞從予乞祀田，予既刻公文，復稍助之，以延公祀云。

嘉靖丙午九月既望，臨川縣知縣後學象山應雲鸑謹識。

明嘉靖二十五年應雲鸑刻臨川王先生荆公文集卷末

## 臨川文集序

（明）王宗沐

古之相其君而成不世之業者，其皆與天下共焉，而不以己與者乎？未嘗無所立，而泊然其不敢居；不能無所長，而慊然其不敢恃。虛懷夷氣，受天下若壑，而其精强轉運，嘗行於韜光挫鋭之中。守此而猶有意外不可盡睹之情撓其間，則雖有不韙之名，涉似之迹，猶受而甘之，益外礱其所未融，而内濬其所未至。此非獨以求濟其事也。君子之道，合天地萬物爲一體，以己與焉，則阻隘閡隔，不聯不貫。而況相天下者，其物情國經，殊才積勢，取給於贊決，有非以一己能偏察而獨承者，其不敢居焉且恃道固然也。操瑰瑋孤特之行，竣於矜己以收其聲；持剸決督厲之用，必於責人以速其效，是卑處散地、效一官者則可爾。據宰相之尊，將奉其君以釐新大業，天下方狃其舊而不吾信，而欲以是道行之，即其雅度夷氣，能收其形於外，而潛伏未艾之根有一毫廁於胸臆，則幾微不能自掩，聲音笑貌無以漬灌於物。始而矜，中而勝，終而固爭，迨夫情憤惋而詞乖激，才易事憤，而天下始不勝其弊矣。矜己而卒於謗，責人而卒於叛，背於道而求濟，宜其難矣。

宋荆國王文公嘗相神宗，憫日弱之勢，睹積弊之時，方欲變法更制，舉其主於堯舜。而公以平生卓絶之行，精博之學，處得君之地，觀其注意措手，規局旨趣，三代以來，一人而已。然其時每一法出，則天下皆駭而争，攻擊疏分，曾無虚日。比公不安而去，雖其所嘗薦引者皆起而攻之，至謂爲邪，而靖康之禍或歸其鄙於公。庸常守成，苟以自度，猶得辭其過於後。而公以堯舜、伊周之心，卒用爲罪，其亦宜公之不服，而天下後世幾稱過乎？嗟夫！如公者，豈非所謂瑰瑋孤特之行，欲勝天下以長，而剸決督厲之用，欲暴天下以所立與？公既以其高自處，而視天下莫並己，才智老成咸背而去，去而莫與共吾事者，斯奸人乘間而入。反復排擊之餘，法制數易，民眩於聽，官易其常，始嚣然索其平和敦龐之氣，獨程淳公嘗有「天下事非一家」之語，誠深知公所爲病。若是而歸基禍之過於公，於情未稱，亦抑有由也。

公文章根柢六經，而貫徹三才。其體簡勁清潔，自名一家。平生展錯，無出於使還一書，讀之有古人畎畝翻然之志，而後世顧以公相業疑之。然公業所以不就，其失自有在，亦安得而並疑其書也？德安吉陽何先生巡撫江西，悉釐百工，表章往哲，刻公集於撫州，而命沐爲序。沐嘗從先生得聞天地萬物一體之學，輒以此序公文，且用以告後之相天下者。

嘉靖三十九年四月吉，賜進士出身、亞中大夫、江西布政司右參政、前奉敕提督江廣兩省學政、刑部郎臨海後學王宗沐書。

明嘉靖三十九年何遷撫州刻臨川先生文集

## 書臨川集後

（明）王格

夫介甫曠世之逸才也。議者徒見其非薄宋制，創立新法，卒之黨同己、排異議，以釀成靖康之禍，遂從而詆訶之若寇讎然，亦過矣。夫世之士學古纂言，竊仁義道德之腴，以悅澤其辭而取禄位者，其自待雖孔孟無以過之。及攷其所樹立，往往脂韋勢利，視其言百不一酬。如是者，古今不少也。余觀介甫之人，亦採摭百家，蹂躪群籍，而自舉己意，以鍵制之。其所稱説憂憤，動必依於先王，而奇辭遠旨，多有世儒所未窺者。變法之端，已見於少作。蓋其生平不肯以流俗自處，其高才鋭志，本如是也。一旦都要津，受知世主，遂盡舉而力行之，以爲堯舜之治真可必其親見者，斯豈有意於亂天下哉？自信之太過，而弛張之無漸也。然較其言行，亦略相符，蓋庶幾古人所謂幼學壯行，非苟爲富貴而已者也。

當介甫時，大儒輩出。程、張諸君以道學顯，歐、蘇諸子以古文名，而介甫介其間，意蓋欲兩取之，觀其議論可見矣。然而卒無以勝，而其名乃爲衆賢所掩，至論其實，亦無甚愧焉。所可憾者，遭時太驟，而畢露其底裏，以成其僻，遂爲世所指目耳。假令所涉稍蹇，亦如正叔、子瞻之遇於時，而略低佪於儕列之中，則人方珠璣其唾餘，扼腕其用之未竟，以爲宋之天下惜矣，何至鄙薄而怒斥之耶？介甫有言：「人言廉潔而直者，非終然也，規有濟耳。」又謂：「八司馬皆天下之奇才，雖陷於不義，而猶能自强，以列於後世。」於戲！介甫亦不幸而類是乎？

余又稽宋之末造，群奸並進，固介甫之所遺，而國勢所以不競者，其原誠在於此。然才賢之生，不必皆世用，而天欲亡人之國，必盡使其不肖之人布列於位，以壞亂其所爲。宋至徽、欽，天時人事可知矣。雖微介甫，能保滿朝皆君子乎？即使皆君子，又能保完顔之不南牧乎？而其咎乃盡歸於介甫，所謂「君子惡居下流，天下之惡皆歸焉」者也，亦枉甚矣。

昔朱晦庵列介甫於名世，而國初蘇伯衡稱古今之士，自左丘明以下僅二十餘人，而介甫亦與焉。嗚呼！以此論介甫，庶幾得其平耳。

黄宗羲編明文海卷二百四十七

## 王臨川先生文集序

東南省道自張曲江公始相，而王臨川公乃大顯庸云。蓋東南由曲江梅嶺起軍都峰，靈谷、大華當臨川郡治中，而匡廬、彭蠡爲之門户，炳靈而萃和，積久而發厚，故自宋江藩爲最鉅，而江藩臨川爲最鉅。王氏、曾氏家世以文章經術致大名，不徒以官爵也。王公之學，又以明法意、綜合名實爲務，不徒以文章也，蓋比曲江公尤盛。士人好持雌黄，短公相業，顧何嘗窺公深哉！

公嘗相宋，時有大患者三。宋都汴，而無幽冀、無寧夏，是無右臂，地險不足恃一。陳橋無百戰之勳，知州總文翰之士，彊域土貢不逮唐，又遠不逮漢，疲西事而鶩北防，兵食單匱不足恃二。明作短而優遊長，議論詳而實事略，人謀不足恃三。夫譚結繩而解白登則難，沈痾頓疢，即倉公非瞑眩藥不瘳也。時方上下恬熙，鄙嫠婦而羞杞人。公獨念國計在經制西北，經制在理財、在用人。觀其時政疏，所以爲養士、教士而取之、任之之道鑿鑿，不啻萬言。其答司馬君實，略曰：「修明法意，承上而布下，非侵官；舉王政而興革，非生事；爲天下理財，不爲徵利；辟邪説，不爲拒諫。」又論保甲、免役五事曰：「得其人則大利，非人則大害。緩則利，急則害。」而推轂程明道、蘇子由，尤娓娓也。顧群噉醜詆，憸壬乘隙。其究竟辟之操舟江湖，牧豎秉篙，樵夫艤柁，即三老長年計阻，謀敗公前。得人則大利，非人則大害，種種可覆，獨公咎哉！激成之歎，偏拗之評，庶幾確論矣！嗟夫！三代而下，宰相知問學者，良亦希闊。擇術爲先，堯舜之道至簡而不煩，至要而不迂，至易而不難，其言何近而指遠也。初官即不試館職，累辟薦辭，辭益堅。既相，聞人言，請罷益力。方拜相日，攜友避人詠志，即有「蒼梧翠竹鍾山寺，投老歸歟寄此身」之句。噫！操行又何其危也。無論林甫、杞、衍，蕭、曹、丙、魏，有之乎？富、歐、文、韓，有之乎？史臣又附會所謂「三不足畏」。夫以謂堯、湯水旱，但修人事應之也；謂治法堯舜，不徒文帝守財，但克讓自美事也；謂治法與流俗相爲輕重也。果「三不足畏」云乎？此何異張杜文致，誰則復敢任變事者？蓋不徒寃公矣。

公文章代有知者，不論，論其出處大節如此。刻而布之，使士人知公經世之志，而亦鑒其失；窺公學問之宏，而亦窺其微承學之責也。又曰：「宋晏公殊亦以文章致相位，未甚顯，而陸象山先生與其兄弟、元吴草廬皆以理學名世。國朝吴康齋首倡道東南，而得陳公甫、胡敬齋爲之弟子，皆臨川人，或以謂山川之靈鍾云。」

隆慶五年辛未秋九月之吉南王荆公文集謹題。

明隆慶五年宗文堂刻王荆公文集卷首

## 王文公文集引

（明）茅坤

王荆公湛深之識，幽渺之思，大較並本之古六藝之旨，而於其中别自爲調，鑱刻萬物，鼓鑄群情，以成一家之言者也。其尤最者上仁宗皇帝書，與神宗本朝百年無事諸劄子，可謂王佐之才。此所以於仁廟之鎮静博大猶未能入，而至于熙寧、元豐之間，劫主上而固魚水之交，譬則武丁之於傅説，孔明之於昭烈，不是過已。惜也公之學問本之好古者多，而其措注，當時亦狃于泥古爲患。況以矯拂之行，而兼之以獨見；以執拗之資，而恣之以私臆。所以吕、章、邢、蔡以下紛紛附會，熒惑天子，流毒四海。新法既壞，并其文學知而好之者半，而厭而訾之者亦半矣。

以予觀之，荆公之文雄不如韓，逸不如歐，飄宕疎爽不如蘇氏父子兄弟。而匠心所注，意在言外，神在象先，如入幽林邃谷而杳然洞天，恐亦古來所罕者。予每讀其碑誌、墓銘，及他書所指次世之名臣碩卿、賢人志士，一言之予，一字之奪，並從神解中點綴風刺，翩翩乎淩風之翮矣，于史漢外別爲三昧也。

歸安鹿門茅坤題。

明萬曆四十年王鳳翔光啓堂新刻臨川王介甫先生文集卷首

## 光啓堂重校荆公文集序

（明）李光祚

語云：有非常之人，必有非常之事。荆公負命世才，輔佐神宗，以經術經世務，其相業不在文章，而其文章乃試於相業，未可以尋常趣趨窺也。當時著作若干卷，嘉靖丙午，邑侯應象山梓之，諸名公叙之詳矣。迄今藏公署中，作萬丈光，凡縉紳士大夫宦游吾省者，悉走幣徵求，獲之如持琅玕，讀之如食沆瀣，真足爲斯文主盟。其玄孫鳳翔別號荆岑者，往往鐫名家文集於金陵，遍行海内。矧以先公家藏，肯令其局閟一方，而不爲之廣傳寰宇乎？故因問序於余。余愧末學膚受，安敢枝拇其說？雖然，竊嘗始終宋事，並閲名公叙次，不能不置喙焉。

夫公之爲文也，宛若風皺水紋，月翻花影，乃天地間自然景色，可稱千古一人。或者訾其事而並疑其文，噫！亦游方之内，非游方之外矣！蓋道有升降，政由俗革，即成周之政，君陳寬和，不能不變周公之謹毖；畢公保釐，不能不變君陳之寬和。譬之琴瑟不調，必更張之。惟聖人不凝滯於物，而能與世推移。故曰：智者作則，不肖者居焉；賢者作則，愚者泥焉。宋事大類此也。理財一事，原非國家所諱，周制泉府之官，以榷制兼并、濟貧乏，通變天下之財，而周室長久。且新法之行，不加賦而財用足，其所謂農田、水利、均輸、保甲、免役、市易、保馬、方田，皆一時捄弊之策，以宋救宋，妙不在因而在革也。青苗之法，雖曰春貸秋償，收息於民矣，然私自代償，聖世不免。彼其意以爲與其吞噬於私而倍蓰其利，孰若輸於官，薄取而且佐國乎？免役之法，凡民出力於官者，皆無出力而但輸錢，亦以民不能人人自役，不如免役而官爲之雇役。既出錢，無可再派，萬一不給，官且復蠲帑矣，安得謂利其雇錢歟？古者寓兵於農，彼法曰保甲，連之以十，如大保、都保，正副相助，家自爲衛，人自爲捍，亦弭盜之方也。漢嘗括民馬矣，彼法曰保馬。顧牧馬者聽以陝西所市馬給之，或官與其直，十户爲保，十户爲社，日以生息，馬皆在民，而養馬之費不以煩官，又何有不便也者？保甲、保馬，我聖祖倣而行之，民自相安於無事。至於更定科舉法，尤皇朝所藉以網羅豪傑，郁郁文盛，照耀千古，率由此道也，則其效何彰明較著哉？此以知諸法所建，縱未必一一盡善，亦未必一一皆非，而胡衆口雌黄，未有定論也？

説者又以靖康之禍見訶於公，試舉當時諸邊言之。振威衛武，王韶試於熙河，章惇試於湖北，熊本試於瀘夷，郭逵試於交趾，皆能各有所得。即歲幣尚以輸遼，女直尚爾未盛，豈能爲禍？自公之法一一報罷，而蔡京壞亂於前，師成陰賊於内，李彦結怨於西北，朱勔聚怨於東南，王黼、童貫構釁於遼、金，諸人召隙，而爲之君者昏淫於上，宜來靖康之禍。而以爲自公始，亦大冤已。

蓋宋始終爲禍者遼，前次爲英、爲仁，爲真，其禍未熾；後此爲哲、爲徽、爲欽，以至南渡，其禍益烈。當神宗之時，公遑遑欲樹無前之績，思患預防，倡爲足食足兵之策。計社稷之安危，不恤一身之利害；寧直道而行，不憂讒而畏譏；寧孤立無翼，不曲學以阿世。其心蓋曰：吾行吾法而終致富强，鞭笞夷狄，如唐擒頡利可汗故事，則吾願畢、吾道行；由此以制作潤太平，則堯舜君民之志，庶其酬乎？奈何宋之諸公見不及此，二三大臣以遲鈍雍容爲德度，一二臺諫以議論攻擊爲盡職，曾無平心抑氣以推行其法。致使一事之善，今日行而明日罷；一言之起，一吠形而百吠聲。我公之身旅進旅退，新法之善或行或止。雖有石畫訏謨，不勝其阻撓僭亂之弊，是則公之不幸，抑亦宋之不幸也。然公以知先之神，灼宋之禍源，而奮不顧身，爲禦敵之計。使後之執政畫一而行，則遼、金之禍絶，而中原不爲腥膻者所漸有矣。總而論之，群議鼎沸，縱未能盡信，其要學貫天人，文超今古，即有善毁者，不能掩其美也。然則因其事業而並重其文章可，略其事業而獨重其文章，亦靈臺中自有真鑑也，何必附會衆口，徒爲皮裏陽秋？

時皇明萬曆四十年壬子歲重五日，豐城後學李光祚縝静父拜讀。

明萬曆四十年王鳳翔光啓堂新刻臨川王介甫先生文集卷首

## 跋茅鹿門評王荆公文鈔

（清）何焯

内閣宋刻臨川集，其行數、字數、卷帙與此皆同，唯中甫真賞齋所藏，獨爲一百六十卷。此本不知尚在人間否？以中甫之力，能重開以傳，而獨私之爲齋中珍玩。吁，可慨已！宣和書譜載荆公鎮金陵，作精義堂記，令蔡卞書以進。今此記不見集中，則所遺者宜多矣。

康熙丙戌八月焯記。

東澗遺老小樓書目，有殘本臨川先生集十六一卷之一百十四卷，殆與中甫所藏之本相同也。又記。

丁丑七夕，承匡書塾閲畢。焯。

義門先生集卷九

## 跋臨川集

（清）何焯

伯淳先生嘗曰：「熙寧初，王介甫行新法，並用君子小人。君子正直不合，介甫以爲假學，不通世務，斥去。小人苟容諂佞，介甫以爲有才，知變通適，用之。君子如司馬君實，不拜副樞以去；范堯夫辭修注得罪，張天祺以御史面折介甫，被責。介甫性狠愎，衆人以爲不可，則執之愈堅。君子既去，所用小人争爲刻薄，故害天下益深。使衆君子未與之敵，俟其勢久自緩，委曲平章，尚有聽從之理，則小人無隙可乘，其害不至如此之甚也。」

義門老民焯記。

義門先生集卷九

## 臨川集

（清）錢大昕

陳少章書臨川集後云：

臨川集，一百卷。宋紹興中知撫州詹大和校刊，黄次山爲序。序言此集向流布閩、浙，詹子自言所校悉仍其故，先後失次，譌舛尚多。今按，集中七十六卷謝張學士書即七十八卷與孟逸祕校手書之五，文重出而題互異。又九十九卷金太君徐氏墓誌，自「夫人天性篤於孝謹」上凡脱一百七十六字，後卷又有仁壽縣太君徐氏墓誌銘一篇，具載全文。則先後失次、譌舛尚多，誠如詹守之言。它若第九卷詠叔孫通詩載宋景文集卅卷，春江詩乃方子通作，詠叔孫通詩吴曾漫録已辨之。蔡絛西清詩話謂「春殘密葉花枝少」云云，皆王元之詩；金陵獨酌寄劉原甫，皆王君玉詩；「臨津豔豔花千樹」云云，皆王平甫詩。七十卷相鶴經一條，本浮丘舊文，皆荆公偶書寘方册間，而亦誤編入集。此見於困學紀聞、中吴紀聞、廣川書跋者也。

據葉少藴詩話，荆公集乃宣和中薛肇明奉敕編成。肇明名屢見公詩，則其人素出入門下，宜所編皆精審，不應有如上所疏諸條之失。或肇明所編别是一本，與閩、浙刊布者異耶？馬氏經籍考載臨川集百卅卷，與此本卷數不同，則當時有二本明矣。

大昕案：少章所舉詹本之失信矣。薛肇明即薛昂，徽宗時以迎合蔡京執政。此小人而無學者，雖出入介甫門下，其編次庸有當乎？

十駕齋養新録卷十四

## 王荆公詩注題辭

（清）張宗松

王荆公詩五十卷，鴈湖先生李壁季章箋注。予十年前購得華山馬氏所藏元刻本，間取通行臨川集勘之，篇目既多寡不同，題字亦增損互異，乃歎是書之善，不獨援据該洽，可號王氏功臣也。史稱季章嗜學如飢渴，群經百氏，搜抉靡遺。今鴈湖集既不存，其他著録亦盡逸，惟是書見稱藝林，而流布絶少。因重鋟之，以廣其傳，俾嗜古者得窺先生之藴涵，識臨川之意匠，而並可正俗本之紕繆。殆如景星鳳凰，争先睹之爲快已。

乾隆辛酉上巳後五日，武原張宗松題於清綺齋。

清綺齋本王荆公詩箋注卷首

# 跋李鴈湖注王半山詩

（清）翁方綱

宋本王半山詩注，卷一之三、卷十五之十八、卷廿三之廿九、卷四十五之四十七，每卷有庚寅增注，又注中每較近日刻本多數條者。蓋近日刻本，從華山馬氏所藏元刻本翻出，馬所藏非足本耳。陳直齋書録解題云：「注荆公集五十卷，參政眉山李壁季章撰，謫居臨川時所爲也，助之者曾極景建。魏鶴山爲作序。」庚寅是紹定三年，鴈湖已前八年卒，則增注者其即景建歟？鶴山序稱：「石林嘗參預大政，今以洞霄之禄里居。」此序在嘉定七年，則鴈湖居臨川亦不甚久。其酬景建云：「新有千絲明曉鏡，舊無一畫贊宵衣。」蓋居臨川所作也。

乾隆戊戌秋，海鹽張明經芑堂燕昌語予，曾於杭州見宋槧李鴈湖注王半山詩卷一之三、卷十五之十八、卷二十三之二十九、卷四十五之四十七，每卷有庚寅增注，又注中每有較近日刻本多出數條者，并以篋中所鈔魏鶴山序見示。後二年庚子秋，同年盧抱經學士來都，則抱經所見與芑堂同，因乞抱經寄其本來假鈔之。又後二年壬寅春，抱經主講席於晉陽，馳書於杭，取其寫本至京，予得借録此十七卷。因檢杭堇浦詩集，有「集奚氏翠玲瓏館，適有以宋槧李鴈湖王荆公詩注殘本求售者」云云，乃知此是足本之殘者也。然堇浦、抱經、芑堂皆不著其板本録式，及所開雕之郡邑歲月，而此宋槧本之今在誰氏家，亦莫可考也。予昔年得宋槧施注蘇詩，今得借鈔李注王詩，皆宋本之未經後人删亂者，而又皆是殘本。事之相合，固有如此者哉！因録而精校之，與張氏刻本，同装於篋。吴槎客曰：「海鹽張氏所雕半山詩注，乃元劉辰翁節本，非鴈湖原本也。嘗見鮑氏知不足齋所藏宋槧，半部每卷後有庚寅補注。」

復初齋文集卷十八

## 臨川集書後

（清）陸心源

三代而下有經濟之學，有經術之學，有文章之學，得其一皆可以爲儒。意之所偏喜，力之所偏注，時之所偏重，甚者互相非笑，蓋學之不明也久矣。自漢至宋千有餘年，能合經濟、經術、文章而一之者，代不數人，荆國王文公其一焉。三經新義不盡出荆公之筆，周官無假手焉，言簡意該，深得馬、鄭家法。易傳不在三經之列，程子令學者讀之。容齋隨筆記荆公聞野老言，改「八月剥棗」之説，則其説詩亦非任情者，而東萊讀詩記采其説甚多。朱子於尚書推四家，荆公與焉，且稱其能厥疑。禮記注之方氏、馬氏，亦荆公授意爲之者，至今不能廢。春秋不立學官，公以其難解而置之，並無「斷爛朝報」之説，尹和靖語録辨之詳矣。且宋史志有荆公左氏解一卷，則非不欲立明矣。公又嘗與陳用之解論語，許允成解孟子，今用之書尚存，論者稱其引據詳洽。劉忠肅有言：「王氏經訓視諸儒義説，得聖賢之意爲多。」見忠肅集。呂浄德亦言：「先儒之傳注未必盡是，王氏之解未必盡非。」至字説固多穿鑿，然其妙處足以不朽，山谷嘗言之矣。

荆公之經濟，後世詆之不遺餘力，然而陽明之十家牌，即荆公之保甲也，今著爲令。免役之法，當時固已便之。荆公之治鄞也，嘗行青苗矣，鄞之人户尸而祝之。其他諸法，雖或近於聚斂，然推其心，主於抑豪强、振貧弱而已。蓋有治人而無治法，古今之通病。治得其人，鄞之政如此；治不得其人，雖以周公制法，而周亦亡，於荆公何尤？且夫法不能無弊，弊則必變。夏尚忠，商尚質，周尚文，變之至也。秦漢而下，承謬襲陋，其弊已極，荆公出而思復三代之盛，不可謂非豪傑之士，惜乎其昧於知人也。論者并其經濟而没之，苛矣。

至於荆公之文章，歐陽、司馬固已推之，迄今無異議焉。司馬文正之言曰：「介甫無他，但執拗耳。」程純公謂新法之行，都由我輩激成；朱文公列之名臣言行録，陸文安撰臨川祠堂記，尤推服之。夫三代下之賢人，孰有過於司馬、程、朱者，而於荆公無深貶。今天下言及荆公，擠之惇、卞之例，是其人必賢於司馬、程、朱也。即賢於司馬、程、朱，吾猶以爲過，而況下此者哉？或曰：「荆公之學誠大矣，然其屢詆韓、富、歐陽諸公，豈君子之用心？」夫荆公之詆諸公，誠過矣，然以周公待琦，以孺子待陛下，此歐陽公之言也，視荆公又甚焉，後人不以此而議之。

或又曰：「荆公之經濟，不既害民乎？」夫法之不能有利無害，勢也，然司馬公之復差役，不從東坡而信蔡京，後人不以此議之，何於荆公有深文乎？且夫宋史之爲公傳也，多羅織之辭，然合全史觀之，荆公之本末，灼然不可没。世之人徒拾明人續綱目緒論，痛詆荆公，是烏可哉？

儀顧堂集卷十七

## 臨川集跋

（清）陸心源

臨川集一百卷，翻宋紹興中詹大和刊本。詹本從閩、浙本出，其失收之詩，如「青山捫蝨坐，黄鳥挾書眠」之類，見於西清詩話、能改齋漫録等書者，四庫提要已備言之。其文之失收，前人多未及之。愚案：宋文選卷之十選荆公文，有性論、性命論、名實論上、名實論中、名實論下、荀卿論上六篇，今本皆不收。此外如宋文鑑、播芳大全所選，亦有出今本外者。觀黄次山序，一則曰「謞㚒」，再則曰「不備」，詹君並不諱言，益信宋人敦實，非今人所可及也。

儀顧堂集卷十八

## 王臨川集跋

（清）曾釗

右王荆公臨川集一百卷，宋紹興詹氏刊明覆板者也。按文獻通考，王臨川集一百三十卷，與此卷數不同。尤袤遂初堂書目有王文公臨川集，又有王文公奏議，此集不載奏議，當是别爲編録。或文獻通考并奏議數之，故多三十卷歟？荆公文多用拗折之筆，故其文峭刻，如其爲人。近人文章深入八比膏肓，不求醫則已，如有志治之，此集爲對證藥也。己酉九月朔讀畢識。

面城樓集鈔卷三

## 注王荆公全集序

（清）沈欽韓

宋志：王荆公文集一百卷。嘉泰間，參政李壁爲詩注單行，而全集迄今無注。余得李注讀之，亦云贍博，然人物、制度猶有未盡，概從闕略。李氏在南宋世傳史學，號爲方聞，又時代不甚遠，洵乎注書之難，難于作是書。而宋人之注韓昌黎集，空疎臆測，爲可笑也。夫讀一代之文章，必曉然于一代之故實，而俯仰揖讓於其間，庶幾冥契作者之心。況宋世自建隆至元豐，典章職秩至煩也，百家傳記至猥也。淺陋之士，雖日取志傳討索之，猶不得其端倪，而郢書燕説。以此讀一代名公之集，通乎未通，誠不知其可也。彼不學者，于六經、三史之傳注皆可盡廢，竊先聖之緒言，以高談性命；剽史漢之形模，以造作程課，又何有于一家之集哉！空疎之極，反而狂妄，此必然之勢也。

余性顓愚，讀書綦實事求是。既注昌黎集，于唐之典故粗得考證，尤患宋之典制文物龐雜而難稽也，於是取荆公詩文，補李氏之闕，創爲文集注。以志、傳爲經，諸家文集、稗乘、詩話爲緯，貫串同異，評駁是非，務取曉暢，不避煩冗。凡單詞隱義，彼時習以爲常而後人茫如者，亦十得五六。雖心力有不逮，睹聞猶未廣，然大略可見。且推此而汴京諸公之文盡可讀，則窮年累月之功，庶乎不虛棄。韓文公云：「爾雅注蟲魚，定非磊落人。」此蓋有激而云。文公根柢六經，于名物訓詁無不通，拾其緒餘，楊倞猶得傳世，何傷其磊落哉！

若余之愚，不能發策決科以求禄利，又不能浮浪江湖投刺游談以博衣食。杜門食貧，孋茝自給，役心于文史間，聊以遣窮愁。比諸獨弦哀歌，稍有益于人爾。既卒業，同郡黄主事丕烈借書爲多，惜乎倉卒就常選，來窮山接鄙生。回憶鄴侯插架，邈若霄漢也。

吴縣沈欽韓。

王荆公詩文沈氏注卷首　幼學堂詩文稿文稿卷六

## 王臨川文集序

（清）殷保康

臨川集一百卷，近代所得見者，曰紹興重刻本，曰萬曆光啓堂本，歷年既久，字多漫漶，二百年來未聞有重刊者。因思宋李鴈湖著有荆公詩注，爲海内所宗仰，當覓善本重刊。兹就集中自卷三十八至卷一百，釐爲六十三卷，亟付手民鋟之，以廣流傳。荆公四言詩，乃李鴈湖所未注者，故仍列於卷首，欲與詩注並行也。是書之成，凡六閱寒暑，更從山陰朱氏、蜀中鄒氏、錢塘汪氏、番禺陶氏、江夏黄氏諸友借得藏本，互相讎校，幸少闕漏。中有一二舛誤，則原書本未完善，今仍其舊，以待博學者訂正焉。

光緒八年四月，北平殷保康識於羊城旅舍。

光緒殷氏六瑚堂刻本王臨川文集卷首

# 紹興本臨川先生文集殘卷跋

傅增湘

荆公文集今世通行者，以明嘉靖本爲最善。然嘉靖本實源出紹興（二）十一年所刊，即此本是也。其版至明時尚存，後歸於南京國子監，故流傳印行至多。余曾於南中收得全帙，就新刊校勘一過，撰有題記。此殘本爲劉君翰臣所贈，存卷三十七至四十九、卷六十至六十九，凡二十三卷，其中所存宋刻約十九。字畫頗爲清朗，蓋視余藏全帙摹印在前也。

憶昔年觀書於廣化寺京師圖書館中，架底存明刊臨川集八九册，余檢視之，正爲紹興所刊，因告典守者更其簽題。緣其棉紙瑩潔，字體方嚴，驟視之，與明刻本正無以異。至今追思之，其紙幅尺寸、墨采濃淡，視兹帙正同，頗疑藏大庫時本爲一部，而先後分析者。第未審合併之後，能否再爲完帙耳，竢暇時當詳檢之。

此本半葉十二行，行二十字。白口，雙闌。版心下方記刊工姓名。字體端麗，雅近歐陽率更。避諱至嚴，「桓」字注「淵聖御名」，「構」字注「御名」，此亦南渡初鐫之一證也。壬申天中節，裝成記之。

藏園群書題記卷十三集部三

# 殘宋本王文公文集跋

（日）島田翰

昔華中父真賞齋有宋百六十卷本臨川集，見豐人翁真賞齋賦。而義門何焯氏在國初既言其不可覯，則其爲希覯之笈，亦可知也。而説者謂荊公之集，紹興辛未其曾孫王珏所傳刻者最完，其作百六十卷者，徒分析其卷帙耳。珏之刻本，今藏罟里瞿氏。又有元時繙本，今藏錢唐丁氏。嘗與明嘉靖庚申撫州覆紹興詹大和刻本，歷校宋、元二本，其卷帙相同，而異同亦相若，閩、浙二本，皆非其所手定。而石林燕語亦稱薛肇明被旨編公集，徧求其所謂「青山捫虱坐，黄鳥挾書眠」詩，終莫之得。至宋季，有金陵、麻沙、臨川、浙西數刻，當時搜羅既難，編訂又粗，竟不能窮其全也。

日本圖書寮有殘宋本王文公文集，今存七十卷，佚其末詩集數卷而已。而今本所佚之文，多至四十七卷。陸存齋群書校補據宋文鑑、宋文選、播芳大全、能改齋漫録以補明覆詹本之缺，尚不過十餘篇，與此本多寡不侔矣。昔政和中開局編書，諸臣之文，獨臨川集得預其列，而門下侍郎薛昂肇明實主其事。此書依其異同考之，蓋肇明所編次也。卷一至卷八書，卷九宣詔，卷十至卷十四制誥，卷十五至卷二十一表，卷二十二至卷二十四啓，卷二十五傳，卷二十六至卷三十三雜著篇，卷三十四、三十五記，卷三十六序，卷三十七至卷五十一古詩，卷五十二至卷七十律詩。半板十行，行十七字，「恒」、「殷」闕末筆，於「構」字下注云「御名」，則此書高宗時依薛本所入梓也，並王珏所未見矣。

藝風藏書再續記卷七

日本島田翰跋。

## 影印王荆文公詩後跋

張元濟

王荆文公詩李鴈湖箋注，先六世祖嘗得華山馬氏元刊五十卷本，於乾隆辛酉之歲覆刻行世。中經洪、楊之亂，板久散佚，書亦不易得矣。余嗜此書，訪求十餘年，既官京師，始得之。是書自元大德刊行後，未有別槧。四庫著録，亦吾家刻本。日本有翻雕者，然中土流傳絶少。先人有言，是書之善，不獨援據該洽，可號王氏功臣；又引鄉賢姚叔祥語，謂「藏書之家，但知秘惜爲藏，不知傳佈爲藏。」余竦然以爲是懼。顧原書第三十卷、第五十卷失去兩末葉，亟思蒐補，以償先人未竟之願，再謀剞劂。偶檢宜都楊惺吾參贊日本訪書志，有朝鮮活字本，完善無缺，且附年譜。亟遺書往索，既得楊君慨焉録寄，欣感交集，即思付印，會有歐、美之行，事遂中止。

嗣江安傅沅叔同年自京師來訪，謂道出蘇州，見有元刊本，爲季滄葦故物，已爲余購留。展之，則第三十卷、第五十卷兩末葉均存，而年譜且有撰人名氏，沅叔勸以此本影印，謂留存須溪評點，雖違先志，然不失昔人面目，亦祖庭遺訓也。余以失去他卷十餘葉，仍非足本，未遽決。友人日本長尾雨山先生謂彼國宫内省圖書寮有是書，可以摹寫，且引爲己任。不數月，以寫真版來，所缺之十餘葉，僅欠其一，復就江南圖書館所儲殘本補之。

考鴈湖初作此注，有魏鶴山序，先人嘗以搜求未得爲憾，後從長塘鮑氏鈔録補刊，晚印之本，多有載此序者，而吾六世祖已不及見矣。烏程劉翰怡京卿嘗得殘宋本，其魏序固存。余請於翰怡，許我假印，冠諸簡端，亦以繼先人之志也。惺吾初從朝鮮本録示劉將孫、毋逢辰兩序，文中稱荆公爲「文正」，亦稍有不可句讀者。余始猶疑之，迨余本撤裝攝影時，年譜前夾綫中忽露殘紙兩段，因悟是必劉、毋兩序之餘，其足以致疑者，或朝鮮手民之誤歟？因並存之。

夫以一書之微，閱數百年將就湮没，乃有人起而綿續之，而又故留其缺憾，待百數十年後，仍假其子孫之手，使其先代所引爲缺憾者，而一一彌之。其書欲亡，而卒不亡，是豈得謂造物之無意耶！抑亦血脈相承，雖更歷數世，苟精神有所訢合，而古昔之人，與生存者固隱隱有相通之道也。

歲在壬戌，距乾隆辛酉爲百八十年。影印既竣，謹識其緣起如右。

海鹽張元濟。

清綺齋本王荆公詩箋注附録

## 覆刻宋本王荆公詩箋注跋

傅增湘

李文懿注荆公詩，較臨川集多古今體七十二首。晁志惟載卷目，直齋書録差詳。覃谿集中有二跋，已備采之。世行元槧，經劉辰翁刪評，多失其真。宋本惟此十七卷，及序目三卷，孤帙流傳，不絶如綫。覃谿言，盧弓父校李注，將其卷尾所謂補注者，移置於本詩之下。考補注乃是臨川曾景建所爲，非出鴈湖手，以語弓父，始追悔而已無及。案盧學士鈔補元槧，舊在善本書室，此宋本歸吴興劉氏，繆藝風前輩曾假影摹，今據以上版，寫手未合古意，略存形似耳。覃谿又言，前賢于山谷詩任注、半山詩李注序葉殘字，皆訪求珍録，蓋古人一字之遺，後人皆得據以考證，此本幸存弱半，其珍重爲何如耶！宋本每半葉七行，行大小字十五，注語有刓補擠寫者，各卷後有庚寅增注及抽換之葉，即曾景建所補。

魏華甫序作於嘉定七年守眉時，言其門人李西美以是書版行，元槧劉將孫序，稱東南僅刻兩本，眉久廢，撫亦落，皆翁跋所未及。丹棱李氏，史學名家，鴈湖爲巽巖第三子，其弟𡌴有皇宋十朝綱要，後來井研李微之、江陽李好德，咸以掌故擅稱吾蜀，先賢遺緒，所亟當表章也。癸亥仲春，江安傅增湘。

藝芸精舍書目：荆公詩注存宋版二十七卷、二十八卷、三十四卷至三十八卷、四十八卷至五十卷，鈔四十五、四十六、四十七卷。按所記與此本不同，廿七、廿八複出，似非一本，而其餘八卷又適足互補，他家未見著録，不知猶在世間否？附記俟考。

藏園群書題記卷十三

## 通志卷七十藝文略第八

（宋）鄭樵

臨川集，一百卷，王安石。又臨川後集，八十卷。

## 遂初堂書目别集類

（宋）尤袤

王文公臨川集。

## 郡齋讀書志卷十九别集類

（宋）晁公武

王介甫臨川集，一百三十卷。右皇朝王安石字介甫，撫州臨川人。慶曆二年進士，累除知制誥。神宗在藩邸見其文，異之，召爲翰林學士。熙寧三年，拜中書門下平章事。熙寧七年，罷。明年再入相，九年罷。卒年六十六，謚文公。其壻蔡卞謂：「自先王澤竭，士習卑陋，不知道德性命之理。安石奮乎百世之下，追堯、舜、三代，通乎晝夜陰陽所不能測而入於神。著雜説數萬言，其言與孟軻相上下。晚以所學考字畫奇耦横直，深造天地陰陽造化之理，著字説，包括萬象，與易相表裏。」崇寧初，卞之兄京秉政，詔配祀文宣王廟。近時議者謂自紹聖以來，學術政事，敗壞殘酷，貽禍社稷，實出於安石云。

## 直齋書録解題卷十七别集類

（宋）陳振孫

臨川集，一百卷。丞相荆國文公臨川王安石介甫撰。後改封舒王。方嘉祐以前，名重一世，迹其文學、論議、操守，使不至大位，則光明俊偉，不可瑕疵矣。老蘇曰：「使斯人而不用也，則吾言爲過，而斯人有不遇之歎。」孰知其禍之至此哉？何其知之明也！

宋史卷二百八藝文七　（元）脱脱

王安石集，一百卷。

文獻通考卷二百三十五經籍考六十二集部　（元）馬端臨

王介甫臨川集，一百三十卷。晁氏曰（下略）。陳氏曰（下略）。

文淵閣書目卷二文集　（明）楊士奇

王荆公臨川集，一部二十册。

國史經籍志卷五集類　（明）焦竑

王安石臨川集，一百卷，又後集八十卷。

世善堂藏書目録卷下　（明）陳第

王臨川集，一百三十卷，安石。

澹生堂藏書目　（明）祁承㸁

王荆公臨川集，一百卷，十六册，王安石。

萬卷堂書目卷四別集　（明）朱睦㮮

臨川集，二十册。

## 百川書志卷十二集

(明)高儒

王介甫臨川集，一百卷，丞相王安石介甫撰，即荆公也。

## 古今書刻上編

(明)周弘祖

國子監：臨川文集。

蘇州府：王荆公文集。

撫州府：王荆公文集。

建寧府，書坊：荆公文集。

## 晁氏寶文堂書目文集

(明)晁瑮

王荆公文集。

# 徐氏紅雨樓書目卷四集部

（明）徐𤊹

半山集，王安石。

# 豫章詩話卷三

（明）郭子章

王荆公集，一百卷，後集八十卷。

# 天禄琳琅書目卷十明版集部

臨川先生文集，二函十册，宋王安石著，一百卷。前宋黄次山序。考馬端臨文獻通考載王介甫臨川集一百三十卷。國朝查慎行作西江志，又載王荆公集一百卷，後集八十卷。是書爲卷止一百，則非通考所稱之本矣。西江志所稱一百卷，疑即指是書，而後集則别本單行耳。黄次山爵里未詳，惟自署爲豫章人。而序中稱是書爲知州事詹大和甄老所校刊，則知次山與安石爲同郡，而與大和則同時也。按西江志稱詹大和於乾道間以直顯謨閣學士出知撫州，則此書原刻於南渡孝宗之世，而明時又復經翻刻者，已非復大和剞劂之舊矣。

## 天禄琳琅書目後編卷六宋版集部

（清）彭元瑞

臨川先生文集，二函二十册，宋王安石撰。書一百卷，前有紹興十年黄次山序，稱「丞相之文流布閩、浙，今所校本仍閩、浙之故，蓋知州事桐廬詹大和甄老所讐校」，標曰紹興重刊臨川文集序。今閩、浙兩本無傳，此其最古矣。

臨川先生文集，四函十四册，同上係一版摹印。

## 四庫全書總目卷一百五十三集部六

（清）紀昀

宋王安石撰。安石有周禮新義，已著録。案宋史藝文志載：「王安石集一百卷。」陳振孫書録解題亦同。晁公武讀書志則作一百三十卷，焦竑國史經籍志亦作一百卷，而别出後集八十卷，並與史志參錯不合。今世所行本實止一百卷，乃紹興十年郡守桐廬詹大和校定重刻，而豫章黄次山爲之序。次山謂集原有閩、浙二本，殆刊版不一，著録者各據所見，故卷數互異歟？

案蔡絛西清詩話載：「安石嘗云：『李漢豈知韓退之？輯其文不擇美惡，有不可以示子孫者，況垂世乎？』以此語門弟子，意有在焉。而其文迄無善本，如『春殘密葉花枝少』云云，皆王元之詩。金陵獨酌、寄劉原甫，皆王君玉詩。『臨津豔豔花千樹』云云，皆王平甫詩。」陳善捫蝨新話所載，亦大略相同。據二人所言，則安石詩文本出門弟子排比，非所自定，故當時已議其舛錯。而葉夢得石林詩話又稱：「蔡天啓稱荆公嘗作詩，得『青山捫虱坐，黄鳥挾書眠』，自謂不減杜詩，然不能舉全篇。薛肇明被旨編公集，徧求之，終莫之得。」肇明爲薛昂字，是昂亦曾奉詔編定其集，顧蔡絛與昂同時，而並未言及。次山序中，亦祇舉閩、浙本，而不稱别有敕定之書。其殆爲之而未成歟？又考吴曾能改齋漫録，稱「荆公嘗題一絶句於夏畋扇，本集不載，見湟川集」。又稱「荆公嘗任鄞縣令。昔見一士人收公親札詩文一卷，有兩篇今世所刊文集無之，其一馬上，其一書會别亭」云云。是當時遺篇逸句，未經蒐輯者尚夥，其編訂之不審，有不僅如西清詩話所譏者。然此百卷之内，菁華具在，其波瀾法度，實足自傳不朽。朱子楚辭後語謂：「安石致位宰相，流毒四海，而其言與生平行事心術，略無毫髮肖。夫子所以有『於予改是』之歎。」斯誠千古之定評矣。

# 四庫全書總目卷一百五十三集部六

（清）紀昀

王荆公詩注五十卷，江蘇巡撫採進本，宋李壁撰。考宋史及諸刊本，「壁」或從玉作「璧」。然壁爲李燾第三子，其兄曰垕，曰塾，其弟曰𡌴。名皆從土，則作「璧」誤也。壁字季章，號鴈湖居士，初以廕入官，後登進士，寧宗朝累遷禮部尚書、參知政事、兼同知樞密院事，謚文懿，事蹟具宋史本傳。是書乃其謫居臨川時所作。劉克莊後村詩話嘗譏其注「歸腸一夜繞鍾山」句引韓詩不引吴志，注「世論妄以蟲疑冰」句，引莊子不引盧鴻一、唐彦謙語，指爲疎漏。然大致捃摭蒐採，具有根據，疑則闕之，非穿鑿附會者比。原本流傳絶少，故近代藏書家俱不著録。海鹽張宗松得元人槧本，始爲校刊。集中古、今體詩以世行臨川集校之，增多七十二首，其所佚者附録卷末。考葉紹翁四朝聞見録，稱開禧初韓平原欲興兵，遺張嗣古覘敵，張還，大拂韓旨，復遺壁，壁還，與張異詞，階是進政府云云。是壁附和權姦，以致喪師辱國，實墮其家聲。其人殊不足重，而箋釋之功，足裨後學，固與安石之詩均不以人廢云。

# 鐵琴銅劍樓藏書目録卷二十集部二

（清）瞿鏞

臨川王先生文集一百卷。宋刊本。此臨川曾孫珏刊本。前有小序云：「曾大父之文，舊所刊行，（中略）凡百卷，庶廣其傳云。紹興辛未孟秋旦日，右朝散大夫、提舉兩浙西路常平茶鹽公事王珏謹題。」又有總目，惟載某卷之某卷、某體詩、某體文，其細目載每卷前，目後即接本文。每半葉十二行，行二十字。書中「桓」字作「淵聖御名」，「構」字作「御名」，「慎」、「敦」、「廓」字不闕筆。雖有後來修板，謬誤不少，而原書尚是紹興舊刻可知。覈之明繙詹大和刻本，卷第皆同，惟輓詞中少蘇才翁輓詞二首，集句中少離昇州作一首，而多移桃花一首，詩云：「舍南舍北皆種桃，東風一吹數尺高。枝柯蔫綿花爛熳，美錦千兩敷亭皋。晴溝漲春緑周遭，俯視紅影移漁舠。山前邂逅武陵客，水際髣髴秦人逃。攀條弄芳畏晼晚，已見黍雪盤中毛。仙人愛杏令虎守，百年終屬樵蘇手。我衰此果復易朽，蟲來食根那得久。瑶池紺絶誰見有，更值花時且追酒。君能酩酊相隨否？」」案此詩不似集句，疑當時誤編入也。

## 善本書室藏書志卷二十七

（清）丁丙

臨川先生文集一百卷，目録三卷。元刊本，韓世能藏書。宋王安石撰。安石字介甫，撫州臨川人。慶曆二年進士，累除知制誥、翰林學士。熙寧三年，拜中書門下平章事。七年，罷。

八年，再入相，九年罷。謚文公。其壻蔡卞之兄京崇寧初秉政，詔配文宣王廟，後撤。宋史藝文志、書録解題同載集一百卷。安石曾孫右朝散大夫、提舉兩浙西路常平鹽茶公事王珏於紹興辛未孟秋旦日謹題云：「曾大父之文籍，舊所刊行，率多舛誤。（略）凡百卷，庶廣其傳云。」瞿氏恬裕齋藏宋刊百卷本，每半葉十二行，行二十字，與此本行款同，前有吴澄幼清序，云：「宋政和間，官局編書，諸臣之文，獨臨川集得預其列。靖康之禍，官書散失，私集竟無完善之本。金谿危素好古文，慨公之集零落，搜索諸本，增補校訂，總之凡若干卷，比臨川、金陵、麻沙、浙西數處舊本，頗爲備悉。請予序其成。」又楊士奇跋此書云：「歐、蘇、曾、王四家全集，今書坊皆無刻版，獨北京有臨川集版，在國子監舊崇文閣，而所缺什一。用之永樂八年扈從在北京，印二本，以一本寄余。既已補録，遂以吴草廬先生所爲序冠諸首。」此版心間有嘉靖五年補刊之葉，豈即北京本歟？有「宗伯學士之印」、「韓印世能」、「玉山世家」、「潛夫」諸印。世能字存良，長洲人，隆慶戊辰進士，官至禮部左侍郎，有雲東詩鈔。

## 善本書室藏書志卷二十七　（清）丁丙

臨川先生文集一百卷，目録二卷。明嘉靖撫州刊本，時還軒藏書。前有豫章黄次山季岑叙，稱「紹興重刊臨川集者，郡人王丞相介甫之文，知州事桐廬詹大和甄老所譜而校也」。次有嘉靖三十九年江西布政司右參政臨海王宗沐序云：「德安吉陽何先生巡撫江西，表章往哲，刻公集於撫州，命沐爲序。」四庫館臣即據是本著録者也。有「時還軒藏書記」、「琴谿草堂」、「通侯喜忘先生」諸印。

## 善本書室藏書志卷二十七

（清）丁丙

新刊臨川王先生荆公文集一百卷。明嘉靖臨川刊本。此書版匡狹縮，繕刻精整。每半葉十一行，行二十字。前無總目，每卷篇目接正文。首列吴澄序，後有陳九川序云：「邑侯應君象川刻荆公集成，既屬介菴章子序之。余適歸，復俾序其後。嗚呼！是文獻之所存也，其何敢辭？公文章發於經術，長雄一代，然未嘗刻意，殆亦天授。乃顧寥落，不得與歐、蘇諸集並流天下。撫雖公桑梓之區，而亦無梓焉，豈非世儒疵公相業，横議不明使然耶？應侯寧波人，公嘗令其邑，稱循吏，而廟食焉。其青苗諸法，多試於邑而民便之者。侯習知其法施於民也，故梓其集於臨川云。」按臨川縣志職官表，應侯名雲鸑，象山人，嘉靖間任。則版爲嘉靖廿年前所刻，章介菴序則未見也。有「趙氏收藏尊光」私印、「畏之諸圖」記。

## 木犀軒藏書題記及書録

（清）李盛鐸

荆公文集世鮮宋刊。乾、嘉以來，藏書家如百宋一廛、愛日精廬皆稱極富，其所著録不過明槧，它可知矣。此本前有吴草廬序，稱危太素搜索諸本增補校訂，其實即以宋板略加修補，掩爲新刻（元人此類甚多）。又間有嘉靖五年補刊之葉，知此板明時尚存，宋刻十存六七。宋諱如「竟」、「讓」、「縣」、「懲」、「完」皆缺末筆，「恒」字注「淵聖御名」，蓋紹興中公曾孫珏所刻，元、明以來遞有修板。此本雖係明印，而宋槧面目俱在，良可寶也。

光緒紀年開秩上元前一夕，盛鐸識。

## 寶禮堂宋本書録集部

潘宗周

臨川先生文集，一百卷，二十册。此爲臨川先生曾孫珏刊本，卷末有紹興辛未孟秋旦日右朝散大夫、提舉兩浙西路常平茶鹽公事王珏題記，歷述校刊顛末。是本宋諱避至高宗止，蓋爲是集最初刊本。惟印本漫漶，且多補刊之葉，然臨川集實以是爲最古矣。余聞淮安某氏有宋刊王文公集殘本，其文有出於百卷外者，日本帝室圖書寮亦有其書，編次與此不同，先文後詩，凡七十卷，且爲完璧。此不特余所未見，即臨川後人亦未之睹也。

版式：半葉十二行，行二十一二字，左右雙欄。版心白口，單魚尾。上間記字數，下記刻工姓名。書名題「臨川集幾」。原有闊黑口者，皆補版，無刻工姓名。

刻工姓名，見於原刊各葉者有牛寔、李彦、惠道、雇謹、沈昇、章宇、戴安、蔣成、項中、徐明、王受、屈旻、陳敘、方通、徐益、史祥、方榮、惠立、昌旼、李祥、董暉、馬通、乙成、丘甸、徐安、王份、金彦、李松、沈善、趙宗、金昇、牛志、劉益、葉先、黄諤、沈祐、顧譚、章容、曹澄、黄延年諸人，又有周、顧、薛、英、陳、張、善、何、允、中，今各單字。

宋諱，「桓」字注「淵聖御名」，「構」字注「御名」。「玄」、「鉉」、「眩」、「弦」、「泫」、「眺」、「敬」、「儆」、「擎」、「驚」、「警」、「竟」、「鏡」、「境」、「弘」、「殷」、「匡」、「恒」、「徵」、「懲」、「讓」、「樹」、「署」、「戍」、「豎」、「勗」、「煦」、「垣」、「洹」、「姮」、「完」、「莞」、「覯」、「購」、「遘」、「篝」、「姤」等字闕筆。

## 四庫提要辨證卷二十一

余嘉錫

臨川集一百卷，宋王安石撰。安石有周禮新義，已著録。案宋史藝文志載：「王安石集一百卷。」陳振孫書録解題亦同。晁公武讀書志則作一百三十卷，焦竑國史經籍志亦作一百卷，而别出後集八十卷，並與史志參錯不合。今世所行本實止一百卷，乃紹興十年郡守桐廬詹大和校定重刻，而豫章黄次山爲之序。次山謂集原有閩、浙二本，殆刊版不一，著録者各據所見，故卷數互異歟？

嘉錫案：通志卷七十藝文略别集五宋朝集内，有臨川集一百卷，王安石，三字係小注。又臨川後集八十卷。此必南、北宋間有此别本，鄭樵親見之，故著之於録。國史經籍志本由東塗西抹鈔撮而成，遂載入之以示博。提要捨宋人書不引，而轉據焦竑之志以爲出處，何也？蓋提要嘗譏通志藝文略爲荒謬，見總目卷五十别史類通志録下。薄之不觀，故徵引之時極少，此條亦偶未參考耳。然提要之於國史經籍志亦曾詆其叢鈔書目，無所考核，不論存亡，率爾濫載，古來目録，惟此最不足憑。見總目卷八十七目録類存目國史經籍志條下。何以於此忽加引用，豈以爲亦有可憑者耶？持矛刺盾，何説之辭，荒謬之譏，躬自蹈之矣。黄次山作紹興重刊臨川文集敘云：「近歲諸賢舊集，其鄉郡皆悉刊行，而丞相之文流行閩、浙，此郡獨因循不暇，而詹子所爲奮然成之者也。」其意不過謂安石之文，閩、浙皆有刊版，而臨川獨無，故不得不重刊耳，未嘗言兩郡刊本有何異同也。又敘詹大和之言曰：「讎正之難，自非劉向、揚雄莫勝其任。吾今所校本，仍閩、浙之故耳，故先後失次，訛舛尚多。」夫明知其訛舛失次而不爲之改正者，蓋是重刊，非重編，故但取兩本互校，其文字雖有訛舛而無本可據，則不能改，尤不敢移易其先後。其所刊既爲一百卷，則閩、浙兩本必皆一百卷，較然甚明。提要因著録者卷數互異，遂疑閩、浙之刊版不一，此未細讀原序之過也。

案蔡絛西清詩話載：「安石嘗云：『李漢豈知韓退之？輯其文不擇美惡，有不可以示子孫者，況垂世乎？』以此語門弟子，意有在焉。而其文迄無善本，如『春殘密葉花枝少』云云，皆王元之詩。金陵獨酌、寄劉原甫，皆王君玉詩。『臨津灩灩花千樹』云云，皆王平甫詩。」陳善捫蝨新話所載，亦大略相同。據二人所言，則安石詩文本出門弟子排比，非所自定，故當時已議其舛錯。而葉夢得石林詩話又稱：「蔡天啓稱荊公嘗作詩，得『青山捫虱坐，黄鳥挾書眠』，自謂不減杜詩，然不能舉全篇。薛肇明被旨編公集，偏求之，終莫之得。」肇明爲薛昂字，是昂亦曾奉詔編定其集，顧蔡絛與昂同時，而並未言及。次山序中，亦祇舉閩、浙本，而不稱别有敕定之書。其殆爲之而未成歟？

案西清詩話亡佚已久，提要此節乃從苕溪漁隱叢話卷三十四轉引耳。考楊仲良續通鑑長編紀事本末卷百三十四云：「六月壬午，重和元年。門下侍郎薛昂奏：『承詔編集王安石遺文，乞更不置局，止就臣府編集，差檢閱官三員。』從之。」昂既承詔編集，又已奏置官屬，時方承平無事，下距靖康之難猶將十年，何至爲之而不成？提要之言，真臆斷也。魏了翁鶴山大全集卷五十一臨川詩集序云：「國朝列局修書，至崇、觀、政、宣而後尤爲詳備，而其書則經、史、圖、此下疑脱一籍字。樂書、禮制、科條、詔令、記注、故實、道史、内經，臣下之文，鮮得列焉。惟臨川王公遺文，獲與編定，薛肇明諸人，實董其事。然肇明諸人所編者，卒以靖康多難，散落不存。」今世俗傳鈔，非爲之而未成，乃已成之後，旋復散落耳。提要云云，殆未考此序也。

瞿鏞鐵琴銅劍樓藏書書目卷二十云：「臨川王先生文集一百卷，宋刊本。前有小序云：『曾大父之文，舊所刻行，率多舛誤。政和中門下侍郎薛公、宣和中先伯父大資，當是指安石嗣孫王棣。皆嘗被旨編定。後罹兵火，是書不傳。比年臨川、龍舒刊行，尚循舊本。珏家藏不備，復求遺稿於薛公家，是正精確，多以曾大父親筆、石刻爲據。其間參用衆本，取捨尤詳。至於斷缺，則以舊本補校足之，凡百卷，庶廣其傳云。紹興辛未孟秋旦日，右朝散大夫、提舉兩浙西路常平茶鹽公事王珏謹題。』書中雖有後來修板，謬誤不少，而原書尚是紹興舊刻，覈之明繙詹大和刻本，卷第皆同。惟輓詞中少蘇少翁輓詞二首，集句中少離昇州作一首，而多移桃花一首『舍南舍北皆種桃』云云。案此詩不似集句，疑當時誤編入也。」

近人張鈞衡適園藏書志卷十一記所藏宋刊本，其説與瞿氏同。

嘉錫案：黄次山序末題紹興十年，王珏序題辛未，乃紹興二十一年。序中所稱臨川本，正謂詹大和本也。薛昂奉敕編集，搜羅固應完備，所編之本，雖經兵燹散失，珏既訪諸其家而得其遺稿，則其所刻宜與詹本大相逕庭。乃據瞿、張兩氏所言，以詹本與之對覈，僅有詩三首不傳，究之精確與否，尚未可知也。錢大昕養新録卷十四嘗言：「薛昂，徽宗時以迎合蔡京執政，此小人而無學者，雖出入介甫門下，其編次庸有當乎？觀於王珏所刻而益信，後之讀是集者，可無庸夢想於薛昂所編矣。」

又考吴曾能改齋漫録，稱「荆公嘗題一絶句於夏畋扇，本集不載，見湟川集」。又稱「荆公嘗任鄞縣令。昔見一士人收公親札詩文一卷，有兩篇今世所刊文集無之，其一馬上，其一書會别亭」云云。是當時遺篇逸句，未經蒐輯者尚夥，其編訂之不審，有不僅如西清詩話所譏者。

案總目本卷王荆公詩注條下，提要謂以世行臨川集校之，增多七十二首。然則本集之所遺逸者正多，不獨吴曾所舉詩三首而已。吴説見漫録卷十一。且不獨詩也，於文亦然，計其失收者亦數十篇，不知薛昂當時編集時，何以草草如此？蓋亂世君臣，無往而不昏庸也。近人羅振玉嘗以活字印行臨川集拾遺一卷，永豐鄉人稿乙集上載其序曰：「宣統紀元，再遊海東，觀書於宫内省之圖書寮，見宋本王文公集，每半葉十行，行十七字，『構』字下注『御名』，蓋刊於南渡之初，尚存七十卷。典書官爲予言，曾以他善本與此比勘，他本往往有佚篇。時以行程匆遽，不及詳究，惟覺其先文後詩，與明代復刻紹興中桐廬本即臨川本，以其爲桐廬詹大和所刻，故有此稱。先詩後文者大異。爰記其目次：曰書，卷一至卷八。曰宣詔，卷九。曰制誥，卷十至卷十四。曰表，卷十五至卷二十一。曰啓，卷二十二至卷二十四。曰傳，卷二十五。曰雜著，卷二十六至卷三十三。曰記，卷三十四、三十五。曰序，卷三十六。曰古詩，卷三十七至卷五十一。曰律詩，卷五十二至卷七十。於小册中而歸。及歲辛亥，避地扶桑，今年春念及斯集，計惟東友島田翰氏曾校書祕省，彼或校録，而已墓草宿矣。彼固有增訂本古文舊書考，在武進董氏許。又疑佚文未必備録，姑移書假之。比至展觀，則諸佚篇咸在焉，爲之喜出望外。長夏苦雨，取歸安陸氏所録荆公佚詩佚文載入群書校補者，案陸心源據宋文鑑、宋文選、播芳大全文粹、能改齋漫録，輯出臨川佚文凡文二十篇，詩五篇，刻入群書校補卷七十二。合以宋槧本所載不見桐廬臨川集者，得詩八章，文六十篇。校桐廬本類次，輯爲一卷，寄滬上校印，以償十年未竟之志。」

今案羅氏所言宋槧本，已見經籍訪古志卷六，僅言每卷有金澤文庫印而不知其有佚文，其本與王珏所刻大異，未知爲何人所編。珏及魏了翁均言薛昂編集者已散落不傳，則非昂本也。訪古志載小島學古云：「或疑原本七十五卷若八十卷，而今存七十卷者。」余以爲不然。詹本古、律詩及挽辭、集句、歌曲、四言、古賦、樂章、上梁文、銘贊等凡三十八卷，此本只存詩三十四卷，雖似所闕無幾，而以兩本卷目互校，文之類别，所闕尚多。縱令書疏、奏狀、劄子可合於書、表，內外制即宣詔、制誥二類，議論可合於雜著，而尚闕祭文、哀辭、神道碑、行狀、墓表、墓誌六類二十五卷，詹本自卷八十五至卷一百。合之所闕之詩，殆近三十卷，則其原本蓋亦一百卷也。惟就其存卷之目觀之，其文自卷一至卷三十六，即繼之以詩，直至卷七十，皆卷數相連，並無闕佚，豈祭文、碑誌本在詩詞之後耶？則其編次殊無倫理。羅氏既言之不詳，則非親見原書，無以決之也。

## 藏園群書經眼録集部二

傅增湘

王文公文集一百卷。宋刊本，十行十七字，白口，左右雙欄。版心上記字數，下記刊工姓名，有孫右、魏二、魏達、魏可、何卞、文立、施光、陳宗、陳通、陳伸、江清、余亮、余全、余表、葉林、阮宗、吴暉、潘明、胡右、胡祐、李彪、林選、余才。宋諱「完」、「慎」不缺筆。此書字體樸厚渾勁，紙細潔堅韌，厚如梵夾。每葉鈐「向氏珍藏」朱文長印楷書，紙背爲宋人簡啓，多江淮間官吏，有邵宏淵、查籥、汪舜舉、洪适、張傑、許尹、張運、吴暉、唐傑、張安節、李簡諸人。劉翰臣藏，辛未三月入都示見。

## 藏園群書經眼録集部二

傅增湘

王文公文集一百卷。宋刊本，版匡高六寸八分，寬四寸八分，半葉十行，每行十七字，白口左右雙欄，大字舒朗。序目失去，自卷一至三十六爲文，卷三十七至七十爲詩，然無碑、志、哀、祭諸體，知是未完本也。卷一第一首爲上皇帝書，與紹興本以詩爲首者編次大不同，臨川集之異本也。鈐有「金澤文庫」、「賜蘆文庫」木記。

按，余故人潁川君居江淮之交，謹案：指寶應劉啓瑞翰臣。家藏王文公文集，其版式行款正與此同。然余以爲視此可貴者有三：原書楮墨精湛，且紙背皆宋人交承啓劄，筆墨雅麗，真可反覆把翫，此可貴者一也。賫本無序目，於是談者妄生揣測，以爲即真賞齋之一百六十卷本而佚其半者。此本目録完全，仍爲一百卷，不過次第與紹興本異耳，而積疑賴此盡釋，此可貴者二也。寮本缺七十以下各卷，此本缺四至六、三十七至四十八、六十一至六十九，共缺二十四卷，而七十卷以下完然具存，正可補寮本之缺，且必有佚文出羅鈔之外者，此可貴者三也。余嘗言於東都耆宿，約異時寮本刊行，余當爲作緣，俾以目録及後三十卷增入，以盡珠聯璧合之美。無使盈盈一水，終古相望，使後人撫卷而增歎也。

中國古典文學基本叢書

# 王安石文集

第四册

〔北宋〕王安石 撰

劉成國 點校

中華書局

# 第四冊目録

# 王安石文集卷第六十七

## 論議

### 九變而賞罰可言

萬物待是而後存者，天也。莫不由是而之焉者，道也；道之在我者，德也。以德愛者，仁也。愛而宜者，義也。仁有先後，義有上下，謂之分。先不擅後〔一〕，下不侵上，謂之守。形者，物此者也；名者，命此者也。所謂物此者，何也？貴賤親疏所以表飾之，其物不同者是也。所謂命此者，何也？貴賤親疏所以稱號之，其命不同者是也。物此者，貴賤各有容矣；命此者，親疏各有號矣。因親疏貴賤任之以其所宜爲，此之謂因任。因任之以其所宜爲矣，放而不察乎，則又將大弛，必原其情，必省其事，此之謂原省。原省明而後可以辨是非，是非明而後可以施賞罰。故莊周曰：「先明天而道德次之，道德已明而仁義次之〔二〕，仁義已明而分守次之，分守已明而形名次之，形名已明而因任次之，因任已明而原省次之，原省已明而是非次之，是非已明而賞罰次之。」是説雖微莊周，古之人孰不然？

古之言道德所自出而不屬之天者〔三〕，未之有也〔四〕。

堯者，聖人之盛也，孔子稱之曰「惟天爲大〔五〕，惟堯則之」，此之謂明天。「聰明文思安安」，此之謂明道德。「允恭克讓」，此之謂明仁義。次九族，列百姓，序萬邦，此之謂明分守。修五禮，同律度量衡，以一天下，此之謂明形名。棄后稷，契司徒，皋陶士，垂共工，此之謂明因任。三載考績，五載一巡狩，此之謂明原省。命舜曰「乃言底可績」，謂禹曰「萬世永賴，時乃功」，「蠢兹有苗，昏迷不恭」，此之謂明是非。「皋陶方祗厥敍，方施象刑，惟明」，此之謂明賞罰。至後世則不然。仰而視之曰：「彼蒼蒼而大者何也？其去吾不知其幾千萬里，是豈能知我何哉？吾爲吾之所爲而已，安取彼？」於是遂棄道德，離仁義，略分守，慢形名，忽因任，而忘原省，直信吾之是非，而加人以其賞罰。於是天下始大亂，而寡弱者號無告。聖人不作，諸子者伺其間而出，於是言道德者至於窈冥而不可考，以至世之有爲者皆不足以爲；言形名者守物誦數，罷苦以至於老而疑道德。彼皆忘其智力之不贍，魁然自以爲聖人者，此矣。悲夫！

莊周曰：「五變而形名可舉，九變而賞罰可言。」「語道而非其序，安取道？」善乎，其言之也！莊周，古之荒唐人也，其於道也蕩而不盡善。聖人者與之遇，必有以約之，約之而不能聽，殆將擯四海之外而不使之疑中國。雖然，其言之若此者，聖人亦不能廢。

〔一〕「先不擅後」，聽香館本作「後不擅先」。

〔二〕自「已明」至下文「聖人者與之」，底本脱頁，據浙江省圖書館藏何刻本補。

〔三〕「不」，原闕，今據龍舒本補。按，此句意謂古人言道德，皆言道德出自於天，若脱「不」，則文意扞格。

〔四〕「之」，龍舒本作「嘗」。

〔五〕「爲」，原作「惟」，今據龍舒本改。按，孟子滕文公上：「孔子曰：『大哉！堯之爲君。惟天爲大，惟堯則之。』」

## 夫子賢於堯舜

孟子曰：「可欲之謂善，有諸己之謂信，充實之謂美，充實而有光輝之謂大，大而化之之謂聖，聖而不可知之謂神。」聖之爲稱，德之極；神之爲名，道之至。故凡古之所謂聖人者，於道德無所不盡也。於道德無所不盡，則若明之於日月，尊之於上帝，莫之或加矣。易曰：「大人者與天地合其德，與日月合其明，與四時合其序，與鬼神合其吉凶。」此之謂也。由此觀之，則自傳記以來，凡所謂聖人者，宜無以相尚，而其所知宜同〔一〕。宰我曰：「以予觀於夫子，賢於堯舜遠矣。」而世之解者必曰：「是爲門人之私言，而非天下公共之論也。」而孟子亦曰：「生民以來，未有如夫子。」是豈亦門人之私言，而非天下公共之論哉？爲是言者，蓋亦未之思也。

夫所謂聖賢之言者，無一辭之苟。其發也必有指焉，其指也學者之所不可不思也。夫聖者，至乎道德之妙而後世莫之增焉者之稱也，苟有能加焉者，則豈聖也哉？然孟子、宰我之所以爲是説者，蓋亦言其時而已也。

昔者道發乎伏羲，而成乎堯舜，繼而大之於禹、湯、文、武。此數人者，皆居天子之位，而使天下之道寖明寖備者也。而又有在下而繼之者焉，伊尹、伯夷、柳下惠、孔子是也。夫伏羲既發之也，而其法未成，至於堯而後成焉。堯雖能成聖人之法，未若孔子之備也。夫以聖人之盛，用一人之知，足以備天下之法，而必待至於孔子者，何哉？蓋聖人之心不求有爲於天下，待天下之變至焉，然後吾因其變而制之法耳。至孔子之時，天下之變備矣，故聖人之法亦自是而後備也。易曰：「通其變，使民不倦。」此之謂也。故其所以能備者，豈特孔子一人之力哉？蓋所謂聖人者，莫不預有力也。孟子曰「孔子集大成」者，蓋言集諸聖人之事而大成萬世之法耳。此其所以賢於堯舜也。

〔一〕「孟子曰」至「而其所知宜同」，原闕，今據龍舒本、新刊國朝二百家名賢文粹卷二所收夫子賢於堯舜補。此言歷代聖人所知宜同，高下不分彼此，而宰我却謂「夫子賢於堯舜」，何也？

## 三不欺

昔論者曰：「君任德，則下不忍欺；君任察，則下不能欺；君任刑，則下不敢欺。」而遂以德、察、刑爲次，蓋未之盡也。此三人者之爲政，皆足以有取於聖人矣，然未聞聖人爲政之道也。夫未聞聖人爲政之道，而足以有取於聖人者，蓋人得聖人之一端耳。且子賤之政，使人不忍欺。古者任德之君，宜莫如堯也，然則驩兜猶或以類舉於前，則德之使人不欺〔一〕，豈可獨任也哉？子產之政，使人不能欺。夫君子可欺以其方，故使畜魚而校人烹之，然則察之使人不欺〔二〕，豈可獨任也哉？西門豹之政，使人不敢欺。夫不及於德而任刑以治，是孔子所謂「民免而無恥」者也，然則刑之使人不欺〔三〕，豈可獨任也哉？故曰：此三人者，未聞聖人爲政之道也。

然聖人之道，有出此三者乎？亦兼用之而已。昔者堯舜之時，比屋之民皆足以封，則民可謂不忍欺矣。放齊以丹朱稱於前〔四〕，曰：「嚚訟，可乎？」則民可謂不能欺矣。四罪而天下咸服，則民可謂不敢欺矣。故任德則有不可化者，任察則有不可周者，任刑則有不可服者。然則子賤之政，無以正暴惡；子產之政，無以周隱微；西門豹之政，無以漸柔良。然而三人者能以治者，蓋足以治小具而高亂世耳，使當堯舜之時所大治者，則豈足用哉？蓋聖人之政，仁足以使民不忍欺，智足以使民不能欺，政足以使民不敢欺，然後天下無或欺之者矣。

或曰：「刑亦足任以治乎？」

曰：「所任者，蓋亦非專用之而足以治也。豹治十二渠以利民，至乎漢，吏不能廢，民以爲西門君所爲，不從吏以廢也，則豹之德亦足以感於民心矣。然則尚刑，故曰任刑焉耳。使無以懷之，而惟刑之見，則民豈得或不能欺之哉？」

〔一〕「不」下，龍舒本有「忍」字，義長。

〔二〕「不」下，龍舒本有「能」字，義長。

〔三〕「不」下，龍舒本有「敢」字，義長。

〔四〕「放齊」，原作「驩兜」，今據龍舒本改。按，此語出自尚書堯典：「放齊曰：『胤子朱啓明。』帝曰：『吁！嚚訟，可乎？』」

## 非禮之禮

古之人以是爲禮，而吾今必由之，是未必合於古之禮也。古之人以是爲義，而吾今必由之，是未必合於古之義也。夫天下之事，其爲變豈一乎哉？固有迹同而實異者矣。今之人諰諰然求合於其迹，而不知權時之變，是則所同者古人之迹，而所異者其實也。事同於古人之迹而異於其實，則其爲天下之害莫大矣，此聖人所以貴乎權時之變者也。

孟子曰：「非禮之禮，非義之義，大人不爲。」蓋所謂迹同而實異者也。夫君之可愛而臣之不可以犯上，蓋夫莫大之義，而萬世不可以易者也。桀紂爲不善，而湯武放弒之，而天下不以爲不義也。蓋知向所謂義者，義之常，而湯武之事有所變，而吾欲守其故，其爲蔽一，而其爲天下之患同矣。使湯武暗於君臣之常義，而不達於時事之權變，則豈所謂湯武哉？

聖人之制禮也，非不欲儉，以爲儉者非天下之欲也，故制於奢儉之中焉。蓋禮之奢爲衆人之欲，而聖人之意未嘗不欲儉也。孔子曰：「麻冕，禮也，今也純。儉，吾從衆。」然天下不以爲非禮也。蓋知向之所謂禮者，禮之常，而孔子之事爲禮之權也。且奢者爲衆人之所欲而制，今衆人能儉，則聖人之所欲而禮之所宜矣，然則可以無從乎？使孔子蔽於制禮之文而不達於制禮之意，則豈所謂孔子哉？故曰：「非禮之禮，非義之義，大人不爲。」

釋者曰：「非禮之禮，若娶妻而朝暮拜之者是也。非義之義，若藉交以報仇是也。」夫娶妻而朝暮拜之，藉交以報仇，中人之所不爲者，豈待大人而後能不爲乎？嗚呼，蓋亦失孟子之意矣！

## 王霸

仁、義、禮、信，天下之達道，而王、霸之所同也。夫王之與霸，其所以用者則同，而其所以名者則異，何也？蓋其心異而已矣。其心異則其事異，其事異則其功異，其功異則其名不得不異也。

王者之道，其心非有求於天下也，所以爲仁、義、禮、信者，以爲吾所當爲而已矣。以仁、義、禮、信修其身而移之政，則天下莫不化之也。是故王者之治，知爲之於此，不知求之於彼，而彼固已化矣。霸者之道則不然。其心未嘗仁也，而患天下惡其不仁，於是示之以仁；其心未嘗義也，而患天下惡其不義，於是示之以義。其於禮、信，亦若是而已矣。是故霸者之心爲利，而假王者之道以示其所欲；其有爲也，唯恐民之不見而天下之不聞也。故曰：其心異也。

齊桓公劫於曹沫之刃，而許歸其地。夫欲歸其地者，非吾之心也，許之者，免死而已。由王者之道，則勿歸焉可也，而桓公必歸之地。晉文公伐原，約三日而退，三日而原不降。由王者之道，則雖待其降焉可也，而文公必退其師，蓋欲其信示於民者也。凡所爲仁、義、禮、信，亦無以異於此矣。故曰：其事異也。

王者之大，若天地然。天地無所勞於萬物，而萬物各得其性；萬物雖得其性，而莫知其爲天地之功也。王者無所勞於天下，而天下各得其治；雖得其治，然而莫知其爲王者之德也。霸者之道則不然。若世之惠人耳，寒而與之衣，飢而與之食，民雖知吾之惠，而吾之惠亦不能及夫廣也。故曰：其功異也。

夫王、霸之道則異矣。其用至誠，以求其利，而天下與之，故王者之道雖不求，利之所歸〔一〕。霸者之道，必主於利〔二〕，然不假王者之事以接天下，則天下孰與之哉？

〔一〕「利」上，龍舒本有「利而」二字，標點爲「故王者之道雖不求利，而利之所歸。」

〔二〕「必」，原作「不」，今據龍舒本改。按，此句謂霸者之道必求利，然若不假借王道，天下之人亦不與之。

## 性情

性情一也。世有論者曰：「性善情惡。」是徒識性情之名，而不知性情之實也。喜、怒、哀、樂、好、惡、欲未發於外而存於心，性也；喜、怒、哀、樂、好、惡、欲發於外而見於行，情也。性者情之本，情者性之用，故吾曰：性情一也。

彼曰性善，無它，是嘗讀孟子之書，而未嘗求孟子之意耳。彼曰情惡，無它，是有見於天下之以此七者而入於惡，而不知七者之出於性耳。故此七者，人生而有之，接於物而後動焉。動而當於理，則聖也、賢也；不當於理，則小人也。彼徒有見於情之發於外者爲外物之所累，而遂入於惡也，因曰情惡也，害性者情也。是曾不察於情之發於外而爲外物之所感，而遂入於善者乎？蓋君子養性之善，故情亦善；小人養性之惡，故情亦惡。故君子之所以爲君子，莫非情也；小人之所以爲小人，莫非情也。彼論之失者，以其求性於君子，求情於小人耳。

自其所謂情者，莫非喜、怒、哀、樂、好、惡、欲也。舜之聖也，「象喜亦喜」，使舜當喜而不喜，則豈足以爲舜乎？文王之聖也，「王赫斯怒」，當怒而不怒〔一〕，則豈足以爲文王乎？舉此二者而明之，則其餘可知矣。如其廢情，則性雖善，何以自明哉？誠如今論者之說，無情者善，則是若木石者尚矣。是以知性情之相須，猶弓矢之相待而用，若夫善惡，則猶中與不中也。

曰：「然則性有惡乎？」

曰：「孟子曰『養其大體爲大人，養其小體爲小人』，揚子曰『人之性，善惡混』，是知性可以爲惡也。」

〔一〕「當」上，龍舒本有「使文王」三字。

## 勇惠

世之論者曰：「惠者輕與，勇者輕死。臨財而不訾，臨難而不避者，聖人之所取，而君子之行也。」吾曰不然。惠者重與，勇者重死。臨財而不訾，臨難而不避者，聖人之所疾，而小人之行也。

故所謂君子之行者，有二焉：其未發也，慎而已矣；其既發也，義而已矣。慎則待義而後決，義則待宜而後動，蓋不苟而已也。易曰：「吉凶悔吝生乎動。」言動者，賢不肖之所以分，不可以苟爾。是以君子之動，苟得已，則斯静矣。故於義有可以不與、不死之道而必與、必死者，雖衆人之所謂難能，而君子未必善也；於義有可與、可死之道而不與、不死者，雖衆人之所謂易出，而君子未必非也。是故尚難而賤易者，小人之行也；無難無易而惟義之是者，君子之行也。傳曰：「義者，天下之制也。」制行而不以義，雖出乎聖人所不能，亦歸於小人而已矣。

季路之爲人，可謂賢也，而孔子曰：「由也好勇過我，無所取材。」夫孔子之行，惟義之是，而子路過之，是過於義也。爲行而過於義，宜乎孔子之無取於其材也。勇過於義，孔子不取，則惠之過於義，亦可知矣。

孟子曰：「可以與，可以無與，與傷惠；可以死，可以無死，死傷勇。」蓋君子之動，必於義無所疑而後發，苟有疑焉，斯無動也。語曰：「多見闕殆，慎行其餘，則寡悔。」言君子之行當慎處於義爾。而世有言孟子者曰：「孟子之文，傳之者有所誤也。孟子之意，當曰『無與傷惠，無死傷勇』。」嗚呼，蓋亦弗思而已矣！

## 仁智

仁者，聖之次也；智者，仁之次也。未有仁而不智者也，未有智而不仁者也。然則何智、仁之别哉？以其所以得仁者異也。仁，吾所有也，臨行而不思，臨言而不擇，發之於事而無不當於仁也，此仁者之事也。仁，吾所未有也，吾能知其爲仁也，臨行而思，臨言而擇，發之於事而無不當於仁也，此智者之事也。其所以得仁則異矣，及其爲仁則一也。

「孔子曰：『仁者静，智者動。』何也？」

曰：「譬今有二賈也，一則既富矣，一則知富之術而未富也。既富者，雖焚舟折車無事於賈可也；知富之術而未富者，則不得無事也。此仁、智之所以異其動静也。吾之仁足以上格乎天，下浹乎草木，旁溢乎四夷，而吾之用不匱也，然則吾何求哉？此仁者之所以能靜也。吾之知欲以上格乎天，下浹乎草木，旁溢乎四夷，而吾之用有時而匱也，然則吾可以無求乎？此智者之所以必動也。故曰：『仁者樂山，智者樂水。』山者，靜而利物者也；水者，動而利物者也。其動靜則異，其利物則同矣。」

曰：「『仁者壽』，『智者樂』。然則仁者不樂，智者不壽乎？」

曰：「智者非不壽，不若仁者之壽也；仁者非不樂，樂不足以盡仁者之盛也。能盡仁之道，則聖人矣，然不曰仁而目之以聖者，言其化也。蓋能盡仁道則能化矣，如不能化，吾未見其能盡仁道也。顏回，次孔子者也，而孔子稱之曰『三月不違仁』而已。然則能盡仁道者，非若孔子者，誰乎？」

## 中述

君子所求於人者薄，而辨是與非也無所苟。孔子罪宰予曰：「於予與何誅！」罪冉有曰：「小子鳴鼓而攻之可也。」二子得罪於聖人若當絕也，及爲科以列其門弟子，取者不過數人，於宰予有辭命之善則取之，於冉求有政事之善則取之〔一〕，不以不善而廢其善。孔子豈阿其所好哉？所求於人者薄也。管仲功施天下，孔子小之。門弟子三千人，孔子獨稱顏回爲好學，問其餘，則未爲好學者。閔損、原憲、曾子之徒不與焉，冉求、宰我之得罪又如此，孔子豈不樂道人之善哉？辨是與非無所苟也。

所求於人者薄，所以取人者厚。蓋辨是與非者無所苟，所以明聖人之道。如宰予、冉求二子之不得列其善，則士之難全者衆矣，惡足以取人善乎？如管仲無所貶，則從政者若是而止矣；七十子之徒皆稱好學，則好學者若是而止矣，惡足以明聖人之道乎？取人如此，則吾之自取者重，而人之所處者易。明道如此，則吾之與人，其所由可知已。故薄於責人，而非匿其過；不苟於論人，所以求其全〔二〕，聖人之道，本乎中而已。春秋之旨，豈易於是哉？

〔一〕「冉」，原作「由」形訛，今據龍舒本改。按，「冉求」即上文之「冉有」。上文曰「罪宰我」、「罪冉有」，此處承上而言。

〔二〕「所以」，龍舒本作「而非」。

## 行述

古之人僕僕然勞其身以求行道於世，而曰「吾以學孔子者」，惑矣。孔子之始也，食於魯，魯亂而適齊，齊大夫欲害己，則反而食乎魯。魯受女樂，不朝者三日，義不可以留也，則烏乎之？曰：「甚矣，衛靈公之無道也！其遇賢者，庶乎其猶有禮耳。」於是之衛。衛靈公不可與處也，於是不暇擇而之曹，以適于宋、鄭、陳、蔡、衛、楚之郊，其志猶去衛而之曹也。老矣，遂歸于魯以卒。孔子之行如此，烏在其求行道也？

夫天子、諸侯不以身先於賢人，其不足與有爲明也。孔子而不知，其何以爲孔子也？曰：「沽之哉！沽之哉！我待價者也。」僕僕然勞其身以求行道於世，是沽也。子路曰：「君子之仕，行其義也；道之不行，已知之矣。」蓋孔子之心云耳。然則孔子無意於世之人乎？曰：「道之將興歟，命也；道之將廢歟，命也。」苟命矣，則如世之人何？

# 王安石文集卷第六十八

## 論議

### 夔説〔一〕

舜命其臣而敕戒之，未有不讓者焉，至於夔，則獨無所讓，而又稱其樂之和美者，何也？

夫禹、垂、益、伯夷、龍，皆新命者也，故疇於衆臣而後命之，而皆有讓矣。棄、契、皋陶、夔當是時，蓋已爲是官，因命是五人者而敕戒之焉耳，故獨無所讓也。孔氏曰禹、垂、益、伯夷、夔、龍皆新命者，蓋失之矣。聖人之聰明雖大過於人，然未嘗自用聰明也。故舜之命此九人者，未嘗不咨而後命焉，則何獨於夔而不然乎？使夔爲新命者，則何稱其樂之和美也？使夔之受命之日已稱其樂之和美，則賢人之舉措亦少輕矣。孔氏之説，蓋惑於「命汝典樂」之語爾。夫「汝作司徒」、「汝作士」之文，豈異於「命汝典樂」之語乎？且所以知其非新命者，蓋舜不疇而命之，而無所讓也。舜之命夔也，亦無所疇，夔之受命也，亦無所讓，則何以知其爲新命乎？

夫擊石拊石，而百獸率舞，非夔之所能爲也，爲之者衆臣也；非衆臣之所能爲也，爲之者舜也。將有治於天下，則可以無相乎？故命禹以宅百揆也。民窘於衣食，而欲其化而入於善，豈可得哉？故次命棄以爲稷也。民既富而可以教矣，則豈可以無教哉？故次命契以爲司徒也。既教之，則民不能無不帥教者，民有不帥教，則豈可以無刑乎？故次命臯陶以爲士也。此皆治人之所先急者，備矣，則可以治末之時也。工者，治人之末者也，故次命垂以爲共工也。於是治人之事具，則宜及於鳥獸草木也，故次命益以爲虞也。夫其所以治至於鳥獸草木，則天下之功至矣，治天下之功至，則可以制禮之時也，故次命伯夷以爲典禮也。夫治至於鳥獸草木，而人有禮以節文之，則政道成矣，可以作樂以樂其成也，故次命夔以爲典樂也。

借使禹不能揔百揆，稷不能富萬民，契不能教，臯陶不能士，垂不能共工，伯夷不能典禮，然則天下亂矣。天下亂，而夔欲擊石拊石，百獸率舞，其可得乎？故曰：爲之者衆臣也。使舜不能用是衆臣，則是衆臣亦不能成其功矣，故曰：非衆臣之所能爲也，爲之者舜也。夫夔之所以稱其樂之和美者，豈以爲伐耶？蓋以美舜也。孔子之所謂「將順其美」者，其夔哉！

〔一〕此篇龍舒本題作「夔」。

## 鯀説

堯咨孰能治水，四岳皆對曰：「鯀。」然則在廷之臣可治水者，惟鯀耳。水之患不可留而俟人，鯀雖方命圮族，而其才則群臣皆莫及，然則舍鯀而孰使哉？當此之時，禹蓋尚少，而舜猶伏於下而未見乎上也。夫舜、禹之聖也，而堯之聖也，群臣之仁賢也，其求治水之急也，而相遇之難如此。後之不遇者，亦可以無憾矣。

## 季子

先王酌乎人情之中以制喪禮，使哀有餘者俯而就之，哀不足者企而及之。哀不足者，非聖人之所甚善也，善之者，善其能勉於禮而已。

延陵季子其長子死，既封，而號者三，遂行。孔子曰：「延陵季子之於禮，其合矣乎！」夫長子之喪，聖人爲之三年之服，蓋以謂父子之親，而長子者爲親之後，人情之所至重也。今季子三號遂行，則於先王之禮爲不及矣。

今論者曰：「當是之時，季子聘於齊，將君之命。」若夫季子之心，則以謂不可以私義而緩君命，有勢不得以兩全者，則當忍哀以徇於尊者之事矣。今將命而聘，既聘而返，遂少緩而盡哭之哀，則於事君之義豈爲不足而害於使事哉？君臣父子之義，勢足以兩全而不爲之盡禮也，則亦薄於骨肉之親而不用先王之禮爾。其言曰：「骨肉歸復于土，命也；若魂氣，則無所不之矣。」夫骨肉之復于土，魂氣之無不之，是人情之所哀者矣。君子無所不言命，至於喪，則有性焉，獨不可以謂命也。昔莊周喪其妻，鼓盆而歌；東門吳喪其子，比於未有。此棄人齊物之道，吾儒之罪人也。觀季子之説，蓋亦周、吳之徒矣。

父子之親，仁義之所由始。而長子者繼祖考之重，故喪之三年，所以重祖考也。今季子不爲之盡禮，則近於棄仁義、薄祖考矣。孔子曰：「喪事不敢不勉也。」又曰：「臨喪不哀，吾何以觀之哉？」臨人之喪而不哀，孔子猶以爲不足觀也，況禮之喪三年者乎？然則此言宜非取之矣。蓋記其葬深不至於泉，斂以時服，既葬而封，廣輪掩坎，其高可隱。孔子之稱之，蓋稱其葬之合於禮爾。獨稱葬之合於禮，則哀之不足可知也。衛有送葬者，夫子觀之，曰：「善哉，此可以爲法矣！」若此，則夫子之所美也。聖人之言辭隱而義顯，豈徒然哉？學者之所不可不思也。

## 荀卿

荀卿載孔子之言，曰：「由，智者若何？仁者若何？」子路曰：「智者使人知己，仁者使人愛己。」子曰：「可謂士矣。」子曰：「賜，智者若何？仁者若何？」子貢曰：「智者知人，仁者愛人。」子曰：「可謂士君子矣。」子曰：「回，智者若何？仁者若何？」顏淵曰：「智者知己，仁者愛己。」子曰：「可謂明君子矣。」

是誠孔子之言歟？吾知其非也。夫能近見而後能遠察，能利狹而後能澤廣，明天下之理也。故古之欲知人者必先求知己，欲愛人者必先求愛己，此亦理之所必然，而君子之所不能易者也。請以事之近而天下之所共知者諭之。

今有人於此，不能見太山於咫尺之内者，則雖天下之至愚，知其不能察秋毫於百步之外也。蓋不能見於近，則不能察於遠，明矣。而荀卿以謂知己者賢於知人者，是猶能察秋毫於百步之外者，爲不若見太山於咫尺之内者之明也。今有人於此，食不足以厭其腹，衣不足以周其體者，則雖天下之至愚，知其不能以贍足鄉黨也。蓋不能利於狹，則不能澤於廣，明矣。而荀卿以謂愛己者賢於愛人者，是猶以贍足鄉黨爲不若食足以厭腹、衣足以周體者之富也。由是言之，荀卿之言，其不察理已甚矣。故知己者，智之端也，可推以知人也；愛己者，仁之端也，可推以愛人也。夫能盡智、仁之道，然後能使人知己、愛己。是故能使人知己、愛己者，未有不能知人、愛人者也。能知人、愛人者，未有不能知己、愛己者也。今荀卿之言一切反之，吾是以知其非孔子之言，而爲荀卿之妄矣。揚子曰：「自愛，仁之至也。」蓋言能自愛之道，則足以愛人耳，非謂不能愛人而能愛己者也。噫！古之人，愛人不能愛己者有之矣，然非吾所謂愛人，而墨翟之道也。若夫能知人而不能知己者，亦非吾所謂知人矣。

## 楊墨

楊墨之道，得聖人之一而廢其百者是也。聖人之道，兼楊墨而無可無不可者是也。墨子之道，摩頂放踵以利天下，而楊子之道，利天下拔一毛而不爲也。夫禹之於天下，九年之間，三過其門，聞呱呱之泣而不一省其子，此亦可謂爲人矣。顔回之於身，簞食瓢飲，以獨樂於陋巷之間，視天下之亂若無見者，此亦可謂爲己矣。楊墨之道，獨以爲人、爲己得罪於聖人者，何哉？此蓋所謂得聖人之一而廢其百者也。是故由楊子之道則不義，由墨子之道則不仁。於仁義之道無所遺，而用之不失其所者，其唯聖人之徒歟！

二子之失於仁義而不見天地之全，則同矣，及其所以得罪，則又有可論者也。楊子之所執者爲己，爲己，學者之本也。墨子之所學者爲人，爲人，學者之末也。是以學者之事，必先爲己，其爲己有餘，而天下之勢可以爲人矣，則不可以不爲人。故學者之學也，始不在於爲人，而卒所以能爲人也。今夫始學之時，其道未足以爲己，而其志已在於爲人也，則亦可謂謬用其心矣。謬用其心者，雖有志於爲人，其能乎哉？由是言之，楊子之道雖不足以爲人，固知爲己矣；墨子之志雖在於爲人，吾知其不能也。嗚呼！楊子知爲己之爲務，而不能達於大禹之道也，則亦可謂惑矣。墨子者，廢人物親疎之别，而方以天下爲己任，是以所欲以利人者，適所以爲天下害患也，豈不過甚哉？故楊子近於儒，而墨子遠於道，其異於聖人則同，而其得罪則宜有閒也。

## 老子

道有本有末。本者，萬物之所以生也；末者，萬物之所以成也。本者，出之自然，故不假乎人之力而萬物以生也；末者，涉乎形器，故待人力而後萬物以成也。夫其不假人之力而萬物以生，則是聖人可以無言也、無爲也；至乎有待於人力而萬物以成，則是聖人之所以不能無言也、無爲也。故昔聖人之在上而以萬物爲己任者，必制四術焉。四術者，禮、樂、刑、政是也，所以成萬物者也。故聖人唯務修其成萬物者，不言其生萬物者。蓋生者尸之於自然，非人力之所得與矣。

老子者獨不然。以爲涉乎形器者，皆不足言也、不足爲也，故抵去禮、樂、刑、政，而唯道之稱焉。是不察於理而務高之過矣。夫道之自然者，又何預乎？唯其涉乎形器，是以必待於人之言也、人之爲也。其書曰：「三十輻共一轂，當其無，有車之用。」夫轂輻之用，固在於車之無用，然工之琢削未嘗及於無者，蓋無出於自然之力，可以無與也。今之治車者，知治其轂輻，而未嘗及於無也。然而車以成者，蓋轂輻具，則無必爲用矣。如其知無爲用而不治轂輻，則爲車之術固已疎矣。

今知無之爲車用，無之爲天下用，然不知所以爲用也。故無之所以爲用者〔一〕，以有轂輻也；無之所以爲天下用者，以有禮、樂、刑、政也。如其廢轂輻於車，廢禮、樂、刑、政於天下，而坐求其無之爲用也，則亦近於愚矣。

〔一〕「爲」字下，聽香館本有「車」字。

## 莊周上

世之論莊子者不一，而學儒者曰：「莊子之書，務詆孔子以信其邪説，要焚其書、廢其子之意也。

儒者之言善也，然未嘗求莊子之意也；好莊子之言者固知讀莊子之書也，然亦未嘗求莊

禮。』是知莊子非不達於仁義禮樂之意也，彼以爲仁義禮樂者，道之末也，故薄之云耳。」夫

樂也，以爲禮樂薄而不足化天下。故老子曰：『道失後德，德失後仁，仁失後義，義失後

萬物干其慮，而能信其道者也。彼非不知仁義也，以爲仁義小而不足行已；彼非不知禮

徒而後可，其曲直固不足論也。」學儒者之言如此，而好莊子之道者曰：「莊子之德，不以

昔先王之澤，至莊子之時竭矣。天下之俗，譎詐大作，質朴並散，雖世之學士大夫，未有知貴己賤物之道者也。於是棄絶乎禮義之緒，奪攘乎利害之際，趍利而不以爲辱，殞身而不以爲怨，漸漬陷溺，以至乎不可救已。莊子病之，思其説以矯天下之弊，而歸之於正也。其心過慮，以爲仁義禮樂皆不足以正之，故同是非，齊彼我，一利害，則以足乎心爲得〔一〕。此其所以矯天下之弊者也。既以其説矯弊矣，又懼來世之遂實吾説而不見天地之純、古人之大體也，於是又傷其心於卒篇以自解。故其篇曰：「詩以道志，書以道事，禮以道行，樂以道和，易以道陰陽，春秋以道名分。」由此而觀之，莊子豈不知聖人者哉？又曰：「譬如耳、目、鼻、口皆有所明〔二〕，不能相通，猶百家衆技皆有所長，時有所用。」用是以明聖人之道，其全在彼而不在此，而亦自列其書於宋鈃、慎到、墨翟、老聃之徒，俱爲不

該不偏一曲之士。蓋欲明吾之言有爲而作，非大道之全云耳。然則莊子豈非有意於天下之弊而存聖人之道乎？伯夷之清，柳下惠之和，皆有矯於天下者也。莊子用其心，亦二聖人之徒矣。然而莊子之言不得不爲邪説比者，蓋其矯之過矣。夫矯枉者，欲其直也，矯之過則歸於枉矣。莊子亦曰：「墨子之心則是也，墨子之行則非也。」推莊子之心以求其行，則獨何異於墨子哉？

後之讀莊子者，善其爲書之心，非其爲書之説，則可謂善讀矣。此亦莊子之所願於後世之讀其書者也。今之讀者，挾莊以謾吾儒曰：「莊子之道大哉，非儒之所能及知也。」不知求其意，而以異於儒者爲貴，悲夫！

〔一〕「則」，龍舒本作「而」。

〔二〕「明」，聽香館本作「用」。

## 莊周下

學者詆周非堯、舜、孔子。余觀其書，特有所寓而言耳。孟子曰：「説詩者，不以文害辭，不以辭害意，以意逆志，是爲得之。」讀其文而不以意原之，此爲周者之所以詆也〔一〕。周曰：「上必無爲而用天下，下必有爲而爲天下用。」又自以爲處昏上亂相之間，故窮而無所見其材。孰謂周之言皆不可措乎君臣父子之間，而遭世遇主終不可使有爲也？及其引太廟犧以辭楚之聘使，彼蓋危言以懼衰世之常人耳。夫以周之才，豈迷出處之方而專畏犧者哉？蓋孔子所謂隱居放言者，周殆其人也。然周之説，其於道既反之，宜其得罪於聖人之徒也。

夫中人之所及者，聖人詳説而謹行之，説之不詳，行之不謹，則天下弊。中人之所不及者，聖人藏乎其心而言之略，不略而詳，則天下惑。且夫諄諄而後喻，譊譊而後服者，豈所謂可以語上者哉？惜乎，周之能言而不通乎此也！

〔一〕「詆」，龍舒本作「訟」。

## 原性

或曰：「孟、荀、揚、韓四子者，皆古之有道仁人，而性者，有生之大本也。以古之有道仁人而言有生之大本，其爲言也宜無惑，何其説之相戾也？吾願聞子之所安。」

曰：「吾所安者，孔子之言而已。夫太極者，五行之所由生，而五行非太極也。性者，五常之太極也，而五常不可以謂之性。此吾所以異於韓子。且韓子以仁、義、禮、智、信五者謂之性，而曰天下之性，『惡焉而已矣』。五者之謂性而惡焉者，豈五者之謂哉？孟子言人之性善，荀子言人之性惡。夫太極生五行，然後利害生焉，而太極不可以利害言也。性生乎情，有情然後善惡形焉，而性不可以善惡言也。此吾所以異於二子。

孟子以惻隱之心人皆有之，因以謂人之性無不仁。就所謂性者如其説，必也怨毒忿戾之心人皆無之，然後可以言人之性無不善，而人果皆無之乎？孟子以惻隱之心爲性者，以其在内也。夫惻隱之心與怨毒忿戾之心，其有感於外而後出乎中者有不同乎？荀子曰：『其爲善者，僞也。』就所謂性者如其説，必也惻隱之心人皆無之，然後可以言善者僞也，爲人果皆無之乎？荀子曰：『陶人化土而爲埴，埴豈土之性也哉？』夫陶人不以木爲埴者，惟土有埴之性焉，烏在其爲僞也？

且諸子之所言，皆吾所謂情也、習也，非性也。揚子之言爲似矣，猶未出乎以習而言性也。古者有不謂喜、怒、愛、惡、欲情者乎？喜、怒、愛、惡、欲而善，然後從而命之曰仁也、義也；喜、怒、愛、惡、欲而不善，然後從而命之曰不仁也、不義也。故曰：有情，然後善惡形焉。然則善惡者，情之成名而已矣。孔子曰：『性相近也，習相遠也。』吾之言如此。」

「然則『上智與下愚不移』，有説乎？」

曰：「此之謂智愚。吾所云者，性與善惡也。惡者之於善也，爲之則是；愚者之於智也，或不可强而有也。伏羲作易，而後世聖人之言也，非天下之至精至神，其孰能與於此？孔子作春秋，則游夏不能措一辭。蓋伏羲之智，非至精至神不能與；惟孔子之智，雖游夏不可强而能也，況所謂下愚者哉？其不移明矣。」

或曰：「四子之云爾，其皆有意於教乎？」

曰：「是説也，吾不知也。聖人之教，正名而已。」

## 性説

孔子曰：「性相近也，習相遠也。」吾是以與孔子也。韓子之言性也，吾不有取焉。然則孔子所謂「中人以上可以語上，中人以下不可以語上，惟上智與下愚不移」，何説也？

曰：習於善而已矣，所謂上智者；習於惡而已矣，所謂下愚者；一習於善，一習於惡，所謂中人者。上智也，下愚也，中人也，其卒也命之而已矣。有人於此，未始爲不善也，謂之上智可也；其卒也去而爲不善，然後謂之中人可也。有人於此，未始爲善也，謂之下愚可也；其卒也去而爲善，然後謂之中人可也。惟其不移，然後謂之上智；惟其不移，然後謂之下愚。皆於其卒也命之，夫非生而不可移也。

且韓子之言弗顧矣，曰：「性之品三，而其所以爲性五。」夫仁、義、禮、智、信，孰而可謂不善也？又曰：「上焉者之於五，主於一而行之四；下焉者之於五，反於一而悖於四。」是其於性也，不一失焉，而後謂之上焉者；不一得焉，而後謂之下焉者。是果性善，而不善者，習也。

然則堯之朱、舜之均，瞽瞍之舜、鯀之禹，后稷、越椒、叔魚之事，後所引者，皆不可信邪？曰：堯之朱、舜之均，固吾所謂習於惡而已者；瞽瞍之舜、鯀之禹，固吾所謂習於善而已者。后稷之詩以異云，而吾之所論者常也。詩之言，至以爲人子而無父。人子而無父，猶可以推其質常乎？夫言性，亦常而已矣。無以常乎，則狂者蹈火而入河，亦可以爲性也。越椒、叔魚之事，徒聞之左丘明，丘明固不可信也。以言取人，孔子失之宰我；以貌，失之子羽。此兩人者，其成人也，孔子朝夕與之居，以言貌取之而失。彼其始生也，婦人者以聲與貌定，而卒得之，婦人者獨有過孔子者邪？

## 對難〔一〕

予爲揚孟論以辨言性命者之失，而有難予者曰：「子之言性則誠然矣，至於言命，則予以爲未也。今有人於此，其才當處於天下之至賤，而反處於天下之至貴；其行當得天下之大禍，而反得天下之大福；其才當處於天下之至貴，而反處於天下之至賤；其行當得天下之至福，而反得天下之至禍。此則悖於人之所取，而非人力之所及者矣。於是君子曰：爲之者天也。所謂命者，蓋以謂命之於天云耳。昔舜之王天下也，進九官，誅四凶；成王之王天下也，尊二伯，誅二叔。若九官之進者〔二〕，以其皆聖賢也；四凶之誅者，以其皆不肖也。二伯之尊者，亦以其皆聖賢也；二叔之誅者，亦以其皆不肖也。是則人之所爲矣。使舜爲不明，進四凶而誅九官；成王爲不明，尊二叔而誅二伯，則所謂非人力之所及而天之所命者也。彼人之所爲，可强以爲之命哉？」

曰：「聖賢之所以尊進，命也；不肖之所以誅，命也。昔孔子懷九官、二伯之德，困於亂世，脱身於干戈者屢矣。遑遑於天下之諸侯，求有所用，而卒死於旅人也。然則九官、二伯雖曰聖賢，其尊進者，亦命也。盜跖之罪浮於四凶、二叔，竟以壽死。然則四凶、二叔雖曰不肖，其誅者，亦命也。是以聖人不言命，教人以盡乎人事而已。嗚呼！又豈唯貴賤禍福哉？凡人之聖賢不肖，莫非命矣。」

曰：「貴賤禍福皆自外至者，子以謂聖賢之貴而福，不肖之賤而禍，皆有命，則吾既聞之矣。若夫聖賢不肖之所以爲聖賢不肖，則在我者也，何以謂之命哉？」

曰：「是誠君子志也，古之好學者之言，未有不若此者也。然孟子曰：『仁之於父子也，義之於君臣也，禮之於賓主也，知之於賢者也，聖人之於天道也，命也，有性焉，君子不謂命也。』由此而言之，則聖賢之所以爲聖賢，君子雖不謂之命，而孟子固曰命也已。不肖之所以爲不肖，何以異於此哉？」

〔一〕「難」，光啓堂本、聽香館本作「辨」。
〔二〕「者」，原作「也」，今據龍舒本、遞修本改。

# 王安石文集卷第六十九

## 論議

### 祿隱

孔子叙逸民，先伯夷、叔齊而後柳下惠，曰：「不降其志，不辱其身，伯夷、叔齊也，柳下惠降志辱身矣。」孟子叙三聖人者，亦以伯夷居伊尹之前，而揚子亦曰：「孔子高餓顯，下祿隱。」夫聖人之所言高者，是所取於人而所行於己者也；所言下者，是所非於人而所棄於己者也。然而孔孟生於可避之世而未嘗避也，蓋其不合則去，則可謂不降其志，不辱其身矣。至於揚子，則吾竊有疑焉爾。當王莽之亂，雖鄉里自喜者知遠其辱，而揚子親屈其體爲其左右之臣，豈君子固多能言而不能行乎？抑亦有以處之，非必出於此言乎？

曰：聖賢之言行，有所同而有所不必同，不可以一端求也。同者道也，不同者迹也。知所同而不知所不同，非君子也。夫君子豈固欲爲此不同哉？蓋時不同，則言行不得無不同，唯其不同，是所以同也。如時不同而固欲爲之同，則是所同者迹也，所不同者道也。迹同於聖人而道不同，則其爲小人也孰禦哉？世之士不知道之不可一迹也久矣。聖賢之宗於道，猶水之宗於海也。水之流一曲焉，一直焉，未嘗同也；至其宗於海，則同矣。聖賢之言行一伸焉，一屈焉，未嘗同也；至其宗於道，則同矣。故水因地而曲直，故能宗於海；聖賢因時而屈伸，故能宗於道。孟子曰：「伯夷、柳下惠，聖人也，百世之師也。」如其高餓顯，下禄隱，而必其出於所高，則柳下惠安擬伯夷哉？揚子曰：「塗雖曲而通諸夏，則由諸；川雖曲而通諸海，則由諸。」蓋言事雖曲而通諸道，則亦君子所當同也。

由是而言之，餓顯之高，禄隱之下，皆迹矣，豈足以求聖賢哉？唯其能無係累於迹，是以大過於人也。如聖賢之道皆出於一而無權時之變，則又何聖賢之足稱乎？聖者，知權之大者也；賢者，知權之小者也。昔紂之時，微子去之，箕子爲之奴，比干諫而死。此三人者道同也，而其去就若此者，蓋亦所謂迹不必同矣。易曰：「或出或處，或默或語。」言君子之無可無不可也。使揚子寧不至于耽禄於弊時哉〔一〕？蓋於時爲不可去。必去，則揚子之所知亦已小矣。

〔一〕「至于」二字，聖宋文選卷十禄隱無。

## 太古

太古之人不與禽獸朋也幾何？聖人惡之也，制作焉以別之。下而戾於後世，侈裳衣，壯宫室，隆耳目之觀，以囂天下。君臣、父子、兄弟、夫婦，皆不得其所當然。仁義不足澤其性，禮樂不足錮其情，刑政不足綱其惡〔一〕，蕩然復與禽獸朋矣。聖人不作，昧者不識所以化之之術，顧引而歸之太古。太古之道果可行之萬世，聖人惡用制作於其間？必制作於其間，爲太古之不可行也。顧欲引而歸之，是去禽獸而之禽獸，奚補於化哉？吾以爲識治亂者，當言所以化之之術，曰歸之太古，非愚則誣。

〔一〕「綱」，龍舒本作「綱」。

## 原教

善教者藏其用，民化上而不知所以教之之源。不善教者反此，民知所以教之之源，而不誠化上之意。善教者之爲教也，致吾義忠，而天下之君臣義且忠矣；致吾孝慈，而天下之父子孝且慈矣；致吾恩於兄弟，而天下之兄弟相爲恩矣；致吾禮於夫婦，而天下之夫婦相爲禮矣。天下之君君臣臣、父父子子、兄兄弟弟、夫夫婦婦，皆吾教也，民則曰：「我何賴於彼哉？」此謂化上而不知所以教之之源也。不善教者之爲教也，不此之務，而暴爲之制，煩爲之防，劬劬於法令誥戒之間，藏於府，憲於市，屬民於鄙野，必曰臣而臣，君而君，子而子，父而父，兄弟者無失其爲兄弟也，夫婦者無失其爲夫婦也，率是也有賞，不然則罪。鄉閭之師，族酇之長，疏者時讀，密者日告〔一〕，若是其悉矣。顧不有服教而附于刑者〔二〕，於是嘉石以慚之，圜土以苦之，甚者棄之於市朝，放之於裔末，卒不可以已也。此謂民知所以教之之源，而不誠化上之意也。善教者浹於民心，而耳目無聞焉，以道擾民者也。不善教者施於民之耳目，而求浹于心，以道强民者也。擾之爲言，猶山藪之擾毛羽，川澤之擾鱗介也，豈有制哉？自然然耳。强之爲言，其猶囿毛羽、沼鱗介乎？一失其制，脱然逝矣。噫！古之所以爲古，無異焉，由前而已矣；今之所以不爲古，無異焉，由後而已矣。

或曰：「法令誥戒，不足以爲教乎？」曰：「法令誥戒，文也；吾云爾者，本也。失其本而求之文，吾不知其可也。」

〔一〕「日」，龍舒本作「月」。

〔二〕「不有」，龍舒本作「有不」。

## 原過

天有過乎？有之，陵歷鬭蝕是也。地有過乎？有之，崩弛竭塞是也。天地舉有過，卒不累覆且載者何？善復常也。人介乎天地之間，則固不能無過，卒不害聖且賢者何？亦善復常也。故太甲思庸，孔子曰勿憚改過，揚雄貴遷善，皆是術也。

予之朋有過而能悔，悔而能改，人則曰：「是向之從事云爾，今從事與向之從事弗類，非其性也，飾表以疑世也。」夫豈知言哉？天播五行於萬靈，人固備而有之。有而不思則失，思而不行則廢。一日咎前之非，沛然思而行之，是失而復得，廢而復舉也。顧曰非其性，是率天下而戕性也。且如人有財，見篡於盜，已而得之，曰：「非夫人之財，向篡於盜矣。」可歟？不可也。財之在己，固不若性之爲己有也。財失復得，曰非其財，且不可；性失復得，曰非其性，可乎？

## 進說

古之時，士之在下者無求于上，上之人日汲汲惟恐一士之失也。古者士之進，有以德，有以才，有以言，有以曲藝。今徒不然。自茂才等而下之，至于明法，其進退之皆有法度。古之所謂德者、才者，無以爲也。古之所謂言者，又未必應今之法度也。誠有豪傑不世出之士，不自進乎此，上之人弗舉也。誠進乎此，而不應今之法度，有司弗取也。夫自進乎此，皆所謂枉己者也。孟子曰：「未有枉己能正人者也。」然而今之士，不自進乎此者未見也，豈皆不如古之士自重以有恥乎？

古者井天下之地，而授之氓。士之未命也，則授一廛而爲氓，其父母妻子裕如也。自家達國〔一〕，有塾有序，有庠有學，觀游止處，師師友友，弦歌堯舜之道自樂也。磨礱鐫切，沉浸灌養，行完而才備，則曰：「上之人其舍我哉？」上之人其亦莫之能舍也。今也地不井，國不學，黨不庠，遂不序，家不塾。士之未命也，則或無以裕父母妻子，無以處。行完而才備，上之人亦莫之舉也，士安得而不自進？嗚呼！使今之士不若古，非人則然，勢也。勢之異，聖賢之所以不得同也。孟子不見王公，而孔子爲季氏吏，夫不以勢乎哉？

士之進退，不惟其德與才，而惟今之法度。而有司之好惡，未必今之法度也。是士之進，不惟今之法度，而幾在有司之好惡耳。今之有司，非昔之有司也；後之有司，又非今之有司也。有司之好惡，豈常哉？是士之進退，果卒無所必而已矣。噫！以言取人，未免失也〔二〕，取焉而又不得其所謂言，是失之失也，況又重以有司好惡之不可常哉！古之道，其卒不可以見乎？士也有得已之勢，其得不已乎？得已而不已，未見其爲有道也。楊叔明之兄弟以父任皆京官〔三〕，其勢非吾所謂無以處、無以裕父母妻子，而有不得已焉者也。自枉而爲進士，而又枉於有司，而又若不釋然。二君固常自任以道，而且朋友我矣，懼其猶未寤也，爲進説與之。

〔一〕「國」，原闕，今據皇朝文鑑卷一百七進説補。按，禮記學記：「古之教者，家有塾，黨有庠，術有序，國有學。」下文亦曰：「今也地不井，國不學，黨不庠，遂不序，家不塾。」亦可證。

〔二〕「免」，原作「之」，今據皇朝文鑑改。科舉取士乃「以言取士」，王安石以爲失之，而有司好惡不常，又失客觀之法度，故下文曰「取焉而又不得其所謂言，是失之失也」。

〔三〕「叔明」，疑爲「明叔」。明叔，楊忱之字。本書卷九十三大理寺丞楊君墓誌銘：「君諱忱，字明叔，華陰楊氏子。少卓犖，以文章稱天下。（中略）君以父蔭守將作監主簿，數舉進士不中，數上書言事，其言有衆人所不敢言者。」本書卷七十七有答楊忱書。劉敞公是集卷十五有寄楊忱明叔詩，皆此人。

## 取材

夫工人之爲業也，必先淬礪其器用，掄度其材榦，然後致力寡而用功得矣。聖人之於國也，必先遴柬其賢能，練覈其名實，然後任使逸而事以濟矣。故取人之道，世之急務也，自古守文之君，孰不有意於是哉？然其間得人者有之，失士者不能無焉；稱職者有之，謬舉者不能無焉。必欲得人稱職，不失士，不謬舉，宜如漢左雄所議諸生試家法、文吏課牋奏爲得矣。

所謂文吏者，不徒苟尚文辭而已，必也通古今，習禮法，天文人事，政教更張，然後施之職事，則以詳平政體，有大議論，使以古今參之是也。所謂諸生者，不獨取訓習句讀而已，必也習典禮，明制度，臣主威儀，時政沿襲，然後施之職事，則以緣飾治道，有大議論，則以經術斷之是也。

以今準古，今之進士，古之文吏也；今之經學，古之儒生也。然其策進士，則但以章句聲病，苟尚文辭，類皆小能者爲之；策經學者，徒以記問爲能，不責大義，類皆蒙鄙者能之。使通才之人或見贅於時，高世之士或見排於俗，故屬文者至相戒曰：「涉獵可爲也，誣艷可尚也，於政事何爲哉？」守經者曰：「傳寫可爲也，誦習可勤也，於義理何取哉？」故其父兄勗其子弟，師長勗其門人，相爲浮艷之作，以追時好而取世資也。何哉？其取舍好尚如此，所習不得不然也。若此之類，而當擢之職位，歷之仕塗，一旦國家有大議論，立辟雍明堂，損益禮制，更著律令，決讞疑獄，彼惡能以詳平政體，緣飾治道，以古今參之，以經術斷之哉？是必唯唯而已。

文中子曰：「文乎文乎，苟作云乎哉？必也貫乎道。學乎學乎，博誦云乎哉？必也濟乎義。」故才之不可苟取也久矣。必若差別類能，宜少依漢之牋奏家法之義。策進士者，若曰邦家之大計何先，治人之要務何急，政教之利害何大，安邊之計策何出，使之以時務之所宜言之，不直以章句聲病累其心。策經學者，宜曰禮樂之損益何宜，天地之變化何如，禮器之制度何尚，各傳經義以對，不獨以記問傳寫爲能。然後署之甲乙，以升黜之，庶其取舍之鑑，灼于目前。是豈惡有用而事無用，辭逸而就勞哉？故學者不習無用之言，則業專而修矣；一心治道，則習貫而入矣。若此之類，施之朝廷，用之牧民，何嚮而不利哉？其他限年之議，亦無取矣。

## 興賢

國以任賢使能而興，棄賢專己而衰。此二者必然之勢，古今之通義，流俗所共知耳。何治安之世有之而能興，昏亂之世雖有之亦不興？蓋用之與不用之謂矣。有賢而用，國之福也；有之而不用，猶無有也。商之興也有仲虺、伊尹，其衰也亦有三仁。周之興也同心者十人，其衰也亦有祭公謀父、内史過。兩漢之興也有蕭、曹、寇、鄧之徒，其衰也亦有王嘉、傅喜、陳蕃、李固之衆。魏晉而下，至於李唐，不可徧舉，然其間興衰之世，亦皆同也。由此觀之，有賢而用之者，國之福也；有之而不用，猶無有也，可不慎歟？

今猶古也，今之天下亦古之天下，今之士民亦古之士民。古雖擾攘之際，猶有賢能若是之衆，況今太寧，豈曰無之？在君上用之而已。博詢衆庶，則才能者進矣；不有忌諱，則讜直之路開矣；不邇小人，則讒諛者自遠矣；不拘文牽俗，則守職者辨治矣；不責人以細過，則能吏之志得以盡其效矣。苟行此道，則何慮不跨兩漢、軼三代，然後踐五帝、三皇之塗哉！

## 委任

人主以委任爲難，人臣以塞責爲重。任之重而責之重可也，任之輕而責之重不可也。愚無他識，請以漢之事明之。

高祖之任人也，可以任則任，可以止則止。至於一人之身，才有長短，取其長則不問其短；情有忠僞，信其忠則不疑其僞。其意曰：「我以其人長於某事而任之，在它事雖短，何害焉？我以其人忠於我心而任之，在它人雖僞，何害焉？」故蕭何刀筆之吏也，委之關中，無復西顧之憂。陳平亡命之虜也，出捐四萬餘金，不問出入。韓信輕猾之徒也，與之百萬之衆而不疑。是三子者，豈素著忠名哉？蓋高祖推己之心而寘於其心，則它人不能離間，而事以濟矣。

後世循高祖則鮮有敗事，不循則失。故孝文雖愛鄧通，猶逞申屠之志；孝武不疑金、霍，終定天下大策。當是時，守文之盛者，二君而已。元、成之後則不然。雖有何武、王嘉、師丹之賢，而脅於外戚豎宦之寵，牽於帷嬙近習之制，是以王道寖微，而不免負謗於天下也。中興之後，唯世祖能馭大臣，以寇、鄧、耿、賈之徒爲任職，所以威名不減於高祖。至於爲子孫慮則不然。反以元、成之後，三公之任多脅於外戚豎宦、帷嬙近習之人而致敗，由是置三公之任，而事歸臺閣，以虛尊加之而已。然而臺閣之臣，位卑事冗，無所統一，而奪於衆多之口，此其爲脅於外戚豎宦、帷嬙近習者愈矣。至於治有不進，水旱不時，災異或起，則曰三公不能爕理陰陽而策免之，甚者至於誅死，豈不痛哉！沖、質之後，桓、靈之間，因循以爲故事。雖有李固、陳蕃之賢，皆挫於閹寺之手，其餘則希世用事，全軀而已，何政治之能立哉？此所謂任輕責重之弊也。

噫！常人之性，有能有不能，有忠有不忠。知其能則任之重可也，謂其忠則委之誠可也。委之誠者人亦輸其誠，任之重者人亦荷其重。使上下之誠相照，恩結於其心，是豈禽息鳥視而不知荷恩盡力哉！故曰：「不疑於物，物亦誠焉。」且蘇秦不信天下，爲燕尾生。

此一蘇秦傾側數國之間，於秦獨以然者，誠燕君厚之之謂也。故人主以狗彘畜人者，人亦狗彘其行；以國士待人者，人亦國士自奮。故曰：常人之性，有能有不能，有忠有不忠，顧人君待之之意何如耳。

## 知人

貪人廉，淫人潔，佞人直，非終然也，規有濟焉爾。王莽拜侯，讓印不受，假僭皇命，得璽而喜，以廉濟貪者也。晉王廣求爲冢嗣，管絃遏密，塵埃被之，陪扆未幾，而聲色喪邦，以潔濟淫者也。鄭注開陳治道，激昂顏辭，君民翕然，倚以致平，卒用姦敗，以直濟佞者也。於戲！「知人則哲」，「惟帝其難之」，古今一也。

## 風俗

夫天之所愛育者，民也；民之所係仰者，君也。聖人上承天之意，下爲民之主，其要在安利之。而安利之要不在於它〔一〕，在乎正風俗而已。故風俗之變，遷染民志，關之盛衰，不可不慎也。

君子制俗以儉，其弊爲奢。奢而不制，弊將若之何？夫如是，則有殫極財力，僭瀆擬倫，以追時好者矣。且天地之生財也有時，人之爲力也有限，而日夜之費無窮。以有時之財，有限之力，以給無窮之費，若不爲制，所謂積之涓涓而洩之浩浩，如之何使斯民不貧且濫也？國家奄有諸夏，四聖繼統。制度以定矣，紀綱以緝矣，賦斂不傷於民矣，徭役以均矣，升平之運未有盛於今矣，固當家給人足，無一夫不獲其所矣。然而寰人之子短褐未盡完，趨末之民巧僞未盡抑，其故何也？殆風俗有所未盡淳歟？

且聖人之化，自近及遠，由内及外。是以京師者，風俗之樞機也，四方之所面内而依倣也。加之士民富庶，財物畢會，難以儉率，易以奢變。至於發一端，作一事，衣冠車馬之奇，器物服玩之具，旦更奇制，夕染諸夏。工者矜能於無用，商者通貨於難得，歲加一歲，巧眩之性不可窮，好尚之勢多所易。故物有未弊，而見毁於人；人有循舊，而見嗤於俗。富者競以自勝，貧者恥其不若，且曰：「彼人也，我人也，彼爲奉養若此之麗，而我反不及！」由是轉相慕效，務盡鮮明，使愚下之人有逞一時之嗜欲，破終身之貲産，而不自知也。且山林不能給野火，江海不能實漏巵。淳朴之風散，則貪饕之行成；貪饕之行成，則上下之力匱。如此則人無完行，士無廉聲。尚陵逼者爲時宜，守檢押者爲鄙野，節義之民少，兼并之家多。富者財産滿布州域，貧者困窮不免於溝壑。夫人之爲性，心充體逸則樂生，心鬱體勞則思死。若是之俗，何法令之能避哉！故刑罰所以不措者，此也。

且壞崖破岩之水，原自涓涓；干雲蔽日之木，起於青葱。禁微則易，救末者難。所宜略依古之王制，命市納賈，以觀好惡。有作奇技淫巧以疑衆者〔二〕，糾罰之〔三〕。下至物器饌具，爲之品制以節之，工商逐末者，重租税以困辱之。民見末業之無用，而又爲糾罰困辱〔四〕，不得不趨田畝。田畝闢，則民無饑矣。以此顯示衆庶，未有輦轂之内治而天下不治矣。

〔一〕「而」下，龍舒本有「能」字。

〔二〕「衆」，光啓堂本、聽香館本作「民」。

〔三〕「糾」，光啓堂本、聽香館本作「則」。

〔四〕「糾」，光啓堂本、聽香館本作「刑」。

## 閔習

父母死，則燔而捐之水中，其不可，明也；禁使葬之，其無不可〔一〕，亦明也。然而吏相與非之乎上，民相與怪之乎下。蓋其習之久也，則至於戕賊父母而無以爲不可，顧曰禁之不可也。嗚呼！吾是以見先王之道難行也。先王之道不講乎天下，而不勝乎小人之説，非一日之積也。而小人之説，其爲不可，不皆若戕賊父母之易明也；先王之道，不皆若禁使葬之之易行也。嗚呼！吾是以見先王之道難行也。正觀之行其庶矣，惜乎其臣有罪焉〔二〕。作閔習。

〔一〕「其無不可」，龍舒本作「其不可」，皇朝文鑑卷一百二十六收録此篇作「其可」。

〔二〕「罪焉」，光啓堂本作「深慨」，「有深慨」屬下句。

# 王安石文集卷第七十

## 論議　雜著

### 復讎解

或問復讎，對曰：

非治世之道也。明天子在上，自方伯、諸侯以至于有司，各修其職，其能殺不辜者少矣。不幸而有焉，則其子弟以告于有司；有司不能聽，以告于其君；其君不能聽，以告于方伯；方伯不能聽，以告于天子，則天子誅其不能聽者，而爲之施刑於其讎。亂世則天子、諸侯、方伯皆不可以告。故書說紂曰：「凡有辜罪，乃罔恒獲，小民方興，相爲敵讎。」蓋讎之所以興，以上之不可告，辜罪之不常獲也。方是時，有父兄之讎而輒殺之者，君子權其勢恕其情而與之，可也。故復讎之義，見於春秋傳，見於禮記，爲亂世之爲子弟者言之也。春秋傳以爲父受誅，子復讎，不可也。此言不敢以身之私，而害天下之公。又以爲父不受誅，子復讎，可也。此言不以有可絕之義，廢不可絕之恩也。

周官之説曰：「凡復讎者，書于士，殺之無罪。」疑此非周公之法也〔一〕。凡所以有復讎者，以天下之亂，而士之不能聽也。有士矣，不使聽其殺人之罪以施行，而使爲人之子弟者讎之，然則何取於士而禄之也？古之於殺人，其聽之可謂盡矣，猶懼其未也，曰：「與其殺不辜，寧失不經。」今書于士則殺之無罪，則所謂復讎者，果所謂可讎者乎？庸詎知其不獨有可言者乎？就當聽其罪矣，則不殺於士師，而使讎者殺之，何也？故疑此非周公之法也。

或曰：「世亂而有復讎之禁，則寧殺身以復讎乎？將無復讎而以存人之祀乎？」曰：「可以復讎而不復，非孝也；復讎而殄祀，亦非孝也。以讎未復之恥〔二〕，居之終身焉，蓋可也。讎之不復者，天也；不忘復讎者，己也。克己以畏天，心不忘其親，不亦可矣！」

〔一〕「法也」，龍舒本作「説曰」。
〔二〕「恥」，應刻本作「禮」。

## 推命對

吴里處士有善推命知貴賤禍福者，或俾予問之，予辭焉。他日，復以請，予對曰：

夫貴若賤，天所爲也；賢不肖，吾所爲也。吾所爲者，吾能自知之；天所爲者，吾獨懵乎哉！吾賢歟，可以位公卿歟，則萬鍾之禄固有焉；不幸而貧且賤，則時也。吾不賢歟，不可以位公卿歟，則簞食豆羹無歉焉；若幸而富且貴，則咎也。此吾知之無疑，奚率於彼者哉？且禍與福，君子置諸外焉。君子居必仁，行必義，反仁義而福，君子不有也；由仁義而禍，君子不屑也。是故文王拘羑里，孔子畏於匡，彼聖人之智，豈不能脱禍患哉？蓋道之存焉耳。

曰：「子以爲貴若賤，天所爲也。然世賢而賤，不肖而貴者，亦天所爲歟？」

曰：「非也，人不能合於天耳。夫天之生斯人也，使賢者治不賢，故賢者宜貴，不賢者宜賤，天之道也。擇而行之者，人之謂也。天人之道合，則賢者貴，不肖者賤；天人之道悖，則賢者賤，而不肖者貴也。天人之道悖合相半，則賢不肖或貴或賤。堯舜之世，元凱用而四凶殛，是天人之道合也。桀紂之世，飛廉進而三仁退，是天人之道悖也。漢、魏而下，賢不肖或貴或賤，是天人之道悖合相半也。蓋天之命一，而人之時不能率合焉。故君子脩身以俟命，守道以任時，貴賤禍福之來，不能沮也。子不力於仁義以信其中，而屑屑焉甘意於誕謾虚怪之説，不已溺哉？」

## 使醫

「一人疾焉而醫者十，並使之歟？」

曰：「使其尤良者一人焉爾。」

「烏知其尤良而使之？」

曰：「衆人之所謂尤良者，而隱之以吾心，其可也。夫能不相逮，不相爲謀，又相忌也，況愚智之相百者乎？人之愚不能者常多，而智能者常少。醫者十，愚不能者烏知其不九邪？並使之，智能者何用？愚不能者何所不用？一日而病且亡，誰者任其咎邪？故予曰：使其尤良者一人焉爾。使其尤良者有道，藥云則藥，食云則食，坐云則坐，作云則作。夫然，故醫也得肆其術而無憾焉，不幸而病且亡，則少矣。藥云則食，坐云則作，曰：姑如吾所安焉爾。若人也，何必醫？如吾所安焉可也。凡疾而使醫之道皆然，而腹心爲甚。有腹心之疾者，得吾說而思之，其庶矣！」

## 汴說〔一〕

古者卜筮有常官，所諏有常事。若考步人生辰星宿所次，訾相人儀狀色理，逆斥人禍福，考信於聖人無有也，不知從何許人傳。宗其説者，澶漫四出，抵今爲尤蕃。舉天下而籍之，以是自名者，蓋數萬不啻，而汴不與焉。舉汴而籍之，蓋亦以萬計。予嘗眎汴之術士，善挾奇而以動人者〔二〕，大抵宫廬、服輿、食飲之華〔三〕，封君不如也。其出也，或召焉，問之，某人也，朝貴人也；其歸也，或賜焉，問之，某人也，朝貴人也。坐其廬旁，歷其人之往來，肩相切，踵相籍，窮一朝暮，則已錯不可計。竊異之，且竊歎曰：「吾儕治先聖人之言而脩其術，張之能爲天子營太平，斂之猶足以禔身正家，顧未嘗有公卿徹官若是其即之勤也。」

或曰：「子知乎？渴者期於漿，疾者期於醫治然也。子誠能爲天子營太平，禔身正家。彼所存，勢與位爾。勢不盈，位不充，則熱中，熱中則惑。勢盈位充矣，則病失之，病失之則憂。惑且憂，則思決，以彼爲能決。子亦能乎？不能，則無異其即彼疏此也。」因寤，不復異。

久之，補吏淮南，省親江南。有金華山人者，率然相過，自言能逆斥禍福。噫，今之世，子之術奚適而不遇哉！因以汴説諗之。

〔二〕「汴」，聽香館本作「卜」。

〔二〕「善」，原作「菩」，今據龍舒本改。「菩挾技」，「菩」、「善」形近而訛。聽香館本作「若」。

〔三〕「大抵」，原作「大衹」，今據龍舒本改。按，大抵，大都也，概括言之。

## 議茶法

國家罷搉茶之法，而使民得自販，於方今實爲便，於古義實爲宜。而有非之者，蓋聚斂之臣將盡財利於毫末之間，而不知「與之爲取」之過也。

夫茶之爲民用，等於米鹽，不可一日以無。而今官場所出，皆麤惡不可食，故民之所食，大率皆私販者。夫奪民之所甘，而使不得食，則嚴刑峻法有不能止者，故鞭扑流徒之罪未常少弛，而私販、私市者亦未嘗絶於道路也。既罷搉之之法，則凡此之爲患，皆可以無矣。然則雖盡充歲入之利，亦爲國者之所當務也，況關市之入，自足侔昔日之利乎？

昔桑洪羊興榷酤之議〔一〕，當時以爲財用待此而給，萬世不可易者。然至霍光不學無術之人，遂能屈其論而罷其法，蓋義之勝利久矣。今朝廷之治，方欲剗百代之弊而復堯舜之功，而其爲法度，乃欲出於霍光之所羞爲者，則可乎？以今之勢，雖未能盡罷搉貨，而能緩其一，亦所以示上之人恤民之深而興治之漸也。彼區區聚斂之臣，務以求利爲功，而不知「與之爲取」。上之人亦當斷以義，豈可以人人合其私說，然後行哉？揚雄曰：「爲人父而榷其子，縱利，如子何？」以雄之聰明，其講天下之利害宜可信。然則今雖國用甚不足，亦不可以復易已行之法矣。是以國家之勢，苟修其法度，以使本盛而末衰，則天下之財不勝用，庸詎而必區區於此哉？

〔一〕「桑洪羊」，當爲「桑弘羊」，避宋太祖父趙弘殷之諱。龍舒本避諱作「桑羊」。

## 茶商十二説

臣竊以須仰巨商，有十二之損，爲害甚廣，請試陳之。

須仰巨商〔一〕，巨商數少，相率既易，邀賤遂繁。故有場饒明減闇減，累累不已，歲數百萬。是饒減之損，一也。

又既仰巨商，巨商稀少，積壓等候，陳損既多。或棄或焚，或充雜用，此稅既陷，正稅又饒。是陷稅之損，二也。

又既仰巨商，饒豐價薄，園民困耗，逋欠歲程。至如石橋一場，祖額一百七萬，而近歲買納，才得十萬〔二〕，而虧及累年〔三〕，便乞減額。是退額之損，三也。

又既仰巨商，須憑力禁，是以捕捉之旅所在屯布，掩緝之衆彌占川落。官員請俸，卒旅衣糧，擾民費財，揔計不細。是力禁之損，四也。

又既仰巨商，須置権務，諸郡津置，或數千里，所載綱運，率自省破，船材兵費，風波盜竊，每歲之計，不爲不甚。是遠萃之損，五也。

又既仰巨商，必先多備，茶體輕怯，難掌易損，架閣利燥，封角利密。而官數浩瀚，堆積敖廩，風枯雨濕，氣味失奪，俟售待給，已反陳損。是堆積之損，六也。

又失物分輕則得衆〔四〕，得衆則易竭。今仰巨商，本不及數千緡則不能行，是分重而不得衆也，故難竭而成積滯。分重之損，七也。

又凡貨利己則精心，精心則貨善，貨善則易售。今仰巨商，非己甚衆，始從小户，次輸主人，方納官場，復支商旅。是以小户偷竊，主人殺雜，姦吏容庇，皆以非己而致貨不善也。是非己之損，八也。

又既仰巨商，遂爲二等。新好者支筭商旅，低陳者留賣南中，食用不堪，遂皆私易。故一縣大率每歲以茶被刑者，往往百數。是煩刑之損，九也。

又既仰巨商，茶多積壞，壞不堪賣，遂轉鬻茶。俵給户民，悉不堪食，虚納所直，諸郡甚多。是剜本之損，十也。

又巨商悉係通商南方，盡從官賣。官賣既不堪食，多配寺院、茶坊，茶多棄損，錢實虛斂。是削民之損，十一也。

既仰巨商，貨終難盡，諸般折給，從是生焉，雖依元價，折錢變賣，雜收什一，請實虛損，官亦虛損。是刻士之損，十二也。

其爲害廣也如此，不可不去也。

〔一〕「須」，光啓堂本作「既」。
〔二〕「才」，光啓堂本作「財」。
〔三〕「而」，龍舒本作「有餘」，屬上句。
〔四〕「失」，聽香館本作「凡」。

## 乞制置三司條例〔一〕

竊觀先王之法，自畿之内，賦入精麤，以百里爲之差。而畿外邦國，各以所有爲貢，又爲經用通財之法以懋遷之。其治市之貨財，則亡者使有，害者使除；市之不售，貨之滯於民用，則吏爲斂之，以待不時而買者。凡此非專利也。蓋聚天下之人不可以無財〔二〕，理天下之財不可以無義。夫以義理天下之財，則轉輸之勞逸不可以不均，用度之多寡不可以不通，貨賄之有無不可以不制，而輕重斂散之權不可以無術。

今天下財用窘急無餘，典領之官拘於弊法，内外不以相知，盈虚不以相補。諸路上供，歲有定額，豐年便道，可以多致，而不敢贏〔三〕；年儉物貴，難於供備，而不敢不足。遠方有倍蓰之輸，中都有半價之鬻。三司、發運使按簿書、促期會而已，無所可否增損於其間。至遇軍國郊祀之大費，則遣使刬刷，殆無餘藏，諸司財用事〔四〕，往往爲伏匿，不敢實言，以備緩急。又憂年計之不足，則多爲支移、折變以取之，民納租税數至，或倍其本數。而朝廷所用之物，多求於不産，責於非時，富商大賈因時乘公私之急，以擅輕重斂散之權。

臣等以謂發運使揔六路之賦入，而其職以制置茶、鹽、礬税爲事，軍儲國用，多所仰給。宜假以錢貨，繼其用之不給，使周知六路財賦之有無而移用之。凡糴買税斂上供之物，皆得徙貴就賤，用近易遠，令在京庫藏年支見在之定數所當供辦者〔五〕，得以從便變賣，以待上令。稍收輕重斂散之權，歸之公上，而制其有無，以便轉輸，省勞費，去重斂，寬農民，庶幾國用可足，民財不匱矣。所有本司合置官屬，許令辟舉，及有合行事件，令依條例以聞奏〔六〕，下制置司參議施行。

〔一〕按，此文題爲「乞制置三司條例」，然文中所述僅及均輸法。宋會要輯稿職官四二、宋史卷一百六十七職官七、宋史卷一百八十六食貨下八均繫於熙寧二年（一〇六九）七月頒行均輸法下，而非熙寧二年二月制置三司條例時，甚是。「乞制置三司條例」之題當係本書編者所加。

〔二〕「人」下，宋會要輯稿有「而治之」三字。

〔三〕「敢」下，底本衍「不」字，據宋會要輯稿删。

〔四〕「諸司財用事」，宋會要輯稿作「諸路之財平時」。

〔五〕「令」下，宋會要輯稿有「預知」二字。

〔六〕「令依條例以聞奏」，宋會要輯稿作「令具條制以聞」。

## 相鶴經〔一〕

鶴者，陽鳥也，而遊於陰，因金氣依火精以自養。金數九，火數七，六十三年小變，百六十年大變，千六百年形定。生三年，頂赤。七年，飛薄雲漢。又七年，夜十二時鳴。六十年，大毛落，茸毛生，乃潔白如雪，泥水不能污。百六年，雌雄相視而孕。一千六百年，飲而不食，胎化産，爲仙人之騏驥也。夫聲聞於天，故頂赤；食於水，故喙長；輕於前，故毛豐而肉疎；修頸以納新，故天壽不可量。所以體無青、黄二色，土木之氣内養，故不表於外也。是以行必依洲渚，止不集林木，蓋羽族之清崇也。其相曰：「隆鼻短喙則少瞑，露睛赤白則視遠，長頸竦身則能鳴，鳳翼雀尾則善飛，龜背鼈腹會舞，高脛促節足力。」其文，本浮丘伯授王子晉〔二〕。又崔文子學道於子晉，得其文，藏嵩山石室。淮南公采藥得之，遂傳於近代。熙寧十年正月一日，臨川王某〔三〕。

〔一〕按，相鶴經，諸家書目通常著録爲古仙人浮丘公撰。王荆文公詩注卷三十四邢太保有鶴折翼以詩傷之客有記翎經冥三韻而忘其詩者因作四韻，李壁注曰：「相鶴經，古仙人浮丘公所撰。（中略）公集有熙寧中所修相鶴經。」此文標題，乃編者誤加，詳文意，當題爲「書相鶴經後」自「鶴者陽鳥也」至「促節足力」爲相鶴經文。自「其文」至「王某筆」爲書後。

〔二〕「本」，原作「李」，形訛，浮丘爲複姓。説郛卷十五録相鶴經一卷，謂：「其經本浮丘伯授王子晉。」據改。

〔三〕「某」下原有「筆」字，遞修本、應刻本作「降」。黄校曰：「此頁宋刊缺『降』字，明刊作『筆』。」據删。

## 策問〔一〕

問：堯舉鯀，於書詳矣。堯知其不可，然且試之邪，抑不知之也？不知，非所以爲聖也；知其不可，然且試之，則九載之民其爲病也亦久矣。幸而群臣遂舉舜禹〔二〕，不幸復稱鯀，此亦將以九載試之邪？以堯之大聖，知鯀之大惡，其知之也足以自信不疑矣，何牽於群臣也？必曰：「吾唯群臣之聽，不自任也。」聖人之心，急於救民，其趣舍顧是否何如，豈固然邪？必以爲後世法，得無明哲之主牽制，以召敗者邪？或曰：「堯知水之數，故先之以鯀。」或曰：「久民病以大禹功。」是皆不然。堯必不以民病私禹，禹必不以利民病而大己功。以民病私其臣，利民病以爲己功，烏在其爲堯禹也？又以爲泥於數，其探聖人滋淺矣。且謂之有數，鯀何罪其殛死也？聖人之所以然，愚不能釋，吾子無隱焉耳。

二

問：皋陶曰：「在知人，在安民。」大哉，古之君臣相戒如此！夫雖有知人之明，而無安民之惠心，未可與爲治也。有安民之惠心，而無知人之明，則不能任人，雖欲安民，亦有所不能焉。然而天子之尊也，四海之富也，自公至于士凡幾位？自正至于旅凡幾職？所謂知人者，其必有術，可以二三子而不知乎？

三

問：聖人治世有本末，其施之也有先後。今天下困敝不革〔三〕，其爲日也久矣，治教政令未嘗放聖人之意而爲之也。失其本，求之末，當後者反先之，天下靡靡然入於亂者凡以此。夫治天下不以聖人所以治，其卒不治也；則爲士而不閑聖人之所以治，非所以爲士也。願二三子盡道聖人所以治之本末與其所先後，以聞於有司。

四

問：記曰：「追王太王、王季、文王，不以卑臨尊也。」夏、商受命，固有祖考，奚無追王之事邪？

五

問：聖人之爲道也，人情而已矣。考之以事而不合，隱之以義而不通，非道也。洪範之陳五事，合於事而通於義者也。如其休咎之效，則予疑焉。人君承天以從事，天不得其所當然，則戒吾所以承之之事可也。必如傳云人君行然，天則順之以然，其固然邪？「僭常暘若」，「狂常雨若」，使狂且僭，則天如何其順之也？堯、湯水旱，奚尤以取之邪？意者微言深法，非淺者之所能造，敢以質於二三子。

六

問：述詩、書、傳記、百家之文〔四〕，二帝、三王之所以基太平而澤後世，必曰禮樂云；

若政與刑，乃其助爾。禮節之，樂和之，人已大治之後，其所謂助者幾不用矣。下三王而王者，亦有識禮樂之情者乎〔五〕？其所謂禮樂，如何也？儒衣冠而言制作者，文采聲音云而已。基太平而澤後世，儻在此邪？宋之爲宋久矣，禮樂不接於民之耳目，何也？抑猶未可以制作邪？董仲舒、王吉以爲王者未制作，用先王之禮樂宜於世者。如欲用先王之禮樂，則何者宜於世邪？

七

問：舜命九官，三后在焉。吕刑所謂「三后恤功于民」，乃堯命之，何也？曰：「伯夷降典，折民惟刑；禹平水土，主名山川；稷降播種，農殖嘉穀。」以功次之，禹也、稷也、伯夷也，其可也。以事次之，民之災也、富之也、教之也，其可也。今考其文辭，未有次焉，何也？曰：「士制百姓，于刑之中，以教祇德。」降典也則以民云，制于刑之中則以百姓云，何也？

八

問：夏之法至商而更之，商之法至周而更之，皆因世就民而爲之節。然其所以法，意不相師乎？

九

問：易曰：「黄帝、堯、舜垂衣裳而天下治，蓋取諸乾、坤。」説者曰：「垂衣裳以辨貴賤。乾、坤，尊卑之義也。」夫垂衣裳以辨貴賤，自何世始？始於黄帝，獨曰黄帝可也；於堯舜，曰堯曰舜可也。兼三世而言之，吾疑焉。二三子姑爲之解。

十

問：詩論商之所以王，本之契；論周，本之后稷。夫成湯、文武之仁聖而以當桀紂之天下，此夏、商所以破滅而商、周得之也。彼千歲之稷、契，何功焉？其本之也，不有説邪？

十一

問：挂兵於夷狄以弊百姓，畋游、倡樂、賞賜無節，而臺榭、陂池、宫室之觀侈，此國之所以貧。今皆無此。而有司之所講，常出於權利，然亦不足於財。信任親戚後宫之家，尊顯公卿大臣之世，布衣巖穴之秀蔽鄣而不得仕，此官之所以曠。今皆無此。而所使在位，皆公天下之選也，然亦不足於士。異時嘗多兵矣，而不以兵多故費財。今民之壯者多去而爲兵，而租賦盡於糧餉，然亦不足於兵。異時嘗多馬矣，而不以馬多故費士。今内則空可耕之地以爲牧，蓋鉅萬頃，外則棄錢幣以取之四夷，然亦不足於馬。此其故何也？

〔一〕龍舒本題作「策問十道」。

〔二〕「舉」，龍舒本同，遞修本作「畢」。黄校曰：「『畢』，明刊『舉』。」

〔三〕「困」，龍舒本、應刻本作「因」。

〔四〕「述」，龍舒本作「迹」。

〔五〕「識」，原作「議」，據龍舒本改。遞修本黄校曰：「『議』，宋刊『識』。」

# 王安石文集卷第七十一

## 雜著

### 先大夫述

王氏其先出太原，今爲撫州臨川人，不知始所以徙。其後有隱君子某，生某〔一〕，以子故贈尚書職方員外郎。職方生衛尉寺丞某〔二〕，公考也。公諱某〔三〕，始字損之〔四〕，年十七，以文干張公詠。張公奇之，改字公舜良。

祥符八年，得進士第，爲建安主簿。時尚少，縣人頗易之。既數月，皆畏翕然，令賴以治。嘗疾病，闔縣爲禱祠。縣人不時入税，州咎縣，公曰：「孔目吏尚不時入税，貧民何獨急邪〔五〕？」即與校至府門〔六〕，取孔目吏以歸〔七〕，杖二十，與之期三日。盡期，民之税亦無不入，自將已下皆側目。爲判官臨江軍，守不法，公遇事輒據争之以故事。一政吏爲文書謾其上，至公輒閣。軍有蕭灘，號難度，以腐船度輒返，吏呼公爲「判官灘」云。豪吏大姓，至相與出錢，求轉運使下吏〔八〕，出公領新淦縣。縣大治，今三十年，吏民稱説如公在。改大理寺丞，知廬陵縣，又大治。移知新繁縣，改殿中丞。到縣，條宿姦數人上府，流惡處，自餘一以恩信治之，嘗歷歲不笞一人。

知韶州，改太常博士、尚書屯田員外郎。夷越無男女之别，前守類以爲俗然，即其得可已，皆弗究〔九〕。公曰：「同是人也，不可瀆其倫。夫所謂因其俗者，豈謂是邪？」凡有萌蘖，一切擿矜窮治之〔一〇〕。時未幾，男女之行于市者，不敢一塗。胡先生瑗爲政範，亦掇公此事。

部縣翁源多虎，公教捕之。民言虎自斃者五，令斷虎頭輿致州，爲頌以獻。公麾輿者出，以頌還令。其不喜怪，不以其道説之不説也如此。蜀效忠士屯者五百人，代不到，謀叛。韶，小州，即有變，無所可枝梧。佐吏始殊恐，公不爲動，獨捕其首五人，即日斷流之，護出之界上。初〔一一〕，佐吏固争請付獄，既而聞其徒謀，若以首赴獄，當夜劫之以叛，衆乃愈服。公完營驛倉庫，建坊道，隨所施設有條理。長老言：「自嶺海服，朝廷爲吾置州守，未有賢公者。」丁衛尉府君憂，服除，通判江寧府。閲兩將，一以府倚公辦。寶元二年二月二十三日〔一二〕，以疾棄諸孤官下，享年四十六。

公於忠義孝友，非勉也。宦游常奉親行，獨西川以遠〔一三〕，又法不聽。在新繁未嘗劇飲酒，歲時思慕，哭殊悲。其自奉如甚嗇者，異時悉所有又貸於人〔一四〕。治酒食，須以娱其親，無秋毫愛也，人乃或以爲奢。居未嘗怒笞子弟，每置酒，從容爲陳孝悌仁義之本、古今存亡治亂之所以然，甚適。其自任以世之重也，雖人望公則亦然，卒之官不充其材以夭。嗚呼，其命也！

母謝氏，以公故封永安縣君。娶某氏，封長壽縣君。子男七人，女一人適張氏，處兩人。將以某月日葬其處。子某等謹撰次公事如右，以求有道而文者銘焉，以取信於後世。

〔一〕「某」，聽香館本作「明」，乃擅補。

〔二〕「某」，聽香館本作「用之」，乃擅補。

〔三〕「某」，聽香館本作「益」，乃擅補。

〔四〕「損」，原作「捐」，今據龍舒本、遞修本改。

〔五〕「急」，原作「爲」，據龍舒本改。遞修本黄校曰：「『爲』，宋刊模糊，似『急』字。」

〔六〕「與」，龍舒本作「畀」。「至」，龍舒本作「置」。

〔七〕「吏」下，龍舒本有「校」字。

〔八〕「求」，遞修本作「米」，屬上。黄校曰：「『米』，宋刊稍模糊，似『求』字。」

〔九〕「皆」，遞修本作「者」，屬上。

〔一〇〕「矜」，龍舒本作「發」。

〔一〕「初」，原作「劫」，今據龍舒本改。遞修本黄校曰：「『劫』，宋刊模糊，似『初』字。」

〔二〕「寶元二年二月二十三日」，曾鞏集卷四十四尚書都官員外郎王公（益）墓誌銘作「寶元元年二月二十三日」，誤。王荆文公詩注卷二十憶昨詩示諸外弟：「昊天一朝畀以禍，先子泯没予誰依。」李壁注曰：「楚公（王益）寶元二年薨。」

〔三〕「獨」下，龍舒本有「蜀」字。

〔四〕「又」，龍舒本作「以」。

## 先大夫集序

君子於學，其志未始不欲張而行之以致君，下膏澤於無窮。唯其志之大，故或不位於朝。不位於朝〔一〕，而勢不足以自效，則思慕古之人而作爲文辭，亦不失其所志也。二帝、三王群聖人之時，賢俊並用，雖窮處巖穴，亦扳而在高位，其志莫不得施，而文之傳于後者少矣。後之時非古之時也。人之不得志者常多，而以文自傳者紛如也。

先大夫少而博學，及强年有仕進之望，其志欲有以爲而遽没，其於文所不暇也。一日，諸子閲槖中，乃得舊歌詩百餘篇。雖此不足盡識其志，然諷詠情性〔二〕，其亦有以助于道者。不忍棄去也，輒序次之〔三〕。嗚呼！公之詩〔四〕，君子視之，當自知矣，不敢贊也。

〔一〕「故或」至「於朝」二句，遞修本作「故或位於朝」。黄校曰：「『或』下宋刊本同，明刊作『不位於朝不』五字。」按，考王益生平，未嘗在朝任官。

〔二〕「諷」，遞修本作「調」，光啓堂本作「歌」。

〔三〕「輒」，光啓堂本作「故」。

〔四〕「嗚呼公之詩」，光啓堂本作「於所集選詩。」

## 題王逢原講孟子後

逢原在常江陰時，學者有問以孟子，而逢原爲之論説，是以如是其詳也。未幾而逢原卒，故其書纔終於一篇，而考之時不同，蓋其志猶未就也。雖然，觀其説，亦足以概見之矣。若逢原，所謂「見其進未見其止」也。其卒時年二十八，嗚呼，惜哉！逢原卒於嘉祐己亥六月，後七年，講義方行。

## 許氏世譜

伯夷〔一〕，神農之後也，佐堯舜有大功，賜姓曰姜。其後見經者四目〔二〕：曰申，詩所謂申伯者是也；曰吕，書所謂吕侯者是也；曰齊，曰許，春秋内書齊侯〔三〕、許男是也。

周衰，許男嘗從大侯侵伐會盟〔四〕，竟於春秋。及後世復國〔五〕，而子孫以其封姓。然世傳有許由者，堯以天下讓由，由不受，逃之箕山，箕山上蓋有許由冢焉。其事不見於經，學者疑之。或曰：「由亡求於世者耳，雖與之天下，蓋不受也，故好事者以云。」而由與伯夷，其生後先，所祖同不同，莫能知也。

漢興，許氏侯者六人，柏至侯盎〔六〕，宋子侯瘛，嚴侯猜〔七〕。此三侯者，其始以將封，而史不書其州里。平恩侯廣漢、博望侯舜、樂成侯延壽，此三侯者，同産昆弟也，以外戚起於宣、元之世，昌邑人也。盎孫昌嘗爲丞相，延壽及廣漢弟子嘉，嘗爲大司馬。至王莽敗，許氏始皆失其封云。

後漢會稽有許荆者，循吏也。許慎者，以經術顯。許峻者，爲易林傳於世。許楊者，治鴻隙陂，有德於汝南，汝南之民報祭焉。許靖者，避地交州，後入蜀，先主以爲太傅，與從弟劭俱善論人物。劭兄虔，亦知名，世稱「平輿淵，有二龍焉」。慎、峻、楊、靖皆汝南人也。許褚者，家於譙，以忠力事魏，封侯牟鄉。許慈者，家南陽，入蜀，父子爲博士。司馬晉時有許孜者〔八〕，東陽人也，德行高，察孝廉不起，老於家。其子曰生，亦有至性焉。

初，許氏爵邑於周，子孫播散四方，有紀者猶不乏焉，至昌邑始大者〔九〕，間興於汝南，其後祖高陽者爲最盛。然高陽之族，不見其所始。有據者，仕魏，歷校尉、郡守，生允，爲鎮北將軍。允三子，皆仕司馬晉。奇，司隸校尉；猛，幽州刺史。奇子遐，侍中；猛子式，平原太守〔一〇〕。自允至式，皆知名。允後五世詢〔一一〕，司馬晉嘗召官之，不起。詢孫珪，爲旌陽太守於齊。珪生勇慧，齊太子家令、冗從僕射。勇慧生懋，篤學，以孝聞，卒於梁，爲中庶子。懋生亨，爲陳衛尉卿，嘗領史官，次齊、梁時事。有子善心，爲之卒業。

是時，有許紹者，善心族父也，通守夷陵，治有恩，流户自歸數十萬，卒有勞於唐，爵安陸郡公，圉師、欽寂、欽明其後也。圉師，紹少子，寬博有器幹，別自封平恩男〔一二〕，與敬宗俱龍朔中宰相〔一三〕。欽寂謂紹曾大父也，萬歲中，帥師當契丹，爲所敗，執以如安東，使説守者降。至安東，曰：「賊今且破滅，公勉守，無忘忠也。」契丹即殺之。是歲，弟欽明亦遇殺。欽明爲涼州都督，案行，卒與突厥遇〔一四〕，亦執使降，至靈州〔一五〕，顧爲廋言告守者所以破賊。兄弟將兵，一旦同以身徇邊鄙，賢者榮之。

敬宗者，善心子也，始以公開郡於高陽，與其孫令伯以文稱當世。天寶之亂，敬宗有孫曰遠，與張巡以睢陽抗賊，自以不及巡，推巡爲將，而親爲之下。久之，食已盡無助〔一六〕，煮茶、紙以食，猶堅守。賊所以不得南向，以睢陽弊其鋒也。卒與俱死者，皆天下豪傑義士云〔一七〕。

唐亡，遠孫儒不義朱梁，自雍州入于江南，終身不出焉。儒生稠，沈毅有信，仕江南李氏，參德化王軍事〔一八〕。稠生規，好道家言，不以事自慁。嘗羈旅宣、歙間〔一九〕，聞旁舍呻呼，就之，曰：「我某郡人也，察君長者，且死，願以骸骨屬君。」因指橐中黄金十斤，曰：「以是交長者。」規許諾，敬負其骨千里，并黄金置死者家。家大驚愧之，因請獻金如兒言〔二〇〕，以爲許君壽，規不顧竟去。於是聞者滋以規爲長者。卒，葬池州，後以子故贈大理評事。生遂、逖、迥三子〔二一〕。

遂善事母，里母勵其子，輒曰：「汝獨不慚許伯通乎？」祥符中，天子有事於泰山，加恩群臣，逖當遷，讓其兄遂，天子以遂試將作監主簿〔二二〕。遂子俞，字堯言〔二三〕，名能文章，大臣屢薦之，有與不合者，官以故不遂。嘗知興國軍大冶縣，縣人至今稱之。俞兩子均、埴，爲進士〔二四〕。

逖字景山，嘗上書江南李氏，李氏歎奇之，以爲崇文館校書郎。歲中〔二五〕，拜監察御史。後復上書太宗論邊事，宰相趙普奇其意，以爲與己合。知興元府，起鄭侯廢堰以利民。治澧、荆、揚三州〔二六〕，爲盜者逃而去。其事兄如事父，使妻事其長姒如事母。故人無後，爲嫁其女如己子。有子五人：恂，黄州録事參軍；恢，尚書虞部員外郎；怡，今爲太子中舍、簽書淮南節度判官廳公事；元，今爲江、淮、荆、湖、兩浙制置發運使；平，泰州海陵主簿。五人者咸孝友，如其先人，故士大夫論孝友者歸許氏。元以國子博士、發運判官七年，遂爲其使，待制天章閣，自天子大臣莫不以爲材。其勞烈方在史氏記，余故不論而著其家行云。

迥字光遠，其事母如伯通之孝，事其兄如景山之爲弟也。慷慨有大意，少嘗仕李氏〔二七〕，後不復仕，與其兄俱葬顔村。有子會，爲進士，方壯時亦慨然好議天下事，今爲太廟齋郎。

臨川王某曰〔二八〕：余譜許氏，自據以下，其緒傳始顯焉。然自許男見於周，其後數封，而有紀之子孫多焉。攷是論之〔二九〕，夫伯夷之所以佐其君治民，余讀書未嘗不喟然歎思之也。傳曰：「盛德者必百世祀。」若伯夷者，蓋庶幾焉。彼其後世忠孝之良，亦使之遭時，沐浴舜、禹之間以盡其材，而與夫夔、皋羆虎之徒俱出而馳焉〔三〇〕，其孰能概之耶？

〔一〕按，「伯夷」，龍舒本作「伯陽」，誤。此伯夷乃古賢人，與舜同時。尚書舜典：「帝曰：『咨！四岳。有能典朕三禮？』僉曰：『伯夷。』」孔傳：「伯夷，臣名，姜姓。」本書卷六十三伯夷中之伯夷，則爲商末孤竹君長子，契之後人。避紂之亂，隱於首陽山，後不食周粟而死。二者非一人。

〔二〕「目」，龍舒本作「國」，遞修本作「回」。

〔三〕「内」，龍舒本作「所」。

〔四〕「侵」，龍舒本作「征」。

〔五〕「世」下，龍舒本有「無」字。

〔六〕「柏」，龍舒本作「伯」。
〔七〕「猜」，龍舒本作「積」。
〔八〕「孜」，原作「攻」，今據龍舒本改。按，晉書卷八十八許孜傳：「許孜，字季義，東陽吴寧人也。」
〔九〕「者」，龍舒本作「著」。
〔一〇〕「守」，原作「子」，今據龍舒本、遞修本改。
〔一一〕「詢」，龍舒本作「洵」，下同。
〔一二〕「男」，原作「勇」。按，舊唐書卷九十許圉師傳：「紹少子圉師有器幹，博涉藝文，舉進士。顯慶二年，累遷黄門侍郎、同中書門下三品，兼修國史。三年，以修實録功，封平恩縣男，賜物三百段，四遷。龍朔中，爲左相。」今據改。
〔一三〕「俱」下，龍舒本有「爲」字。
〔一四〕「卒與突厥遇」，龍舒本作「卒遇突厥」。
〔一五〕「亦執使降至靈州」，龍舒本作「亦執使説降靈州」。
〔一六〕「食已盡」，龍舒本作「食乏」。「無助」，原無，據龍舒本補。遞修本黄校曰：「『盡』下宋刊多二字，明刊無。」
〔一七〕「傑」，龍舒本、遞修本作「俊」。
〔一八〕按，歐陽脩居士集卷三十三尚書工部郎中充天章閣待制許公（元）墓誌銘：「曾祖諱稠，池州録事參軍。」據資治通鑑卷二七七長興元年正月「吴徙平原王澈爲德化王」。則許稠所仕乃吴楊氏，非江南李氏。

〔一九〕「旅」，原無，據龍舒本補。遞修本黄校曰：「『羈』下宋刊多『旅』字，明刊無。」

〔二〇〕「如」下，龍舒本有「亡」字。

〔二一〕「迥」，原作「逈」，據下文及龍舒本改。許迥，字光遠。迥者，遠也。

〔二二〕「試」，龍舒本作「爲」。

〔二三〕「字」上，龍舒本有「俞」字。

〔二四〕「均」，原無，據龍舒本補。遞修本黄校曰：「『均』下宋刊本多一字，模糊，明刊本不多。」

〔二五〕「中」，原作「終」，據龍舒本改。遞修本黄校曰：「『終』宋刊『中』，明刊『終』。」

〔二六〕「澧」，原作「灃」，形訛，今據龍舒本改。澧，指澧州。

〔二七〕「仕李氏」，龍舒本作「仕進」。

〔二八〕「某」，龍舒本作「安石」。

〔二九〕「考」，龍舒本作「於」。

〔三〇〕「羆」，龍舒本作「熊」。

## 傷仲永

金谿民方仲永，世隸耕。仲永生五年，未嘗識書具，忽啼求之。父異焉，借旁近與之，即書詩四句，并自爲其名。其詩以養父母、收族爲意，傳一鄉秀才觀之。自是指物作詩立就，其文理皆有可觀者。邑人奇之，稍稍賓客其父，或以錢幣乞之。父利其然也，日扳仲永環匄於邑人〔一〕，不使學。

予聞之也久。明道中，從先人還家，於舅家見之，十二三矣。令作詩，不能稱前時之聞。又七年，還自揚州，復到舅家，問焉，曰：「泯然衆人矣。」

王子曰：仲永之通悟，受之天也。其受之天也〔二〕，賢於材人遠矣，卒之爲衆人，則其受於人者不至也。彼其受之天也如此其賢也，不受之人，且爲衆人；今夫不受之天，固衆人，又不受之人，得爲衆人而已邪？

〔一〕「匄」，原作「謁」，據龍舒本改。遞修本黄校曰：「上一字宋刊模糊，明刊『謁』。」又曰：「細閲宋刊似『匄』字。」

〔二〕「天」，原作「人」，今據龍舒本、光啓堂本改。按，「其受之天也」，謂生來所具之天賦。

## 同學一首别子固

江之南有賢人焉，字子固，非今所謂賢人者，予慕而友之。淮之南有賢人焉，字正之，非今所謂賢人者，予慕而友之。二賢人者，足未嘗相過也，口未嘗相語也，辭幣未嘗相接也，其師若友，豈盡同哉？予考其言行，其不相似者何其少也！曰：學聖人而已矣。學聖人，則其師若友必學聖人者。聖人之言行，豈有二哉？其相似也適然。

予在淮南，爲正之道子固，正之不予疑也。還江南，爲子固道正之，子固亦以爲然。予又知所謂賢人者，既相似，又相信不疑也。

子固作懷友一首遺予，其大略欲相扳以至乎中庸而後已。正之蓋亦常云爾。夫安驅徐行，轥中庸之庭而造於其堂，舍二賢人者而誰哉？予昔非敢自必其有至也，亦願從事於左右焉爾，輔而進之，其可也。

噫！官有守，私有繫，會合不可以常也。作同學一首別子固，以相警且相慰云。

## 書瑞新道人壁

始瑞新道人治其衆於天童之景德，予知鄞縣，愛其材能，數與之遊。後新主此山之四年，予自淮南來視蘇州之積水，卒事，訪焉，則新既死於某月某日矣〔一〕。人知與不知〔二〕，莫不愴焉，而予與之又久以深，宜其悲也。夫新之材信奇矣，然自放於世外，而人悼惜之如此。彼公卿大夫操治民之勢，而能以利澤加焉，則其生也榮，其死也哀，不亦宜乎！皇祐五年六月十五日，臨川王某介甫題。

〔一〕「於某月某日矣」，遞修本黄校曰：「此角宋刊模糊」。朝鮮本卷十三答瑞新十遠李壁注引此文，作「於京師」。應刻本作「於此山久矣」。

〔二〕「人」上，應刻本有「而」字，朝鮮本作「聞其死者」。

## 讀孟嘗君傳

世皆稱孟嘗君能得士，士以故歸之，而卒賴其力以脱於虎豹之秦。嗟乎！孟嘗君特雞鳴狗盜之雄耳，豈足以言得士？不然，擅齊之强，得一士焉，宜可以南面而制秦，尚何取雞鳴狗盜之力哉！夫雞鳴狗盜之出其門，此士之所以不至也。

## 讀柳宗元傳

余觀八司馬，皆天下奇材也，一爲叔文所誘，遂陷於不義。至今士大夫欲爲君子者，皆羞道而喜攻之。然此八人者，既困矣，無所用於世，往往能自强以求列於後世〔一〕，而其名卒不廢焉。而所謂欲爲君子者，吾多見其初而已，要其終，能毋與世俯仰以自别於小人者少耳，復何議彼哉〔二〕！

〔一〕「列」，龍舒本作「别」。

〔二〕「議」下，龍舒本有「於」字。

## 讀江南録

故散騎常侍徐公鉉，奉太宗命撰江南録，至李氏亡國之際，不言其君之過，但以歷數存亡論之。雖有愧於實録，其於春秋之義，春秋，臣子爲君親諱，禮也。箕子之説，周武王克商，問箕子商所以亡，箕子不忍言商惡〔一〕，以存亡國宜告之〔二〕。徐氏録爲得焉。

然吾聞國之將亡，必有大惡，惡者無大於殺忠臣。國君無道，不殺忠臣，雖不至於治，亦不至於亡。紂爲君，至暴矣。武王觀兵於孟津，諸侯請伐紂，武王曰：「未可。」及聞其殺王子比干〔三〕，然後知其將亡也，一舉而勝焉。季梁在隋，隋人雖亂，楚人不敢加兵。虞以不用宫之奇之言，晉人始有納璧假道之謀。然則忠臣，國之與也，存與之存，亡與之亡。予自爲兒童時，已聞金陵臣潘佑以直言見殺，當時京師因舉兵來伐，數以殺忠臣之罪。及得佑所上諫李氏表觀之，詞意質直，忠臣之言。予諸父中舊多爲江南官者，其言金陵事頗詳，聞佑所以死則信。然則李氏之亡，不徒然也。

今觀徐氏録言佑死，頗似妖妄〔四〕，與予舊所聞者甚不類。不止於佑，其它所誅者，皆以罪戾，何也？予甚怪焉。若以商紂及隋、虞二君論之，則李氏亡國之君，必有濫誅。吾知佑之死信爲無罪，是乃徐氏匿之耳。

何以知其然？吾以情得之。大凡毁生於嫉，嫉生於不勝，此人之情也。吾聞鉉與佑皆李氏臣，而俱稱有文學，十餘年争名於朝廷間。當李氏之危也，佑能切諫，鉉獨無一説。以佑見誅，鉉又不能力諍，卒使其君有殺忠臣之名，踐亡國之禍，皆鉉之由也。鉉懼此過，而又恥其善不及於佑，故匿其忠而污以它罪，此人情之常也。以佑觀之，其它所誅者又可知矣。噫！若果有此，吾謂鉉不唯厚誣忠臣，其欺吾君不亦甚乎！

〔一〕「忍」，龍舒本作「悉」。

〔二〕「宜」，龍舒本作「祚」。

〔三〕「及」，遞修本作「又」。

〔四〕「似」，龍舒本作「以」。

## 書李文公集後

文公非董子作仕不遇賦，惜其自待不厚。以予觀之，詩三百發憤於不遇者甚衆。而孔子亦曰：「鳳鳥不至，河不出圖，吾已矣夫！」蓋歎不遇也。文公論高如此，及觀於史，一不得職，則詆宰相以自快〔一〕。「今吾於人也，聽其言而觀其行」，言不可獨信久矣。雖然，彼宰相名實固有辨。彼誠小人也，則文公之發，爲不忍於小人可也。爲史者，獨安取其怒之以失職耶〔二〕？世之淺者，固好以其利心量君子〔三〕，以爲觸宰相以近禍，非以其私則莫爲也。夫文公之好惡，蓋所謂皆過其分者耳。

方其不信於天下，更以推賢進善爲急。一士之不顯，至寢食爲之不甘，蓋奔走有力，成其名而後已。士之廢興，彼各有命。身非王公大人之位，取其任而私之，又自以爲賢，僕僕然忘其身之勞也，豈所謂知命者耶？記曰：「道之不行，賢者過之，不肖者不及也。」夫文公之過也，抑其所以爲賢歟？

〔一〕「怏」，龍舒本、遞修本作「快」。

〔二〕「之以」，龍舒本作「以已」。

〔三〕「利」，聽香館本作「私」。

## 書刺客傳後

曹沫將而亡人之城，又劫天下盟主，管仲因勿倍以市信一時，可也。予獨怪智伯國士豫讓，豈顧不用其策耶？讓，誠國士也，曾不能逆策三晉，救智伯之亡，一死區區，尚足校哉！其亦不欺其意者也。聶政售於嚴仲子，荊軻豢於燕太子丹。此兩人者，污隱困約之時，自貴其身〔一〕，不妄願知，亦曰有待焉。彼挾道德以待世者，何如哉？

〔一〕「貴」，原作「責」，據龍舒本、遞修本改。「自貴其身」，意謂雖處困境，能自愛惜。

## 孔子世家議

太史公叙帝王則曰「本紀」，公侯傳國則曰「世家」，公卿特起則曰「列傳」，此其例也。其列孔子爲世家，奚其進退無所據耶？孔子，旅人也，棲棲衰季之世，無尺土之柄，此列之以傳宜矣，曷爲世家哉？豈以仲尼躬將聖之資，其教化之盛，舄奕萬世，故爲之世家以抗之？又非極摯之論也。夫仲尼之才，帝王可也，何特公侯哉？仲尼之道，世天下可也，何特世其家哉？處之世家，仲尼之道不從而大；置之列傳，仲尼之道不從而小。而遷也自亂其例，所謂多所抵牾者也。

## 書洪範傳後

王某曰〔一〕：古之學者，雖問以口，而其傳以心；雖聽以耳，而其受以意。故爲師者不煩，而學者有得也。孔子曰：「不憤不啓，不悱不發，舉一隅不以三隅反，則不復也。」夫孔子豈敢愛其道，驁天下之學者，而不使其蚤有知乎？以謂其問之不切，則其聽之不專；其思之不深，則其取之不固。不專不固，而可以入者，口耳而已矣。吾所以教者，非將善其口耳也。

孔子没，道日以衰熄，浸淫至於漢，而傳注之家作。爲師則有講而無應，爲弟子則有讀而無問。非不欲問也，以經之意爲盡於此矣，吾可無問而得也。豈特無問，又將無思。非不欲思也，以經之意爲盡於此矣，吾可以無思而得也。夫如此，使其傳注者皆已善矣，固足以善學者之口耳，不足善其心，況其有不善乎？宜其歷年以千數，而聖人之經卒於不明，而學者莫能資其言以施於世也。

予悲夫洪範者，武王之所以虚心而問，與箕子之所以悉意而言，爲傳注者汩之，以至於今冥冥也。於是爲作傳以通其意。嗚呼！學者不知古之所以教，而蔽於傳注之學也久矣。當其時，欲其思之深、問之切而後復焉，則吾將孰待而言邪？孔子曰：「予欲無言。」然未嘗無言也。其言也，蓋有不得已焉。孟子則天下固以爲好辯，蓋邪説暴行作，而孔子之道幾於熄焉。孟子者不如是〔二〕，不足與有明也。故孟子曰：「予豈好辯哉？予不得已也。」夫予豈樂反古之所以教，而重爲此譊譊哉？其亦不得已焉者也。

〔一〕「某」，龍舒本、皇朝文鑑卷一百三十書洪範傳後作「安石」。
〔二〕「者」，皇朝文鑑作「苟」。

## 題張忠定書

忠定公没久矣，士大夫至今稱之，豈不以剛毅正直有勞于世如公者少歟？先公年十七，以文見公，實見稱賞，遂易字舜良，時在昇州也。竊觀遺蹟，不勝感惻之至。

## 題燕華仙傳

燕華仙事異矣，黄君所爲傳，亦辯麗可憙。十方世界，皆智所幻。推智無方，幻亦無窮。必有合焉，乃與爲類。則王夫人之遇，豈偶然哉！

## 書金剛經義贈吴珪

惟佛世尊，具正等覺。於十方刹，見無邊身。於一尋身，説無量義。然旁行之所載，累譯之所通，理窮於不可得，性盡於無所住。金剛般若波羅蜜爲最上乘者，如斯而已矣。

## 與妙應大師說

妙應大師智緣，診父之脉，而知子之禍福。翰林王承旨疑其古之無有。緣曰：「昔秦醫和診晉侯之脉，而知良臣必死。良臣之死，乃見於晉侯之脉，診父而知子，又何足怪哉？」熙寧庚戌十二月十九日，某書。

## 題旁詩仲子 正字。〔一〕

旁近有詩云：「杜家園上好花時，尚有梅花三兩枝。日莫欲歸巖下宿，爲貪香雪故來遲。」俞秀老一見，稱賞不已，云絶似唐人。旁喜作詩，如此詩甚工也。

〔一〕「旁」，或作「雱」，誤。遞修本黄校曰：「『旁』字宋刊本同，似非誤字。下筆墨改作『雱』，反誤。」

# 王安石文集卷第七十二

## 書

### 答韓求仁書

比承手筆，問以所疑。哀荒久不爲報，勤勤之意，不可以虚辱，故略以所聞致左右，不自知其中否也，唯求仁所擇爾。

蓋序詩者不知何人，然非達先王之法言者不能爲也。故其言約而明，肆而深，要當精思而熟講之爾，不當疑其有失也。二南皆文王之詩，而其所繫不同者，周南之詩，其志美，其道盛。微至於赳赳武夫、兔罝之人，遠至於江漢、汝墳之域，久至於衰世之公子，皆有以成其德。召南則不能與於此，此其所以爲諸侯之風，而繫之召公者也。夫事出於一人，而其不同如此者，蓋所入有淺深，而所施有久近故爾。

所謂小雅、大雅者，詩之序固曰〔一〕：「政有小大，故有小雅焉，有大雅焉。」然所謂大雅者，積衆小而爲大，故小雅之末，有疑於大雅者，此不可不知也。又作詩者，其志各有所主，其言及於大而志之所主者小，其言及於小而志之所主者大，此又不可不知也。司馬遷以爲大雅言王公大人，而德逮黎庶；小雅譏小己之得失，而其流及上。此言可用也。又宣王之大雅，其善疑於小；而幽王之小雅，其惡疑於大。蓋宣王之善微矣，其大者如此而已；幽王之惡大矣，其小者猶如此也。

凡序言刺某者，一人之事也；言刺時者，非一人之事也。刺言其事，疾言其情。或言其事，或言其情，其實一也。何以知其如此？「墻有茨，衛人刺其上也」，而卒曰「國人疾之而不可道也」，是以知其如此也。刺亂，爲亂者作也；閔亂，爲遭亂者作也。何以知其如此？平王之揚之水，先束薪而後束楚；忽之揚之水，先束楚而後束薪。周之亂在上，而鄭之亂在下故也。亂在上則刺其上，亂在下則閔其上，是以知其如此也。管蔡爲亂，成王幼沖〔二〕，周公作鴟鴞以遺王，非疾成王而刺之也，特以救亂而已，故不言刺亂也。言刺亂、刺褊、刺奢、刺荒，序其所刺之事也。言刺時者，明非一人之事爾，非謂其不亂也。

關雎之詩所謂「悠哉悠哉，輾轉反側」者，孔子所謂「哀而不傷」者也。何彼襛矣之詩所謂「平王」者，猶格王、寧王而已，非東周之平王也；所謂「齊侯」者，猶康侯、寧侯而已，非營丘之齊侯也。鄭緇衣之詩宜也、好也、蓆也，此其先後之序也。此詩言武公父子善善之無已，故序曰：「以明有國善善之功焉。」蓆，多也；宜者，以言其所善之當也；多者，以言其所善之衆也。緇衣者，君臣同朝之服也。「適子之館」者，就之也。爲之改作緇衣而授之以粲者，舉而養之也。能就之，又能舉而養之，此所以爲有國者之善善，而異於匹夫之善善也。夫有國善善如此，則優於天下矣，其能父子善於其職，而國人美之，不亦宜乎！

生民之詩所謂「是任是負，以歸肇祀」者，言后稷既開國，任負所種之穀以歸而肇祀爾，非以謂兆帝祀於郊也。所謂「卬盛于豆，于豆于登，其香始升，上帝居歆」者〔三〕，言我既爲天子得祀郊，則盛于豆登，其香始升，而上帝居歆爾，非以爲后稷得郊也。其卒曰「胡臭亶時，庶無罪悔，以迄于今」者，言上帝所以居歆，何臭之亶時乎？乃以后稷肇祀，則庶無罪悔，以迄于今，得郊祀之時爾。蓋所謂「文武之功，起於后稷，故推以配天」者，此也。

衛有邶、鄘之詩，而說者以謂衛後世并邶、鄘而取之，理或然也。既無所受之，則疑而闕之可也〔四〕。

意誠而心正，心正則無所爲而不正。故孔子曰：「詩三百，一言以蔽之，曰思無邪。」此詩之言，故曰「詩三百，一言以蔽之」也，非以它經爲有異乎此也。吾之所受者爲此，則彼者吾之所棄也，所謂「彼哉彼哉」者，蓋孔子之所棄也。孔子曰「管仲如其仁」，仁也；揚子謂「屈原如其智」，不智也。猶之詩以不明爲明，又以不明爲昏。考其辭之終始，則其文雖同，不害其意異也。

忠足以盡己，恕足以盡物，雖孔子之道，又何以加於此？而論者或以謂孔子之道，神明不測，非忠恕之所能盡。雖然，此非所以告曾子者也。「好勇過我」也者，所謂能勇而不能怯者也，能勇而不能怯，非成材也，故孔子無所取。

古者鳳鳥至，河出圖，皆聖人在上之時。其言「鳳鳥不至，河不出圖」者，蓋曰無聖人在上而已矣。顏子具聖人之體而微，所謂美人也。其於尊五美、屏四惡，非待教也。若夫鄭聲佞人，則由外鑠我者也，雖若顏子者不放而遠之，則其於爲邦也不能無敗。書曰：「能哲而惠，何憂乎驩兜？何畏乎巧言令色孔壬？」由此觀之，佞人者，堯舜之所難，而況於顏子者乎！夫佞人之所以入人者，言而已。言之入人，不如聲之深，則鄭聲之可畏，固又甚矣。孔子曰：「如有所譽，其有所試矣。」謂顏子「三月不違仁」者，蓋有所試矣。雖然，顏子之行，非終於此，其後孔子告之以「克己復禮」，而「請事斯語」矣。夫能言、動、視、聽以禮，則蓋已終身未嘗違仁，非特三月而已也。

語道之全，則無不在也，無不爲也，學者所不能據也，而不可以不心存焉。道之在我者爲德，德可據也。以德愛者爲仁，仁譬則左也，義譬則右也。德以仁爲主，故君子在仁義之間，所當依者仁而已。

孔子之去魯也，知者以爲爲無禮也，乃孔子則欲以微罪行也。以微罪行也者，依於仁而已。禮，體此者也；智，知此者也；信，信此者也。孔子曰「志於道，據於德，依於仁」，而不及乎義、禮、智、信者，其説蓋如此也。

揚子曰：「道以道之，德以得之，仁以人之，義以宜之，禮以體之，天也。合則渾，離則散，一人而兼統四體者，其身全乎！」老子曰：「失道而後德，失德而後仁，失仁而後義，失義而後禮。」揚子言其合，老子言其離，此其所以異也。韓文公知「道有君子有小人，德有凶有吉」，而不知仁義之無以異於道德，此爲不知道德也。

管仲「九合諸侯，一正天下」〔五〕，此孟子所謂天之大任者也。不能如大人正己而物正，此孔子所謂小器者也。言各有所當，非相違也。

昔之論人者，或謂之聖人，或謂之賢人，或謂之君子，或謂之仁人，或謂之善人，或謂之士。微子一篇，記古之人出處去就，蓋略有次序。其終所記八士者，其行特可謂之士而已矣。當記此時，此八人之行蓋猶有所見，今亡矣，其行不可得而考也。無君子小人，至於五世則流澤盡，澤盡則服盡，而尊親之禮息。萬世莫不尊親者，孔子也。故孟子曰：「予未得爲孔子徒也，予私淑諸人也。」

孟子所謂「市，廛而不征，法而不廛」者，先儒以國中之地謂之廛。以周官考之，此説是也。廛而不征者，賦其市地之廛，而不征其貨；法而不廛者，治之以市官之法，而不賦其廛。或廛而不征，或法而不廛。蓋制商賈者惡其盛，盛則人去本者衆，又惡其衰，衰則貨不通，故制法以權之。稍盛則廛而不征，已衰則法而不廛。文王之時，關，譏而不征。及周公制禮，則凶荒札喪，然後無征，蓋所以權之也。貢者，夏后氏之法，而孟子以爲不善者。不善，非夏后氏之罪也，時而已矣。

責難於君者，吾聞之矣；責善於友者，吾聞之矣。雖然，其於君也，曰：「以道事之，不可則止。」其於友也，曰：「忠告而善道之，不可則止。」王驩於孟子，非君也，非友也，彼未嘗謀於孟子，則孟子未嘗與之言，不亦宜乎！

求仁所問於易者，尚非易之蘊也。能盡於詩、書、論語之言，則此皆不問而可知。某嘗學易矣〔六〕，讀而思之，自以爲如此，則書之以待知易者質其義。當是時，未可以學易也，唯無師友之故，不得其序，以過於進取。乃今而後，知昔之爲可悔，而其書往往已爲不知者所傳，追思之未嘗不媿也。以某之愧悔，故亦欲求仁慎之。蓋以求仁之才能而好問如此，某所以告於左右者不敢不盡，冀有以亮之而已。至於春秋，三傳既不足信，故於諸經尤爲難知。辱問，皆不果答，亦冀有以亮之。

〔一〕「固」，龍舒本作「故」。

〔二〕「幼沖」，龍舒本作「沖幼」。

〔三〕「卬」，原作「邛」，據聖宋文選卷十一答韓求仁書改。此句出自詩大雅生民，傳曰：「卬，我也。」

〔四〕「可」，龍舒本作「是」。

〔五〕「正」，聽香館本作「匡」。按此句出自韓非子十過：「齊桓公九合諸侯，一匡天下。」此處原文避宋太祖諱改。

〔六〕「某」，聖宋文選作「安石」。下同。

## 答龔深父書

某得手筆，感慰，尤喜侍奉萬福。所示王深父事甚曉然。不爲小廉曲謹以投衆人耳目，而趣舍必度於仁義，是乃深父所以合於古人，而衆人所以不識深父者也。言之，於深父何病〔一〕？揚雄亦用心於内，不求於外，不修廉隅以徼名當世。故某以謂深父於爲雄，幾可以無悔。

揚雄者，自孟軻以來未有及之者，但後世士大夫多不能深考之爾〔二〕。孟軻，聖人也。賢人則其行不皆合於聖人，特其智足以知聖人而已。故某以謂深父其知能知軻，其於爲雄幾可以無悔。揚雄之仕，合於孔子無不可之義，奈何欲非之乎？若以深父不仕爲過於雄，則自雄以來能不仕者多矣，豈皆能過於雄乎？若以深父之不仕爲與雄異，則孟子稱禹、稷、顔回同道。深父之於爲雄，其以强學力行之所至，仕不仕特其所遭義命之不同，未可以議於此。

深父，吾友也。言其美，尤不敢略，亦不敢誣，所以致忠信於吾友。然以久廢學，恐所論尚不中，不惜更詳喻及也。

〔一〕「病」，光啓堂本、聽香館本作「傷」。

〔二〕「世」下，龍舒本有「學」字。

## 再答龔深父論語孟子書〔一〕

某啓：僶俛從事，不能無勞。略嘗奉書，想已得達。承手筆，知與十二娘子侍奉萬福，欣慰可知〔二〕。

所論及異論具曉〔三〕。然道德性命，其宗一也。道有君子有小人，德有吉有凶，則命有順有逆〔四〕，性有善有惡，固其理，又何足以疑？伊尹曰：「茲乃不義〔五〕，習與性成。」出善就惡〔六〕，謂之性亡，不可謂之性成，伊尹之言何謂也〔七〕？召公曰「惟不恭厥德，乃早墜厥命」者〔八〕，所謂命凶也。命凶者固自取，然猶謂之命，若小人之自取，或幸而免，不可謂之命，則召公之言何謂也？是古之人以無君子爲無道〔九〕，以無吉德爲無德，則出善就惡謂之性亡〔一〇〕，非不可也〔一一〕。

雖然，可以謂之無道，而不可謂之道無；小人可謂之無德〔一二〕，而不可以謂德無凶；可以謂之性亡，而不可以謂之性無惡〔一三〕。孔子曰：「性相近也，習相遠也。」言相近之性，以習而相遠，則習不可以不慎，非謂天下之性皆相近而已矣。孔子見南子爲有禮，則孔子何不告子路曰「是禮也」〔一四〕，而曰「天厭之」乎？孟子曰：「男女授受不親，禮也。嫂溺援之以手者，權也。」若有禮而無權，則何以爲孔子？天下之理，固不可以一言盡。君子有時而用禮，故孟子不見諸侯；有時而用權，故孔子可見南子〔一五〕。孔子與蒲人盟而適衛者，將以行法也；不如是，則要盟者得志矣。且有制于人而不得行〔一六〕，則聖人之無所奈何，孔子適衛，非蒲之所能制〔一七〕，則孔子何爲而不適衛？蓋適衛然後足以明義，此孔子之所微也〔一八〕。

凡此，皆略爲深甫道之。以深甫之明，何難於答是？而千里以書見及，此固深甫之好問嗜學之無已也。久廢筆墨，言不逮意，幸察！知罷官遂見過，幸甚！然某疲病，恐不能久堪州事，不知還得相見於此否？向秋，自愛。〔一九〕

〔一〕此篇龍舒本作「答王深父書」，誤，詳下。

〔二〕自「僶俛從事」至「欣慰可知」三十三字，原闕，今據龍舒本補。

〔三〕「論及」，龍舒本作「示」。「具」，原作「其」，語意扞格，據龍舒本改。

〔四〕「有順有逆」，龍舒本作「有逆有順」。

〔五〕「乃」，原作「爲」，今據龍舒本改。按，尚書太甲上：「伊尹曰：『茲乃不義，習與性成。』」

〔六〕「出」，龍舒本作「去」。

〔七〕「伊」上，龍舒本有「則」字。

〔八〕「恭」，龍舒本作「敬」字缺筆。按，此語出尚書召誥：「惟不敬厥德，乃早墜厥命。」底本蓋避翼祖諱，「敬」作「恭」。

〔九〕「是古之人以無君子爲無道」，龍舒本作「夫古之人以爲無君子道爲無道」，應刻本作「是古之人以無君子爲無適之」。

〔一〇〕「出」，龍舒本作「去」。

〔一一〕「非」，龍舒本作「亦」。

〔一二〕「可」下，龍舒本有「以」字。

〔一三〕「惡」，龍舒本作「善」。

〔一四〕「何不」，原作「不可」，今據龍舒本及下句文意改。

〔一五〕「可見南子」，龍舒本作「見南子也」。

〔一六〕「制」，原作「至」，今據龍舒本改。

〔一七〕「制」，原作「至」，今據龍舒本改。

〔一八〕「微」，龍舒本作「以適衛」。

〔一九〕自「知罷官」至「自愛」三十二字，原闕，今據龍舒本補。按，此篇文字與龍舒本頗有異同，龍舒本將此篇置於下篇答王深甫書後，題作「同前」，誤矣。王深甫，即王回，本書卷九十三王深甫墓誌銘曰：「深父嘗以進士補亳州衛真縣主簿，歲餘，自免去，有勸之仕者，輒辭以養母。其卒以治平二年七月二十八日，年四十三。」王回於嘉祐二年登進士第（淳熙三山志卷二十六），嘉祐五年，始出仕爲衛真縣主簿，其抱關賦曰：「嘉祐五年，回始仕爲衛真主簿。」嘉祐六年，罷官免去，直至治平二年去世。若如龍舒本所題，此爲王安石致王回之書，則書中「知罷官遂見過」，當爲嘉祐六年。然嘉祐六年，王安石在京任三司度支判官（王安石年譜長編第五七四頁），與書中自稱「恐不能久堪州事」不合。

## 答王深甫書三〔一〕

某拘於此〔二〕，鬱鬱不樂，日夜望深甫之來，以豁吾心。而得書，乃不知所冀〔三〕。況自京師去潁良不遠，深甫家事會當有暇時，豈宜愛數日之勞而不一顧我乎？朋友道喪久矣，此吾於深甫不能無望也。

向説天民，與深甫不同。雖蒙丁寧相教，意尚未能與深甫相合也。深甫曰：「事君者，以容於吾君爲悦；安社稷者，以安吾之社稷爲悦；天民者，以行之天下而澤被於民爲達〔四〕。三者皆執其志之所殖而成善者也，而未及乎知命，大人則知命矣。」某則以謂善者，所以繼道而行之，可善者也。孔子曰：「智及之，仁能守之，莊以涖之，動之不以禮，未善也。」又曰：「武盡美矣，未盡善也。」孔子之所謂善者如此，則以容於吾君爲悦者，未可謂能成善者也，亦曰容而已矣。以容於吾君爲悦者，則以不容爲戚；安吾社稷爲悦，則以不安爲戚。吾身之不容，與社稷之不安，亦有命也，而以爲吾戚，此乃所謂不知命也。夫天民者，達可行於天下而後行之者也，彼非以達可行於天下爲悦者也，則其窮而不行也，豈以爲戚哉？視吾之窮達而無悦戚於吾心，不知命者，其何能如此？且深甫謂以民繫天者，明其性命莫不稟於天也。有匹夫求達其志於天下，以養全其類，是能順天者，敢取其號亦曰天民〔五〕。安有能順天而不知命者乎？

深甫曰：「安有能視天以去就，而德顧貶於大人者乎？」某則以謂古之能視天以去就，其德貶於大人者有矣，即深甫所謂管仲是也。管仲，不能正己者也。然而至於不死子糾而從小白，其去就可謂知天矣。天之意，固嘗甚重其民。故孔子善其去就，曰：「豈若匹夫匹婦之爲諒也，自經於溝瀆而莫之知也。」此乃吾所謂德不如大人，而尚能視天以去就者。

深甫曰：「正己以事君者，其道足以致容而已；不容，則命也，何悦於吾心哉？正己而安社稷者，其道足以致安而已；不安，則命也，何悦於吾心哉？正己以正天下者，其道足以行天下而已；不行，則命也，何窮達於吾心哉？」某則以謂大人之窮達，能無悦戚於吾心，不能毋欲達。孟子曰：「我四十不動心。」又曰：「何爲不豫哉？」然而千里而見王，是予所欲也。不遇，故去，豈予所欲哉？王庶幾改之，予日望之。」夫孟子可謂大人矣，而其言如此，然則所謂無窮達於吾心者，殆非也，亦曰無悦戚而已矣。

深甫曰：「惟其正己而不期於正物，是以使萬物之正焉。」某以謂期於正己而不期於正物，而使萬物自正焉，是無治人之道也。無治人之道者，是老莊之爲也。所謂大人者，豈老莊之爲哉？正己不期於正物者，非也；正己而期於正物者，亦非也。正己而不期於正物，是無義也；正己而期於正物，是無命也。是謂大人者，豈顧無義命哉？揚子曰：「先自治而後治人，之謂大器。」揚子所謂大器者，蓋孟子之謂大人也。物正焉者，使物取正乎我而後能正，非使之自正也。武王曰：「四方有罪無罪，惟我在，天下曷敢有越厥志！」一人横行於天下，武王恥之，孟子所謂「武王一怒而安天下之民」。不期於正物而使物自正，則一人横行於天下，武王無爲怒也。孟子没，能言大人而不放於老莊者，揚子而已。

深甫嘗試以某之言與常君論之，二君猶以爲未也，願以教我。

二〔六〕

某學未成而仕，仕又不能俛仰以赴時事之會。居非其好，任非其事，又不能遠引以避小人之謗讒，此其所以爲不肖而得罪於君子者，而足下之所知也。往者足下遽不棄絶，手書勤勤，尚告以其所不及，幸甚，幸甚！顧私心尚有欲言，未知可否，試嘗言之。

某嘗以謂古者至治之世，然後備禮而致刑。不備禮之世，非無禮也，有所不備耳；不致刑之世，非無刑也，有所不致耳。故某於江東，得吏之大罪有所不治，而治其小罪。不知者以謂好伺人之小過以爲明，知者又以爲不果於除惡，而使惡者反資此以爲言〔七〕。某乃異於此，以爲方今之理勢，未可以致刑。致刑則刑重矣，而所治者少；不致刑則刑輕矣，而所治者多，理勢固然也。一路數千里之間，吏方苟簡自然，狃於養交取容之俗，而吾之治者五人，小者罰金，大者纔絀一官，而豈足以爲多乎？工尹商陽非嗜殺人者，猶殺三人而止，以爲不如是不足以反命。某之事，不幸而類此。若夫爲此紛紛而無與於道之廢興，則既亦知之矣。抑所謂君子之仕，行其義者，竊有意焉。足下以爲如何？

自江東日得毁於流俗之士，顧吾心未嘗爲之變，則吾之所存固無以媚斯世，而不能合乎流俗也。及吾朋友亦以爲言，然後怵然自疑，且有自悔之心。徐自反念，古者一道德以同天下之俗，士之有爲於世也，人無異論。今家異道，人殊德，又以愛憎喜怒變事實而傳之，則吾友庸詎非得於人之異論變事實之傳，而後疑我之言乎？況足下知我深，愛我厚，吾之所以日夜向往而不忘者，安得不嘗試言吾之所自爲，以冀足下之察我乎？使吾自爲如此而可以無罪，固夫善〔八〕，即足下尚有以告我，使釋然知其所以爲罪，雖吾往者已不及，尚可以爲來者之戒。幸留意以報我，無忽！

## 三〔九〕

某啓：不見已兩月，雖塵勞汩汩，企望盛德，何日無之。忽辱惠書，承以論語義見教，言微旨奥，直造孔庭，非極高明，孰能爲之？仰羨，仰羨！近蒙子固、夷甫過我，因與二公同觀，尤所歎服。何時得至金陵，以盡遠懷。

〔一〕「三」，原無，據底本目録補。

〔二〕「某」，聖宋文選卷十一答王深甫書作「安石」。下同。

〔三〕「知」，聖宋文選作「如」。

〔四〕「達」，聖宋文選作「悦」。

〔五〕「敢」，聖宋文選作「故」。

〔六〕祖無擇龍學文集附録收此書，題作「王荆公又手書回答龍學」，「龍學」，謂祖無擇。誤。書中曰「足下知我深，愛我厚」，又曰「吾朋友」，則爲致王回書無疑。

〔七〕「而使惡者反資此以爲言」，龍舒本作「然使怒者不資此以爲言乎」。

〔八〕「夫」，龍舒本作「大」。

〔九〕此篇與本書卷七十八答王逢原書全同，龍舒本亦題作「答王逢原書」。

## 與王深父書二〔一〕

某頓首：自與足下別，日思規箴切劘之補，甚於飢渴。足下有所聞，輒以告我，近世朋友，豈有如足下者乎？此固某所望於足下者。惜乎與足下相去遠，過失日甚，而不肯傳聞於足下。誠使盡聞而盡教之，雖某之愚，其庶幾少有成乎？惟足下不以數附書爲勤。幸甚，幸甚！

二

某頓首：近已奉狀，不知到否，竟不得脱省中。而今日就職，聞足下當入都下，幸能蚤來，冀得一見。若足下來差池，則某此月乞去至淮南迎親矣。出不過三四十日，則還至都下。幸足下且留，以待某還，事欲講於左右者甚衆，切勿遽去。若今不得一見，又不知何時奉見，切勿亟歸也。

有王逢原者，卓犖可駭，自常州與之如江南，已見其有過人者。及歸而見之，所學所守愈超然，殆不可及。忽得報死矣，天於善人君子如此，可歎可歎！如逢原者，求之於時，殆未見比，不知常君方之孰賢耳。可痛，可痛！恨足下不得見之耳。書不盡意，自愛自愛！

〔一〕「二」，原無，據底本目録補。

## 答劉讀秀才書

久不聞問，忽得書，承侍奉萬福，良以爲慰。見問進退去就之意。蓋道之所存，意有所不能致，而意之所至，言有所不能盡。第深考微子一篇，則古之聖人君子所以趣時合變，蓋可睹矣。阻闊愈遠，惟自愛，數以書見及。

# 王安石文集卷第七十三

## 書

### 答徐絳書

某啓：某鄙朴，未嘗得邂逅，而蒙以書辱於千里之遠，固已幸甚。足下求免於今之世〔一〕，而求合於古之人，不以問世之能言，而欲有取於不肖，此某之所以難於對也。

自生民以來，爲書以示後世者，莫深於易。易之所爲作，不出足下之所求。文王以伏羲爲未足以喻世也，故從而爲之辭。至於孔子之有述也，蓋又以文王爲未足。此皆聰明睿智，天下至神，然尚於此不能以一言盡之，而患其喻之難也。況以區區之中材，而遇變故之無窮〔二〕，其能皆有所合而卒以自免乎？雖能有所合而有以自免，其可以易言而遽曉乎？此某夙夜勉焉而懼終不及者也，其能遽有以進左右者乎？然學者患其志之不同，而有志者欲其爲之不已。某與足下幸志同矣，如爲之不已，佗日邂逅，得各講其所聞，擇其可以守之，庶其卒將有得焉。蓋古之人其成，未嘗不以友者，此亦區區有望於君子也。

〔一〕「足」上，龍舒本有「然」字。

〔二〕「遇」，龍舒本作「御」。

## 答李資深書

某啓：辱書勤勤，教我以義命之説。此乃足下忠愛於故舊，不忍捐棄，而欲誘之以善也。不敢忘，不敢忘。雖然，天下之變故多矣，而古之君子，辭受取舍之方不一。彼皆内得於己，有以待物，而非有待乎物者也。非有待乎物，故其迹時若可疑；有以待物，故其心未嘗有悔也。若是者，豈以夫世之毁譽者概其心哉？若某者不足以望此，然私有志焉，顧非與足下久相從而熟講之，不足以盡也。多病無聊，未知何時得復晤語。書不能一一，千萬自愛！

## 答韶州張殿丞書

某啓：伏蒙再賜書，示及先君韶州之政，爲吏民稱誦，至今不絶。傷今之士大夫不盡知，又恐史官不能記載，以次前世良吏之後。此皆不肖之孤，言行不足信於天下，不能推揚先人之功緒餘烈〔一〕，使人人得聞知之，所以夙夜愁痛疢心疾首而不敢息者，以此也。

先人之存，某尚少〔二〕，不得備聞爲政之迹。然嘗侍左右，尚能記誦教誨之餘。蓋先君所存，嘗欲大潤澤於天下，一物枯槁，以爲身羞。大者既不得試，已試乃其小者耳，小者又將泯没而無傳，則不肖之孤罪大釁厚矣，尚何以自立於天地之間耶？閤下勤勤惻惻，以不傳爲念，非夫仁人君子樂道人之善，安能以及此？

自三代之時，國各有史。而當時之史，多世其家，往往以身死職，不負其意。蓋其所傳，皆可考據。後既無諸侯之史，而近世非尊爵盛位，雖雄奇儁烈，道德滿衍，不幸不爲朝廷所稱，輒不得見於史。而執筆者又雜出一時之貴人，觀其在廷論議之時，人人得講其然不，尚或以忠爲邪，以異爲同，誅當前而不慄，訕在後而不羞，苟以饜其忿好之心而止耳。而況陰挾翰墨以裁前人之善惡，疑可以貸褒，似可以附毁，往者不能訟當否，生者不得論曲直，賞罰謗譽，又不施其間。以彼其私，獨安能無欺於冥昧之間邪？善既不盡傳，而傳者又不可盡信如此。唯能言之君子，有大公至正之道，名實足以信後世者，耳目所遇，一以言載之，則遂以不朽於無窮耳。

伏惟閤下於先人非有一日之雅，餘論所及，無黨私之嫌。苟以發潛德爲己事，務推所聞，告世之能言而足信者，使得論次以傳焉，則先君之不得列於史官，豈有恨哉！

〔一〕「功緒」，龍舒本作「緒功」。

〔二〕「某」，龍舒本作「安石」。

## 答司馬諫議書

某啓：昨日蒙教，竊以爲與君實游處相好之日久，而議事每不合，所操之術多異故也。雖欲强聒，終必不蒙見察，故略上報，不復一一自辨。重念蒙君實視遇厚，於反覆不宜鹵莽，故今具道所以，冀君實或見恕也。

蓋儒者所争〔一〕，尤在於名實。名實已明，而天下之理得矣。今君實所以見教者，以爲侵官、生事、征利、拒諫，以致天下怨謗也〔二〕。某則以謂受命於人主，議法度而修之於朝廷，以授之於有司，不爲侵官。舉先王之政，以興利除弊，不爲生事。爲天下理財，不爲征利。闢邪説，難壬人，不爲拒諫。至於怨誹之多，則固前知其如此也。人習於苟且非一日，士大夫多以不恤國事同俗自媚於衆爲善。上乃欲變此，而某不量敵之衆寡，欲出力助上以抗之，則衆何爲而不洶洶然？盤庚之遷，胥怨者民也，非特朝廷士大夫而已。盤庚不爲怨者故改其度〔三〕，度義而後動〔四〕，是而不見可悔故也〔五〕。

如君實責我以在位久，未能助上大有爲，以膏澤斯民，則某知罪矣〔六〕。如曰今日當一切不事事〔七〕，守前所爲而已，則非某之所敢知。無由會晤，不任區區向往之至。

〔一〕「争」，龍舒本作「重」。
〔二〕「而天下之理」至「以致天下怨謗也」三十二字，龍舒本作「而天下侵官生事征利拒諫以致天下怨謗皆不足問也」。
〔三〕「盤庚不爲怨者故改其度」，龍舒本作「盤庚不罪怨者亦不改其度」。
〔四〕「度」上，龍舒本有「蓋」字。
〔五〕「而」，龍舒本作「以」。
〔六〕「則」，底本塗抹不清，據龍舒本、遞修本補。
〔七〕「如曰」句，龍舒本作「曰今有當一切不事」。

## 答曾公立書〔一〕

某啓：示及青苗事。治道之興，邪人不利，一興異論，群聾和之，意不在於法也。孟子所言利者，爲利吾國、如曲防遏糴。利吾身耳。至狗彘食人食則檢之，野有餓莩則發之，是所謂政事。政事所以理財，理財乃所謂義也。一部周禮，理財居其半，周公豈爲利哉？姦人者因名實之近，而欲亂之，以眩上下〔二〕，其如民心之願何？始以爲不請，而請者不可遏；終以爲不納，而納者不可却。蓋因民之所利而利之，不得不然也。然二分不及一分，一分不及不利而貸之，貸之不若與之。然不與之而必至於二分者，何也？爲其來日之不可繼也。不可繼，則是惠而不知爲政，非惠而不費之道也，故必貸。然而有官吏之俸，輦運之費，水旱之逋，鼠雀之耗，而必欲廣之，以待其飢不足而直與之也，則無二分之息，可乎？則二分者，亦常平之中正也，豈可易哉？公立更與深於道者論之，則某之所論無一字不合於法，而世之譊譊者，不足言也。因書示及，以爲如何？

〔一〕按，「曾公立」，或作「曾公亮」。劉攽彭城集卷二十七與王介甫書：「見所與曾公亮書，論青苗錢大意。」誤也。曾公立，名伉，字公立，皇祐五年（一〇五三）進士。熙寧二年（一〇六九）四月，制置三司條例司遣使八人分行諸路，相度農田、水利、税賦、科率、徭役利害，曾即其一。詳細考辨，可見王安石年譜長編卷四。

〔二〕「以眩」，龍舒本作「眩惑」。

## 答吕吉甫書

某啓：與公同心，以至異意，皆緣國事〔一〕，豈有它哉？同朝紛紛，公獨助我，則我何憾於公？人或言公，吾無與焉，則公何尤於我？趣時便事，吾不知其説焉〔二〕；攷實論情，公宜昭其如此。開喻重悉，覽之悵然。昔之在我者，誠無細故之可疑〔三〕；則今之在公者，尚何舊惡之足念？然公以壯烈，方進爲於聖世；而某茶然衰疢，特待盡於山林。趣舍異路〔四〕，則相呴以濕，不如相忘之愈也。想趣召在朝夕，惟良食，爲時自愛。

〔一〕「事」，龍舒本作「論」。

〔二〕「吾」上，龍舒本有「則」字。

〔三〕「誠」，龍舒本作「既」。

〔四〕「路」，龍舒本作「事」。

## 與王子醇書四

某啓：得書，承動止萬福，良以爲慰。洮河東西，蕃漢集附，即武勝必爲帥府，今日築城，恐不當小。若以目前功多難成，城大難守，且爲一切之計，亦宜勿隳舊城，審處地勢，以待異時增廣。城成之後，想當分置市易務，爲蕃巡檢大作廨宇，募蕃漢有力人，假以官本，置坊列肆，使蕃漢官私兩利，則其守必易，其集附必速矣。因書希詳喻經畫次第。秋涼，自愛。不宣。

## 二

某啓：承已築武勝，又討定生羌，甚善。聞鄧成珂等諸酋，皆聚所部防拓，恩威所加，於此可見矣。然久使暴露，能無勞費？恐非所以慰悦衆心，令見内附之利。謂宜喻成珂等，放散其衆，量領精壯人馬防招，隨宜犒勞，使悉懷惠。城成之後，更加厚賞。人少則賞不費財，賜厚則衆樂爲用。不知果當如此否？請更詳酌。蕩除强梗，必有穀可獲以供軍，有地可募人以爲弓箭手。特恐新募，未便得力。若募選秦鳳、涇原舊人投换，仍許其家人刺手，承占本名官土，人員節級更與轉資，即素教之兵足以鎮服初附。事難遥度，心所謂然，聊試言之爾。諸當條奏，想不憚煩。露次勞苦，爲時自愛。不宣。

## 三

某啓：得書，喻以禦寇之方。上固欲公毋涉難冒險，以百全取勝，如所喻，甚善，甚善。方今熙、河所急，在修守備，嚴戒諸將勿輕舉動。武人多欲以討殺取功爲事，誠如此而不禁，則一方憂未艾也。竊謂公厚以恩信撫屬羌，察其材者，收之爲用。今多以錢粟養戍卒，乃適足備屬羌爲變，而未有以事秉常、董氈也。誠能使屬羌爲我用，則非特無内患，亦宜賴其力以乘外寇矣。自古以好坑殺人致畔，以能撫養收其用，皆公所覽見。且王師以仁義爲本，豈宜以多殺斂怨耶？喻及青唐既與諸族作怨，後無復合，理固然也。然則近董氈諸族，事定之後，以兵威臨之，而有其罪，使討賊自贖，隨加厚賞，彼亦宜遂爲我用，無復與賊合矣。與討而驅之，使堅附賊爲我患，利害不侔也。事固有攻彼而取此者服，誠能挫董氈，則諸羌自服，安所事討哉？又聞屬羌經討者，既亡蓄積，又廢耕作，後無以自存，安得不屯聚爲寇，以梗商旅往來？如募之力役，及伐材之類，因以活之，宜有可爲。幸留意念恤。

邊事難遥度，想公自有定計，意所及，嘗試言之。春暄，爲國自愛。不宣。

## 四

某啓：久不得來問，思仰可知。木征内附，熙、河無復可虞矣。唯當省冗費，理財穀，爲經久之計而已。上以公功信積著，虚懷委任，疆埸之事，非復異論所能摇沮。公當展意，思有以報上，餘無可疑者也。

某久曠職事，加以疲病，不能自支，幸蒙恩憐，得釋重負。然相去彌遠，不勝惓惓。唯爲國自愛，幸甚。不宣。

## 與趙卨書〔一〕

某啓：議者多言遽欲開納西人，則示之以弱，彼更倔强〔二〕。以事情料之，殆不如此。以我衆大，當彼寡小，我尚疲弊厭兵，即彼偷欲得和可知。我深閉固距，使彼不得安息，則彼上下忿懼，并力一心〔三〕，致死於我，此彼所以能倔强也。我明示開納，則彼孰敢違衆首議欲爲倔强者？就令有敢如此，則彼舉國皆將德我而怨彼，孰肯爲之致死〔四〕？此所以怒我而怠寇也〔五〕。老子曰：「抗兵相加，哀者勝矣。」此之謂也。至於開納之後，與之約和〔六〕，乃不可遽，遽則彼將驕而易我。蓋明示開納，所以怠其衆而紓吾患；徐與之議〔七〕，所以示之難而堅其約。聖上恐龍圖未喻此指，故令以書具道前降指揮〔八〕。如西人有文字，詞理恭順，即與收接聞奏。宜即明示界上，使我吏民與彼舉國皆知朝廷之意。

〔一〕龍舒本題作「與趙卨龍圖書」。
〔二〕「更」，龍舒本作「或」。
〔三〕「并力一心」，龍舒本作「并心一力」。
〔四〕「爲」上，龍舒本有「有」字。
〔五〕「寇」，龍舒本作「彼」。

〔六〕「約」，龍舒本作「議」。

〔七〕「議」，龍舒本作「和」。

〔八〕「以」上，龍舒本有「某」字。

## 回蘇子瞻簡

某啓：承誨喻累幅，知尚盤桓江北，俯仰踰月，豈勝感悵！得秦君詩，手不能捨，葉致遠適見，亦以爲清新嫵麗，與鮑謝似之，不知公意如何？餘卷正冒眩，尚妨細讀，嘗鼎一臠，旨可知也。公奇秦君，數口之不置，吾又獲詩，手之不捨。然聞秦君嘗學至言妙道，無乃笑我與公嗜好過乎？未相見，跋涉自愛，書不宣悉。

## 與陳和叔内翰簡

某啓：今日承以券致饋〔一〕，喻令來取〔二〕。與和叔交游三十年，豈敢復相求於末度〔三〕？然人道所以相交際，亦宜粗有禮〔四〕，非苟以豢養爲利而已。是以不敢拜貺〔五〕，竊恐此非公指。然久客於此，每以煩費公帑爲慚，自是臺無餽，不亦善乎？餘留面叙〔六〕，不宣〔七〕。

〔一〕「今日」，龍舒本作「早」。
〔二〕「令」，龍舒本作「使」。
〔三〕「豈敢復」，龍舒本作「非敢」。
〔四〕「亦宜粗」，龍舒本作「又須」。
〔五〕「不敢拜貺」，龍舒本作「不果拜賜」。
〔六〕「餘留面敘」，龍舒本作「勒此布左右」。
〔七〕「宣」下，龍舒本有「某上」。

## 答許朝議書

某啓：連得誨示，豈勝感慰！歲暮冱寒，想比日安佳。頃在朝廷，觀公議法，每求所以生之，想今爲州，亦用此意。公壽考康寧，子孫蕃衍，當以此也。咫尺思一相見，情何有已！唯冀良食自愛，永綏福履。不宣。

## 答蔡天啓書〔一〕

某啓：近附書，想達。比日安否如何？何時南來？日以企佇。得書説「同生基以色立」，誠如是也。所謂「猶如野馬，熠熠清擾」者，日光入隙，所見是也。衆生以識精冰合，此而成身，衆生爲想所陰，不依日光，則不能見。想陰既盡，心光發宣，則不假日光，了了見此。此即所謂「見同生基」也。未即會晤，爲道自愛，數以書見及。尊教授想比日安佳，未及爲書。

〔一〕「書」字，原無，據底本目録補。

## 與參政王禹玉書二〔一〕

某啓：越宿，伏惟台候萬福。某久尸宰事，每念無以塞責。而比者憂患之餘，衰疹浸加，自惟身事，漫不省察。持此謀國，其能無所曠廢，以稱主上任用之意乎？況自春以來，求解職事，至于四五。今則疾病日甚，必無復任事之理。仰恃契眷，謂宜少敦僚友之義，曲爲開陳，使得畚遂所欲，而不宜迪上見留，以重某逋慢之罪也。區區之懷，言不能盡，惟望深賜矜憐而已。不宣。

### 二

某啓：繼蒙賜臨，傳喻聖訓，傍徨跼蹐，無所容措。某羈孤無助，遭值大聖，獨排衆毁，付以宰事。苟利於國，豈辭糜殞？顧自念行不足以悦衆，而怨怒實積於親貴之尤；智不足以知人，而險詖常出於交游之厚。且據勢重而任事久，有盈滿之憂；意氣衰而精力弊，有曠失之懼。歷觀前世大臣，如此而不知自弛，乃能終不累國者，蓋未有也。此某所以不敢逃逋慢之誅，欲及罪戾未積，得優游里閭，爲聖時知止不殆之臣，庶幾天下後世，於上拔擢任使，無所譏議。

伏惟明公方佐佑大政，上爲朝廷公論，下及僚友私計，謂宜少垂念慮，特賜敷陳。某既不獲通章表，所恃在明公一言而已。心之精微，書不能傳，惟加憫察。幸甚！不宣。

〔一〕「二」字，原無，據底本目録補。

## 答曾子固書

某啓：久以疾病不爲問，豈勝鄉往。前書疑子固於讀經有所不暇，故語及之。連得書，疑某所謂經者，佛經也，而教之以佛經之亂俗。某但言讀經，則何以别於中國聖人之經？子固讀吾書每如此，亦某所以疑子固於讀經有所不暇也。

然世之不見全經久矣，讀經而已，則不足以知經。故某自百家諸子之書，至於難經、素問、本草、諸小説無所不讀，農夫、女工無所不問，然後於經爲能知其大體而無疑。蓋後世學者，與先王之時異矣，不如是，不足以盡聖人故也。揚雄雖爲不好非聖人之書，然於墨、晏、鄒、莊、申、韓，亦何所不讀？彼致其知而後讀，以有所去取，故異學不能亂也。惟其不能亂，故能有所去取者，所以明吾道而已。子固視吾所知，爲尚可以異學亂之者乎？非知我也。

方今亂俗不在於佛，乃在於學士大夫沉没利欲，以言相尚，不知自治而已。子固以爲如何？苦寒，比日侍奉萬福，自愛！

# 王安石文集卷第七十四

## 書

### 上相府書

某聞古者極治之時，君臣施道以業天下之民〔一〕，匹夫匹婦有不與其澤者〔二〕，爲之焦然，恥而憂之，瞽聾侏儒亦各得以其材食之有司。其誠心之所化，至於牛羊之踐〔三〕，不忍不仁於草木，今行葦之詩是也，況於所得士大夫也哉？此其所以上下輯睦而稱極治之時也。

伏惟閤下方以古之道施天下〔四〕，而某之不肖，幸以此時竊官於朝，受命佐州。宜竭罷駑之力，畢思慮，治百姓，以副吾君吾相於設官任材〔五〕、休息元元之意，不宜以私慁上，而自近於不敏之誅。抑其勢有可言，則亦閤下之所宜憐者〔六〕。某少失先人，今大母春秋高，宜就養於家之日久矣，徒以内外數十口無田園以託一日之命，而取食不腆之禄，以至於今不能也。今去而野處，念自廢於苟賤不廉之地，然後有以共裘葛、具魚菽，而免於事親之憂，則恐内傷先人之明，而外以累君子養完人材之德。濡忍以不去，又義之所不敢出也。故輒上書闕下，願濱先人之丘冢〔七〕，自託於筦庫，以終犬馬之養焉。

伏惟閤下觀古之所以材䜣犨侏儒之道，覽行葦之仁，憐士有好修之意者，不窮之於無所據以傷其操，使老者得養，而養者雖愚無能無報盛德，於以廣仁孝之政，而曲成士大夫爲子孫之誼，是亦君子不宜得已者也。黷冒威尊，不任皇恐之至。

〔一〕「施」，龍舒本作「盡」。
〔二〕「與」，龍舒本作「預」。
〔三〕「踐」下，龍舒本有「牧」字。
〔四〕「施」，龍舒本作「治」。
〔五〕「設」，龍舒本作「建」。
〔六〕「則」，龍舒本作「而」。
〔七〕「濱」，原作「殯」，今據龍舒本、嘉靖五年本改。按，濱，臨近。王安石之父葬於江寧。此句言願求一官，臨近江寧，以便奉親。

## 上富相公書

某不肖，當朝廷選用才能修立法度之時〔一〕，不以罪廢而蒙器使，此其幸固已多矣。

某竊自度守一州尚不足以勝任，任有大於一州者，固知其不勝也。自被使江東，夙夜震恐，思得脱去，非獨爲私計，凡以此也。三司判官尤朝廷所選擇，出則被使漕運，而金穀之事，某生平所不習，此所以蒙恩反側而不敢冒也。惟不肖常得出入門下，蒙眷遇爲不淺矣。平居不敢具書，以勤左右之觀省，幸緣恩惠所及〔二〕，敢布其私心。誠望閤下哀其至誠〔三〕，裁賜一州〔四〕，處幽閒之區，寂寞之濱。其治民非敢謂能也〔五〕，庶幾地閒事少，夙夜悉心力，易以塞責而免於官謗也。若夫私養之勢，不便於京師，固嘗屢以聞朝廷，而熟於左右者之聽矣。今兹蒙恩厚，賜禄多，豈宜復言私計不便乎？雖然，所辭者才力所不能，而所願猶未安理分也〔六〕。亦冀閤下哀之。

〔一〕「立」，龍舒本作「舉」。

〔二〕「恩惠」，龍舒本作「繆恩」。

〔三〕「至」，原作「忠」，據龍舒本改。遞修本黄校曰：「宋刊模糊，『忠』字似『至』字。」

〔四〕「裁賜」，原作「載賜」，今據龍舒本改。按，裁賜，酌量賜予之意。後漢書卷一百十九南匈奴傳：「單于前言先帝時所賜呼韓邪竽、瑟、空侯皆敗，願復裁賜。」

〔五〕「其」下，龍舒本有「於」字。

〔六〕「未安理分」，龍舒本作「未敢分理」。

## 上曾參政書

某聞古之君子立而相天下〔一〕，必因其材力之所宜、形勢之所安而役使之，故人得盡其材，而樂出乎其時。今也某材不足以任劇，而又多病，不敢自蔽，而數以聞執事矣。而閤下必欲使之察一道之吏，而寄之以刑獄之事，非所謂因其材力之所宜也。某親老矣，有上氣之疾日久〔二〕，比年加之風眩，勢不可以去左右。閤下必欲使之奔走跋涉，不常乎親之側，非所謂因其形勢之所安也。

伏惟閤下由君子之道以相天下，故某得布其私焉。論者或以爲，事君，使之左則左，使之右則右，害有至於死而不敢避，勞有至於病而不敢辭者，人臣之義也。某竊以爲不然。上之使人也，既因其材力之所宜，形勢之所安，則使之左而左，使之右而右，可也。上之使人也，不因其材力之所宜，形勢之所安，上將無以報吾君，下將無以慰吾親，然且左右惟所使，則是無義無命，而苟悦之爲可也。害有至於死而不敢避者，義無所避之也；勞有至於病而不敢辭者，義無所辭之也。今天下之吏，其材可以備一道之使而無不可爲之勢，其志又欲得此以有爲者，蓋不可勝數，則某之事非所謂不可辭之地，而不可避之時也。

論者又以爲人臣之事其君，與人子之事其親，其勢不可得而兼也。其材不足以任事，而勢不可以去親之左右，則致爲臣而養可也。某又竊以爲不然。古之民也有常産矣，然而事親者猶將輕其志，重其禄，所以爲養。今也仕則有常禄，而居則無常産，而特將輕去其所以爲養，非所謂爲人子事親之義也。且某之材固不足以任使事矣，然尚有可任者，在吾君與吾相處之而已爾。固不可以去親之左右矣，然任豈有不便於養者乎〔三〕？在吾君與吾相處之而已爾。

然以某之賤，未嘗得比於門墻之側，而慨然以鄙樸之辭自通於閤下之前，欲得其所求。自常人觀之，宜其終齟齬而無所合也；自君子觀之，由君子之道以相天下，則宜不爲遠近易慮，而不以親疏改施。如天之無不燾，而施之各以其命之所宜；如地之無不載，而生之各以其性之所有。彼常人之心，區區好伎而自私，不恕己以及物者，豈足以量之邪？伏惟閤下垂聽而念焉，使天下士無復思古之君子，而樂出乎閤下之時，而又使常人之觀閤下者不能量也，豈非君子所願而樂者乎〔四〕？冒黷威尊，不任惶恐之至。

〔一〕「某」，聖宋文選卷十一上曾參政書作「安石」，下同。

〔二〕「之疾」，龍舒本作「疾之」。

〔三〕「任」，龍舒本作「仕」。

〔四〕「子」下，聖宋文選有「之」字。

# 上執政書

竊以方今仁聖在上，四海九州冠帶之屬望其施爲以福天下者，皆聚於朝廷。而某得以此時備使畿内，交遊親戚知能才識之士莫不爲某願，此亦區區者思自竭之時也。

事顧有不然者。某無適時才用，其始仕也苟以得禄養親爲事耳，日月推徙，遂非其據。今親闈老矣，日夜惟諸子壯大，未能以有室家，而某之兄嫂尚皆客殯而不葬也，其心有不樂於此。及今愈思自置江湖之上，以便昆弟親戚往還之勢，而成婚姻葬送之謀。故某在廷二年，所求郡以十數，非獨爲食貧而口衆也，亦其所懷如此。

非獨以此也，某又不幸，今茲天被之疾，好學而苦眩，稍加以憂思，則往往昏瞶不知所爲。以京師千里之縣，吏兵之衆，民物之稠，所當悉心力耳目以稱上之恩施者，蓋不可勝數〔一〕。以某之不肖，雖平居無他，尚懼不給，又況所以亂其心如此，而又爲疾病所侵乎？歸印有司，自請於天子，以待放絀而歸田里，此人臣之明義，而某之所當守也。顧親老矣，而無所養，勢不能爲也。偷假歲月，饕禄賜以徼一日之幸，而不忖事之可否，又義之所不敢爲。竊自恕而求其猶可以冒者〔二〕，自非哀憐東南寬閒之區、幽僻之濱，與之一官，使得因吏事之力，少施其所學，以庚禄賜之入，則進無所逃其罪，退無所託其身，不惟親之欲弗遂而已〔三〕。

蓋聞古者致治之世〔四〕，自瞽矇、昏瞶、侏儒、籧篨、戚施之人，上所以使之，皆各得盡其才；鳥獸、魚鼈、昆蟲、草木，下所以養之〔五〕，皆各得盡其性而不失也。於是裳裳者華、魚藻之詩作於時，而曰〔六〕：「左之左之，君子宜之。右之右之，君子有之。惟其有之，是以似之。」言古之君子，於士之宜左者左之，宜右者右之，各因其才而有之，是以人人得似其先人。又曰：「魚在在藻，依于其蒲。王在在鎬，有那其居。」魚者，潛逃深渺之物〔七〕，皆得其所安而樂，王是以能那其居也〔八〕。方今寬裕廣大，有古之道，大臣之在内有不便於京而求出，小臣之在外有不便於身而求歸，朝廷未嘗不可，而士亦未有以此非之者也。

至於所以賜某者，亦可謂周矣。爲其貧也，使之有屋廬而多禄廩；爲其求在外而欲其内也，置之京師，而如其在外之求。顧某之私不得盡聞於上，是以所懷齟齬而有不得也。今敢盡以聞於朝廷，而又私布於執事矣。伏惟執事察其身之疾而從之盡其才，憐其親之欲而養之盡其性，以完朝廷寬裕廣大之政，而無使裳裳者華、魚藻之詩作於時，則非獨於某爲幸甚〔九〕。

〔一〕「勝」，龍舒本作「稱」。

〔二〕「恕」，原作「怒」，今據龍舒本、嘉靖五年本改。遞修本黄校曰：「『恕』，明刊誤『怒』。」按，「自恕」，自我寬囿之意。
〔三〕「弗遂」，原作「有之」。遞修本黄校曰：「『有之』，明刊同，宋刊作『弗遂』。」
〔四〕「致」，龍舒本作「至」。
〔五〕「下」，原闕，今據龍舒本補。按，上句曰「上所以使之」，故此處爲「下所以養之」。
〔六〕「而」下，龍舒本有「刺之」。
〔七〕「深渺」，龍舒本作「微眇」。
〔八〕「王」，龍舒本作「生」，屬上句。
〔九〕「獨」，龍舒本作「特」。

## 上歐陽永叔書四〔一〕

今日造門，幸得接餘論，以坐有客，不得畢所欲言。

某所以不願試職者，向時則有婚嫁葬送之故，勢不能久處京師。所圖甫畢，而二兄一嫂相繼喪亡，於今窘迫之勢，比之向時爲甚。若萬一幸被館閣之選，則於法當留一年，藉令朝廷憐閔，不及一年，即與之外任，則人之多言，亦甚可畏。若朝廷必復召試，某亦必以私急固辭〔二〕，竊度寬政，必蒙矜允。然召旨既下，比及辭而得請，則所求外補，又當遷延矣。親老口衆，寄食於官舟而不得躬養，於今已數月矣。早得所欲，以紓家之急，此亦仁人宜有以相之也。

翰林雖嘗被旨與某試，然某之到京師，非諸公所當知。以今之體，須某自言，或有司以報，乃當施行前命耳。萬一理當施行，遽爲罷之，於公義亦似未有害，某私計爲得，竊計明公當不惜此。區區之意，不可以盡，唯仁明憐察而聽從之。

二〔三〕

某以不肖，願趨走於先生長者之門久矣。初以疵賤，不能自通，閤下親屈勢位之尊，忘名德之可以加人，而樂與之爲善。顧某不肖，私門多故，又奔走職事，不得繼請左右。及此蒙恩出守一州，愈當遠去門墻，不聞議論之餘，私心眷眷，何可以處！

道途邅迴，數月始至敝邑，以事之紛擾，未得具啓以敘區區鄉往之意。過蒙獎引，追賜詩書，言高旨遠，足以爲學者師法。惟褒被過分，非先進大人所宜施於後進之不肖，豈所謂誘之欲其至於是乎？雖然，懼終不能以上副也，輒勉强所乏，以酬盛德之貺。非敢言詩也，惟赦其僭越，幸甚！

三

某以五月去左右，六月至楚州，即七舍弟病，留四十日。至揚州，又與四舍弟俱，失群牧所生一子〔四〕。七月四日〔五〕，視郡事。承守將數易之後，加之水旱，吏事亦尚紛冗，故修啓不蚤，伏惟幸察。

閤下以道德爲天下所望，方今之勢，雖未得遠引，以從雅懷之所尚，惟攄所蘊，以救時敝，則出處之間，無適不宜。此自明哲所及者，承餘論及之，因試薦其區區。

某到郡侍親，幸且順適，但以不才而臨今日之民，宜得罪於君子，固有日矣。

四

某以疵賤之身，聞問願見〔六〕，非一日積。幸以職事，二年京師，以求議論之補。蒙恩不棄，知遇特深。違離未久，感戀殊甚。然以私門多故，未嘗得進一書以謝左右。伏蒙恩憐，再賜手書，推奬存撫，甚非後進所當得於先生大人之門，以愧以恐，何可以言也！秋冷，伏惟動止萬福，惟爲時自重，以副四方瞻望之意。

〔一〕「四」，原無，據底本目録、遞修本補。

〔二〕「亦」，原作「以」，今據龍舒本改。此句意謂若朝廷再次召試，亦必辭之。「以」，涉下一「以」字而訛。

〔三〕本篇及後兩篇，龍舒本題作「與王禹玉書」，必誤。王禹玉，即王珪，王安石同年。書曰「過蒙奬引，追賜詩書，（中略）輒勉强所乏，以酬盛德之貺」，當指歐陽脩居士外集卷七贈王介甫、本書卷二十二奉酬永叔見贈二詩。至和二年（一〇五五）九月，王安石得歐陽脩之薦，任群牧判官，宋史卷三百二十七王安石傳：「通判舒州。文彦博爲相，薦安石恬退，乞不次進用，以激奔競之風。尋召試館職，不就。脩薦爲諫官，以祖母年高辭。脩以其須禄養言於朝，用爲群牧判官。」故第四書曰「蒙恩不棄，知遇特深」。

〔四〕「群」，原作「郡」，今據龍舒本改。按，「群牧」，指群牧判官，至和元年（一〇五四）九月至嘉祐元年十二月，王安石在京任群牧判官。嘉祐二年五月，王安石出知常州，途經揚州。本書乃其到任後作。

〔五〕「七」，疑訛。按，上文言「五月去左右，六月至楚州，即七舍弟病，留四十日。至揚州，又與四舍弟俱」，以此計之，則「七」或「九」之訛。

〔六〕「問」，原作「門」，今據龍舒本改。按，「聞問」，即通音問之意。

## 與劉原父書

辱手教勤勤，尤感愧，伏承動止萬福，又良慰也。

河役之罷，以轉運賦功本狹，與雨淫不止，督役者以病告，故止耳。昔梁王墮馬，賈生悲哀；泔魚傷人，曾子涕泣。今勞人費財於前，而利不遂於後，此某所以愧恨無窮也〔一〕。若夫事求遂，功求成，而不量天時人力之可否，此某所不能〔二〕，則論某者之紛紛，豈敢怨哉？閤下乃以初不能無意爲有憾，此非某之所敢聞也。方今萬事所以難合而易壞，常以諸賢無意耳。如鄙宗夷甫輩，稍稍騖於世矣；仁聖在上，故公家元海未敢跋扈耳。閤下論爲世師，此雖戲言，願勿廣也。前月被使江東，朝夕當走左右，自餘須面請。

〔一〕「愧恨」，龍舒本作「恨愧」。

〔二〕「能」下，龍舒本有「也不能」三字。

## 答吴孝宗書孝宗字子經。〔一〕

比得周秀才所示書，即欲奉報，以多病多事，未能如志。重承手問，尤以感愧。知生事彌困，爲之奈何！某亦以姻事見迫，又田入不足，故私計亦未能不以經心。然勞佚有命，當順以聽之耳。

前書所示，大抵不出先志。若子經欲以文辭高世，則世之名能文辭者，已無過矣；若欲以明道，則離聖人之經，皆不足以有明也。自秦漢已來，儒者唯揚雄爲知言，然尚恨有所未盡。今學士大夫往往不足以知雄，則其於聖人之經，宜其有所未盡。子經誠欲以文辭高世，則無爲見問矣；誠欲以明道，則所欲爲子經道者，非可以一言而盡也。

子經所謂斜鑿以矯舟〔二〕，背柄以矯矢〔三〕，此天下之所同，而舟矢已來，未之改也。先志所論，有非天下之所同而特出子經之新意者，則與矯舟矢之意爲不類。又子經以爲詩、禮不可以相解，乃如某之學，則惟詩、禮足以相解，以其理同故也。子經以謂如何？兩家各多難，無由會合。許明年見過，幸甚。未爾，自愛！

〔一〕龍舒本題作「答吳子經書」。

〔二〕「舟」，原作「矢」，據龍舒本改。按，舟可言「鑿」，而矢不可。

〔三〕「矢」，原作「舟」，據龍舒本改。按，矢有「柄」，而舟無。

## 答吳孝宗論先志書

某辱書〔一〕，又示以先志，而怪某尚有欲爲吾弟道者〔二〕，責以一言盡之。吾弟所爲書博矣，所欲爲吾弟道者，非可以一言盡。然吾弟自以爲才不及子貢，而所言皆子貢所欲聞於夫子而不得者也〔三〕，則某有欲爲吾弟道者〔四〕，可勿怪也。

積憂久病，廢學疲懶，書不能逮意。知已就試國學，隆暑，自愛！他俟試罷見過，面盡，不宣〔五〕。

〔一〕「某」，皇朝文鑑卷一百十六收録此書，作「安石」。
〔二〕「某」，龍舒本、皇朝文鑑作「安石」。
〔三〕「夫」，龍舒本、皇朝文鑑作「孔」。
〔四〕「某」，龍舒本、皇朝文鑑作「安石」。
〔五〕「宣」下，龍舒本有「某再拜」三字。

## 答錢公輔學士書

比蒙以銘文見屬。足下於世爲聞人，力足以得顯者銘父母，以屬於不腆之文〔一〕，似其意非苟然，故輒爲之而不辭。不圖乃猶未副所欲，欲有所增損。鄙文自有意義，不可改也，宜以見還，而求能如足下意者爲之耳。

家廟以今法準之，恐足下未得立也。足下雖多聞，要與識者講之。如得甲科爲通判，通判之署有池臺竹林之勝〔二〕，此何足以爲太夫人之榮，而必欲書之乎？貴爲天子，富有天下，苟不能行道，適足以爲父母之羞。況一甲科通判，苟粗知爲辭賦，雖市井小人皆可以得之，何足道哉！何足道哉！故銘以謂閭巷之士，以爲太夫人榮，明天下有識者不以置悲歡榮辱於其心也。太夫人能異於閭巷之士，而與天下有識同，此其所以爲賢而宜銘者也。

至於諸孫，亦不足列。孰有五子而無七孫者乎？七孫業之有可道〔三〕，固不宜略；若皆兒童，賢不肖未可知，列之於義何當也？

諸不具道，計足下當與有識者講之。南去愈遠，君子惟順愛自重。

〔一〕「以」上，龍舒本有「乃」字，義長。

〔二〕「林」，光啓堂本、聽香館本作「木」。

〔三〕「之」，龍舒本作「文」。

## 與崔伯易書

伯易足下：得書於京師，所以開我者不敢忘，而人事紛紛，不得修報。以爲到高郵即奉見，得道所欲言者，去軍城止三十里，而遇親舟，遂挽以北。念還軍中則重煩親友，然遂不得一見足下而西，殊悒悒也。

逢原遽如此，痛念之無窮，特爲之作銘，因吴特起去奉呈〔一〕。此於平生爲銘，最爲無媿，惜也如此人而年止如此〔二〕！以某之不肖，固不敢自謂足以知之，然見逢原所學所爲日進，而比在高郵見之，遂若不可企及。竊以謂可畏憚而有望其助我者，莫如此君〔三〕，雖足下之言，亦以謂如此。今則已矣，可痛，可痛，可痛！然此特可爲足下道爾。人之愛逢原者多矣，亦豈如吾兩人者知之之盡乎？〔四〕可痛，可痛，可痛！莘老必朝夕見之於京師，不別致書，爲致意〔五〕。

〔一〕「因」，遞修本黄校曰：「兩宋刊俱作『固』。」按，疑「固」當爲「曰」。

〔二〕「惜」，龍舒本作「者」，「者也」屬上句。

〔三〕「如」，原作「踰」，據龍舒本改，黄校遞修本作「先」。黄校曰：「『莫』下宋刊空白一字。」

〔四〕遞修本黄校曰：「『豈』下宋刊空白一字。」

〔五〕遞修本黄校曰：「『致意』二字兩宋刊提行。」

## 與郭祥正太博書三〔一〕

某叩頭。得手筆存問〔二〕，區區哀感，所不可言。示及詩篇，壯麗俊偉，乃能至此，良以歎駭也。輒留巾甌〔三〕，永以爲玩。山邑少事，不足以煩剸治，想多暇日，足以吟詠。無緣一至左右，惟自愛重，以副鄉往之私，幸甚！

二

某叩頭。罪逆餘生，奄經時序，咫尺無由自訴。伏承存録，貺以詩書，不勝區區哀感。詩已傳聞兩篇，餘皆所未見。豪邁精絶，固出於天才，此非力學者所能逮也。雖在哀疚，把翫不能自休，謹輒藏之巾匭，永以爲好也。知導引事稍熟，希爲人慎疾自愛，幸甚！

三

某叩頭。承示新句，但知歎愧。子固之言，未知所謂，豈以謂足下天才卓越，更當約以古詩之法乎？哀荒未能劇論，當俟異時爾。聞有殤子之釁，想能以理自釋情累也。某罪逆荼毒，奄忽時序，諸非面訴，無以盡。

〔一〕「三」，原無，據底本目録補。

〔二〕「筆」，光啓堂本、聽香館本作「書」。

〔三〕「巾」，遞修本作「中」。黄校曰：「此『巾』字宋刊作『中』，下又作『巾』。」

## 與吴特起書

某啓：適見鍾檢正世美，言上舍吴師禮，浙人也，有文學節行，欲爲逢原壻。彼極多人欲壻之，而慕逢原節義，故欲娶其女。鍾爲人不妄，吴亦有名，故欲作書奉報，乃得來書，更請審擇。特起肯遠相過，甚慰思渴。老年待盡，若復得一相見，豈非幸願！今歲暑雨特甚，多逃於北山。平生未嘗畏暑，年老氣衰，復值此非常氣候，殊爲憊頓。書不及悉，千萬自愛。

## 與曾子山書

某啓：比聞上下呶呶，何故？人不患無材，患韜晦之爲難。況州縣之勢，固已相遼，郡若擢縣，易於拉朽，此不可不知也。冬寒，千萬自愛。

## 與吴司録議王逢原姻事書二〔一〕

某啓：仲冬嚴寒，伏惟尊體動止萬福。王令秀才，近見文學、才智、行義皆高過人，見留他來此修學。雖貧不應舉，爲人亦通，不至大段苦節過當。他恐二舅不欲與作親，久不得委曲。不審尊意如何？傳聞皆不可信也。某目見其所爲如此，甚可愛也。未拜見，千萬乞保尊重。

二

某啓：新正，伏惟二舅都曹尊體動止萬福。

向曾上狀，不審得達左右否？王令秀才見在江陰聚學，文學、智識與其性行，誠是豪傑之士。或傳其所爲過當，皆不足信。某此深察其所爲，大抵只是守節安貧耳。近日人從之學者甚衆，亦不至絶貧乏，况其家口寡，亦易爲贍足。雖然不應舉，以某計之〔二〕，今應舉者未必及第，未必不困窮，更請斟酌。此人但恐久遠非終困窮者也，雖終困窮，其畜妻子當亦不至失所也。渠却望二舅有信來，決知親事終如何，幸一賜報也。

尚寒，伏乞善保尊重。

〔一〕「二」，原無，據底本目録補。
〔二〕「計」，光啓堂本、聽香館本作「謀」。

# 王安石文集卷第七十五

## 書

### 與王逢原書七〔一〕

某頓首逢原足下〔二〕：比得足下於客食中，窘窘相造謝〔三〕，不能取一日之閑，以與足下極所欲語者，而舟即東矣。間閱足下之詩，切有疑焉，不敢不以告。

足下詩有歎蒼生淚垂之說。夫君子之於學也，固有志於天下矣。然先吾身而後吾人，吾身治矣，而人之治不治，係吾得志與否耳。身猶屬於命，天下之治，其可以不屬於命乎〔四〕？孔子曰：「不知命，無以爲君子。」又曰：「道之將行也歟？命也！道之將廢也歟？命也！」孔子之說如此，而或以爲君子之學汲汲以憂世者，惑也。惑於此而進退之行不得於孔子者，有之矣，故有孔不暇暖席之說。

吾獨以聖人之心〔五〕，未始有憂。有難予者曰：「然則聖人忘天下矣。」曰：「是不忘天下也。」否之象曰：「君子以儉德避難，不可榮以禄。」初六曰：「拔茅茹，以其彙，正吉。」

象曰：「拔茅正吉，志在君也。」在君者，不忘天下者也。不可榮以禄者，知命也。吾雖不忘天下，而命不可必合，憂之，其能合乎？易曰「遯世無悶」，「樂天知命」，是也。詩三百，如柏舟、北門之類，有憂也。然仕於其時而不得其志，不得以不憂也。仕不在於天下國家，與夫不仕者，未始有憂，君子陽陽、考槃之類是也。借有憂者，不能奪聖人不憂之說〔六〕。孟子曰：「伊尹視天下匹夫匹婦有不被其澤者，若己推而納之溝中。」可謂憂天下也。然湯聘之，猶囂囂然曰〔七〕：「我處畎畝之間，以樂堯舜之道，豈如彼所謂憂天下者，僕僕自枉，而幸售其道哉？」〔八〕又論禹、稷、顔回同道，曰：「鄉鄰有鬬者，被髮纓冠而救之，則惑也。」今窮於下而曰我憂天下至於慟哭者，無乃近救鄉鄰之事乎？孔子所以極其說於知命不憂者，欲人知治亂有命，而進不可以苟，則先王之道得伸也〔九〕。世有能諭知命之說，而不能重進退者，有矣。由知及之，仁不能守之也。

始得足下文，特愛足下之才耳。既而見足下衣刓屨缺，坐而語，未嘗及己之窮。退而詢，足下終歲食不葷，不以絲忽妄售於人〔一〇〕。世之自立如足下者，有幾？吾以謂知及之，仁又能守之，故以某之所學報足下〔一一〕。

二

某頓首〔一二〕。讀所辱書辭，見足下之材浩乎沛然，非某之所能及。問諸邑人，知足下之行，學爲君子而方不已者也。惜乎某之行亟，不得久留從足下以遊，及求足下所稱滿君者而見之。所示藁副，輒留傳玩。不審定復枉顧否？不勝幸望也〔一三〕。

三

某頓首逢原〔一四〕：近已附書，亦得所賜教，殊感慰。唯逢原見教，正得鄙心之所欲，方欲請，而已被旨還都，遂得脱此，亦可喜也。但今兹所除，復非不肖所宜居，不免又干瀆朝廷，此更增不知者之毁。然吾自計當如此，豈能顧流俗之紛紛乎？不久到真州，冀逢原一來見就，不知有暇否？幸因書見報。某止寓和州耳，來真唯迎親老，來視女弟，既而歸和俟命也。冬寒，自愛〔一五〕。

四

某頓首〔一六〕：被命使江東按刑獄事，明日遂行，欲至揚州宿留，别乞一差遣。切欲一見逢原，幸枉駕見追，只於丹陽奉候，切勿以事爲解也。它須面陳，此不詳悉。切見過〔一七〕，專奉遲。切切〔一八〕！

五

某頓首〔一九〕：自别逢原，一得書，遂不知行李所在，伏計已達暨陽。今此介往，幸喻動止之詳，以慰思渴也。居江陰，果可以徙否？某之勢，恐未能自脱於此矣。罪釁日積〔二〇〕，而缺然無友朋之救，此痼瘵所以怵惕而不知所爲者也。逢原不知可以遊番乎？番亦多士〔二一〕，可以優游卒歲，試思之也。人還一報，餘自愛重〔二二〕。

## 六

某頓首〔二三〕：得手教，承尚在江州，思企何可勝言！某昨到金陵，忽忽遂歸番〔二四〕。冬末須一到金陵，不知逢原此行以何時到江陰？今必與吴親同舟而濟，但到金陵，莫須求客舟以往否？近制，船難爲謀，自金陵至潤只一兩程，到潤則求舫至江陰亦易矣。

某處此，遂未有去理。如孫少述、丁元珍、曾子固，尚以書見止，不宜自求便安，數溷朝廷，它人復可望其見察者乎〔二五〕？罪釁日積，而不知所以自脱，足下安以爲我謀哉？配兵不習水事，甚善。但計今之勢，如此等事，皆不可與論説。不知足下意以爲當如何施行，幸試疏示。更有所聞，悉望見教。所至幸望留意，訪以所不逮也。至冬末到金陵，欲望逢原一至金陵見訪，不知可否？私心極有事欲面謁，切試思之，幸能一來，爲惠大矣〔二六〕。

## 七

某頓首逢原足下〔二七〕：方欲作書，而得所賜書，尤感慰。唯逢原所以教我，得鄙心所欲出者。窮僻無交游，所與議者皆不出流俗之人，非逢原之教我，尚安得聞此？方力求所欲，但未知何時得耳。及冬春之交未得脱此，冀相遇於江寧，不審肯顧否？承教許如此，當可如約也。但不謀潤居，何也？江陰豈不可留乎？若在潤，則相遇尤易耳。配卒事，須面敘乃悉。餘更有所聞，悉望見教。

今世既無朋友相告戒之道，而言亦未必可用。大抵見教者，欲使某同乎俗、合乎世耳。非足下教我，尚何望於他人？切無所惜也。冬寒，自愛〔二八〕。

〔一〕「七」，原無，據底本卷首目録補。以下七書，龍舒本不載。

〔二〕「某」，王令集附録作「安石」。

〔三〕「窘窘」，王令集附録作「悤悤」。

〔四〕「乎」下，王令集附録有「得於行而不得於知，吾恥之也；得於知而不得於行，吾不恤也，盡吾性而已」。

〔五〕「吾」上，王令集附録有「韓子亦以爲言」。

〔六〕「説」下，王令集附録有「詩者，非一人之辭也，出諸國之賢者，則道不能盡軌於聖人也宜矣。然汲汲以憂世事，孔子固有取而不爲也」。

〔七〕「猶」上，王令集附録有「已」字。

〔八〕「哉」下，王令集附録有「然其讚孔子曰：『可以仕則仕，可以止則止。』率皆聖人也，乃吾所願，則學孔子也」。

〔九〕「也」下，王令集附録有「噫！且以七十子之賢，親由於孔子之時，獨曰『用之則行舍之則藏』惟顔回有是説，況去聖人久而私力於學者耶？孔子論聖人有先後矣，學者知其然，則宜法孔子，安可慕其所以慕而已乎」。

〔一〇〕「絲」下，王令集附録有「銖」字。

〔一一〕「某」，王令集附録作「安石」。「下」下，王令集附録有「荀子曰：『涂之人可以爲禹。』以足下之才行，僕安敢不以孔子之道友足下乎？不宣。安石頓首」。

〔一二〕「某」，王令集附録作「安石」。

〔一三〕「也」下，王令集附録有「安石頓首」四字。

〔一四〕「某」，王令集附録作「安石」。

〔一五〕「愛」下，王令集附録有「安石頓首」四字。

〔一六〕「某」，王令集附録作「安石」。

〔一七〕「過」下，王令集附録有「爲幸」二字。

〔一八〕「切」下，王令集附録有「安石頓首」四字。

〔一九〕「某」，王令集附録作「安石」。

〔二〇〕「釁」，王令集附録作「戾」。
〔二一〕「多」，王令集附録作「名」。
〔二二〕「重」下，王令集附録有「安石頓首」四字。
〔二三〕「某」，王令集附録作「安石」，下同。
〔二四〕「番」，王令集附録作「鄱陽」。
〔二五〕「它」上，王令集附録有「則」字。
〔二六〕「矣」下，王令集附録有「安石頓首」四字。
〔二七〕「某」，王令集附録作「安石」。
〔二八〕「愛」下，王令集附録有「安石頓首」四字。

## 與劉元忠待制書

某啓：久阻闊，豈勝向往！繼奉手誨，勤勤懇懇，尤荷眷念。承欲求宫觀，方主上躬親庶政，求才如不及之時，人臣雖有邪心，安能有所軒輊？謂宜黽勉，以俟休命，不須如所喻也。無緣面晤，幸深思鄙言而已。炎溽，爲時自愛。

## 與沈道原舍人書二〔一〕

某啓：辱手筆，感慰。又復冬至，投老觸緒多感，但日有東歸之思爾。上聰明日隮，然流俗險膚，未有已時，亦安能久自困苦於此？北山松柏，聞修雅説，已極茂長。一兩日令俞遜往北山，因欲漸治垣屋矣。於道原欲略布所懷。

二

某啓：久不作書，然思一相見，極飢渴也。近因歙州葉户曹至此，論及説文，因更思索鳥獸草木之名，頗爲解釋。因悟孔子使人多識，乃學者最後事也。續當録寄。道原何以淹留如此？若道原有除，吾甥當能一過江相見。諸欲面晤，何可勝言！此時四姐亦當可以一來相見矣。未間，自愛。

〔一〕「二」，原無，據底本目録補。

## 答黎檢正書侁

某啓：前得所示，熟讀。蓋自秦、漢以來，所謂能文者，不過如此。竊以爲士之所尚者志，志之所貴者道。苟不合乎聖人，則皆不足以爲道。唯天下之英材，爲可以與此。故欲以所聞告左右，而嘗爲尊叔父道之。足下聞之，而遂自悔。以足下如此之才，而復之不遠又能如此，此何所不至！如某者衰久矣，徒知思而已，尚何能有所補助乎？辱書愧歎，以不即見爲恨。嚮寒，自愛。

## 與丁元珍書

某頓首：過廣〔一〕，曾欲作書，遣人奉詷動止〔二〕，以有故亟歸，是以雖作書而不果遣。辱教，承知屢賜問，然不得也。亦嘗附狀，何爲皆不至乎？曹振佳士，已爲發令狀。如此人雖微元珍之教，固不敢失，況重以元珍之見喻乎！前書已報左右，恐不到，故復以聞。

求郡固且止，甚荷見教。然某之所請，不爲無辭。若執政不察，直以爲罪，則某何敢解免？如欲盡其辭，而然後加之罪〔三〕，則某事固有本末，非今日苟然欲避煩勞而求佚也。古者一道德以同俗〔四〕，故士有揆古人之所爲以自守，則人無異論。今家異道，人殊德，士之欲自守者，又牽於末俗之勢，不得事事如古，則人之異論，可悉弭乎？要當擇其近於禮義而無大譴者取之耳。不審足下終將何以爲僕謀哉？

秋冷，自愛重之。望冬間復到廣〔五〕，冀或一邀從者，爲境上之會。不審可求檄來否耳？不宣。

〔一〕「廣」下，遞修本黄校曰：「宋刊空白一字。」

〔二〕「詗」，原作「訊」，據遞修本、嘉靖五年本改。

〔三〕「後」，遞修本黄校曰：「宋刊『右』。」

〔四〕「德」，遞修本作「公」，黄校曰：「『道』下宋刊空一字。」此句嘉靖五年本作「古者一道公德同俗」。

〔五〕「廣」下，原衍「州」字，今據遞修本、嘉靖五年本删。黄校曰：「『廣』下宋刊空白一字。」按，「廣」謂廣德軍，隸江南東路。此書作於嘉祐三年（一〇五八），時王安石提點江南東路刑獄，而丁寶臣（字元珍）貶監湖州酒税。湖州屬浙西路，與廣德軍毗鄰，故王安石約丁元珍爲「境上之會」，而斷非約丁會於廣州也。

## 上杜學士言開河書

十月十日，謹再拜奉書運使學士閤下：某愚不更事物之變，備官節下，以身得察於左右。事可施設，不敢因循苟簡，以孤大君子推引之意，亦其職宜也。

鄞之地邑，跨負江海，水有所去，故人無水憂。而深山長谷之水，四面而出，溝渠澮川，十百相通。長老言錢氏時置營田吏卒，歲浚治之，人無旱憂，恃以豐足。營田之廢，六七十年，吏者因循，而民力不能自并，向之渠川，稍稍淺塞，山谷之水，轉以入海而無所瀦。幸而雨澤時至，田猶不足於水，方夏歷旬不雨，則衆川之涸，可立而須。故今之邑民最獨畏旱，而旱輒連年。是皆人力不至，而非歲之咎也。

某爲縣於此，幸歲大穰，以爲宜乘人之有餘，及其暇時，大浚治川渠，使有所瀦，可以無不足水之患。而無老壯稚少，亦皆懲旱之數，而幸今之有餘力，聞之翕然，皆勸趨之，無敢愛力。夫小人可與樂成，難與慮始，誠有大利，猶將强之，況其所願欲哉！竊以爲此亦執事之所欲聞也。伏惟執事聰明辨智，天下之事〔一〕，悉已講而明之矣，而又導利去害，汲汲若不足。夫此最長民之吏當致意者〔二〕，故輒具以聞州。州既具以聞執事矣，顧其厝事之詳，尚不得徹，輒復條件以聞〔三〕。

唯執事少留聰明，有所未安，教而勿誅，幸甚。

〔一〕「事」下，龍舒本有「小之爲無間大至爲無涯岸」十一字。

〔二〕「長民之吏」，龍舒本作「民之利」。

〔三〕「條件」，龍舒本作「件其詳」。

## 與馬運判書

運判閣下：比奉書，即蒙寵答，以感以怍，且承訪以所聞，何閣下逮下之周也！

嘗以謂方今之所以窮空，不獨費出之無節，又失所以生財之道故也。富其家者資之國，富其國者資之天下，欲富天下則資之天地。蓋爲家者不爲其子生財，有父之嚴而子富焉，則何求而不得？今闔門而與其子市，而門之外莫入焉，雖盡得子之財，猶不富也。蓋近世之言利雖善矣，皆有國者資天下之術耳，直相市於門之内而已，此其所以困與？在閣下之明，宜已盡知，當患不得爲耳。不得爲，則尚何賴於不肖者之言耶？

今歲東南饑饉如此，汴水又絶，其經畫固勞心。私竊度之，京師兵食宜窘，薪芻百穀之價亦必踴，以謂宜料畿兵之駑怯者就食諸郡，可以舒漕輓之急。古人論天下之兵，以爲猶人之血脉，不及則枯，聚則疽，分使就食，亦血脉流通之勢也。儻可上聞行之否？

## 答王伯虎書

辱書，問以所疑。如某者何足以語？然聖人君子之行，則嘗聞於先生長者矣，蓋曰不辱己、不害人而已。不辱己，所以爲有義；不害人，所以爲有仁。若夫操至治之成法，責備於叔世以自絶，與以仁施其身以及其親，則皆聖人君子之所不爲。不知足下謂當如此否？因出見過，得復從容爲左右道之。

## 答段縫書

段君足下：某在京師時〔一〕，嘗爲足下道曾鞏善屬文，未嘗及其爲人也。還江南，始熟而慕焉，友之，又作文粗道其行。

惠書以所聞詆鞏行無纖完，其居家，親友惴畏焉，怪某無文字規鞏，見謂有黨。果哉，足下之言也？鞏固不然。鞏文學論議，在某交游中，不見可敵。其心勇於適道，殆不可以刑禍利禄動也。父在困厄中，左右就養無虧行，家事銖髮以上皆親之。父亦愛之甚，嘗曰：「吾宗敝，所賴者此兒耳。」此某之所見也。若足下所聞，非某之所見也。

鞏在京師，避兄而舍，此雖某亦罪之也，宜足下深攻之也。於罪之中，有足矜者，顧不可以書傳也。事固有迹，然而情不至是者，如不循其情而誅焉，則誰不可誅邪？鞏之迹固然邪？然鞏爲人弟，於此不得無過。但在京師時，未深接之，還江南，又既往不可咎，未嘗以此規之也。鞏果於從事，少許可，時時出於中道，此則還江南時嘗規之矣。鞏聞之，輒瞿然。鞏固有以教某也。其作懷友書兩通，一自藏，一納某家，皇皇焉求相切劘以免於悔者略見矣。嘗謂友朋過差，未可以絶，固且規之，規之從則已；固且爲文字自著見然後已邪，則未嘗也。

凡聱之行，如前之云，其既往之過，亦如前之云而已，豈不得爲賢者哉？天下愚者衆而賢者希，愚者固忌賢者，賢者又自守，不與愚者合，愚者加怨焉。挾忌怨之心，則無之焉而不謗，君子之過於聽者，又傳而廣之，故賢者常多謗，其困於下者尤甚。勢不足以動俗，名實未加於民，愚者易以謗，謗易以傳也。凡道聱之云云者，固忌、固怨、固過於聽者也〔二〕。足下乃欲引忌者、怨者、過於聽者之言，縣斷賢者之是非，甚不然也。孔子曰：「衆好之，必察焉；衆惡之，必察焉。」孟子曰：「國人皆曰可殺，未可也，見可殺焉，然後殺之。」匡章，通國以爲不孝，孟子獨禮貌之〔三〕。孔孟所以爲孔孟者，爲其善自守，不惑於衆人也。如惑於衆人，亦衆人耳，烏在其爲孔孟也？足下姑自重，毋輕議聱。

〔一〕「某」，皇朝文鑑卷一百十六答段縫書作「安石」，下同。

〔二〕「也」下，龍舒本有「家兄未嘗親聱也，顧亦過於聽耳」。

〔三〕「之」下，龍舒本有「以爲孝」三字。

## 答姚闢書

姚君足下：別足下三年於茲，一旦犯大寒，絶不測之江，親屈來門，出所爲文書與謁并入，若見貴者然〔一〕。始驚以疑，卒觀文書，詞盛氣豪，於理悖焉者希。間而論衆經，有所開發，私獨喜故舊之不予遺而朋友之足望也。

今冠衣而名進士者用萬千計〔二〕，蹈道者有焉，蹈利者有焉。蹈利者則否，蹈道者則未免離章絶句〔三〕，解名釋數，遽然自以聖人之術單此者，有焉。夫聖人之術修其身，治天下國家，在於安危治亂，不在章句名數焉而已。而曰聖人之術單此者，妄也。雖然，離章絶句，解名釋數，遽然自以聖人之術單此者〔四〕，皆守經而不苟世者也。守經而不苟世，其於道也幾，其去蹈利者則緬然矣。觀足下固已幾於道，姑汲汲乎其可急，於章句名數乎徐徐之，則古之蹈道者將無以出足下上。足下以爲何如？

〔一〕「若」下，龍舒本有「將」字。

〔二〕「冠衣」，龍舒本作「衣冠」。「萬千」，龍舒本作「千萬」。

〔三〕「蹈」，原作「陷」，今據龍舒本、遞修本改。上句亦曰「蹈道」。

〔四〕自「妄也」至「單此者」二十三字，原脱，據龍舒本補。「單」，龍舒本原作「殫」，據上文改。

## 答李參書

李君足下：留書獎引甚渥，卒曰：「教之育之，在執事耳。」某材德薄，不能堪，足下望之又何過也？夫教之育之，某之所以望於人也，足下曾某之望乎？豈欲享庇人以壯者之食，而强之負重乎？然足下自言：「不樂雷同，不喜趨競。」審如是，某誠愛焉，誠慕焉，誠欲告足下以所聞焉。曰：「其人誠甚貴，有它長，稍近於訣，則疾之若數世之讐。」審如是，亦過矣。天下靡靡然，足下之讐豈少耶？君子不爲已甚者，求中焉其可也。

## 答史諷書

前日蒙訪及，以易説一通爲賜〔一〕，且欲責某之一言以信之天下，大非某智力之所能任也。某於易嘗學之矣，而未之有得，故雖悦足下志意之高，辭説之明，而不敢斷其義之是非，則何能推其義以信之天下？雖然，足下屬我良重，不可以無説。

蓋學者，君子之本務〔二〕；而教者，聖人之餘事。故學則求之，教則應之，有餘則應，不足則求。蓋有餘而求之者有矣〔三〕，未有不足而能應者也。蓋見求而不應者矣〔四〕，未有不求而應之者也。爲足下計，亦志於學而已。學足乎己，則不有知於上，必有知於下；不有傳於今，必有傳於後。不幸而不見知於上下，而不傳於今〔五〕，又不傳於後，古之人蓋猶不憾也。知我者其天乎？此乃易所謂知命也。命者，非獨貴賤死生爾，萬物之廢興，皆命也。孟子曰：「君子行法，以俟命而已矣。」且足下求以誨人者也，道無求而誨之者〔六〕，求人而誨之則喪道。喪道以求傳道，則孰取以爲道？足下其試思之。

〔一〕「爲賜」，原闕，今據龍舒本補。
〔二〕「本務」，原作「務本」，今據龍舒本乙正。
〔三〕「蓋有餘而求之者有矣」，龍舒本作「蓋有有餘而求之者矣」。
〔四〕「蓋」下，龍舒本有「有」字，義長。
〔五〕「而」，龍舒本作「既」。
〔六〕「求」下，龍舒本有「人」字。

## 上邵學士書

仲詳足下：數日前辱示樂安公詩石本，及足下所撰復鑑湖記。啓封緩讀，心目開滌。詞簡而精，義深而明，不候按圖而盡越絶之形勝，不候入國而熟賢牧之愛民。非夫誠發乎文，文貫乎道，仁思義色表裏相濟者〔一〕，其孰能至於此哉！因環列書室，且欣且慶，非有厚也，公義之然也。

某嘗患近世之文〔二〕，辭弗顧於理〔三〕，理弗顧於事，以襞積故實爲有學，以雕繪語句爲精新。譬之擷奇花之英，積而玩之，雖光華馨采〔四〕，鮮縟可愛，求其根柢濟用，則蔑如也。

某幸觀樂安、足下之所著，譬由笙磬之音，圭璋之器，有節奏焉，有法度焉，雖庸耳必知雅正之可貴，温潤之可寶也。仲尼曰「有德必有言」，「德不孤，必有鄰」，其斯之謂乎！

昔昌黎爲唐儒宗，得子壻李漢，然後其文益振，其道益大。今樂安公懿文茂行，超越朝右〔五〕，復得足下以宏識清議，相須光潤。苟力而不已，使後之議者必曰：「樂安公，聖宋之儒宗也，猶唐之昌黎而勳業過之。」又曰：「邵公，樂安公之壻也，猶昌黎之李漢而器略過之。」則韓李、蔣邵之名〔六〕，各齊驅並驟，與此金石之刻不朽矣。所以且欣且慶者，在於兹焉。

郡庠拘率，偶足下有西笑之謀〔七〕，未獲親交談議，聊因手書，以道欽謝之意，且賀樂安公之得人也。

〔一〕「濟」，聖宋文選卷十一上録此文作「符」。

〔二〕「患」，龍舒本作「悉」。「某」，聖宋文選作「安石」，下同。

〔三〕「弗」，聖宋文選作「勿」，下句同。

〔四〕「采」，龍舒本作「香」。

〔五〕「超」，原作「起」，今據龍舒本改。按，「起越」，「超」、「起」形近而訛。

〔六〕「則」上，龍舒本有「是」字。「之名」二字，聖宋文選無。

〔七〕「偶」上，龍舒本有「復」字。

# 王安石文集卷第七十六

## 書

### 上田正言書二〔一〕

正言執事：某五月還家〔二〕，八月抵官。每欲介西北之郵布一書，道區區之懷，輒以事廢。揚，東南之吭也，舟輿至自汴者日十百數〔三〕，因得問汴事與執事息耗甚詳。其間薦紳道執事介然立朝，無所跛倚，甚盛，甚盛！顧猶有疑執事者，雖某亦然。某之學也，執事誨之，進也，執事奬之。執事知某不爲淺矣，有疑焉不以聞，何以償執事之知哉？

初，執事坐殿廡下，對方正策，指斥天下利害，奮不諱忌，且曰：「願陛下行之，無使天下謂制科爲進取一塗耳！」方此時，窺執事意，豈若今所謂舉方正者獵取名位而已哉？蓋曰行其志云爾。今聯諫官，朝夕耳目天子行事，即一切是非無不可言者，欲行其志，宜莫若此時。國之疵民之病亦多矣，執事亦抵職之日久矣。向之所謂疵者，今或痤然若不可治矣；向之所謂病者，今或痼然若不可起矣，曾未聞執事建一言寤主上也。何向者指斥之切而今之疏也？豈向之利於言而今之言不利邪？豈不免若今之所謂舉方正者獵取名位而已邪？人之疑執事者以此。

爲執事解者，或曰〔四〕：「造辟而言，詭辭而出，疏賤之人，奚遽知其微哉？」是不然矣。傳所謂「造辟而言」者，迺其言則不可得而聞也，其言之效，則天下斯見之矣。今國之疵民之病有滋而無損焉，烏所謂言之效邪？

復有爲執事解者，曰：「蓋造辟而言之矣，如不用何？」是又不然。臣之事君，三諫不從則去之，禮也。執事對策時，常用是著于篇。今言之而不從，亦當不翅三矣。雖惓惓之義，未能自去，孟子不云乎？「有言責者，不得其言則去。」盍亦辭其言責邪？執事不能自免於疑也必矣，雖堅强之辯，不能爲執事解也。

迺如某之愚，則願執事不矜寵利，不憚誅責，一爲天下昌言，以寤主上，起民之病，治國之疵，蹇蹇一心，如對策時，則人之疑不解自判矣。惟執事念之。如其不然，願賜教答。不宣〔五〕。

二

某聞公卿大夫，才名與寵兼盛於世，必有大功以宜之〔六〕，否則君子譏之。執事姿略，穎然出常士之表，應進士中甲科，舉方正爲第一。將朝車通舉刺史事，又陳善策〔七〕，得璽書召。名與寵不已兼盛於世邪？所未較著者，功爾。

本朝太祖武靖天下，真宗文持之〔八〕。今上接祖宗之成，兵不釋翳者蓋數十年，近世無有也，所當設張之具，猶若闕然。重以羌酋梗邊，主上方覽衆策以濟之，天下舉首戴目，屬心執事者難以一二計。爲執事議者，曰：「朝廷藉不吾以，宜且自贊以植顯效，疇天下屬己之意，矧上惓惓然命之乎？此固策大功之會也。」抑聞之：「嶢嶢者易缺，皦皦者易污。」執事才名與寵，可謂易污易缺者，必若策大功，適足宜之而已，可無茂邪？

恭惟旦暮輔佐天子秉國事，修所當設張之具，復邊人於安，稱主上所以命之之意，使天下舉首戴目者盈其願而退，則後世之書可勝傳哉！董仲舒有是才名，顧不獲此寵；公孫季有此寵，不成此功。有此寵而成此功者，宜在執事，不宜在它。草鄙之人，不達大誼，辱獎訓之厚，敢不盡愚。

〔一〕「二」，原無，據底本目録補。

〔二〕「某」，龍舒本作「安石」，下同。

〔三〕「十」，聽香館本作「有」。

〔四〕「曰」，原闕，今據龍舒本補。按，下文曰「復有爲執事解者曰」，則此處當有「曰」，「造辟而言」，乃解者之語。

〔五〕「宣」下，龍舒本有「某頓首」三字。

〔六〕「宜」，光啓堂本、聽香館本作「當」。

〔七〕「陳」，龍舒本作「入」。遞修本黄校曰：「宋刊亦缺，明刊『陳』。」

〔八〕「文」上，龍舒本有「以」字。

## 謝張學士書〔一〕

某頓首：某不肖，學不得盡意於文章，仕不得行其所學。苟居竊食，動輒愧心，而世之同好惡者，已云少矣。遇足下於此，最爲相盡，義不得諱。其不腆之文，過蒙推褒，非所望也。朋友道喪，爲日久矣〔二〕。以某之不肖，行於前而悔於後〔三〕，自己爲多矣，況足下之明耶？每望教督，而終未蒙。惟足下不遺，以朋友之心見存，不勝幸甚。更數日遂東去，千萬自愛，不勝思懷也。

〔一〕此篇本書卷七十八重出，題爲「與孟逸祕校手書」，龍舒本卷四亦題作「與孟逸祕校手書」，恐非。孟逸爲王安石舊友，且爲王安石通判舒州之下屬，與孟逸祕校手書一曰：「自京師奉别，於今已八九年。（中略）忽得書，乃知尚滯下邑。」而此書語氣，乃平交之語，與二人身份不符。

〔二〕「爲」，龍舒本作「之」。

〔三〕「悔」，原作「誨」，今據龍舒本、光啓堂本、嘉靖五年本改。按，此句謂行之於前，往往悔之於後。

## 答李秀才書

昨日蒙示書〔一〕，今日又得三篇詩。足下少年，而已能如此，輔之以良師友，而爲之不止，何所不至？自涇至此，蓋五百里，而又有山川之阸，足下樂從所聞而不以爲遠，亦有志矣。

然書之所願，特出於名。名者，古人欲之，而非所以先。足下之才，力求古人之所汲汲者而取之，則名之歸孰能争乎？孔子曰：「君子去仁，惡乎成名？」古之成名，在無事於文辭，而足下之於文辭，方力學之而未止也，則某之不肖，何能副足下所求之意邪？

〔一〕「書」下，龍舒本有「文」字。

## 答孫長倩書

孫君足下：比過江寧，家兄道足下雖穉年，有奇意，欲務古人事於今世〔一〕，發爲詞章，尤感切今世事，犖犖有可畏愛者。語未究，足下來門，見示以文，見責以教誨。觀足下所爲文，探足下志，信然，獨責教誨爲失其所焉爾。

古之道廢踣久矣。大賢間起廢踣之中，率常位庳澤狹，萬不救一二。天下日更薄惡，宦學者不謀道，主禄利而已。嘗記一人焉，甚貴且有名，自言少時迷，喜學古文，後乃大寤，棄不學，學治今時文章。夫古文何傷？直與世少合耳，尚不肯學，而謂學者迷。若行古之道於今世，則往往困矣，其又肯行邪？甚貴且有名者云爾，况其下碌碌者邪？反於是，其亦幾何矣！足下何覺之早邪〔二〕？其亦謀道而不主利禄者邪？語曰：「塗之人皆可以爲禹。」蓋人人有善性〔三〕，而未必善自充也。若足下者，充之不已，不惑以變，其又可量邪？走將企嚮嗟慕之不遑〔四〕，於教誨乎何敢？

〔一〕「務」下，龍舒本有「行」字。
〔二〕「邪」下，龍舒本有「而獨反於是耶」六字。
〔三〕「蓋」，龍舒本作「道」。
〔四〕「走」，龍舒本作「某」。

## 上杜學士書

竊聞受命改使河北，伏惟慶慰。

國家東西南北，地各萬里，統而維之，止十八道，道數千里，而轉運使獨一二人。其在部中，吏無崇卑，皆得按舉。雖將相大臣，氣勢烜赫，上所尊寵，文書指麾，勢不得恣，一有罪過，糾詰按治，遂行不請。政令有大施舍，常咨而後定；生民有大利害，得以罷而行之。金錢粟帛、倉庾庫府、舟車漕引，凡上之人，皆須我主出。信乎，是任之重也！

而河北又天下之重處。左河右山，強國之與鄰，列而爲藩者皆將相大臣，所屯無非天下之勁兵悍卒，以惠則恣，以威則摇。幸時無事，廟堂之上猶北顧而不敢忽；有事，雖天子其憂未嘗不在河北也。今執事按臨東南，無幾何時，浙河東、西十有五州之吏士民未盡受察〔一〕，便宜當行而害之可除去者猶未畢也，而卒然舉河北以付執事。豈主上與一二股肱之臣，不惟付予，必久而後可要以效哉？且以爲世之士大夫無足寄以重，獨執事爲能當之耳。

伏惟執事名行於天下，而材信於朝廷，而處之宜，必有補於當世。故雖某蒙恩德最厚，一日失所依據，而釋然於心，不敢恨望，唯公義之存，而忘所私焉。

〔一〕「河」，龍舒本作「江」。

## 與孫莘老書

某昨日相見，殊忽忽。所示及信獄事〔一〕，深思如此難處，足下試思其方，因書示及。

今世人相識，未見有切瑳琢磨如古之朋友者，蓋能受善言者少。幸而其人有善人之意，而與游者猶以爲陽，不信也。此風甚可患。如某之不肖，雖不爲有道，計足下猶當以善言處我，而未嘗有善言見賜，豈以爲不足語乎？足下尚如此，復何望於今世人也！是爲事，某亦雖多復辨論，非敢自强蔽以所職〔二〕。直以爲不如是，則亦有所未悟，彼此之理不盡。在他人，恐以不能敬受其説，而欲是者因而已；在足下聰明，想宜知鄙心，要當往復窮究道理耳。

古之人，未有不須友以成者。蓋無朋友，則不聞其過，最患之大者〔三〕。况某之不肖，所學者非世之所可用，而所任者非身之所能爲。忍心拂性，苟取衣食，而冒人之寄屬，其大過宜日日有。方理稽求可以自脱，冀足下時見諭也〔四〕。

鹽秤子搔擾事，幸疏示其詳，不敢作足下文字施行，要約束今後耳。足下既受人民社稷於上官，勢亦不得有所避，避太過，則其事將不直，而職事亦何由理也！如鹽秤子事，悉望疏示，自足下職事，然某不敢漏露也。至麾嶺鄉詩，奉寄一覽也。秋冷，自愛！

〔一〕「信」，龍舒本作「訊」。

〔二〕「職」，龍舒本作「識」。

〔三〕「最」上，龍舒本有「不聞其過」四字。

〔四〕「時」下，龍舒本有「以」字。

## 上徐兵部書

向蒙執事畀之嚴符〔一〕，開以歸路。暮春三月，登舟而南，浮江絶湖〔二〕，緜二千里，風波勁悍，雨潦湍猛，窮兩月乃至家〔三〕。展先人之墓，寧祖母於堂，十年縈鬱，一旦釋去。戴執事之賜，此時惟重〔四〕。還職不時，以懼以慚。然去父母之道，古人所爲遲遲也，不識執事謫之貰之〔五〕，宜將何如？區區之懷，無以自處矣。

恭惟執事寬通精明，暴著有年，宜留本朝，輔助風教。利權之柄，國家誠重，薦紳之論，猶爲嗟咨。寵靈降集，可拱以俟。伏惟爲國自壽，迓迎休福。某此月治行，承序於左右，在旦暮矣。下情無任依歸頌願之至。

〔一〕「向」，龍舒本作「伏」。

〔二〕「浮」，龍舒本作「並」。

〔三〕「至」，龍舒本作「抵」。

〔四〕「惟」，龍舒本作「爲」。

〔五〕「貰」，原爲「貫」，據龍舒本、遞修本、嘉靖五年本改。貰，赦免。

## 上宋相公書

某愚戇淺薄，動多觸罪。初叨一命，則在幕府，當此之時，尤爲無知。自去吏屬之籍，以至今日，雖嘗獲侍燕語，然不能自同衆人之數也。閤下撫接顧待，久而加親。及以罪逆扶喪歸葬，閤下發使弔問，特在諸公之先，而所以顧恤之尤厚。此蓋仁人君子樂於以禮長育成就人材，哀念一日之雅，而忘其終身不肖之醜。顧在私心，宜何以報？

當閤下以三公歸第，四方奔走賀慶之時，而某尚以衰麻之故，不能有一言自獻，以贊左右之喜。歲時不居，奄及喪除，可以有獻矣，然所能進於左右，乃不過如此。蓋心之委曲，有不勝言，冀蒙有以恕之而已。

伏惟閤下以直道相先帝，雖已不在政事之地，然絶德至行〔一〕，九州四海所共矜式，朝廷大議，在所謀謨。伏惟爲時自重，幸甚。

〔一〕「絶」，龍舒本作「純」。

## 上富相公書

某以閤下在相位時，獨蒙拔擢，在常人之情，固以歸德於左右。然某以謂大君子以至公佐天子，進天下士，而某適以不肖誤在選中，閤下非故爲賜也，則某宜不知所得矣。及以不孝得罪天地，扶喪南歸，閤下以上宰之重，親屈手筆，拊循慰勉，過於朝夕出入墻屏之人，又加賜物，以助其喪祭。然後慨然有感槩於私心，而雖在攀號摧割之中，不能以須臾忘也。

近聞以旌纛出撫近鎮，而尚以衰麻故，不得參問動止，卷卷之情，何可以勝！日月不處，既除喪矣，而繼以疾病，又念心之曲折造次不足以自達〔一〕，故曠日引久而闕然不即敘感，實冀寬大仁明有以容而察之而已。

伏惟閤下以盛德偉譽、豐功茂烈爲天下所鄉往，而又忠言讜議，終始如一，此志義之士所以尤勤勤於祝頌也。伏惟體道，爲國自重，以答輿人之心，幸甚。

〔一〕「心」，原闕，今據龍舒本補。按，「心之曲折」，即上一篇上宋相公書中所謂「心之委曲」。此二書同時作。

## 上張樞密書

某惷陋褊迫，不知所向。在京師時，自以備數有司，而閤下方斷國論，故非公事，未嘗敢以先人之故，私請左右，脩子姪之禮。及以罪逆扶喪歸葬，閤下方以醫藥自輔，哀疚迷謬，闕於赴告。凡此皆宜得疏絶之罪者也。

然閤下拊循顧待，既久而加親，追賜手筆，哀憐備厚。當是時，某方㬥然在喪服之中，無以冀於全存，故不能有所獻，以謝恩禮之厚。今既除喪，可以敍感矣，然所能致於左右者，不過如此。蓋拳拳之心，書不能言，實冀寬大仁明有以容而亮之而已。

伏惟閤下以正直相天下，翊堯戴舜，功不世有。辭寵去寄，而退託一州，所以承下風而望餘澤，非特門墻小人而已。伏惟爲國自重，幸甚。

## 上郎侍郎書二〔一〕

某啓：伏念先人爲韶州，明公使按其部，存全挽進，誼固已厚。先人不幸，諸孤困躓，而又遭明公於此時，閔閔煦煦，視猶子姪。兩世受惠，缺然不報，唯其心不敢一日置也。身賤地遠，又不敢輒以書通左右。

得邑海上，道當出越，庶幾進望庭下，解積年企仰之意。失於問聽，到越而後知安車還在杭也。不敏之罪，無所辭誅，伏惟尊明赦之，不遽棄絶，以終夙昔之賜，幸也，不敢必然覬也。既到職下，拘於法，不得奔走以詗下從者。伏惟以道自壽，下情不任惓惓之至。

二

某啓：昔者幸以先人之故，得望步趨，伏蒙撫存教道，如親子姪。而去離門墻，凡五六年，一介之使，一書之問，不徹於隸人之聽。誠以苛禮不足報盛德，空言不能輸欲報之實，顧不知執事察不察也。

去年得邑海上，塗當出越，而問聽之繆，謂執事在焉。比至越，而後知車馬在杭。行自念父黨之尊，而德施之隆，去五六年而一書之不進，又望門不造，雖其心之勤企而欲報者猶在，而執事之見察，其可必也？且悔且恐，不知所云。輒試陳不敏之罪於左右，顧猶不敢必左右之察也。不圖執事遽然貶損手教，重之蜀牋兖墨之賜，文辭反復，意指勤過，然後知大人君子仁恩溥博，度量之廓大如此。小人無狀，不善隱度，妄自悔恐，而不知所以裁之也。一官自綴，勢不得去，欲趨而前，其路無由。唯其思報，心尚不怠。

〔一〕「二」，原無，據底本目録、遞修本補。

## 上運使孫司諫書

伏見閤下令吏民出錢購人捕鹽，竊以爲過矣。海旁之鹽，雖日殺人而禁之，勢不止也。今重誘之，使相捕告，則州縣之獄必蕃，而民之陷刑者將衆。無賴姦人將乘此勢，於海旁漁業之地搔動艚户，使不得成其業。艚户失業，則必有合而爲盜，賊殺以相仇者。此不可不以爲慮也。

鄞於州爲大邑。某爲縣於此兩年，見所謂大户者，其田多不過百畝，少者至不滿百畝。百畝之直，爲錢百千，其尤良田，乃直二百千而已。大抵數口之家，養生送死，皆自田出，州縣百須，又出於其家。方今田桑之家，尤不可時得者〔一〕，錢也。今責購而不可得，則其間必有鬻田以應責者。夫使良民鬻田以賞無賴告訐之人，非所以爲政也。又其間必有扞州縣之令而不時出錢者，州縣不得不鞭械以督之。鞭械吏民，使之出錢，以應捕鹽之購，又非所以爲政也。

且吏治宜何所師法也？必曰古之君子。重告訐之利以敗俗，廣誅求之害，急較固之法，以失百姓之心，因國家不得已之禁而又重之，古之君子蓋未有然者也。犯者不休，告者不止，糶鹽之額不復於舊，則購之勢未見其止也。購將安出哉？出於吏之家而已，吏固多貧而無有也；出於大户之家而已，大家將有由此而破産失職者。安有仁人在上，而令下有失職之民乎？在上之仁人有所爲，則世輒指以爲師，故不可不慎也。使世之在上者指閣下之爲此而師之，獨不害閣下之義乎？上好是物，下必有甚者。閣下之爲方爾，而有司或以謂將請於閤下，求增購賞，以勵告者。故某竊以謂閤下之欲有爲，不可不愼也。天下之吏，不由先王之道而主於利。其所謂利者，又非所以爲利也，非一日之積也。公家日以窘，而民日以窮而怨。常恐天下之勢，積而不已，以至於此，雖力排之，已若無奈何。又從而爲之辭，其與抱薪救火何異？竊獨爲閤下惜此也。在閤下之勢，必欲變今之法令如古之爲，固未能也。非不能也，勢不可也。循今之法而無所變，有何不可，而必欲重之乎？

伏惟閤下常立天子之側，而論古今所以存亡治亂，將大有爲於世，而復之乎二帝、三代之隆，顧欲爲而不得者也。如此等事，豈待講説而明？今退而當財利責，蓋迫於公家用調之不足，其勢不得不權事勢而爲此，以紓一切之急也。雖然，閤下亦過矣，非所以得財利而救一切之道。閤下於古書無所不觀，觀之於書，以古已然之事驗之，其易知較然，不待某辭説也。枉尺直尋而利，古人尚不肯爲，安有此而可爲者乎？

今之時，士之在下者浸漬成俗，苟以順從爲得。而上之人亦往往憎人之言，言有忤己者，輒怒而不聽之。故下情不得自言於上，而上不得聞其過，恣所欲爲。上可以使下之人自言者惟閤下，其職不得不自言者某也，伏惟留思而幸聽之。

文書雖已施行，追而改之，若猶愈於遂行而不反也。干犯云云。

〔一〕「尤不可時得者」，龍舒本作「時尤不可得者」。

## 上浙漕孫司諫薦人書

某今日遂出城以西，度到潤州必得復望履舄，故不敢造辭，以戀起居〔一〕。明州司法吏汪元吉者，其爲吏廉平，州人無賢不肖，皆推信其行。喜近文史，而尤明吏事，有論利害事一編。今封獻左右，伏惟暇日略賜觀省。其言有可採者，不以某之言爲妄，則儻可以收備從吏役，使有仕進之望乎？

蓋薄惡之俗，士大夫之修行義者少矣，況身處污賤之勢，而清議所不及者乎？勸奬之道，亦當先録小善，務以下流之有善者爲始。今世胥史，士大夫之論議常恥及之，惟通古今而明者，當不以世之所恥而廢人之爲善爾。

〔一〕「戀」，龍舒本作「變」，聽香館本作「悫」。

# 王安石文集卷第七十七

## 書

### 上張太傅書二

某愚不識事務之變〔一〕，而獨古人是信。聞古有堯舜也者，其道大中至正，常行之道也。得其書，閉門而讀之，不知憂樂之存乎己也。穿貫上下，浸淫其中，小之爲無間，大之爲無崖岸，要將一窮之而已矣。中不幸而失先人，母老弟弱，衣穿食單，有寒餓之疾〔二〕，始憮然欲出仕，往即焉而乃幸得，於今三年矣。唯是憂患疾疹，筋力之懦而神明之昏也，學日以落，而廢職之咎，幾不能以免，其敢出所有以求當世貴者之識哉？其亦偷禄焉而已矣。

今也執事延之勤，問之密，而又使獻其所爲文，其又敢自閉匿以重不敏，而虚教命之辱哉！謹書所爲原、説、誌、序、書、詞凡十篇獻左右。夫文者，言乎志者也。既將獻，故又書所志以爲之先焉。冒犯威重，惟赦之。

## 二

某惷昧淺薄，不知所以爲文。得君子過顧，不能閉伏所短，以終取憐，聞命之辱，輒具以獻。追自悔恐〔三〕，且得罪戾，而失所以望於君子者。

伏蒙執事有時之盛名而不以矜愚，有使者之重而不以驕微賤。報之書，援之欲其至於道〔四〕；加賜所作，使得覘而法之，誠見執事之賢於人也。賢與衆人之所以異，不在此，其將安在？

伏惟執事之用心，持久而力行，則瓌偉閎廓自重之士，將皆願綴於門闌之游，豈獨某哉？其將從某者始也。既拜賜，敢不獻其將然。

〔一〕「務」，龍舒本作「物」。

〔二〕「餓」，光啓堂本、聽香館本作「饑」。

〔三〕「追」，遞修本黄校曰：「明刊同，抄補『退』。」

〔四〕「援」，原作「授」，今據龍舒本改。

## 上人書

嘗謂文者，禮教治政云爾。其書諸策而傳之人，大體歸然而已。而曰「言之不文，行之不遠」云者，徒謂辭之不可以已也，非聖人作文之本意也。

自孔子之死久，韓子作，望聖人於百千年中，卓然也，獨子厚名與韓並。子厚非韓比也，然其文卒配韓以傳，亦豪傑可畏者也。韓子嘗語人以文矣，曰云云，子厚亦曰云云。疑二子者，徒語人以其辭耳，作文之本意，不如是其已也。

孟子曰：「君子欲其自得之也。自得之，則居之安；居之安，則資之深；資之深，則取諸左右逢其原。」孟子之云爾〔一〕，非直施於文而已，然亦可託以爲作文之本意。且所謂文者〔二〕，務爲有補於世而已矣。所謂辭者，猶器之有刻鏤繪畫也。誠使巧且華，不必適用；誠使適用，亦不必巧且華。要之，以適用爲本，以刻鏤繪畫爲之容而已。不適用，非所以爲器也；不爲之容，其亦若是乎？否也。然容亦未可已也，勿先之，其可也。

某學文久，數挾此説以自治。始欲書之策而傳之人，其試於事者，則有待矣。其爲是非邪，未能自定也。執事正人也，不阿其所好者，書雜文十篇獻左右，願賜之教，使之是非有定焉。

〔一〕「孟」上，龍舒本有「獨謂」二字。

〔二〕「所」，龍舒本作「自」。

## 上凌屯田書代人作。

俞跗，疾毉之良者也。其足之所經，耳目之所接，有人於此，狼疾焉而不治，則必欲然以爲己病也。雖人也不以病俞跗焉，則少矣。隱而虞俞跗之心，其族姻舊故有狼疾焉，則何如也？末如之何，其已，未有可以治焉而忽者也。

今有人於此，弱而孤，壯而屯蹷困塞。先大父棄館舍于前，而先人從之，兩世之柩，窶而不能葬也。嘗觀傳記，至春秋「過時而不葬」，與子思所論「未葬不變服」，則戚然不知涕之流落也。竊悲夫古之孝子慈孫嚴親之終，如此其甚也，今也乃獨以窶故，犯春秋之義，拂子思之説，鬱其爲子孫之心而不得伸，猶人之狼疾也，奚有間哉！

伏惟執事性仁而躬義，憫艱而悼厄，窮人之俞跗也，而又有先人一日之雅焉。某之疾，庶幾可以治焉者也。是敢不謀於龜，不介於人，跋千里之途，犯不測之川，而造執事之門，自以爲得所歸也。執事其忽之歟？

## 與祖擇之書

治教政令，聖人之所謂文也。書之策，引而被之天下之民，一也。聖人之於道也，蓋心得之，作而爲治教政令也，則有本末先後，權勢制義，而一之於極。其書之策也，則道其然而已矣。彼陋者不然，一適焉，一否焉，非流焉則泥，非過焉則不至。甚者置其本，求之末，當後者反先之，無一焉不誖於極。彼其於道也，非心得之也，其書之策也，獨能不誖耶？故書之策而善，引而被之天下之民反不善焉，無矣。二帝、三王引而被之天下之民而善者也，孔子、孟子書之策而善者也，皆聖人也，易地則皆然。

某生十二年而學，學十四年矣〔一〕。聖人之所謂文者，私有意焉，書之策則未也。間或悱然動於事而出於詞，以警戒其躬，若施於友朋，褊迫陋庳，非敢謂之文也。乃者執事欲收而教之，使獻焉，雖自知明，敢自蓋邪？謹書所爲書、序、原、說若干篇，因敘所聞與所志獻左右，惟賜覽觀焉。

〔一〕「某生」二句，龍舒本作「某生二十年，而學十四年矣」，誤。按，此書作於慶曆六年（一〇四六），時王安石淮南簽判任滿。祖無擇字擇之，進士高第，宋史卷三百三十一有傳。慶曆四年（一〇四四），祖無擇曾提點淮南刑獄，爲王安石之部長官，故書曰「乃者執事欲收而教之，使獻焉」。若如龍舒本所言，則王安石作此書時，年方二十，尚未及第。蓋龍舒本乙「十二」爲「二十」，又脱一「學」字。

# 與孫子高書

子高足下：辱賜教。獎勞甚渥，反復誦觀，慚生於心。某天介疎樸，與時多舛。始者徒以貧弊無以養，故應書京師，名錯百千人中，不願過爲人知，亦誠無以取知於人。獨因友兄田仲通得進之、仲寶，二君子不我愚而許之朋，往往有溢美之言，寘疑於人。抑二君子實過，豈某願哉？兄乃扳其辭以爲貺〔一〕，是重二君子之過，而深某之慚也，其敢承乎？兄粹淳静深，文彩焰然，而摧縮鋒角，不自夸奮，具大樹立之器，人所趨慕，宜擇豪異而朋之。顧眷眷於某，豈今所謂同年交者，固皆當然哉？某願從兄游，誠不待同年然後定也。承日與介弟講肄圖史〔二〕，商較世俗，甚盛，甚盛！孔子曰：「垂之空言，不如見之行事深切著明也。」私有望於兄焉。

此月奉計牒，當度江南，十一日盡室行。江山清華，有可歎愛，無良朋以共之，亦足憮然。春暄，職外奉親自壽。

〔一〕「扳」，原作「板」。遞修本黄校曰：「『扳』宋刊，明刊『板』。」據改。扳，援引也。

〔二〕「弟」，原作「第」，據上下文義改。按，「介弟」，對他人弟之敬稱。

## 與孫侔書三〔一〕

某頓首：辱書，具感恩意之厚。先人銘固嘗用子固文，但事有缺略，向時忘與議定。又有一事，須至别作，然不可以書傳。某於子固，亦可以忘形迹矣，而正之云然，則某不敢易矣。雖然，告正之作一碣，立於墓門，使先人之名德不泯，幸矣。子固亦近得書，甚安樂，云不復來此〔二〕，遂入京，恐欲知，故及此。朱氏事固如足下説，而朱祕校乃已入京，考於禮，蓋亦皆如足下之説。但愁痛不能具道此意，以質於賢者耳。

銘事子固不以此罪我兩人者〔三〕，以事有當然者。且吾兩人與子固，豈當相求於形迹間耶？然能不失形迹，亦大善，唯碣宜速見示也。

某憂痛愁苦，千狀萬端，書所不能具，以此思足下，欲飛去。可以言吾心所欲言者，唯正之、子固耳。思企，思企，千萬自愛！

## 二

某辱手筆，感媿。近亦聞正之喪配，未敢即問，人生多難，乃至此乎？當歸之命耳。人情處此，豈能無愁？但當以理遣之，無自苦爲也。然此乃某不能自勝者。二年之間，愁釁相仍，居常忽忽不自聊，勉從俗往還，其心唯欲閉門坐卧耳。

欲往奉見久矣，況以書見趣乎？親老常多病，生事怵迫，如坐燒屋之下〔四〕，不可以一日輟而不圖，其能遠來千里之外乎？欲足下一至廣德，某當走見矣。爲十日之會，亦足以晤言矣。或潤州，亦可也。諸俟面論，此不復云矣〔五〕。

正之或來潤，或廣德，不可復以它爲解矣。某甚重去親側，若正之難來此，亦無所係著，但至潤及廣德，尤爲易耳。

三

某到京師已數月。求一官以出，既未得所欲，而一舟爲火所燔，爲生之具略盡，所不燔者人而已。家人又頗病。人之多不適意，豈獨我乎？然足下之親愛我良厚，其亦欲知我所以處此之安否也，故及此耳。

知與公蘊居甚適，何時當邂逅，以少釋愁苦之心乎？且頻以書見及。某自度不能數十日亦當得一官以出，但不知何處耳。子高當已入京，不知得及相見於京師否？諸不一一，千萬自愛！

〔一〕「三」，原無，據底本目録補。

〔二〕「復」，龍舒本作「久」。
〔三〕「此」，光啓堂本、聽香館本作「見」。
〔四〕「燒」，遞修本作「焜」。
〔五〕「矣」下，龍舒本有「子高示及帽紗，乃似已多幞頭，得無錢少乎？今附頭圍以往。比乃見説子高已欲替，不知何時乃罷乎？幸一報也」。

## 請杜醇先生入縣學書二〔一〕

人之生久矣。父子、夫婦、兄弟、賓客、朋友，其倫也。孰持其倫？禮樂、刑政、文物、數制、事爲，其具也。其具孰持之？爲之君臣，所以持之也。君不得師，則不知所以爲君；臣不得師，則不知所以爲臣。爲之師，所以并持之也。君不知所以爲君，臣不知所以爲臣，人之類其不相賊殺以至於盡者，非幸歟？信乎其爲師之重也！

古之君子尊其身，恥在舜下。雖然，有鄙夫問焉而不敢忽，斂然後其身似不及者。有歸之以師之重而不辭，曰：「天之有斯道，固將公之，而我先得之。得之而不推餘於人，使同我所有，非天意，且有所不忍也。」

某得縣於此踰年矣〔二〕。方因孔子廟爲學，以教養縣子弟，願先生留聽而賜臨之，以爲之師，某與有聞焉。伏惟先生不與古之君子者異意也，幸甚。

二

惠書，何推褒之隆而辭讓之過也！仁人君子，有以教人，義不辭讓，固已爲先生道之。今先生過引孟子、柳宗元之説以自辭。孟子謂「人之患在好爲人師」者，謂無諸中而爲有之者，豈先生謂哉！彼宗元惡知道？韓退之毋爲師，其孰能爲師？天下士將惡乎師哉？夫謗與譽，非君子所卹也，適於義而已矣。不曰適於義，而唯謗之卹，是薄世終無君子，唯先生圖之。示詩，質而無邪，亦足見仁人之所存。甚善，甚善！

〔一〕「二」，原無，底本目録作「請杜醇先生入縣學書二」，徑改。

〔二〕「某」，皇朝文鑑卷一百十六請杜醇先生入縣學書作「安石」，下同。

## 答孫元規大資書

某不學無術，少孤以賤，材行無可道，而名聲不聞於當世。巨公貴人之門，無可進之路，而亦不敢輒有意於求通。以故聞閣下之名於天下之日久，而獨未嘗得望履舄於門。比者得邑海上，而聞左右之别業實在敝境，猶不敢因是以求聞名於從者。卒然蒙賜教督，讀之茫然，不知其爲媿且恐也。

伏惟閤下危言讜論，流風善政，簡在天子之心，而諷於士大夫之口。名聲之盛，位勢之尊，不宜以細故苟自貶損。今咳唾之餘，先加於新進之小生，疑左右者之誤，而非閤下之本意也。以是不敢即時報謝，以忤眎聽，以累左右，而自得不敏之誅，顧未嘗一日而忘拜賜也。

今茲使來，又拜教之辱，然後知閤下真有意其存之也。夫禮之有施報，自敵以下不可廢，況王公大人而先加禮新進之小生，而其報謝之禮缺然者久之，其爲罪也大矣。雖聰明寬閎，其有以容而察於此，而獨區區之心，不知所以裁焉。

## 答孫少述書

少述足下：某天稟疏介，與時不相值，生平所得，數人而已，兄素固知之。置此數人，復欲强數，指不可詘。唯接兄之日淺而相愛深，别後焦然，如失所憑。兄賜問者八九，奉答卒不過一再而已〔一〕。以爲吾黨之相與，情誼何如爾，問之密疏，不足計也。不然，今之游交，竿牘之使午行於涂，豈某於兄顧不能哉？

此月十二日抵真州，明日當舟行。無事，當爲朱先生敘字，且賡所貺詩以寄。元珍六月代去，民先受郫辟，爲之奈何？近日人事可嗟可怪者衆，何時見兄論之。春暄，自重。

〔一〕「奉答」，龍舒本作「至蒼」。

## 答王該祕校書二〔一〕

某不思其力之不任也，而唯孔子之學，操行之不得，取正於孔子焉而已。宦爲吏，非志也，竊自比古之爲貧者，不知可不可耶？今之吏，不可以語古。拘於法，限於勢，又不得久，以不見信於民，民源源然日入貧惡。借令孔子在，與之百里，尚恐不得行其志於民。故凡某之施設，亦苟然而已，未嘗不自愧也。足下乃從而譽之，豈其聽之不詳耶？且古所謂蹈之者，徒若是而止耶？殆不若是而止也。易子之事，未之聞也。幸教之，亦未敢忽也。

### 二

某頓首：自足下之歸，未得以書候動止而以慰左右者之憂，乃辱書告以所不聞，幸甚。如見譽，則過其實甚矣〔二〕，告者欺足下也。其尤顯白不可欺者，縣之獄至或歷累月而無一日之空。屬民治川〔三〕，苟自免以得罰者以十數，安在乎民之無訟而服役之不辭哉？且某之不敏，不幸而無以養，故自縻於此。

蓋古之人有然者，謂之爲貧之仕。爲乘田，曰牛羊蕃而已矣；爲委吏，曰會計當而已矣。牛羊之不蕃，會計之不當，斯足以得罪。牛羊蕃而已矣，會計當而已矣，亦不足道也。唯其所聞，數以見告，幸甚。

〔一〕「二」，原無，據底本目録補。

〔二〕「矣」，龍舒本作「以」，屬下句。

〔三〕「川」，原作「以」，形訛，今據龍舒本改。按，此書作於王安石知鄞縣時。「屬民治川」，即本書卷八十三鄞縣經遊記所曰：「慶曆七年十一月丁丑，余自縣出，屬民使浚渠川。」

## 答張幾書

張君足下：某常以今之仕進，爲皆詘道而信身者。顧有不得已焉者，捨爲仕進，則無以自生。捨爲仕進而求其所以自生，其詘道有甚焉，此固某之亦不得已焉者。獨嘗爲進說，以勸得已之士焉。得已而已焉者，未見其人也，不圖今此而得足下焉。足下恥爲進士，貴其身而以自娱於文，而貧無以自存，此尤所以爲難者。凡今於此，不可毋進謁也〔一〕，況如某少知義道之所存乎？今者足下乃先貶損而存之，賜之書，詞盛指過，不敢受而有也。惟是不敏之罪，不知所以辭，敢布左右，惟幸察之而已。

〔一〕「毋」，龍舒本作「無」。

## 答楊忱書

承賜書，屈欲交之，不知其爲懼與媿也，已又喜焉。聞君子者，仁義塞其中，澤於面，浹於背，謀於四體而出於言，唯志仁義者察而識之耳。然尚有其貌濟其言匱、其言濟其實匱者，非天下之至察何與焉！

某嘗窮觀古之君子所以自爲者，顧而自忖其中則欿然。又思昔者得見於足下，俯數刻爾，就使其中有絶於衆人者，亦未嘗得與足下言也。足下何愛而欲交之邪？或者焯然察其有似邪？夫顧而自忖其中則欿然，其爲貌言也，乃有以召君子之愛，宜乎不知其爲懼與媿也。然而足下自許不妄交，則其交之也固宜相切以義，以就其人之材而後已爾，則某也甚有賴〔一〕，其爲言也可以已邪〔二〕？

〔一〕「甚」，龍舒本作「其」。

〔二〕「言」，龍舒本作「喜」，義長。遞修本黄校曰：「宋刊模糊似『善』字，明刊作『言』。細審確是

『善』字。」

## 答陳柅書

某啓〔一〕：伏蒙不遺不肖，而身辱先之，示之文章，使得窺究其所藴。又取某所以應見問者，序而存之，以寵其行。足下之賜過矣，不敢當也。某懦陋淺薄，學未成而仕，其言行往往背戾於聖人之道，擯而後復者，非一事也。自度尚不足與庸人爲師，況如足下之材良俊明，安能一有所補邪？雖然，足下過聽，所序而存者，或非某所聞於師友之本指也，則義不得默而已。

莊生之書，其通性命之分而不以死生禍福累其心，此其近聖人也，自非明智不能及此。明智矣，讀聖人之説，亦足以及此。不足以及此，而陷溺於周之説，則其爲亂大矣。墨翟非亢然詆聖人而立其説於世，蓋學聖人之道而失之耳，雖周亦然。韓氏作讀墨，而又謂子夏之後，流而爲莊周，則莊、墨皆學聖人而失其源者也。老莊之書具在，其説未嘗及神仙，唯葛洪爲二人作傳以爲仙。而足下謂老莊潛心於神仙，疑非老莊之實，故嘗爲足下道此。老莊雖不及神仙，而其説亦不皆合於經，蓋有志於道者。聖人之説，博大而閎深，要當不遺餘力以求之。是二書雖欲讀，抑有所不暇。某之所聞如此，其離合於道，惟足下自擇之。

〔一〕「某」，聖宋文選卷十一收録此書作「安石」，下同。

## 答余京書

某行不足以配古之君子，智不足應今時之變，竊食窮縣而無勢於天下，非可以道德而謀功名之合也。今足下貶損手筆，告之所存，文辭博美，義又宏廓，守而充之，以卒不遷，其至可量邪？顧告之非其所，推褒之語不以實稱，類有以不敏欺足下者。孔子曰：「不患人之不己知，患己不知人也。」此亦足傷足下知人之明，獨媿而已，不敢當也。

## 答王景山書

某愚不量力〔一〕，而唯古人之學，求友于天下久矣。聞世之文章者，輒求而不置，蓋取友不敢須臾忽也。其意豈止於文章耶？讀其文章，庶幾得其志之所存。其文是也，則又欲求其質，是則固將取以爲友焉。故聞足下之名，亦欲得足下之文章以觀。不圖不遺，而惠賜之〔二〕，又語以見存之意，幸甚，幸甚！

書稱歐陽永叔、尹師魯、蔡君謨諸君以見比。此數公，今之所謂賢者，不可以某比。足下又以江南士大夫爲能文者〔三〕，而李泰伯、曾子固豪士，某與納焉。江南士大夫良多，度足下不偏識，安知無有道與藝，閉匿不自見於世者乎？特以二君槩之，亦不可也〔四〕。況如某者，豈足道哉？恐傷足下之信，而又重某之無狀，不敢當而有也。孔子曰：「十室之邑，必有忠信如丘者。」聖人之言如此，唯足下思之而已。

聞將東游，它語須面盡之。

〔一〕「某」，龍舒本作「安石」。

〔二〕「而」，原作「面」，今據龍舒本改。按，作此書時，王安石與王景山尚未謀面，不得謂「面賜之」。

〔三〕「能」上，龍舒本有「無」字。

〔四〕「可」，應刻本作「宜」。

# 王安石文集卷第七十八

## 書

### 答郟大夫書

承教，并致令嗣埋銘、祭文，發揮德美，足以傳後信今〔一〕，感惻豈可勝言！衰疾倦於人事，惟頃見令嗣，數邀請之，心所愛尚，不知應接之勞也。不圖奄忽，遂隔生死，言及於此，秖傷慈念。然壽夭有命，悲痛無補，惟當以理自開釋耳。無緣會晤，千萬良食自愛！

〔一〕「信今」，遞修本闕，龍舒本作「讀之」，屬下句。

### 與章參政書

自聞休命，日與賢士大夫同喜。承誨示，重以感愧，又喜動止多福。某外尸榮禄，幸可以小愒，而痞喘稍瘳，即苦瞀眩。投老殘年，況不復久，唯祝公爲時自愛，勉建功業，稱明主眷遇而已〔一〕。書不逮意，想蒙恕亮。

〔一〕「明主」，原作「明王」，據龍舒本、遞修本改。

## 與王宣徽書三〔一〕

某頓首再拜。阻闊門墻，浸彌年月，惓惓鄉往，豈可勝言！某屏居丘園，衰疾日嬰，闕於修問，想蒙矜恕。北都衙校，偶至北山，得聞比日動止康豫，深慰鄙情也。南北遼闊，無緣進望履舄，惟冀爲時倍保崇重，無任禱頌之至！〔二〕

二〔三〕

某頓首再拜留守宣徽太尉台座：久遠言侍，豈勝瞻仰！山川阻闊，修問曠疎。竊惟尊體，動止萬福，門内吉慶。新正，伏冀爲國自重，下情禱頌之至。不宣。

三〔四〕

某惶恐再拜。伏承屢求自佚，聖上貪賢，想必未遂高懷。無緣造詣，豈勝企仰！某衰疾日積，待盡丘園，每荷眷記，但深感切〔五〕。

〔一〕「三」，原無，據底本目録補。

〔二〕「至」下，龍舒本有「某惶恐再拜留守宣徽太尉台座謹空」十五字。

〔三〕「二」，遞修本作「又」。
〔四〕「三」，遞修本作「二」。
〔五〕「切」下，龍舒本有「某惶恐再拜」五字。

## 與彭器資書

某啓：數得會晤，深以慰釋。遽當乖闊，豈勝係戀！衰疾，無緣追路，且爲道自愛。謹勒此以代面叙〔一〕。

〔一〕「叙」下，龍舒本「某啓上」三字。

## 與程公闢書

某啓：比承故人遠屈，殊以不獲從容爲恨。更煩專使，貺以好音，豈勝感悵！陰晴不常，寒暄屢變，尤喜跋涉，動止安豫。「平」字韻詩，不敢違指，聊供一笑。集古句亦勉副來喻，不足傳示也。尚此阻闊，惓惓可知，千萬自愛，以副情禱也。不宣〔一〕。

厚之康强，必數相見。久欲致書未果，幸因晤語，爲道惓惓也。

〔一〕「宣」下，龍舒本有「某再拜正議公闕老兄」九字。

## 與李修撰書復圭

某啓：比得奉餘論，殊以不從容爲恨。忽復改歲，豈勝思仰！乃煩枉教，慰感何可復言？尤喜動止多福。日冀別膺休命，復得展晤於丘園。未間，良食自壽。不宣〔一〕。

〔一〕「宣」下，龍舒本有「某啓上審言修撰閣下」九字。

## 與徐賢良書

某叩首：罪逆苟活，向蒙賢者不以無狀，遠賜存省，區區哀感，所不可言！自後日欲修問，而乃重煩手教，先加撫慰，重以愧惻也。

從是北征，計在旬月，過潤，去此甚近。以几筵之故，無由一至京口奉候，瞻向之情，可以意知也。自別後不復治禮，亦時時體中疾病，諸非面見，何可言也！千萬自愛。數以書見及，幸甚。尊兄支福，不及別削也。

# 與楊蟠推官書二〔一〕

某頓首推官足下：辱手筆，所以見教者過當，不敢當也。某不爲通乎道者〔二〕，曰有志乎道可也。方當求正乎人，其敢正人乎哉？讀足下之文，但知畏之而已。足下固嘗得賢人者而師之，願造請所聞焉〔三〕。以私故未遑，謹奉手啓。不宣。

## 二

某頓首：區區之意，已白左右，卒不見亮，而相責望加焉。夫豈敢有愛哉？特無以當所欲耳。雖然，得閒將試進其疑者，亦冀足下或有以聞之〔四〕。不宣〔五〕。

〔一〕「二」，原無，據底本目録補。
〔二〕「某」，龍舒本作「安石」。
〔三〕「所聞」，光啓堂本作「此聞」，聽香館本作「而問」。
〔四〕「聞」，龍舒本作「開」，義長。
〔五〕「宣」下，龍舒本有「安石頓首」四字。

## 與孟逸祕校手書九〔一〕

某頓首仲休兄足下：自京師奉别，於今已八九年。事物之役，少休息時，不得馳問，但增勤企。忽得書，乃知尚滯下邑，幸得會合，歡慰固無量。顧忝一日之雅〔二〕，而以公函見賜，竊慚怍不知所謂也。拜見在近，千萬自愛。他留面陳。

### 二

某頓首：昨日以旱事奉報，既而且以書抵王公，言今旱者皆貧民，有司必不得已，不若取諸富民之有良田得穀多而售數倍之者。貧民被災，不可不恤也。度治所已接狀矣。然民既爲使者所沮，得無貧懦力不能復自訴者乎？唯念之。屯田必已入城矣，前治宿松事，何其詳也！錦鷄更求兩雌，不欲忤物性耳。秋涼，自愛。

### 三

某頓首：數日得奉談笑，殊自慰。别後懷渴殊深，伏惟動止萬福。鷴已領得，感怍！當有元給之直，幸示下，不然，則魯自是不贖人矣。按田良苦，惟寬中自愛。兩日稍寒矣，尤宜自愛。

四〔三〕

某頓首：到郡悤悤，欲一詣邑奉見〔四〕，尚未果。伏惟動止萬福。歲饑如此，幸得賢令君相與爲治，宜不至有失所者。然聞富室之藏，尚有所閉而未發者。切以謂方今之急，閤下宜勉數日之勞，躬往隱括而發之，裁其價以予民。損有餘以補不足，天之道也。悠悠之議，恐不足邺，在力行之而已。不知鄙見果可行否？幸一報，有以見教。

幸多及屯田尊候萬福，不及上狀。不知端州何時可以到此？欲及其將至，使人以書迓之，幸一爲致問示及。不久得奉見，未爾，自愛！

五〔五〕

某頓首：某不肖，學不得盡意於文章，仕不得行其所學。苟居竊食，動輒媿心，而世之同好惡者，已云少矣。遇足下於此，最爲相盡，義不得諱。其不腆之文，過蒙推褒，非所望也。朋友道喪之日久矣。以某之不肖，行於前而悔之於後，自已爲多矣，況足下之明邪？每望教督，而終未蒙。惟足下不遺，以朋友之義見存，不勝幸甚！更數日，遂東去十里〔六〕，自愛，不勝思懷也。

六〔七〕

某頓首：辱書感慰。想按田勞苦，乞自愛。惟下户所得亦不多，又誠可哀。至於豪右，雖所蠲至少，未爲損也，仁明審處之而已。質利甚好，但某亦自質却數十千，恐不免嫌謗也。邑中但痛繩之，豈有不從者乎？按置一二人，自然趨令矣。日夕思一見無由，聞常因檢覆至近郊，能入城否？或不欲入城，憚請謁之煩，即至近郊，可示諭，當走城外奉謁也。

七〔八〕

某頓首：辱書，感慰。非兄之愛厚，何其能勤勤不忘如此也！奔走南北，而事多不能如心，去就之際，未知所擇，安能無勞於心邪？不知兄代者何時到乎？春暄，千萬自愛，以慰鄙懷也。時以書見及，不勝幸願。

八〔九〕

某頓首：近别殊思渴。雨不足，遽止，爲之奈何？兩日欲作書往，而私門不幸，再得小功之訃，愁苦豈可以言説邪！

元規得南信否？昨日報之，當更重其愛思。然恐其急於得實，又當走人往候之故耳。

前日所議云何？欲以公往，可否？然元規方内憂，暇議此否？此決無害事，但已之爲不可耳，更裁之。黄任道書煩送去，無聊上問，不謹，幸憐察。

九〔一〇〕

某頓首：幸以一日之雅，而每辱以公禮見加，非所望也。蒙諭，具曉盛意。舉監若行，辭不難也。至於閤下治行，自爲諸公所知，不患無知己也。惟以道自釋，餘留面究也。鬻粦之入，今歲如何？邑亡歲之凶，固賢令仁佐政治之所及也，竊以爲慰。

〔一〕「九」，原無，據底本目録補。
〔二〕「顧」下，龍舒本有「惟」字。
〔三〕「四」，龍舒本作「五」。
〔四〕「邑」下，龍舒本有「得」字。
〔五〕「五」，龍舒本作「六」。此篇與本書卷七十六謝張學士書重出，詳語氣，不似與孟逸之書。
〔六〕「十里」，龍舒本作「千萬」，屬下句。
〔七〕「六」，龍舒本作「七」。
〔八〕「七」，龍舒本作「八」。
〔九〕「八」，龍舒本作「九」。

〔一〇〕「九」，龍舒本作「十」。

## 與樓郁教授書

某竊邑無狀，每自隱度，宜得罪於賢者。敢圖不遺，辱賜手筆，而副以褒揚之辭乎？此乃重某之不肖，使不得聞其過惡，而非所以望教誨之意也。足下學行篤美，信於士友，窮居海瀕，自樂於屢空之内，此某所仰歎也。

## 答王逢原書〔一〕

某啓：不見已兩月，雖塵勞汩汩，企望盛德，何日忘之〔二〕。忽辱惠書，承以論語義見教，言微旨奥，直造孔庭，非極高明，孰能爲之？仰羨，仰羨！近蒙子固、夷甫過我，因與二公同觀，尤所歎服。何時得至金陵，以盡遠懷？不宣〔三〕。

〔一〕此篇又見本書卷七十二，題作「答王深甫書三」。今並存之。

〔二〕「忘」，龍舒本、遞修本作「無」。

〔三〕「宣」下，龍舒本有「某再拜」三字。

## 答王致先生書〔一〕

某頓首先生足下：久不見顔色，傾渴無量。蒙賜手筆，存獎尤過。新將頗慰民望，固幸甚。足下無事於職，而愛民之心，乃至於此，可以爲仁矣。他留面陳，忽忽不謹〔二〕。

〔一〕「書」，原無，據底本目録補。

〔二〕「謹」下，龍舒本有「某頓首」三字。

## 回文太尉書

某再拜留守太尉儀同台座：久遠言燕，豈勝悵仰！山川阻闊，久曠馳問，仰惟尊體動止萬福。丘園衰疾，候望無階，唯冀爲時倍保崇重，下情祝望之至。不宣〔一〕。

〔一〕「宣」下，龍舒本有「某再拜」三字。

## 回元少保書二〔一〕

某啓：比承存問，不敢因郵敘感，日詷營從之東，馳布悃愊。專使臨門，誨諭稠疊，區區感激，何可具言！承動止康寧，深以爲慰。相望數驛，而衰憊日滋，無緣馳詣，但有鄉往。若春氣暄和，乘興遊衍，得陪几杖，何幸如之！未爾間，伏乞良食自重。不宣〔二〕。

二

某啓：久闕修問，豈勝企仰！新歲想膺多福，貴眷各吉慶。山川相望，拘綴無緣造晤，冀倍自壽重，以副惓惓也。程公闢想日得從容也〔三〕。

〔一〕「二」，原無，據底本目録補。

〔二〕「宣」下，龍舒本有「某再拜致政少保台座」九字。

〔三〕「容」下，龍舒本有「某再拜致政少保台座」九字。

## 答范峋提刑書二〔一〕

某啓：久阻闊，豈勝鄉往！承誨喻示及，知舟馭已在近關，良喜。動止萬福，冀得瞻晤，又重以喜。餘非面叙不悉〔二〕。

二

某啓：承營從數辱丘園，得聞餘論，多所開釋。戒行有日，適以服藥疲頓，不獲追路，豈勝愧悵！冒涉方遠，冀良食自壽，以慰係戀。謹奉啓以代面叙〔三〕。

〔一〕「二」，原無，據底本目録補。
〔二〕「悉」下，龍舒本有「某啓上」三字。
〔三〕「叙」下，龍舒本有「某啓上提刑奉議」七字。

## 答孫莘老書

某啓：丘園自屏，煩公遠屈，衰疾不獲奉迓。仰惟營從跋涉勞苦，謹遣人馳此奉候。不宣〔一〕。

〔一〕「宣」下，龍舒本有「某啓上」三字。

## 答俞秀老書

某啓：比嬰危疾〔一〕，療治百端，僅乃小愈。竊聞秀老亦久伏枕，近纔康復，不知營從何時如約一至乎〔二〕？歲盡當營理報寧庵舍，以佇遊愒。餘非面叙不悉。未相見間，自愛！令弟見訪，闕於從容，及問邀之，已過江矣。聞不久復來，不及別幅也。

〔一〕「嬰」，龍舒本作「遘」。

〔二〕「至」下，龍舒本有「此」字。

## 答宋保國書

某啓：使人三至，示以經解，副之佳句。勤勤如此，豈敢鹵莽，以虚來旨。所示極好，尚有少疑，想營從非久淹於符離，冀異時肯顧我，可以究懷。未爾，爲時自愛。不宣〔一〕。

〔一〕「宣」下，龍舒本有「某啓上」三字。

## 答熊伯通書二〔一〕

某啓：幸得會晤，豈勝欣慰。遽復乖闊，實深悵戀！明日當展親墓，不獲追送，瞻傃旌旆，重增愧恐。唯冀爲時自重，度非久北還。餘非面叙，不可宣究也〔二〕。

二

某啓：久欲相送於崇果，適值展墓。今日聞舟師尚次淮濱，猶欲與七弟一往，而疲憊殊甚，惓惓之情，何可具言！重煩誨喻，感激，感激！沈氏書即馳送，幸託婚姻之末，豈勝欣慰！冬寒，跋涉自愛！想公非久淹南方，冀復朝夕會晤於此。爲時自愛。不宣〔三〕。

〔一〕「二」，原無，據底本目録補。
〔二〕「也」下，龍舒本有「某啓上」三字。
〔三〕「宣」下，龍舒本有「某啓上知府舍人」七字。

## 答蔣穎叔書

阻闊未久，豈勝思渴！承手筆訪以所疑，因得聞動止，良以爲慰。

如某所聞，非神不能變，而變以赴感，特神足耳。所謂性者，若四大是也；所謂無性者，若如來藏是也。雖無性而非斷絶，故曰一性所謂無性；曰一性所謂無性，則其實非有非無。此可以意通，難以言了也。惟無性，故能變；若有性，則火不可以爲水，水不可以爲地，地不可以爲風矣。長來短對，動來静對，此但令人勿着爾。若了其語意，則雖不著二邊而著中邊，此亦是著。故經曰：「不此岸，不彼岸，不中流。」長爪梵志一切法不變，而佛告之以受與不受亦不受，皆争論也。若知應生無所住心，則但有所著，皆在所訶，雖不涉二邊，亦未出三句。若無此過，即在所可，三十六對無所施也。妙法蓮華經説實相法，然其所説，亦行而已，故導師曰安立行、浄行、無邊行、上行也。

其所以名芬陁利華，取義甚多，非但如今法師所釋也。

佛說有性，無非第一義諦。若第一義諦，有即是無，無即是有，以無有像，計度言語起。而佛不二法，離一切計度言說。謂之不二法，亦是方便說耳。此可冥會，難以言了也。

# 王安石文集卷第七十九

## 啓

### 賀韓魏公啓

伏審判府司徒侍中寵辭上宰，歸榮故鄉。兼兩鎮之節麾，備三公之典策。貴極富溢，而無亢滿之累；名遂身退，而有褒加之崇。在於觀瞻，孰不慶羨？伏惟某官受天間氣〔一〕，爲世元龜。誠節表於當時，德望冠乎近代。典司密命，揔攬中權。毁譽幾至於萬端，夷險常持於一意。故四海以公之用捨，一時爲國之安危。越執鴻樞，遂躋元輔。以人才未用爲大恥，以國本不建爲深憂。言衆人之所未嘗，任大臣之所不敢。及臻變故，果有成功。英宗以哀疚荒迷〔二〕，慈聖以謙沖退託。内揆百官之衆，外當萬事之微。國無危疑，人以静一。周勃、霍光之於漢，能定策而終以致疑；姚崇、宋璟之於唐，善政理而未嘗遭變〔三〕。記在舊史，號爲元功。未有獨運廟堂，再安社稷，弼亮三世，敉寧四方。崛然在諸公之先，焕乎如今日之懿。若夫進退之當於義，出處之適其時，以彼相方，又爲特美。

某久叨庇賴〔四〕，實預甄收。職在近臣，欲致盡規之義；世當大有，更懷下比之嫌。用自絶於高閎，非敢忘於舊德。逖聞新命，竊仰遐風。瞻望門闌，不任鄉往之至。

〔一〕「閒」，皇朝文鑑卷一百二十一收録此文作「秀」。

〔二〕「疢」，龍舒本作「疾」。

〔三〕「政」，龍舒本作「致」。

〔四〕「某」，皇朝文鑑作「安石」。「叨」，龍舒本、皇朝文鑑作「於」。

## 賀致政文太師啓

伏審明制閔煩〔一〕，安車歸憩。位在三師之首〔二〕，名兼兩鎮之崇。誕告敷聞，具瞻胥慶。豈惟末契，竊仰高風！

恭惟致政儀同太師聲冠時髦，望隆國棟。天應時而生德，帝考實而念功。蕭何漢之宗臣，方叔周之元老。寵靈莫二，宜受祉之難窮；惄惻有加，遂留賢而弗獲。瞻承雖阻，企慕實深。

〔一〕「伏」上，龍舒本有「右某啓」三字。

〔二〕「師」，龍舒本作「公」。

## 賀留守侍中啓

伏以露章有請，辭寵甚堅。遂迴涣號之孚，以徇撝謙之美。爰田衍食，舊鎮撫臨。雖非朝廷爵以報功之心，兹見君子廉以激貪之節。高風所洎，薄俗以敦。

恭惟留守太保侍中躬授將明之才，出逢開泰之運。謨謀王體，秉執事樞。勳庸已著於三朝，寵禄具膺於多祉。惟時出處，作世表儀。未遑慶牘之修，首辱占書之貺。永言感戢，實被悃悰〔一〕。

〔一〕「被」，龍舒本、遞修本作「倍」。

## 賀留守王太尉啓

恭聞孚號〔一〕，崇奬耆明，肇建節旄，再司管籥。匪周邦之獨慰，乃黎獻之交欣。伏惟留守太尉朝廷偉材，宗廟貴器。華問既大，寵禄用光。取甘茂之十官，最先諸老；間季友於兩社，乃允具瞻。將壇之拜既崇，公衮之歸豈晚？某舊蒙識拔，尚阻趨承。

踴躍之私，實爲倍百。

〔一〕「恭」上，龍舒本有「某啓」二字。

## 賀致政趙少保啓〔一〕

竊審抗言辭寵〔二〕，得謝歸榮。繇西省諫諍之官，序東宮師保之位。殿庭鳴玉，尚仍前日之班；里舍揮金，甫遂高年之樂，伏惟慶慰。

資政少保懋昭賢業，寅亮聖時。伯夷之直惟清，仲山之明且哲。所居之名赫赫，豈獨後思？爾瞻之節巖巖，方當上輔。遂從雅志，實激貪風。未即披承〔三〕，徒深欽仰。

〔一〕「啓」，原無，據底本目録、遞修本補。

〔二〕「竊」上，龍舒本有「右某啓」三字。

〔三〕「承」，皇朝文鑑卷一百二十一賀致政趙少保啓作「陳」。

## 賀吕參政啓

竊聞明命，登用大儒。是宜夷夏之交歡，豈特親朋之私慶。

某官以君子之器，值聖人之時。直道正言，石投水而必受；淫辭詖行，雪見晛而自消。果膺夢卜之求，式受鈞衡之任。王功方就，庶無一簣之虧；國勢已安，更加九鼎之重。豈徒惠好，過示撝謙。冀同雅操之堅，以稱茂恩之厚。

## 回謝王參政啓

伏審光被上恩，寵參國論。明綍敷告，庶位交忻。歷選冴衡之君，疇咨當軸之輔。尚尤違之敢弼，則曰汝無後言；欲譽問之能宣，則曰予有疏附。厥懷協濟，乃稱具瞻。當盛德之日躋，攬衆材而時舉。懋膺休顯，允屬耆明。

恭惟參政侍郎秉哲在躬，推仁及物。告嘉謀于后，學皆會於本原；揚孚號于庭，辭必稽於典要。以陳善閉邪之賴，應贊元經體之求。重念羈單，最稱眷舊。牽絲一府，久承論議之餘；持槖三朝，常出踐更之後。復叨榮於並命，兹竊幸於爲僚。曲荷至懷，先詒重問。方勵同寅之志，敢忘胥顧之勤？

## 賀章參政啓

承聞大號，登用正人。國論所歸，帝舉時當。

伏惟參政諫議素所藴蓄，實在生民。久於韜湮，乃遇明主。遠大蓋存乎道術，緒餘宜見夫功名。湖海殘生，門闌末契。方士師之未立，可謂曰知；於樂正之有爲，云胡不喜？更荷誨言之無間，但慚慶禮之不先。

## 免參政上兩府啓〔一〕

忽奉明綍，俾參大政。蒙恩則厚，撫己不遑。切以聖明之時，尤艱輔弼之任。置人或誤，累上非輕。内揆拙疎，仰慚優渥。雖已陳情而懇避，猶疑涣汗之難迴。敢竭吝衷，更煩公議。

伏惟某官望隆熙世，謀協睿聰。儻矜一介之誠，願借半辭之助。使安常分，無忝盛時。亦所以正選用之繆恩，不獨荷保全之私惠。

〔一〕龍舒本題爲「上中書辭參政上兩府啓」。

## 答高麗國王啓

伏以畿疆阻闊〔一〕，覿止無階；道義流聞，瞻言有素。使旜及國，摯寶在庭。逮以好音，申之嘉惠。眷存即厚，慰感實深。

恭惟大王膺保德名，踐修猷訓。纂榮懷之舊服，襲壽豈之多祥。冀順節宣，深綏福履。有少儀物，具如别牋。

〔一〕「伏」上，龍舒本有「某啓」二字。「畿」，皇朝文鑑卷一百二十一謝高麗國王作「副」。

罷相出鎮回謝啓

比奉制恩，許還宰柄。妨賢廢事，但淹歷於歲時；辭劇就安，更叨逾於寵數。受方國蕃宣之寄，兼將相威儀之多。在於無功，是謂叨寵。此蓋留守太師忠能與善，美務成人。顧惟疲曳之餘，每賴推揚之助。得紆符紱，歸貰丘園。仰玷寵光之私，實踰分願之素。

謝皇親叔敖啓

此者叨被命書〔一〕，延登揆路。方至神之獨運，追群聖以上行。褒典所加，治功宜稱。顧薄材之難强，豈高位之敢安？甫集愧懷，遽承慶問。拜嘉甚寵，敘感奚勝！

〔一〕「此」上，龍舒本有「某啓」二字。

## 賀韓史館相公啓

伏覩制命，登用臣宗。大忠當興，衆正欣賴，伏惟慶慰。恭惟史館相公世載賢業，躬合聖時。道直方而行以不疑，氣剛大而養之無害。逮專國柄，實佑帝庭。貪夫以廉，惟伯夷之行是效；枉者更直，則成湯之舉可知。某久曠舊恩，尚竊榮禄。以承流而自效，知馳義之所歸。

## 回留守太尉賀生日啓〔一〕

闇史記時，永念劬勞之報；牙兵傳教，乃蒙慰賜之加。仰荷眷憐，豈勝感惻！伏惟判府留守太尉望隆國棟，聲冠時髦。如畎畝之餘生，乃門闌之舊物。尚負品題之賜，每愧愚憧；敢圖恩紀之施，未遺幽遠！仰承嘉惠，增激懦衷〔二〕。

〔一〕龍舒本題作「回賀生日啓」。
〔二〕「懦」，原作「儒」，據龍舒本、遞修本、嘉靖五年本改。「懦衷」，自謙之詞，謂胸無大志。

## 除參知政事謝執政啓

此者登備近司，與聞大政。誤膺休命，良積媿懷。竊念某早以孤生，出階賤仕。稍蒙推擢，遂至叨逾。久於侍從之班，初乏論思之效。皇明繼照，符守外分。亟被召還，得參勸講。已污禁林之選，更陪宰席之延。據非其宜，知有所自。此蓋伏遇某官貫行忠恕，啓佑善良。因令危拙之身，亦與訏謨之地。敢不自致進爲之義，庶以上同經濟之心。

## 回王參政免啓

伏審升拜帝恩，進陪國論。孚號布宣於朝位，歡言騰溢於士林。早與朋游〔一〕，實先慶抃。恭惟某官元精發秀，沖氣鍾和。贊密命於三朝，騖隆名於四海。大忠無拂，常深簡於上心；經德不回，非外移於衆口。久蓄庇民之施，果膺置輔之求。方當上同扶世之猷，庶以自免瘝官之責。過煩重問〔二〕，曲喻至懷。冀回操以就工，遂協謀而許國。

〔一〕「早」，原作「草」，今據遞修本、嘉靖五年本改。按，王參政爲王珪，與王安石有同年之誼，故曰「早與朋游」。四庫本作「忝」。

〔二〕「問」，聽香館本作「簡」。

## 參知政事回宗室賀啓

此者叨被上恩，使陪國論。惟才能之淺陋，荷眷遇之特殊。遜避弗容，省循知畏。此蓋伏遇某官道存博愛，志務上同。肩許國之至懷，樂推賢而與共。因令孤拙，得冒寵靈。先蒙慶問之勤，尤積媿顔之厚。

## 回曾簽書免啓

伏審顯膺優詔，進貳中樞，伏惟歡慰。某官鍾才宏遠，逢運休明。夙衷注於宸心，克將明於王政。乃寘民瞻之地，實資世濟之才。明命誕敷，師言咸允。而剡章上奏，辭寵更堅。惟祗若於王休，庶共釐於邦采。

## 上執政辭僕射啓

竊以中臺揆路之要，左省侍班之崇。以疇茂勳，乃稱公論。某誤尸宰事，久曠天工。

方慚莫副於具瞻，豈意更叨於殊奬？比陳愚款，未賜俞音。伏惟某官仁在曲成，義惟兼善。特借半辭之助〔一〕，庶逃虚授之尤。

〔一〕「半」，原作「末」，據聽香館本改。按「半辭」，謂一言兩語，史記卷七十七魏公子列傳：「今吾且死，而侯生曾無一言半辭送我。」下文除宰相上兩府大王免啓二亦曰：「少借半辭之助。」

## 除宰相上兩府大王免啓二

伏奉制命，特授云云。綸綍之言，布宣於朝廷；鈞衡之任，摠率於臣工。必收特出之才，乃稱具瞻之實。某叨塵事任，參豫政機。雖有許國之愚忠，初無濟時之明效。久思自弛，以免庶尤。敢圖眷注之私，更寘辨章之地。方蒙曲諭，未獲終辭。伏望某官深亮懇誠，俯垂憐惻。少借半辭之助，以紓曠責之慚。

### 二

竊以鈞衡之任，寔總於百工；苟非經濟之材，曷熙於庶績？某曩叨柄用，已乏事功。方追虚責之尤，豈稱具瞻之實？敢圖隆眷，未獲固辭。伏惟某官仁以曲成，義惟兼濟。願借重言之助，庶逃虚授之慚。

## 回謝舍人啓

伏審詔試公府，書命帝庭。茂對明緡之恩，遂膺顯服之賜。豫遊惟舊，懷慰良多。舍人美行邁倫，高材濟務〔一〕。自翱翔於朝路，實熠燿於士林。孚號載揚，師虞惟允〔二〕。未皇贊喜，特枉鳴謙。感愧之私，敷言曷罄！

〔一〕「濟務」，應刻本作「出右」。

〔二〕「師」，光啓堂本、聽香館本作「抑」。

## 回韓相公啓

伏審祗服命書，已臨使府。來章得請，尤欣閭里之還；舊俗去思，胥慶旌麾之入。伏惟某官氣凝簡厚，學造本元。忠義著於三朝，功名垂於一代。銅臺坐鎮，居多恬養之休；棠訟日清，久被仁漸之化。未遑馳慶，先辱貽書。愓然汗顔，俯以拜貺。其爲感戢，實倍悃悰。

## 回文侍中啓

伏審顯奉制書，榮遷官秩。暫解樞衡之密，出分藩輔之憂。伏惟某官器範曠夷，才猷膚敏。著三朝之茂烈，爲一代之宗工。遽辭機務之繁，屢貢近藩之請。詔音賜可，顧志願之莫違；寵數有加，唯德功之宜稱。豈期明悊，尚屈謙虚。況當成命之行，允協僉言之望。冀迴沖守，以對茂恩。

# 王安石文集卷第八十

## 啓

### 回賀冬啓三

伏以七始載華，三微遂著。方明主撫辰之盛，宜哲人膺祉之多。恭惟儀同太師一代宗工，三朝壽俊。適履新陽之盛，備膺諸福之歸。屬以嬰痾，阻於稱壽。睠睠祝頌，實倍等夷。

### 二

伏以四序密移，一陽來復。氣驗管灰之應，官書雲物之占。伏惟某官佐主以將明之材，庇民以平易之政。踐揚機要，時所具瞻。就立功名，老方益壯。甫臨穀旦，宜介多祥。邈無薦壽之由，第切馳情之極。

三

伏以陽明初復〔一〕，圭景寖長。惟勳德之並隆，宜福休之薦至。某官材高百辟〔二〕，望重三朝。收善世之榮名，往蕃王室；暢經邦之遠業，復荷天衢。延跂台華，彌增善頌。

〔一〕「明」，原作「朋」，今據龍舒本改。「陽明」，即陽光、光明之意。

〔二〕「某」上，龍舒本有「伏以」二字。

## 回賀正啓三

伏以杓回寅位，德盛木行。物乘引達之陽，朝布始和之令。伏惟留守司徒侍中深忠許國，令德在民。方穀旦之甫臨，宜春祺之協應。某方兹居里，適阻造門。顧敘慶之弗遑，在馳誠而曷已！

二〔一〕

伏以杓回寅位，德盛木行。品物時亨，吉人類長。伏惟某官元功致主，茂德宜民。烝庶之所詠歌，神明之所輔相。甫臨穀旦，宜介吉祥。稱慶未遑，鳴謙遽及。感銘之素，敷叙何殫？

三[一]

肇履歲端[三]，始和治本。惟國元老，荷天純休。伏惟某官抗志極高，守氣甚約。措之事業而盛大，發爲聞望而輝光。暫息价藩，佇還宰席。瞻馳頌願，倍百等夷。

〔一〕「二」，龍舒本作「三」。

〔二〕「三」，龍舒本作「二」。

〔三〕「肇」上，龍舒本有「伏以」二字。

## 賀文太師啓

伏以歲旦更始，物得以生。當命相布德之時，乃使民觀象之月。伏惟致政儀同太師王纘之事，天降之才。冕服命圭，極上公之貴號；神旗豹尾，總全魏之嘉師。宜獲相於明靈，以時膺於戩穀。某限以病居在遠，慶賀無階。同善頌於輿人，以自輸於微志。

## 謝知制誥啓

據非其稱，慚甚於榮。切以通會朝之籍於禁中，出誥命之書於天下。自昔必求乎良士，方今尤謂之美官。非夫能道先王之言，及通當世之務〔一〕，文章足以潤色，知術足以討論〔二〕，一有誤居，必乖衆論。

某素出貧賤，偶遭盛明〔三〕。讀書雖勤，未免是古之累；更事雖久，終無適時之才。製作淹遲而不工，思慮短淺而不敏。有此一物，自足窮於多士之時；兼是四端，豈宜辱於邇臣之列？此蓋伏遇某官以忠純翼戴，以寬大甄收。謂其引分而無求，儻或負能而有待。因加奬借，使得超踰。蓋大公之賜所加，唯至誠之報爲稱。敢不内盡致身之德，庶以上同許國之心！

〔一〕「及」，龍舒本作「又」。
〔二〕「討論」，聽香館本作「經綸」。
〔三〕「遭」，龍舒本作「逢」。

## 回謝館職啓

奉膺明詔，綜理秘文。凡與交游，舉同慶慰。惟館閣圖書之府〔一〕，實朝廷俊乂之林〔二〕。或起賢良進士之高科，或出公卿大臣之列薦〔三〕。因循流弊，稍容濫進於平時；選用校讎，多得真才於近歲。蓋爲其謨謀之已審〔四〕，故不必課試而後知。

某官以甚高之資，加至美之行。服異能於大衆，蓋已千人；積素望於明時〔五〕，固非一日。鉅工所以極論而無避，先帝所以特用而不疑。雖列職書林，於償未塞；然奮功朝路〔六〕，其進可量。未獲造門，先承枉駕。私懷感恧，豈易敷言？

〔一〕「館閣」，原作「館問」，據龍舒本、遞修本、嘉靖五年本改。此啓乃回謝館職啓，故曰「館閣」。

〔二〕「之林」，龍舒本作「之躔」。遞修本黄校曰：「『之』下宋刊本空白一字。」

〔三〕「列」，龍舒本作「例」。

〔四〕「謨謀」，龍舒本作「謀謨」。

〔五〕「素望」，龍舒本作「王臣」。

〔六〕「路」，原作「露」，今據龍舒本、遞修本、嘉靖五年本改。按，「朝路」，謂朝廷之品級、品位。

## 知常州上中書啓〔一〕

將母之求，屢關於聽覽；長民之寄，終累於陶鎔〔二〕。勢則便安，心焉震悸。蓋聞抱關擊柝，所以待士之爲貧；直鎛蒙鏐〔三〕，所以處人之有疾。其志卑者其獲少，其能薄者其任輕。自非審分以取容，則必近刑而速謗。如某者湮淪素業，邀會時恩。備官牧人，既以貧而擇利〔四〕；奉使畿縣，又以疾而告勞。甚矣能薄而志卑，宜乎任輕而獲少。尚蒙優詔〔五〕，猥備方州。自惟缺然〔六〕，何以稱此？

兹蓋伏遇某官上同一德，而以寬裕處心；旁燭萬情，而以平均待物。遂令疎賤，亦至叨逾。永惟憂國之所存，獨可勤民而上副。顧今州部〔七〕，已遠朝廷。田疇多荒，守將數易。教條之約束，人無適從；簿書之因緣，吏有以肆。惟是安庸之舊，當兹凋瘵之餘。自非上蒙寵靈，少假歲月，則牧羊弗息，彼將何望於少休；晝土復墁，此亦無逃於大譴。更期元造，終賜曲成。

〔一〕龍舒本題作「謝執政啓」。

〔二〕「鎔」，聽香館本作「甄」。

〔三〕「鏐」，疑當作「璆」。「直鎛蒙璆」，語出國語晉語四：「官師之所材也，戚施直鎛，蘧蒢蒙璆。」韋昭注曰：「直，主擊鎛。鎛，鐘也。蒙，戴也。璆，玉磬。不能俯，故使戴磬。」

〔四〕「既」，龍舒本作「皆」。

〔五〕「尚蒙優詔」，龍舒本作「特蒙優渥」。

〔六〕「缺」，龍舒本作「闕」。

〔七〕「部」，龍舒本作「縣」。

## 知常州上監司啓〔一〕

蒙恩寬裕，得郡便安。諏日造官，以身受察〔二〕。竊念某鄙陋之質〔三〕，拙疎於時。聞先子之緒餘，慕古人之名節。黽勉仕宦，聊盡爲貧之謀；苟簡歲時，亦預在庭之數。來佐群牧，甫更二年。數求州符，就更幾縣。顧神明之罷耗，當事役之浩穰。慚非其宜，辭得所欲。遂以一身之賤，猥分千里之憂。荷覆露之生成，出雋賢之撫按。竊惟幸會，良用震驚。惟此陋邦，近更數守。吏卒困將迎之密，里閭苦聽斷之煩。自非函容〔四〕，少賜優假，緩日月之效，使教條之頒，則何以上稱督臨，下寬凋瘵〔五〕！

伏惟某官逢亨嘉之會，奮將明之材。簡在清衷，久於煩使。體愛養元元之意〔六〕，樂扶持斷斷之能。庶幾始終，得出芘賴。未期望履，尤切馳情。願順節宣，以需褒寵。

〔一〕龍舒本題作「謝提轉啓」。

〔二〕「察」，龍舒本作「責」。

〔三〕「某」，皇朝文鑑卷一百二十一知常州上監司啓作「安石」。

〔四〕「函」，聽香館本作「寬」。

〔五〕「凋」，原作「彫」，據龍舒本改。遞修本黄校曰：「『彫』，宋刊『凋』。」

〔六〕「體」，遞修本黄校曰：「宋刊空白。」

## 上揚州韓資政啓

某受才素卑，趨世尤拙〔一〕。冒干從事之選，積有敗官之憂。汔由恩臨，得以理去。違離大旆，留止近邦。惟德之依，無時以懈。整僕夫之駕，方爾就途；拜使者於庭，遽然承教。未忘故吏之賤，加賜上樽之餘。望不素然，報將安所？念當遠適，顧獨長懷。行願高明之才，還處機要；坐令衰廢之俗，復觀太平。伏惟爲上自頤，副人所望。

〔一〕「世」，龍舒本作「時」。

## 上郎侍郎啓〔一〕

伏蒙過采浮議，使承乏官。借寵則榮，循涯而懼。願留平聽，得究下情。頑疏之人，滯固於事。席先子之緒業，玷太常之寺名〔二〕。備位於兹，歷年無狀。安全者幸，廢去乃宜。何言誤知，欲觀頌試〔三〕。審處私計，追惟舊聞。不越俎以代庖，蓋言有守；未操刀而使割，可必無傷？輒敢用是固辭，誠願易而他使。依違王事，雖名理之未安；妄冒人知，亦生平之不欲。高明在上，悃愊發中。臨啓怔忪，果於得請。

二

某備官有守，望履無階。職是簿書之憂，缺然竿牘之獻。顧惟薄陋，最荷庇存。實賴盛恩之臨，不誅苛禮之廢。惟春且暮，於氣已暄。伏惟養福有經，衛生無恙。

伏惟某官望隆先進〔四〕，德茂老成。言歸典刑，動應的表。早收功於要路，晚得謝於明時。貴而能貧，恬以養智〔五〕。爲時所嚮，於義可師。伏惟順序節宣，慰人祈望〔六〕。

〔一〕「啓」下，應刻本有「二」字。皇朝文鑑卷一百二十一收此啓，題作「上郭侍郎啓」。

〔二〕「寺」，龍舒本作「等」。

〔三〕「頌」，皇朝文鑑作「小」。

〔四〕「官」，龍舒本作「人」。

〔五〕「以」，龍舒本作「有」。

〔六〕「祈」，龍舒本、遞修本作「所」。

## 上田正言啓

謝去賓廷，歸安子舍。逮今旋月，惟日想風。會稽攷之相仍，顧牓書而不暇。伏況賢哲異禀，神明與休。起居安恬，福履腒厚。

恭以某官剛絜不倚〔一〕，沈深内明。逢時以征〔二〕，取位如拾。朝所恃賴，士相據依。矧惟甚盛之才，實在可言之職。廟謀中失〔三〕，物議否臧，有足敷陳，諒無回隱。仰裨大政，取顯官聯。四面所瞻，一心以徯。某早煩教育，晚出薦延。方兹辦裝，不日臨職。趣馳之地，固未有涯；芘賴之心，尚安所適？

〔一〕「絜」，龍舒本作「素」。

〔二〕「時」，龍舒本作「辰」。

〔三〕「謀」，龍舒本作「謨」。

## 上撫州知州啓代人作。

講聞風聲，積有時序。刺史之天所芘，先人之樹固存。仰高之心，惟日爲歲。顧賤官之有守，通私謁之無階。恭惟班宣有條，保養多福。

伏以某官學周事變，行應表儀。比以將明之才，遂當寬博之選。一麾坐府，猶屈於遠圖；三節造庭，宜膺於顯數。伏惟爲國自愛，副人所瞻。

## 謝孫龍圖啓

伏念某蕞爾之材，儻然而仕。進有官謗，未嘗不慚〔一〕；退無私田，何以自處？苟安朴野之分，無意賢達之遊。矧勢位之嚴尊〔二〕，加功名之儁偉。天子之所倚重，士人之所取平。敢干冒進之誅，自廢退藏之守？過蒙收引，親賜撫臨。因使下材，得聞餘教。蓋忘千乘以友賤貧之士，先匹夫而輕貴富之身。在古已希，豈今宜有？顧無報稱，私用震驚。比聞治舟，既祖取道。恨造門之獨後，慚追路之不遑。尚幸仁明，儻存哀恕。縻身於此，望履何階？順變于時，養安以節〔三〕。

〔一〕「慚」，原作「兢」，據嘉靖五年本改。遞修本黃校曰：「『慚』『退』二字從宋刊增。」龍舒本作「憂」。

〔二〕「嚴尊」，龍舒本作「尊嚴」。

〔三〕「節」下，龍舒本有「瞻望門闌下情無任」八字。

## 謝王司封啓

伏念某孤窮之人〔一〕，少失所恃。雖勉心竭力，求以合於古人；而固陋顓蒙，動輒乖於時變。以此而遊於世，未嘗見恕於人。而自趨走下風，習聞餘教。慰藉之禮，稱揚之私。忤嚴顔而不加犯上之誅，拂盛指而更以首公爲是。書辭報答〔二〕，騎從見臨。不以先進略後生，不以上官卑下吏。以至其去，重煩送將。又賙其行，使不留滯。爰初就道，甫爾踰旬。乖離雖新，感仰殊甚〔三〕。伏惟順節自壽，副人所瞻。

〔一〕「某」，皇朝文鑑卷一百二十一收録此啓作「安石」。

〔二〕「辭」，龍舒本、遞修本作「文」。

〔三〕「仰」，龍舒本作「戀」。

## 謝提刑啓

叨備一官，甫更三歲。不時罷廢，實賴全安。遭會使車〔一〕，按臨州部〔二〕。頗望風而震恐，將投劾以去歸。敢圖高明，見遇優過！載銜盛德，尤激下情。乖離尚新〔三〕，企仰殊甚〔四〕。茂惟賢儁，善迓福祥。固有神明，陰來輔相。褒陞之寵，倚立以須。伏惟爲上自頤〔五〕，副人所望。

〔一〕「車」，光啓堂本、聽香館本作「事」。
〔二〕「部」，皇朝文鑑卷一百二十一收録此啓作「郡」。
〔三〕「乖」，龍舒本作「違」。
〔四〕「甚」，皇朝文鑑作「長」。
〔五〕「頤」，龍舒本作「壽」。

## 謝夏噩察推啓

伏審某官策足盛時，收名異等。以才自稱，爲議所歸。時惟私幸之多，代有同升之義。惟當造請，勢未暇遑。敢圖高明，不自重貴。親存敝館，申貺華牋。窺觀以思〔一〕，懼恐且媿。咸池無賴於海鳥，章甫不加乎越人。夫何謙辭，乃爾虚辱。方且揆日，以時造門。

〔一〕「窺」，龍舒本作「切」。

## 答交代張廷評啓〔一〕

某受才無它，竊邑於此。更書始下，已傾自附之誠；賜問撫臨〔二〕，重荷相存之意。

維兹地所，邈在海濱。方條教之未孚，得仁賢而復治。恭以某人天材粹美，地勢高華。生逢盛時，進取顯仕。分一雷之土，雖屈遠圖；撫千室之弦，坐期美政。趨承在近〔三〕，企仰居深。

〔一〕「評」，原作「訊」，形訛，今據龍舒本、聽香館本改。遞修本黄校曰：「『訊』，宋刊『評』。」按，「廷評」，即大理評事。此啓作於皇祐二年春王安石知鄞縣任滿，時張某繼知鄞縣，因交代事宜先行致啓，王安石答之。

〔二〕「撫」，龍舒本作「俯」。

〔三〕「趨」，龍舒本作「趣」。

## 賀致政楊侍讀啓

伏審得謝中樞，戒歸下國。孔戣致仕〔一〕，議臣雖願其留；疎廣乞身，觀者固榮其去。丁時翕艴〔二〕，取道阻長。繫盛德之可師，宜明神之實相。茂惟興止，休有福祥。伏惟某官逢辰清明，取位通顯。義勇不挫，忠精無疵。登備諫工，嘗已告嘉猷于后；奉將使節，則以下膏澤於民〔三〕。儀儀會朝，凛凛侍從。功名之美既耀於將來，智略之閎猶嗟於不試。引年去位〔四〕，循禮得中。唯其養恬，有以鎮薄。某望塵非數〔五〕，見器則深。

竊冒上官之大知，唯所不欲；推揚後進之美意，云何敢忘？備位於兹，仰高無止〔六〕。

〔一〕「致仕」，遞修本作「在事」。

〔二〕「赩」，龍舒本作「静」。

〔三〕「以」，龍舒本作「必」。

〔四〕「位」，遞修本作「任」。

〔五〕「某」，皇朝文鑑卷一百二十一賀致政楊侍讀啓作「安石」。

〔六〕「止」，龍舒本作「上」。

## 答桂帥余侍郎啓安道

受才無狀，馳義有年。矧以先人，是爲雅故。夫何竿牘之問，乃後門闌之廝？誠以賢否之分殊，而又卑尊之勢隔。

恭惟某官以挺生輔世，以簡僚帥邊。戒滑夏之近憂，興保民之長利。有紀之政，當謹後世之傳；無能之詞，敢虛遠人之屬！過蒙收引，先賜拊循。丹青甚微，本累玉瑩之粹；土木至陋，猥承綈繡之華。莫副推揚，徒知感服。念當拜賜，宜在至前。冀歸節於本朝，得望塵於末路。私懷未果，善禱良深。

## 遠迎宣徽太尉狀

伏審某官遠驅台旆〔一〕，甫次國都。朝論具依，上心虚佇。某阻於官制，莫遂郊迎。冀趨命之弗遲，副瞻風而已久〔二〕。謹奉狀攀迎。

〔一〕「審某官」，龍舒本作「以」。

〔二〕「而」，龍舒本作「之」。

## 先狀上韓太尉魏公〔一〕

昔者幸以鄙身，託於盛府。無薄才以參籌筴之用，有疏節以累含容之寛。久而再惟，滋以自愧。

伏惟某官憂國愛君之操，仁民恤物之方。賓禮賢豪，包收疵賤。蓋嘗沐浴於餘澤，而且歌舞於下風。孰云去離，遂自疏斥〔二〕。徒以地殊南北，勢隔卑尊。小夫竿牘之勤，不足自效；莫府文書之衆〔三〕，或以爲煩。方隨傳車，得望步履。固願階緣於疇昔，因得鑽仰於緒餘〔四〕。敢圖高明，先賜勞來。貴以下賤，不矜其行之疵；賢而容愚，不誅其禮之曠。

夫惟昔之有道，皆慎所以與人。欲示其自養之汚隆，必觀其所遇之能否。深慚固陋，有玷奬成。將次郊闞，即趨墻屏。其爲感喜，豈易談言！

〔一〕此篇龍舒本不載。皇朝文鑑卷一百二十一題作「上韓太尉先狀」。

〔二〕「自」，皇朝文鑑作「曰」。

〔三〕「衆」，皇朝文鑑作「聚」。

〔四〕「因得」，皇朝文鑑作「無因」。

## 答程公闢議親定書〔一〕

某啓：言念某跂通德之門，馳誠數仞；敘宜家之慶，拜貺尺書。伏承賢郎推官蘭砌傳芳，鯉庭稟訓。辱好逑之首逮，見久要之彌敦。鴻儀之復問敢稽，鵲喜之叶占既吉。眷惟姪女，未習婦功。交秦晉之歡，仰從嘉命；望金張之館，俯愧衰宗。榮幸所兼，敷陳疇悉。謹奉狀謝，伏惟照察。謹狀。

〔一〕「定」字原無，據嘉靖五年本補。遞修本題作「答程公闢議親迎書」。黄校曰：「『親』下一字，宋刊模糊，似『定』字。明刊硬删。」

# 王安石文集卷第八十一

## 啓

### 知常州謝運使元學士啓

叨恩兩觀，備任一州。以無能之賤身，在有道之深庇。依歸之志，已結於東南；詷問之儀，當塵於左右。

某官爲國瑋器，有時盛名。久矣踐更之勞，此焉寄屬之重。傳節所在，神民具依。膺時維休，介福有裕。約齎上路，將前受於指令；請祝下風，唯更加於調護。

### 賀慶州杜待制啓

伏審拜命宸章，作藩侯閫。凡假聲猷之重，居深慶蹈之懷。

恭惟某官華國粹賢，逢辰吉旦。以儒雅飾治術，以器業結上知。樹績計庭之司，飛榮書殿之祕。吴都按部，聳群吏之廉隅；陜服登車，峻列侯之風采。國家以邊城之寄，戎路所圻，眷内閣之近班，督帥臣之重柄〔一〕。申伯宣力，方維屏以顯庸；韓侯獻功，即介圭而入覲。佇參醆嘏，以協具瞻。北律方嚴，沖真尚遠。希上爲宗社，保固襟靈。

〔一〕「帥」，原作「師」，今據龍舒本、遞修本、嘉靖五年本改。按，杜待制爲杜杞，時以天章閣待制出爲環慶路經略安撫使，不得稱爲「師臣」。師臣，謂居師保位之宰執。續資治通鑑長編卷一百六十四慶曆八年（一〇四八）四月甲戌：「河北轉運使、兵部員外郎、直集賢院杜杞爲天章閣待制、環慶都部署、經略安撫使、兼知慶州。」

## 賀運使轉官啓〔一〕

躋榮中旨，進秩郎闈。服顯命之褒優，竦輿情而驩抃。某官器博以遠，道粹而明。學際天人之端，識通治亂之本。紬祕延閣，剸劇外司。彼方碌碌以巧圖，此獨安安而養正。恬於所守，人之難能。本朝推越次之恩，旌非常之士。遷左兵之名部，實文臺之美資。矜飾端廉，敦厚風教。尚煩使節之寄，以漸台衮之榮。某側聞詔聲，阻隨賓慶，瞻望英重云云。

〔一〕龍舒本題爲「上賀運使學士轉官啓」。

## 賀鈐轄柴太保啓

榮拜恩章，總持師柄，伏惟慶慰。竊以一都會之府，二浙統於權維；諸刺史之兵，五符歸於節制。國家以安娱之地，域民甚於富穰；備豫有經，置使新於紀律。宜得魁壘之士，以雄鎮領之方。恭惟某官器範端良，機守强濟。出天姻之貴而自任清節，持使斧之重而素高能聲。此執朝僉，遂董戎寄。韜謀成俗，坐肅於南州；軒陛圖功，即膺於寵數。屬闕掌於支郡，阻面慶於賓榮。瞻企風稜，豈勝欣悚！

## 賀知縣啓

光膺芝檢，榮宰花封。凡屬庇庥，良增欣抃！恭惟某官資性敏悟，器懷坦夷。直哉有古人之風，挺然生賢者之後。自歷煩任，罄施幹材。美聲聞于帝聰，佳器稱乎國寶。是乃拜綸綍之命，殿子男之邦。凜乎清風，聳是群望。操刀之能製錦，素顯殊勳；彈琴之不下堂，行聞異政。

## 上宋相公啓

比者冒躋官次〔一〕，榮託使車。躬裁瑣瑣之文，私布惓惓之意。干磨爲吝〔二〕，震疊于懷。會走幹之鼎來，辱縢書而寵答。優爲體皃，略去等夷。緊奬予之大隆，滋回皇之失次。恭審鎮臨以簡，保御惟和。積有休祥，來護興寢。

伏况某官風華靈茂，天韻閎深。早冠冒於士人，亟奮翔於朝野。讜言善策，發爲天子之光；厚實美名，布在輿人之誦。惟江都之舊壤，乃天塹之上游。地接京師，聊倚諸侯之重；民瞻巖石，方圖師尹之賢。曾是頑疎，終然庇賴。尚兹嬰薄，未即趨馳。

〔一〕「比者」，原爲「此者」，據四庫本及上下文意改。

〔二〕「干磨」，疑爲「干磿」之訛。磿通歷，「干歷」即打擾之意。或謂「干磨」即「勾磨」，避高宗諱改。

## 上集賢相公啓

爲吏南州，抗塵末路。處洪鈞之大器，小以自持；瞻英衮之尊蹤，孤而難附。恭惟法宮議道，賢業熙天。燮精祲之至和，納亨嘉之盛福。

伏惟某官乘堪輿浩直之氣，爲廟堂倚平之材。逢辰清明，發策高妙。垂紳近署之列，直筆中臺之端。龍閣之富圖書，密承顧問；蜀部之風教化，遂協都俞。遽促鋒車，入參嚴㓂。旋屬圜虚耀狼角之色，狂寇毒清河之民。擊義節以請行，先堂兵而制勝。淮西入命，晉公大宣慰之名；朔方燀威，子儀開幕府之盛。盡劉大憝，入奏元功。式尊通宰之榮，上正文昌之坐。方將圖講熙事，修舉治綱。坯冶一陶，輔成於醇化；簫勺群慝，躋格於太寧。顧惟平進之微，獲此庇暉之下。伏希上爲國體，保固台嚴。西首鈞庭，下情無任云云。

## 上梅户部啓

某一涯承乏〔一〕，自晦於塵容；百舍懷賢，坐傾於風美。欽想承流之暇，妙均安節之休。

恭惟某官奧學丕天，懿文華國。躋榮膴仕，逢吉太辰。由郡署之階，擢臺端之要。公毅執法而邪孽不奸，謨明盡規而權綱自正。疇咨心術之具，往貳計侯之司。式是均勞，遂淹補外。朱轓問俗，訪山水之昔遊；文石疏恩，即楓槐而日見。入持政柄，允副民瞻。屬臨懷氣之辰，尚遠隆堂之拜。願臻頤衛，前對寵光。

〔一〕「某」上，龍舒本有「右」字。

## 上杭州范資政啓

某近遊制壤〔一〕，久揖孤風〔二〕。當資斧之無容，幸曳裾之有地。粹玉之彩，開眉宇以照人；縟星之文，借談端而飾物。羈瑣方嗟於中露，逢迎下問於翹材。仍以安石之甥〔三〕，復見牢之之舅。茲惟雅故，少稔燕閒。言旋桑梓之邦，驟感神麻之詠。寫吴綾之危思，未盡攀瞻；憑楚乙之孤風，但傷間闊。恢台貫序，虛白調神。禱頌之私，不任下懇。

〔一〕「制」，龍舒本作「浙」，誤。按，「制壤」，語出管子卷二十二事語第七十一：「彼天子之制壤方千里，齊諸侯方百里。」若爲「浙」，則謂兩浙也。然此啓作於皇祐二年（一〇五〇）秋冬，時王安石已知鄞縣三年，任滿，自鄞縣返江寧。鄞縣屬兩浙路，不得言「近遊浙壤」。

〔二〕「孤」，聽香館本作「高」。

〔三〕「之甥」，遞修本黄校曰：「『之』下宋刊缺一字。」

## 上江寧府王龍圖啓

某位貌閒殊〔一〕，風規高遠。思賢百舍，無階贄見之儀；承乏一涯，彌闊門墻之便。恭審鎮臨會府，燕息黄堂。訟鉐晝清，道環天粹。

伏惟知府龍圖巖廊佳品，時棟上材〔二〕。達亨會於凝旒，躋榮階於近署。龍圖司祕閣之奥，使臺峻右陜之邦。均逸方城，爲國巨屏。帝暉温晬，召還即對於清光；台座熒煌，圖任必歸於舊德。蕭辰方肅，宇蔭尚遥。伏希上爲治朝，保和福履。

〔一〕「某」上，龍舒本有「右」字。

〔二〕「上」，原作「士」，據龍舒本、遞修本、嘉靖五年本改。

## 上泉州畢少卿啓

自去容暉，何嘗候問！揭來冗局，顧委瑣之自爲；陰想價藩，知崇高之難附。伏審履和嘉月，静事雄堂。訟銗晝清，道環天粹。

恭惟知府凝姿恬懿，遠器廉深。出相衮之名家，而無重衣之逸；領使符於壯齒，而無巧宦之譏。全德所高，上意必簡。方將治成坐鎮，擢寘近班。習練臺閣之規，光大勳業之舊。

某最惟孤苦，夙佩奬知。短羽卑飛，已甘心於枚粒；陰虬自躍，思遠耀於風雲。尚遥堂下之趨，益切城中之詠。

## 上信州知郡大諫啓

懷德名之重，竊伏猷爲；仰庭角之姿，何嘗贄見。敢謂玉堂之彦，時飛寶刻之音。垂賁塵容，過形謙柄。外惟榮佩，中所銘藏。

恭惟某官挺不世之資，敦絶俗之器。敷揚大業，陟降泰庭。演潤鑾坡，光大訓辭之美；保釐天邑，具瞻表則之材。屬邪正之彙連，亦勞逸之均致。銀符補郡，聊福於民艱；鵷廳贊謀，即稽於天若。某海濱承乏，宇蔭未趨。伏希上爲本朝，精調均履。

## 上明州王司封啓

伏審使旌，來臨州部。犯江湖之重阻，留淮楚之近藩。令德所存，明神來相。茂惟興止，休有福祥。

恭以某官國之老成，士所素仰。入參省計，出擁州麾。竊聽海瀕之謡，迎貪善政；特憂朝右之計，思得壯猷。曾無幾時，遂去兹土。某竊邑無狀，芘身有歸。

## 上運使孫司諫啓

近者承顔使扆，獲拜於真賢；恪次海濱，已虔於命署。顧賦材之艱拙，藉容厚之庇存〔一〕。蹈景爲懷，向風增悚。某官清機昭理，大業鎮浮。以謨明抗論諫垣，以才識典校仙藏。赤裳按部，一新廢置之綱；文石疏恩，即還清切之禁。伏冀爲時寶練，延國寵章。

〔一〕「厚」，龍舒本作「德」。

## 上發運副使啓

海濱重複，天韻闊疎。想經制之會煩，固和倪之粹隱。恭惟某官材爲時棟，名著吏師。澄清廢置之綱，仰給兵農之大〔一〕。寖成久次，即冠近班。屬陽月之届和，諒福基之敦裕。未涯拜伏，益用瞻祈。

〔一〕「農」，底本塗抹不清，據龍舒本、遞修本、嘉靖五年本補。

## 上李仲偃運使啓

伏念某得邑海瀕，寄身節下。操舟取道，持版過庭。自顧下寮之愚，敢扳先子之雅？坐蒙高義，曲借善顔。載惟恩私，有過分願。去離門守，來造署居。取庇自今，馳情無遠。要之蚤莫，唯是曠官之憂；庶也始終，不爲愛己之負。歲時回薄，氣候沍寒。明賢之姿，休福所嚮。伏惟順節自壽，副人所瞻。

## 上通判啓

飆馳歲事，斗曠音塵。詠德所深，摇旌曷諭？伏審某官陞華儲幄，顯被於王靈；貳政侯藩，益隆於宸寄。忝守官於支邑，將仰芘於公材。欣抃之誠，倍萬常品。

## 謝范資政啓

竊陶大化，瞻若重霄。執訊隆堂，近修於常禮；占辭記室，屢致於尊光。賜逾褒衮之榮，仰極高山之詠。恭想鎮海都會，宣國福威。御六氣之和，薦百嘉之祐。

伏惟某官道宗當世，名重本朝。思皇廊廟之材，均逸股肱之郡。即還大政，以澤含生。某容跡海濱，被光台照。童烏署第，夙荷於揄揚；立鯉聯榮，復深於契眷。幸當棲庇，以處鈞成。

謝知州啓

某攝承人乏，附麗德輝。顧庸陋之無堪，辱庇存之尤厚。終逃官謗，得近宸慈。希驥仰高，惟日爲歲。恭惟布宣善治，棲有太和。

伏以某官美業内充，懿文彌飾。傅會升平之世，躋陞通顯之官。風問日隆，寵靈交至。漢廷下詔，方尊千里之師；謝守論功，當爲九伯之冠。行登近列，允副僉言〔一〕。秋氣正剛，風華浸遠。詹依禱頌，倍萬等倫。

〔一〕「允」，聽香館本作「尤」。

謝鄰郡通判啓

某備官於兹〔二〕，聞問之久。非席趨承之舊，難陳嚮慕之私。敢圖高明，過自貶損。

授之温教，獎以謙辭。惟兹感銘，其敢忘去？進德之盛，知名於今。當褒以遷，可拱而竢。仰惟自壽，下副所瞻。

〔一〕「某」上，龍舒本有「右」字。

謝葛源郎中啓

伏念某受材單少，趨道闊疏。時所謂賢，少焉知慕。矧先君之德友，實當世之名卿。唯門墻之高，未始得望；故竿牘之褻，無容自通。如其仰望之勤，豈有須臾之間？敢圖風誼，親貶書辭。追講前人之懽，坐忘介子之醜。拜嘉已厚，論媿則多。恭以某官邦之耆明，朝所貴重。聲舊行乎四海，勢猶屈於一州。雖牧養之仁，士民猶賴；而褒升之寵，日月以須。唯兹惷愚，其卒芘賴。伏惟爲道自愛，副人所瞻。

謝林中舍啓

鄉風有年，修問無所。維家伯氏，得婚高門。顧惟幸會之多，曾是趨承之晚。比問州邸，云改縣章。治所相望，私誠甚喜。謂宜朝夕，可布腹心；敢圖高明，見遇勤恪。先賜撫存之教，曲加獎引之辭。雖睦婣之風可以厚俗，而貶損之意有如過中。言觀以思，頗恐且媿。餘暑謝去，薄寒來歸。吉士所居，明神實相。茂惟體氣，怡有休祥。未即承顔，惟祈養福。

## 謝徐祕校啓

比因幸會，得奉光儀。甫荷眷存之深〔一〕，遂傷睽隔之遠。忽承高誼，特損謙辭。顧獎引之過中，非孤蒙之敢望。拜嘉之重，爲媿則多。賢儁之材，神明所相。茂惟興止，休有福祥。未即趨承，惟加調護。竚膺殊擢，以慰遐思。

〔一〕「甫」，原作「再」，據龍舒本、遞修本改。

## 謝林肇長官啓

伏蒙貶損，猥先臨存。方以出行渠川，未嘗得望車騎。繼陳悃愊，敘謝高明。敢圖仁人，見遇如舊。中錫重問，相存有加。唯賤且貧，尤愚不肖。學焉昧道，仕則曠官。荷推褒之過情，處負媿以終日。三陽肇歲，萬物同春。茂惟賢明，休有祉福。以時自壽，良副所瞻。

## 答林中舍啓二

一

幸鄰封畛，叨綴戚婣。仰風誠勤，奉問顧缺。敢圖盛意，申貺華辭。荷相存之至隆，非遽數之可既。欽承德履，茂享春祺。更冀保綏，少符傾嚮。

二

去德不遠，嚮風誠勤。日有簡書之煩，久無竿牘之獻。敢圖風誼，遠損書辭。仰銜存愛之隆，實重頑疎之過。未由占對，竊冀保綏。禱頌之私，指陳不既。

## 答定海知縣啓

竊邑海旁〔一〕，得鄰境上〔二〕。布私書之未暇，辱重問以相先。惟知感悰，豈易縷指？未涯占對，尤積詠思。惟加自頤，良副所望。

〔一〕「竊」，光啓堂本、聽香館本作「作」。

〔二〕「得」，光啓堂本、聽香館本作「倚」。

## 答戚郎中啓

阻闊風貌，固常詠思。重慶誥章，擢陞郎署。聞報之晚，裁賀未皇。敢意謙明，首形緘問。辭博以厚，義高且醇。承拜置前，誦玩亡斁。喜聞王事優簡，神宇粹平。某官奉國不回，處官以正。秩中臺之顯要，柄外鎮之慘舒。民無隱情，治有異迹。竚聞旌召，續附慶書。

## 上樞密王尚書啓

竊以璿璣上列，齊七政以均和；帝衮輔成，欽四鄰之基命。親逢華旦，允屬宗工。恭惟某官與國忠純，爽邦明哲。對越光華之旦，居然文雅之宗。簡在上心，鬱爲時棟。雍容禁署，嘗密贊於睿謀；參貳宰司，多委成於治體。奮庸甚盛，注意特隆。屬恩誥之誕頒，分鎮臨之重寄。居留神甸，爲表則於四方；寵進樞庭，當折衝於萬里。聲教所暨，慶抃率同。俯念空疎，夙叨存記。綰縣章而祇役，望君幄以勞懷。恭聽吉音，豈勝至願！

## 與交代趙中舍啓

嘗請代期，當留聽下。單舟在境，敢無告於候人；善政可師，將有求於令尹。自餘占對，乃盡布陳。

## 與張護戎啓〔一〕

鼎來敝邑，甫次近郊。傳聞使旌，適在州部。將親盛德，尤激懽悰。

〔一〕「啓」，原無，據底本目録補。

## 與譚主簿啓〔一〕

爰兹治舟，亦以造境。將聯職治，可丐規模。惟喜則多，非陳所悉。

〔一〕「啓」，原無，據底本目録補。

## 上范資政先狀

某此者之官敝邑，取道樂郊。引舟將次於近圻，斂板即趨於前屏。瞻望麾戟，下情無任。

## 謝許發運啓

近持悃愊，進叩高明。荷温教之見存，假善舟而使濟。亦既就道，即將造門。惟兹下情，感喜殊甚。

## 謝王供奉啓

伏審拜恩，鼎來視職。惟兹疎賤，將庇高明。敢圖恩私，先賜教督。感竦之極，敷言曷殫！

## 答馬太博啓二

伏審進被恩章，來臨職任。兹惟幸會，得奉光儀。敢圖隆私，先賜華問，感佩之至云云。

### 二

伏審光奉聖恩，已諧禮上。未皇修好，先辱賜書。感尉至深，敘陳不既。

## 答沈屯田啓

趨承維舊，違去尚新。唯是企思之深〔一〕，曾無忘去之頃。敢圖恩紀，特賜書辭。仰荷眷存之尤，内懷恐媿之極。歲云燠沐〔二〕，物且長羸。茂惟賢明，多有休福。竊況藩宣之盛，倚成陪貳之良。伏惟順序自頤，副人所望。

〔一〕「企思」，龍舒本作「思企」。

〔二〕「燠」，原作「郁」，今據龍舒本改。按，「燠沐」，語出後漢書卷二明帝紀二：「京師冬無宿雪，春不燠沐。」燠，暖也。沐，潤澤也。

## 答陳推官啓

某受材無它，竊邑於此。高明賜教，褒諭過情。竊觀以思〔一〕，懼恐且媿。未由占對，良自保綏。

〔一〕「思」，原作「惡」，今據龍舒本改。遞修本黄校曰：「上兩字宋刊模糊，似『思』『懼』兩字。明刊『思』作『惡』。」按，本書卷八十謝夏噩察推啓：「親存敝館，申貺華牋。竊觀以思，懼恐且媿。」

## 賀集賢相公啓代人作。

恭以禁座流恩，政堂遷秩，寵兼常伯，守在冬官，伏惟慶慰。恭以某官襲氣堪輿，稟精河岳。風華懋美，嶢若東南之筠；天韻純淪，温如西北之璞。不階尺木，遂致青雲。世圖任於老成，日對揚於休命。股肱作相，素同國體之安；喉舌命官，遂致文明之政。兹爲異數，允答具瞻。某充位外藩，希風上國。觀文辯敘，彌高天老之台；通謁爲儀，寖遠豆晏之日。懽愉無狀，震慄兼常。

## 賀樞密相公啓代人作。

恭審遷秩上公，聯華冢宰，伏惟慶慰。竊以某官略非世出，韻自天成。時歸英特之材，獨稟高明之器。光華漫漫，遂適於泰辰；文學彬彬，適階於膴仕。逮濬明之正統，圖衛翼之元勳。周歷清華之階，越登機密之首。通規亮節，朝矜式以取平；深策遠猷，上咨嗟而倚重。懋惟徽數，允合膚公。命布幅員，喜盈觀聽。

某久從外補，逖聽上臚。曾馳謁之未遑，第承風而竊抃〔一〕。瞻依之厚，度越于常。

〔一〕「抃」，原作「拃」，據遞修本改。抃，歡欣鼓舞。

## 答福州知府學士啓代人作。〔一〕

某啓：辭闊義風，累更元曆。雖疆城之相比〔二〕，愧緘疏之未皇。敢意謙明，首書存聘。賜之良實，重以好辭。無因至前，承拜知悚。

某官卿材修固，國器方廉。登步本朝，汪翔盛問。維高閩之要地，實南越之舊都。顧賴忠良，鎮此襟帶。既聞善治，宜有寵章。用冀保和，且須來命。

〔一〕「代人作」，龍舒本闕。按，此篇云「雖疆城之相比」，考王安石一生，所知州郡惟有常州，不與福州毗鄰，故此篇必爲代人之作。

〔二〕「城」，聽香館本作「域」。

## 賀鳳翔知府陳學士啓代人作。

恭審拜命恩綸〔一〕，頒條侯府，竊惟慶慰。

某官器謀强濟，業履粹明。名日起以貴成，勢龍階而獨上。儒林材職之館〔二〕，方指事以載功；岐陽襟帶之邦，出承流而宣化。國家試能補郡，籲俊熙天。即頒寬大之書，召還清切之禁。某衰晚無狀，情契所同。顧海上之身，寖爲俗吏；瞻牓中之彦，敢附青雲。未涯贄見之儀，益切瞻言之素。願臻持攝，前對寵光。

〔一〕「恭」，應刻本作「伏」。

〔二〕「職」，龍舒本作「識」。

## 賀昭文相公啓代宋宣獻公作。

恭審肅被寵靈，參司樞要，伏惟慶慰。竊以安危所繫，文武相須。眷注意之殊時，崇仰成之異體。至若萬務通于四海，二柄萃于一門。簡在休辰，職繇全德。

恭以某官風華博照，天韻雄成。挾旦、奭之謀謨，襲韋、平之系胄。逢辰鼎盛，序爵彌高。清議被民，卓冠一時之傑；豐規振俗，遄躋三代之隆。嗟彼羌豪，警吾邊吏。有嚴天討，爰整王師。上方深拱以倚平，博謀而取重。畀茲全責，欽若壯猷。輿誦所同，巖瞻惟允。昔餽通函谷，繄沛邑之宗臣；威被匈奴，實漢家之真宰〔一〕。宜今具美，與古兼徽。某夙附末光，雅煩善庇。仕藩城而待罪〔二〕，隱若自安〔三〕；佔宿邸之移文，跫然滋喜。依歸之素，有過等夷。

〔一〕「真宰」，陳鵠耆舊續聞卷四録此文，作「良相」。

〔二〕「仕」，耆舊續聞卷四作「伏」。

〔三〕「自」，原作「目」，今據遞修本、耆舊續聞改。

## 謝及第啓

三月二十二日，皇帝御崇政殿放進士，蒙恩賜及第釋褐者。四方之傑，茂對清光；一介之技，猥塵華選。冒榮之辱，撫己而慚。竊以國家攬八寓之廣，具萬官之富。一化所染，人有善行；數路之舉，野無滯材。取士如此之詳，得人於斯爲盛。然猶謙不自足，樂於旁求。比詔郡邑，詳延巖穴。向非蔚有聲采，著在觀聽；何以疇上勤佇，塞人煩言？

如某者族敝而賤〔一〕，材頑且踈。逢世治文，追師鄉道。員冠方屨，有賤儒之名；高文大册，無作者之實。昊乾不弔〔二〕，先子夙喪。僑家異土，歸掃窮閻。上不能執軒冕以取高，下不能力稼穡而爲養。俛首干進，蘄榮逮親。適會詔之興甿，遂負書而應令。鄉老署其行，薦之明朝；春官訾其材，置以異等。率趨法座，輩試殊庭。僅成骫骳之談，復玷高華之選。夫何抵此，厥有繇然。

茲蓋伏遇某官德厚兼容，風華博照。斟酌元氣，洪纖溥被其仁；彫刻衆形，妍惡曲成其彙。乘雲灑潤，秉律嘘枯。使是寒士，階於榮路。敢不審圖大方，惇率常憲。取所承學，著之行事。唯仁之守，唯誼之循。不以邪曲回精忠之操，不以寵利污廉潔之尚。庶期盡齒，無負大賜。易此而他，未知所裁。

〔一〕「賤」，原作「則」，據遞修本、嘉靖五年本改。

〔二〕「昊」，原作「吴」，據遞修本、嘉靖五年本改。「昊乾」，即昊天。

# 王安石文集卷第八十二

## 記

### 虔州學記

虔於江南地最曠。大山長谷，荒翳險阻，交、廣、閩、越銅鹽之販，道所出入，椎埋、盜奪、鼓鑄之姦，視天下爲多。慶曆中，嘗詔立學州縣，虔亦應詔，而卑陋褊迫不足爲美觀。州人欲合私財遷而大之久矣，然吏常力屈於聽獄，而不暇顧此。凡二十一年而後，改築於州所治之東南，以從州人之願。蓋經始於治平元年二月提點刑獄宋城蔡侯行州事之時，而考之以十月者，知州事錢塘元侯也。二侯皆天下所謂才吏，故其就此不勞，而齋祠、講説、候望、宿息，以至庖湢，莫不有所。又斥餘財市田及書，以待學者，内外完善矣。於是州人相與樂二侯之適己，而來請文以記其成。

余聞之也，先王所謂道德者，性命之理而已。其度數在乎俎豆、鐘鼓、管絃之間，而常患乎難知，故爲之官師，爲之學，以聚天下之士，期命辯説，誦歌絃舞，使之深知其意。夫士，牧民者也。牧知地之所在，則彼不知者驅之爾。然士學而不知，知而不行，行而不至，則奈何？先王於是乎有政矣。夫政，非爲勸沮而已也，然亦所以爲勸沮。故舉其學之成者以爲卿大夫，其次雖未成而不害其能至者以爲士，此舜所謂庸之者也。若夫道隆而德駿者，又不止此。雖天子北面而問焉，而與之迭爲賓主，此舜所謂承之者也。蔽陷畔逃，不可與有言，則撻之以誨其過，書之以識其惡，待之以歲月之久而終不化，則放、棄、殺、戮之刑隨其後，此舜所謂威之者也。蓋其教法，德則異之以智、仁、聖、義、忠、和，行則同之以孝友、睦婣、任恤，藝則盡之以禮、樂、射、御、書、數。淫言詖行詭怪之術，不足以輔世，則無所容乎其時。而諸侯之所以教，一皆聽於天子，天子命之矣〔一〕，然後興學。命之曆數，所以時其遲速；命之權量，所以節其豐殺。命不在是，則上之人不以教，而爲學者不道也。士之奔走、揖讓、酬酢、笑語、升降，出入乎此，則無非教者。高可以至於命，其下亦不失爲人用，其流及乎既衰矣，尚可以鼓舞群衆，使有以異於後世之人。故當是時，婦人之所能言，童子之所可知，有後世老師宿儒之所惑而不悟者也；武夫之所道，鄙人之所守，有後世豪傑名士之所憚而愧之者也。堯、舜、三代，從容無爲，同四海於一堂之上，而流風餘俗詠歎之不息，凡以此也。

周道微，不幸而有秦。君臣莫知屈己以學，而樂於自用，其所建立悖矣。而惡夫非之者，乃燒詩書，殺學士，掃除天下之庠序，然後非之者愈多，而終於不勝。何哉？先王之道德，出於性命之理，而性命之理出於人心。詩書能循而達之，非能奪其所有而予之以其所無也。經雖亡，出於人心者猶在，則亦安能使人舍己之昭昭，而從我於聾昏哉？然是心非特秦也，當孔子時，既有欲毀鄉校者矣。蓋上失其政，人自爲義，不務出至善以勝之，而患乎有爲之難，則是心非特秦也。墨子區區，不知失者在此，而發尚同之論，彼其爲愚，亦獨何異於秦？

嗚呼，道之不一久矣！揚子曰：「如將復駕其所説，莫若使諸儒金口而木舌。」蓋有意乎辟雍學校之事。善乎其言！雖孔子出，必從之矣。今天子以盛德新即位，庶幾能及此乎。今之守吏，實古之諸侯，其異於古者，不在乎施設之不專，而在乎所受於朝廷未有先王之法度；不在乎無所於教，而在乎所以教未有以成士大夫仁義之材。

虔雖地曠以遠，得所以教，則雖悍昏囂凶抵禁觸法而不悔者，亦將有以聰明其耳目而善其心，又況乎學問之民？故余爲書二侯之績，因道古今之變及所望乎上者，使歸而刻石焉。

〔一〕「天子命之矣」，龍舒本作「命之教」。

## 君子齋記

天子諸侯謂之君，卿大夫謂之子。古之爲此名也，所以命天下之有德。故天下之有德，通謂之君子。有天子、諸侯、卿大夫之位而無其德，可以謂之君子，蓋稱其位也。有天子、諸侯、卿大夫之德而無其位，可以謂之君子，蓋稱其德也。位在外也，遇而有之，則人以其名予之，而以貌事之。德在我也，求而有之，則人以其實予之，而心服之。夫人服之以貌而不以心，與之以名而不以實，能以其位終身而無謫者，蓋亦幸而已矣。故古之人以名爲羞，以實爲慊，不務服人之貌，而思有以服人之心。非獨如此也，以爲求在外者，不可以力得也，故雖窮困屈辱，樂之而弗去，非以夫窮困屈辱爲人之樂者在是也，以夫窮困詘辱不足以槩吾心爲可樂也已。

河南裴君主簿於洛陽，治齋於其官，而命之曰「君子」。裴君豈慕夫在外者而欲有之乎？豈以爲世之小人衆，而躬行君子者獨我乎？由前則失已，由後則失人，吾知裴君不爲是也，亦曰勉於德而已。蓋所以牓於其前，朝夕出入觀焉，思古之人所以爲君子而務及之也。獨仁不足以爲君子，獨智不足以爲君子。仁足以盡性，智足以窮理，而又通乎命，此古之人所以爲君子也。雖然，古之人不云乎？「德輶如毛，毛猶有倫。」未有欲之而不得也。然則裴君之爲君子也，孰禦焉？故余嘉其志，而樂爲道之。

## 度支副使廳壁題名記

三司副使，不書前人名姓。嘉祐五年，尚書户部員外郎吕君沖之始稽之衆史〔一〕，而自李紘已上至查道，得其名；自楊偕已上，得其官；自郭勸已下，又得其在事之歲時。於是書石而鑱之東壁。

夫合天下之衆者財，理天下之財者法，守天下之法者吏也。吏不良，則有法而莫守；法不善，則有財而莫理。有財而莫理，則阡陌閭巷之賤人，皆能私取予之勢，擅萬物之利，以與人主爭黔首，而放其無窮之欲，非必貴强桀大而後能如是，而天子猶爲不失其民者，蓋特號而已耳。雖欲食蔬衣敝，憔悴其身，愁思其心，以幸天下之給足而安吾政，吾知其猶不得也〔二〕。然則善吾法而擇吏以守之，以理天下之財，雖上古堯舜猶不能毋以此爲先急，而況於後世之紛紛乎？

三司副使，方今之大吏，朝廷所以尊寵之甚備。蓋今理財之法有不善者，其勢皆得以議於上而改爲之，非特當守成法、吝出入，以從有司之事而已。其職事如此，則其人之賢不肖，利害施於天下，如何也？觀其人，以其在事之歲時，以求其政事之見於今者，而考其所以佐上理財之方，則其人之賢不肖與世之治否，吾可以坐而得矣。此蓋呂君之志也。

〔一〕「稽」，龍舒本作「問」，應刻本作「謀」。遞修本黄校曰：「『始』下宋刊本缺一字。」

〔二〕「得」，龍舒本作「行」。

## 桂州新城記

儂智高反南方，出入十有二州。十有二州之守吏，或死或不死，而無一人能守其州者，豈其材皆不足歟？蓋夫城郭之不設，甲兵之不戒〔一〕，雖有智勇，猶不能以勝一日之變也。唯天子亦以爲任其罪者不獨守吏〔二〕，故特推恩，褒廣死節，而一切貸其失職。於是遂推選士大夫所論以爲能者，付之經略，而今尚書户部侍郎余公靖當廣西焉〔三〕。

寇平之明年，蠻越接和，乃大城桂州。其方六里，其木甓瓦石之材，以枚數之，至四百萬有奇。用人之力，以工數之，至一十餘萬〔四〕。凡所以守之具，無一求而有不給者焉。以至和元年八月始作〔五〕，而以二年之六月成〔六〕，夫其爲役亦大矣。蓋公之信於民也久，而費之欲以衛其材，勞之欲以休其力，以故爲是有大費與大勞，而人莫或以爲勤也。

古者君臣、父子、夫婦、兄弟、朋友之禮失，則夷狄横而窺中國。方是時，中國非無城郭也，卒於陵夷、毀頓、陷滅而不捄。然則城郭者，先王有之，而非所以恃而爲存也。及至喟然覺寤，興起舊政，則城郭之修也，又嘗不敢以爲後〔七〕。蓋有其患而圖之無其具，有其具而守之非其人，有其人而治之無其法〔八〕，能以久存而無敗者，皆未之聞也。故文王之興也〔九〕，有四夷之難，則城于朔方，而以南仲；宣王之起也，有諸侯之患，則城于東方，而以仲山甫。此二臣之德，協于其君〔一〇〕，於爲國之本末與其所先後〔一一〕，可謂知之矣。慮之以悄悄之勞，而發赫赫之名〔一二〕；承之以翼翼之勤，而續明明之功〔一三〕。卒所以攘戎夷而中國以全安者〔一四〕，蓋其君臣如此，而守衛之有其具也。

今余公亦以文武之材，當明天子承平日久，欲補弊立廢之時，鎮撫一方，修扞其民。其勤於今，與周之有南仲、仲山甫蓋等矣，是宜有紀也。故其將吏相與謀而來取文，將刻之城隅〔一五〕，而以告後之人焉。

至和二年九月丙辰〔一六〕，群牧判官、太常博士王某記。

〔一〕「甲兵」，龍舒本作「兵甲」。

〔二〕「不」，龍舒本作「非」。「守」，龍舒本闕。

〔三〕「户部侍郎余公靖」，龍舒本作「工部郎中余公」。遞修本黄校曰：「『靖』字宋刊本細字側書。」

〔四〕「一」，龍舒本作「二」。

〔五〕「作」，應刻本作「事」。
〔六〕「二」，原作「三」，據龍舒本、遞修本改。按，此文作於至和二年九月，不當曰「三年之六月成」。
〔七〕「後」，原作「復」，據龍舒本、遞修本改。此句意謂城郭之修建，不敢懈怠。後、復形近而訛。
〔八〕「無」，龍舒本作「非」。
〔九〕「興」，龍舒本作「起」。
〔一〇〕「協」，龍舒本作「叕」。
〔一一〕「於」下，龍舒本有「其」字。
〔一二〕「發」下，龍舒本有「之以」，義長。
〔一三〕「續」下，龍舒本有「之以」，義長。
〔一四〕「戎夷」，龍舒本作「夷狄」。「以」，龍舒本作「之」。
〔一五〕「刻」，龍舒本作「鏤」。
〔一六〕「二」，原作「三」，今據龍舒本、遞修本改。按，至和三年九月改元嘉祐，庚辰朔，此月無丙辰日。

## 太平州新學記

太平新學在子城東南，治平三年，司農少卿建安李侯定仲求所作〔一〕。侯之爲州也，寬以有制〔二〕，静以有謀〔三〕，故不大罰戮而州既治。於是大姓相勸出錢，造侯之庭，願興學以稱侯意。侯爲相地遷之，爲屋百間〔四〕，爲防環之，以待水患，而爲田二十頃〔五〕，以食學者。自門徂堂，閎壯麗密，而所以祭養之器具。蓋往來之人，皆莫知其經始，而特見其成。既成矣，而侯罷去，州人善侯無窮也，乃來求文以識其時功。

嗟乎，學之不可以已也久矣！世之爲吏者或不足以知此，而李侯知以爲先，又能不費財傷民，而使其自勸以成之，豈不賢哉？然世之爲士者知學矣，而或不知所以學，故余於其求文而因以告焉。

蓋繼道莫如善，守善莫如仁。仁之施自父子始，積善而充之，以至於聖而不可知之謂神。推仁而上之，以至於聖人之於天道，此學者之所當以爲事也，昔之造書者實告之矣。有聞於上，無聞於下；有見於初，無見於終。此道之所以散，百家之所以成〔六〕，學者之所以訟也。學乎學，將以一天下之學者，至於無訟而止。遊於斯，餔於斯，而余説之不知，則是美食逸居而已者也。李侯之爲是也，豈爲士之美食逸居而已者哉〔七〕？

治平四年九月四日，臨川王某記。

〔一〕「定仲求」，龍舒本作「某仲卿」。

〔二〕「以」，龍舒本作「而」。

〔三〕「以」，龍舒本作「而」。

〔四〕「百」，龍舒本作「若干」。
〔五〕「二十」，龍舒本、光啓堂本作「若干」。
〔六〕「成」，四部叢刊初編本改作「盛」。
〔七〕「士」下，龍舒本有「大夫」二字。

## 繁昌縣學記

奠先師先聖於學而無廟〔一〕，古也。近世之法，廟事孔子而無學〔二〕。古者自京師至於鄉邑皆有學，屬其民人相與學道藝其中，而不可使不知其學之所自，於是乎有釋菜、奠幣之禮〔三〕，所以著其不忘。然則事先師先聖者，以有學也。今也無有學，而徒廟事孔子，吾不知其説也。而或者以謂孔子百世師，通天下州邑爲之廟，此其所以報且尊榮之。夫聖人與天地同其德，天地之大，萬物無可稱德，故其祀質而已，無文也。通州邑廟事之〔四〕，而可以稱聖人之德乎？則古之事先聖，何爲而不然也？

宋因近世之法，而無能改〔五〕。至今天子始詔天下有州者皆得立學，奠孔子其中，如古之爲。而縣之學士滿二百人者，亦得爲之〔六〕。而繁昌小邑也，其士少，不能中律。舊雖有孔子廟，而庳下不完，又其門人之像，惟顏子一人而已。今夏君希道太初至，則修而作之，具爲子夏、子路十人像。而治其兩廡，爲生師之居，以待縣之學者。以書屬其故人臨川王某，使記其成之始。夫離上之法，而苟欲爲古之所爲者，無法。流於今俗而思古者〔七〕，不聞教之所以本，又義之所去也。太初是無變今之法〔八〕，而不失古之實，其不可以無傳也。

〔一〕「奠」，光啓堂本、聽香館本作「事」。

〔二〕「而無學」，光啓堂本、聽香館本作「何也」。

〔三〕「釋菜」，光啓堂本、聽香館本作「祭享」。

〔四〕「廟」，光啓堂本作「盡」。

〔五〕「改」，遞修本作「言」。

〔六〕「得」下，龍舒本有「以」字。

〔七〕「流」，光啓堂本作「見」。

〔八〕「初」下，龍舒本有「於」字。

## 芝閣記

祥符時，封泰山以文天下之平，四方以芝來告者萬數。其大吏，則天子賜書以寵嘉之，小吏若民，輒錫金帛。方是時，希世有力之大臣，窮搜而遠采，山農野老，攀緣狙杙〔一〕，以上至不測之高，下至澗溪壑谷，分崩裂絶，幽窮隱伏，人迹之所不通，往往求焉。而芝出於九州四海之間，蓋幾於盡矣。

至今上即位，謙讓不德，自大臣不敢言封禪，詔有司以祥瑞告者皆勿納。於是神奇之産，銷藏委翳於蒿藜榛莽之間，而山農野老不復知其爲瑞也〔二〕。則知因一時之好惡，而能成天下之風俗，況於行先王之治哉？太丘陳君，學文而好奇。芝生於庭，能識其爲芝，惜其可獻而莫售也，故閣於其居之東偏，掇取而藏之。蓋其好奇如此。

噫！芝一也，或貴於天子，或貴於士，或辱於凡民，夫豈不以時乎哉？士之有道，固不役志於貴賤，而卒所以貴賤者，何以異哉？此予之所以歎也。皇祐五年十月日記。

〔一〕「攀緣」，光啓堂本、聽香館本作「亦皆」。

〔二〕「農」，龍舒本、遞修本作「巖」。

## 信州興造記

晉陵張公治信之明年，皇祐二年也〔一〕，姦彊帖柔，隱詘發舒，既政大行，民以寧息。夏六月乙亥，大水。公徙囚於高獄，命百隸戒，不共有常誅。夜漏半，水破城，滅府寺，苞民廬居〔二〕。公趨譙門，坐其下，敕吏士以桴收民，鰥孤老癃與所徙之囚〔三〕，咸得不死。

丙子，水降。公從賓佐按行隱度，符縣調富民水之所不至者，夫錢户七百八十六，收佛寺之積材一千一百三十有二。不足，則前此公所命富民出粟以賙貧民者三十三人〔四〕，自言曰：「食新矣，賙可以已，願輸粟直以佐材費。」七月甲午〔五〕，募人城水之所入，垣郡府之缺〔六〕，考監軍之室，立司理之獄。營州之西北亢爽之墟，以宅屯駐之師，除其故營，以時教士刺伐坐作之法，故所無也。作驛曰饒陽，作宅曰迴車。築二亭於南門之外，左曰仁，右曰智，山水之所附也。梁四十有二，舟于兩亭之間，以通車徒之道〔七〕。築一亭于州門之左，曰宴〔八〕，月吉所以屬賓也。凡爲梁一，爲城垣九千尺，爲屋八。以楹數之，得五百五十二。自七月九日〔九〕，卒九月七日〔一〇〕，爲日五十二，爲夫一萬一千四百二十五。中家以下，見城郭室屋之完，而不知材之所出；見徒之合散，而不見役使之及己。凡故之所有必具，其所無也，迺今有之，故其經費卒不出縣官之給。公所以捄災補敗之政如此，其賢於世吏遠矣〔一一〕。

今州縣之災相屬，民未病災也，且有治災之政出焉。弛舍之不適，裒取之不中，元姦宿豪舞手以乘民，而民始病。病極矣，吏乃始瞥然自喜〔一二〕，民相與誹且笑之而不知也。吏而不知爲政，其重困民多如此。此予所以哀民，而閔吏之不學也。由是而言，則爲公之民，不幸而遇害災，其亦庶乎無憾矣。十月二十日〔一三〕，臨川王某記。

〔一〕「二」，原作「三」，今據龍舒本、遞修本、皇朝文鑑卷七十九信州興造記改。按，皇祐三年六月庚辰朔，無乙亥日。
〔二〕「苞」，龍舒本作「包人」。
〔三〕「鰥」下，龍舒本有「寡」字。
〔四〕「富民」，龍舒本闕。
〔五〕「七月甲午」，龍舒本作「於是」。
〔六〕「郡」，原作「群」，今據龍舒本改。「郡府」，即郡守官署。
〔七〕「以通車徒」，應刻本作「東南」。
〔八〕「宴」，皇朝文鑑卷七十九信州興造記作「寔」。
〔九〕「九日」，龍舒本作「甲午」。
〔一〇〕「七日」，龍舒本作「丙戌」。
〔一一〕「吏」下，龍舒本有「則」字。
〔一二〕「喜」，龍舒本作「德」。
〔一三〕「十月二十日」，龍舒本作「某月某日」。

## 餘姚縣海塘記

自雲柯而南至于某，有隄若干尺，截然令海水之潮汐不得冒其旁田者，知縣事謝君爲之也。始隄之成，謝君以書屬予記其成之始，曰：「使來者有考焉，得卒任完之以不隳。」謝君者，陽夏人也，字師厚，景初其名也。其先以文學稱天下，而連世爲貴人，至君遂以文學世其家。其爲縣，不以材自負而忽其民之急。方作隄時，歲丁亥十一月也，能親以身當風霜氛霧之毒，以勉民作而除其菑，又能令其民翕然皆勸趨之，而忘其役之勞，遂不踰時以有成功。其仁民之心，效見於事如此，亦可以已，而猶自以爲未也。又思有以告後之人，令嗣續而完之，以永其存〔一〕。善夫！仁人長慮却顧，圖民之災如此其至，其不可以無傳〔二〕。而後之君子考其傳，得其所以爲，其亦不可以無思。

而異時予嘗以事至餘姚，而君過予，與予從容言天下之事。君曰：「道以閎大隱密〔三〕，聖人之所獨鼓萬物以然而皆莫知其所以然者，蓋有所難知也。其治政教令施爲之詳，凡與人共而尤丁寧以急者，其易知較然者也。通塗川，治田桑，爲之隄防、溝澮、渠川以禦水旱之災；而興學校，屬其民人相與習禮樂其中，以化服之，此其尤丁寧以急，而較然易知者也。今世吏者，其愚也固不知所爲。而其所謂能者，務出奇爲聲威，以驚世震俗，至或盡其力以事刀筆簿書之間而已。而反以謂古所爲尤丁寧以急者，吾不暇以爲，吾曾爲之，而曾不足以爲之，萬有一人爲之，且不足以名於世而見謂材〔四〕。嘻！其可歎也。夫爲天下國家且百年，而勝殘去殺之效，則猶未也，其不出於此乎〔五〕？」當時予良以其言爲然。既而聞君之爲其縣，至則爲橋於江，治學者以教養縣人之子弟，既而又有隄之役，於是又信其言之行而不予欺也。已爲之書其隄事，因并書其言終始而存之，以告後之人。

慶曆八年七月日記。

〔一〕「永」，原作「求」，據遞修本、嘉靖五年本、四部叢刊初編本、四庫本改。

〔二〕「其」，龍舒本作「甚」，屬上句。

〔三〕「以」，龍舒本作「之」。

〔四〕「謂」，龍舒本作「其」。

〔五〕「此乎」，原無，今據龍舒本補。按，此句意謂立國百年，然猶未有勝殘去殺之效，蓋由此也。

## 通州海門興利記

余讀豳詩：「以其婦子，饁彼南畝，田畯至喜。」嗟乎！豳之人帥其家人戮力以聽吏，吏推其意以相民，何其至也。夫喜者非自外至，乃其中心固有以然也。既歎其吏之能民，又思其君之所以待吏，則亦欲善之心出於至誠而已，蓋不獨法度有以敺之也。以賞罰用天下，而先王之俗廢。有士於此，能以豳之吏自爲，而不苟於其民，豈非所謂有志者邪？

以余所聞，吳興沈君興宗海門之政，可謂有志矣。既隄北海七十里以除水患，遂大浚渠川，釃取江南，以灌義寧等數鄉之田。方是時，民之墊於海呻吟者相屬。君至，則寬禁緩求，以集流亡。少焉，誘起之以就功，莫不蹶蹶然奮其憊而來也。由是觀之，苟誠愛民而有以利之，雖創殘窮敝之餘，可勉而用也，況於力足者乎？

興宗好學知方，竟其學，又將有大者焉，此何足以盡吾沈君之才？抑可以觀其志矣。而論者或以一邑之善，不足書之。今天下之邑多矣，其能有以遺其民而不愧於豳之吏者，果多乎？不多，則予不欲使其無傳也。

至和元年六月六日，臨川王某記。

# 王安石文集卷第八十三

## 記

### 鄞縣經遊記

慶曆七年十一月丁丑，余自縣出，屬民使浚渠川，至萬靈鄉之左界，宿慈福院。戊寅，升雞山，觀碶工鑿石，遂入育王山，宿廣利寺。雨，不克東〔一〕。辛巳，下靈巖，浮石湫之壑以望海，而謀作斗門于海濱，宿靈巖之旌教院。癸未，至蘆江，臨決渠之口，轉以入于瑞巖之開善院，遂宿。

甲申，遊天童山，宿景德寺。質明，與其長老瑞新上石望玲瓏巖〔二〕，須猿吟者久之，而還食寺之西堂，遂行。至東吴，具舟以西。質明，泊舟堰下，食大梅山之保福寺莊〔三〕。過五峰，行十里許，復具舟以西，至小溪，以夜中。質明，觀新渠及洪水灣，還食普寧院。日下昃，如林村。夜未中，至資壽院。質明，戒桃源、清道二鄉之民以其事。凡東西十有四鄉，鄉之民畢已受事，而余遂歸云。

〔一〕「克東」，龍舒本作「止」。

〔二〕「石」下，龍舒本有「空」字。

〔三〕遞修本黄校曰：「『莊』字明刊本同，抄補空白。」

## 遊褒禪山記

褒禪山亦謂之華山，唐浮圖慧褒始舍於其址，而卒葬之，以故其後名之曰「褒禪」。今所謂慧空禪院者，褒之廬冢也。距其院東五里，所謂華山洞者，以其乃華山之陽名之也。距洞百餘步，有碑仆道，其文漫滅，獨其爲文猶可識，曰「花山」。今言「華」如「華實」之「華」者，蓋音謬也。其下平曠，有泉側出，而記遊者甚衆，所謂前洞也。由山以上五六里，有穴窈然，入之甚寒，問其深，則其好遊者不能窮也，謂之後洞。余與四人擁火以入，入之愈深，其進愈難，而其見愈奇。有怠而欲出者，曰：「不出，火且盡。」遂與之俱出。蓋予所至，比好遊者尚不能十一，然視其左右，來而記之者已少。蓋其又深，則其至又加少矣。方是時，予之力尚足以入，火尚足以明也。既其出，則或咎其欲出者，而予亦悔其隨之，而不得極夫遊之樂也。

於是予有歎焉。古人之觀於天地、山川、草木、蟲魚、鳥獸〔一〕，往往有得，以其求思之深而無不在也。夫夷以近，則遊者衆；險以遠，則至者少。而世之奇偉瑰怪非常之觀，常在於險遠，而人之所罕至焉，故非有志者，不能至也。有志矣，不隨以止也，然力不足者，亦不能至也。有志與力，而又不隨以怠，至於幽暗昏惑，而無物以相之，亦不能至也。然力足以至焉，於人爲可譏，而在己爲有悔，盡吾志也而不能至者，可以無悔矣，其孰能譏之乎？此予之所得也。

余於仆碑，又以悲夫古書之不存，後世之謬其傳而莫能名者，何可勝道也哉！此所以學者不可以不深思而慎取之也。

四人者，廬陵蕭君圭君玉、長樂王回深父、余弟安國平父、安上純父。至和元年七月某日〔二〕，臨川王某記。

〔一〕「人之」，龍舒本作「之人」。

〔二〕「日」，龍舒本作「甲子」。

## 城陂院興造記

靈谷者，吾州之名山，衛尉府君之所葬也。山之水東出而北折，以合於城陂。陂上有屋曰「城陂院」者，僧法沖居之，而王氏諸父子之來視墓者，退輒休於此。當慶曆之甲申，法沖始傳其毁而有之。至嘉祐之戊戌，而自門至于寢，浮屠之所宜有者，新作之，皆具，乃聚其徒而謀曰：「自吾與爾有此屋，取材於山，取食於田，而又推其餘以致所無。然猶不足以完也，而又取貨力於邑人以助。蓋爲之以八年，而後吾志就。其勤如此，不可無記。惟王氏世與吾接，而衛尉府君之葬於此也，試往請焉，宜肯。」於是其徒相與礱石於庭，而使來以請。

## 慈溪縣學記

天下不可一日而無政教，故學不可一日而亡於天下。古者井天下之田，而黨庠、遂序、國學之法立乎其中。鄉射飲酒、春秋合樂、養老勞農、尊賢使能、攷藝選言之政，至于受成、獻馘、訊囚之事，無不出於學。於此養天下智仁聖義忠和之士，以至一偏之伎〔一〕、一曲之學，無所不養。而又取士大夫之材行完潔，而其施設已嘗試於位而去者，以爲之師。釋奠、釋菜，以教不忘其學之所自。遷徙偪逐，以勉其怠，而除其惡。則士朝夕所見所聞，無非所以治天下國家之道，其服習必於仁義，而所學必皆盡其材。一日取以備公卿大夫百執事之選，則其材行皆已素定，而士之備選者，其施設亦皆素所見聞而已，不待閱習而後能者也。古之在上者，事不慮而盡，功不爲而足，其要如此而已。此二帝、三王所以治天下國家，而立學之本意也。

後世無井田之法，而學亦或存或廢，大抵所以治天下國家者，不復皆出於學。而學之士群居族處，爲師弟子之位者，講章句、課文字而已。至其陵夷之久，則四方之學者廢而爲廟，以祀孔子於天下，斲木摶土，如浮屠、道士法，爲王者象。州縣吏春秋帥其屬，釋奠於其堂，而學士者或不預焉。蓋廟之作出於學廢，而近世之法然也。

今天子即位若干年，頗修法度，而革近世之不然者。當此之時，學稍稍立於天下矣，猶曰縣之士滿二百人〔二〕，乃得立學。於是慈溪之士不得有學，而爲孔子廟如故，廟又壞不治。今劉君在中言于州〔三〕，使民出錢，將修而作之，未及爲而去，時慶曆某年也。

後林君肇至，則曰：「古之所以爲學者，吾不得而見，而法者，吾不可以毋循也。雖然，吾之人民於此〔四〕，不可以無教。」即因民錢作孔子廟，如今之所云，而治其四旁，爲學舍講堂其中，帥縣之子弟，起先生杜君醇爲之師，而興于學。噫，林君其有道者耶！夫吏者無變今之法，而不失古之實，此有道者之所能也。林君之爲，其幾於此矣。

林君固賢令，而慈溪小邑，無珍産淫貨以來四方游販之民。田桑之美，有以自足，無水旱之憂也。無游販之民，故其俗一而不雜；有以自足，故人慎刑而易治。而吾所見其邑之士，亦多美茂之材，易成也。杜君者，越之隱君子，其學行宜爲人師者也。夫以小邑得賢令，又得宜爲人師者爲之師，而以修醇一易治之俗，而進美茂易成之材，雖拘於法、限於勢，不得盡如古之所爲，吾固信其教化之將行，而風俗之成也。夫教化可以美風俗，雖然，必久而後至于善，而今之吏其勢不能以久也。吾雖喜且幸其將行〔五〕，而又憂夫來者之不吾繼也，於是本其意以告來者。

〔一〕「之」，原作「一」，今據龍舒本改。按，「一偏」，即片面、偏於一面。

〔二〕「縣」，原作「州」，今據龍舒本改。按，宋會要輯稿崇儒二一：「（慶曆）四年三月詔：『諸路州府軍監除舊有學外，餘並各令立學。如學者二百人以上，許更置縣（學）。』」本書卷八十二繁昌縣學記：「至今天子始詔天下有州者皆得立學，奠孔子其中，如古之爲。而縣之學士滿二百人者，亦得爲之。」

〔三〕「在」，龍舒本作「居」。

〔四〕「之」，龍舒本作「有」。

〔五〕「行」，龍舒本作「然」。

## 萬宗泉記

僧道光得泉之三年，直歲善端治屋龍井之西北，發土得氿泉二，萬宗命溝井而合焉。

東爲二池，池各有溝，注于南池而東南，其餘水以漑山麓之田。既甃，善端請名，余爲名其泉曰「萬宗」云〔一〕。

〔一〕「宗」下，龍舒本有「熙寧十年十二月日臨川王安石記」。

## 揚州龍興講院記〔一〕

予少時客遊金陵，浮屠慧禮者從予遊。予既吏淮南，而慧禮得龍興佛舍，與其徒日講其師之説。嘗出而過焉，庳屋數十椽，上破而旁穿；側出而視後，則榛棘出人，不見垣端。指以語予曰：「吾將除此而宮之。雖然，其成也不以私吾後，必求時之能行吾道者付之。願記以示後之人，使不得私焉。」當是時，禮方丐食飲以卒日，視其居枵然。余特戲曰：「姑成之，吾記無難者。」後四年，來曰：「昔之所欲爲〔二〕，凡百二十楹，賴州人蔣氏之力，既皆成，盍有述焉？」

噫，何其能也！蓋慧禮者，予知之。其行謹潔，學博而才敏，而又卒之以不私，宜成此不難也〔三〕。今夫衣冠而學者，必曰自孔氏。孔氏之道易行也，非有苦身窘形，離性禁欲，若彼之難也，而士之行可一鄉、才足一官者常少。而浮屠之寺廟被四海，則彼其所謂材者，寧獨禮耶？以彼之材，由此之道，去至難而就甚易，宜其能也。嗚呼！失之此而彼得焉，其有以也夫！

〔一〕龍舒本、皇朝文鑑卷七十九題作「揚州龍興十方講院記」。
〔二〕「所」，遞修本作「听」，黄校曰：「『听』宋刊同，明刊『所』。」
〔三〕「也」下，龍舒本、皇朝文鑑有「世既言佛能以禍福語傾天下，故其隆向之如此，非徒然也。蓋其學者之材，亦多有以動世耳」。

## 撫州招仙觀記

招仙觀在安仁郭西四十里，始作者與其歲月，予不知也。祥符中嘗廢，廢四五十年，而道士全自明以醫游其邑，邑之疾病者賴以治，而皆憂其去，人相與言州，出材力，因廢基築宮而留之。全與其從者一人爲留，而觀復興。全識予舅氏，而因舅氏以乞予書其復興之歲月。

夫宫室、器械、衣服、飲食〔一〕，凡所以生之具，須人而後具，而人不須吾以足，惟浮屠、道士爲然。而全之爲道士，人須之而不可以去也〔二〕，其所以養於人也，視其黨可以無媿矣。予爲之書，其亦可以無媿焉〔三〕。

慶曆七年七月，復興之歲月也。

〔一〕「服」，龍舒本作「裳」。

〔二〕「人須之而不可以去也」，龍舒本作「人而不可以已也」。

〔三〕「焉」下，龍舒本有「故爲之書」四字。

## 石門亭記

石門亭在青田縣若干里，令朱君爲之。石門者，名山也。古之人咸刻其觀遊之感槩，留之山中，其石相望。君至而爲亭，悉取古今之刻立之亭中，而以書與其甥之壻王某〔一〕，使記其作亭之意。

夫所以作亭之意，其直好山乎？其亦好觀遊眺望乎？其亦於此問民之疾憂乎？其亦燕閒以自休息於此乎？其亦憐夫人之刻暴剥偃踣而無所庇障且泯滅乎？夫人物之相好惡，必以類。廣大茂美，萬物附焉以生，而不自以爲功者，山也。好山，仁也。去郊而適野，升高以遠望，其中必有槩然者。書不云乎：「予耄遜于荒。」詩不云乎：「駕言出遊，以寫我憂。」夫環顧其身無可憂，而憂者必在天下，憂天下亦仁也。人之否也敢自逸？至即深山長谷之民，與之相對接而交言語，以求其疾憂，有其壅而不聞者乎〔二〕？求民之疾憂，亦仁也。政不有小大，不以德則民不化服，民化服，然後可以無訟。民不無訟，令其能休息無事，優遊以嬉乎？古今之名者〔三〕，其石幸在，其文信善，則其人之名與石且傳而不朽，成人之名而不奪其志，亦仁也。作亭之意，其然乎？其不然乎？

〔一〕「某」，龍舒本作「安石」。
〔二〕「有其」，龍舒本作「其有」，義長。
〔三〕「古今」，龍舒本作「使令」。

## 撫州通判廳見山閣記

通判撫州、太常博士施侯爲閣於其舍之西偏。既成，與客升以飲，而爲之名曰「見山」，且言曰：

「吾人脱於兵火，洗沐仁聖之膏澤，以休其父子者餘百年。於今天子恭儉〔一〕，陂池、苑囿、臺榭之觀，有堙毁而無改作，其不欲有所騷動，而思稱祖宗所以憫仁元元之意殊甚。故人得私其智力，以逐於利而窮其欲。自雖蠻夷、湖海、山谷之聚，大農、富工、豪賈之家，往往能廣其宫室，高其樓觀，以與通邑大都之有力者爭無窮之侈。夫民之富溢矣，吏獨不當因其有餘力有以自娱樂，稱上施耶？又況撫之爲州，山耕而水蒔，牧牛馬〔二〕，田虎豹〔三〕，爲地千里，而民之男女以萬數者五六十。地大人衆如此，而通判與之，爲之父母，則其人奚可不賢？雖賢，豈能無勞於爲治？獨無觀游食饗之地以休其暇日，殆非先王使小人以力養君子之意。吾所以樂爲之，就此而忘勞者，非以爲吾之不肖能長有此，顧不如是，不足以待後之賢者爾。且夫人之慕於賢者，爲其所樂與天下之志同而不失，然後能有餘以與民，而使皆得其所願。而世之説者曰：『召公爲政於周，方春舍於蔽芾之棠，聽男女之訟焉，而不敢自休息于宫，恐民之從我者勤，而害其田作之時。蓋其隱約窮苦而以自媚於民如此，故其民愛思而詠歌之，至於不忍伐其所舍之棠，今甘棠之詩是也。』嗟乎！此殆非召公之實事，詩人之本指，特墨子之餘言贅行，吝細褊迫者之所好，而吾之所不能爲。」

於是酒酣，客皆歡，相與從容譽施侯所爲，而稱其言之善。又美大其閣，而嘉其所以名之者，曰：「閣之上，流目而環之，則邑屋、草木、川原、阪隰之無蔽障者皆見，施侯獨有見於山而以爲之名，何也？豈以山之在吾左右前後，若蟠若踞，若伏若騖，爲獨能適吾目之所觀邪？其亦吾心有得於是而樂之也？」

施侯以客爲知言，而以書抵予曰：「吾所以爲閣而名之者如此，子其爲我記之。」數辭不得止，則又因吾叔父之命以取焉，遂爲之記，以示後之賢者，使知夫施侯之所以爲閣而名之者，其言如此。

〔一〕遞修本黄校曰：「『於』下宋刊似有二字，俱模糊。」
〔二〕「牛」，原作「生」，據龍舒本、遞修本改。
〔三〕「田」，原作「用」，據龍舒本改。按，田同畋。

## 真州長蘆寺經藏記

西域有人焉，止而無所繫，觀而無所逐。唯其無所繫，故有所繫者守之；唯其無所逐，故有所逐者從之。從而守之者不可爲量數，則其言而應之、議而辨之也，亦不可爲量數。此其書之行乎中國，所以至於五千四十八卷，而尚未足以爲多也。真州長蘆寺釋智福者，爲高屋，建大軸兩輪，而棲匭於輪間，以藏五千四十八卷者。其募錢至三千萬，其土木、丹漆、珠璣，萬金之閎壯靡麗，言者不能稱也，唯觀者知焉。夫道之在天下莫非命，而有廢興，時也。知出之有命，興之有時，則彼所以當天下貧窶之時，能獨鼓舞得其財以有所建立，每至於此，蓋無足以疑。智福有才略，善治其徒衆，從余求識其成，於是乎書。

## 漣水軍淳化院經藏記

道之不一久矣。人善其所見，以爲教於天下，而傳之後世。後世學者或徇乎身之所然，或誘乎世之所趨，或得乎心之所好，於是聖人之大體，分裂而爲八九。博聞該見有志之士，補苴調胹，冀以就完而力不足，又無可爲之地，故終不得。蓋有見於無思無爲退藏於密寂然不動者，中國之老莊，西域之佛也。既以此爲教於天下而傳後世，故爲其徒者多寬平而不忮，質静而無求。不忮似仁，無求似義。當士之夸漫盜奪，有己而無物者多於世，則超然高蹈，其爲有似乎吾之仁義者，豈非所謂賢於彼而可與言者邪？若通之瑞新，閩之懷璉，皆今之爲佛而超然，吾所謂賢而與之遊者也。

此二人者，既以其所學自脱於世之淫濁，而又皆有聰明辯智之才，故吾樂以其所得者間語焉。與之遊，忘日月之多也。璉嘗謂余曰：「吾徒有善因者，得屋於漣水之城中，而得吾所謂經者五千四十八卷於京師。歸市匭而藏諸屋，將求能文者爲之書其經藏者之歲時，而以子之愛我也，故使其徒來屬。能爲我强記之乎？」

善因者，蓋常爲屋於漣水之城中，而因瑞新以求予記其歲時，予辭而不許者也。於是問其藏經之日，某年月日也。夫以二人者與余遊，而善因屬我之勤，豈有它哉？其不可以終辭。乃爲之書，而并告之所以書之意，使鑱諸石。

## 大中祥符觀新修九曜閣記

某自揚州歸〔一〕，與叔父會京師。叔父曰：「大中祥符觀所謂九曜者，道士丁用平募民錢爲堂庖廡已，又爲閣，置九曜像其下，從吾乞汝文記其年時，汝爲之。」

臨川之城中，東有大丘，左溪水，水南出而北并于江。城之東，以溪爲隍，吾廬當丘上，北折而東百步〔二〕，爲祥符觀。觀岸溪水，東南之山不奄乎人家者，可望也。某少時固嘗從長者游而樂之〔三〕，以爲溪山之佳，雖異州，樂也，況吾父母之州，而又去吾廬爲之近者邪？雖其身去爲吏，獨其心不須臾去也。今道士又新其居，以壯觀游。閣焉，使游者得以窮登望之勝，使可望者不唯東南而已，豈不重可樂邪？道士之所爲，幾吾之所樂，而命吾文〔四〕，又叔父也。即欲已，得邪？惜乎！安得與州之君子者游焉，以忘吾憂而慰吾思邪？閣成之日，某年月日也。

〔一〕「某」，龍舒本作「安石」。

〔二〕「北」上，龍舒本有「自」字。

〔三〕「某」，龍舒本作「安石」。

〔四〕「吾」，龍舒本作「某」。

## 揚州新園亭記

諸侯宮室臺榭，講軍實，容俎豆，各有制度。揚，古今大都，方伯所治處，制度狹庳，軍實不講，俎豆無以容，不以偪諸侯哉？宋公至自丞相府，化清事省，喟然有意其圖之也。今太常刁君實集其意，會公去鎮鄆，君即而考之。占府乾隅，夷茀而基，因城而垣，並垣而溝，周六百步，竹萬箇覆其上。故高亭在垣東南，循而西三十軌〔一〕，作堂曰「愛思」，道僚吏之不忘宋公也。堂南北鄉，袤八筵，廣六筵。直北爲射埒，列樹八百本，以翼其旁。賓至而享，吏休而宴，於是乎在。又循而西十有二軌，作亭曰「隸武」，南北鄉，袤四筵，廣如之。埒如堂，列樹以鄉，歲時教士戰、射、坐、作之法，於是乎在。始慶曆二年十二月某日，凡若干日卒功云。

初，宋公之政，務不煩其民。是役也，力出於兵，材資於宮之饒，地瞰於公宮之隙，成公志也。噫！揚之物與監，東南所規仰，天子宰相所垂意，而選繼乎宜有若宋公者，丞乎宜有若刁君者。金石可弊，此無廢已。慶曆三年四月某日，臨川王某記。

〔一〕「軌」，原作「軏」，據四庫本改。下同。按，軏爲銜接車轅與横木之銷釘，軌指車輪間距離，二者形近而訛。

## 廬山文殊像現瑞記

番陽劉定嘗登廬山，臨文殊金像所没之谷，睹光明雲瑞，圖示臨川王某，求記其事。某曰：「有有以觀空，空亦幻；空空以觀有，幻亦實。幻實果有辨乎？然則如子所睹，可以記，可以無記。記無記，果亦有辨乎？雖然，子既圖之矣，余不可以無記也。」定以熙寧元年四月十日、十年九月二十七日睹，某以元豐元年十一月二十三日記。

## 撫州祥符觀三清殿記

臨川之州城横溪上。西出，出城之上，有宫巋然，溪之沄沄流過其下，東南之山皆在其門户窻牖之間者，曰祥符觀。觀之中有屋四注，深五十五尺，廣七十二尺，陛之高，居深十八分之一，楹二十有四，門兩夾窻，中象三，旁象二十有六者，曰三清殿。用其師之説以動人，而能有此者，曰道士黎自新。出其力以歸於道士之説，而卒成此者，曰里之人鄧佺。佺之子表，故嘗與予遊。予之歸，表語其父之事，而乞予文，予不能拒也。夫用其師之説以動人者，道士也。予力顧出道士下，復何云哉！

皇祐二年五月二十五日。

# 王安石文集卷第八十四

## 序

### 周禮義序

士弊於俗學久矣。聖上閔焉，以經術造之，乃集儒臣，訓釋厥旨，將播之校學〔一〕，而臣某實董周官〔二〕。

惟道之在政事，其貴賤有位，其後先有序，其多寡有數，其遲數有時。制而用之存乎法，推而行之存乎人。其人足以任官，其官足以行法，莫盛乎成周之時；其法可施於後世，其文有見於載籍，莫具乎周官之書。蓋其因習以崇之，庚續以終之，至於後世，無以復加，則豈特文、武、周公之力哉？猶四時之運，陰陽積而成寒暑，非一日也。

自周之衰，以至于今，歷歲千數百矣。太平之遺迹，掃蕩幾盡，學者所見，無復全經。於是時也，乃欲訓而發之，臣誠不自揆，然知其難也。以訓而發之之爲難，則又以知夫立政造事追而復之之爲難。然竊觀聖上致法就功，取成於心，訓迪在位，有馮有翼，亹亹乎鄉六服承德之世矣。以所觀乎今，考所學乎古，所謂見而知之者，臣誠不自揆，妄以爲庶幾焉。故遂昧冒自竭，而忘其材之弗及也。

謹列其書爲二十有二卷，凡十餘萬言，上之御府，副在有司，以待制詔頒焉。謹序。

〔一〕「校學」，龍舒本作「學校」。

〔二〕「某」，龍舒本作「安石」。

## 詩義序

詩三百十一篇〔一〕，其義具存，其辭亡者，六篇而已。上既使臣雱訓其辭，又命臣某等訓其義〔二〕。書成，以賜太學，布之天下，又使臣某爲之序〔三〕。謹拜手稽首言曰：

詩上通乎道德，下止乎禮義。放其言之文〔四〕，君子以興焉；循其道之序，聖人以成焉。然以孔子之門人賜也、商也，有得於一言，則孔子悦而進之。蓋其説之難明如此，則自周衰以迄于今，泯泯紛紛，豈不宜哉？

伏惟皇帝陛下内德純茂，則神罔時恫；外行恂達，則四方以無侮。日就月將，學有緝熙于光明，則頌之所形容，蓋有不足道也。微言奥義，既自得之，又命承學之臣訓釋厥遺，樂與天下共之。顧臣等所聞，如爝火焉，豈足以庚日月之餘光？姑承明制，代匱而已。

傳曰：「美成在久。」故棫樸之作人，以壽考爲言，蓋將有來者焉，追琢其章，纘聖志而成之也。臣衰且老矣，尚庶幾及見之。謹序。

〔一〕「十一」，龍舒本作「六」。
〔二〕「命」，龍舒本作「使」。「某」，龍舒本作「安石」。
〔三〕「某」，龍舒本作「安石」。
〔四〕「放」，龍舒本作「考」。

## 書義序

熙寧二年，臣某以尚書入侍〔一〕，遂與政。而子雱實嗣講事，有旨爲之説以獻。八年，下其説太學，班焉。

惟虞、夏、商、周之遺文，更秦而幾亡，遭漢而僅存，賴學士大夫誦説，以故不泯，而世主莫或知其可用。天縱皇帝大知，實始操之以驗物，考之以决事，又命訓其義，兼明天下後世。而臣父子以區區所聞，承乏與榮焉。然言之淵懿，而釋以淺陋；命之重大，而承以輕眇。兹榮也，祇所以爲愧歟！謹序。

〔一〕「某」，龍舒本作「安石」。

## 熙寧字説序〔一〕

文者，奇偶剛柔，雜比以相承，如天地之文，故謂之文。字者，始於一二，而生生至於無窮〔二〕，如母之字子，故謂之字。其聲之抑揚開塞、合散出入，其形之衡從曲直、邪正上下、内外左右，皆有義，皆本於自然〔三〕，非人私智所能爲也。與夫伏羲八卦，文王六十四，異用而同制，相待而成易。先王以爲不可忽，而患天下後世失其法，故三歲一同。同之者，一道德也〔四〕。秦燒詩書，殺學士，而於是時始變古而爲隸。蓋天之喪斯文也，不然，則秦何力之能爲？

余讀許慎説文，而於書之意，時有所悟，因序録其説爲二十卷，以與門人所推經義附之。惜乎先王之文缺已久，慎所記不具〔五〕，又多舛，而以余之淺陋考之，且有所不合〔六〕。雖然，庸詎非天之將興斯文也，而以余贊其始？故其教學必自此始。能知此者，則於道德之意，已十九矣。

〔一〕「序」，原闕，今據底本目録、遞修本補。龍舒本題作「字説序」。
〔二〕「始於一二而生生至於無窮」，龍舒本作「始於一二而生於無窮」。

〔三〕「本」，龍舒本作「出」。
〔四〕「一」上，龍舒本有「所以」二字。
〔五〕「記」，遞修本作「説」。
〔六〕「且」，龍舒本作「宜」。

## 新秦集序〔一〕

新秦集者，故龍圖閣直學士、尚書禮部郎中、知諫院號略楊公之文。公以嘉祐七年四月某日甲子卒官，而外壻開封府推官、尚書度支員外郎中山李壽朋廷老，治其藁爲二十卷。

公諱畋，字樂道，世家新秦。其先人以忠力智謀爲將帥，名聞天下。至公，始折節讀書，用進士起家。嘗提點荆湖北路刑獄，數自擊叛蠻有功，得士卒心，故儂智高反時，自喪服中特起之往擊。其後爲三司副使、天章閣待制、侍讀、知制誥，數以言事有直名，故遷龍圖閣直學士、知諫院。又數言事，無所顧望〔二〕，所言有人所不能言者〔三〕。故其卒，天子録其忠，賻賜之加等。而士大夫知公者，爲朝廷惜也。

公所爲文，莊厲謹潔，類其爲人。而尤好爲詩，其詞平易不迫，而能自道其意。讀其書，詠其詩，視其平生之大節如此。嗟乎！蓋所謂善人之好學而能言者也。

〔一〕龍舒本題作「楊樂道集序」。
〔二〕「無」上，龍舒本有「於大臣」三字。
〔三〕「所」上，龍舒本有「其」字。

## 老杜詩後集序

予考古之詩，尤愛杜甫氏作者。其辭所從出，一莫知窮極，而病未能學也。世所傳已多，計尚有遺落，思得其完而觀之〔一〕。然每一篇出，自然人知非人之所能爲，而爲之者惟其甫也，輒能辨之。

予之令鄞，客有授予古之詩世所不傳者二百餘篇。觀之，予知非人之所能爲，而爲之實甫者，其文與意之著也。然甫之詩其完見於今者，自予得之。世之學者，至乎甫而後爲詩，不能至，要之不知詩焉爾。嗚呼！詩其難，惟有甫哉！自洗兵馬下，序而次之，以示知甫者，且用自發焉。

皇祐壬辰五月日，臨川王某序。

〔一〕「思」，光啓堂本、聽香館本作「未」。

## 靈谷詩序

吾州之東南有靈谷者，江南之名山也。龍蛇之神，虎豹翬翟之文章，楩柟豫章竹箭之材，皆自山出。而神林、鬼冢、魑魅之穴，與夫仙人、釋子恢譎之觀，咸附託焉。至其淑靈和清之氣，盤礴委積於天地之間，萬物之所不能得者，乃屬之於人，而處士君實生其址。

君姓吴氏，家於山阯，豪傑之望臨吾一州者，蓋五六世，而後處士君出焉。其行孝悌忠信，其能以文學知名於時。惜乎其老矣，不得與夫虎豹翬翟之文章，楩柟豫章竹箭之材，俱出而爲用於天下，顧藏其神奇，而與龍蛇雜此土以處也。然君浩然有以自養，遨遊於山川之間，嘯歌謳吟，以寓其所好，終身樂之不厭，而有詩數百篇，傳誦於閭里。他日，出靈谷三十二篇，以屬其甥，曰：「爲我讀而序之。」惟君之所得，蓋有伏而不見者，豈特盡於此詩而已。雖然，觀其鑱刻萬物而接之以藻繢〔一〕，非夫詩人之巧者，亦孰能至於此！

〔一〕「接」，應刻本作「施」。

## 送陳興之序

先人爲臨江軍判官，實佐今駕部員外郎陳公。其後二十五年，公之子興之主泰之如皋簿，某爲判官淮南，以事出如皋，遇之，相好也。其後二年歸京師，興之亦以進士得嘉慶院解，復遇之，相好加焉。興之試禮部有日，今宰相其世父也，奏前試罷之以避嫌。興之當遠官，踰數月，乃得泉之晉江主簿去。

陳公世大家，仕官四十年，連坐謫流落，不得所欲，其意不能毋望興之貴富世其家也。興之亦誠博學，能文辭，有氣節，吾意其爲進士宜有得焉。今失所欲，又爲所謂主簿者，遠其親三千里不啻，是其心獨能毋介然者邪？

夫大公之道行，上之人子弟苟賢者，任而進之無嫌也，下之人固亦不以嫌之。今興之去，知者皆憐其才之可以進焉而不得，無以慰其親也。吾於興之又世故，故又爲之思所以慰其親豁其心之介然者，不得其説，而獨以悲大公之道不行焉。

## 送李著作之官高郵序

君之才，搢紳多聞之。初，君視金陵酒政，人皆惜君不試於劇，而淪於卑冗。君將優爲之，曰：「孔子嘗爲乘田、委吏矣，會計當而已矣，牛羊蕃而已矣。」既而又得調高郵關吏，人復惜君不試於劇，而淪於卑冗。君言如初，色滋蔓喜。

於戲！今之公卿大夫，據徼乘機，鑽隙抵巇，僅不盈志，則戚戚以悲，吾乃皦然反之〔一〕，此蒙所以高君也。抑有猜焉，古之柄國家者，有戢景藏采，恬處下列，拔而致之朝，使相謨謀。今豈不若古邪？奚遂君請而弗拔也？

〔一〕「吾」，聽香館本作「君」。

## 石仲卿字序

子生而父名之，以別於人云爾。冠而字，成人之道也。奚而爲成人之道也？成人則貴其所以成人，而不敢名之，於是乎命以字之，字之爲有可貴焉。孔子作春秋，記人之行事，或名之，或字之，皆因其行事之善惡而貴賤之。二百四十二年之間，字而不名者，十二人而已。人有可貴而不失其所以貴，乃爾其少也！

閩人石仲卿來請字，予以「子正」字之，附其名之義而爲之云爾。子正於進士中名知經，往往脱傳注而得經所以云之意。接之久，未見其行已有闕也，庶幾不失其所以貴者歟！

## 伴送北朝人使詩序

某被敕送北客至塞上，語言之不通，而與之並轡十有八日，亦默默無所用吾意。時竊詠歌，以娛愁思，當笑語。鞍馬之勞，其言有不足取者，然比諸戲謔之善，尚宜爲君子所取。故悉録以歸，示諸親友。

## 唐百家詩選序

余與宋次道同爲三司判官〔一〕，時次道出其家藏唐詩百餘編，諉余擇其精者〔二〕，次道因名曰百家詩選。廢日力於此，良可悔也！雖然，欲知唐詩者，觀此足矣。

〔一〕「余」，北宋本唐百家詩選序、皇朝文鑑卷八十七唐百家詩選序作「安石」。

〔二〕「精」，唐百家詩選序、皇朝文鑑作「佳」。

## 善救方後序

孟子曰：「先王有不忍人之心，斯有不忍人之政。」臣某伏讀善救方，而竊歎曰：「此可謂不忍人之政矣！」夫君者，制命者也；推命而致之民者，臣也。君臣皆不失職，而天下受其治。方今之時，可謂有君矣。生養之德通乎四海，至於蠻夷荒忽不救之病，皆思有以救而存之。而臣等雖賤，實受命治民，不推陛下之恩澤而致之民，則恐得罪於天下而無所辭誅。謹以刻石，樹之縣門外左，令觀赴者自得，而不求有司云。

皇祐元年二月二十八日序。

## 送陳升之序

今世所謂良大夫者有之矣，皆曰是宜任大臣之事者。作而任大臣之事，則上下一失望，何哉？人之材有小大，而志有遠近也。彼其任者小而責之近，則煦煦然仁，而有餘於仁矣；孑孑然義，而有餘於義矣。人見其仁義有餘也，則曰是其任者小而責之近，大任將有大此者，然上下誒之云爾，然後作而任大臣之事。作而任大臣之事，宜有大此者焉，然則煦煦然而已矣，孑孑然而已矣，故上下一失望。豈惟失望哉？後日誠有堪大臣之事，其名實烝然於上，上必懲前日之所誒而逆疑焉；暴於下，下必懲前日之所誒而逆疑焉。上下交疑，誠有堪大臣之事者，而莫之或任。幸欲任，則左右小人得引前日之所誒懲之矣。

噫！聖人謂知人難，君子惡名之溢於實，爲此則奈何〔一〕？亦精之而已矣。惡之則奈何？亦充之而已矣。知難而不能精之，惡之而不能充之，其亦殆哉！

予在揚州，朝之人過焉者多。堪大臣之事，可信而望者，陳升之而已矣。今去官於宿州，予不知復幾何時乃一見之也。予知升之作而任大臣之事，固有時矣。煦煦然仁而已矣，孑孑然義而已矣，非予所以望於升之也。

〔一〕「則」上，龍舒本有「難」字。

## 張刑部詩序

刑部張君詩若干篇，明而不華，喜諷道而不刻切，其唐人善詩者之徒歟？君並楊劉生〔一〕。楊劉以其文詞染當世，學者迷其端原，靡靡然窮日力以摹之，粉墨青朱，顛錯叢庬，無文章黼黻之序，其屬情藉事，不可考據也。方此時，自守不污者少矣。君詩獨不然，其自守不污者邪？子夏曰：「詩者，志之所之也。」觀君之志，然則其行亦自守不污者邪，豈唯其言而已？

畀予詩而請序者，君之子彦博也。彦博字文叔，爲撫州司法，還自揚州識之，日與之接云。

慶曆三年八月序。

〔一〕「生」，原闕，今據龍舒本補。「並楊劉生」，意謂與楊億、劉筠同時。

## 送孫正之序

時然而然，衆人也；己然而然，君子也。己然而然，非私己也，聖人之道在焉爾。夫君子有窮苦顛跌，不肯一失詘己以從時者，不以時勝道也。故其得志於君，則變時而之道，若反手然，彼其術素脩而志素定也。時乎楊墨，己不然者，孟軻氏而已；時乎釋老〔一〕，己不然者，韓愈氏而已。如孟、韓者，可謂術素脩而志素定也，不以時勝道也。惜也不得志於君，使真儒之效不白於當世，然其於衆人也卓矣。嗚呼！予觀今之世，圓冠峨如，大裾襜如，坐而堯言，起而舜趨，不以孟、韓之心爲心者，果異衆人乎？

予官於揚，得友曰孫正之。正之行古之道，又善爲古文，予知其能以孟、韓之心爲心而不已者也。夫越人之望燕，爲絶域也。北轅而首之，苟不已，無不至。孟、韓之道去吾黨，豈若越人之望燕哉？以正之之不已，而不至焉，予未之信也。一日得志於吾君，而真儒之效不白於當世，予亦未之信也。正之之兄官於温，奉其親以行，將從之，先爲言以處予。予欲默，安得而默也？

慶曆二年閏九月十一日〔二〕。

〔一〕「釋」，皇朝文鑑卷八十七送孫正之序作「佛」。

〔二〕「日」下，龍舒本有「送之云爾」四字。

## 送胡叔才序

叔才，銅陵大宗，世以貲名。子弟豪者，馳騁漁弋爲己事；謹者，務多闢田以殖其家。先時，邑之豪子弟有命儒者，耗其千金之産，卒無就。邑豪以爲諺，莫肯命儒者，遇儒冠者，皆指目遠去，若將浼己然。雖胡氏亦然。獨叔才之父母不然，於叔才之幼，捐重幣，逆良先生教之。既壯可以遊，資而遣之無所靳。居數年，朋試於有司，不合而歸。邑人之訾者半，竊笑者半。其父母愈篤不悔，復資而遣之。

叔才純孝人也，悱然感父母所以教己之篤，追四方才賢，學作文章，思顯其身以及其親。不數年，遂能裒然爲材進士，復朋試於有司，不幸復詘於不己知。不予愚而從之遊，嘗謂予言父母之思，而慚其邑人，不能歸。予曰：「歸也。夫禄與位，庸者所待以爲榮者也。彼賢者道弸於中，而襮之以藝，雖無禄與位，其榮者固在也。子之親矯群庸而置子於聖賢之途，可謂不賢乎？或訾或笑而終不悔，不賢者能之乎？今而舍道德而榮禄與位，殆不其然！然則子之所以榮親而釋慚者，亦多矣。昔之訾者竊笑者，固庸者爾，豈子所宜慚哉？姑持予言以歸，爲父母壽，其亦喜無量，於子何如？」因釋然寤，治裝而歸。予即書其所以爲父母壽者送之云。

# 王安石文集卷第八十五

## 祭文

### 祭曾魯公文

肅肅魯公，爲時臣宗。小大具宜，濟以勤恭。寔相累朝，有德有庸。帝序之爵，三公是秩。神介之祉，乃終有吉。顯允嗣子〔一〕，能匹公休。贊我事樞，符帝之求。公榮在家，禄養具美。既壽且康，順以卒齒。公則無憾，以返其真。天子震悼，逮及國人。况如安石〔二〕，辱知最久。西望涕頤，以薦食酒。

〔一〕「允」，原作「充」，據龍舒本、遞修本、嘉靖五年本改。「顯允」，英明信誠。詩經小雅湛露：「顯允君子，莫不令德。」

〔二〕「安石」，遞修本作「某」。

### 祭范潁州文仲淹〔一〕

嗚呼我公！一世之師。由初迄終，名節無疵。明肅之盛，身危志殖。瑶華失位，又隨以斥。治功亟聞，尹帝之都。閉姦興良，稚子歌呼。赫赫之家，萬首俯趨。獨繩其私，以走江湖。士争留公，蹈禍不慄。有危其辭，謁與俱出。風俗之衰，駭正怡邪。蹇蹇我初，人以疑嗟。力行不回，慕者興起。儒先酋酋，以節相侈。

公之在貶，愈勇爲忠。稽前引古，誼不營躬。外更三州，施有餘澤。如釃河江，以灌尋尺。宿贓自解，不以刑加。猾盜涵仁，終老無邪。講藝弦歌，慕來千里。溝川障澤，田桑有喜。

戎孽猘狂，敢齮我疆。鑄印刻符，公屏一方。取將於伍，後常名顯。收士至佐，維邦之彦。聲之所加，虜不敢瀕。以其餘威，走敵完鄰。昔也始至，瘡痍滿道。藥之養之，内外完好。既其無爲，飲酒笑歌。百城晏眠，吏士委蛇。

上嘉曰材，以副樞密。稽首辭讓，至于六七。遂參宰相，釐我典常。扶賢贊傑，亂冗除荒。官更於朝，士變於鄉。百治具修，偷墮勉强。彼閎不遂，歸侍帝側。卒屏于外，身屯道塞。謂宜耇老，尚有以爲。神乎孰忍，使至於斯！蓋公之才，猶不盡試。肆其經綸，功孰與計？

自公之貴，廄庫逾空。夷其色辭[二]，傲訏以容。化于婦妾，不靡珠玉。翼翼公子，弊綈惡粟。閔死憐窮，惟是之奢。孤女以嫁，男成厥家。孰堙于深？孰鍥乎厚？其傳其詳〔三〕，以法永久。

碩人今亡，邦國之憂。矧鄙不肖，辱公知尤。承凶萬里，不往而留。涕哭馳辭，以贊醪羞。

〔一〕龍舒本題作「祭范潁州仲淹文」。

〔二〕「夷」，原作「和」，據龍舒本、皇朝文鑑改。遞修本黄校曰：「細審宋刊，確非『和』字。」

〔三〕「其」，龍舒本作「甚」。

## 祭周幾道文

初我見君，皆童而幘。意氣豪悍，崩山決澤。弱冠相視，隱憂困窮。貌則侔年，心頹如翁。俛仰悲歡，超然一世。皓髮黧皺，分當先斃。孰知君子，赴我稱孤。發封涕洟，舉屋驚呼。行與世乖，惟君繾綣。弔禍問疾，書猶在眼。序銘於石，以報德音。設辭雖褊，義不愧心。君實愛我，祭其知歆。

## 祭張左丞文若谷〔一〕

嗚呼！公作昇州，先君實佐。公爲其子，請昏于我。先君不幸，公覲京師。訃逮公門，公哭殊悲。弔問賻祭，使來以時。乃今公薨，獨以窶故。財無以襚〔二〕，力無以賻〔三〕。祭又不時，獨悲以慕。惟公之生，明惠裕和。善恕於人，恩實我多。雖祭不時，其吐之乎〔四〕？

〔一〕龍舒本題作「祭張左丞若谷文」。

〔二〕「財」，龍舒本作「則」。

〔三〕「力」、「賻」，原闕，今據光啓堂本補。「力」，四庫本作「儀」。

〔四〕「乎」，龍舒本、遞修本作「耶」。

## 祭高樞密文〔一〕

越初生民，降訖于茲。廢興亂治，成敗安危。猷爲之君，辯論之師。章書傳記，箴賦銘詩。乖離詭駮，有萬其辭。公於其間，靡所不知。江含海畜，其富無訾。孰窮其源？孰究其涯？作時宗工，出長群司。洋洋厥聞，可以敷施。謂且永年，左右諏咨。曷云其凶，弗耄弗期。凡我常僚，曷已其思！爲此薄物，以將我悲。

〔一〕龍舒本題作「祭高樞密若訥文」。

## 群牧司祭高公文

嗚呼惟公！學問文章。丘山鬱鬱，湖海茫茫。弼我密命，作刑四方。寅恭淑慎，天子所臧。駉駉之良，兵賴以盛。公用勤告，遂圖厥政。某等在職，維公之依。孰奪以逝〔一〕，邈乎不歸？殯引就行，有翩其旐。來陳薄物，以告長違。

〔一〕「逝」，聽香館本作「遊」。

## 祭呂侍讀文

嗚呼！伯夷相唐，尚父賓周。受氏胙國，重光奕休。于辰之逢，發我文靖。公實家嗣，纘前之慶。御書翰林，典禮太常。是爲世臣，焜燿家邦。方騫方奮，厥隕誰使？震驚咨嗟，上自天子。凡居此列，惟公弟僚。於公之殯，祇薦羞醪。

## 祭馬龍圖文〔一〕

嗚呼！余託業於進士，孰君名於垂髫。既備官於淮南，習爲縣之風謠。去幕府而西遊，依國門之嶕嶢。始逢君之執鞫，屢顧我而回鑣。逮揚子之既見，方皖城之窮漂。遂有通家之好，終無挾長之驕。君言事以北出，予罷官而南僑。一江亭之邂逅，話宿昔以終宵。以牧官之在列，當御史之還朝。又追隨於暇日，心所好而忘遥。距乖隔之幾何，忽水淺而風飄。晝半塗於萬里，棄餘日於一朝。維知君之日久，信智邁而才超。考前人之治亂，講後世之昏昭。釋衆言之牴牾，排異學之傾摇。衆相紛以異緒，君獨悟而同條。嗟墁人之已矣，斤欲奮而誰要〔二〕？想明靈之猶在，冀薄禮之能招。

〔一〕「文」，原作「父」，今據龍舒本、遞修本改。

〔二〕「要」下，龍舒本有「望丹舟而隕涕，其樽酒以來澆」。

## 祭曾博士易占文〔一〕

嗚呼！公以罪廢，實以不幸。卒困以夭，亦惟其命。命與才違，人實知之。名之不幸，知者爲誰？公之閭里，宗親黨友。知公之名，於實無有。嗚呼公初，公志如何？孰云不諧，而厄孔多？地大天穹，有時而毀。星日脱敗，山傾谷圮。人居其間，萬物一偏。固有窮通，世數之然。至其壽夭，尚何憂喜？要之百年，一蜕以死。方其生時，窘若囚拘。其死以歸，混合空虛。以生易死，死者不祈。唯其不見，生者之悲。公今有子，能隆公後。

惟彼生者，可無甚悼。嗟理則然，其情難忘。哭泣馳辭，往侑奠觴。

〔一〕龍舒本題作「祭曾博士文」。

祭蘇虞部文

君慎足以保其身，和足以諧於世。嗟乎不淑，而不永年！受命徂東，纔三年耳。孰云今者，君以喪歸。交游之情，哀痛何極。聊陳薄奠，以告長違。

祭李省副文壽朋

嗚呼！君謂死者，必先氣索而神零。孰謂君氣，足以薄雲漢兮，神昭晰乎日星。而忽隕背乎，不能保百年之康寧！惟君別我，往祠太一。笑言從容，愈於平日。既至即事，升降孔秩。歸鞍在塗，不返其室。訃聞士夫，環視太息。矧我於君，情何可極！具兹醪羞，以告哀惻。尚饗！

祭高師雄主簿文

我始寄此，與君往還。於時康定，慶曆之間。愛我勤我，急我所難。日月一世，疾於跳丸。南北幾時，相見悲歡。去歲憂除，追尋陳迹。淮水之上，治城之側。握手笑語，有如一昔。屈指數日，待君歸舲。安知彌年，乃見哭庭。維君家行，可謂修飭。如其智能，亦豈多得？垂老一命，終於遠域。豈唯故人，所爲歎惜。撫棺一奠，以告心惻。尚饗！

## 祭馬玘大夫文

嗚呼！惟君才敏强明，爲時能吏。剸劇撥煩，易於屈指。近畏遠懷，有譽無訾。使于嶺南，俗易夷鄙。江東内遷，厥勢方起。孰云一朝，壽止如此。攄懷以辭，薦此薄菲。

## 祭盛侍郎文

某聞之〔一〕：行義弗高，位與年尊，慚者則己；行義既高，位與年下，憾者則人。在己無慚，在人無憾。有若公然，其又奚言？

惟昔先人，捐我諸孤，實在公藩。公泫然哀，襚死賻存。託殯得宫，寓處得廬，一出公恩。公或我臨，不有其尊。我奬我矜，均其子孫。戴德莫讎，誰謂我人？去公三年，問不再行。豈曰怠忘？賤不敢煩。補官揚州，公得謝歸。曾幾何時，訃者來門。哭泣作書，以弔後昆。欲醊棺前，縻不可奔。會有吏役，盡室而南。戢恨含慚，轉移寒暄。乃今來歸，公喪且期。纔命使人，薄進蘋蘩。嗟嗟公恩，死其敢諼！

〔一〕「某」，龍舒本作「安石」。

## 祭杜待制文

士恥無材，恥不脩身。身脩而材，有不及民。凡世可願，於公皆有。孰窘其年，不使難老？貴者善防，其有孰窺？公心豁豁，不置墻帷。有挾易驕，不難拒善。公義所在，服之無賤。推以時施，宜以每成。又況於公，强果以行。物貴於時，常以其少。悲矣予思，我知其久。鍾山北蟠，江落而東。完厚密牢，萬世之宫。其歸孰知？愚與在此。酹公以文，以配銘史。

## 祭丁元珍學士文

我初閉門，屈首書詩。一出涉世，茫無所知。援挈覆護，免於阽危。雖培浸灌，使有華滋。微吾元珍，我始弗殖。如何棄我，隕命一昔。以忠出恕，以信行仁。至於白首，困厄窮屯。又從躋之，使以蹎死。豈伊人尤，天實爲此。有檠彼石，可誌於丘。雖不屬我，我其徂求。請著君德，銘之九幽。以馳我哀，不在醪羞。

## 祭刁景純學士文

嗚呼刁公！不忮不求。坦然立行之平，裕然與人之周。既貴賤以同觀，亦始終之相侔。惟其動必依於仁，故其壽若此之脩。望音容而已遠，欲親弔以無由。慨臨風而出涕，辭以侑乎醪羞。

## 祭韓欽聖學士文

嗟爲君兮邦之特，目揚秀兮顔髮澤。紛百家兮並涉，超獨懷兮道德。博蕩蕩兮無畛，寬恂恂兮莫逆。出當官兮發論，使權彊兮絫息。年何尤兮止此，禄不多兮誰嗇？具壺觴兮酹哭，攀喪車兮啓夕。豈獨愁兮吾僚，隱多聞兮諒直。顧笑語兮已矣，冀來嘉兮魂魄。

## 祭沈文通文

嗚呼文通！一世之英。耀矣其光，韡矣其榮。有所不爲，爲無不果。有所不學，學無不成。故治行簡於人主之心，名聲溢於時士之口。謂且復起，謀謨左右。何與之以如此之才，而不副之以須臾之壽？悲傷歎息，舉世皆然。豈特故人，爲之流漣。馳哀一酹，以訣終天。

## 祭杜慶州杞文

嗚呼慶州！一世之英。濯濯其靈，粲粲其明。材能稱於天下，言行信於朝廷。孰多其予，而不足以齡？不肖之身，始佐公揚。公後來東，有賜於明。昔飲同堂，今奠於庭。酒肴則薄，豐者維誠。再拜事公，敢不如生！

# 王安石文集卷第八十六

## 祭文　哀辭

### 祭吴侍中沖卿文〔一〕

嗚呼！公命在西，長我一時。公先我茁，我後公萎。中間仕宦，有合有離。後我所踐，公輒仍之。出則交轡，處則連榱。坐肘則並，行肩則差。豈顧敢及，天實我貽。公之停蓄，及所設施。有誥有誄，亦有銘詩。又將有史，傳所不疑。我既憊眊，何辭能爲〔二〕？婚姻之故，唯以告悲。

〔一〕龍舒本題作「祭吴沖卿相公文」，皇朝文鑑卷一百三十三題作「祭吴沖卿文」。

〔二〕「何」，原作「句」，今據龍舒本、嘉靖五年本、皇朝文鑑改。按，此句爲設問語，故下句承之以「唯」字，「何」、「句」形近而訛。

### 祭歐陽文忠公文

夫事有人力之可致，猶不可期。況乎天理之溟漠，又安可得而推？惟公生有聞于當時，死有傳於後世，苟能如此足矣，而亦又何悲？如公器質之深厚，智識之高遠，而輔學術之精微，故充於文章，見於議論，豪健俊偉，怪巧瑰琦。其積於中者，浩如江河之停蓄；其發於外者，爛如日星之光輝。其清音幽韻，淒如飄風急雨之驟至；其雄辭閎辯，快如輕車駿馬之奔馳。世之學者，無問乎識與不識〔一〕，而讀其文，則其人可知。

嗚呼！自公仕宦四十年，上下往復，感世路之崎嶇。雖屯邅困躓，竄斥流離，而終不可掩者，以其公議之是非。既壓復起，遂顯于世。果敢之氣，剛正之節，至晚而不衰。方仁宗皇帝臨朝之末年，顧念後事，謂如公者，可寄以社稷之安危。及夫發謀決策，從容指顧，立定大計，謂千載而一時。功名成就，不居而去，其出處進退，又庶乎英魄靈氣，不隨異物腐散，而長在乎箕山之側與潁水之湄。然天下之無賢不肖，且猶爲涕泣而歔欷。而況朝士大夫，平昔游從，又予心之所嚮慕而瞻依？嗚呼！盛衰興廢之理，自古如此，而臨風想望，不能忘情者，念公之不可復見，而其誰與歸！

〔一〕「問」，遞修本、四庫本作「問」。

## 祭張安國檢正文

嗚呼！善之不必福，其已久矣。豈今於君，始悼歎其如此？自君喪除，知必顧予。怪久不至，豈其病歟？今也君弟，哭而來赴。天不姑釋一士，以爲予助。何生之艱，而死之遽！君始從我，與吾兒游。言動視聽，正而不偷。樂於饑寒，惟道之謀。既掾司法，議爭讞失。中書大理，再爲君屈。遂升宰屬，能撓彊倔。辯正獄訟，又常精出。豈君刑名，爲獨窮深？直諒明清，靡所不任。人恍莫知，乃惻我心。君仁至矣，勇施而忘己；君孝至矣，孺慕以至死。能人所難，可謂君子。嗚呼！吾兒逝矣，君又隨之。我留在世，其與幾時？酒食之哀，侑以言辭。

## 祭李審言文

嗚呼！噫公之才，豈獨我知？公數困厄，豈人能爲？所畸乎人，豈能無疵？所侔乎天，我乃知之。交不就利，高明所忌。涖不失宜，孤寡所思。凡今君子，疢實在兹。公亦知我〔一〕，如我公知。厥交淡如，唯正無私。哀今亡矣，侑醊以辭。

〔一〕「知」，原作「如」，今據龍舒本、嘉靖五年本改。此句意謂二人彼此相知。

## 祭沈中舍文

惟公之生，于朝搢紳。夫人嬪之，以作封君。皆以壽終，而世有人。昔我先子，公倫之舊。施于不肖，遂爲世友。不腆之文，既藏于丘。惟是區區，以贊醪羞。

## 祭東向元道文

嗚呼東君！其信然耶？奚仇友朋，奚怨室家？堂堂去之〔一〕，我始疑嗟。惟昔見君，田子之自。我欲疾走，哭諸田氏。吾縻不赴，田疾不知。今乃獨哭，誰同我悲？始君求仕，士莫敢匹。洪洪其聲，碩碩其實。霜落之林，豪鷹儁鶚。萬鳥避逃，直摩蒼天。蹭焉僅仕，後愈以困。洗藏銷塞，動輒失分。如羈駿馬，以駕柴車。側身墮首，與蹇同芻。命又不祥，不能中壽。百不一出，孰知其有？

能知君者，世孰予多？學則同游，仕則同科。出作揚官，君實其鄉。傾心倒肝，迹斥形忘。君於壽食，我飲鄞水。豈無此朋？念不去彼。既來自東，乃臨君喪。閟閟陰宫，梗野榛荒。東門之行，不幾日月。孰云於今，萬世之別？嗟屯怨窮，閔命不長。世人皆然，君子則亡。予其何言，君尚有知！具此酒食，以陳我悲。

〔一〕「去之」，光啓堂本、聽香館本作「元道」。

## 祭陳浚宣叔文

嗟乎宣叔！學以爲己。不溺於俗，孤騫介峙。孰以不羸，孰忤不强？卒躓窮巴，乃命不祥。怡怡在宫，翼翼在外。胡是不福，貴姦壽悖。我思古人，禄世其初。悲君之食，不逮於孤。古不背死，隆親急故。今此營營，誰瞻誰助？自昔海濱，以心相投。俱官於南，邂逅綢繆。顔合意同，云誰無友？諒直之好，於君實厚。有志不施，又困無財。雖痛何爲，維以告哀。

## 祭王回深甫文

嗟嗟深甫！真棄我而先乎？孰謂深甫之壯以死，而吾可以長年乎？雖吾昔日執子之手，歸言子之所爲，實受命于吾母。曰如此人，乃與爲友。吾母知子，過於予初。終子成德，多吾不如。嗚呼天乎！既喪吾母，又奪吾友。雖不即死，吾何能久！摶胸一慟，心摧志朽。泣涕爲文，以薦食酒。嗟嗟深甫，子尚知否？

## 祭刁博士繹文

惟君其先，黻冕之華。君弱而良，遂世其家。越天聖初，上始即位。開延聞人，間不容僞。若古堯虞，稷契親逢。君子其時，奮追群龍。五兩之綸，三鍾之粟。沈才下吏，間關楚蜀。竭來揚州，輔佐元侯。朝其或者，明試謨謀。最未及論，泯焉之幽。黿紫紛如，朱丹其車。昔之同升，泰亦衆已。胡寧若人，乃此乎止？旻天介壽，宜良者多。良者弗壽，謂旻天何！親髮墮顛，子髮猶羈。帷堂一慟，誰者無悲？令龜得日，棺還無咎。銘旌悠悠，羽翣南首。惟君之舊，惟僚及友。徘徊路旁，涕落奠觴。

## 祭虞靖之文

剛耿直諒，醇明博美。敢於爲義，我實知子。達我所願，窮吾所恥。奈何終窮，命也天只！前年僕馬，來自田里。白顛夷馘，相見悲喜。輸吾肝膈，莫逆其睫。衰老邂逅，綢繆山水。念我難繼，庶今少止。飄然爲辭，遂隔生死。寓哀一酹，嗚呼已矣！

## 祭北山元長老文

元豐三年九月四日，祭于北山長老覺海大師之靈。自我壯强，與公周旋。今皆老矣，公棄而先。逝孰云遠？十方現前〔一〕。饌陳告違，世禮則然。尚饗！

〔一〕「十」，原作「大」，今據龍舒本改。按，「十方」，佛教術語，謂東西南北、四維及上下。

## 祭呂望之母郡太文

嗚呼！賢矣夫人，善持門閭。皓若玉雪，一其終初。允孝維婦，允仁維姑。實生才子，我所歎譽。秉義率法，困而不渝。夫人之教，著不可誣。歸殯窀穸，無悔無愉。維子之故，具此俎壺。

## 祭程相公琳文為高若訥作。

嗚呼！公在京師，爲天子毗。發論彊彊，不苟其爲。公於四方，爲鎮爲屏。推良抑姦，兩適寬猛。自伯休父，有稱于周。及公千年，追配前休。時文而文，時武而武。顧我無狀，辱公等仵。庶見吉召，乃聞凶歸。馳哀一觴，終古之違！

## 祭秦國夫人文爲高若訥作。

於惟夫人，順慎和恭。上之岐岐，實護于中。開號大邦，福禄之隆。康寧壽考，而以榮終。喪車其行，肇此明發。上用舊德，情之鬱結。凡我在位，敢忘心怛！奠云將之，具此薄物。

## 祭鮑君永泰王文二〔一〕

年月日，官某敢告于鮑君之神。

農之勞，神之所知也。歲之四時，而於冬爲最隙，然猶築場圃、治屋廬、塗囷倉、糞田疇，未嘗一日而晏然以休息。今茲令又以其暇時，屬之使治渠川，比常歲則農之勞蓋有加焉，神宜哀憐而有以相之也。治之無幾也而雨，雨且止，丁壯老弱相與行水而涸之，猶未也，而又雨。非民獨病也，而令亦夙夜以憂。惟神相之以霽，令是役早有卒也。夫令之所以憂，其職民也。惟神之食於民也爲已久，而憂之亦不可在令後也〔二〕。謹告。

二

年月日，敢再告于鮑君之神。

謁於神之明日，而天地廓然以温，民賴以供役。且卒事而復雨，雨淫不止，民愁而令恐。意者令之治行，無有可媚于神者，而神不卒聽之乎？令則有罪，而民何尤？且霜雪風雨之濫淫，固其責自神，而無與於令也。巍然南面饗人之歸，事已而利澤不加焉，亦神羞也。惟神降意，以從令之言，毋忽！令亦能發明神之令德，使民世事神不懈而有加焉。謹告。

〔一〕「二」，原無，據底本目録補。

〔二〕「而」，龍舒本作「其」。

祈雨文

惟神美名正氣，索之前史詳矣。噫！昔人也，挺王臣之節，忠信我任，德誼我負，故時君倚焉。今其神也，享廟食之貴，陰陽吾職，禍福吾柄，故州民賴焉。今千里旱暵，及時不雨，農夫悼心，郡將失色。某遂躬率僚屬，來請于大廡下。惟神全死生之大名，開聰明于一方，霈甘霔以足民食，則前謂人神之靈，於古今無愧焉。尚饗！

## 謝雨文

夫廟其貌，神其靈，函聰明正直之德，俾禍福倚伏之時，用默於民，而不知其所以用者，斯之謂至神乎？太守領天子命，藩一都會，歲時豐凶疾苦，得勞佚之，使百姓無愁歎之聲，斯太守之事也。神，陰也，陰陽契合，若影響然。曏以郊原旱暵，及夏不雨，耘者耔者，悼心自失，遂祈福于大廡下。惟神惻然開明靈，惠然納至誠〔一〕，言然而雲興，禱然而雨零。苗枯而生，民默而聲，又得非神之至乎？今吏民潔牲體，奔走歡呼，請償其靈。某不佞，輒書爲千古世諺，尚饗！

〔一〕「誠」，原作「誠」，據遞修本、嘉靖五年本、聽香館本改。

## 李通叔哀辭并序

通叔李不疑，世爲閩民。通叔再從太學進士試，斥不送。自京師歸面其親，道建溪，溪水暴下，反其舟，溺死，年二十八云。

初，予既孤，寄金陵，家焉。從二兄入學爲諸生，常感古人汲汲於友，以相鐫切，以入於道德。予材性生古人下，學又不能力，又不得友以相鐫切以入於道德，予其或者歸爲塗之人而已邪？爲此憂懼。既而遇通叔於諸生間，望其容，而色睟然類君子，即而與之言，皆君子之言也。其容色在目，其言在耳，則予放心不求而歸，邪氣不伐而自遁去。求其所爲文，則一本於古，華虚蕩肆之學，蓋未嘗接於其心，誠有以開予者。予得而友之，憂懼釋然，作太阿詩貽之，道氣類之同而合也。通叔亦作雙松詩，道氣類之同而期之久也以爲報。自予之得通叔，然後知聖人户庭可策而入也。是不惟喻於其言而已，蓋觀其行而得焉者爲多。

其再斥於太學而歸也，予待禮部試，留京師，别且言曰：「通叔去而歸，某也不没而入於愚也其幾矣。明年或斥而歸〔一〕，或得官，皆宜在淮、江之南。某也不可以之閩，通叔來，若何？」通叔曰：「是亦不疑之言也。」明年，從事淮南，將問且召焉，則未也，或以死狀訃。既慟且疑，且幸其不然。會有江南之役，遇閩人輒問狀。還泊東流，尉許程者，閩人也，乃知訃者信。又知陳安石者，亦溺死。安石字伯起，亦閩人。予嘗問通叔素友，獨言伯起云。

噫！二子豈行殆也？其亦命而已矣。予悲通叔窮以夭也，其道之不及民也，又悲天之不予相也，作哀辭：

我思古人兮維友之求，燕處日講兮行相爲謀。相翼以進兮相持以脩，要歸于道兮不入于尤。卒聖若賢兮其本則然，我無以是兮甚懼以憂。猗嗟吾子兮畜德挾材，傑然自如兮不群庸游。考講六藝兮造窮微深，匪富貴慕兮匪賤窮羞。曰予既逢兮朝夕其旁，仁義之光兮忠信之陬。邪志蕩夷兮正氣獨完，吾子賜我兮於安以疇。尚曰子興兮羽儀于世，吾君德澤此兮淳漓固偷。孰神不棐兮隕子于溪，子生適然兮欲誰仇？所嗟存者兮志孤道遼，子之不就兮一朝而休。死不以所兮誰得子尸？誰襚于棺兮誰坎于丘？予欲慟哭兮子豈有聞？子不可作兮予生之愁！

〔一〕「或」，原作「亦」，今據龍舒本、遞修本改。

## 泰興令周孝先哀辭

吁嗟于思兮孝于父母，施於族姻兮亦及朋友。云然兮宜不富，又曷爲兮不壽？藐藐兮其子，煢煢兮其妻，無廬與田兮哀者其誰？吾無奈何兮哀以吾辭。

# 王安石文集卷第八十七

## 神道碑

### 贈司空兼侍中文元賈魏公神道碑

魏公既薨之明年，皇帝篆其墓碑之首，曰「大儒元老之碑」，有詔造文賜公子，使之并刻。臣某昧死序列，再拜稽首以聞，曰：

公諱昌朝，字子明，姓賈氏。皇祕書省著作佐郎、贈太師、中書令、尚書令、晉國公諱注之子，皇太子左贊善大夫、贈太師、中書令、尚書令、齊國公諱璉之孫，晉中書舍人、史館修撰、皇贈太師、中書令、魯國公諱緯之曾孫。其先南皮人，中徙獲鹿，今葬開封而爲其縣人者，自公皇考始。

公少則莊重謹密，治經，章解句達，老師宿學譽歎，以爲賢己。天禧元年，獻文章，召試，賜同進士出身，除常州晉陵縣主簿、國子監説書，又以江州德化縣令兼潁川郡王院伴讀。當是時，孫宣公領國子，一見聽語，待以公相，數舉公學問當在人主左右。大臣有以親嫌者，故久弗用。以知常州宜興、開封府東明兩縣，監在京廣濟、永濟兩倉，又召置國子監説書。景祐元年，積官至尚書都官員外郎，乃始置崇政殿説書，而以公爲之。公於傳注訓詁，不爲曲釋，至先王治心守身經理天下之意，指物譬事，析毫解縷，言則感心。自仁宗即位，大臣或操法令斷天下事，稽古不至秦漢以上，以儒術爲疏闊。然上常獨意鄉堯、舜、三代，得公以經開説，則慨然皆以爲善，而公由此顯矣。於是上所質問，多道德之要，公請悉記録，歲終歸之太史。詔以章獻太后故，爲彭城郡王諱其名。公言：「母之諱，禮不得以出於宮。」太平興國寺災，公以易、春秋進戒，因言：「近歲屢災寺觀，天意蓋有所在，獨可勿繕治〔一〕，以稱陛下畏天威愛人力之意。」西域僧以佛骨、銅像來獻，公請加賜遣還，毋以所獻示外。上皆從之。以直集賢院、天章閣侍講、史館修撰判尚書禮部，判太府寺。天章置侍講，自公始。故事，親祠郊廟，燕遊慢戲之物皆在儀衛，公奏除之。

無幾，遂以知制誥、龍圖閣直學士權知通進銀臺司兼門下封駁事，權判吏部流内銓，權知開封府。又以右諫議大夫權御史中丞、兼判國子監，而侍講如初。公之爲銓也，河北蟲旱，以公安撫，公舉能詘姦，於利害多所興除。異時，縣令奉錢滿萬二千乃舉令，公以爲法如此，則小縣終不得善治，乃請槩舉令，而與其奉如大縣。其在御史，劉平爲趙元昊所得，邊吏以降敵告，議收其族。公言：「漢殺李陵母、妻、子，陵不歸，而漢悔。真宗撫王繼忠家，後賴其力，且平事固未可知。」乃不果收。侍講林瑀者言：「天子即位，當步其日占所得卦以知吉凶。」公奏：「瑀所言不經，不可用。」上即爲公罷瑀。又奏劾駙馬都尉柴恭僖公，奪其州，人以爲宜。初，元昊反，公言：「兵事起，財不贍，宜及今度經費，罷減諸不急。」至是，詔與三司合議，一歲所省，率緡錢百萬。

慶曆二年，契丹來求地請婚。公主其使，責以信義，告之利害，客詘服不能發口。執政議使契丹攻元昊，公曰：「契丹許我而有功，則必驕以弱我，而責報無窮已，不且以我市於元昊矣。且唐中極衰時，聽吐蕃擊朱泚，陸贄尚以爲不可，後乃知吐蕃陰與泚合，而陽言助國。今獨安知契丹計不出此？」乃言所以待夷狄者凡六事，上皆行其策。三年，遂以本官參知政事。四年，以尚書工部侍郎、檢校太傅爲樞密使。五年，以集賢殿大學士、同中書門下平章事兼樞密使。居兩月，拜昭文館大學士、監修國史。議祔章惠太后太廟，公言其非禮。及祔獻、懿二后，密敕遷文武位一等，賜外內諸軍特支優給，公又獨奏罷之。既而敕遷兩府官〔二〕，公又不從，乃已。元昊歸石元孫，議賜死，公爭言自古將帥被執歸，多不死。元孫以不死。

七年，上以旱避正殿，貶食自責。公因稽首遜位，章六七入，乃除武勝軍節度使、檢校太傅、同中書門下平章事、判大名府兼北京留守、河北安撫使。妖人王則謀舉大名，反河南、北，使其黨挾書妄言，冀得近公。公疑爲姦，考問具服，則惶恐不及會，獨嬰貝州以反。公即使部將王信、孟元、郝質馳兵操攻具往，且請自出搏賊，不許，終賊所以擒滅，功居多。移鎮山南東道、檢校太師，賜爵安國公〔三〕。公因請寬諸吏民爲則所脅者，而捕河北妖人治殺之〔四〕，無所漏。河決商胡，方暑，公暴隄上，躬親指畫，出倉廩與被水百姓，舍其流棄，接以醫藥，所活九十餘萬口。

契丹誘亡卒，號爲「南軍」，以戰夏人，而邊法，卒亡自歸者死。公變其法，有歸者故拔擢超其伍〔五〕，於是歸者衆，因以知契丹國事。契丹亦因拒亡卒〔六〕，黜南軍不用。邊人以地外質，公請重禁絶，主不時贖，人得贖而有之〔七〕。地則盡歸，邊以不争。

皇祐元年，徙鄭州〔八〕，從公求也。至見，留爲祥源觀使，既而以尚書右僕射、觀文殿大學士判尚書都省，朝會班宰相，視其儀物。歲中又求任外，除山南東道節度使、右僕射、檢校太師兼侍中、判鄭州，固辭僕射、侍中，乃改同中書門下平章事。又欲遷公四子各一官，亦以公辭而止。二年，母燕國太夫人薨，命以故官，不起，賜書寵慰，從之。公事燕國以孝聞，上嘗賜銀飾肩輿，士大夫以爲榮。及薨，自鄭歸葬，扶舁蒼然，肩足皆胝，行路瞻望，悲哀歎息。四年，除故官侍講〔九〕。居頃之〔一〇〕，出治許州，將行矣，仁宗問易之乾卦，公既講解，又作書以亢龍爲戒〔一一〕，手詔褒答，以公所獻藏太史。

五年，又涖大名，安撫河北。中書議塞商胡決，以公異論，故使建言者專其事，公猶爭不已。河果不可塞，建言者得罪，而澶、魏、濱、棣、德、博多水死，公乃請使撫巡賑救，人用歸息。嘉祐元年，進封許國公，又兼侍中。方避未聽，而以樞密使召，卒罷侍中，而以同中書門下平章事爲樞密使〔一二〕。三年，以鎮安軍節度使〔一三〕、右僕射、檢校太師兼侍中、充景靈宮使，又出許州。七年，以保平軍節度使、陝州大都督府長史移大名，兼安撫。公凡三至魏及許、鄭，皆以寬惠爲治，人安樂之。它將相賜公使錢，多使牟利，公度所賜爲用，故在所尤不擾。

今皇帝即位〔一四〕，改節度鳳翔，加左僕射、鳳翔尹，進封魏國〔一五〕。治平元年，求還使、侍中守許州至六七，終不許。二年，乃授許州，入見，又辭〔一六〕，不許。使撫諭〔一七〕，須秋乃發。六月告疾，中人、太醫問視相屬〔一八〕，又力求解將相，乃以左僕射、觀文殿大學士判尚書都省。七月戊寅，薨〔一九〕。上親臨哭，發涕，爲不聽朝二日〔二〇〕。賜龍腦、水銀以斂，制服，出司賓祭弔，別賜黃金給葬。贈司空兼侍中，謚曰文元。以九月甲申，葬開封汴陽里晉公墓次〔二一〕。

公年六十八，散官開府儀同三司，勳上柱國，號推誠保德崇仁守正忠亮佐運翊戴功臣，邑户萬五千〔二二〕，實封五千六百〔二三〕。公所著書，有春秋要論十卷、群經音辨十卷、通紀八十卷、本朝時令十二卷，又奏議、文集合二十卷〔二四〕。

元配王氏，尚書兵部郎中、集賢殿修撰軫之女，追封莒國夫人。繼配陳氏，武信軍節度使、康肅公堯咨之女，封魏國夫人。六男子：章，太常博士、集賢校理，早卒；圭，尚書比部員外郎；田，尚書駕部員外郎；青，尚書司門員外郎；齊，大理寺丞；炎，未仕。三女子，國子博士程嗣弼、大理寺丞宋惠國、太常博士龐元英，公壻也。其後，天子以炎守將作監丞，又官公內外族親凡九人〔二五〕。

賈氏自誼及耽，傅王相帝，皆以儒學。至公，又以經術致將相〔二六〕，出入文武，有謀有功。當中國治安，四夷集附，寵祿光大，始終褒榮，君臣相遭，於是爲盛。銘曰：

於皇仁宗，時宋之隆。奠此中國，四夷來同。孰夾孰承，有宰魏公。帝曰詢爾，群公卿士。朕欲考古，以求亂治。有博六藝，使熙朕志。魏公乃來，錫帝之求。進于殿中〔二七〕，登闡沈幽〔二八〕。乃尹開封，治民不絿。乃丞御史，督制庶尤。膏澤在下，熏烝在上。參國政事，遂都將相。帝巡大塗，公帝之車。帝御廣宮，之屏之墉。文條武鬯，具獻膚功。終徂在天，公則隨邁。廷喪元老，隱加問賚。有銘太史，有謚太常。次詩不誣，斲石墓旁。

初，卜葬公汴陽里，以水故，改卜。熙寧元年八月庚申，葬許州陽翟縣三峰鄉支流村。奉敕改鄉名曰「大儒」，村名曰「元老里」。

朝散大夫、右諫議大夫、參知政事、太原郡開國侯、食邑一千一百户、賜紫金魚袋臣王某謹記。

〔一〕「獨」上，龍舒本、新刊名臣碑傳琬琰之集上卷六賈文元公昌朝神道碑有「今此」二字。
〔二〕「敕遷兩府官」五字，龍舒本作「敕兩府」。
〔三〕「賜爵」，龍舒本、新刊名臣碑傳琬琰之集作「號」。
〔四〕「河」下，龍舒本、新刊名臣碑傳琬琰之集有「南」字。
〔五〕「有」，光啓堂本、聽香館本作「自」。「伍」，龍舒本、新刊名臣碑傳琬琰之集作「任」。
〔六〕「因」下，龍舒本有「以」字。
〔七〕「人」上，龍舒本有「則聽」二字。
〔八〕「徙」，龍舒本作「判」。
〔九〕「講」，龍舒本、新刊名臣碑傳琬琰之集作「中」。
〔一〇〕「之」，原無，據龍舒本補。
〔一一〕「書」下，龍舒本、新刊名臣碑傳琬琰之集有「以獻」二字。
〔一二〕「同」，原作「尚」，今據龍舒本改。按，宋史卷二百八十五賈昌朝傳：「嘉祐元年，進封許國公，又兼侍中，尋以同中書門下平章事爲樞密使。」

〔一三〕「度使」，原闕，今據龍舒本補。按，宋史賈昌朝傳：「遂以鎮安軍節度使、右僕射、檢校太師、侍中，兼充景靈宮使，出判許州。」下句「以保平軍節度使」同此。

〔一四〕「今」，原闕，今據龍舒本、新刊名臣碑傳琬琰之集補。「今皇帝」，謂英宗。宋史賈昌朝傳：「英宗即位，徙鳳翔節度使，加左僕射。」

〔一五〕「國」下，龍舒本、新刊名臣碑傳琬琰之集有「公」。

〔一六〕「辭」下，龍舒本、新刊名臣碑傳琬琰之集有「所賜」二字。

〔一七〕「使」下，龍舒本、新刊名臣碑傳琬琰之集有「使」字。

〔一八〕「人」下，龍舒本、新刊名臣碑傳琬琰之集有「將」字。

〔一九〕「薨」下，龍舒本、新刊名臣碑傳琬琰之集有「于第」二字。

〔二〇〕「聽」，龍舒本、新刊名臣碑傳琬琰之集作「視」。

〔二一〕「墓次」，龍舒本、新刊名臣碑傳琬琰之集作「之墓兆」。

〔二二〕「邑」上，龍舒本、新刊名臣碑傳琬琰之集有「食」字。

〔二三〕「百」下，龍舒本、新刊名臣碑傳琬琰之集有「户」字。

〔二四〕「合二十卷」，原作「各三十卷」，今據龍舒本、新刊名臣碑傳琬琰之集改。按，宋史賈昌朝傳：「所著群經音辨、通紀、時令、奏議、文集百二十二卷。」其中群經音辨十卷，通紀八十卷，時令十二卷，則奏議、文集合二十卷。

〔二五〕「九人」，龍舒本、新刊名臣碑傳琬琰之集作「若干」。
〔二六〕「致」，龍舒本作「取」。
〔二七〕「進」，龍舒本、新刊名臣碑傳琬琰之集作「筵」。
〔二八〕「沈」，龍舒本、遞修本、新刊名臣碑傳琬琰之集作「治」。

## 檢校太尉贈侍中正惠馬公神道碑

推忠保順同德翊戴功臣、彰德軍節度觀察留後、特進、檢校太尉、使持節相州刺史兼御史大夫、上柱國、扶風郡開國公、食邑六千六百户、食實封二千二百户、謚曰正惠馬公，以天禧三年十月戊戌，葬開封祥符縣某鄉某里。至嘉祐七年，公孫慶崇始來請銘，以作公碑。序曰：

馬氏，故扶風人，至公高祖而徙處雲中。贈太師諱某者，於公爲曾祖。贈太師、中書令諱某者，於公爲祖。龍捷左廂都指揮使、江州防禦使、贈太師、中書令、尚書令蔡公諱某者，於公爲父。蔡公從太祖定天下，力戰有功。當是時，雲中已爲契丹所得，故馬氏又徙處浚儀，今開封府祥符也。

公諱某〔一〕，字子元。蔡公之終也，年七歲，太祖召見禁中，有司言例當補殿直，詔特授西頭供奉官，而賜以名。開寶五年，年十八，監彭州兵馬，以嚴飭見憚如老將。太平興國三年，領兵戍秦州清水，姦人李飛雄乘驛稱詔捕公及秦隴巡檢劉文裕等，將擊之秦州，因盜庫兵以反。公辨其詐，與文裕執飛雄治殺之。五年，監潭州兵馬，改東頭供奉官。

雍熙二年，又監博州兵馬。劉廷讓敗於君子驛〔二〕，而契丹歸矣，公方料丁壯，集芻糧，繕城治械如寇至。吏民初不悦其生事也，已而契丹果至，度不可攻，乃去。四年，改西京作坊副使，將屯于冀州。端拱元年，移知定遠軍。時議發河南十三州之民轉饟河北，公告轉運使樊知古：「此軍聚兵少而積粟多，簸其腐尚可得十七。」知古用此得粟五十萬斛，以罷河南之役。事聞朝廷，太宗嘉之。二年，深州新蹂於契丹，城郭廬舍多壞而流民衆，乃移公知深州。公至數月，則壞者完，流者復，舉州忘其寇戎之故，而以公爲能撫我。會保州不治，移往代之。

淳化二年，又移知慶州。羌萬人，以怨程德元來寇，公誘其渠帥，諭以威信，即皆引去。四年，遷西京作坊使、知梓州。五年，李順爲亂於蜀之西川，以公往討，又以爲先鋒，平劍州。召還，至三泉，而復以公與王繼恩討賊。繼恩怒公抗直，使守彭州，盡收其軍，而與之羸卒三百。賊率其衆至，號十萬，公力戰一日，亡其卒大半，乃夜獨出，招救兵復入，賊終不能得城而以敗去。除成都府兵馬鈐轄，遷洛苑使。五年，除蜀、漢九州都巡檢使，已而又兼成都府兵馬鈐轄。

真宗即位，改内苑使。蜀卒劉旰聚黨數千人爲亂〔三〕，所攻數州，至輒取之。公以卒三百，追至蜀州，與戰，旰走邛州，而招安使上官正召公歸成都計事，公爲正畫曰：「賊破邛州，必乘勝劫掠，度江薄我。既息而戰，我軍雖倍，未易敵也，不如迎其弊急擊，破之必矣！」遂行，次方井，與正合，殺旰等無噍類。真宗賜書獎諭，賞以錦袍金帶。

咸平元年，加登州刺史〔四〕，知秦州。諸羌質子，有三十年不釋者，公悉歸之。諸羌德公，訖公去，無一人犯塞。小泉銀坑久不發，掌吏盡産以償歲課，而責之不已。公奏得釋，而歸其産。四年，就除西上閤門使、知成都府兼本州兵馬鈐轄。有告龍騎士謀爲變者，所引以千數，公捕殺其首七人，而置其餘無所問。自乾德後，歲漕蜀物，以富人爲送吏，多坐漂失籍其家。公奏擇三班使臣及三司軍大將代之，而課其漕事爲賞罰，至今便之。六年，移鄜延路駐泊兵馬都總管，兼知延州。蜀人於公去，皆環以泣。公至延州，羌方以兵覷邊。會上元，開門張燈，視以無爲，而羌卒不能爲寇。又移知鎮州，兼本州兵馬都總管。景德元年，契丹入邊，民入保城，公與之約：「盜一錢者死。」有盜錢二百者，公即殺之。於是自澶以北，城郭皆晝閉。詔使過，公輒留之，而募人間行送詔，皆得其報以聞。又以便宜使所至受諸漕輓給邊之物，故契丹欲虜掠，無所得。車駕次澶州，大將王超提卒數十萬，逗留不赴。公屢趣之不爲動，移書譙讓，乃始出師，猶辭以中渡無橋，則公先已度材〔五〕，一夕而橋就。上聞，手詔褒之，且知公果可以屬大事也。二年，移知定州，又除東上閤門使、樞密院都承旨。三年，遂以檢校太保簽書樞密院事。

祥符元年，東封泰山，以爲行宮都總管。自此行幸，必以公爲都總管，而皆許之專殺。公部分明，約束審，出入肅然，而未嘗輒戮一人。於是邊將言契丹近塞，大臣議皆請發兵以備，公獨議使邊將移書問狀，從之，契丹解去。遷檢校太傅。四年，加宣徽北院使。五年，除樞密副使。當是時，契丹已盟，中國無爲。大臣方言符瑞，而公每不然之，獨常從容極言天下雖安不可忘戰去兵之意，及它爭議甚衆，真宗多以公言爲是。七年，除潁州防禦使、知潞州。州之税賦，常移以輸邊，公爲論其害，自是所輸不過鄰州而已。

天禧元年，移知大名府，兼駐泊兵馬都總管。使中貴人勞問，賜白金二千兩。居頃之，遂以爲宣徽南院使、知樞密院事、檢校太尉。有足疾，時詔内朝别爲一班，免其蹈舞。二年，疾病，賜告，求去位。真宗不許，而數使中貴人勞問，又幸其第，賜白金三千兩。已而度公實病，不可强以事，乃罷以爲彰德軍節度觀察留後，而公固求外鎮，終不許。居久之，稍間入謁，真宗輒使閤門祗候二人，伺公至，即扶以入，因掖其拜起。數屏左右問事，常聽用。三年，又求外鎮，乃以公知貝州，兼本州兵馬都總管。將行矣，召見，又將付以政，固辭謝〔六〕，久之乃已，而更以公爲本鎮。至五月，公疾作，詔使公子洵美將太醫往視，而魏、潞二鎮之人亦皆奔走來問〔七〕，爲公請禱。已而公疾革，真宗又使公弟之子成美馳驛召公歸京師，而公以八月壬寅不起矣，享年六十五。真宗爲之震悼，罷朝，詔贈侍中，録其子孫，賻賜皆加等。

公前夫人丁氏，某郡君。後夫人沈氏，某郡夫人。子男二人：洵美終西京作坊使、英州刺史；之美終内殿承制、閤門祇候。孫十六人，其十四人皆已卒，而慶宗今爲右班殿直，慶崇今爲文思院使、知恩州〔八〕。

公少忼慨，以武力智謀自喜，又能好書，賓友儒者，所與善必一時豪傑。有集二十卷，其文長於議論。自始仕以至登用，遇事謇謇，未嘗有所顧憚。王冀公、丁晉公用事，每廷議，得其不直，輒面詆之。真宗初或甚忤，然終以此知公，而天下至今稱其正直。銘曰：

在浚西南，誰封誰樹？有宋正惠，馬公之墓。公當太宗，真宗之時。暨暨諤諤，謀行計施。以羸擊强，以少捕衆。以賤抗貴，維公之勇。雖貴雖衆，雖强必克。維公之敏，亦維公直。帝曰直哉，汝予良弼！見國而已，不知家室。内朝十年，典掌機密。暨予一心，綱紀庶物。元功宗謀，莫汝敢匹〔九〕。公曰孤臣，敢曠于榮？讒説不用，是維帝明。士或困窮，莫知其有。既榮以位，正或見醜。公於可願，兩得其尤。不訖大耄，天爲不謀。德歉於年，孰云耇老？有賚後世，公爲壽考。刻趺篆首，作此銘詩。陳之隧道，永矣其詒。

〔一〕「某」，新刊名臣碑傳琬琰之集上卷十九馬正惠公知節神道碑作「知節」。

〔二〕「廷」，原作「延」。按，曾鞏隆平集卷十：「馬知節字子元，（中略）時劉廷讓敗於君子館，知節完城繕甲，儲積芻粟，僚吏皆不悦。」宋史卷二百五十九劉廷讓傳：「是冬，契丹數萬騎來侵，廷讓與戰君子館。（中略）廷讓一軍皆没，死者數萬人，僅以數騎獲免。」今據改。

〔三〕「劉盱」，續資治通鑑長編卷四十一至道三年八月乙巳條、宋史卷六真宗紀作「劉旴」。

〔四〕「登」，原作「澄」，今據龍舒本、皇朝文鑑卷一百四十六馬正惠公知節神道碑改。按，北宋無澄州。宋史卷三百七十八馬知節傳：「咸平初，領登州刺史，知秦州。」

〔五〕「則」上，龍舒本有「至」字。

〔六〕「固」上，龍舒本有「公」字。

〔七〕「潞」，原作「路」，今據龍舒本、皇朝文鑑改。按，北宋無路州。宋史卷三百七十八馬知節傳：「大中祥符七年，出爲潁州防禦使，知潞州。」

〔八〕「使」，原無，據龍舒本、新刊名臣碑傳琬琰之集補。

〔九〕「匹」，原作「四」，據龍舒本、遞修本、新刊名臣碑傳琬琰之集改。「敢匹」，即敢比。

# 王安石文集卷第八十八

神道碑

## 護衛忠果功臣侍衛親軍步軍副都指揮使威塞軍節度新州管内觀察處置等使銀青光禄大夫檢校司空使持節新州刺史兼御史大夫上柱國始平郡開國公食邑二千一百户食實封二百户累贈太師中書令兼尚書令追封魯國公謚勤威馮公神道碑〔一〕

馮氏有家於滑州之白馬者，莫知其始所以徙。至魯公，而嘗以公開國於始平日，其本出於漢杜陵，楚相唐之後也。

公諱守信，字中孚。自爲兒童，狀貌嶷然，慷慨有大意〔二〕，人固已奇之矣。既冠，從其鄉人受學，以三禮舉於鄉。會太平興國初，取兵民間，公出應選。有司以公儒者，欲免之，公曰：「吾以子弟免，而父兄任其勞，此儒者所不爲。」遂行，以才武給宿衛。太宗征河東，公奮身冒兵，數取俘馘以獻于行在，太宗壯而勞之，以功數遷至弓箭直副指揮使。真宗兩駕河北，皆命公帥其所領先驅以禦契丹，公所斬虜最諸將〔三〕。遷天武軍都指揮使、封州刺史，充御前忠佐馬步軍都軍頭。

公雖在軍旅，數以孝經、論語爲人講説，人尚以儒者目之。至是，真宗召問，出孝經使講，公講天子一章，因言：「自天子至於士，不可以無學。學不必博，孝經、論語皆聖人以誨學者言行之要〔四〕。臣愚不足以盡識，然所以事陛下，不敢一日而忘此。」真宗嗟歎者久之。由封州數遷至捧日、天武四廂都指揮使〔五〕、英州防禦使、知瀛州，兼高陽關都部署。由瀛州召還，領步軍司公事。

當是時〔六〕，河決滑州，天子以爲憂，問誰可使者。公自言少長河上，能知河利害。詔以公爲侍衛親軍步軍副都指揮使、容州觀察使、知滑州兼修河都部署。河怒動埽，埽且陷，公坐其上指畫自若也，遂號其部人，以一日塞之。天子賜手書奬諭，召還，領步軍如初。

已而遷威塞軍節度使。是歲天禧五年也，公年六十六〔七〕，以八月二日薨于位。天子悼慟，爲之罷朝二日〔八〕，贈太尉，賜錢三百萬。敕宣慶使、蔣州團練使韓守英，禮部郎中、直集賢院石中立給護其喪事，遂以其年九月二十四日，葬開封之祥符縣黄溝鄉大里之原。

公曾祖諱倫，祖諱筠，皆不仕。考諱蘊，贈官至左屯衛大將軍。先夫人劉氏，玉城縣君；後夫人張氏，清河郡夫人。子男十三人：於是文懿左侍禁，文吉、文握、文德、文慶、文顯、文質、文貴、文銳並右班殿直〔九〕，文燦、文俊並右侍禁，文郁、文雅皆已卒〔一〇〕。

公孝謹忠篤，遇人有恩〔一一〕。祖母夫人疾病，公不釋帶以侍，輒數月。常患世醫不足賴以爲養，力學方藥，遂通其術。公弟常欲上其子爲公子，以取高蔭，公對之慨然曰：「吾自行伍蒙主上拔擢至此，欲棄軀以報久矣〔一二〕，顧未有所，奈何欺之？」是歲，并公子無所蔭，曰：「以明吾心，於弟非有愛也。」韋城董方廉直，爲公所友，其卒，有三女無以嫁。公爲選士，辦裝嫁之如己子〔一三〕。公將兵治民，寬簡有法，故人人畏愛之〔一四〕，而無敢犯。所居有迹，賢士大夫多稱之者。

公葬之三十二年，而以其子故，累贈至中書令兼尚書令，追封魯國公。又二年，始請謚於天子，而天子賜之謚曰勤威。又五年，文顯爲西京左藏庫副使、提點開封府界諸縣鎮公事，始作碑以表公墓，而以銘來請。予問謚於太常，問書於太史，問諸故老以考公子之所告，而得公之所爲如此。於是爲銘曰：

允文真宗〔一五〕，俊藝在工。相協予武〔一六〕，有來馮公。馮公頷頷，奮節金革。有聲中邦，外動夷狄。自公在野，手不去經。率其所學，以撫戎兵。公之所撫，貔貅豹虎。指麾進退，妥若兒女。武室以虩〔一七〕，文罷於柔。維時馮公，兩取其優。孰施其文？有壤千里。孰致其武？宿衛天子。帝咨馮公，爾往視河。河決已塞，滑人來歌。帝聞而嘉，勞以手敕。公拜稽首，匪臣之力。帝曰來爾，予釐爾勤。授之旄節〔一八〕，留掌我軍。方朝告薨，有詔罷視。弔贈賻葬，哀榮終始。追拜爲令，尚書中書。賜爵國公，胙以魯墟。士生顯榮，没則多已。維時馮公，至今受祉。在周方虎〔一九〕，咸有褒詩。至漢充國，雄爲之辭。誰能詩公，流示無止〔二〇〕？刻碑墓門，公實有子。

〔一〕龍舒本題作「侍衛親軍步軍副都指揮使勤威馮魯公神道碑」。

〔二〕「意」，聽香館本作「志」。

〔三〕「公」，龍舒本作「而」。

〔四〕「以」，龍舒本作「之」。

〔五〕「天武」，原無，據龍舒本補。按，捧日、天武四廂都指揮使，武官名，太宗端拱六年置。

〔六〕「是」，龍舒本作「此」。

〔七〕「六十六」，新刊名臣碑傳琬琰之集上卷十七收録此文作「六十七」。

〔八〕「二」，龍舒本作「三」。

〔九〕「文握」，新刊名臣碑傳琬琰之集作「文掘」。

〔一〇〕「已」，龍舒本作「蚤」。
〔一一〕「有」，龍舒本作「以」。
〔一二〕「欲」上，龍舒本有「予」字。
〔一三〕「如」，龍舒本作「若」。
〔一四〕「畏」，龍舒本作「便」。
〔一五〕「文」，龍舒本、新刊名臣碑傳琬琰之集作「顯」。
〔一六〕「予」，龍舒本、新刊名臣碑傳琬琰之集作「于」。
〔一七〕「室」，新刊名臣碑傳琬琰之集作「失」。
〔一八〕「旄」，龍舒本、新刊名臣碑傳琬琰之集作「麾」。
〔一九〕「在」，龍舒本、新刊名臣碑傳琬琰之集作「有」。
〔二〇〕「流」，龍舒本、新刊名臣碑傳琬琰之集作「傳」。

## 翰林侍讀學士知許州軍州事梅公神道碑〔一〕

宋翰林侍讀學士、正奉大夫、行給事中、知許州軍州事兼管內堤堰橋道勸農事、上柱國、南昌郡開國公、食邑二千三百户、食實封六百户、賜紫金魚袋梅公之墓，在宣州宣城縣長安鄉西山里。公有五子：鼎臣、德臣、寶臣、輔臣、清臣。清臣今獨在，爲尚書司門郎中，以公行狀及欒安歐陽公之銘來請文，以刻墓碑，時熙寧元年八月四日也。銘曰：

公先梅伯，後氏其國。彌周涉秦，不見史策。有鋗有福，著漢名籍。公福之孫，詢字昌言。三世弗仕，陵陽之里。公第廷中，判官利豐。再歲而擢，以丞將作。以宰仁和，人譽用多。主推御史，侍考進士。一見天子，以爲知己。詔曰試哉，遂試中書。館之集賢，賜服緋魚。於時繼遷，兵我西鄙。老弱餽守，丁彊多死。靈州告危，帝視不怡。公請擇人，使潘羅支。兵法所謂，以夷攻夷。帝曰誰可？無如臣者。曰予汝嘉，阱陷奈何？公拜且跪，颺言而起。苟紓西師，臣不愛死。出書授之，往訖爾謀。至疆敕還，會棄靈州。帝察公藝，可書帝制。相或止之，留佐三司。其後羅支，果窘西賊。論將料敵，皆如所策。或從或違，或擠或推。梧合阻夷，神者公尸。黜之倅州，用獄一眚。去杭而蘇，列國東屏。漕輸淛河，就付將領。三年告功，僅得故省。又以譴投，守彼淮州。有僚許公，相得於此。與之欣然，樂以忘徙〔二〕。使于湖北，遷自濠梁。又奪一官，往裨于襄。坐發驛馬，給奔喪者。于鄂于蘇，剖將之符。握節關中，使摠其輸。煌煌金章，厥賜特殊。謀復靈武，度兵葫蘆。秦有將瑋，諸公與俱。會瑋召還，公復淪胥。有反咸陽，能名氏朱。始雖弗察，後捕而誅。自懷徂池，再副戎車。真宗新陟，罪垢皆滌。爲郎度支，以將廣德。外更四州，楚壽陝荆。乃還待制，中糾獄刑。有爵龍圖，其唐殖殖。就以學士，專其閣直。輟之銓衡，乘傳臨并。超遷郎秩，進直樞密。趣歸封駁，考國中失。申命選事，得權進絀。加職侍讀，改司群牧。移之審官，審是在服。伐閱積遷，給事于中。告疾出許，鼓歌從容。方公少壯，志立人上。談辯慨然，帝悦而嚮。及後晚出，皆爲將相。公則老矣，將歸田里。康定辛巳，六月十日。公七十八，以其官卒。公開南昌，勳爵第一。夫人曰劉，不及郡封。封君彭城，其卒先公。公卒明年，季秋挾日。于州山西，卜祔而吉。公有四子〔三〕，伯爲進士。丞于殿中，與仲前死。仲賜科名，叔也皆丞。將作殿中，或廢或興。有顯惟季，時丞衛尉，今爲郎中。論序初終，實來求詩，刻示無窮。

〔一〕「翰」上，龍舒本有「宋」字。

〔二〕「徙」，原作「徒」，今據龍舒本、遞修本改。按，此句意謂與僚屬許公（吕夷簡）相處甚歡，不願遷調他處任職。

〔三〕「四子」，疑爲「五子」之訛。上文言：「公有五子：鼎臣、德臣、寶臣、輔臣、清臣。」

## 司農卿分司南京陳公神道碑

司農卿、分司南京陳公既以嘉祐七年九月某甲子葬開封府之祥符縣西韓村皇考魏公之塋，至十二月〔一〕，公子世範等乃來求銘，以作公碑。蓋公昆弟皆從先人游，而某又嘗得識公父子，故爲序其實而繫以銘。序曰：

公諱某，字良器。以贈太師、尚書令兼中書令、衛國公諱嵩者爲曾祖，以贈太師、尚書令兼中書令、燕國公諱光嗣者爲祖，而尚書左丞、集賢院學士諱恕之子也。左丞當真宗時參知政事，後以其子岐公之貴，而贈至太師、尚書令兼中書令、魏國公。公，岐公之弟也，而於魏公爲少子。年六十八，以嘉祐七年六月得疾分司，而以乙巳棄世于陳州。階至朝散大夫，勳至上柱國，爵至潁川郡開國子，食邑至六百户，賜紫金魚袋。官終於司農卿，而所更者：祕書省正字，太常寺太祝，大理評事，光禄、大理寺丞，太子中舍，殿中丞，國子博士，尚書虞部比部駕部員外郎、郎中，司農、光禄少卿，少府監。任終於知陳州，而所歷者：監楚州、衡州酒税，知衢州江山縣，知南恩州，通判江、揚、洪、廬、潭州，知衡州，監江寧府糧料院，知興化軍，知均州，判登聞鼓院，知曹州，判殿中省，知郢州、鄭州。其通判揚州、廬州，皆有所避不赴，知郢州則未赴而徙。

凡仕四十三年，蓋其行事可記者衆矣。而公子所能記者，在江州，人大饑且疫，公爲具饘粥醫藥，不足則取廬山諸佛寺餘財以續之，所活以萬數。有盜刈人之禾而傷其主者，當死，公曰：「古之荒政所以恤人者盡矣，然尚緩刑，況今哉？」即奏貸其死。洪州大水，城之不滅者十五，水得城竇以入，舉城惶擾，不知所爲。公豫具薪藁，不終日以塞。州人德之曰：「無陳公，吾屬如何矣！」

衡州之南，山廣袤百餘里，與夷接境，大木蒙密。中國人逋逃其中，冒稱夷人，數出寇常寧諸邑。其酋有挾左道者，人傳以爲能致風雨，官軍尤憚之。公誘以恩信，則率衆數百來自占，已而與其甥亡去，又將爲寇，州人皆恐。公設方略，以一日捕得殺之。天子賜詔書獎諭，公因圖上山川形勢攻取之策，以爲：「賊今不除，黨附日衆，夷人謂中國無能爲，必出助之。可須農隙發千人，使操斧斤，隨以强弩，斬木除道，則賊失所恃，不攻而自窮。又出其材，可以佐經用。」奏未報，轉運使害其事，劾公擅擊斷，不聽用佐吏；又嘗稱病，不自祭炎帝。公坐此罷。州人乞留不得，而賊果侵尋不制，朝廷出使，發兵擊之，數年然後定。

興化多進士，就鄉舉者常八九百人，而學舍弊小無文籍。公至，則新而大之，爲之購書，而國子之所有者皆具。均州漢上舟子，數溺商旅取貨財，而以險爲解。公捕案寘法，因取近灘數家除其徭，使表水險，涉者因此得不死。曹州多盜，亡命之尤凶强者七十餘人，公集重購，得之幾盡。又修律令五家爲保之法，故盜往往逃去之它境。蓋公施於政者能如此。

公嘗爲書十二篇上之，曰國政要事，其説多聽用，而中書欲遷職事以奬之。公乃自言：「外祖王氏葬揚州，無主後，願除淮南所當得之一官，以往視其丘墓而已。」岐公之葬也，天子自曹州召公歸襄事，特詔許公升殿。公謝岐公遭遇始終恩禮之厚，因乞御篆岐公之碑首。上爲動容，賜其首曰「褒忠之碑」，而公終無一言自及。既分司，無田園，僦官屋以居，自爲棺斂葬埋之制，趣於儉而已。少長好書，以至於老，於篆籀尤善。有集二十卷，其文能世其家者也。

夫人馮氏，江南李氏時宰相延巳之孫。子男五人：世範，前商州洛南縣尉；世安，前廣州新會縣令；世修，大理寺丞；世永，將作監主簿；世弈，太常寺太祝。女四人：長適大理評事柳安期，次適右班殿直王允懿，次尚幼也。

陳氏，漢太丘長諱寔之後，故其望在潁川，而世居洪州之南昌縣。當唐末五代之亂，無仕者。魏公布衣起閭巷，明敏諒直稱天下，仍父子執國柄，而至岐公尤盛。公於仕嘗齟齬，然尚至九卿，以榮禄自終。蓋太丘之仁，隱阨於一時〔二〕，而紀、諶、群、泰貴顯者數世，豈魏公之先，遭世不治，亦有潛德晦行如太丘者乎？不然，何其後世之興如此？是故不可以無銘也。銘曰：

虞賓夏商，其後爲陳。屢絶復封，以承聖人。至漢太丘，棄時就德。詒禄魏晉，子孫世食。既又困窮，乃生魏公。魏公之出，魁名碩實。有公有卿，饋祀其室。公則盛矣，天子所思。繩繩維卿，亦顯于時。治官牧民，入出具宜。胡公之虚，太丘之里。兩有州國，紹榮本始。歸葬浚郊，皇考在前。峙此銘詩，爲告新阡。

〔一〕「二」，龍舒本作「一」。

〔二〕「隱」，龍舒本作「德」，屬上句。

## 虞部郎中贈衛尉卿李公神道碑

嘉祐八年六月某甲子，制曰：「朕初即位，大賚群臣陞朝者及其父母。具官某父具官某，率德蹈義，不躬榮禄，能教厥子，並爲才臣。加賜名命，序諸卿位，所以勸天下之爲人父者，豈特以慰孝子之心哉！可特贈衛尉卿。」翌日某甲子，中書下其書告第，又副其書賜寬等，以待墓焚。寬等受書，焚其副墓上，乃撰次衛尉官世行治始卒，來請曰：「先人賴天子慶施，賜之官三品矣，而墓碑未刻。惟德善可以有辭于後世者，夫子實聞知。」〔一〕某曰：「然，衛尉公墓隧，宜得銘久矣。」於是爲序而銘焉。序曰：

公姓李氏，故隴西人。七世祖諱某，始遷于光山。五世祖諱某，以其郡人王閩，從之，始爲建安人。曾祖諱某，祖諱某〔二〕，皆不仕。考諱某，嘗仕江南李氏，稍顯矣。江南國除，又舉進士中等，以殿中丞致仕。有學行，名能知人，贈其父大理評事，而已亦以子貴，贈至吏部尚書。遊豫章，樂其湖山，曰：「吾必終於此。」於是又始爲豫章人。尚書之子，伯曰虛己，官至尚書工部侍郎，以才能聞天下。其季則公也。

公諱某，字公濟。少篤學，讀書兼晝夜不息。一以進士舉，不中，即以兄蔭爲郊社齋郎。再選福州閩清、洪州靖安縣尉，有能名。遷饒州餘干縣令，至則毁淫祠〔三〕，取其材以爲孔子廟，率縣人之秀者興于學。豪宗大姓，斂手不敢犯法。州將、部使者奏乞與京官，移之劇縣，不報，而坐不覺獄卒殺人以免。當是時，侍郎方以分司就第，公曰：「吾兄老矣，我得朝夕從之游，以灑掃先人廬冢，尚何求而仕？」遂止，不復言仕。侍郎之卒也，天子以公試祕書省校書郎、知江州德安縣事〔四〕，辭不就。後嘗一至京師，大臣交口勸説，欲官之，終以其不可强也，而晏元獻公爲公請，乃除太子洗馬致仕。

初，尚書未老，棄其官以歸。至侍郎及公之退也，亦皆未老。自尚書至公，再世皆有子，而皆以嚴治其家如吏治。江西士大夫慕其世德，稱其家法。蓋近世士多外自藩飾爲聲名，而内實罕能治其家，及老，往往顧利冒恥，不知休息。公獨父子兄弟能如此，嗚呼，其可謂賢於人也已！

公事親孝，比遭大喪，廬墓六年然後已。事兄與其寡姊，衣食藥物，必躬親之。及公老矣，二子就養，如公之爲子弟也。寬嘗爲江、浙等路提點鑄錢坑冶，又嘗提點江南西路刑獄；定亦再爲洪州官，不去左右者十二年，皆以才能，爲世聞人。以恩遷公官至尚書虞部郎中，階至朝奉郎，勳至護軍。以嘉祐四年七月某甲子，卒於豫章之第室，年八十九。夫人長壽縣君趙氏，先公卒八年，既葬矣。五年某月某甲子，以公葬於夫人之墓左，曰雷岡，在新建縣之桃花鄉新里。夫人故衢州人，某官湘之女。湘有文行，尚書與爲友，故爲公娶其女。子三人：寬、定、寔，寔守祕書省正字，早世。於公之葬也，寬爲尚書司勳員外郎，定爲尚書庫部員外郎。女子二人，已嫁。孫二十有一人，曾孫十有五人，皆率公教無違者。公既葬，而二子以恩贈公衞尉卿云。銘曰：

李世大家〔五〕，隴西其先。於唐之季，再世光山。移遯于閩，嶺海之間。乃生尚書，節行有偉。始來江南，考室章水。繩繩二子，隱顯兼榮。孰多後禄，其季維卿。幼壯躬孝，唯君之踐〔六〕。能不盡用〔七〕，止於一縣。退以德義，蠶身於家。外内肅雝，人不疵嗟。亦有三子，維天子使。父曰往矣，致而臣身。子曰歸哉，以寧吾親。以率其婦，左右恂恂。以官就侍，天子之仁。既具祉福，考終大耋。追榮于幽，乃賜卿號。伐石西山，作爲螭龜。謍之墓上，勒此銘詩。

〔一〕「知」，龍舒本作「之」。

〔二〕「祖諱某」，原無，今據龍舒本補。
〔三〕「則」，原作「於」，今據龍舒本改。
〔四〕「德安」，余靖武溪集卷十九故虞部郎中李公墓誌銘、故尚書虞部郎中致仕李公墓碑皆作「瑞昌」。
〔五〕「世」，聽香館本作「氏」。
〔六〕「唯君之踐」，龍舒本作「之君踐」。
〔七〕「用」上，龍舒本有「國」字。

# 王安石文集卷第八十九

## 神道碑

### 廣西轉運使孫君墓碑

君少學問勤苦，寄食浮屠山中，步行借書數百里，升樓誦之而去其階。蓋數年而具衆經，後遂博極天下之書。屬文，操筆布紙，謂爲方思，而數百千言已就。以天聖五年同學究出身，補滁州來安縣主簿、洪州右司理。再舉進士甲科，遷大理寺丞、知常州晉陵縣，移知潯州。潯當是時，人未趣學，乃改作廟學，召吏民子弟之秀者，親爲據案講説，誘勸以文藝。居未幾，旁州士皆來學，學者由此遂多。以選，通判耀州。兵士有訟財而不直者，安撫使以爲直，君争之不得，乃奏決於大理。大理以君所争爲是，而用君議編於敕。

慶曆二年，擢爲監察御史裏行，於是彈奏狄武襄公不當沮敗劉滬水洛城事〔一〕。又因日食言陰盛，以後宫爲戒。仁宗大獵于城南，衛士不及整而歸以夜。明日，將復出，有雉隕于殿中。君奏疏，即是夜有詔止獵。蠻唐和寇湖南，以君安撫，奏事有所不合，因自劾，乃知復州。又通判金州，知漢陽軍、吉州，稍遷至尚書都官員外郎、提點江南西路刑獄。有言常平歲凶當稍貴其粟以利糴本者，詔從之，君言此非常平本意也，詔又從之。

儂智高反，君即出兵二千於嶺，以助英、韶。會除廣西轉運使，馳至所部，而智高方煽，天子出大臣部諸將兵數萬擊之。君驅散亡殘敗之吏民，轉芻米於惶擾卒急之間，又以餘力督守吏治城塹、修器械。屬州多完，而師飽以有功，君勞居多，以勞遷尚書司封員外郎。初，君請斬大將之北者，發騎軍以討賊，及後，賊所以破滅，皆如君計策。軍罷而人重困，方恃君綏撫，君乘險阻，冒瘴毒，經理出入，啓居無時。以皇祐三年二月初七日卒于治所〔二〕，年五十四〔三〕。官至尚書工部郎中，散官至朝奉郎，勳至上騎都尉〔四〕。君所爲州，整齊其大體，闊略其細故，與賓客談說，弦歌飲酒，往往終日，而能聽用佐屬盡其力，事以不廢。在御史言事，計曲直利害如何，不顧望大臣，以此無助。所爲文，自少及終，以類集之，至百卷。天德、地業、人事之治，掇拾貫穿，無所不言，而詩爲多。

君諱抗，字和叔，姓孫氏，得姓於衛，得望於富春。其在黟縣，自君之高祖棄廣陵以避孫儒之亂。而至君曾大父諱師睦，善治生以致富，歲饑，賤出米穀，以斗升付糴者，得驩心於鄉里。大父諱旦，始盡棄其產而能招士以教子。父諱遂良，當終時，君始十餘歲。後以君故，贈尚書職方員外郎。

君初娶張氏，又娶吴氏，又娶舒氏，封太康縣君。五男子：適、邈、迪、适、遘。适嘗從予遊，年十四，論議著書，足以驚人，終永州軍事推官。邈，今潞州上黨縣令，亦好學能文。狀君行以求銘者，邈也。君之卒也，天子以适試祕書省校書郎。二女子：一嫁太廟齋郎李簡夫〔五〕，一嫁進士鄭安平〔六〕。

君以其卒之年十二月二十五日，葬黟縣懷遠鄉上林村。歙之爲州，在山嶺澗谷崎嶇之中。自去五代之亂百年，名士大夫亦往往而出，然不能多也。黟尤僻陋，中州能人賢士之所罕至。君孤童子，徒步宦學，終以就立，爲朝廷顯用。論次終始，作爲銘詩，豈特以顯孫氏而慰其子孫，乃亦以詒其鄉里〔七〕。銘曰：

在仁宗世，蠻跳不制。餽師牧民，實有膚使。踐艱乘危，條變畫奇。瘭毒既除，膏熨以治。方遷既隕，哀暨山夷。維此膚使，文優以仕。禄則不殖，其書滿笥。書藏于家，銘在墓前。以告黟人，孫氏之阡。

〔一〕「武襄公」，龍舒本作「青」。「水」，原作「永」，據四庫本及宋史卷二百九十五尹洙傳改。

〔二〕「三年」，龍舒本作「二年」。按，據續資治通鑑長編卷一百七十二，儂智高反於皇祐四年四月，又據上書卷一百七十三、一百七十四，孫抗時爲廣西漕，皇祐五年四月甲戌，廣南西路轉運使孫抗、轉運判官宋咸「以邕州平，並遷官」。故「皇祐三年」似爲「五年」之譌，並疑皇祐五年四月孫抗遷官時，已卒。

〔三〕「四」，龍舒本作「六」。

〔四〕「騎」，龍舒本作「輕車」。

〔五〕「太廟齋郎」，龍舒本作「試祕書省校書郎」。

〔六〕「一嫁進士鄭安平」，龍舒本作「一尚幼」。

〔七〕「亦」，龍舒本作「可」。

## 故贈左屯衛大將軍李公神道碑銘并序〔一〕

宋故贈左屯衛大將軍李公墓〔二〕，在河中府河東縣陶邑鄉仙觀里紫金山北。初，咸平二年，公以東班殿侍隨彰國軍節度使康保裔部軍于高陽關。契丹内侵，真宗狩于魏，大將侍城〔三〕，千里閉逃〔四〕。保裔以其屬出，公提少卒，所戰輒破。寇搏我疾〔五〕，孤堅弗支，舉軍陷焉，乃以義死。當是時，十二月五日也〔六〕，公年四十六。有詔賻恤，録公子樞以爲西班殿侍。蓋六十九年而樞以行治勞烈，積官至皇城使、賀州團練使，而嘗一再辭賞，以求追榮其父母。天子亦數推恩以及朝士大夫之親〔七〕，而公九贈官，自太子左清道率府副率〔八〕，至左監門衛大將軍。逮今上即位，則再至三品，而公夫人朱氏亦封錢塘、仙遊、永安縣太君。太君有美志純行，年六十三，以天聖七年六月六日卒於其子之官舍〔九〕，而以嘉祐六年十一月十一日與公合葬。

公幼而愿恭，長而敏武，涉書喜謀，將有以爲，而卒不克，蓋知者傷焉。唯忠壯不屈，以詒祿于其後世，而團練君實能力承以大厥家。噫，其可銘也哉！

李氏世家鄭之原武。公諱興〔一〇〕，字仲舉〔一一〕。曾祖諱顒，祖諱光，父諱元超〔一二〕，皆弗仕。公生一男二女，二女皆早死〔一三〕。孫六人：其二人早死，棻今爲尚書都官郎中，餘皆以父廕仕；昌齡終三班差使，蕖今爲右班殿直，蘂今爲左班殿直。銘曰：

李姓之始〔一四〕，聃周隱史。厥家鄭邦，代晦其光。公奮自田，啓蹟班行。匪熊匪羆，彼萬其旅。帝徂伐之，孰致予武〔一五〕？操戈以先，所遇斃逃。曰敵可盡，其來滔滔。終沉于戎，唯義之濟。閔有傳祿，追榮以暨。誰無孫子，錫命在幽。我以吾功，克稱無羞。詒詩後觀〔一六〕，有石道周。

〔一〕龍舒本題作「贈右屯衛大將軍李公墓碑」。

〔二〕「左」，龍舒本作「右」。

〔三〕「恃」，龍舒本作「悖」。

〔四〕「閉逃」，龍舒本作「逃閉」。

〔五〕「疾」，龍舒本作「荒」。
〔六〕「十二月五日」，龍舒本作「某月某日」。
〔七〕「朝士大夫之親」，光啓堂本、聽香館本作「乎其親」。
〔八〕「左」，龍舒本作「右」。
〔九〕「七」，龍舒本作「六」。「六日」，龍舒本作「某日」。
〔一〇〕「興」，龍舒本作「某」。
〔一一〕「仲舉」，龍舒本作「某」。
〔一二〕「元超」，龍舒本作「元起」。
〔一三〕「死」，龍舒本作「卒」。
〔一四〕「之」，龍舒本作「孰」。
〔一五〕「予」，龍舒本作「于」。
〔一六〕「詒」，龍舒本作「銘」。

## 故淮南江淛荆湖南北等路制置茶鹽礬酒税兼都大發運副使贈尚書工部侍郎蕭公神道碑〔一〕

蕭氏，故長沙人也。去馬氏亂，遷江南，又爲廬陵人。公曾祖諱霽，仕李氏，終洪州武寧縣令。祖諱焕，考諱良輔，皆不仕。

公諱定基，字守一。用天禧三年進士，補岳州軍事推官，以母夫人陳氏喪罷，後除虔州觀察推官。人饑，説州將以便宜糶倉米，秋糴償之，所捄活甚多。監納潭州茶米，舉者十八人，遷大理寺丞，知臨江軍新喻縣，移監成都府市買務。蜀引二江溉諸縣田，多少有約。李順爲亂時，成都大豪樊氏盜約，改一晝夜爲六，由此他縣歲賂樊氏縣，乃得其餘水。訟二十年不決，轉運使以屬公。公曰：「約所以爲均，即不均，約不可恃也。」乃親決水，視一晝夜，而樊氏縣水有餘，樊氏即伏罪，諸縣得水如故約。轉運使以爲能，舉知黎州。州近蠻，出善馬，異時勢人多以託守，公一拒絶，蠻大喜。

於是累遷至太常博士，以博士召，兼監察御史裏行。成都王𣪘請鑄小鐵錢爲大錢當十，鑄十得三，是廢十得三十也。公疏以爲不便，而𣪘議詘。中貴人妄告兩浙轉運使罪，以公往治，直之。蘄州王蒙正恃勢賂横猾，誣屬縣長罪死，又以公往治，告隨吏曰：「蒙正賂汝，受之，以告我。」蒙正果賂吏直三百萬，公因以正其獄。仁宗欲官公一子，公乃以讓其隨吏，除開封府判官。於是自監察再遷至侍御史，除江西水陸計度轉運使，奏事稱上意，賜三品服。三司税賦鶡鶩羽，民入一尺，費餘百錢，奏以鵝鸛代之。宜州蠻爲寇，乃移廣西，兼安撫。公馳至，問所以反，曰：「吾知之矣！」乃蒐諸州澄海忠敢士萬人，守要害，戒諸將：「賊至乃擊〔二〕，歸則已。」蠻不復動。明年，邕州甲洞與永平寨將秦珏争銀冶〔三〕，殺珏反，邊大擾。公曰：「蠻何敢？是必珏有以致之〔四〕。」問之〔五〕，果然，乃廢銀冶，誅道賊熟户數十人。又移交州，討殺珏者，而邊遂定。仁宗曰：「邊吏好生事，蕭某如此，可召用。」三司度支判官王琪使江、淮、湖議鹽酒事，請公俱往，乃除三司鹽鐵判官，與琪俱使江、淮、湖議鹽酒事。至吉州，除江、淮、湖、荆湖制置發運副使。

以官卒于家，享年五十四，實慶曆二年五月十四日。以其年九月二十日，葬廬陵儒行鄉故舍之原。公寬厚寡欲，内行孝友，稱於鄉里，尤知爲吏，在所皆有聲績。夫人河陽縣君毛氏。五男子：汝礪、汝諧、汝器、汝士、汝奭，皆進士。汝礪終太常博士，汝器終殿中丞，汝諧今爲尚書屯田員外郎，汝士今爲永州祈陽縣令。公以諸子故〔六〕，累贈至尚書工部侍郎，而墓碑未刻。汝諧請曰：「先人於王氏有故，子銘士大夫多矣。」某曰：「然，是宜以屬我。」〔七〕乃銘曰：

蕭氏食酇，漢功之冠。卒成齊梁，以戾于唐。人不絶史，與唐終始。厥遷廬陵，來自長沙。使乎御史，于宋初家。折獄禦戎，有聲無譁。禄則世繼，而年不遐。揚詩墓石，以相哀嗟。

〔一〕「使」下，北京大學圖書館所藏此碑拓本，有「及提舉鑄錢等公事、朝奉郎、守侍御史、上騎都尉、賜紫金魚袋」。

〔二〕「擊」，底本漫漶，據遞修本、拓本補。

〔三〕「珏」，底本漫漶，據遞修本、拓本補。

〔四〕「致」，底本漫漶，據遞修本、拓本補。

〔五〕「問」，底本漫漶，據遞修本、拓本補。

〔六〕「公以諸子」，原闕，今據拓本補。

〔七〕「某」，拓本作「安石」。

## 尚書工部侍郎樞密直學士狄公神道碑

狄氏故并人，唐武后時，有以諒直至宰相者，有功中宗以及社稷，是爲梁公。公，梁公之十四世孫也，諱棐，字輔之。曾祖曰崇謙，連州桂陽縣令。祖曰文蔚，全州清湘縣令。考曰希顔，徐州録事參軍。及公貴，贈録事君至兵部尚書〔一〕，而公母李氏封隴西郡太君。蓋梁公之後，有兼蕃者，亦有名蹟，至大官。其後禄仕不終，然寖微弗顯。及公，乃以行能爲時用，出使入侍，終尚書工部侍郎，直樞密爲學士，天下稱爲善人長者。

公少孤力學，中咸平三年進士甲科。其官，自大理評事，歷大理寺丞、殿中丞、太常博士、尚書屯田都官職方員外郎，祠部刑部郎中、太常少卿、右諫議大夫、給事中。其職，自直昭文館，歷龍圖閣直學士。其初任知袁州分宜縣，後嘗知開封府司録，通判鄧州、成都府，爲開封府判官，使京西、成都府路轉運，又使制置江、淮、荆、湖，再判吏部流内銓，知審官院，知壁、廣、滑、魏、隨、陝、鄭、同、揚九州，河中、河南二府。其知陝州、河中府，以趙元昊反，擇西方守吏。其知隨州，則坐在魏時軍事有驕不遜者不即治。其知揚州，則不及赴，而卒于京師。慶曆三年二月十七日也，享年六十七。

公惇厚篤實，未嘗妄言笑，雖有喜愠，未嘗見色，終身不言人過惡。罷南海，所齎無南物。在陝中，貴人有力者言將援公於上，公爲不聞，接以它語，退而歎曰：「吾束髮至此，得爵禄皆以義，可以老而自污邪！」蓋其廉如此。其治民，出於寬仁不忍，雖以此嘗得罪，然自若弗悔也。當時士大夫聞其死，多歎惜。累階至中散大夫，勳至上柱國，爵至山陽郡開國公，食邑二千一百户，食實封四百户。

夫人武城縣君路氏，左司諫、知制誥振之女。初，公以布衣見路公，路公即譽公文學行治，妻以其子。生六男子〔二〕：遵道、遵度、遵禮、遵慤、遵路、遵彝。遵度當天聖初，善爲古文，志義甚高，嘗爲襄州襄陽縣主簿，不幸早死，君子莫不傷之。遵路爲太常寺奉禮郎，與遵道、遵愨、遵彝亦皆早死。遵禮今爲尚書虞部員外郎。六女子：嫁衛尉卿王罕、衛尉卿魏琰、樞密直學士何中立、尚書駕部郎中王信民，二人早死。狄氏當五代之亂，占潭之湘潭，至公始葬武城君於許州陽翟縣張澗里，故以公合葬，葬以慶曆五年。既葬二十年，而遵禮來求銘文，刻之墓碑。銘曰：

維狄先公，開號於梁。扶國舉帝，仁柔義剛。施垂子孫，禄不曠仕。歷世十四，公爲循吏。内行振振，恕以與人。無恚無忌，考終厥身。陽翟古墟，有幽新里。銘詩不磨，彼石之視。

〔一〕「君」、「兵」二字，底本漫漶，據遞修本補。

〔二〕「六」，底本漫漶，據遞修本、嘉靖五年本補。「子」字，原無，據嘉靖五年本、光啓堂本補。遞修本黄校曰：「『子』字從宋刊增。」

## 尚書屯田員外郎贈刑部尚書李公神道碑

朝奉郎、尚書屯田員外郎、通判杭州軍州兼管内勸農事、上輕車都尉、賜緋魚袋、贈刑部尚書李公，諱陟，字元昇。少以進士舉太學，衆推才高，不妄交游，獨與故相張文節公友善。淳化中，用甲科補河南府澠池縣尉。群盜阻殺，以略行人，朝廷出中貴人傳捕。公率其屬捕殺之盡，以故爲轉運使所奏，留再任。方賞，遭父喪去。而契丹犯河北，卒亡命相聚爲寇，所居内黄大擾〔一〕，令、尉初不自保。公爲設方略擒滅，縣賴以無事。改除貝州司理參軍〔二〕。州將邊公肅知公能，有難輒以屬公〔三〕。逐劇賊，用一日馳百里，悉縛取以歸。於是州及轉運使爲論功〔四〕，驛召見，除大理寺丞、知漢州什邡縣，改殿中丞、知秀州嘉興縣。

真宗東封，改太常博士、通判通利軍。又以祀汾陰，改尚書屯田員外郎。河決，奪一官，監真州鹽倉。杭州言浙江隄壞不可治，詔江、淮、荆、浙發運使舉可用者，以公通判杭州。隄成，度用財力甚省，而完且可久，乃復得故官，留再任。當是時，吕文靖公提點刑獄，尤知公，極論薦以爲材，且召除御史矣，會母夫人死。公行内脩，事母尤以孝聞，所收恤親屬多，貧不能北歸，留治喪南京。哀戚毁甚，未及服除而卒，年五十三，天禧三年六月八日也。留守王沂公賻助之，乃能具棺殯。

凡五娶：賈氏、高氏、張氏、耿氏，最後邊氏，封太康縣君，今皆贈郡太君。邊氏則貝州邊公女也。邊公彊明，少所可，知公而好之，故女以其子。太康有賢行，蓋見於國史。公二男四女：男曰中庸，守大理寺丞致仕；曰中師，給事中、天章閣待制、西京留守。女嫁太子中舍聶復、貝州漳南縣令葛初平、尚書比部員外郎張參，其一早死。

公初以文藝自進，然喜吏事，所至强果辨治，終以愛利爲人所思。嘉祐七年十一月二十三日，葬于衛州新鄉縣貴德鄉戒海里。至熙寧元年十月，乃始作銘刻之墓碑。李氏故博平人，後徙内黄，曾祖諱祚，弗仕。祖諱守澄，開封府襄邑縣尉。考諱珣，殿中丞。銘曰：

矯矯李公，升自辭科。啓迹澠池，終功澢河。課文曰治，武奏厥多。毁于大喪，曾不及皤。素琴未御，虞殯遂歌。垂延在後〔五〕，寵禄有那。兆衛西南，彼墳陂陁。追秩榮矣，哀如之何！

〔一〕「大」，遞修本作「兵」。

〔二〕「貝州」，原作「目州」，據光啓堂本改。按，下文曰「州將邊公肅」，據續資治通鑑長編卷五十七邊肅景德元年曾知貝（恩）州。

〔三〕「屬」，原闕，今據光啓堂本、聽香館本補。

〔四〕「轉運使」三字，底本漫漶不清，據遞修本、光啓堂本補。

〔五〕「垂」，底本墨迹漫漶不清，據遞修本、光啓堂本、聽香館本補。

## 贈禮部尚書安惠周公神道碑

公諱某，字某，姓周氏。爲人俶儻有大節，敏於文學，達於政事。真宗初即位，以進士甲科除將作監丞，通判齊州，即有能名。召還，爲著作郎、直史館、提點開封府諸縣鎮公事，歷三司户部度支判官，又皆有能名，遂以右正言知制誥，判吏部流内銓。數進見奏事，真宗以爲材。其後置登聞鼓院，糾察在京刑獄，及考進士以糊名謄録之法，真宗皆自選主者，而輒以屬公。居糾察未幾，遂以樞密直學士知開封府，聽斷明審，無留事。真宗滋以爲材，至嘗幸其府問勞，賦詩樂飲然後去〔一〕。以公更外事未久，故不即大用，而以公知河中府。又以知永興，移天雄軍，所至輒有聲績，數賜詔書獎諭。於是真宗知公果可付以政，即召還，除給事中、同知樞密院事，既而又以爲尚書禮部侍郎、樞密副使。

真宗得疾，幾不瘖，丁晉公用事，逐去寇萊公，而以公爲黨，亦逐去之。以尚書户部侍郎知青州，既而又以爲太常少卿、知光州。仁宗即位，稍遷祕書監，知杭、揚二州〔二〕。晉公得罪去，還公禮部侍郎，留守南京。召見之，將復用，公病矣，乃請知潁州。自潁徙陳，自陳徙汝，至汝若干年，以某年某月某甲子卒，春秋五十九。訃聞，天子爲震悼，贈禮部尚書，賻賜，録其子孫加等，謚曰安惠。

初，公奮白衣，數年遂知制誥，特爲真宗所禮，禁中事大臣所不得聞者，往往爲公道之。公亦慷慨爲上言事，無所撓，而其言祕，世莫得盡聞。東封還，公卿大夫皆獻文章頌功德，公獨上書進戒。及在樞密，進止侃侃，不以丁晉公方盛爲之詘節，故爲所逐。

公好收挽後進，士得一善，汲汲如世之夸者爲己。進取未嘗問家人生産，好讀書，善爲文，有文集二十卷。獨奏事諸草，則公既焚之矣，無在者。愛其弟越甚篤，與越皆以能書爲世所稱，每書輒爲人取去。積階至金紫光禄大夫，勳至上柱國，爵至汝南郡開國公，食邑至四千一百户，食實封至九百户。嘗爲東京留守判官、東封考制度副使，亦皆真宗所自選也。

周氏世爲淄州鄒平人。公曾祖考諱某，祖考諱某，皆儒者，以學行知名山東。考諱某，仕歷御史，終尚書都官員外郎。及公貴，贈曾祖考某官，祖考某官，考某官。公夫人王氏，北海郡夫人，先公一年卒。於公之卒也，公子延荷爲大理寺丞，延讓爲太常寺太祝，延壽爲東頭供奉官、閤門祗候，延儁爲大理評事。以某年某月某甲子，葬公鄭州新鄭縣平康鄉之北原，而以王氏祔。其後若干年，公子延儁爲尚書都官郎中，累贈公至某官，始追序公世次、閥閲、行治來請曰：「先人名位功德嘗顯矣，而墓碑無刻。諸孤獨延儁爲後死，微夫子許我，則無以詒永久。」嗟乎！公之事遠矣，蓋雖公子有所不及知，故所次止於如此。然觀公所以進，而公之材可見；視公所以遂，而公之行可知。懔懔乎一世之名臣矣！所次如此，不爲略也。銘曰：

群獻俁俁，御于帝所。出入百年，將相文武。有如周公，左右真宗。自初筮仕，以至謀國。晦顯險夷，考終一德。公去州郡，無民不思。公來朝廷，天子所知。發論造功，每成無隳。誰私黨讎，用國威福。間上不豫，乃讒乃逐。既投有罪，而以公歸。退施一州，遂隕于腓。美矣邦士，公之季子。銘詩墓門，載以龜趾。

〔一〕「飲然」，底本漫漶，據龍舒本、遞修本補。

〔二〕「知杭揚二州」，按據宋史卷二百八十八周起傳、續資治通鑑長編卷一百天聖元年二月丁巳條，周起先知揚州，再知杭州。

# 王安石文集卷第九十

## 行狀　墓表

### 尚書兵部員外郎知制誥謝公行狀

公諱絳，字希深，其先陳郡陽夏人。以試祕書省校書郎起家，中進士甲科，守太常寺奉禮郎，七遷至尚書兵部員外郎以卒。嘗知汝之潁陰縣，校理祕書，直集賢院，通判常州、河南府，爲開封府、三司度支判官，與修真宗史，知制誥，判吏部流内銓。最後以請知鄧州，遂葬於鄧，年四十六，其卒以寶元二年。

公以文章貴朝廷，藏於家凡八十卷。其制誥，世所謂常楊、元白不足多也。而又有政事材，遇事尤劇，常若簡而有餘〔一〕，所至輒大興學舍。莊懿、明肅太后起二陵於河南，不取一物於民而足，皆公力也。後河南聞公喪，有出涕者，諸生至今祠公像於學。鄧州有僧某誘民男女數百人，以昏夜聚爲妖，積六七年不廢〔二〕。公至，立殺其首，弛其餘不問。又欲破美陽堰，廢職田，復召信臣故渠，以水與民而罷其歲役，以卒故不就。於吏部所施，置爲後法。

其在朝，大事或諫，小事或以其職言。郭皇后失位，稱詩白華以諷；争者貶，公又救之。嘗上書論四民失業，獻大寶箴，議昭武皇帝不宜配上帝，請罷内作諸奇巧，因災異推天所以譴告之意。言時政，又論方士不宜入宫，請追所賜詔。又以爲詔令不宜偏出數易，請繇中書、密院然後下。其所嘗言甚衆，不可悉數。及知制誥，自以其近臣，上一有所不聞，其責今豫我，愈慷慨欲以論諫爲己事。故其葬也，廬陵歐陽公銘其墓，尤歎其不壽，用不極其材云。卒之日，歐陽公入哭其堂，椸無新衣，出視其家，庫無餘財。蓋食者數十人，三從孤弟姪皆在，而治衣櫛纔二婢。平居寬然，貌不自持，至其敢言自守，矯然壯者也。

謝氏本姓任，自受氏至漢、魏無顯者，而盛於晉、宋之間。至公再世，有名爵於朝，而四人皆以材稱於世。先人與公皆祥符八年進士，而公子景初等以歷官行事來曰：「願有述也，將獻之太史。」謹撰次如右。謹狀。

〔一〕「常」，原作「尤」，今據龍舒本改。「尤」，涉上「尤」字而訛。

〔二〕「廢」，原作「發」，據光啓堂本、聽香館本改。按，歐陽脩居士集卷二十六尚書比部員外郎知制誥謝公墓誌銘亦作「六七年不廢」。

# 彰武軍節度使侍中曹穆公行狀

公諱瑋，字寶臣，真定府靈壽縣人。少以蔭爲天平、武寧二軍牙内都虞候。至道中，李繼遷盜據河西銀、夏等州，後又擊諸部，并其衆。李繼隆、范廷召等數出無功，而朝廷終棄靈武，繼遷遂强，屢入邊州爲寇。當是時，公爲東頭供奉官、閤門祗候，年十九。太宗問大臣誰可使當繼遷者，武惠王以公應詔。太宗以知渭州，而欲除諸司使以遣之，武惠王爲公固讓，乃以本官知渭州。真宗即位，改内殿崇班、閤門通事舍人、西上閤門副使，移知鎮戎軍。當是時，繼遷虐使其衆，人多怨者。公即移書言朝廷恩信，撫納之厚，以動之。羌人得書，往往感泣，於是康奴諸族皆内附。咸平六年，繼遷死，其子德明求保塞。公上書言：「繼遷擅中國要害地，終身旅拒，使謀臣狼顧而憂，方其國危子弱，不即捕滅，後更盛强，無以息民。」當是時，朝廷欲以恩致德明，寢其書不用，而河西大族延家、妙娥等〔一〕，遂拔其部人來歸。諸將猶豫，未知所以應，公曰：「德明野心，去就尚疑，今不急折其羽翮而長養就之，其飛必矣。」即自將騎士入天都山，取之内徙。德明由此遂弱，而至死不敢窺邊。

大中祥符元年，召還，除西上閤門使、邠寧環慶路兵馬都鈐轄，兼知邠州。東封，遷東上閤門使、高州刺史，再移真定府、定州路都鈐轄，已而又以爲涇原路都鈐轄，兼知渭州。公乃圖涇原、環慶兩路山川城郭戰守之要以獻，真宗留其一樞密院，而以其一付本路，使諸將出兵皆按圖議事。祀汾陰，遷四方館使。初，章埋驕於武延鹹泊，撥臧掘强於平涼，公皆誅之，而汧、渭之間，遂無一羌犯塞。

八年，遷英州團練使、知秦州。秦西南羌唃廝囉、宗哥立遵始大，遵獻方物，求稱「贊普」。公上書言：「夷狄無厭，足其求〔二〕，必輕中國。」大臣方疑其事，會得公書，遂不許，而猶以爲保順軍節度使。公曰：「我狃遵矣，又將爲寇，吾治兵以俟爾。」遵使其舅賞樣丹招熟户郭廝敦爲鄉導，公即誘樣丹捕廝敦，而許以一州。樣丹終殺廝敦，公遂奏以爲頴州刺史〔三〕，而樣丹亦舉南市城以獻〔四〕。先是，張吉知秦州生事，熟户多去爲遵耳目，及公誅樣丹，即皆惶恐避逃。公許之入贖自首，還故地，而至者數千人，後遂帖服，皆爲用。至明年，囉、遵果悉衆號十萬，寇三都〔五〕。公帥三將破之，追北至沙州，所俘斬以萬計。事聞，除客省使、康州防禦使。其後又破滅馬波叱臘、鬼留等諸羌，囉、遵遂以窮孤逃入磧中。而公斥境隴上，置弓門、威遠凡十寨，自是秦人無事矣。

天禧三年，召還，除華州觀察使。以西人之恃公也，復以爲鄜延路馬步軍都部署〔六〕。四年，遂除宣徽北院使、鎮國軍節度觀察留後、簽署樞密院事。丁晉公用事，稍除不附己者，既貶寇萊公，即指公爲黨，改宣徽南院使，出爲環慶路都署，又降容州觀察使、知萊州。晉公貶，乃以公爲華州觀察使、知青州。天聖三年，除彰化軍節度觀察留後、知天雄軍，又移知永興軍，而詔使來朝，至則除昭武軍節度使而復還之。天聖五年，以疾病求知孟州，得之。會言事者以公宿將有威名，不當置之閒處，乃以爲真定路馬步軍都部署、知定州。七年，换彰武軍節度使。八年正月〔七〕，薨于位，年五十八。今皇帝爲罷朝兩日〔八〕，贈侍中，謚曰武穆。

公爲將幾四十年，用兵未嘗敗衂，尤有功於西方。舊，羌殺中國人，得以羊馬贖死，如羌法。公以謂如此非所以尊中國而愛吾人〔九〕，奏請不許其贖。又請補内附羌百族以爲上軍主，假以勳、階、爵、秩如王官，至今皆爲成法。陝西歲取邊人爲弓箭手，而無所給。公以塞上廢地募人爲之，若干畝出一卒，若干畝出一馬，至其種斂爲發州兵戍守〔一〇〕，至今邊賴以實，所募皆爲精兵。在渭州，取隴外籠干川築城，置兵以守，曰：「後當有用此者。」及李元昊叛，兵數出，卒以籠干爲德順軍〔一一〕，而自隴以西，公所措置，人悉以爲便也。自三都之戰，威震四海，喻廝囉聞公姓名，即以手加額。在天雄，契丹使過魏地，輒陰勒其從人，無得高語疾驅，至多憚公，不敢仰視。契丹既請盟，真宗於兵事尤重慎，即有邊奏〔一二〕，手詔詰難，至十餘反，而公每守一議，終無以奪。真宗後愈聽信，有論邊事者，往往密以付公可否。公好讀書〔一三〕，所如必載書數兩，兼通春秋公羊、穀梁、左氏傳，而尤熟於左氏。始娶潘氏，馮翊郡夫人，忠武軍節度使、同中書門下平章事、韓國公美之子。後娶沈氏，安國太夫人，故相左僕射倫之孫、光禄少卿繼宗之子。子男四人〔一四〕：僖，禮賓使〔一五〕、知儀州，當元昊叛時，以策説大將，不能用，反罪之，遠遷韶州以死〔一六〕；倚，終内殿崇班；偀〔一七〕，供備庫副使，拒元昊於瓦亭，戰死，贈寧州刺史；倩，右侍禁。一女子，適四方館使、榮州刺史王德基。孫五人：諒、諷，東頭供奉官；誼，右侍禁、閤門祇候；諝，三班奉職；諮，右班殿直〔一八〕。

〔一〕「娥」，原闕。按，宋史卷二百五十八曹瑋傳：「既而西延家、妙娥、熟魏數大族請拔帳自歸，諸將猶豫不敢應。」今據補。

〔二〕「足」上，新刊名臣碑傳琬琰之集中卷四十三曹武穆公瑋行狀有「有」字，義長。

〔三〕「潁州」，當爲「順州」。宋史卷四百九十二外國八：「遂以廝敦獻地爲名，詔授順州刺史。」續資治通鑑長編卷八十六大中祥符九年三月丙午條、東都事略卷二十七曹瑋傳、宋史卷二百五十八曹瑋傳皆作「順州」。

〔四〕按，據宋史曹瑋傳、東都事略曹瑋傳，應爲曹瑋誘廝敦捕樣丹，而奏廝敦爲順州刺史。下文亦曰「及公誅樣丹」。

〔五〕「三都」，當爲「三都谷」。東都事略曹瑋傳：「既而唃廝囉以一萬衆入寇，瑋逆於三都谷，擊敗之。」續資治通鑑長編卷八十八大中祥符九年九月丁未條、宋史卷四百九十二外國八皆作「三都谷」。

〔六〕「都部署」，當爲「副都部署」。續資治通鑑長編卷九十三天禧三年三月壬申：「命客省使、康州防禦使曹瑋爲華州觀察使、鄜延路副都部署。」宋庠元憲集卷三十三曹公行狀所載同，宋史曹瑋傳作「副都總管」。

〔七〕「正月」，元憲集卷三十三曹公行狀、卷三十四曹公墓誌銘作「正月丁卯」，續資治通鑑長編卷一百九、宋史卷九仁宗本紀載曹卒於正月甲戌。

〔八〕「今」，原無，據新刊名臣碑傳琬琰之集補。遞修本黄校曰：「『皇』上多『今』字。」

〔九〕「以」，原無，遞修本黄校曰：「『所』下宋刊多『以』字。」據補。

〔一〇〕「種」，原作「重」，據新刊名臣碑傳琬琰之集改。「爲」、「州」二字原無，遞修本黄校曰：「宋刊多『爲』、『州』二字。」據補。

〔一一〕「卒以籠干爲德順軍」，原作「卒以籠干川爲德順將軍」。遞修本黄校曰：「宋刊無『川』、『將』二字。」宋史卷八十七地理三：「德順軍，（中略）慶曆三年，即渭州隴干城建爲軍。」據删。

〔一二〕「奏」，原闕，今據新刊名臣碑傳琬琰之集補。遞修本黄校曰：「『邊』下，宋刊多『奏』字。」

〔一三〕「公」，原無，遞修本黄校曰：「『否』下，宋刊多『公』字。」據補。

〔一四〕「子男四人」，元憲集卷三十三曹公行狀、卷三十四曹公墓誌銘稱有三子：僖、倚、偀。
〔一五〕「禮賓使」，元憲集卷三十三曹公行狀、卷三十四曹公墓誌銘作「禮賓副使」。
〔一六〕「遠」，原無，遞修本黄校曰：「『之』下宋刊『遠』。」據補。
〔一七〕「偀」，原作「俁」。遞修本黄校曰：「『俁』，宋刊『偀』。」新刊名臣碑傳琬琰之集亦作「偀」。曹偀戰死，宋史卷二百八十九葛懷敏傳、卷三百五十李浩傳皆載。
〔一八〕「直」下，新刊名臣碑傳琬琰之集有「謹具歷官行事狀如右」。

## 魯國公贈太尉中書令王公行狀

公諱德用，字元輔，其先真定人也。世以財雄北邊，而蔣公、邢公皆倜儻喜赴人急，歲飢，所活以千計。武康公當太宗時，貴寵任事，以殿前都指揮使受遺詔輔真宗；葬其先公河南密縣，縣後分屬鄭州管城，故今爲管城人焉。公先喪其母韓國夫人朱氏，事繼母魯國太夫人張氏，以孝聞。

至道二年，太宗五路出師，以討李繼遷之叛，而武康公出夏州。當是時，公爲西頭供奉官，而在武康之側，年十七，自護兵當前，所俘斬及得馬、羊，功爲多。及歸，公又請殿。將至隘，公以爲歸之至隘而争先，必亂，亂而繼遷薄我，必敗。於是又請以所護兵，馳前至隘而陣。武康爲公令於軍曰：「至陣而亂行者，斬！」公亦令曰：「至吾陣而亂行者，吾亦如公令。」至陣，士卒帖然以此行，而武康公亦爲之按轡。繼遷兵相隨屬，左右望公，莫敢近。於是武康公歎曰：「王氏有兒矣。」及論功，武康公曰：「吾爲大將，不可使子弟與諸將分功。」絀公不列。

三年，遷東頭供奉官。咸平二年，遷内殿崇班。三年，换御前忠佐馬軍副都頭。景德二年，爲馬軍都頭。大中祥符元年，爲邢、洺、磁、相巡檢，提舉捉賊。男子張鴻霸聚黨界中爲盜〔一〕，朝廷以名捕，久之不得。公以氈車載壯士，僞服爲婦人，誘之於野，於是鴻霸與其黨三十二人皆得。朝廷以爲能，移陝西東路提舉捉賊。自陝以東，爲盜者聞公擒鴻霸事，皆惴恐逃去。

五年，爲環慶路指揮使，奏事上前忤旨，責授鄆州馬步軍都指揮使。是歲，武康公薨，天子命公乘驛護喪歸京師，已而還其舊職。七年，遷散虞候、散都頭。八年，遷散員、内殿直都虞候。天禧四年，爲殿前左班都虞候、柳州刺史。乾興元年，爲捧日左廂都指揮使、英州團練使。天聖三年，改博州團練使、知廣信軍〔二〕。城壞，公使禁軍爲築，築者久之，而無敢竊言望公使己以非其事者。城成，天子賜書獎諭。五年，移冀州，兼馬步軍都部署。是歲，除康州防禦使、龍神衛四廂都指揮使，又除捧日四廂都指揮使。六年，除侍衛親軍步軍都虞候，歸就職，又除環慶路副都部署，不行。八年，除并、代州馬步軍副都部署，又除殿前都虞候。十年，除桂州觀察使、侍衛親軍步軍副都指揮使、權馬軍都指揮使。諸將皆遷，與士之請馬者，皆不求有司而得。故事，取糞錢於軍以給公使，自公始罷之，使各置庫，以待其軍用。

明道元年，除福州觀察使。軍人挾内詔，求爲軍吏，公争曰：「軍人敢挾詔以干軍制，後不可復治；且軍吏不可使求而得，得則軍人必大受其侵。」明肅太后固使與之，公固不奉詔，已而太后亦寤，卒聽公。及太后崩，有司請衛士皆坐甲，公又不奉詔，曰：「故事，無爲太后喪坐甲也。」於是天子心賢公，以爲可用。及閲太后宫〔三〕，得争軍吏事，遂以公檢校太保、簽署樞密院事。公固辭：「武人不學，不足以當大任。」天子使中貴人趣公入院。

公於朝廷臨義慷慨，言無所顧計，至於親戚故舊，待之亦皆當理而有恩。故人爲人求官於公，公問其得謝幾何，故人辭窮以實對，公亦不拒也。歸而使家人以銀與之，曰：「爾所求者在此矣，官非吾有，不可得。」居頃之，除樞密副使。三年，除明州奉國軍節度觀察留後、同知樞密院事。四年，除安德軍節度使。五年，檢校太尉，充宣徽南院使。寶元元年，李元昊叛，公嘗請將以扞邊，天子不許，曰：「吾以公謀，可也。」卒所以鎮撫扞治者，亦多公計策。

始，人或以公威名聞天下，而狀貌奇偉，疑非人臣之相。御史中丞孔道輔因以爲人言如此，公不宜典機密，在上左右。天子不得已，以公爲武寧軍節度使、徐州大都督府長史赴本鎮，賜手詔慰遣，而言者皆尚論公未止也〔四〕。又以公爲右千牛衛上將軍、知隨州。人爲公懼，恬然，唯不接賓客而已。移曹州，或聞孔道輔死以告曰：「是嘗害公者，今死矣。」公愀然曰：「孔中丞豈害某者乎？彼其心所以事君，當如此也。惜乎！朝廷無一忠臣。」言者服公以謂有德，而終身自愧其言。曹人喜鬬，多盜，佗日獄未嘗空也。公在曹，嘗無一人囚者數矣。

慶曆二年，除檢校司空、保静軍節度使。天子以手詔賜公曰：「賜卿重地，勉視事，毋以人言爲憂。有傷卿者，朕不聽。」契丹使劉六符過澶州，喜曰：「六符聞公久矣，遇於此，豈非幸也！今此州歲大熟，豈非公仁政之效也？」公謝曰：「明天子在上，固常多豐年，此豈吾力也？今朝廷多賢士大夫可畏者，吾老矣，備位於此，不足以累公稱數。」是歲，移真定府等路駐泊馬步軍都部署。求奏事京師，天子使中貴人諭公入覲，除宣徽南院使、判成德軍，固辭不得。未行，以契丹使使求周世宗所取三關故地，聚兵幽薊，爲若侵邊者，乃移公判定州，兼三路都部署，聽以便宜從事，而以楊崇勳知成德軍。崇勳使客問公所以戰，公曰：「吾患不仁，不患不威；患不知，不患無功。蓋見敵而後勝可制，吾所戰，豈可以豫言也？」公至定州，則明賞罰以教戰。契丹使人來覘，或以告，勸公執殺，公置之不問，曰：「吾視士卒皆樂戰，可用矣。使彼得歸以告其主，是伏人之兵以不戰也。」明日，大閲于郊，公提桴鼓誓師，進退坐作，終日不戮一人而畢，乃下令：「具糗糧，聽鼓於中軍，將盡以汝行，唯吾其所鄉」。契丹聞之震恐。已而，天子密詔問公方略，公上書論近世用兵之失與今所以料敵制勝之方甚備。會兵罷，徙公知陳州，過都〔五〕。天子使中貴人勞賜，問公欲見否？公辭謝備邊無功，幸蒙上恩赦誅，徙内郡，非有公事當對者，不敢見。

三年，移孟州，召還，署宣徽院事，已而出判相州。六年，除同中書門下平章事、判澶州。七年，移鄭州，封祁國公。八年，還，除會靈觀使，又除檢校太師、判鄭州，過都，天子召見慰勞。皇祐二年，除集慶軍節度使，進封冀國公。三年，以年老求致仕，詔以太子太師致仕，大朝會綴中書門下班。公威名雖老矣，尚爲四夷所憚，而天子亦賢公，以爲可屬大事也。四年，復强起公以爲河陽三城節度使、同中書門下平章事、判鄭州。六年，遂以爲樞密使。契丹使至，公伴射，使曰：「南朝以公使樞密而相富公，可謂得人矣。」天子聞之，賜公御弓一、矢五十，以寵焉。嘉祐元年〔六〕，進封魯國公，以年老求去位至六七。天子爲之不得已，猶以爲忠武軍節度使、景靈宫使，又以爲同群牧制置使，有詔五日一會朝，給扶者以一子若孫一人。是歲，公年七十八矣，明年二月辛未，公以疾薨。天子至其第，爲之罷朝一日，又爲之素服發哀苑中，而以太尉、中書令告其第，又賜以黄金、水銀、龍腦等物，出内人撫其諸子。

公忠實樂易，與人不疑，不詰小過，望之毅然有不可犯之色；及就之，温如也。平生少玩好，不以名位驕人，而所得禄賜，多施之親黨。善治軍旅，寬仁愛士卒，士卒樂爲之盡。與士大夫遊，士大夫亦多服其度，以爲莫能窺也。

夫人宋氏，武勝軍節度使延渥之女也，累封安定郡夫人，先公卒。後以子追封榮國夫人，孝慈恭儉，有助於公。男子咸熙，東頭供奉官，早卒，以子故累贈至右千牛衛將軍。次咸融，西京左藏庫使、果州團練使。次咸庶，内殿崇班，早卒。次咸英，供備庫副使。次咸康，内殿承制。女四人：長嫁尚書駕部郎中張叔詹，其次嫁太常博士程嗣恭、國子博士寇諲，皆早卒。孫八人〔七〕：澤、淵，皆内殿崇班、閤門祇候；淑，左侍禁；淇，左班殿直；潭，右班殿直；沅、瀛，左侍禁；温，未仕。淑、淇，皆早卒。曾孫二人：任，左侍禁；价，未仕。公子卜以五月甲申葬管城之先塋，而國夫人祔。謹具公歷官行事狀，請牒考功、太常議謚并史館。

〔一〕「張鴻霸」，宋史卷二百七十八王德用傳、歐陽脩居士集卷二十三忠武軍節度使同中書門下平章事武恭公王公神道碑銘作「張洪霸」。

〔二〕「廣信軍」，原作「康信軍」，據四庫本、王公神道碑銘改。北宋無康信軍。

〔三〕「宫」，原作「官」，據遞修本、光啓堂本改。按，宋史作「閲太后閤中。」

〔四〕「者」，原作「曰」，據四庫本改。按，「言者皆尚論公不止」，即王公神道碑銘所謂「言者不已」之意。

〔五〕「都」，原脱，據遞修本、新刊名臣碑傳琬琰之集上卷十九歐陽脩王武恭公德用神道碑補。

〔六〕「元」，原作「九」。按下文曰「明年二月辛未，公用疾薨」。據續資治通鑑長編卷一百八十五嘉祐二年二月壬戌云「忠武節度使、同平章事王德用卒」，知「九」爲「元」之訛，據改。

〔七〕「八」，原作「七」，今據聽香館本及下文改。

## 寶文閣待制常公墓表

右正言、寶文閣待制、特贈右諫議大夫汝陰常公，以熙寧十年二月己酉卒，以五月壬申葬。臨川王某誌其墓曰〔一〕：

公學不期言也，正其行而已；行不期聞也，信其義而已。所不取也，可使貪者矜焉，而非彫斲以爲廉；所不爲也，可使弱者立焉，而非矯抗以爲勇。官之而不事，召之而不赴，或曰：「必退者也，終此而已矣。」及爲今天子所禮〔二〕，則出而應焉。於是天子悦其至，虚己而問焉，使莅諫職，以觀其迪己也；使董學政，以觀其造士也。公所言乎上者無傳，然皆知其忠而不阿；所施乎下者無助，然皆見其正而不苟。詩曰：「胡不萬年。」惜乎既病而歸死也！自周道隱，觀學者所取舍，大抵時所好也。違俗而適己，獨行而特起，嗚呼，公賢遠矣！

傳載公久，莫如以石。石可磨也，亦可泐也。謂公且朽，不可得也。

〔一〕「某」，龍舒本作「安石」。

〔二〕「及」，龍舒本作「至公」。

## 太常博士鄭君墓表

德安鄭湜書其父太常博士諱詒字正臣之行治、伐閱、世次，因其妹壻廣陵朱介之以來請曰：

「鄭氏故家滎陽，有善果者，卒於唐江州刺史，而子孫爲德安人。自善果至脛七世，生裔，爲樂清縣令，君之大父也。裔生柬，君之父也，以詩書教授鄉里而終不仕。君以景祐四年進士，爲洪州都昌縣主簿，於是令老矣，事皆決於君，而都昌至今稱以爲能。又爲廬州合淝縣尉，盜發輒得，故其後無敢爲盜者。又爲同州朝邑縣令，當陝西兵事起，案簿書，度民力所堪以均賦役，而人不困。又掌集慶軍書記，歲旱，轉運使不欲除民租，以屬其守，而使君出視，君以實除民租如法。又遷祕書省著作佐郎、知南康軍南康縣，移知梧州。方是時，儂智高爲亂，吏多避匿，即不往。君獨亟往，治城壍，集吏民以守，而州無事。經略使舉君以知賓州，再遷至太常博士，而歸爲陵臺令。召見，言事稱旨，賜緋衣銀魚。未赴，以嘉祐三年三月二十四日卒，年六十。君前夫人張氏，後夫人吴氏，子男三人：其長則湜也，次沿，次深〔一〕。女四人，其三人已嫁矣，董振、何贇、朱介之，其壻也。君爲人孝友諒直，得人一善若己出，能振窮急。而自養尤儉約，自賓州歸，所賫無南方一物，其平生所爲如此。今既以某年某月某日，葬君德安之永泰鄉谷步里，而未有以碣諸墓也，敢因介之以告。」

介之於余爲外姻，而其妻能道君之實，將懼泯没而無聞，數涕泣屬其夫，求得余之一言以表之墓上。蓋余嘗奉使江東，泝九江，上廬山，愛其山川，而問其州人士大夫之賢而可與游者，莫能言也。今湜能言其父之賢如此，問其州人之游仕於此者，乃以爲良然。嗟乎，鄭君誠如此，豈特一鄉之善士歟！而其子男與女子又能如此，故爲序次其說，使表之墓上。

〔一〕「深」，遞修本作「澴」。黄校曰：「『澴』宋刊『深』。」

## 貴池主簿沈君墓表

予先君女子三人，其季嫁沈子也。他日，有問予先君之壻，而予告以沈子。其知沈子之家者，必曰：「是其父能文學。」他日，從沈子於銅陵，而遊觀其縣。縣人得沈子，必曰：「是其父能政事。」已而予求其父所爲書於沈子，沈子曰：「先君卒於逆旅，其書悉爲人取去，無在者。」又問其政事，曰：「吾嘗聞於祖母矣。先君爲池州貴池縣主簿，令不能，而縣大治者，先君之力也。嘗攝銅陵縣事，縣人有兄弟争財者，先君能爲辨其曲直，而卒使之感寤讓財，相與同居。其去也，兩縣人追送涕泣，遠焉而後去。其施設之方，則吾不得其詳也。」沈子遂言曰：「先君事生嚴，喪死哀，自族人至於婚友，無所不盡其心。終身好書，未嘗一日不讀，而於酣樂嫚戲，未嘗豫也。循道守官，以不諂其上而幾至於殆者數矣〔一〕，故其仕嘗有去志，而無留心。唯不得壽考富貴，以卒其學問，究其施設，故其文章不多見而獨爲士友所知，其行義不博聞而獨爲親黨所稱，其政事不大傳而獨爲邑人所記。日月行矣，不即論次，懼將卒於無傳也，吾願以此屬子矣。」予應曰：「然。子之先君固賢，而又有賢子，其後世將必大，不可使無考也。」於是爲之論次曰：

君諱某，字某，再世家于杭州之錢塘，而其先湖州之武康人也。武康之族顯久矣，至唐有既濟者，爲尚書禮部員外郎。生傳師，爲尚書吏部侍郎，贈吏部尚書。尚書生詢，爲潞州刺史、昭義軍節度使。自昭義以上三世，皆有名迹，列於國史。昭義生丹，爲舒州團練判官。舒州生牢，江南李氏時爲饒州刺史。饒州生廷蘋，爲濠州軍事推官。濠州生承誨，入宋爲明州定海縣主簿〔二〕，累贈光祿卿。光祿生玉，尚書屯田郎中、知真州軍州事。君，真州之子，天聖二年以進士起家楚州司法參軍，再調爲池州貴池縣主簿，年三十六，疾卒於京師之逆旅。夫人元氏，生男子伯莊、季長、叔通，皆爲進士，而季長則予先君之壻也。君以某年某月某甲子，葬真州城北之原。蓋其行義、文學、政事，皆如其子之言云。

〔一〕「謟」，光啓堂本、聽香館本作「諂」。

〔二〕「入」，原作「大」，今據龍舒本改。按，「入宋」，蓋承上句「江南李氏時」而言。

## 建昌王君墓表

君建昌南城人，姓王氏，諱某，字君玉。少則貧窶，事親盡力，未嘗佚游慢戲以棄一日，亦未嘗屈志變節以辱於一人。故雖食蔬水飲，而父母有歡愉之心；徒步藍縷，而鄉人有畏難之色。及其有子，則盡其方以教子，於是鄉人之子弟皆歸之，君隨少長所能以教，又盡其力。蓋娶邑里周氏女，有賢行，能助君所爲。

生四子：無忌、無咎、無隱、無悔，皆進士。無忌早卒，而無咎獨中第，爲揚州江都縣尉，率君之教，博學能文，篤行不怠。然人以爲君能長者，以有是子，而非特其教之力也。君亦嘗舉進士，不中。某年，年六十五，以某月日卒於江都其子之官舍。明年三月二十四日，葬所居縣裏屯之原。葬久矣，無咎始求予文，以表君墓。當時無咎棄台州天台縣令，教授於常州，其學彌勤，其行彌厲，其志蓋非有求於茲世而止。能使君顯聞於後世，庶其在此。以予不肖而言之不美也，安能有所重，以稱君之孝子耶？亦論次之如此。

## 處士征君墓表

淮之南，有善士三人，皆居於真州之揚子。杜君者，寓於醫，無貧富貴賤，請之輒往。與之財，非義輒謝而不受。時時窮空，幾不能以自存，而未嘗有不足之色。蓋善言性命之理，而其心曠然無累於物。而予嘗與之語，久之而不厭也。

徐君，忠信篤實，遇人至謹。雖疾病，召筮，不正衣巾不見。寓於筮，日得百數十錢則止，不更筮也。能爲詩，亦好屬文，有集若干卷。兩人者，以醫、筮故，多爲賢士大夫所知，而征君獨不聞於世。

征君者，諱某，字某，事其母夫人至孝。居鄉里，恂恂恭謹，樂振人之窮急，而未嘗與人校曲直。好蓄書，能爲詩。有子五人，而教其三人爲進士。某今爲某官，某今爲某官，某亦再貢於鄉。征君與兩人者相爲友，至驩而莫逆也。兩人者，皆先征君以死，而征君以某年某月某甲子終于家，年七十七。

噫！古者一鄉之善士必有以貴於一鄉，一國之善士必有以貴於一國，此道亡也久矣。余獨私愛夫三人者，而樂爲好事者道之，而征君之子又以請，於是書以遺之，使之鑱諸墓上。杜君諱嬰，字大和；徐君諱仲堅，字某。

## 鄱陽李夫人墓表

鄱陽處士贈大理評事黄君諱某之妻，太平縣君鄱陽李氏者，今太常博士巽之母也。年若干，以嘉祐五年十一月乙酉終，而以後年十一月丙子從其夫葬鄱陽長順里之西原。葬若干年，而太君之子所與游者臨川王某表其墓曰：

太君之爲女子，以善事父母聞於鄉里。及嫁，移所以事父於舅，而致其禮有加焉；凡在舅黨者，無不禮也。移所以事母於姑，而致其愛無損焉；凡在姑黨者，無不愛也。相其夫以正而順，誨其子以義而慈。處士君嘗娶而有子矣，蓋視遇之無異於己子。其後太君之子以進士起爲聞人，而州之士大夫皆曰：「是母非獨能教，亦其爲善也，宜有子。」初，其子爲尉於宣州之太平，又參虔州録事，皆欲迎太君以往。太君曰：「吾助汝父享祠春秋於此，義終不得獨往。」及爲南劍州順昌縣令，知洪州新建縣事，而處士君已不幸，乃曰：「吾老矣，今而後可以從子。」故其終在新建其子之官寢。

太君生一男二女。男即博士，女皆已嫁，其幼蚤卒，其長者少喪其配，事姑以孝聞而不嫁。州之士大夫又皆曰：「是母能教，非獨施於其一男而已，蓋其女子亦母之力也。」嗚呼，豈不賢哉！

## 外祖母黄夫人墓表

外祖夫人黄氏，生二十二年歸吴氏，歸五十年而卒，卒三月而葬，康定二年十二月也。

夫人淵静裕和，不彊而安，事舅、姑、夫，撫子，皆順適。吴氏内外族甚大，朝夕相與居，歲時以辭幣酒食相綴接，卒夫人之世，戚疏愚良，一無間言。又喜書史，曉大致，往往引以輔導處士，信厚聞於鄉。子爲士，無虧行，緊夫人之助。夫人資寡言笑，聲若不能出，雖族人亦不知其曉書史也。某，外孫也〔一〕，故得之詳。明道中，過舅家，夫人春秋高矣，視其禮，猶若女婦然；視其色，不知其有喜愠也。病且革，以薄葬命子。噫，其可謂以正始終也已！舅藩既誌其葬四年，某還自揚州〔二〕，復其墓，復表曰：

聖人之教，必繇閨門始。後世誌於教者，亦未之勤而已。天下相重以戾，相蕩以侈，兟然斁矣。自公卿大夫無完德，豈或女婦然？或者女婦居不識廳屏，笑言不聞鄰里，是職然也，置則悖矣。然其死也，聞人傳焉以美之，是亦教之熄也，人人之不能然也。傳焉以美之，宜也。矧如夫人者，有不可表耶？於戲！

〔一〕「某」，龍舒本作「安石」。

〔二〕「某」，龍舒本作「安石」。

## 翁源縣令楊府君墓表

君諱某，字某。故華陰楊氏，其爲臨江軍之清江人，蓋亦已久矣。曾皇祖曰某，仕江南李氏爲大理評事。皇祖曰某。皇考曰某，真宗時以行義聞，嘗召之，不起。初，宰相王隨少時與友善。仁宗即位，隨知杭州，謀以皇考奉章入賀。既至，度不可屈，乃已。後終推子弟一官，以與其子，得太廟齋郎，君是也。

初任袁州萍鄉縣尉，會令免，獨當一縣。豪猾吏民以君少，共爲十餘獄嘗之，君立斷治，大服。又選饒州德興縣主簿，舉餘干縣令。大水，民乏食，有死者。君以便宜出常平米〔一〕，計口賤糶，又誘富人發錢米，所活人蓋數萬。縣人蘧璉捕笞盜，父因殺子誣璉以求賂，君治服，語璉曰：「汝歸以米百石餔貧民，所以謝我。」至州，州吏疑璉大姓持賂。當是時，范文正公爲將，問璉：「汝來時，長官何言？」璉道君語。公曰：「楊某治此不自嫌，可以無疑也。」璉卒得雪歸，餔民如君語。蓋君爲文正公所信如此，而能得民樂輸，多此類。又除韶州翁源縣令，轉運使舉監廣州市舶司。至一月，卒，年四十二，某年某月某日也。以某年某月某日，葬某縣某鄉某里。君事後母孝至，然謹於人喪，或大寒，脱衣買棺以赴之。平生如此不一，既已，未嘗爲人道。死之日，家所有獨其父書十餘篋。舉者甚衆，然仕終不遂，其可惜也已。

娶陳氏。子曰遽，漳州軍事判官；曰通〔二〕，池州建德縣尉，皆時所謂才士也。天所以報施，蓋將在於是。

〔一〕「常平米」，原作「常平未」，據遞修本、光啓堂本改。

〔二〕「曰通」，原作「四通」，據遞修本、光啓堂本改。

中國古典文學基本叢書

# 王安石文集

第三册

〔北宋〕王安石 撰

劉成國 點校

中華書局

# 第三册目録

王安石文集卷第五十三……九〇五

外制……九〇五

王安石文集卷第六十

表……………………………………一〇四五

# 王安石文集卷第四十五

內制　册文　表本　青詞

## 郊祀昊天上帝册文

伏以眷命作邦，百年於此。蒙休承福，外内用寧。施及沖人，嗣膺歷服。燎禋有典，稱秩惟時。

## 郊祀皇地祇册文

伏以大報于郊，有典咸秩。厥作成物，配天同功。合食泰壇，義存一體。猥以沖眇，紹休前人。絜承昭事，不敢不察。

## 郊祀配帝太祖皇帝册文

伏以命于帝廷，肇造區夏。掃除僭悖，人以永寧。陟配天郊，實存舊典。靈承圭薦，其敢忘初！

### 朝享景靈宫聖祖大帝册文

伏以靈德在天，實基皇命。降依下土，臨況後人。方以眇躬，進承郊廟。神遊所御，獻享惟時。庶幾顧歆，永有蒙賴。

### 朝享仁宗皇帝册文

伏以體道邁德，寵綏臣民。休嘉垂延，燕及于後。肆以寡昧，獲承郊宫。祼饋有儀，敢忘用舊！

### 朝享英宗皇帝册文

伏以靈德美行，實兆初潛。神民所歆，寶命自至。祗紹考服，循而弗改。用謚土宇，以詒沖人。登祔新宫，歷兹嘉月。燎禋有舊，祼享惟時。

### 皇后册文

維熙寧二年歲次己酉四月丁酉朔二十六日壬戌，皇帝若曰：自昔有天下，必擇建厥配，以承宗廟，以御家邦。肆朕受命，奉循前烈，考慎典册，以祈協于神民。咨爾向氏，懿柔淑恭，舊有顯聞。肇功惟祖，弼亮帝室。流德之澤，覃延後嗣。是産碩媛，比賢姜、任。越朕初載，來嬪藩邸。盥饋在中，率禮無違。以至嗣服，祗承内事。齋明夙夜，罔有曠失。宜崇位號，表正宫庭。

今遣攝太尉、推忠協謀同德佐理功臣、樞密使、光禄大夫、檢校太傅、行尚書刑部侍郎、上柱國、東平郡開國公、食邑五千户、食實封一千户吕公弼，攝司徒、朝散大夫、右諫議大夫、參知政事、護軍、太原郡開國侯、食邑一千一百户、賜紫金魚袋王安石〔一〕，持節册命爾爲皇后。

夫惟興王，釐厥士女。咸自内始，達于四海。朕克勤，人用弗怠。朕克儉，人用弗奢。朕克正，人用無敢側頗僻。爾勸朕相〔二〕，乃濟登兹。於戲！匪初惟艱，惟慎厥終。爾忱念兹，朕以永享天禄，爾亦豫有無疆之福〔三〕，豈不韙哉！

〔一〕「王安石」，原作「王珪」，今據宋大詔令集、宋會要輯稿改。遞修本黄校曰：「『袋』下，别宋本同缺，明刊作『王珪』二字。」嘉靖五年本空白三字。按，王珪於神宗熙寧三年（一〇七〇）十二月方除參知政事，熙寧二年（一〇六九）四月册封皇后時，尚爲翰林侍讀學士。續資治通鑑長編卷二百十八熙寧三年十二月丁卯：「右諫議大夫、參知政事王安石爲禮部侍郎、平章事、監修國史。翰林學士承旨、端明殿學士、翰林侍讀學士、禮部侍郎王珪守本官參知政事。」「王珪」，遞修本闕。

〔二〕「勱」，原作「勵」，今據遞修本、嘉靖五年本改。按，「爾勱朕相」，語出尚書立政：「其惟吉士，用勱相我國家。」「朕相」，龍舒本作「相朕」。

〔三〕「有」，光啓堂本、聽香館本作「膺」。

## 先天節皇帝謝内中露香表

伏以眇躬無似，實膺駿命之休；釐事有初，敢廢靈承之舊？冀蒙僊聖，俯監齋精。

## 天貺節皇帝謝内中露香表

伏以靈命告休，嘉名紀節。用露熏之故事，酬乾施之至恩。仰賴監觀，俯垂歆祐。

## 降聖節皇帝謝内中露香表

伏以昊天錫命，實佑永圖。良月御時，載臨嘉節。率循故事，升薦至誠。仰冀靈明，溥垂庇貺。

冬至節皇帝謝内中露香表

伏以四氣隨旋，一陽來復。仰瞻穹昊，祇薦芬香。所冀含生，並蒙垂福。

南郊青城皇帝問太皇太后皇太后聖體表

臣名言：自宫徂郊，夙夜祇事。方此寒沍，闕於定省。伏惟比日，寢食宜加。

太皇太后回答皇帝問聖體書

太皇太后致書于皇帝：奉祠郊宫，爲國大事。夙興夜寐，固已勤勞。勉慎節宣，以膺禧福。

皇太后回答太廟皇帝問聖體書

太后致書于皇帝：躬率群臣，肇見祖考。孝思之至，何以自勝？尚慎興居，以保休福。

寒食節起居永定陵宣祖諸陵等處表

伏以榆火戒時，柏城在望。薦豆籩之新物，弗獲躬親；象几席之平居，實存館御。蠲烝有舊，緜慕無窮。

寒食節起居諸陵昭憲等諸后表

伏以桐華伊始，火令載嚴。獲嗣慶圖，仰蒙慈芘。追淑靈而莫逮，歷時序以增思。

中元節三陵起居諸后表

伏以素秋伊始，華月既盈。物御氣以夷傷，心感時而悽愴。伏惟尊謚皇后惠風無斁，慈範有詒。猥以眇沖，仰承慶裕。瞻幽靈之所宅，結永慕之至懷。

八月一日永昭陵日表

伏以暑往御時，宵中應律。載班秋朔，申薦廟嘗。伏惟尊謚皇帝體道成乾，施仁應物。率土方涵於聖化，賓天遽愴於神遊。追龍駕於空衢，莫知所税；瞻烏耘之新隴，但有至懷。

十月一日永昭陵奏告仁宗皇帝旦表

伏以月乘該閡，時御閉藏。歲回薄以將更，物盛多而可享。恭惟尊謚皇帝德符穹昊，功濟黎元。方求大隗之居，遂兆成周之葬。光靈在望，感惻交懷。

十月一日起居永安陵等處諸陵表

伏以日星隨旋，歲月從邁。物更收擫之候，人積悽愴之懷。恭惟尊謚皇帝躬睿廣之材〔一〕，撫休明之運。協九皇而高世，追三后之在天。方以眇躬，嗣膺神器。想威靈之如在，感氣序以增欷。

〔一〕「尊謚」，龍舒本作「謚號」。

十月一日起居永安陵等處諸后陵表

伏以哀恫在疚，未盡通喪。弦晦如流，載更良月。恭惟尊謚皇后降鳌嬀汭，播美河洲。著慈範以如存，流徽音而可想。遡陵永望，感節深追。

冬至節上諸陵表

伏以氣復黄宫，晷移北陸。物驗土灰之應，官修雲物之占。恭惟尊號皇帝睿廣應期，休明作乂。收功既往，垂範方來。感時序之變流，想威靈而慘結。

冬至節上諸皇后陵表

伏以四時交御，一氣潛萌。慶雖屬於履長，悲豈忘於追慕？恭惟尊謚皇后升儷尊極，協成休明。德範有詒，方美王睢之摯；容衣不閟，尚瞻褕翟之華。永想光靈，詎勝摧感！

寒食節上南京鴻慶宫等處太祖諸帝表

伏以火禁肇修，春祺溥被。維是奉粢之禮，適當濡露之時。恭惟尊謚皇帝德協上穹，功施後裔。儵神鄉而弗返，廞聖像以如存。緬慕威靈，載懷感怵。

## 中元節起居外州諸宫觀諸帝神御殿表

伏以夷則御辰，商聲甫協。望舒戒節，陰魄既盈。伏惟尊號皇帝道邁往初，恩涵品彙〔一〕。於屬車之所御，有原廟之舊儀。方此戒寒，豈勝追遠！

〔一〕「彙」，遞修本作「庶」。

## 中元節起居諸陵表

伏以方秋厥初，既月之望。昊天始肅，繁露未晞。伏惟尊謚皇帝若昔大猷，受天明命。躬有靈德，燕及後昆。猥以眇躬，紹膺慶緒。垂恩罔極，寧忘駿命之休〔一〕；鳌事有初，敢廢靈承之舊？冀蒙僊聖，俯鑒齋精。

〔一〕「垂恩罔極寧忘」，原闕，今據光啓堂本、聽香館本補。四庫本作「歸誠無已聿紹」。自「垂恩」至「鳌事」，應刻本作「駿奔對越，敬尊在天之新靡不」。

## 十月一日起居揚州諸帝神御殿表

伏以徂歲如流，甫更良月。遺衣所御，實有經祠。方屬投艱，仰承錫羡。瞻威靈而如在，歷時序以增思。

## 冬至節上南京鴻慶宮等諸帝表

伏以子位杓回，黃宮氣應。既兆天正之始，方扶陽律之微。恭惟尊號皇帝體道邁仁，膺時建極。豫游所次，館御如存。撫時序之變更，仰威神而感惻。

## 先天節奏告仁宗皇帝表〔一〕

伏以金氣御時，商聲應律。仰閱火流之速，俯沾露降之凄。伏惟仁宗皇帝功協聖謀〔二〕，道侔乾則。垂至仁而丕冒，慶實無窮；感素節以深追〔三〕，悲何有極！

〔一〕龍舒本題作「永昭陵奏告仁宗皇帝七月一日旦表」。
〔二〕「謀」，龍舒本作「謨」。
〔三〕「素」，龍舒本作「急」。

## 南郊下元節更不於景靈宮朝拜奏告聖祖大帝表

伏以帝繫所元，僊遊如在。載更令節，當款殊庭。以卜禋祠，將陳祼獻。惟祭儀之難黷，冀神監之具昭。

## 南郊禮畢皇帝謝內中功德表

伏以蠲烝廟祧，潔告郊畤。實蒙芘貺，以獲顧歆。惟錫福之無窮，曷歸誠之有已！

## 南郊禮畢福寧殿奏謝英宗皇帝表

伏以膺命紹休，諏時協吉。告潔粢於廟室，奠嘉玉於郊丘。雖祗奉聖謨，獲無疆之慶賴；而深追神眷，重罔極之哀摧。

## 真宗皇帝忌辰奏告永定陵景靈宮慈德殿表

伏以慶靈回薄，永芘後昆。時序徂遷，奄更諱日。威神在望，感怵兼懷。

## 集禧觀開啓爲民祈福祈晴道場默表

伏以雨淫爲菑，民用愁墊。式陳浄供，以致誠祈。冀格靈明，遂蒙開霽。惟潔粢之無害，仰休饗之有依。

## 南京鴻慶宫開啓皇帝本命道場青詞

伏以寶命有詒，以自求而致福；至神無體，隨所感而應誠。祇奉靈科，實存故事。冀蒙垂福，俯暨含生。

## 延祥觀開啓太皇太后本命道場青詞二道

伏以寶曆有詒，眇躬實嗣。獲承慈範，仰荷神休。方元命之在辰，按舊儀而庀事。庶蒙慶祐，永錫壽祺。

二

伏以聖功輔世，已大濟於艱虞；神道示人，用寵綏於祉福。敢因穀旦，祇奉靈科。冀大錫於壽祺，得永承於慈範。

## 崇先觀奉元殿開啓皇太后本命靈寶道場青詞

伏以克紹慶基，實蒙慈訓。遘兹元命，若昔宗祈。冀靈鑒之俯昭，垂壽祺之永錫。

靈鼇内殿開啓太皇太后生辰道場青詞

伏以壇席盛陳，科儀肅設。眷言慈廕，祝此誕辰。永綏壽考之祺，上賴神靈之祐。

靈鼇内殿開啓皇太后生辰道場青詞

伏以集黄冠之勝衆，仰紫極之真游。按用科儀，營祈祉福。仰求聰鑒，俯應誠心。

西太一宫開啓皇太后生辰道場青詞

伏以真聖在天，式序照臨之位；眇沖嗣歷，永惟顧復之恩。敢因誕毓之辰，祗薦熏修之事。仰祈眷祐，俯察傾輸。推純嘏以及親，與群生而均貺。

龍圖閣開啓皇太后生辰道場青詞

伏以妙善可依，每俯從於誠悃；至恩難報，唯仰祝於壽祺。祗奉靈科，隆施浄供。上賴監歆之力，永綏顧復之慈。

廣聖宮開啓真宗皇帝忌辰道場青詞

伏以深追諱日〔一〕，祇奉靈科。仰求神福之繁，率用邦儀之舊。永惟道廕，昭此誠祈。

〔一〕「諱日」，原作「諱目」，據遞修本改。諱日，即忌日。

福寧殿罷散三長月祝聖壽道場青詞

伏以順長嬴之嘉月，按齋祓之靈科。庶用熏修，溥膺眷祐。精衷以薦，釐事既成。仰賴聖真，俯昭誠悃。

福寧殿開啓三長月道場青詞

伏以降年有永，實繇陰騭之功；嗣歷無疆，必謹靈承之志。帥時典故，若昔科儀。仰賴監觀，俯垂庇貺。

福寧殿罷散三長月道場青詞

伏以監觀在上，禳祝有儀。祇率舊章，仰祈況施。茂惟休福，俯逮烝黎。

福寧殿開啓三長月道場青詞

伏以皋月紀時，凱風應律。罄齋精而上禱，冀真聖之俯臨。永賴監觀，普垂庇祐。敢忘寅畏，仰答顧歆。

福寧殿罷散三長月道場青詞

伏以協用靈科，宗祈永命。惟神心之降格，獲釐事之告成。冀與群元，並膺遐福。

福寧殿開啓南郊道場青詞

伏以欽柴宗祈，爲國大事。前期齋禱，舊典有稽。仰冀靈明，俯垂眷祐。

# 王安石文集卷第四十六

內制　青詞　密詞　祝文　齋文

## 景靈宫三殿看經堂開啓中元節道場青詞

伏以三元令節，釐事有經。祇薦潔誠，宗祈祉福。仰緊庇貺，覃及庶黎。

## 景靈宫保寧閣下元節道場青詞

伏以殊廷外建，嘉節俯臨。夙設靈壇，蠲烝順祝。冀蒙真聖，垂祐群黎。

## 醴泉觀寧聖殿開啓爲民祈福保夏道場青詞

伏以聖真丕冒，品庶具依。當蕃啓之盛時，用熏修之故事。仰祈聰直，俯鑒齋精。溥垂庇祐之仁，申錫壽康之福。

醴泉觀寧聖殿開啓年交道場青詞

伏以像圖夙設，壇席載嚴。當此歲陰之交，率時禳祝之舊。仰惟庇貺，俯逮黎元。

集禧觀洪福殿開啓謝雨道場青詞

伏以旱暵成災，懼物生之疵癘；祓齋以禱，荷神睠之顧綏。載闢靈場，式陳昭報。尚冀涵濡之施，以終庇祐之仁。

在京諸宫觀景靈宫等處祈雪青詞

伏以華歲幾終，同雲未兆。物將疵癘，咎在眇沖。敢罄齋精，上求嘉應。冀蒙貺施，孚佑含生。

謝晴青詞

伏以密雲作雨，暘不時若。蒙神賜祐，菑沴用除。奔走祓齋，以謝靈貺。祀儀有秩，不敢怠忘。

坊州秋祭聖祖大帝青詞

伏以祠城在望，御館如存。敢因揫斂之辰，祗用吉蠲之薦。冀蒙垂祐，俯賜降歆。

滄瀛州地震設醮青詞二道〔一〕

伏以地德安静，震非其常。陰陽厥愆，以告咎罰。禬禳有典，仰賴監歆。所冀方隅，具膺庇貺。

二

伏以自河以北，坤載不寧。敷置浄筳，以祈後福。仰惟皇覺，敷祐群生。監此齋精，俯垂庇貺。

〔一〕「二道」，原無，據底本目録補。

北嶽廟爲定州地震開啓祭禱道場青詞

恭以地職持載〔一〕，静惟其常。今兹震摇，以警不德。涉河而北，又用驚騷。惟嶽有神，芘綏厥壤。祓除祠館，按用祈儀。請命上靈，冀蒙孚佑。敢忘夤畏，以答眷歆。

〔一〕「持」，原作「特」，據遞修本、嘉靖五年本、聽香館本改。「持載」，承載。

## 集禧觀開啓保夏祝聖壽金籙道場密詞

伏以時在炎烝，物方蕃祉。即祠庭之精閟，竭清道之嚴祗。仰冀監觀，俯垂庇祐。具綏福履，申弭疾殃。覃及群黎，永膺戩穀。

## 崇先觀開啓保夏祝聖壽金籙道場密詞

伏以眷祐無疆，熏修有舊。當朱明之紀候，祈蒼昊之垂仁。申錫休嘉，外覃品庶。敢怠靈承之志，永膺丕冒之恩。

## 延福宮開啓皇后生辰道場密詞

伏以統洽后宮，協承先廟。誕辰俯及，釐事有常。惟萬德之博臨，冀百祥之永錫。

## 延福宫開啓皇太后生辰場道密詞

伏以協承寶命，恩維拊育之深；俯應群情，法有揔持之妙。齋場夙設，慶事備終。敢祈西竺之威神，永佑東朝之福履。

## 金明池開啓謝雨道場密詞

伏以蕃啓在時，藴隆爲虐。罄齋精而上禱，蒙膏潤之旁流。祇報靈休，式陳净供。尚祈終賜，無使後艱。

## 興國寺開先殿奏告太祖皇帝孝明皇后祝文

伏以像設有嚴，神游所御。瞻衣冠而如在，懼風雨之弗除。庀事將興，涓辰既吉。永賴靈明之鑒，俯昭怵惕之懷。

## 西京應天禪院奏告太祖太宗真宗皇帝御容祝文告遷奉安還本殿之意。

伏以殊庭有侐，館御如存。吉日既蠲，繕修惟謹。式陳嘉薦，以妥明靈。

啓聖院永隆殿奏告太宗皇帝元德皇后祝文

伏以威神所感，營繕有期。考禮舊章，宜時潔告。茂惟靈德，俯鑒至懷。

太廟八室奉慈諸廟奏告南郊等處祝文

伏以三歲一郊，實昭大報。前期潔告，國有故常。仰冀靈明，俯垂鑒祐。

諸皇后陵奏告謝南郊禮畢祝文

伏以禋饗郊宫，國之重事。唯蒙慈庇，以獲休成。築祝有經，敢忘用舊。

景靈宫英德殿奉安英宗皇帝御容祝文

伏以先聖舊祠，祖宗所御。嗣興寶搆，追奉靈游。諏日既嘉，具儀以妥。徂惟在上，永保厥寧。

### 天章閣延昌殿權奉安英宗皇帝御容祝文

伏以相名山於洛宅，既兆寢園；倣原廟於漢儀，將遷館御。潔除秘宇，嚴奉晬容。冀靈躔之少安，副衷情之罔極。

### 西京應天禪院拆修太祖神御殿祭告祝文

廟刹有嚴，威神所御。將改新於寶搆，永欽奉於晬容。仰冀靈明，俯垂鑒祐。

### 景靈宮修蓋英宗皇帝神御殿上梁祭告太歲已下諸神祝文

伏以欽奉僊遊，肇營寶搆。舉修梁而揆日，具蠲饎以寧神。祓此後艱，仰繄大祐。

### 慈孝寺崇真彰德殿爲經霖雨垂脊脱落奏告祝文

伏以雨淫告災，垣屋或壞。惟神所御，有圮弗支。諏用靈辰，改新厥搆。蠲爲祗薦，於禮有常。

太廟后廟奉慈廟雅飾告祝文

伏以三歲一郊，祖宗成法。靈明所御，繪飾有時。方此僝工，禮當潔告。

西太一宫立秋祝文

伏以候火既流，占灰甫應；真游所御，靈時具存。率循舊章，作薦常事。仰祈錫福，大芘含生。

中太一宫立冬祝文

伏以館御國郊，庇貺天物。祠宫筴祝，在禮有初。涓選吉時，作薦常事。敢祈孚祐，施及群黎。

九宫貴神祝文

伏以卜用靈辰，躬修禋享。清壇所兆，潔告有常。

## 景靈宫里域真官祝文

伏以宗祈陽郊，祇見神祖。葆兹浄域，夙賴真靈。祇率舊章，式陳嘉薦。

## 天地社稷宫觀等處祈晴青詞祝文

積陰爲沴，淫雨弗止。蕩决漂墊，將爲民菑。懼德不類，以干咎罰。是用齋祓，宗祈明靈。冀蒙垂矜，遂獲開霽。休嘉之錫，實被含生。

## 五嶽四瀆諸廟祈晴祝文

淫雨弗止，將爲民菑。懼德不孚，以罹咎罰。是用奔走，禱于明神。惟神監觀，惠以時暘。非民獨蒙嘉福，神亦永有休享。

## 定州北嶽爲地震祭禱祝文

伏以自河以北，陽出鎮陰。人用不寧，咎由菲德。永惟聰直，庇祐一方。祇飭使人，齋精以禱。尚蒙歆鑒，無有後艱。

## 文德殿告遷御容祝文

伏以紼冠即事，喪紀有終；黼座歆神，哀懷靡極。度新宮而館御，諏吉日以徂遷。式冀靈明，永歆豐潔。

## 南郊青城綵内畢功大殿上開啓保安祝壽諷孔雀明王經齋文〔一〕

伏以祀兆方嚴，齋場夙設。賓延淨衆，開誦梵文。既蒙大施之仁，助錫丕平之福。

〔一〕按，此篇王珪華陽集卷十六亦載。

## 南郊青城綵内畢功大殿上開啓保安祝壽諷法華經齋文〔一〕

伏以帷宮既具〔二〕，皇邸將臨。發誦秘文，施其景福。仰惟覺慈之覆，俯綏禋享之成。

〔一〕按，此篇王珪華陽集卷十六亦載。

〔二〕「帷宮」，原作「惟宮」，據遞修本、嘉靖五年本、聽香館本改。帷宮，即行宮。

五臺開啓南郊禮畢道場齋文

伏以靈承在上，懼休命之難；大報于郊，惟盛儀之獲。祇循故事，恪報厥成。仰賴顧歆，終垂庇貺。

内中延福宫性智殿開啓太皇太后生辰道場齋文

伏以大陰協兆，良月御時。猥以眇躬，獲承慈範。敢因穀旦，祇集勝緣。實賴等慈，具綏景福。

十月一日永昭陵下宫開啓資薦仁宗皇帝道場齋文

伏以大明光藏，上智之所發揮；妙揔持門，群靈之所歸賴。歲陰逝矣，陵闕超然。憑淨衆以有祈，冀真遊之無礙。

福寧殿開啓資薦英宗皇帝道場齋文

伏以憑几之言未遠，滌場之候更新。摧慕安窮，攀號靡及。旁招淨衆，歸誠甘露之門；仰祝靈游，取證法雲之地。

中元節福寧殿水陸道場資薦英宗皇帝道場齋文

伏以正等上緣，含生永賴。薦龍施之浄供，助宿植於神游。仰冀靈明，俯昭哀懇。

萬壽觀廣愛殿資薦章惠皇太后忌辰道場齋文

伏以諱日俯臨，祠庭外閟。遴柬黄冠之衆，宗祈紫極之神。按用前科，追營後福。庶超升之莫禦，繫庇貺之有加。

天章閣延昌殿開啓權奉安英宗皇帝御容道場齋文

伏以翠旄所御，玉色如存。將改涖於清間，少即安於秘近。旁招浄衆，仰助勝緣。憑妙覺之揔持，冀皇靈之升濟。

温成皇后陵獻殿内開啓冬節道場齋文

伏以光靈所宅，崇奉有儀。因令節以熏修，冀貝乘之祈助。仰希錫福，俯逮含生。

## 金明池上開啓祈雨粉壇道場齋文

伏以肅設祠壇，宗祈解澤。膏潤之祥甫兆，赫炎之懼更深。實恃靈明，厚矜黎庶。遂令沾足，用格豐穰。

## 金明池上開啓謝雨道場齋文

伏以常暘告罰，將害粢盛。夙設靈場，載祈膏澤。神休既格，昭報有儀。尚惟孚佑之仁，終保嘉生之享。

## 龍圖天章寶文閣接續開啓祈雪道場齋文

伏以歲序就窮，尚愆嘉雪。能仁應世，閔此含生。冀佑上靈，錫之休證。式陳浄供，以告齋誠。

## 泗州塔謝晴齋文

天菑于民，淫雨不止。祓除齋戒，並走以祈。實蒙等慈，俯應誠悃。永惟庇貺，其敢弭忘！

## 後苑天王殿拆修了畢齋文

伏以擬辰居之奧密，飭祆像之嚴威。繕治告功，祓齋祈福。庶憑至善，永保多盤。

# 王安石文集卷第四十七

## 内制　詔書

### 敕牓交趾

敕交州管内溪峒軍民官吏等：眷惟安南，世受王爵。撫納之厚，實自先朝。含容厥愆，以至今日。而乃攻犯城邑，殺傷吏民。干國之紀，刑兹無赦〔一〕；致天之討，師則有名。已差吏部員外郎、充天章閣待制趙卨充安南道行營馬步軍都總管、經略安撫招討使兼廣南安撫使〔二〕，昭宣使、嘉州防禦使、入内内侍省都押班李憲充副使，龍衛四廂都總管指揮使、忠州刺史燕達充副都總管〔三〕，順時興師，水陸兼進。

天示助順，已兆布新之祥；人知侮亡，咸懷敵愾之氣。然王師所至，弗迓克奔。洛爾士庶，久淪塗炭。如能諭王内附，率衆自歸〔四〕，爵禄賞賜，當倍常科。舊惡宿負，一皆原滌。乾德幼稚，政非己出。造廷之日，待遇如初。朕言不渝，衆聽無惑。比聞編户，極困誅求。已戒使人，具宣恩旨。暴征横賦，到即蠲除。冀我一方，永爲樂土。

〔一〕「兹」，宋大詔令集卷二百三十八載此敕，作「必」。

〔二〕「廣南」下，宋大詔令集有「西路」二字。

〔三〕「充」下，宋大詔令集有「馬步軍」三字。

〔四〕「歸」下，續資治通鑑長編卷二百七十一熙寧八年（一〇七五）十二月癸丑載此文，有「執俘獻功拔身效順」八字。「俘」，宋大詔令集作「虜」。

## 提轉考課敕詞

先王考績之次序，雖見於經，而其詳不傳於後世。朕若稽古，以修衆功，而諸路刺舉之官，未有以考其賢否。比敕有司〔一〕，詳議厥制。條奏來上，詢謀悉同。其使布宣，以勵能者，而擇左右可信之良使典治之。古人有言：徒善不足以爲政，徒法不能以自行。今朕有念功樂善之志焉，而又繼之黜陟幽明之法，以待天下之大吏矣。然非夫任事之臣躬率以正，而考慎其實，與士大夫宣力于外者皆安于禮義，而不以便文徼幸爲姦，則朕之志豈能獨信於天下，而法亦何恃以行哉！咨爾在位，其各悉力一心，務祗新書，以稱朕至誠惻怛之意〔二〕。

〔一〕「敕」，續資治通鑑長編卷一百九十四嘉祐六年（一〇六一）八月丁丑載此文，作「令」。

〔二〕「意」下，續資治通鑑長編卷一百九十四有「令考校轉運使副提點刑獄課績院以所定條目施行」二十一字。

## 韓琦加恩制〔一〕

門下：朕祗率舊章，肇稱吉禮。對越天地，具獲靈明之歆；相維公卿，並膺休顯之賜。其孚大號，以寵元勳。推誠保德崇仁守正協恭贊治亮節翊戴功臣〔二〕、淮南節度、揚州管内觀察處置營田等使、開府儀同三司、守司徒、檢校太師兼侍中、行揚州大都督府長史、上柱國、魏國公、食邑一萬三千七百户、食實封五千户韓琦，躬受偉材，出陪熙運。保兹天子，進無浮實之名；正是國人，退有顧言之行。間朝廷之兩社〔三〕，揉方域之萬邦。辰猷具臧，器寶加重。中辭機軸之要，外即藩屏之安。衡紞紘綖，備三公服飾之盛；櫜兜戟纛，兼大將威儀之多。序績既崇，修方彌謹。協成宗祈之禮〔四〕，與有顯助之勞。肆衍本封，申加美稱。於戲！恩典徽數，所以旌帝臣；明德茂功，所以獎王室。往惟勵翼，服此褒嘉。可特授依前守司徒、檢校太師兼侍中、行揚州大都督府長史、魏國公、充淮南節度、揚州管内觀察處置營田等使，加食邑七百户、食實封四百户，仍賜推誠保德崇仁守正協恭贊治亮節佐運翊戴功臣，散官、勳如故〔五〕。主者施行。

〔一〕龍舒本題作「除韓琦制」。
〔二〕「節」下，龍舒本有「佐運」二字。
〔三〕「間」，皇朝文鑑卷三十四韓琦加恩制作「開」。
〔四〕「祈」，龍舒本作「社」。
〔五〕「勳」下，龍舒本有「封」字。

## 李璋加恩制〔一〕

門下：朕若昔大猷，紹天明命。必有獻享之禮，作民恭先；必有褒嘉之恩，自國貴始。翊衛功臣、奉寧軍節度、鄭州管内觀察處置河堤等使、光禄大夫、檢校司空、使持節鄭州諸軍事、鄭州刺史兼御史大夫、上柱國、平原郡開國公、食邑四千三百户、食實封一千户李璋，世載忠善，躬服儉勤。以后家之洪支，爲帝室之隆棟。入摠營衛，則兵師無譁；出乘藩維，則吏屬不怠。近付京都之籥，外更方鎮之旄。貢職惟修，祀儀獲考。進加功號，申衍邑封。以疇服采之勤，其協勸勞之典〔二〕。

於戲！貴富有危溢之可戒，禄位匪侈驕之與期。圖惟慶譽之終，尚協龍光之施。可特授依前檢校司空、使持節鄭州諸軍事、鄭州刺史兼御史大夫、充奉寧軍節度、鄭州管内觀察處置等使，加食邑七百户，仍賜翊衛忠果功臣，散官、勳、封如故。主者施行。

〔一〕龍舒本題作「除李璋制」。

〔二〕「其」，龍舒本作「以」。

## 皇伯祖威德軍節度使榮國公承亮加恩制

門下：朕祼獻廟室，燎禋郊丘。内蒙祖考之居歆，外獲神祇之顧饗。嘉我近屬，與有陪輔之勞；揚於大庭，使膺褒顯之福。具官某德義自表〔一〕，爵齒兼尊。魁然肅艾之材，尚矣神靈之胄。世承厥慶，有跗蕚之芬華；朝賴以寧，若翰蕃之嚴密。乃相肆祀，實綏思成。進加奠食之封，申錫詔功之號。於戲！孝恭可以儀宗室，信厚可以化邦人。匪時親賢，孰朕承翼？往肩寵獎，尚協榮懷。可。

〔一〕「某」，皇朝文鑑卷三十四皇伯祖威德軍節度使榮國公承亮加恩制作「承亮」。

## 李日尊加恩制

門下：朕紹膺駿命，稽用上儀。祗事郊宫，並受三神之福；推恩方夏，外交四表之歡。告于有司，錫是在服。

推誠保節同德守正順化翊戴功臣、静海軍節度觀察處置等使、同中書門下平章事李日尊，躬懷德善，世濟忠勤。奠茲南邦，居有扞城之效；衛我中國，使無疆埸之虞。賜之大將之旄，胙之真王之爵。往踐厥位，知欣戴於寵章；來獻其琛，用協成於熙事。陪敦采邑，褒進文階。載加真食之封，式允懋功之典。

於戲！人之所助，惟怙冒於王靈；國以永存，顧循守於侯度。率時新命，保乃舊邦。可。

## 馮翊郡君連氏等賀皇帝南郊禮畢表〔一〕

伏以廟饎蠲烝，郊柴昭報。仰格神靈之饗，俯均夷夏之歡。中賀。伏惟皇帝陛下道協欽明，德兼神武。攬御今之皇策，考嚴上之帝儀。祲威盛容，茂實存乎六世；恩典徽數，賚并及於萬方。妾備數先朝，叨榮中禁，親逢累洽，竊用交欣。妾無任。

〔一〕自「馮翊」以下至「張昇不赴南郊陪位」，底本脱頁，據浙江省圖書館藏何刻本補。

德妃苗氏上賀皇帝南郊禮畢表

伏以靈承廟祏，祇載郊丘。既來萬國之歡，遂格三靈之祐。中賀。恭惟皇帝陛下徇齊成性，睿廣膺期。神罔時恫，方紹休於大業；聖爲能饗，乃獲考於上儀。妾逮侍先朝，親逢盛事，觀瞻有煒，欣賴實多。妾無任。

賜太子太傅致仕梁適太子太師致仕張昇特赴闕南郊陪位詔

朕肇稱圭幣，祇見郊宫。嘉得萬國之歡心，以承配天之大事。永念元老，著勳先朝。當與辟公，序于祠位。冀能顯相，綏我休成。可發來赴闕，南郊陪位。故兹詔示，想宜知悉。

賜允太子太傅致仕梁適陳乞不赴南郊陪位詔

敕梁適：省所上表，「遞到詔書一道，令臣赴闕陪位者，臣以久病，不獲奔走前去」事，具悉。朕肅將圭幣，祇見郊丘。嘉與舊臣，協承熙事。乃聞疢疾，旅力尚愆。優老寵賢，義誠難强。

### 賜允太子太師致仕張昪不赴南郊陪位詔

敕張昪：郊丘大事，群辟具來。舊老元勳，所宜顯相。乃以疾苦，惻於朕心。尚慎興居，以膺康福。

### 賜宣徽北院使判大名府王拱辰乞南郊赴闕不允詔

敕拱辰：朕嗣命典神，肇稱吉禮。稽循故事，不敢愆忘。卿既率貢職，以來助祭。又求入覲，陪侍郊宫。緬彼都畿，方須鎮撫。永惟重寄，難徇至懷。

### 賜允守司徒兼檢校太師兼侍中韓琦乞相州詔

敕韓琦：卿以公師之官，將相之位，統臨四路，屏扞一方，寄重任隆，群臣莫比。雖罹疢疾，冀即有瘳。而章書頻頻[一]，來以病告。宗工元老，視遇有加。恩禮之間，然何敢薄？重違懇惻，姑即便安。

〔一〕「頻頻」，遞修本作「頻煩」。

## 賜守司徒兼檢校太師兼侍中判永興軍韓琦再乞相州詔

卿當國家之多難，任社稷之至憂。實能忠勤，以濟勳績。方均逸豫，適此外虞。煩我元功，良非得已。亦惟體國，義不辭勞。今雖尚謀經武之時，非有蒐兵伐罪之事。坐臨諸帥，固可優游。何必舊邦，乃能休養？勉綏居息，以副倚毗。

## 賜守司徒檢校太師兼侍中韓琦詔

便道之鎮，朝廷故常。來朝京師，朕意所欲。使事曲折，既當聞知。忠言嘉謨，又所飢渴。雖知勤勚，可不勉哉！

## 賜韓琦依所乞詔

敕韓琦：奏乞「由河陰本路赴相州安泊骨肉行李訖，徑乘遞馬赴闕朝見奏事訖，還赴本任，稍從私便」事，具悉。舊德元功，久於方面。嘉言讜論，所欲亟聞。其來造朝，然後之鎮。義當黽勉，無或告勞。

## 賜守司徒檢校太師兼侍中判永興軍韓琦乞相州舊任不允詔三道

敕韓琦：卿明德茂勳，具書帝籍。祖考所付，以屏毗朕躬。比辭國均，已會邊隙。故煩元老，屬此憂勤。今羌雖來柔，彊事多弛。經營科治，改命爲難。莫府坐籌，制其大略。雖聞稍憊，冀可少安。義有固然，朕言無戲。

二

敕韓琦：羌夷變態，未易究知。邊塞繕完，所宜申飭。以卿望實，分朕顧憂。當并群策以有爲，遂措一方於無事。乃來告疾，冀得燕閒。主爾忘身，忠賢之義。勉膺重寄，務體至懷。

三

敕韓琦：卿茂德儁功，朝廷所賴。方解政幾之劇，重分彊事之憂。種落綏和，酋渠嚮順。永惟邊鎖〔一〕，猶恃老成。所須經武之遠謀，及此暇時而備豫。當思體國，無劫告勞。

〔一〕「鎖」，原作「鎮」，遞修本黄校曰：「『鎮』明刊同，宋刊似『鎖』字。」據改。按，「邊鎖」，指守邊軍務。

## 賜守司徒檢校太師兼侍中判永興軍韓琦乞致仕不允詔

敕韓琦：朕初嗣位，不敢暇逸。惟畏天命，亦惟閔民。蠢茲一方，尚戒羌夷。制變備豫，扞菑禦侮。庶幾元老，克協朕心。若其憚勤，誰與謀此？勉祗厥服，用副至懷。

## 賜判永興軍韓琦湯藥詔〔一〕

敕韓琦：任隆三事，寄重一方。比聞經制之勞，或爽節宣之序。特馳使傳，往喻朕懷。宜有分頒，以資衛養。

〔一〕「永」，原作「承」，今據遞修本、嘉靖五年本、聽香館本改。按，宋無承興軍，以上各詔均爲判永興軍。

## 賜允觀文殿學士尚書左僕射新除集禧觀使富弼辭免乞判汝州詔〔一〕

敕富弼：省所三上劄子，奏「蒙授臣集禧觀使敕牒，乞早賜追納，且乞赴汝州本任」事，具悉〔二〕。卿翊朕祖考，功施于時。德善在躬，終始如一。祠庭置使，實近闕門。邦有大疑，庶幾求助。忠賢體國，義乃可留。而引喻再三，便於出守。重違懇惻，姑即所安。故兹詔示，想宜知悉。

〔一〕龍舒本題作「詔允觀文殿學士尚書左僕射新除集禧觀使富弼乞判汝州」。

〔二〕「敕富弼」至「具悉」三十四字，原闕，今據龍舒本補。

## 賜判汝州富弼乞致仕不允詔〔一〕

敕富弼：卿忠純亮直，爲國元老。朕所恃賴，急於典刑。優游小邦，足以養疾。冀綏福履，來副詢謀。何必言歸〔二〕，以孤眷矚？

〔一〕龍舒本題作「詔賜觀文殿學士尚書左僕射判汝州富弼上表乞致仕不允」。

〔二〕「言」，龍舒本作「告」。

## 賜判汝州富弼乞假養疾詔

眷我元老，數更悲傷。比飭使人，往宣至意。乃觀來諗，未即康寧。姑順誠懷，勉綏吉禄。

## 賜判汝州富弼乞赴安州避災養疾詔[一]

比飭使人，具宣至意。就令賜告，冀遂寧瘳。卿嚴祇朕命，不敢遑息。顧念吏卒，閔其滯留[二]。觸熱載馳，用忘勤勩。恭以事上，卿實有之。仁及賤微，又能如此。忠誠所惻，豈獨朕心？從容小邦，姑以養福。勉綏吉禄，毋恤後艱。故兹詔示，想宜知悉。

〔一〕龍舒本題作「詔允觀文殿學士尚書左僕射判汝州富弼乞赴汝州避災養疾」。

〔二〕「滯」，龍舒本作「久」。

## 賜判汝州富弼赴闕詔二道

敕富弼：卿中解政機，外分符守。久於窮僻，衛養或愆。優游京師，可以治疾。謂當趣駕，以副虚懷。

### 二

敕富弼：久解政機，荐分符守。元功茂德，朕所注心。渴聞嘉猷，以輔不逮。

勤佇。

## 賜富弼赴闕并茶藥詔

勑富弼：適自州藩，來還朝位。眷馳驅之良苦，懼衛養之或愆。當有寵頒，以昭所加，當先群辟。區區一賜，何足以辭？當體眷懷，共膺貺施。

## 賜判汝州富弼辭免南郊禮畢支賜詔

勑富弼：省所奏免南郊支賜。受釐于神，賚及蠻貊。卿勳德兼茂，中外具瞻。恩典

## 賜宰相曾公亮已下辭南郊賜賚不允詔〔一〕

勑公亮等：朕初嗣服，於祖宗之制，未有所改也。卿等選於黎獻，位冠百工，或受或辭，人用觀政。朝廷予奪，所以馭臣。貴賤有差，勢如堂陛。惟先王之制國用，視時民數之多寡。方今生齒既蕃，而賦入又爲不少，理財之義，殆有可思。此之不圖，而姑務自損，祇傷國體，未協朕心。方與勳賢，慮其大者，區區一賜，何足以言〔二〕？

〔一〕龍舒本題作「詔不允賜宰臣曾公亮已下辭南郊賜賚」。
〔二〕「何足以言」下，龍舒本有「故兹詔示想宜知悉」八字，楊仲良皇宋通鑑長編紀事本末卷五十八載此詔，有「所乞宜不允」五字。

賜觀文殿學士新除刑部尚書知大名府陳升之辭免恩命不允詔

敕升之：設都置守，綏御一方。付得其材，乃能往乂。卿嘉謀美績，簡在朕心。選於群臣，用有畀屬。申明紀律〔一〕，臨制事幾。中外踐更，效皆已試。勉祗厥服，於義爲宜。

〔一〕「紀律」，光啓堂本、聽香館本作「經略」。

賜觀文殿學士刑部尚書知大名府陳升之赴闕朝見茶藥詔

敕升之：往司宫鑰，來次郊闉。炎歊之序未徂，跋涉之勤已至。當馳榮賜，以示眷懷。

賜觀文殿學士刑部尚書知亳州歐陽脩上表奏乞致仕不允詔〔一〕

敕脩：股肱名臣，與國同體。禮當得謝，朕尚難之。況年非告老之時，而勳在受遺之籍。不留屏輔，人謂斯何？姑體至懷，少安厥位。

〔一〕龍舒本題作「詔賜觀文殿學士刑部尚書知亳州歐陽脩上表奏乞致仕不允」。

## 賜知亳州歐陽脩陳乞致仕第二表不允詔

敕脩：卿勳德之舊，簡在帝心。從容一州，足以休養。而抗奏至於四五，必以田里爲歸。豈朕視遇故老，有不足於禮乎？何其求去之果也！欲喻至意，莫知所言。惟能勉留，實副勤佇。

## 賜知亳州歐陽脩第三表并劄子陳乞致仕不允詔〔一〕

敕脩〔二〕：省所三上表并劄子奏乞致仕事，具悉。卿翊戴三朝，清明諒直。有言有績，著在朕心。重違勤求，外寄藩屏。邦之儁老，不以遐遺。所冀輸誠，常存帝室。而納禄與職，至于再三。雖潔身之風，可激貪冒；顧許國之義，未協忠嘉。姑體眷懷，勉膺圖任。所請宜不允。

〔一〕龍舒本題作「詔不允觀文殿學士刑部尚書知亳州歐陽脩上第三表并劄子陳乞致仕」。

〔二〕「脩」上，龍舒本有「歐陽」二字。

賜觀文殿學士兵部尚書歐陽脩辭知青州不允詔二道

敕脩：海岱名都，太公舊履。鎮撫一路，朕難其材。卿實元勳，以忠許國。謂當亟往，卧以治之。冀能優游，寧此東土。

二

敕脩：卿純誠直諒，中外所知。辭禄就閑，志非有激。進官治劇，義乃無嫌。矧兹東州，可以居息。方之守亳，勞逸殆均。朕命惟行，謂當遄往。

賜答曾公亮詔

眚烖變異，以戒人君。推之股肱，朕所不取〔一〕。元勳舊德，實賴交修。譴告之來，必緣象類。明喻朕志，使當天心。庶幾君臣，並受遐福。不務出此，而果於辭讓，是惟保身，豈曰謀國？

〔一〕「取」，皇朝文鑑卷三十一賜答曾公亮詔作「敢」。

### 賜張方平免特支請俸詔

敕方平：省所奏劄子陳免特支請俸事，具悉。卿躬肅艾之材，豫辯章之論。致喪無貳，雖非謀國之時；班禄有差，是乃養賢之意。抗言來諗，引義甚明。重鹽素懷，姑循近制。

### 賜樞密副使右諫議大夫邵亢乞郡詔

敕邵亢：卿先帝所命，以翊朕躬。升執事樞，方觀勳效。遽欲辭位，殆非所宜。衛養少愆，何憂不已？勉共厥服，思協朕心。

### 賜皇伯新除彰化軍節度觀察留後安定郡王從式乞免新命不允詔

敕從式：卿躬雋乂之材，出神明之胄。選於宗室，則屬近而行尊；聞在朝廷，又年高而德劭〔一〕。膺兹褒顯，人以爲宜。勉服官封，永綏吉禄。

〔一〕「劭」，原作「邵」。遞修本黄校曰：「『邵』，明刊同，宋刊『劭』。」據改。

賜涇原路經略使蔡挺茶藥詔

卿方用時材，出分帥路。適兹寒苦，良已勤勞。特推撫賜之恩，以示睠懷之意。

賜天章閣待制知渭州蔡挺奬諭詔

封疆之虞，責在將帥。厥有績效，不忘于心。卿久以才稱，外分方任。乘機踐事，能兆厥謀。板築告功，于疆就募。保彼居圉，可無後憂。倚言若兹，朕所嘉歎。

賜知唐州光禄卿高賦奬諭詔〔一〕

召、杜南陽，世稱循吏。其亡久矣，朕尚思之。卿招懷飢流，墾闢荒梗，繕修陂堨，績效具昭。前人之良，何以逮此〔二〕！閲奏歎美，不忘于心。

〔一〕龍舒本題作「詔奬諭知唐州光禄卿高賦」。
〔二〕「逮」，龍舒本作「遠」。

# 王安石文集卷第四十八

## 内制　詔書　批答　口宣

### 賜天章閣待制知審刑院齊恢奬諭詔

敕齊恢：省所奏「據大理寺日奏司狀，四月一日已前下寺公案，並已斷絶，無見在」事，具悉。卿以才被選，典領祥刑。蔽罪讞疑，遂無留獄。圄空之隆，朕庶幾焉。閲奏歎嘉，不忘乃績。

### 又賜知審刑院齊恢奬諭詔

敕齊恢：犴獄之留，易以爲戒。卿躬有美行，服在近班。典兹祥刑，致用明慎。濟之敏給，廷讞用空。吏稱厥官，朕心所喜。

### 賜敕奬諭審刑院詳議官大理寺詳斷官等〔一〕

敕趙文昌等：省知審刑院齊恢奏「據大理寺日奏司狀，四月一日已前下寺公案，並已斷絶，無見在」事。朕初嗣服，德化未孚。永念元元，多罹犴獄。汝等並膺選擢，任在讞疑。能勵厥官，以無留事。覽奏歎尚，不忘于懷〔二〕。

〔一〕龍舒本題作「敕奬諭賜審刑院詳議官大理寺詳斷官等」。

〔二〕「懷」，聽香館本作「心」。

又賜奬諭審刑院詳議官大理寺詳斷官等

敕趙文昌等：四方罪獄，常患稽留。豈唯呼嗟，或以瘐死。汝等能勤且敏，論讞用單。閲奏念勞，朕心以喜。

賜敕奬諭權大理寺少卿蔡冠卿

敕蔡冠卿：省知審刑院齊恢奏「據大理寺日奏司狀，四月一日已前下寺公案，並已斷絶，無見在」〔一〕。天下之獄，決於大理。汝能審克，丕蔽厥成〔二〕。來讞之疑，遂無留者。惟明以敏，朕實汝嘉。

〔一〕「在」下，龍舒本有「事」。

〔二〕「丕」，龍舒本作「以」。

### 賜特放諫議大夫知潭州燕度待罪詔〔一〕

卿受命方隅，助宣德化。姦凶弗率，乃觸大誅。引慝自歸，謂當譴黜。萬方有罪，責在朕躬。雖爾長民，豈專任此！

〔一〕龍舒本題作「詔特放諫議大夫知潭州燕度待罪詔」。

### 賜外任臣寮進奉功德疏

卿方以時材，外分邦寄。備修禧事，來會誕辰。廣伽梵之勝緣，協華封之善意。載惟勤至，良用歎嘉。

### 賜特放知成德軍韓贄待罪詔

夫婦相殘，政之大恥。引愆自劾，於義爲宜。然德化之美，厥成在久。任斯責者，豈特長然？

### 賜特放懷州傅卞待罪詔

敕傅卞：先王教民，長幼有序。厥或不率，歸之義刑。卿受任方州，罪人既得。閔斯弗迪，引責在躬。美俗之成，蓋非朝夕。一夫抵冒，未足以言。

### 賜答德妃苗氏賀南郊禮畢詔

敕德妃苗氏：列職内官，逮承先帝。祀儀獲考，慶慰惟均。比覽奏陳，具昭誠意。

### 賜答修儀楊氏等馮翊郡君連氏等賀南郊禮畢詔

敕修儀楊氏：舊繇德選，列職禁闈。釐事之成，實均慶賴。摛文贊喜，良慰朕心。

### 賜大遼賀正旦人使茶藥詔

敕：卿以膚使之才，將善鄰之禮。川塗悠遠，風氣沍寒。永念馳驅，當加勞賜。

賜大遼賀正旦副使茶藥詔

敕：卿夙駕使車，遠將信幣。方兹寒凓，固已勤勞。宜申諭於至懷，仍就加於寵錫。

賜大遼皇太后賀正旦人使茶藥詔

敕：卿奉將書幣，更涉川途。方兹沍寒，久於勤勩。宜加勞賜，以示眷存。

賜大遼皇太后賀正旦副使茶藥詔

敕：卿將幣造朝，方申舊好。建旟取道，適會祁寒。永惟跋涉之勞，當有匪頒之寵。

皇帝問候大遼皇帝書

嘉生備舍，華歲幾終。惟素講於鄰懽，想具膺於時福。彌加葆衛，永御吉康。

皇帝賀大遼皇太后生辰書

玉燭告和，方御閉藏之候；椒庭集慶，載臨誕毓之辰。具飭使車，肅將禮幣。式修舊好，申祝永年。

賜南平王李日尊加恩告敕書

敕南平王日尊：朕躬執圭幣，禮成郊丘。無有遠邇，並膺休福。卿鎮撫南服，功昭于時。乃眷忠勤，尚加褒顯。永肩臣節，茂對寵章。

賜溪洞知蔣州田元宗等進奉助南郊并賀冬賀正敕書

敕田元宗：附綏種落，葆衛疆陲。能來獻琛，以贊釐事。忠勤之意，良有可嘉。

賜占城蕃王楊卜尸利律陁般摩提婆敕書

敕：卿世荷百禄，躬有一邦。雖道阻荒遐，而志存欽順。具書遣使，航海獻琛。載念忠勤，豈忘歎尚！因加褒賜，式示眷懷。

批答文武百寮曾公亮已下上尊號第一表不允

朕以薄德，嗣膺基緒。繼天理物，常懼弗任。方賴交修，以熙衆治。群公卿士，外暨庶黎。欲舉鴻名，措之眇質。臣民歸美，爲義則多。揣實揆時，朕猶不取。

批答文武百寮曾公亮已下上尊號第二表不允

王者奉元以先後天時，憲道以始終人事。以文制禮作樂，以武戢兵豐財。以成萬物之性爲仁，以得四海之心爲孝。惟聖時克，朕無能焉。被之此名，祇有慚德。矧家多難，創鉅未夷。備章而郊，欲止不敢。因自尊顯，良非本懷。

批答宰臣曾公亮已下賀壽星見

省表具之。乾象粲然，官占以告。壽祺之應，於傳有稽。卿等寅亮帝工，阜成邦采。摛文告慶，歸福朕躬。書瑞史篇，已循故事。星隆晷德，尚賴交修。

批答樞密使文彦博等賀壽星見

省表具之。穹旻見象，以告壽昌。嘉與臣民，並膺兹福。卿等進繇德選，登翊事樞。敷奏兆祥，請書史策。忠嘉之意，朕所不忘。

## 批答富弼

卿有憂國愛君之心，而忠以忘乎己；有經邦信時之業，而用未究其能。夫蓄久而積博者施之無窮，慮深而計熟則謀無不獲，此朕所以有望於卿也。矧卿正直不回，姦邪素忌。小人所異，君子所同。是以在外十年，而左右之譽弗及；處躬一德，而搢紳之望愈隆。朕内度于心，外詢于衆，自謂有得，卿其何辭？

## 批答不允皇伯祖威德軍節度使榮國公承亮辭免恩命第一表

卿相予祠事，既獲休成。膺國寵章，所宜祇受。苟爲謙避，未協眷懷。

## 批答不允承亮辭免恩命第二表仍斷來章

卿位重朝廷，望隆宗室。駿奔郊廟，助朕休成，受錫爲宜，可無確避。

## 批答不允承亮辭免

省表具之。受釐于神，人與有慶。矧惟近屬，德齒兼尊。膺此褒嘉，於事爲稱。往共祇命，以副眷懷。

批答不允承亮辭免

省表具之。古者賑膰之福，與同姓共之。矧兹大賚，外及蠻貊。爲吾近屬，相協休成。恩典所加，豈容固避？

批答樞密副使韓絳邵亢知樞密院事陳升之等辭免恩命仍斷來章

省表具之。祭有惠術，賚及庶黎。矧吾政事之臣，當在褒揚之首。膺斯恩典，於體爲宜。毋或終辭，以勤訓告。

批答韓絳邵亢陳升之等辭恩命不允仍斷來章

卿等位爲臣宗，躬相祠事。膺斯褒顯，於體爲宜。往服寵章，可無謙避。

宣答文武百寮稱賀宣德門肆赦

有制：朕升煙泰畤，登就吉儀。駐蹕端門，布宣惠澤。臣鄰協豫，黎庶交欣。賴天之休，與卿等内外同慶。

宣答文武百寮稱賀南郊禮畢

有制：朕祼獻清廟，燎禋泰壇。協相祀儀，既嘉勤績。旅陳賀禮，彌見歡誠。賴天之休，與卿等内外同慶。

宣答樞密使以下賀南郊禮畢

有制：朕親稱幣玉，祇見郊宫。能底熙成，實繇顯相。群靈率籲，黎獻交欣。朕賴天之休，與卿等内外同慶。

賜皇伯祖東平郡王允弼生日口宣

有敕：卿齒尊德茂，屬近位崇。惟時獻歲之期，實兆元精之慶。當加好賜，以助燕私。

賜皇伯祖威德軍節度使榮國公承亮加恩口宣

有敕：朕躬率百辟，褒封萬靈。乃眷親賢，實陪大事。當懋寵嘉之數，以昭褒錫之恩。

賜皇弟岐王顥生日禮物口宣

有敕：卿地親魯、衛，德茂間、平。方誕毓之嘉辰，有匪頒之故事。當馳膚使，往喻隆恩。

賜皇弟高密郡王生日禮物口宣

有敕：卿德名方邵，爵寵兼崇。誕毓之辰，甫當穀旦。匪頒之禮，式示至恩。

賜淮南節度使守司徒兼侍中判相州韓琦加恩口宣

有敕：卿位高朝廷，德茂百辟。相予釐事，厥有成勞。膺國寵章，是爲常典。

賜判永興軍韓琦生日禮物口宣

有敕：卿位重將旄，望隆宰席。方懋蕃官之績，載臨誕毓之辰。當有匪頒，以昭眷遇。

賜樞密使西川節度使守司空兼侍中文彦博生日差内臣賜羊酒米麵等口宣

有敕：卿明謨經國，碩望冠朝。方兹誕育之辰，宜有燕私之禮。當加賜賚，以示眷懷。

賜文彦博生日差男押賜生日禮物口宣

有敕：卿才隆國棟，位極臣宗。惟時盈月之良，實兆元精之慶。載臨穀旦，當致異恩。

賜樞密使吕公弼生日禮物口宣

有敕：卿爲皇世臣，掌國幾命。門弧告慶，是謂嘉時。臺餽致恩，式昭厚遇。

賜觀文殿大學士尚書左僕射富弼赴闕茶藥口宣

有敕：卿久辭劇位，外寄方州。惟召節之既嚴，想朝旂之甚邇。宜頒珍劑，以喻至懷。

賜觀文殿大學士尚書左僕射富弼湯藥并賜詔口宣〔一〕

有敕：卿屏翰元功，台衡舊德。數更悲釁，有惻朕心。因喻至懷，宜頒珍劑。

〔一〕遞修本黄校曰：「宋刊本無『大』字，明刊有。」

賜觀文殿學士刑部尚書知大名府陳升之赴闕朝見并賜茶藥口宣

有敕：卿擁節過都，敂闕請覲〔一〕。方兹炎溽，固已勤勞。當有匪頒，以資輔養。

〔一〕「敂」，原作「皷」。遞修本黄校曰：「『皷』，明刊同，宋刊『敂』。」敂，即叩。

賜觀文殿大學士尚書左僕射判汝州富弼加恩口宣

有敕：卿望隆時棟，德茂臣宗。方兹釐事之成，爰有命書之賜。往膺褒顯，當體眷懷。

撫問判永興軍韓琦口宣

有敕：卿內辭鼎軸，出撫方垂。載惟莅事之勤，宜饗嗇神之福。特申勞問，以示眷懷。

## 撫問觀文殿學士陳升之兼賜夏藥口宣

有敕：卿久參台路，方部將符。輯瑞之來，虚懷以竚。宜加勞賜，式示眷存。

## 撫問鄜延路臣寮口宣

有敕：卿等並膺廷選，外寄邊虞。永念撫循，備更勞勩。方兹姸暖，宜各寧安。

## 撫問延州沿邊臣寮口宣

有敕：卿等並因材選，外寄邊虞。方履盛秋，想膺多福。特申撫喻，當體顧懷。

## 撫問河北西路臣寮兼賜夏藥口宣

有敕：卿等時方鬱烝，氣或疵癘。永惟黎獻，方寄外憂。當有分頒，以助調養。

撫問并代州路臣寮并將校口宣

有敕：卿等方以材能，外分寄屬。當此沍寒之極，永惟勞勩之多。當飭使人，往宣朕意。

撫問高陽關路俵散諸軍特支銀鞋錢并傳宣撫問臣寮口宣

有敕：卿等各以選掄，外膺寄屬。比更時序，邈在邊防。永懷扞禦之勞，當致拊循之意。

撫問送伴大遼賀正旦人使副沿路相逢賀大遼皇太后皇帝生辰使副口宣

有敕：卿等抗旟出聘，擁傳還朝。方春尚寒，涉道良苦。當加撫勞，以示眷懷。

撫問雄州白溝驛賜北朝賀正旦人使御筵口宣

有敕：卿等並膺朝選，實搆鄰歡。擁節在疆，方豫稱觴之禮；馳軺喻指，姑推折俎之恩。

賜大遼國賀正旦人使已下生餼口宣

有敕：卿等奉將鄰聘，來會歲元。永懷跋涉之勞，宜有餼牽之禮。式昭勤遇，當體誠懷。

賜大遼國賀正旦人使却迴瀛州御筵口宣

有敕：卿等奉將書幣，既獲驩成。跋涉川途，固更勤勩。宜頒燕衎，以示眷懷。

賜大遼國賀正旦人使見訖就驛賜酒果口宣

有敕：卿等奉將鄰聘，夙駕使軺。既造見於闕庭，方即安於舍館。宜加好賜，以致誠懷。

北京賜大遼賀正旦人使却迴御筵口宣

有敕：卿等奉幣造朝，抗旜歸國。紆懷使節，方次都畿。特示燕私，以將勤遇。

## 雄州賜大遼賀同天節人使却迴御筵兼撫問口宣

有敕：卿等抗旜歸國，總轡在疆。方兹炎歊，亦既勤勩。就頒燕衎，式示眷懷。

## 就驛賜大遼賀同天節人使却迴朝辭訖酒果口宣

有敕：卿等奉將聘禮，來會誕期。惟鄰好之踐修，嘉使容之飭備。當申頒賚，以侑燕私。

## 賜真定府路臣寮等初冬衣襖口宣

有敕：卿等水澤將堅，風飆載厲。永懷黎獻，方寄外憂。當飭使軺，就頒篋服。

## 賜召學士馮京入院口宣

有敕：卿文備國華，學該世務。祥琴既御，吉服以朝。宜復禁塗，往供辭職。

## 賜召滕甫入院口宣

有敕：卿夙稱才敏，久擅文華。當解風憲之嚴，以豫論思之密。

# 王安石文集卷第四十九

## 外制

### 召試三道

#### 節度使加宣徽使制[一]

門下：推轂授師，擁旄乘塞。擅生殺之柄于外，繫安危之體于中。厥有顯庸，宜膺寵數。誕揚孚號，明示庶工。

具官某學足以通大方，謀足以斷衆事。有經天之業，有扞城之材。比以明揚，屢更煩使。遂躋膴仕，良副訏謨。維塞路之要藩，實兵防之重寄。職爾鎮撫，紓予顧憂。蓋爵賞之加，不遺於近小；豈藩維之任，顧可以弭忘？用是疇其展寀之勞，寵以宣猷之號。繫人謀之衆允，匪朕志之汝私。

夫任重者其憂不可以不深，位高者其責不可以不厚。號名之美，禮秩之崇，非期假寵以擅榮，兹用論功而取稱。矧夫守國之圉，謀王之師，聯輔相之籍於殿中，居士民之瞻於天下。其思祇慎，以副褒優。可。

翰林學士除三司使制

敕：三司使，天下之盛選也。自尚書六官名存實去，而三司之職事所總居多。則非夫仁明肅艾足以輔世濟物者，奚宜任此哉？具官某有疏通之才，有直亮之操。閎言崇議，足以經綸王家；高文典策，足以鼓動當世。遂以人望，揚于禁林。若夫施政之後先，生財之本末，蓋嘗深思而熟講，殫見而洽聞。則居天下之盛選，主朝廷之大計，詢考在位，孰如汝宜？

夫聚天下之衆者莫如財，理天下之財者莫如法〔二〕，守天下之法者莫如吏。維予任汝，其聽勿疑！法之不善者，汝得以議而更；吏之不良者，汝得以察而去。則夫調度之不時，費出之無常，邦用之不給，元元困於征求而愁怨於下者，直汝之恥也。夫行己有恥而後可以爲士，矧吾左右信任，詢謀所同，而觀聽之所在者乎？往祇厥官，其亡以寵利而爲士恥。可。

誡勵諸道轉運使經畫財利寬恤民力制

夫閔仁百姓而無奪其時，無侵其財，無耗其力，使其無憾於衣食，而有以養生喪死，此禮義廉恥之所興，而二帝三王誡敕百工諸侯之所先，後世不可以忽者也。朕夙興夜寐，聽治不怠，囿游宮室之觀無所增飾〔三〕，而躬以節儉先天下之士。然而不忍人之政，考諸先王，未有以及之也。凶年飢歲，民之父子夫婦，猶有不得保其家室而放乎溝壑。意者吏或不良，不知所以賑救省憂之方，而使之至此耶？今吾别諸道置使者〔四〕，使得察吏之良否而視民之疾苦，輒具以言。而任事者或不惟朕志之所急〔五〕，而以侵牟之爲故〔六〕，甚非所以遣使者慰安元元之意也。

夫轉輸天下之財，以給有司之費，皆有常數，而無横求。誠能御輕重斂散之權，而禁因緣之姦，則何患乎經入之不足？彼前世良吏，能紓其民而官事亦不耗廢者，豈有他哉，亦在乎勉之而已。若乃操聚斂之嬴以爲功，而不知百姓與足之義，非惟逆於朕志，而有司考績之法，亦將不汝容焉。朕言維服，其聽毋怠！可。

〔一〕龍舒本題作「節度使加宣徽」。
〔二〕「理」，龍舒本作「治」。
〔三〕「游」，龍舒本作「苑」。
〔四〕「别」，龍舒本作「於」。
〔五〕「任」，龍舒本作「在」。

〔六〕「故」，聖宋名賢五百家播芳大全文粹卷九十一收録此文作「政」，永樂大典卷一五〇七三引臨川集亦作「政」。

皇姪右衛大將軍岳州團練使宗實可起復舊官泰州防禦使知宗正寺制〔一〕

敕：先王糾合宗族而分職以治之，所以嚴宗廟也。宗廟嚴，則禮俗成而天下治，其事豈可以輕哉？今朕選於近屬，以修宗正之官，亦先王治親之意也。以爾具官某惠仁孝恭，忠信純篤，故遷厥位，以稱禦侮之實，而使任事焉。夫士之欲施於政，未有不學而能者。學所以修身也，身修則無不治矣。朕言維服，爾往懋哉！可。

〔一〕「宗實」，龍舒本、遞修本作「英宗舊名」。

皇姪右衛大將軍泰州防禦使知宗正寺宗實可岳州刺史充本州團練使制

敕：孝子之思慕無窮，而送終有既者，先王之禮也。具官某祗慎克孝，能良於喪，去位家居，三年於此矣。其還位號，復序内朝。朕命維新，往欽無斁！可。

## 起居舍人直祕閣同修起居注司馬光知制誥制

敕：先王誥命之文，何其雅馴而奥美！雖出命非有司之事，而討論潤色，蓋有助焉。以爾具官某操行修潔，博知經術，庶乎能以所學，施於訓辭。俾掌贊書，往諧朕志！可。

## 起居舍人直祕閣同修起居注司馬光改天章閣待制制

敕：揚雄曰：「周之士也貴，秦之士也賤；周之士也肆，秦之士也拘。」蓋先王以禮讓爲國〔一〕，士之有爲有守，得伸其志，而在上不敢以勢加焉。朕率是道，以君多士。以爾具官某文學行治〔二〕，有稱于時，故明試以言，使司告命。而乃固執辭讓，至于八九。改序厥職，以伸爾志。是亦高選，往其懋哉！可。

〔一〕「蓋」下，皇朝文鑑卷三十八起居舍人直祕閣同修起居注司馬光改天章閣待制制有「言」字。

〔二〕「某」，皇朝文鑑作「司馬光」。「治」，龍舒本、皇朝文鑑作「義」。

## 翰林侍讀學士右正言馮京改翰林學士知制誥權知開封府制〔一〕

敕：學士職親地顯，而開封典治京師，非夫忠厚仁恕而有文學政事之能，孰可以任此？具官某造行直方，受材博敏，踐更中外，休顯有稱。論思禁林，尹正畿甸，詢謀惟允，其往懋哉！可。

〔一〕按，此篇亦誤載鄭獬鄖溪集卷四。

## 范鎮加修撰制

敕：昔周人藏上古之書，以爲大訓。而孔子春秋，天子之事也。蓋夫討論一代之善惡，而撰次以法度之文章，非夫通儒達才，有識足以知先王，不欺足以信後世，則孰能託尚書、春秋之義，勒成大典，而稱吾屬任之指乎？以爾具官某有該通之材〔一〕，有純潔之操。辯論深博，溢於文辭。論思禁林，時議惟允。則夫案善惡見聞之實，斷是非去取之疑，人之所難，宜以命爾。爾其精思熟考，自勉以古之良史，毋襲近世比事屬辭之失〔二〕，使來者無所考稽〔三〕！可。

〔一〕「某」，皇朝文鑑卷三十八范鎮加修撰作「范鎮」。

〔二〕「毋」上，皇朝文鑑有「然」字。

〔三〕「使來者無所考稽」，龍舒本、皇朝文鑑作「使無以考焉」。

## 右司諫趙抃禮部員外郎兼侍御史知雜事制

敕某：朕置御史以爲耳目，非更事久而能自稱職，則不以知雜事也。以爾嘗任言責，有猷有爲，行義之修，士人所譽，故遷郎位，使在此官。悉其誠心，迪上視聽，義之與比，時乃顯哉！可。

## 屯田員外郎韓縝改殿中侍御史制

敕某：朕使學士五人，舉二人以爲御史，又於二人擇取一人，而以汝爲之。汝名臣之子，世載榮問，愷悌忠信，學知大方。無蔽于憸人，無撓于大吏，無迪上以非先王之典而同乎流俗。時汝稱職，往其勉哉！可。

## 兵部郎中沈立可依前官充三司户部判官制〔一〕

敕某：擅一道之財而開闔斂散之，以給縣官之費，而又察舉吏士之賢不肖，問民之疾苦，與夫入佐三司而四方之言利者必稽焉，其職事之責等爾〔二〕。汝以才能屢試，而行義加修，使于東南，歲月久矣。還裨掌計之治〔三〕，所以慰將命之勞。惟爾博學多聞，固嘗知夫百姓與足之義。古人有言曰：「尊其所聞則高明，行其所知則光大矣。」可不勉哉！可。

〔一〕龍舒本題作「沈兵部充省判」。

〔二〕「等爾」，龍舒本作「重」。

〔三〕「治」，龍舒本作「位」。

## 度支員外郎充祕閣校理李大臨三司度支判官制

敕某：天下之食貨，皆領於三司，故朕常難於置使，而又考慎其屬以稱之。爾以文學爲官，而政事嘗有所試，清明敏達，可使治煩。往踐厥官，其知所守矣！可。

## 金部郎中朱壽隆三司鹽鐵判官制

敕某：取於山海之無窮，以助縣官之不給，所以開闔斂散之，不可以無術也。非夫廉辨敏明之吏，孰能任此者乎？爾純行美材，久於煩使，往共厥服，維是勉哉！可。

## 度支員外郎李壽朋開封府推官制

敕某：朕布大慶於天下，惟士之有能有爲而不獲盡者，豈一日而忘哉？爾以政事之材而濟之文學，無所避憚，以修厥官，陷于吏議，失職久矣。尹正畿甸，四方所瞻，姑往佐之，以永民譽。可。

殿中丞充集賢校理陸經開封府推官制

敕某：天下無事，休養生息，百年於此。而京師之人衆矣，獨開封以一尹治之，故朕常慎擇材士以爲之佐，庶幾乎其不勞而治也。爾材茂質美，久於湮阨，而智能彌劭，行義加修。姑使治煩，往其自勉！可。

太常博士充祕閣校理張洞開封府推官制

敕某：開封任重事叢，故常擇才士以爲之佐。爾以文章學問，列職校讎。出試一州，風績彌劭。膺此遴選，往其勉哉！可。

左司諫王陶皇子伴讀制〔一〕

敕某：自天子至於士，未有不待學而成者。今朕欲進諸子於學，求可與居者，而大臣以爾爲言。爾久在諫工〔二〕，有聞於世。兹惟慎選，可不勉哉！可。

〔一〕龍舒本題作「左司諫王陶可皇子伴讀」。

〔二〕「工」，龍舒本作「垣」。

## 樞密直學士施昌言知渭州制

敕：夫出河祕文，中嚴於禁闥；臨渭分閫，外肅於戎亭。進陪侍從之聯，往膺經略之寄，兹爲異數，授受惟艱。具官施某才劭兼人，問望映世，早摅素藴，寖階清塗。南榻計庭，裨贊之功可紀；西廂樞府，論思之效尤彰〔一〕。洎出總於藩條，且屢制於邊瑣，事經畢舉，政績用成。宜易餘杭之符，就撫氐、羌之塞。爾其坐護諸將，善固吾圉。而今而後無西顧之憂者，繄爾之力，可不勉哉！可。

〔一〕「效」，原作「敕」，據遞修本、聽香館本改。

## 知制誥沈遘知杭州制

敕：東南奥區，杭越重鎮。眷惟師帥之選，屬于侍從之良。宜有褒優，式示毗倚。具官某風姿爽拔，器宇閎深。早登高妙之科，亟躋通顯之列。校文東觀，典學擅乎多聞；演誥西垣，英辭鼓乎群動。比抗章而請郡，期調膳以奉親。曾未期年，已聞報政。乃就更於淮海，庶益便於庭闈。載念錢塘之邦，方虚銅虎之守。宜共易俗之命〔一〕，仍選應宿之資。服我新恩，寵爾故里，與夫引會稽之紱，又相萬也。爾惟懋哉！可。

〔一〕「俗」，原作墨丁，今據光啓堂本、聽香館本補。

## 龍圖閣直學士知河陽李兑給事中依前龍圖閣直學士知鄧州制

敕：鄧於京西，爲一都會。提兵以守，常擇大吏。具官某寬和静深，方厚篤實。嘗由御史，遂爲諫官。延閣侍從之班，方維師守之任。焯有績效，見於事爲。序于東省之華，寄以南陽之重。按撫吏士，治軍牧民。敷宣詔條，鎮靖風俗。繄汝能力，往其勉哉！可。

## 龍圖閣直學士李柬之刑部侍郎充集賢院學士判西京留守司御史臺制

敕：古之仕者，難進易退。陵夷至於後世，而禮義廉恥幾乎息，恬於勢利者鮮矣，而苟得躁進者不乏於朝。教之末乎，朕甚患之。顧吾左右親近之臣，行義合於古之仕者，宜從其志，使在位之貪者有愧而慕焉。具官某名臣之子，能自修敕。出備蕃維之任，入爲侍從之官。而乃力辭顯榮，退就閑職。别都執憲，地清務簡。特峻秋官之秩，仍通麗正之班。吾惟爾嘉，其往居息！可。

## 知雜王綽吏部郎中直龍圖閣知徐州制〔一〕

敕某：知雜御史於朝廷之士爲高選，非精明彊直，不能稱其任也。爾更踐多矣，有聞於時。故從遠方，召置此位。乃以病告，至于再三。出臨大州，進直嚴閣。又增郎位，以寵爾行。其亦懋哉，往共厥服！可。

〔一〕龍舒本題作「知雜王綽可吏部郎中直龍圖閣知徐州」。

## 集賢校理鞠真卿可光禄寺丞依舊充集賢校理知壽州制〔一〕

敕某：付之千里之地，能禁暴去悍，拊循鰥寡，使良民有以休息，而吏不敢爲侵冤，豈非所謂能者哉？若爾之材，歷選于朝〔二〕，而久試于外，固時之所謂能者，朕所加省而不忘。今夫壽劇郡也，故徙汝以治之。而稽汝歲功，當得遷位。丞于光禄，其往勉哉！可。

〔一〕龍舒本題作「鞠學士知壽州」。

〔二〕「選」，龍舒本作「遷」。

## 何郯知永興軍制〔一〕

敕：朕初即位，慎考俊乂之臣，付之方鎮。具官某廉清質直，敦大詳敏。藝文之學，政事之材。左右具宜，以有聲績。作國西屏，雍維大都。鎮撫一方，老成是賴。序遷厥位，往牧其人。其勸猷爲，以膺任屬！可。

〔一〕龍舒本題作「龍圖何郯知永興」。

## 潘夙轉官知桂州制

敕某：桂於西南，爲一都會。蠻夷荒忽，鎮撫有宜。故於用人，常慎其選。爾清明敏達，寬博惠和。更事有功，簡在朝論。遷序郎位，往其勉哉！可。

## 尚書左丞余靖制

敕：朕有大賚，雖疏逖微細必加焉。況於位序高，任屬重，寵章徽數，其可略乎？具官某政事之材，藝文之學。踐更中外，光顯有聲。濟登大官，鎮撫荒服。能率厥職，相時休成。衍食序勳，往其祇服！可。

天章閣待制司馬光制

敕：陟降左右，司朕躬之闕者，至親篤信之臣也。邦有大賚，其可以後而忘乎？具官某政事藝文，操行之美。有聞於世，簡在朕心。相時明禋，庀事惟謹。進階序爵，其往懋哉！可。

尚書户部郎中知制誥張瓌制

敕：朕宗祀先帝，以配昊天，而均福釐於在位，疏遠微賤無遺者矣，又況於侍從之臣乎？具官某德厚資深，志方行潔。安於義命，爲世寶臣。考慎樂禮，相時大事。進階序爵，其往懋哉！可。

翰林學士知制誥賈黯轉官加勳邑制

敕：朕初即位，奉行先帝故事，不敢有廢也。具官某剛毅篤實，閎深博敏，先帝所遺以論思左右者也。其遷厥位，加賜恩典。其往欽哉！可。

翰林學士知制誥權三司使蔡襄轉官加食邑制

敕：朕祇若先帝之初，大賚以勞天下。職親地禁之臣，皆先帝所遺以助朕者也，其可以後而忘哉？具官某率德秉義，以綏寵禄。主國大計，功昭于時。班命有章，往欽無斁！可。

翰林學士兼侍讀學士知制誥充史館修撰王珪轉官加食邑制〔一〕

先帝投天下之艱以屬朕身〔二〕，永惟所與濟此者，豈非左右之良哉？具官某秉哲迪義，士民所望。論思潤色，有補於時。大賚之恩，外通四海。況於親近，豈可以忘？往服寵章，愈其慎毖！可。

〔一〕龍舒本題作「翰林學士兼侍讀學士禮部郎中知制誥充史館修撰王珪改吏部郎中加食邑五百户實封二百户餘如故」。

〔二〕「先」上，龍舒本有「敕」字。

## 翰林學士知制誥充史館修撰范鎮轉官加勳邑制〔一〕

敕：朕雖哀恫，永惟付託之重，不敢忘先帝寵綏海内，褒厚群臣之意。具官某敦大閎博，清明敏達。職親地密，爲國信臣。遷序位等，申之恩典。惟慎厥服，往膺顯榮！可。

〔一〕龍舒本題作「翰林學士右諫議大夫知制誥充史館修撰范鎮改給事中加輕車都尉食邑五百户餘如故」。

## 翰林學士知制誥權知開封府馮京轉官加勳邑制〔一〕

先帝以盛德成功〔二〕，克終天禄。眇然在疚，永念嗣訓。非左右之良，孰與濟此哉？具官某秉哲蹈義，士民所望。尹正京邑，善聲流聞。邦有大賚，當由貴始。往膺榮禄，無替厥修！可。

〔一〕龍舒本題作「翰林學士右正言知制誥權知開封府馮京改起居舍人加上騎都尉食邑五百户餘如故」。

〔二〕「先」上，龍舒本有「敕」字。

## 集賢院學士余靖轉官加勳邑制〔一〕

先帝君臨天下餘四十年〔二〕，功德之所及博矣。非文武之士，協力中外，何以致此哉！在後之侗，纂修成法。敢忘大賚，以勞衆工〔三〕？具官某敦大閎深，清明敏達。蕃屏帝室，厥功茂焉。恩典寵章，往其欽服！可。

〔一〕龍舒本題作「尚書左丞充集賢院學士余靖改工部尚書加柱國食邑餘如故」。

〔二〕「先」上，龍舒本有「敕」字。

〔三〕「工」，光啓堂本、聽香館本作「士」。

## 集賢院學士李柬之轉官加勳邑制〔一〕

先帝棄天下〔二〕，不及班命，以勞群臣。朕繼大統，其承厥志。具官某廉靜忠恕，濟以詳敏。能紹世美，爲時名臣。膺服寵章，往其思勵！可。

〔一〕龍舒本題作「刑部侍郎充集賢院學士李柬之改兵部侍郎加食邑實封」。

〔二〕「先」上，龍舒本有「敕」字。

## 龍圖閣直學士給事中吕公弼改工部侍郎制〔一〕

敕：褒德序功，制爲禄位，先帝所以熙庶政也。朕雖在疚，所不敢忘。具官某保身慎行，舊有榮聞。陟降左右，是爲世臣。惠綏西南，風績尤顯。冬官之貳，其往欽哉！可。

〔一〕龍舒本題作「龍圖閣直學士給事中吕公弼改尚書工部侍郎餘如故」。

## 待制司馬光禮部郎中制〔一〕

敕：左右侍從之臣，皆先帝所遺以助興政理者也。有勞可録，朕敢忘哉？具官某行義信於朝廷，文學稱於天下。比更任使，會課當遷。進位二等，以嘉爾績。爾方以經術入侍，而又兼諫争之官。往其思致厥身，使朕之聰明無所不通，爾亦維有無窮之聞。可。

〔一〕龍舒本題作「待制司馬光可禮部郎中」。

## 周沆右諫議大夫制

敕：堯舜黜陟幽明之法，其詳不見於經。蓋其考績之次序，必始於朝廷之貴者。朕率是道，進退百官。故於邇臣，無有私德。以爾具官某忠厚謹潔，惠和寬博。嘗被方維之重任，久參侍從之要官。内外之勞，皆宜有賞。而以稱士失實，控于吏議。爲郎武部，七歲于兹。著論積功，進位西省。夫職在盡規之地，官又以諫爲稱。維是將明，往其思勉！可。

## 右正言知制誥知越州沈遘起居舍人制

敕：列名侍從，分職方維。厥有庸勳，朕其甄序。具官某端良足以有守，精敏足以有謀。爲時賓臣，典掌明命。出撫州部，治聲流聞。内外之勞，進遷惟允。序官二等，以懋厥勤。是謂寵榮，往其祗服！可。

## 掌禹錫趙良規並祕書監制

敕：祕書圖籍藝文之府，而置監在光禄、衛尉諸卿之右。其材實德望，當有以稱之。以爾具官某等歷官兹多，服采惟謹。序于卿位，簡在朝廷。宣布詔條，討論典故。久於任使，亦各有勞。宜推增秩之恩，以信懋功之法。往從官次，無或不祗！可。

## 王綽祕書少監制〔一〕

敕：朕初嗣位，大賜天下。文武在位，各以序遷。具官某出入踐更，名聞休顯。奉常之副，用勞厥勤。乃辭官榮，以避親諱。綏予孝子，改貳祕書。往服寵章，靖共無斁！可。

〔一〕龍舒本題作「龍圖王綽可祕書少監」。

## 光禄少卿李丕緒少府監制

敕：少府古官，於朝廷之位尊顯矣。具官某行義祗飭，材能敏達。外更器使，績用每成。有司以聞，又當增位。往膺秩物，無怠厥修！可。

## 司封郎中宋任太常少卿制〔一〕

敕：士以序遷，至於卿位，亦榮矣。非才智有以任事，行義有以保身，豈能致此！具官某中外踐更，久於郎選。明習衆事，見稱於時。往即厥官，勉之無斁！可。

〔一〕龍舒本題作「宋任可太常少卿」。

## 江南西路轉運使吕公孺太常少卿制

敕某：太常兼夔與伯夷之事，非夫藝實德望有以過人，孰宜爲之貳也？爾名相之子，以才見稱。出入踐更，休有風績。序遷厥位，其往欽承！可。

## 職方郎中通判太原府馬從先太常少卿制

敕某：太常禮秩，異於諸卿。非文學入官，則不得爲其貳也。以爾行治之美，才能之敏，踐更多矣，皆有可稱。會課于朝，躋登此位。往求自稱，惟既厥心。可。

## 解賓王太常少卿制

敕某：今之太常，兼夔與伯夷之官。非夫寅恭清明，博習於禮樂，則孰能爲之貳也？今朕考行序勞，而以爾爲貳於太常。維爾嘗以材稱，而屢更任使。雖身在外，而名位亦云顯矣。所以稱此者，可無勉哉！可。

# 王安石文集卷第五十

## 外制

### 三司鹽鐵副使陳述古衛尉少卿制

敕某：考課黜陟之法，雖疏逖未嘗不信，又况於近而顯者乎？具官某以才自奮，能世其家。出入踐更，休有風績。列卿之貳，其往勉哉！可。

### 郭永可光禄少卿制

敕某：外廷之位，能至於九列者少矣。具官某踐更衆職，功善自昭。年除歲遷，以致卿位。進寵一等，往承惟休。可。

### 林億司封郎中制〔一〕

敕某：朕有官禄，慶賞以序功，而其施始於朝廷之近。爾以藝文被選，而多所踐更。

通籍禁中，庀官闕下。序遷郎位，既極左曹。往即寵榮，愈其勵勉！可。

〔一〕龍舒本題作「林億可司封郎中」。

## 薛求司勳郎中制

敕某：朕布大號，在廷文武之士，皆得進官一等。而伐閲當遷者，又各得以序遷。爾中外踐更，以才自顯。膺此恩典，往其勵哉！可。

## 權提點成都府路刑獄齊恢度支郎中制

敕某：朝廷選寘才臣，以使諸路，而察庶獄之不辜。厥有庸勳，朕當甄序。爾才能行義，士論所稱。會課有司，實應遷法。往膺休顯，其愈懋哉！可。

## 淮南轉運副使張景憲金部郎中制〔一〕

敕某：入佐三司，出使諸路，皆朝士大夫之高選。有勞當録，其可忘哉！爾行義之修，才能之卲〔二〕，見稱當世，簡在朝廷。會課進官，往其欽服！可。

〔一〕龍舒本題作「淮南轉運副使張景憲可金部郎中」。

〔二〕「卲」，龍舒本作「效」。

三司鹽鐵副使陳述古朝奉大夫司封郎中三司度支副使趙抃户部員外郎加上輕車都尉權三司户部副使張燾朝散大夫刑部郎中制

敕某人等：朕初嗣位，奉行先帝故事，不敢有廢也。具官某等行義稱於世，才能見於朝。佐國大計，爲功多矣。序遷位等，其往欽哉！可。

朱處約祠部郎中制

敕某：爾嘗爲御史，持論不阿。出守方州，稍遷使任。序功增秩，邦法有常。往懋厥修，以須進選！可。

孫抗孫琳祠部郎中制

敕某人等：都水之官廢久矣，朕修之，而用爾爲丞。爾維才能，懋建厥事。有司論課，當以時遷。進序名曹，往祗無斁！可。

提點福建路諸州刑獄公事王陶祠部郎中制

敕某：朕選置使者，清明于諸路，所以待之非輕也。爾踐更衆矣，才美有稱。備在遠方，能修其職。進遷位等，往愈懋哉！可。

權提點廣南西路刑獄杜千能祠部郎中制

敕某：朕初即位，群臣朝者，皆增位一等。有功當遷，又皆得以序進。爾材諝行治，見稱於衆。奉使于外，治聲流聞。會課進官，往其祗服！可。

三司户部副使張燾兵部郎中制〔一〕

敕某：考績三歲，進官一等，先帝所以勵群臣也。具官某秉哲迪義，有聲于時。能勵厥修，以宜官政。序功增位，其往欽承！可。

〔一〕此篇龍舒本不載。按，此篇又見於劉攽彭城集卷二十，題作「王安石可三司户部副使張燾可兵部郎中制」，當爲彭城集編者誤收。「王安石可」，衍。考劉攽元祐元年（一〇八六）十二月十六日方除中書舍人（續資治通鑑長編卷三百九十二元祐元年十一月戊寅李燾注），其時王安石已卒。而張燾任三司户部副使，在嘉祐、治平年間。續資治通鑑長編卷二百治平元年（一〇六四）三月丁酉朔：「命入内都知任守忠、權户部副使張燾提舉三司修造案。」

## 苗振職方郎中制

敕某：尚書郎中，序列五品。其於朝廷之位，亦已顯矣。爾用選擢，嘗更任使。積功久次，得在此位。所居三歲，宜進一官。至今而後得遷，乃以爾嘗有謫。朕於黜陟，豈苟然哉？自爾取之而已。往思自勉，以稱褒升。可。

## 王舉元刑部郎中制

敕某：薦非其人，而與其罰，古之道也。爾久以才實，外更任使。風績之卲，靡人不稱。而任舉有失，法當坐免。雖更赦令〔一〕，猶褫一官。以懲上報之稽，而塞人言之衆。膺踐厥服，往其勉哉！可。

〔一〕「赦」，原作「教」，今據遞修本改。按，此言王舉元雖因任舉有失，法當坐免，然遇大赦，故僅褫一官。

## 侍御史知雜事判都水監王綽刑部郎中制

敕某：御史皆吾耳目之官，而折百工以法刑之中者也。考其功狀，在法當遷，則吾豈可以忘哉？以爾具官某忠厚諒直，有稱於世。踐更衆職，皆以能聞。故寘之臺中，位次執法。名實之善，允于人言。姑疇積功，序進一等。位亦顯矣，往其勉哉！可。

## 胡況都官郎中制

敕某：爾以才行，自昭于時。外分將符，内序郎位。致勤厥職，三歲于兹。稽狀有司，法當增位。進遷一等，其往懋哉！可。

## 周燮都官郎中制

敕某：褒善録勤，邦有常法。爾以才能行義，登顯朝廷。序正郎位，三年於此矣。進遷一等，以懋厥勤。勵治我民，乃其能稱。可。

## 宋孝孫比部郎中制

敕某：褒功録善，邦法有常。爾共厥官，服采惟謹。久於郎選，會課當遷。愈其勉哉，以稱新命！可。

## 監在京都鹽院錢暄比部郎中制

敕某：古者官有職而命有數，非有職不足以序群才，非有數不足以差衆功。今官有品，猶古之命數也。命之數，自一推而上之至于九；官之品，自九推而上之至於一。大略蓋無以異，而其詳如此不同。唯其欲得賢者之在位，則古今一也。爾以才能行治，進序於朝。年除歲授，既得列於五品；久於職事，法又當遷，其亦可謂寵榮光顯矣。其思自勉，以稱吾欲得賢者在位之意哉！可。

## 三司户部判官充祕閣校理王繹工部郎中制

敕某：三司理財之吏，與館閣校文之官，皆朝廷雋乂之選也。其於進秩，有異數焉。爾以藝文世家，而祇慎謹飭，久在此位，有勞當遷。序于名曹，其往思稱！可。

## 李章屯田郎中制

敕某：褒善録勤，朝廷之政。爾才能行治，比見推稱。會考績之法，當增位序。進遷一等，其往懋哉！可。

## 周延雋屯田郎中制

敕某：郎中五品，而司田以待藝文之士。爾大臣之子，强學贍辭。出典一州，序功當進。往祗厥位，其克懋哉！可。

## 職方員外郎竇綱可屯田郎中制

敕某：漢明不以郎官假貴戚，以出宰百里爲不可以非其人。今之郎選，其重非漢比也，而郎中序于五品，其授豈可以輕哉？爾以文藝起家，以吏能從政。序遷此位，嘉寵爾勞。往服訓辭，勉求報稱！可。

## 職方員外郎卜伸可屯田郎中制〔一〕

敕某：郎中序列三等，其品皆爲弟五，非積功久次，則不得至焉。爾以文藝入官，而濟之謹潔。久於任使，當得進遷。玆維爾階，其往祇服！可。

〔一〕「伸」，原作「紳」，據遞修本改。按，卜伸，蕭山人，天聖二年（一〇二四）進士（萬曆紹興府志卷三十三選舉志四）。胡宿文恭集卷十五有薛仲簡可屯田員外郎蔣秘卜伸並可太常博士馬仲旦可殿中丞制。

## 職方員外郎朱從道可屯田郎中制

敕某：尚書郎選，於今爲重，而郎中列于五品。爾精敏强果，號爲才臣。積功累勤，以致此位。往共厥服，其愈懋哉！可。

## 晁仲綽鄭隨可屯田郎中制

敕某：郎中序列五品，非久於任使，有勞而無罰，則罕得至焉。爾以文藝起家，以才能爲吏。稱功累善，當得進遷。往其懋哉，思稱新命！可。

## 太常博士權御史臺推官杜訢可屯田員外郎制

敕某：尚書郎位，吾所重也〔一〕。爾名臣之子，行義修飭。才能有譽，而職事無過。

審官稽狀，當以時遷。新命維休，往其祇服！可。

〔一〕「重」，原作「量」，今據遞修本、四庫本、聽香館本改。按，此語本書外制中數見。如卷五十三前南儀州推官試大理評事馬房衛尉寺丞致仕制：「敕某：京官，吾所重也。」

## 駕部員外郎薛仲孺可虞部郎中制

敕某：郎中五品，於朝廷爲顯位。爾悉心爲吏，才敏見稱。嘗所踐更，咸有功最。進遷惟允，其往懋哉！可。

## 提刑楚建中可司封員外郎制

敕某：朕置使者，以察天下之獄。其選擇甚難，而視遇之甚厚。序功録善，其可忘乎？爾行治才能，有聲於世。服官惟稱，會課當遷。以懋爾勞，往其祇訓！可。

## 侍御史邢夢臣可司封員外郎制

敕某：侍御史於御史之選爲高，而尚書郎以司封爲前列。爾才能行義，嘗見推稱。於有言職，爲一臺高選。任責未久，序勞當遷。往副司封，愈其自勉！可。

都官員外郎充祕閣校理王昪可司封員外郎制〔一〕

敕某：爾以藝文高第，進仕朝廷。廉靖謹良，有稱於世。校文祕閣，典事方州。甄序歲勞，進遷惟允。往共厥服，其愈懋哉！可。

〔一〕「昪」，原作「弁」，據遞修本、四庫本改。底本目録作「昪」，聽香館本作「昪」。按，胡宿文恭集卷十四王昪可太常丞制：「敕某：早躋俊等。」即此人，寶元元年（一〇三九），王昪以第五名進士及第，寶慶四明志卷十：「王昪（略）中魁選，以文有摩改，奉旨特降第五名。」故制曰：「爾以藝文高第。」

權梓州路提刑都官員外郎張師顔可司封員外郎制

敕某：爾修潔精敏，達於從政。嘗更任使，皆以才稱。故以一路之庶獄，寄之督察。方行就事，會課當遷。往懋厥修，以求稱職！可。

度支員外郎充崇文院檢討晏成裕可司封員外郎制

敕某：爾以文藝之學，在討論之官。丞于太常，典掌禮樂。有勞可録，其以序遷。於世大家，爾爲能保。往思淑慎，無廢厥勤！可。

祠部員外郎充祕閣校理蔡抗可度支員外郎制

敕某：序功録最，邦法有常。惟敏厥修，乃能自稱。爾以校讎之選，受吾蕃屏之寄，材能行治，見譽於時。而會課有司，番遷厥位。官無虚授，往可勉哉！可。

權利州路轉運使度支員外郎蘇寀可兵部員外郎制

敕某：朕欲明清于吏民，而擇使以涖之，非特使之轉貨財以贍有司而已也。爾彊敏謹潔，達於從政。往充其選，克有成勞。序進一官，愈祗乃服！可。

三司鹽鐵判官度支員外郎集賢校理王益柔可兵部員外郎制

敕某：任賢使能，而繼之以黜陟。先王之所以治，未有改此者也。爾惟賢，故序于校讎之職；爾惟能，故列于會計之官。稽狀有司，法當增位。其遷一等，以懋爾勞。可。

太常博士充集賢校理同修起居注判三司度支勾院錢公輔可祠部員外郎制

敕某：序功黜陟，邦法有常。爾文章博美，行義純潔。施於政事，又以材稱。會課進遷，蓋維常法。往祇厥位，其亦懋哉！可。

國子博士朱延世可虞部員外郎制

敕某：尚書虞部，掌天下之山澤，而修其時禁。郎官職事雖廢，而官名猶貴於時，非歷試而有勞，即不得以在此位。若爾之潔廉畏慎，蓋知所以自保矣。其愈懋哉！可。

比部員外郎鄭伸可駕部員外郎制〔一〕

敕某：爾勤敏謹潔，以修厥官。會課有司，當得遷位。司輿之副，其往懋哉！可。

〔一〕「伸」，底本目録作「紳」，誤。按，鄭伸，治平年間曾知常州。沈括夢溪筆談卷二十：「治平元年，常州（中略）州守鄭伸得之，送潤州金山寺。」

## 都官員外郎許遵可職方員外郎制

敕某：爾進以藝文，而兼通律令之學。故於爲吏，常以才稱。第課有司，當得進位。祇予新命，厥往懋哉！可。

## 都官員外郎陳汝義可職方員外郎制

敕某：審官之法，吏有勞而無罪，至於三歲，則遷位一等，亦所以勸也。爾文學政事，有稱於世。久更任使，會課當遷。往服寵章，愈其思勵！可。

## 都官員外郎章俞可職方員外郎制

敕某：爾以藝文之學，政事之材，所更滋多，皆有善最。三載考績，法當進遷。往踐厥官，愈其思勉！可。

## 韓繹可職方員外郎制

敕某：三歲一遷，審官馭吏之常法也。然非智謀忠力能舉其職事者，亦何以稱此哉？爾纘德善之慶，而以藝文自奮。施於吏政，强敏有聲。膺此寵榮，其知勉矣！可。

## 都官員外郎劉牧可職方員外郎制

敕某：朕置使者，以察諸路，而選才士以佐之。爾行義智能，比見稱述。往共職事〔一〕，會課當遷。懋勉厥勤，以稱官使。可。

〔一〕「共」，原作「其」，今據四庫本、聽香館本改。按，「共職」，即供職、奉職。本書卷五十一施遜大理寺丞制：「敕某：三歲一遷，朝廷之法爾。共其職事，在法當遷。」

## 都官員外郎王易知可職方員外郎制

敕某：爾久於試用，常以才稱。出守一州，可有爲矣。而有司會録，當得進官。往既厥心，以祇予訓！可。

## 屯田員外郎謝景初可都官員外郎制

敕某：周官司士，三歲則稽士任，進其爵禄，而方今審官之法用焉。爾名臣之子，操行修潔。文學政事，有稱於時。審官序勞，當以時進。往踐爾位，厥維懋哉！可。

屯田員外郎何世昌可都官員外郎制

敕某：尚書之實多廢矣，而郎位尚爲朝廷所重。爾藝文操行，政事之材。推舉進遷，以至於此。出佐州治，論功應條。改序中行，往其祇服！可。

屯田員外郎陳安道可都官員外郎制

敕某：士夫奉法循理，以共厥服。至於三歲，而無咎罰，其可無進遷之法，以慰勉之哉？爾藝文起家，而行義修飭。比更器使，實以才稱。往服寵章，愈其思勉！可。

屯田員外郎晁仲約可都官員外郎制

敕某：褒善録勤，朝廷之政。爾清明敏達，士類所稱。典治一州，風政彌劭。有司序績，當得進遷。往服寵章，愈其思勉！可。

屯田員外郎唐諲可都官員外郎制

敕某：爾藝文行治，進有可稱，爲郎尚書，三年於此矣。職事之最，法當進遷。愈其懋功，以對新命！可。

屯田員外郎林大年可都官員外郎制

敕某：士之有爲者，豈必慶賞而後勸哉？然黜陟者勵世之通法，而爲天下者所不能廢也。爾被文蓄德，從政有聲。會課當遷，序官一列。往其勵勉，膺此寵榮！可。

太常博士胥元衡可屯田員外郎制

敕某：仕於朝廷者，有勞而無罪，至於三歲，則遷位一等，所以明有勸也。爾名臣之世〔一〕，行義修飭。以才自奮，從政有稱。往服寵章，愈其思勉！可。

〔一〕「世」，聽香館本作「子」。

太常博士李處厚可屯田員外郎制

敕某：爾政事之材，藝文之學。潔身慎行，皆以有稱。試請利權，是亦煩使。序功録最，當得進遷。列職南宮，往其祇服！可。

## 比部員外郎吕元規可駕部員外郎制

敕某：褒善録勤，邦有常法。爾護軍羅，將邊漕，悉心營職，才諝見稱。會課序遷，往其祇服！可。

## 吴充轉官制〔一〕

敕某：士之好德樂善而無求〔二〕，則爵賞有不足以勸焉，而爵賞固不廢乎無求之士。爾文章行義，政事之實，士友之所服〔三〕，朝廷之所稱。然方試爾于外〔四〕，以觀爾爲，而審官上爾歲月之勞，法當遷位一等。此雖不足以爲爾勸，而天下至公之法，不可以廢者也。往其懋承之哉！可。

〔一〕龍舒本題作「吴學士轉官」。
〔二〕「求」，安正堂本作「私」。
〔三〕「士」，龍舒本作「僚」。
〔四〕「然」，龍舒本作「朕」。

## 劉敞轉官制

敕某：褒善録最，朝廷至公。況吾邇臣〔一〕，在法當陟〔二〕。具官某文章博美，政事詳敏。心通道德之意，躬率仁義之行。久於侍從，實允詢謀。付以方維，又能鎮撫。甄序乃績，進遷厥官。朕命惟休，往其祗服〔三〕！可。

〔一〕「況」，安正堂本作「爲」。

〔二〕「在」，安正堂本作「銓」。

〔三〕「往」，安正堂本作「爾」。

## 劉覺等轉員外郎制〔一〕

敕某：官所以制禄位之等〔二〕，職所以叙才分之宜。視職之廢舉與行之失得，而下上其官〔三〕，此吾爲天下立法，以廢置賞誅之大體也。爾持其行而無失〔四〕，修其職而無廢。三年於此矣，不可以徒置也，宜有賞焉。序進一官，往欽乃服！可。

〔一〕龍舒本題作「劉覺等轉官」。

〔二〕「等」，遞修本作「事」。
〔三〕「下上」，安正堂本作「爲」。
〔四〕「爾」，龍舒本作「汝」；「行」，龍舒本作「法」。

## 王伯恭轉官制

敕某：方今仕於朝廷者，率三歲而一遷，論者患其不足以勸功。然日月久矣，能祗慎不怠，免於罪悔，則亦宜有以褒嘉，此朕所以使爾得遷之意也。士之爲義，蓋有常心。何必利焉，然後知勸？可。

## 王允轉官制

敕某：爾能誦先王之言，以得禄位。施於有政，又以才稱。丞于殿中，歲月久矣。博士之選，儒者所宜。以爲爾官，其往祗載〔一〕！可。

〔一〕「其往」，龍舒本作「往其」。

## 李正臣轉官制

敕某：書曰：「欽哉欽哉，惟刑之恤哉！」此吾所以建審刑之職，而擇取智能之士，以爲詳議之官。爾以藝文起家，又能明習法令。靖共厥位，有伐當遷〔一〕。姑使序于太常，而仍其覆讞之事。往爲審克，以稱欽恤之意。可。

〔一〕「伐」，龍舒本作「秩」。

## 劉叔寶轉官制

敕某：士之修身慎行，宣力四方，豈皆以取爵禄之報哉？蓋其志有以謂義當如此。然而爵禄必稽行治勞烈而加焉。今吾序進爾官，以有積功之實，義不可以無報也。在爾自爲，則欲知夫義當如此，而無志乎寵利，然後可以事君。往其勉哉，尚有終譽！可。

# 王安石文集卷第五十一

## 外制

### 樞密院編修周革轉官制

敕某：語曰：「前事不忘，後事之師也。」今吾樞密之府，自祖宗以至於今，不啻百年。捍患持危應變之大計，與夫將相論議之臣密謀要策有補於世者，皆具在此。而文書貿亂，淆雜而無紀，亦何以待後事乎？故擇能臣，使序次焉。而爾以才稱，實當其任。今遷爾位，唯是勉哉！可。

### 屯田員外郎任迥等加勳制

敕某等：朕獲休享于神，而嘉與在位，同其福禄。爾等並由材選，列在郎位。相時釐事，能勵厥勤。甄序有差，往其祗服！可。

## 張慎修等改官制

敕某等：士之選於吏部者多矣，以貌以言而取，吾皆不足以得之〔一〕。此吾所以推耳目之任，而付之刺舉之臣，使各察其所部，而以賢才告上。今爾等從政于外，而爲刺舉者所稱，故吾召見于庭，而秩以省寺之官。往其勉思所以事君，無使稱爾者受不任之咎！可。

〔一〕「吾」，龍舒本作「而」。

## 徐師回等改官制

敕某等：詩曰：「不解于位，民之攸塈。」蓋吏能夙夜不懈於其職事，以無過失，然後民得以服勤，而有勸功樂業之意。吾所以制爲禄位，以待天下之吏，以時論其功狀而進退之，凡以爲民也。爾等並列於朝〔一〕，而久於其職，序遷爾位，惟是勉哉！可。

〔一〕「並」，龍舒本作「久」。

## 磨勘轉官制二道〔一〕

敕某等：有司考爾等之伐閲，而揚爾等於朝廷。朕親覽焉，皆應遷法。夫命官賦禄之事，朕非輕之也，維以章有德，序有功。名在審官，則三歲而一遷，亦維以閔夫職事之勞，而勉之盡力。爾等勿謂名器之可計日以自取也，而無報上之意焉。可。

二

敕某：虞以九載黜陟庶官，周以三歲誅賞群吏。其爲法異，而勸沮之意同。爾之積功實，應遷法，序進厥位，維以勸能。書不云乎：「德懋懋官，功懋懋賞。」爾則善也〔二〕，朕何愛焉！可。

〔一〕龍舒本題作「磨勘轉官三道」，第一道與「大理寺丞張服改太子中舍」重出，詳下。

〔二〕「也」，龍舒本作「懋」。

## 明堂宗室加恩制〔一〕

敕某：朕既肆祀於明堂，而大賚以布神之福。爾列名屬籍，序位内朝。肅雝在庭，克相釐事。以差受寵，其往懋哉！可。

〔一〕龍舒本題作「皇親叔敖轉官加勳二」之二。

## 皇姪孫左屯衛大將軍登州防禦使世永改隴州防禦使制

敕：朕永惟太祖皇帝德加於後世博矣，而諸孫爵位，莫有顯者，甚非所以惇叙九族，承宗廟之意也。具官某躬率德義，克承厥休。方將營衛之屯，而領兵防之任。其正使號，稱朕志焉。可。

## 皇姪右衛大將軍蘄州防禦使從古登州防禦使制

敕：朕選於近屬，以治親親。唯賢與能，宜在此位。具官某躬率德善，自昭于時。以選攝事，久勤不懈，其遷使號而正其職服之名焉。往踐寵榮，愈思慎毖！可。

## 皇姪曾孫太子右內率府率令磋右千牛衛將軍制

敕某：治天下自人道始，而以治親爲先務。爾序于屬籍，率履不違。遷率東宮，十年於此矣。進踐禄次，往其欽承！可。

## 鄭穆太常博士制〔一〕

敕某：士之著籍審官者，雖在疏逖，猶三歲而一遷。又況以才被選，有職事於禁門之内者哉？嘉爾言行，發聞于世。膺此恩典，往其欽承！可。

〔一〕龍舒本題作「鄭穆可太常博士」。

## 錢衮太常博士制〔一〕

敕某：太常古宗伯之官，而博士掌其掾法。增損因革〔二〕，皆合於事，久而不失先王之禮意，然後可以爲能，其任固已重矣。今雖職廢，而非文學出仕，則不得以名官。爾以叙進，而膺此選，其尚能勉，以求稱哉！可。

〔一〕龍舒本題作「錢衮授太常博士」。

〔二〕「革」，龍舒本作「造」。

## 集賢校理周豫太常博士餘如故制

敕某：籍於審官之士，雖身在外，有司會其伐閲，歲滿輒遷，況於以才進選而列職祕近者哉？爾維畯良，膺此恩典。往其祇勵，以服寵榮。可。

## 楊南仲太常博士制

敕某：爾文學藝能，見稱於世。服官惟謹，克以有勞。丞于太常，是謂華選。遷秩博士，往其欽哉！可。

## 姚原道太常博士制

敕某：爾以藝文出仕，而才謂見稱。備任遠方，有勞當録。博士之選，往其欽哉！可。

## 晏崇讓太常博士制

敕某：爾名臣之子，行義修飭，能以藝文自奮，而於職事有勞。序遷厥官，其往祇服！可。

劉温太常博士制

敕某：爾丞祕書三年矣，故稽爾功狀，秩于太常。爾行義才能，有稱於世，無曰官小，往其欽哉！可。

柴餘慶國子博士制〔一〕

敕某：爾於爲吏，才敏見稱。會課有司，當得遷位。博士之選，往其勉哉！可。

〔一〕按，此篇亦載翟汝文忠惠集卷三，誤。

邵亢太常丞制〔一〕

敕某：古者尚賢而輕爵，好藝而賤禄，所以士樂羞其行而爲時用也。爾列于東宫之職事，三年於此矣。群牧之任，開封之選，皆能稱職，遂佐三司。其序爾功，進官一等。若爾之藝文政事，吾豈有愛於爵禄乎哉？往懋厥修，以需其後。可。

〔一〕龍舒本題作「省判邵亢可太常丞」。

蔡説殿中丞制

敕某：宗祀之成，慶覃疏逖。爾久於常選，丁此殊恩。甄序有榮，往其祗服！可。

晁仲熙殿中丞制

敕某：爾以謹潔，能不失其世守，故積功久次，致位於朝。往佐一州，又應遷法。愈其懋勉，以稱褒嘉。可。

王元甫殿中丞制

敕某：吏之有籍於審官者，三歲一遷，所以勸勞也。爾以才備任，積課應條。往服命書，愈其思勉！可。

高應之國子博士張俅太常丞范褒殿中丞制

敕某等：爾等親吾民于外，而吾使有司會課于中，皆能有勞，以應遷法。夫上之爵賞無私，德惟以治。人臣能率職以治人，則可謂能報上矣。各踐爾位，惟時勉哉！可。

## 胡掖殿中丞制

敕某：汝官在東宫，而得列於朝廷之位，有司奏課，當以時遷。夫禄所以等功，位所以序德。朕所以命汝者，每加厚矣；汝所以報稱者，亦可以勉哉！可。

## 王介祕書丞制

敕某：朕設科以來異能之士，而親發策問之。爾言不阿，而學問多中乎義理，其遷厥位，以嘉爾之能言。夫士無不能，有不爲爾。若爾之修潔有志，而濟之以明敏之才，惟所施焉，將無不至，況於一官之小，豈以不稱爲患也哉！可。

## 毛篪祕書丞制

敕某：古人有言曰：「無常産而有常心者，唯士爲能。」夫所謂士者，不以無常産而變易其心，又奚俟於爵賞而後勸哉？然士之有功，則爵賞加焉，天下大公之法也。爾以進士起，而序於王官之列。出長一邑之民，有勞而無罪，三年於此矣。其使遷秩，以信大公之法。朝廷之位，亦加顯矣，所以爲士者，可不勉哉！可。

許懋傅顔並祕書丞制

敕某：爾雖任職于外，而功罪之籍，實在審官之府。以時會課，於法當遷。夫三歲而序一官，在位之所同〔一〕。然材實行治，不有以稱其位，則孰以爲非苟得也？爾以藝文自奮，而由稱舉以至於此，其知之矣，可不勉哉！可。

〔一〕「在位」，原作「在會」，今據遞修本改。

陳舜俞祕書丞制

敕某：爾以賢良應詔，朕嘗親册而秩以京官。幕府三年，序遷一等，此特有司之常法爾，豈所以待異能之士哉？往其勉之，以俟時用！可。

句士良祕書丞制

敕某：爾佐著作于祕書三年矣，審官稽狀，當進一官。惟爾以文藝起家，而以吏能爲邑，往欽新命，其克勉哉！可。

## 國子監直講商傅光禄寺丞制〔一〕

敕某：爾博讀群經〔二〕，而能通知其義，故選於衆，以教國子。有司稽任，當以勞遷。往服爾官，愈其思懋！可。

〔一〕「傅」下，龍舒本有「可」字。

〔二〕「博」，原闕，今據龍舒本補。

## 張璘光禄寺丞制

敕某：爾父爲吾執政之官，而爾能夙夜祗飭，以修其職事，可謂能世其家矣。今有司會課，而吾以爾丞于光禄。往思勵勉，以永燕譽之終哉！可。

## 王峋光禄寺丞制

敕某：詩曰：「維其有之，是以似之。」以爲賢者之後，功臣之世，非有以存之，則無以似續其前人也。爾以蔭籍入官，而能舉其職，以應有司之遷法，可謂之似續其前人矣〔一〕。

丞于光禄，其往勉哉！可。

〔一〕「之」，原作「知」，據遞修本改。黄校曰：「『之』，明刊『知』。」

## 王佺光禄寺丞制

敕某：爾大臣之家，賢者之後，能自策勵，不隳其官。序勞當遷，往踐厥位。無忝爾祖，乃惟顯哉！可。

## 奏舉人前陝州節推郎凡衛尉寺丞制

敕某：選於吏部者多矣，非使在位者舉其類，則善人豈能自進乎？爾能勵厥官，以多薦者，丞于衛尉，其愈祇修。可。

## 孫琪衛尉寺丞張次元大理評事制

敕某等：材施於一邑，知效於一官，至于三年而無職事之負焉，不可以無報也。序進一等，往其懋哉！可。

## 柴元謹衛尉寺丞制

敕某：商之有征久矣。所以銷沮游末，而勸之力本，非特收其嬴財，佐公上之急而已也。爾勤其事，以有累日之功，序進一官，以從大雅「無德不報」之義。爾維世族，尚克勉哉！可。

## 奏舉人前梓州鄞縣主簿陳巨卿衛尉寺丞奏舉人前權復州軍事推官孫琬大理寺丞制

敕某：選於吏部者多矣，非使在位者舉其類，則善人豈能自進乎？爾能勵厥官，以多薦者，丞于卿寺，其愈祇修！可。

## 張服尹忠恕張慎言孫昱太子中舍制〔一〕

敕某：周官：「三歲則大計群吏之治，而誅賞之。」故朕時憲，以爲考績之法。夫吏者三歲能率職礪行，而無罪悔，是宜有賞〔二〕。序官一等，以慰爾勞〔三〕。維爾良能，宜加報稱。可。

〔一〕龍舒本題作「大理寺丞張服改太子中舍」。此篇又重見於龍舒本卷十三磨勘轉官三道其一。
〔二〕「是」下，龍舒本有「亦」字。
〔三〕「勞」下，龍舒本有「績」字。

## 薛昌弼雷宋臣太子中舍劉師旦殿中丞制

敕某：審官考課之法，成於先帝之時。朕維奉循，以職名器。無有親疏遠近，使有司一是以待之。嘉爾有勞，序遷一等。勉共爾位，率志忘私。庶乎能稱爵賞之公，而終無尤於職事。可。

## 方蘋高安世張湜傅充並太子中舍制

敕某等：吾於爵禄甚慎，閔仁百姓甚篤。爾等或專一縣，或佐一軍，而皆列於卿丞之籍，蓋嘗有所試矣。今有司序功，當得遷位，吾雖甚慎爵禄，而於爾等無所愛焉。其勉思拊循百姓，以稱吾閔仁甚篤之意。可。

## 黄汾太子中舍制

敕某：吾擢天下之才，而立民長伯。萬家之縣，又有戎馬之任焉，其稱甚難。而爾能其事，有勞遷秩，毋廢爾成。可。

## 王塾太子中舍制

敕某：爾丞于理，亦既三年。有職事之勞，無行義之過。使遷厥位，著籍外廷。夫與於燕而坐於朝，報禮亦云異矣。往祇乃服，其可不思！可。

## 奏舉人前永興軍節度掌書記王申等太子中允制

敕某等：皆以藝文起家，而久於常選。才能行義，數見推稱。揚于朝廷，各命以位。往共厥服，可不勉哉！可。

## 雷宋臣太子洗馬制

敕某：周人事神以諱，而不諱嫌名。持循至今，遂著爲律。爾以難避之諱，而辭當拜之官。自言冒榮，有所不忍。其更位號，以慰孝思。慎爾百爲，勉求稱此！可。

## 熊本著作佐郎制〔一〕

敕某：吾歲取吏部之選者，以爲宮監省寺之官，常不啻乎百人，論者患其多焉。詩不云乎：「濟濟多士，文王以寧。」有天下者，豈以士多爲患哉？顧其所取何如爾。汝藝文政事，皆見稱述，往踐禄次，蓋將有補於時。使人視吾所取而不以爲多，在汝勉之而已。可。

〔一〕龍舒本題作「熊本轉著作」。

## 高旦著作佐郎制

敕某：唐虞以三考黜陟幽明，而其所命，或終身於一職。然則其所謂陟者，蓋爵服之加而已。今之增位，猶古之加爵服也。以爾久於職事，而功用應於有司之法，故使增位以報焉。雖考績之歲月，與黜陟之方〔一〕，古今不同，而吾所以褒勵庶工，非與唐虞異意。爾其毋怠，思稱厥官。可。

〔一〕「考績」，龍舒本作「所更」。「方」，龍舒本作「法」。

國子監直講孫思恭著作佐郎制

敕某：爾才能行義，有超卓之譽於時，故遷於衆〔一〕，以教國子，而又寵以校讎之官。有司稽勞，當得遷位。列職東觀，往其懋哉！可。

〔一〕「遷」，龍舒本作「選」，義長。

奏舉人前祁州深澤縣令王廣廉著作佐郎制

敕某：爾用舉者爲縣，又能修其職事，而舉者衆多。升序厥官，屬之東觀。夫士之有能有爲也，豈必戒敕而後勉哉？爾以才稱，其知自勸矣。可。

奏舉人編校昭文館書籍孫覺著作佐郎制

先帝置校讎之官，所取皆天下望士。爾惇行力學，爲時俊傑。治民有紀，稱者衆多。會課進遷，往共厥服！可。

## 奏舉人姚闢著作佐郎制

敕某：祕書省有著作之官，所以待藝文之士。爾贍辭博學，而爲吏有聲。甄績序材，以登兹選。往共職服，其亦勉哉！可。

## 奏舉人游烈等著作佐郎制

敕：某等皆以藝文起家，而久於常選。才能行義，數見推稱。揚于朝廷，各命以位。往共厥服，可不勉哉！可。

## 奏舉人張公庠著作佐郎制

敕某：爾嘗爲令，而能以材諝，爲在勢所稱。寘諸京官，以懋乃績。往踐禄次，愈其勉哉！可。

## 高膚敏崇大年並著作佐郎制

敕某：爾等皆以才能，序于莫府。舉其職事，稱者衆多。會課超遷，往其祗服！可。

## 潘及甫著作佐郎制

敕：某等選於吏部久矣，皆能以才自奮，爲在位者所稱。稽狀有司，列官省寺。往須器使，無替厥修！可。

## 奏舉人阮遡著作佐郎馬好賢大理寺丞制

敕某等：省寺之有丞郎，其名位高下不同，而於今皆爲遴選。爾等從事于外，以能見稱。有司書勞，朕所親覽。各踐厥位，往惟慎哉！可。

## 直講劉仲章大理寺丞制〔一〕

敕某〔二〕：爾方以經術教國子，而有司會課，當得進遷。爾以通經，發聞于世。允蹈所學，尚何訓哉！可。

〔一〕龍舒本題作「直講劉仲章可大理寺丞」。

〔二〕「某」，龍舒本作「仲章」。

## 施遜大理寺丞制〔一〕

敕某〔二〕：三歲一遷，朝廷之法。爾共其職事，在法當遷。往懋厥修，以祇朕訓！可。

〔一〕龍舒本題作「施遜可大理寺丞」。
〔二〕「某」，龍舒本作「遜」。

## 奏舉人周同大理寺丞制〔一〕

敕某：爾能勤厥官，以有舉者，有司條奏，在法宜遷。使得傅籍於審官，以爲大理之屬。當知夫名器之不可以徒得也，往思懋勉以稱之！可。

〔一〕龍舒本題作「奏舉録事參軍周同可大理寺丞」。

## 吴安操大理寺丞制

敕某：爾名臣之家，能自修飭。考論功最，當得進遷。往服官成，勿墮所守。可。

## 高定大理寺丞制

敕某：朕布功賞之信，苟有功可以中率，則無擇小大遠邇而加焉。今有司條奏爾勞，在法當賞。往丞于理，其懋厥官！可。

## 林宗言大理寺丞制

敕某：有司言爾當遷，而朕視功狀，如有司之言，故使遷爾位一等。吾嘗詔有司，以時視士大夫功狀而叙進之，毋使自言，欲夫在位知有禮讓，而不以官爲利也。爾知之矣，可不勉哉！可。

## 徐縝大理寺丞制

敕某：爾出於世禄之家，而服勤筦庫之事。行不愆於法，才不曠其官。遷以報功，往其思勗！可。

## 李文卿大理寺丞制

敕某：吏之近民者莫如令。故位非高也，禄非多也，而吾不輕以與人。爾得爲之，以有稱者。往施於政，又以才稱。寘諸京官，以待任使。思永終譽，厥惟勉哉！可。

## 奏舉人陳仲成大理寺丞制

敕某：歙之爲州也，窮於山谷之間，吏常患乎州窮，而刺舉者有所不知。爾勤其官，而稱者甚衆，可謂能矣。其進以爲京官。往懋乃成，以終有譽！可。

## 張諲大理寺丞制

敕某：古之爵賞，與士共之。雖有衆譽，而功實不副焉，亦不可以幸而得也。此吾所以閱稱舉之衆，而又稽歷試之勞，然後命爾以丞于大理也。夫去吏部之選，而有録於審官，能祇慎不懈，以免於文吏之議，則雖高位，尚可以循而至。可不勉哉！可。

## 鄭民表韓燁大理寺丞制

敕某：爾服勞州縣，才諝見稱。甄序厥功，使丞于理。往祇休命，惟既爾心。可。

## 吴太元大理寺丞制

敕某：審官之法，三歲一遷。爾嘗有罪，故使序于大理，四年而後，遷以爲丞。賞誅黜陟，吾無私焉，皆爾自取也。施於有政，可不勉哉！可。

## 奏舉人劉公臣白贇並大理寺丞制

敕某等：今吾大吏，舉非其人，有坐斥廢。其於舉人，豈顧不慎哉！然而坐斥廢者，時時有之。此殆求舉者不一其始終，以負之爾。今爾等皆以衆舉，故吾命以京官。勉思一其始終，以無負於舉者。可。

## 國子監直講編校集賢院書籍錢藻大理寺丞制

敕某：朕設科以招方正之士，而爾應其求；置局以儲儁乂之材，而爾充其選。有司會課，當得進官。若爾之諒直多聞，方且善其行以爲時用。往祗厥位，可不勉哉！可。

## 段叔獻大理寺丞制

敕某：以爾典京師之獄，滿歲於此矣，而未嘗有失。丞于卿位，以懋爾勞。維朕哀矜庶獄之有不辜〔一〕，爾所知也。守爾常操，尚無誤哉！可。

〔一〕「不辜」，原作「不幸」，據龍舒本、聽香館本改。遞修本黄校曰：「『幸』宋刊『辜』，明刊『幸』。」不辜，即無罪。下文陳確大理寺檢法官制亦曰「庶獄之不辜」。

## 奏舉人于觀大理寺丞制

敕某：方今漕頻海之鹽以食東南，而收其息以佐有司之急。倉庾之官，一失職而至於耗惡，則足以匱國而傷民。故稱舉能吏，而待之厚賞，所以勸也。爾從其事，能有成勞。丞于理官，往踐無懈！可。

## 馮翊辛景賢大理寺丞制

先帝使大吏推舉常選之士，以補省寺之屬。爾能修其職事，而舉者衆多。率由舊章，命爾以位。往祇厥服，以稱甄升！可。

## 試大理司直兼監察御史朱束之大理寺丞制

敕某：爾以幹□謹潔，能舉其職事，而屢爲在位者所舉。歲滿序功，法宜有賞。理官之屬，其往懋哉！可。

## 陳確大理寺檢法官制〔一〕

敕某：朕制中典，以刑四方，非惟不失天下之姦，亦以使人無犯有司而已〔二〕。今明試爾才之可使，而後以爲屬於理官。爾其知恤庶獄之不辜，而求所以出之，以稱朕哀矜元元之意。可。

〔一〕龍舒本題作「陳確授大理寺檢法官」。遞修本黄校曰：「『確』下明刊本少一字，宋刊模糊似『授』字。」

〔二〕「亦」，原作「唯」，今據龍舒本改。「唯」字蓋涉上句之「惟」而訛。

## 魏絪大理評事制

敕某：爾備屬奉常，亦已久矣，序進厥等，以旌有勞。夫三歲一遷，雖厚禄可以馴而致，欲爲善者，亦如此矣。能積智累勤而不已，則亦何所不至乎？在爾勉之，以求爲可進也。可。

## 石祖良大理評事制

敕某：士之有籍於審官者，皆三歲而一遷。今爾歲滿，故吾進爾位，加爾禄。夫禄以等功而不以志，位以序德而不以勞，爾世厥家，其知勉矣！可。

## 應才識兼茂明於體用科守河南府福昌縣主簿蘇軾大理評事制

敕某：爾方尚少，已能博考群書，而深言當世之務。才能之異，志力之强，亦足以觀矣。其使序于大理，吾將試爾從政之才。夫士之强學贍辭，必知要然後不違於道。擇爾所聞，而守之以要，則將無施而不稱矣。可不勉哉！可。

## 何景先何景元並大理評事制

敕某：春秋之義，以貴治賤，以賢治不肖。今天下人民之衆，賢者不爲不多。爾得列于京官，其賢於人，宜如何也？今爾累日之課，又當遷序，其位亦云不賤矣。其爲賢也，亦可以勉哉！可。

## 張瑲大理評事制

敕某：吾推恩大臣之子，爾得列於祠官，能任事而有勞，其以備士官之屬。爾父起於閭巷，以能大其家室者，豈一日之力哉？爾惟積勤累善，法象而不違，則豈特有慶于而宗，又將有賞于而國。可。

## 前鄉貢進士許將大理評事簽書昭慶軍節度判官廳公事制〔一〕

先帝親第進士於廷〔二〕，而以爾爲第一。爾於藝文，可謂能矣。所以施於政者，朕將有所試而觀焉。夫士之遇時，不患無位，思所以立〔三〕。往其勵勉，以副柬求！可。

〔一〕龍舒本題作「許將可大理評事」。

〔二〕「先」上，龍舒本有「敕將」二字。

〔三〕「思所以立」，龍舒本作「患所以立而已」。

# 王安石文集卷第五十二

## 外制

### 孫寔大理評事制〔一〕

敕某：爾名臣之子，能飭身慎行，强學自奮。而有司會課，當以序遷。其進一等，以爲士官之屬。往共爾職，其克懋哉！可。

〔一〕「寔」，底本目録作「實」。

### 韓鐸試大理評事充天平軍節度推官知遂州遂寧縣制

敕某：爾用薦者爲令，又以修治見稱。試職士官，序于幕府。字人之任，其愈懋哉！可。

### 王任試大理評事充節推知縣制〔一〕

敕某：爾任舉者爲令，而能修其職，以見推稱。命爾以爲幕府之官，而又試以字人之事。夫南面而聽百里，豈輕也哉？維能强恕以求仁，然後副吾置吏爲民之意。可。

〔一〕龍舒本題作「縣令王任可試大理評事充節推知縣」。

## 徐瑗試大理評事充保信軍節推知梓州射洪縣制

敕某：有百里之地，而人民社稷之事繫焉，其任豈可以輕哉？爾嘗試矣，見謂辨治，故又任爾以吾所重，而寵以幕府之官。往其勉哉，無慢予訓！可。

## 王夢易試大理評事充永興軍節推知遂州青石縣事制

敕某：朕嘗命汝以幕府之官，使長百里之民，而汝以喪自解。今除之矣，其就故官。有社與民，往其思勉！可。

## 縣尉廖君玉太常寺奉禮郎制

敕某：爾職在追胥，有功中率，故褒序爾，使得列于太常之屬。朝廷慶賞之信如此，爾其可不勉哉！可。

## 陳周翰太常寺奉禮郎制

敕某：爾久於職事，能以有勞。命課于朝，當得遷叙。奉常之屬，其往欽哉！可。

## 太常寺太樂署副樂正李允恭可太常寺太樂署太樂正太常寺攝樂正耿允恭包文顯可並太常寺太樂署副樂正制〔一〕

敕某等：太常上其屬有闕，而以爾等聞。惟爾等皆善於修聲，而任職久矣。其遷副正以爲署長，而使攝正署副正。往勵厥官，無敢豫怠！可。

〔一〕底本目録題作「李允恭可太常寺太樂耿允恭包文顯可並太常寺太樂署副正制」。

## 英宗即位覃恩轉官龍圖閣學士至龍圖閣直學士制

敕：永惟左右，有能有爲之臣，皆先帝遺朕，以熙衆功者也。方惟大賚，以勞天下，其可以忘而不及哉？具官某惠和敦大，明允忠篤。列職近侍，實爲名臣。褒序有加，往欽乃服！可。

## 發運轉運提刑判官等制

先帝享國四十餘年，内外晏然，克終天禄，豈非獻臣才士佽助之力哉！不及班命以勞功，而朕承厥志。爾奉將使指，久以才稱。膺此寵章，往其思勩！可。

## 卿監館職制

敕：朕初即位，奉行先帝故事，以勞天下。其施及於疏遠，而可以忘於近者哉？具官某序于書林，伐閲多矣。率德迪義，有稱于時。膺踐寵榮，往其思毖！可。

## 京官館職制

先帝棄天下，朕初即位，纂修故事，以勞群臣。爾等序于書林，皆以才選，褒進有典，往其欽承！可。

## 分司致仕正郎以下京官等制

敕某等：朕初嗣位，敷錫庶工。非特勞在事之勤，亦以禮天下之賢者。爾等以才出仕，登序王官。或就里居，或分留務。往膺寵數，咸懋厥修！可。

諸司使副至崇班内常侍帶遥郡不帶遥郡制〔一〕

敕某等：朕初即位，奉行先帝故事，大賚四海。阻深幽逖，無所不及矣，又況朝廷之近臣〔二〕，豈可以忘哉？爾等能以忠力，靖共職事，進位一等，往其欽承！可。

〔一〕龍舒本題作「覃恩轉官二道」之二。
〔二〕「況」下，龍舒本有「於」字。「近臣」，龍舒本作「上」。

皇兄叔大將軍以下制

先帝顧哀宗親，德念至深厚矣，在後之侗，其可以忘哉？具官某躬執義行，序于屬籍。承休席寵，亦既顯融。褒進有章，往欽無斁！可。

皇弟姪大將軍以下制〔一〕

敕某：朕大賜於天下，雖疏以遠，無遺者矣，又況於宗室之近哉！爾序官内朝，克有嘉問〔二〕。繩繩之慶，協于聲詩。褒命有加，往其祗服！可。

〔一〕龍舒本題作「皇親叔敖轉官加勳制二」之一。「弟」，光啓堂本、聽香館本作「兄」。

〔二〕「嘉問」，原作「善問」，今據龍舒本改。按，嘉問，即嘉聞，美名之意。左傳昭公三十二年：「生有嘉聞，其名曰友。」

## 覃恩昭憲杜皇后孝惠賀皇后淑德尹皇后孫姪等轉官制

敕某等：予大祭于廟祧，而哀夫先后之家，寖替而不章〔一〕，乃詔有司，博求其世。爾等名在戚里，序于王朝，各因其官，增位一等。冀以上稱神靈之意，豈特慰予追遠之心？可。

〔一〕「寖」上，龍舒本有「或」字。

## 中書提點堂後官制

敕某等：朕大賚于天下，有政有事者，皆得以序遷。爾等各以選掄，備官宰旅，增位一等，往其欽哉！可。

## 李端卿等舊官服闋制

敕某：孝子之悲哀，思慕其親，豈有窮哉！然喪以三年而止者，聖人之政也。爾以喪致事，日月既除，其就故官，以聽新命。夫人之行莫大於孝，而孝亦在乎事君能致其身，而不愆於義以辱其名，然後可以爲孝子。此宜爾之所知也，其勉矣哉！可。

## 前太常寺太祝張德温舊官服闋制

敕某：喪三年，亦已久矣，而人子之志無窮。故欲爲不善，則思貽父母惡名，而終於不果。不如是，則不足以爲人子。復爾禄次，維時勉哉！終於立身，可謂孝矣！可。

## 前屯田員外郎任迥舊官服闋制

敕某：汝有列於朝廷，而以憂去位。人子之事親終矣，則君臣之義其可以忘乎？夫移於君而忠，移於官而治，然後可以爲孝。往共爾服，惟是勉哉！可。

前太常寺奉禮郎宋輔國等並舊官服闋制

敕某：爾以親喪去位，日月既除。其來造朝，復就官次。終身之孝，可不勉哉！可。

前大理寺丞劉辯前衛尉寺丞孫公亮並舊官服闋制

敕某：爾服縗去位，順變當除。三年之喪，亦已久矣。君臣之義，其可廢乎？趣還于朝，使即舊秩。勉思移孝之事，以就顯親之名。可。

前大理寺丞王忠臣舊官服闋制

敕某：御史言爾以喪釋位，日月當除，故吾下命書于御史，以俟爾之來見。爾雖舊官，吾命維新。其加勸勉，求合於以孝事君之義。可。

前太子中舍張諷舊官服闋制

敕某：喪三年，天下之達禮也。爾能率禮，以至終喪。其來造朝，復爾禄次。事君之義，爾實知之。無違厥初，是謂能孝。可。

前職方員外郎元居中舊官服闋制

敕某：尚書郎位三等，而爾方以勞序于前列。乃以喪去，三年于家。今既禫除，其還禄次。維爾才美，有稱於時。移孝事君，當知勉矣！可。

前太常博士張誂舊官服闋制

敕某：爾去位里居，三年於此。既除喪矣，其就故官。忠以事君，是爲孝子。爾惟知義，可不勉哉！可。

前將作監主簿張扶舊官服闋制

敕某：爾遭齊斬之喪而去位，釋祥禫之服而還朝。班吾命書〔一〕，授爾禄次。孝子之事，終於立身。施于有官，可以勉矣！可。

〔一〕「班」，原作「斑」，據遞修本、聽香館本改。班者，頒布。下文亦曰「故吾班命」。

前駕部員外郎李安期前殿中丞張德淳並舊官服闋制

敕某：禮有三年之喪者，無貳事也，知喪而已矣。先王以爲不如是，不足以盡人心。此吾所以歸爾于家，而不敢勞以事。今日月除矣，故吾班命，書于御史，而召爾以來。往踐故官，勉思終孝！可。

前内殿崇班馬文德舊官服闋制

敕某：爾執親之喪，三年於此矣，其班新命，以復故官。維孝有終，爾宜思勉！可。

供備庫副使康璹舊官服闋制

敕某：三年之喪，苴麻哭泣之哀一也，而亦有權制以趣時。此吾獨使武吏之有籍於樞密者，得終喪于家之意也。爾能率禮，今服既除，其就故官，以承新命。可。

皇姪右監門衛大將軍仲晉服闋舊官制

敕某：送終者，人子之大事也。爾以喪釋位，亦既三年，能以禮自致，而不犯詩人素冠之義，於爲人子，亦可謂孝矣。還就禄次，帥初無違！可。

同中書門下平章事韓琦奏親姪孫恬守祕校同中書門下平章事曾公亮親男孝純將作監主簿姪孫諶試祕校樞密使張昪奏親孫男戒守祕校參知政事歐陽脩奏男辨太常寺太祝參知政事趙槩奏孫男尤緒太常寺太祝樞密副使吴奎奏長男璟守太常寺太祝次男環試祕校制

敕某：朕受純嘏於神靈，而布之在位。其官顯者，得任其子弟，以及孫曾。爾生大臣之家，是爲賢者之類。往保禄秩，可無慎哉！可。

同中書門下平章事韓琦奏親姪女之子曹復真定府户曹制

敕某：維名與器，朕未嘗輒以假人。爾緣大臣相祀之恩，遂階一命之寵。出而從仕，可不勉哉！可。

樞密副使胡宿奏親兄亶守祕校制

敕某：宗祀之恩，仕之顯者，皆得官其親族。爾躬率善行，而有弟爲吾政事之臣。往服寵榮，懋修無斁！可。

天章閣待制司馬光親兄之子宏試將作監主簿制

先帝有大慶，推恩群臣子弟。而爾有叔父，實爲近臣。往即厥官，無墮世禄！可。

廣南東路轉運使祕閣校理蔡抗男潛試將作監主簿制

敕某：將漕遠方者，皆得官其子弟。爾父以才自奮，有顯於時。往懋厥修，以綏世禄！可。

故贈司空兼侍中龐籍遺表男太常博士元英可屯田員外郎制

敕某等：爾考有庸先朝，致位將相。歸安第室，而以壽終。爾等服采于時，實能嗣訓。並膺恩典，其往勉哉！可。

## 龐籍遺表男内殿崇班元常大理寺丞制

敕某：士之文武，異用久矣。爾世以儒學顯，而有官籍於内朝。從爾父之遺言，而以丞于大理。往惟嗣訓，乃克保家！可。

## 龐籍遺表孫保孫寅孫並將作監主簿制

敕某：爾祖嘗爲將相，佐佑帝室。朕哀其亡也，故序爾於工官。夫大臣之家，能久而不失其世者鮮矣。往承厥慶，可不勉哉！可。

## 龐籍外孫陳仲師試將作監主簿制

敕某：朕命爾以試工官之屬者，特以爾之外祖常爲將相於先朝而已。然士之由保任而後能自奮，以至休顯者多矣。往踐爾次，可無勉哉！可。

## 太子少傅致仕田況遺表男守祕校至安太常寺太祝制

敕某：儁哲之輔，有勞於時。福禄既成，而爾嗣厥後。於其將死，以爾爲言。膺此寵章，宜知勉矣！可。

故資政殿大學士知河南府吴育遺表孫男儼俅並守將作監主簿制

敕某等：朕所以顧恤大臣之家，而序録其子孫，未嘗有愛焉。況如爾祖，賢明諒直，有補於世，朕常思而不忘者乎！其各加爾一命，以爲工官之屬。詩曰：「夙興夜寐，無忝爾所生。」往其勉哉，可以爲孝矣！可。

翰林學士承旨宋祁遺表男俊國廣國守祕書省正字令持服制

敕某等：爾考承密命于翰林，而不幸至於大故。眷懷舊德，甄序爾官。往其有成，祇服予采！可。

宋祁遺表孫松年延年頤年並守將作監主簿制

敕某等：貴臣之世，賢者之後，朕所不能忘也。故爾等皆在沖幼，而列于工官。茲所以佑序爾家，亦云至矣；爾所以保其禄位，可不勉哉！可。

## 刑部侍郎致仕崔嶧遺表親孫男俞將作監主簿制

敕某：爾祖嘗服高位，考終于家。以爾爲言，朕其甄序。工官之屬，往矣懋哉！可。

## 户部郎中直龍圖閣知明州范師道遺表第三男世文守將作監主簿制

敕某：爾父嘗以才選，列官于朝。出臨一州，奄至大故。錫爾一命，爾其勉哉！可。

## 光禄卿直龍圖閣張旨遺表親男平易守將作監主簿制

敕某：朕惟爾父，致位九卿。服勞于官，爲日久矣。故命爾以工官之屬，以稱其將死之言。爾其思爾父之顧厥家，與朕心之哀爾父，夙興夜寐，無或弗欽！可。

## 光禄少卿知單州吕師簡遺表次男昌宗試將作監主簿制〔一〕

敕某：爾父且死，而爲爾求官，故以爾試于工官之屬。夫推恩既往，覃及子孫，吾所以待人臣者，有常法矣。修敕自奮而以保禄位者，爾所以爲人子也，可不勉哉！可。

〔一〕「師簡」，底本目録作「評簡」。

## 故光禄卿致仕張鑄遺表親次孫彩試將作監主簿制〔一〕

敕某：爾祖以九卿歸第，而遺奏以爾爲言。顧哀舊臣，而官使其子孫，此先王使仕者世禄之意，而吾之所不忘也。其使試于工官之屬，以稱爾祖之志焉。詩曰：「無念爾祖，聿修厥德。」爾方就學，可不勉哉！可。

〔一〕「鑄」，原作「璹」，今據底本目録、聽香館本改。按，劉敞公是集卷三十有太常少卿張鑄可光禄卿致仕，即此人。

## 司農卿致仕余良孺遺表曾孫涣試將作監主簿制

敕某：爾之曾祖，仕至九卿。退處于家，考終厥命。推恩及爾，以試工官。往慎猷爲，且膺器使！可。

## 故光禄卿致仕張昷之孫基試將作監主簿制〔一〕

敕某：爾祖嘗爲侍從之臣，而有公忠之節。今其亡矣，秩爾以官。能善似之，乃其無悔！可。

〔一〕「昷」，原作「温」，據沈欽韓王荆公文集注卷四改。按，張昷之，字景山，宋史卷三百三有傳。蔡襄端明集卷十三有尚書刑部郎中天章閣待制張昷之可光禄卿致仕制，即此人。又據端明集卷四十光禄卿致仕張公墓誌銘、鄒浩道鄉集卷四十故朝請郎張公行狀，張昷之季子次元，張基即次元之子。

## 客省使眉州防禦使張亢遺表孫在至韭並將作監主簿制

敕某：爾祖起於文吏，而能以才武致力於封疆，扞患之功，書在王府。今其亡矣，故各命爾一官。往懋爾成，毋忘爾祖之勤於國！可。

## 司農卿致仕魏琰男太廟齋郎紓守將作監主簿制

敕某：爾世載榮禄，而父以九卿去位。推恩改命，序位工官。維恪慎可以保家，往其勉矣！可。

## 虞部員外郎致仕張應符男遘試將作監主簿制〔一〕

敕某：少盡其力至於老，則養之不可以不終；使之免農而爲士，則禄之不可以不世。此先王不忍人之政，而吾未能逮也。今爾父去位，而命爾一官，使得世其禄，以終爾父之養焉。此亦庶幾有合乎先王之政。爾惟忠惟孝，尚稱吾命爾之意哉！可。

〔一〕「遘」，底本目録作「通」。

## 職方員外郎致仕徐仲容男公輔試將作監主簿制

敕某：爾父辭禄，而爲爾請命于朝。傳曰：「君子之善善也長，故善善及子孫。」此吾命爾以一官之意也。經曰：「事親孝，故忠可移於君；居家理，故治可移於官。」爾其念此，以自勉哉！可。

## 虞部員外郎致仕李卓男元之試將作監主簿制

敕某：爾父積勤，序于郎位。老而致事，録爾一官。思世厥家，往其無怠！可。

## 諸州軍并轉運提刑弟姪男恩澤等並試監簿制〔一〕

敕某：朕始嗣位，推恩宇内。爾執方貢，以來造朝。加賜一官，往惟祗服！可。

〔一〕「簿」上，安正堂本有「主」字。

## 王孝叔充春州軍事推官通判春州兼知本州制

敕某：南方荒遠之州，吏多憚往，而爾請行焉，故優爾禄賜，而以勸賞隨其後。往其勉矣，思乂我民！可。

## 縣尉李執中可察推制

敕某：先王之政，荒則緩刑，至於彊不忌死，而傷吾良民，則去之亦不可以不急。此朕所以嚴追胥之令，信購賞之科，不以歲凶多暴之時而爲之廢格。爾能除盜，實舉其官，遷以懋功，往祗乃服！可。

呂開權淄州軍事推官依前充鎮南軍節度推官制

敕某：爾有除盜之功，故賞以一邑，而序官于大府。辭而有請，以便爾私。吾用不違，往其祗服！可。

蘇州長洲縣尉富翱潤州丹徒縣令制

敕某：朕布爵賞之令，以待吏之有勞。爾能舉其官，以除盜賊。遷以爲令，使之牧民。又將試爾爲政之才，非特示朕報功之信。可。

晉州襄陵縣尉葛頤單州成武縣令制〔一〕

敕某：爾職在追胥，而能上功中率。畀之一縣，以懋爾能。夫爲令之所事，則不特追胥而已，必也使人無盜，是乃能稱其官。可。

〔一〕「成武」，原作「武成」。按，宋史卷八十五地理一：「單州，（中略）縣四：單父、碭山、成武、魚臺。」下文亦曰「單州成武縣」。

## 杭州於潛縣令趙君序虢州玉成縣令制

敕某：予嘉爾之有功於追胥也，故畀爾邑於東南。又從爾父之請焉，而移爾於虢。吾於用賞而顧恤爾私，亦云備矣；則爾之施於有政，可不勉哉！可。

## 信州鉛山縣尉齊景甫杭州餘杭縣令制

敕某：爾追胥有功，遷令一邑。百里之人，視爾以爲休戚矣。施於政事，可不勉哉！可。

## 單州成武縣令李燾江陰軍録事參軍制

敕某：爾修其官，能中賞率。有司會課，予懋爾功。愈其勉哉，以涖厥事！可。

## 潞州屯留縣尉李昌言徐州録事參軍制

敕某：爾能捕盜，當得賞官。遷督一州之郵，往其思稱厥職！可。

### 殿前都虞候利州觀察使賈逵依前官充侍衛親軍步軍副指揮使制

敕：朕有貔虎熊羆之士，以衛中國而制四夷。考求其人，以副統督。具官某久更任使，才武有稱。扞城之勞，宿衛之最，簡于先帝，以暨朕躬。思懋厥修，往膺休顯！可。

### 衛州防禦使錢晦霸州防禦使制

敕：朕初即位，奉行先帝故事，以勞天下。雖疏且遠無遺矣，又況於朝廷之顯者哉！具官某忠勞弈世，簡在帝室。能勵厥德，自昭于時。膺此寵章，愈其思勉！可。

### 東上閤門使陵州團練使李端愨眉州防禦使制

敕：朕初嗣位，奉行故事，以勞天下。具官某清明敏達，和慎祗修。奉侍先帝，陟降左右。厥勤茂矣，其可忘哉？膺服寵榮，往欽乃服！可。

### 捧日左廂都指揮使嘉州團練使周翰制

先帝棄天下，朕初嗣位。永惟武力忠勞之士，爲國禦侮，其功多矣，豈可以忘哉？具官某部督有方，踐修無過。營衛之最，簡于朝廷。膺此寵章，愈其奮勵！可。

天武左第三軍都指揮使封州刺史程榮可蒙州刺史充御前忠佐馬步軍副都軍頭制

敕某等：熊羆之士，爲國爪牙。均其逸勤，率用成法。爾等忠勞之實，簡在朝廷。遷序有差，往惟欽服！可。

轉員制

先帝遺朕熊羆之士，以蕃帝室，所使統督，豈可以非其人哉？爾等以扞城之材，共禁衛之服，忠勞武力，皆有可稱。各以序遷，往欽無懈！可。

落權團練刺史制

敕某等：忠勞之士，武力之臣，獎衛帝室，其功多矣。當序厥位，以均逸勤。爾等部督有方，踐修無過，兵團州刺，遷進有差。往膺寵榮，懋建勳績！可。

## 單州團練使劉永年可齊州防禦使知代州制

敕：代地邊要，吾所重，常擇將以守之。以爾具官某武力智謀，濟以馴謹。踐更中外，皆有可稱。故進使號，往共厥服。禦侮之實，爾其勉哉！可。

## 捧日天武四廂都指揮使端州防禦使趙滋可依前充侍衛親軍步軍都虞候制

敕：營衛之士，皆天下武力之高選也，所使虞度軍中之事者，豈可以非其人哉？具官某等造行謹良，致位休顯。勳勞之實，簡在朕心。各以序遷，往惟祗服！可。

# 王安石文集卷第五十三

## 外制

### 李端慤東上閤門使制〔一〕

敕：閤門置使，官盛地親，非有嘉績令名，不能勝其任也。具官某於朝廷有詳練之實，於戚里有茂勉之聲。非專爲恩，以致此位。積功久次，當得右遷。其愈勵哉，往共厥服！可。

〔一〕龍舒本題作「李端慤可東上閤門使」。

### 石遇四廂都指揮使制〔一〕

敕：虎賁之士，周公以爲人主所當知恤者也，又況所使將此哉？具官某比以材選，服勞于邊，折衝禦侮，嘗有所試矣。遷進使號，付之部督。往其欽慎，以報寵榮！可。

〔一〕此篇又載王安禮王魏公集卷二，當係誤收。按，石遇卒于治平年間，宋會要輯稿儀制一一之一八：「眉州防禦使石遇（治平）三年三月贈利州觀察使。」王安禮元豐年間方知制誥。

## 竇舜卿四廂都指揮使制〔一〕

敕：國家置帥兵以爲衛，所選皆天下之材，付之部督，未嘗輕其授也。具官某踐更邊要，忠力有聞。選將營屯，衆論惟允。序遷厥位，其往欽哉！可。

〔一〕龍舒本題作「竇舜卿可四廂都指揮使」。此篇亦載王安禮王魏公集卷二，題作「舜卿四廂都指揮使制」，係誤收。據宋史卷三百四十九竇舜卿傳，舜卿熙寧年間已换文資，以光禄大夫致仕。

## 甘昭吉入内副都知制

敕：古者王之正内，必有任職之臣。予若稽古，而思得吉士，以充其選。以爾服勤左右，多歷歲年，有專良之稱，無側媚之毁。其使序于正内，以允廷論之公焉〔一〕。爾其審門闈，謹房闥，入宣宫令，出贊朝事，悉心夙夜，一以忠信，則維予爾嘉，爾亦永綏于寵禄。可。

〔一〕「允」，原作「充」，今據龍舒本改。允者，符也。

## 入内内侍省内東頭供奉官宋有志東染院副使制

敕某：爾久於内侍，承事有勞。自求外遷，以便醫藥。超升位等，往服恩榮！可。

## 李用和六宅副使制

敕：爾忠力武敏，有稱于時。出將一州，亦能用治。西南之屏，揔制戎兵。比難其人，以爾攝事。夫以才得選，而久於險遠之勞，不先有賞以加焉，何以勸夫能者？躐遷位等，茲實異恩。往祇官成，無廢吾事！可。

## 内殿承制閤門祇候宋良禮賓副使制

敕某：爾典制一軍，有民有社。論功考最，當得序遷。惟爾以才，嘗更選擢。往欽新命，其愈懋哉！可。

## 内殿承制閤門祇候王嵩禮賓副使制

敕某：爾以才智勳效，自昭于時。董督徼循，實任邊要。序勞當進，以介諸司。朕命維休，往其欽服！可。

西京左藏庫副使李景賢文思副使制

敕某：戎馬之寄，常難其選。爾以才諝，久於任使。一州之政，比有可稱。超進位等，往膺寄屬。勉思報稱，無或不祗！可。

西京左藏庫副使穆遂文思副使制

敕某：爾徼循蠻方，爲日久矣，更書且下，而使者乞留。超進厥官，以共舊服。往惟勵勉，膺此寵榮！可。

西京左藏庫副使石用休文思副使制

敕某：爾以才選，比更任使。有司會課，當得進官。往服訓辭，無瘝乃事！可。

西染院副使兼閤門通事舍人夏偉内園副使依舊閤門通事舍人制

敕某：賓贊受事之職，吾以武吏爲之，而甚難其選。爾能祗飭，以稱厥官。會課有司，序遷位等。往祗休寵！可。

內殿承制譚德潤供備庫副使制

敕某：朕永惟陵寢之嚴，而選使以護之。爾往任事，靖共厥職。有勞可録，其以序遷，祗服寵章，勉求稱位！可。

內殿承制楊宗禮供備庫副使制

敕某：監一路之軍，而按撫其人，又典一州之政，非才能行治有紀于時，孰可以稱此哉？爾久于煩使，能勤厥事，故遷爾位，以介諸司，而使往焉。其慎以防患，而敏於趨功，以稱推擇之意。可。

樞密院副承旨張繼渥供備庫副使制

敕：爾典掌機要，服勞歲久。以疾自上，求爲外官。遷介諸司，往膺器使！可。

## 内殿承制朱漸供備庫副使制

敕某：賦禄序官，邦有常法。爾勤厥服，會課當遷。維器與名，職思其稱，乃其無罰，可不勉哉！可。

## 承制王欽李惟正並供備庫副使制〔一〕

敕某等：嘉我未老而經營四方，詩人之所謂賢勞也，可無報稱哉？以爾欽戍于南方之窮，而任監護之官；以爾惟正屯于西路之要，而服追胥之事。其役遠，其責重，而能祗慎所職，以有累日之勞。其各遷位，介于内朝之使，以爲報稱。夫有功而見知，則説矣，此人之情也。以所願乎上施乎下，則士孰不樂爲爾用哉？其亦勉之而已。可。

〔一〕龍舒本題作「承制王欽等轉官」。

## 崇班胡珙等改官制

敕某等：功懋懋賞，先王之所以厲天下而成衆治也。今吾使某監兵馬于外〔一〕，而使某典治材于中〔二〕，皆積日月以赴功。其各賜官一等，以稱吾懋賞之意。可。

〔一〕「某」，龍舒本作「珙」。

〔二〕「某」，龍舒本作「可一」。

軍員等換諸司使副承制崇班制

敕某等：褒嘉忠勞，被以禄秩，先帝有成法，朕不敢違。爾等序列禁中，有宿衛之最。外遷厥位，以慰久勤。進服寵榮，往圖勳效！可。

王保常内殿承制制

敕某：朕布大號於天下，文武在位，皆升一等，序勞當遷者，又皆得以時遷。爾服采禁中，積功有賞。膺此休寵，往惟勉哉！可。

靳宗永内殿承制制

敕某：承制之官，本朝所置，非積善累勤之武吏，則不得在此位焉。爾服采有庸，校年當進，其往祗踐，以稱寵榮！可。

## 閤門祗候狄詢内殿崇班依前職制

敕某：爾名臣之子，任事邊陲。積歲有勞，序官一等。往其淑慎，思世厥家！可。

## 楊元内殿崇班制

敕某：爾爲廷臣，奔走厥職。有勞可録，序進厥官。惟忠與勤，所以報稱。往踐禄次，可無勉哉！可。

## 張建中内殿崇班制

敕某：爾總戎馬，地濱不毛。爲之三年，能固吾圉。遷秩一等，往其懋哉！可。

## 慶州肅遠寨蕃官都巡檢崇儀使慕恩北作坊使制

敕某：爾武力智謀，有稱種落。徼循扞禦，勳效焯然。莫府條陳，允於衆論。超遷使號，往愈懋哉！可。

## 陳奇太子中允致仕制〔一〕

敕：士之疲癃老耄，以至失職而不能自止者，蓋有之矣。爾年尚强，而疾不至乎瘵官。刺舉之官，未嘗以爾爲言，而能自列，致其職事，可謂行己有恥，而無負於周任之言。寵爾以東宫之官，其勉終行義，歸教鄉閭之子弟以所聞，而求自比於古之仕焉而已者。可。

〔一〕龍舒本題作「陳奇中允致仕」。

## 孫戾太子中允致仕制〔一〕

敕某：大夫七十而致仕，其禮見於經，而於今爲成法。爾以經術，起家爲吏，既聞夫古之禮，又見夫今之法矣，年至而求止，可謂行其所知。宜列序於朝廷，使歸榮其邑里。夫惟爾之筋力不足以有爲也，故可無職事之責焉。若夫德義，則爾尚可以勉之，吾亦不以爾老而無責也。可。

〔一〕龍舒本題作「孫戾中允致仕」。

## 樞密副使吴奎父太常丞致仕制

敕某：德善之賫，子孫與焉。況於其親，宜有崇獎。具官某克生賢子，教以義方。協于詢謀，掌國機密。超遷厥位，以佐共工。往服寵章，就安榮養！可。

## 江陰軍録事參軍李壽父文俊守祕書省校書郎致仕制

敕某：先王之政，未有遺年者也，故朕因宗祀之慶，而有爵命之施焉。爾躬率義方，又能教子，享其禄養，以至耄期。膺此寵榮，往綏壽善！可。

## 工部侍郎充集賢院學士崔嶧刑部侍郎致仕制〔一〕

敕：仕焉而告老者，自一命以上，必有以慰其歸。況吾邇臣，恩紀所厚，宜增位序，以示褒優。以爾具官比以明揚〔二〕，久於煩使。入參侍從，出備藩維。踐更滋多，寄屬惟允。引年辭位，得禮之宜。進貳秋卿，以營居息〔三〕。古之老者〔四〕，非苟自佚其身。唯慎行祇法，以助成王德。爾所知也，往其懋哉！可。

〔一〕龍舒本題作「崔嶧刑部侍郎致仕」。

〔二〕「官」下，皇朝文鑑卷三十八崔嶧刑部侍郎致仕有「崔嶧」二字。

〔三〕「營」，龍舒本作「榮」。

〔四〕「老」，龍舒本作「仕」。

## 前著作佐郎周濤太常太祝梁搆光禄寺丞致仕制

敕某：爾嘗辭禄，而在位以爾爲材，寘諸京官，使長一邑，果能有績，以見推稱。將疇爾勞，遽以疾告。夫學士大夫之去位，豈苟自佚而無爲？古之仕焉而已者，爾蓋聞其風矣。丞于卿位，維是懋哉！可。

## 殿中丞致仕郝中和國子博士致仕制

敕某：爾謹廉爲吏，得列朝廷。不隳厥官，以至告老。宜有褒進，用爲歸榮。序于成均，往服無斁！可。

## 前荆門軍當陽縣令商瑗太子中舍致仕制

敕某：爾從仕久矣，而不失廉稱。方踐老境，乃能知止。東宮之秩，歸服厥榮。可。

## 處州録事參軍趙九言太子中舍致仕制

敕某：爾以學入官，老而能止。踐更多矣，不失廉稱。著籍東宫，以爲爾寵。可。

## 鼎州録事參軍張搆太子中舍致仕制

敕某：爾方仕于州縣，而寵爾以東宫之官。有列于庭，亦云顯矣。用嘉知止，歸矣勉哉！可。

## 前江寧府觀察推官試大理評事董安太子中舍致仕制

敕某：爾學古入官，稱譽者衆。方圖乃績，遽欲歸休。進秩東宫，以嘉知止。可。

## 舒州録事參軍龍輿太子中舍致仕制〔一〕

敕某：爾仕焉欲致其官，故吾寵以東宫之秩。歸安田里，是亦顯榮。其慎厥修，以終燕譽！可。

〔一〕「龍輿」，原作「龍與」，據底本目録、遞修本本卷目録及四部叢刊初編本改。

復州録事參軍鄭旦太子中舍致仕制

敕某：爾居官無疵，而以病告。知止不殆，是維可嘉。東宮之官，其往祗服！可。

前南儀州推官試大理評事馬房衛尉寺丞致仕制

敕某：京官，吾所重也。選於吏部者，非有尤異之績，與治行爲衆所稱，則莫能得之。爾旅力既愆，而能自止。丞于衛尉〔一〕，其往欽哉！可。

〔一〕「丞」，原作「承」，今據殘宋本、四庫本改。按，馬房以衛尉寺丞致仕，故曰「丞于衛尉」。

前知連州連山縣袁仲友太子洗馬致仕制

敕某：爾以經術中科，久於銓集。老而能已，義有可嘉。列職東宮，以榮歸息。惟慎所止，克完厥終！可。

## 縣令東野瓘太子中舍致仕制

敕某：仕者七十而致事，禮也。爾年未至，而願歸田里，比夫旅力已愆而不知止者，豈不賢哉！進位于朝，錫從居息。可。

## 主簿王正臣守祕書省校書郎致仕制

敕某：爾仕焉而欲去其位，故吾寵以宫署之官。夫釋州縣之勞〔一〕，而就里居之佚；無賦繇之役，而有重禄之加。惟慎厥終，乃其不愧！可。

〔一〕「釋」，原作「還」。遞修本黄校曰：「『還』明刊同，宋刊模糊似『釋』字。」據改。「縣之勞」，遞修本作「之官」。

## 主簿孫檢守祕書省校書郎致仕制〔一〕

敕某：爾以眥爲吏，請老于朝。列職祕書，以爲爾寵。歸安田里，惟慎厥終！可。

〔一〕此篇龍舒本不載。遞修本題作「主簿孫檢祕書省祕書致仕制」。

主簿李琳國子監丞致仕制

敕某：仕者七十而告老，古之道也。爾能率禮，朕用褒嘉。往即新恩，勿忘初服！可。

縣令郭震太子中允致仕制

敕某：爾進士起家，而久於州縣之職，春秋未艾，自請罷休。列職東宮，以榮歸息。知止不殆，愈其懋哉！可。

李日新左清道率府副率致仕制

敕某〔一〕：爾考授命於戎行，而爾得列於仕籍。老而知止，褒序厥官。歸休之榮，往服無斁！可。

〔一〕「某」，龍舒本作「日新」。

## 右侍禁王餘慶率府副率致仕制

敕某：爾能知止，義有可嘉。以東宫率府之官，爲爾居里之寵。是亦榮矣，往其勉哉！可。

## 右侍禁段獻右清道率府副率西頭供奉官劉友俊右清道率府率並致仕制

敕某：爾久於官使，請老于朝。宜有進遷，以爲光寵。歸安爾止，惟慎厥終！可。

## 文思副使陳惟信左驍衛將軍致仕制

敕某：旅力已愆，而不能自止者有矣。爾能告老，於義無慚。遷將衛兵，往綏榮禄！可。

## 内殿崇班袁政李周道並左監門衛將軍致仕制

敕某：爾服勞久矣，奉事無過。能自知止，義有可嘉。登進厥官，以帥門衛。歸安榮禄，尚克勉哉！可。

西京左藏庫副使馮維禹文思副使前行漢陽軍録事參軍兼司法事施章于太子中舍致仕制

敕某：仕焉而已者，考其行治，能以潔白自終，宜有褒嘉，以慰其意。爾嘗學禮，得仕州縣。老而知止，可謂有終。遷位于朝，往欽無斁！可。

東頭供奉官趙伯世左清道率府率致仕制〔一〕

敕某：老聃有言曰：「知止不殆。」爾服勤于官久矣，而能以疾辭位，無負於老聃之言。故吾命以東宮衛府之官，以嘉爾之有勞而知止。往哉居息，思慎厥終！可。

〔一〕「伯」，光啓堂本、聽香館本作「行」。

主簿朱涇等太子洗馬致仕制

敕某等：爾等晚而出仕，皆以廉稱。老矣告休，是能知止。其各遷秩，以爲歸榮。可。

## 李昌言許州司馬致仕制〔一〕

敕某〔二〕：掌書以贊計官之治久矣。致其職事，宜有賚焉。司馬于州，往欽無斁！可。

〔一〕龍舒本題作「李昌言可許州司馬致仕」。
〔二〕「某」，龍舒本作「昌言」。

## 皇太后三代制九道

### 曾祖

敕：位尊者享大，德盛者流遠。追崇之禮，於國有初。皇太后曾祖某體仁蹈義，不躬榮禄。慶垂厥後，光大顯融。乃生碩女，坤育天下。命書爵號，申賁諸幽。尚其靈明，嘉此休寵！可。

### 曾祖母

敕：朕雖煢然在疚，而不敢忘顧復之慈。肆有命書，以上稱追遠顯親之志。皇太后曾祖母柔惠安婉，來宜大家。垂休後昆，作合先帝。追崇爵號，其尚知榮！可。

祖

敕：惠術尚均，而自親貴始。古今一體也，其可以忘哉？皇太后祖某明德大功，簡于帝室。配食宗廟，始終哀榮。慶流于孫，母育四海。追褒有典，庶或知歆！可。

祖母

敕：邦有大賚，夫人待於下流，豈外戚之尊，所當褒而可以忘哉？皇太后祖母高氏承慶淑人，來嬪巨室。蓄德之厚，垂休無窮。協兆塗山，世滋以大。追錫爵命，冀能歆嘉！可。

祖母

敕：佐佑先帝，顧復朕躬。追誦寒泉之詩，永惟欲報之義。當有爵命，以上副顯親之心。皇太后祖母劉氏柔良靚專，被服華問。寵禄光大，集于後昆。啓佑碩人，比賢文母。追褒大國，其尚知榮！可。

祖母

先帝褒厚母黨，致仁盡孝。朕雖在疚，而奉承故事，不敢愆忘。皇太后祖母劉氏内順外嚴，罄無不淑。德祚流衍，遠而彌興。追命有章，尚慰窀穸！可。

祖母

敕：朕以薄德，奉承大統。永惟先帝故事，不敢有忘。皇太后祖母高氏温柔靚深，有婦之道。相協君子，卓爲臣宗。垂延後昆，福禄滋大。膺此休命，尚知榮歆！可。

父

先帝奄忽，棄捐萬邦。不及推恩，以勞幽顯。予末小子，敢忘遺訓？皇太后父某循德秉義，聞于當世。發祥流祉，燕及後人。篤生聖女，母育天下。褒封有數，尚慰于幽！可。

母

敕：朕眇然之躬，當奉匕鬯，以承宗廟。大賚及於幽顯矣，永惟母黨之重，可以後而忘哉？皇太后母志順德嚴，克配君子。光大之福，集于聖女。有輔佐之功於先帝，而施及在後之侗。命書追崇，尚慰營魄！可。

## 皇后三代制十道

曾祖瓊皇任忠武軍節度使贈侍中累贈尚書令兼中書令追封韓國公贈太師

敕：后率六宫，以教天下之婦順。其位尊如此，則所以褒崇其祖考，禮不可以無稱也。皇后曾祖某忠勞武力，爲國虎臣。慶集後昆，比隆任姒。追加位號，以顯厥魂。尚其有知，膺此休寵！可。

曾祖母潘原縣太君追封滕國太夫人〔一〕

敕：朕初即位，褒厚異姓。率由先帝故事，不敢有忘。皇后曾祖母李氏柔惠静嘉，能循法度。來嬪巨室，休有淑聲。慶流厥孫，正位宫壺。胙封名國，其尚知榮！可。

曾祖母隴西郡夫人李氏追封舒國太夫人

敕：朕奉循先帝故事，以勞天下。阻深疏逖，皆有以加之矣，又況於外戚之貴哉？皇后曾祖母李氏嬪于高門，率德唯謹。詒慶厥後，是生碩人。兆協厥祥，登儷尊極。追褒有禮，其尚知榮！可。

祖繼勳建雄軍節度使累贈太師中書令可特贈兼尚書令

敕：尚書録天下之政，而令一品也。人臣位號，於是爲盛。皇后祖某忠勞奕世，能壯厥猶。爲國扞城，有庸休顯。娀莘之慶，乃集後昆。膺此追榮，尚知嘉享！可。

祖母會稽縣君康氏追封祁國太夫人

敕：朕承先帝聖緒，大賚及於幽顯。疏逖以賤者加之矣，貴而戚者其可忘哉？皇后祖母康氏馴行婉容，協于儁德。慶垂厥後，坤育萬方。追命有邦，尚榮窀穸！可。

祖母太原郡太夫人郭氏追封鄖國太夫人

敕：夫治内政，修陰教，以助朕調一天下者，所以褒崇其世，可不厚哉？皇后祖母郭氏率德秉義，協于君子。關雎之詠，傳祉厥孫。申錫贊書，啓封名國。尚其靈淑，嘉此追榮！可。

祖母金城縣太君王氏追封成國太夫人

敕：傳稱：「德厚者，其流澤廣。」故今追命之數，視其子孫位號之卑尊。矧夫後世登儷尊極，則致隆其封爵，豈不宜哉！皇后祖母王氏來嬪大家，率循德禮。有開後嗣，協慶塗娍。申錫名邦，尚榮幽穸！可。

父遵甫皇任北作坊使特贈檢校太傅保信軍節度使

敕：春秋書季姜之歸，而傳有褒紀之義。崇寵異姓，其所從來久矣。皇后父某承世之慶，列官于朝。雖德義有稱，而不終榮禄。祚流後世，正位内宫。追命有加，以慰窀穸！可。

母鉅鹿郡君曹氏特追封沂國太夫人

敕：國有大賚，凡在廷之士，皆得追褒其父母，而況於異姓之貴哉？皇后母曹氏胄于名王，歸得吉士。率禮蹈義，有稱閨門。迎渭之祥，實開厥後。膺此恩典，尚知歆榮！可。

母樂壽縣君李氏進封均國夫人

敕：人主之所以風天下者，豈非外戚之助哉？故夫封爵褒厚之禮，其所從來久矣，未嘗有改也。皇后母李氏躬以德義，嬪于令人。能大厥家，比隆任姒。錫之象服，胙以名邦。往即寵榮，勉綏壽善！可。

〔一〕「曾」，原作「贈」，今據遞修本改。

# 王安石文集卷第五十四

## 外制

### 宰相富弼三代制六道

#### 曾祖

敕：大臣有慶於國，則爵命上施其考祖，所以章賢德、廣褒勸也。具官某曾祖某躬執義善，發身揚名。詒于曾孫，集有福禄。登踐樞極，卓爲臣宗。申命有加，尚榮幽穸！可。

#### 曾祖母

敕：宗工之選，所以寵儁良；大國之封，所以褒賢淑。具官某曾祖母某氏順足以有相，嚴足以有臨。來嬪名家，詒禄厥後。爲國元老，儀刑萬方。開號全齊，既光大矣。徙之北國，其愈知榮。可。

祖

敕：列爵五等，莫尊於公。必有盛德之士，然後可以膺此號。具官某祖某秉哲迪義，不躬顯榮。祚流聞孫，爲世碩輔。追褒之禮，既極寵崇。序爵啓封，尚其嘉享！可。

祖母

敕：天子之宰，朕所恃以綱紀四方者也，爵命加其祖妣，豈不宜哉？具官某祖母某氏蓄德在躬，以成家室。發祥于後，以遺子孫。申錫有邦，蓋惟舊典。魏，大名也，以是追封。豈特爲窀穸之榮，亦所以佑其後世。可。

父

敕：士以有子爲榮，子以顯親爲孝。宗公元老，世恃以寧。當有追崇之恩，稱其致孝之意。具官某父某惠和敦大，明允忠篤。位不侔德，乃生碩人。寅亮先帝，寵綏四海。方興就事，佐佑朕躬。申命有章，兼榮幽顯。可。

亡母

敕：朕初纂服，登用舊臣。褒厚其親，率循故事。具官某母某氏顯相吉士，篤生碩人。壽善康寧，考終福禄。追榮新寵，申命大邦。尚其淑靈，膺此休寵！可。

## 參知政事歐陽脩三代制六道

曾祖郴贈太子少保可贈太子太保〔一〕

敕：君子善善之義，下及子孫，況推而上之，至其祖考。所以褒美崇寵，豈顧可以不稱哉？故先王宗廟之制，視其爵位之高下，以爲世數之遠近。而本朝追命之禮，亦從其子孫名數之卑尊。具官某曾祖某潛于丘園〔二〕，躬有善行。畜積之慶，施于曾孫。爲時宗工，名重天下。圖任以登于右府，褒嘉當及其前人。東宫之孤，位已顯矣。進秩一品，尚其享哉！可。

曾祖母追封延安郡太夫人劉氏可追封榮國太夫人〔三〕

敕：尊之欲其貴，親之欲其富。豈特人主有是心哉？推是心以施於人，此人主所以與天下同憂樂之意也。禄有厚薄，故禮有隆殺；位有高下，故施有遠近。古之道也，其可忘哉！具官某曾祖母某氏含德在躬〔四〕，作嬪令族。積善之慶，覃其後昆。惟時聞孫，實朕良弼。登與政事，人無間言。其疏大邦之封，以報流澤之施。寵靈之極，尚克享哉！可。

祖贈某官

敕：朕惟有天下者，得推其祖考，上配于天，蓋孝子慈孫所以極其尊崇之意。推是心以及夫在位，則其寵禄之厚者，豈不欲以及其所謂尊親者哉？此朕所以褒寵大臣之先以尊爵貴官，而有至乎三世者也。具官某祖某積德累善，施于後嗣。爲予輔弼，始大厥家。東宫之孤，既以命汝。增榮一品，尚克享哉！可。

祖母

敕：朕疏郡縣以君諸臣之母，欲以慰慈孫孝子之心〔五〕。至於政事之臣，則封國及其王母。所以望其功者厚矣，則慰其心者顧可以薄哉？具官某祖母某氏來嬪名家〔六〕，克配君子。積善之福，覃于其孫。左右朕躬，豫圖政事〔七〕。嘉而有後，錫以大邦。維靈在幽，尚克膺此！可。

父

敕：大臣得爵命其先人至乎公師，非古也。然禮者，人情而已矣。當於人情而義足以勸士，則何必古之有哉？具官某父某蓄其德善〔八〕，不顯於世。克生賢佐，爲朕股肱。

東宫一品，人臣高位。追以命汝，用嘉有子。尚其享此，以稱饋祀之盛哉！可。

母

敕：古者子爲諸侯、大夫，而父爲士，則其祭以諸侯、大夫之禮。朕以謂得享其禮而位號不稱，則不足以盡孝子之心。故今有列於朝廷，皆得追崇其考妣，又況於爲吾左右輔弼之臣哉？具官某母某氏婦順母嚴，稱於天下。能教其子，爲時名臣。協于詢謀，進斷國論。雖禄養不及，而饋享有加。啓封大邦，於禮爲稱。尚其幽穸，知享此榮！可。

〔一〕龍舒本題作「參知政事歐陽脩曾祖某贈某官」。
〔二〕「具官某」，皇朝文鑑卷三十八參知政事歐陽脩曾祖某贈某官作「具官歐陽脩」。「曾祖某」，龍舒本、皇朝文鑑作「曾祖」。
〔三〕龍舒本題作「曾祖母某氏某國太夫人」。
〔四〕「具官某」，皇朝文鑑卷三十八曾祖母某氏某國太夫人作「具官歐陽脩」。
〔五〕「慰」，龍舒本作「稱」。
〔六〕「具官某」，皇朝文鑑卷三十八祖母作「具官歐陽脩」。「來嬪」，應刻本作「系出」。
〔七〕「圖」，皇朝文鑑卷三十八祖母作「國」。
〔八〕「具官某」，皇朝文鑑卷三十八父作「具官歐陽脩」。

## 樞密使張昪封贈三代制八道

### 曾祖某贈某官〔一〕

敕：傳曰：「學士、大夫則知尊祖矣。」若夫流澤之施於後世者博矣〔二〕，則其崇報亦當有以稱焉。此予所以隆寵大臣〔三〕，而追命之禮有至於三世也。具官某曾祖某以武力充選，以忠勞備使。積善之施，覃及後昆。爲時老成，宰制密命。帝傅之位，厥惟尊榮。今予爾嘉，舉以追錫。尚其幽穸，知享此哉！可。

### 曾祖母贈某國太夫人

敕：祖考之富且貴，則其澤流於子孫，而諸婦與榮。子孫有爵禄之寵，則其尊歸於祖考，而饋祀之盛，亦及乎其母。古之道也，後世因焉。今朕尊禮大臣，而爵命上施其三世，於經未嘗有也，而豈害於先王制禮之意哉？具官某曾祖母某氏嬪于令人，躬有馴德。積善之施，久而愈彰。至于曾孫，克協朕心。爲世元老，執邦之樞。福禄之來，實維爾慶。改封大國，以寵淑靈。尚其有知，享此休命！可。

祖

敕：爲吾政事之臣，所以崇寵之者備矣。於其尊大前人之志，亦宜有以稱焉。具官某祖某積行在躬，潛而不耀。畜其善慶，以賴後昆。厥有聞孫，爲朕良弼。典司機要，海内所瞻。追命之榮，至于帝傅。進登師位，以極褒嘉。尚其冥靈，膺此休顯！可。

祖母

敕：義莫大於尊祖，仁莫高於顯親。今吾追命大臣之考妣以及其祖者，豈有它哉？凡以稱其尊祖顯親之心而已。其德博者其施遠，其位盛者其報豐。具官某祖母某氏徽柔静恭，克相宗事。佑啓後世，爲時元臣。執國之樞，以佐吾治。其施可謂遠矣，其報可以薄哉？改錫大邦，以爲爾寵。賁于窀穸，尚克知榮！可。

父惠贈太師可贈中書令餘如故〔四〕

敕：朕有高爵厚禄以禮天下之士，而與之共政；又本其流澤之所自，而追命以尊官。豈特崇寵大臣，亦所以勉人親之教子。具官某父某潛德晦行，榮于丘園。積仁之慶，實在其子。終有成德，爲吾宗工。踐更二府，執國機要。追褒之命，登爾太師。其遷令于中書，以極褒崇之數。尚其窀穸，享此休榮！可。

嫡母追封德國太夫人劉氏可追封許國太夫人〔五〕

敕：先王制禮，及後世而彌文。顧所以順理而即人情，古今一也。夫福禄之盛，流澤尚及乎子孫，則名數之崇，追命當加其考妣。具官某嫡母某氏柔良之行，温惠之德。輔相君子，克成厥家。以有賢息，掌予機密。及親之寵，厥有舊章。顧爾位號，既榮極矣。其班新命，寵以大邦。賁于無窮，尚克嘉享！可。

所生母追封慶國太夫人王氏可追封蜀國太夫人〔六〕

敕：傳稱春秋之義，母以子貴，説者或非焉。而人子之愛其親，豈有窮哉？已則富貴，而親不與焉，固人情之甚可哀者也。當有追崇之禮，稱其思慕之心。具官某所生母某氏温柔惠和〔七〕，得媲君子。克生賢佐，爲朕寶臣。允于庶言，秉國樞要。追榮之典，既啓爾邦。其改新封，以鴻後慶。尚其冥漠，享此恩榮！可。

亡妻田氏可追封京兆郡夫人彭城縣君劉氏可追封彭城郡夫人〔八〕

敕：臣之德善勳勞，稱其位而有施於國；君之爵禄慶賞，疇其功而有報於家。股肱之良，參决政事。施於國者其責厚矣，報於家者亦宜稱焉。以爾具官某妻某氏温柔静嘉，嘗配君子。遭會不淑，不終顯榮。某言于朝，爲爾請命。考諸恩典，厥有故常。乃疏大郡之封，錫以小君之號。所以崇貴窀穸，而副吾大臣追往求舊之心。尚其有知，享此休寵！可。

〔一〕龍舒本題作「樞密使張昇曾祖某贈某官」。
〔二〕「施」，遞修本作「推」。
〔三〕「隆」，遞修本作「陞」。
〔四〕龍舒本題作「父」。
〔五〕龍舒本題作「嫡母」。
〔六〕龍舒本題作「所生母」。
〔七〕「具官某」，皇朝文鑑卷三十八樞密使張昇所生母作「具官張昇」。
〔八〕龍舒本題作「亡妻」。

## 樞密副使胡宿封贈三代制六道

曾祖

先帝襃厚群臣，德施及乎窀穸。朕奉承遺訓，不敢以哀恫之故廢。具官某曾祖某蓄德深博，久而彌興。焯有偉人，出其後世。佐佑先帝，以暨朕躬。追命于幽，尚嘉營魄！可。

曾祖母

敕：大臣有賞於國，則爵命上施乎三世。先帝所以褒功德也，朕敢忘哉？具官某曾祖母某氏齊嚴靚專，柔嫕安婉。集有祉福，施于孫曾。爲時宗工，德望休顯。膺此追命，尚其知榮！可。

祖

敕：詩曰：「不愆不忘，率由舊章。」朕遵先帝之法，以勞賜大臣及其父母，不敢以哀恫之故廢。具官某祖某躬率令德，以成厥家。有孫而賢，執國機要。膺此休顯，尚能嘉歆！可。

祖母

敕：朕初即位，遵先帝故事，大賚于四海，而大臣之祖妣與焉。具官某祖母某氏以順爲令妻，以嚴爲賢母。集有戩穀，以詒厥孫。爲時宗臣，世禄滋大。追錫休命，尚其知榮！可。

父

先帝棄萬國，朕初即位。凡在廷者，皆班爵命顯其親，所以稱先帝顧哀群臣之意。具官某父某蓄積德義，以成福禄。燕及厥後，爲時宗工。追錫之榮，既光大矣。褒嘉有數，其尚知歆！可。

母

先帝有大賚，必及群臣之父母。朕初嗣位，不敢有廢也。具官某母某氏以順爲婦而能正，以嚴爲母而能慈。肆有福禄，集其後世。徙封大國，以顯厥魂。可。

## 樞密副使吴奎封贈制二道

父

敕：朕初即位，班爵命以寵諸臣之父母。蓋惟先帝故事，不敢忽忘。具官某父某德善之修，有聞于世。義方之教，能大厥家。序位朝廷，既隆顯矣。褒遷有典，其往欽哉！可。

母

敕：永惟政事之臣，天下國家所恃以安且治者也。所以褒厚及其父母，豈可忘哉？具官某母某氏馴德淑行，來寧巨室。母有賢子，爲時宗工。班命于朝，既疏名郡。徙封之寵，其往欽承！可。

## 皇故第十三女追封楚國公主制

敕：先王制禮，有卑尊疏戚之宜。惟至親得以致悼痛之恩，唯至貴得以極褒崇之意。皇故第十三女方在襁褓，尚其有成。位號未正，奄與物化〔一〕。蓋王姬之車服，下后一等而不視其夫。情文之隆，於是爲稱。則雖夭閼，其可弭忘？追命啓封，胙之全楚。以終天性之愛，且慰幽穸之靈焉。可。

〔一〕「與」，龍舒本作「忽」。

## 故充媛董氏贈婉儀制

敕：雞鳴思賢妃，而關雎樂得淑女。永懷邦媛，内助宫闈。愍飾厥終，當加位號。故充媛董氏有德讓之美，無險諂之私。進登嬪婦之官，率循保阿之訓。奄忽至於大故，茲用愴于朕心。恩典寵章，以賁幽穸。尚其弗泯，知享此榮！可。

## 樞密副使吳奎亡妻趙氏追封信都郡夫人制

敕：追遠念舊而不忘者，行之厚。而大臣有求於此，朕豈可以忘哉？具官某亡妻某氏柔嘉在躬，作配君子。不克偕老，茲惟永懷。能辭生者之恩，以丐追封之寵。胙以名郡，尚其知榮！可。

## 樞密副使胡宿亡妻崇仁縣君吳氏追封蘭陵郡夫人制

敕：婦人能相其君子終以休顯，而不與享其福禄，豈非人情之所愍惻哉？具官某妻某氏躬率德善，嬪于大家。纘夫之榮，肇啓爵邑。方吾良弼，登執事樞。嗟爾淑人，既營封壤。賜之名郡，追賁諸幽。尚其雖没而有知，亦以慰夫生者。可。

## 故董淑妃養女御侍張氏安福縣君依舊御侍制

敕某氏：爾爲妃所鞠〔一〕，而序于女御之數。啓邑賜號，以廣逮下之恩。往服命書，勉循陰教！可。

〔一〕「鞠」，原作「鞫」，據四庫本改。鞠，養育。

故董淑妃養女御侍李氏仁和縣君依舊御侍制

敕某氏：爾以徽柔，備數女御。賜封大邑，用示褒嘉。往服寵榮，愈其淑慎！可。

聽宣蔣氏張氏並司言制

敕某：後宮之職，各有等差。必來淑女，以贊内治。爾惠和安婉，服采維勤。遷序厥官，往欽休命！可。

淑妃董氏遺表父右侍禁安内殿崇班制

敕某：卿大夫之終于位者，朕所以顧恤其家，未嘗不備也。永惟良淑，有助宫闈。序位既崇，則推恩宜厚。閲其遺表，爲爾求遷。超進厥官，往求自稱！可。

## 德妃沈氏姪孫獻卿可試大理評事制

敕：朕於后妃之家，不欲以恩撓法。法之所當者〔一〕，義亦無所愛焉。爾方眇然，未克有知。而以外戚之恩，得試理卿之屬。時乃邦制，不爲爾私。勉哉有成，以待官使！可。

〔一〕「當」下，龍舒本有「得」字。

## 沂國公主趙氏奏苗賢妃親姊永安縣君苗氏男張士端試將作監主簿制

敕某：朕布大慶，而士緣外内族親之故以得官者衆矣。雖進非用德，然能致其材以保禄位，則亦足以自昭于時。爾與此榮，當知懋勉！可。

## 右監門衛大將軍令襄故母錢氏可追封仁和縣君制

先帝以孝治天下，故因宗祀大慶，施及諸臣之父母。具官某母錢氏躬率德善，來宜宗室。雖不終榮禄，而有子克家。追錫寵章，冀能嘉享！可。

## 大將軍從信故所生母許氏追封平原縣太君制

敕許氏：朕於在廷之臣，皆有以褒厚其親也，況於近屬恩禮所先者乎？爾順善和恭，甚宜家室。克生宗子，實胙大邦。當號爾封，遽棄榮養。進君一邑，以慰孝心。尚惟淑靈，知享此寵！可。

## 大理寺丞蘇唐卿母孫氏萬年縣君制

敕孫氏：朕既肆祀於明堂，而錫命以褒諸臣之母。尚惟高年及養，而禮秩有所不加，故推異恩，以慰其意。爾年耄矣，而有子列于王官。其疏爵邑之榮，以厚閨門之慶。可。

## 試監簿祁元振亡母丁氏追封昭德縣太君制

敕某母丁氏：爾嬪于名卿，不預寵封之慶；没有良子，乃蒙增秩之褒。顧移恩榮，追慰顧復。俾疏大邑，以燕孝思！可。

參知政事歐陽脩女樂壽縣君制

敕歐陽氏：汝父爲吾政事之臣，而緣國大賚，丐恩及汝。賜之封邑，亦有故常。祗戒勿違，以承茲寵！可。

同中書門下平章事文彦博女大理評事龐元直妻特封安福縣君制

敕文氏：爾父爲時元老，而爾母當得褒封，辭其寵章，爲爾求邑。爾承德義之慶，而嬪宗公之家。膺茲顯榮，可謂稱矣。可。

同中書門下平章事宋庠親孫女特封永寧縣君制

敕宋氏：朕有大封之慶，而爾母與焉，辭其寵章，爲爾請邑。爾惟名族，率禮有常。象服之宜，是亦榮矣。可。

故贈司空兼侍中龐籍遺表長女南安縣君冀州支使陳琪妻安康郡君制

敕龐氏：封爵，吾所重也。爾考嘗爲將相，而其没也以爾爲言。加錫郡封，蓋非常典。爾維令淑，往服寵榮！可。

第五女大理評事趙彦若妻德安縣君制

敕龐氏：爾考嘗輔佐先帝，而有勞於國。今其不幸，爲爾請封。夫以女子受爵於朝，而不繫其夫，其亦榮矣。往惟順淑，以服寵榮！可。

第七女壽安縣君制

敕龐氏：女子，從人者也，故封爵視其夫、子而已矣。爾父嘗勤勞於國，而爲先帝大臣。今其薨殂，爲爾請邑。考於恩典，厥亦有初。往服寵榮，勉之無斁！可。

節度使允初長女殿直梁鑄妻特封嘉興郡君制

敕趙氏：朕於宗室，親疎有秩也。今爾既成婦矣，而宗正爲爾請封〔一〕。爾維懿恭，循禮無失。以君大郡，可謂顯榮。其往懋哉，爾宜欽服！可。

〔一〕「宗正」，原作「宗王」，據殘宋本、遞修本、四庫本改。宗正，掌皇族事務。

宗說第十八女右班殿直楚奎妻永泰縣君制

敕趙氏：朕初即位，敷錫庶邦。爾躬行柔嘉，實維宗女。賜封大邑，往服厥榮！可。

右屯衛大將軍茂州刺史克洵第二女右班殿直宋玘妻等並特封縣君制

敕趙氏：凡內女之嫁者，爵邑不繫其夫，所以廣親親也。爾嬪于世族，率禮有常。錫命啓封，是爲恩典。思稱厥服，愈其懋哉！可。

右屯衛大將軍登州防禦使邢國公世永第三女左班殿直徐鎮妻特封金城縣君制

先帝褒厚宗室，女子之嫁者，爵命有不繫其夫。朕初即位，不敢忘也。具官某女某人妻趙氏夙承禮教，率用祗德。歸于世族，婦順有稱。錫以縣封，往膺休寵！可。

## 右監門衛大將軍仲勸新婦陳氏封邑制

先帝布大慶於天下，朕初即位，永惟嗣訓，不敢有忘。具官某妻陳氏順善和嫕，嬪于宗室。賜命大邑，示均神釐。率禮勿違，以稱休顯！可。

## 皇兄故保康軍節度觀察留後承簡贈彰化軍節度追封安定郡王制

敕：樂其生而哀其死，欲其富貴之無窮。仁人於親戚莫不然，而王者得盡其褒崇之意。具官某於宗室爲近屬〔一〕，於朝廷爲大官。有温恭恪慎之稱，無驕嫚逸欲之過。不幸至於窀穸，用震悼于朕心。義兼親賢，恩禮當稱。今夫建牙樹纛，節制一軍，而封爵至於稱王，人臣之極也，朕其追命以賜焉。尚其有知，享此休顯！可。

〔一〕「某」，皇朝文鑑卷三十八皇兄故保康軍節度觀察留後承簡可贈彰化軍節度使追封安定郡王作「承簡」。

## 皇弟故右屯衛大將軍霸州防禦使承俊贈崇信軍節度觀察留後追封樂平郡公制

敕：詩曰：「死喪之威，兄弟孔懷。」以天下之貴富，而得盡其親親之禮，則榮名尊爵，豈宜有愛於此哉！具官某馴德謹行，稱于宗室。奄終厥命，實悼朕心。寵之以留後之官，褒之以郡公之號。尚其幽穸，克享茲榮！可。

## 皇姪孫世芬贈洺州防禦使追封廣平侯制

敕：置使以扞防爲職，建邦以察候爲名。非親且賢，何以堪此？以爾具官某序于近屬，舊有令名。未加褒崇，遂至窀穸。其追賜命，以慰厥靈。尚克有知，享茲休顯！可。

## 供備庫副使李詵父皇任鎮潼軍節度觀察留後贈感德軍節度使兼侍中端懿贈司空兼侍中制

敕某：朕有釐事於上神，而幽顯並蒙其福。具官某父某纘承德義，被服文儒。出入踐更，有榮爵禄。能以才業，自昭于時。壽善不兼，慶流厥子。追崇位號，尚克知歆！可。

## 武勝軍節度觀察留後王凱贈節度使制〔一〕

敕：將帥之臣，出乘疆場而有執敵捍患之材，入摠營屯而有折衝銷萌之用，則序功録德，當以厚終。以爾具官某戰攻之多，守衛之最，有賞於國，有稱於時，而能悉心夙夜，祗愼厥職。不幸至於大故，朕用臨弔而悼焉。其追加一命，使得建節樹纛，稱其襚葬之禮。没而有知也，尚能享吾休顯之報哉！可。

〔一〕龍舒本題作「王凱贈節度使」。

## 太常少卿權判太僕寺馬從先父震贈右領軍衛大將軍特贈尚書工部侍郎制

敕：朕獲執玉幣，以承上帝燕及聖考者，豈非士大夫之助哉？肆有大賚，以稱其念親之志。具官某父某資兼文武，而用不極其材。能以義方，朂成厥子〔一〕。服在卿位，相兹休成。追命有加，尚知榮享！可。

〔一〕「朂」，遞修本黄校曰：「宋刊缺末筆。」避神宗趙頊之諱。

## 屯田員外郎句諶父希仲已贈吏部侍郎贈金紫光禄大夫工部尚書制

敕：士以功善有慶，而欲移之親。苟無害於義，則其可以不從乎？具官某嘗以才名，序于卿位。慶集厥子，有勞當遷。願推恩典，以賁幽穸。膺此顯服，尚知榮享！可。

## 都官員外郎何若谷亡兄若沖追贈試大理評事制

敕某：爾躬率善行，而不克自昭于時。有弟在廷，法當增位。固辭恩典，冀得追榮。愍錫一官，尚其能享！可。

## 故崇儀使康州刺史内侍押班盧昭序贈正刺史制

敕某：所居之地禁，所事之職親。恩禮所加，亦宜異數。爾以忠力，備任宫闈。歷年滋多，率履惟謹。今其亡矣，追惻厥勤。考於故常，當得褒序。遷正位號，尚能知榮！可。

## 故内殿承制宋士堯等贈官制

敕某等：蠢兹蠻方，犯我邊吏。爾等以身死職，朕用哀恫。夫見危授命，士之美行；

褒善録功，國之令典。故吾有以愍錫，而慰爾等窀穸之靈。没而有知，其尚能享！可〔一〕。

〔一〕「可」，原闕，今據龍舒本、殘宋本補。

# 王安石文集卷第五十五

## 外制

### 建州敦遣進士彭彝特授將仕郎祕書省校書郎制

敕某：朕惟衆科不足以盡天下之士，故因赦令而委諸路以特招。爾以守節見稱，而論議亦嘗試矣，賜之一命，使力行者有勸焉。往其增修，以稱兹舉！可。

### 新授齊州章丘縣尉鄭珪瀛州司户參軍制

敕某：爾嘗爲大臣所稱，當得遷序。自求一掾，往事上州。其慎猷爲，以膺器使！可。

### 御前五經及第劉元規通利軍司法參軍制

敕某：朕雖趣時爲法，而其義亦考於經。爾以經術决科，而試於法吏。勉思所誦，尚有合哉！可。

敕賜同進士出身顧立守漢陽軍司理參軍制

敕某：爾經明行潔，特見推揚。考覈以言，有足稱者。試諸獄掾，其往懋哉！可。

高州茂名縣尉兼主簿李伯英永州録事參軍兼司户參軍制

敕某：小人當平歲爲盜，爾職當捕，而能得之。甄叙厥勤，國有常法。往就禄次，勉圖後功！可。

御前尚書學究及第張宗臣亳州司法參軍制

敕某：爾少而知學，能以決科。今也成人，遂從官政。往共厥事，可不勉哉！可。

御前三禮及第韓伯莊海州東海縣尉兼主簿制

敕某：爾幼而知學，能以決科。今也成人，往其從政。有猷有守，惟慎厥初！可。

## 敕賜同進士出身王祁試祕校守青州益都縣主簿制

敕某：察行於鄉里，考言於朝廷，而試之以事，此自古所以能得士也。今汝言行，皆見稱引。姑使佐于大縣，以觀從政之材。無曰民寡，亦可以有爲矣！可。

## 太廟齋郎黄景先守常州宜興縣主簿制

敕某：爾考以使事没身於瘴癘，故爾得序於有司。往踐一官，其思所以保禄位而無失前人義方之訓！可。

## 李資濰州北海縣主簿制

敕某：爾父以身死制，而加爾以一命之榮。今又以爾母有言，而使得佐于大邑。能以忠順保其禄位，而守其祭祀者，士之孝也。往其祗服，可不勉哉！可。

## 皇姪信州團練使宗懿改郢州防禦使制

敕：原罪眚，振滯淹，朝廷之慶施及乎遠者矣，又况於宗室之近哉？具官某於服屬爲親，於爵列爲貴。造行不能無惰〔一〕，以自困於煩言。肆祀之恩，與人更始。滌其前吝〔二〕，寵以故官。往思自修，保此榮禄！可。

〔一〕「惰」，原作「情」，今據龍舒本、殘宋本改。按，此句言宗懿品行輕慢，以致人言。宋會要輯稿帝系四：「（嘉祐六年）正月二十四日，降郢州防禦使宗懿爲信州團練使。初，葬濮安懿王，而宗懿自以本命日不臨穴，故降之。」

〔二〕「吝」，龍舒本作「咎」。

## 邢王孫右武衛大將軍道州團練使宗望舒州防禦使餘如故制

敕：朝廷爵賞，與士共之。親愛之欲其富貴，亦先王之道也。具官某序于近戚，服在顯官。嘗坐小何，自今久次。能補前吝，歷年茲多。往以序遷，勉綏寵禄！可。

## 未復舊官人兵部員外郎知池州吕溱吏部郎中制

敕某：朕初即位，原咎眚，振廢淹。爾爲先帝近臣，以才敏諒直稱天下。嘗坐吏議，久於左遷。稍復故官，往其祗訓！可。

## 追官人前司封員外郎蕭固司封員外郎制

敕某：宗祀之慶，外覃四海，況於嘗任事之臣哉？爾備使南方，實以才選。控于吏議，用失厥官。錫命示恩，往其祗服！可。

## 追官人前都官員外郎陳昭素都官員外郎制

敕某：爾嘗更任使，而以才稱於世。陷于吏議，失職久矣。再更赦令，稍復故官。夫士有智能，固不可以一眚而終廢。惟慎厥後，以須選求！可。

## 陳憲臣屯田員外郎制

敕某：爾嘗坐法，用失厥官。宗祀之成，推恩博矣。復爾禄次，往其欽哉！可。

## 孫夷甫屯田員外郎制

敕某：爾嘗坐譴何，再更赦宥。能自節勵，以補厥愆。序進一官，往其祗服！可。

## 安保衡都官員外郎制

先帝有事明堂，而大賚于四海。爾嘗在郎選，困於一眚。膺此慶施，序遷厥官。往其慎哉，以服休命！可。

## 未復舊官人殿中丞王超太常博士制

敕某：爾挂文吏之議，以失職久矣。朕方推慶賜，以勞天下，疏逖幽賤，並膺厥服。矧爾智謀績用，爲世所稱，而特困於一眚之細哉？其還故官，以勸能者。可。

## 追官勒停人國子博士沈扶國子博士制〔一〕

敕某：士之可用者，朕不以一眚而忘之也，又況於以才任使，而特以薦士爲累哉？爾行義智能，有聞于家，久於使事，績效可稱。任非其人，以坐廢斥。宗祈之慶，覃及萬方。甄序厥官，往惟祇服！可。

〔一〕按，此篇亦誤載翟汝文忠惠集卷三。

追官人前太常博士王拱巳太常博士制〔一〕

敕某：爾以舉非其人，而久坐斥廢。宗祈之慶，賚及萬方。復爾故官，往其祗服！可。

〔一〕「巳」，原作「己」，今據底本目録、光啓堂本改。按，王拱巳，王代恕之子，王拱辰之兄。歐陽脩居士集卷二十八江寧府句容縣令贈尚書兵部員外郎王公代恕墓誌銘：「於其葬也，長子拱璧，右侍禁。（中略）次拱巳，守將作監主簿。（中略）次拱辰，右諫議大夫、權御史中丞。」

追官人著作佐郎沈士龍祕書丞制

敕某：嘗棄其官守，而坐廢于家。今宗祀之恩，吏之免者多復用矣〔一〕，況如爾之得罪，特以有志於善乎？其就故官，以須器使。可。

〔一〕「吏」，原作「使」，今據聽香館本改。

未復舊官人檢校水部員外郎懷州團練副使任慶之大理寺丞制

敕某：爾嘗譴何，比更赦宥。序進厥位，往其慎哉！可。

## 未復舊官人光禄寺丞趙瑾改大理寺丞制

敕某：爾造行不謹，陷于法理。比更赦宥，復序故官。謀惟厥終，無重前悔！可。

## 特勒停人前西京左藏庫副使劉起西京左藏庫副使制

敕某：宗祈之慶，覃及萬方。爾嘗以才選，典領州事。不知淑慎，以抵厥愆〔一〕。恩復故官，往其祗訓！可。

〔一〕「抵」，原作「祗」，遞修本黄校曰：「『祗』宋刊『抵』。」據改。

## 特勒停人試將作監主簿郭慶基將作監主簿制

敕某：宗祀之恩〔一〕，外覃四海。爾嘗坐法，用廢于家。復即故官，其知慎矣！可。

〔一〕「祀」，原作「社」。遞修本黄校曰：「『社』，宋刊『祀』。」據改。

## 特勒停人前守將作監主簿張及孫復舊官制

敕某：爾嘗坐斥免，既更赦令。其班新命，使就故官。惟慎以遠罪，而敏於赴功，則足以補前負矣！可。

追官人徐并太常寺奉禮郎制

敕某：朕初即位，布大號於天下。爾比以罪負，久於廢斥。既更赦宥，當序一官。夫士之嘗有譴尤，而後以才復爲世用者衆矣。往其淑慎，以待異恩！可。

特勒停人光禄寺丞周延年光禄寺丞制

敕某：爾坐廢于家，爲日久矣。宗祈之慶，復就故官。往慎厥修，以須器使！可。

建州管内觀察使李瑋安州管内觀察使制

敕：釐事既成，慶流宇内。簡于朕志，當有異恩。具官某以元舅之家，膺下嫁之選。飭身厲行，休顯有稱。嘗坐譴何，外更藩屏。付之舊節，使得造朝。往服寵榮，愈其慎毖！可。

## 檢校水部員外郎充秦州團練副使不簽書本州公事蕭注依前檢校水部員外郎充奉寧軍節度副使不簽書本州公事制

敕某：朕初即位，肆大眚以勞天下。爾嘗爲邊將，以罪失職。稍遷位號，徙置大邦。夫士之有能，固不以瑕釁而終廢。往其修省，以服異恩！可。

## 蕭注責授團練副使制

敕某：爾以州縣尺寸之功，未閱數期，而官顯禄厚，遂專一州之寄。當思勠力，以稱所待遇。乃公爲姦污，不忌邊禁，以至擅發丁壯，采金蠻夷，侵騷邊人，廢業失職。無鈎考之檢，有盜攘之嫌。朕惟遠方羈縻之義，不欲重爲煩擾，故寧失爾罪惡，而不卒究窮。副于團練之軍，寘諸安閑之地。其思自訟，以服寬宥之恩焉。可。

## 儀鸞使英州刺史張師正落刺史依舊儀鸞使制

敕某：人道貴讓，而以巽爲利者，武人之正也。朕以爾材謂爲能治邊，故超進使號，又擇令名之州，使爾刺焉，而共其舊服。當知竭力，報稱所蒙。而乃觖望鄙争，果於慢上，自干邦法，以致人言。稍褫前恩，尚附輕典。往其修省，思補厥愆！可。

皇城使巴州刺史宋安道落巴州刺史制

敕某等：班禄所以勸能，制罰所以懲事。爾等執技備官久矣，一有所試，而其效皆無可言。竊位素餐之罪，法不可以無懲也，稍從降絀，示有典刑。往其深省厥愆，以稱食功之意！可。

皇城使宋安道責授檢校水部員外郎充衛州團練副使不簽書本州公事制

敕某：爾等以醫入侍，先帝疾殆，至於弗瘖，而皆莫能知。居其官而不能，與食焉而怠其事，皆法刑之所當施。深惟先帝之仁，故不忍加誅，而宥爾等于外。顧省厥罪，往其戒哉！可。

追官人文思副使王用内殿承制制

敕某：爾嘗犯禮，以失厥官。宗祀既成，均休宥罪。序于廷内，其往慎哉！可。

## 未復舊官人劉舜臣禮賓副使制

敕某：爾嘗爲州，坐法以免。既更新令，未即故官。寵以命書，介于諸使。惟慎厥後，以稱恩榮！可。

## 追官人前供備庫副使崔懷忠内殿承制制

敕某：朕閔士大夫或以一眚之故，棄而不録，故常因赦令，使得復序厥官。爾久以才能，外更任使。雖嘗廢免，有足哀矜〔一〕。列職内朝，往其祗服！可。

〔一〕「哀矜」，原作「哀務」，據殘宋本改。

## 特勒停人守祕校胡柬之守祕校制

敕某：爾嘗坐小何，既更大慶，往就禄次，以須器使。朕於用士，固不以一眚而廢材。惟敏厥修，以永終譽！可。

堂後官大理寺丞張慶隨右贊善大夫餘如故制

敕某：爾職爲宰屬，名在理官。祇慎無疵，至于三歲。進官一等，有籍於朝。往其懋哉，是亦榮矣！可。

右班殿直彭士方容州別駕制

敕某：爾爲小吏，自致廷臣。能稱厥修，至于告老。列職州佐，以爲歸榮！可。

攝荆南文學張鋭守荆南府參軍制

敕某等：異時設科，以待武力智謀之士。而爾等實應令焉，嘗攝一官。既更新令，稍即序録，其往勉旃！可。

單州文學周大亨密州司馬制

敕某：爾不勉厥修，以取罪廢。既更赦令，復齒官聯。善補悔尤，尚有終譽！可。

廣南東路經略安撫使余靖奏高郵軍醫博王沂試國子四門助教不理選限制

敕某：爾以方伎，有聲淮南。今方維按撫之臣，以爾自隨，而請加一命。爾宜知夫名之不欲以假人也，而能慎行以稱焉。可。

蔡襄奏醫人李端試國子四門助教不理選限制

敕某：爾從事於醫久矣，而吾左右親信之臣稱爾之行能，請一命焉。厥有故常，以爲爾寵。其思淑慎，以稱褒嘉！可。

程戡奏延州醫助教房用和國子四門助教不理選限制

敕某：延州鎮撫一方，而將吏皆吾扞城之用。爾共醫事，莫府所稱。甄序以官，往祗厥服！可。

胡宿奏醫人夏日宣試國子四門助教不理選限制

敕某：夫論思勸講之臣，實吾耳目腹心之賴，而爾能執技調護。其家請命于朝，以爲爾寵。吾其錫爾，往矣勉哉！可。

## 范鎮奏成都府醫人王獻臣試國子四門助教不理選限制

敕某：爾有邦人，爲吾近侍。稱爾嘗學，尤良於醫。序試一官，往其祗服！可。

## 歐陽脩奏醫人夏日華試國子四門助教不理選限制

敕某：天下安危治亂，其責在乎政事之臣。責之如此其深，則遇之豈可以不厚？故其有求於上，吾皆聽許而不違。今脩以爾能醫，而爲之請命。吾其加錫，以示不違於大臣。爾往懋哉，當知夫名不可假！可。

## 趙槩奏醫人武世安試國子四門助教不理選限制

敕某：古者聖人爲醫藥以濟民命，而又建官制禄，考其所治之全失而上下以勸焉，其於愛人也深矣。爾能執技以濟衆，而見稱於大臣，使試一官，以爲爾勸〔一〕。其思勉勵，以稱褒嘉！可。

〔一〕「勸」，原作「勤」，據殘宋本改。

## 贈安遠軍節度使馬懷德遺表門客吴戛試將作監主簿不理選限制

敕某：懷德嘗將衛兵，而其卒也，求官其客。觀爾所主，以知爾材。往試一官，勉思自稱！可。

## 河東都轉運使龍圖閣直學士何郯奏梓州醫博士謝愈試國子四門助教不理選限制

敕某：爾以方技自名，爲邇臣所薦。其於行藝，必有可稱。俾試一官，以爲爾寵！可。

## 殿中省尚藥奉御直醫官院仇鼎充翰林醫官副使制

敕某：古者視疾醫之全失，而上下其食，所以明沮勸也。爾以技事上，久而有勞。遷序厥官，往欽無斁！可。

學士院孔目官梓州司户參軍周元亨成都府温江縣主簿制

敕某：爾服采禁林，有勞可録。宗祈之慶，外序一官。往慎典刑，保兹禄仕！可。

昭文館正名守當官陳旦利州司户參軍依前充職制〔一〕

敕某：朕初即位，大賚四海。爾役于書林久矣，序官州掾，往慎厥修！可。

〔一〕「館」字，殘宋本無。

朝堂知班引贊官遊擊將軍守右金吾衛長史魏昭永恩州録事參軍制

敕某：宗祀之成，並蒙禔福。爾儐贊朝事，有年於此矣。出長州掾，往其勉哉！可。

朝堂正名知班驅使官楊忠信吴安期何惟慶並特授將仕郎制

敕某：爾等駿奔于朝，以給煩使。致勤厥職，爰及再期。甄序一官，往共舊服！可。

都省正名驅使官袁士宗守蓬州蓬山縣主簿依前充職制

敕某：爾以勤服采，積有歲年。外序一官，往共初服。守爾禄次，厥惟慎哉！可。

中書守當官鄆州司户參軍衛進之青州司户參軍制

敕某：爾給事相府，服勤歲久。因時慶賜，求得外遷。往掾大州，勉共厥服！可。

朝堂知班驅使官張歸一李汶並開州開江縣主簿依前充職制

敕某等：爾駿奔走以給朝廷之事久矣，有勞可録，序以一官。往懋厥勤，乃其無罰！可。

三司開拆司守闕前行滑州别駕王亨鄭州司馬制〔一〕

敕某：爾實掌書，以佐計官之治。老而知止，予念爾勞。司馬于州，往惟祗服！可。

〔一〕「守闕」，原作「守闕」，形訛。「守闕」，謂胥吏中之守闕官，如下篇。

學士院勒留官遂州司户參軍莊詡青州壽光縣尉制〔一〕

敕某：宗祈成禮，覃澤萬方。駿奔之吏，遷有常法。序爾一尉，往其勉哉！可。

〔一〕「勒留」，原作「勸留」，形訛。

中書録事守成都府别駕魏貫游擊將軍充中書守闕主事中書守闕録事守大名府别駕張世長中書録事制

敕某等：隸名中書，能自祇飭。今吏員有闕，故遷以補之。往懋厥勤，無瘝于職！可。

客省承受李懷曦秦宗古遂州司户參軍制

敕某：宗祀之恩，覃於小吏。爾服勤久矣，宜序一官。往勵厥修，以共舊服！可。

沿堂五院副行首左千牛衛長史周成務金吾衛長史制

敕某等：役于宰屬，積歲有勞。升秩衛官，序遷職服。往共厥事，惟既乃心！可。

沿堂五院正名驅使官鄭州司户參軍吕昭序常州宜興縣尉制

敕某：爾以州掾之名，而役于宰屬，豫蒙慶施，當得外遷。往惟廉清，可以保禄！可。

祕閣選滿楷書充編修院權書庫官袁舜卿濰州北海縣尉制

敕某：掌書贊事，積歲有勞。甄序一官，往其祗服！可。

尚書都省額外正名年滿令史邊士寧青州益都縣尉制

敕某：爾以書贊治，積歲有勞。請命于朝，序官一尉。往共厥職，無敢弗祇！可。

太常寺太樂署院官郭餘慶應州金城縣主簿制

敕某：爾隸于太常久矣，吏員有闕，當得進遷。命以一官，往其祗服！可。

右街司正名孔目官張文仲蓬州蓬山縣主簿依前充職制

敕某：祇載厥職，於今十年。稽狀有司，序于官簿。往共舊服，無棄前勞！可。

吏部侍郎平章事曾公亮奏勾當人趙化基制

敕某：朕布神之惠，而陪隸與焉。爾服厥勤，受茲甄寵。名者，先王所慎以與人者也，往思淑慎以稱之！可。

青州奏壽光縣豐城村張贊獨孤用和各年一百一歲並本州助教制

敕某：人壽至於百年，則閱天下之故多矣。寵以官號，使助守令教馴百姓，豈不宜哉！爾實應書，往其欽服！可。

安化中下州北遐鎮蠻人一百一十人並銀酒監武制

敕某：聲教所覃，爾惟祗服。克有名位，榮于種落。又輸方物，來效厥勤。其錫異恩，以嘉能享。可。

壽州稅户李仲宣李仲淵本州助教制

敕某：淮人阻飢，朕欲賙餼。爾能輸米，來助有司。賞以一官，往其祗服！可。

## 宿州臨涣縣柳子鎮市户進納斛斗人朱億弟傑本州助教制

敕某：賙恤阻飢，朝廷之政。爾能輸積，以助有司。褒賜一官，往其祇服！可。

## 空名助教并試監簿制

敕某：河水衍溢，且爲民菑。爾能輸薪，以佐有司之急。加爾以試官之賞，其思慎行以稱焉！可。

# 王安石文集卷第五十六

## 表

### 百寮賀復熙河路表〔一〕

臣某等言：伏覩修復熙、河、洮、岷、疊、宕等州〔二〕，幅員二千餘里，斬獲不順蕃部一萬九千餘人，招撫大小蕃族三十餘萬各降附者。奮張天兵，開斥王土。旌旆所指，燕及氐、羌；樓櫓相望，誕彌河、隴。中賀。

竊以三年鬼方之伐，高宗所以濟時；六月玁狁之征，宣王所以復古。政由人舉，道與世升。伏惟皇帝陛下温恭而文〔三〕，睿知以武。講周、唐之百度，拔方、虎於一言。我陵我阿，既飭鷹揚之旅；實墉實壑，遂平鳥竄之戎。用夏變夷，以今準古。是基新命，厥邁往圖〔四〕。臣等均被明恩，具膺榮禄。接千歲之統，適遭會於斯時；上萬年之觴，敢忽忘於故事？臣無任。

〔一〕龍舒本題作「賀平熙河表」。

〔二〕「岷」，原作「泯」，形訛，今據聽香館本改。按，北宋無泯州，下篇賜玉帶謝表亦作「岷州」。
〔三〕「伏」，龍舒本作「恭」。
〔四〕「往」，龍舒本作「永」。

## 賜玉帶謝表〔一〕

臣某言：伏蒙聖恩，以收復熙、河、洮、岷、疊、宕等州，特加褒諭，親解玉帶賜臣者。尸臣列侍，方臨極辨之朝；贄御瞻傳〔二〕，獨拜非常之賜。寵綏狎至，懇避弗俞。焜燿有加，凌兢無措。中謝。

竊以洮、河之業〔三〕，兆自聖謨；方、虎之材，進非師錫。片言投匭，遂察見其有孚；衆詆盈庭，豫照知其無眚。以至授兵筭食〔四〕，蒐卒第功，能畢協於始謀，實仰歸於獨斷。如臣蕞爾，何力有焉？伏惟皇帝陛下善貸且成，勞謙不伐。弛曠瘝之大責，録將明之小忠。揚于廣除，委以珍御。瑟彼英瑶之質，焕乎華衮之言。臨授用光，顧榮踰於古昔；退藏惟謹，知燕及於雲來。施更厚於解衣，報敢忘於結草？臣無任。

〔一〕龍舒本題作「謝賜玉帶表」。
〔二〕「瞻」，原作「占」，據龍舒本、聖宋名賢五百家播芳大全文粹卷十二改。

〔三〕「洮河」，龍舒本作「河洮」。

〔四〕「授」，原作「緩」，形訛，今據龍舒本、聖宋名賢五百家播芳大全文粹卷十二改。按，授兵，語出周禮夏官司兵：「司兵：掌五兵五盾，各辨其物與其等，以待軍事。及授兵，從司馬之灋以頒之。」

## 詔進所著文字謝表〔一〕

雲漢之光，俯加賁冒；菅蒯之賤，仰誤詢求〔二〕。中謝。

臣聞百王之道雖殊〔三〕，其要不過於稽古；六藝之文蓋缺，所傳猶足以範民〔四〕。唯其測之而彌深，故或習矣而不察。紹明精義，允屬昌時〔五〕。伏惟皇帝陛下有舜之文明〔六〕，有湯之勇智。以身爲度，動皆應於乾行；肆筆成書，言必稽於聖作。欲推闡先王之大道，以新美天下之英材。宜得醇儒，使陪休運〔七〕。臣初非秀穎〔八〕，衆謂迂愚。徒以弱齡，粗知强學。服膺前載，但傳糟粕之餘；追首大方，豈逮室家之好。過叨睿獎，使緝舊聞。永惟少作可棄之浮辭，豈能上副旁搜之至意〔九〕？

伏望皇帝陛下矜其聞道之晚〔一〇〕，假以歷時之淹〔一一〕，使更討論，粗如成就。然後上塵於聰覽，且復取決於聖裁。庶收寸長，稍副時用。臣無任。

〔一〕龍舒本題作「謝手詔索文字表」。
〔二〕「誤」，龍舒本作「俟」。
〔三〕「臣聞」，龍舒本作「切以」。
〔四〕「所傳」，龍舒本作「其教」。
〔五〕「昌時」，龍舒本作「休辰」。
〔六〕「舜」，龍舒本作「堯」。
〔七〕「休運」，龍舒本作「能事」。
〔八〕「初」，龍舒本作「生」。
〔九〕「搜」，龍舒本作「求」。
〔一〇〕「望」，安正堂本作「惟」。
〔一一〕「時」，龍舒本作「年」。

## 進熙寧編敕表

臣某等言：竊以觀天下之至動而御其時，輔萬物之自然而節其性，匿而不可不爲者事，麤而不可不陳者法。厥惟無弊，乃以不膠。故造象於正月之始和，改禮以五載之巡狩。一代之典，成於緝熙；百世可知，在所加損。方裁成輔相之休運，宜修飾潤色之難能。顧匪其人，與於此選〔一〕。中謝。

蓋聞道有升降，政有弛張。緩急詳略，度宜而已。使民不倦，唯聖爲能。伏惟皇帝陛下天德地業，體堯蹈禹。永念憲禁之舊，或失防範之中。選建有官，付之論定。具慚淺學，莫副詳延。屢彌歲年，僅就篇帙。删除煩複，蒐補闕遺。於趣時因民〔二〕，則粗捄抗敝之實；以方古垂後〔三〕，則或俟新美之才。冒昧大威〔四〕，姑塞明詔。

〔一〕「選」下，龍舒本有「臣」字，屬下。

〔二〕「因民」，龍舒本作「治世」。

〔三〕「垂」，原作「屋」，據龍舒本、遞修本、嘉靖五年本改。「方古垂後」，意謂比擬古人垂範後世。

〔四〕「大」，龍舒本、光啓堂本作「天」。

## 賜元豐敕令格式表〔一〕

臣某言：伏蒙聖慈特賜臣元豐敕令格式一部，計四十策者。新厥品章，著之方册。雖孤眷寄，尚冒分頒〔二〕。中謝。

竊以后辟之所訓裁，臣工之所承守。歷觀既往，或仍踳駁之餘；緒正厥遺，實待緝熙之久。恭惟皇帝陛下操天縱之智，御物昌之時。剏法於群幾之先，收功於異論之後。慮無愆素，舉必要終。然趨變以制宜，或非初令；則取新而垂裕，宜有成書。神機俯授於有官，聖制遂攄於無極。部居彪列，科指昈分。雲漢之回甚昭，日月之照方久。臣進陪國論，退即里居。在昔討論，嘗負曠瘝之責；於今尊閣，更知被受之榮。臣無任。

〔一〕龍舒本題作「謝賜元豐敕令格式等表」。

〔二〕「頒」下，龍舒本有「臣」字，屬下。

## 賜弟安國及第謝表〔一〕

臣某言：伏蒙聖恩召試臣弟安國，賜進士及第，注初等職官者。儁乂之求，外覃草野；龍光之施，首逮門庭。中謝。竊以躬國論聽斷之煩，而察知孤遠之行；略門資貢舉之法，而拔取滯淹之才。山林之所誦説而難遭，閭巷之所驚嗟而罕見。伏惟皇帝陛下協德穹昊，比明羲皇〔二〕。博臨四方，洞照萬物。如臣同產，爲世畸人。少遭閔凶，自奮寒苦。雖强學力行，粗有時名；而少偶寡徒，幾絶榮望。豈期聖聽，俯及幽潛。遂使窮途，坐階華寵〔三〕。奬以詔書而試藝，賜之科第而命官。禄不逮親，既永乖於養志；仕非爲己，當共誓於捐軀。臣無任。

〔一〕「及第」，原作「及弟」，據遞修本、嘉靖五年本改。龍舒本題作「謝賜弟安國及第表」。
〔二〕「皇」，龍舒本作「和」。
〔三〕「階」，皇朝文鑑卷六十六收録此文作「陛」。

## 除弟安國館職謝表〔一〕

臣某言：伏蒙聖恩以臣弟安國充崇文院校書者。書林置職，方儲高位之材；詔板推恩，遂假私門之寵。在於疵賤，實以兢慚。中謝〔二〕。伏念臣初起孤生，非謀膴仕。中參近侍，特荷先朝。屬憂患之相仍，分湮淪而自棄。敢圖收召，俯曁幽潛。服在臣鄰，驟冠論思之列；恩加子弟，具膺慶賞之延。有昧冒於殊私，或超踰於常法。惟數奇之同産，嘗久困於稠人。第册西垣，比前叨於睿奬；校文東觀，更曲被於明揚。此蓋伏遇皇帝陛下與善無方，使能以類。欲阜成於大治，務博取於衆材。遂忘形迹之嫌，以溥龍光之施。哀宗既亢，唯知上報之難；小己易盈〔三〕，彌懼先顛之疾。臣無任。

〔一〕龍舒本題作「謝弟安國得館職表」。
〔二〕「中謝」，龍舒本作「臣某誠惶誠感，頓首頓首」。

〔三〕「己」，聽香館本作「器」。

# 除雱中允崇政殿說書謝表〔一〕

臣某言：伏蒙聖恩授臣男雱守太子中允、充崇政殿說書，尋具劄子辭免，蒙降詔書不允者。恩驟加於私室，多所超踰；事或累於公朝，誠難昧冒。仰煩睿訓，曲喻至懷。永惟眷獎之殊，實重兢慚之至。中謝。

伏念臣首叨召節，得侍辭林；隨被贊書，使陪經幄。稍更歲月，莫補涓埃。竊觀上智之日躋，內訟淺聞而知困。況如賤息，厥有童心。尚迷鑽仰之方，豈稱招延之禮？恕己量主，非敢以私而自嫌；爲官擇人，顧雖成命而宜改。輒布可辭之義，上干難犯之威。

伏蒙皇帝陛下屈體優容，垂精寵答。謂大人照臨之道廣，當養以蒙；意小夫誦說之智專，遽忘其賤。褒稱備厚，訓飭加嚴。揣實未安，寄顏有恧。重念自古君臣之相與，未有如臣父子之所遭。蓋當用儒之時，尤難講藝之職。典謨方御，實參備於討論；誥誓未終，已繼叨於獎擢。獲世官於閭巷，嗣家學於朝廷。自非忘軀，何以報國！知人而官以哲，慨已誤於明揚〔二〕；委質而教之忠，誓永肩於素守。臣無任。

〔一〕龍舒本題作「謝雱免中允説書表」。

〔二〕「誤」，皇朝文鑑卷六十六收録此文作「獲」。

## 除雱正言待制謝表〔一〕

臣某言：伏奉聖恩除臣男雱右正言、天章閣待制兼侍講，特降中使宣諭，令便受告敕，不須辭免者。孚號明恩，實由中出；美官要職，弗以次加。知榮耀之及私，顧僭差而累國。雲天在望，冰炭交懷。中謝。

臣出於羈窮，好是拙直。道常違俗，宜芻狗之致妖；才不逮人，何藿蠋之能化？皇帝陛下收之末路，付以繁機。距滔天之衆讒，責經世之來效。施及賤息，度越稠人。延登朝行，使嗣講業。方仰陪於膝席，俄中廢於骭瘍。雖進趨之禮久妨，而問勞之恩狎至。莫知報稱，但負兢慚；豈意眷憐，更加超擢。待制之爲職，以陪侍禁嚴；正言之爲官，以諫救遺失。承金華之舊學，親玉色於燕朝。併叨殊私，甚駭群聽。

此蓋伏遇皇帝陛下攬取同智，無小大之遺；搜揚衆材，無久近之間。苟或不肖，概嘗有聞。必垂甄收，以示勸奬。四方之訓于我，無競維人；多士之生斯時，不顯亦世。永惟遭值，孰與等夷！君臣以事道相求，是惟希世；父子以傳經見用，鮮或同時。雖愧皋陶濟美之材，敢忘狐突教忠之義？臣無任。

〔一〕龍舒本題作「謝雱除正言待制表」。

## 進字説表

臣某言：竊以書用於世久矣。先王立學以教之，設官以達之，置使以喻之，禁誅亂名，豈苟然哉？凡以同道德之歸，一名法之守而已〔一〕。道衰以隱，官失學廢。循而發之，實在聖時。豈臣愚憧，敢逮斯事？中謝。

蓋聞物生而有情，情發而爲聲。聲以類合，皆足相知。人聲爲言，述以爲字。字雖人之所制，本實出於自然。鳳鳥有文，河圖有畫，非人爲也，人則效此。故上下内外，初終前後，中偏左右，自然之位也；衡衺曲直，耦重交析，反缺倒仄，自然之形也；發斂呼吸，抑揚合散，虚實清濁，自然之聲也；可視而知，可聽而思，自然之義也。以義自然，故先聖所宅〔二〕，雖殊方域，言音乖離，點畫不同，譯而通之，其義一也。道有升降，文物隨之。時變事異，書名或改。原出要歸，亦無二焉。乃若知之所不能與，思之所不能至，則雖非即此而可證，亦非舍此而能學。蓋唯天下之至神，爲能究此。

伏惟皇帝陛下體元用妙，該極象數，稽古剏法，紹天覺民。乃惟茲學，隕缺弗嗣。因任衆智，微明顯隱〔三〕。蓋將以祈合乎神恉者，布之海內。衆妙所寄，窮之實難。而臣頃御燕閒，親承訓敕。抱痾負憂，久無所成。雖嘗有獻，大懼冒浼。退復自力，用忘疾憊。咨諏討論，博盡所疑。冀或涓壓，有助深崇。謹勒成字説二十四卷，隨表上進以聞。臣某誠惶誠懼，頓首謹言〔四〕。

〔一〕「法」，龍舒本作「分」。

〔二〕「先」，原作「僊」，今據龍舒本改。按，此言前世之聖賢所居雖殊，方言不同，然皆可譯而通之。若作「僊聖」，則專指神僊，上下文意不符。

〔三〕「顯」，龍舒本作「幽」。

〔四〕「首」下，龍舒本、遞修本有「頓首」二字。

## 進洪範表

臣某言：臣聞天下之物，小大有彝，後先有倫。敘者天之道，敘之者人之道。天命聖人以敘之，而聖人必考古成己，然後以所嘗學措之事業，爲天下利。苟非其時，道不虛行〔一〕。中謝。

伏惟皇帝陛下德義之高，術智之明，足以黜天下之嵬瑣，而興其豪傑，以圖堯、禹太平之治〔二〕。而朝廷未化〔三〕，海内未服，綱紀憲令〔四〕，尚或紛如。意者殆當考箕子之所述，以深發獨智，趣時應物故也〔五〕。臣嘗以蕪廢腐餘之學，得備論思勸講之官。擢與大政，又彌寒暑，勳績不效，俛仰甚慚。謹取舊所著洪範傳删潤繕寫，輒以草芥之微，求裕天地。臣無任。

〔一〕「行」下，龍舒本有「臣」，屬下。
〔二〕「禹」，龍舒本作「舜」。
〔三〕「廷」，龍舒本作「士」。
〔四〕「綱紀」，龍舒本作「紀綱」。
〔五〕「物」，龍舒本作「變」。

## 進修南郊敕式表〔一〕

郊丘事重〔二〕，筆削才難。猥以微能，叨承遴選〔三〕。中謝。

蓋聞孝以配天爲大，聖以饗帝爲能。越我百年之休明，因時五代之流弊。前期戒具，人輒爲之騷然；臨祭視成，事或幾乎率爾。蓋已行之品式，曾莫紀於官司。故國家講燎禋之上儀，而臣等承撰次之明詔。迨兹彌歲，僅乃終篇。猶因用於故常，特删除其紛冗。恭惟皇帝陛下體聖神之質，志文武之功。嘉與俊髦，靈承穹旻。物方鬯茂，以薦信而無慚；人且昭明，知因陋之爲恥〔四〕。固將制禮作樂，以復周、唐之舊；豈終循誦習傳，而守秦、漢之餘。則斯書也，譬大輅之椎輪，與明堂之營窟〔五〕。推本知變，實有考於將來；隨時施宜，亦不爲乎無補。臣無任。

〔一〕龍舒本題作「敕修南郊式表」。按，此篇亦見沈括長興集卷一。胡道静、包偉民等考證爲沈括之作。然皇朝文鑑卷六十六、胡松唐宋元名表卷上之二皆録作王安石之作。

〔二〕「郊」上，唐宋元名表有「某月日臣某等伏奉聖上命修南郊式進呈者」十九字。

〔三〕「選」下，龍舒本有「臣某等誠惶誠恐頓首頓首」十一字。

〔四〕「因」，龍舒本作「固」。

〔五〕「窟」，龍舒本、皇朝文鑑作「室」。

## 除知制誥謝表〔一〕

臣某言：今月初二日，伏蒙聖恩賜臣誥敕，除臣知制誥者〔二〕。高華之選，欲報常艱；固陋之身，以榮爲懼。中謝。

竊以自昔招智能之士〔三〕，因使爲侍從之官〔四〕。豈特賴其虛名，謂能華國；蓋將收其實用，相與致君。矧號令文章之爲難，而討論潤色之所寄。苟失職不稱，則爲時起羞。伏惟皇帝陛下躬上聖之姿，撫久安之運。趣時有救弊之急〔五〕，守器有持盈之難。當得俊良，使陪遺忘。則典司明命，出入禁門，一有瘝官，尤爲累上。臣羈單賤士，樸鄙常人〔六〕。仕初有志於養親，學遂不專於爲己。比更煩使，稍竊謬恩。内懷尸禄之慚，仰負食功之意。又蒙采擢，以致超踰。蓋君之視臣，不使同犬馬之賤；則下之報上，亦欲致岡陵之崇。況臣少習藝文，粗知名教，遭逢一旦，度越衆人。唯當盡節於明時，豈敢尚懷於私計〔七〕！臣無任〔八〕。

〔一〕龍舒本、皇朝文鑑卷六十六收録此文題作「謝知制誥表」。
〔二〕「伏蒙」至「知制誥者」，龍舒本作「伏奉聖恩授臣前件官者」。
〔三〕「昔」，龍舒本、皇朝文鑑作「古」。
〔四〕「官」，龍舒本、皇朝文鑑作「臣」。
〔五〕「趣」，龍舒本、皇朝文鑑作「趨」。
〔六〕「樸鄙」，龍舒本、皇朝文鑑作「鄙樸」。
〔七〕「尚」，皇朝文鑑作「止」。

〔八〕「臣無任」下，龍舒本有「瞻天荷聖激切屏營之至」十字。

## 知制誥知江寧府謝上表〔一〕

稽違詔令，經涉歲時。先帝登遐，既不獲奔馳道路；陛下即位，又未嘗瞻望闕廷。所憂後至之刑誅，敢冀就加於官使。雖知黽勉，尚懼顛隮〔二〕。中謝。

蓋聞因任以責群材，原省以通衆志。厥或抱能而可用，則雖負疾而見容。如臣者逮侍先朝，叨官外制。惓惓許國，雖有愚忠；没没隨人〔三〕，但尸榮禄。銜哀去位，嬰疢彌年〔四〕。望絶寵光，分投冗散。伏遇皇帝陛下紹膺尊極，俯燭幽微。延之以三節之嚴，付之以十城之重。比緣禋祀，特有褒封。申命曲加，因郵併賜。唯是土風之美，素無犴獄之煩。久寄託於丘墳，粗諳知其閭里。念雖閉閤，殆弗廢於承流；以比造朝，或未妨於養疾。矧恩勤之已迫〔五〕，且遜避之不容。敢不少嘗體力之所任，祗奉詔條而爲治。冀逃大戾，仰稱殊私。臣無任。

〔一〕龍舒本題作「謝知江寧府表」。
〔二〕「隮」下，龍舒本有「臣某誠感誠懼頓首頓首」十字。
〔三〕「没没」，龍舒本作「役役」。

〔四〕「疢」，皇朝文鑑卷六十六江寧府謝上表作「疹」。

〔五〕「已」，光啓堂本作「屢」。

## 除翰林學士謝表〔一〕

臣聞人臣之事主，患在不知學術，而居寵有昧冒之心〔二〕；人主之畜臣，患在不察名實，而聽言無惻怛之意。此有天下國家者所以難於任使，而有道德者亦所以難於進取也。學士職親地要，而以討論諷議爲官〔三〕。非夫遠足以知先王，近足以見當世，忠厚篤實廉恥之操足以咨諏而不疑，草創潤色文章之才足以付託而無負，則在此位爲無以稱。

如臣不肖，涉道未優。初無犖犖過人之才，徒有區區自守之善。以至將順建明之大體，則或疎闊淺陋而不知。加以憂傷疾病，久棄里閭，辭命之習，蕪廢積年。黽勉一州，已爲忝冒；禁林之選，豈所堪任？

伏惟皇帝陛下躬聖德，承聖緒。於群臣賢不肖已知考慎〔四〕，而於言也又能虚己以聽之〔五〕，故聰明睿知神武之實，已見於行事。日月未久，而天下翹首企踵，以望唐、虞、成周之太平。臣於此時，實被收召，所以許國，義當如何？敢不磨礪淬濯已衰之心，紬繹温尋久廢之學。上以備顧問之所及，下以供職司之所守。臣無任。

〔一〕龍舒本、皇朝文鑑卷六十六收録此文題作「謝翰林學士表」。

〔二〕「昧冒」，龍舒本作「冒昧」。

〔三〕「譏」，皇朝文鑑作「議」。

〔四〕「不肖」，皇朝文鑑作「否」。

〔五〕「於」下，龍舒本有「其」字。

## 賜衣帶等謝表〔一〕

出大庭之顯服，束以精鏐；引内廐之名駒，傅之錯采。隆恩所逮，朽質知榮。中謝。竊念臣弱力淺聞，久憂積疢〔二〕。中與從官之選，外分守將之權。僅免譴何，更蒙收召。論思潤色，曾莫效於微勞；衣被服乘，乃前叨於異數。此蓋伏遇皇帝陛下醲於慶賞，詳在招延。因示眷懷，使知奮勵。誓竭愚忠之報，冀無虚授之嫌。臣無任。

〔一〕龍舒本、皇朝文鑑卷六十六收録此文題作「謝賜對衣鞍馬表」。

〔二〕「疢」，皇朝文鑑作「疹」。

## 敕設謝表〔一〕

職與論思，恩加膏飫〔二〕。禮雖有舊，寵實難當。中謝。伏念臣本乏才稱，中緣疾廢。適從孤遠，獲侍清光。已污禁林之廬，重叨大官之賜。蓋飲食有文王之雅，實始憂勤；顧來歸無吉甫之勞，徒多燕喜。敢忘自竭，粗稱所蒙。臣無任。

〔一〕龍舒本題作「謝敕設」。

〔二〕「膏飫」，原作「稾飫」，據遞修本、四庫本改。膏飫，指恩惠。

# 王安石文集卷第五十七

## 表

### 辭免參知政事表

臣某言：伏奉制命，特授臣右諫議大夫、參知政事，餘如故者。才薄望輕，恩隆責重。敢緣聰聽，冒進忱辭。中謝。

竊以建用宗工，與圖大政。以人賢否，爲世盛衰。矧休運之有開，須偉材而爲輔。豈容虚受，以誤明揚？如臣者承學未優，知方尤晚。先朝備位，每懷竊食之慚；故里服喪，重困采薪之疾。皇帝陛下紹膺皇統，俯記孤忠。付之方面之權，還之禁林之地。固已人言之可畏，豈云國論之敢知〔一〕？忽被寵靈〔二〕，滋懷媿恐。伏望皇帝陛下考慎所與，燭知不能。許還謬恩，以允公議。庶少安於鄙分，無甚累於聖時。臣無任〔三〕。

〔一〕「敢」，龍舒本作「與」，聖宋名賢五百家播芳大全文粹卷二上收録此文作「可」。

〔二〕「忽」，龍舒本、聖宋名賢五百家播芳大全文粹作「敢」。「靈」，聖宋名賢五百家播芳大全文粹作「臨」。

〔三〕「臣無任」下，龍舒本有「祈天俟命激切屏營之至」十字。

## 除參知政事謝表〔一〕

承弼之任，賢智所難。顧惟缺然，何以堪此！仰膺成命，弗獲固辭。中謝。

竊以古先哲王，考慎厥輔。皆有一德，用成衆功。伏惟皇帝陛下含獨見之明，踐久安之運。甫終諒闇，將大施爲。宜得偉人，與圖庶政。如臣者徒以承學，粗知義方。本無它長，可備官使。退安私室，自絶榮塗。既負采薪之憂，因逃竊位之責。大明繼燭，正路宏開。付以藩宣，還之侍從。清閒之宴，或賜開延。淺陋所聞，每蒙知獎。以爲奉令承教，庶幾無尤；至於當軸處中，良非所稱。寵光曲被〔二〕，震媿交懷。

此蓋伏遇皇帝陛下德懋旁求，志存遠舉。隆寬盡下，故忠良有以輸心；公聽並觀，故讒慝不能肆志。矧睿謀之天縱，方聖治之日躋。思稱所蒙，敢忘自竭？遠猷經國，雖或媿於前修；直道事君，期不隳於素守。臣無任。

〔一〕龍舒本題作「謝參知政事表」。

〔二〕「寵」，龍舒本作「龍」。

辭免平章事監修國史表〔一〕

材薄位高，恩隆責重。輒敷悃款，仰瀆睿明。中謝。

臣聞大有爲之君，必考慎厥相，趣舍施設，相與如一，乃能協濟功治，永綏黎元。伏惟唐、虞、三代之迹，滅熄久矣。天錫皇帝陛下以上聖之才，修身齊家，外正天下。典謨所紀，風雅所歌，以今揆古，未有慚德。宜求碩輔，朝夕左右，率勵衆志，輔成太平。如臣區區，孤陋淺拙。知學以爲己，而昧於趣時；聞以道事君，而謬於合衆。與聞大政，已積疵瑕。伏望皇帝陛下量能賦任，使無譴尤〔二〕，追還誤恩，以協公議。臣無任。

二〔三〕

臣某言：臣近上表，辭免恩命，伏蒙聖慈特降批答不允者。天地之施，厚矣不貲；螻蟻之情，微而未達。重煩獎訓，彌集震兢〔四〕。中謝。

臣聞論德序官，明主所以御世；度能就位，忠臣所以事君。臣偶以薄材，過私榮禄。雖以捐軀而自誓，顧於諉上而多慚〔五〕。竊觀聖制之所以襃揚，終非朽質之所能副稱。矧叨任遇，稍歷歲時。必欲詭責其後勳〔六〕，謂宜考觀於已事。今内或怵奇衺之俗，無喻德宣譽之忠；外或扇苟簡之風，有犯令陵政之悖。百姓以安平無事之時，而未免流離餓莩；四夷以衰弱僅存之勢，而猶能跋扈飛揚。皇帝陛下以聖人之高材，有天下之利勢。憂勤已積〔七〕，功化未昭。此亦由臣陳力就列以來，不能助國立經陳紀之故。方謀自弛，以謝素餐；豈意誤恩，更加崇秩。誠憂官謗，能上累於明時；所望天慈，遂敕還於新命〔八〕。庶以通賢者之路，且又協衆人之言。臣無任。

〔一〕龍舒本題作「辭史館相公表」。
〔二〕「無」，龍舒本作「免」。
〔三〕龍舒本題作「辭拜相表」。
〔四〕「兢」下，龍舒本有「臣某誠惶誠懇頓首頓首」十字。
〔五〕「諉」，龍舒本作「詭」。
〔六〕「詭」，龍舒本作「諉」。
〔七〕「勤」，龍舒本作「勞」。
〔八〕「敕」，龍舒本作「收」。

# 除平章事監修國史謝表〔一〕

臣某言：伏奉恩命特授金紫光禄大夫、行尚書禮部侍郎、同中書門下平章事、監修國史、上柱國，進封開國公，加食邑一千户、實封四百户〔二〕，仍賜推忠協謀佐理功臣，尋具表陳免，蒙批答不允，仍斷來章者。揚于大廷，寵以高位。歸之翊戴之重，諉之宰制之平。聖心方慎於旁求，小己知難於上稱〔三〕。中謝。

臣聞人君代天而理物，人臣資父以事君。然而君臣之大義有方，非若父子之至恩無間。須倡而後和，則誠意每患於難通；不入而後量，則忠力或嫌於自獻。唯成湯之聽伊尹，與傅説之遇高宗，皆以疏遠而相求，何其親厚之獨至！蓋所趣非由於二道，故所爲若出於一身。夫豈干越、夷貉之異心，是謂元首股肱之同體。二臣既以此獲展事君之義，兩君亦以此得成理物之功。苟非其人，孰與於此？臣受材單寡，逢運休明。初涉獵於藝文，稍扳緣於禄仕。曩塵近侍，積媿空餐。悲遽隔於庭闈，分長依於丘壠。俄值纂承之慶，繼叨收召之榮〔四〕。責以論經，尚少知於訓詁；使之與政，曾莫助於猷爲。矧以拙直而見知，遂爲姦回之所忌。伏遇皇帝陛下納之以天地之量，照之以日月之明。數加獎勵之恩，每辨讒誣之巧。重遭卜相，申敕備官。終遜避之無繇，更兢慚於非據。

伏惟皇帝陛下樂古訓之獲而忘其勢，惡邪辭之害而斷以心。勿貳於任賢，務本以除惡。使萬邦有共惟帝臣之志，萬姓有一哉王心之言。則進無求名之私，退有補過之善。臣之願也，天實臨之！臣無任。

〔一〕龍舒本題作「謝除史館表」。
〔二〕「實」上，龍舒本有「食」。
〔三〕「稱」下，龍舒本有「臣某誠惶誠懼頓首頓首」十字。
〔四〕「收召」，原作「敢召」，據龍舒本、遞修本改。

## 遷入東府賜御筵謝表〔一〕

伏奉差中使傳宣，今月七日辰時三刻遷入新府，并借宫軍就賜御筵者。恩厚不貲，誠優賢之務稱〔二〕；頑冥無似，欲報國而知難。中謝。臣等過以凡材，並膺殊選。久壅賢路，上孤聖時〔三〕。伏惟皇帝陛下謀德在容，求仁以恕。謂大臣方宣勞於王室，則上主當加恤其私家〔四〕。發使禁闈之中，視圖魏闕之下〔五〕。取材置臬〔六〕，一皆斷於睿謀；成事告功，初不煩於宰旅。重紆衡蓋〔七〕，周視庭除。申以中人，喻之良月。使及日辰之吉，即于堂寢之安。輟車府之傍牽，載其帑重；移饔官之亨割，侑以鼓歌。歡更逮於邇臣，寵已加於小己〔八〕。陰陽或謬，未知燮理之方；風雨其除，徒賴帡幪之賜。臣無任。

〔一〕龍舒本題作「謝東府賜御筵表」。
〔二〕「優」，龍舒本作「先」。
〔三〕「孤」，龍舒本作「辜」。
〔四〕「上」，龍舒本作「明」。
〔五〕「視圖」，龍舒本作「伻視」。
〔六〕「臬」，龍舒本作「業」。
〔七〕「紆」，龍舒本作「明」。
〔八〕「已」，龍舒本作「先」。

## 觀文殿學士知江寧府謝上表〔一〕

臣某言：伏奉制命授臣觀文殿學士、吏部尚書、知江寧軍府事。臣已於六月十五日到任訖。久妨賢路，上負聖時。苟逃放殛之刑，更濫褒揚之典。逸其犬馬將盡之力，寵以丘墓所寄之邦〔二〕。仰荷恩私，皆踰分願。中謝。

臣操行不足以悦衆，學術不足以趣時。獨知義命之安，敢望功名之會？值遭興運，揔領繁機。惟睿廣之日躋，顧卑凡而坐困。秋水方至，因知海若之難窮；大明既升，豈宜爝火之弗熄？加以精力耗於事爲之衆，罪戾積於歲月之多。雖恃含垢之寬，終懷覆餗之懼。伏蒙陛下志存善貸，爲在曲成。記其事國之微誠，閔其籲天之至懇。撓黜幽之常法，示從欲之至仁。經體贊元，廢任莫追於既往；承流宣化，收功尚冀於方來。臣無任。

〔一〕龍舒本題作「第二表」。

〔二〕「墓」，龍舒本作「園」。

## 辭免除平章事昭文館大學士表〔一〕

臣某言：爲君所艱，尤慎厥與；命相不善，將壞于成。矧當責實之時，敢替知難之義！中謝。

臣知不足以及遠，學不足以窮深。比誤國恩，嘗尸宰事。初無薄效，稱萬一之褒揚；止有多言，煩再三之辨釋。終逃譴負，實賴保全。恭惟皇帝陛下若古以堯之欽明，御今以禹之勤儉。矜修積美，山無一簣之虧；因任致隆，臺有九層之累〔二〕。小大祗若，遐邇允懷。畬而不菑，雖或許其繼事；灌以既雨〔三〕，豈不昧於知時？況惟疲曳之餘，過重休明之累。且用人而過矣，固不免於敗材；苟改命而當焉，亦何嫌於反汗？敢期聖哲，俯亮愚忠。

## 二

臣某言：臣近上表辭免恩命，伏蒙聖慈特降批答不允者。愚誠盡布，所冀矜從。聖志未移，申加奬訓。輒守可辭之義，更干難犯之威。中謝。臣聞冢宰之於周，則曰統百官而均四海；丞相之於漢，亦以附百姓而撫四夷。位尊則自古以然，材薄則其何能稱？臣之所守，未有以過人；臣之所知，又不足盡物。姑使承流宣化，託備蕃維；或令補闕拾遺，追參侍從。尚能罄竭，小補緒餘。若乃秉操鈞衡，承輔樞極，仰陪休運，俯稱具瞻。事已試而可知，力弗能而當止。苟不量鼎實之所任，必且致棟橈於斯時。伏望皇帝陛下隨其器能，付以職事，圖惟大任，改命上材。則熒爝末光，不獲干時之咎；榱楹近用，亦參搆厦之功。

〔一〕龍舒本題作「辭昭文相公表」。
〔二〕「有」，原作「存」，據龍舒本、遞修本、嘉靖五年本改。

〔三〕「雨」，聖宋名賢五百家播芳大全文粹卷二一中收録此篇作「[illegible]」。

## 除平章事昭文館大學士謝表〔一〕

臣某言：伏奉制命特授臣同中書門下平章事、昭文館大學士兼譯經潤文使，加食邑一千户、食實封四百户，仍改賜推忠協謀同德佐理功臣。尋具表陳免，蒙降批答不允，仍斷來章者。承流宣化，方虞失職之誅；經體贊元，更俣選賢之舉。中謝。

臣竊惟人物之會通常寡，實以君臣之遇合至難。自匪同聲氣之求，孰能偕功名之享？伏惟皇帝陛下天縱大聖，人與成能。乘百年久安之機，飭千歲積壞之蠹。士誠服矣，而持禄養交之習未殄；民允懷矣，而樂事勸功之志未純。近或長阨，而仁義之澤未流；遠或虛憍〔二〕，而道德之威未立。宜選於衆，舉格于皇天之材；使暨乃僚，纘迪我高后之事。冀勝所任，以濟斯時。而臣蚤見知於隱約之中，久獨立於傾揺之上。勳庸弗效，恩禮更加。託備外藩，俯鄰期歲；遂叨詔奬，還冠宰司。自視羈單，所懷蹇淺。方古耕築，則有其陋；爲世聘求，則無其賢。然以投老之軀，而遭難值之運。苟貪歲月，趣就涓埃。且上之施既光，則下之報宜厚。與之勠力，仰承睿知之臨；罔不同心，俯賴忠良之協。誓殫疏拙，圖稱休明。臣無任。

〔一〕龍舒本題作「謝除昭文表」。

〔二〕「虚憍」，原作「虚僑」，形訛，今據龍舒本、遞修本、嘉靖五年本改。按，虚憍，即虚驕，語出列子黄帝第二：「紀省子爲周宣王養鬭雞，十日而問：『雞可鬭已乎？』曰：『未也，方虚驕而恃氣。』」

## 辭左僕射表二道〔一〕

臣某言：近累具劄子辭免恩命，伏蒙聖慈特賜詔書不允者。賞典越踰，訓辭稠疊。涣汗所被，是爲至榮〔二〕。朽材難勝，更以多懼；輒輸危悃，敢冒威尊。中謝。竊以左相位崇，東臺地要。雖置員而久曠，蓋授任之常難。臣晚值聖時，久妨賢路。奉揚成命，螡力困於負山；敷繹微言，蠡智窮於測海。方譴呵之爲畏，豈寵獎之敢圖？忽此兼叨，夐無前比〔三〕。深惟淺薄，仰累休明；伏望聖慈，俯昭愚款。斷從公論，追寢誤恩。豈惟私義之獲安，實亦物情之歸允。臣無任。

### 二

臣某言：近具表辭免恩命，伏蒙聖慈特降批答不允者。恩言狎至，鄙守難移，敢冒德威，更陳私義。中謝。竊以高秩厚禮，以疇莫盛之勳勞；綿力薄材，豈稱非常之爵寵？人之所畏，物有固然。臣議行見知〔四〕，而涉世多爲衆毀〔五〕；論材受任，而居官無以自昭。顧惟屈首受書，幾至殘生傷性。逮承聖問，乃知北海之難窮；比釋微言，更悟南箕之無實。疏榮特異，揣分非宜。苟叨昧以自安，懼譴尤之隨至。伏望皇帝陛下俯矜危拙，曲賜全安。不以反汗之小嫌，爲能累國；則是捐軀之大節，實在報君。臣無任。

〔一〕「二道」，原無，據底本目録補。龍舒本題作「辭僕射表」。

〔二〕「是」，龍舒本作「足」。

〔三〕「敻」，原作「奥」，據龍舒本、遞修本、嘉靖五年本改。「敻無前比」，意謂長久以來無此恩寵。

〔四〕「議行」，龍舒本作「誤」。

〔五〕「爲」，龍舒本作「於」。

## 除左僕射謝表〔一〕

臣某言：伏奉制命特授臣尚書左僕射兼門下侍郎、同中書門下平章事、昭文館大學士兼譯經潤文使，加食邑一千户、食實封四百户。臣累具辭免，伏蒙聖慈特降批答不允，仍斷來章者。貳令中臺〔二〕，兼官左省。惟時遴選，蓋嘗久曠而弗除；忽此叨居，顧豈微勞之可稱？陪敦厥邑，敷告于廷。是皆至榮，難以虚辱〔三〕。中謝。

竊以經術造士，實始盛王之時；僞説誣民，是爲衰世之俗。蓋上無躬教立道之明辟，則下有私學亂治之姦氓。然孔氏以羈臣而興未喪之文〔四〕，孟子以游士而承既没之聖。異端雖作，精義尚存。逮更煨燼之災，遂失源流之正。章句之文勝質，傳注之博溺心。此淫辭詖行之所由昌，而妙道至言之所爲隱。篤生上主，純佑下民。成能協乎人謀，將聖出乎天縱。作於心而害事，放斥幾殫；通於道以治官，延登既衆。尚懼膠庠之黎獻，未昭典籍之群疑。乃集師儒，具論科指。繕書來上，褒典俯加。臣趣操弗高，知識尤淺。少嘗勤苦，但爲裘氏之吟；晚更耄衰，豈免輪人之議。初備使令之乏，即知稱愜之難。敢意誤恩，獨當殊奬？

此蓋伏遇皇帝陛下以化民成俗爲事，故急在誨人；以尊德樂道爲懷，故易於縻爵。因忘固陋，特假龍光。祗服訓辭，深惟報禮。雖無博學，對揚稽古之鴻名；庶以雅言，助廣右文之美化。臣無任。

〔一〕龍舒本題作「謝除左僕射表熙寧八年七月」。

〔二〕「令」，聖宋名賢五百家播芳大全文粹卷二下收録此文，作「政」。

〔三〕「辱」下，龍舒本有「臣某誠榮誠感頓首頓首」十字。

〔四〕「興」，龍舒本、聖宋名賢五百家播芳大全文粹作「與」。

# 辭免使相判江寧府表二道〔一〕

臣某言：伏奉制命特授檢校太傅，依前尚書左僕射、同中書門下平章事，使持節都督洪州諸軍事，充鎮南節度管内觀察處置使，判江寧府，加食邑一千户、食實封四百户，仍改賜推誠保德崇仁翊戴功臣者。恩典有加，事勞弗稱。陳力況難於黽勉，輸情終冀於矜哀。中謝。

伏念臣晚出窮鄉，首陪興運。恕心量己，雖知容膝之易安；營職趣時，更似絶筋而稱力。既及眊衰而成疾，重遭憂釁以傷生。姑欲補完，唯當休愒。若任州藩之寄，仍兼將相之崇，是爲擇地以自營，非復籲天之素志。

伏望皇帝陛下追還渙號，俯徇愚衷〔二〕。許守本官，退依先壟。儻憐積歲〔三〕，參大議於廣朝；或賜誤恩，食舊勞於外觀。尚緊眷奬，非敢干祈。臣無任〔四〕。

二

臣某言：近具表辭免恩命，伏蒙聖慈批答不允者。寵私未慗，更加褒勉之恩；分義所存，敢冒叨貪之恥？中謝。

伏念臣江湖一介，特荷聖知；帷幄七年，再陪國論。久居亢滿，所以深懼災危；積致衰疲，所以懇辭機要。若猶尸將相之厚禄，且復殿方面之大邦，則是於惡盈之時，欲富而弗止；以宣力之地，養痾而自營。聖慈雖或優容，官謗何由解免？伏望皇帝陛下俯垂念聽，特賜矜從。使盛世無虚授之嫌，孤臣有少安之幸。臣無任。

〔一〕「二道」，原無，據底本目録補。龍舒本題作「辭使相第一表」。

〔二〕「徇」，龍舒本作「遂」。

〔三〕「儻」，龍舒本作「矜」。

〔四〕「臣無任」下，龍舒本有「祈天俟命激切屏營之至」十字。

## 除集禧觀使乞免使相表〔一〕

臣某言：近具表乞以本官充使，伏蒙聖慈特降詔書不允者。愚誠屢瀆，方負憂兢；聖聽未移，更加獎勵。顧仰關於國體，敢終冒於天威？中謝。

伏念臣頃污近司，久虚大受。晚罹疾疢，自當辭禄而里居；尚恃眷憐，故敢祈恩而家食。將相之爲重寄，朝野之所具瞻。若免於事任之勞，而尸此名器之寵。在昔之茂勳明德，尚莫敢居；如臣之綿力薄材，豈宜非據？

伏望皇帝陛下俯矜危懇，追寢誤恩。豈惟私義之所安，是固物情之衆允。臣無任。

〔一〕龍舒本題作「乞免使相充觀察使第二表」。

## 進聖節功德疏右語

臣竊以紹皇策以降神，千齡莫擬；歸寶坊而獻福，萬寓惟均。矧荷眷之特殊，固輸誠之獨至。伏願二儀協祐〔一〕，十力證知。常儲有羨之祥，永御無疆之曆。臣無任〔二〕。

二

臣竊以星虹獻瑞，實啓聖於嘉時；鍾唄乞靈，敢歸誠於妙道。伏願備膺多福，大庇群生。人永恬愉之安，物無疵癘之苦。天枝彌茂，神睠具依。臣無任。

三

臣竊以誕降聖神，適天人之嘉會；虔祈祉福，乃臣子之至情。伏願萬寶偕昌，三靈協慶〔三〕。永御無疆之寶歷，丕承未艾之閎休。臣無任。

四

臣伏以握符踐運〔四〕，與時物以偕昌；歸德謝生，在情文而莫稱。敢憑慈祐，申祝壽祺。伏願皇帝陛下算比天崇，業侔地富。常御華胥之至樂，永錫皇極於黎元。臣無任。

〔一〕「二儀」，原作「三靈」，據嘉靖五年本改。遞修本黄校曰：「『儀』，宋本同，明本『靈』。」

〔二〕「臣無任」下，龍舒本有「傾蘄之至」四字。

〔三〕「萬寶偕昌三靈協慶」，龍舒本作「三靈協慶萬寶皆昌」。

〔四〕「臣伏」，龍舒本作「竊」。

# 王安石文集卷第五十八

## 表

### 封舒國公謝表〔一〕

臣某言：伏奉制命特授開府儀同三司、封舒國公者。發號端門，外覃慶賜；疏恩列辟，俯逮空滄。舞手均歡，捫心獨幸。中謝。

伏念臣久孤眷遇，當即譴訶。曠歲籲天，尚辭榮而未獲；新恩賜國，仍席寵以有加。唯茲邦土之名，乃昔宦遊之壤〔二〕。久陶聖化，非復魯僖之所懲；積習仁風，乃嘗朱邑之見愛。鴻私所被，朽質更榮。

此蓋皇帝陛下道冒群才〔三〕，彌天之所覆；恩涵庶品，并物之所包。以釐事備於郊宮，而惠澤均於海宇。故雖幽屏，弗以遐遺。顧冒昧之不貲，豈縻捐之可報！臣無任。

〔一〕龍舒本題作「謝特授儀同封舒國公表」。

〔二〕「乃昔」，龍舒本、聖宋名賢五百家播芳大全文粹卷四下收録此文作「自昔」。王荆文公年譜作

「昔者」。

〔三〕「蓋」下，聖宋名賢五百家播芳大全文粹有「伏遇」二字。

## 除依前左僕射觀文殿大學士集禧觀使謝表〔一〕

臣某言：伏奉制命除授依前行尚書左僕射、充觀文殿大學士、集禧觀使者。屢黷天威，坐彌年所。曲從危懇，仰荷至慈。中謝。

伏念臣學止求心，行多違俗。少隨官牒，徒有志於養親；晚誤聖知，欲忘身而許國。疲曳久瘝於宰事，閔凶適在於私門。中解繁機，特上煩於矜惻；外分憂寄，復難强於支持。方累鴻私，更尸殊寵。既兢慚於非據，輒冒昧以終辭。

伏蒙陛下示以優容，屢垂訓奬；赦其逋慢，終賜矜全。猶加祕殿之隆名，俯慰窮閻之衰疾。地崇禄厚，尚非空食之所宜；歲晚力愆，雖欲捐軀而曷報。臣無任。

〔一〕龍舒本題作「謝依前本官充觀使表」。

## 朱炎傳聖旨令視府事謝表〔一〕

臣某言：三月二日提舉江南路、太常丞朱炎傳聖旨，令臣便視府事者。使指遄臻，訓詞俯逮。敢圖衰疾，尚誤眷存。中謝。

伏念臣曲荷搜揚，久孤付屬〔二〕。有能必獻，未嘗擇事而辭難；無力可陳，乃始籲天而求佚。然方焦思有爲之日，以此懷恩未報之身。苟營燕安，豈免慚悸？

伏蒙陛下仁惟求舊，義不忘遐。乃因乘軺將命之臣〔三〕，更喻推轂授方之意。跼履無用，誠弗忍於棄捐；朽株匪材，尚奚勝於器使？永惟獎勵，徒誓糜捐。臣無任。

〔一〕龍舒本題作「謝朱炎傳聖旨令視事表」。

〔二〕「孤」，龍舒本作「辜」。

〔三〕「將」，龍舒本作「賦」。

## 差弟安上傳旨令授敕命不須辭免謝表〔一〕

臣某言：伏蒙聖恩差弟安上提點江南東路刑獄，以臣衰疾，就令照管，仍傳聖旨，令臣便授敕命更不須辭免者。江海衰殘，雲天悠遠。恩言狎至，感涕交流。中謝。

伏念臣積荷知憐，初無報稱，豈圖賤質〔二〕，上簡聖心。數遣中人，間因外使。喻以眷懷之至意，慰其憂苦之餘生。惠焉既久而彌加，告矣雖頑而未捨。乃至召見同産，馳賜十行之書；使營私門，就捐一路之寄。訪逮纖悉，矜及隱微。追千載之遭逢，殆無前比；顧百身之糜殞〔三〕，安可仰酬？唯當祇聖訓之鴻私，豈敢固愚衷之小諒！重念無傷於國體，乃爲不負於天慈。欲以里居之安〔四〕，而尸官廩之厚。固已犯明義而累食功之實，況復干隆名而長昧利之風？至於詞窮，雖兢慚於屢黷；可以理奪，終冀幸於矜從。臣無任。

〔一〕龍舒本題作「謝差弟安上令授敕命不許辭免表」。
〔二〕「賤質」，龍舒本作「殘息」。
〔三〕「百」，龍舒本作「一」。
〔四〕「欲」，龍舒本作「顧」。

## 孫珪傳宣許罷節鉞謝表〔一〕

臣某言：二月二十二日江東轉運使孫珪到府，伏奉聖慈宣諭，以臣誠請甚確，志不可奪，故罷節鉞，春時更宜慎愛者。囊封屢黷，特荷矜從。使傳載馳，重煩慰撫。中謝。伏念臣久尸名寵〔二〕，莫報恩私。既逃不職之誅，更竊無功之禄。閉門養疾，曾未憖於朝榮；擊壤歌時，顧難忘於聖力。伏蒙皇帝陛下義惟求舊，仁不弃遐〔三〕。故雖簪屨之遺，尚蒙簡記；曾是筋骸之束，敢愛糜捐〔四〕！臣無任。

〔一〕龍舒本題作「謝宣諭許罷節鉞表」。
〔二〕「名」，龍舒本作「榮」。
〔三〕「弃」，原作「忘」，據龍舒本、遞修本、嘉靖五年本、四庫本改。
〔四〕「捐」，原闕，據龍舒本、遞修本、嘉靖五年本補。

## 封荊國公謝表〔一〕

臣某言：伏奉敕命授臣特進、荊國公，加食邑四百户、食實封一百户，勳如故者。宫庭嘉享，推惠術以及人〔二〕；田里空餐，濫宸恩而累國〔三〕。中謝。伏念臣苦窳賤質，卷曲散材，遭值休辰，登備貴器。有未償之厚責，無可録之微勞。敢冀瘝身，尚叨徽數。此蓋皇帝陛下備成熙事，答四表之歡心；董正治官，建一代之明制。因令疲苶，與被光榮。雖自誓於糜捐，顧何疇於賁幬！臣無任。

〔一〕龍舒本題作「謝特進封荊國表」。
〔二〕「惠術」，龍舒本作「德惠」。
〔三〕「國」下，龍舒本有「臣」字，屬下。

## 賀貴妃進位表〔一〕

祲盛之禮，發於宮闈；驩康之聲〔二〕，播於寰海〔三〕。中賀。恭惟皇帝陛下放古之憲〔四〕，刑家以身。乃資婦德之良，俾貳坤儀之政。蓋關睢之求淑女，以無險詖私謁之心；鷄鳴之得賢妃，則有警戒相成之道。於以求助，不專爲恩。臣生逢明時，竊觀盛事。祝聖人之多子，輒慕堯封；思令德以式歌，豈慚周雅？臣無任。

〔一〕龍舒本題作「賀册貴妃表」。祝穆古今事文類聚前集卷二十録爲周必大之作，誤。

〔二〕「康」，聖宋名賢五百家播芳大全文粹卷一中收録此文，作「樂」。

〔三〕「海」下，龍舒本有「臣」字。

〔四〕「放」，皇朝文鑑卷六十五收録此文作「考」。

## 賀生皇子表六道

一〔一〕

臣某言：都進奏院狀報誕生皇子者。宮闈嗣慶，寰海交欣。凡逮戴天，惟均擊壤。

中賀。

臣聞螽斯之言衆子，是爲王者之時〔二〕；華封之祝多男，亦曰聖人之事。恭惟皇帝陛下紹祖休顯，憲天昭明。致文武之憂勤，成堯舜之仁孝。宅師無競，莞簟之寢既安；傳類有祥，弓韣之祠屢應。詒謀方永，錫羡用光。臣託備蕃維，叨承睿奬。不顯亦世，家實與於榮懷；於萬斯年，心敢忘於慶賴！臣無任〔三〕。

二

臣某言：伏覩進奏院狀報誕生皇子者。嘉慶係傳，歡欣摠集〔四〕。中賀。

臣歷觀古昔，誕受福祥。厥配天所以久長，乃有子至於千億。伏惟皇帝陛下鳧鷖之雅，媚于神祇；芣苢之風，燕及黎庶。弓韣嗣燕禖之報，旐旟仍羆夢之祥。無疆惟休，永保桑苞之固；有室大競〔五〕，方觀椒實之蕃。臣嘗污近司，久尸榮禄。特荷殊憐之至，豈勝竊喜之情〔六〕？·臣無任。

三

臣某言：伏覩都進奏院狀報誕生皇子者。皇運郅隆，天枝彌茂。照臨所暨，鼓舞攸均。中賀臣聞史紀文慶之延，豈惟十子；詩歌姒徽之繼，爰至百男。肇敏于修，乃繁厥祉〔七〕。恭惟皇帝陛下道冒區宇，德冠往初。品庶蒙休，既饗和平之樂；神靈錫羨，果膺蕃衍之祥。臣嘗污近司，備叨殊獎。以宿痾而自困，欲旅進以無階。臣無任〔八〕。

四

臣某言：伏覩都進奏院狀報七月四日誕生皇子者。慶兆六宫，欣交九服。照臨所暨〔九〕，鼓舞惟均。中賀。

竊以芫寢告祥，實帝臨之釐事；牢祠錫羨，乃神保於昌時。伏惟皇帝陛下追放堯勳，嗣承犧象。鴻名敷播，已協九皇之高；純嘏垂延，方覃千子之衆。維祺有俶，俾熾無疆。臣夙冒恩憐，久尸榮禄。適此驩嘉之會〔一〇〕，茶然趨造之難。臣無任。

五

臣某言：伏覩都進奏院狀報誕生皇子者。元精孚佑，聖種挺生。慶係集於宫庭，歡外交於寰宇。中賀。

竊以熊羆見夢，穜稑獻祥。厥撫會昌之期，乃膺錫羨之福。恭惟皇帝陛下德高振古，仁浹含生。故神明之胄浸蕃，而福履之將未艾。臣久尸多禄〔一一〕，特荷異恩。顧衰疢之滋多，望清光而獨遠。臣無任。

## 六〔一二〕

臣某言：伏覩都進奏院狀報誕生皇子者。燕禖饗德，方儲錫羨之祥；羆夢生賢，克協會昌之運。與在照臨之廣，敷同慶賴之深〔一三〕。切以思齊神罔時恫，假樂民之攸塈。天所保佑，厥惟太姒之多男；國之榮懷，亦曰成王之衆子。

恭惟皇帝陛下令德光乎洛誦，康功茂乎岐昌。鴻休無疆，景命有僕。蓋芣苢之薄言采采，衆皆先成〔一四〕；則螽斯之宜爾振振，宗强孰禦？臣久叨眷遇，適阻進趨。親值本支百世之盛時，敢忘壽考萬年之善祝！

〔一〕龍舒本題作「賀生皇子第八表」。
〔二〕「時」，龍舒本作「詩」。
〔三〕「臣無任」下，龍舒本有「瞻天云云」。
〔四〕「集」下，龍舒本有「臣」字。
〔五〕「有」，皇朝文鑑卷六十五收録此文作「百」。
〔六〕「情」，龍舒本作「深」。
〔七〕「祉」，原作「社」，據龍舒本、遞修本改。

〔八〕「臣無任」下，龍舒本有「瞻天望聖歡呼抃蹈激切屏營之至」十四字。

〔九〕「暨」，龍舒本作「洎」。

〔一〇〕「驩」，龍舒本作「亨」。

〔一一〕「多」，龍舒本作「榮」。

〔一二〕龍舒本題作「第七表」。按，此篇亦見于楊萬里誠齋集卷一百十五，當係誤收。楊萬里誠齋詩話：「介甫賀皇子表前一聯言成王、文王子衆多，而繼之以『恭惟皇帝陛下令德光乎洛誦（略）』。」

〔一三〕「深」下，龍舒本有「中謝」。

〔一四〕「皆」，龍舒本作「樂」。

## 賀魏國大長公主禮成表并周德妃進封。〔一〕

臣某言：伏以明告治庭，寵頒恩册。家邦之慶，海宇以欣。中賀。恭惟皇帝陛下荷天閎休，若古丕式。自禰率而尊祖，備極靈承；謂姊親而先姑，特加徽數。改錫厥壤，增褒所生。大號已孚，庶言惟允。臣久尸榮禄，竊睹盛儀。臚傳雖異於九賓，率舞尚同於百獸。臣無任。

〔一〕龍舒本題作「賀周德妃及魏國大長公主禮成表」。

## 賀冀國大長公主出降表

慶事備成，恩紀隆洽。有榮夷夏之觀〔一〕，厥孚邦國之休〔二〕。中謝。蓋聞勿恤於有家，以祉而歸吉。禮儀卒獲，風化所原。不有在躬之清明，其能由内而成熾？恭惟皇帝陛下道光覆照，教始親成。篤念祖之至情，致先姑之美義。庶言無間，徽典有加。臣叨昧殊憐，衰瘵遠屏。親值榮懷之日，用忘呼舞之勞。臣無任。

〔一〕「觀」，龍舒本作「望」。

〔二〕「休」下，龍舒本有「臣」字。

## 賀魯國大長公主出降表

臣某言：伏覩進奏院報魯國大長公主出降者。占虵聘夢，祥實發於先朝；奠鴈告期，禮甫成於外館。中賀〔一〕。臣聞親成經五禮之始，睦婣貫六行之中。善與物昌，慶惟時賴。恭惟皇帝陛下齊家而國治，睦族而民雍。恩隆天屬之尊，禮重王姬之降。慎所選尚，燕及文母之慈；厚於送歸，追成穆考之孝。臣叨陪興運，獲覩盛儀。雖句臚中絶於九賓，然呼舞外均於百獸。臣無任。

〔一〕「賀」，龍舒本作「謝」。

## 賀康復表

臣某言：天佑俊德，永錫康寧。三靈一心，所共欣慶。中賀。竊以執契踐運〔一〕，寶命在躬。無疆惟休，何恙不已！伏惟皇帝陛下堯仁舜孝，充假彰聞，惠于神民，循道不越。雖勤勞庶慎，衛養小愆；而福履綏將，旋日底豫。平格獲祐，效驗甚明。而臣衰疾所嬰，久違宸宇；聞傳踊躍，倍百群黎。臣無任。

〔一〕「踐運」，龍舒本作「從道」。

## 賀南郊禮畢肆赦表二道〔一〕

臣某言：伏覩十一月二十五日南郊禮畢大赦天下者。精意上昭，神靈底豫；茂恩旁暢，夷夏接和〔二〕。中賀。

臣聞道以饗帝爲難，禮以配天爲至。有秩斯祜，唯四表之歡心；胡臭亶時，匪九州之美味。自古在昔，若聖與仁；厥遭昌辰，乃覩熙事。恭惟皇帝陛下邁種三德，敷奏九功。率籲奉璋之衆髦，肇稱奠璧之新禮。廟籩致孝，郊血告幽。誠既格於穹旻，福遂均於品庶。振憂矜寡，原宥眚烖。第五玉以褒封，善人是富；發三錢而慶賜，賤者不虚。天其居歆，人以呼舞。臣夙叨寵獎，親值休成。雖無與於駿奔，實不勝於竊抃。臣無任。

二

臣某言：伏覩今月初五日南郊禮畢大赦天下者。精明條達，神睠顧而依懷；膏澤川流，人歡呼而蹈厲。中賀。

臣聞語孝之至，莫大於配天；議禮而輕，不足以享帝。能舉釐事，實歸聖時。恭惟皇帝陛下鴻化已昭〔三〕，康年屢應。奔走籩豆，有董正之治官；潔豐粢盛，有底慎之財賦。禮成穀旦，恩浹緜區。雖洛誦之休明，尚難譬稱；豈兒寬之淺吶，能盡揄揚？臣夙荷慈憐，方嬰哀瘵。望九賓之紳笏，獨遠句傳；狎百獸於山林，猶知率舞。臣無任。

〔一〕龍舒本、皇朝文鑑卷六十六題作「賀赦表」。

〔二〕「接」，皇朝文鑑作「浹」。「和」下，龍舒本有「臣某誠歡誠抃頓首頓首」十字。

〔三〕「化」，皇朝文鑑作「圖」。

## 賀明堂禮畢肆赦表〔一〕

臣某言：伏覩今月二十二日明堂禮畢大赦天下者。蒐講上儀，神天底豫；敷施大號，夷夏交欣〔二〕。中賀〔三〕。

蓋聞聖以享帝爲難〔四〕，孝以嚴父爲至。周右烈考，成委政而弗專〔五〕；漢記諸神，武竊禮而無實〔六〕。恭惟皇帝陛下道包衆甫，運會丕平。巍巍成功，堯之所謂大；業業致孝，舜之所由昌。涓選休辰，肇稱嘉饗。百禮既至，而正惟己獨；萬壽攸酢，而福與衆均。臣久冒眷憐，方嬰疢疾。奉承籩豆，乃獨後於臣工；蹌舞笙鏞，竊自同於鳥獸。臣無任。

〔一〕龍舒本題作「賀明堂禮畢表」。
〔二〕「欣」下，龍舒本有「臣」字。
〔三〕「賀」，龍舒本作「謝」。
〔四〕「聞」，原作「間」，據龍舒本、遞修本、嘉靖五年本改。
〔五〕「成」，原作「或」，據遞修本、嘉靖五年本改。黄校曰：「『成』字，明刊誤『或』。」
〔六〕「武」，原作「或」，據遞修本、嘉靖五年本改。黄校曰：「『武』字，明刊誤『或』。」

# 王安石文集卷第五十九

## 表

### 賀冬表八道〔一〕

臣某言：伏以庶彙潛萌，上儀亞歲。室告氣行之協，臺占瑞至之嘉。恭惟皇帝陛下考敦復以大中，籲朋來之衆俊。剛健之德，與陽皆亨；壽昌之期，如日方永。臣叨榮近列，攖疾殊方。凫趨獨後於在庭，爵躍實深於存闕。臣無任。

二〔二〕

臣某言：伏以寶曆無疆，嘉時有俶。物潛萌而赤色，氣順動於黃宮。中賀。恭惟皇帝陛下道協乾行〔三〕，德孚陽感〔四〕。體一元而獨復，毓萬寶以皆昌。永御丕平，備膺純嘏。臣寖嬰衰疾，久隔清光。迹雖屏於丘園，志不忘於宸宇。臣無任。

三〔五〕

臣某言：伏以萬寶潛萌，應黃宮之協氣〔六〕；百工胥慶，亞正歲之上儀。中賀。

恭惟皇帝陛下體御至神〔七〕，詡揚獨智。武烈丕承乎前載，堯明光被乎多方。茂對斯時，備膺諸福。臣比緣衰疾，獨遠清光。雖存闕之不忘，尚造庭之未獲。臣無任。

四〔八〕

臣某言：伏以氣復黃宮，茂對物滋之始；晷移北陸，寅賓日至之長〔九〕。中賀。

恭惟皇帝陛下道與時行〔一〇〕，化猶天運。嗣無疆而履位，建有極以宜民。甫臨陽長之期，大襲福綏之慶。臣恩容居里，病阻造庭。雖薦壽以無階，顧馳心而曷已。臣無任。

五〔一一〕

臣某言：伏以陰偕物極，陽與朋來。推歷玩占，乃見潛萌之信；體元御辨，以知敦復之中。中賀。

恭惟皇帝陛下舜孝禹功，文謨武烈。茂對時之福嘏，靈承旅以壽康。臣久冒朝榮，外叨方任。弗與稱觴之末，豈勝存闕之深！臣無任〔一二〕。

六〔一三〕

臣某言：伏以候始三微，氣萌萬彙。謹觀臺之占瑞，亟獻歲以陳儀。中賀。

恭惟皇帝陛下祗遹燕謀，靈承休運。先一陽而獨復，斂諸福以朋來。臣屬此養痾，茶然在遠。傾心舜日，欣寶景之踐長；仰首堯天，祝壽祺而等久。臣無任。

## 七

臣某言：伏以運與陽升，晷偕日至。儀亞三朝之會，氣先五刻之占。中賀。

恭惟皇帝陛下茂對斯時，備膺諸福。御至和之玉燭，撫大順於璿璣。臣竊望清光，獨嬰衰疾。徒有懷於率舞，乃弗預於稱觴。臣無任。

## 八

臣某言：伏以一陽氣復，萬寶萌生。天效五雲之祥，律應三統之首。兹爲大慶，允屬熙朝。中賀。

恭惟皇帝陛下道泰犧、軒，德深堯、禹。文物聲明之昭爛，神祇祖考之安寧。適丁至治之期，矧及履長之序。萬靈隤祉，四海交歡。而臣身處江湖，地遥宸極。瞻天日之表，阻獻於壽觴；望雲龍之庭，徒傾於驩頌。臣無任。

〔一〕龍舒本題作「賀冬表元豐二年」。

〔二〕龍舒本題作「第二表元豐三年」。

〔三〕「恭」，龍舒本作「伏」。

〔四〕「孚」，原作「李」，據龍舒本、遞修本改。孚，信服。
〔五〕龍舒本題作「第三表元豐四年」。
〔六〕「宫」，龍舒本作「鍾」。
〔七〕「恭」，龍舒本作「伏」。
〔八〕龍舒本題作「第五表元豐六年」。
〔九〕「長」下，龍舒本有「臣」字。
〔一〇〕「恭」，龍舒本作「伏」。
〔一一〕龍舒本題作「第六表元豐六年」。
〔一二〕「臣無任」下，龍舒本有「瞻天望聖激切屏營之至」十字。
〔一三〕龍舒本題作「第七表」。

## 賀正表五道〔一〕

臣某言：伏以漢儀高會，方登四海之圖；周曆俯頒，乃憲百官之象〔二〕。中賀。恭惟皇帝陛下含德淵懿，撫辰休嘉。乘姑射之雲龍，所更者化；存胥敖於蓬艾，各遂其生。運與日升，道侔乾始。臣尚依枌社〔三〕，獨隔楓宸。緬瞻朝著之班，竊慕封人之祝。

臣無任。

二〔四〕

獻歲初吉，端月始和。萬寶取新之元，九儀告慶之會〔五〕。中賀。

恭惟皇帝陛下體神蹈智，抱一建中，允迪謩勳〔六〕，永膺孚祐。德日新而有俶，福時萬以無疆。臣特荷寵光，久嬰衰疾。雲天在望，惟緬想於句傳；麋鹿與遊，豈暫忘於率舞！臣無任。

三〔七〕

寶曆無疆，嘉生有俶。厥初獻歲之吉，乃始端月之和。中賀。

恭惟皇帝陛下常德日新，景福時萬。體泰元而難老，閱衆甫以皆昌。臣久負異恩〔八〕，尚嬰衰疾。瞻雲紛郁，想朝路以載欣〔九〕；愒日舒長，與疇人而胥樂。臣無任。

四〔一〇〕

寶曆無疆，嘉生有俶。門憲始和之象，庭充元會之儀。中賀。

伏惟皇帝陛下膺保永圖，綏將純嘏〔一一〕。撫五辰而致順，毓萬物以皆昌。臣久負異恩，尚嬰衰疾。瞻雲煥爛，欣逢舜日之華；擊壤消摇，樂得夏時之正。臣無任。

五〔一二〕

馭正夏時〔一三〕，更端周曆。體一元而敷惠，適與春浮；斂諸福以代新，方侔川至。中賀。恭惟皇帝陛下誕昭明德，祇燕孫謀。齊七政以當天，順五辰而凝績。用求協氣〔一四〕，以阜嘉生。閱千古之上儀，肆三朝之盛會。仰同星拱，竦百辟以在庭；追效嵩呼，極萬年而薦壽。臣桑榆晚景，麋鹿並遊。進莫與於臚傳，退但知於率舞。臣無任。

〔一〕龍舒本題作「賀正表元豐二年」。

〔二〕「象」下，龍舒本有「臣」字。

〔三〕「枌」，原闕，據龍舒本、遞修本、嘉靖五年本補。

〔四〕龍舒本題作「第二表元豐三年」。

〔五〕「會」下，龍舒本有「臣」字。

〔六〕「謩勳」，原作「墓勳」，據龍舒本、遞修本、嘉靖五年本改。謩勳，謀略、訓誨。

〔七〕龍舒本題作「第三表元豐四年」。

〔八〕「負」，龍舒本作「冒」。

〔九〕「路」，龍舒本作「露」。

〔一〇〕龍舒本題作「第四表元豐五年」。

〔一〕「綏將」，皇朝文鑑卷六十六收録此文作「茂綏」。
〔二〕龍舒本題作「第七表」。
〔三〕「馭」，龍舒本作「取」。
〔四〕「求」，龍舒本作「來」。

## 辭免南郊陪位表

伏奉詔書，令發來赴闕南郊陪位者。萬國駿奔，焯上儀之殊觀〔一〕；一夫幽屏，叨明命之特招〔二〕。中謝。伏念臣竊禄已多，冒恩最渥。自致惓惓之義，實有素情；再瞻穆穆之容，豈非榮願？而荼然暮景，攖以沉痾。伏畎畝以負薪〔三〕，於今未已；侍壇垓而踐豆，用此爲妨。臣無任。

〔一〕「焯」，龍舒本、遞修本作「焯」。
〔二〕「招」下，龍舒本有「臣」字。
〔三〕「薪」，原作「兹」，今據龍舒本改。按，負薪，疾病之謙稱，如本卷中使撫問謝表：「負薪有疾，仍慚制禄之優。」

## 辭免明堂陪位表

臣某言：伏奉詔書，令發來赴闕明堂陪位者。合宮丕享，寰宇駿奔。冒被優詔之加，使陪顯相之末〔一〕。中謝。

伏念臣投身荒遠，上負眷憐〔二〕；企踵禁嚴，久勞監寐。況宗祈之盛禮，辱號召之明恩。當即辦嚴，豈容辭疾？而沉冥浸劇，黽勉實難。心若子牟，雖每存於魏闕；身如楊僕，乃自外於漢關。臣無任。

〔一〕「末」下，龍舒本有「臣」字。

〔二〕「上」，原作「土」，據龍舒本、遞修本、嘉靖五年本改。

## 詔免南郊陪位謝表〔一〕

臣某言：近具表爲疾病乞免赴闕南郊陪位，伏蒙聖慈特賜詔書許免者。螻蟻惓惓，上干旒扆；雲天顥顥，下賁丘園〔二〕。中謝。

臣憊矣微生，頹然暮齒。冒恩鼎食，非堅卧以爲高；承命旌招，宜駿奔而反後。顧緣衰疢，致隔清光。伏蒙皇帝陛下特赦尤違，曲垂念聽。蔀昏難望，尚延舜日之華；荒翳易遺，更獲堯雲之潤。臣無任〔三〕。

〔一〕龍舒本題作「謝免南郊陪位表」。

〔二〕「下」，龍舒本作「俯」。

〔三〕「臣無任」下，龍舒本有「感天荷聖激切屏營之至」十字。

## 詔免明堂陪位謝表

臣某言：近具表爲疾病乞免赴闕明堂陪位，伏蒙聖慈特賜臣詔書許免者。駿奔弗獲，内懷逋慢之誅；寵答曰俞，上荷眷憐之至。中謝。

伏念臣久違祕近，遂迫衰殘。長負異恩，固難逃於幽黜；敢圖釐事，乃復與於詳延。輒冒布陳，重煩矜允。鴻私所被，藏一札以知榮；旅力已愆，殞百身而何及。臣無任。

## 加食邑謝表二道〔一〕

臣某言：伏奉誥命加食邑四百户、實封一百户者。顯相郊宫，固宜寵獎；曠居田里，乃濫褒嘉。中謝。

伏念臣尚負宿痾，久尸榮禄。無可論之薄效，有未報之隆恩。方國明禋，庶工祇載。

奉璋執豆，旅幣獻琛。具輸奔走之勞，獨抱滯留之歎。豈圖踈逖，亦冒龍光！此蓋皇帝陛下荷休駿厖，斂福敷錫，故雖幽屏，弗以遐遺。身每被於慈憐，心敢勞於勤策〔二〕？臣無任。

二〔三〕

解澤旁流，明綸俯被。永惟叨昧，深以兢榮〔四〕。中謝。竊以時郊丘之承，所以尊上帝；疇官邑之賜，所以富善人。盛福靡專，至恩惟稱。臣久塵要近，上累昭明〔五〕。方玉輅之親祠，以銅符而外守。逮均休慶，例獲襃嘉。此蓋伏遇皇帝陛下以平施於萬方，無遐遺之一物。矧蒙圖任之舊，特荷獎知之深。祗服訓辭，敢忘報禮！臣無任。

〔一〕龍舒本、皇朝文鑑卷六十六收録此文題作「謝加食邑表」。
〔二〕「勞」，皇朝文鑑作「忘」。
〔三〕龍舒本題作「謝加南郊恩表」。
〔四〕「榮」下，龍舒本有「臣」字。
〔五〕「昭明」，龍舒本作「明昭」，聖宋名賢五百家播芳大全文粹卷十收録此篇作「明時」。

# 賜生日禮物謝表五道〔一〕

璽書加獎，臺餽示優。屈使者之光華，發里門之榮耀。中謝。竊念臣才非秀穎，勢又羈單。方少也，臣父教臣以爲己之方；及長也，臣母勉臣以許國之節。叨踰至此，稱效缺然。慈訓久孤，每感劬勞之日；恩頒荐至，更慚明盛之朝。此蓋伏遇皇帝陛下智臨方來，慈保臣庶。嘉以物多而備禮，使知意厚而盡心。敢不自竭斷斷之能，庶以少申惓惓之義。臣無任。

## 二〔二〕

慰藉溢言，匪頒異數。荷恩勤之及此，思報稱以芒然〔三〕。中謝。伏念臣謬簡神心〔四〕，叨陪大政。以久孤之樸學，當難遇之盛時。雖罄愚忠，何裨聖治？門弧可想，方永念於劬勞；臺餽有加，更上煩於寵獎。此蓋伏遇皇帝陛下施仁品物，致禮臣鄰。將備責於安危，故俯同於憂樂。所願輸勞而後食〔五〕，敢知得賜之爲榮。矧生己之至恩，已云不報；獨事君之大義，庶或無慚。臣無任。

三

臣某言：伏蒙聖慈以臣生日特降詔書賜臣羊、酒、米、麪者。書名閭史，適在斯辰；拜使家庭，猥叨異數。中謝。

伏念臣才非經國，幸實遭時。徒塵宰席之延，初乏辰猶之告。敢圖恩獎，俯逮燕私！此蓋伏遇皇帝陛下寵厚近班，率循前憲。因令疵賤，獲被龍光。敢忘夙夜之勤，以稱乾坤之施！臣無任。

四

臣某言：伏蒙聖慈特差臣男太子中允雱押賜臣生日禮物：衣一對、衣著一百匹、金花銀器一百兩、馬二匹、金鍍銀鞍轡一副者。劬勞之感，方愴於私懷；寵獎之加，更慚於異數。中謝。

伏念臣早塵禄仕，多歷歲年。初無横草之勞，但有敗林之愧。進膺重任，久曠隆恩。敢圖誕毓之辰，更冒匪頒之澤。此蓋伏遇皇帝陛下惇修故事，優眷近司。屈聖制以褒嘉，示殊私於錫予。永惟叨昧，彌積震驚。撫己冥煩〔六〕，亮難酬於盛德；惟時忠慎，竊自誓於愚誠。臣無任。

五

臣某言：伏蒙聖慈特差入内内侍省内東頭供奉官馮宗道傳宣撫問，及就府賜臣生日禮物：金花銀器一百兩、衣著一百匹、衣一對、金鍍銀鞍轡一副并纓複馬二匹、湯藥一銀合御封全者。微勞不效，僅逃三典之科；厚禮有加，尚躐九儀之等。中謝。臣外叨寄屬，仰誤眷憐。已隳考翼之基，重負母慈之教。迫劬勞於晚節，方不自勝；惟蕃庶之舊恩，終無以稱。伏蒙皇帝陛下更馳膚使，曲喻至懷。騆駿靈珍，琛奇組麗。豈下流之敢及，皆前此之所無。金卮淑旂，多錫誠榮於既往；鉛刀駑馬，强扶難冀於將來。雖天地弗責其謝生，顧臣子敢忘於致死！臣無任。

〔一〕龍舒本題作「謝賜生日表」。

〔二〕龍舒本題作「第二表」。

〔三〕「芒」，龍舒本作「蔑」。

〔四〕「神」，龍舒本作「帝」。

〔五〕「勞」，龍舒本作「忠」。

〔六〕「煩」，原闕。遞修本黄校曰：「『冥』下明刊缺一字，宋刊模糊，似『煩』字。」據補。「冥煩」，即「冥頑」。聽香館本作「頑」，遞修本作「炬」。

## 給蔡卞假傳宣撫問謝表

伏蒙聖恩，以臣疾病，特給蔡卞假，將臣女子省侍，令卞傳宣撫問諭以調養者。飭豎遣使，已叨訓勉於褆身；輟侍予寧，重累顧哀於慈子。敉言狎至〔一〕，感涕交流。臣趣尚缺如，遭逢榮甚。竊食浮而廢任，特負知憐；昧祿殖以挺災，終貽罪疾。伏遇皇帝陛下地容天幬，雲蔭露濡。呴吹晚出於更生，拊傴申加於瀕死。譬如造化，難紀敘於曲成；雖曰糜捐，敢稱論而上報！臣無任。

〔一〕「敉」，原作「教」，據龍舒本改。遞修本黃校曰：「『教』，明刊同，宋刊模糊，似『敉』。」「敉」，安撫。

## 甘師顏傳宣撫問并賜藥謝表

臣某言：膚使寵辭，載華原隰；寶奩珍劑，加賁丘園。臣中謝。伏念臣少出衡茅，晚陪帷幄。德輶寄重，才淺知深。但念里居，長負丘山之責；敢期宸眷，尚留簪履之矜？此蓋伏遇皇帝陛下天幬無疆，海函不棄。戴難忘之盛德，豈特銘肌；撫易盡之餘生，唯當結草。臣無任。

## 李舜舉賜詔書藥物謝表

臣某言：輟宮闈親近之臣，臨湖海寬閑之野。授之藥物，撫以訓辭。尸厚禄而無勞，謂當誅絶；捐大恩而不報，彌所兢慚。臣中謝。伏念臣本出羈單，自甘淪棄；晚由朴學，上誤聖知。智曾昧於保身，忠每懷於許國。讒誣甚巧，切憂解免之難；危拙更安，特荷眷憐之至。況遠迹久孤之地，實邇言易間之時。而離明昭晰於隱微，解澤頻繁於疎逖。此蓋伏遇皇帝陛下以上仁含垢，以大智容愚。弗使南箕得侈簸揚之狀，更令北户坐蒙臨照之光。苶然垂盡之病軀，沱若横流之感涕。惟困窮無俚〔一〕，猶致命於一餐；顧冒昧不貲，敢忘懷於九死！臣無任。

〔一〕「俚」，原作「理」，形訛，今據龍舒本改。按，無俚，即無聊之意。孫奕示兒編卷一：「無聊之謂無俚。」若作「無理」，則文意扞格不通。

## 中使撫問謝表〔一〕

臣某言：孤臣疲曳，自阻進趨；上主慈憐，猶加撫諭。中謝。

伏念臣晚陪休運，特荷異恩。横草無功，每恨棄軀之晚；負薪有疾，仍慚制禄之優。豈謂陛下所摠萬機，不忘一物。迺因輶軒之出，俯逮蹻屨之遺。仰荷眷私，唯知感涕。臣無任。

## 二

臣某言：去國彌年，屢煩慰恤；乘軺便道，復賜撫存。中謝。伏念臣冒恩殊深，奉事多廢。久素餐而無責，方宿疢之有加。弗以遐遺，實仰慚於眷遇；莫知上報，徒永誓於糜捐。臣無任。

〔一〕龍舒本題作「謝中使撫問表」。

## 賜湯藥謝表〔一〕

臣某言：隆恩博施，弗以遐遺；弱力薄才，豈能仰稱？中謝。臣久孤重任〔二〕，上誤聖知。特荷眷憐，備昭誠悃。付以便安之郡，休其疲曳之軀。跋涉之路未窮，問勞之恩先至。璽書甚厚，藥物兼珍。此蓋伏遇皇帝陛下丕冒海隅，寵綏臣庶。簪屨之舊，不忍於棄忘；雲天之高，每存於庇幬。永惟報效，徒誓糜捐。臣無任。

〔一〕龍舒本題作「謝賜湯藥表」。
〔二〕「孤」，龍舒本作「辜」。

## 中使傳宣撫問并賜湯藥及撫慰安國弟亡謝表

臣某言：便蕃曲澤，雖遠不忘；晼晚餘年，懼終莫報。伏念臣辭恩機要，藏疾里閭。既疲瘵之未夷，顧憂傷之重至。仰煩眷奬，特示閔憐。中飭使軺，備宣恩厚；寵頒藥物，深念衰殘。此蓋伏遇皇帝陛下日月照臨，乾坤覆燾。俯矜舊物，曲軫睿慈。始終顧遇之私，人知無替；存没榮懷之感，情實難勝。臣無任。

## 李友詢傳宣撫問及賜湯藥謝表

臣某言：伏奉聖慈特差李友詢扶護亡男雱棺柩到府并撫問者。孤臣特荷慈憐，未獲捐軀報德；賤息比叨寵奬，復以遺骨累恩。臣中謝。伏念臣釁積自躬，凶流及嗣。因仍積歲，藏厝不時；敢謂私憂，上貽聖慮！伏蒙皇帝陛下飭遣親使，護致旅棺。使亡子之魂即安於窀穸，天性之愛得盡於莫年。申之訓辭，撫以藥物，眷被終始，施兼存亡。銘骨不足以叙欲報之心，瀝肝不足以繼感泣之血。獨恨既愆之力，莫知自效之方。臣無任。

## 賜衣服銀絹等謝表

臣某言：今月十一日准都進奏院遞到詔書并别録賜臣衣服、金帶、魚袋、銀器、絹、銀鞍轡、馬者。慰藉溢言，上辜寵眷。匪頒異數，特荷慈憐〔一〕。臣晚以薄材，嘗陪興運。華原之轡未憖，每辱矜收；橋山之劍初遺，獨悲淪沮。伏蒙皇帝陛下勤追考翼，厚勉臣中。遽被寵光，申加蕃庶。雖負薪之末力，難效驅馳；顧結草之殘魂，猶知報稱。臣無任。

〔一〕「慈」，龍舒本作「恩」。

## 中使宣醫謝表

臣某言：乘衰攖厲〔一〕，敢意浼聞；軫舊垂矜，曲加寵數。即馳近御，兼飭太醫。錫以寶奩，實之珍劑。創殘再肉，顛眴更蘇。沓被慈憐，不勝負荷！臣叨恩缺報，昧禄取災。果祟降以疾殃，至上煩於愍惻。此蓋伏遇皇帝陛下履轡念厚，軒幄眷深。天弗籲而亦臨，雲甫瞻而既雨。哀逾察父，感劇孤臣。論可報之涓埃，難知稱效；顧未填之溝壑〔二〕，徒誓糜捐。撫涕汍瀾，捫心躑躅。臣無任。

〔一〕「攖」，龍舒本作「遘」。
〔二〕「顧」，光啓堂本、聽香館本作「塞」。

## 差張諤醫男雱謝表

臣某言：伏蒙聖慈特差中使傳宣撫問，并賜臣男雱湯藥，押沖静處士張諤至本府醫治者。蕞爾餘生，備叨眷撫；茶然賤息，更荷哀憐。中謝。

臣初乏將明之材，適遭開泰之運。父子並蒙寵獎，臣鄰莫與等夷。去闕以來，歷時未久。問勞狎至，憂軫俯加。以察父之鴻私，施具臣之晚節。但慚疲曳，莫副馳驅。冀憑天地之恩，得全駒犢之命。永依鞭策，共誓糜捐。臣無任。

## 賜曆日謝表二道〔一〕

臣伏以太史序年，將謹人正之授；遠臣尸禄，乃叨天指之加。臣中謝。

竊以欽若昊穹，靈承黎庶。正時所以作事，治曆所以明時。恭惟皇帝陛下道邁古初，德綏方夏。治教之象，上協於天心；正朔所加，外通乎海表。敢圖幽屏，亦誤寵頒。徒尊閣以知榮，曷糜捐之可報！臣無任。

二

臣伏以清臺課曆，肇明一歲之宜；列郡仰成，欽布四時之事。闕文切抃，拜賜爲榮。恭惟皇帝陛下躬包曆數，政順璣衡。齊日月之照臨，體乾坤之闔闢。考觀新度，遠存堯象之明；推步大端，猶得夏時之正。盡俯仰察觀之理，概裁成輔相之宜。歲事備存，詔文偕下。先天誕告，間無杪忽之差；率土逢占〔二〕，驗若節符之合。臣敢不恭承睿旨〔三〕，順考時行。贊聖神化育之功，極天人和同之效。奉而行政，期不戾於陰陽；推以治人，庶克躋於富壽。臣無任。

〔一〕「二道」，原無，據底本目録補。

〔二〕「逢占」，原作「逢古」，形訛，據龍舒本、遞修本、嘉靖五年本改。逢占，即占卜之意。

〔三〕「睿」，原作墨丁，今據龍舒本補。

# 王安石文集卷第六十

## 表

### 兩府待罪表〔一〕

臣某等伏覩内降德音，以陝西、河東兩路外勤師旅，内耗黎元，引咎推恩者。罪己以興，方懋日新之德；經邦弗效，敢辭天討之刑？中謝。

臣等昔以凡材，過叨重任。内不能定國家之論，以協士民；外不能成疆埸之謀，以綏夷狄。用開邊隙，亟使人勞。至深惻於聖懷，實大慙於榮禄。瘝官若此，即罪爲宜。唯並寘於嚴科，乃大符於公論。臣等無任〔二〕。

〔一〕龍舒本題作「兩府待罪上表」。

〔二〕「任」下，龍舒本有「祈天俟命激切屏營之至」十字。

### 請皇帝御正殿復常膳表二道

臣等言：奉聖旨以祈雨未應避正殿減常膳者。陽春生物，偶霑澤之稍愆；睿意恤民〔一〕，遽側身而自抑。德已修於銷變，數或係於非常。當復彝儀，用安群下。中謝。

恭惟皇帝陛下天仁博施〔二〕，神智曲成。躬忘旰食之勞，坐講日新之政。四時協序，萬物致和。適當化養之辰，宜得涵濡之澤。少違常候，深軫清衷。退師氏之正朝，約太官之盛饌。仰窺謙德，志在閔民。然而遐虜來朝，當即法官之位；誕辰入慶，合陳燕俎之珍。事有所先，禮難偏廢。伏願仰回淵聽，俯徇輿情。夙御九筵之居，並羞十閤之具。上以全於國體，下以副於臣誠。臣無任〔三〕。

二

臣某等言：近上表請御正殿復常膳〔四〕，蒙降批答不允者。時澤偶愆，屢勤齋禱。聖衷愈勵，曲盡焦勞。將損己以召休，因退次而貶食。列陳剡奏，尚闕嗣音。在臣列之靡遑，伏帝閽而再扣。中謝。

恭惟皇帝陛下體居離正，德稟乾剛。期揉俗以致康，嘗納隍而興念。七載于此，繼獲豐穰；一春而來，或罹愆亢。皇慈深軫，群祀偏修。恐狴犴乖則親慮其囚，懼黼黻美則躬變其服。仍損內饔之舉，兼虛正宁之朝。然而禮貴從宜，事難泥古。而況甫臨誕節，交舉慶儀。有列辟拜萬年之觴，有殊俗修兩朝之好。苟虧彝制，難副群情。少屈淵衷〔五〕，特從誠懇。天臨廣厦，日御常珎。親事法宮，廓宣於政治；惟辟玉食，昭示於等威。仰以慰兩宮之慈，俯以安群下之望。臣等無任〔六〕。

〔一〕「意」，皇朝文鑑卷六十六收録此文作「慮」。

〔二〕「天」，皇朝文鑑作「大」。

〔三〕「任」下，龍舒本有「祈天俟命激切屏營之至」十字。

〔四〕「復」，龍舒本作「服」。

〔五〕「少」上，皇朝文鑑有「伏望」二字。

〔六〕「任」下，龍舒本有「祈天荷聖激切屏營之至」十字。

## 乞罷政事表三道

臣某言：竊以使陪國論，惟亮天工。必用强明，乃能協濟；豈容昏瞀，可以叨居！進冒聰聞〔一〕，罄陳危悃。中謝。

伏念臣逮侍先帝，列官外朝。晚以喪歸，因爲病廢。伏遇皇帝陛下召還辭禁，擢豫經筵。收於衆惡之中，諏以萬機之事。構讒誣而並至，輒賜辨明；推孤拙以直前，每蒙開納。陛下所以遇臣者可謂厚矣，臣之所以報國者終於缺然。豈理勢之獨難，抑才能之素薄。方懼過尤之積，乃罹疢疾之加。比欲外乞州藩，冀以就營醫藥〔二〕。重念采薪之弗給，尚何守土之敢謀？輒緣不能者止之言，庶免貪以敗官之悔。伏望皇帝陛下曲垂仁惻，俯記愚忠。賜以分司一官，許於江寧居止。則天地之德，實有施於餘年；犬馬之勤，冀或輸於異日。臣無任。

二

臣某言：近具表乞罷政事分司，伏奉手詔封還不允所乞者。私懷懇至，已具布聞；聖訓丁寧，未蒙開納。敢冒崇高之聽，再輸悃愊之情。中謝。臣聞任賢之方，要其有用；陳力之義，止於不能。苟弗集於事功，且重罹於疢疾，豈容叨據，以累明揚！伏念臣猥以孤生，親逢盛世。昧於量己，志欲補於休明；失在信書，事浸成於迂闊。每煩衆論，上慁聖聰。久知素願之難諧，繼以積痾而自困。辭而去位，庶逃竊食之誅；勉以就工，重荷包荒之德。雖貪順命，終懼妨功。伏望皇帝陛下閎度并容〔三〕，大明俯燭。特垂矜允，俾遂退藏。如此則孤進之身，獲全生於末路；具瞻之地，得改命於時材。臣無任〔四〕。

三

臣某言：近再具表乞罷政事，伏奉批答不允者。封奏上昭，未能感徹；訓辭下逮，更誤褒嘉。中謝。

臣聞恕以及物者君之仁，量而受事者臣之義。蓋世之道有升而有降，故士之行或肆而或拘。遭聖治之尚容，冀私誠之獲遂。伏念臣自蒙任使，已歷歲時。雖或售於小忠，曾莫裨於大政。迨茲攖疢，乃始告勞。姑以免邦憲之詰誅，何足污上恩之獎勵！使人狎至，詔指屢頒。祇荷顧憐，重懷感悸。非不願粗施其樸學，庶幾以仰副於鴻私。顧惟剛德之浸亨，方奮睿謀而獨斷。辨忠賢之可任，既示弗疑；察姦罔之爲朋，將知所畏。人宜盡力，朝豈乏材？寧容昏憊之餘，尚冒寵靈之厚！伏望皇帝陛下離明俯燭，解澤旁施。矜綿力之既愆，監近司之或曠。俯從控愬，實允詢謀。雖已事之無稱，難言報國；冀餘生之未泯，尚獲捐軀。臣無任。

〔一〕「聞」，原作「明」。據聖宋名賢五百家播芳大全文粹卷十三收録此文改。遞修本黃校曰：「『明』，宋刊『聞』，明刊同『明』。」

〔二〕「冀」，聖宋名賢五百家播芳大全文粹作「易」。

〔三〕「并」，聖宋名賢五百家播芳大全文粹作「有」。

〔四〕「任」下，龍舒本有「云云」二字。

## 乞出表二道〔一〕

臣某言：竊以丞相之職，天子是毗。方當圖政之憂勤，難以養痾而昧冒。輒輸情素，仰丐恩憐。中謝。

臣叨被鴻私，誤尸榮禄。堯仁天覆，幸荒穢之兼包；湯聖日躋，顧卑凡而自絶。尚惟許國，姑誓忘軀。豈意眩昏，甫新年而寖劇〔二〕；更知駑蹇，難重任之久堪。伏惟皇帝陛下明燭隱微，惠綏羸拙。閔其積疢，收還上宰之印章；賜以餘年，歸展先臣之丘壟。生當擊壤，以詠矜容之德；死當結草，以酬含育之恩。臣無任〔三〕。

二〔四〕

臣某言：今月十一日輒輸情素，仰丐恩憐。實以抱疢之深，難於竊位之久。過蒙敦獎，未賜矜從。事有迫於懇誠，理必祈於哀惻。中謝。

臣信書自守，與俗多違。審容膝之易安，因忘擇地；知戴盆之難望，遂廢占天。豈圖憂患之餘，更值清明之始。寒之之日長，而暴之之日短；植之之人寡，而拔之之人多。尚誤聖知，驟妨賢路。摩頂放踵，雖願效於微勞；以蚊負山，顧難勝於重任。矧復瞀昏而曠事，若猶冒昧以尸官。是乃明憲之所不容，豈特煩言之爲可畏？伏惟皇帝陛下天地覆載，日月照臨。賜以曲成，容其少愒。區區旅力，或未憖於餘年；斷斷小能，冀尚施於異日。臣無任〔五〕。

〔一〕龍舒本題作「乞出第一表」。
〔二〕「寖」，應刻本作「加」。
〔三〕「任」下，龍舒本有「云云」二字。
〔四〕龍舒本題作「再乞表」。
〔五〕「任」下，龍舒本有「云云」二字。

## 乞退表四

臣忠於爲國，故進而能致其身；君恕以及人，故病則閔勞以事。此今昔共由之通義，實上下相與之至情。敢觸冒昧之誅，冀蒙哀矜之聽。中謝。

臣受材鄙劣，遭運休明。陳愚或會於聖心，承乏遂尸於宰事。謀謨淺拙，謾不見其有成；操行陵夷，又或幾於無恥。久宜辭位，尚苟貪恩。豈圖養拙以乖方，重以瞀昏而廢務。粗嘗陳列，未獲矜從。黽勉以來，浸淫遂劇。大懼典司之曠，上煩程督之嚴。伏惟陛下詢事考言，循名責實。或輟夜分之寐，常臨日昃之朝。萬方黎獻之多，略皆祗辟；三事大夫之守，豈可瘝官？仰冀高明，俯昭悃愊。念其服勞之久，愍其攖瘵之深。及未干鈇鉞之時，令遂解機衡之任。豈特少安於私義，玆惟畢協於師虞。臣無任。

二

臣昨具表乞解機政，伏奉手詔未賜俞允者。明主訓辭之寵，宜即奉承；匹夫志守之愚，敢覬矜允〔一〕。中謝。

竊以品制百爲，摠裁萬務。任怨蓋難於持久，服勞安可以獨賢？所以中外迭居，是爲祖宗故事。況於疲曳，加以瞀昏。若由昧冒而無慚，其必顛隮而不救。臣過叨睿奬，備進近司。當循名責實之時，故任怨特多於前輩；兼黜令改制之事，故服勞尤在於一身。雖蒙全度之恩，僅免譴訶之域。某於多故〔二〕，實以難支。矧疾疢之交攻，且事爲之浸廢。伏望陛下昭其悃愊，假以優游。使得休養於衰疲，以示保全於孤拙。臣無任。

三

臣某言：近具表乞解機務，伏奉手詔未賜俞允者。聖恩所及，有隆天重地之施；私義未安，有深淵薄冰之懼。中謝。

竊惟成湯、高宗之世，有若伊尹、傅説之臣。其道則格于帝而無疑，其政則加乎民而有變〔三〕。后惟時乂，相亦有終。迨乎中世之陵夷，非復古人之髣髴。忠或不足以取信，而事事至於自明；義或不足以勝姦，而人人與之爲敵。以此乘權而久處，孰能持禄以少安？此臣之慮危於居寵之時，而昧死有均勞之乞。況於抱病，浸以瘝官。伏惟陛下道與日躋，德侔乾覆。哀一夫之失所，樂萬物之皆昌。矧夫眷遇之優，既已勤劬之久。宜蒙善貸，使獲曲全。賜其疲賤之身〔四〕，假以安閑之地。則敝車無用，猶可具於勞薪；棄席未忘，或再施於華幄。臣無任。

## 四

臣某言：伏奉聖旨令臣入見赴中書供職者。螻蟻微誠，屢關省覽；天地大德，未賜矜從。中謝。

臣聞周之士也貴，秦之士也賤；周之士也肆，秦之士也拘。其縱之爲貴，其拘之爲賤。賤故尚勢利而忘善惡，貴故尊行義而矜廉恥。士知尊行義而矜廉恥，宗廟社稷之安而天下自治也〔五〕。伏惟陛下言必稽堯舜，動必憲文武。故視遇天下之士，欲其貴不欲其賤，欲其肆不欲其拘。臣以羈孤，旁無佽助。一言痦意，特見甄收。適遭欲治之盛時，實預扶衰之大義。事或乖於衆口，而陛下力賜辯明；言有逆於聖心，而陛下常垂聽納。此臣所以履艱虞而不忌，服勤苦而不辭。雖百度搶攘，未就平成之敘；然四年黽勉，非無夙夜之勞。今特以心氣之衰疲，目力之昏耗，哀祈外補，冀幸小休。而乾剛確然，莫可回奪。則是親值周家之忠厚，獨爲秦士之賤拘。事與願違，能無竊歎；理當情恕，豈免上煩？實望聖慈，俯昭愚款。外賜優閑之地，少安疾疢之身。須其有瘳，乃責外效。臣生當捐軀以報德，死當結草以酬恩。

〔一〕「允」下，龍舒本有「臣」字。
〔二〕「某」，龍舒本、遞修本作「其」。
〔三〕「有」，皇朝文鑑卷六十六收録此文作「丕」。
〔四〕「疲」，皇朝文鑑作「疵」。
〔五〕「自」，龍舒本、遞修本作「之」。

## 乞宮觀表四道

臣某言：疏榮特異，敢忘圖報之忠？陳力弗能，當布可辭之義。中謝。

伏念臣晚陪興運，久污近司。戇愚弗逮於清光，衰疾更成於瘝曠。苟免大訶之責，乃叨異數之加。授以戎旃，班之宰席。松楸舊國，實使鎮臨；蒲柳殘年，足爲榮耀。顧在宣化承流之地，方當循名責實之時。疲曳難支，顛隮可畏。仰祈睿眷，俯徇愚衷。并解將相之官，外除宫觀之任。託依田里，瞻守丘墳。儻憑休養之私，終獲夷瘳之福。敢忘策勵，復誓糜捐。臣無任。

二

臣某言：近具表乞以本官外除一宫觀差遣，伏蒙聖慈特降中使賜臣詔書不允者。天地至恩，實知難報；螻蟻微息，尚竊有懷。輒冒隆威，更輸危悃。伏念臣遭逢異甚，稱效蔑如。苟旅力之可陳，豈餘生之足惜？顧以憂傷而至弊，重爲疢疾之所攖。偷假便州，必負曠瘝之責；過尸厚禄，更懷叨昧之慚。伏望陛下本末燭知，始終護念。俯徇籲天之懇，俾無累國之尤。尚冀寧瘳，誓終糜殞。臣無任。

三

臣某言：軺傳俯臨，璽書狎至。仰荷眷存之厚，第懷感悸之深。任有不勝，勉非所及，輒輸危懇，再冒天威。

伏念臣久誤至恩，難圖報稱；過尸榮禄，易取災危。力憊矣而弗支，氣喘焉而將蹶。窮閻掃軌，斯爲待盡之時；莫府建旄，豈曰養痾之地？所懼曠瘝之責，敢辭逋慢之誅！伏望陛下照以末光，遂其微請〔一〕。使壇陸之鳥，無眩視之悲；濠梁之魚〔二〕，有從容之樂。庶蒙瘳復，更誓糜捐。臣無任。

## 四

臣某言：筋骸衰苶，僅有餘生；肝膈精微，簡在聖聽。豈圖寵獎，未賜矜從。輒冒威尊，更輸情素。中謝。

伏念臣久妨機要，初乏涓埃〔三〕。苟免庶尤，實荷恩私之至；敢緣多疾，更尸名器之崇？比辱使軺，俯宣詔旨〔四〕；深惟策勵，仰稱龍光。而況病瘵有加，療治無損。辭榮家食，乃爲理分之宜；干澤自營，尚恃眷憐之舊。伏惟皇帝陛下衡聽萬事，器使衆材。念其黽勉之終難，假以便安而少愒。庶完體力，圖報毫分。臣無任。

〔一〕「請」，聖宋名賢五百家播芳大全文粹收録此文作「志」。

〔二〕「梁之」二字，原闕，據龍舒本、遞修本補。

〔三〕「埃」，皇朝文鑑卷六十六收録此文作「塵」。

〔四〕「俯」，原作「係」，今據皇朝文鑑改。聽香館本作「傳」。按，俯者，敬詞，即「俯加」、「俯允」之俯。

## 手詔令視事謝表〔一〕

臣某言：伏蒙宣示言者所奏，輒具劄子乞博延公議改用賢人，伏奉詔獎勵令視事如故者。

謗議升聞，已賴舜聰之豁達；懇誠上訴，更煩周誥之丁寧〔二〕。竊以作威者主之權，待察者臣之禮。蓋雖蒙非常之厚遇，亦將避可畏之煩言。臣志尚非高，才能無異。舊惟所學之迂闊，難以趨時；因欲自屏於寬閑，庶幾求志。惟聖人之時不可失，而君子之義必有行。故當陛下即政之初，輒慕昔賢際可之仕。越從鄉郡，歸直禁林。或因勸講而賜留，或以論思而請對。愚忠偶合，即知素願之獲申；睿聖日躋，更懼淺聞之難副。重叨殊獎，忝秉洪鈞。所宜引分以固辭，乃敢冒恩而輕就。實恃明主知臣之有素，故以孤身許國而無疑。人習玩於久安，吏循緣於積弊。窾言不忌，詖行無慚。論善俗之方，始欲徐徐而變革；思愛日之義，又將汲汲於施爲。以物役己，則神志有交戰之勞；以道徇衆，則事功無必成之望。恐上辜於眷屬，誠竊幸於退藏。猶貪仰附於末光，亦冀粗成於薄效。比聞獨斷，謂合僉言。但輸承命之忠，遂觸招權之毀。因請避衆賢之路，庶以厭異議之人。

伏蒙皇帝陛下敦大兼容，清明旁燭。賜之神翰，諭以至懷。君臣之時，嘗千載而難值；天地之造，豈一身之可酬？敢不自忘形迹之嫌，庶協神明之運。臣無任。

〔一〕龍舒本題作「謝手詔令視事表」。

〔二〕「丁寧」，原作「下寧」，據龍舒本、遞修本、嘉靖五年本改。

添差男旁勾當江寧府糧料院謝表

臣某言：近輒冒昧陳乞男旁勾當江寧府糧料院一次，伏蒙特恩添差者。去寄卧家，猶尸厚禄；祈榮及嗣，更荷殊私。中謝。伏念臣汗馬之勞，初無可紀；舐犢之愛，乃敢有言。顔雖腆以知慚，心固甘於獲譴。豈謂陛下矜軒幄之舊，録簪履之微。示特出於上恩，俾遽叨於世禄。繄曲成之造化，弗以遐遺；徒共誓於糜捐，安能仰稱？臣無任。

詔以所居園屋爲僧寺及賜寺額謝表〔一〕

臣某言：基迹叢祠，冀鴻延於萬壽；錫名扁榜，竊榮遇於一時。臣生乏寸長，世叨殊奬。賤息奄先於犬馬，頹齡俯迫於桑榆。獨念親逢，莫有涓埃之補報；永惟宏願，豈忘香火之因緣？

伏蒙皇帝陛下俯徇祈誠，特加美稱。所懼封人之祝，終以堯辭；乃塵長者之園，遽如佛許〔二〕。仰憑護念，誓畢熏修。臣無任。

〔一〕龍舒本題作「謝以所居園屋爲僧寺及贈寺額表」。

〔二〕「如佛」二字，遞修本黄校曰：「上二字宋同本缺，明刊作『如佛』。」

## 依所乞私田充蔣山太平興國寺常住謝表〔一〕

臣某言：緣恩昧冒，方虞慁上之誅；加意畀矜，遂竊終天之幸。

伏念臣少嘗陻阨，晚悞褒崇。榮禄雖多，不逮養親之日；餘年向盡，更爲哭子之人。追營香火之緣，仰賴金繒之賜。尚復祈恩而不已，乃將徼福於無窮。伏蒙陛下眷遇一於初終，愛恤兼夫存没。特撓常法，俯成私求。雖老矣無能，莫稱漏泉之施；若死而未泯，豈忘結草之酬？臣無任〔二〕。

〔一〕龍舒本題作「謝依所乞私田充蔣山太平興國寺常住表」。

〔二〕「臣無任」下，龍舒本有「瞻天望聖激切屏營之至」十字。

## 辭免司空表二道〔一〕

臣某言：今月十一日三班差使崔汝諧至，奉宣詔旨及齎賜制誥一道，除授臣司空，依前觀文殿大學士、集禧觀使，加食邑四百户、食實封一百户，餘如故者。使軺馳授，祇忝明恩；家巷卧居，敢叨虚獎〔二〕？中謝。

竊以事官之所命，異於時制之令除。名稱三公，班序一品。逢辰特幸，稱位實難。臣晚玷誤恩，嘗尸劇任。曾無尺寸，粗報眷憐。獨有丘山，莫知負載。荒遠攖痾之久，休明嗣服之初。緜力薄材，適甘於屏棄；高秩厚禮，更冒於褒崇。惟器與名，恐身累國。仰祈還令，追寢贊書。庶以衰殘，獲所安之終吉；亦令蹇淺，免非據於具瞻。臣無任。

二

臣某言：近具表乞追寢恩命，伏蒙聖慈特降詔書不允者。隆施所逮，懇辭弗俞。輒冒天威，更輸微款〔三〕。中謝。

臣事勞無紀，操行不修。居竊萬鍾，初未知於辭富；坐彌九載，方有俟於黜幽。豈圖邦命之新，尚眷求人之舊？寵靈覃被，危厲增加。位高疾顛，力少任重。實前修之切戒，敢小醜之冒膺？仰冀睿明，顧憐衰朽。改茲非服，免貽官謗之憂；宥以罔功，使獲里居之佚。臣無任。

〔一〕龍舒本題作「辭免司空表」。

〔二〕「獎」下，龍舒本有「臣」字。

〔三〕「款」下，龍舒本有「臣」字。

## 乞致仕表 此表不曾奏發，薨後檢見遺稿。

臣某言：瘝以曠官，嘗恃食功之舊；老而辭禄，敢忘知止之廉？輒冒天威，具輸微款。伏念臣小聞寡識，薄力淺材。信獨善以一心，昧自營之百慮。久辜視遇，特幸遭逢。昔也壯時，尚無可紀；今而耄矣，豈有能爲？敢望睿明，許之致仕〔一〕；實矜危朽，賜以全生。庶以衰殘，豫佚太平之樂；亦令遲暮，免離大耋之嗟。

〔一〕「仕」，龍舒本作「事」。

# 王安石文集卷第六十一

## 表

### 賀册仁宗英宗徽號禮成表

臣某言：伏覩進奏院狀報册告仁宗皇帝、英宗皇帝徽號禮成者。肇稱縟禮，追薦鴻名。揚二聖之閎休，風四海以純孝。惠心昭假，釐事備成。臣中謝。恭惟仁祖以堯之巍巍，丕冒區夏；英考以舜之業業，祗承廟祧。紹隆德至於難名，崇報義存於無已。皇帝陛下仰稽前憲，俯采庶言。命册使而致嚴，告匱主而歸美。神靈率籲，其啓後於無疆；品庶交欣，以奉先而不匱。臣備叨殊眷，獲睹上儀。顧久負於沉痾，乃獨妨於旅進。

### 賀景靈宫奉安列聖御容表

臣某言：新一代之上儀，極二端之美報。經始有俶，實自睿謀；歡成無疆，乃惟衆志。臣中謝。

竊以閟宫鬼享，周特腆於姜嫄；原廟神游，漢獨隆於高帝。遠或遺祖，近止及親。恭惟皇帝陛下服卑而即功，食菲以致孝。嚴祖宗之衆像，依仙釋而異宫。館御因時，初豈忘於苟簡；修除備物，乃有待於純熙。宸宇祕嚴，扁榜崇麗。祼獻式序，妥侑維時。藐然往初，孰此倫擬？臣久尸榮禄，尚負宿痾。聞釐事之既成，與群情而偕樂。臣無任。

## 賀哲宗皇帝登極表〔一〕

臣某言：伏覩赦書，皇帝陛下今月五日登寶位者。郊廟神靈，永有宗依；華夏蠻夷，永有歸賴。中謝。

恭惟皇帝陛下光御歷服，大承統緒。以聖繼聖，純祐無疆。臣遭遇先朝，久叨榮禄。不獲奔走，瞻望清光。臣無任〔二〕。

〔一〕龍舒本題作「賀皇帝登極表」。

〔二〕「臣無任」，龍舒本作「無任歡呼抃蹈激切之至」。

## 賀升祔禮成表

臣某言：伏覩進奏院狀報七月十二日升祔禮成者。涓選休辰，肇稱吉禮。神靈底豫，品庶交欣〔一〕。中謝。竊以登儷紫庭，歸配清廟。於稽在昔，有舉維時。恭惟皇帝陛下德茂承祧，志深念祖。倣唐文而制作，致舜孝於烝嘗。釐事既成，歡心溥協。臣尚攖衰疾，久隔清光。陪九賓之臚傳，獨無厚幸；偕四方而來賀，徒有微誠。臣無任。

〔一〕「欣」下，龍舒本有「臣」字。

## 英宗山陵禮畢慰皇帝表

臣某言：須百祀之材，已襄葬故；設九虞之主，方考祔儀。伏惟皇帝陛下德懋欽明，道隆勤孝。雖送終之禮已備，而追遠之念甫深。惟順變以抑哀，實含生之至願。臣限分鎮守，阻豫班朝〔一〕。臣無任。

〔一〕「班朝」，龍舒本作「朝班」。

## 慰太皇太后表

臣某言：宫車云返，陵邑既營。凡在照臨，豈勝攉慕？伏惟太皇太后道侔坤育，仁出天成。永懷愛孝之隆，尤積悲恫之感。稍舒慈念，實慰輿情。臣叨備從官，限分符守。徒有攀號之至痛，初無辦護之微勞。臣無任。

## 慰皇太后表

臣某言：威靈有集，方祔於廟祧；感慕無窮，外覃於蠻貊。伏惟太后比賢任、姒，纘慶塗、莘〔一〕。祗協孫謀，克襄大事。地非蒼梧之遠，勢有霸陵之安。唯割至哀，尚膺遐福。臣備官有守，奔問無階。臣無任。

〔一〕「纘」，聖宋名賢五百家播芳大全文粹卷二一上收録此文作「協」。

## 英宗祔廟禮畢慰皇帝表

臣某言：七月而葬，既充奉於寢園〔一〕；萬世不祧〔二〕，遂崇成於廟室。凡居覆燾，同盡攀號。

伏惟皇帝陛下膺保聖神，踐行仁孝。纏哀罔極，率禮無違。仙遊既集於宗祊，聖念彌勤於翼室。仰祈順變，俯睠含生。臣符守所攖，班朝莫豫。臣無任。

〔一〕「充」，聽香館本作「克」。

〔二〕「祧」，光啓堂本、聽香館本作「朽」。

慰太皇太后表

臣某言：威靈來返，祠廟有嚴。序陳昭穆之倫，定列祖宗之次。哀號罔極，遐邇所同。

伏惟太皇太后功佐帝圖，德齊坤載。永惟孝愛，尤積悲懷。冀紓天性之慈，以永母儀之福。臣無任。

慰皇太后表

臣某言：宗祏告成，皇靈來燕。凡居覆露，同盡哀摧。

伏惟太后協慶塗山，比賢太姒。方正坤儀之位，上同乾施之仁。虞祔奄終，攀號靡極。冀哀恫之有節，膺福履之無疆。臣限守州符，阻趨天陛。臣無任。

## 慈聖光獻皇后昇遐慰皇帝表〔一〕

臣某言：伏以上天降禍，太皇太后奄棄大養。伏惟皇帝陛下攀號感慕，聖情難居。臣限以衰疾在遠，不獲奔赴闕庭。臣無任〔二〕。

〔一〕龍舒本題作「曹太皇上仙慰皇帝表」。

〔二〕「任」下，龍舒本有「屏營摧迫之至」六字。

## 慈聖光獻皇后啓殯及復土返虞慰皇帝表二道〔一〕

臣某言：伏以日月徂遷，伏承太皇太后諏辰協吉，肇啓殯宫。聖情攀號，何以勝處！恭惟皇帝陛下聖孝發中，天報備至。感歎摧咽，遐邇一情。臣無任。

二

臣某言：伏承太皇太后神宫復土，奄及返虞。聖心傷摧，何以勝處！恭惟太皇太后天助懿德，以扶昌運。輔佐保佑，功施三朝。粤自棄捐宫闈，爰及襄事。陛下哀恫夙夜，發於至情。追奉致隆，有溢常禮。顯情報德，内外單盡。孝治所形，人用感欷。臣伏限在遠，無緣奔走，瞻望闕庭。臣無任〔二〕。

〔一〕「二道」，原無，據底本目録補。龍舒本題作「曹太皇啓殯及復土返虞慰皇帝表二」。

〔二〕「臣無任」，龍舒本作「無任憂迫屏營之至」。

## 慈聖光獻皇后神主祔廟慰皇帝表〔一〕

臣某言：伏承慈聖光獻皇后神主祔廟，既克禮成。伏惟皇帝陛下聖孝終始，哀慕難勝。日月徂遷，禮有順變。伏望少抑至情，以幸天下。臣無任。

〔一〕龍舒本題作「曹太皇神主祔廟慰皇帝表」。

## 慈聖光獻皇后期祥除慰皇帝表〔一〕

臣某言：伏以日月流邁，太皇太后捐棄大養，奄及期祥。仰惟聖孝，攀慕無極。伏望深加裁抑，以幸萬方。臣限以衰疾，無緣奔詣闕庭。臣無任。

〔一〕龍舒本題作「期祥慰表」。

## 正旦奉慰表

臣某言：伏以日晷流邁，歲曆肇新。太皇太后棄捐宮闈，奄歷時序。伏惟皇帝陛下聖孝天至，感慕難勝。臣以衰疾，無緣奔走。瞻望闕庭，臣無任。

## 魯國大長公主薨慰表

臣某言：伏覩進奏官狀報魯國大長公主薨背。伏惟聖情痛悼，臣以衰疾，無緣奔走。伏望以理寬釋，俯慰群情。臣瞻望闕庭，無任〔一〕。

〔一〕「任」下，龍舒本有「激切屏營之至」六字。

## 八皇子薨慰皇帝表

臣某言：伏覩進奏院報八皇子薨背。伏惟聖情悲悼難任，敢乞抑割天慈，以幸萬邦。臣瞻望闕庭，無任。

# 八皇子葬慰皇帝表

臣某言：伏聞鄆王襄事有日，靈輴即路。伏惟聖情悲悼難勝，敢乞割抑天慈，以幸天下。臣瞻望闕庭，無任〔一〕。

〔一〕「任」下，龍舒本有「憂惶懇迫之至」六字。

# 謝宰相笏記〔一〕

祇荷寵靈，載懷感懼。竊念臣志雖慕古，才不逮時。誤蒙記憐，特賜收用。伏惟皇帝陛下紹膺天統，遵養聖功。旁招儁良，横及疎賤。誓當罄竭，仰稱寵光。臣無任。

〔一〕龍舒本題作「笏記」。

# 謝翰林學士笏記〔一〕

含哀去國，扶憊造朝。黼坐禁嚴，許之燕見。玉堂閎麗，賜以叨居。申飭使人，就傳德意。事雖有故，寵實非常。莫知報稱之謂何，徒荷眷求之如此。臣無任。

〔一〕龍舒本題作「謝宣召表」。

## 常州謝上表

臣某言〔一〕：以貧擇利，以病辭勞〔二〕。此於督責之朝，皆在譴何之域〔三〕。中謝。伏念臣比在群牧，常求外官。蒙恩朝廷，改職畿縣。未識賢勞之力，已纏悸眩之痾。區區本懷，懇懇自訴。遂蒙優詔〔四〕，特與便州。維臣之愚，所學非敏。受禄則辭貧而取富，當官則讓劇而求閒。使有以臨，知罪其極。此蓋伏遇皇帝陛下明照萬物，寬惠四方。在宥而不探其可誅，因能而不責其所乏。顧雖無用於當世，嘗以有聞於先臣。思報所蒙，敢忘盡瘁？然而州郡撫循之勢，患在數更；官司考課之方，要諸久任。惟此弊邑〔五〕，比多凶年。歲行兩周，守吏八易。當郡人煩勞之後，以臣身疲病之餘。自非少假以歲時，將必上孤於器使。所祈降鑒，姑使息肩。則斷斷一臣，不獨免於大戾；元元萬室，儻有望於小休。臣瞻天禱聖，無任。

〔一〕「臣某言」，龍舒本作「右」。

〔二〕「勞」，原闕，今據龍舒本、嘉靖五年本補。

〔三〕「何」，遞修本作「訶」，黄校曰：「『譴訶』，宋刊本別處俱作『何』，此處想同。」

〔四〕「蒙」，王荆文公年譜作「承」。

〔五〕「此」，龍舒本作「兹」。

## 南郊進奉表江寧〔一〕

臣某言：伏以郊兆宗祈，臣工顯相。慶九畿之藩屏，備萬物之貢輸。前件物掌於邦財，斂自民職。竊覩燎禋之盛，式修幣獻之常。臣無任。

〔一〕龍舒本題作「南郊進奉狀」。

## 代鄆州韓資政謝表

臣某言：秘殿升華，名城借重〔一〕。寵靈溢分，媿懼交懷。中謝。竊念臣世系單平，天姿滯固。親逢文雅之會，首玷秀廉之科。黽勉在公，優游過紀。被蒙眷與，度越等夷。省寺備官，禁庭充衛〔二〕。分無可采，懼抵冒於憲章；寸有所長，使裨參於治政。朴忠自信，智慮罕通。未盡將明之才〔三〕，已干訶謫之典。至寬之度，横貸其愆〔四〕。褫夫左右之聯，寄以東南之屏。敗財傷錦，宜有衆多之譏；增秩賜金，本非平素之望。敢圖上聖，復眷孤臣。就徙通班，改司善部。惟汶陽之奥壤，乃魯服之大邦。豈緊薄材，稱是煩使？

此蓋皇帝陛下遇臣之造〔五〕，於遠不忘；燭物之明，雖微必逮。追惟蹐屨之舊，特借叢雲之休。切自揣循，將安報稱？敢不激昂志尚，陳悉政經〔六〕。宣布詔條之寬，綏安風俗之厚。庶幾一得，少補萬分。臣無任。

〔一〕「借」，聖宋名賢五百家播芳大全文粹卷四收録此文作「優」。

〔二〕「衛」，聖宋名賢五百家播芳大全文粹作「位」。

〔三〕「才」，聖宋名賢五百家播芳大全文粹作「誠」。

〔四〕「愆」，聖宋名賢五百家播芳大全文粹作「誅」。

〔五〕「蓋」下，聖宋名賢五百家播芳大全文粹有「尊號」二字。「造」，同上書作「道」。

〔六〕「陳」，聖宋名賢五百家播芳大全文粹作「練」。

## 代王魯公乞致仕表三道〔一〕德用

臣某言：臣聞下之所以忠於上，力已愆則不敢瘝厥官；君之所以愛其臣，年已至則不思勞以事。敢緣兹義，冒盡所言。中謝。

伏念臣以斗筲之材，加犬馬之齒。比嘗得謝，誤復見收。血氣既衰，日月逾邁。固已積妨賢者之路，豈獨多曠朝廷之儀？伏望聖慈，許令致仕。則賴天之力，使終晚節之優游；訖臣之身，得免大誅之憒眊。臣無任。

二

臣某言：愚臣之在暮年，禮當求去；聖主之於舊物，恩不忍捐。顧在禮之可言，敢緣恩而苟止？中謝。

伏念臣起身疵賤，逢世休嘉。年除歲遷，遂塵於非望；夙興夜寐，常媿於無勞。惟是寵榮，殊非所欲；矧知固陋，豈敢爲高？徒以歲路之向窮，不勝人言之甚衆。争前而冒寵，則辱之在後也或多；蓋衆以擅榮，則患之及身也常酷。是亦有傷於國體，豈惟無補於臣身？此臣所以迫切於歸誠，而彷徨於受命也。況陛下接三后之烈，享百年之平。勢盈則非易以持，法久則當通其變。此誠致慎於安危之際，而責難於將相之時。雖臣旅力之方剛，亦宜知止；豈此餘生之無幾，尚可妨賢？

伏望天慈，俯循人欲。上以終愛人之德，下以免累國之誅。則膂力既愆，雖負捐軀之素志；餘忠未訖，猶知請祝於明時。干冒宸嚴，臣無任。

三

臣某言：竊以將相之權，臣之所貪得；君親之命，臣之所憚違。懇懇至於辭説之窮，區區亦惟義理之迫。中謝。

伏念臣典司機密，陪輔清光。年之侵尋，職以曠廢。假息幸蒙於寬政，引身輒匄於餘年。豈期愚衷，未動聖察！令臣股肱便敏，足以趨賓贊之儀；耳目精明，足以副謀謨之託。雖知當退，猶願自强。奈何獨以罷癃之軀，而欲久私要劇之地。自計且知其不可，人言孰以爲當然？

伏望聖慈，哀憐悃愊。無空敦獎，使得罷休。臣無任。

〔一〕「三道」，原無，據底本目録補。

## 代人賀壽星表

臣某言：上靈儲祉，南極效祥。凡在觀瞻，實增慶抃。伏以皇帝陛下紹休三聖，博愛萬方。唯乾則之棐常，宜星文之底應。臣叨塵要近，親會休嘉。豫聞太史之占，敢後封人之祝？臣無任〔一〕。

〔一〕「臣」，原闕，今據遞修本、光啓堂本補。

## 代人上明州到任表

臣某言：奉敕差知明州，已於某月到任訖〔一〕。夷越故區，東南窮處。施澤之下，歡然有生；庇身於茲，坐以無事。中謝。

臣受材素薄，推數頗奇。居有朴忠之心，進無通顯之路。晚塵郎位，頻竊郡章〔二〕。歸待罪於省中，退得藩於海上。自初受命，以至造官，歷年兩周，取道萬里。備更艱阨，職臣之分使然；卒就宴安，賴上之恩抵此。餘年且索，旅力已愆。尚何施爲，可以報稱？於苟利國家之事，靡所不思；及未填溝壑之時，庶幾無愧。臣無任。

〔一〕「月」下，龍舒本有「日」字。

〔二〕「頻竊」，原作「頗切」，今據龍舒本改。按，「頻竊郡章」，意謂頻頻出守州郡。「頗」、「頻」形近，又涉上句之「頗」而訛，「切」通「竊」。

## 代王魯公德用乞罷樞密使表三道〔一〕

臣聞周任有言曰：「陳力就列，不能者止。」自惟賤官之守，猶或不敢冒居。況於任重責大，安危所繫；豈其癃昏僡耄，可以久饕？敢緣前言，上冒聖聽。伏念臣以疵賤之身，遭逢陛下拔擢。兼官將相，典領機密。内之無陪輔將明之效，外之無折衝禦侮之勞。是陛下所以寵臣者不可勝言〔二〕，而臣之所以報陛下者未嘗能稱。況今犬馬之齒七十有七，不能者止宜在此時。顧貪戀聖世，未敢乞身田里，長違陛下左右。惟機務之衆，非臣疲曳所能勉强。伏望陛下憫臣無狀，賜罷樞密院職事，毋使久塞賢者之路。臣不任祈恩待命激切之至！

二

臣比以殘餘之生，久壅賢路，願還要職，退就散地。天聽高邈，未蒙照省。惓惓之私，竊不自寧。敢緣厚恩，求必愚瞽。

臣聞量臣以授官者，君之所以仁於下也；審己以從事者，臣之所以忠於上也。今臣罷老，雖近在臣身，謀之有所不給，況於官隆事劇，所摠不一？以臣審己，誠不宜久叨權寵，畏負陛下任使之意。伏惟陛下量臣之聰明不足以逮事，量臣之强力不足以副禮，聽臣所丐，毋令四方有議陛下信任之失，而臣亦賴陛下之賜，免於官謗。臣無任。

三

惓惓之私，至于再三。上恩聖德，而終未蒙省察。奬誘過渥，非臣所堪。區區之愚，豈敢苟止！

伏念臣以顓蒙，遭遇拔擢，人臣貴寵，少在臣右。而勞烈行治，無稱於時。機密之地，安危所繫。雖臣方壯，固懼不稱。況於殘年餘日，豈宜尚污印戟，爲朝廷羞？方今明明在上，濟濟多士，足以典司樞要，補敝救失，稱陛下任使、副元元之望者甚衆。陛下雖欲苟私愚臣，臣雖欲自侍左右，稱所以幸臣之意，豈惟公論於臣有所不容？誠恐覆餗以虧陛下知人之明，而令賢能宜在高位者久踦於聖世，則夷身毀宗，不足以塞責矣。伏惟陛下哀臣懇迫，聽臣所丐，以終陛下眷寵老臣之賜。臣無任。

〔一〕「三道」，原無，據底本目録補。

〔二〕「勝」下，原有「此」字，據四庫本删。

# 王安石文集卷第六十二

## 論議

### 郊宗議伏奉聖問，撰議繳進。

問：「郊祀后稷以配天，宗祀文王於明堂以配上帝。二者皆配天也，或於郊之圓丘，或於國之明堂；或以冬之日至〔一〕，或以季秋之月；或以祖，或以禰；或曰配天，或曰配上帝，其義何也？」

對曰：「天道升降於四時。其降也，與人道交；其升也，與人道辨。冬日，上天與人道辨之時也，先王於是乎以天道事之；秋則猶未辨乎人也，先王於是乎以人道事之。以天道事之，則宜遠人，宜以自然，故於郊、於圓丘；以人道事之，則宜近人，宜以人爲，故於國、於明堂。始而生之者，天道也；成而終之者，人道也。冬之日至，始而生之之時也；季秋之月，成而終之之時也〔二〕。故以天道事之，則以冬之日至；以人道事之，則以季秋之月。遠而尊者，天道也；邇而親者，人道也。祖遠而尊，故以天道事之，則配以祖；禰邇而親，故以人道事之，則配以禰。郊天，祀之大者也，偏於天之群神，故曰以配天；明堂則弗偏也，故曰以配上帝而已。」

「夫天與人異道也，天神以人事之〔三〕，何也？」

曰：「所謂天者，果異於人邪？所謂人者，果異於天邪？故先王之於人鬼也，或以天道事之。蕭合稷黍，臭陽達於墻屋者，以天道事之也。嗚呼！天人之不相異，非知神之所爲，其孰能與於此？」

「此禮也尚矣，孔子何以獨稱周公？」

曰：「嚴父配天者〔四〕，以得天爲盛〔五〕。天自民視聽者也，所謂得天，得民而已矣。自生民以來，能繼父之志、能述父之事而得四海之驩心以事其父〔六〕，未有盛於周公者也。」

〔一〕「冬之日至」，龍舒本作「冬至之日」。

〔二〕「成而終之」，龍舒本作「終而成之」。

〔三〕「神」，龍舒本作「而」，義長。

〔四〕「父」下，龍舒本有「莫大於」三字。

〔五〕「得天」，龍舒本作「德」。

〔六〕「父」，龍舒本作「親者」。

## 答聖問賡歌事

臣聞叙有典，秩有禮，命有德，討有罪，皆天命也。人君能敕正則治，不能敕正則亂，所以敕之不可以無〔一〕。其爲一也，然爲於可爲之時則治，爲於不可爲之時則亂，故人君不可以不知時。時有難易，事有大細，爲難當於其易，爲大當於其細。幾者，事細而易爲之時也，故人君不可以不知幾。「帝庸作歌曰：『敕天之命，惟時惟幾。』」此之謂也。人君雖知此，然賢臣不心悦而服從，則不能興事造業而熙百工。「乃歌曰：『股肱喜哉，元首起哉，百工熙哉！』」此之謂也。夫欲股肱之喜，蓋有其道矣〔二〕。蓋人君率其臣作而興事，在明乎善而已。明乎善，在所爲法以示人者當，所爲法以示人者當，乃股肱之所以喜也。股肱喜而事功成，事功成而能屢省以不怠廢，此又股肱之所以喜也。爲是者，在欽而已矣。「皋陶拜手稽首，颺言曰：『念哉！率作興事，慎乃憲，欽哉！屢省乃成，欽哉！』」此之謂也。蓋憲者，爲法以示人之謂也。所爲法以示人者，當率法慎爲能，然欽慎而不明乎善，亦何能濟？故人君者以明乎善爲難，苟明乎善矣，則人臣孰敢爲不善？人臣無敢爲不善，事其有不治者乎？「乃賡載歌曰：『元首明哉，股肱良哉，庶事康哉！』」此之謂也。人君不務近其人論先王之道以自明，而苟欲以耳目所見聞，總天下萬事而斷之以私智，則人臣皆將歸事於其君，而不任其責，淫辭邪説並至，而人君聽斷不知所出，此事之所墮也。「又歌曰：『元首叢脞哉，股肱惰哉，萬事墮哉！』」此之謂也。然則人君欲股肱良而庶事康，不在乎他，在明乎善而已，明乎善，不可以責諸人也。

伏惟天錫陛下以堯舜之材，自秦漢以來欲治之主，固未有能髣髴者。然百工未熙，庶事未康者，殆所謂近其人論先王之道以自明者，尚有所缺，而非可以他求也。臣昨日蒙德音喻及尚書賡歌之事，而愚憧倉卒，言不及究，故敢復具所聞以獻。伏惟聖心加察，幸甚！

〔一〕「敕」下，遞修本有「正」字。

〔二〕「矣」，遞修本作「是」，屬下句。

## 看詳雜議

臣今月二日至中書，曾公亮傳聖旨以雜議一卷付臣看詳，臣謹具條奏如後：

議曰：「官有定員，則進趣雖多，不能爲濫。宜定臺、省、監、寺之員，須有闕然後用。」

臣某曰：「今之臺、省、監、寺之官，雖名曰職事官，而實非前代之所謂職事官，而與前代刺史等所帶檢校官無以異。前代檢校官之類，亦不能定員，待有闕然後擬。前代所謂職事官，即今所謂差遣是也。今之差遣，固已有定員，須有闕然後用人矣。若欲令今所謂職事官亦有定員，則今職事官以差遣員數校之，幾至兩倍，而有功有考當陟者，又未有以禦之。欲有定員，所謂可言而不可行者也。」

議曰：「內外之官，正其名稱。出則正刺史、縣令之名，入則還臺、省之名。」

臣某曰：「前代有勳官，有散官，有檢校官，有職事官。勳官、散官當其有罪，則皆得議請減，而應免官則又可以當官，而檢校官與今行、守之官無異。故朝廷與奪，皆足以爲人榮辱利害。今散官、勳官、檢校官既不足以爲人榮辱利害，爲人榮辱利害者，唯有職事官與差遣而已。今若令內外官正其名稱，出則正刺史、縣令之名，入則還臺、省之名，則是丞郎知州謂之刺史，京朝官知州亦謂之刺史，不知職事官之貴賤何以别乎？又其禄秩位次，不知當復如何？若同之，則理不可行；若不同，則與未名之時又何以異？臣以爲今州郡長吏謂之知州，非不正名，所領職事官乃與前代刺史等帶檢校官無異，何傷於正名而欲改之乎？且漢以丞相史刺察州郡謂之刺史，今欲名州郡長吏爲刺史，則何得謂之正名？」

議曰：「罷官而止俸。」

臣某曰：「文王治岐，仕者世禄；武王克商，庶士倍禄。蓋人主於士大夫，能饒之以財，然後可責之以廉恥。方今士大夫所以鮮廉寡恥，其原亦多出於禄賜不足，又以官多員少之故，大抵罷官數年而後復得一官。若罷官而止俸，恐士大夫愈困窮而無廉恥。士大夫無廉恥，最人主所當憂。且節財費省之大原〔一〕，乃不在此。議者但知引據唐事，乃不知唐時官人俸厚，故罷爲前資，未至困乏。今官人俸薄，則與唐時事不得同。且不吝於與人以官，而欲吝於與官以禄，非計之得也。」

議曰：「以釐務實日併爲三年，以叙磨勘之法，以符考績之義。」

臣某曰：「今欲以釐務實日併爲三年，以叙磨勘之法。竊以爲不釐務者〔二〕，非人情之所欲也；釐務者，非人情之所苦也。今等之無功而釐務，則計日得遷；等之無罪而不釐務，則不得計日而遷，恐未足以符考績之義，而適足以致不均之怨也。且黜陟之法，務在沮勸罪功，不知立法如此，有何沮勸？」

議曰：「置兵部審官院。」

臣某曰：「崇班以上置兵部審官院，此恐可議而行。然崇班以上差遣，盡付之兵部，則不可行。當約文字之法〔三〕，相度所任輕重緩急，有付之審官者，有屬之樞密者。至於磨勘，則官視卿監以下，皆付之兵部審官可也。」

議曰：「置兵部流内銓，以代三班及置南曹。」

臣某曰：「三班院無以異於兵部流内銓，何必以代三班乎？今三班自無闕事，而又增置南曹，則非省官之意。」

議曰：「廢江、淮、荆、浙發運使。」

臣某曰：「江、淮、荆、浙發運使嘗廢矣，未幾復置者，以不可廢故也。蓋發運使廢，則其本司職事，必令淮南轉運使領之。淮南轉運所總州軍已多，地里已遠，而發運司據六路之會，以應接轉輸及他制置，事亦不少。但以淮南轉運使領發運，則發運一司事多壅廢，此蓋其所以廢而復置也。臣比見許元爲發運使時，諸路有歲歉米貴，則令輸錢以當年額，而爲之就米賤路分糴之，以足年額。諸路年額易辦，而發運司所收錢米常以有餘，或以其餘借助諸路闕乏。其所制置利便，多如此類。要在揀擇能吏以爲發運而已，廢之不爲便也。」

議曰：「廢都水監。」

臣某曰：「都水監亦恐不可廢。今議者以謂比三司判官主領之時，事日煩，費日廣，舉天下之役，其半在於河渠隄埽，故欲廢之。此臣之所未喻也。朝廷以爲天下水利領於三司，則三司事叢不得專意，而河渠隄埽之類，有當經治，而力不暇給，故别置都水監，此所謂修廢官也。官修則事舉，事舉則雖煩何傷？財費則利興，利興則雖費何害？且所謂舉天下之役，半在於河渠隄埽者，以爲不當役而役之乎？以爲當役而役之乎？以爲不當役而役之，則但當察官吏之不才，而不當廢監；以爲當役而役之，則役雖多，是乃因置監，故吏得修其職而無廢事也，何可以廢監乎？且今水土之利，患在置官不多，而不患其冗也。」

議曰：「合三部勾院。」

臣某曰：「三部勾院，臣未知其詳，然恐由近歲三司帳籍鉤考之法大壞而不舉，故三司勾院有事簡處。若不然，則此三部勾院理不可合。」

議曰：「提舉百司，不當用内制，但用如張師顔者。」

臣某曰：「提舉百司多用内制，而今患其與三司並行指揮，庫務異同難禀。臣以爲唯權均體敵，乃可以相檢制，事有異同，則理有枉直。近在闕門之外，則非理皆得上聞，庫務官司，亦何嫌於難禀。今若只用如張師顔者一人，與三司表裏綱紀細務，則恐與三司權不均、體不敵，雖足以綱紀細務，而三司措置，百司失理，莫能與之抗議。今使内制一人總其權以敵三司，又使如張師顔者一人，躬親點檢細事，小既足以究察諸司姦弊，大又足以檢制三司。如此處置，未爲失也。若以爲費而當省，則提舉百司，於内制但爲兼職，廢之何所省乎？」

議曰：「廢宫觀使、副、都監。」

臣某曰：「宮觀置使、提舉、都監，誠爲冗散。然今所置，但爲兼職，其有特置，則朝廷禮當尊寵，而不以職事責之者也。廢與置，其爲利害亦不多。若議冗費，則宮觀之類，自有可議，非但置使、提舉、都監爲可省也。」

議曰：「外則并郡縣。」〔四〕

臣某曰：「中國受命至今百餘年，無大兵革，生齒之衆，蓋自秦漢以來莫及。臣所見東南州縣，大抵患在户口衆而官少，不足以治之。臣嘗奉使河北，疑其所置州縣太多，如雄、莫二州，相去纔二十餘里。聞如此者甚衆，其民徭役固多，財力彫弊，恐亦因此。然臣不深知其利害，不敢有言。」

議曰：「詔執事之臣下逮有司，俾行審官銓選之職，稍稍寬假，使時有簡拔。」

臣某曰：「今朝廷使監司、守、倅及知雜以上，各以所知同罪薦舉人材，然尚患其所舉不如舉狀。今若令有司行審官銓選之職，時有簡拔，臣恐以一二人之耳目，不足以盡天下之材，而所簡拔，不足以塞士大夫之非議。又其所任或不免交私，則於時政徒有所損而已。」

議曰：「擇判、司、簿、尉三考四考有兩紙三紙舉狀者引對，給筆札，條爲治目，不拘文辭，咸以事對。命官考驗，有理趣者除縣令。三考績效有聞，委提刑、轉運上其實狀，除京官，再入兩任知縣，如政績顯白，與減一任通判，便除知州。」

臣某曰：「議者以爲近世縣令最卑，有出身三考，無出身四考，不問其人材如何，但非贓犯，則以次而授焉，甚非重民安本之誼。臣以爲今有出身三考，無出身四考，皆有三人舉主，乃得爲縣令，非不問其人材如何而特以次授也。蓋近歲朝廷舉令之法最善，故近歲縣令亦稍勝於往時。但朝廷誘養之道未純，督察之方未盡。大抵人才難得，非特縣令乏人。今議者欲擇判、司、簿、尉三考四考有兩紙三紙舉狀者引對，欲除以爲令，則與舉令之法無甚異也。若欲以筆札條對，求治民之材，臣恐不必得治材之實，但得能文辭談説者爾。又以爲績效有聞，則提刑、轉運上其實狀，即除京官。若令提刑、轉運舉者至於五人，而後與轉京官，則得轉京官者少。若但要提刑、轉運舉狀，不必五人而後轉，則如此選擢之人，何以知其賢於舉令，而遽優異之如此？又以爲兩任知縣，政績顯白，與減一任通判，便除知州。不知政績如何，而可以謂之顯白？若有殊尤可賞，則朝廷自當選擢及有升任指揮；若不足以致選擢及升任指揮，則其政績不爲甚異。政績無甚異，而更不用關陞之法，便減一任通判，與除知州，臣恐入知州者愈冗，而所除又未必賢。」

右臣所聞淺陋，不足以知治體，謹具條奏，并元降雜議封上。取進止。

〔一〕「節」，遞修本、四庫本作「邦」。

〔二〕「竊」，應刻本作「臣」。

〔三〕「字」，遞修本作「吏」。

〔四〕自「郡縣」至下文「故近」，底本脱頁，據浙江省圖書館藏何刻本補。

## 詳定十二事議

起居舍人司馬光起請：「舊官九品之外，別分職任差遣爲十二等，以進退群臣。十二等之制：宰相第一，兩府第二，兩制以上第三，三司副使、知雜御史第四，三司判官、轉運使第五，提點刑獄第六，知州第七，通判第八，知縣第九，幕職第十，令録第十一，判、司、簿、尉第十二。其餘文武職任差遣，並以此比類爲十二等。若上等有闕，則於次之中擇才以補之。」

奉聖旨，兩制詳定聞奏。王珪等詳定：

司馬光起請難盡施行外，「致治之要，在任官之久。欲乞知州令滿三年爲一任；通判人緣審官院見今員多闕少，候將來差遣得行亦別取指揮；知縣人今後初入者，並滿六周年方入通判。仍乞下審官詳定條約聞奏」者。臣愚以謂司馬光十二等之説，王珪等既以爲難行，而珪等所議知州三年爲一任，知縣六年方入通判，亦無補於官人失得之數。朝廷必欲大修法度，甄序人材，則以至誠惻怛求治之心博延天下論議之士，而與之反復，必有至當之論可施於當世。凡區區變更，而終無補於事實者，臣愚竊恐皆不足爲。

# 王安石文集卷第六十三

## 論議

### 易泛論

柔巽隱伏，制得其道則易制者，魚也，民之象也，小人女子之象也。貪暴而止乎高者，隼也。貪竊而動乎陰者，鼠也。狐，疑也，不果也。牛，順而强也。羊，很也。羊，前其剛以觸者也。鮒〔一〕，物之在下污而微者也。鳥，飛而止則困者也。雉，文明見乎外者也。豹，文之蔚然者也。虎，文之炳然者也。虎豹剛健，君子大人之象也。虎之搏物，擬而後動，動而有獲者也。鶴，潔白以遠舉，鳴之以時而遠聞者也。鴻，進退以時而有序者也。禽，飲井之無擇者也。豶豕之牙，能畜其剛而不可犯者也。豕，污穢也；豚，豕之微者也。龜有靈德，潛見以時而不志於養者也。龜，人之所恃以知吉凶者也。龍，天類也，能見，能躍，能飛，能雲雨，而變化不測，人不可係而服者也。馬，地類也，能行而係乎人，其爲物有常者也。鬼，物之無形者也。

几，尊物也，所凴以爲安者也。牀，安上以止者也。車，載其上以行者也。輪，有運動之材，而非車之全也，可以爲車之一器者也。輿，有承載之材，而亦非車之全者也。輻，車輿所以行者也。缶，圜虚以容而應者也。矢，直而利乎行者也。弧，攻遠之器也。鼎，成物之器也。鉉，所舉鼎而行之者也。鼎耳，虚中以受鉉者也。瓶，井之上水者也。甕，井水之已出乎上而受之者也。筐，女所以承實者也。匕鬯，所以事宗廟社稷之器也。樽酒簋貳，祭之約也。貳簋，享之約也。

幽而能正時者，斗也。暮夜者，陰盛之時也。日中者，豐之時也。日昃者，過中當退之時也。晝日者，明進已盛而未至乎中之時也，日中則照天下矣。日以明進，至晝日，其極盛也。甲，仁屬也。庚，義屬也。月幾望，陰盛而不亢也。雲，陰上也。雨，陰陽應也。霜，陰剛之微也。堅冰，陰剛而疑陽也。

膏，陽之澤也。血，陰之傷也。汗，出而不反也。膚，柔物之爲間而易侵者也。趾，在下而行者也。拇，在下之微而無能爲者也。腹，容物者也。頄，上體之見乎外而無能爲者也。臀，下體之無能爲者也。身，躬己也。頂，首之上者也。面，見乎外者也。心，體之主也。限，上下之所同也。夤，上體之接乎限者也。須，柔而附剛者也，陽物之飾也。背，體之不接乎物而止者也〔二〕。尾，後也。首，先也，上也。足，下也。角，剛之上窮者也。肱，上體之隨而附者也。股，下體之隨而附者也。腓，趾之上、股之下而體之隨而附者也。垂其翼，下也。耳，所聽也。

東北，止以近險也。西南，順以遠險也。西南，衆也。南，明也。西南，坤之地也。東北，違坤之所也。西，陰所也。東，陽所也。左，下也。右，上也。

載者，載上也。負，後也。負者，下道也。乘者，上道也。載鬼，以鬼爲在上也。負塗，以塗爲在後也。往，從之也；往，之外也；往，之上也。來，之己也。來，之内也。渝，變其德也。億，安也。居，不行也。安，以静居也。逐，從求之也。血，去不來也。出自穴，出不去也。復，反而得其所也。反，自外來而復也。見，見彼也。處，不行也。征，進也。盤桓，動未進也。枕，止而安之也。動，方征也。起，方往也。遇，逢而見之也。躋，升也。孕，女之得其配也，以有爲而未功也。字，育女之功也。

田，興事之大者也。弋，興事之小者也。飛，宜下不宜上者也。且，方然也。或，疑辭也，方也，後也。乃，徐也，方此爻之時未可以然也，要其終則然也。田，平夷著見之地也，非龍之所宜宅也。大川，險也。沙，近險而無難也。泥，則近險而有難也。沛，澤之困乎水者也。穴，陰之宅也。在穴，動物在陰之小者也。淵，龍之宅也。在天，則龍有爲之地。陸，高平也。陵，陸之大也。塗，污也。井，泥濁也。谷，下也。井谷，旁出而下流也。䏻卼，乘剛也。石，堅而不動者也。金，剛而趣變者也。玉〔三〕，温潤粹美、剛而不可變者也。干，鴻之在下而不失其宜者也，鴻所宜居者也。桷，木之在上者也。株，木不能庇蔭其下者也。磐，進於干而不失其安者也。

甘，物之所美也。苦，物之所惡也。黄，地色也。玄，天色也。黄，中之見乎色者也。白，成色之主也。白，未受飾乎物者也。朱紱，天子飾下者也。赤紱，人臣飾下者也。泣血，陰之憂也。涕，憂之見乎容貌者也。號、嗟，憂之見乎音聲者也；號，甚乎嗟者也。藩，内外之隔也。廬，人所庇也。升虚邑，小而易之也。升階，平易以有序〔四〕，以漸升而得位也。伐邑者，小之也。伐國，大事也；伐邑，小事也。城，地道上承而外扞也，復于隍，則不上承、不外扞矣。墉，扞外以保内也，自下之高者也。二簋，陰象也。門，陰象也。户，陽象也。易曰：「猶未離其類也，故稱血焉。」

易象之大概，見於乾、坤之説，推而長之，則凡易之象可不疑矣。棟，室壁之所恃也。野，空曠也。同人于野，無適莫也。龍戰于野，無君臣也。邑，有事之地也，趣時而爲之者也。郊，遠乎有事之地。次，師旅之安舍也。巷，出門庭而未易道也。自牖，自幽以即明也。

婚媾，内外之合也。鄰，比己者也。妻，配也。王母，幽以遠也，以父爲陽，以母爲幽也；以母爲近，則王母爲遠也。妣，以順配祖者也。臣，以順承君者也。考，父之有成德之稱也。長子，一也；弟子，不一也。僕，卑以順也。童，未有與也。婦，一乎順者也。妾，配之不正者也。士，未成夫之辭也。女，未成婦之辭也。娣，女歸而不得正配者也。

衣，上飾也。袽，所以窒隙也。裳，下之飾也。鞶帶，在下體之上而以柔爲飾也。袂，體乎衣者也。囊，所以畜物也。茀，所以蔽車也。履，踐下而承上也。履，上道也。載，下道也。

不可，甚乎不利也。可，其爲利僅也。有凶，不必凶而凶在其中也。有厲，不必厲而厲在其中也。有悔，不必悔而悔在其中也。

〔一〕「鮒」，龍舒本作「鮐」。

〔二〕「止」，原作「上」，今據龍舒本、遞修本、嘉靖五年本改。按，此語出自周易艮卦：「艮其背，不獲其身。行其庭，不見其人。無咎。」彖曰：「艮，止也。時止則止，時行則行，動靜不失其時，其道光明。艮其止，止其所也。」

〔三〕「玉」，原作「而」，據龍舒本、遞修本、嘉靖五年本改。按上句「金，剛而趣變者也」釋鼎「六五，鼎黄耳，金鉉」，此句釋鼎「上九，鼎玉鉉，大吉」。

〔四〕「平易以有序」，光啓堂本、聽香館本作「平地以方升」。

## 卦名解

剛柔始交而難生，動乎險中，故曰「雲雷，屯」。屯已大亨，則雷雨之動滿盈，而爲解，故曰「雷雨作，解」，「動而免乎險，解」。山下有險，非險在前也，可往而止焉，必蒙者也，故爲蒙。蹇，則險在前者也，險在前則不可以往，故爲蹇。象曰：「見險而能止，知矣哉。」知者，反乎蒙者也。

需，亦險在前也，其不爲乾健而進也，非若艮之止也，非坎之所能陷也，待時而進耳，故爲需。

柔得位而上下應之，小者之畜也。小者畜，則其畜亦小矣，故爲小畜。以小而畜大，非柔之中也。柔得位而不中，不中而上下應之，小畜之道也。能止健，大者之畜也。大者畜，則其畜亦大矣，故爲大畜。四陽過二陰，而陽得中，故爲大過。大過者，大者過也。大者過，則亦事之大過越也。四陰過二陽，而陰得中，故爲小過。小過者，小者過也。小者過，則亦事之小過越者耳。大有，能有大者也，大者應之也。柔得尊位，大有者也。同人，同乎人者也，柔得位、得中而應乎乾者也。巽而麗乎内，故爲家人；止而麗乎外，故爲旅。

少男長女必惑，山下有風必撓。蠱者，撓惑之名也，爲天下之蠱者事也，故爲蠱。少女少男，男下女上，故爲咸。咸者，交感之名也。長男長女，男上女下，故爲恒。姤陰遇陽，故爲姤。陽終決陰，故爲夬。柔履剛，故爲履。履，禮也。禮者，以柔履剛者也。剛應順而以動，故爲豫。上下交，故爲泰；不交，故爲否。

以剛中爲主而下順從，故爲比。順而止，故爲謙。動而説，故爲隨。大者在上，故爲觀。大者壯，故爲大壯。剛浸長以臨柔，故爲臨。臨者，大臨小之名，故曰「臨者，大也」。柔來文剛，分剛上而文柔，故爲賁。柔變剛爲剥。剥者，消爛之名也。剥窮上而剛反，故曰復。復者，反而得其所之名也。天下雷行，物應之，故爲無妄。雷之感物，物之所以應，無妄者也。剛退，故爲遯。明入地中，故爲明夷。明者，傷於暗之名也，文王與紂當其象矣。以爻考之，自三以下〔一〕，周象也；自四以上，殷象也。

明出地上，晉，臣進之象卦也。明出地上，則方晝而未至乎中，中則照天下。晝則進之盛而不亢乎王者也。損上益下，主於自損者也，故爲益；損下益上，主於自益者也，故爲損。乾道成男，坤道成女。凡女卦皆受損者也，凡男卦皆受益者也。損上益下，損下益上，此之謂也。巽乎水而上水，故爲井。以木巽火，故爲鼎。明以動，故爲豐。豐者，光明盛大之卦也。剛上下而實在其間，頤中有物之象也。頤中有物必噬，噬則合矣，故爲噬嗑。嗑者，有間而通之之卦也。上險下説，説以行險，故爲節。柔在内而剛得中，説而巽，故爲中孚。柔亦在内，可謂對矣。中孚者，至誠之卦也；無妄，則不妄而已。一陽陷於二陰，故爲坎。坎者，陷也，内明水象也。一陰麗於二陽，故爲離。離，麗也，外明火象也。水之爲物，陷者也；火之爲物，麗者也。推此則震、巽、艮、兑可以類知之也。上火下澤，睽。睽者，不合之名也，二女之卦也。火在水上，未濟。未濟者，有濟之道也，男女之卦也。水上火下，男女相逮之卦也，故爲既濟。澤上火下，二女不相得之卦也，故爲革。不相得而相違，革之所以生也。以衆行險，故爲師。上剛而下險，險而健，故爲訟。上動而下止，止而動，故爲頤。止而動，頤之道也。上説而下順，故爲萃。上巽而下險，險而巽，故爲涣。涣者，離散之名也。巽而免乎險，則不蹇不困，下雖險，上巽而不健，則不訟，故爲涣而已。困則剛見揜者也，在難中者也，不可以不動矣。蹇，則難在前者也，不可以往而已，故彖曰「利西南」也。順而巽，其進也孰禦焉？故爲升。止而巽，有止之道，故爲漸。歸妹者，歸女之卦也。妹，少女也；少女爲主於内，故曰「歸妹」。歸妹，女歸之以其時也。故曰「動而説，所以爲歸妹」也。陽在下，則動而進，故爲震。進在陰上，已得其所則止，故爲艮。内柔伏，故爲巽；外柔見，故爲兑。

此其文皆在繫辭。或彖、繫所不言，以其所言，反求其所不言，則知其所以然也。

〔一〕「自三以下」，遞修本黄校曰：「『三』、『下』二字，宋刊作『二』、『中』。」

## 河圖洛書義〔一〕

孔子曰：「河出圖，洛出書，聖人則之。」圖必出於河而洛不謂之圖，書必出於洛而河不謂之書者，我知之矣。圖以示天道，書以示人道故也。蓋通於天者河，而圖者以象言也。成象之謂天，故使龍負之，而其出在於河。龍善變，而尚變者天道也。中於地者洛，而書者以法言也。效法之謂人，故使龜負之，而其出在於洛〔二〕。龜善占，而尚占者人道也。此天地自然之意，而聖人於易所以則之者也。

〔一〕此文又見陸佃陶山集卷九，題作「河圖洛書説」，曰：「原注：誤載荆公集中。」

〔二〕「在」，龍舒本作「必」。

## 諫官論

以賢治不肖，以貴治賤，古之道也。所謂貴者何也？公、卿、大夫是也。所謂賤者何也？士、庶人是也。同是人也，或爲公卿，或爲士，何也？爲其不能公卿也，故使之爲士；爲其賢於士也，故使之爲公卿。此所謂以賢治不肖，以貴治賤也。

今之諫官者，天子之所謂士也，其貴則天子之三公也。惟三公於安危治亂存亡之故，無所不任其責，至於一官之廢，一事之不得，無所不當言，故其位在卿大夫之上，所以貴之也。其道德必稱其位，所謂以賢也。至士則不然。修一官而百官之廢不可以預也，守一事而百事之失可以毋言也。稱其德，副其材，而命之以位也。循其名，傃其分，以事其上，而不敢過也。此君臣之分也，上下之道也。今命之以士，而責之以三公，士之位而受三公之責，非古之道也。孔子曰：「必也正名乎！」正名也者，所以正分也。然且爲之，非所謂正名也。身不能正名，而可以正天下之名者，未之有也。

蚳鼃爲士師，孟子曰：「似也，爲其可以言也。」鼃諫於王而不用，致爲臣而去。孟子曰：「有言責者，不得其言則去；有官守者，不得其職則去。」〔一〕然則有官守者莫不有言責，有言責者莫不有官守，士師之諫於王是也。其諫也，蓋以其官而已矣，是古之道也。古者官師相規，工執藝事以諫。其或不能諫，謂之不恭，則有常刑。蓋自公卿至於百工，各以其職諫，則君孰與爲不善？自公卿至於百工，皆失其職，以阿上之所好，則諫官者，乃天子之所謂士耳，吾未見其能爲也。

待之以輕〔二〕，而要之以重，非所以使臣之道也。其待己也輕，而取重任焉，非所以事君之道也。不得已，若唐之太宗庶乎其或可也。雖然，有道而知命者，果以爲可乎？未之能處也。唐太宗之時，所謂諫官者，與丞弼俱進於前。故一言之謬，一事之失，可救之於將然，不使其命已布於天下，然後從而争之也。君不失其所以爲君，臣不失其所以爲臣，其亦庶乎其近古也。今也上之所欲爲，丞弼所以言於上，皆不得而知也。及其命之已出，然後從而争之。上聽之而改，則是士制命而君聽也；不聽而遂行，則是臣不得其言而君恥過也。臣不得其言，士制命而君聽，二者上下所以相悖而否亂之勢也。然且爲之，其亦不知其道矣。及其諄諄而不用，然後知道之不行，其亦辨之晚矣。

或曰：「周官之師氏、保氏，司徒之屬而大夫之秩也。」曰：「嘗聞周公爲師，而召公爲保矣，周官則未之學也。」

〔一〕「職」，龍舒本作「守」。

〔二〕「待」，龍舒本作「俟」。下同。「以」，龍舒本作「已」。

## 伯夷

事有出於千世之前，聖賢辯之甚詳而明，然後世不深考之，因以偏見獨識，遂以爲説，既失其本，而學士大夫共守之不爲變者，蓋有之矣，伯夷是已。

夫伯夷，古之論有孔子、孟子焉，以孔、孟之可信而又辯之反復不一，是愈益可信也。

孔子曰：「不念舊惡，求仁而得仁，餓于首陽之下，逸民也。」孟子曰：「伯夷非其君不事，不立惡人之朝，避紂居北海之濱，目不視惡色，不事不肖，百世之師也。」故孔孟皆以伯夷遭紂之惡，不念以怨，不忍事之，以求其仁，餓而避，不自降辱，以待天下之清，而號爲聖人耳。然則司馬遷以爲武王伐紂，伯夷叩馬而諫，天下宗周而恥之，義不食周粟，而爲采薇之歌。韓子因之，亦爲之頌，以爲微二子，亂臣賊子接迹於後世。是大不然也。

夫商衰，而紂以不仁殘天下，天下孰不病紂？而尤者，伯夷也。嘗與太公聞西伯善養老，則往歸焉。當是之時，欲夷紂者，二人之心豈有異邪？及武王一奮，太公相之，遂出元元於塗炭之中，伯夷乃不與，何哉？蓋二老所謂天下之大老，行年八十餘，而春秋固已高矣。自海濱而趨文王之都，計亦數千里之遠，文王之興以至武王之世，歲亦不下十數。豈伯夷欲歸西伯而志不遂，乃死於北海邪？抑來而死於道路邪？抑其至文王之都而不足以及武王之世而死邪？如是而言，伯夷其亦理有不存者也。

且武王倡大義於天下，太公相而成之，而獨以爲非，豈伯夷乎？天下之道二，仁與不仁也。紂之爲君，不仁也；武王之爲君，仁也。伯夷固不事不仁之紂，以待仁而後出。武王之仁焉，又不事之，則伯夷何處乎？余故曰：聖賢辯之甚明，而後世偏見獨識者之失其本也。

嗚呼！使伯夷之不死，以及武王之時，其烈豈獨太公哉〔一〕！

〔一〕「獨」，龍舒本作「減」。

# 王安石文集卷第六十四

## 論議

### 三聖人

孟子曰：「可欲之謂善，有諸己之謂信，充實之謂美，充實而有光輝之謂大，大而化之之謂聖。」聖之爲名，道之極、德之至也。非禮勿動，非禮勿言，非禮勿視，非禮勿聽，此大賢者之事也。賢者之事如此，則可謂備矣，而猶未足以鑽聖人之堅，仰聖人之高。以聖人觀之，猶太山之於冈陵，河海之於陂澤。然則聖人之事，可知其大矣。易曰：「與天地合其德，與日月合其明，與鬼神合其吉凶。」此蓋聖人之事也。德苟不足以合於天地，明苟不足以合於日月，吉凶苟不足以合於鬼神，則非所謂聖人矣。

孟子論伯夷、伊尹、柳下惠，皆曰：「聖人也。」而又曰：「伯夷隘，柳下惠不恭，隘與不恭，君子不由也。」夫動、言、視、聽苟有不合於禮者，則不足以爲大賢人，而聖人之名非大賢人之所得擬也，豈隘與不恭者所得僭哉？

蓋聞聖人之言行，不苟而已，將以爲天下法也。昔者伊尹制其行於天下，曰：「何事非君，何使非民，治亦進，亂亦進。」而後世之士多不能求伊尹之心者，由是多進而寡退，苟得而害義。此其流風末俗之弊也。聖人患其弊，於是伯夷出而矯之，制其行於天下，曰：「治則進，亂則退，非其君不事，非其民不使。」而後世之士多不能求伯夷之心者，由是多退而寡進，過廉而復刻。此其流風末世之弊也。聖人又患其弊，於是柳下惠出而矯之，制其行於天下，曰：「不羞污君，不辭小官，遺逸而不怨，阨窮而不憫。」而後世之士多不能求柳下惠之心者，由是多污而寡潔，惡異而尚同。此其流風末世之弊也。此三人者，因時之偏而救之，非天下之中道也，故久必弊。至孔子之時，三聖人之弊各極於天下矣，故孔子集其行而制成法於天下，曰：「可以速則速，可以久則久，可以仕則仕，可以處則處。」然後聖人之道大具，而無一偏之弊矣。其所以大具而無弊者，豈孔子一人之力哉？四人者相爲終始也。故伯夷不清不足以救伊尹之弊，柳下惠不和不足以救伯夷之弊。聖人之所以能大過人者，蓋能以身救弊於天下耳。如皆欲爲孔子之行而忘天下之弊，則惡在其爲聖人哉？

是故使三人者當孔子之時，則皆足以爲孔子也。然其所以爲之清、爲之任、爲之和者，時耳，豈滯於此一端而已乎？苟在於一端而已，則不足以爲賢人也，豈孟子所謂聖人哉？孟子之所謂「隘與不恭，君子不由」者，亦言其時爾。且夏之道豈不美哉？而殷人以爲野；殷之道豈不美哉？而周人以爲鬼。所謂隘與不恭者，何以異於是乎？當孟子之時，有教孟子枉尺直尋者，有教孟子權以援天下者，蓋其俗有似於伊尹之弊時也。是以孟子論是三人者，必先伯夷，亦所以矯天下之弊耳。故曰：聖人之言行，豈苟而已，將以爲天下法也。

## 周公

甚哉，荀卿之好妄也！載周公之言曰：「吾所執贄而見者十人，還贄而相見者三十人，貌執者百有餘人，欲言而請畢事千有餘人。」是誠周公之所爲，則何周公之小也！夫聖人爲政於天下也，初若無爲於天下，而天下卒以無所不治者，其法誠修也。故三代之制，立庠於黨，立序於遂，立學於國，而盡其道，以爲養賢教士之法。是士之賢雖未及用，而固無不見尊養者矣。此則周公待士之道也。誠若荀卿之言，則春申、孟嘗之行，亂世之事也，豈足爲周公乎？且聖世之士〔一〕，各有其業，講道習藝，患日之不足，豈暇遊公卿之門哉？彼遊公卿之門求公卿之禮者，皆戰國之奸民，而毛遂、侯嬴之徒也。荀卿生於亂世，不能考論先王之法，著之天下，而惑於亂世之俗，遂以爲聖世之事亦若是而已〔二〕，亦已過也。且周公之所禮者，大賢與？則周公豈唯執贄見之而已，固當薦之天子，而共天位也。如其不賢，不足與共天位，則周公如何其與之爲禮也？

子産聽鄭國之政，以其乘輿濟人於溱、洧，孟子曰：「惠而不知爲政。」蓋君子之爲政，立善法於天下，則天下治；立善法於一國，則一國治。如其不能立法，而欲人人悅之，則日亦不足矣。使周公知爲政，則宜立學校之法於天下矣；不知立學校，而徒能勞身以待天下之士，則不唯力有所不足，而勢亦有所不得也〔三〕。

或曰：「仰禄之士猶可驕，正身之士不可驕也。」夫君子之不驕，雖闇室不敢自慢，豈爲其人之仰禄而可以驕乎？嗚呼！所謂君子者，貴其能不易乎世也。荀卿生於亂世，而遂以亂世之事量聖人。後世之士，尊荀卿以爲大儒而繼孟子者，吾不信矣。

〔一〕「士」，原作「事」，今據聽香館本、皇朝文鑑卷九十六周公改。按，下文曰「各有其業，講道習藝」，「遊公卿之門」，故當爲「士」。

〔二〕「事」，皇朝文鑑作「士」。

〔三〕「得」下，龍舒本有「周公亦可謂愚」六字。

## 子貢

予讀史所載子貢事，疑傳之者妄，不然，子貢安得爲儒哉？夫所謂儒者，用於君則憂君之憂，食於民則患民之患，在下而不用，則修身而已。當堯之時，天下之民患於洚水，堯以爲憂，故禹於九年之間，三過其門而不一省其子也。回之生，天下之民患有甚於洚水，天下之君憂有甚於堯。然回以禹之賢，而獨樂陋巷之間，曾不以天下憂患介其意也。夫二人者，豈不同道哉？所遇之時則異矣。蓋生於禹之時而由回之行，則是楊朱也；生於回之時而由禹之行，則是墨翟也。故曰：賢者用於君則以君之憂爲憂，食於民則以民之患爲患。在下而不用於君，則修其身而已，何憂患之與哉〔一〕？夫所謂憂君之憂、患民之患者，亦以義也〔二〕。苟不義而能釋君之憂，除民之患，賢者亦不爲矣〔三〕。

史記曰：齊伐魯，孔子聞之，曰：「魯，墳墓之國，國危如此，二三子何爲莫出？」子貢因行，說齊以伐吳，說吳以救魯，復說越，復說晉。五國由是交兵，或强，或破，或亂，或霸，卒以存魯。觀其言，迹其事，儀、秦、軫、代無以異也〔四〕。嗟乎！孔子曰：「己所不欲，勿施於人。」己以墳墓之國而欲全之，則齊、吳之人豈無是心哉，奈何使之亂歟？吾所以知傳者之妄，一也。於史考之，當是時，孔子、子貢爲匹夫〔五〕，非有卿相之位、萬鍾之禄也，何以憂患爲哉？然則異於顏回之道矣。吾所以知其傳者之妄，二也。墳墓之國，雖君子之所重，然豈有憂患而謀爲不義哉〔六〕？借使有憂患爲謀之義，則豈可以變詐之說亡人之國而求自存哉？吾所以知其傳者之妄，三也。子貢之行雖不能盡當於道〔七〕，然孔子之賢弟子也，固不宜至於此〔八〕，矧曰孔子使之也？太史公曰：「學者多稱七十子之徒，譽者或過其實，毁者或損其真。」子貢雖好辯，詎至於此邪？亦所謂毁損其真者哉！

〔一〕「與」，新刊國朝二百家名賢文粹卷三收録此文作「慮」。
〔二〕「義」下，龍舒本、新刊國朝二百家名賢文粹有「而後可以爲之謀」七字。
〔三〕「不爲」，龍舒本、新刊國朝二百家名賢文粹作「恥爲之」。
〔四〕「儀」上，龍舒本、新刊國朝二百家名賢文粹有「乃與夫」三字。
〔五〕「貢」下，龍舒本、新刊國朝二百家名賢文粹有「窮」字。
〔六〕「而謀爲不」，龍舒本、新刊國朝二百家名賢文粹作「爲謀之」。
〔七〕「道」，龍舒本、新刊國朝二百家名賢文粹作「義」。
〔八〕「固」上，龍舒本、新刊國朝二百家名賢文粹有「孔子之賢弟子之所爲」九字。

## 揚孟

賢之所以賢，不肖之所以不肖，莫非性也。賢而尊榮壽考，不肖而厄窮死喪，莫非命也。論者曰：「人之性善。不肖之所以不肖者，豈性也哉？」此學乎孟子之言性，而不知孟子之指也。又曰：「人爲不爲命也。不肖而厄窮死喪，豈命也哉？」此學乎揚子之言命，而不知揚子之指也。

孟子之言性，曰「性善」〔一〕；揚子之言性，曰「善惡混」〔二〕。孟子之言命，曰「莫非命也」；揚子之言命，曰「人爲不爲命」也。孟、揚之道未嘗不同，二子之説非有異也〔三〕，此孔子所謂「言豈一端而已，各有所當」者也。孟子之所謂性者〔四〕，正性也〔五〕；揚子之所謂性者，兼性之不正者言之也。揚子之所謂命者，正命也〔六〕；孟子之所謂命者，兼命之不正者言之也。

夫人之生，莫不有羞惡之性〔七〕。有人於此，羞善行之不修，惡善名之不立，盡力乎善，以充其羞惡之性，則其爲賢也孰禦哉？此得乎性之正者，而孟子之所謂性也。有人於此，羞利之不厚，惡利之不多，盡力乎利，以充羞惡之性，則其爲不肖也孰禦哉？此得乎性之不正，而揚子之兼所謂性者也。有人於此，才可以賤而賤，罪可以死而死，是人之所自爲也。此得乎命之不正者，而孟子之所兼謂命者也〔八〕；有人於此，才可以貴而賤，德可以生而死，是非人之所爲也。此得乎命之正者，而揚子之所謂命也。

今夫羞利之不厚，惡利之不多，盡力乎利而至乎不肖，則揚子豈以謂人之性而不以罪其人哉〔九〕？亦必惡其失性之正也。才可以賤而賤，罪可以死而死，則孟子豈以謂人之命而不以罪其人哉〔一〇〕？亦必惡其失命之正也。孟子曰：「口之於味也，目之於色也，耳之於聲也，鼻之於臭也〔一一〕，四肢之於安逸也，性也，有命焉，君子不謂性也。仁之於父子也，義之於君臣也，禮之於賓主也，知之於賢者也，聖人之於天道也，命也，有性焉，君子不謂命也。」然則孟、揚之説，果何異乎？

今學者是孟子則非揚子，是揚子則非孟子，蓋知讀其文而不知求其指耳，而曰「我知性命之理」，誣哉！

〔一〕「曰」，龍舒本作「人之」。
〔二〕「曰」，龍舒本作「人之」。
〔三〕「也」下，龍舒本有「其所以異者其所指者異耳」十一字。
〔四〕「孟」上，龍舒本有「故」字。
〔五〕「正」上，龍舒本有「獨」字。
〔六〕「正」上，龍舒本有「獨」字。
〔七〕「性」下，龍舒本有「且以羞惡之一端以明之」十字。
〔八〕「所兼」，龍舒本作「兼所」。
〔九〕「謂人之性而不以罪」，龍舒本作「爲」。

〔一〇〕「謂」，龍舒本作「爲其」。「罪其人」，龍舒本作「其人之罪」。
〔一一〕「鼻之於臭也」，龍舒本闕。

## 材論

天下之患，不患材之不衆，患上之人不欲其衆；不患士之不欲爲，患上之人不使其爲也。夫材之用，國之棟梁也，得之則安以榮，失之則亡以辱。然上之人不欲其衆、不使其爲者，何也？是有三蔽焉。其尤蔽者〔一〕，以爲吾之位可以去辱絶危，終身無天下之患，材之得失無補於治亂之數，故偃然肆吾之志，而卒入於敗亂危辱。此一蔽也。又或以謂吾之爵禄貴富足以誘天下之士，榮辱憂戚在我，吾可以坐驕天下之士〔二〕，將無不趨我者〔三〕，則亦卒入於敗亂危辱而已。此亦一蔽也。又或不求所以養育取用之道，而諰諰然以爲天下實無材〔四〕，則亦卒入於敗亂危辱而已。此亦一蔽也。此三蔽者，其爲患則同，然而用心非不善而猶可以論其失者，獨以天下爲無材者耳。蓋其心非不欲用天下之材，特未知其故也。

且人之有材能者，其形何以異於人哉？惟其遇事而事治，畫策而利害得，治國而國安利，此其所以異於人也。上之人苟不能精察之、審用之〔五〕，則雖抱皋、夔、稷、契之智，且不能自異於衆，況其下者乎？世之蔽者方曰：「人之有異能於其身，猶錐之在囊，其末立見，故未有有其實而不可見者也。」此徒有見於錐之在囊，而固未覩夫馬之在廐也。駑驥雜處，飲水食芻〔六〕，嘶鳴蹄齧〔七〕，求其所以異者蔑矣〔八〕。及其引重車，取夷路，不屢策，不煩御，一頓其轡而千里已至矣。當是之時，使駑馬並驅〔九〕，則雖傾輪絶勒，敗筋傷骨，不舍晝夜而追之，遼乎其不可以及也。夫然後騏驥騕褭與駑駘别矣。古之人君知其如此，故不以天下爲無材，盡其道以求而試之。試之之道，在當其所能而已。

夫南越之修簳，簇以百鍊之精金，羽以秋鶚之勁翮，加强弩之上而彍之千步之外，雖有犀兕之捍，無不立穿而死者。此天下之利器，而決勝覿武之所寶也。然用以敲扑〔一〇〕，則無以異於朽槁之梃。是知雖得天下之瑰材桀智，而用之不得其方，亦若此矣。古之人君知其如此，於是銖量其能而審處之，使大者小者、長者短者、强者弱者無不適其任者焉。如是〔一一〕，則士之愚蒙鄙陋者，皆能奮其所知以效小事，況其賢能智力卓犖者乎？嗚呼！後之在位者，蓋未嘗求其說而試之以實也，而坐曰「天下果無材」，亦未之思而已矣。

或曰〔一二〕：「古之人於材，有以教育成就之，而子獨言其求而用之者，何也？」

曰：「天下法度未立之先〔一三〕，必先索天下之材而用之。如能用天下之材，則能復先王之法度〔一四〕；能復先王之法度，則天下之小事無不如先王時矣，況教育成就人材之大者乎？此吾所以獨言求而用之之道也。」

噫！今天下蓋嘗患無材〔一五〕。吾聞之，六國合從而辯説之材出，劉、項並世而籌畫戰鬭之徒起，唐太宗欲治而謨謀諫静之佐來。此數輩者，方此數君未出之時，蓋未嘗有也。人君苟欲之，斯至矣〔一六〕。天下之廣，人物之衆，而曰「果無材可用」者，吾不信也。

〔一〕「尤」，龍舒本作「最」。

〔二〕「吾」上，龍舒本有「是」字。

〔三〕「將」上，龍舒本有「而其」二字。

〔四〕「材」下，龍舒本有「於古」二字。

〔五〕「上」上，龍舒本有「故」字。

〔六〕「飲」上，龍舒本有「其所以」三字。

〔七〕「蹄」，原作「啼」，今據龍舒本改。按，上句言「駑驥雜處」，故當爲「蹄」。

〔八〕「蔑矣」，龍舒本作「蓋寡」。

〔九〕「驅」下，龍舒本有「方駕」二字。

〔一〇〕「然用以敲扑」，龍舒本作「然而不知其所宜用而以敲扑」。「扑」，原作「朴」，據龍舒本、遞修本改。敲扑，即敲打。

〔一一〕「如」上，龍舒本有「其」字。
〔一二〕「或曰」，龍舒本作「蓋聞」。
〔一三〕「天」上，龍舒本有「因」字。「先」，原作「後」，今據聽香館本改。「天下法度未立之後，必先索天下之材而用之」，語意扞格。
〔一四〕「則」下，龍舒本有「所以」二字。
〔一五〕「材」下，龍舒本有「可用者」三字。
〔一六〕「矣」下，龍舒本有「今亦患上之不求之不用之耳」十二字。

## 命解

先王之俗壞，天下相率而爲利，則強者得行無道，弱者不得行道；貴者得行無禮，賤者不得行禮。孔子修身潔行，言必由繩墨，陳、蔡大夫惡其議己，率衆而圍之。此乃所謂不得行道也。公行有子之喪，右師往弔，入門，有進而與右師言者，有出位而與右師言者。孟子不與右師言，右師不説。孟子曰：「我欲爲禮也。」方是時，不獨右師不説，凡與右師言者，蓋皆不説也。此乃所謂不得行禮也。然孔子不以弱而離道〔一〕，孟子不以賤而失禮〔二〕，故立乎千世之上而爲學者師。右師、陳蔡之大夫卒亦不得傷焉，以其有命也。

今不知命之人，剛則不以道御之，而曰：「有命焉，彼安能困我？」由此則死乎巖墻之下者，猶正命也。柔則不以禮節之，而曰：「不出，懼及禍焉。」由此則是貧賤可以智去也。夫柔而不以禮節之，剛而不以道御之，其難免一也，故易旅之初六與上九同患。悲夫！離道以合世，去禮以從俗，苟命之窮矣，孰能恃此以免者乎？

〔一〕「弱」，龍舒本作「賤」。

〔二〕「賤」，龍舒本作「弱」。

## 對疑

己亥敕書：「自今内殿崇班以上，大喪致其事，供奉官以下則勿致，如其故。」於是有疑者，以爲供奉官以下亦士大夫也，而朝廷獨遇之如此，顧而問曰：「今子以謂如何？」嘗竊原朝廷之意以對曰：

先王之制喪禮，不飲酒，不食肉，不御於内，以致其哀戚者，所謂禮之實而其行之在我者也。不論其人之貴賤，不視其世之可否，而使之同者也。然而有疾，則雖賤者亦使之飲酒而食肉，此所謂以權制者也。或不言而事行，或言而後事行，或身執事而後行者，所謂禮之文而其行之在物者也。論其人之貴賤，視其世之可否，而爲之節者也。視其世之可否而爲之節，故金革之事，則雖貴者亦有時乎而無辟，此所謂以權制者也。

今欲使三班趨走給使之吏，大喪則皆無以身執事，而從古者卿士大夫之禮，此固盛世之所宜急，而先王以孝理天下之意。然而事又有先於此者。古之時，卿大夫之喪所以聽身不執事者，爲其可以不身執事也。其可以不身執事者，何也？古之人君於其卿士大夫之喪，所以存問養恤者，蓋不詘於其在事之時。其有大喪而得不以身執事者，以其臣屬足使而禄賜足以事養故也。今三班趨走給使之吏，其素所以富養之，非備厚也。一日使去位而治喪，則朝廷視遇，與庶人之在野者無以異。庶人之在野者，所以葬祭其先人，畜養其妻子，有常産矣。三班趨走給使之吏，去位而治喪，則其使令非有臣屬，事養非有禄賜，一日無常産，則其窮乃有欲比於庶人而不得者。若用事者不爲之憂此，而曰「汝必無以身執事」，則亦有餓而死者耳！然而世之議者方曰：「今之小吏，去位而治喪者衆矣，吾未見有餓而死者。」夫今之去位而治喪者，自非多積餘藏，有以活身，則孰能無以身執事者乎？今欲使之去位而治喪，故欲使其致喪之實而無以身執事也。苟不能使之無以身執事，而徒使之去位，則豈盛世之所急，而先王以孝理天下之意也？愚故曰事又有先於此者，謂所以存問恤養士大夫如古之時者，今之所先也。

夫明吾政以贍天下之財，而存問恤養士大夫如古之時，此吾之所易爲也。仰無以葬祭其先人，俯無以畜養其妻子，然且去位而治喪，無以身執事，以致古者士大夫之禮，此人所難行也。捨吾之所易爲而忽不謀，曰：「是皆先王之事，非吾今日之所能爲也。」操人之所難行而誅之不釋，曰：「古之士大夫皆然，爾奚事而不爲？」朝廷或者以爲此非先王以權制喪、内恕及人之道，故止而不爲。雖然，愚亦有疑焉。欲内恕以及人，而不爲吾之所易爲者，何也？

# 王安石文集卷第六十五

## 論議

### 洪範傳

五行，天所以命萬物者也，故「初一曰五行」。五事，人所以繼天道而成性者也，故「次二曰敬用五事」。五事，人君所以修其心、治其身者也。修其心、治其身，而後可以爲政於天下，故「次三曰農用八政」。爲政必協之歲、月、日、星辰、曆數之紀，故「次四曰協用五紀」。既協之歲、月、日、星辰、曆數之紀，當立之以天下之中，故「次五曰建用皇極」。中者，所以立本，而未足以趣時，趣時則中不中無常也，唯所施之宜而已矣，故「次六曰乂用三德」。有皇極以立本，有三德以趣時，而人君之能事具矣。雖然，天下之故猶不能無疑也。疑則如之何？謀之人以盡其智，謀之鬼神以盡其神，而不專用己也，故「次七曰明用稽疑」。雖不專用己，而參之於人物、鬼神，然而反身不誠不善，則明不足以盡人物，幽不足以盡鬼神，則其在我者不可以不思。在我者，其得失微而難知，莫若質諸天物之顯而易見，且可以爲戒也，故「次八曰念用庶證」。自五事至於庶證，各得其序，則五福之所集，自五事至於庶證，各失其序，則六極之所集，故「次九曰嚮用五福、威用六極」。

敬者何？君子所以直内也，言五事之本，在人心而已。農者何？厚也，言君子之道施於有政，取諸此以厚彼而已。有本以保常，而後可立也，故皇極曰建。有變以趣時，而後可治也，故三德曰乂。嚮者，慕而欲其至也；威者，畏而欲其亡也。

「五行：一曰水，二曰火，三曰木，四曰金，五曰土。」何也？五行也者，成變化而行鬼神，往來乎天地之間而不窮者也，是故謂之行。天一生水，其於物爲精，精者，一之所生者也。地二生火，其於物爲神，神者，有精而後從之者也。天三生木，其於物爲魂，魂，從神者也。地四生金，其於物爲魄，魄者，有魂而後從之者也。天五生土，其於物爲意，精、神、魂、魄具而後有意。自天一至於天五，五行之生數也。以奇生者成而耦，以耦生者成而奇，其成之者皆五。五者，天數之中也，蓋中者所以成物也。道立於兩，成於三，變於五，而天地之數具。其爲十也，耦之而已。蓋五行之爲物，其時、其位、其材、其氣、其性、其形、其事、其情、其色、其聲、其臭、其味，皆各有耦，推而散之，無所不通。一柔一剛，一晦一明，故有正有邪，有美有惡，有醜有好，有凶有吉。性命之理，道德之意，皆在是矣。耦之中又有耦焉，而萬物之變遂至於無窮。其相生也，所以相繼也；其相克也，所以相治也。語器也以相治，故序六府以相克；語時也以相繼，故序盛德所在以相生。洪範語道與命，故其序與語器與時者異也。道者，萬物莫不由之者也。命者，萬物莫不聽之者也。器者，道之散；時者，命之運。由於道、聽於命而不知者，百姓也；由於道、聽於命而知之者，君子也。道萬物而無所由，命萬物而無所聽，唯天下之至神爲能與於此。夫火之於水，妻道也，其於土，母道也。故神從志，無志則從意。志致一之謂精，唯天下之至精，爲能合天下之至神。精與神一而不離，則變化之所爲，在我而已。是故能道萬物而無所由，命萬物而無所聽也。

「水曰潤下，火曰炎上，木曰曲直，金曰從革，土爰稼穡。」何也？北方陰極而生寒，寒生水；南方陽極而生熱，熱生火，故水潤而火炎，水下而火上。東方陽動以散而生風，風生木，木者，陽中也，故能變，能變故曲直。西方陰止以收而生燥，燥生金，金者，陰中也，故能化，能化，故從革。中央陰陽交而生濕，濕生土，土者，陰陽沖氣之所生也，故發之而爲稼，斂之而爲穡。曰者，所以命其物。爰者，言於之稼穡而已。潤者，性也。炎者，氣也。上下者，位也。曲直者，形也。從革者，材也。稼穡者，人事也。冬，物之性復，復者，性之所，故於水言其性〔一〕。夏，物之氣交，交者，氣之時，故於火言其氣。陽極上，陰極下，而後各得其位，故於水火言其位。春，物之形著，故於木言其形。秋，物之材成，故於金言其材。中央，人之位也，故於土言人事。水言潤，則火熯，土溽，木敷，金斂，皆可知也。火言炎，則水洌，土烝，木温，金清，皆可知也。水言下，火言上，則木左，金右，土中央，皆可知也。推類而反之，則曰後，曰前，曰西，曰東，曰北，曰南，皆可知也。木言曲直，則土圜，金方，火鋭，水平，皆可知也。金言從革，則木變，土化，水因，火革，皆可知也。土言稼穡，則水之井洫，火之爨冶，木、金之爲械器，皆可知也。所謂木變者何？灼之而爲火，爛之而爲土，此之謂變。所謂土化者何？能熯，能潤，能敷，能斂，此之謂化。所謂水因者何？因甘而甘，因苦而苦，因蒼而蒼，因白而白，此之謂因。所謂火革者何？革生以爲熟，革柔以爲剛，革剛以爲柔，此之謂革。金亦能化，而命之曰「從革」者何？可以圜，可以平，可以鋭，可以曲直，然非火革之，則不能自化也，是故命之曰「從革」也。夫金，陰精之純也，是其所以不能自化也。蓋天地之用五行也，水施之，火化之，木生之，金成之，土和之。施生以柔，化成以剛，故木撓而水弱，金堅而火悍，悍堅而濟以和，萬物之所以成也，奈何終於撓弱而欲以收成物之功哉？

「潤下作鹹，炎上作苦，曲直作酸，從革作辛，稼穡作甘。」何也？寒生水，水生鹹，故潤下作鹹。熱生火，火生苦，故炎上作苦。風生木，木生酸，故曲直作酸。燥生金，金生辛，故從革作辛。濕生土，土生甘，故稼穡作甘。生物者，氣也；成之者，味也。以奇生則成而耦，以耦生則成而奇。寒之氣堅，故其味可用以耎；熱之氣耎，故其味可用以堅。風之氣散，故其味可用以收；燥之氣收，故其味可用以散。土者，沖氣之所生也，沖氣則無所不和，故其味可用以緩而已〔二〕。氣堅則壯，故苦可以養氣；脉耎則和，故鹹可以養脉；骨收則强，故酸可以養骨；筋散則不攣，故辛可以養筋；肉緩則不壅，故甘可以養肉。堅之而後可以耎，收之而後可以散；欲緩則用甘，不欲則弗用也。古之養生治疾者，必先通乎此，不通乎此而能已人之疾者，蓋寡矣。

「五事：一曰貌，二曰言，三曰視，四曰聽，五曰思。貌曰恭，言曰從，視曰明，聽曰聰，思曰睿。恭作肅，從作乂，明作哲，聰作謀，睿作聖。」何也？恭則貌欽，故作肅；從則言順，故作乂；明則善視，故作哲；聰則善聽，故作謀；睿則思無所不通，故作聖。五事以思爲主，而貌最其所後也。而其次之如此，何也？此言修身之序也。恭其貌，順其言，然後可以學而至於哲。既哲矣，然後能聽而成其謀。能謀矣，然後可以思而至於聖。思者，事之所成終而所成始也，思所以作聖也。既聖矣，則雖無思也，無爲也，寂然不動，感而遂通天下之故可也。

「八政：一曰食，二曰貨，三曰祀，四曰司空，五曰司徒，六曰司寇，七曰賓，八曰師。」何也？食、貨，人之所以相生養也，故一曰食，二曰貨。有相生養之道，則不可不致孝於鬼神，而著不忘其所自，故三曰祀。有所以相生養之道，而知不忘其所自，然後能保其居，故四曰司空。司空所以居民，民保其居，然後可教，故五曰司徒。司徒所以教民，教之不率，然後俟之以刑戮，故六曰司寇。自食貨至于司寇，而治内者具矣，故七曰賓，八曰師。賓所以接外治，師所以接外亂也。自食、貨至於賓、師，莫不有官以治之，而獨曰司空、司徒、司寇者，言官則以知物之有官，言物則以知官之有物也。

「五紀：一曰歲，二曰月，三曰日，四曰星辰，五曰曆數。」何也？王省惟歲，卿士惟月，師尹惟日。上考之星辰，下考之曆數，然後歲、月、日、時不失其政，故一曰歲，二曰月，三曰日，四曰星辰，五曰曆數。曆者，數也；數者，一二三四是也，五紀之所成終而所成始也。非特曆而已，先王之舉事也，莫不有時；其制物也，莫不有數。有時，故莫敢廢；有數，故莫敢踰。蓋堯、舜所以同律度量衡，協時月正日，而天下治者，取諸此而已。

「皇極，皇建其有極，斂時五福，用敷錫厥庶民。」何也？皇，君也；極，中也。言君建其有中，則萬物得其所，故能集五福以敷錫其庶民也。「惟時厥庶民，于汝極，錫汝保極。」何也？言庶民以君爲中，君保中，則民與之也。

「凡厥庶民，無有淫朋，人無有比德，惟皇作極。」何也？言君中則民人中也。庶民無淫朋，人無比德者，惟君爲中而已。蓋君有過行偏政，則庶民有淫朋，人有比德矣。

「凡厥庶民，有猷、有爲、有守，汝則念之，不協于極，不罹于咎，皇則受之，而康而色，曰予攸好德，汝則錫之福，時人斯其惟皇之極。」何也？言民之有猷、有爲、有守，汝則念其所猷、所爲、所守之當否。所猷、所爲、所守不協于極，亦不罹于咎，君則容受之，而康汝顔色以誘之。不協于極，不罹于咎，雖未可以錫之福，然亦可教者也，故當受之而不當譴怒也。詩曰：「載色載笑，匪怒伊教。」康而色之謂也。其曰我所好者德，則是協于極，則非但康汝顔色以受之，又當錫之福以勸焉。如此，則人惟君之中矣。

不言「攸好德，則錫之福」，而言「曰予攸好德，則錫之福」，何也？謂之皇極，則不爲已甚也。攸好德，然後錫之福，則獲福者寡矣，是爲已甚，而非所以勸也。曰予攸好德，則錫之福，則是苟革面以從吾之攸好者〔三〕，吾不深探其心，而皆錫之福也，此之謂皇極之道也。

「無虐煢獨而畏高明」，何也？言苟曰好德，則雖煢獨，必進寵之而不虐；苟曰不好德，則雖高明，必罪廢之而不畏也。蓋煢獨也者，衆之所違而虐之者也；高明也者，衆之所比而畏之者也。人君蔽於衆，而不知自用其福威，則不期虐煢獨而煢獨實見虐矣，不期畏高明而高明實見畏矣。煢獨見虐而莫勸其作德，則爲善者不長；高明見畏而莫懲其作僞，則爲惡者不消。善不長，惡不消，人人離德作僞，則大亂之道也。然則虐煢獨而寬朋黨之多，畏高明而忽卑晦之賤，最人君之大戒也。

「人之有能、有爲，使羞其行，而邦其昌。」何也？言有能者使在職而羞其材，有爲者使在位而羞其德，則邦昌也。人君孰不欲有能者羞其材，有爲者羞其德？然曠千數百年而未有一人致此。蓋聰不明而無以通天下之志，誠不至而無以同天下之德，則智以難知而爲愚者所詘，賢以寡助而爲不肖者所困，雖欲羞其行，不可得也。通天下之志在窮理，同天下之德在盡性〔四〕。窮理矣，故知所謂咎而弗受，知所謂德而錫之福；盡性矣，故能不虐煢獨以爲仁，不畏高明以爲義。如是則愚者可誘而爲智也，雖不可誘而爲智，必不使之詘智者矣；不肖者可革而爲賢也，雖不可革而爲賢，必不使之困賢者矣。夫然後有能、有爲者得羞其行，而邦賴之以昌也。

「凡厥正人，既富方穀，汝弗能使有好于而家，時人斯其辜。」何也？言凡正人之道，既富之然後善。雖然，徒富之，亦不能善也。必先治其家，使人有好於汝家，然後人從汝而善也。汝弗能使有好於汝家，則人無所視效，而放僻邪侈亦無不爲也。蓋人君能自治，然後可以治人；能治人，然後人爲之用；人爲之用，然後可以爲政於天下。爲政於天下者，在乎富之、善之，而善之必自吾家人始。所謂自治者，「惟皇作極」是也；所謂治人者，「弗協于極，弗罹于咎，皇則受之，而康而色，曰予攸好德，汝則錫之福，無虐煢獨而畏高明」是也；所謂人爲之用者，「有能、有爲，使羞其行，而邦其昌」是也；所謂爲政於天下者，「凡厥正人」是也。既曰能治人，則人固已善矣，又曰富之然後善，何也？所謂治人者，教化以善之也；所謂富之然後善者，政以善之也。徒教化不能使人善，故繼之曰「凡厥正人，既富方穀」；徒政亦不能使人善，故卒之曰「汝弗能使有好于而家，時人斯其辜」也。

「于其無好德，汝雖錫之福，其作汝用咎。」何也？既言治家不善不足以正人也，又言用人不善不足以正身，言崇長不好德之人而錫之福，亦用咎作汝而已矣。

「無偏無陂，遵王之義；無有作好，遵王之道；無有作惡，遵王之路；無偏無黨，王道蕩蕩；無黨無偏，王道平平；無反無側，王道正直；會其有極，歸其有極。曰皇極之敷言，是彝是訓，于帝其訓。」何也？言君所以虛其心，平其意，唯義所在，以會歸其有中者。其説以爲人君以中道布言，是以爲彝、是以爲訓者，于天其訓而已。夫天之爲物也，可謂無作好，無作惡，無偏無黨，無反無側，會其有極，歸其有極矣。蕩蕩者言乎其大，平平者言乎其治。大而治，終於正直，而王道成矣。無偏者，言乎其所居；無黨者，言乎其所與。以所居者無偏，故能所與者無黨，故曰「無偏無黨」；以所與者無黨，故能所居者無偏，故曰「無黨無偏」。偏不已，乃至於側；陂不已，乃至於反。始曰「無偏無陂」者，率義以治心，不可以有偏陂也；卒曰「無反無側」者，及其成德也，以中庸應物，則要之使無反側而已。路，大道也；正直，中德也。始曰「義」，中曰「道」、曰「路」，卒曰「正直」，尊德性而道問學，致廣大而盡精微，極高明而道中庸之謂也。

孔子以爲「示之以好惡，而民知禁」。今曰「無有作好，無有作惡」，何也？好惡者，性也，天命之謂性；作者，人爲也，人爲則與性反矣。書曰：「天命有德，五服五章哉！天討有罪，五刑五用哉！」命有德，討有罪，皆天也，則好惡者豈可以人爲哉？所謂示之以好惡者，性而已矣。

「凡厥庶民，極之敷言，是訓是行，以近天子之光。曰天子作民父母，以爲天下王。」何也？言凡厥庶民，以中道布言，「是訓是行，以近天子之光」者，其説以爲天子作民父母，以爲天下王，當順而比之，以效其所爲，而不可逆。蓋君能順天而效之，則民亦順君而效之也〔五〕。二帝、三王之誥命，未嘗不稱天者，所謂「于帝其訓」也，此人之所以化其上也。及至後世，矯誣上天以布命于下，而欲人之弗叛也，不亦難乎？

「三德：一曰正直，二曰剛克，三曰柔克。」何也？直而不正者有矣，以正正直乃所謂正也；曲而不直者有矣，以直正曲乃所謂直也。正直也者，變通以趣時，而未離剛柔之中者也。剛克也者，剛勝柔者也；柔克也者，柔勝剛者也。

「平康正直，彊弗友剛克，爕友柔克。」何也？爕者，和孰上之所爲者也。友者，右助上之所爲者也。彊者，弗柔從上之所爲者也。弗友者，弗右助上之所爲者也。君君臣臣，適各當分，所謂正直也。若承之者，所謂柔克也；若威之者，所謂剛克也。蓋先王用此三德，於一嚬一笑未嘗或失，況以大施於慶賞刑威之際哉！故能爲之其未有也，治之其未亂也。

「沈潛剛克，高明柔克。」何也？言人君之用剛克也，沈潛之於內；其用柔克也，發見之於外。其用柔克也，抗之以高明；其用剛克也，養之以卑晦。沈潛之於內，所以制姦慝；發見之於外，所以昭忠善。抗之以高明，則雖柔過而不廢；養之以卑晦，則雖剛過而不折。易曰：「道有變動，故曰爻；爻有等，故曰物；物相雜，故曰文；文不當，故吉凶生焉。」吉凶之生，豈在夫大哉？蓋或一嚬一笑之間而已。

洪範之言三德，與舜典、臯陶謨所序不同，何也？舜典所序，以教冑子，而臯陶謨所序，以知人臣，故皆先柔而後剛。洪範所序，則人君也，故獨先剛而後柔。至於正直，則舜典、洪範皆在剛柔之先，而臯陶謨乃獨在剛柔之中者，教人、治人宜皆以正直爲先，至於序德之品，則正直者中德也，固宜在柔剛之中也。

「惟辟作福，惟辟作威，惟辟玉食。臣無有作福、作威、玉食。臣之有作福、作威、玉食，其害于而家，凶于而國，人用側頗僻，民用僭忒。」何也？執常以事君者，臣道也；執權以御臣者，君道也。三德者，君道也。作福，柔克之事也；作威，剛克之事也。以其侔於神天也，是故謂之福。作福以懷之，作禍以威之，言作福則知威之爲禍，言作威則知福之爲懷也。皇極者，君與臣民共由之者也。三德者，君之所獨任而臣民不得僭焉者也。有其權，必有禮以章其別，故惟辟玉食也。禮所以定其位，權所以固其政，下僭禮則上失位，下侵權則上失政，上失位則亦失政矣。上失位失政，人所以亂也。故臣之有作福、作威、玉食，其害于而家，凶于而國，人用側頗僻，民用僭忒也。側頗僻者，臣有作福、作威之效也；僭忒者，臣有玉食之效也。民側頗僻也易，而其僭忒也難。民僭忒則人可知也，人側頗僻則民可知也。其曰「庶民有淫朋，人有比德」，亦若此而已矣。

於淫朋曰庶民，於僭忒曰民而已，何也？僭忒者，民或有焉，而非衆之所能也。天子、皇、王、辟，皆君也，或曰天子，或曰皇，或曰王，或曰辟，何也？皇極于帝，其訓者所以繼天而順之，故稱天子；建有極者道，故稱皇；好惡者德，故稱王；福威者政，故稱辟。道所以成德，德所以立政，故言政於三德而稱辟也。建有極者道，故稱皇，則其曰「天子作民父母，以爲天下王」，何也？吾所建者道，而民所知者德而已矣。

「七稽疑，擇建立卜筮人，乃命卜筮，曰雨，曰霽，曰蒙，曰驛，曰克，曰貞，曰悔，凡七，卜五，占用二，衍忒。」何也？言有所擇，有所建，則立卜筮人。卜筮凡七，而其爲卜者五，則其爲筮者二可知也。先卜而後筮，則筮之爲正悔亦可知也。衍者，吉之謂也；忒者，凶之謂也。吉言衍，則凶之爲耗可知也；凶言忒，則吉之爲當亦可知也。此言之法也，蓋自始造書則固如此矣。福之所以爲福者，於文從畐，畐則衍之謂也；禍所以爲禍者，於文從咼，咼則忒之謂也。蓋忒也、當也，言乎其位；衍也、耗也，言乎其數。夫物有吉凶，以其位與數而已。六五得位矣，其爲九四所難者，數不足故也；九四得數矣，其爲六五所制者，位不當故也。數衍而位當者吉，數耗而位忒者凶，此天地之道、陰陽之義，君子小人之所以相爲消長，中國夷狄之所以相爲强弱。易曰：「人謀鬼謀，百姓與能。」蓋聖人君子以察存亡，以御治亂，必先通乎此，不通乎此而爲百姓之所與者，蓋寡矣。

「立時人作卜筮，三人占，則從二人之言。」何也？卜筮者，質諸鬼神，其從與違爲難知，故其占也從衆而已也。

「汝則有大疑，謀及乃心，謀及卿士，謀及庶民，謀及卜筮。」何也？言人君有大疑，則當謀之於己，己不足以決，然後謀之於卿士，又不足以決，然後謀之於庶民，又不足以決，然後謀之於鬼神。鬼神尤人君之所欽也，然而謀之反在乎卿士、庶民之後者，吾之所疑而謀者，人事也，必先盡之人，然後及鬼神焉，固其理也。聖人以鬼神爲難知，而卜筮如此其可信者，易曰：「成天下之亹亹者，莫大乎蓍龜。」唯其誠之不至而已矣，用其至誠，則鬼神其有不應，而龜筮其有不告乎？

「汝則從，龜從，筮從，卿士從，庶民從，是之謂大同，身其康彊，子孫其逢吉。」何也？將有作也，心從之，而人神之所弗異，則有餘慶矣，故謂之大同，而子孫其逢吉也。

「汝則從，龜從，筮從，卿士逆，庶民逆，吉。卿士從，龜從，筮從，汝則逆，庶民逆，吉。庶民從，龜從，筮從，汝則逆，卿士逆，吉。」何也？吾之所謀者疑也，可以作，可以無作，然後謂之疑。疑而從者衆，則作而吉也。

「汝則從，龜從，筮逆，卿士逆，庶民逆，作内吉，作外凶。」何也？尊者從，卑者逆，故逆者雖衆，以作内，猶吉也。

「龜筮共違于人，用静吉，用作凶。」何也？所以謀之心，謀之人者盡矣，然猶不免於疑，則謀及於龜筮，故龜筮之所共違，不可以有作也。

「庶徵：曰雨，曰暘，曰燠，曰寒，曰風，曰時」者，何也？曰雨，曰暘，曰燠，曰寒，曰風者，自「肅時雨若」以下是也；曰時者，自「王省惟歲」以下是也。

「五者來備，各以其敘，庶草蕃廡」，何也？陰陽和，則萬物盡其性，極其材，言庶草者，以爲物之尤微而莫養，又不知自養也，而猶蕃廡，則萬物得其性皆可知也。

「一極備凶，一極無凶」，何也？雨極備則爲常雨，暘極備則爲常暘，風極備則爲常風，燠極無則爲常寒，寒極無則爲常燠，此饑饉疾癘之所由作也，故曰凶。

「曰休徵：曰肅時雨若，曰乂時暘若，曰哲時燠若，曰謀時寒若，曰聖時風若。曰咎徵：曰狂恒雨若，曰僭恒暘若，曰豫恒燠若，曰急恒寒若，曰蒙恒風若。」何也？言人君之有五事，猶天之有五物也。天之有五物，一極備凶，一極無亦凶，其施之小大緩急無常，其所以成物者，要之適而已。人之有五事，一極備凶，一極無亦凶，施之小大緩急亦無常，其所以成民者，亦要之適而已。故雨、暘、燠、寒、風者，五事之證也。降而萬物悦者，肅也，故若時雨然；升而萬物理者，乂也，故若時暘然；哲者，陽也，故若時燠然；謀者，陰也，故若時寒然；睿其思，心無所不通，以濟四事之善者，聖也，故若時風然。狂則蕩，故常雨若；僭則亢，故常暘若；豫則解緩，故常燠若；急則縮栗，故常寒若；冥其思，心無所不入，以濟四事之惡者，蒙，故常風若也。

孔子曰：「見賢思齊，見不賢而内自省也。」君子之於人也，固常思齊其賢，而以其不肖爲戒。況天者固人君之所當法象也，則質諸彼以驗此，固其宜也。然則世之言災異者，非乎？曰：人君固輔相天地以理萬物者也，天地萬物不得其常，則恐懼修省，固亦其宜也。今或以爲天有是變，必由我有是罪以致之；或以爲災異自天事耳，何豫於我，我知修人事而已。蓋由前之説，則蔽而葸；由後之説，則固而怠。不蔽不葸、不固不怠者，亦以天變爲己懼，不曰天之有某變，必以我爲某事而至也，亦以天下之正理，考吾之失而已矣。此亦「念用庶證」之意也。

「王省惟歲，卿士惟月，師尹惟日。」何也？言自王至於師尹，猶歲月日三者相繫屬也。歲月日有常而不可變，所揔大者不可以侵小，所治少者不可以僭多。自王至于師尹，三者亦相繫屬，有常而不可變，所揔大者亦不可以侵小，所治少者亦不可以僭多。故歲月日者，王及卿士、師尹之證也。

「歲月日時無易，百穀用成，乂用明，俊民用章，家用平康。日月歲時既易，百穀用不成，乂用昏不明，俊民用微，家用不寧。」何也？既以歲月日三者之時爲王及卿士、師尹之證也，而王及卿士、師尹之職，亦皆協之歲月日時之紀焉，故歲有會，月有要，日有成。大者省其大而略，小者治其小而詳。其小大、詳略得其序，則功用興而分職治矣，故百穀用成，乂用明，俊民用章，家用平康；小大、詳略失其序，則功用無所程，分職無所考，故百穀用不成，乂用昏不明，俊民用微，家用不寧也。

「庶民惟星，星有好風，星有好雨。」何也？言星之好不一，猶庶民之欲不同。星之好不一，待月而後得其所好，而月不能違也。庶民之欲不同，待卿士而後得其所欲，而卿士亦不能違也。故星者，庶民之證也。

「日月之行，則有冬有夏。」何也？言歲之所以爲歲，以日月之有行，而歲無爲也，猶王之所以爲王，亦以卿士、師尹之有行，而王無爲也。春秋者，陰陽之中；冬夏者，陰陽之正。陰陽各致其正，而後歲成。有冬有夏者，言歲之成也。

「月之從星，則以風雨。」何也？言月之好惡不自用而從星，則風雨作而歲功成，猶卿士之好惡不自用而從民，則治教政令行而王事立矣。書曰：「天聽自我民聽，天視自我民視。」夫民者，天之所不能違也，而況於王乎？況於卿士乎？

「五福：一曰壽，二曰富，三曰康寧，四曰攸好德，五曰考終命。」何也？人之始生也，莫不有壽之道焉，得其常性則壽矣，故一曰壽。少長而有爲也，莫不有富之道焉，得其常産則富矣，故二曰富。得其常性，又得其常産，而繼之以毋擾，則康寧矣，故三曰康寧也。夫人君使人得其常性，又得其常産，而繼之以毋擾，則人好德矣，故四曰攸好德。好德，則能以令終，故五曰考終命。

「六極：一曰凶短折，二曰疾，三曰憂，四曰貧，五曰惡，六曰弱。」何也？不考終命謂之凶，蚤死謂之短，中絶謂之折。禍莫大於凶短折，疾次之，憂次之，貧又次之，故一曰凶短折，二曰疾，三曰憂，四曰貧。凶者，考終命之反也；短折者，壽之反也；疾憂者，康寧之反也；貧者，富之反也。此四極者，使人畏而欲其亡，故先言人之所尤畏者，而以猶愈者次之。夫君人者，使人失其常性，又失其常産，而繼之以擾，則人不好德矣，故五曰惡，六曰弱。惡者，小人之剛也；弱者，小人之柔也。

九疇曰初，曰次，而五行、五事、八政、五紀、三德、五福、六極特以一二數之，何也？九疇以五行爲初，而水之於五行，貌之於五事，食之於八政，歲之於五紀，正直之於三德，壽凶短折之於五福、六極，不可以爲初故也。

或曰：「箕子之所次，自五行至於庶證，而今獨曰自五事至于庶證，各得其序，則五福之所集，自五事至于庶證，各爽其序〔六〕，則六極之所集，何也？」曰：「人君之於五行也，以五事修其性，以八政用其材，以五紀協其數，以皇極建其常，以三德治其變，以稽疑考其難知，以庶證證其失得，自五事至于庶證，各得其序，則五行固已得其序矣。」

或曰：「世之不好德而能以令終，與好德而不得其死者，衆矣。今曰好德則能以令終，何也？」曰：「孔子以爲『人之生也直，罔之生也幸而免。』君子之於吉凶禍福，道其常而已，幸而免與不幸而及焉，蓋不道也。」

或曰：「孔子以爲『富與貴，人之所欲；貧與賤，人之所惡』，而福極不言貴賤，何也？」曰：「五福者，自天子至于庶人，皆可使慕而欲其至；六極者，自天子至於庶人，皆可使畏而欲其亡。若夫貴賤，則有常分矣。使自公侯至於庶人，皆慕貴欲其至，而不欲賤之在己，則陵犯篡奪之行日起，而上下莫安其命矣。詩曰：『肅肅宵征，抱衾與裯，寔命不猶。』蓋王者之世，使賤者之安其賤如此。夫豈使知貴之爲可慕而欲其至，賤之爲可畏而欲其亡乎？」

〔一〕「性」，龍舒本作「信」。
〔二〕「緩」，原作「綏」，形訛，今據龍舒本、遞修本等改。按，下文曰：「欲緩則用甘，不欲則弗用也。」
〔三〕「革」下，遞修本黄校曰：「宋刊同缺，明刊多『面』字。」
〔四〕「天」下，遞修本黄校曰：「宋刊亦缺，明刊多『下』字。」
〔五〕「順」，龍舒本作「近」。
〔六〕「爽」，龍舒本作「失」。

## 易象論解

君子之道，始於自强不息，故於乾也，「君子以自强不息」。自强不息，然後厚德載物，故於坤也，「君子以厚德載物」。自强積德，以有載也，迺能經綸，故於屯也，「君子以經綸」。經綸者，君子有事之時，故於蒙也，「君子以果行育德」。果行育德則無事矣，故於需也，「君子以飲食宴樂」。飲食宴樂，所以待人而與之從事者也，故於訟也，「君子以作事謀始」。作事謀始則能爲物主，故於師也，「君子以容民畜衆」。建萬國，親諸侯，容民畜衆之大者，故於比也，「先王以建萬國，親諸侯」。諸侯親則無所用武，故於小畜也，「君子以懿文德」。德以禮爲體，故於履也，「君子以辨上下、定民志」。禮也者，因時之會通，以財成輔相天地者也，故於泰也，「后以財成天地之道，輔相天地之宜，以左右民」。物不能終泰，故於否也，「君子以儉德避難，不可榮以禄」。泰則通，否則辨，故於同人也，「君子以類族辨物」。族各有其類，物各有其辨，則君子小人見矣，故於大有，「君子以遏惡揚善，順天休命」。雖遏惡也，不可以爲偏亢，故於謙也，「君子以裒多益寡，稱物平施」。順天休命而以謙平施，則人樂之，故於豫也，「先王以作樂崇德，殷薦之上帝，以配祖考」。樂成而息，故於隨也，「君子以嚮晦入宴息」。物不可終息，故於蠱也，「君子以振民育德」。振民育德，莫大乎教思無窮，容保民無疆，故於臨也，「君子以教思無窮，容保民無疆」。教思無窮，容保民無疆，莫大乎省方觀民設教，故於觀也，「先王以省方觀民設教」。教至矣，則明罰敕法繼之，故於噬嗑也，「先王以明罰敕法」。明罰敕法者，所以待之，而非敢於折獄，故於賁也，「君子以明庶政，無敢折獄」。無敢折獄者，將以厚下也，故於剥也，「上以厚下安宅」。厚下者，將使人無失其性命之情也，欲不失其性命之情，則亦不違其性命之理而已，故於復也，「先王以至日閉關，商旅不行，后不省方」者，所以應時。知應時，然後知對時育物，故於無妄也，「先王以茂對時育萬物」。對時育物者，非稽古畜德之主則不能，故於大畜也，「君子以多識前言往行，以畜其德」。畜德莫大乎養，故於頤也，「君子以慎言語，節飲食」。知自養，然後出處皆有以大過人，故於大過也，「君子以獨立不懼，遯世無悶」。出則欲獨立不懼，處則欲遯世無悶，則德不可無習，故於坎也，「君子以常德行，習教事」。德行不失其事，教事不廢其習，然後可以繼明照四方，故於離也，「大人以繼明照于四方」。

所謂明者，非恃其所明，則資諸人而已，故於咸也，「君子以虛受人」。惟以虛受人而有節於内，故於恒也，「君子以立不易方」。所以有時而遠小人，故於遯也，「君子以遠小人，不惡而嚴」。所謂嚴者，亦禮而已矣，故於大壯也，「君子以非禮勿履」。非禮勿履，德之所以昭也，故於晉也，「君子以自昭明德」。明者自明，非所以莅衆，故於明夷也，「君子以莅衆，用晦而明」。知自明，又知所以莅衆，則言有物而行有常，故於家人也，「君子以言有物而行有常」。言有物，行有常，則知所同、知所異，故於睽也〔一〕，「君子以同而異」。同故能有容，異故能有辨，反身修德，言有辨也，故於蹇也，「君子以反身修德」。赦過宥罪，言有容也，故於解也，「君子以赦過宥罪」。能反身修德，赦過宥罪，則其慾也懲而窒矣，故於損也，「君子以懲忿窒慾」。能懲忿窒慾然後見善遷，有過改，故於益也，「君子以見善則遷，有過則改」。以居則修德，以動則有功，功不可以擅，德不可以居也，故於夬也，「君子以施禄及下，居德則忌」。能施禄及下，居德則忌，則衆之所聽也，故於姤也，「后以施命誥四方」。衆之所聽，不可不戒，故於萃也，「君子以除戎器，戒不虞」。不虞知戒矣，德之所以積也，故於升也，「君子以順德，積小以高大」。積小以至高大而至於命，則志遂矣，故於困也，「君子以致命遂志」。至於命則所以成己也，而後可以成民教，故於井也，「君子以勞民勸相」。勞民勸相，莫大乎恭愛，故於革也，「君子以治歷明時」。能治歷明時，然後能正位凝命，故於鼎也，「君子以正位凝命」。正位凝命不可恃，故於震也，「君子以恐懼修省」。修省之道在於正己而已，故於艮也，「君子以思不出其位」。能正己則賢德可居，俗可善，故於漸也，「君子以居賢德善俗」。俗善矣，其終不能無愛，愛則敝矣，故於歸妹也，「君子以永終知敝」。知敝則所以待人者盡矣，故於豐也，「君子以折獄致刑」。折獄以刑，君子所以明慎之時也，故於旅也，「君子以明慎用刑而不留獄」。不留獄則治道終矣，終則有始，故於巽也，「君子以申命行事」。申命行事不可以無學，故於兑也，「君子以朋友講習」。所講習者仁義而已，故於涣也，「先王以饗帝立廟」。饗帝立廟則仁之至、義之盡矣，其推行之也，度數不可以無制。德行不可以無議，故於節也，「君子以制數度，議德行」。制數度，議德行，則欲急己以緩人，故於中孚也，「君子以議獄緩死」。急己以緩人者，依於仁而已，故於小過也，「君子以行過乎恭，喪過乎哀，用過乎儉」。依於仁則無患矣，故於既濟也，「君子以思患而豫防之」。物不窮也，故於未濟也，「君子以慎辨物居方」。辨物居方者，物之終始也。

〔一〕「故」，原闕，今據聽香館本補。按，上下文皆有「故」，如「故於家人也」，「故於蹇也」。

# 王安石文集卷第六十六

## 論議

### 周南詩次解

王者之治始之於家，家之序本於夫婦正。夫婦正者，在求有德之淑女爲后妃以配君子也，故始之以關雎。夫淑女所以有德者，其在家本於女工之事也，故次以葛覃。有女功之本，而后妃之職盡矣，則當輔佐君子求賢審官。求賢審官者，非所能專，有志而已，故次之以卷耳。有求賢審官之志以助治其外，則於其内治也，其能有嫉妬而不逮下乎？故次之以樛木〔一〕。無嫉妬而逮下，則子孫衆多，故次之以螽斯。子孫衆多，由其不妬忌，則致國之婦人亦化其上，則男女正，婚姻時，國無鰥民也，故次之以桃夭。國無鰥民，然後好德，賢人衆多，故次之以兔罝。好德，賢人衆多，是以室家和平，而婦人樂有子，則后妃之美具矣，故次之以芣苢。后妃至於國之婦人樂有子者，由文王之化行，使南國江漢之人無思犯禮，此德之廣也，故次之以漢廣。德之所及者廣，則化行乎汝墳之國，能使婦人閔其君子而勉之以正，故次之以汝墳。婦人能勉君子以正，則天下無犯非禮，雖衰世公子皆能信厚，此關雎之應也，故次之以麟之趾焉。

〔一〕「以」，原闕，今據龍舒本補。按，上下文皆有「以」，如「故次之以卷耳」，「故次之以螽斯」等。

## 禮論

嗚呼，荀卿之不知禮也！其言曰：「聖人化性而起僞。」吾是以知其不知禮也。知禮者貴乎知禮之意，而荀卿盛稱其法度節奏之美，至於言化，則以爲僞也，亦烏知禮之意哉？故禮始於天而成於人，知天而不知人則野，知人而不知天則僞。聖人惡其野而疾其僞，以是禮興焉。今荀卿以謂聖人之化性爲起僞，則是不知天之過也。然彼亦有見而云爾。凡爲禮者，必詘其放傲之心，逆其嗜欲之性。莫不欲逸，而爲尊者勞；莫不欲得，而爲長者讓，擎跽曲拳以見其恭。夫民之於此，豈皆有樂之之心哉？患上之惡己，而隨之以刑也。故荀卿以爲特劫之法度之威，而爲之於外爾。此亦不思之過也。

夫斲木而爲之器，服馬而爲之駕，此非生而能者也，故必削之以斧斤，直之以繩墨，圓之以規，而方之以矩，束聯膠漆之，而後器適於用焉。前之以銜勒之制，後之以鞭策之威，馳驟舒疾，無得自放，而一聽於人，而後馬適於駕焉。由是觀之，莫不劫之於外而服之以力者也。然聖人捨木而不爲器，捨馬而不爲駕者，固亦因其天資之材也。今人生而有嚴父愛母之心，聖人因其性之欲而爲之制焉，故其制雖有以强人，而乃以順其性之欲也。聖人苟不爲之禮，則天下蓋將有慢其父而疾其母者矣，此亦可謂失其性也。得性者以爲僞，則失其性者乃可以爲真乎？此荀卿之所以爲不思也。

夫狙猿之形非不若人也，欲繩之以尊卑而節之以揖讓，則彼有趨於深山大麓而走耳，雖畏之以威而馴之以化，其可服邪？以謂天性無是而可以化之使僞耶，則狙猿亦可使爲禮矣。故曰：禮始於天而成於人。天則無是而人欲爲之者〔一〕，舉天下之物，吾蓋未之見也。

〔一〕「則」，龍舒本作「而」。「而」，龍舒本作「則」。

## 禮樂論

氣之所稟命者，心也。視之能必見，聽之能必聞，行之能必至，思之能必得，是誠之所至也。不聽而聰，不視而明，不思而得，不行而至，是性之所固有，而神之所自生也，盡心盡誠者之所至也。故誠之所以能不測者，性也。賢者，盡誠以立性者也；聖人，盡性以至誠者也。神生於性，性生於誠，誠生於心，心生於氣，氣生於形。形者，有生之本。故養生在於保形，充形在於育氣，養氣在於寧心，寧心在於致誠，養誠在於盡性，不盡性不足以養生。能盡性者，至誠者也；能至誠者，寧心者也；能寧心者，養氣者也；能養氣者，保形者也；能保形者，養生者也；不養生不足以盡性也。生與性之相因循，志之與氣相爲表裏也。生渾則蔽性，性渾則蔽生，猶志一則動氣，氣一則動志也。先王知其然，是故體天下之性而爲之禮，和天下之性而爲之樂。禮者，天下之中經；樂者，天下之中和。禮樂者，先王所以養人之神，正人氣而歸正性也。是故大禮之極，簡而無文；大樂之極，易而希聲。簡易者，先王建禮樂之本意也。世之所重，聖人之所輕；世之所樂，聖人之所悲。非聖人之情與世人相反，聖人内求，世人外求，内求者樂得其性，外求者樂得其欲，欲易發而性難知，此情性之所以正反也。衣食所以養人之形氣，禮樂所以養人之性也〔一〕。禮反其所自始，樂反其所自生，吾於禮樂見聖人所貴其生者至矣。世俗之言曰：「養生非君子之事。」是未知先王建禮樂之意也。

養生以爲仁，保氣以爲義，去情却欲以盡天下之性，修神致明以趨聖人之域。聖人之言，莫大於顔淵之問〔二〕，「非禮勿視，非禮勿聽，非禮勿言，非禮勿動」，則仁之道亦不遠也。耳非取人而後聽，目非取人而後視，口非取諸人而後言也，身非取諸人而後動也，其守至約，其取至近，有心有形者皆有之也。然而顔子且猶病之，何也？蓋人之道莫大於此。非禮勿聽，非謂掩耳而避之，天下之物不足以干吾之聰也；非禮勿視，非謂掩目而避之，天下之物不足以亂吾之明也；非禮勿言，非謂止口而無言也，天下之物不足以易吾之辭也；非禮勿動，非謂止其躬而不動，天下之物不足以干吾之氣也。

天下之物，豈特形骸自爲哉？其所由來蓋微矣。不聽之時，有先聽焉；不視之時，有先明焉；不言之時，有先言焉；不動之時，有先動焉。聖人之門，惟顔子可以當斯語矣。是故非耳以爲聰，而不知所以聰者，不足以盡天下之聽；非目以爲明，而不知所以明者，不足以盡天下之視。聰明者，耳目之所能爲；而所以聰明者，非耳目之所能爲也。是故待鐘鼓而後樂者，非深於樂者也；待玉帛而後恭者，非深於禮者也。蕢桴土鼓，而樂之道備矣；燔黍捭豚，污尊杯飲，禮既備矣。然大裘無文，大輅無飾，聖人獨以其事之所貴者，何也？所以明禮樂之本也。故曰：禮之近人情，非其至者也。

曾子謂孟敬子：「君子之所貴乎道者三：動容貌，斯遠暴慢矣；正顔色，斯近信矣；出辭氣，斯遠鄙倍矣。籩豆之事，則有司存。」觀此言也，曾子而不知道也則可，使曾子而爲知道，則道不違乎言貌辭氣之間，何待於外哉？是故古之人目擊而道已存，不言而意已傳，不賞而人自勸，不罰而人自畏，莫不由此也。是故先王之道可以傳諸言、效諸行者，皆其法度刑政，而非神明之用也。易曰：「神而明之，存乎其人；默而成之，不言而信，存乎德行。」去情却欲而神明生矣，修神致明而物自成矣，是故君子之道鮮矣。齊明其心，清明其德，則天地之間所有之物皆自至矣。君子之守至約，而其至也廣；其取至近，而其應也遠。易曰：「擬之而後言，議之而後動，擬議以成其變化。」變化之應，天人之極致也。是以書言天人之道，莫大於洪範；洪範之言天人之道，莫大於貌、言、視、聽、思。大哉，聖人獨見之理，傳心之言乎！儲精晦息而通神明〔三〕。

君子之所不至者三：不失色於人，不失口於人，不失足於人。不失色者，容貌精也；不失口者，語默精也；不失足者，行止精也。君子之道也，語其大則天地不足容也，語其小則不見秋毫之末，語其强則天下莫能敵也，語其約則不能致傳記。聖人之遺言曰：「大禮與天地同節，大樂與天地同和。」蓋言性也。大禮性之中，大樂性之和，中和之情通乎神明。故聖人儲精九重而儀鳳凰〔四〕，修五事而關陰陽，是天地位而三光明，四時行而萬物和。詩曰：「鶴鳴於九皋，聲聞于天。」故孟子曰：「我善養吾浩然之氣，充塞乎天地之間。」揚子曰：「貌、言、視、聽、思，性所有，潛天而天，潛地而地也。」

嗚呼，禮樂之意不傳久矣！天下之言養生修性者，歸於浮屠、老子而已。浮屠、老子之説行，而天下爲禮樂者獨以順流俗而已。夫使天下之人驅禮樂之文以順流俗爲事，欲成治其國家者，此梁、晉之君所以取敗之禍也。然而世非知之也者，何耶？特禮樂之意大而難知，老子之言近而易曉〔五〕。聖人之道得諸己，從容人事之間而不離其類焉；浮屠直空虚窮苦，絶山林之間，然後足以善其身而已。由是觀之，聖人之與釋老，其遠近難易可知也。是故賞與古人同而勸不同，罰與古人同而威不同，仁與古人同而愛不同，智與古人同而識不同，言與古人同而信不同。同者道也，不同者心也。

易曰：「苟非其人，道不虚行。」昔宓子賤爲單父宰，而單父之人化焉。今王公大人有堯、舜、伊尹之勢而無子賤一邑之功者，得非學術素淺而道未明歟？夫天下之人非不勇爲聖人之道，爲聖人之道者，時務速售諸人以爲進取之階。今夫進取之道，譬諸鈎索物耳，幸而多得其數，則行爲王公大人；若不幸而少得其數，則裂逢掖之衣爲商賈矣。由是觀之，王公大人同商賈之得志者也。此之謂學術淺而道不明。由此觀之，得志而居人之上，復治聖人之道而不捨焉，幾人矣。內而好愛之容蠱其欲，外有便嬖之諛驕其志，向之所能者日已忘矣，今之所好者日已至矣。孔子曰：「有顔回者，好學，不遷怒，不貳過。」又曰：「吾見其進，未見其止也。」夫顔子之所學者，非世人之所學。不遷怒者，求諸己；不貳過者，見不善之端而止之也。世之人所謂退，顔子之所謂進也；人之所謂益，顔子之所謂損也。易曰：「損，先難而後獲。」顔子之謂也。耳損於聲，目損於色，口損於言，身損於動，非先難歟？及其至也，耳無不聞，目無不見，言無不信，動無不服，非後得歟？是故君子之學，始如愚人焉，如童蒙焉。及其至也，天地不足大，人物不足多，鬼神不足爲隱，諸子之支離不足惑也。是故天至高也〔六〕，日月星辰陰陽之氣可端策而數也；地至大也，山川丘陵萬物之形、人之常産可指籍而定也。是故星曆之數、天地之法、人物之所，皆前世致精好學聖人者之所建也。後世之人守其成法，而安能知其始焉？傳曰：「百工之事，皆聖人作。」此之謂也。

故古之人言道者，莫先於天地；言天地者，莫先乎身；言身者，莫先乎性；言性者，莫先乎精。精者，天之所以高，地之所以厚，聖人所以配之。故御，人莫不盡能，而造父獨得之；非車馬不同，造父精之也。射，人莫不盡能，而羿獨得之；非弓矢之不同，羿精之也。今之人與古之人一也，然而用之則二也。造父用之以爲御，羿用之以爲射，盜蹠用之以爲賊。

〔一〕「性」，龍舒本作「情」。

〔二〕「於」，原闕，今據龍舒本補。

〔三〕「息」，龍舒本作「思」。

〔四〕「而」，原闕，今據龍舒本補。下句亦有「而」。
〔五〕「曉」，原作「輕」，今據龍舒本改。
〔六〕「至」，原作「之」，今據龍舒本改。

## 大人論

孟子曰：「充實而有光輝之謂大，大而化之之謂聖，聖而不可知之之謂神。」夫此三者皆聖人之名，而所以稱之之不同者，所指異也。由其道而言謂之神，由其德而言謂之聖，由其事業而言謂之大人。古之聖人，其道未嘗不入於神，而其所稱止乎聖人者，以其道存乎虛無寂寞不可見之間。苟存乎人，則所謂德也。是以人之道雖神，而不得以神自名，名乎其德而已。夫神雖至矣，不聖則不顯，聖雖顯矣，不大則不形，故曰：此三者皆聖人之名，而所以稱之之不同者，所指異也。

易曰：「蓍之德圓而神，卦之德方以智。」夫易之爲書，聖人之道於是乎盡矣，而稱卦以智不稱以神者，以其存乎爻也。存乎爻，則道之用見於器，而剛柔有所定之矣。剛柔有所定之，則非其所謂化也。且易之道於乾爲至，而乾之盛莫盛於二、五，而二、五之辭皆稱「利見大人」，言二爻之相求也。夫二爻之道，豈不至於神矣乎？而止稱大人者，則所謂見於器而剛柔有所定爾。蓋剛柔有所定，則聖人之事業也；稱其事業以大人，則其道之爲神、德之爲聖可知也。

孔子曰：「顯諸仁，藏諸用，鼓萬物而不與聖人同憂，盛德大業至矣哉！」此言神之所爲也。神之所爲雖至，而無所見於天下。仁而後著，用而後功，聖人以此洗心，退藏於密。及其仁濟萬物而不窮，用通萬世而不倦也，則所謂聖矣。故神之所爲，當在於盛德大業。德則所謂聖，業則所謂大也。世蓋有自爲之道而未嘗知此者，以爲德業之卑不足以爲道，道之至在於神耳，於是棄德業而不爲。夫爲君子者皆棄德業而不爲，則萬物何以得其生乎？故孔子稱神而卒之以德業之至，以明其不可棄。蓋神之用在乎德業之間，則德業之至可知矣。故曰：神非聖則不顯，聖非大則不形。此天地之全，古人之大體也。

## 致一論

萬物莫不有至理焉，能精其理則聖人也。精其理之道，在乎致其一而已。致其一，則天下之物可以不思而得也。易曰「一致而百慮」，言百慮之歸乎一也。苟能致一以精天下之理，則可以入神矣。既入於神，則道之至也。夫如是，則無思無爲寂然不動之時也。雖然，天下之事固有可思可爲者，則豈可以不通其故哉？此聖人之所以又貴乎能致用者也。

致用之效，始見乎安身。蓋天下之物，莫親乎吾之身，能利其用以安吾之身，則無所往而不濟也。無所往而不濟，則德其有不崇哉？故易曰：「精義入神以致用，利用安身以崇德。」此道之序也。孔子既已語道之序矣，患乎學者之未明也，於是又取於爻以喻焉。非其所困而困，非其所據而據，不恥不仁，不畏不義，以小善爲無益，以小惡爲無傷，凡此皆非所以安身、崇德也。苟欲安其身、崇其德，莫若藏器於身，待時而後動也。故君子舉是兩端，以明夫安身、崇德之道。蓋身之安不安、德之崇不崇，莫不由此兩端而已。身既安、德既崇，則可以致用於天下之時也。致用於天下者，莫善乎治不忘亂，安不忘危；莫不善乎德薄而位尊，智小而謀大。孔子之舉此兩端，又以明夫致用之道也，蓋用有利不利者，亦莫不由此兩端而已。

夫身安德崇而又能致用於天下，則其事業可謂備也。事業備而神有未窮者，則又當學以窮神焉。能窮神，則知微知彰，知柔知剛。夫於微彰剛柔之際皆有以知之，則道何以復加哉？聖人之道，至於是而已也。且以顏子之賢而未足以及之，則豈非道之至乎？聖人之學至於此，則其視天下之理皆致乎一矣。天下之理皆致乎一，則莫能以惑其心也。故孔子取損之辭以明致一之道曰：「三人行則損一人，一人行則得其友也。」夫危以動、懼以語者，豈有他哉？不能致一以精天下之理故也。故孔子舉益之辭以戒曰：「立心勿恒，凶。」勿恒者，蓋不一也。

嗚呼！語道之序，則先精義而後崇德，及喻人以修之之道，則先崇德而後精義〔一〕。蓋道之序則自精而至粗，學之之道則自粗而至精，此不易之理也。夫不能精天下之義，則不能入神矣；不能入神，則天下之義亦不可得而精也。猶之人身之於崇德也，身不安則不能崇德矣；不能崇德，則身豈能安乎？凡此宜若一，而必兩言之者，語其序而已也。

〔一〕「先崇德」，聖宋文選卷十致一論作「自粗德」。

## 九卦論

處困之道，君子之所難也。非夫智足以窮理，仁足以盡性，內有以固其德而外有以應其變者，其孰能無患哉？古之人有極天下之困，而其心能不累，其行能不移，患至而不傷其身，事起而不疑其變者，蓋有以處之也。處之之道，聖人嘗言之矣。易曰：「履以和行，謙以制禮，復以自知，恒以一德，損以遠害，益以興利，困以寡怨，井以辯義，巽以行權。」此其處之之道也。夫君子之學，至於是則備矣，宜其通於天下也，然而猶困焉者，非吾行之過也，時有利不利也。蓋古之所謂困者，非謂夫其行自困者，謂夫行足以通而困於命者耳。蓋於此九卦者，智有所不能明，仁有所不能守，則其困也非所謂困，而其處困也踈矣。

夫惟深於此九者而能果以行之者，則其通也宜，而其困也有以處之，惟其學之之素也。

且君子之行大矣，而待禮以和。仁義爲之内，而和之以禮，則行之成也，而禮之實存乎謙。謙者，禮之所自起；禮者，行之所自成也，故君子不可以不知履。欲知履，不可以不知謙。夫禮雖發乎其心，而其文著乎外者也。君子知禮而已，則溺乎其文而失乎其實，忘性命之本而莫能自復矣。故禮之弊必復乎本，而後可以無患，故君子不可以不知復。雖復乎其本，而不能常其德以自固，則有時而失之矣，故君子不可以不知恒。雖能久其德，而天下事物之變相代乎吾之前，如吾知恒而已，則吾之行有時而不可通矣，是必度其變而時有損益而後可，故君子不可以不知損、益。

夫學如此其至，德如此其備，則宜乎其通也。然而猶困焉者，則向所謂困於命者也。困於命，則動而見病之時也，則其事物之變尤衆，而吾之所以處之者尤難矣。然則其行尤貴於達事之宜而適時之變也，故辯義行權，然後能以窮通。而井者所以辯義，巽者所以行權也。故君子之學至乎井、巽而大備，而後足以自通乎困之時。孔子曰：「作易者其有憂患乎？」謂其言之足以自通乎困之時也。

嗚呼！後世之人一困於時，則憂思其心而失其故行，然卒至於不能自存也。是豈有他哉？不知夫九者之義故也。

中國古典文學基本叢書

# 王安石文集

第二册

〔北宋〕王安石 撰
劉成國 點校

中華書局

# 第二册目録

王安石文集卷第二十四……三七五

律詩　七言八句……三七五

王安石文集卷第二十五……三九一

律詩　七言八句　七言長篇附……三九一

王安石文集卷第二十七

王安石文集卷第三十二……五三七

王安石文集卷第三十六　五九五

# 王安石文集卷第二十三

## 律詩　七言八句

### 酬吴仲庶小園之句

舊年臺榭掃流塵，職閉朱門歲又新。花影隙中看裊裊，車音墻外去轔轔〔一〕。相逢豈少佳公子，一醉何妨薄主人。祇向東風邀載酒，定知無奈帝城春。

〔一〕「去」，龍舒本、朝鮮本作「聽」。

### 始與韓玉汝相近居遂相與遊今居復相近而兩家子唱和詩相屬因有此作〔一〕

羈旅兒童得近鄰，相知邂逅即情親。當時豈意兩家子，此地更爲同社人。勳業彈冠知白首，文章投筆讓青春。萬金雖愧君多産，比我淵明亦未貧。

〔一〕「今居」，朝鮮本作「今日」。

## 春寒

春風滿地月如霜，拂曉鍾聲到景陽。花底裌衣朝宿衛，柳邊新火起嚴糕。冰殘玉甃泉初動，水澀銅壺漏更長。從此暄妍知幾日，便應鶗鴂損年芳。

## 次韻再遊城西李園〔一〕

京師花木類多奇，常恨春歸人未歸。車馬喧喧走塵土〔二〕，園林處處鎖芳菲。殘紅已落香猶在，羈客多傷涕自揮。我亦悠悠無事者，約君聯騎訪郊圻。

〔一〕此篇亦見歐陽脩居士集卷十二，題爲「和陸子履再遊城西李園」。

〔二〕「走」，光啓堂本、聽香館本作「起」。

## 予求守江陰未得酬昌叔憶江陰見及之作

黄田港北水如天，萬里風檣看賈船。海外珠犀常入市，人間魚蟹不論錢。高亭笑語如昨日，末路塵沙非少年。强乞一官終未得，祗君同病肯相憐。

## 送蘇屯田廣西轉運

置將從來欲善師，百城蹉跌起毫釐〔一〕。驅除久費兵符出，按撫紛煩使節移。恩澤易行窮苦後，功名常見急難時。孺文此日風流在，直筆他年豈愧辭。

〔一〕「釐」，原作「氂」，據朝鮮本、四庫本改。

## 酬淮南提刑邵不疑學士來詩及予送沈常州之詩，而卒有「素壁鑱詩尚未泯」之句〔一〕。

曾詠常州送主人，豈知身得兩朱輪。田疇汎濫川方壅，厨傳蕭條市亦貧。以我薄材思拊傴〔二〕，賴君餘教得因循。詢求故有風謡在，不獨鑱詩尚未泯。

〔一〕「素」，龍舒本作「西」。「泯」，原作「泥」，形訛，今據龍舒本、朝鮮本改。按，詩曰：「不獨鑱詩尚未泯。」

〔二〕「以」，龍舒本作「似」。

## 酬王太祝

一馬常隨世事馳，豈論江徼與河湄。已成白髮潘常侍，更似青衫杜拾遺。勳業儻來知有命，文章聊欲見無期〔一〕。喜君材俊能從我，力學何妨和子思。

〔一〕「聊欲」下，朝鮮本李壁校曰：「兩字誤。」「欲」，聽香館本作「以」。

## 出城訪無黨因宿齋館

闕外尋君信馬蹄，漫成詩句任天倪。花枝到眼春相照一作映〔一〕，山色侵衣晚自迷。今日笑談還喜共〔二〕，經年勞逸固難齊。生涯零落歸心懶，多謝慇懃杜宇啼。

〔一〕「照」，龍舒本、朝鮮本作「映」。

〔二〕「喜」，龍舒本作「許」。

## 寄張氏女弟

十年江海別常輕一作經，豈料今隨寡嫂行。心折向誰論宿昔，魂來空復夢平生。音容想像猶如昨，歲月蕭條忽已更。知汝此悲還似我，欲爲西望涕先横。

## 奉寄子思以代别

南北蹉跎成兩翁，悲歡邂逅笑言同。全家欲出嶺雲外，匹馬肯尋山雨中。趨府折腰嗟踽踽，聽泉分手惜怱怱。寄聲但有加飡飯，才業如君豈久窮。

## 次韻劉著作過茆山今平甫往遊因寄

華陽仙伯有茆卿，官府今傳在赤城。三鶴不歸猶地勝，二君能到亦心清。詩中慷慨悲陳迹，篇末慇懃奬後生。遥想青雲知可附，坐看閭巷得名聲。

## 次韻十四叔賜詩留别

窮冬追路出西津，得侍茫然兩見春。發册久嗟淹國士，起家初命慰鄉人。行辭北闕樓臺麗，歸佐南州縣邑新。班草數行衣上淚，何時杖屨却相親。

## 次韻耿天隲大風〔一〕

雲埋月缺暈寒灰，飈發齊如巨象豗〔二〕。縱勇萬川冰柱立，紛披千障土囊開。魯門未怪爰居至，鄭圃何妨禦寇來。終夜不眠誰與共，坐忘唯有一顔回。

〔一〕「天隲」，龍舒本作「憲」。按，耿憲，字天隲。

〔二〕「齊」，龍舒本作「聲」。

## 法喜寺

門前白道自縈回，門下青莎間緑苔。雜樹繞花鶯引去，壞簷無幕鷰歸來。寂寥誰共樽前酒，牢落空留案上杯。我憶故鄉誠不淺，可憐鵻鳩重相催。

## 長干寺

梵館清閑側布金，小塘回曲翠文深。柳條不動千絲直，荷葉相依萬蓋陰。漠漠岑雲相上下，翩翩沙鳥自浮沈。羈人樂此忘歸思〔一〕，忍向西風學越吟。

〔一〕「思」，龍舒本、朝鮮本作「志」。

## 落星寺在南康軍江中。

崒雲臺殿起崔嵬，萬里長江一酒杯。坐見山川吞日月，杳無車馬送塵埃。鴈飛雲路聲低過，客近天門夢易迴。勝概唯詩可收拾，不才羞作等閑來。〔一〕

〔一〕朝鮮本李壁注引王直方詩話曰：「落星寺，在彭蠡湖中。劉咸臨嘗親見寺僧言幼時目覩閩中章傳道作此詩，其前六句皆同，其末云『勝概詩人盡收拾，可憐蘇石不曾來』。蘇、石，謂子美、曼卿也。後人愛其詩者，改末句作荆公詩傳之，遂使一篇之意不完。其體與荆公所作詩，亦不類」。胡仔苕溪漁隱叢話前集卷三十四：「苕溪漁隱曰：『直方所言非也。余細觀此詩，句語體格，真是荆公作，餘人豈能道此？今具載全篇，識者必能辨之。』」

## 清風閣

飛甍孤起下州墻，勝勢峥嶸壓四方。遠引江山來控帶，平看鷹隼去飛翔。高蟬感耳何妨静，赤日焦心不廢涼。況是使君無一事，日陪賓從此傾觴。

## 留題微之廨中清輝閣

故人名字在瀛洲，邂逅低徊向此留。鷗鳥一雙隨坐笑〔一〕，荷花十丈對冥搜〔二〕。水涵樽俎清如洗〔三〕，山染衣巾翠欲流。宣室應疑鬼神事，知君能復幾來遊。

〔一〕「笑」，龍舒本、朝鮮本作「嘯」。
〔二〕「十」，龍舒本作「千」。
〔三〕「涵」，龍舒本、朝鮮本作「含」。

## 次韻和甫春日金陵登臺〔一〕

鍾山漠漠水洄洄，西有陵雲百尺臺。萬物已隨和氣動，一樽聊與故人來。天邊幽鳥鳴相和，地上晴煙掃不開。悲眼看春長一作唯。恐盡〔二〕，直須去取六龍回。

〔一〕龍舒本此題有二首，此詩爲其中第一首。

〔二〕「悲」，龍舒本、朝鮮本作「愁」。

## 慶老堂陳繹和叔内翰也。〔一〕

板輿去國宦三年，華屋歸來地一偏。種竹常疑出冬筍，開池故合涌寒泉。身閑楚老猶能戲，道勝鄒人不更遷。嗟我强顔無所及，想君爲樂更焦然。

〔一〕「和叔内翰也」，原闕，今據朝鮮本補。

## 寄陳宣叔

扁舟欲動更徘徊，一笑相看病眼開。事忤貴人今見節，政行豪縣衆稱材。忽驚歲月侵雙鬢，却喜山川共一杯。落日亂流江北去，離心猶與水東迴。

寄張劍州并示女弟時張以太夫人喪，自劍州歸。

劍閣天梯萬里寒，春風此日白衣冠。烏辭反哺顛毛黑，鳥引思歸口血丹。行路想君今瘠瘦〔一〕，相逢添我老悲酸。浮雲渺渺吹西去，每到原頭勒馬看。

〔一〕「瘠」，原作「眚」，據元大德本改。朝鮮本作「瘠」。

元珍以詩送綠石硯所謂玉堂新樣者

玉堂新樣世爭傳，況以蠻溪綠石鐫。嗟我長來無異物，愧君持贈有佳篇。久埋瘴霧看猶濕，一取春波洗更鮮。還與故人袍色似，論心於此亦同堅。

和微之林亭

爲有檀欒占雒陽，憶歸杖策此徜徉。觀魚得意還知樂，入鳥忘機肯亂行。未敢許君輕去國，不應如我漫爲郎。中園日涉非無趣，保此千鍾慰北堂。

## 酬微之梅暑新句

江梅落盡雨昏昏，去馬來牛漫不分。當此沈陰無白日，豈知炎旱有彤雲。琴絃欲緩何妨促，畫蠹微生故可熏。回首涼秋知未遠，會須重曝阮郎裩。

## 平甫與寶覺遊金山思大覺并見寄及相見得詩次韻二首〔一〕

寵參時宰道人琳〔二〕，氣蓋諸公弟季心。勝踐肯論山在險，冥搜欲與海争深。摇摇北下隨帆影，踽踽東來想足音。握手更知禪伯遠，隔雲靈鷲碧千尋。

二

漳南開士好叢林，慧劍何年出水心？獨往便應諸漏盡，相逢未免故情深。檻窺山鳥有真意，窻聽海潮非世音。一笑上方人事外，不知衰境兩侵尋。

〔一〕龍舒本題作「平甫游金山同大覺見寄相見後次韻二首」。

〔二〕「寵」，龍舒本、朝鮮本作「名」。

# 金陵懷古四首

霸祖孤身取二江，子孫多以百城降。豪華盡出成功後，逸樂安知與禍雙。東府舊基留佛刹，後庭餘唱落船窻。黍離麥秀從來事，且置興亡近酒缸〔一〕。

二

天兵南下此橋江，敵國當時指顧降。山水雄豪空復在，君王神武自難雙〔二〕。留連落日頻回首，想像餘墟獨倚窻。却怪夏陽纔一葦，漢家何事費罌缸。

三

地勢東回萬里江，雲間天闕古來雙。兵纏四海英雄得，聖出中原次第降。山水寂寥埋王氣，風烟蕭颯滿僧窻。廢陵壞冢空冠劍，誰復沾纓酹一缸。

四

憶昨天兵下蜀江，將軍談笑士争降。黄旗已盡年三百，紫氣空收劍一雙。破堞自生新草木，廢宫誰識舊軒窻。不須搔首尋遺事，且倒花前白玉缸。

〔一〕「近」，朝鮮本作「共」。
〔二〕「難」，龍舒本作「無」。

## 次韻舍弟遇子固憶少述時舍弟在臨川。

歸計何時就一廛？寒城回首意茫然。野林細錯黄金日，溪岸寬圍碧玉天。飛兔已聞追騕褭，太阿猶恨失龍泉。遥知更憶河濱友，從事能忘我獨賢。

## 次韻昌叔詠塵〔一〕

塵土輕飆不自持，紛紛生物更相吹。翻成地上高煙霧，散在人間要路岐。一世競馳甘眯目，幾家清坐得軒眉。超然祇有江湖上，還見波濤恐我時。

〔一〕「詠塵」，龍舒本作「塵土」。

## 石竹花〔一〕

退公詩酒樂華年，欲取幽芳近綺筵。種玉亂抽青節瘦，刻繒輕染絳花圓。風霜不放飄零早，雨露應從愛惜偏。已向美人衣上繡，更留佳客賦嬋娟。

〔一〕龍舒本題作「石竹花二首」，此爲其中第一首。

## 古松

森森直榦百餘尋，高入青冥不附林。萬壑風生成夜響，千山月照掛秋陰。豈因糞壤栽培力，自得乾坤造化心。廊廟乏材應見取，世無良匠勿相侵。

## 玉晨大檜鶴廟古松最爲佳樹

壇廟千年草不生，幽真曾此蔭餘清。月枝地上流雲影，風葉天邊過雨聲。材大賢於人有用，節高仙與世無情。秦山陂下今迷處〔一〕，苦里宫中漫得名。

〔一〕「秦」，朝鮮本作「泰」，李壁校曰：「一作『秦』。」「迷」，朝鮮本作「遺」。李壁校曰：「『陂』字恐誤。」

## 次韻董伯懿松聲

天機自動豈關情，能作人間物外聲〔一〕。暝聒一堂無客夢，曉悲千嶂有猿驚。廟中奏瑟沈三歎，堂下吹簫失九成。俚耳紛紛多鄭衛，直須聞此始心清。

〔一〕「物」，龍舒本、朝鮮本作「意」。

## 次韻答平甫

高蟬抱殼悲聲切，新鳥争巢誶語忙。長樹老陰欺夏日，晚花幽艷敵春陽。雲歸山去當簷静，風過溪來滿坐涼。物物此時皆可賦，悔予千里不相將。

## 次韻質夫兄使君同年

樓堞相望一日程，春風吹急似摇旌。莫言樂國無愁夢，賴把新詩有故情。客舍五漿非所願，私田三徑會須成。青雲自致歸公等，如我何緣得此聲。

# 王安石文集卷第二十四

## 律詩　七言八句

### 金明池

宜秋西望碧參差，憶看鄉人禊飲時。斜倚水開花有思，緩隨風轉柳如癡。青天白日春常好，緑髮朱顔老自悲。跋馬未堪塵滿眼，夕陽偷理釣魚絲。

### 葛溪驛

缺月昏昏漏未央，一燈明滅照秋牀。病身最覺風露早〔一〕，歸夢不知山水長。坐感歲時歌慷慨，起看天地色凄涼。鳴蟬更亂行人耳，正抱疎桐葉半黄。

〔一〕「露」，朝鮮本作「霜」。

## 泛舟青溪入水門登高齋奉呈叔康〔一〕

簿領紛紛惜此時，起携佳客散沈迷。十圍但見諸營柳，九曲難尋故國溪。牽埭欲隨流水遠，放船終礙畫橋低。子猷清興何曾盡，想憶高齋更一躋。

〔一〕「叔康」，原作「康叔」，據元大德本、清綺齋本改。叔康，即孫昌齡，字叔康，時以屯田員外郎簽書江寧節度判官。本書卷十二送孫叔康赴御史府、同卷送叔康侍御，所送即此人。詳細考證可見王安石年譜長編卷三。

## 爲裴使君賦擬峴臺

君作新臺擬峴山，羊公千載得追攀。歌鍾殷地登臨處，花木移春指顧間。城似大隄來宛宛，溪如清漢落潺潺。時平不比征吴日，緩帶尤宜向此閑〔一〕。

〔一〕「尤宜」，朝鮮本校曰：「一作『猶疑』。」

## 送李才元校理知邛州

朝廷孝治稱今日，鄉郡榮歸及壯時。關吏相呼迎印綬，里兒争出望旄麾〔一〕。北堂已足誇三釜，南畝當今識兩歧。獨我尚留真有命〔二〕，天於人欲本無私。

〔一〕「旄」，龍舒本、朝鮮本作「旌」。

〔二〕「真」，朝鮮本作「貞」。

## 送張頡仲舉知奉新

故人爲邑士多稱，繇賦寬賒獄訟平。老吏閉門無重糈，荒山開隴有新粳。方揮玉麈日邊坐，又結銅章天外行。此去料君歸不久〔一〕，挾材如此即名卿。

〔一〕「此」，龍舒本、朝鮮本作「去」。

## 張劍州至劍一日以新憂罷〔一〕

客舍飛塵尚滿韉，却尋東路想茫然。白頭反哺秦烏側，流血思歸蜀鳥前。今日相逢知悵望，幾時能到與留連。行看萬里雲西去，倚馬春風不忍鞭。

〔一〕「新」，龍舒本、朝鮮本作「親」。

## 次韻子履遠寄之作

飄然逐客出都門，士論應悲玉石焚。高位紛紛誰得志，窮途往往始能文。柴桑今日思元亮，天禄何時召子雲？直使聲名傳後世，窮通何必較功勳。

## 送李太保知儀州

北平上谷當時守，氣略人推李廣優。還見子孫持漢節，欲臨關塞撫羌酋〔一〕。雲邊鼓吹應先喜，日下旌旗更少留。五字亦君家世事〔二〕，一吟何以稱來求。

〔一〕「臨」，龍舒本作「令」。

〔二〕「亦」，龍舒本作「出」。

## 送西京簽判王著作

兒曹曾上洛城頭，尚記清波遶驛流。却想山川常在夢，可憐顔髮已驚秋。辟書今日看君去，著籍長年歎我留。三十六峰應好在，寄聲多謝欲來遊〔一〕。

〔一〕「聲」，朝鮮本作「身」。

送劉貢父赴秦州清水

劉郎高論坐噓枯，幕府調職用緒餘。筆下能當萬人敵，腹中嘗記五車書。聞多望士登天禄，知有名臣薦子虚。且復弦歌窮塞上，祇應非晚召相如。

送純甫如江南

青溪看汝始蹁躚，兄弟追隨各少年。壯爾有行今納婦，老吾無用亦求田。初來淮北心常折，却望江南眼更穿。此去還知苦相憶，歸時快馬亦須鞭。

送郊社朱兄除郎東歸

手持官牒出神皋，迎客遥知賀酒醪。照映里門非白屋，欺凌春草有青袍。宦遊雖晚何妨久，餓顯從來不必高。孝友父兄家法在，想能清白遺兒曹。

送沈康知常州

作客蘭陵迹已陳，爲傳謡俗記州民。溝塍半廢田疇薄〔一〕，厨傳相仍市井貧。常恐勞人輕白屋，忽逢佳士得朱輪。慇懃話此還惆悵，最憶荆溪兩岸春。

〔一〕「塍」，龍舒本作「川」。

## 安豐張令修芍陂

桐鄉振廩得周旋，芍水修陂道路傳。目想僝功追往事，心知爲政似當年〔一〕。鲂魚鱍鱍歸城市，秔稻紛紛載酒船。楚相祠堂仍好在，勝遊思爲子留篇。

〔一〕「似」，龍舒本作「自」。

## 送復之屯田赴成都

槃礴西南江與岷，石犀金馬世稱神。桑麻接畛餘無地，錦繡連城别有春。結綬相隨通籍久，推車此去辟書新。知君不爲山川險，便忘吾家叱馭人。

## 送經臣富順寺丞

故人爲縣楚江邊，海角猶聞政事傳。萬井已安如赤子，一麾今去上青天。應開醉眼酴醿下，莫起歸心杜宇前。報主代親俱有地，幾人忠孝似君全。

送張卿致仕

子房籌策漢時功，身退超然慕赤松。餘烈尚能開後世，高材今復繼前蹤。執鞭始負平生願，操几何知此地逢。竊食一官慚未艾，緒言方賴賜從容。

送梅龍圖

子真家世子雲鄉，風力才華豈易當。回首古人多隱約，致身今日獨輝光。謨明久合分三府，治劇聊須試一方。從此政成何所報，百城無事衹耕桑。

送李祕校南歸

四十青衫更旅人，悠悠飢馬傍沙塵。久留上國言空富，却走南州食轉貧。自作詩書能見志，應知時命不關身。江湖勝事從今數，肯但悲歌寂寞濱。

## 送蕭山錢著作

才高諸彦故無嫌，兄弟同時舉孝廉。東觀外除方墨綬，西州相見已蒼髯。靈胥引水清穿市，神禹分山翠入簾。好去弦歌聊自慰，郡人誰敢慢陶潛。

## 送靈仙裴太博〔一〕

一官留隱太常中，生事蕭然信所窮。有力尚期當世用，無求今見古人風。邅迴舊學皆殘稾，邂逅相看各老翁。他日卜居何處好，溪山還欲與君同。

〔一〕「仙」，原作「山」，今據龍舒本、朝鮮本改。按，「靈仙」，謂舒州靈仙觀。李壁注曰：「舒州靈仙觀，太博必食祠禄者。」

## 送趙燮之蜀永康簿

蜀山萬里一青袍，石棧天梯篳欒高。多學侶君寧易得，小官於此亦徒勞。行追西路聊班草，坐憶南州欲夢刀。他日寄聲能問我，應從錦水至江皋。

## 酬吴季野見寄時被召，來詩以賈誼見方。

漫披陳蠹學經綸，捧檄生平祇爲親〔一〕。聞道不先從事早，課功無狀取官頻。豈堪置足青冥上，終欲回身寂寞濱。俯仰謬恩方自歉，慚君將比洛陽人。

〔一〕「生平」，朝鮮本作「平生」。

## 和平甫寄陳正叔

强行南仕莫辭勤，聞説田園已曠耘。縱使一區猶有宅，可能三月尚無君。且同元亮傾罇酒，更與靈均續舊文。此道廢興吾命在，世間騰口任云云。

## 送王太卿致政歸江陵〔一〕

九卿初命亞三司，朝吏相瞻得老師〔二〕。南闕便還新印綬，東舟只載舊書詩。漢庭餞客無佳句，越水歸裝有富貲。回首千年見疎范，共疑今事勝當時〔三〕。

〔一〕「政」，朝鮮本作「仕」。

〔二〕「瞻」，朝鮮本作「傳」。

〔三〕「事」，清綺齋本作「日」。

## 送叔康侍御

詔取名郎入憲臺，此時方急濟時才。聖聰應已虚心待，姦黨寧無側目猜？白筆豈知權可畏，皂囊還請上親開。佇聞讜論能醫國，飛報頻隨驛騎來。

## 寄朱昌叔

清江浸浸遶城流〔一〕，尚憶城邊繫小舟。射虎未能隨李廣，割雞空欲戲言游。雲埋塞路驚塵合〔二〕，霜入春風滿鬢愁。此日君書苦難得，漫多鴻鴈起南洲。

〔一〕「浸浸」，朝鮮本作「漫漫」。

〔二〕「埋」，朝鮮本作「霾」。

## 九日登東山寄昌叔

城上啼烏破寂寥，思君何處坐岧嶢。應須緑酒醻黄菊，何必紅裙弄紫簫。落木雲連秋水渡，亂山煙入夕陽橋。淵明久負東籬醉，猶分低心事折腰。

## 到舒次韻答平甫〔一〕

夜别江船曉解驂，秋城氣象亦潭潭。山從樹外青争出，水向沙邊緑半涵。行問嗇夫多不記，坐論公瑾少能談。只愁地僻無賓客〔二〕，舊學從誰得指南？

〔一〕「舒」下，朝鮮本有「州」字。

〔二〕「無賓客」，詹大和王荆文公年譜作「經過少」。

## 舒州七月十七日雨〔一〕

行看野氣來方勇，卧聽秋聲落竟慳。淅瀝未生羅豆水，蒼忙空失皖公山〔二〕。火耕又見無遺種，肉食何妨有厚顏。巫祝萬端曾不救，只疑天賜雨工閑。

〔一〕「十七」，原作「十一」，今據底本卷前目録、龍舒本、遞修本、朝鮮本、嘉靖五年本改。

〔二〕「忙」，朝鮮本作「茫」。

## 次韻答丁端州〔一〕

莫嗟荒僻又離群，且喜風謡嶺北聞。銅柱雖然蠻徼接，竹符還是漢家分。春書來逐衡陽鴈，秋騎歸看隴首雲。相見會知南望苦，病骸今侶沈休文。

〔一〕龍舒本題作「次韻答端州丁元真」，朝鮮本題作「次韻答端州丁元珍」。按，丁端州，即丁寶臣，字元珍。仁宗皇祐年間知端州。歐陽脩居士集卷二十五集賢校理丁君墓表：「君諱寶臣，字元珍，姓丁氏，常州晉陵人也。景祐元年舉進士及第，爲峽州軍事判官、淮南節度掌書記、杭州觀察判官，改太子中允、知剡縣，徙知端州。」

## 答劉季孫

偶著儒冠敢陋今，自憐多負少時心。輕軒已任人前後，揭厲安知世淺深。挾筴有思悲慷慨，負薪無力病侵淫。愧君緑綺虚投贈，更覺貧家報乏金〔一〕。

〔一〕「報乏」，朝鮮本作「乏報」。

## 次韻酬王太祝

塵土波瀾不自期，飄然身與願相違。衰根要路知難植，病羽長年欲退飛。高論已嗟能聽少，力行還恨賦材微。慚君俊少今知我，一見心如客得歸。

## 寄吴成之

緑髮溪山笑語中，豈知翻手兩成翁。辛夷屋角摶香雪，躑躅岡頭挽醉紅。想見舊山茅徑在，近隨今日板輿空〔一〕。渭陽車馬嗟何及，榮禄方當與子同。

〔一〕「近」，龍舒本、朝鮮本作「追」。

## 寄曾子固

斗粟猶慚報禮輕，敢嗟吾道獨難行。脱身負米將求志，戮力乘田豈爲名。高論幾爲衰俗廢，壯懷難值故人傾。荒城回首山川隔，更覺秋風白髮生。

至開元僧舍上方次韻舍弟二月一日之作〔一〕

溪谷濺濺嫩水通，野田高下緑蒙茸。和風滿樹笙簧雜，霽雪兼山粉黛重。萬里有家歸尚隔，一塵無地去何從。傷春故欲西南望〔二〕，迴首荒城已暮鍾。

〔一〕龍舒本題作「和平甫春日」。朝鮮本題作「至開元僧舍上方次韻舍弟」。

〔二〕「故」，龍舒本、朝鮮本作「政」。

寄王回深甫

少年倏忽不再得，後日歡娛能幾何？顧我面顔衰更早，憐君身世病還多。牕間暗淡月含霧，船底飄颻風送波。一寸古心俱未試，相思中夜起悲歌。

次韻答彦珍

手得封題手自開，一篇美玉綴玫瑰。衆知圓媚難論報，自顧窮愁敢角才〔一〕。君卧南陽惟甽畝，我行西路亦風埃。相逢不必嗟勞事，尚欲賡歌詠起哉。

〔一〕「愁」，龍舒本、遞修本作「通」。

## 寄闕下諸父兄兼示平甫兄弟

父兄爲學衆人知，小弟文章亦自奇。家勢到今宜有後〔一〕，士才如此豈無時〔二〕。久聞陽羨溪山好，頗與淵明性分宜。但願一門皆貴仕，時將車馬過茆茨。

〔一〕「勢」，朝鮮本校曰：「一作『世』。」

〔二〕「士」，龍舒本作「人」。

# 王安石文集卷第二十五

## 律詩　七言八句　七言長篇附

### 鍾山西庵白蓮亭

山亭新破一方苔，白帝留花滿四隈。野艷輕明非傅粉，秋光清淺不憑材〔一〕。鄉窮自作幽人伴，歲晚誰爲静女媒？可笑遠公池上客，却因松菊賦歸來。

〔一〕「材」，朝鮮本作「杯」，李壁校曰：「諸本『杯』作『材』，全無義理。」

### 贈老寧僧首〔一〕

秀骨龎眉倦往還，自然清譽落人間。閑中用意歸詩筆，静外安身比太山。欲倩野雲朝送客，更邀江月夜臨關。嗟予蹤迹飄塵土，一對孤峰幾厚顔。

〔一〕「老」，朝鮮本作「長」。

## 次韻舍弟賞心亭即事二首

檻折簷傾野水傍，臺城佳氣已消亡。難披梗莽尋千古〔一〕，獨倚青冥望八荒。坐覺塵沙昏遠眼，忽看風雨破驕陽。扁舟此日東南興，欲盡江流萬里長〔二〕。

二

霸氣消磨不復存，舊朝臺殿祇空村。孤城倚薄青天近，細雨侵凌白日昏〔三〕。稍覺野雲成晚霽〔四〕，却疑山月是朝暾。此時江海無窮興，醒客忘言醉客喧。

〔一〕「梗」，龍舒本、朝鮮本作「榛」。景定建康志卷二十二引作「草」。
〔二〕「盡」，景定建康志引作「望」。
〔三〕「凌」，景定建康志引作「尋」。
〔四〕「成」，龍舒本、朝鮮本作「乘」。

## 次韻陳學士小園即事〔一〕

墻屋雖無好鳥鳴，池塘亦未有蛙聲。樹含宿雨紅初入，草倚朝陽緑更生。萬物天機何得喪，百年心事不將迎。與君杖策聊觀化，搔首春風眼尚明〔二〕。

〔一〕「陳」下，元大德本、清綺齋本有「繹」字。

〔二〕「春」，朝鮮本作「東」。

寄友人

飄然羈旅尚無涯，一望西南百歎嗟。江擁涕洟流入海，風吹魂夢去還家。平生積慘應銷骨，今日殊鄉又見花。安得此身如草樹，根株相守盡年華。

登大茅山〔一〕

一峰高出衆山顛，疑隔塵沙道里千。俯視煙雲來不極〔二〕，仰攀蘿蔦去無前。人間已換嘉平帝，地下誰通句曲天。陳迹是非今草莽，紛紛流俗尚師仙。

〔一〕龍舒本、朝鮮本題作「登大茅山頂」。

〔二〕「煙雲」，朝鮮本作「雲煙」。

## 登中茅山

倏然杖屨出塵囂，雞犬無聲到泬寥。欲見五芝莖葉老，尚攀三鶴羽翰遥。容溪路轉迷横彴〔一〕，仙几風來得墮樵。興罷日斜歸亦懶，更磨碑蘚認前朝。

〔一〕「彴」，龍舒本作「徑」。

## 登小茅山〔一〕

捫蘿路到半天窮，下視淮洲杳靄中〔二〕。物外真游來几席，人間榮願付苓通。白雲坐處龍池杳，明月歸時鶴馭空。回首三君誰更似？子房家世有高風。

〔一〕龍舒本、朝鮮本題作「登小茅峰」。

〔二〕「淮洲」，龍舒本作「茅州」。

## 送張仲容赴杭州孫公辟

萬屋相誇漆與丹，笑歌長在綺紈間。綵船春戲城邊水，畫燭秋尋寺外山。憶我屢隨遊客入，喜君今赴辟書還。遥知曼倩威行久，赤筆應從到日閑。

### 贈李士寧道人

季主逡巡居卜肆，彌明邂逅作詩翁。曾令宋賈歎車上，更使劉侯驚坐中。杳杳人傳多異事，冥冥誰識此高風？行歌過我非無謂，唯恨貧家酒盞空。

### 次韻春日即事〔一〕

人間尚有薄寒侵，和氣先薰草樹心。丹白自分齊破蕾，青黄相向欲交陰。潺潺嫩水生幽谷，漠漠輕煙動遠林〔二〕。病得一官隨太守，班春無助愧周任。

〔一〕「即」，龍舒本作「感」。

〔二〕「煙」，龍舒本作「寒」。

### 次韻答陳正叔二首

青衫憔悴北歸來，髮有霜根面有埃。群吠我方憎猘子，一鳴誰更識龍媒？功名落落求難值，日月沄沄去不回。勝事與身何等近，酒樽詩卷數須開。

二

田宅荒涼去復來，詩書顔髮兩塵埃。忘機自許鷗相狎，得禍誰期鶴見媒。此道未行身有待，古人不見首空回。何當水石他年住，更把韋編静處開。

## 送崔左藏之廣東

怪石巉巉上泬寥，昔人於此奏簫韶。水清但有嘉魚出，風暖何曾毒草摇。今日淹留君按節，當時嬉戲我垂髫。因尋舊政詢遺老，爲作新詩變俚謡。

## 苦雨〔一〕

靈場奔走尚無功，去馬來車道不通。風助亂雲陰更密，水争高岸氣尤雄。平時溝洫今多廢，下户京囷久已空。肉食自嗟何所報，古人憂國願年豐〔二〕。

〔一〕龍舒本題作「閔旱」。
〔二〕「人」，龍舒本作「今」。

## 江上〔一〕

村落家家有濁醪，青旗招客解衹裯。春風似補林塘破，野水遥連草樹高。寄食舟車隨處弊，行歌天地此身勞。遲回自負平生意，豈是明時惜一毛。

〔一〕龍舒本題作「江上五首」，此爲其中第一首。

## 午枕

百年春夢去悠悠，不復吹簫向此留。野草自花還自落，鳴禽相乳亦相酬〔一〕。舊蹊埋没開新徑，朱户欹斜見畫樓。欲把一盃無伴侣，眼看興廢使人愁。

〔一〕「禽」，朝鮮本作「鳩」。

## 寄石鼓寺陳伯庸〔一〕

鯨海無風白日閑，天門當面險難攀。塵埃掉臂離長陌，琴酒和雲入舊山。仁義未饒軒冕貴，功名莫信鬼神慳〔二〕。郭東一點英雄氣，時伴君心夜斗間。

〔一〕「寺」，龍舒本、朝鮮本闕。
〔二〕「莫」，朝鮮本作「誰」。

### 送熊伯通

歲暮欣逢蓋共傾，川塗南北豈忘情。事經官路心應折〔一〕，地入家山眼更明。江上月華空自照，梅邊春意恰相迎〔二〕。關河不鎖真消息，野客猶能聽治聲。

〔一〕「官」，遞修本、朝鮮本作「宦」。「折」，龍舒本、遞修本作「達」。
〔二〕「意」，朝鮮本作「信」。

### 送王覃

分走人間十五年〔一〕，塵沙吹鬢各蒼然。山林渺渺長回首，兒女紛紛忽滿前。知子有才思奮發，嗟余無地與迴旋〔二〕。相看一作秦吴別，身世何時兩息肩。

〔一〕「分」，朝鮮本作「奔」。
〔二〕「余」，龍舒本、朝鮮本作「予」。

送明州王大卿

大曆才臣有此州，昆雲今駕鹿轓游。從來所至邦人喜，真復能分聖主憂。千里封疆何足治，一時名跡故應留。屬城舊吏雖疲懶，尚可揮毫敵李舟。

姑胥郭

誤褫雲巾別故山，抵吴由越兩間關。千家漁火秋風市，一葉歸舟暮雨灣。旅病愔愔如困酒，鄉愁脉脉似連環。情知帶眼從前緩，更恐顛毛自此斑。

嚴陵祠堂

漢庭來見一羊裘，默默俄歸舊釣舟。迹似磻溪應有待，世無西伯可能留？崎嶇馮衍才終廢，索寞桓譚道不謀。勺水果非鱣鮪地，放身滄海亦何求。

藏春塢詩獻刁十四丈學士

蒜山東渡得林丘，邂逅籃輿亦少留。今日更知萊氏隱，暮年長憶武陵遊。欲營垣屋隨穿斸，尚歎塵沙隔獻酬。遥約向吴亭下路〔一〕，春風深駐五湖舟。

〔一〕「向」，朝鮮本、四庫本作「勾」，疑是。李壁注曰：「史記吴世家：『太伯之奔荆蠻，自號勾吴。』又小杜潤州詩：『勾吴亭東千里秋，放歌曾作昔年游。』則勾吴亭之名舊矣。」

## 太湖恬亭

檻臨溪上緑陰圍，溪岸高低入翠微〔一〕。日落斷橋人獨立，水涵幽樹鳥相依。清遊始覺心無累，静處誰知世有機。更待夜深同徙倚，秋風斜月釣船歸。

〔一〕「岸」，龍舒本作「月」。

## 蒙城清燕堂

清燕新碑得自蒙〔一〕，行吟如到此堂中。吏無田甲當時氣，民有莊周後世風。庭下早知閑木索〔二〕，坐間遥想御絲桐。飄然一往何時得，俛仰塵沙欲作翁。

〔一〕「碑」，朝鮮本作「詩」。

〔二〕「木索」，龍舒本作「索木」。

## 次韻酬吴彦珍見寄二首時彦珍爲教授〔一〕，學有右軍墨池〔二〕。

君作新詩故起予，一吟聊復報雙魚。杖藜高徑誰來往？散帙空堂自卷舒。樹外鳥啼催晚種，花間人語趁朝虚。春風處處堪携手，何事臨池苦學書。

二

篁竹荒茅五畝餘，生涯山蕨與泉魚。家貧殖貨羞端木，鄉里傳書比仲舒。白日憶君聊遠望〔三〕，青林嗟我似逃虚。春風渺渺烏塘尾，漫得東來一紙書。

〔一〕「爲」下，朝鮮本有「撫州」二字。

〔二〕「有」下，龍舒本有「王」字。

〔三〕「遠望」，朝鮮本作「望遠」。

## 自金陵如丹陽道中有感〔一〕

數百年來王氣消，難將前事問漁樵〔二〕。苑方秦地皆蕪没，山借揚州更寂寥。荒埭暗雞催月曉，空場老雉挾春驕。豪華祇有諸陵在，往往黄金出市朝。

〔一〕「如」，龍舒本、朝鮮本作「至」。

〔二〕「前」，龍舒本、朝鮮本作「往」。

## 初去臨川〔一〕

東浮溪水渡長林，上坂回頭一拊心。已覺省煩非仲叔，安能養志似曾參。憂傷遇事紛紛出，疾病乘虚亹亹侵。未有半分求自贖，恐填溝壑更霑襟。一作：馬頭西去百霑襟，一望親庭更苦心。已覺省煩非仲叔，安能養志似曾參。憂傷遇事紛紛出，疾病乘虚亹亹侵。手把詩篇卧空屋〔二〕，欲歌商頌不成音。

〔一〕龍舒本題作「西去」。

〔二〕「詩」，原作「空」，今據龍舒本、朝鮮本改。此涉下文「空」字而訛。

## 讀史

自古功名亦苦辛，行藏終欲付何人？當時黮闇猶承誤〔一〕，末俗紛紜更亂真。糟粕所傳非粹美，丹青難寫是精神。區區豈盡高賢意，獨守千秋紙上塵。

〔一〕「黮闇」，朝鮮本作「黮黮」。

## 讀詔書慶曆七年

去秋東出汴河梁，已見中州旱勢强。日射地穿千里赤，風吹沙度滿城黄。近聞急詔收群策，頗説新年又亢陽。賤術縱工難自獻，心憂天下獨君王。

## 每見王太丞邑事甚冗而剸劇之暇能過訪山館兼出佳篇爲贈仰歎才力因成小詩〔一〕

我看繁訟頻搔首，君富才明見亦常。尚有閑襟尋水石，更留佳句似池塘。松苗地合分高下，鳧鶴天教有短長。徐上青雲猶未晚，可無音問及滄浪。

〔一〕「暇」下，龍舒本、朝鮮本有「猶」字。

## 王浮梁太丞之聽訟軒有水禽三巢于竹林之上恬而自得邑人作詩以美之因次元韻

水邊舟動多驚散，何事林間近絶疑。野意肯從威令至〔一〕，舊巢猶有主人知見王太丞詩。

不關飲啄春江暖，自在飛鳴夏日遲。覽德豈無丹穴鳳，到時應讓向南枝。

〔一〕「威」，朝鮮本作「賢」。

## 寄虞氏兄弟

一身兼抱百憂虞，忽忽如狂久廢書。疇昔心期俱喪勇，比來腰疾更乘虚〔一〕。久聞陽羨安家好〔二〕，自度淵明與世疎。亦有未歸溝壑日，會應相近置田廬。

〔一〕「比」，原作「此」，今據聽香館本改。按，比來，即近來、近時。

〔二〕「陽」，原作「楊」，今據朝鮮本改。按，陽羨，即常州。王安石曾知常州，故本書屢見此語，如卷二十四寄闕下諸父兄兼示平甫兄弟：「久聞陽羨溪山好，頗與淵明性分宜。」

## 除夜寄舍弟

一尊聊有天涯憶，百感翻然醉裏眠。酒醒燈前猶是客，夢回江北已經年。佳時流落真何得〔一〕，勝事蹉跎只可憐。唯有到家寒食在，春風因泛潁溪船〔二〕。

〔一〕「何得」，朝鮮本作「堪惜」。

〔二〕「因」，朝鮮本作「同」。

## 答熊本推官金陵寄酒

鬱金香是蘭陵酒，枉入詩人賦詠來。庭下北風吹急雪，坐間南客送寒醅〔一〕。淵明未得歸三徑金陵有舊廬，叔夜猶同把一盃。吟罷想君醒醉處，鍾山相向白崔嵬。

〔一〕「坐間」，朝鮮本作「間坐」。

## 和錢學士喜雪

手把詩翁憶雪詩，坐愁窮海瘴煙霏。誰令天上蒼茫合，忽見空中散漫飛〔一〕。閶闔與風生氣勢，姮娥交月借光輝〔二〕。山鵶瑟縮相依立，邑犬跳梁未肯歸。點綴丘園榮樹木，埋藏溝壍亂封圻。高歌業已傳都市，逸興何當叩隱扉。頗欲携樽邀使騎，幾忘温席薦親闈。公今早晚班春去，强勸滂田補歲饑。

〔一〕「見」，朝鮮本作「作」。

〔二〕「姮」，龍舒本、朝鮮本作「常」。

## 送江寧彭給事赴闕

西江望士衆長兼，卓犖傳家在一男。壯志異時開史牒，妙齡終日對書龕。桂堂發策收科選，櫻苑頒詩豫宴酣。大邑援琴聊試可，小州懷紱果才堪。分臺拜職榮先入，抗疏辭恩恥橫覃。勁操比松寒不撓，忠言如藥苦非甘。龍鱗直爲當官觸，虎穴寧關射利探。朱轂獸頭終協夢，粉闈雞舌更須含。均輸北轉荆門鷁，勸課西臨蜀市蠶。期信有兒迎郭伋，食貧無地乞羊曇。橐垂鈴棧駝鳴圉，節擁棠郊虎視眈。歸見廣墀瞻斧藻，對揚初服改朱藍。進班華省財方阜，出按窮邊虜稍戡。帝命賈琮當冀北，民歌姬奭次周南。投壺饗客魚無乙，伐鼓蒐兵馬有驒。鯨鬣掀紅旗杳杳，虬髯吒黑纛髿髿。威加諸部風霜肅，惠浸連營雨露涵。大斗時時能劇飲，輕裘往往祇清談。乾龍已應天飛五，晉馬徐觀晝接三。道在君臣方自合，德侔卿長亦誰慚。便蕃肯較平生寵，放曠皆知雅性妉〔一〕。委佩去辭廷殖殖，揚舲來得府潭潭〔二〕。一尊客語從容盡〔三〕，千里人情委曲諳。豈但搢紳稱召杜，故多扶杖祝彭聃。幕中俊乂閑刀筆，帳下驍雄冷劍鐔。楚地怪須留汲黯，蕭規疑欲付曹參。從來貴勢公何慕，自是賢名上所貪。未信逸身今以老〔四〕，且當憂國每如惔。論心邂逅膠投漆，搔首低徊雪滿簪。鎮撫未驚移歲月，追攀曾許賞煙嵐。餘歡遽隔新亭餞，宿惠難忘舊館驂。卷曲尚誰知散櫟，峥嶸空此咏枯楠。

〔一〕「皆」，清綺齋本作「惟」。

〔二〕「舲」，龍舒本作「艂」。

〔三〕「語」，清綺齋本作「路」。

〔四〕「以」，光啓堂本、聽香館本作「已」。

# 王安石文集卷第二十六

## 律詩　五言絶句　回紋　六言詩附

### 聊行〔一〕

聊行弄芳草，獨坐隱團蒲。問客茅簷日，君家有此無？

〔一〕龍舒本題作「絶句」，共九首，此爲其中第二首。

### 染雲〔一〕

染雲爲柳葉，剪水作梨花。不是春風巧，何緣有歲華？

〔一〕龍舒本題作「絶句」，共九首，此爲其中第六首。

### 溝港〔一〕

溝港重重柳，山坡處處梅。小輿穿麥過，狹徑礙桑回。

〔一〕龍舒本題作「絶句」，共九首，此爲其中第七首。

## 霹靂溝

霹靂溝西路，柴荆四五家。憶曾騎欵段，隨意入桃花。

## 午睡

簷日陰陰轉，牀風細細吹。翛然殘午夢，何許一黄鸝。

## 題齊安壁〔一〕

日净山如染，風暄草欲薰。梅殘數點雪，麥漲一溪雲。

〔一〕「壁」，清綺齋本作「驛」。

## 昭文齋米黻題余定林所居，因作〔一〕。

我自山中客〔二〕，何緣有此名〔三〕？當緣琴不鼓，人不見虧成〔四〕。

〔一〕古今絶句題作「米黻題余定林所居爲昭文齋因作」。
〔二〕「山中」，原作「中山」，今據龍舒本、朝鮮本乙。
〔三〕「緣」，古今絶句原校：「一作『因』。」義長。
〔四〕「不見」，朝鮮本作「見有」。

臺上示吴愿

細書妨老讀，長簟惬昏眠〔一〕。取簟且一息，抛書還少年。

〔一〕「惬」，龍舒本、遞修本、古今絶句作「怯」。

示道原〔一〕

久不在城市，少留心悵然。幽芳可攬結，佇子飲雲泉。

〔一〕古今絶句題作「示沈道原」。

傳神自讚〔一〕

此物非他物，今吾即故吾。今吾如可狀，此物若爲摹〔二〕？

〔一〕龍舒本題作真讚二首，此爲其中第二首。

〔二〕「摹」，原作「墓」，形訛，今據龍舒本、遞修本、朝鮮本、古今絶句改。

## 題何氏宅園亭

荷葉參差卷，榴花次第開。但令心有賞，歲月任渠催。

## 草堂一上人〔一〕

一公持一鉢，想復度遥岑。地瘦無黄犢〔二〕，春來草更深。

〔一〕「上人」，龍舒本、朝鮮本、古今絶句作「山主」。

〔二〕「犢」，朝鮮本作「獨」。

## 題黄司理園〔一〕

爲憶去年梅，凌寒特地來。門前空膕盡，渾未有花開。

〔一〕古今絶句題作「題黄氏園」。

## 北山溽亭〔一〕

西崦水泠泠，沿岡有溽亭。自從春草長，遥見祇青青。

〔一〕朝鮮本題作「溽亭」。

## 題永昭陵〔一〕

神闕澹朝暉〔二〕，蒼蒼露未晞。龍車不可望，投老涕霑衣。

〔一〕龍舒本、古今絶句題作「永昭陵」。

〔二〕「澹」，龍舒本、朝鮮本作「淡」。

## 詠穀

可憐臺上穀，轉目已陰繁。不解詩人意，何爲樂彼園？

池上看金沙花數枝過酴醾架盛開〔一〕

故作酴醾架，金沙祇謾栽。似矜顔色好，飛度雪前開。

〔一〕龍舒本題作「薔薇四首」，此爲其中第四首。

## 五柳

五柳柴桑宅，三楊白下亭。往來無一事，長得見青青。

## 移松皆死〔一〕

李白今何在？桃紅已索然。君看赤松子，猶自不長年。

〔一〕龍舒本重出，卷七十七題注曰「重」，卷七十三另題作「李白」。按，此詩以人名入詩，爲戲謔之作，非詠古之什。

## 山中

隨月出山去，尋雲相伴歸。春晨花上露，芳氣著人衣。

## 送王補之行風忽作因題四句於舟中

淮口西風急，君行定幾時？故應今夜月〔一〕，未便照相思〔二〕。

〔一〕「故」，古今絶句作「想」。

〔二〕「使」，朝鮮本作「使」。

被召作〔一〕

榮禄嗟何及，明恩愧未酬。欲尋西掖路，更上北山頭。

〔一〕龍舒本卷七十一題作「北山」，又卷六十四題作「遊鍾山四首」，此爲其中第四首。

再題南澗樓

北山雲漠漠，南澗水悠悠。去此非吾願，臨分更上樓。

南浦

南浦隨花去，迴舟路已迷。暗香無覓處，日落畫橋西。

題定林壁懷李叔時

雲與淵明出，風隨禦寇還。燎爐無伏火，蕙帳冷空山。

## 離蔣山

出谷頻回首，逢人更斷腸。桐鄉豈愛我？我自愛桐鄉。

## 江上〔一〕

江水漾西風，江花脱晚紅。離情被横笛，吹過亂山東。

〔一〕龍舒本題作「江上五首」，此爲其中第三首。

## 春雨〔一〕

苦霧藏春色，愁霖病物華。幽奇無可奈〔二〕，强醻一杯霞。

〔一〕龍舒本題作「春雨二首」，此爲其中第二首。

〔二〕「奇」，元大德本、清綺齋本作「期」。

## 歸燕〔一〕

馬上逢歸燕，知從何處來？貪尋舊巢去，不帶錦書迴。

〔一〕朝鮮本李壁注曰：「或云此乃鄭毅夫（獬）所作。」

和惠思波上鷗

翩翩白皃鷗，汎汎水中游。西來久不見，夢想在滄洲。

秣陵道中口占二首

經世才難就，田園路欲迷。慇懃將白髮，下馬照青溪。

二

歲熟田家樂，秋風客自悲。茫茫曲城路，歸馬日斜時。

次青陽

十載九華邊，歸期尚渺然。秋風一乘傳，更覺負林泉。

代陳景元書于太一宫道院壁〔一〕

官身有吏責，觸事遇嫌猜。野性豈堪此，廬山歸去來。

〔一〕龍舒本題作「代陳景文書」。

## 山鷄〔一〕

山雞照渌水，自愛一何愚。文采爲世用，適足累形軀。

〔一〕龍舒本題作「金陵絶句四首」，此爲其中第四首。

## 雜詠四首〔一〕

故畦抛汝水，新壟寄鍾山。爲問揚州月，何時照我還？

二

已作湖陰客，如何更遠遊？章江昨夜月，送我到揚州。

三

證聖南朝寺，三年到百回。不知墻下路，今日幾荷開？

四

桃李石城塢〔二〕，餉田三月時。柴荆常自閉，花發少人知。

〔一〕龍舒本題作「雜詠絶句十五首」，此四首分别爲其中第十一、十二、十三、十四首。

〔三〕「石」，朝鮮本作「白」。

## 卧聞

卧聞黄栗留，起見白符鳩〔一〕。坐引魚兒戲，行將鹿女遊。

〔一〕「符鳩」，古今絶句作「浮鷗」。

## 秋興有感

宿雨清畿甸，朝陽麗帝城。豐年人樂業，隴上踏歌聲。

## 題八功德水

欲尋阿練若，曳屐出東岡。澗谷芳菲少，春風著野桑。

## 口占〔一〕

去歲别南嶽，前年返溯潭。臨機一句子，今日遇同參。

〔一〕龍舒本、朝鮮本題作「口占示禪師」。

## 偶書〔一〕

雄也營身足，聃兮悞汝多。捐書知聖已，絶學奈禽何？

〔一〕龍舒本題作「雄聃」，朝鮮本題注曰：「一作『雄聃』。」

## 送陳景初金陵持服，舉族貧病，煩君藥石之功〔一〕。

舉族貧兼病，煩君藥石功。長安何日到？一一問歸鴻。

〔一〕「功」下，龍舒本有「小詩二首」，此篇爲其中第一首。

## 泊姚江〔一〕

軋軋櫓聲急，蒼蒼江日低。吾行有定止，潮汐自東西。

〔一〕龍舒本題作「泊姚江二首」，此爲其中第二首。

樓上

蕩漾舟中客，徘徊樓上人。滄波浩無主，兩槳邈難親。

春晴

新春十日雨，雨晴門始開。静看蒼苔紋，莫上人衣來。

浄相寺

浄相前朝寺，荒涼二十秋。曾遭滅劫壞，今遇勝緣修。

將母〔一〕

將母邗溝上，留家白紵陰。月明聞杜宇，南北總關心。

〔一〕龍舒本題作「雜詠絶句十五首」，此爲其中第十五首。

## 朱朝議移法雲蘭

幽蘭有佳氣，千載閟山阿。不出阿蘭若，豈遭乾闥婆。

## 晚歸

岸迴重重柳，川低渺渺河。不愁南浦暗，歸伴有姮娥〔一〕。

〔一〕「姮」，朝鮮本作「嫦」。

## 題舫子

愛此江邊好，留連至日斜。眠分黄犢草，坐占白鷗沙。

## 惠崇畫

斷取滄州趣，移來六月天。道人三昧力，變化只和鉛。

## 蒲葉

蒲葉清淺水，杏花和暖風。地偏緣底緑，人老爲誰紅？

## 芳草

芳草知誰種，緣堦已數叢。無心與時競，何苦緑忽忽〔一〕。

〔一〕「忽忽」，龍舒本、皇朝文鑑卷二十六芳草作「葱葱」。

## 與徐仲元自讀書臺上定林〔一〕

横絶潺湲度，深尋犖确行。百年同逆旅，一壑我平生。

〔一〕「上」下，朝鮮本有「過」字。

## 病中睡起折杏花數枝二首〔一〕

獨卧南牕榻，翛然五六旬。已聞鄰杏好，故挽一枝春。

二

獨卧無心起〔二〕，春風閉寂寥。鳥聲誰唤汝，屋角故相撩。

〔一〕龍舒本卷六十五題作「庵中睡起二首」。第一首重出，卷七十七又題作「折花病中」。

〔二〕「起」，朝鮮本作「處」。

## 送望之赴臨江守〔一〕

黄雀有頭顱，長行萬里餘。想因君出守，暫得免包苴。

〔一〕「守」，原無，據底本目録補。按，望之即呂嘉問，字望之，時出知臨江軍。古今絶句題作「送呂望之赴臨江」。

## 送丁廓秀才歸汝陰〔一〕

風駛柳條乾〔二〕，駝裘未勝寒。慇懃陌上日，爲客暖征鞍。

〔一〕龍舒本題作「送丁廓秀才三首」，此爲其中第三首。「陰」，朝鮮本作「陽」。

〔二〕「駛」，龍舒本作「駃」。

## 送王彦魯

北客憐同姓，南流感似人。相分豈相忘，臨路更情親。

## 送吕望之〔一〕

池散田田碧，臺敷灼灼紅。年華豈有盡，心賞亦無窮。

〔一〕「送」，古今絶句作「示」。

## 别方劭祕校

迢迢建業水，中有武昌魚。别後應相憶，能忘數寄書？

## 梅花

墻角數枝梅，凌寒獨自開。遥知不是雪，爲有暗香來。

## 紅梅

春半花纔發，多應不奈寒。北人初未識，渾作杏花看。

## 病起過寶覺

執手乍欣悵，霜毛應更新。依然舊童子，却想夢前身。

## 書定林院牕 問遠大師，師云：「夜來夢與説十波羅蜜。」

道人今輟講，卷衲寄松蘿。夢説波羅蜜，當如習氣何？

## 題徐浩書法華經〔一〕

一切法無差，水牛生象牙。莫將無量義，欲覓妙蓮華。

〔一〕龍舒本題作「示無著上人」。

# 碧蕪回紋〔一〕

碧蕪平野曠，黄菊晚村深。客倦留甘飲，身閑累苦吟。

〔一〕龍舒本重出。卷七十五題作「回文三首」，此爲其中第一首；卷七十九又題作「回紋」。朝鮮本題作「回文四首」，此爲其中第一首。古今絶句題作「迴紋」。

# 夢長〔一〕

夢長隨永漏，吟苦雜疎鍾。動蓋荷風勁，沾裳菊露濃。

〔一〕龍舒本題作「回文三首」，此爲其中第二首。古今絶句同。朝鮮本題作「回文四首」，此爲其中第二首。

# 迸月〔一〕

迸月川魚躍，開雲嶺鳥翻。徑斜荒草惡，臺廢治花繁。

〔一〕龍舒本題作「回文三首」，此爲其中第三首。古今絶句同。朝鮮本題作「回文四首」，此爲其中第三首。

泊鴈〔一〕

泊鴈鳴深渚，收霞落晚川。柝隨風斂陣，樓映月低弦。漠漠汀帆轉，幽幽岸火然。壑危通細路，溝曲繞平田。

〔一〕朝鮮本題作「回文四首」，此爲其中第四首。

題西太一宫壁二首六言

草色浮雲漠漠，樹陰落日潭潭。一作：柳葉鳴蜩緑暗，荷花落日紅酣。〔一〕三十六陂流一作宫煙。水〔二〕，白頭想見江南〔三〕。

二

三十年前此路一作地〔四〕，父兄持我東西〔五〕。今日重來白首，欲尋陳迹都迷。

〔一〕「草色」二句，龍舒本、朝鮮本、古今絶句、皇朝文鑑卷二十六題西太一宫作「柳葉鳴蜩緑暗，荷花落日紅酣」。

〔二〕「陂流」，龍舒本作「宫煙」，朝鮮本作「陂春」，皇朝文鑑作「陂煙」。

〔三〕此首傳世版本頗異。蔡條西清詩話卷中：「元祐間，東坡奉祠西太乙，見公舊題『楊柳鳴蜩緑暗，荷花落日紅酣。三十六陂春水，白頭想見江南。』注目久之，曰：『此老野狐精也。』」洪邁容齋隨筆四筆：「『楊柳鳴蜩緑暗，荷花落日紅酣。三十六陂春水，白頭想見江南。』荆公題西太一宫六言首篇也。今臨川刻本以『楊柳』爲『柳葉』，其意欲與『荷花』爲切對，而語句遂不佳。此猶未足問，至改『三十六陂春水』爲『三十六宫煙水』，則極可笑。」

〔四〕「路」，龍舒本、朝鮮本作「地」。

〔五〕「持」，古今絶句作「將」。

## 西太一宫樓

草際芙蕖零落，水邊楊柳欹斜。日暮炊煙孤起，不知魚網誰家？

# 王安石文集卷第二十七

## 律詩　七言絶句

### 歌元豐五首〔一〕

水滿陂塘穀滿篝，漫移蔬果亦多收。神林處處傳簫鼓，共賽元豐第一秋〔二〕。

二

露積成山百種收〔三〕，漁梁亦自富蝦鰌。無羊説夢非真事，豈見元豐第二秋。

三

湖海元豐歲又登，稆生猶足暗溝塍〔四〕。家家露積如山壠，黄髮咨嗟見未曾。

四

放歌扶杖出前林，遥和豐年擊壤音。曾侍土階知帝力〔五〕，曲中時有譽堯心。

五

豚柵雞塒晻靄間，暮林摇落獻南山。豐年處處人家好，隨意飄然得往還。

〔一〕龍舒本題作「半山即事十首」，此五首分别爲其中第四、七、八、五、九首。景定建康志卷四十六亦録作「半山即事」。

〔二〕「一」，原作「二」，今據龍舒本、朝鮮本改。按，此爲七言組詩，下一首言「第二秋」，則此首當爲「第一秋」。

〔三〕「成山」，龍舒本、朝鮮本作「山禾」。

〔四〕「稆」，龍舒本、朝鮮本、景定建康志作「旅」。

〔五〕「土階」，龍舒本、朝鮮本、景定建康志作「玉階」。李壁校曰：「一本作『土階』。韓非子：『土階三尺。』所謂堯也。」

棋

莫將戲事擾真情，且可隨緣道我贏。戰罷兩奩分一作收。白黑〔一〕，一枰何處有虧成〔二〕。

〔一〕「白黑」，龍舒本、朝鮮本作「黑白」。

〔二〕「枰」，原作「抨」，據朝鮮本改。枰，棋盤。

## 題畫扇〔一〕

玉斧修成寶月團，月邊仍有女乘鸞。青冥風露非人世，鬢亂釵斜特地寒〔二〕。

〔一〕龍舒本、朝鮮本題作「題扇」。

〔二〕「斜」，龍舒本、朝鮮本、古今絶句及能改齋漫録卷八、冷齋夜話卷三引此詩皆作「横」。

## 夢

黄粱欲熟且留連，漫道春歸莫悵然。蝴蝶豈能知夢事，蘧蘧飛墮晚花前。

## 清明〔一〕

東城酒散夕陽遲，南陌鞦韆寂寞垂。人與長缾卧芳草，風將急管度青枝〔二〕。

〔一〕龍舒本題作「東城」。

〔二〕「枝」，朝鮮本作「陂」。

東岡

東岡歲晚一登臨，共望長河映遠林。萬竅怒號風喪我，千波競湧水無心。

春郊

青秧漫漫出初齊，雞犬遥聞路却迷。但見山花流出水，那知不是武陵溪。

元日〔一〕

爆竹聲中一歲除，東風送暖入屠蘇〔二〕。千門萬户曈曈日，争插一作總把。新桃换舊符〔三〕。

〔一〕龍舒本題作「除日」。
〔二〕「東」，龍舒本作「春」。
〔三〕「争插」，龍舒本、朝鮮本、古今絶句作「總把」。

## 九日

九日無歡可得追，飄然隨意歷山陂。蔣陵西曲一作面。風煙慘一作黪〔一〕，也有黄花一兩枝。

〔一〕「慘」，朝鮮本作「黪」。

## 初晴

幅巾慵整露蒼華，度隴深尋一徑斜。小雨初晴好天氣，晚花殘照野人家。

## 南蕩〔一〕

南蕩東陂水漸多，陌頭車馬斷經過。鍾山未放朝雲散，奈此黄梅細雨何〔二〕。

〔一〕龍舒本題作「即事十五首」，此爲其中第一首。

〔二〕「此」，龍舒本、朝鮮本作「爾」。

## 芙蕖〔一〕

芙蕖耐夏復宜秋，一種今年便滿溝〔二〕。南蕩東陂無此物，但隨深淺見游鯈。

〔一〕龍舒本題作「即事十五首」，此爲其中第二首。

〔二〕「便」，龍舒本、朝鮮本作「已」。

## 溝西〔一〕

溝西直下看芙蕖，葉底三三兩兩魚。若比濠梁應更樂，近人渾不畏春鉏。

〔一〕龍舒本題作「即事十五首」，此爲其中第三首。

## 東皋〔一〕

東皋攬結知新歲，西崦攀翻憶去年〔二〕。肘上柳生渾不管，眼前花發即欣然。

〔一〕龍舒本題作「即事十五首」，此爲其中第四首。

〔二〕「攀翻」，龍舒本作「翻攀」。

## 一陂〔一〕

一陂一作段。剡水蔣陵西，含風却轉與城齊。周遭碧銅磨作港，逼塞緑錦剪成畦。

〔一〕龍舒本題作「即事十五首」，此爲其中第五首。

## 園蔬〔一〕

園蔬小摘嫩還抽，畦稻新春滑欲流。枕簟不移隨處有，飽餐甘寢更無求。

〔一〕龍舒本題作「即事十五首」，此爲其中第六首。

## 倏然〔一〕

倏然三月閉柴荆〔二〕，緑葉陰陰忽滿城。自是老年遊興少〔三〕，春風何處不堪行。

〔一〕龍舒本題作「即事十五首」，此爲其中第八首。朝鮮本題作「蕭然」。

〔二〕「倏然」，龍舒本作「蕭蕭」，朝鮮本作「蕭然」。

〔三〕「老年」，龍舒本作「往來」，朝鮮本作「老來」。

## 杖藜〔一〕

杖藜隨水轉東岡，興罷還來赴一牀。堯桀是非時入夢〔二〕，固知餘習未全忘〔三〕。

〔一〕龍舒本題作「即事十五首」，此爲其中第九首。

〔二〕「時」，龍舒本、朝鮮本作「猶」。

〔三〕「固」，龍舒本、朝鮮本作「因」。

## 圖書〔一〕

圖書老矣尚紛披，神劓天黥以有知。茅竹結蟠聊一愒，却尋三界外愚癡。

〔一〕龍舒本題作「即事十五首」，此爲其中第十首。

## 老嫌〔一〕

老嫌智巧累形軀，欲就田翁學破除。百歲用癡能幾許，救吾黥劓可無餘。

〔一〕龍舒本題作「即事十五首」，此爲其中第十一首。

# 移柳〔一〕

移柳當門何啻五，穿松作徑適成三。臨流遇興還能賦，自比淵明或未慚〔二〕。

〔一〕龍舒本題作「即事十五首」，此爲其中第十五首。

〔二〕「臨流」至「未慚」二句，龍舒本作「能令心與身無累，未覺公於長者慚」。

# 誰將〔一〕

誰將石黛染春潮？復撚黃金作柳條。西崦東溝從此好，筍輿追我莫辭遥。

〔一〕龍舒本題作「半山即事十首」，此爲其中第一首。

# 雪乾〔一〕

雪乾雲浄見遥岑，南陌芳菲復可尋。换得千顰爲一笑，春風吹柳萬黃金〔二〕。

〔一〕龍舒本題作「半山即事十首」，此爲其中第二首。

〔二〕「吹」，遞修本、古今絶句作「輸」。

## 南浦〔一〕

南浦東岡二月時，物華撩我有新詩。含風鴨緑粼粼起，弄日鵝黄褭褭垂。

〔一〕龍舒本題作「半山即事十首」，此爲其中第三首。

## 竹裏〔一〕

竹裏編茅倚石根〔二〕，竹莖踈處見前村。閑眠盡日無人到，自有春風爲掃門。

〔一〕此篇龍舒本不載。胡仔苕溪漁隱叢話前集卷五十七引洪駒父詩話云：「王荆公書一絶句於壁間云：『竹裏編茅倚石根，竹莖踈處見前村。閑眠盡日無人到，自有清風爲掃門。』蓋詩僧顯忠詩也。」

〔二〕「根」，朝鮮本作「門」。

## 隨意〔一〕

隨意柴荆手自開，沿岡度塹復登臺。小橋風露扁舟月，迷鳥羈雌竟往來〔二〕。

〔一〕龍舒本題作「半山即事十首」，此爲其中第六首。景定建康志卷四十六亦録作「半山即事」。
〔二〕「競」，朝鮮本李壁校曰：「真本作『覺』字。」

## 秋雲〔一〕

秋雲放雨静山林，萬壑崩湍共一音〔二〕。欲託荒寒無善畫〔三〕，賴傳悲壯有能琴。

〔一〕龍舒本題作「半山即事十首」，此爲其中第十首。景定建康志卷四十六亦録作「半山即事」。
〔二〕「崩」，景定建康志作「千」。
〔三〕「託」，原作「記」，遞修本黄校曰：「『記』宋刊本『託』。」據改。冷齋夜話卷四引作「寄」。「畫」，光啓堂本、聽香館本作「處」。

## 春風〔一〕

春風過柳緑如繰，晴日烝紅出小桃。池暖水香魚出處，一環清浪湧亭皋。

〔一〕龍舒本題作「雜詠絶句十五首」，此爲其中第一首。

## 陂麥〔一〕

陂麥連雲慘淡黄，緑陰門巷不多涼。更無一片桃花在，借問春歸有底忙？

〔一〕龍舒本題作「絶句」，共九首，此爲其中第一首。

## 木末〔一〕

木末北山煙冉冉，草根南澗水泠泠。繰成白雪桑重緑，割盡黄雲稻正青。

〔一〕龍舒本題作「絶句」，共九首，此爲其中第九首。

## 進字説二首〔一〕

正名百物自軒轅，野老何知强討論。但可與人漫醬瓿，豈能令鬼哭黄昏。

二〔二〕

鼎湖龍去字書存，開闢神機有聖孫。湖海老臣無四目，謾將糟粕污脩門。

〔一〕龍舒本、朝鮮本題作「進字説」。

〔二〕龍舒本、朝鮮本題作「成字説後」。

## 窺園〔一〕

杖策窺園日數巡，攀花弄草興常新。董生只被公羊惑，肯信捐書一語真？

〔一〕龍舒本題作「杖策」。

## 嘲白髮

久應飄轉作蓬飛，眷惜冠巾未忍違。種種春風吹不長，星星明月照還稀。

## 代白髮答

從衰得白自天機，未怪長青與願違。看取春條隨日長，會須秋葉向人稀。

## 外厨遺火二首〔一〕

竈鬼何爲便赫然，似嫌刀机苦無羶。圖書得免同煨燼，却賴厨人清不眠。

二

青煙散入夜雲流，赤焰侵尋上瓦溝。門户便疑能炙手，比鄰何苦却焦頭。

〔一〕「首」，龍舒本、朝鮮本作「絶」。

## 初夏即事

石梁茅屋有彎碕，流水濺濺度兩陂。晴日暖風生麥氣，緑陰幽草勝花時〔一〕。

〔一〕「幽」，皇朝文鑑卷二十七初夏即事作「芳」。

## 千蹊〔一〕

千蹊百隧散林丘，圖畫風煙一色秋。但有興來隨處好，楊朱何苦涕横流。

〔一〕龍舒本題作「秋興」。

## 和陳輔秀才金陵書事

南郭先生比鶢鶋，年年過我未愆期。休論王謝當時事，大抵烏衣祇舊時。

## 和耿天隲以竹冠見贈四首〔一〕

竹根殊勝竹皮冠，欲著先須短髪乾。要使山林人共見，不持方帽禦風寒。

二

無物堪持比此冠，竹皮柔脆穀皮乾。故人戀戀綈袍意，豈爲哀憐范叔寒。

三

玉潤金明信好冠，錯刀剜出蘚紋乾。不忘君惠常加首，要使懽盟未可寒。

四

冠工新意斲檀欒，霧卷雲烝久未乾〔二〕。遺我山林真自稱，何須貂暖配金寒。

〔一〕「耿」下，底本目録有「憲」字。

〔二〕「霧卷」，龍舒本、遞修本作「卷會」。「久」，朝鮮本作「色」。

## 和郭功甫〔一〕

且欲相邀卧看山，扁舟自可送君還。留連城郭今如此〔二〕，知復何時伴我閒？

〔一〕「功」，原作「公」，今據龍舒本、朝鮮本改。按，郭功甫，即郭祥正，字功甫，宋史卷四百四十四有傳：「太平州當塗人。母夢李白而生，少有詩聲。」其原詩爲：「謝公投老宅鍾山，門外江潮去

復還。欲買扁舟都載月，一身和影伴公閑。」（青山集卷二十八寄王丞相荆公）

〔二〕「城」，原作「山」，據龍舒本、朝鮮本改。黄校曰：「『功』、『城』字俱按宋刊改。」

## 葉致遠置洲田以詩言志次其韻二首〔一〕

吟歎君詩久掉頭，知君興不負滄洲。土山欲爲羊曇賭，且可專心學奕秋。

二

若將有限計無涯，自困真同筭海沙。隨順世緣聊戲劇，莫言河渚是吾家。

〔一〕龍舒本題作「次韻葉致遠五首」，此爲其中第二、三首。朝鮮本題作「次韻葉致遠置洲田以詩言志」，此爲其中第一、二首。

## 又次葉致遠韻二首〔一〕

庵成有興亦尋春，風暖荒萊步始匀。若遇好花須一笑，豈妨迦葉杜多身。

二

明時君尚富春秋，豈比衰翁遠自投。智略未應施畎畝，上前他日望吾丘。

〔一〕龍舒本題作「次韻葉致遠五首」，此爲其中第四、五首。朝鮮本題作「次韻葉致遠置洲田以詩言志」，此爲第三、四首。

### 次昌叔韻〔一〕

寄公無國寄鍾山，垣屋青松晻藹間。長以聲音爲佛事，野風蕭颯水潺湲。

〔一〕龍舒本題作「次韻酬朱昌叔六首」，此爲其中第六首。朝鮮本題作「次韻朱昌叔」。

### 次張唐公韻

憶昨同追八馬蹄，約公投老此山棲。公乘白鳳今何處，我適新年值白鷄。

### 次俞秀老韻

解我葱珩脱孟勞，暮年甘與子同袍。新詩比舊增奇峭，若許追攀莫太高。

### 酬宋廷評請序經解

未曾相識已相憐〔一〕，香火靈山亦有緣〔二〕。訓釋雖工君尚少，不應忽務世人傳〔三〕。

〔一〕「已」，龍舒本、朝鮮本作「每」。

〔二〕「亦」，龍舒本、朝鮮本作「或」。

〔三〕「忽」，朝鮮本作「急」，義長。

## 送耿天隲至渡口

雪雲江上語依依，不比尋常恨有違。四十餘年心莫逆，故人如我與君稀。

## 永慶院送道原還儀真作詩要之〔一〕

歲暮青條已見梅，餘花次第想争開〔二〕。淮南無此山林勝，作意春風更一來。

〔一〕「永」，原作「承」，今據底本目録改。龍舒本題作「送道原至永慶院」，朝鮮本題作「送道原還儀真作詩邀之」。遞修本黄校曰：「『承』明刊同，宋刊『永』。」

〔二〕「想」，原作「相」，據龍舒本、朝鮮本改。遞修本黄校曰：「『相』宋刊『想』。」

## 送方劭祕校

南浦柔條拂地垂〔一〕，攀翻聊寄我西悲。武昌官柳年年好，他日春風憶此時。

〔一〕「地」，龍舒本、朝鮮本作「面」。

## 芙蓉堂二首〔一〕

投老歸來一幅巾，尚私榮禄備藩臣〔二〕。芙蓉堂下疏秋水，且與龜魚作主人〔三〕。

二〔四〕

乞得膠膠擾擾身，五湖煙水替風塵。祇將鳧鴈同爲侣，不與龜魚作主人。

〔一〕第一首，龍舒本題作「答韓持國芙蓉堂」，朝鮮本題作「答韓持國芙蓉堂二首」，景定建康志卷三十七録作「知金陵」。遞修本黄校曰：「此題宋刊本亦無。」按，此芙蓉堂在江寧府治，非韓維府中芙蓉堂。故此二首，當與韓維無關。魏泰東軒筆録卷六：「王荆公初罷相知金陵，作詩曰：『投老歸來一幅巾，君恩猶許備藩臣。芙蓉堂下觀秋水，聊與龜魚作主人。』及再罷，以會靈觀使居鍾山，又作詩曰：『乞得膠膠擾擾身，鍾山松竹替埃塵。只將鳧鴈同爲客，不與龜魚作主人。』」

〔二〕「尚私榮禄」，朝鮮本校曰：「一作『君恩猶許』。」景定建康志卷三十七同。

〔三〕「且」，景定建康志作「聊」。

〔四〕此篇龍舒本題作「初到金陵二首」，此爲其中第二首。

## 長干釋普濟坐化〔一〕

投老唯公最故人，相尋長恨隔城闉。百年俯仰隨薪盡，畫手空傳浄戒身。

〔一〕龍舒本、朝鮮本題作「哭慈照大師」。遞修本黄校曰：「此首在三十五卷末，宋刊同。」嘉靖五年本此處無此篇。

# 王安石文集卷第二十八

## 律詩 七言絶句

### 送黄吉甫入京題清涼寺壁

薰風洲渚薺花繁，看上征鞍立寺門。投老難堪與公別〔一〕，倚江從此望還轅〔二〕。

〔一〕「公」，原作「君」，據龍舒本、朝鮮本改。遞修本黄校曰：「宋刊『公』，明刊『君』。」

〔二〕「江」，龍舒本、朝鮮本作「崗」，古今絶句作「柱」。「還」，龍舒本、朝鮮本作「回」。

### 與道原自何氏宅步至景德寺元豐七年三月十九日。

前時偶見花如夢，紅紫紛披競淺深。今日重來如夢覺，静無餘馥可追尋。

### 過法雲〔一〕

路過潮溝八九盤，招提雪脊隱雲端。金鈿一一花總老，翠被重重山更寒。

〔一〕「雲」下，龍舒本、朝鮮本有「寺」字。

光宅寺梁武帝宅也。其北齊安，隔淮，齊武帝宅也，宋興又在其北。

齊安孤起宋興前，光宅相仍一水邊。蜂分蟻争今不見，故窠遺埡尚依然。

題勇老退居院今鐵索。〔一〕

道人投老寄山林，偶坐翛然洗我心。夢境此身能且在，明年寒食更相尋。

〔一〕「今鐵索」，原闕，今據龍舒本、朝鮮本補。

與寶覺宿龍華院三絶句舊有詩云〔一〕：「京口瓜洲一水間，鍾山只隔數重山。春風自緑江南岸，明月何時照我還？」

老於陳迹倦追攀，但見幽人數往還。憶我小詩成悵望，鍾山只隔數重山〔二〕。

二

世間投老斷攀緣，忽憶東遊已十年。但有當時京口月，與公隨我故依然。

三

與公京口水雲間，問月何時照我還？邂逅我還還問月，何時照我宿金山？

〔一〕「舊」上，朝鮮本有「某」字。

〔二〕「鍾」，龍舒本、朝鮮本作「金」。按，李壁注曰：「按建康志，溧陽縣南五十里亦有金山，不知詩指此山或浮玉之金山也。然後兩篇又言京口，恐只是浮玉之金山。」

## 清涼寺白雲庵〔一〕

庵雲作頂峭無鄰，衣月爲衿静稱身〔二〕。木落岡巒因自獻，水歸洲渚得横陳〔三〕。

〔一〕「寺」，原闕，今據龍舒本、朝鮮本補。按，景定建康志卷四十六：「清涼廣惠禪寺在石頭城，去城一里，（中略）寺有白雲庵。見王荆公詩。」

〔二〕「衣」，朝鮮本作「水」。

〔三〕「水歸」，能改齋漫録卷八引此句作「潮回」。

## 自定林過西庵

午雞聲不到禪林，柏子煙中静擁衾。忽憶西巖道人語，杖藜乘興得幽尋。

## 歸庵

稻畦藏水緑秧齊，松鬣初乾尚有泥。縱蹇尋岡歸獨卧，東庵殘夢午時鷄。

## 雪中遊北山呈廣州使君和叔同年

南州歲晚亦花開〔一〕，有底堪隨驛使來。看取鍾山如許雪，何須持寄嶺頭梅？

〔一〕「州」，龍舒本、朝鮮本作「枝」。

## 謝安墩二首〔一〕

我名公字偶相同，我屋公墩在眼中。公去我來墩屬我，不應墩姓尚隨公。

二

謝公陳迹自難追，山月淮雲祇往時。一去可憐終不返，暮年垂淚對桓伊。

〔一〕「安」，朝鮮本作「公」。

## 東陂二首

東陂風雨卧黄雲，塍水翻溝隔壠分〔一〕。舂玉取新知不晚，腰鐮今日已紛紛。

二〔二〕

荷葉初開筍漸抽，東陂南蕩正堪游。無端壠上翛翛麥，横起寒風占作秋〔三〕。

〔一〕「塍」，龍舒本、朝鮮本作「塍」。

〔二〕龍舒本題作「隴麥」。

〔三〕「寒風」，龍舒本作「風寒」。

## 山陂

山陂院落今揺種，城郭樓臺已放燈。白髮逢春唯有睡，睡間啼鳥亦生憎。

## 欲往北山以雨止〔一〕

北山朝氣澹高秋，欲往愁霑獨少留〔二〕。散策緣岡初見日，興隨雲盡復中休。

〔一〕「北」，龍舒本、朝鮮本作「鍾」。

〔二〕「霑」，龍舒本、朝鮮本作「霖」。

## 耿天隲惠梨次韻奉酬〔一〕

故人家果獨難忘，秋實初成便得嘗。直使紫花形味勝，豈能終日望咸陽。

二

淮圃新陰百畝涼，分甘每得助秋嘗。張公大谷雖云美，誰肯苞苴出晉陽？

三

甘滋南北共傳誇，栽接還如老圃家。誰謂交梨非外奬，因君澆灌已萌芽。

〔一〕朝鮮本題作「耿天隲惠梨次韻奉酬三首」。

## 北山有懷

香火因緣寄此山〔一〕，主恩投老更人間。傷心躑躅岡頭路，明日春風自往還。

〔一〕「此」，朝鮮本作「北」。

# 定林〔一〕

窮谷經春不識花，新松老柏自欹斜。慇懃更上山頭望，白下城中有幾家？

〔一〕龍舒本題作「定林院三首」，此爲其中第一首。朝鮮本、古今絶句題作「定林院」。

# 封舒國公三首〔一〕

陳迹難尋天柱源，疏封投老誤明恩。國人欲識公歸處，楊柳蕭蕭白下門。

二

桐鄉山遠復川長，紫翠連城碧滿隍。今日桐鄉誰愛我？當時我自愛桐鄉。

三

開國桐鄉已白頭，國人誰復記前遊。故情但有吴塘水，轉入東江向我流。

〔一〕龍舒本題作「封舒國公」，第二、三首不載。

# 北陂杏花〔一〕

一陂春水繞花身〔二〕，花影妖嬈各占春。縱被春風吹作雪，絶勝南陌碾成塵。

〔一〕龍舒本題作「水花」。

〔二〕「花」下，朝鮮本李校曰：「别本作『真』，誤。」

## 五更

青燈隔幔映悠悠，小雨含煙凝不流。祇聽蛩聲已無夢，五更桐葉强知秋。

## 與薛肇明奕棋賭梅花詩輸一首〔一〕

華髮尋春喜見梅，一株臨路雪培堆〔二〕。鳳城南陌他年憶，杳杳難隨驛使來。

〔一〕「肇明」，龍舒本作「秀才」。李壁注引能改齋漫録曰：「荆公在鍾山下棋，時薛門下與焉，賭梅花詩一首。薛敗而不善詩，荆公爲代作，今集中所謂『薛秀才』者是也」。

〔二〕「株」，冷齋夜話卷五引此詩作「枝」。

## 又代薛肇明一首〔一〕

野水荒山寂寞濱，芳條弄色最關春〔二〕。故將明艷凌霜雪，未怕青腰玉女嗔。

〔一〕「肇明」，龍舒本、朝鮮本作「秀才」。

〔三〕「芳」，朝鮮本作「攀」。

溝上梅花欲發

亭亭背暖臨溝處，脉脉含芳映雪時。莫恨夜來無伴侣，月明還見影參差。

江梅〔一〕

江南歲盡多風雪，也有紅梅漏洩春。顔色凌寒終慘澹，不應摇落始愁人。

〔一〕朝鮮本題作「紅梅」。

耿天騭許浪山千葉梅見寄

聞有名花即謾栽，慇懃準擬故人來。故人歲歲相逢晚一作能相見，知復同看幾度開。

與天騭宿清涼廣惠僧舍〔一〕

故人不惜馬虺隤，許我年年一度來。野館蕭條無準擬，與君封殖浪山梅〔二〕。

〔一〕龍舒本、朝鮮本題作「與天騭宿清涼寺」。
〔二〕「封殖」，朝鮮本作「對植」。

池上看金沙花數枝過酴醾架盛開二首〔一〕

午陰寛占一方苔，映水前年坐看栽。紅蕊似嫌塵染污，青條飛上別枝開。

二

酴醾一架最先來，夾水金沙次第栽。濃緑扶疎雲對起，醉紅撩亂雪爭開。

〔一〕龍舒本題作「薔薇四首」，此爲其中第一、二首。

北山〔一〕

北山輸緑漲横陂，直塹回塘灔灔時。細數落花因坐久，緩尋芳草得歸遲。

〔一〕龍舒本題作「薔薇四首」，此爲其中第三首。

詠菊二首

補落迦山傳得種，閻浮檀水染成花。光明一室真金色，復似毗耶長者家。

二

院落秋深數菊叢〔一〕，緣花錯莫兩三蜂。蜜房歲晚能多少，酒盞重陽自不供〔二〕。

〔一〕「秋」，光啓堂本、聽香館本作「深」。「數菊」，朝鮮本作「菊數」。

〔二〕「盞」，光啓堂本作「盡」。

## 楊柳

楊柳杏花何處好，石梁茅屋雨初乾。緑垂静路要深駐，紅寫清陂得細看。

## 北山道人栽松〔一〕

陽坡風暖雪初融，度谷遥看積翠重〔二〕。磊砢拂天吾所愛，他生來此聽樓鐘。

〔一〕龍舒本題作「文師種松」。

〔二〕「度」，朝鮮本作「繞」。

## 山櫻

山櫻抱石蔭松枝，比並餘花發最遲〔一〕。賴有春風嫌寂寞，吹香渡水報人知。

〔一〕「發最」，龍舒本作「最發」。

## 償薛肇明秀才榿木〔一〕

濯錦江邊木有榿，小園封植佇華滋。地偏或免桓魋伐〔二〕，歲晚聊同庾信移。

〔一〕龍舒本題作「償薛秀才榿木」。

〔二〕「桓」，原避欽宗趙桓諱作「淵聖御名」，今據朝鮮本改。

## 馬斃〔一〕

恩寬一老寄松筠，晏臥東牕度幾春。天厩賜駒龍化去，謾容小蹇載閑身。

〔一〕龍舒本、朝鮮本題作「馬死」。

## 出郊

川原一片緑交加，深樹冥冥不見花。風日有情無處著，初迴光景到桑麻。

## 懷府園

槐陰過雨盡新秋，盆底看雲映水流。忽憶小金山下路，綠蘋稀處看游鯈。

## 江寧夾口二首〔一〕

鍾山咫尺被雲埋，何況南樓與北齋。昨夜月明江上夢，逆隨潮水到秦淮。

二

日西江口落征帆，卻望城樓淚滿衫。從此夢歸無別路，破頭山北北山南。

〔一〕龍舒本題作「江寧夾口五首」，此爲其中第三、四首。

## 蔣山手種松〔一〕

青青石上歲寒枝，一寸巖前手自移。聞道近來高數尺，此身蒲柳故應衰。

〔一〕朝鮮本李壁注曰：「蔣山有公真跡石刻，『巖』字作『菴』，『近』字作『別』。」

## 中年

中年許國邯鄲夢，晚歲還家壙埌遊。南望青山知不遠，五湖春草入扁舟。

## 寄四姪旊〔一〕

數篇持往助歡咍，想見封題手自開。春草已生無好句，阿連空復夢中來。

二

一日東岡上幾迴，百重雲水隔蘇臺一作：一日東岡望百迴，迢迢雲水隔蘇臺。〔二〕。遥知别後詩無數〔三〕，黄犬歸時總寄來。

〔一〕「旊」，龍舒本作「斻」。
〔二〕「一日」至「蘇臺」二句，龍舒本、朝鮮本作「一日東岡望百迴，迢迢雲水隔蘇臺」。
〔三〕「詩無數」，龍舒本、朝鮮本作「多新句」。

## 寄吴氏女子

夢想平生在一丘，暮年方此得優游〔一〕。江湖相忘真魚樂〔二〕，怪汝長謡特地愁。

〔一〕「此得」，朝鮮本作「得此」。

〔二〕「忘」，龍舒本、朝鮮本作「望」。

## 寄蔡天啓

杖藜緣塹復穿橋，誰與高秋共寂寥？佇立東岡一搔首，冷雲衰草暮迢迢。

## 呈陳和叔〔一〕

數椽生草覆莓苔一作：數椽牢落長莓苔〔二〕，一徑墻陰斷雪開。王吉囊衣新徙舍，杖藜從此爲君來〔三〕。

二

數椽庳屋茨生草〔四〕，三畝荒園種晚蔬。永日終無一杯酒〔五〕，可能留得故人車？

〔一〕龍舒本、朝鮮本題作「絶句呈陳和叔二首」。

〔二〕「生草覆」，龍舒本、朝鮮本作「牢落長」。

〔三〕「君」，龍舒本、朝鮮本作「公」。

〔四〕「茨生」，龍舒本、朝鮮本作「生茨」。
〔五〕「杯」，龍舒本、朝鮮本作「樽」。

## 招葉致遠

白下長干一水間，竹雲新筍已斑斑〔一〕。明朝若有扁舟興，落日潮生尚可還〔二〕。

〔一〕「雲」，龍舒本作「匀」。
〔二〕「落日」，龍舒本、朝鮮本作「日落」。

## 招楊德逢

山林投老倦紛紛，獨卧看雲卻憶君。雲尚無心能出岫，不應君更懶於雲。

## 和叔招不往

門前秋水可揚舲，有意西尋白下亭。只欲往來相邂逅，卻嫌招唤苦丁寧。

## 和叔雪中見過〔一〕

捐書去寄老山林，無復追緣一作尋。往事心。忽值故人乘雪興，玉堂前話得重尋。

〔一〕「過」，朝鮮本作「遇」。

## 俞秀老忽然不見〔一〕

忽去飄然遊冶盤，共疑枝策在梁端〔二〕。禪心暫起何妨寂，道骨雖清不畏寒。

〔一〕龍舒本題作「陳俞二君忽然不見用前日韻作口號用過法雲寺韻」，朝鮮本題作「陳俞二君忽然不見」。

〔二〕「枝策」，龍舒本作「策枝」。「梁」，朝鮮本校曰：「一作『雲』。」

## 與耿天騭會話

邯鄲四十餘年夢，相對黄粱欲熟時。萬事秖如空鳥迹〔一〕，怪君强記尚能追。

〔一〕「秖」，龍舒本、朝鮮本作「盡」。

# 王安石文集卷第二十九

## 律詩 七言絶句

### 與道原過西莊遂遊寶乘〔一〕

周顒宅作阿蘭若〔二〕，婁約身歸窣堵波〔三〕。今日隱侯孫亦老，偶尋陳迹到煙蘿一作：蕙帳銅屏皆舊事，飄然陳迹在松蘿〔四〕。

〔一〕「與」下，聽香館本有「沈」字。龍舒本、能改齋漫録卷七引此詩題作「草堂懷古」。

〔二〕「作」，石林詩話卷中引作「在」。

〔三〕「歸」，石林詩話引作「隨」。「波」，原作「坡」，據龍舒本、遞修本、朝鮮本、嘉靖五年本、石林詩話改。

〔四〕「今日」至「煙蘿」二句，龍舒本、朝鮮本作「蕙帳銅鉼皆夢事，翛然陳跡翳松蘿」。李壁校曰：「一作『今日隱侯孫亦老，偶尋陳迹到煙蘿』。」

### 庚申正月遊齊安〔一〕

水南水北重重柳，山後山前處處梅。未即此身隨物化，年年長趁此時來。

〔一〕龍舒本、朝鮮本題作「庚申遊齊安院」。

## 庚申正月遊齊安有詩云水南水北重重柳壬戌正月再遊〔一〕

招提詩壁漫黄埃，忽忽籠紗兩過梅〔二〕。老值白雞能不死，復隨春色破寒來。

〔一〕龍舒本題作「庚申正月遊齊安院有語云港南港北重重柳」。

〔二〕「兩」，朝鮮本作「雨」。

## 壬戌正月晦與仲元自淮上復至齊安〔一〕

風暖柴荊處處開，雪乾沙净水洄洄。意行却得前年路，看盡梅花看竹來。

〔一〕龍舒本題作「壬戌正月再遊齊安次韻」。

## 壬戌五月與和叔同遊齊安〔一〕

繰成白雪桑重緑，割盡黄雲稻正青。它日玉堂揮翰手，芳時同此賦林坰。

〔一〕龍舒本、朝鮮本題作「同陳和叔遊齊安院」。

成字説後與曲江譚君丹陽蔡君同遊齊安〔一〕

據梧枝策事如毛〔二〕，久苦諸君共此勞。遥望南山堪散釋，故尋西路一登高。

〔一〕龍舒本、朝鮮本題作「成字説後與曲江譚掞丹陽蔡肇同遊齊安寺」。

〔二〕「枝」，龍舒本作「杖」。

元豐二年十月政公改路故作此詩〔一〕

獨龍東路得平岡〔二〕，始免遊人屐齒妨。更有主林身半現，與公隨轉作陰涼。

〔一〕龍舒本題作「僧修定林路成」，朝鮮本題作「元豐二年僧修定林路成」。

〔二〕「東」，龍舒本、朝鮮本作「新」。

書定林院牕與安大師同宿，既曉，問昨夜有何夢。師云有數夢，皆忘記。〔一〕

竹雞呼我出華胥，起滅篝燈擁燎鑪。試問道人何所夢，但言渾忘不言無。

〔一〕自「與安」至「皆忘記」，龍舒本作「問安大師昨夜有何夢，師云有數夢，皆忘記」。

## 同熊伯通自定林過悟真二首

與客東來欲試茶，倦投松石坐欹斜。暗香一陣連風起，知有薔薇澗底花。

二

城郭紛紛老倦尋，幅巾來寄北山岑〔一〕。長遭客子留連我，未快穿雲涉水心。

〔一〕「寄」，古今絶句作「此」。

## 悟真院

野水從横漱屋除，午牕殘夢鳥相呼。春風日日吹香草，山北山南路欲無。

## 傳神自讚〔一〕

我與丹青兩幻身，世間流轉會成塵。但知此物非他物，莫問今人猶昔人。

〔一〕龍舒本題作「真讚二首」，此爲其中第一首。朝鮮本題作「真讚」。

## 定林院昭文齋

定林齋後鳴禽散，只有提壺守屋簷〔一〕。苦勸道人沽美酒，不應無意引陶潛。

〔一〕「守」，龍舒本、朝鮮本作「遶」。

## 經局感言罷相出守江寧，仍領經局。

自古能全已不才，豈論騏驥與駑駘？放歸自食情雖適〔一〕，絡首猶存亦可哀。

〔一〕「雖」，古今絶句作「難」。

## 鍾山晚步

小雨輕風落楝花，細紅如雪點平沙。槿籬竹屋江村路，時見宜城賣酒家。

## 散策〔一〕

散策東岡亦已勞，横塘西轉有亭皋。絮飛度屋何許柳，花落填溝無數桃。

〔一〕龍舒本題作「晚春」，此爲其中第二首。

## 書静照師塔〔一〕

簡老已歸黄土陌，淵師今作白頭翁。百憂三十餘年事，陳迹山林草野中。

〔一〕龍舒本、朝鮮本題作「書静照禪師塔」。

## 記夢

辛酉九月二十二，夜夢高郵土山道人赴蔣山北集雲峰爲長老，已而坐化，復出山南興國寺，與余同卧一榻。探懷出片竹數寸〔一〕，上繞生絲，屬余藏之。余棄弗取，作詩與之。〔二〕

月入千江體不分，道人非復世間人。鍾山南北安禪地，香火他時共一作供兩身〔三〕。

〔一〕「探」，原作「禪」，今據龍舒本、朝鮮本、嘉靖五年本改。「出」，原作「山」，今據龍舒本改。

〔二〕「之」下，龍舒本有「曰」字。

〔三〕「共」，龍舒本、朝鮮本作「供」。

### 勘會賀蘭溪主賀蘭溪，洛京地名，陳繹買地築居，於郵中問之。

賀蘭溪上幾株松，南北東西有幾峰？買得住來今幾日，尋常誰與坐從容？

### 書湖陰先生壁二首

茆簷長掃靜無苔，花木成畦手自栽。一水護田將緑遶，兩山排闥送青來。

二

桑條索漠柳花繁〔一〕，風斂餘香暗度垣。黄鳥數聲殘午夢，尚疑身屬半山園〔二〕。

〔一〕「柳」，原作「楝」，據龍舒本、遞修本、朝鮮本、嘉靖五年本改。

〔二〕「屬」，龍舒本、朝鮮本作「在」。

### 過劉全美所居

西崦晴天得强扶，出林知有故人居。數能過我論奇字，當復令公見異書。

書何氏宅壁

有興提魚就公夐，此言雖在已三年。皖灊終負幽人約，空對湖山坐惘然。

題永慶壁有雱遺墨數行〔一〕

永慶招提墨數行，歲時風露每悽傷。殘骸豈久人間世，故有情鍾未可忘。

〔一〕龍舒本題作「題永慶壁元澤遺墨數行」。

江寧府園示元度〔一〕

畫船南北水遥通，日暮幅巾篁竹中。行到月臺逢翠碧，背人飛過子城東。

〔一〕龍舒本題作「示元度祕校」，古今絶句題作「金陵府園示元度」。

金陵郡齋

談經投老拚悠悠，爲吏文書了即休。深炷鑪煙一作香。閉齋閤〔一〕，卧聽簷雨瀉高秋。

〔一〕「煙」，龍舒本、朝鮮本作「香」。

## 戲示蔣穎叔〔一〕

扶衰南陌望長楸，燈火如星滿地流。但怪傳呼殺風景，豈知禪客夜相投。

〔一〕「穎」，原作「潁」，據龍舒本、遞修本、朝鮮本、古今絶句改。按，蔣之奇，字穎叔，宋史卷三百四十三有傳。

## 遊城東示深之德逢

欲牽淮舸共尋源，且踏青青繞杏園。憶我舊時光宅路〔一〕，依然桑柳映花繁。

〔一〕「時」，龍舒本作「詩」。

## 麗澤門〔一〕

麗澤門西日未俄，水明沙浄卷纖羅。緑瓊洲渚青瑶嶂，付與詩工敢琢磨。

〔一〕龍舒本題作「示耿天騭二首」，此爲其中第二首。朝鮮本題作「遊城東示深之德逢二首」，此爲其中第二首。

## 示公佐

殘生傷性老躭書，年少東來復起予。各據槁梧同不寐，偶然聞雨落階除。

## 示俞秀老二首〔一〕

不見故人天際舟，小亭殘日更回頭。繰成白雪三千丈，細草孤雲一片愁〔二〕。

二

君詩何以解人愁？初日紅蕖碧水流〔三〕。未怕元劉妨獨步〔四〕，每思陶謝與同遊〔五〕。

〔一〕龍舒本題作「示俞秀老三首」，此爲其中第二、三首。

〔二〕「片」，朝鮮本李壁注曰：「别本『片』字作『寸』字，言一寸愁能繰成白雪三千丈。」

〔三〕「紅蕖碧水流」，石林詩話卷中引作「芙蓉映碧流」。

〔四〕「妨」，石林詩話作「争」。

〔五〕「每思」，石林詩話作「不妨」。

## 示李時叔二首

知子鳴絃意在山，一官聊復戲人間。能爲白下東南尉，藜杖緇巾得往還。

二

千山訪我幾摧輈，清坐來看十日留。勢利白頭何足道，古人傾蓋有綢繆。

## 示寶覺二首〔一〕

火暖窻明粥一盂，晨興相對寂無魚。超然聖寺山林外〔二〕，别有禪天好浄居。

二

重將壞色染衣裙，共卧鍾山一塢雲。客舍黄粱今始熟，鳥殘紅柿昔曾分。

〔一〕龍舒本題作「示寶覺三首」，此爲其中第一、三首。

〔二〕「超然聖寺」，龍舒本、朝鮮本作「倏然迥出」。

## 仲元女孫

雙鬟嬉戲我庭除，争挽新花比繡襦。親結香纓知不久，汝翁那更鑷髭鬚。

## 示永慶院秀老

禪房借枕得重欹，陳迹翛然尚有詩。嗟我與公皆老矣，拂天松柏見栽時。

## 示王鐸主簿

君正忙時我正閑，如何同得到鍾山？夷門二十年前事，回首黄塵一夢間。

## 戲城中故人〔一〕

城郭山林路半分，君家塵土我家雲。莫吹塵土來污我，我自有雲持寄君。

〔一〕龍舒本題作「戲贈約之二首」，此爲其中第一首。

## 戲贈段約之〔一〕

竹柏相望數十楹，藕花多處復開亭。如何更欲通南埭，割我鍾山一半青。

〔一〕龍舒本題作「戲贈約之二首」，此爲其中第二首。

示俞處士

魯山眉宇人不見，只有歌辭來向東。借問樓前踏于蔿，何如雲卧唱松風？

懷張唐公

直諒多爲世所排，有懷長向我前開。暮年惆悵誰知此，南陌東阡獨往來。

憶金陵三首

覆舟山下龍光寺，玄武湖畔五龍堂。想見舊時遊歷處，煙雲渺渺水茫茫。

二

煙雲渺渺水茫茫，繚繞蕪城一帶長。蒿目黄塵憂世事，追思陳迹故難忘〔一〕。

三

追思陳迹故難忘〔二〕，翠木蒼藤水一方。聞説精廬今更好，好隨殘汴理歸艎。

〔一〕「陳」，龍舒本作「塵」。

〔二〕「陳」，龍舒本、朝鮮本作「塵」。

## 離昇州作〔一〕

殘菊冥冥風更吹，雨如梅子欲黄時。相看握手總無語，愁滿眼前心自知。

〔一〕龍舒本題作「離昇州作二首」，此爲其中第二首。

## 望淮口

白煙彌漫接天涯，黯黯長空一道斜。有似錢塘江上望，晚潮初落見平沙。

## 入瓜步望揚州

落日平林一水邊〔一〕，蕪城掩映祇蒼然。白頭追想當時事〔二〕，幕府青衫最少年。

〔一〕「林」，朝鮮本作「村」。

〔二〕「時」，清綺齋本作「年」。

## 泊船瓜洲

京口瓜洲一水間，鍾山祇隔數重山。春風自緑江南岸〔一〕，明月何時照我還？

〔一〕「自」，或作「又」。洪邁容齋隨筆續筆卷八：「王荆公絶句云：『京口瓜洲一水間，鍾山祇隔數重山。春風又緑江南岸，明月何時照我還。』吴中士人家藏其草，初云『又到江南岸』，圈去『到』字，注曰：『不好。』改爲『過』。復圈去，而改爲『入』，旋改爲『滿』。凡如是十許字，始定爲『緑』。」

## 重過佘婆岡市〔一〕

憶我東遊未有鬚，扶衰重此駐肩輿。市中年少今誰在？魯叟當街六十餘。

〔一〕「過」，朝鮮本作「陽」。

## 秦淮泛舟

强扶衰病牽淮舸，尚怯春風泝午潮。花與新吾如有意，山於何處不相招。

## 中書即事

投老豩爲世網嬰，低徊終恐負平生〔一〕。何時白土岡頭路〔二〕，渡水穿雲取次行。

〔一〕「負」，龍舒本作「誤」。

〔二〕「土」，原作「上」，今據遞修本、嘉靖五年本改。「白土岡」，在金陵，景定建康志卷十七：「白土岡，北連蔣山，其土色白，周迴一十里，高十丈，南至秦淮。」朝鮮本作「石」，李壁注曰：「白石岡，撫州、建康皆有之。」

## 萬事〔一〕

萬事黄粱欲熟時，世間談笑漫追隨。雞蟲得失何須筭，鵬鷃逍遥各自知。

〔一〕龍舒本題作「絶句」，共九首，此爲其中第五首。

## 寄金陵傳神者李士雲

衰容一見便疑真，李子揮毫故有神〔一〕。欲去鍾山終不忍，謝渠分我死前身。

〔一〕「子」，龍舒本作「氏」。「故有」，龍舒本、朝鮮本作「妙入」。

## 贈外孫

南山新長鳳凰雛，眉目分明畫不如。年小從他愛梨栗〔一〕，長成須讀五車書。

〔一〕「小」，古今絶句作「少」。

## 東流頓令罷官阻風示文有按風伯奏天閽之語答以四句

令尹犀舟失去期，憮然凭几占文移。勸君慎莫譏風伯，會有開帆破浪時。

## 楊德逢送米與法雲二老作此詩

盧仝不出憎流俗，我卜郊居避俗憎。仝有鄰僧來乞米，我今送米乞鄰僧。

## 送黃吉父將赴南康官歸金谿三首〔一〕

柘岡西路白雲深，想子東歸得重尋。亦見舊時紅躑躅，爲言春至每傷心。

二

還家一笑即芳辰，好與名山作主人。邂逅五湖乘興往，相邀錦繡谷中春。

三

歲晚相逢喜且悲，莫占風日恨歸遲〔二〕。我如逆旅當去客〔三〕，後會有無那得知〔四〕。

〔一〕龍舒本、朝鮮本題作「送黃吉父三首」，題注：「將赴南康官。」
〔二〕「風日」，原作「風口」，據龍舒本、遞修本、朝鮮本改。風日，指天氣、氣候。
〔三〕「去」，龍舒本、朝鮮本作「還」。
〔四〕「後」，原作「復」，據龍舒本、遞修本、朝鮮本、嘉靖五年本改。

# 王安石文集卷第三十

## 律詩 七言絶句

### 金陵即事三首〔一〕

水際柴門一半開，小橋分路入青苔〔二〕。背人照影無窮柳，隔屋吹香併是梅。

二

結綺臨春歌舞地，荒蹊狹巷兩三家〔三〕。東風漫漫吹桃李，非復當時仗外花。

三

昏黑投林曉更驚〔四〕，背人相喚百般鳴。柴門長閉春風暖，事外還能見鳥情。

〔一〕龍舒本卷六十四題作「金陵絶句四首」，前三首同此。此篇第一、二首，龍舒本卷七十五又題作「即事十五首」，分别爲其中第十三、第十四首。第三首，龍舒本卷七十五又題作「雜詠絶句十五首」，爲其中第八首。

〔二〕「青」，朝鮮本作「蒼」。
〔三〕「荒蹊狹巷」，龍舒本原校：「一云『頹城斷塹』。」
〔四〕「曉」，龍舒本、朝鮮本作「晚」。

烏塘

烏塘渺渺緑平隄〔一〕，隄上行人各有携。試問春風何處好？辛夷如雪柘岡西。

〔一〕「緑」，龍舒本作「渌」。

柘岡

萬事紛紛秪偶然，老來容易得新年。柘岡西路花如雪，迴首春風最可憐。

城北〔一〕

青青千里亂春袍，宿雨催紅出小桃〔二〕。迴首北城無限思，日酣川浄野雲高。

〔一〕龍舒本題作「開元上方」，朝鮮本題作「北城」。

〔二〕「宿」，朝鮮本作「暮」。

## 金陵〔一〕

金陵陳迹老莓苔，南北遊人自往來。最憶春風石城塢，家家桃杏過墻開〔二〕。

〔一〕龍舒本題作「即事十五首」，此爲其中第十二首。

〔二〕「杏」，光啓堂本、聽香館本作「李」。

## 午枕〔一〕

午枕花前簟欲流，日催紅影上簾鈎。窺人鳥唤悠颺夢，隔水山供宛轉愁。

〔一〕龍舒本題作「獨卧三首」，此爲其中第三首。

## 州橋〔一〕

州橋蹋月想山椒〔二〕，迴首哀湍未覺遥〔三〕。今夜重聞舊嗚咽〔四〕，却看山月話州橋。

〔一〕龍舒本題作「絶句」，共九首，此爲其中第四首。

〔二〕「想」，朝鮮本作「愁」。

〔三〕「未覺」，龍舒本、朝鮮本作「故末」。

〔四〕「舊」，朝鮮本作「事」。

## 觀明州圖〔一〕

明州城郭畫中傳，尚記西亭一艤船。投老心情非復昔〔二〕，當時山水故依然〔三〕。

〔一〕此篇龍舒本重出，卷七十六題同此，卷七十另題作「憶鄞」，文字稍有不同：「明州城郭畫圖傳，尚憶西亭一艤船。投老光陰非復昔，當時風月故依然。」

〔二〕「心情」，朝鮮本校曰：「一作『光陰』。」

〔三〕「山水」，朝鮮本作「風月」。

## 九日賜宴瓊林苑作

金明馳道柳參天〔一〕，投老重來聽管絃。飽食太官還惜日，夕陽臨水意茫然。

〔一〕「馳」，龍舒本、朝鮮本作「池」。

## 壬子偶題熙寧五年，東府庭下作盆池，故作。〔一〕

黄塵投老倦怱怱，故遶盆池種水紅。落日欹眠何所憶，江湖秋夢艣聲中。

〔一〕龍舒本題作「懷舊」，無題注。

## 和張仲通憶鍾陵二首〔一〕

一夢章江已十年，故人重見想皤然。秖應兩岸當時柳，能到春來尚可憐。

二

逸少池邊有一丘，西山南浦慣曾遊。殘年歸去終無樂，聞説章江即淚流。

〔一〕龍舒本、朝鮮本題作「和張仲通憶鍾陵絶句四首」，此爲其中第一、二首。

## 送和甫至龍安暮歸

隱隱西南月一鈎，春風落日澹如秋。房櫳半掩無人語，鼓角聲中始欲愁。

## 鍾山即事〔一〕

澗水無聲繞竹流，竹西花草弄春柔。茅簷相對坐終日，一鳥不鳴山更幽〔二〕。

〔一〕龍舒本題作「鍾山絶句二首」，此爲其中第一首。

〔二〕「幽」下，遞修本、嘉靖五年本有「成一首澗水繞竹流花草到坐終日鳥鳴山更幽」十九字，朝鮮本注曰：「舊本注：『減二字，再成一首：澗水繞竹流，花草弄春柔。相對坐終日，鳥鳴山更幽。』」

## 南澗樓在江寧尉司。〔一〕

撲撲烟嵐遶四阿，物華終恨未能多。故應陡起三千丈，始奈重山複嶺何。

〔一〕龍舒本重出，卷六十六題作「南澗樓」，卷七十一題作「南澗橋」。

## 京城

三年衣上禁城塵，撫事怊然愧古人〔一〕。明月滄波秋萬頃，扁舟長寄夢中身。

〔一〕「怊」，龍舒本、遞修本、朝鮮本作「茫」。

## 隴東西二首〔一〕

隴東流水向東流，不肯相隨過隴頭。秖有月明西海上〔二〕，伴人征戍替人愁。

二

隴西流水向西流，自古相傳到此愁。添却征人無限淚，怪來嗚咽已千秋。

〔一〕龍舒本題作「隴東西二絶句」。

〔二〕「海」，遞修本作「河」。

## 斜徑

斜徑偶通南埭路，數家遥對北山岑。草頭蛺蝶黄花晚，菱角蜻蜓翠蔓深。

## 暮春〔一〕

北山吹雨送殘春〔二〕，南澗朝來緑映人〔三〕。昨日杏花渾不見〔四〕，故應隨水到江濱。

〔一〕龍舒本題作「暮春三首」，此爲其中第一首。

〔二〕「山」，龍舒本作「風」。

〔三〕「緑」，龍舒本作「淥」。

〔四〕「渾」，龍舒本作「都」。

## 雨晴

晴明山鳥百般催，不待桃花一半開〔一〕。雨後緑陰空繞舍，總將春色付莓苔。

〔一〕「待」，遞修本作「得」。

## 日西

日西階影轉梧桐，簾卷青山簟半空。金鴨火銷沈水冷，悠悠殘夢鳥聲中。

## 禁直

翠木交陰覆兩簷，夜天如水碧湉湉〔一〕。帝城風月看常好，人世悲哀老自添。

〔一〕「湉湉」，龍舒本、朝鮮本作「恬恬」。

## 御柳〔一〕

御柳新黃已迸條，宮溝薄凍未全消。人間今日春多少〔二〕，秖看東方北斗杓〔三〕。一作：習習春風拂柳條，御溝春水已冰消。欲知四海春多少，先向天邊問斗杓。

〔一〕龍舒本題作「作翰林時」，全詩爲：「習習春風拂柳條，御溝春水已冰消。欲知四海春多少，先向天邊問斗杓。」

〔二〕「人間今日」，朝鮮本作「不知人世」，能改齋漫録卷十引作「欲知人世」。

〔三〕此句朝鮮本作「先向天邊問斗杓」，能改齋漫録作「先驗東方北斗杓」。

## 祥雲

冰入春風漲御溝，上林花氣欲飛浮。未央屋瓦猶殘雪，却爲祥雲映日流。

## 題中書壁〔一〕

夜開金鑰詔辭臣，對御抽毫草帝綸。須信朝家重儒術，一時同榜用三人。

〔一〕朝鮮本李壁注曰：「或云陸子履詩，非也。」

## 禁中春寒

青一作浮。烟漠漠雨紛紛，水殿西廊北苑門。已著單衣猶禁火，海棠花下怯黄昏。

## 試院中〔一〕

少時操筆坐中庭，子墨文章頗自輕。聖世選材終用賦，白頭來此試諸生。

〔一〕龍舒本題作「試院中五絶句」，朝鮮本題作「試院五絶句」，此爲其中第一首。

## 學士院燕侍郎畫圖〔一〕

六幅生綃四五峰，暮雲樓閣有無中。去年今日長干里，遥望鍾山與此同。

〔一〕龍舒本題作「學士院畫屏」，朝鮮本題作「學士院燕侍郎畫屏」。

## 道旁大松人取以爲明〔一〕

龍甲虯髯不可攀〔二〕，亭亭千丈蔭南山〔三〕。應嗟無地逃斤斧〔四〕，豈願争明爝火間。

〔一〕朝鮮本題作「道傍大松人取爲明」。

〔二〕「龍甲虯髯」，龍舒本、朝鮮本作「虯甲龍髯」。

〔三〕「丈」，龍舒本作「尺」。

〔四〕「無地逃」，龍舒本作「此地無」。

## 見鸚鵡戲作四句

雲木何時兩翅翻，玉籠金鎖秖煩冤。直須强學人間語〔一〕，舉世無人解鳥言。

〔一〕「直」，原作「真」，今據龍舒本、朝鮮本改。按，王詩屢用「直須」一詞，如本書卷二十一和王司封會同年：「直須傾倒罇中酒，休惜淋浪坐上衣。」

## 池鴈

羽毛摧落向人愁，當食哀鳴似有求。萬里衡陽冬欲暖，失身元爲稻粱謀。

## 六年〔一〕

六年湖海老侵尋，千里歸來一寸心。西望國門搔短髮，九天宮闕五雲深。

〔一〕龍舒本題作「雜詠絶句十五首」，此爲其中第十首。

## 世故〔一〕

世故紛紛漫白頭，欲尋歸路更遲留。鍾山北繞無窮水，散髮何時一釣舟？

〔一〕龍舒本題作「省中絶句」。

## 邵平

天下紛紛未一家，販繒屠狗尚雄夸。東陵豈是無能者，獨傍青門手種瓜。

## 中牟

潁城百雉擁高秋，驅馬臨風想聖丘。此道門人多未悟，爾來千載判悠悠。

## 王章

壯一作志。士軒昂非自謀〔一〕，近臣當爲國深憂。區區女子無高意，追念牛衣暖即休。

〔二〕「壯」，龍舒本、朝鮮本作「志」。「軒昂」，朝鮮本李壁校曰：「真跡作『激昂』。」

### 神物〔一〕

神物登天擾可騎，如何孔甲但能羈。當時若更無劉累，龍意茫然豈得知？

〔一〕龍舒本題作「雜詠絶句十五首」，此爲其中第四首。

### 文成〔一〕

文成五利老紛紛，方丈蓬萊但可聞。萬里出師求寶馬，飄然空有意淩雲。

〔一〕龍舒本題作「雜詠絶句十五首」，此爲其中第五首。

### 讀漢書

京房劉向各稱忠，詔獄當時跡自窮。畢竟論心異恭顯，不妨迷國略相同。

### 賜也〔一〕

賜也能言未識真，誤將心許漢陰人。桔槔俯仰妨何事？抱甕區區老此身。

〔一〕龍舒本題作「絶句」，共九首，此爲其中第八首。

## 重將〔一〕

重將白髮旁墻陰，陳迹茫然不可尋。花鳥總知春爛熳，人間獨自有傷心。

〔一〕龍舒本題爲「有感五首」，此爲其中第二首。

## 載酒〔一〕

載酒欲尋江上舟，出門無路水交流。黄昏獨倚春風立，看却花開觸地愁〔二〕。

〔一〕龍舒本題作「有感五首」，此爲其中第三首。

〔二〕「開」，龍舒本、朝鮮本作「飛」。

## 楚天〔一〕

楚天如夢水悠悠，花底殘紅漫不收。獨繞去年揮淚處〔二〕，還將牢落對滄洲。

〔一〕龍舒本題作「有感五首」，此爲其中第五首。

〔三〕「揮」，龍舒本、朝鮮本作「垂」。

## 江上

江北秋陰一半開，晚雲含雨却低徊〔一〕。青山繚繞疑無路，忽見千帆隱映來。

〔一〕「徊」，原作「回」，據朝鮮本改。遞修本黄校曰：「『回』明刊同，宋刊『徊』。」

## 春江〔一〕

春江渺渺抱墻流，煙草茸茸一片愁。吹盡柳花人不見〔二〕，青旗催日下城頭。

〔一〕朝鮮本李壁注曰：「或言此詩方子通作，荆公愛之，書於册，後人誤謂荆公作。方名惟深，姑蘇人，行高潔，隱居不仕。」龔明之中吴紀聞卷四：「方子通一日謁荆公未見，作詩云（中略）。荆公親書方册間，因誤載臨川集。後人不知此詩乃子通作也。」

〔二〕「柳」，龍舒本作「楊」。

## 春雨〔一〕

城雲如夢柳僛僛〔二〕，野水横來强滿池。九十日春渾得雨，故應留潤作花時。

〔一〕龍舒本題作「春雨二首」，此爲其中第一首。

〔二〕「夢」，龍舒本、朝鮮本作「雪」。龍舒本李壁校曰：「真跡『雪』作『夢』。」

## 初到金陵〔一〕

江湖歸不及花時，空遶扶疎緑玉枝。夜直去年看蓓蕾，晝眠今日對紛披。

〔一〕龍舒本題作「初到金陵二首」，此爲其中第一首。

## 送和甫至龍安微雨因寄吴氏女子

荒煙涼雨助人悲，淚染衣巾不自知〔一〕。除却春風沙際緑，一如看汝過江時。

〔一〕「巾」，朝鮮本作「襟」。

## 與北山道人〔一〕

蒔果疏泉帶淺山，柴門雖設要常關。別開小徑連松路，祇與鄰僧約往還。

〔一〕龍舒本題作「與北山僧」。

## 過外弟飲〔一〕

一日君家把酒杯〔二〕，六年波浪與塵埃。不知烏石岡邊路，至老相尋得幾回〔三〕？

〔一〕能改齋漫録卷九引此詩，題作「與外氏飲」。

〔二〕「日」，原作「自」，據龍舒本、嘉靖五年本、朝鮮本、冷齋夜話改。按，遞修本黄校曰：「『日』，宋刊本同，明刊『自』。」

〔三〕「至」，能改齋漫録作「到」。

## 若耶溪歸興

若耶溪上踏莓苔，興罷張帆載酒回。汀草岸花渾不見，青山無數逐人來。

## 烏石〔一〕

烏石岡邊繚繞山，柴荆細路一作徑。水雲間〔二〕。吹一作拈。花嚼蘂長來往〔三〕，秖有春風似我閑。

〔一〕龍舒本、能改齋漫録卷九題作「遊草堂寺」。
〔二〕「路」，龍舒本、朝鮮本、能改齋漫録、古今絶句作「徑」。
〔三〕「吹」，龍舒本、朝鮮本作「拈」。「蘂」，原作「藥」，今據龍舒本、遞修本、朝鮮本改。

## 定林〔一〕

定林青一作修，又作喬。木老參天〔二〕，横貫東南一道泉。六月杖藜尋石路〔三〕，午陰多處弄潺湲〔四〕。

〔一〕龍舒本題作「定林院三首」，此爲其中第二首。
〔二〕「青」，龍舒本、朝鮮本作「修」，古今絶句作「喬」。
〔三〕「六」，龍舒本作「五」。
〔四〕「弄」，皇朝文鑑卷二十七定林作「聽」。朝鮮本李壁注曰：「許子禮吏部嘗云，親見定林題筆，不云『脩木』云『喬木』，不云『石路』云『去路』，不云『弄潺湲』云『聽潺湲』。」

## 定林所居

屋繞灣溪竹繞山，溪山却在白雲間。臨溪放杖依山坐〔一〕，溪鳥山花共我閑。

〔一〕「杖」，原作「艇」，據朝鮮本改。按，遞修本黄校曰：「『艇』，明刊同，宋刊『杖』。」

## 臺城寺側獨行

春山撩亂水縱横，籬落荒畦草自生。獨往獨來花下路〔一〕，筍輿看得緑陰成。

〔一〕「花」，原作「山」，據朝鮮本改。遞修本黄校曰：「明刊同『山』，宋刊作『花』，又注『一作山』。」

## 遊鍾山〔一〕

終日看山不厭山，買山終待老山間〔二〕。山花落盡山長在，山水空流山自閑。

〔一〕龍舒本題作「遊鍾山四首」，此爲其中第一首。

〔二〕「買」，朝鮮本李壁校曰：「别本作『愛』。」

## 松間被召將行作。〔一〕

偶向松間覓舊題，野人休誦北山移。丈夫出處非無意，猿鶴從來不自知〔二〕。

〔一〕龍舒本題作「遊鍾山四首」，此爲其中第三首，無題注。

〔二〕「不自」，龍舒本、遞修本、朝鮮本作「自不」。

## 雨未止正臣欲行以詩留之

紛紛應接使人愁，與子從容喜問訓。他日故將泥自庇，今朝欲以雨相留。

# 王安石文集卷第三十一

## 律詩　七言絶句

### 題張司業詩

蘇州司業詩名老，樂府皆言妙入神。看似尋常最奇崛，成如容易却艱辛。

### 同陳和叔遊北山

春風蕩屋雨填溝，東閤翛然擁罽裘。鄰壁黄糧炊未熟，喚迴殘夢有鳴騶。

### 次吴氏女子韻〔一〕

吴氏詩云：「西風不入小窻紗，秋氣應憐我憶家。極目江南千里恨，依前和淚看黄花。」〔二〕南朝九日臺在孫陵曲街旁，去吾園只數百步。

孫陵西曲岸烏紗，知汝凄涼正憶家。人世豈能無聚散，亦逢佳節且吹花。

〔一〕龍舒本題作「次吴氏女子韻二首」，此爲其中第一首，題注：「南朝九日臺在孫陵曲街旁，去吾園只數百步。」

〔二〕此詩龍舒本題作「蓬萊詩」，題注：「蓬萊縣君，荆公長女。」「前」，朝鮮本作「然」。

## 再次前韻〔一〕

秋燈一點映籠紗〔二〕，好讀楞嚴莫念家〔三〕。能了諸緣如夢事〔四〕，世間唯有妙蓮花。

〔一〕龍舒本題作「次吴氏女子韻二首」，此爲其中第二首。

〔二〕「秋」，冷齋夜話卷四引此詩作「青」。「籠」，冷齋夜話作「窻」。

〔三〕「念」，冷齋夜話作「憶」。

〔四〕「夢事」，冷齋夜話作「幻夢」。

## 即席〔一〕

曲沼融融泮盡澌〔二〕，暖煙籠瓦碧參差。人情共恨春猶淺，不問寒梅有幾枝。

〔一〕龍舒本題作「春日席上二首」，此爲其中第二首。

〔二〕「融融」，龍舒本、朝鮮本作「溶溶」。李壁注曰：「或云此平甫詩。」

## 遊城南即事二首

神姦變化久難知，禹鼎由來更不疑。螭魅合謀非一日，太丘真復社亡遲。

二

泰壇東路遶重營，獨背朝陽信馬行。漫道城南天尺五，荒林時見一柴荆。

## 寄沈道原

城郭千家一彈丸，蜀岡擁腫作蛇蟠。眼前不道無蒼翠，偷得鍾山隔水看。

## 哭張唐公

堂一作棠。邑山林久寂寥，屬車前日駐雞翹。冥冥獨鳳隨雲霧一作知何處，南陌空聞引葬簫〔一〕。

〔一〕「引葬」，光啓堂本、聽香館本作「自引」。

## 生日次韻南郭子二首

救黥醫劓世無方〔一〕，斷簡陳編付藥房。祝我壽齡君好語，毗耶一夜滿城香。

### 二

寒逼清枝故有梅，草堂先對白頭開。殘骸已若雞年夢，猶見騷人幾度來。

〔一〕「世」，龍舒本作「比」。

## 八公山

淮山但有八公名，鴻寶燒金竟不成。身與仙人守都厠，可能雞犬得長生？

## 過徐城

七年五過徐城縣，自笑皇皇此世間。安得身如倉庾氏，一官能到子孫閑。

## 送丁廓秀才歸汝陰二首〔一〕

好去翩然丁令威，昔人且在不應非。淮雲豈與遼天闊，想復留情故一歸。

二

西州行路日蕭條，執手傷懷不自聊。遊子故鄉終念返，豈能無意治城潮？

〔一〕龍舒本題作「送丁廓秀才三首」，此爲其中第一、二首。

## 和惠思韻二首

醴泉觀〔一〕

邂逅相隨一日閑〔二〕，或緣香火共靈山〔三〕。夕陽興罷黄塵陌，直似蓬萊墮世間。

蟬〔四〕

白下長干何可見，風塵愁殺庾蘭成。去年今日青松路，亦自聞蟬第一聲〔五〕。

〔一〕龍舒本、朝鮮本題作「和僧惠岑遊醴泉觀」。

〔二〕「隨」，朝鮮本作「逢」。

〔三〕「共」，龍舒本、朝鮮本作「住」。

〔四〕龍舒本重出，卷七十七題與此同，卷五十二另題作「和惠思聞蟬」，朝鮮本同。

〔五〕「亦自」，龍舒本、朝鮮本作「憶似」，朝鮮本李壁校曰：「一作『一似』。」「别本『一似』，又作『亦自』，竊意『亦自』爲是。」

## 送王中甫學士知湖州〔一〕

吴興太守美如何〔二〕？柳惲詩才未足多〔三〕。遥想郡人迎下擔，白蘋洲渚正滄波。

〔一〕「中」，原作「石」。按，此人乃王介，字中甫。龍舒本題作「送王介學士」，朝鮮本題作「送王介學士赴湖州」，題注：「字中甫。」今據改。葉夢得石林詩話卷下：「王介，字中甫，衢州人。博學善譏誚，嘗舉制科不中，與王荆公遊甚歡曲，然未嘗降意少相下。」魏泰東軒筆録卷七：「王介性輕率，語言無倫，時人以爲心風。與王荆公舊交，公作詩曰：『吴興太守美如何？柳惲詩才未足多。遥想郡人臨下擔，白蘋洲上起滄波。』其意以水值風即起波也。介諭其意，遂和十篇，盛氣而誦於荆公。」續資治通鑑長編卷二百三十六熙寧五年閏七月乙丑：「祕閣校理王介上議曰（下略）。」李燾注曰：「會要載此於兩制及孫固議下。（中略）介先以職方員外郎、祕閣校理權發遣户部勾院，八月十四日出知湖州。」

〔二〕「吴興」，龍舒本作「東吴」。

〔三〕「未」，龍舒本作「不」。

## 懷鍾山

投老歸來供奉班，塵埃無復見鍾山。何須更待黄粱熟，始覺人間是夢間。

## 江寧夾口三首〔一〕

茅屋滄洲一酒旗，午煙孤起隔林炊。江清日暖蘆花轉，秖一作恰。似春風柳絮時〔二〕。

二

月墮浮雲水捲空，滄洲店坼五更風〔三〕。北山草木何由見，夢盡青燈展轉中。

三

落帆江口月黄昏，小店無燈欲閉門。側出岸沙楓半死〔四〕，繫船應有去年痕〔五〕。

〔一〕此題龍舒本有五首，此爲其中第一、二、五首。按，第三首或以爲方惟深（字子通）作。瀛奎律髓卷二十：「子通，王荆公同時人。『半出岸沙楓欲死，繫舟時有去年痕』，乃子通詩也。荆公愛之，書於座右，乃誤刊入荆公集。」

〔二〕「秖」，龍舒本、朝鮮本、古今絶句作「恰」。

〔三〕「店坼」，龍舒本、朝鮮本作「夜泝」，義長。

〔四〕「側」，龍舒本、朝鮮本作「半」。「半」，龍舒本、朝鮮本作「欲」。朝鮮本李壁校曰：「真跡作『側出岸沙楓半死』，尤佳。」

〔五〕「應」，龍舒本、朝鮮本作「猶」。

## 寄碧巖道光法師

去馬來車擾擾塵，自難長寄水雲身。碧巖後主今爲客，何況開山説法人。

## 省中〔一〕

萬事悠悠心自知，强顔於世轉參差。移牀獨卧秋風裏〔二〕，静看蜘蛛結網絲〔三〕。

二

大梁春雪滿城泥，一馬常瞻落日歸。身世自知還自笑，悠悠三十九年非。

〔一〕此篇第一首，龍舒本題作「金陵郡齋偶作」。

〔二〕「卧」，龍舒本、朝鮮本作「向」。

〔三〕「静」，龍舒本、朝鮮本作「卧」。

崇政殿後春晴即事

悠悠獨夢水西軒，百舌枝頭語更繁。山鳥不應知地禁，亦逢春暖即啾喧。

省中沈文通廳事

竹上秋風吹網絲，角門常閉吏人稀。蕭蕭一榻卷書坐，直到日斜騎馬歸。

吴任道説應舉時事

縣瓠城南陂水深，春泥滿眼路嶇嶔。獨騎瘦馬衝殘雨，前伴茫茫不可尋。

送河中通判朱郎中迎母東歸

綵衣東笑上歸船，萊氏歡娱在晚年。嗟我白頭生意盡，看君今日更悽然。

寄題杭州明慶院修廣師明碧軒〔一〕

明碧軒南竹數叢，別來江外幾秋風。道人無復人間世，嗟我今爲白髮翁。

〔一〕龍舒本、朝鮮本題作「寄題修廣明碧軒」。

## 夜直〔一〕

金爐香盡漏聲殘，翦翦輕風陣陣寒。春色惱人眠不得，月移花影上欄干。

〔一〕按，或以爲此詩乃王安國（字平甫）之作。周紫芝竹坡詩話：「儀真沈彦述謂余言：『荆公詩如「繁緑萬枝紅一點，動人春色不須多」，「春色惱人眠不得，月移花影上闌干」等篇，皆平甫詩，非荆公詩也。』沈乃元龍家壻，故嘗見之耳。」

## 試院中〔一〕

白髮無聊病更侵，移床卧竹向秋陰〔二〕。朝來鴈背西風急，吹折江湖萬里心〔三〕。

二

咫尺淹留可奈何，東西虚共一姮娥。階前棗樹應摇落，此夜清光得幾多。

三

青燈照我夢城西，坐上傳觴把菊枝。忽忽覺來頭更白，隔墻聞語趂朝時。

四

蕭蕭疎雨吹簷角，噎噎暝蛩啼草根。閑却荒庭歸未得〔四〕，一燈明滅照黄昏。

〔一〕龍舒本、朝鮮本題作「試院中五絶句」，此四首分别爲第二、三、四、五首。

〔二〕「移床」句，朝鮮本作「移床向竹卧秋陰」。

〔三〕「湖」，朝鮮本作「湘」。

〔四〕「閑」，朝鮮本作「閉」。

## 人間

人間投老事紛紛，才薄何能强致君。一馬黄塵南陌路，眼中唯見北山雲。

## 後殿牡丹未開

紅襆未開如婉娩〔一〕，紫囊猶結想芳菲〔二〕。此花似欲留人住，山鳥無端勸我歸。

〔一〕「如」，龍舒本、朝鮮本作「知」。

〔二〕「囊」，古今絶句作「霞」。

## 春日〔一〕

柴門照水見青苔，春逩花枝漫漫開。路遠遊人行不到，日長啼鳥去還來。

〔一〕龍舒本題作「春日二首」，此爲其中第二首。

## 寄韓持國

渌逩宫城漫漫流〔一〕，鵝黄小蝶弄春柔。問知公子朝陵去，歸得花時却自愁。

〔一〕「渌逩宫城」，龍舒本、朝鮮本作「渌水環宫」，龍舒本原校：「一本作『浸逩宫城漫漫流』。」

## 答韓持國

知公尚憶洛城中，醉裏穿花滿袖風。花亦有知還有恨，今爲紅藥主人翁。

## 出城

慣作野人多野興，欲爲時用少時材。出城偶與沙塵背，轉覺谿山入眼來。

## 涿州〔一〕

涿州沙上望桑乾，鞍馬春風特地寒。萬里如今持漢節，却尋此路使呼韓〔二〕。

〔一〕龍舒本題作入塞二首，此爲其中第二首，題注：「此一首誤在題試院壁。觀其文，乃是出塞辭。奉使詩録不載，恐脱，不敢補次之，輒收附於入塞之後。」

〔二〕「此」，朝鮮本作「北」。

## 出塞

涿州沙上飲盤桓，看舞春風小契丹。塞雨巧催燕淚落，濛濛吹濕漢衣冠。

## 入塞〔一〕

荒雲涼雨水悠悠，鞍馬東西鼓吹休。尚有燕人數行淚，回身却望塞南流〔二〕。

〔一〕龍舒本題作「入塞二首」，此爲其中第一首。

〔二〕「身」，龍舒本作「頭」。

## 書汜水關寺壁

汜水鴻溝楚漢間，跳兵走馬百重山。如何咫尺商於地，便有園公綺季閑？

## 題北山隱居王閑叟壁

荒村日午未開門，雨後餘花滿地存。舉世但能旌隱逸〔一〕，誰人知道是王孫？

〔一〕「但」，原作「位」，形訛，今據朝鮮本、殘宋本李注改。

## 和惠思歲二日二絶

懶讀書來已數年，從人嘲我腹便便。爲嫌歸舍兒童聒，故就僧房借榻眠。

二

沙礫藏春未放來，荒庭終日守陳荄。遥憐草色裙腰緑，湖寺西南一徑開。

## 赴召道中

海氣冥冥漲楚氛，汀洲回薄水横分〔一〕。青松十里鍾山路，秖隔西南一片雲。

〔一〕「回」，龍舒本、光啓堂本作「迴」。

## 江東召歸

昨日君恩悮賜環，歸腸一夜繞鍾山。雖然眷戀明時禄，羞見琅邪有邴丹。

## 平甫如通州寄之

北山摇落水崢嶸，想見揚帆出廣陵。平世自無憂國事，求田應不忤陳登。

## 寄顯道〔一〕

舟約刀頭止歲前〔二〕，故人專使手書傳。出門江口問消息〔三〕，極目寒沙空渺然〔四〕。

〔一〕古今絶句題作「寄吴顯道」。
〔二〕「舟」，龍舒本作「前」。
〔三〕「口」，龍舒本、朝鮮本作「上」。
〔四〕「空渺然」，龍舒本作「已泖然」。

## 和平父寄道光法師〔一〕

欲見道人非一朝，杖藜無路到青霄。千巖萬壑排風雨，想對銅罏柏子燒。

〔一〕龍舒本、朝鮮本題作「寄北山詳大師」。

## 三品石

草没苔侵棄道周，誤恩三品竟何酬。國亡今日頑無恥，似爲當年不與謀〔一〕。

〔一〕「與」，龍舒本、朝鮮本作「豫」。

## 和崔公度家風琴八首〔一〕

屋山終日信飄飄，似與幽人破寂寥。爲有機心須强聒，直教懸解始聲消。

二

簾幕無風起泬寥，誰悲精鐵任飄飄。隨商應角知無意，不待歌成韻已消。

三

萬物能鳴爲不平，世間歌哭兩營營。君知此物心何欲，自信天機自有聲。

四

風鐵相敲固可鳴〔一〕，朔兵行夜響行營。如何清世容高卧，飜作幽窻枕上聲。

五

南風屋角響蕭蕭，白日簾垂坐寂寥。愛此宫商有真意，與君傾耳盡今朝。

六

風來風去豈嘗要，隨分鏗鏘與寂寥。不似人間古鍾磬，從來文飾到今朝。

七

繫身高處本無心，萬竅鳴時有玉音。欲作鏌耶爲物使，知君能笑不祥金。

八

疏鐵簷間挂作琴，清風纔到遽成音。伊人欲問無真意，向道從來不博金。

〔一〕古今絶句題下有注：「少作。」

〔二〕「鳴」，朝鮮本作「鷩」。

## 送陳靖中舍歸武陵

知君欲上武陵溪，水自東流人自西。到日桃花應已謝，想君應不爲花迷。

## 北山

刳木爲舟數丈餘，卧看風月映芙蕖。清香一陣渾無暑，時有驚梂躍出魚。

## 適意

一燈相伴十餘年，舊事陳言知幾編？到了不如無累後，困來顛倒枕書眠。

## 辱井

結綺臨春草一丘，尚殘宫井戒千秋。奢淫自是前王恥，不到龍沈亦可羞。

## 題金沙

海棠開後數金沙，高架層層吐絳葩。咫尺西城無力到，不知誰賞魏家花？

## 夜聞流水

千丈崩奔落石碕，秋聲散入夜雲悲。州橋月下聞流水，不忘鍾山獨宿時。

## 詠月三首

寒光乍洗山川瑩，清影遥分草樹纖。萬里更無雲物動，中天只有兔隨蟾。

二

江海清明上下兼，碧天遥見一毫纖。此時只欲浮雲盡，窟穴何妨有兔蟾。

三

一片清光萬里兼，幾回圓極又纖纖。君看出没非無意，豈爲辛懃養玉蟾？

# 王安石文集卷第三十二

## 律詩　七言絶句

### 次韻杏花三首

只愁風雨劫春回，怕見枝頭爛熳開。野鳥不知人意緒，啄教零亂點蒼苔。

二

心憐紅蘂與移栽，不惜年年糞壤培。風雨無時誰會得，欲教零亂强催開。

三

看時高艷先驚眼，折處幽香易滿懷。野女强簪看亦醜，少教憔悴逐荆釵。

### 杏園即事

蟠桃移種杏園初，紅抹燕脂嫩臉蘇。聞道飄零落人世，清香得似舊時無？

## 宗城道中〔一〕

都城花木久知春，北路餘寒尚中人。宿草連雲青未得，東風無賴只驚塵。

〔一〕此篇龍舒本不載。「宗城」，原爲「宋城」。朝鮮本注曰：「宋城屬南京應天府。此詩所指，恐非此宋城也。蓋詩云『都城花木』，次以『北路餘寒』，則是已過汴京，踰河而北矣。」甚是。宋城屬南京應天府，宗城屬大名府。此詩爲仁宗嘉祐五年（一〇六〇）王安石伴送北使過大名府宗城所作（詳細考辨，可見王安石年譜長編卷二）。今據改。

## 對客

寢壁風回午枕涼，清談相對一胡牀。心知帝力同天地，能使人間白日長。

## 愍儒坑

智力區區不爲身，欲將何力助强秦〔一〕？只應埋没千秋後，更足詩書發冢人。

〔一〕「力」，朝鮮本作「物」。

## 遇雪

定知花發是歸期，不奈歸心日日歸。風雪豈知行客恨，向人更作落花飛。

殊勝淵師八十餘因見訪問之近來如何答曰隨緣而已至示寂作是詩〔一〕

寄託荒山鬼與鄰，一生黄卷不離身。百年薪盡隨緣去，莫學緇郎更誤人。

〔一〕龍舒本、朝鮮本題作「淵師示寂」。

## 懷舊

吹破春冰水放光，山花澗草百般香。身閑處處堪行樂，何事低徊兩鬢霜。

## 訪隱者〔一〕

童子穿雲晚未歸，誰收松下著殘棋。先生醉卧落花裏，春去人間總不知。

〔一〕此篇龍舒本不載。李壁注曰：「鄭毅夫（獬）集亦有此作，未知果是誰作。」

## 海棠花

緑驕隱約眉輕掃，紅嫩妖饒臉薄粧。巧筆寫傳功未盡，清才吟咏興何長。

## 證聖寺杏接梅花未開

紅蘂曾遊此地來，青青今見數枝梅。只應尚有嬌春意，不肯凌寒取次開。

## 雜詠五首〔一〕

勳業無成照水羞，黄塵入眼見山愁。煙中漠漠江南岸，更與家人一少留。

二

白頭重到太寧宫，玉珮瓊琚在眼中。歌舞可憐人暗换，花開花落幾春風。

三

朝陽映屋擁書眠，夢想鍾山一慨然。投老安能長忍垢，會當歸此濯寒泉。

四

烏石岡頭躑躅紅，東江柳色漲春風。物華人意曾相値，永日留連草莽中。

五

小雨蕭蕭潤水亭，花風颭颭破浮萍。看花聽竹心無事，風竹聲中作醉醒。

〔一〕龍舒本題作「雜詠絶句十五首」。此篇前四首分別爲龍舒本之第二、三、六、七首。朝鮮本題作「雜詠六首」。

## 書陳祈兄弟屋壁〔一〕

千里歸來倦宦身，欲尋田宅豫求鄰。能將孝友傳家世，鄉邑如君更幾人？

〔一〕朝鮮本李壁注曰：「予於撫州得此詩石本，乃新授將仕郎、守惠州河原縣主簿陳祈立石。」

## 郊行

柔桑採盡緑陰稀，蘆箔蠶成密繭肥。聊向村家問風俗，如何勤苦尚凶飢？

破冢二首

埋没殘碑草自春，旋風時出地中塵。墦間夜半分珠玉，猶是當時乞祭人。

二

殘椁穿來欲幾春，蕭蕭長草没騏驎。墦間或有樵蘇客，未必他年醉飽人。

題景德寺試院壁至和三年八月十日。

屋東瓜蔓已扶疎，小石藍花破萼初。從此到寒能幾日，風沙還見一年除。

金陵報恩大師西堂方丈二首

簷花映日午風薰，時有黄鸝隔竹聞。香炧一鑪春睡足，上方車馬正紛紛。

二

蕭蕭出屋千竿玉，靄靄當窻一炷雲。心力長年人事外，種花移石尚殷勤。

# 題正覺院籜龍軒二首

北軒名字經平子，愛此吾能爲賦詩。山雨江風一披拂，籜龍還自有吟時。

二

仙事茫茫不可知，籜龍空此見孫枝。壺中若有閑天地，何苦歸來問葛陂？

# 相州古瓦硯〔一〕

吹盡西陵歌舞塵，當時屋瓦始稱珍〔二〕。甄陶往往成今手，尚託聲名動世人。

〔一〕古今絶句題作「銅雀古瓦研」。
〔二〕「屋瓦」，光啓堂本、聽香館本作「瓦硯」。

# 望夫石

雲鬟煙鬢與誰期？一去天邊更不歸〔一〕。還似九疑山下女〔二〕，千秋長望舜裳衣。

〔一〕「去」，古今絶句作「立」。

〔二〕「下」，龍舒本、朝鮮本作「上」。

## 山前

山前溪水漲潺潺，山後雲埋不見山。不趂雨來耕水際，即穿雲去卧山間。

## 江雨

冥冥江雨濕黄昏，天入滄洲漫不分。北澗欲通南澗水，南山正遶北山雲。

## 揚子二首〔一〕

儒者陵夷此道窮，千秋止有一揚雄。當時薦口終虚語，賦擬相如却未工。

二

道真沉溺九流渾〔二〕，獨泝頹波討得源。歲晚强顔天禄閣，秪將奇字與人言。

〔一〕龍舒本、朝鮮本題作「揚子三首」，此爲其中第一、二首。

〔二〕「道真」句，龍舒本、朝鮮本作「九流沉溺道真渾」。

## 獨卧二首〔一〕

誰有耡耰不自操？可憐園地滿蓬蒿。欲尋春物無蹊徑，獨卧南牀白日高一作日自高。

二

茅簷午影轉悠悠，門閉青苔水亂流。百囀黄鸝看不見，海棠無數出墻頭。

〔一〕龍舒本、朝鮮本題作「獨卧三首」，此爲其中第一、二首。

## 孟子

沉魄浮魂不可招，遺編一讀想風標。何妨舉世嫌迂闊，故有斯人慰寂寥。

## 商鞅

自古驅民在信誠，一言爲重百金輕。今人未可非商鞅，商鞅能令政必行。

## 蘇秦

已分將身死勢權，惡名磨滅幾何年？想君魂魄千秋後，却悔初無二頃田。

## 范雎

范雎相秦傾九州，一言立斷魏齊頭。世間禍故不可忽，簀中死屍能報讎。

## 張良

漢業存亡俯仰中，留侯當一作於。此每從容〔一〕。固陵始議韓彭地，複道方圖雍齒封。

〔一〕「當」，古今絶句作「於」。

## 曹參

束髮河山百戰功〔一〕，白頭富貴亦成空。華堂不著新歌舞，却要區區一老翁。

〔一〕「河山」，朝鮮本作「山河」。

## 韓信

貧賤侵凌富貴驕，功名無復在芻蕘。將軍北面師降虜，此事人間久寂寥。

## 伯牙

千載朱弦無此悲，欲彈孤絶鬼神疑。故人捨我閉黄壤〔一〕，流水高山心自知〔二〕。

〔一〕「閉」，朝鮮本作「歸」。
〔二〕「心」，龍舒本作「深」。

## 范增二首

中原秦鹿待新羈，力戰紛紛此一時。有道弔民天即助，不知何用牧羊兒？

二

鄛人七十漫多奇，爲漢敺民了不知。誰合軍中稱亞父，直須推讓外黄兒。

## 賈生〔一〕

一時謀議略施行，誰道君王薄賈生？爵位自高言盡廢，古來何啻萬公卿。

〔一〕龍舒本題作「賈生二首」，此爲其中第二首。

## 兩生

兩生才器亦超群，黑白何勞强自分。好與騎奴同一處，此時俱事衛將軍。

## 謝安

謝公才業自超群，誤長清談助世紛。秦晉區區等亡國，可能王衍勝商君？

## 世上

范蠡五湖收遠迹，管寧滄海寄餘生。可憐世上風波惡，最有仁賢不敢行。

## 讀後漢書

錮黨紛紛果是非〔一〕，當時高士見精微。可憐竇武陳蕃輩，欲與天爭漢鼎歸。

〔一〕「錮黨」，龍舒本、朝鮮本作「黨錮」。

## 讀蜀志

千載紛争共一毛，可憐身世兩徒勞。無人語與劉玄德，問舍求田意最高。

## 讀唐書

志士無時亦少成，中才隨世就功名。并汾諸子何爲者？坐與文皇立太平。

## 讀開成事

姦罔紛紛不爲明，有心天下共無成。空令執筆螭頭者，日記君臣口舌争。

## 別和甫赴南徐〔一〕

都城落日馬蕭蕭，雨壓春風暗柳條。天際歸艎那可望，只將心寄海門潮。

〔一〕龍舒本題作「別和甫」。

## 寄茶與和甫

綵絳縫囊海上舟，月團蒼潤紫煙浮。集英殿裏春風晚，分到并門想麥秋。

## 寄茶與平甫

碧月團團墮九天〔一〕，封題寄與洛中仙。石樓試水宜頻啜〔二〕，金谷看花莫漫煎。

〔一〕「碧」，朝鮮本校曰：「或作『璧』，義尤長。」

〔二〕「樓」，龍舒本、朝鮮本作「城」。

## 戲長安嶺石

附巘憑崖豈易躋，無心應合與雲齊。横身勢欲填滄海，肯爲行人惜馬蹄？

## 代答

破車傷馬亦天成，所託雖高豈自營？四海不無容足地，行人何事此中行。

促織

金屏翠幔與秋宜，得此年年醉不知。秖向貧家促機杼，幾家能有一絇絲？

臘享

明星慘澹月參差，萬竅含風各自悲。人散廟門燈火盡，却尋殘夢獨多時。

# 王安石文集卷第三十三

## 律詩　七言絶句

### 杏花

垂楊一徑紫苔封，人語蕭蕭院落中。獨有杏花如唤客，倚墻斜日數枝紅。

### 城東寺菊

黄花漠漠弄秋暉，無數蜜蜂花上飛。不忍獨醒孤爾去，慇懃爲折一枝歸。

### 拒霜花

落盡群花獨自芳，紅英渾欲拒嚴霜。開元天子千秋節，戚里人家承露囊。

### 燕

處處定知秋後别，年年長向社前逢〔一〕。行藏自欲追時節〔二〕，豈是人間不見容。

〔一〕「長」，朝鮮本作「常」。
〔二〕「自」，朝鮮本作「似」。

吐綬鷄

樊籠寄食老低摧，組麗深藏肯自媒。天日清明聊一吐，兒童初見互驚猜。

黄鸝

野花吹盡竹娟娟，尚有黄鸝最可憐。婭姹不知緣底事，背人飛過北山前。

蝶

翅輕於粉薄於繒，長被花牽不自勝。若信莊周尚非我〔一〕，豈能投死爲韓憑。

〔一〕「我」，龍舒本作「夢」。

暮春〔一〕

無限殘紅著地飛，谿頭煙樹翠相圍。楊花獨得東風意〔二〕，相逐晴空去不歸。

〔一〕龍舒本題作「暮春三首」，此爲其中第一首。

〔二〕「東」，龍舒本作「春」。

## 真州東園作

十年歷遍人間事〔一〕，却遶新花認故叢。南北此身知幾日，山川長在淚痕中。

〔一〕「歷遍」，龍舒本作「遍歷」。

## 過皖口

皖城西去百重山，陳迹今埋杳靄間。白髮行藏空自感，春風江水照衰顏。

## 發粟至石陂寺

鶩水穿山近更賒，三更燃火飯僧家。乘田有秩難逃責，從事雖勤敢歎嗟。

## 別皖口

浮煙漠漠細沙平，飛雨濺濺嫩水生。異日不知來照影，更添華髮幾千莖。

## 別灊皖二山

鄉壘新恩借舊朱，欲辭灊皖更躊躕。攢峰列岫應譏我，飽食窮年報禮虛〔一〕。

〔一〕「窮年報」，龍舒本作「虛年執」，朝鮮本作「頻年報」。

## 舒州被召試不赴偶書

戴盆難與望天兼，自怪虛名亦自嫌〔一〕。槁壤太牢俱有味，可能蚯蚓獨清廉。

〔一〕「怪」，龍舒本、朝鮮本作「笑」。

## 舟過長蘆

木落草搖洲渚昏，泊船深閉雨中門。回燈只欲尋歸夢，兒女紛紛強笑言。

## 金山三首〔一〕

北檝南檣泊四垂，共憐金碧爛參差。孤根萬丈滄波底，除却蛟龍世不知。

二

波瀾蕩沃乾坤大，氣象包藏水石閒。秪有此中宜曠望，誰令天作海門山？

三

天日蒼茫海氣深，一船西去此登臨〔二〕。丹樓碧閣皆時事，只有江山古到今。

〔一〕龍舒本題作「金山寺五首」，本篇第一、第二、三首，分別爲龍舒本第二、四、五首。

〔二〕「一船」句，龍舒本作「空來高處一登臨」，朝鮮本作「每來高處一登臨」。

泊姚江〔一〕

山如碧浪翻江去，水似青天照眼明。喚取仙人來住此，莫教辛苦上層城。

〔一〕龍舒本題作「泊姚江二首」，此爲其中第一首。

遊鍾山〔一〕

兩山松櫟暗朱藤〔二〕，一水中間勝武陵。午梵隔雲知有寺，夕陽歸去不逢僧。

〔一〕龍舒本題作「遊鍾山四首」，此爲其中第二首。

〔二〕「藤」，原爲「滕」，據龍舒本、遞修本、朝鮮本改。

## 龍泉寺石井二首

山腰石有千年潤，海一作石。眼泉無一日乾〔一〕。天下蒼生待霖雨，不知龍向此中蟠〔二〕。

二

人傳湫水未嘗枯〔三〕，滿底蒼苔亂髮麤。四海旱多霖雨少，此中端有卧龍無？

〔一〕「海」，古今絶句作「石」。

〔二〕「蟠」，原脱，據龍舒本、遞修本、朝鮮本補。

〔三〕「湫水」，龍舒本、朝鮮本作「此井」。

## 興國樓上作〔一〕

松篁不動翠相重，日射流塵四散紅。地上行人愁暍死，那知高處有清風。

〔一〕「國」下，龍舒本有「寺」字。

## 別瀼閣

一溪清瀉百山重，風物能留邴曼容。後夜肯思幽興極，月明孤影伴寒松。

## 杭州望湖樓回馬上作呈玉汝樂道

水光山氣碧浮浮，落日將歸又少留。從此秪應長入夢，夢中還與故人遊。

## 奉和景純十四丈三絶〔一〕

身先諸老斡樞機，再見王門闔左扉。但恨東歸相值晚，豈知臨别更心違。

二

幾年相約在林丘，眼見京江更阻遊。遺我珠璣何以報？恨無瑶玉與公舟。

三

藏春花木望中迷，水複山長道阻蹐。怊悵老年塵世累，無因重到武陵溪。

〔一〕「奉」，龍舒本闕。古今絶句題作「奉和刁景純十四丈」。

## 臨津〔一〕

臨津豔豔花千樹，夾徑斜斜柳數行。却憶金明池上路，紅裙爭看緑衣郎。

〔一〕龍舒本題作「次韻和甫春日金陵登臺二首」，此爲其中第二首。按，朝鮮本李壁注曰：「此平甫詩，或誤刊於公集。」蔡條西清詩話卷下：「『臨津豔豔花千樹』，『天末海門横北固』，『不知朱户鎖嬋娟』，皆王平甫詩也。」然阮閲詩話總龜卷八轉引王直方詩話曰：「舒王（王安石）有云：『却憶金明池上路，紅裙爭看緑衣郎。』歐公（歐陽脩）謂舒王曰：『謹愿者亦復爲之耶？』」且詩曰「紅裙爭看緑衣郎」，乃言進士登第後游金明池，而王安國未曾進士及第。

## 汀沙〔一〕

汀沙雪漫水溶溶，睡鴨殘蘆晻靄中。歸去北人多憶此，每家圖畫有屏風〔二〕。

〔一〕龍舒本題作「和張仲通憶鍾陵絶句四首」，此爲其中第三首。

〔二〕「每」，龍舒本、朝鮮本作「家」。

## 西山〔一〕

西山映水碧潭潭，楚老長謡淚滿衫。但道使君留不得，那知肯更憶江南。

〔一〕龍舒本題作「和張仲通憶鍾陵絶句四首」，此爲其中第四首。

## 和文淑張氏女弟。

天梯雲棧蜀山岑，下視嘉陵水萬尋。我得一舟江上去，恐君東望亦傷心。

## 春入〔一〕

春入園林百草香，池塘冰散水生光。身閑是處堪携手，何事低徊兩鬢霜〔二〕。

〔一〕龍舒本題作「有感五首」，此爲其中第四首。

〔二〕朝鮮本注曰：「此詩與懷舊後一聯全同，而上二句比前作尤勝，疑此是後來改本。」

## 暮春〔一〕

芙蕖的歷抽新葉，苜蓿闌干放晚花。白下門東春已老，莫嗔楊柳可藏鵶。

〔一〕龍舒本題作「暮春三首」，此爲其中第三首。

## 烏江亭

百戰疲勞壯士哀，中原一敗勢難迴。江東子弟今雖在，肯與君王卷土來〔一〕？

〔一〕「與」，朝鮮本作「爲」。

## 漢武

壯士悲歌出塞頻，中原蕭瑟半無人。君王不負長陵約，直欲功成賞漢臣。

## 諸葛武侯

慟哭楊顒爲一言〔一〕，餘風今日更誰傳？區區庸蜀支吳魏〔二〕，不是虚心豈得賢。

〔一〕「楊」，原作「何」，今據龍舒本、朝鮮本改。按，三國志蜀志卷十五：「楊顒字子昭，楊儀宗人也。入蜀爲巴郡太守、丞相諸葛亮主簿。亮嘗自校簿書，顒直入諫曰（中略）。亮謝之。後爲東曹屬，典選舉。顒死，亮垂泣三日。」

〔二〕「吴」，龍舒本作「全」。

望越亭

亂山千頃翠相圍，衮衮滄江去復歸。安得病身生羽翼，長隨沙鳥自由飛。

春日席上〔一〕

十年流落負歸期，臨水登山各有思。今日樽前千萬恨，不堪頻唱鷓鴣辭。

〔一〕龍舒本題作「春日席上二首」，此爲其中第一首。

句容道中

荒煙寒雨暮山重，草木冥冥但有風。二十四年三往返，一身多在百憂中〔一〕。

〔一〕「多」，朝鮮本作「長」。

晏望驛釋舟走信州

病起行山山更險，下窮溪谷上通天。乘高欲作東南望，青壁松杉滿我前〔一〕。

〔一〕「我」，龍舒本、朝鮮本作「眼」。

## 祈澤寺見許堅題詩

藹藹春風入水村，森森喬木映朱門。高人遺蹟空佳句，誰識旌陽後世孫？

## 送陳景初陳善醫。〔一〕

慘淡淮山水墨秋，行人不飲奈離愁。藥囊直入長安市，誰識柴車載伯休？

〔一〕龍舒本題作「送陳景初金陵持服舉族貧病煩君藥石之功小詩二首」，此爲其中第二首。

## 巫峽

神女音容詎可求，青山回抱楚宫樓。朝朝暮暮空雲雨，不盡襄王萬古愁。

## 徐秀才園亭

茂松脩竹翠紛紛，正得山阿與水濆。笑傲一生雖自樂，有司還欲選方聞。

## 中茅峰石上徐鍇篆字題名

百年風雨草苔昏，尚有當年墨法存。秖恐終隨嶧碑盡，西風吹燒滿秋原。

## 欲雪

天上雲驕未肯同，晚來雪意已填空。欲開新酒邀嘉客〔一〕，更待天花落坐中。

〔一〕「新」，朝鮮本作「旨」。

## 上元夜戲作〔一〕

馬頭乘興尚誰先〔二〕？曲巷横街一一穿。盡道滿城無國豔，不知朱户鎖嬋娟。

〔一〕朝鮮本李壁注曰：「疑此平甫所作。」西清詩話卷下：「『不知朱户鎖嬋娟』，皆王平甫詩也」。

〔二〕「先」，光啓堂本、聽香館本作「見」。

## 石竹花〔一〕

春歸幽谷始成叢，地面芬敷淺淺紅。車馬不臨誰見賞，可憐亦解度春風。

〔一〕龍舒本題作「石竹花二首」，此爲其中第二首。

黄花

四月揚州芍藥多，先時爲别苦風波。還家忽忽驚秋色，獨見黄花出短莎。

木芙蓉

水邊無數木芙蓉，露染燕脂色未濃。正似美人初醉着，强擡青鏡欲糚慵。

精衛

帝子銜冤久未平，區區微意欲何成？情知木石無云補，待見桑田幾變更〔一〕。

〔一〕「幾」，龍舒本作「我」。

戲贈育王虚白長老

白雲山頂病禪師，昔日公卿各贈詩。行盡四方年八十，却歸荒寺有誰知。

## 黄河

派出崑崙五色流，一支黄濁貫中州。吹沙走浪幾千里，轉側屋閭無處求〔一〕。

〔一〕「屋」，朝鮮本、聽香館本作「尾」。

## 東江

東江木落水分洪，伐盡黄蘆洲渚空。南澗夕陽煙自起，西山漠漠有無中。

## 北望

欲望淮南更白頭，杖藜蕭颯倚滄洲。可憐新月爲誰好，無數晚山相對愁。

## 驪山

六籍燃除士不磨，驪山如此盗兵何？五陵珠玉歸人世，却爲詩書發冢多。

### 縣舍西亭二首〔一〕

山根移竹水邊栽，已見新篁破嫩苔。可惜主人官便滿，無因長向此徘徊。

二

主人將去菊初栽，落盡黄花去却迴。到得明年官又滿，不知誰見此花開？

〔一〕龍舒本題作「起縣舍西亭三首」，此二詩爲其中第一、二首。

### 鐵幢浦

憶昨初爲海上行，日斜來往看潮生。如今身是西歸去〔一〕，迴首山川覺有情。

〔一〕「身」，朝鮮本作「舟」。「去」，朝鮮本、古今絶句作「客」。

### 臨吴亭作〔一〕

補穿葺漏僅區區，志義殊嗟士大夫。欲致太平非一日，謾勞使者報新書。

〔一〕「作」，龍舒本、朝鮮本闕。「臨」字，朝鮮本校曰：「恐是『勾』字。」

## 蘇州道中順風

北風一夕阻東舟，清曉飛帆落虎丘[一]。運數本來無得喪，人生萬事不須謀。

〔一〕「曉」，原作「早」，據龍舒本、遞修本、朝鮮本、古今絶句改。

# 王安石文集卷第三十四

## 律詩　七言絶句

### 送僧惠思歸錢塘

淥淨堂前湖水淥，歸時正復有荷花。花前亦見餘杭姥，爲道仙人憶酒家。

### 松江〔一〕

來時還似去時天，欲道來時已惘然。秪有松江橋下水，無情長送去來船〔二〕。

〔一〕龍舒本題作「松江二首」，此爲其中第二首。

〔二〕「來」，朝鮮本作「時」，校曰：「當作『來』。」

### 秋日

莫言草木未知秋〔一〕，今日風雲已自愁。獨傍黄塵騎一馬，行看蕭索聽颼颼〔二〕。

〔一〕「草木」，龍舒本作「秋草」，朝鮮本作「秋早」。

〔二〕「颼颼」，古今絶句作「颼飀」。

## 中秋夕寄平甫諸弟

浮雲吹盡數秋毫，爚爚金波滿滿醪。千里得君詩挑戰，夜壇誰敢將風騷？

## 靈山

靈山寧與世爲仇，斤斧侵凌自不休。水玉比來聞長價，市人無數起相讎。

## 荷花

亭亭風露擁川坻，天放嬌嬈豈自知。一舸超然他日事，故應將爾當西施。

## 殘菊〔一〕

黄昏風雨打園林，殘菊飄零滿地金。攧得一枝猶好在〔二〕，可憐公子惜花心。

〔一〕朝鮮本李壁注曰：「歐陽文忠公嘉祐中見荆公此詩，笑曰：『百花盡落，獨菊枝上枯耳。』因戲曰：『秋英不比春花落，爲報詩人子細看。』世傳誤謂王君玉有此句，蓋詩意有相類耳。」

〔三〕「擸」，龍舒本、朝鮮本作「折」。「猶」，龍舒本、朝鮮本作「還」。

## 竹窻〔一〕

竹窻紅莧兩三根，山色遥供水際門。只我近知墻下路，能將屐齒記苔痕。

〔一〕龍舒本題作「鍾山絶句二首」，此爲其中第二首。

## 出定力院作

江上悠悠不見人，十年塵垢夢中身。慇懃爲解丁香結〔一〕，放出枝間自在春。

〔一〕「爲」，朝鮮本作「未」。

## 寄育王大覺禪師〔一〕

山木悲鳴水怒流，百蟲專夜思高秋。道人方丈應無夢，想復長吟擬慧休。

〔一〕龍舒本題作「寄育王大覺禪師二首」，此爲其中第一首。

## 送僧遊天台

天台一萬八千丈〔一〕，歲晏老僧携錫歸。前程好景解吟否？密雪亂雲緘翠微。

〔一〕「八」，原作「六」，今據龍舒本、遞修本、朝鮮本、嘉靖五年本改。按，朝鮮本李壁注曰：「真誥：『桐柏高山萬八千丈。』今天台亦然。」。

## 次韻張仲通水軒

池雨含煙暝不收，草根長見水交流。愛君古錦囊中句，解道今秋似去秋。

## 送陳令

長谿流水碧潺潺，古木蒼藤暗兩山。把臂道人今在否？長官白首尚人間。

## 無錫寄正之〔一〕

健席高檣送病身，亂山荒隴障歸津。應須一曲千回首，西去論心更幾人？

〔一〕「寄」下，朝鮮本有「孫」字。

## 謾成〔一〕

清時無路取封侯，病卧牛衣已數秋。日月不膠時易失，感今懷昔使人愁。

〔一〕朝鮮本李壁注曰：「疑公不作此語。或疑晚年鍾山作，恐不然也。」

## 初晴〔一〕

一抹明霞黯淡紅，瓦溝已見雪花融。前山未放曉寒散，猶鎖白雲三兩峰。

〔一〕此篇龍舒本不載。另，此篇亦見鄭獬鄖溪集卷二十八，劉克莊千家詩選亦録爲鄭獬之作。

## 釣者

釣國平生豈有心，解甘身與世浮沈。應知渭水車中老，自是君王著意深。

## 將次鎮南

豫章江面朔風驚，浩蕩帆船破浪行。目送家山無幾許，千年空想螗蛄聲。

出金陵

白石岡頭草木深，春風相與散衣襟。浮雲映郭留佳氣，飛鳥隨人作好音。

酬王微之

一雨迴飆助蓐收，炎曦不復畏金流。君家咫尺堪乘興，想岸烏巾對奕秋〔一〕。

〔一〕「巾」，原作「紗」，據龍舒本、遞修本、朝鮮本、嘉靖五年本改。

題玉光亭

傳聞天玉此埋堙〔一〕，千古誰分僞與真。每向小庭風月夜，却疑山水有精神。

〔一〕「玉」，原作「下」，今據龍舒本、朝鮮本改。「玉」，切詩題之「玉光」。

贈僧

紛紛擾擾十年間，世事何嘗不强顔。亦欲心如秋水静，應須身似嶺雲閑。

## 嘲叔孫通〔一〕

馬上功成不喜文，叔孫緜蕝共經綸。諸君可笑貪君賜，便許當時作聖人〔二〕。

〔一〕或謂此詩乃宋祁所作。吴曾能改齋漫録卷八：「宋景文詠叔孫通詩云（中略）。今荆公集亦載宋詩，非也。」

〔二〕「許」，朝鮮本作「計」。「當時」，朝鮮本校曰：「别本作『先生』。」

## 和浄因有作

朝紅一片墮牕塵，禪客翛然感此辰。更覺城中芳意少，不如山野早知春。

## 張工部廟

使節紛紛下禁中，幾人曾到此城東？獨君遺像今如在，廟食真須德與功。

## 次韻和張仲通見寄三絶句〔一〕

高山流水意無窮，三尺空絃膝上桐。默默此時誰會得，坐凭江閣看飛鴻。

二

收拾乾坤付一壺，世間無物直錙銖。醉鄉舊業抛來久，更欲因君稍問塗。

三

欹枕狂歌擊唾壺，直將軒冕等錙銖。醉鄉岐路君知否？不似人間足畏塗。

〔一〕「次韻」，龍舒本、朝鮮本闕。

## 宣州府君喪過金陵

百年難盡此身悲，眼入春風秖涕洟。花發鳥啼皆有思，忍尋棠棣鶺鴒詩。

## 觀王氏雪圖

崔嵬相映雪重重，茅屋柴門在半峰。想有幽人遺世事，獨臨青峭倚長松。

## 韓子

紛紛易盡百年身，舉世何人識道真？力去陳言夸末俗，可憐無補費精神。一本作：默默誰令識道真。

## 宰嚭

謀臣本自繫安危，賤妾何能作禍基？但願君王誅宰嚭，不愁宮裏有西施。

## 郭解

藉交唯有不貲恩〔一〕，漢法歸成棄市論。平日五陵多任俠，可能推刃報王孫？

〔一〕「藉」，原作「籍」，據龍舒本、朝鮮本改。「唯」，龍舒本、朝鮮本作「雖」。

## 古寺

寥寥蕭寺半遺基，遊客經年斷屨綦。猶有齊梁舊時殿，塵昏金像雨昏碑。

## 越人以幕養花因遊其下二首

幕天無日地無塵，百紫千紅占得春。野草自花還自落，落時還有惜花人。

二

尚有殘紅已可悲，更憂回首秖空枝〔一〕。莫嗟身世渾無事，睡過春風作惡時。

〔一〕「憂」，朝鮮本作「憐」。

## 魚兒

遶岸車鳴水欲乾，魚兒相逐尚相歡。無人挈入滄江去，汝死那知世界寬？

## 離鄞至菁江東望

村落蕭條夜氣生，側身東望一傷情。丹樓碧閣無處所，秖有谿山相照明。

## 信州迴車館中作二首

太白山根秋夜静，亂泉深水遶牀鳴。病來空館聞風雨，恰似當年枕上聲。

二

山木漂揺卧弋陽，因思太白夜淋浪。西窻一榻芭蕉雨一作：芭蕉一枕西窻雨。〔一〕，復似當時水遶牀。

〔一〕「西窻」句，龍舒本、朝鮮本、古今絶句作「芭蕉一枕西窻雨」。

天童山溪上〔一〕

溪水清漣樹老蒼，行穿溪樹踏春陽。溪深樹密無人處，唯有幽花渡水香〔二〕。

〔一〕此篇亦見王令集卷十一，題作「溪上」，蓋誤入王令文集中。

〔二〕「唯」，古今絶句作「秖」。

鄞縣西亭〔一〕

收功無路去無田，竊食窮城度兩年。更作世間兒女態，亂栽花竹養風煙。

〔一〕龍舒本題作「起縣舍西亭三首」，此爲其中第三首。

寄和甫

水村悲喜拆書看，聞道并州九月寒。憶得此時花更好，舉家憐女不同盤。

## 寄伯兄

身留海上去何時，秖看春鴻北向飛。安得先生同一飲〔一〕，蕨芽香嫩鱟魚肥。

〔一〕「飲」，古今絶句、朝鮮本作「飯」，李壁校曰：「一作『飽』。」

## 别鄞女

行年三十已衰翁〔一〕，滿眼憂傷秖自攻〔二〕。今夜扁舟來訣汝〔三〕，死生從此各西東〔四〕。

〔一〕「行年」，龍舒本、詹大和王荆文公年譜作「年登」。

〔二〕「憂」，龍舒本作「離」。

〔三〕「夜」，龍舒本作「泛」。

〔四〕「死生從此」，龍舒本作「此生蹤迹」。

## 真州馬上作

身隨飢馬日中行，眼入風沙困欲盲。心氣已勞形亦弊，自憐於世欲何營？

## 登飛來峰

飛來山上千尋塔，聞説鷄鳴見日昇。不畏浮雲遮望眼，自緣身在最高層。

## 讀漢功臣表

漢家分土建忠良，鐵券丹書信誓長。本待山河如帶礪，何緣葅醢賜侯王？

## 詠月

追隨落日盡還生，點綴浮雲暗又明。江有蛟龍山虎豹，清光雖在不堪行。

## 金山〔一〕

怪衹陰靈與護持，重丹複碧焕參差。滄江見底應無日，萬丈孤根世不知。

〔一〕龍舒本題作「金山寺五首」，此爲其中第三首。

## 疊翠亭

煙籠遠浦迷芳草，日照澄湖浸碧峰。幸有清樽堪酩酊，忍陪良友不從容。

## 默默〔一〕

默默長年有所思，世間談笑强追隨〔二〕。蒼髯欲出朱顏謝〔三〕，更覺求田問舍遲。

〔一〕龍舒本題作「無題二首」，此爲其中第二首。
〔二〕「强」，朝鮮本作「謾」。
〔三〕「出」，朝鮮本、古今絶句作「茁」。「謝」，龍舒本、朝鮮本、古今絶句作「去」。

## 達本〔一〕

未能達本且歸根，真照無知豈待言。枯木巖前猶失路〔二〕，那堪春入武陵原。

〔一〕龍舒本題作「寓言三首」，此爲其中第三首。古今絶句題作「偶作」。
〔二〕「巖」，龍舒本作「發」。

## 寓言二首〔一〕

太虚無實可追尋，葉落松枝謾古今。若見桃花生聖解，不疑還自有疑心。

二

本來無物使人疑，却爲參禪買得癡。聞道無情能説法，面墻終日妄尋思。

〔一〕龍舒本題作「寓言三首」，此爲其中第一、二首。

偶書

穰侯老擅關中事，長恐諸侯客子來。我亦暮年專一壑，每逢車馬便驚猜〔一〕。

〔一〕「每」，或作「忽」。能改齋漫録卷七：「荆公詩『我亦暮年專一壑，忽逢車馬便警猜』，蓋用此。」

揚子〔一〕

千古雄文造聖真，眇然幽思入無倫。他年未免投天禄，虚爲新都著劇秦。

〔一〕龍舒本題作「揚子三首」，此爲其中第三首。

讀維摩經有感

身如泡沫亦如風，刀割香塗共一空。宴坐世間觀此理，維摩雖病有神通。

## 春日即事

池北池南春水生，桃花深處好閑行。細思擾擾夢中事，何用悠悠身後名。

## 贈安大師〔一〕

獨龍岡北第三峰，逋客歸來老更慵。敗屋數椽青繚繞，冷雲深處不聞鍾。

〔一〕「大師」，原作「太師」，據遞修本、嘉靖五年本改。此詩所贈乃僧人，故稱「大師」。本書卷三十六又有「示道光及安大師」。

## 送李生白華巖修道

白華巖主是金僊，假作山僧學道禪〔一〕。珍重此行吾不及，爲傳消息結因緣。

〔一〕「道」，朝鮮本校曰：「一作『坐』。」另，或謂此詩乃王雱所作。章炳文搜神秘覽下：「李無咎秀才自京師慕師高名，棄儒從釋，徒步而來，王待制雱有詩送之曰：『白華巖下水憧憧，萬壑千林一草堂。已脱衣冠辭苦海，好將香火事空王。聞君已悞如來教，嗟我由隨世路忙。還聽夜猿相憶否，古擎明月照經窻。』又曰：『白華巖主是金僊，假作山僧學坐禪。珍重此行吾不及，爲傳消息結因緣。』」

## 寄道光大師

秋雨漫漫夜復朝，可嗟蔀屋望重霄。遥知宴坐無餘念，萬事都從劫火燒。

## 示報寧長老

白下亭東鳴一牛，山林陂港浄高秋。新營棗棫我檀越，曾悟布毛誰比丘。

## 紅梨〔一〕

紅梨無葉庇花身，黄菊分香委路塵。歲晚蒼官纔自保，日高青女尚横陳。

〔一〕龍舒本題作「絶句」，共九首，此爲其中第三首。

## 鵙〔一〕

依倚秋風氣象豪，似欺黄雀在蓬蒿。不知羽翼青冥上，腐鼠相隨勢亦高。

〔一〕此篇亦見於歐陽脩居士外集卷七，題作「鵲」。

## 驢二首

力侔龍象或難堪，脣比仙人亦未慚。臨路長鳴有真意，盤山弟子久同參〔一〕。

二

雖得康莊亦好還，每逢溝壍便知難。由來此物非他物，莫道何曾似仰山。

〔一〕「久同參」，原作「欠同參」，今據龍舒本、朝鮮本、古今絶句改。遞修本黄校曰：「『欠』，明刊同，宋刊『久』。」按，朝鮮本注曰：「鎮州普化和尚承嗣盤山，嘗振一鐸，行化城市。暮入臨濟院，喫生菜。臨濟曰：『遮漢大似一頭驢。』師便作驢鳴，臨濟乃休。普化曰：『臨濟小廝兒，亦具一隻眼。』」「久同參」，即化用此佛典，意謂長期共同參謁、參悟。天目明本禪師雜録卷一贈在別山：「天目久同參，廬山又同宿。」

# 王安石文集卷第三十五

## 挽辭

### 仁宗皇帝挽辭四首

去序三朝聖，行崩萬國天。憂勤無曠古，洽洽最長年。仁育齊高厚，哀思罄幅員。欲知千載美，道德冠遺編。

二

憑几微言絶，群臣涕泗揮。哀號三級陛，縞素九重圍。天上仙遊遠，宫中御座非。最悲帷幄侍，不復未明衣。

三

厭代人間世，收神天上游。遽然虚玉座，不復望珠旒。待旦移巾幘，饔人改膳羞。尋常飛白几，寂寞暗塵浮。

四

同軌群方至，因山七月催〔一〕。永違天日表，空有肺肝摧。帳殿流蘇卷，鈴歌薤露哀。宮中垂曉軔，西去不更回。

〔一〕「七」，原作「十」，今據朝鮮本改。按，李壁注曰：「隱公元年：『天子七月而葬，同軌畢至。』」

英宗皇帝挽辭二首

御氣方尊極，乘雲已沉寥。衣冠萬國會，陵寢百神朝。夏鼎傳歸啓，虞羹想見堯。誰當授椽筆，論德在瓊瑶。

二

玉册上鴻名，猶殘警蹕聲。忽辭千歲祝，虚卜五年征。羽衛悲哀送，山陵指顧成。謳歌歸聖子，世孝在持盈。

神宗皇帝挽辭二首

將聖由天縱，成能與鬼謀。聰明初四達，俊乂盡旁求。一變前無古，三登歲有秋。謳歌歸子啓，欽念禹功修。

二

城闕宫車轉，山林隧路歸。蒼梧雲未遠，姑射露先晞。玉暗蛟龍蟄，金寒鴈鶩飛。老臣他日淚，湖海想遺衣。

慈聖光獻皇后挽辭二首〔一〕

國賴姜任盛，門歸馬鄧高。關雎求窈窕，卷耳念勤勞。聖淑才難擬，休明運繼遭。岡原今獻卜，帷扆正攀號。

二

塗山女德茂，京室母才難。具美多前志，餘光永後觀。遺衣遷館御，祖載出宫菆。終始神孫孝，長留萬國歡。

〔一〕龍舒本、朝鮮本題作「太皇太后挽辭二首」。

正肅吴公挽辭三首公嘗舉賢良，終河南守，葬鄭。予舉進士時，公知舉。〔一〕

從容邊塞議，慷慨廟堂爭。曲突非無驗，方穿有不行。搢紳終倚賴〔二〕，贈襚極哀榮。

豈慕公孫貴〔三〕，平生學董生〔四〕。

二

應世文章手，宜民政事才。朝多側目忌，士有拊心哀。書蠹平生簡，香寒後夜灰。悠悠國西路，空得葬車回。

三

昔繼吴公治，今從子産遊。里門無舊客，鄉國有新丘。謀讓裨諶遠，文歸賈誼優。此時辜怨寵，西望涕空流。

〔一〕龍舒本題作「吴正肅公挽辭三首」，無題注。

〔二〕「搢紳」，龍舒本、朝鮮本作「朝廷」。

〔三〕「慕」，龍舒本、朝鮮本作「愧」。「貴」，龍舒本、朝鮮本作「相」。

〔四〕「學」，龍舒本、朝鮮本作「慕」。

文元賈公挽辭二首〔一〕

功名烜赫在三朝，經術從容輔漢條。儒服早紆丞相紱，戎冠再插侍中貂。開倉六塔流人復〔二〕，出甲甘陵叛黨銷。東第秖今空畫像，當時於此識風標。

二

銘旌蕭颯九秋風，薤露悲歌落月中。華屋幾人思謝傅〔三〕，佳城今日閉滕公。名垂竹帛書勳在，神寄丹青審象同。天上貂蟬曾夢賜，歸魂應佩紫陽宮〔四〕。

〔一〕龍舒本、朝鮮本題作「賈魏公挽辭二首」。

〔二〕「人」，龍舒本、朝鮮本作「民」。

〔三〕「謝傅」，原作「賈傅」，今據龍舒本、朝鮮本改。按，詩用羊曇哭謝安典。朝鮮本注曰：「華屋，用羊曇事。」晉書卷七十九謝安傳：「羊曇者，太山人，知名士也，爲安所愛重。安薨後，輟樂彌年，行不由西州路。嘗因石頭大醉，扶路唱樂，不覺至州門。（中略）曇悲感不已，以馬策扣扉，誦曹子建詩曰：『生存華屋處，零落歸山丘。』慟哭而去。」

〔四〕「佩」，朝鮮本作「侍」。

元獻晏公挽辭三首〔一〕

文章晉康樂，經術漢公孫。舊秩疑丞貴，前功保傅尊。傳呼猶在耳，會哭已填門。蕭瑟城南路，嗚笳上九原。

二

終賈年方妙，蕭曹地已親。優游太平日，密勿老成人。抗論辭多祕，賡歌迹已陳。功名千載下，不負漢庭臣。

三

感會真奇遇，飛揚獨妙齡。他年西餞日，此夜上騎星。宿惠留藩屏，餘忠在禁庭。音容無處所，髣髴寄丹青。

〔一〕龍舒本、朝鮮本題作「晏元獻挽辭三首」。

## 忠獻韓公挽辭二首〔一〕

心期自與衆人殊，骨相知非淺丈夫〔二〕。獨斡斗杓環帝座，親扶日轂上一作繼。天衢。鉏櫌萬里山無盜，衮繡三朝國有儒。爽氣忽隨秋露盡，但留陳迹在龜趺〔三〕。

二

兩朝身與國安危，典策哀榮此一時。木稼嘗聞達官怕〔四〕，山頹果見哲人萎〔五〕。英姿爽氣歸圖畫，茂德元勳在鼎彝〔六〕。幕府少年今白髮〔七〕，傷心無路送靈輀。

〔一〕龍舒本、朝鮮本題作「韓忠獻挽辭二首」。
〔二〕「淺」，龍舒本作「賤」。
〔三〕「但留」，龍舒本、朝鮮本作「謾憑」。
〔四〕「嘗」，龍舒本、朝鮮本、石林詩話卷上引作「曾」。
〔五〕「果」，石林詩話引作「今」。
〔六〕「茂」，遞修本作「舊」。
〔七〕「今」，光啓堂本、聽香館本作「多」。

## 正憲吴公挽辭〔一〕

丙魏雖遭漢道昌，豈如公出值虞唐。秀鍾舊國山川氣，榮附中天日月光。更化事功參虎變，贊元時序得金穰。傷心鼓吹城南陌，回首新阡柏一行。

〔一〕龍舒本題作「故吴相公挽辭」，朝鮮本題作「故相吴正憲公挽詞」。

## 孫威敏公挽辭

功名一世事，興廢豈人謀。重爲蒼生起，終隨逝水流。凄涼歸部曲，零落掩山丘。許國言猶在，姦諛可使羞。

崇禧給事同年馬兄挽辭二首

慶曆公偕起，元豐我獨傷。兩楹終昔夢，五鼎繼前喪。薰歇曾攀桂，甘留所憩棠。素風知不墜，能世有諸郎。

二

藏室亡三篋，得之公最多。露晞當晚景，川逝作前波。惠寄輿人誦，悲傳挽者歌。竹西攜手處，清淚邈山河〔一〕。

〔一〕「清淚」，龍舒本、朝鮮本作「漬灑」。朝鮮本校曰：「疑作『漬酒』。」

陳動之祕丞挽辭二首

年高漢賈誼，官過楚荀卿。望古君無憾，論今我未平。有風吹畫翣，無日照佳城。空復文章在，流傳世上名。

二

人間三十六，追逐孔鸞飛。似欲來爲瑞，如何去不歸。琴樽已寂寞，筆墨尚光輝。空復平生友，西華豈易依。

## 贈工部侍郎鄭公挽辭〔一〕

地蟠江漢久知靈，通德門中見老成。南去伏波推將略，北來光禄擅詩名。密章贈襚連三組，畫翣喪車載一旌。陰德故應多後福，可能生子但升卿？

〔一〕「贈」下，龍舒本、朝鮮本有「尚書」二字。

## 致仕虞部曲江譚君挽辭

同時獻賦久無人，握手悲歡迹已陳。它日白衣霄漢志，暮年朱紱水雲身。虚容劍几今長夜，小隱山林秖舊春。豈惜埋辭追往事，齒衰才盡獨傷神。

## 馬玘大夫挽辭

冠蓋青門道，知君自少時。從容他日喜，奄忽暮年悲。江月明丹旐，湖風冷繐帷。音容雖可想，材力竟何施。

## 宋中道挽辭

文史傳家學，聲名動帝除。蘭堂空作賦，金匱不讎書。勝事悲疇昔，清談想緒餘。吹簫索上去，歸國有魂車。

## 王中甫學士挽辭

同學金陵最少年，奏書曾用牘三千。盛名非復居人後，壯歲如何棄我先。種橘園林無舊業，採蘋洲渚有新篇。蒜山東路春風緑，埋没誰知太守阡。

## 王逢原挽辭

蒿里竟何在？死生從此分。謾傳仙掌籍，誰見鬼修文。蔡琰能傳業，侯芭爲起墳。傷心北風路，吹淚濕江雲。

## 葛興祖挽辭

憶隨諸彦附青雲，場屋聲名看出群。孫寶暮年猶主簿，卜商今日更修文。山川凜凜平生氣，草木蕭蕭數尺墳。欲寫此哀終不盡，但令千載少知君。

## 河中使君修撰陸公挽辭三首〔一〕

文采機雲後，知名實妙年。銀鈎工壯麗，金薤富清研。批鳳多新貴，凭熊數外遷。空令猗氏監，遺愛有良田。

二

皖城初得故人詩，歎息龍媒踠壯時。太史滯留終不偶，中郎制作遂無施。二千石禄今何有，四十車書昔漫知。海曲冷雲埋拱木，延州空掛暮年悲。

三

前旌一幅粉書名，行路知君亦涕零。遂失詞人空甫里，謾留悲鶴老華亭。主張壽禄無三甲，收拾文章有六丁。歸處仙龕終不遠〔二〕，新墳東見海山青。

〔一〕龍舒本、朝鮮本題作「追傷河中使君修撰陸公三首」。

〔二〕「終」，朝鮮本作「應」。

## 王子直挽辭

多才自合至公卿，豈料青衫困一生。太史有書能敘事，子雲於世不徼名。丘墳慘淡箕山緑，門巷蕭條潁水清。握手笑言如昨日，白頭東望一傷情。

## 孫君挽辭名適。〔一〕

喪車上新壟，哀挽轉空山。名與碑長在，魂隨帛暫還。無兒漫黄卷，有母亦朱顔。俛仰平生事，相看一夢間〔二〕。

〔一〕龍舒本、朝鮮本題作「孫適挽辭」。

〔二〕「相看」，遞修本作「人生」。黄校曰：「『人生』，宋刊本『相看』，明刊同。」

## 處士葛君挽辭〔一〕

楚人黄歇地，晉代葛洪家。特擅山川秀〔二〕，相承黻冕華。猗君有清尚，於世不雄夸〔三〕。令子能傳業，流光未可涯。

〔一〕「辭」下，遞修本有題注：「名。」

〔二〕「特」，龍舒本、朝鮮本作「獨」。

〔三〕「雄夸」，原作「雍夸」，今據龍舒本、朝鮮本改。遞修本黄校曰：「『雍夸』，宋刊本『雄夸』，明刊亦作『雍』。」按，雄夸，謂誇耀、炫耀。本書卷二十一次韻酬宋玘六首其二：「遠欲報君羞强聒，老知隨俗厭雄夸。」

永壽縣太君周氏挽辭二首鄧忠臣母。

永壽開新邑，長沙返舊塋。金葩冷鈿軸，粉字暗銘旌。薤久露難濕，蘭餘風尚清。慶鍾知有在，令子合升卿。

二

子引金閨籍，身開石窌封。靈輴悲吉路，象服儼虚容。楚挽雖多相，萊衣不更縫。誰知逝川底，劍自喜相逢〔一〕。

〔一〕「逢」，龍舒本作「從」。

致仕邵少卿挽辭二首〔一〕

謝脁城中守，梁鴻基下歸〔二〕。素車馳吉路，丹旐卷寒輝。撫几虚容在，瞻圖實貌非。無因置一酹，空此歎長違。

二

杯酒邗溝上，紛紛已十年。音容常想見，風跡每流傳。老去元卿位，新開太守阡。慶門當更大，子弟故多賢〔三〕。

〔一〕「少卿」，遞修本目録作「君」。

〔二〕「基」，聽香館本作「墓」。

〔三〕「故」，原作「固」。遞修本黄校曰：「『固』，宋刊『故』，明刊『固』。」

葛郎中挽辭二首

卷卷繐帷輕，空堂晝哭聲。衣冠餘故物〔一〕，杯案若平生。白馬有悲送，赤車非古行。低徊九原日，光景在銘旌。

二

蠻荆長往地，湖海獨歸時。旅櫬蛟龍護，銘旌鴈鶩隨。此生要有盡，何物告無期。一片幽堂石，公知我不欺。

〔一〕「餘」，原作「遺」，據朝鮮本改。遞修本黄校曰：「『遺』，明刊同，宋刊『餘』。」

## 悼王致處士〔一〕

處士生涯水一瓢，行年七十更蕭條〔二〕。老妻稻下分遺秉〔三〕，弱子松間拾墮樵〔四〕。豈有聲名高後世〔五〕，遂無饘粥永今朝〔六〕。窮魂散漫知何處，甬水東西不可招。

〔一〕龍舒本、朝鮮本題作「弔王先生致」。
〔二〕「更」，龍舒本作「尚」。
〔三〕「分」，龍舒本、朝鮮本作「收」。
〔四〕「弱」，龍舒本、朝鮮本作「稚」。
〔五〕「豈」，龍舒本、朝鮮本作「雖」。
〔六〕「遂」，龍舒本、朝鮮本作「且」。

## 蘇才翁挽辭二首〔一〕

空餘一丹旐，無復兩朱轓。寂寞蒜山渡，陂陀京口原。音容歸繪畫，才業付兒孫。尚有故人淚，滄江相與翻。

二

翰墨隨談嘯〔二〕，風流在弟兄。浮名同逆旅，壯志負平生。使節何年去，喪車故老迎。悠悠京口外，落日照銘旌。

〔一〕龍舒本題作「蘇才翁挽辭」，朝鮮本題作「蘇才翁挽詩二首」。遞修本目録題作「蘇才翁挽辭一首」，然正文不録，代以「長干釋普濟坐化」。黄校曰：「此首宋刊亦有題無詩，明刊作『二首』，有。」

〔二〕「嘯」，朝鮮本作「笑」。

## 悼慧休〔一〕

休公遂不起，難料復難忘〔二〕。玉骨隨薪盡，空留一分香。

〔一〕遞修本目録題作「悼慧休二首」，然正文僅此一首。遞修本在此首前有「長干釋普濟坐化」，黄校曰：「明刊無『二首』二字。下詩實一首。」又曰：「此首宋刊同，明刊無此首，有『蘇才翁挽辭』二首五律。」此首明刊本在二十七卷末。

〔二〕「復」，遞修本作「亦」。黄校曰：「『亦』，宋刊『復』，明刊同。」

# 王安石文集卷第三十六

## 集句 古律詩

### 送吳顯道五首

五湖大浪如銀山，問君西遊何當還。以手撫膺坐長歎，空手無金行路難。丈夫意有在〔一〕，吾徒且加餐。屏風九疊雲錦張〔二〕，千峰如連環。上有横河斷海之浮雲，可望不可攀。飛空結樓臺，動影褭窕沖融間〔三〕。沛然乘天遊，下看塵世悲人寰〔四〕。泊舟潯陽郭，去去翔寥廓〔五〕。君今幸未成老翁，衰老不復如今樂。

二

滕王高閣臨江渚，東邊日出西邊雨。十五年前此會同，天際張帷列樽俎。公今此去何時歸〔六〕，我今停杯一問之。春風兩岸水楊柳，昔日青青今在否〔七〕。偶向東湖更向東，杏花兩株能白紅。落拓舊遊應記得，插花走馬月明中〔八〕。荏苒荏苒瞻西海〔九〕，明年花開復誰在。杏花楊柳年年好，南去北來人自老。少壯幾時奈老何，與君把箸擊盤歌。歌罷仰天歎，六龍忽蹉跎。眼中了了見鄉國，自是不歸歸便得。欲往城南望城北，此心炯炯君應識。

三

臨川樓上柅園中，羅幃繡幕圍香風〔一〇〕。鱿船一棹百分空，看朱成碧顔始紅。杏花楊柳年年好，南去北來人自老。舊事無人可共論〔一一〕，惟君與我同懷抱。

四〔一二〕

忽憶舊鄉頭已白，牙齒欲落真可惜。臨江把臂難再得，江水江花豈終極。

五〔一三〕

百年多病獨登臺〔一四〕，知有歸日眉放開〔一五〕。功名富貴何足道，且賦淵明歸去來。

〔一〕「意」，龍舒本作「志」。

〔二〕「張」，龍舒本作「帳」。

〔三〕「動影裹窕」，龍舒本作「影動杳裊」。

〔四〕「看塵世」，龍舒本作「視塵土」。

〔五〕「寥」，龍舒本作「虚」。

〔六〕「公今」句，龍舒本作「君今此去歸何時」。
〔七〕「昔日」，龍舒本作「顔色」。
〔八〕「月明」，龍舒本作「明月」。
〔九〕「荏苒荏苒」，龍舒本作「流光荏苒」。
〔一〇〕「香」，龍舒本作「春」。
〔一一〕「無人可」，龍舒本作「何人與」。
〔一二〕此首龍舒本錯入第三首中，在「懷抱」下。
〔一三〕此爲龍舒本第四首。
〔一四〕「多」，龍舒本作「衰」。
〔一五〕「放」，龍舒本、古今絶句作「方」。

## 送吴顯道南歸

君不見蔡澤栖遲世看醜，豪氣英風亦何有。忽然變軒昂，盛事傳不朽。君今幸未成老翁，二十八宿羅心胸。何不上書自薦達，封侯起第一日中。秋月春風等閑度，山中舊宅無人住。宅中青桑葉宛宛〔一〕，澗水流過田中路。遥知楊柳是門處，萬里蒼蒼煙水暮。我欲尋之不憚遠，君又暫來還徑去。紅亭驛路掛城頭〔二〕，憶君秖欲苦死留〔三〕。天際張帷列鐏俎，君歌聲酸辭且苦。人生憔悴生理難，使人聽此凋朱顔。勸君更盡一杯酒，明日路長山復山。

〔一〕「宅」，龍舒本作「園」。
〔二〕「紅」，龍舒本作「江」。
〔三〕「憶」，聽香館本作「惜」。

## 送劉貢甫謫官衡陽

劉郎劉郎莫先起，遇酒當歌且歡喜。船頭朝轉暮千里，眼中之人吾老矣。九疑聯綿皆相似〔一〕，負雪崔嵬插花裏。萬里衡陽鴈〔二〕，尋常到此迴。行逢二三月〔三〕，好與鴈同來。鴈來人不來，如何不飲令心哀。莫厭瀟湘少人處，謫官鐏俎定常開。

〔一〕「聯綿皆」，龍舒本作「連天荒」。
〔二〕「萬里」，龍舒本作「聞道」。
〔三〕「二三」，龍舒本作「三二」。

## 贈寶覺 并序

予始與寶覺相識於京師，因與俱東。後以翰林學士召，會宿金山一昔。今復見之。聞化城閣甚壯麗，可登眺，思往遊焉，故賦是詩。

大師京國舊，興趣江湖迥〔一〕。往與惠詢輩，一宿金山頂。懷哉若留戀〔二〕，王事有朝請。別來能幾時，浮念劇含梗〔三〕。今朝忽相見，睟子清炯炯。夜闌接軟語，令人發深省。化城出天半，遠色有諸嶺。白首對汀洲〔四〕，猶思理煙艇。

〔一〕「興」，龍舒本作「志」。

〔二〕「若」，龍舒本作「苦」。

〔三〕「劇」，龍舒本作「極」。

〔四〕「汀」，龍舒本作「滄」。

## 金山寺

招提憑高岡，四面斷行旅。勝地猶在險，浮梁褭相拄。大江當我前，颭灩翠綃舞。通流與廚會，甘美勝牛乳。扣欄出黿鼉，幽姿可時覩。夜深殿突兀，太微凝帝宇。壁立兩崖對，迢迢隔雲雨。天多贈得月，月落聞津鼓。夜風一何喧，大舶夾雙艣。顛沉在須臾，我自檝迎汝。始知像教力，但度無所苦。憶昨狼狽初，只見石與土。榮華一朝盡，土梗空俯僂。人事隨轉燭〔一〕，蒼茫竟誰主。咄嗟檀施開，繡楹盤萬礎。高閣切星辰，新秋照牛女。湯休起我病，轉上青天去。攝身凌蒼霞，同凭朱欄語。我歌爾其聆，幽憤得一吐。誰言張處士，雄筆映千古〔二〕。

〔一〕「燭」，龍舒本作「軸」。

〔二〕「古」下，龍舒本校曰：「『轉軸』，一作『轉燭』。」

## 化城閣

曾宮憑風回，兩岸聞鍾聲。百里見秋毫，一作：鑿翠開户牖。〔一〕搆雲有高營。化城若化出，仰攀日月行。俛視大江奔，衆山遥相迎。一作：茫茫與天平。〔二〕大江蟠嶔根，旋流一作：回波。自成浪〔三〕。却略羅翠屏，秀色各異狀。楞伽海中山，迥一作杳。出霄漢上〔四〕。中有不死庭，天龍盡回向。惜哉不得往，側坐渺難望〔五〕。擁掩難恕宥，一作：登兹黜百憂。〔六〕意欲鏟疊嶂。登臨獨無語，一望一惆悵。一本無此二句。〔七〕忽憶少年時〔八〕，孤嶼坐題詩。空懷焉能果，唯有故人知。

〔一〕「百里」句，龍舒本作「鑿翠開户牖」。
〔二〕「衆山」句，龍舒本作「茫茫與天平」。
〔三〕「旋流」，龍舒本作「回波」。
〔四〕「迴」，龍舒本作「杳」。
〔五〕「渺」，龍舒本作「杳」。
〔六〕「擁掩」句，龍舒本作「登兹飜百憂」。
〔七〕「登臨」至「怊悵」二句，龍舒本不載。
〔八〕「少年」，龍舒本作「年少」。

## 明妃曲

我本漢家子〔一〕，早入深宫裏。遠嫁單于國，憔悴無復理。穹廬爲室旃爲墻〔二〕，胡塵暗天道路長。去住彼此無消息，明明漢月空相識。死生難有却回身，不忍回看舊寫真〔三〕。玉顔不是黄金少，愛把丹青錯畫人。朝爲漢宫妃，暮作胡地妾。一作：今日漢宫妃，明朝胡地妾。獨留青塚向黄昏〔四〕，顔色如花命如葉。

〔一〕「我」，龍舒本作「妾」。

〔二〕「室旃」，龍舒本作「屋氈」。

〔三〕「回看舊寫」，龍舒本作「重看寫舊」。

〔四〕「獨」，龍舒本作「猶」。

## 懷元度四首〔一〕

秋水纔深四五尺〔二〕，扁舟斗轉疾於飛〔三〕。可憐物色阻携手，正是歸時君不歸。

二

舍南舍北皆春水，恰似蒲萄初醱醅〔四〕。不見祕書心若失，百年多病獨登臺。

三〔五〕

思君携手安能得，上盡重城更上樓。時獨看雲淚横臆，長安不見使人愁。

四

自君之出矣，何其挂懷抱。孤坐屢窮辰〔六〕，山林跡如掃。數枝石榴發，豈無一時好。不可持寄君，思君令人老。

〔一〕龍舒本題作「懷元度三首」。

〔二〕「四五」，龍舒本作「八九」。

〔三〕「於」，龍舒本作「如」。

〔四〕「初醱」，龍舒本作「新撥」。

〔五〕此首龍舒本題作「示元度」。

〔六〕「孤」，龍舒本作「隱」。

## 招元度〔一〕

早知皆一作身。是自拘囚〔二〕，年少因何一作何因。有旅愁。自是不歸歸便得，陸乘肩輿一作籃轝。水乘舟〔三〕。

〔一〕龍舒本題作「寄昌叔」。

〔二〕「皆」，龍舒本、古今絶句作「身」。

〔三〕「肩輿」，龍舒本、古今絶句作「籃轝」。

## 示黃吉甫〔一〕

三山半落青天外，勢比淩歊宋武臺〔二〕。塵世難逢開口笑〔三〕，生前相遇且銜杯。

〔一〕龍舒本題作「寄元度」。

〔二〕「勢」，龍舒本作「遠」。

〔三〕「塵」，龍舒本作「人」。

## 送張明甫

舭船一棹百分空，十五年前此會同。南去北來人自老，桃花依舊笑春風。

## 贈張軒民贊善

潮打空城寂寞迴，百年多病獨登臺〔一〕。誰人得似張公子〔二〕，有底忙時不肯來。

〔一〕「多」，龍舒本作「衰」。

〔二〕「人」，龍舒本作「能」。

## 望之將行〔一〕

江涵秋景鴈初飛，沙尾長檣發漸稀〔二〕。惆悵無因見范蠡，夕陽長送釣船歸。

〔一〕古今絶句題作「吕望之將行」。
〔二〕「長」，龍舒本作「帆」。

招葉致遠

山桃野杏兩三栽〔一〕，嫩葉一作蘂。商量細細開〔二〕。最是一年春好處，明朝有意抱琴來。

〔一〕「野」，龍舒本作「溪」。
〔二〕「葉」，龍舒本、古今絶句作「蕊」。

獨行〔一〕

朱顔日夜一作漸。不如故，深感杏花相映紅。盡日獨行春色裏，醉吟誰肯伴衰翁。

〔一〕龍舒本題作「贈吴顯道」。

江口〔一〕

六朝文物草連空〔二〕，今古無端入望中〔三〕。江上晚來堪畫處，參差煙樹五湖東。

〔一〕龍舒本題作「江口送道源」。
〔二〕「文」，龍舒本作「人」。
〔三〕「古」，龍舒本作「日」。

## 戲贈湛源

恰有三百青銅錢，憑君爲筭小行年〔一〕。坐中亦有江南客，自斷此生休問天。

〔一〕「筭」，龍舒本作「看」。

## 與北山道人〔一〕

可惜昂藏一丈夫，生來不讀半行書。子雲識字終投閣，幸是元無免破除。

〔一〕龍舒本題作「戲贈湛源二首」，此爲其中第二首。

## 梅花〔一〕

白玉堂前一樹梅，爲誰零落爲誰開？唯有春風最相惜〔二〕，一年一度一歸來。

〔一〕龍舒本「送吴顯道五首」，此爲其中第五首。

〔二〕「最相」，龍舒本作「應最」。

## 即事五首〔一〕

漸老逢春能幾回，蓬門今始爲君開〔二〕。莫嫌野外無供給，更向花前把一杯。

二

一樹籠鬆玉刻成〔三〕，遊蜂多思正經營。攀枝弄雪時回顧〔四〕，還繞櫻桃樹下行。

三

幽棲地僻經過少，鍾梵聲中掩竹門。唯有多情枝上雪，暗香浮動月黄昏。

四〔五〕

遮莫鄰鷄下五更，願爲閑客此閑行。欲知前面花多少〔六〕，顛倒青苔落絳英。

五

春光冉冉歸何處，細雨斜風作夜寒。猶有數葩紅好在〔七〕，老年花似霧中看。

〔一〕「五」，龍舒本作「三」。

〔二〕「蓬」，龍舒本作「柴」。

〔三〕「籠鬆」，龍舒本作「瓏璁」。

〔四〕「枝弄雪」，龍舒本作「條弄蘂」。

〔五〕此篇龍舒本題作「閑行」。

〔六〕「少」，龍舒本作「處」。

〔七〕「在」，底本脱，據古今絶句補。光啓堂本作「處」。

## 春風〔一〕

春風吹園雜花開，青天露坐始此迴。一杯一杯復一杯，笑言溢口何歡咍。古人白骨生青苔〔二〕，我獨不飲何爲哉？何時出得禁酒國〔三〕，壘麴便築糟丘臺。

〔一〕龍舒本題作「即事三首」，此爲其中第三首。

〔二〕「青」，龍舒本作「莓」。

〔三〕「何時出得」，龍舒本作「幾時得出」。

## 春雪

春雪墮如簁，渾家醉不知。泥留虎鬬跡〔一〕，愁殺路傍兒。

〔一〕「泥留」句，龍舒本作「樵歸説逢虎」。

## 花下

花下一壺酒，定將誰舉杯？雪英飛落近〔一〕，疑是故人來。

〔一〕「落」，龍舒本、古今絶句作「舞」。

## 春山

春山春水流，曲折方屢渡。荒乘不知疲，行到水窮處。依然舊童子，要予竹西去。歸時始覺遠，草蔓已多露。

## 金陵懷古

六代豪華空處所，金陵王氣漠然收〔一〕。煙濃草遠望不盡，物换星移度幾秋。至竟江山誰是主〔二〕，却因歌舞破除休。我來不見當時事，上盡重城更上樓。

〔一〕「漠」，龍舒本作「黯」。
〔二〕「至」，龍舒本作「畢」。

## 沈坦之將歸溧陽值雨留吾廬久之三首

天雨蕭蕭滯茅屋，冷猿秋鴈不勝悲。牀牀屋漏無乾處，獨立蒼茫自詠詩。

二

簷雨亂淋幔，風悲蘭杜秋。相看更促膝，人老自多愁。

三

片雲頭上黑，淅淅野風秋。室婦歎鳴鸛，分爲兩地愁。

## 示蔡天啓三首〔一〕

蔡子勇成癖，能騎生馬駒。銛鋒瑩鸊鵜〔二〕，價重百硨磲。脱身事幽討，禪龕只晏如〔三〕。劃然變軒昂〔四〕，慎勿學哥舒。

二

蔡子勇成癖，劍可萬人敵。讀書百紙過，穎鋭物不隔〔五〕。開口取將相，志氣方自得。偪仄何偪仄，未見有一獲。蕭條兩翅蓬蒿下，未能生彼升天翼。焉能學堂上燕，絢練新羽翮。

三〔六〕

身著青衫騎惡馬〔七〕，日馳三百尚嫌遲。心源落落堪爲將，却是君王未備知。

〔一〕龍舒本題作「示蔡天啓」。永樂大典卷二一三三四四録作「示蔡天啓集句」。

〔二〕「銛鋒」句，龍舒本、永樂大典作「霜刀瑩碧蹄」。

〔三〕「黿」，龍舒本、永樂大典作「榻」。

〔四〕「劃」，龍舒本、永樂大典作「忽」。

〔五〕「穎鋭」，原作「潁鋭」，據光啓堂本改。

〔六〕龍舒本題作「贈蔡肇祕校」。

〔七〕「惡」，皇朝文鑑卷二十九示蔡天啓作「白」。

## 烝然來思并序〔一〕

烝然來思〔二〕，送程公也。公來以蕘麋饋我，我飲餞之，宿西水滸〔三〕，故作是詩。

念我獨兮，亦莫我顧。烝然來思〔四〕，程伯休父。我有旨酒，爾殽伊脯。酌言醻之，式歌且舞。不留不處，適彼樂土。言秣其馬，率西水滸。有客宿宿，于時語語。山有橋松江有渚，式遄其歸不我與。作此好歌，倡予和女。

〔一〕「烝然來思并序」六字，龍舒本闕。

〔二〕「烝」，龍舒本作「賁」。

〔三〕「宿」，龍舒本、皇朝文鑑卷二十九烝然來思作「率」。

〔四〕「烝」，龍舒本作「賁」。

## 示楊德逢〔一〕

我行其野，春日遲遲。有莞者柳，在水之湄〔二〕。有鳴倉庚，豈曰不時？求其友聲，頡之頏之。嗟我懷人，何日忘之。六日不詹，方何爲期？期逝不至，我心西悲。跂予望之，其室則邇。一者之來，我心則喜。我之懷矣，升彼虛矣。愛而不見，云何吁矣。

〔一〕龍舒本題作「示德逢」。

〔二〕「水」，龍舒本作「河」。

## 示道光及安大師

春日載陽，陟彼高岡。樂彼之園，維水泱泱。維筍及蒲，既生既育。拚飛維鳥〔一〕，集于灌木。嚶其鳴矣，亂我心曲。有懷二人，在彼空谷〔二〕。既往既來，獨寐寤宿。陟則在巘，或降于阿。瞻望弗及，傷如之何。

〔一〕此句龍舒本作「拚彼飛鳥」。

〔二〕「彼」，遞修本作「往」。

## 老人行

老人低心逐年少，年少還爲老人調。兩家挾詐自相欺，四海傷真誰復誚。翻手作雲覆手雨，當面論心背面笑。古來人事已如此，今日何須論久要。

## 離昇州作〔一〕

相看不忍發，慘澹暮潮平〔二〕。語罷更攜手〔三〕，月明洲渚生。

〔一〕龍舒本此題二首，此爲其中第一首。
〔二〕「潮」字，底本污漬，據龍舒本、光啓堂本補。
〔三〕「語罷」，釋惠洪冷齋夜話卷四引作「欲别」。

## 倉頡〔一〕

倉頡造書，不詁自明。於乎多言，秪誤後生。

〔一〕龍舒本題作「不詁自明」。

# 王安石文集卷第三十七

## 集句 歌曲

### 胡笳十八拍十八首〔一〕

中郎有女能傳業，顔色如花命如葉。命如葉薄將奈何，一生抱恨常咨嗟。良人持戟明光裏〔二〕，所慕靈妃媲簫史。空房寂寞施繐帷，棄我不待白頭時。

二

天不仁兮降亂離，嗟余去此其從誰。自胡之反持干戈，翠蕤雲旓相蕩摩。流星白羽腰間插，疊鼓遥鼘瀚海波。一門骨肉散百草，安得無淚如黄河〔三〕。

三

身執略兮入西關〔四〕，關山阻脩兮行路難。水頭宿兮草頭坐，在野只教心膽破。更鞴彫鞍教走馬，玉骨瘦來無一把。幾迴抛鞚抱鞍橋，往往驚墮馬蹄下。

四

漢家公主出和親，御厨絡繹送八珍。明妃初嫁與胡時〔五〕，一生衣服盡隨身。眼長看地不稱意，同是天涯淪落人。我今一食日還併，短衣數挽不掩脛。乃知貧賤別更苦，安得康强保天性。

五

十三學得琵琶成，繡幕重重卷畫屏。一見郎來雙眼明，勸我酤酒花前傾。齊言此夕樂未央，豈知此聲能斷腸〔六〕。如今正南看北斗，言語傳情不如手。低眉信手續續彈，彈看飛鴻勸胡酒。

六

青天漫漫覆長路，一紙短書無寄處。月下長吟久不歸，當時還見鴈南飛。彎弓射飛無遠近，青塚路邊南鴈盡。兩處音塵從此絶，唯向東西望明月〔七〕。

七

明明漢月空相識，道路只今多擁隔。去住彼此無消息，時獨看雲淚横臆。豺狼喜怒難姑息，自倚紅顔能騎射。千言萬語無人會，漫倚文章真末策。

八

死生難有却回身，不忍重看舊寫真。暮去朝來顔色改，四時天氣總愁人。東風漫漫吹桃李，盡日獨行春色裏。自經喪亂少睡眠，鶯飛燕語長悄然〔八〕。

九

柳絮已將春去遠，攀條弄芳畏晼晚〔九〕。憂患衆兮歡樂鮮，一去可憐終不返。日夕思歸不得歸，山川滿目淚沾衣。華圭苑裏西風起，歎息人間萬事非。

十

寒聲一夜傳刁斗，雲雪埋山蒼兕吼。詩成吟詠轉凄涼，不如獨坐空搔首。漫漫胡天叫不聞，胡人高鼻動成群。寒盡春生洛陽殿，回首何時復來見。

十一

晚來幽獨恐傷神，唯見沙蓬水柳春。破除萬事無過酒，虜酒千盃不醉人。含情欲説更無語，一生長恨奈何許。饑對酪肉兮不能餐，强來前帳臨歌舞。

十二

歸來展轉到五更，起看北斗天未明。秦人一作家。築城備胡處，擾擾唯有牛羊聲。萬里飛蓬映天過〔一〇〕，風吹漢地衣裳破。欲往城南望城北，三步回頭五步坐。

十三

自斷此生休問天，生得胡兒擬棄捐。一始扶牀一初坐〔一一〕，抱携撫視皆可憐。寧一作誰。知遠使問名姓〔一二〕，引袖拭淚悲且慶。悲莫悲于一作兮。生別離，悲在君家留二一作兩。兒。

十四

鞠之育之不羞恥，恩情亦各言其子。天寒日暮山谷裏，腸斷非關隴頭水〔一三〕。兒呼母兮嗁失聲，依然離別難爲情。灑血仰頭兮訴蒼蒼〔一四〕，知我如此兮不如無生。

十五

當時悔來歸又恨〔一五〕，洛陽宮殿焚燒盡〔一六〕。紛紛黎庶逐黃巾，心折此時無一寸。慟哭秋原何處村，千家今有百家存。争持酒食來相饋，舊事無人可共論。

十六

此身飲罷無歸處，心懷百憂復千慮。天翻地覆誰得知，魏公垂淚嫁文姬。天涯憔悴身，託命於新人。念我出腹子，使我歎恨勞精神。新人新人聽我語，我所思兮在何所。母子分離兮意難任，死生不相知兮何處尋。

十七

燕山雪花大如席，與兒洗面作光澤。恍然天地半夜白〔一七〕，閨中秖是空相憶。點注桃花舒小紅，與兒洗面作華容。欲問平安無使來，桃花依舊笑春風。

十八

春風似舊花仍笑，人生豈得長年少。我與兒兮各一方，憔悴看成兩鬢霜。如今豈無騕褭與驊騮，安得送我置汝傍。胡塵暗天道路長，遂令再往之計墮眇芒。胡笳本出自胡中，此曲哀怨何時終。笳一會兮琴一拍，此心炯炯君應識。

〔一〕龍舒本題作「胡笳十八拍」。

〔二〕「持」，龍舒本作「執」。

〔三〕「河」下，龍舒本有「我生之初尚無爲，嗚呼吾意其蹉跎」二句。

〔四〕「入西」，龍舒本作「西入」。

〔五〕「時」，龍舒本作「兒」。

〔六〕「聲」，龍舒本作「曲」。

〔七〕「向」，龍舒本作「看」。

〔八〕「飛」，龍舒本作「啼」。

〔九〕「晼晚」，龍舒本作「婉娩」。

〔一〇〕「天」，龍舒本作「水」。

〔一一〕「初」，龍舒本作「始」。

〔一二〕「寧」，龍舒本作「那」。

〔一三〕「腸斷」，龍舒本作「斷腸」。

〔一四〕「頭」，龍舒本作「面」。「蒼蒼」，龍舒本作「蒼天」。

〔一五〕「悔」，龍舒本作「愁」。

〔一六〕「燒」，聽香館本作「又」。

〔一七〕「天地半夜」，龍舒本作「半夜天地」。

## 虞美人

虞美人，態濃意遠淑且真。同輦隨君侍君側，六宮粉黛無顔色。楚歌四面起，形勢返蒼黄。夜聞馬嘶曉無迹，蛾眉蕭颯如秋霜。漢家離宮三十六，緩歌慢舞凝絲竹。人間舉眼盡堪悲，獨在陰崖結茅屋〔一〕。美人爲黄土，草木皆含愁。紅房紫莟處處有〔二〕，聽曲低昂如有求。青天漫漫覆長路，今人犁田昔人墓。虞兮虞兮奈若何，不見玉顔空死處。

〔一〕「在陰」，龍舒本作「背蒼」。

〔二〕「紅房紫莟」，龍舒本作「紅芳紫苔」。

## 甘露歌

折得一枝香在手，人間應未有。疑是經春雪未消，今日是何朝？

又〔一〕

盡日含毫難比興，都無色可並。萬里晴天何處來？真是屑瓊瑰。

又

天寒日暮山谷裏，的皪愁成水。地上漸多枝上稀，唯有故人知。

〔一〕「又」，底本原闕，未分段，據陳耀文花草粹編卷一補，下同。陳於題下注曰：「古祝英臺集句。」

## 桂枝香 歌曲

登臨送目〔一〕，正故國晚秋，天氣初肅。千里澄江似練〔二〕，翠峰如簇。歸帆去棹殘陽裏〔三〕，背西風、酒旗斜矗。彩舟雲淡，星河鷺起，畫圖難足。

念往昔、繁華競逐〔四〕。歎門外樓頭〔五〕，悲恨相續。千古憑高，對此謾嗟榮辱〔六〕。六朝舊事隨流水，但寒烟、芳草凝緑〔七〕。至今商女，時時猶歌〔八〕，後庭遺曲。

〔一〕「送」，景定建康志卷三十七收録此詞作「縱」。

〔二〕「千里」，景定建康志作「瀟灑」。

〔三〕「歸」，曾慥樂府雅詞、景定建康志作「征」。

〔四〕「往昔」，景定建康志作「自昔」。

〔五〕「歎」，景定建康志作「悵」。

〔六〕「對此」，景定建康志作「望眼」。

〔七〕「芳」，景定建康志作「衰」。

〔八〕「猶」，景定建康志作「尚」。

## 菩薩蠻

數家茅屋閑臨水〔一〕，單衫短帽垂楊裏〔二〕。今日是何朝？看予度石橋〔三〕。稍稍新月偃〔四〕，午醉醒來晚。何物最關情〔五〕？黄鸝三兩聲〔六〕。

〔一〕「家」，能改齋漫録卷十七、胡仔苕溪漁隱叢話後集卷三十九引黄庭堅所書此詞碑本，作「間」。

〔二〕「單」，龍舒本、樂府雅詞作「輕」，能改齋漫録、碑本作「窄」。

〔三〕以上二句，能改齋漫録作「花似去年紅，吹開一夜風」。碑本作「花是去年紅，吹開一夜風」。

〔四〕「稍稍」，碑本作「娟娟」。

〔五〕「物」，碑本作「許」。

〔六〕「二」，能改齋漫録、碑本作「三」。

## 漁家傲二首

燈火已收正月半，山南山北花撩亂。聞説洊亭新水漫，騎款段，穿雲入鳥尋遊伴〔一〕。却拂僧牀褰素幔，千巖萬壑春風暖。一弄松聲悲急筦〔二〕，吹夢斷〔三〕，西看窻日猶嫌短〔四〕。

二

平岸小橋千嶂抱，柔藍一水縈花草。茅屋數間窗窈窕，塵不到，時時自有春風掃。

午枕覺來聞語鳥，攲眠似聽朝雞早。忽憶故人今總老，貪夢好，茫然忘却邯鄲道〔五〕。

〔一〕「鳥」，樂府雅詞作「塢」。「遊」，龍舒本、樂府雅詞作「幽」。

〔二〕「一」，遞修本作「播」。

〔三〕「吹」，龍舒本、樂府雅詞作「驚」。

〔四〕「西看窗日」，樂府雅詞作「西窗看月」。

〔五〕「却」，樂府雅詞作「了」。

清平樂

雲垂平野，掩映竹籬茅舍。闃寂幽居實瀟灑，是處綠嬌紅冶。

丈夫運用堂堂，且莫五角六張。若有一卮芳酒，逍遥自在無妨。

浣溪沙

百畝中庭半是苔〔一〕，門前白道水縈迴〔二〕。愛閑能有幾人來？

小院回廊春寂寂，山桃溪杏兩三栽。爲誰零落爲誰開？

〔一〕「中庭」，樂府雅詞作「庭中」。
〔二〕「白」，樂府雅詞作「百」。

浪淘沙令

伊吕兩衰翁，歷遍窮通。一爲釣叟一耕傭。若使當時身不遇，老了英雄。湯武偶相逢，風虎雲龍。興王秖在笑談中。直至如今千載後，誰與争功？

南鄉子二首

嗟見世間人，但有纖毫即是塵。不住舊時無相皃，沉淪。秖爲從來認識神。作麽有疎親，我自降魔轉法輪。不是攝心除妄想，求真。幻化空身即法身。

二

自古帝王州，鬱鬱葱葱佳氣浮。四百年來成一夢，堪愁。晉代衣冠成古丘。繞水恣行遊，上盡層城更上樓。往事悠悠君莫問，回頭。檻外長江空自流。

## 訴衷情五首和俞秀老鶴詞。

常時黄色見眉間，松桂我同攀。每言天上辛苦，不肯餌金丹。憐水静，愛雲閑，便忘還。高歌一曲，巖谷迤邐，宛似商山。

二

練巾藜杖白雲間，有興即躋攀。追思往昔如夢，華轂也曾丹。塵自擾，性長閑，更無還。達如周召，窮似丘軻，秖箇山山。

三

芒然不肯住林間〔一〕。有處即追攀。將他死語圖度，怎得離真丹〔二〕？漿水價，匹如閑，也須還。何如直截〔三〕，踢倒軍持，贏取溈山。

四

營巢燕子逞翱翔，微志在雕梁。碧雲舉翮千里，其奈有鸞皇。臨濟處，德山行，果承當。自時降在，一切天魔，掃地焚香。

五〔四〕

莫言普化秖顛狂，真解作津梁。驀然打箇筋斗，直跳過羲皇。

臨濟處，德山行，果承當。將他建立，認作心誠，也是尋香。

〔一〕「住」，底本脱，據光啓堂本、四庫本補。

〔二〕「真」，龍舒本作「金」。

〔三〕「截」，龍舒本作「下」。

〔四〕龍舒本題作「又和秀老」。

## 望江南　歸依三寶讚

歸依衆，梵行四威儀。願我遍遊諸佛土，十方賢聖不相離。永滅世間癡。

歸依法，法法不思議。願我六根常寂静，心如寶月映琉璃。了法更無疑。

歸依佛，彈指越三祇〔一〕。願我速登無上覺，還如佛坐道場時。能智又能悲。

三界裏，有取總災危。普願衆生同我願，能於空有善思惟。三寶共住持。

〔一〕「祇」，原作「秖」，今據龍舒本、遞修本改。按，三祇，指菩薩成佛所歷之三階段，「三大阿僧祇」之略語。

# 王安石文集卷第三十八

## 四言詩　古賦　樂章　上梁文　銘　讚

### 潭州新學詩并序

治平元年，天章閣待制興國吴公治潭州之明年正月，改築廟學于城東南，越五月告成，孔子用幣。潭人曰：「公爲善政以德我，又不勩我，而爲此學以嘉我。士子誰能詩乎？以誦我公於無窮。」皆辭不敢，乃使來請。詩曰：

有嘉新學，潭守所作。守者誰歟？仲庶氏吴。振養矜寡，衣之褰襦。黔首鼓歌，吏静不求。乃相廟序，生師所廬。上漏旁穿，燥濕不除。曰嘻遷哉，迫阸卑污。當其壞時，適可以謀。營地慮工，伐梗楠櫧。撤故就新，爲此渠渠。潭人來止，相語而喜。我知視成，無豫經始。公升在堂，從者如水。公曰誨汝，潭之士子。古之讀書，凡以爲己。躬行孝悌，由義而仕。神聽汝助，况於閭里。無實而夸，非聖自是。雖大得意，吾猶汝恥。士下其手，公言無尤。請詩我歌，以遠公休。

## 新田詩并序〔一〕

唐治四縣，田之入於草莽者十九，民如寄客，雖簡其賦、緩其徭，而不可以必留。尚書比部郎中趙君尚寬之來，問敝於民，而知其故。乃委推官張君恂〔二〕，以兵士興大渠之廢者一、大陂之廢者四，諸小渠陂教民自爲者數十。一年，流民作而相告以歸。二年，而淮之南、湖之北操囊耜以率其妻子者，其來如雨。三年，而唐之土不可賤取，昔之菽粟者多化而爲稌。環唐皆水矣，唐獨得歲焉。船漕車輓負擔出于四境，一日之間，不可爲數，唐之私廩固有餘〔三〕。循吏之無稱於世久矣，予聞趙君如此，故爲作詩。詩曰：

離離新田，其下流水。孰知其初，灌莽千里。其南背江，其北逾淮。父抱子扶，十百其來。其來僕僕，鏝我新屋〔四〕。趙侯劬之，作者不飢。歲仍大熟，飽及雞鶩。僦船與車，四鄙出穀。今游者處，昔止者流〔五〕。維昔牧我，不如今侯。侯來適野，不有觀者。稅于水濱，問我鰥寡。侯其歸矣，三歲于兹。誰能止侯，我往求之〔六〕。

〔一〕龍舒本題作「新田詩序并詩」。

〔二〕「委」，龍舒本、皇朝文鑑作「使」。

〔三〕「唐」上，龍舒本、皇朝文鑑有「而」字。

〔四〕「鏝我新屋」，龍舒本、皇朝文鑑作「慢我雜屋」。

〔五〕「止」，原作「正」，據龍舒本、遞修本、嘉靖五年本、皇朝文鑑改。

〔六〕「求」，龍舒本、皇朝文鑑作「來」。

## 獵較詩并序〔一〕

獵較，刺時也。昔孔子仕於魯，魯人獵較，孔子亦獵較。或問乎孟軻曰：「孔子之仕，非事道歟？」曰：「事道也。」「事道，奚獵較也？」曰：「孔子先簿正祭器，不以四方之食供簿正。」不獵較，則若無以祭然。蓋孔子所以小同於俗，猶有義也，義固在於可爲之域。而後之人習於隨者，一不權義以之可否〔二〕，污身貶道，豫然以和衆自得。甚者傷人倫，敗風俗，至於無號，則諉曰「孔子亦嘗獵較矣」。悲夫！作是詩以刺焉。

獵較獵較，誰禽我有。國人之惏，君子所醜。獵較獵較，祭占其祥。國人之序，君子何傷？

〔一〕龍舒本題作「獵較」。

〔二〕「以」，龍舒本闕。「義以」，聽香館本作「以義」。

## 雲之祁祁答董傳

雲之祁祁，或雨于淵。苗之翹翹，或槁于田。雲之祁祁，或雨于野。有槁于田，豈不自我？薈兮其隮，其在西郊。匪我爲之，我歌且謡。蔚兮其復，南山之側。我歌且謡，維以育德。

## 龍賦〔一〕

龍之爲物，能合能散，能潛能見。能弱能强，能微能章。惟不可見，所以莫知其鄉。惟不可畜，所以異於牛羊。變而不可測，動而不可馴，則常出乎害人；而未始出乎害人，夫此所以爲仁。爲仁無止，則常至乎喪己〔二〕；而未始至乎喪己〔三〕，夫此所以爲智。止則身安，曰惟知幾；動則物利〔四〕，曰惟知時。然則龍終不可見乎？曰：與爲類者常見之。

〔一〕龍舒本題作「龍説」。

〔二〕「乎」，龍舒本作「於」。

〔三〕「至」，龍舒本作「出」。

〔四〕「物利」，龍舒本作「利物」。

## 歷山賦并序

餘姚縣人有與季父爭田于縣〔一〕、于州、于轉運使，不直，提點刑獄令余來直之。將歸，閔然望歷山而賦之。歷山在縣西上虞縣界中，或曰舜所耕云。

歷山之峨峨兮予汝耕之，孰汝彊之？此匪予私云然兮誰汝使，子人之子兮余師。歷山之峨峨兮則維其常，人之子兮云曷而亡。云曷而亡兮我之思，今孰繼兮我之悲，嗚呼已矣兮來者爲誰！

〔一〕「餘姚」，原作「餘杭」，今據龍舒本、皇朝文鑑卷三歷山賦改。按，嘉慶大清一統志卷二百九十四：「歷山，在餘姚縣西北六十里。舊經云：『越有歷山，（中略）以舜之餘族封於餘姚，故子孫像舜以名之。』」宋時歷山屬上虞縣，故文曰：「歷山在縣西上虞縣界中。」王安石時知鄞縣，鄞縣、餘姚、上虞三縣同屬浙東路。

## 思歸賦

蹇吾南兮安之，莽吾北兮親之思〔一〕。朝吾舟兮水波，暮吾馬兮山阿。亡濟兮維夷，夫孰驅兮亡巇〔二〕。風倐倐兮來去，日翳翳兮溟濛之雨。萬物紛披蕭索兮，歲逶迤其今暮。吾感不知夫塗兮，徘徊徬徨以反顧。盍歸兮，盍去兮，獨何爲乎此旅？

〔一〕「北」，原闕，今據皇朝文鑑卷三思歸賦補。「莽吾北兮」，與上句「蹇吾南兮」相對。

〔二〕「巇」，原作「孅」，據皇朝文鑑卷三思歸賦改。巇，險也。「亡巇」與上句「維夷」相對。

## 釋謀賦

雲冥冥兮蔽日，風浩浩兮吹沙。出予馳兮不得，塊獨處兮咨嗟。嗟天地兮無窮，暑與寒兮相客〔一〕。以短褐兮憂親，孰知予兮孔棘。維抱關兮擊柝，乃予仕兮所宜。禄可辭兮尚冒，養孰割兮方虧。豈吾事兮固拙，寧我辰兮獨悖？信物默兮有制，尚可侔兮内外。

〔一〕「客」，遞修本作「容」。

## 明堂樂章二首

### 歆安之曲〔一〕

穆穆在堂，肅肅在庭。於顯辟公，來相思成。神既歆止，有聞惟馨。錫我休嘉，燕及群生。

皇帝還大次憩安之曲〔二〕

有奕明堂，萬方時會。宗予聖考，作帝之配。樂酌虞典，禮從周制。釐事既成，於皇來塈。

〔一〕龍舒本題作「歆安之曲樂章」。

〔二〕龍舒本題作「皇朝還大次憩安之曲樂章」。

## 景靈宮修蓋英宗皇帝神御殿上梁文〔一〕

兒郎偉！天都左界，帝室中經。誕惟僊聖之祠，夙有神靈之宅。嗣開宏構，追奉睟容。方將廣舜孝於無窮，豈特尚漢儀之有舊。先皇帝道該五泰，德貫二儀。文摛雲漢之章，武布風霆之號。華夏歸仁而砥屬，蠻夷馳義以駿奔。清蹕甫傳，靈輿忽往。超然姑射，山無一物之疵；邈矣壽丘，臺有萬人之畏。已葬鼎湖之弓劍，將游高廟之衣冠。

今皇帝孝奉神明，恩涵動植。纂禹之服，期成萬世之功；見堯於羹，未改三年之政。乃眷熏修之吉壤，載營館御之新宮。考協前彝，述追先志。孝嚴列峙，寢門可象於平居；

廣祐旁開〔二〕，輦路故存於陳迹。官師肅給，斤築隆施。揆吉日以庀徒，舉修梁而考室。敢申善頌，以相歡謡。

兒郎偉！抛梁東，聖主迎陽坐禁中。明似九天昇曉日，恩如萬國轉春風。

兒郎偉！抛梁西，瀚海兵銷太白低。王母玉環方自獻〔三〕，大宛金馬不須齎。

兒郎偉！抛梁南，丙地星高每歲占。千障滅烽開嶺徼〔四〕，萬艘輸賨引江潭。

兒郎偉！抛梁北，邊城自此無鳴鏑〔五〕。即看呼韓渭上朝，休誇竇憲燕然勒。

兒郎偉！抛梁上，彷彿神遊今可想。風馬雲車世世來，金輿玉罼年年享〔六〕。

兒郎偉！抛梁下，萬靈隤祉扶宗社。天垂嘉種已豐年，地産珍符方極化。

伏願上梁之後，聖躬樂豫，寶命靈長。松茂獻兩宮之壽，椒繁占六寢之祥。宗室蕃維之彦，朝廷表幹之良。家傳慶譽，代襲龍光。肩一心而顯相，保饋祀之無疆。皇帝萬歲！

〔一〕龍舒本題作「英德殿上梁文」。

〔二〕「祐」，原作「拓」，形訛，今據龍舒本改。按，「廣祐」，與上文「孝嚴」皆神御殿名。秦蕙田五禮通考卷八十一：「英宗治平初，景靈宫西園作仁宗神御殿，曰孝嚴；别殿曰寧真，齋殿曰迎釐，景靈西門曰廣祐，明年奉安。」

〔三〕「獻」，龍舒本作「執」。

〔四〕「開」，龍舒本作「聞」。
〔五〕「城」，龍舒本作「頭」。
〔六〕「享」，龍舒本作「往」。

## 蔣山鍾銘

於皇正覺，訓用音聞。肆作大鍾，以警沉昏。

## 明州新刻漏銘〔一〕

戊子王公，始治于明。丁亥孟冬，刻漏具成。追謂屬人，嗟汝予銘。自古在昔，挈壺有職。匪器則弊，人亡政息。其政謂何？弗棘弗遲。君子小人，興息維時。東方未明，自公召之。彼寧不勤，得罪于時。厥荒懈廢，乃政之疵。嗚呼有州，謹哉維茲。茲惟其中〔二〕，俾我後思。

〔一〕龍舒本題作「明州新修刻漏銘」。
〔二〕「茲惟」，龍舒本作「惟茲」。

## 伍子胥廟銘〔一〕

予觀子胥出死亡逋竄之中，以客寄之一身，卒以説吴，折不測之楚，仇執耻雪〔二〕，名震天下，豈不壯哉！及其危疑之際，能自慷慨不顧萬死，畢諫於所事，此其志與夫自恕以偷一時之利者異也。孔子論古之士大夫，若管夷吾、臧武仲之屬，苟志於善而有補於當世者，咸不廢也。然則子胥之義，又曷可少耶？

康定二年，予過所謂胥山者，周行廟庭，歎吴亡千有餘年，事之興壞廢革者不可勝數，獨子胥之祠不徙不絶，何其盛也！豈獨神之事吴之所興，蓋亦子胥之節有以動後世，而愛尤在於吴也。後九年，樂安蔣公爲杭使，其州人力而新之，余與爲銘也：

烈烈子胥，發節窮逋。遂爲册臣，奮不圖軀。諫合謀行，隆隆之吴。厥廢不遂，邑都俄墟。以智死昏，忠則有餘。胥山之顔〔三〕，殿屋渠渠。千載之祠，如祠之初。孰作新之，民勸而趨。維忠肆懷，維孝肆乎。我銘祠庭，示後不誣。

〔一〕「銘」，龍舒本作「記」。

〔二〕「執」，聽香館本作「報」。

〔三〕「顔」，龍舒本作「巔」。

## 璨公信心銘〔一〕

沔彼有流，載浮載沈。爲可以濟，一壺千金。法譬則水，窮之彌深。璨公所傳，等觀初心。

〔一〕龍舒本題作「讃璨公信心銘」。

## 蔣山覺海元公真讃

賢哉人也！行厲而容寂，知言而能默。譽榮弗喜，辱毁弗戚。弗矜弗克，人自稱德。有緇有白，自南自北。弗句弗逆，弗抗弗抑。弗觀汝華，惟食已寔。孰其嗣之，我有遺則。

## 梵天畫讃

梵天尚實，厥乘孔雀。雖知時語，鈴戒沈濁。皜身黄衣，於浄無著。乃持赤幡，歸趣正覺。

## 維摩像讚

是身是像，無有二相。三世諸佛，亦如是像。若取真實，還成虚妄。應持香花，如是供養。

## 空覺義示周彦真

覺不徧空而迷，故曰覺迷。空不徧覺而頑，故曰空頑。空本無頑，以色故頑。覺本無迷，以見故迷。

# 王安石文集卷第三十九

## 書疏

### 上仁宗皇帝言事書〔一〕

臣愚不肖，蒙恩備使一路，今又蒙恩召還闕廷，有所任屬，而當以使事歸報陛下。不自知其無以稱職，而敢緣使事之所及，冒言天下之事，伏惟陛下詳思而擇其中，幸甚。

臣竊觀陛下有恭儉之德，有聰明睿智之才，夙興夜寐，無一日之懈，聲色狗馬、觀游玩好之事，無纖介之蔽，而仁民愛物之意，孚於天下；而又公選天下之所願以爲輔相者，屬之以事，而不貳於讒邪傾巧之臣。此雖二帝、三王之用心，不過如此而已，宜其家給人足，天下大治。而效不至於此，顧内則不能無以社稷爲憂，外則不能無懼於夷狄，天下之財力日以困窮，而風俗日以衰壞，四方有志之士，諰諰然常恐天下之久不安。此其故何也？患在不知法度故也。

今朝廷法嚴令具，無所不有，而臣以謂無法度者，何哉？方今之法度，多不合乎先王之政故也。孟子曰：「有仁心仁聞，而澤不加於百姓者，爲政不法於先王之道故也。」以孟子之説，觀方今之失，正在於此而已。

夫以今之世，去先王之世遠，所遭之變、所遇之勢不一，而欲一二修先王之政，雖甚愚者猶知其難也。然臣以謂今之失患在不法先王之政者，以謂當法其意而已。夫二帝、三王相去蓋千有餘載，一治一亂，其盛衰之時具矣。其所遭之變，所遇之勢，亦各不同，其施設之方亦皆殊，而其爲天下國家之意，本末先後，未嘗不同也。臣故曰：當法其意而已。法其意，則吾所改易更革，不至乎傾駭天下之耳目，囂天下之口，而固已合乎先王之政矣。

雖然，以方今之勢揆之，陛下雖欲改易更革天下之事，合於先王之意，其勢必不能也。陛下有恭儉之德，有聰明睿智之才，有仁民愛物之意，誠加之意，則何爲而不成，何欲而不得？然而臣顧以謂陛下雖欲改易更革天下之事，合於先王之意，其勢必不能者，何也？以方今天下之人才不足故也。

臣嘗試竊觀天下在位之人，未有乏於此時者也。夫人才乏於上，則有沈廢伏匿在下，而不爲當時所知者矣。臣又求之於閭巷草野之間，而亦未見其多焉。豈非陶冶而成之者，非其道而然乎？臣以謂方今在位之人才不足者，以臣使事之所及，則可知矣。今以一路數千里之間，能推行朝廷之法令，知其所緩急，而一切能使民以修其職事者甚少，而不才苟簡貪鄙之人，至不可勝數。其能講先王之意以合當時之變者，蓋闔郡之間，往往而絕也。朝廷每一令下，其意雖善，在位者猶不能推行，使膏澤加於民，而吏輒緣之爲姦，以擾百姓。臣故曰：在位之人才不足，而草野閭巷之間，亦未見其多也。夫人才不足，則陛下雖欲改易更革天下之事，以合先王之意，大臣雖有能當陛下之意而欲領此者〔二〕，九州之大，四海之遠，孰能稱陛下之指，以一二推行此而人人蒙其施者乎？臣故曰：其勢必未能也。孟子曰：「徒法不能以自行。」非此之謂乎？然則方今之急，在於人才而已。誠能使天下之才衆多〔三〕，然後在位之才可以擇其人而取足焉。在位者得其才矣，然後稍視時勢之可否，而因人情之患苦，變更天下之弊法，以趨先王之意，甚易也。今之天下，亦先王之天下。先王之時，人才嘗衆矣，何至於今而獨不足乎？故曰：陶冶而成之者，非其道故也。

商之時，天下嘗大亂矣，在位貪毒禍敗，皆非其人。及文王之起，而天下之才嘗少矣。當是時，文王能陶冶天下之士，而使之皆有士君子之才，然後隨其才之所有而官使之。詩曰：「豈弟君子，遐不作人？」此之謂也。及其成也，微賤兔罝之人，猶莫不好德，兔罝之詩是也，又況於在位之人乎？夫文王惟能如此，故以征則服，以守則治。詩曰：「奉璋峨峨，髦士攸宜。」又曰：「周王于邁，六師及之。」言文王所用，文武各得其才，而無廢事也。

及至夷、厲之亂，天下之才又嘗少矣。至宣王之起，所與圖天下之事者，仲山甫而已。故詩人歎之曰：「德輶如毛，維仲山甫舉之，愛莫助之。」蓋閔人士之少，而山甫之無助也。宣王能用仲山甫，推其類以新美天下之士，而後人才復衆。於是内脩政事，外討不庭，而復有文武之境土。故詩人美之曰：「薄言采芑，于彼新田，于此菑畝。」言宣王能新美天下之士，使之有可用之才，如農夫新美其田，而使之有可采之芑也。由此觀之，人之才未嘗不自人主陶冶而成之者也。

所謂陶冶而成之者，何也？亦教之、養之、取之、任之有其道而已。

所謂教之之道，何也？古者天子諸侯，自國至於鄉黨皆有學，博置教導之官而嚴其選。朝廷禮樂刑政之事，皆在於學。士所觀而習者〔四〕，皆先王之法言德行治天下之意，其材亦可以爲天下國家之用。苟不可以爲天下國家之用，則不教也；苟可以爲天下國家之用者，則無不在於學。此教之之道也。

所謂養之之道，何也？饒之以財，約之以禮，裁之以法也。何謂饒之以財？人之情不足於財，則貪鄙苟得，無所不至。先王知其如此，故其制禄，自庶人之在官者，其禄已足以代其耕矣。由此等而上之，每有加焉，使其足以養廉恥而離於貪鄙之行。猶以爲未也，又推其禄以及其子孫，謂之世禄。使其生也，既於父子、兄弟、妻子之養，昏姻、朋友之接，皆無憾矣；其死也，又於子孫無不足之憂焉。何謂約之以禮？人情足於財而無禮以節之，則又放僻邪侈，無所不至。先王知其如此，故爲之制度。婚喪、祭養、燕享之事，服食、器用之物，皆以命數爲之節，而齊之以律度量衡之法。其命可以爲之，而財不足以具，則弗具也；其財可以具，而命不得爲之者，不使有銖兩分寸之加焉。何謂裁之以法？先王於天下之士，教之以道藝矣，不帥教則待之以屏棄遠方終身不齒之法〔五〕。約之以禮矣，不循禮則待之以流、殺之法。王制曰：「變衣服者，其君流。」酒誥曰：「厥或誥曰：『群飲，汝勿佚。盡執拘以歸于周，予其殺。』」夫群飲、變衣服，小罪也；流、殺，大刑也。加小罪以大刑，先王所以忍而不疑者，以爲不如是，不足以一天下之俗而成吾治。夫約之以禮，裁之以法，天下所以服從無抵冒者，又非獨其禁嚴而治察之所能致也，蓋亦以吾至誠懇惻之心，力行而爲之倡。凡在左右通貴之人，皆順上之欲而服行之，有一不帥者，法之加必自此始。夫上以至誠行之，而貴者知避上之所惡矣，則天下之不罰而止者衆矣。故曰：此養之之道也。

所謂取之之道者，何也？先王之取人也，必於鄉黨，必於庠序，使衆人推其所謂賢能，書之以告于上而察之〔六〕。誠賢能也，然後隨其德之大小、才之高下而官使之。所謂察之者，非專用耳目之聰明而聽私於一人之口也。欲審知其德，問以行；欲審知其才，問以言。得其言行，則試之以事。所謂察之者，試之以事是也。雖堯之用舜，亦不過如此而已，又況其下乎？若夫九州之大，四海之遠，萬官億醜之賤〔七〕，所須士大夫之才則衆矣。有天下者，又不可以一二自察之也，又不可以偏屬於一人，而使之於一日二日之間考試其行能而進退之也。蓋吾已能察其才行之大者，以爲大官矣，因使之取其類以持久試之，而考其能者以告于上，而後以爵命禄秩予之而已。此取之之道也。

所謂任之之道者，何也？人之才德，高下厚薄不同，其所任有宜有不宜。先王知其如此，故知農者以爲后稷，知工者以爲共工。其德厚而才高者以爲之長，德薄而才下者以爲之佐屬。又以久於其職，則上狃習而知其事，下服馴而安其教，賢者則其功可以至於成，不肖者則其罪可以至於著，故久其任而待之以考績之法。夫如此，故智能才力之士，則得盡其智以赴功，而不患其事之不終、其功之不就也。偷惰苟且之人，雖欲取容於一時，而顧僇辱在其後，安敢不勉乎？若夫無能之人，固知辭避而去矣。居職任事之日久，不勝任之罪，不可以幸而免故也。彼且不敢冒而知辭避矣，尚何有比周、讒諂、争進之人乎？取之既已詳，使之既已當，處之既已久，至其任之也又專焉，而不一二以法束縛之，而使之得行其意，堯舜之所以理百官而熙衆工者，以此而已。書曰：「三載考績，三考，黜陟幽明。」此之謂也。然堯舜之時，其所黜者則聞之矣，蓋四凶是也。其所陟者，則皋陶、稷、契，皆終身一官而不徙。蓋其所謂陟者，特加之爵命禄賜而已耳。此任之之道也。

夫教之、養之、取之、任之之道如此，而當時人君又能與其大臣悉其耳目心力，至誠惻怛，思念而行之，此其人臣之所以無疑，而於天下國家之事，無所欲爲而不得也。

方今州縣雖有學，取墻壁具而已，非有教導之官、長育人才之事也。唯太學有教導之官，而亦未嘗嚴其選。朝廷禮樂刑政之事，未嘗在於學，學者亦漠然自以禮樂刑政爲有司之事，而非己所當知也。學者之所教，講説章句而已。講説章句，固非古者教人之道也〔八〕，近歲乃始教之以課試之文章〔九〕。夫課試之文章，非博誦强學窮日之力則不能。及其能工也，大則不足以用天下國家，小則不足以爲天下國家之用。故雖白首於庠序，窮日之力以帥上之教〔一〇〕，及使之從政，則茫然不知其方者，皆是也。蓋今之教者，非特不能成人之才而已，又從而困苦毁壞之，使不得成才者，何也？夫人之才，成於專而毁於雜。故先王之處民才，處工於官府，處農於畎畝，處商賈於肆，而處士於庠序，使各專其業而不見異物，懼異物之足以害其業也。所謂士者，又非特使之不得見異物而已，一示之以先王之道，而百家諸子之異説皆屏之，而莫敢習者焉。今士之所宜學者，天下國家之用也。今悉使置之不教，而教之以課試之文章，使其耗精疲神，窮日之力以從事於此。及其任之以官也，則又悉使置之，而責之以天下國家之事。夫古之人以朝夕專其業於天下國家之事，而猶才有能有不能。今乃移其精神，奪其日力，以朝夕從事於無補之學；及其任之以事〔一一〕，然後卒然責之以爲天下國家之用，宜其才之足以有爲者少矣。臣故曰：非特不能成人之才，又從而困苦毀壞之，使不得成才也。又有甚害者。先王之時，士之所學者，文武之道也。士之才有可以爲公卿大夫，有可以爲士。其才之大小，宜不宜則有矣；至於武事，則隨其才之大小，未有不學者也。故其大者，居則爲六官之卿，出則爲六軍之將也；其次則比、閭、族、黨之師，亦皆卒、兩、師、旅之帥也。故邊疆、宿衛，皆得士大夫爲之，而小人不得奸其任。今之學者，以爲文武異事，吾知治文事而已。至於邊疆、宿衛之任，則推而屬之於卒伍，往往天下姦悍無賴之人，苟其才行足自託於鄉里者，亦未有肯去親戚而從召募者也。邊疆、宿衛，此乃天下之重任，而人主之所當慎重者也。故古者教士，以射、御爲急，其他技能，則視其人才之所宜而後教之，其才之所不能，則不强也。至於射，則爲男子之事。人之生〔一二〕，有疾則已，苟無疾，未有去射而不學者也。在庠序之間，固當從事於射也，有賓客之事則以射，有祭祀之事則以射，別士之行同能偶則以射。於禮樂之事，未嘗不寓以射，而射亦未嘗不在於禮樂、祭祀之間也。易曰：「弧矢之利，以威天下。」先王豈以射爲可以習揖讓之儀而已乎？固以爲射者武事之尤大，而威天下、守國家之具也。居則以是習禮樂，出則以是從戰伐。士既朝夕從事於此而能者衆，則邊疆、宿衛之任，皆可以擇而取也。夫士嘗學先王之道，其行義嘗見推於鄉黨矣，然後因其才而託之以邊疆、宿衛之事，此古之人君所以推干戈以屬之人，而無内外之虞也。今乃以夫天下之重任，人主所當至慎之選，推而屬之姦悍無賴、才行不足自託於鄉里之人，此方今所以諰諰然常抱邊疆之憂，而虞宿衛之不足恃以爲安也。今孰不知邊疆、宿衛之士不足恃以爲安哉？顧以爲天下學士以執兵爲恥，而亦未有能騎射、行陣之事者，則非召募之卒伍，孰能任其事者乎？夫不嚴其教，高其選，則士之以執兵爲恥，而未嘗有能騎射、行陣之事，固其理也。凡此皆教之非其道也〔一三〕。

方今制禄，大抵皆薄。自非朝廷侍從之列，食口稍衆，未有不兼農商之利而能充其養者也。其下州縣之吏，一月所得，多者錢八九千，少者四五千，以守選、待除、守闕通之，蓋六七年而後得三年之禄，計一月所得，乃實不能四五千，少者乃實不能及三四千而已。雖廝養之給，亦窘於此矣〔一四〕，而其養生、喪死、婚姻、葬送之事，皆出於此〔一五〕。夫出中人之上者，雖窮而不失爲君子；出中人之下者，雖泰而不失爲小人。唯中人不然，窮則爲小人，泰則爲君子。計天下之士，出中人之上下者，千百而無十一。窮而爲小人，泰而爲君子者，則天下皆是也。先王以爲衆不可以力勝也，故制行不以己，而以中人爲制，所以因其欲而利道之，以爲中人之所能守，則其志可以行乎天下而推之後世。以今之制禄，而欲士之無毀廉恥，蓋中人之所不能也。故今官大者，往往交賂遺、營貲産，以負貪污之毁；官小者，販鬻乞丐，無所不爲。夫士已嘗毁廉恥以負累於世矣，則其偷惰取容之意起，而矜奮自强之心息，則職業安得而不弛，治道何從而興乎？又況委法受賂、侵牟百姓者，往往而是也。此所謂不能饒之以財也。

婚喪、奉養、服食、器用之物，皆無制度以爲之節，而天下以奢爲榮，以儉爲恥。苟其財之可以具，則無所爲而不得，有司既不禁，而人又以此爲榮。苟其財不足，而不能自稱於流俗，則其婚喪之際，往往得罪於族人婚姻〔一六〕，而人以爲恥矣。故富者貪而不知止，貧者則强勉其不足以追之。此士之所以重困，而廉恥之心毁也。凡此所謂不能約之以禮也。

方今陛下躬行儉約，以率天下，此左右通貴之臣所親見。然而其閨門之内，奢靡無節，犯上之所惡以傷天下之教者，有已甚者矣，未聞朝廷有所放絀，以示天下。昔周之人，拘群飲而被之以殺刑者，以爲酒之末流生害，有至於死者衆矣，故重禁其禍之所自生。重禁禍之所自生，故其施刑極省，而人之抵於禍敗者少矣。今朝廷之法所尤重者，獨貪吏耳。重禁貪吏，而輕奢靡之法，此所謂禁其末而弛其本。然而世之識者，以爲方今官冗，而縣官財用已不足以供之，其亦蔽於理矣。今之入官誠冗矣，然而前世置員蓋甚少，而賦禄又如此之薄，則財用之所不足，蓋亦有説矣。吏禄豈足計哉？臣於財利，固未嘗學，然竊觀前世治財之大略矣。蓋因天下之力以生天下之財，取天下之財以供天下之費，自古治世，未嘗以不足爲天下之公患也，患在治財無其道耳。今天下不見兵革之具，而元元安土樂業，人致己力〔一七〕，以生天下之財，然而公私常以困窮爲患者，殆以理財未得其道〔一八〕，而有司不能度世之宜而通其變耳。誠能理財以其道而通其變，臣雖愚，固知增吏禄不足以傷經費也。方今法嚴令具，所以羅天下之士可謂密矣，然而亦嘗教之以道藝，而有不帥教之刑以待之乎？亦嘗約之以制度，而有不循理之刑以待之乎？亦嘗任之以職事，而有不任事之刑以待之乎？夫不先教之以道藝，誠不可以誅其不帥教；不先約之以制度，誠不可以誅其不循理；不先任之以職事，誠不可以誅其不任事。此三者，先王之法所尤急也〔一九〕，今皆不可得誅。而薄物細故，非害治之急者，爲之法禁，月異而歲不同，爲吏者至於不可勝記，又況能一一避之而無犯者乎？此法令所以玩而不行〔二〇〕，小人有幸而免者，君子有不幸而及者焉。此所謂不能裁之以刑也。凡此皆治之非其道也。

方今取士，强記博誦而略通於文辭，謂之茂才異等、賢良方正。茂才異等、賢良方正者，公卿之選也。記不必强，誦不必博，略通於文辭，而又嘗學詩賦，則謂之進士。進士之高者，亦公卿之選也。夫此二科所得之技能，不足以爲公卿，不待論而後可知。而世之議者，乃以爲吾常以此取天下之士，而才之可以爲公卿者，常出於此，不必法古之取人而後得士也〔二一〕，其亦蔽於理矣。先王之時，盡所以取人之道，猶懼賢者之難進，而不肖者之雜於其間也。今悉廢先王所以取士之道，而驅天下之才士，悉使爲賢良、進士，則士之才可以爲公卿者，固宜爲賢良、進士，而賢良、進士亦固宜有時而得才之可以爲公卿者也。然而不肖者，苟能雕蟲篆刻之學，以此進至乎公卿；才之可以爲公卿者，困於無補之學而以此絀死於巖野，蓋十八九矣。夫古之人有天下者，其所以慎擇者，公卿而已。公卿既得其人，因使推其類以聚於朝廷，則百司庶物〔二二〕，無不得其人也。今使不肖之人幸而至乎公卿，因得推其類聚之朝廷，此朝廷所以多不肖之人，而雖有賢智，往往困於無助，不得行其意也。且公卿之不肖，既推其類以聚於朝廷；朝廷之不肖，又推其類以備四方之任使；四方之任使者，又各推其不肖以布於州郡，則雖有同罪舉官之科，豈足恃哉？適足以爲不肖者之資而已。其次九經、五經、學究、明法之科，朝廷固已嘗患其無用於世，而稍責之以大義矣。然大義之所得，未有以賢於故也。今朝廷又開明經之選，以進經術之士，然明經之所取，亦記誦而略通於文辭者則得之矣。彼通先王之意，而可以施於天下國家之用者，顧未必得與於此選也。其次則恩澤子弟。庠序不教之以道藝，官司不考問其才能，父兄不保任其行義，而朝廷輒以官予之，而任之以事。武王數紂之罪，則曰：「官人以世。」夫官人以世，而不計其才行，此乃紂之所以亂亡之道，而治世之所無也〔二三〕。又其次曰流外。朝廷固已擠之於廉恥之外，而限其進取之路矣，顧屬之以州縣之事，使之臨士民之上，豈所謂以賢治不肖者乎？以臣使事之所及，一路數千里之間，州縣之吏出於流外者，往往而有；可屬任以事者，殆無二三，而當防閑其姦者，皆是也。蓋古者有賢不肖之分，而無流品之別，故孔子之聖，而嘗爲季氏吏，蓋雖爲吏，而亦不害其爲公卿。及後世有流品之別，則凡在流外者，其所成立，固嘗自置於廉恥之外，而無高人之意矣。夫以近世風俗之流靡，自雖士大夫之才，勢足以進取，而朝廷嘗獎之以禮義者，晚節末路，往往怵而爲姦；況又其素所成立，無高人之意，而朝廷固已擠之於廉恥之外，限其進取者乎？其臨人親職，放僻邪侈，固其理也。至於邊疆、宿衛之選，則臣固已言其失矣。凡此皆取之非其道也。

方今取之既不以其道，至於任之〔二四〕，又不問其德之所宜，而問其出身之後先；不論其才之稱否，而論其歷任之多少。以文學進者，且使之治財；已使之治財矣，又轉而使之典獄；已使之典獄矣，又轉而使之治禮。是則一人之身，而責之以百官之所能備，宜其人才之難爲也。夫責人以其所難爲，則人之能爲者少矣。人之能爲者少，則相率而不爲。故使之典禮，未嘗以不知禮爲憂，以今之典禮者〔二五〕，未嘗學禮故也。使之典獄，未嘗以不知獄爲恥，以今之典獄者，未嘗學獄故也。天下之人，亦已漸漬於失教，被服於成俗，見朝廷有所任使，非其資序，則相議而訕之，至於任使之不當其才，未嘗有非之者也。且在位者數徙，則不得久於其官，故上不能狃習而知其事，下不肯服馴而安其教；賢者則其功不可以及於成，不肖者則其罪不可以至於著。若夫迎新將故之勞，緣絶簿書之弊，固其害之小者，不足悉數也。設官大抵皆當久於其任，而至於所部者遠，所任者重，則尤宜久於其官，而後可以責其有爲。而方今尤不得久於其官，往往數日輒遷之矣。

取之既已不詳，使之既已不當，處之既已不久，至於任之則又不專，而又一二以法束縛之〔二六〕，使不得行其意〔二七〕。臣故知當今在位多非其人，稍假借之權，而不一二以法束縛之，則放恣而無不爲。雖然，在位非其人，而恃法以爲治，自古及今，未有能治者也。即使在位皆得其人矣，而一二以法束縛之，不使之得行其意，亦自古及今未有能治者也。夫取之既已不詳，使之既已不當，處之既已不久，任之又不專，而一二之以法束縛之，故雖賢者在位，能者在職，與不肖而無能者，殆無以異。夫如此，故朝廷明知其賢能足以任事，苟非其資序，則不以任事而輒進之；雖進之，士猶不服也。明知其無能而不肖，苟非有罪爲在事者所劾〔二八〕，不敢以其不勝任而輒退之；雖退之，士猶不服也。彼誠不肖無能，然而士不服者，何也？以所謂賢能者任其事，與不肖而無能者，亦無以異故也。臣前以謂不能任人以職事，而無不任事之刑以待之者，蓋謂此也。

夫教之、養之、取之、任之，有一非其道，則足以敗天下之人才〔二九〕，又況兼此四者而有之？則在位不才苟簡貪鄙之人，至於不可勝數，而草野閭巷之間亦少可任之才，固不足怪。詩曰：「國雖靡止，或聖或否。民雖靡膴，或哲或謀，或肅或艾。如彼泉流，無淪胥以敗。」此之謂也。

夫在位之人才不足矣，而閭巷草野之間亦少可用之才，則豈特行先王之政而不得也，社稷之託，封疆之守，陛下其能久以天幸爲常，而無一旦之憂乎？蓋漢之張角，三十六萬同日而起〔三〇〕，所在郡國莫能發其謀；唐之黄巢，横行天下，而所至將吏無敢與之抗者。漢唐之所以亡，禍自此始。唐既亡矣，陵夷以至五代，而武夫用事，賢者伏匿消沮而不見，在位無復有知君臣之義、上下之禮者也。當是之時，變置社稷，蓋甚於奕棋之易，而元元肝腦塗地，幸而不轉死於溝壑者無幾耳！夫人才不足，其患蓋如此，而方今公卿大夫，莫肯爲陛下長慮後顧，爲宗廟萬世計，臣竊惑之。昔晉武帝趣過目前，而不爲子孫長遠之謀，當時在位亦皆偷合苟容，而風俗蕩然，棄禮義，捐法制，上下同失，莫以爲非，有識固知其將必亂矣。而其後果海内大擾，中國列於夷狄者二百餘年。伏惟三廟祖宗神靈所以付屬陛下，固將爲萬世血食，而大庇元元於無窮也。臣願陛下鑒漢唐、五代之所以亂亡，懲晉武苟且因循之禍，明詔大臣，思所以陶成天下之才，慮之以謀，計之以數，爲之以漸，期爲合於當世之變，而無負於先王之意，則天下之人才不勝用矣。人才不勝用，則陛下何求而不得，何欲而不成哉？夫慮之以謀，計之以數，爲之以漸，則成天下之才甚易也。

臣始讀孟子，見孟子言王政之易行，心則以爲誠然。及見與慎子論齊魯之地，以爲先王之制國，大抵不過百里者，以爲今有王者起，則凡諸侯之地，或千里，或五百里，皆將損之至於數十百里而後止。於是疑孟子雖賢，其仁智足以一天下，亦安能毋劫之以兵革，而使數百千里之强國，一旦肯損其地之十八九，比於先王之諸侯？至其後，觀漢武帝用主父偃之策，令諸侯王地悉得推恩封其子弟〔三二〕，而漢親臨定其號名，輒別屬漢，於是諸侯王之子弟各有分土，而勢强地大者卒以分析弱小。然後知慮之以謀，計之以數，爲之以漸，則大者固可使小，强者固可使弱，而不至乎傾駭變亂敗傷之釁。孟子之言不爲過。又況今欲改易更革，其勢非若孟子所爲之難也〔三三〕。臣故曰：慮之以謀，計之以數，爲之以漸，則其爲甚易也。

然先王之爲天下，不患人之不爲，而患人之不能；不患人之不能，而患己之不勉。何謂不患人之不爲，而患人之不能？人之情所願得者，善行、美名、尊爵、厚利也，而先王能操之以臨天下之士。天下之士，有能遵之以治者，則悉以其所願得者以與之。士不能則已矣，苟能，則孰肯舍其所願得而不自勉以爲才？故曰：不患人之不爲，患人之不能。何謂不患人之不能，而患己之不勉？先王之法，所以待人者盡矣，自非下愚不可移之才，未有不能赴者也。然而不謀之以至誠惻怛之心力行而先之，未有能以至誠惻怛之心力行而應之者也〔三三〕。故曰：不患人之不能，而患己之不勉。陛下誠有意乎成天下之才，則臣願陛下勉之而已。

臣又觀朝廷異時欲有所施爲變革，其始計利害未嘗熟也，顧有一流俗僥倖之人不悦而非之〔三四〕，則遂止而不敢〔三五〕。夫法度立，則人無獨蒙其幸者。故先王之政，雖足以利天下，而當其承弊壞之後，僥倖之時，其刱法立制，未嘗不艱難也。以其刱法立制，而天下僥倖之人亦順説以趨之，無有齟齬，則先王之法至今存而不廢矣。惟其刱法立制之艱難，而僥倖之人不肯順悦而趨之，故古之人欲有所爲，未嘗不先之以征誅，而後得其意。詩曰：「是伐是肆，是絶是忽，四方以無拂。」此言文王先征誅而後得意於天下也。夫先王欲立法度，以變衰壞之俗而成人之才，雖有征誅之難，猶忍而爲之，以爲不若是，不可以有爲也。及至孔子，以匹夫遊諸侯，所至則使其君臣捐所習，逆所順，强所劣，憧憧如也，卒困於排逐。然孔子亦終不爲之變，以爲不如是，不可以有爲。此其所守，蓋與文王同意。夫在上之聖人莫如文王，在下之聖人莫如孔子，而欲有所施爲變革，則其事蓋如此矣。今有天下之勢，居先王之位，刱立法制非有征誅之難也，雖有僥倖之人不悦而非之，固不勝天下順悅之人衆也。然而一有流俗僥倖不悅之言，則遂止而不敢爲者，惑也。陛下誠有意乎成天下之才，則臣又願斷之而已。

夫慮之以謀，計之以數，爲之以漸，而又勉之以成，斷之以果，然而猶不能成天下之才，則以臣所聞，蓋未有也。

然臣之所稱，流俗之所不講，而今之議者以謂迂闊而熟爛者也。竊觀近世士大夫所欲悉心力耳目以補助朝廷者有矣，彼其意，非一切利害，則以爲當世所不能行者〔三六〕。士大夫既以此希世，而朝廷所取於天下之士，亦不過如此。至於大倫大法，禮義之際，先王之所力學而守者，蓋不及也。一有及此，則群聚而笑之，以爲迂闊。今朝廷悉心於一切之利害，有司法令於刀筆之間，非一日也，然其效可觀矣，則夫所謂迂闊而熟爛者，惟陛下亦可以少留神而察之矣。昔唐太宗正觀之初，人人異論，如封德彝之徒，皆以爲非雜用秦漢之政，不足以爲天下。能思先王之事開太宗者，魏文正公一人爾〔三七〕。其所施設，雖未能盡當先王之意，抑其大略，可謂合矣。故能以數年之間，而天下幾致刑措，中國安寧，蠻夷順服，自三王以來，未有如此盛時也。唐太宗之初，天下之俗猶今之世也，魏文正公之言，固當時所謂迂闊而熟爛者也，然其效如此。賈誼曰：「今或言德教之不如法令，胡不引商周、秦漢以觀之？」然則唐太宗之事，亦足以觀矣。

臣幸以職事歸報陛下，不自知其駑下無以稱職，而敢及國家之大體者，以臣蒙陛下任使〔三八〕，而當歸報。竊謂在位之人才不足，而無以稱朝廷任使之意，而朝廷所以任使天下之士者，或非其理，而士不得盡其才，此亦臣使事之所及，而陛下之所宜先聞者也。釋此一言，而毛舉利害之一二，以汚陛下之聰明，而終無補於世，則非臣所以事陛下惓惓之義也。伏惟陛下詳思而擇其中，天下幸甚！

〔一〕龍舒本題作「上皇帝萬言書」。
〔二〕「欲」，遞修本在「有」字下。
〔三〕「之」，龍舒本作「人」。
〔四〕「士」上，龍舒本有「學」字。
〔五〕「則」，龍舒本作「而」。
〔六〕「書」，龍舒本作「出」。
〔七〕「萬」，龍舒本作「百」。
〔八〕「非」，龍舒本作「在」。
〔九〕「近」上，龍舒本有「而」字。
〔一〇〕「帥」，龍舒本作「師」。

〔一一〕「事」，遞修本作「用」。

〔一二〕「人」上，龍舒本有「苟」字。

〔一三〕「道」下，底本原有「故」字。遞修本黄校曰：「宋刊本無『故』字。」

〔一四〕「亦」，龍舒本、遞修本作「不」。

〔一五〕「出」，原作「當」，遞修本黄校曰：「『當』字宋刊『出』，明刊『當』。」龍舒本「出」字上有「當」字。

〔一六〕「婚」，原作「親」，據龍舒本、遞修本改。黄校曰：「『婚』宋刊，明刊作『親』。」

〔一七〕「人」，光啓堂本、聽香館本作「各」。「己」，龍舒本作「其」。

〔一八〕「以」，龍舒本作「亦」。

〔一九〕「尤」，龍舒本作「先」。

〔二〇〕「玩」，龍舒本作「滋」。

〔二一〕「而」，龍舒本作「然」。

〔二二〕「物」，龍舒本作「府」。

〔二三〕「世」，龍舒本、遞修本作「古」。

〔二四〕「之」，龍舒本作「人」。

〔二五〕「者」，龍舒本作「皆」，屬下。

〔二六〕「法」下，龍舒本有「約」字。

〔二七〕「使」，原闕，今據龍舒本補。

〔二八〕「事」，龍舒本作「上」。

〔二九〕「敗」下，龍舒本有「亂」字。

〔三〇〕「萬」，疑爲「方」之訛。後漢書卷一百一皇甫嵩傳：「遂置三十六方，方猶將軍號也。大方萬餘人，小方六七千，各立渠帥。」然續資治通鑑長編卷二百三十載熙寧五年二月甲寅王安石曰：「張角三十六萬，同日而而起。」

〔三一〕「封」，龍舒本作「分」。

〔三二〕「若」，遞修本作「爲」。

〔三三〕「然而」至「應之者」，龍舒本作「然而不謀之以至誠惻怛之心亦未有能力行而應之者」。

〔三四〕「有一」，龍舒本作「一有」。

〔三五〕「敢」下，龍舒本有「爲」字。

〔三六〕「不」，原闕，今據龍舒本補。

〔三七〕「文正公」，龍舒本作「鄭公」，下同。「一」原作「二」，據龍舒本、遞修本改。

〔三八〕「以」上，龍舒本有「誠」字。

## 上時政疏〔一〕

年月日，具位臣某昧死再拜上疏尊號皇帝陛下：臣竊觀自古人主享國日久，無至誠惻怛憂天下之心，雖無暴政虐刑加於百姓，而天下未嘗不亂〔二〕。自秦已下，享國日久者，有晉之武帝、梁之武帝、唐之明皇。此三帝者，皆聰明智略有功之主也〔三〕。享國日久，內外無患，因循苟且，無至誠惻怛憂天下之心，趨過目前，而不爲久遠之計。自以禍災可以無及其身，往往身遇災禍，而悔無所及。雖或僅得身免，而宗廟固已毀辱，而妻子固以困窮〔四〕，天下之民固以膏血塗草野，而生者不能自脱於困餓劫束之患矣。夫爲人子孫，使其宗廟毀辱，爲人父母，使其比屋死亡，此豈仁孝之主所宜忍者乎？然而晉、梁、唐之三帝，以晏然致此者，自以爲其禍災可以不至於此，而不自知忽然已至也。

蓋夫天下至大器也，非大明法度不足以維持，非衆建賢才不足以保守。苟無至誠惻怛憂天下之心，則不能詢考賢才，講求法度。賢才不用，法度不脩，偷假歲月，則幸或可以無他，曠日持久，則未嘗不終於大亂。

伏惟皇帝陛下有恭儉之德，有聰明睿智之才，有仁民愛物之意。然享國日久矣，此誠當惻怛憂天下，而以晉、梁、唐三帝爲戒之時。以臣所見，方今朝廷之位未可謂能得賢才，政事所施未可謂能合法度。官亂於上，民貧於下，風俗日以薄，財力日以困窮，而陛下高居深拱，未嘗有詢考講求之意。此臣所以竊爲陛下計而不能無慨然者也。

夫因循苟且，逸豫而無爲，可以徼倖一時，而不可以曠日持久。晉、梁、唐三帝者，不知慮此，故災沴禍變生於一時，則雖欲復詢考講求以自救，而已無所及矣！以古準今，則天下安危治亂，尚可以有爲；有爲之時，莫急於今日。過今日，則臣恐亦有無所及之悔矣！然則以至誠詢考而衆建賢才，以至誠講求而大明法度，陛下今日其可以不汲汲乎！書曰：「若藥不瞑眩，厥疾弗瘳。」臣願陛下以終身之狼疾爲憂，而不以一日之瞑眩爲苦。

臣既蒙陛下採擢，使備從官，朝廷治亂安危，臣實預其榮辱。此臣所以不敢避進越之罪，而忘盡規之義。伏惟陛下深思臣言，以自警戒，則天下幸甚。

〔一〕「疏」，龍舒本作「書」。

〔二〕「天下」，原作「天主」，據龍舒本、遞修本、嘉靖五年本改。

〔三〕「主」，原作「下」，據龍舒本、遞修本、嘉靖五年本改。

〔四〕「困窮」，原作「固窮」，涉上文而訛，據龍舒本、遞修本、嘉靖五年本改。

## 進戒疏

熙寧二年五月十一日，朝散大夫、右諫議大夫、參知政事、護軍、賜紫金魚袋臣某昧死再拜上疏皇帝陛下：臣竊以爲陛下既終亮陰，考之於經，則群臣進戒之時，而臣待罪近司，職當先事有言者也。竊聞孔子論爲邦，先放鄭聲，而後曰遠佞人。仲虺稱湯之德，先不邇聲色，不殖貨利，而後曰用人惟己。蓋以謂不淫耳目於聲色玩好之物，然後能精於用志；能精於用志，然後能明於見理；能明於見理，然後能知人；能知人，然後佞人可得而遠，忠臣良士與有道之君子類進於時，有以自竭，則法度之行，風俗之成，甚易也。若夫人主雖有過人之材，而不能早自戒於耳目之欲，至於過差，以亂其心之所思，則用志不精；用志不精，則見理不明，見理不明，則邪説詖行必窺間乘殆而作，則其至於危亂也豈難哉！

伏惟陛下即位以來，未有聲色玩好之過聞於外。然孔子聖人之盛，尚自以爲七十而後敢縱心所欲也。今陛下以鼎盛之春秋，而享天下之大奉，所以惑移耳目者〔一〕，爲不少矣。則臣之所豫慮，而陛下之所深戒，宜在於此。天之生聖人之材甚吝，而人之值聖人之時甚難。天既以聖人之材付陛下，則人亦將望聖人之澤於此時。伏惟陛下自愛以成德，而自强以赴功，使後世不失聖人之名，而天下皆蒙陛下之澤，則豈非可願之事哉？臣愚不勝惓惓，唯陛下恕其狂妄，而幸賜省察。

〔一〕「移」，遞修本、光啓堂本、聽香館本作「於」。

# 王安石文集卷第四十

## 奏狀

### 乞免就試狀

准中書劄子，奉聖旨，依前降指揮發來赴闕就試者。伏念臣祖母年老，先臣未葬，二妹當嫁〔一〕，家貧口衆，難住京師。比嘗以此自陳，乞不就試。慢廢朝命，尚宜有罪，幸蒙寬赦，即賜聽許。不圖逐事之臣，更以臣爲恬退。令臣無葬嫁奉養之急〔二〕，而逡巡辭避，不敢當清要之選，雖曰恬退可也。今特以營私家之急，擇利害而行，謂之恬退，非臣本意。兼臣罷縣守闕，及今二年有餘，老幼未嘗寧宇，方欲就任，即令赴闕，實於私計有妨。伏望聖慈察臣本意止是營私，特寢召試指揮，且令終滿外任，一面發赴本任去訖。

〔一〕「二妹」，原作「弟妹」。按，下篇辭集賢校理狀曰：「臣以先臣未葬，二妹當嫁，家貧口衆，難住京師」。則「弟妹」當爲「二妹」之訛。

〔二〕「令」，原作「今」，涉下文而訛，據龍舒本、聽香館本改。

## 辭集賢校理狀四

右臣今月二十二日准中書差人賫到敕牒一道，除臣集賢校理。聞命震怖，不知所以。伏念臣頃者再蒙聖恩召試，臣以先臣未葬，二妹當嫁，家貧口衆，難住京師，乞且終滿外任。比蒙矜允，獲畢所圖。而門衰祚薄，祖母、二兄、一嫂，相繼喪亡，奉養昏嫁葬送之窘，比於向時爲甚。所以今兹纔至闕下，即乞除一在外差遣，不願就試。以臣疵賤，謬蒙拔擢，至於館閣之選，豈非素願所榮？然而不願就試，正以舊制入館則當供職一年，臣方甚貧，勢不可處。此臣所以不敢避干紊朝廷之罪〔一〕，而苟欲就其營養之私。不圖朝廷不加考試，有此除授。臣若避犯命之罰，受而不能自列，則是臣前所乞爲以私養要君，而誤陛下以無名加寵也。又聞朝廷特與推恩，不候一年，即與在外差遣。且一年供職，乃是朝廷舊制，臣以何名敢當此恩，而累朝廷隳廢久行公共之法？又見新制，近臣薦舉官吏，非條詔指揮，不得用例施行。令出已來，未能十日。今臣有此除授，乃因近臣薦舉，不加考試，又非條詔指揮。臣雖不肖，獨何敢冒過分之寵，而以身爲廢法之首乎？伏望聖慈察臣本意，從臣私欲，追還所授，特與除一在外合入差遣，則使公義不虧於上，私行不失於下，臣不任激切祈恩待報之至。所有敕牒，臣不敢受，謹具狀奏聞。

二

右臣三月二十二日准中書差人賫到敕牒一道，除臣集賢校理。臣以分不當得，已具狀陳列，乞追還所授。今月五日，又准中書差人賫到敕牒，令臣受職，不得辭免。臣以微賤，誤蒙采拔，非臣隕首足以報稱。然分有所不敢受，名有所不敢居，寧以慁上得罪，終不敢冒恩苟止。何則？臣以擇利辭試，而朝廷因與免試推恩，是臣以辭試上要朝廷，而朝廷果以恩澤副之也，不獨傷臣私義，固以上累國體。此臣所以惓惓至於再三，而終不敢止。且勸沮之方，失不在大。如臣心實擇利，而迹有辭讓之嫌，以故朝廷特有優假，臣恐進趨之士有以窺度聖世，將或立小異以近名，託虚名以邀利，浸成弊俗，非復法令所能禁止。此亦朝廷所宜慎惜，不當遂已成之命而難於追改也。竊見近臣比有辭讓官職，皆義所當得，而特以禮辭讓，朝廷固宜必使受之而不聽。如臣卑賤，今所陳列，直以分不當得，非敢以爲讓也。伏望聖慈聽臣所守，特與追還所授。臣區區之誠，期於得請而後敢已。所有敕牒，臣不敢受。

三

右臣三月二十二日准中書差人賫到敕牒一道，除臣集賢校理。臣以分不當得，已再具狀奏聞，乞追還所授。今月九日，又准中書差人賫到敕牒，令臣不得辭免。是臣區區之意，終未蒙朝廷省察。臣於他官，苟可以得，則或悉力以求之，唯恐利之不多，而勢之不便，非能有所辭讓也。至於私養之不給，則苟求冒取，亦無所不至。今朝廷特除以爲校理，則再三干紊朝廷，終不敢受者〔二〕，誠以要君罔上之罪大，故寧以他得罪，而於此不敢順命苟止也。所謂要君者，臣前狀已言之矣。所謂罔上者，朝廷除校理，必先考試，今獨推恩異於尋常。朝廷不以臣爲小有異能，則必以臣爲小有異行，臣無其實而敢冒此恩，此乃所謂罔上也。且臣蒙恩與試久矣，臣非敢終辭也，特以勢未便爾。若朝廷且從臣欲，使臣他日之力足以供職京師，而無乏養之憂，則臣自當援恩求試，豈敢上煩朝廷敦迫，何必遽加特恩，使朝廷爲苟舉，而臣爲苟得者乎？臣聞之古人曰：「明主可以理奪。」又曰：「匹夫不可奪志。」臣敢守此語，以至於再三。伏乞聖慈特賜矜允。煩冒天威，臣無任祈恩待報惶恐迫切之至。

四

右臣蒙恩除集賢校理，以分不當得，已累曾具狀奏聞，乞追還所授。今月二十四日，准中書劄子，奉聖旨更不許辭讓。臣以小官，非敢以禮爲讓也，直以分不當得，理當自言。

蓋聞當得而讓，則上有所不得聽；不當得而授，則下有所不敢承。不聽不爲迫下，不承不爲慢上，以其義也〔三〕。臣誠不肖，然區區之私具狀四奏者，竊以爲匹夫之志，有近於義，是以仰迫恩威，至於再三，終不敢受。伏望聖慈俯察臣愚，特與追還所授。臣無任。

〔一〕「干紊」，原作「干謦」，今據龍舒本、遞修本、嘉靖五年本改。按，辭集賢校理狀三亦曰「再三干紊朝廷」。
〔二〕「終」上，龍舒本有「而」字。
〔三〕「其」下，龍舒本有「有」字。

## 辭同修起居注狀七

臣蒙恩差臣同修起居注者。聖恩深厚，非臣隕首所能報稱。然臣去年始蒙恩特除直集賢院，當是時，臣黽勉不敢久違恩指〔一〕。至今就職纔及數月，又蒙恩有此除授。臣竊觀朝廷用人，皆以資序。臣入館最爲日淺，而材何以異人，終不敢貪冒寵榮，以干朝廷公論。伏望聖慈察臣誠心，非敢飾讓，特賜追還所授。

二

臣昨進狀乞追還所授同修起居注敕，准中書劄子，奉聖旨不許辭讓，便令受敕供職。

伏念臣前奏所陳，實繫朝廷用人之體，今特於臣私〔二〕，義有所不安。伏望聖慈檢會臣前奏，特賜追還所授。

三

臣昨進狀乞追還所授同修起居注敕，准中書劄子，奉聖旨不許辭讓，便令受敕供職。疏遠小臣，上煩朝廷敦奬如此，而區區所陳終不敢止者，誠以謂進在臣先，而才行當蒙選擢〔三〕，則與之宜有先後。臣入館資序最爲在後，而獨先被選，竊以爲非朝廷用人之體，此臣所以不敢也〔四〕。念臣異時得以叙進，臣雖不肖，豈敢復辭？且臣已緣辭避職事而不爲朝廷所察〔五〕，今若又迫於敦喻，黽勉供職，則是臣每飾辭讓之虚文，以玩黷朝廷。人雖不以爲言，臣亦何顔以立於世？蓋以臣事君〔六〕，苟心知其甚不可，則寧得罪而有不從。況臣幸在聖人至仁隆寬盡下之時，謹分守以辭其所不當得之寵榮，必無方命之罰。則朝廷之命，雖欲必行而不改；臣之愚心，亦將固守而不移。伏望聖慈察臣如此，早賜追還所授。

四

臣累進狀乞免同修起居注，又准中書劄子，奉聖旨不許辭讓，便令受敕供職。卑賤之臣，屢煩聖恩敦喻，誠惶誠恐，不知所措。然臣聞人無信不立。臣事君以忠，忠者不飾行以徼榮，信者不食言以從利。臣固嘗曰：「朝廷之命，雖欲必行而不改；臣之愚心，亦將固守而不移。」若臣既有此言，而終於託不得已以饕寵授，則是臣飾行食言〔七〕，而實無自守之義，非所以稱朝廷獎遇之意，而明區區避讓之本心。寧以違命受譴，終不敢身爲浮僞之首，以傷聖時忠實之化。伏望聖慈早賜追還所授。

## 五

臣進狀乞免同修起居注，准中書劄子，奉聖旨依累降指揮，更不得辭讓，便令受敕供職。聖恩所以加臣者如此，非臣陷胸隕首所能報稱。然臣愚不肖，不知朝廷必欲度越衆人而加臣以此者何也？爲其賢於人也，固有廉讓忠信之實也。度越衆人而貪其所不當得，非所以爲廉讓；知其不當得而辭於上，以爲朝廷之命雖欲必行而不改，臣之愚心亦將固守而不移，然終於託不得已以私其寵利，非所以爲忠信。無廉讓，無忠信，然而朝廷必欲度越衆人而加之以其所不當得之職事，臣恐執政大臣必受比周朋黨之嫌，陛下必獲不察蔽欺之謗，臣亦不得自託於忠廉之行。而居下姦利之人，窺朝廷之間，争飾僞讓，以徼一時之幸，而有傷忠厚之俗。其事如此，在朝廷不可以不深思而聽臣之辭〔八〕，臣亦不可以不固守而違朝廷之命。誠願陛下日月之明，察臣今日之請。辭窮理極，非如向時避讓職事〔九〕，猶在可冒之地。雖由此得罪，必不敢以身爲亂俗之首。伏乞斷自聖心，無牽於左右大臣之過論，特賜追還所授。

## 六

臣累進狀乞免同修起居注，奉聖旨不許進狀辭讓者。聖恩深厚，一至于此，臣誠惶誠恐，震怖不知所出。竊觀朝廷近日辭讓職事，未嘗有蒙聽許者，而臣又嘗辭讓職事，而不爲朝廷聽許矣。今復守辭讓之説，以請於朝廷，固宜聖恩不即聽許。然臣已習見朝廷未嘗許人辭讓職事，而猶惓惓自陳所守，不避僞讓之嫌，誠以螻蟻微誠，自誓終不敢受，冀蒙天聰終初省察而已。今若迫於恩指，遂叨寵利，則人雖不以爲言，臣實無顔以處。使臣負僞讓之謗，則朝廷豈免濫恩之譏？臣雖不肖，義實不敢安此。且方今之所患而務絶者，方在於進取，而不在於辭讓；方在於欺罔，而不在於忠信。臣若託不得已終叨寵利，不顧其已出之言，則是去辭讓而引進取，毁忠信而爲姦罔。朝廷本欲拔取人才，而所得者乃有去辭讓毁忠信之嫌，恐非所以示天下而厲士大夫之操也。此臣所以不敢避方命之罰，而守其區區之説，誠不敢以身累國，非特欲全其私義而已也。伏望聖慈即賜聽許，令朝廷不失所授之宜，臣亦不失所守之信。

## 七

臣昨進狀乞免同修起居注，准中書劄子，奉聖旨朝廷已行擢用，依累降指揮不得違避者。孤賤之臣，行能淺薄，當朝廷清明收用賢俊之時，幸得著位外庭，豈非榮顯？況又蒙拔擢，備任清要，丁寧奬勵，使必就官。此雖隕首刳心，自知無以報稱。然臣所以不敢受命，而猶守其區區之説者，誠以資在臣前尚有未蒙選者。臣若苟見寵利之可得，而忘避讓之義，苟知避讓而不能固其所守，非朝廷所以拔擢臣之意，又非臣所以報稱朝廷之心。且詘已行之命以伸自守之志者，朝廷之令名；食言喪志，以順命爲悦饕寵利者，臣之醜行。今朝廷重得令名，而使臣輕爲醜行，此臣之所不諭也。臣幸蒙任使，備官三司，列職儒館，若朝廷以爲可任，異時以次升擢，於分不爲進越，則臣雖不肖，其亦何説之敢辭！誠望聖慈哀臣懇迫，檢會臣前後所奏，察其理有可言，特賜追還所授。

〔一〕「臣」下，龍舒本有「已」字。

〔二〕「令」，龍舒本作「非」，全句應斷爲「非特於臣私義」，義長。

〔三〕「擢」下，龍舒本有「而與之」三字。

〔四〕「敢」下，龍舒本有「受」字。
〔五〕「緣」，龍舒本作「嘗」。
〔六〕「以」，龍舒本作「人」。
〔七〕「行」，龍舒本作「僞」。
〔八〕「在」，龍舒本作「矧」。
〔九〕「避」，光啓堂本、聽香館本作「辭」。

## 再辭同修起居注狀五

右臣今月二十六日准敕差臣同修起居注。伏念臣行能無異衆人，入館最爲日淺，向叨選擢，嘗已固辭，幸蒙聖恩，方賜聽許。今同館之士，才能資序出臣右者尚多，而又蒙誤恩，有此除授，在臣理分，固不敢當。兼臣久住京師，親老口衆，而自春至今，疾病相仍，醫藥百端，未得平愈，近已進狀乞一知州軍差遣。伏望聖慈察臣誠懇，特賜追還所授，除一知州軍差遣，使臣無進越冒榮之罪，而得紓私養之急。所有同修起居注敕牒，臣不敢受。謹具狀奏聞，伏候敕旨。

二

右臣進狀乞免同修起居注，准中書劄子，奉聖旨不許辭讓，便令受敕。臣愚不肖，幸當朝廷拔擢賢儁之時，獨蒙不次之選，豈不榮哉！然臣入館最爲日淺，而行能無異衆人，故不敢度越衆人以饕寵利。向時守此説以辭朝廷之命，至於八九，而聖恩不以臣言爲不信，幸賜聽許。今纔數月，同館之士資序在臣右而行能足充此選者尚多，遽蒙聖恩，有此除授，令臣今而可受，則向之辭命至於八九者，果何心也？昔鄭以伯石爲卿，則辭，太史退，則又使之命己，命己則又辭焉，三辭而後受策，於是子産始惡其爲人。夫子産所以惡之者，不以其飾辭讓而無忠實之志乎？臣之蒙恩，雖出於無求，然始則託辭讓之名，以煩慁朝廷，終則徼一日之利，以忘前言之信，推事考情，亦何以異於伯石？臣誠固陋，終不敢奸子産之所惡，以上昭聖時任人之失。且朝廷必以臣粗習文藝，而忠信可使，則臣固嘗曰：「異時循次選用，則臣不敢辭。」伏望聖恩察臣誠懇，特賜追還所授，除臣一知州、軍差遣，使臣得遂前言之信，而又有以紓親養之急。臣不任祈恩待報之至。

三

右臣近進狀乞免同修起居注，准中書劄子，奉聖旨令依前後指揮，不許辭免，便令受敕者。聖恩加臣無窮，臣愚固守無已，臣誠惶恐震怖，不知所爲。然臣義有所不敢爲，故不敢冒恩而苟止。伏念臣以資序在臣右而行能宜蒙此選者尚多，故嘗自列至於八九，幸蒙聖恩聽察，而所除始祖無擇一人。若臣今遂冒居，則是謂在臣右者已無可選。臣以應舉入仕，磨勘遷官，本圖宦達，非敢苟爲高抗。至於恩踰理分，度越衆人，官謗所歸，臣亦不敢苟得，以忘前言之信。兼臣自春至今，疾病相仍，加以氣衰，舊學幾廢，親老口衆，久住京師，近嘗進狀，乞一閑慢州軍差遣。伏見近例，見任修起居注以便親求罷出補外官，嘗蒙朝廷聽許。蓋當聖時，務以仁恕優容臣下，則以便親而求外補，朝廷之所宜從〔一〕。伏望聖慈哀臣懇迫，特賜追還所授，除臣一知州、軍差遣，以便私養，且令臣無進越冒榮之罪。所有同修起居注敕牒，臣不敢受，臣不任祈恩待報激切之至。

四

右臣近進狀乞免同修起居注，准中書劄子，奉聖旨令依累降指揮便受敕，更不得辭免者。臣之懇懇，已具前奏，螻蟻微誠，未能上動聖聽，臣誠惶怖，不知所爲。然臣愚不肖，以謂朝廷革因循之弊，以不次官人，當得異能之士，然後允衆人之望，而因循之弊可以遂除。臣治身則行能不備，居官則職業無稱，雖知好學，而所得未可以施於實用。故嚮蒙選擢，即自以行能無異衆人，而不敢度越衆人受職，幸蒙聽許。纔及數月，即欲度越衆人，言行本末不相顧如此，豈稱朝廷選擢之意？雖令言者不以是爲臣罪，臣實無顔以處。伏望聖慈察臣累奏，情理備盡，特賜追還所授。臣不任祈恩待報激切之至。

五

右臣近進狀乞免同修起居注，准中書劄子，奉聖旨依前降指揮便受敕供職。臣之區區，辭説已窮，然不敢避逋慢之罪而苟止者，非特欲守前言之信，亦不敢上累朝廷。蓋臣有冒榮失守之罪，則朝廷亦有選授失人之謗，因啓天下好利之士僞讓以要君，則甚傷聖時風俗，此臣之所大懼也。若聖恩幸聽臣言，使臣得安理分，則臣爲不失所守。臣能不失所守，則朝廷不失所選矣。朝廷不失所選，而又隆寬廣裕以曲盡臣志，謂宜無傷，而適足以感厲天下之士。且朝廷以臣粗涉藝文，忠信可使，不復責其行能之備，必欲擢置從官，則臣固嘗曰：「臣已備官三司，列職儒館，若終免於罪戾，則循次受選，自不爲遲。」當朝廷清明，拔用賢儁有志之士，孰不幸願寵榮？如臣之愚，豈獨異於衆人？誠以不敢度越衆人，故嘗自列至於八九。朝廷隆寬盡下，已嘗幸聽臣言。曾未數月，臣即不復自顧前言之信，若今言者謂臣要君以僞，臣誠無辭可以自明。伏望聖慈察臣所守如此，臣誓堅死節，上報聖知。臣不任祈恩待報之至。

〔一〕「朝」上，龍舒本有「意」字。

## 辭赴闕狀三治平二年十月二十七日。〔一〕

右臣准中書劄子，伏奉聖恩，以臣喪服既除，特授故官，召令赴闕。罪逆餘生，尚蒙齒録，非臣隕首所能報稱。理當即日奔走就塗，而臣抱病日久，未任跋涉，見服藥調理，乞候稍瘳，即時赴闕。謹具狀奏聞。

二

右臣伏准中書劄子，奉聖旨，令體認朝廷累降指揮，疾速發來赴闕。臣愚無狀，屢蒙聖恩逮及，自非抱疢不任職事，豈敢故爲逋慢？臣近已奏陳，乞一分司官於江寧府居住。伏望聖慈特賜矜許，所冀便於將理，終獲有瘳。則臣雖自知無補於聖時，猶當乞備官使，仰副朝廷眷録之意〔二〕。

三

右臣伏准中書劄子，奉聖旨，合依累降指揮〔三〕，發來赴闕。螻蟻微誠，不能感動，至煩朝廷恩旨屢降，臣實惶怖，不知所爲。伏念臣本以孤生，實無才用，誤蒙仁宗拔擢，備數從官。當大行皇帝亮陰之際，始以親喪解職，久尸榮禄，無補聖時。今陛下以仁孝之資，紹承聖緒〔四〕，臣於私養既無所及，唯當追先帝之遇，致身於陛下之時。若自度力用堪任職事，何敢逋慢朝廷詔令，至於經涉歲時？緣臣自春以來，抱疢有加，心力稍有所營，即所苦滋劇〔五〕，所以昧冒奏陳，乞且分司，實冀稍可支持，即乞復備官使。天聽高邈，未蒙矜允，雖欲扶伏奔走闕庭，而力與願違，不能自强。伏望聖慈察臣懇迫，令檢會臣累奏，特賜指揮。臣無任瞻天屏營激切之至。

〔一〕「十」，原作「七」。按，仁宗嘉祐八年（一〇六三）八月王安石丁母憂，二十七月後服除，故「七」當爲「十」之訛。
〔二〕「仰」，龍舒本作「使」。
〔三〕「合」，龍舒本作「令」。
〔四〕「紹」，龍舒本、遞修本作「纘」。
〔五〕「即」，龍舒本作「則」。

## 辭知江寧府狀

右臣今月十九日進奏院遞到敕牒〔一〕，蒙恩差知江寧軍府事。犬馬之疢，自隔清光；

天地之恩，曲垂眷恤。以臣丘墓所在，就付兵民之權，非臣肝膽塗地，所能報稱萬一。然臣所抱疾病，迄今無損，若輒冒恩黽勉，典領當路大藩〔二〕，恐力用無以上副朝廷寄任，伏望陛下察臣如此。儻以臣逮侍先帝，未許分司，則乞除臣一留臺宫觀差遣，冀便將理，終獲有瘳，誓當捐軀，少報聖德。所有敕牒，臣未敢祇受，已送江寧府收管。謹具狀奏聞。

〔一〕「十」，龍舒本、遞修本作「初」。

〔二〕「典領當路」，原作「典當領路」，今據龍舒本、遞修本、嘉靖五年本乙。典領，主管。當路，謂要津。

## 舉陳樞充錢穀職司狀

前件官明敏方直，有政事之材。臣奉使江東時，樞爲旌德縣令，聽訟鞫獄，尤爲精明，隨所施設，皆有方略。

## 舉錢公輔自代狀

伏覩尚書兵部員外郎、知制誥錢公輔，忠信篤實，富於文學，職事所及，不爲苟且。以臣鄙薄，實爲不如。寘之禁林，必有補助。今舉自代。

## 舉吕公著自代狀

具某官吕公著，沖深而能謀，寬博而有制。其器可以大受，而退然似不能言，故衆人知之有所不盡。如蒙選用，得試其才，必有績效，不孤聖世。臣實不如，今舉自代。

## 舉謝卿材充升擢任使狀

前件官公廉自守，曉達民事，嘗知撫州臨川縣，縣人至今稱説，以爲良吏。督率百姓，修復陂防，所溉頃畝甚多，水旱皆蒙其利。若朝廷興修功利，或選人才典領劇郡，皆可任使。

## 舉屯田員外郎劉彝狀

屯田員外郎、温州通判劉彝，聰明敏達，有濟務之材，堪充升擢繁難任使。

## 敕舉兵官未有人堪充狀

具位臣某，准今年六月二十三日宣，令臣同罪保舉大使臣堪充主兵官二員，限一月内具姓名聞奏，即不得舉見任兩府親戚并已係路分都監及知軍、州已上人數。右具如前。伏緣臣所職，不係路分都監及知州、軍大使臣，即不見有堪充主兵官者。謹具狀奏聞，伏候敕旨。

## 舉渭州兵馬都監蓋傳等充邊上任使狀

具位臣某，准宣同罪保舉不拘路分有武勇謀略三班使臣二員〔一〕，不得舉見任兩府親戚者。右謹具如前〔二〕。臣伏覩東頭供奉官、權渭州兵馬都監、兼在城巡檢蓋傳，有智略，能訓治軍旅；東頭供奉官、江寧府龍安鎮巡檢王崇稷，有武勇，能擒捕盜賊。臣今保舉堪充邊上任使。如蒙朝廷擢用後，犯正入己贓，不如舉狀，臣甘當同罪。其人並不是臣親戚，亦無親戚見任兩府。謹具狀奏聞，伏候敕旨〔三〕。

〔一〕「使臣」，原作「度臣」，今據遞修本、嘉靖五年本改。

〔二〕「右」，原作「始」。遞修本黄校曰：「『始』，別宋本『右』」。據改。按，「右謹具如前」，奏狀套語，上文亦有曰「右具如前」等語。

〔三〕遞修本黄校曰：「此行『候』下，兩宋本俱不空白，明刊空白一字。」

# 舉古渭寨都監段充充兵官任使狀

具位臣某，准宣節文同罪保舉大使臣堪充主兵官一員姓名聞奏，即不得舉見任兩府親戚并已係路分都監及知州、軍已上人數者。右謹具如前。臣伏覩内殿崇班、閤門祗候、秦州古渭寨都監段充，武勇才略可用，嘗以戰鬬有功，堪充主兵官任使。如蒙朝廷擢用後，不如所奏，及犯正入己贓，臣甘當同罪。其人與臣不是親戚，亦無親戚見任兩府，不係路分都監及知州、軍已上人資敘。所准宣命令舉兩人，今且保舉到段充一員，尚闕一員，見訪求别狀舉次。謹具狀奏聞，伏候敕旨。

# 王安石文集卷第四十一

## 劄子

### 擬上殿劄子〔一〕

臣蒙恩奉使，歸報陛下，敢因邊事之所及，冒言天下之事，伏惟陛下詳思而擇其中，天下幸甚。臣竊見陛下有恭儉之德，有聰明睿智之才，有仁民愛物之意，顧内不能無以社稷爲憂，外則不能無患於夷狄〔二〕，天下之才力日以窮困，而風俗日以衰壞，四方有智之士，惘惘然常恐天下之不久安，此其故何也？患在無法度故也。今朝廷法嚴令具，無所不有，而臣以謂無法度者，方今之法度多不合於先王之法度故也。孟子曰：「有仁心仁聞而人不被其澤者，爲政不法先王之道故也。」非此之謂乎？

以今之時方先王之時，遠矣。所遭之時、所遇之變不同，而欲一二修先王之政，雖甚愚者猶知其難也。而臣以謂當今之失，患在不法先王之政者，以謂當法其意而已。夫五帝、三王相去蓋千有餘歲，一治一亂，盛衰之時具矣。其所遭之變、所遇之勢不同，其施設之方亦皆殊，而其爲國家之意，本末先後，未嘗不同也。臣故曰：當法其意而已。法其意，則吾所改易更革，不至乎傾駭天下之耳目，囂天下之口，而固已合乎先王之政矣。

雖然，以方今之勢揆之，陛下雖欲改易更革天下之事，合於先王之意，其勢未必能也。陛下有恭儉之德，有聰明睿知之才，有仁民愛物之意，則何爲而不成，何欲而不得？而臣固以謂雖欲改易更革天下之事，合於先王之意，其勢未必能者，何也？方今天下之吏才少故也。朝廷之人才，固嘗簡在陛下之聰明。以臣使事之所及，則一路數千里之間，能推行朝廷之法，知其所緩急，而一切能修其職事者甚少，而不才苟簡貪鄙之人至不可勝數。其能講先王之意以合當世之變者，蓋闔郡之間往往而絶也。夫人才不足，則陛下雖欲改易更革天下之事，以合先王之意，大臣雖有能當陛下之意而領此者，九州之大，四海之遠，萬官之衆，孰能一二推行之，使人人蒙其施者乎？臣故曰：其勢未必能也。

然則方今之急，在乎人才而已。今之天下亦先王之天下，先王之時，人才嘗衆矣〔三〕，蓋其所以陶冶而成之者有道。所謂陶冶以成之者，詩書傳記之所載，其大略可見矣。陛下嘗試詳延大臣左右及天下智能才諝之士，使其論先王所以成天下之才者，其施設之方如何〔四〕？今之所以異於先王而人才不足者，其咎安在？其欲變而通之以合於先王之意而成天下之才，宜何施爲而可？陛下因擇其言之近於理者，使之相與上下反覆爲論焉，因取其宜於時者施焉，則人才宜衆矣。

夫成人之才甚不難。人所願得者尊爵厚禄，而所榮者善行，所耻者惡名也。今操利勢以臨天下之士，勸之以其所榮，而予之以其所願，則孰肯背而不爲者？特患不能爾。而吾所以責之者，又中人之所能爲，則不能者又少矣。夫成人之才甚不難，而自古往往不能成人之才，何也？以人主之才不足故也。蓋人主無恭儉之德，無聰明睿智之才，無仁民愛物之意，則嬖倖諂諛、姦罔蔽欺、殘賊放恣之人，皆得志於時，而推其類以亂天下，雖有良法，不能成天下之才矣。

今陛下有恭儉之德，有聰明睿智之才，有仁民愛物之意，而又因天下之所願以爲輔相者，公聽並觀，以進退天下之士，則所以成天下之才，特患無良法。而陛下推至誠惻怛之心以行之，則臣雖愚，固知人之才不難成也。人才既衆，則陛下何爲而不成，何欲而不得？夫然後改易更革天下之事，以合乎先王之意，甚易也。陛下不能如此，苟於積敝之末流，因不足任之才，而修不足爲之法，臣恐在事者日以勞，而士民愈以窮困污濫，而於天下國家愈其無補也〔五〕。臣幸以使事歸報，徒舉利害之一二，而無補於世，非臣之所以事陛下惓惓之義也。輒不自知其駑下，而敢言國家之大體，伏惟陛下詳擇其中，天下幸甚也。

〔一〕龍舒本題爲「擬上殿進劄子」。
〔二〕「外則」，龍舒本作「則外」。
〔三〕「才」，原作「材」。遞修本黄校曰：「『材』，明刊本同，宋本『才』。」
〔四〕「施設」，原作「設施」。遞修本黄校曰：「『設施』，明刊本同，宋刊本倒。」據改。
〔五〕「其」，光啓堂本、聽香館本作「甚」。

## 上五事劄子〔一〕

陛下即位五年〔二〕，更張改造者數千百事，而爲書具，爲法立，而爲利者何其多也。就其多而求其法最大、其效最晚、其議論最多者，五事也：一曰和戎，二曰青苗，三曰免役，四曰保甲，五曰市易。

今青唐、洮、河幅員三千餘里，舉戎羌之衆二十萬獻其地，因爲熟户，則和戎之策已效矣。昔之貧者舉息之於豪民，今之貧者舉息之於官，官薄其息，而民救其乏，則青苗之令已行矣。惟免役也、保甲也、市易也，此三者有大利害焉。得其人而行之，則爲大利，非其人而行之，則爲大害；緩而圖之，則爲大利，急而成之，則爲大害。傳曰：「事不師古，以克永世，匪説攸聞。」若三法者，可謂師古矣。然而知古之道，然後能行古之法，此臣所謂大利害者也。

蓋免役之法，出於周官所謂府、史、胥、徒〔三〕，王制所謂「庶人在官」者也。然而九州之民，貧富不均，風俗不齊，版籍之高下不足據。今一旦變之，則使之家至户到，均平如一，舉天下之役，人人用募，釋天下之農，歸於畎畝，苟不得其人而行，則五等必不平，而募役必不均矣。

保甲之法，起於三代丘甲，管仲用之齊，子產用之鄭，商君用之秦，仲長統言之漢，而非今日之立異也。然而天下之人鳧居鴈聚，散而之四方而無禁也者，數千百年矣。今一旦變之，使行什伍相維，鄰里相屬，察姦而顯諸仁，宿兵而藏諸用，苟不得其人而行之，則搔之以追呼，駭之以調發，而民心搖矣。

市易之法，起於周之司市、漢之平準。今以百萬緡之錢，權物價之輕重，以通商而貰之，令民以歲入數萬緡息。然甚知天下之貨賄未甚行，竊恐希功幸賞之人，速求成效於年歲之間，則吾法隳矣。臣故曰：三法者，得其人緩而謀之，則爲大利；非其人急而成之，則爲大害。故免役之法成，則農時不奪而民力均矣；保甲之法成，則寇亂息而威勢彊矣；市易之法成，則貨賄通流而國用饒矣〔四〕。

〔一〕龍舒本題作「上五事書」。
〔二〕「陛」上，龍舒本有「今」字。
〔三〕「周官」，原作「周宫」，據龍舒本、遞修本、嘉靖五年本改。周官，即周禮。
〔四〕「賄」，龍舒本作「賂」。

## 議入廟劄子

臣今日曾公亮傳聖旨，以臣寮上言郊祀不當入廟，令臣詳議。臣愚以爲制天下之事，當令本末終始相稱。今既奉先帝遺詔，外行以日易月之禮，又諸所以崇事祖宗，皆循本朝制度，獨於入廟則欲變先帝故事，而遠從三代之禮，臣恐於事之本末終始不爲相稱。必欲盡除近世之制度，一以三代爲法，則今陛下尚在諒陰之中，非可以制禮之時。且言者以爲喪三年不祭於廟，禮也。而今乃欲令公卿代告，此何禮也？臣竊以爲今之禮不合於三代者多矣，言者不以爲非，而專疑不當入廟者，蓋於所習見則安，於所罕見則怪，恐不足留聖聽也。臣學術淺陋，誤蒙訪逮，敢不盡愚？取進止。

## 言尊號劄子庚戌六月七日。

臣伏以陛下緝熙光明，如日之方升；布利施澤，如川之方至。號名於實，豈能有所增加？輒復卷卷，妄有陳請。徒以祖宗故事，適在此時，臣子之心，懷不能已。陛下受而不拒，足以俯順人心，臣獨不能無疑者，陛下以西垂之勞，方以過爲在己，遽膺徽册，似或未安。臣等以歸美爲忠，陛下以撝謙爲德，布之海内，誰曰不然？伏惟聖心，更賜詳酌。

## 論罷春燕劄子

臣竊以邊夷外畔，士卒内潰，吏民騷動，死傷接踵，恐非燕而用樂之時。且此月休假已多，又加兩日，即恐急奏或致留滯。臣愚謂宜罷燕，以副聖心仁惻，且又不妨應接機速公事。如蒙省察，乞賜中旨施行。

## 論館職劄子二

臣伏見今館職一除乃至十人〔一〕，此本所以儲公卿之材也。然陛下試求以爲講官，則必不知其誰可；試求以爲諫官，則必不知其誰可；試求以爲監司，則必不知其誰可。此患在於不親考試以實故也。孟子曰：「國人皆曰賢，然後察之，見賢焉，然後用之。」今所除館職，特一二大臣以爲賢而已〔二〕，非國人皆曰賢。國人皆曰賢，尚未可信用，必躬察見其可賢而後用。況於一二大臣以爲賢而已，何可遽信而用也？臣願陛下察舉衆人所謂材良而行美可以爲公卿者，召令三館祗候，雖已帶館職，亦可令兼祗候。事有當論議者，召至中書，或召至禁中，令具條奏是非利害及所當施設之方。及察其材可以備任使者〔三〕，有四方之事，則令往相視問察，而又或令參覆其所言是非利害〔四〕。其所言是非利害，雖不盡中義理可施用，然其於相視問察能詳盡而不爲蔽欺者，即皆可以備任使之才也。其有經術者，又令講説。如此至於數四，則材否略見，然後罷其否者，而召其材者，更親訪問以事。訪問以事，非一事而後可以知其人之實也，必至於期年，所訪一二十事，則其人之賢不肖審矣。然後隨其材之所宜任使，其尤材良行美可與謀者，雖嘗令備訪問可也。此與用一二大臣薦舉，不考試以實而加以職，固萬萬不侔。然此説在他時或難行，今陛下有堯舜之明，洞見天下之理，臣度無實之人不能蔽也，則推行此事甚易。既因考試可以出材實，又因訪問可以知事情。所謂敷納以言，明試以功，用人惟己，闢四門，明四目，達四聰者，蓋如此而已。以今在位乏人，上下壅隔之時，恐行此不宜在衆事之後也。

然巧言令色孔壬之人，能伺人主意所在而爲傾邪者，此堯舜之所畏，而孔子之所欲遠也。如此人當知而遠之，使不得親近。然如此人亦有數，陛下博訪於忠臣良士，知其人如此，則遠而弗見；誤而見之，以陛下之仁聖，以道揆之，以人參之，亦必知其如此，知其如此，則宜有所懲。如此，則巧言令色孔壬之徒消，而正論不蔽於上。今欲廣聞見，而使巧言令色孔壬之徒得志，乃所以自蔽。畏巧言令色孔壬之徒爲害，而一切疏遠群臣，亦所以自蔽。蓋人主之患在不窮理，不窮理則不足以知言，不知言則不足以知人，不知人則不能官人，不能官人則治道何從而興乎？陛下堯舜之主也，其所明見，秦漢以來欲治之主，未有能彷彿者，固非群臣所能窺望。然自堯舜、文武皆好問以窮理，擇人而官之以自助。其意以爲王者之職，在於論道，而不在於任事；在於擇人而官之，而不在於自用。願陛下以堯舜、文武爲法，則聖人之功必見於天下。至於有司叢脞之務，恐不足以棄日力、勞聖慮也。以方今所急爲在如此，敢不盡愚！

臣愚才薄，然蒙拔擢，使豫聞天下之事。聖旨宣諭富弼等，欲於講筵召對輔臣，討論時事。顧如臣者，材薄不足以望陛下之清光，然陛下及此言也，實天下幸甚！自備位政府，每得進見，所論皆有司叢脞之事。至於大體，粗有所及，則迫於日晷，已復旅退。而方今之事，非博論詳説，令所改更施設、本末先後、小大詳略之方，已熟於聖心，然後以次奉行，則治道終無由興起。然則如臣者非蒙陛下賜之從容，則所懷何能自竭？蓋自古大有爲之君，未有不始於憂勤而終於逸樂。今陛下仁聖之質，秦漢以來人主未有企及者也，於天下事又非不憂勤。然所操或非其要，所施或未得其方，則恐未能終於逸樂無爲而治也，則於博論詳説豈宜緩？然陛下欲賜之從容，使兩府並進，則論議者衆而不一，有所懷者或不得自竭。謂宜使中書、密院迭進，則人各得盡其所懷，而陛下聽覽亦不至於煩。陛下即以臣言爲可，乞明喻大臣，使各舉所知，無限人數，皆實封以聞。然後陛下推擇召置，以爲三館祇候。其不足取者，旋即罷去，則所置雖多，亦無所害也。

二

臣伏見某人云云，皆衆人所謂材良行美，宜蒙陛下訪問任使者。凡此九人，臣或熟聞而未識，或熟識而未敢任，或敢任其可以爲公卿。臣雖未識，然衆人之所謂賢，臣不敢蔽也。臣雖敢任其可以爲公卿，然陛下不親見其可賢，亦難遽信而用。若陛下以臣前所論奏爲合於義理，即乞悉置此九人者以爲三館祇候，親考試其材行，若不可用，旋即罷去。若其可用，然後留備訪問任使。如此則所置雖多，未有濫得官職者。然此但臣一人所聞所知，恐執政大臣各有所聞所知。陛下若令各舉所聞所知，而如此考試，庶幾人材無所遺逸。

經曰：「舉逸民，天下之民歸心焉。」善人君子者，天下之民心所願舉，欲其延問，視其所在而從之者也。陛下自即位已來，以在事之人或乏材能，故所拔用者，多士之有小材而無行義者。此等人得志則風俗壞，風俗壞則朝夕左右者皆懷利以事陛下，而不足以質朝廷之是非；使於四方者皆懷利以事陛下，而不可以知天下之利害。其弊已效見於前矣，恐不宜不察也。欲救此弊，亦在親近忠良而已〔五〕。伏惟陛下仁聖，已深察此理，臣愚猶敢及此者〔六〕，忠臣惓惓之義也。

〔一〕「乃」，遞修本作「方」。黄校曰：「『方』，宋明刊本『乃』。」
〔二〕「特」，遞修本作「將」，黄校曰：「『將』，宋明刊本『特』。」
〔三〕「材」，原作「才」，遞修本黄校曰：「『才』，宋刊『材』，明刊『才』。」
〔四〕「參覆」，遞修本作「各陳」。
〔五〕遞修本黄校曰：「『弊』下空白，宋刊同。明刊多『亦在』二字。」
〔六〕「敢」，遞修本作「欲」。

## 本朝百年無事劄子

臣前蒙陛下問及本朝所以享國百年，天下無事之故。臣以淺陋，誤承聖問，迫於日晷，不敢久留，語不及悉，遂辭而退。竊惟念聖問及此，天下之福，而臣遂無一言之獻，非近臣所以事君之義，故敢昧冒，而粗有所陳。

伏惟太祖躬上智獨見之明，而周知人物之情僞，指揮付託必盡其材，變置施設必當其務。故能駕馭將帥，訓齊士卒，外以扞夷狄，内以平中國。於是除苛賦，止虐刑，廢强横之藩鎮，誅貪殘之官吏，躬以簡儉爲天下先。其於出政發令之間，一以安利元元爲事。太宗承之以聰武，真宗守之以謙仁，以至仁宗、英宗，無有逸德。此所以享國百年而天下無事也。

仁宗在位，歷年最久，臣於時實備從官，施爲本末，臣所親見。嘗試爲陛下陳其一二，而陛下詳擇其可，亦足以申鑒於方今。伏惟仁宗之爲君也，仰畏天，俯畏人，寬仁恭儉，出於自然，而忠恕誠慤，終始如一。未嘗妄興一役，未嘗妄殺一人，斷獄務在生之，而特惡吏之殘擾。寧屈己棄財於夷狄，而終不忍加兵。刑平而公，賞重而信。納用諫官、御史，公聽並觀，而不蔽於偏至之讒。因任衆人耳目，拔舉疏遠，而隨之以相坐之法。蓋監司之吏，以至州縣，無敢暴虐殘酷，擅有調發，以傷百姓。自夏人順服，蠻夷遂無大變，邊人父子夫婦，得免於兵死，而中國之人安逸蕃息，以至今日者，未嘗妄興一役，未嘗妄殺一人，斷獄務在生之，而特惡吏之殘擾，寧屈己棄財於夷狄，而不忍加兵之效也。大臣貴戚、左右近習，莫敢强横犯法，其自重慎，或甚於閭巷之人，此刑平而公之效也。募天下驍雄横猾以爲兵，幾至百萬，非有良將以御之，而謀變者輒敗。聚天下財物，雖有文籍，委之府史，非有能吏以鈎考，而斷盗者輒發。凶年饑歲，流者填道，死者相枕，而寇攘者輒得，此賞重而信之效也。大臣貴戚、左右近習，莫能大擅威福，廣私貨賂，一有姦慝，隨輒上聞。貪邪横猾，雖間或見用，未嘗得久。此納用諫官、御史，公聽並觀，而不蔽於偏至之讒之效也。自縣令、京官以至監司、臺閣，陞擢之任，雖不皆得人，然一時之所謂才士，亦罕蔽塞而不見收舉者，此因任衆人之耳目，拔舉疏遠，而隨之以相坐之法之效也。升遐之日，天下號慟，如喪考妣，此寬仁恭儉出於自然，忠恕誠慤終始如一之效也。

然本朝累世因循末俗之弊，而無親友群臣之議。人君朝夕與處，不過宦官女子，出而視事，又不過有司之細故，未嘗如古大有爲之君，與學士大夫討論先王之法，以措之天下也。一切因任自然之理勢，而精神之運有所不加，名實之間有所不察。君子非不見貴，然小人亦得廁其間；正論非不見容，然邪説亦有時而用。以詩賦記誦求天下之士，而無學校養成之法；以科名資歷敍朝廷之位，而無官司課試之方。監司無檢察之人，守將非選擇之吏。轉徙之亟，既難於考績，而游談之衆，因得以亂真。交私養望者多得顯官，獨立營職者或見排沮。故上下偷惰取容而已，雖有能者在職，亦無以異於庸人。農民壞於繇役，而未嘗特見救恤，又不爲之設官，以修其水土之利。兵士雜於疲老，而未嘗申敕訓練，又不爲之擇將，而久其疆埸之權。宿衛則聚卒伍無賴之人，而未有以變五代姑息羈縻之俗。宗室則無教訓選舉之實，而未有以合先王親疏隆殺之宜。其於理財，大抵無法，故雖儉約而民不富，雖憂勤而國不强。賴非夷狄昌熾之時，又無堯湯水旱之變，故天下無事，過於百年。雖曰人事，亦天助也。蓋累聖相繼，仰畏天，俯畏人，寬仁恭儉，忠恕誠慤，此其所以獲天助也。

伏惟陛下躬上聖之質，承無窮之緒，知天助之不可常恃，知人事之不可怠終，則大有爲之時，正在今日。臣不敢輒廢將明之義，而苟逃諱忌之誅。伏惟陛下幸赦而留神，則天下之福也。取進止。

# 王安石文集卷第四十二

## 劄子

### 相度牧馬所舉薛向劄子〔一〕

臣等竊觀自古國馬盛衰，皆以所任得人失人而已。汧、渭之間，未嘗無牧，而非子獨能蕃息於周；河、隴之間，未嘗無牧，而張萬歲獨能蕃息於唐。此前世得人之明效也。使得人而不久其官，久其官而不使得專其事，使得專其事而不臨之以賞罰，亦不可以成功。今臣等相度陝西一路買馬監牧利害大綱，已具奏聞。伏見權陝西轉運副使薛向，精力强果，達於政事，河北便糴，陝西榷鹽，皆有已試之效，今來相度陝西馬事尤爲詳悉。臣等前奏已乞就委薛向提舉陝西買馬及監牧公事〔二〕，今欲乞降指揮，許令久任。

緣今來馬價，多出於解池鹽利，三司所支銀、紬、絹等，又許令於陝西轉運司兑換見錢。今薛向既掌解鹽，又領陝西財賦，則通融變轉，於事爲便。兼臣等訪問得薛向，陝西係官空地可以興置監牧處甚多，若將來稍成次第，即可以漸興置。蓋得西戎之馬，牧之於西方，不失其土性，一利也；因未嘗耕墾之地，無傷於民，二利也；因向之材，而就令經始，三利也。又河北有河防塘泊之患，而土多舃鹵不毛，戎馬所屯，地利不足。諸監牧多在此路，所占草地多是肥饒，而馬又不堪，未嘗大段孳息。若陝西興置監牧，漸成次第，即河北諸監有可存者，悉以陝西良馬易其惡種；有可廢者，悉以肥饒之地賦民。於地不足而馬所不宜之處〔三〕，以肥饒之地賦民，而收其課租，以助戎馬之費；於地有餘而馬所宜之處，以未嘗耕墾之地牧馬，而無傷於民。此又利之大者也。

如允臣等所奏，即乞薛向所奏舉官員及論改舊弊，朝廷一切應副，成功則無愛賞，敗事則無憚罰。如此，則臣等保任薛向必能上副朝廷改法之意。如將來敗事，臣等各甘同罪。取進止。

〔一〕本篇龍舒本不載。續資治通鑑長編卷一百九十二嘉祐五年八月庚辰録此篇，曰「相度牧馬利害所吴奎等上言」。

〔二〕「買」，光啓堂本、聽香館本作「貿」。

〔三〕「處」，原作「費」，今據聽香館本、續資治通鑑長編改。下句亦曰「於地有餘而馬所宜之處」。

# 論許舉留守令敕劄子

臣伏奉今月二十九日中書降到敕語：「諸州知州、知軍、知縣、縣令，内有清白不擾而政迹尤異實惠及民，有如係三周年或三十個月替，到任已及成資；係二周年替，到任已及一年已上，其知州、軍，許本路安撫、轉運使副、判官、提點刑獄，知縣、縣令即更與本處知州軍、通判，並連署同罪保舉再任。仍須於奏狀内將本官到任以來政迹可紀實狀，一一條列，奏委中書門下更加察訪。如不是妄舉，即進呈取旨，當議量所述政迹及合入資序，推恩許令再任。」令臣撰敕辭者。

臣竊以謂朝廷欲使守令之宜民者久於其官，誠亦方今政務之先急，然敕意有於方今事變尚未合者。今審官除知州、軍，皆待一年八月闕，知縣、縣令亦大抵待闕一年以上。今若使係三年及三十月替者，須候成資方得舉留再任，比及朝廷報許，即其人係三十月替者，已及替期；係三年替者，亦已去替期不遠。待闕之人，亦已赴任；雖未赴任，亦多已待闕一年。方復使之還就審官别求差遣，即於人情有所未安。兼朝廷欲使守令久於其官，爲其自知勢可以久，則果於有爲，而又上下相安，莫有苟且之意，則必候成資然後許之再任，孰若一年以上即皆許之舉留？如此，則已除待闕之人，免往返之勞弊；而被留之守令，又早自知其當久，而於興利除害敢有所爲。所有敕詞，臣雖已具草，如以臣議爲允，只乞於所降敕語内除去「如係三周年或三十個月替，到任已及成資，係二周年替」二十二字。取進止。

## 乞朝陵劄子

臣當仁宗皇帝、英宗皇帝遷坐之時，方以遭喪疾病在外。今蒙召還，復備從官。伏見朝廷將命官朝拜諸陵，臣欲備使，冀得少紓螻蟻區區感慕之情。伏望聖慈特賜矜許。取進止。

## 乞免修實録劄子

臣准閤門報敕，差臣與吴充同修英宗皇帝實録。竊緣臣於吴充爲正親家，慮有共事之嫌。今來實録院止闕吕公著一人，臣於討論綴緝，不如吴充精密。若止差吴充一人，以代公著，自足辦事。伏望聖恩詳酌指揮，所有敕牒，臣未敢受。取進止。

## 乞改科條制劄子〔一〕

伏以古之取士，皆本於學校，故道德一於上，而習俗成於下，其人材皆足以有爲於世。

自先王之澤竭，教養之法無所本，士雖有美材而無學校師友以成就之，議者之所患也。今欲追復古制以革其弊，則患於無漸〔二〕。宜先除去聲病對偶之文，使學者得以專意經義，以俟朝廷興建學校，然後講求三代所以教育選舉之法，施於天下，庶幾可復古矣。

所對明經科欲行廢罷，并諸科元額内解明經人數添解進士，及更俟一次科場，不許新應諸科人投下文字，漸令改習進士。仍於京東、陝西、河東、河北、京西五路先置學官，使之教導。於南省所添進士奏名，仍具别作一項，止取上件京東等五路應舉人并府、監、諸路曾應諸科改應進士人數。所貴合格者多，可以誘進諸科嚮習進士科業。如允所奏，乞降敕命施行。

〔一〕龍舒本題作「乞改科條制」。續資治通鑑長編卷二百二十熙寧四年（一〇七一）二月丁巳朔録此篇，曰「中書言」。

〔二〕「無」下，龍舒本有「其」字。

## 廟議劄子

准中書門下奏，准治平四年閏三月八日敕，遷僖祖廟主藏之夾室。臣等聞萬物本乎天，人本乎祖，故先王廟祀之制，有疏而無絶，有遠而無遺。商、周之王斷自稷、契以下者，非絶嚳以上遺之，以其自有本統承之故也。若夫尊卑之位、先後之序，則子孫雖齊聖有功，不得以加其祖考，天下萬世之通道也。

竊以本朝自僖祖以上世次，不可得而知，則僖祖有廟，與稷、契疑無以異。今毁其廟而藏其主夾室，替祖考之尊而下附於子孫，殆非所以順祖宗孝心事亡如事存之義。求之前載，雖或有然，考合於經，乃無成憲。因情制禮，實在聖時。

伏惟皇帝陛下仁孝聰明，紹天稽古，動容周旋，惟道之從。宗祀重事，所宜博考。乞以臣等所奏，付之兩制詳議，而擇取其當。

## 議服劄子

先王制服也〔一〕，順性命之理而爲之節。恩之深淺，義之遠近，禮之所與奪，刑之所生殺，皆於此乎權之。

傳曰：「三年之喪，未有知其所從來者也。」蓋期年及緦麻，緣是以爲衰，而其輕重遲速之制，非得與時變易。唯貴之於賤，或降或絶或否。蓋在先王之時，諸侯大夫各君其父兄，欲尊尊之義有所伸，則宜親親之恩有所屈，此其所以降絶之意也。自封建之法廢，諸侯大夫降絶之禮無所復施，士大夫無宗，其適孫傳重之屬，不可純用周制。臣愚以謂方今惟諸侯大夫降絶之禮可廢，而適子死，非傳爵者，無衆子，乃可於適孫承重。自餘喪服，當用周制而已。何則？先王制服，三年之喪以爲差，非得與時變易故也。然自秦漢以來，言禮者或失經旨，而歷代承用，傳守至今，與夫近世改制，亦皆有説，非以義折衷則不明，故臣於所欲定，則爲議以辯之。

末學寡陋，獨用己見決千歲以來之所惑，恐不能盡。伏乞以付學士大夫博議，令臣得與反復。

〔一〕「制」，光啓堂本、聽香館本作「議」。

## 議南郊三聖並侑劄子〔一〕

臣等聞推尊尊以享帝〔二〕，義之至；推親親以享親，仁之極。尊尊不可以瀆，故郊無二主；親親不可以僭，故廟止其先。今三后並配，欲以致孝也，而適所以瀆乎享帝；後宫有廟，欲以廣恩也，而適所以僭乎享親。推存事亡，則非所以寧親也。臣等今詳議，欲乞各如禮官所議。

〔一〕龍舒本題作「議南郊三聖並侑」。此文亦見於王珪華陽集卷四十五。按，續資治通鑑長編卷一百九十六嘉祐七年（一〇六二）正月乙亥録此篇，曰「翰林學士王珪等議曰」。宋史卷三百十二王珪傳曰：「先是，三聖並侑南郊，而温成廟享獻同太室。珪言：『三后並配，所以致孝也，而瀆乎饗帝；後宮有廟，所以廣恩也，而僭乎饗親。』於是專以太祖侑于郊，而改温成廟爲祠殿。」

〔二〕「推」，續資治通鑑長編卷一百九十六作「追」。

## 議郊祀壇制劄子〔一〕

先王所以交於神明，壇坎、牲幣、器服、時日、形色、度數莫不依其象類。易曰：「一陰一陽之謂道。」乾，陽物也；坤，陰物也。冬日至，祀天於地上之圓丘，所謂爲高必因丘陵，而因天事天也。夏日至，祭地於澤中之方丘，所謂爲下必因川澤，而因地事地也。蓋陽以圓爲形，其性動；陰以方爲體，其性静。天陽而動，故祀於地上之圓丘，而禮神以蒼璧，璧亦圓也。地陰而静，故祭於澤中之方丘，而禮神以黄琮，琮亦方也。合祀天地爲圓壇〔二〕，而於國陽之地上，豈聖人以類求神之意哉？熙寧郊儀：祭皇地示，壇八角，祭神州地示，壇廣四十八步，高五尺。今則變方爲圓壇，神州築方壇而復無坎，皆不應禮。伏請皇地示、神州地示爲方壇，壇之外爲坎，庶協古制〔三〕。

〔一〕龍舒本題作「郊祀壇制」。按，沈欽韓王荆公文集注卷二：「熙寧九年，荆公罷相，元豐之議（合祀天地），非其所關。此劄但論壇制，蓋亦荆公有以發之也。」然此劄中自「合祀天地」至「庶協古制」，亦見于續資治通鑑長編卷三百六元豐三年六月丙戌，乃詳定禮文所奏請，「詔改圜壇爲方丘，餘不行」。宋會要輯稿禮二一八亦載「七月二十五日，詔改北郊圜壇爲方丘」，乃「從詳定郊廟奉祀禮文所所請」。然則此劄當非荆公之作。

〔二〕「合祀天地爲圓壇」，龍舒本作「今祀地以爲圓壇」。

〔三〕「庶協古制」下，龍舒本有「右奉聖旨改圓壇爲方丘餘不行」十三字。

## 議郊廟太牢劄子〔一〕

謹按禮記王制：「祭宗廟之牛角握。」周禮小司徒：「凡小祭祀，奉牛牲。」又古者諸侯五廟〔二〕，礿、祠、烝、嘗，每廟一太牢。大夫三廟，有天子之大夫〔三〕，故曰「大夫用索牛」〔四〕。謂之索者，求得而用之，但不在滌而已。諸侯之祔祭用太牢〔五〕，吉祭則少牢。自諸侯與天子之大夫，時祭用牲如此，然則天子之祭用牛者可知矣〔六〕。唐郊祀并宗廟、社稷等祭悉用太牢〔七〕，其後稍易舊制。九廟時享，有攝事，共用一犢。國朝開寶初，冬至親郊，詔有司宗廟共用犢一，郊壇用犢三。又詔其常祀，惟昊天上帝用犢〔八〕，自餘大祀悉以羊豕代之〔九〕。嘉祐中，仁宗親祫，即每室用太牢〔一〇〕，自餘三年親祀〔一一〕，八室共用一犢，有司攝事，惟以羊豕。

記曰：「先王之制禮也，不可多也，不可寡也，唯其稱也。是故君子大牢而祭，謂之禮。」曰君子，謂大夫以上也。夫以天下奉其祖禰，而廟享牲牢用過乎儉，不可謂稱。今三年親祠而八室共用一犢，及祫享盛祭，有司攝事而用少牢〔一二〕，則非稱。欲乞三年親祠并時饗〔一三〕，有司攝事，伏請太廟每室並用太牢一。

貼黄：竊恐朝廷以牛數多，或乞時饗且仍舊制。

右奉聖旨，唯親祠并祫享每室用太牢〔一四〕。

〔一〕按，此文當非王安石作。續資治通鑑長編卷三百六元豐三年七月丙戌詳定禮文所言「案王制……（略）」等等，即此文，文字略有不同。

〔二〕「又」，原作「入」，今據龍舒本、續資治通鑑長編改。

〔三〕「大夫三廟有天子之大夫」，續資治通鑑長編作「天子之大夫亦用太牢」，是。

〔四〕「用」，續資治通鑑長編作「以」。

〔五〕「之」下，續資治通鑑長編有「大夫」二字，是。

〔六〕自「諸侯」至「可知矣」三句，續資治通鑑長編作「天子之祭無不用牛者」。

〔七〕「唐郊祀并」，續資治通鑑長編作「唐郊祀録稱」。

〔八〕自「冬至」至「用犢」，龍舒本、續資治通鑑長編作「詔親祠太廟共用一犢又詔常祀惟天地用犢」。
〔九〕「自」、「悉」二字，續資治通鑑長編無。
〔一〇〕「用」下，續資治通鑑長編有「一」字，是。
〔一一〕「祀」，續資治通鑑長編作「祫」。
〔一二〕「用少牢」，續資治通鑑長編作「不用太牢」。
〔一三〕「時」，原作「食」，據聽香館本、續資治通鑑長編改。「時饗」，太廟四時之祭祀。
〔一四〕「祫」，續資治通鑑長編作「合」。

## 議皇地示神州地示不合燎燔事劄子〔一〕

伏爲北郊所祭皇地示并神州地示秖合坎瘞，自來卻如祭天升煙之義，別建一壇，燔祝版。臣昨累次具狀奏聞，乞行改正，雖蒙聖旨下有司詳定，又緣所定壇壝儀注條件不少，考求典故，未能遽革。

伏覩今月二十一日，神州地示亦依襲故常，泥飾壇燎依舊行事。臣昨亦備述自古以來祭祀皆爲瘞坎，蓋取就下求陰之義，及考先儒，所祭地示即無槱燎之文〔二〕。伏覩國朝祀儀所載祀辭，亦曰瘞儀，却行燔燎之禮，顯是從來差錯，恐瀆于神。欲乞不候詳定諸壇壝等制度〔三〕，先次考正。今來瘞埋之義，更不於壇上燔燎祝版，以別天神、地示之異，上副陛下修誠致孝、肅恭祠享之意。

奏聞候敕旨。狀前批：送太常禮院。

本所謹案〔四〕：古者祀天神燔柴登煙，祭皇地示埋瘞，蓋燔柴則升煙于上，瘞埋則達氣于下，求神必以其類故也。王涇唐郊祀録：凡祭祀地示，則爲瘞埳於神壇之壬地，方深取足容物，祭訖，置牲幣祝饌於其中而埋之。熙寧祀儀：皇地示、神州地示皆爲燎壇，方一丈，高一丈有二尺〔五〕，開上南出方六尺，在壇南二十步丙地。祭大社大稷，又設燎柴於西神門外道北。以地示而同之天神之祀，殊悖於禮。所有今來王某起請，實合禮制〔六〕。伏請自今祭皇地示、神州地示、大社大稷，其祝版與牲幣饌物並瘞於埳，更不設燎，所有皇地示、神州地示燎壇，並乞除去。

〔一〕龍舒本題作「皇地示神州地示不合燎燔事」。按續資治通鑑長編卷三百五元豐三年六月己未載詳定禮文所奏請：「皇地祇、神州地祇，燎壇不當設，請毀之。凡祭皇地祇、神州地祇、大社大稷，其祝版與牲幣、饌物，並瘞於坎。」神宗詔從之。此奏請與劄末同。沈欽韓王荆公文集注卷二：「按荆公若奏之於前，無容不登時改定，而遲至元豐之詳定局重言也。疑此劄子非真。」沈疑頗是。此劄及以上二劄，揆以史實，詳具文義、語氣，皆非王安石所奏請，或出自元豐禮官、詳定禮文所。

〔二〕「檑」，龍舒本作「旙」。「文」，龍舒本作「禮」。

〔三〕「詳」，原作「議」，據龍舒本改。按遞修本黄校曰：「『議』，明刊同，宋刊『詳』。」

〔四〕「謹案」以下至「並乞除去」，亦見宋會要輯稿禮一四，乃禮文所奏請，文字略有不同。

〔五〕「二」，遞修本作「三」。黄校曰：「宋刊明刊俱作『二』。」

〔六〕「所有今來王某起請實合禮制」二句，宋會要輯稿無。

## 進鄴侯遺事劄子

臣前日伏奉聖旨，許進鄴侯遺事。今繕録已具，然無别本參校，恐不能無脱誤。竊以宇文黑獺之中材，遇傾側窮困之時，而輔之以區區之蘇綽，然其爲法，尚有可取。伏惟陛下天縱上智卓然之材，全有百年無事萬里之中國，欲創業垂統，追堯、舜、三代，在明道制衆，運之而已。如李泌所稱，豈足道哉！顧求多聞以考古今得失之數，則此書亦或可備省覽。謹隨劄子上進。

# 王安石文集卷第四十三

## 劄子

### 辭男雱說書劄子

臣今日伏奉聖旨，除男雱太子中允、崇政殿説書。臣雖已奏論非宜，尚未蒙恩開允。事有關於國體，豈敢冒昧不言？臣竊觀陛下即位已來，慎惜名器，一介之任，必欲因能，講藝之臣，尤爲遴選。如雱學問荒淺，加以未更事任，試之筦庫，尚懼不勝，論經之地，實非所據。陛下必欲誤加獎擢，實恐上累知人任使之明。伏乞聖慈察臣懇款，追還成命，以合衆論之公。取進止。

### 辭男雱授龍圖劄子三

臣伏承聖恩，以修撰經義罷局，除臣男雱龍圖閣直學士〔一〕。臣雖已懇辭，未蒙昭察。伏念臣男雱誤蒙陛下知奬〔二〕，特以粗知承學，比奉聖旨，撰進經義，尚未了畢〔三〕，遂自太子中允、崇政殿説書，擢授右正言、充天章閣待制兼侍講。當是時，所叨恩命，已駭衆人觀聽。在臣父子，已所難安。伏蒙宣喻，令臣更勿辭免，臣亦以謂聖恩録進書微效，遂不敢辭。自爾以來，雱以疾病隨臣，不復與聞經義職事〔四〕。今兹罷局，在雱更無尺寸可紀之勞，不知何名，更受褒賞。非特於臣父子私義所不敢安，竊恐朝廷賞罰之公，如此極爲有累。伏望聖慈察臣懇悃，追寢誤恩，非特臣父子曲蒙保全，亦免衆人於聖政有所譏議。

二

臣伏奉詔書，以臣乞免臣男雱恩命，未賜允俞。臣之懇款，已備前陳，螻蟻微誠，未能昭徹。然國家之賞典，務在報功，施之非宜，實累國體，非特在臣父子私義所不敢安。伏惟大明無所不燭，察臣非敢妄干聖聽，早賜追寢誤恩。謹再具劄子，陳免以聞。

三

臣近累具劄子辭免臣男雱恩命，伏蒙聖慈特降詔書不允者。臣之懇誠，已具前奏，聖恩深厚，未即矜從，在臣區區，實不寧處。如臣叨昧，尚所難勝，況又賤息，何名享此？賞而無勸，累國實多。伏望聖慈察臣父子皆荷陛下全度之至恩〔五〕。所以上報，生當隕首，死當結草而已。謹三具劄子，陳免以聞。

〔一〕「霿」，龍舒本作「某」，下同。

〔二〕「蒙」，光啓堂本、聽香館本作「受」。

〔三〕「尚未了」，遞修本闕，「畢」字屬上句。

〔四〕「復」，龍舒本作「敢」。

〔五〕「臣」上，龍舒本有「臣懇款早賜追還成命使」十字。

## 進字説劄子〔一〕

臣在先帝時，得許慎説文古字，妄嘗覃思，究釋其意，冀因自竭，得見崖略。若矇視天，終以罔然，念非所能，因畫而止。頃蒙聖問俯及，退復黽勉討論，賴恩寬養，外假歲月，而桑榆憊眊，久不見功。甘師顔至，奉被訓敕，許録臣愚妄謂然者，繕寫投進。伏惟大明旁燭無疆〔二〕，豈臣熒爝所敢衒冒？承命遑迫，置慚無所〔三〕。如蒙垂收，得御宴閒，千百有一，儻符神恉，愚所逮及，繼今復上。干污宸扆，臣無任。

〔一〕龍舒本題作「進説文劄子」。

〔二〕「旁」，龍舒本作「包」。

〔三〕「置」，龍舒本作「兢」。

## 乞改三經義誤字劄子二道元豐三年八月二十八日，奉聖旨，宜令國子監依所奏照會改正。〔一〕

臣頃奉敕提舉修撰經義，而臣聞識不該，思索不精，校視不審，無以稱陛下發揮道術、啓訓天下後世之意，上孤眷屬，没有餘責。幸蒙大恩，休息田里，坐竊榮禄，免於事累。因得以疾病之間〔二〕，考正誤失，謹録如右。伏望清燕之間，垂賜省觀，儻合聖心，謂當刊革，即乞付外施行。臣干冒天威，無任云云。取進止〔三〕。

### 尚書義

皋陶謨「按見其惡」，當作「按其見惡」。

益稷「故懋使之化」，當作「則懋使之化」。

微子「純而不雜，故謂之犧」，「犧」當作「牷」。「完而無傷，故謂之牷」，「牷」當作「犧」。

洪範：「有器也然後有法。此書所以謂之範者，以五行爲宗故也。五行猶未離于形，而器出焉者也。擴而大謂之弘，積而大謂之丕，合而大謂之洪。此書合五行以成天下之大法，故謂之洪範也。」已上七十一字，今欲删去。

又云：「陶復陶穴尚矣，後世易之棟宇，而其官猶曰司空，因其故不忘始也。」已上二十六字，今亦欲删去〔四〕。

周官「唐虞稽古」，「唐」字上漏「曰」字〔五〕。

周禮義

小宰「其財用」，上「其」字當作「共」。

大府：「受藏之府，則若職内掌邦之賦入是也。受用之府，則若職歲掌邦之賦出是也。」已上三十字，今欲删去。

黨正「歲屬其民者四」，「四」當作「五」。

誦訓「以詔王觀事」，當去「王」字。

典瑞「手足腹背」，「手」當作「首」。

冢人：「山林之尸則以山虞。」已上八字，今欲删去。

御僕「掌萬民之復」，「復」當作「逆」。

大馭「有軓也」〔六〕，「軓」當作「軌」〔七〕。

大行人：「三公八命，出封加一命，則謂之上公。」已上十四字，今欲删去。

詩義

北風：「北以言其威〔八〕，雨雪以言其虐。涼者氣也，喈者聲也。雱蓋言聚，霏蓋言散。氣之所被者近，聲之所加者遠。聚則一方而已，散則無所不加。此言其爲威虐，後甚於前也。」已上六十三字，今欲删去，改云：「北風之寒也而以爲涼，北風之厲也而以爲喈，此以言其爲威。雨雪之散也而以爲雱，雨雪之集也而以爲霏，此以言其爲虐。」

君子偕老：「『玼兮玼兮，其之翟也』者，服之盛也。」「服之盛」字下，今欲添「質宜之」三字。又云：「『瑳兮瑳兮，其之展也，蒙彼縐絺，是泄袢也』者，亦服之盛也。」「亦服之盛」字上，欲減「亦」字，「服之盛」字下，欲添「文宜之」三字。

定之方中「説于桑田者」，「者」當作「則」。

干旄「州里之士所建」，今欲改爲「鄉黨之官所建」。

有女同車「公子五争」，「争」當作「爭」〔九〕。

駟鐵「駟馬既閑」，「駟」當作「四」。

墓門「食椹而甘」，「椹」當作「葚」。

七月：「去其女桑而猗之，然後柔桑可得而求也。」已上十六字，今欲删去，改云「承其女桑而猗之，然後遠揚可得而伐也」。

又：「蠶月者非一月，故不指言某月也。」下添云：「蠶，女事也，故稱月焉。」

又云：「猗，薪之也，言猗女桑則遠揚可知矣，言伐遠揚則女桑可知矣，皆伐而猗之也。」已上三十字，今欲删去。

車攻：「言其連絡布散衆多，若奕棋然。」已上十二字，今欲删去。

小旻「發言盈廷」，「廷」當作「庭」。

桑扈「受福不郍」，「郍」當作「那」。

生民「麻麦幪幪」，「麦」當作「麥」。

公劉：「篤之字，從竹從馬。馬行地無疆，以竹策之，則力行而有所至。篤之爲言，力行而有所至也。」已上三十四字，今欲删去。

卷阿「藹藹然盛多」，「然」當作「其」。又云「故次以『既醉太平』也」，多「太平」二字，今合删去。

召旻「昏非所以爲哲」，字上漏「明」字，今合添。

時邁：「政之所加，孰敢不動懼？」今欲改云：「政之所加，孰敢不震動疊息？」

那「磬管將將」，「管」當作「筦」。

二〔一〇〕

臣近具劄子奏乞改正經義，尚有七月詩「剥棗者，剥其皮而進之，養老故也」十三字，謂亦合删去。如合聖心，亦乞付外施行。取進止。

〔一〕龍舒本題作「乞改三經義劄子」。

〔二〕「間」，原作「聞」，據龍舒本、遞修本改。

〔三〕「云云取進止」五字，龍舒本闕。

〔四〕「亦欲」，龍舒本作「欲亦」。

〔五〕「唐」，原闕。尚書周官：「曰：『唐虞稽古，建官惟百。』」據補。

〔六〕「軓」，龍舒本作「軌」，下同。

〔七〕「軌」，龍舒本作「軓」。

〔八〕「北」下，龍舒本有「風」字。

〔九〕「爭」，龍舒本作「諍」。

〔一〇〕龍舒本題作「又劄子」。

## 論改詩義劄子

臣子雱奉聖旨撰進經義，臣以當備聖覽，故一一經臣手，乃敢奏御。及設官置局，有所改定，臣以文辭義理，當與人共，故不敢專守己見爲是。既承詔頒行，學者頗謂所改未安〔一〕。竊惟陛下欲以經術造成人材，而職董其事〔二〕，在臣所見〔三〕，小有未盡，義難自默〔四〕。所有經置局改定諸篇，謹依聖旨，具録新舊本進呈。内雖舊本，今亦小有删改處，并略具所以删復之意〔五〕。如合聖旨，即乞封降檢討吕升卿，所解詩義依舊本頒行〔六〕。小有删改，即依聖旨指揮。取進止。

〔一〕「所改」，續資治通鑑長編卷二百六十八引此劄，作「有所」。

〔二〕「董」，原作「業」，據續資治通鑑長編改。董，主持。

〔三〕「在」上，續資治通鑑長編有「苟」字，義長。

〔四〕「自默」，續資治通鑑長編作「依違」。

〔五〕此句，續資治通鑑長編作「并於新本略論所以當删復之意」。

〔六〕以上二句，續資治通鑑長編作「其詩序用吕升卿所解，詩義依舊本頒行」。

## 答手詔言改經義事劄子九月十一日。

臣伏奉手詔，依違之罪，臣愚所不敢逃。然陛下既推恩惠卿等，而除其所解，臣愚不敢安此。若以其説有甚乖誤者〔一〕，責臣更加删定，臣敢不祗承聖訓。取進止〔二〕。

〔一〕「其」下原有「釋」字，據嘉靖五年本刪。遞修本黃校曰：「宋刊本在『解』下，明刊本誤。」續資治通鑑長編卷二百六十八引此劄，此處及「解」下皆無「釋」字，李壁注曰：「此據安石奏劄增入。」

〔二〕「止」，原作「上」，據遞修本、嘉靖五年本、光啓堂本改。「取進止」，奏疏末套語。

## 改撰詩義序劄子

臣伏奉手詔，以臣所進三經義序有過情之言，宜速删去。臣雖嘗敷奏，以爲文字所宜，又奉聖訓再三，但令序述解經之意，不須過有稱道。伏惟皇帝陛下盛德至善〔一〕，孚於四海，非臣筆墨所能加損，然因事宣著，人臣之職也。誠以言之不足爲懼，不以近於媚諛爲嫌。而上聖所懷，深存謙損〔二〕，臣敢不奉承詔旨，庶以仰稱堯禹不争不伐之心。所改撰到詩義并前進書、周禮義序〔三〕，謹隨劄子投進〔四〕。昧冒天明，臣無任。

〔一〕黃校曰：「『惟』下，明刊同宋刊，空白二字。」續資治通鑑長編卷二百六十五引此劄，作「伏惟陛下盛德至善」。

〔二〕「存」，原作「仁」，據續資治通鑑長編改。

〔三〕「改」，原作「解」，據龍舒本、嘉靖五年本、續資治通鑑長編改。黃校曰：「『解』，明刊同，宋刊『改』。」

〔四〕以上二句，續資治通鑑長編作「遂改撰以進」。

## 乞以所居園屋爲僧寺并乞賜額劄子

臣幸遭興運，超拔等夷，知奬眷憐，逮兼父子。戴天負地，感涕難勝。顧迫衰殘，糜捐何補？不勝螻蟻微願，以臣今所居江寧府上元縣園屋爲僧寺一所，永遠祝延聖壽。如蒙矜許，特賜名額，庶昭希曠，榮與一時〔一〕。仰憑威神，誓報無已。

〔一〕「與」，龍舒本作「遇」。

## 乞將田割入蔣山常住劄子〔一〕

臣父子遭值聖恩，所謂千載一時。臣榮禄既不及於養親，雱又不幸嗣息未立，奄先朝露。臣相次用所得禄賜及蒙恩賜雱銀，置到江寧府上元縣荒熟田，元契共納苗三百四十二石七斗七升八合，䕸一萬七千七百七十二領，小麥三十三石五斗二升〔二〕，柴三百二十束，鈔二十四貫一百六十二文省〔三〕，見託蔣山太平興國寺收歲課，爲臣父母及雱營辦功德。欲望聖慈特許施充本寺常住〔四〕，令永遠追薦。昧冒天威，無任祈恩屏營之至。取進止。

〔一〕龍舒本題作「乞將荒熟田割入蔣山常住劄子」。

〔二〕「三十三」，龍舒本作「三十二」。
〔三〕「鈔二十四」，龍舒本作「錢五十四」。
〔四〕「施」下，龍舒本有「行」字。

## 謝宣醫劄子

食浮挻災，自取危疾。敢籲天聽，上煩愍惻？不圖聞徹，特冒慈憐。亟遣内臣，挾醫馳降。臣背瘡餘毒，即得仇鼒敷貼平完〔一〕。尚以風氣冒悶，言語蹇澀，又賴杜壬診療，尋皆痊愈。臣迫於衰暮，自分捐没聖時，朽骴更生，實叨殊賜。戴天荷地，感涕難言。臣瞻望闕庭，不任屏營汍瀾激切之至〔二〕！

〔一〕「鼒」，原作「鼐」，據四庫本改。按，仇鼒，醫官，王安禮王魏公集卷二有翰林醫官副使殿中省尚藥奉御仇鼒可依前殿中省尚藥奉御充榷易副使制。
〔二〕「汍瀾」，原作「汎瀾」，今據龍舒本改。黄校曰：「『汎』，明刊同，宋刊『汍』。」

# 王安石文集卷第四十四

## 劄子

### 乞解機務劄子六道〔一〕

臣以羈旅之孤，蒙恩收録，待罪東府，於今四年。方陛下有所變更之初，内外小大紛然，臣實任其罪戾，非賴至明辨察，臣宜誅斥久矣。在臣所當圖報，豈敢復有二心？徒以今年以來，疾病浸加〔二〕，不任勞劇，比嘗粗陳懇款，未蒙陛下矜從，故復黽勉至今，而所苦日甚一日。方陛下勵精衆治，事事皆欲盡理之時，乃以昏疲，久尸宰事。雖聖恩善貸，而罪釁日滋，至於不可復容，則終上累陛下知人之明，非特害臣私義而已，臣所以昧冒有今日之乞也。

伏奉宣諭，未賜哀矜，彷徨屏營，不知所措。然臣所乞，固已深慮熟計而後敢言，與其廢職而至誅，則寧違命而獲譴。且大臣出入，以均勞逸，乃是祖宗成憲。蓋國論所屬，怨惡所歸，自昔以擅其事〔三〕，鮮有不遭罪黜。然則祖宗所以處大臣，不爲無意也。臣備位亦已久矣，幸蒙全度，偶免譴呵。實望陛下深念祖宗所以處大臣之宜，使臣粗獲安便〔四〕。異時復賜驅策，臣愚不敢辭。

二〔五〕

臣某螻蟻微誠，屢煩天聽，每蒙訓答，未賜矜從。惶怖征營，不知所措。臣今日奏對，近於日旰，不敢久留，以勤聖體，所以依違遂退，即非敢食其言。以道事君，誠爲臣之素守，苟可强勉而免違忤之罪，臣亦何敢必其初心？實以疾病浸加，恐隳陛下所付職事，上累陛下知人之哲，下違臣不能則止之義，此所以彷徨迫切而不能自止也。且臣所乞，特冀暫均勞逸，非敢遂即田里之安，竊謂聖恩不難賜許。謹具劄子陳乞，伏望聖慈特垂開允。

三〔六〕

臣今日得望陛下清光，伏蒙敦喻奬激，可謂備厚矣。臣雖愚戇，豈敢忘陛下至恩盛德？然臣之懇款，亦已具陳，實望陛下照察哀憐，使臣得休養其疲昏，以免曠職之負，而不累陛下知人之明也。臣干忤天威，無任惶怖之至！

四

臣今日伏蒙陛下令呂惠卿宣道聖旨，又令馮宗道隨賜手詔，趣令復位，眷顧之厚，非臣殺身所能上報。然臣不才，無補時事，肝鬲懇懇，已具面陳。君臣之義，實均父子，苟尚可以黽勉，豈敢輕爲去就？誠以義不獲已，須至昧冒天威。陛下至仁，常恐一物失所，况臣特蒙獎擢，久備驅策，夙夜之勞，簡在聖心，豈容不思所以全安之，而令終於顛躋也？伏望哀憐匹夫之志有不可奪，早賜處分。臣無任瞻天祈恩激切之至！取進止。

五

臣伏蒙聖恩，特降中使傳宣，封還所上表，不允所乞。臣誠惶誠感，不知所措。竊念臣蒙陛下恩德至深至厚，方陛下旰食焦思之時，豈宜自求安佚？實以疾疢所嬰，曠廢職事，若不早避賢路，必且仰誤任使。懇懇所懇，具如前奏。伏惟陛下天地父母，曲賜矜憐，察臣干祈出於甚不得已。臣生當隕首，死當結草，謹再具劄子陳乞。臣無任惶怖懇迫祈恩之至！

六

臣伏奉聖恩，特降中使令臣入見供職。臣之懇誠，略已昧冒，天聽高邈，未蒙垂惻，輒復陳敘，仰冀哀憐。伏念臣孤遠疵賤，衆之所棄。陛下收召拔擢，排天下異議，而付之以事，八年於此矣。方陛下興事造功之初，群臣未喻聖志，臣當是時，志存將順，而不知高明彊禦之爲可畏也。然聖慮遠大，非愚所及，任事以來，乖失多矣。區區夙夜之勞，曾未足以酬萬一之至恩。今乃以久擅寵利，群疑並興，衆怨總至，罪惡之釁，將無以免。而天又被之疾疢，使其意氣昏惰而體力衰疲，雖欲彊勉以從事須臾，勢所不能，然後敢干天威，乞解機務。竊以謂陛下天地父母，宜垂矜憐。論其無功則雖可誅，閔其有志則或宜宥，終始全度，使無後艱。而未蒙天慈顧哀，猶欲彊以重任。使臣黽勉尚能有補聖時，則雖滅身毀宗，無所避憚。顧念終無來效，而方以危辱上累朝廷，此臣所以不敢也。陛下明並日月，何所不燭，願賜容光之地，稍委照焉，則知臣之惓惓，非敢苟忤恩指也。臣乞且於東府聽候朝旨，伏望陛下垂恩，早賜裁處。臣不任昧死干祈激切之至！

〔一〕「六道」，原無，據底本目録補。龍舒本題作「（乞退）劄子」，置「乞退表」後。

〔二〕「疾病」，龍舒本作「病疾」。

〔三〕「以」，龍舒本作「久」。

〔四〕「粗獲」，原作「獲粗」，今據龍舒本乙正。

〔五〕龍舒本題作「（乞退）劄子」，置「（乞退）第三表」後。

〔六〕「三」，原作「二」，今據遞修本、光啓堂本改。

## 謝手詔慰撫劄子

臣昨日伏奉手詔，所以慰撫備厚，非臣疵賤之所宜蒙，伏讀不任感激屏營之至！今日呂惠卿至臣第，具宣聖旨，臣雖糜軀隕首，豈能上酬奬遇。臣自江南召還，獲侍清光，竊觀天錫陛下聰明睿智，誠不難興堯舜之治。故不量才力之分、時事之宜，敢以不肖之身，任天下怨誹，欲以奉承聖志。自與聞政事以來，遂及期年，未能有所施爲。而内外交搆，合爲沮議，專欲誣民，以惑聖聽。流俗波蕩，一至如此！陛下又若不能無惑，恐臣區區終不足以勝，而久妨衆邪之路，則或誣罔出於不意，有甚於今日，以累陛下知人任使之明。故因疢疾，輒求自放。陛下不以臣狂狷，賜之罪戾，而屈至尊之意，反復誨喻。臣豈敢尚有固志，以煩督責？只候開假，即入謝。區區所懷，冀得面奏。臣無任感天荷聖激切屏營之至！謹具劄子奏知。

## 謝手詔訓諭劄子

臣以不才，久曠高位，昧冒求解，屢煩聖聽。曲蒙矜允，實荷至恩。繼奉手詔，俯垂訓諭，非臣隕首所能報稱。伏惟陛下躬堯舜盛德，舉千載一隆之政，以福休斯民，萬邦黎獻，所願致死。況臣疎遠疵賤，首蒙察舉，陛下任之至重，而眷之至優。一旦違離，誠非獲已。苟異時陛下未賜棄絶，而臣犬馬之力尚足以效，則豈宜背負恩德，長自絶於聖時哉？臣瞻天荷聖無任激切之至！

## 答手詔封還乞罷政事表劄子

臣今日具表乞罷政事，方屏營俟命，而吕惠卿至臣第，傳聖旨趣臣視事。續又奉手詔，還臣所奏，諭以「天下之事，盡力固可成就，以卿所學，不宜中輟」。俛聽伏讀，不勝螻蟻區區感慨惻怛之至！臣蒙拔擢，備數大臣，陛下所以視遇，不爲不厚矣，豈敢輕爲去就？誠以陛下初訪臣以事，臣即以變風俗、立法度爲先。今待罪期年，而法度未能一有所立，風俗未能一有所變，朝廷内外詖行邪説乃更多於鄉時，此臣不能啓迪聖心以信所言之明效也。雖無疾疢，尚當自劾，以避賢路。況又昏眩，難以看讀文字，即於職事當有廢失。雖貪陛下仁聖卓然之資，冀憑日月末光，粗有所成，而自計如此，豈容偷假名位，坐棄時日，以負所學，上孤陛下責任之意？伏望陛下哀憐矜察，許臣所乞，毋令臣得要君之嫌，重爲流俗小人所毁。臣不勝祈天俟聖激切之至！取進止。

## 答手詔令就職劄子

臣累奏乞解機務歸田里，伏奉手詔，令臣無復有請。祗服聖訓，便宜就職。然臣所以致身許國，正欲行事君之義而已。若致身於辱殆之地，以累陛下知人之明，而令天下後世譏議及國，則非臣所學事君之義也。昔仲山父既明且哲，以保其身，故宣王有任賢使能中興之功。臣既不自知，又昧於知人，信己妄行，以至今日，免於大戮，實陛下天地父母之賜也。若猶冒恩，不即自弛，終恐傷陛下保全臣子之仁，是以不敢。伏望陛下哀臣懇至，特賜矜許。臣無任瞻天祈恩激切之至！取進止。

## 答手詔留居京師劄子

臣伏奉手詔，欲留臣京師，以爲論道官，「宜體朕意，速具承命奏來」。臣才能淺薄，誤蒙陛下拔擢，歷職既久，無以報稱。加以精力衰耗，而咎釁日積，是以冒昧乞解重任，幸蒙聖恩已賜矜允。而繼蒙恩遣呂惠卿傳聖旨，欲臣且留京師，以備顧問。臣竊伏惟念父子荷知遇，誠不忍離左右。既又熟計，論道之官固非所宜，且以置之閑地，似爲可處。陛下付託既已得人，推誠委任，足以助成聖治。臣義難以更留京師，以速官謗。若陛下付臣便郡，臣不敢不勉。至於異時或賜驅策，即臣已嘗面奏，所不敢辭。伏望聖心特賜矜察，臣無任感天荷聖激切征營之至！伏取進止。

## 辭僕射劄子三道〔一〕

臣伏奉制恩，以提舉修撰經義了畢，特授臣尚書左僕射兼門下侍郎，加食邑實封。承命惶怖，已曾面辭。宣喻稠疊，未垂聽允。伏念臣特蒙陛下知遇任使，實以稍知經術，叨塵非一，每愧無功。更以訓釋微勞，過受褒遷殊禮。格之公論，孰以爲宜？況在私誠，尤難安此。伏望陛下俯昭悃愊，特賜哀憐，追還誤恩，以保危拙。謹具劄子，陳免以聞。

### 二

臣近具劄子辭免恩命，伏蒙聖慈特降詔書不允者。區區所陳，備出肝膈，重煩睿訓，以懼以慚。伏念臣蒙恩自外召還，復得與聞政事，智衰耄及，筋力弗支。仰惟駿德之日躋，深懼薄材之難副。雖未敢以妨賢自弛，顧豈宜以非分妄遷？賞浮於勞，實累國體，豈惟私義，所不敢安？伏望聖慈深以保全臣子爲念，早賜追還成命，以允中外論議之公。謹再具劄子，陳免以聞。

三

臣近累具劄子辭免恩命，伏蒙聖慈特降詔書不允者。睿訓丁寧，豈宜逋慢？顧惟懇款，實有可矜。干忤天威，良非獲已。伏念臣出於孤遠，遭值聖時，弱力而重任，薄功而厚享。夙興夜寐，深懼顛隮，豈敢非分，更叨殊獎？且方陛下發明經術，啓迪人材，而臣偶以乏人，遂當器使。遺經殘缺，既不易知；聖學高明，又難仰副。雖已强顔應詔，實恐難以頒行。豈意天度，包荒藏疾，褒崇獎勵，在所難勝。隆儒尚學，誠陛下盛德；量能知分，亦臣之私義。伏望聖慈俯照誠悃，以其終難昧冒，早賜追寢誤恩。謹三具劄子，陳免以聞。

〔一〕「三道」，原無，據底本目録補。

## 乞宫觀劄子五道〔一〕

臣某頃被召還，復污宰司，行以亢滿易隳，事以衰疾多廢。幸蒙恩釋重寄，尚兼將相之官。自惟憂傷病疢之餘，復當辭劇就閒之日。過叨榮禄，非分所宜，黽勉方州，亦將不逮。故因賜對，輒預奏陳，俟到江寧，須至上煩聖慮，乞以本官外除一宫觀差遣，於江寧養疾。過蒙眷獎，喻以毋然，非臣糜殞，所能仰稱。而臣自離闕庭，所苦日侵，目眩頭昏，背寒膈壅，加之喘逆，稍勞輒劇。若非蒙恩許免藩任，且令休養，即恐瘳復無期。輒敢昧冒天威，具陳前日悃愊。伏望陛下特垂睿聽，俯亮愚誠，早賜矜從，使得寧濟。即異時稍堪驅策，誓復罄竭疲駑。臣無任。

二

臣某近輸悃愊，仰丐恩憐，干忤天威，方懷憂畏。伏蒙聖慈特遣使人賚賜訓敕，諭以至意，撫存顧念，逮及存没，負荷恩德，無以勝任。瞻望闕庭，唯知感涕。然臣之懇懇，實有可言。伏念臣抱疾以來，衰疲浸劇。若黽勉從事，必不能上副憂勤；而應接之勞，適足以自妨休養。又地閑禄厚，非分所宜。聖心雖示優容，臣終難於叨昧。伏望陛下俯垂燭察，早賜矜從。他日苟獲夷瘳，餘年敢辭驅策。臣無任。

三

臣某比因馮宗道還闕，已具輸區區螻蟻之情。繼蒙撫存，曲賜訓諭，臣誠惶誠感，已具表稱謝以聞。竊惟天慈終始眷憐〔二〕，故欲賦以厚禄，示以優禮。不然一州之守，豈憂付屬乏人！臣憂患餘生，加之疾病，喘焉朝夕，難冀久存。陛下所以愛臣，何啻天地父母。令臣多尸廩賜，重貽亢滿之殃；豈若賜以安閑，使有寧瘳之福？伏望深垂簡照，早賜矜從。他日旅力復可驅馳，敢不致死以圖報效！臣無任。

四

臣某備位七年，初無分毫績效，以病自列，獲解繁機。而誤恩曲加，寵禄并過，豈臣庸朽，所可堪任？況自涉春以來，衆病並作，氣滿力憊，殆不可支。其勢如此，以尸厚禄，則有食浮之憂；以任州事，則有官曠之責。計臣之分，無一可爲。故願乞其不肖之身，休養歲月。而璽書繼至，訓敕加嚴。雖陛下示眷奬之意，始終不渝〔三〕；而臣竊自度量，終難黽勉，以稱萬一。徬徨跼蹐，不知所言。輒復干冒天威，期於得請而後已。伏望陛下深垂簡照，早賜矜從。他日若獲寧瘳，顧雖晚節末路，尚知補報，惟所驅策，豈敢辭免？除已具表，謹具劄子陳乞。臣無任。

五

臣某近四上表，乞以本官外除一宫觀差遣。伏蒙聖慈特降詔書，不允所乞，仍斷來章。螻蟻之微，頻煩寵諭。臣之懇誠，已具累表。愚衷激切，終冀矜從。伏念臣荷國厚恩，未報萬一，若非疾苦不能任事，豈敢數違訓敕，以自取逋慢之誅？但以病勢日增，雖外視形色若無甚苦，而神耗于中，力憊于外，一有動作，即不可支，思慮恍然，事多遺忘。以此居官，豈能塞責？且一方之任，非獨簿書獄訟在所省察，至於儆戒盜賊，輯安兵民，責在守臣，事實至重。此豈精神衰耗、體力疲憊之人所可堪任？伏望陛下加惠留聽，察其所請出於誠然，早賜開允，則非獨於臣私分得以自安，亦於陛下任使之際，無曠官廢事之悔。臣愚不勝至願，謹復具劄子陳乞。臣無任。

〔一〕「五道」，原無，據底本目録補。龍舒本題作「乞宮觀第一劄子」。
〔二〕「眷」，龍舒本作「見」。
〔三〕「渝」，原作「逾」，今據龍舒本、遞修本改。此句言雖神宗眷獎之意始終不改。

## 求退劄子

臣伏奉手詔，令臣二十三日入見，臣明日當入見。然臣之懇款，具如前奏所陳。匹夫之志，有不可奪，實望聖慈，必賜矜從。

## 已除觀使乞免使相劄子四道〔一〕

臣某衰疾疲曳，難於自力，干冒天聽，至于三四〔二〕，逋慢訓獎，罪當誅殛。伏奉敕命，就除觀使〔三〕，俯從燕安之願欲〔四〕，猶假非分之名器。鴻慈覆載，不啻天地，感激涕泗〔五〕，無言以諭。然以將相之禄，養疾於田里，歷選近世勳賢，未有若斯比例。臣愚無狀，績效不昭，欲以何名，敢此叨昧！且臣蒙陛下識拔，序之群臣之右，當以粗知分義，爲異庸人。今若以衰殘向盡之年，貪非所據，豈不自隳素守，而仰累陛下知人之明？伏望聖慈察臣累奏，許以本官充使，於江寧府居住。冀蒙瘳復，終誓糜捐。所有敕命，臣未敢祗受。除已具表，謹復具陳乞以聞。干忤天威，臣無任〔六〕。

二

臣某伏奉詔書，不允所乞。祗荷聖訓，丁寧備至，非臣庸朽，所可堪稱。伏自惟念，臣以疾病不勝從事之勞，而欲自休養，退歸田里，乃分之宜。尚恃眷憐，私竊自恕，而求以本官食宫觀之禄于外，於臣之義〔七〕，媿負已多。而陛下乃欲使之兼將相之重而處於此，雖仰戴恩德爲至厚矣，而臣歷選前代，近至本朝，所以寵待勳舊之臣，無有斯比。況臣久尸重任，績效不昭，豈可度越前人，有此叨據？是且上虧陛下名器不以假人之道，下傷愚臣知止之義。伏望特垂睿聽，早賜允從。則非獨於臣私分得以自安，亦於天下公論爲協。除已具表，謹復具劄子陳乞以聞。臣無任。

三〔八〕

臣某近以懇誠，上干天聽，伏蒙聖慈特降中使賫賜詔書，仍斷來章。臣以朴愚，久逋明命，罪譴之及，所不敢辭。而陛下加惠寬矜，慰喻備至。仰荷天地厚恩，非臣殞越所能報稱。然臣之懇懇，亦累具聞。分義既所難受，臣亦何敢自已。竊惟人君之御臣，以其任隆而責重，故委之高爵重禄而無難〔九〕；人臣自度其智力，足以勝任而塞責，故受其高爵重禄而無媿〔一〇〕。此上下所以兩得而能治安也。今臣既以疲疢退歸閭里，尚恃陛下眷存，謂其嘗預政事，有夙夜之微勤，故敢求以本官食宫觀之禄于外，已於理分爲所非宜。而陛下乃疏誤恩，使兼將相之重。臣愚不肖，病不任事，顧於陛下勵精求治之時，不能自力以禆補萬一，而坐尸名器如此其厚。不知人臣之出力赴功〔一一〕，方任隆責重而有勤勞者，陛下將復何以處之？此臣所以不敢當也〔一二〕。臣若苟貪，仰副訓敕，而不知慮此，則非獨於臣私義無以自全，亦於國家大體所損非細。故復冒昧，期於得請而後已。伏望陛下始終念察，早賜聽許，則非獨臣爲幸〔一三〕。臣無任。

四〔一四〕

臣某近再以懇誠，上干睿聽，逋慢明訓，方虞譴謫〔一五〕。伏蒙天慈特差臣弟某賫賜詔書，不允所乞，傳諭德意，撫存備厚。仰荷天地至恩，捐軀隕首，無以上報。伏自惟念臣以衰病無勞之身，得請于外，雖能爲上陳力，任一方之寄，以忝將相，尚爲非分。況今蒙恩寬假，得就燕閒，豈可坐而尸此，以養痾田里之中？此臣所以不敢忘止足之義，而自取辱殆也。所懷懇激，已具累奏。雖陛下申加獎勵，恩德有隆，而愚臣竊自揣稱〔一六〕，終無可以叨昧之理。伏望陛下俯垂閔察，早賜開允，則非獨臣爲幸甚。除已具表，謹復具劄子陳乞以聞。臣無任。

〔一〕「四道」，原無，據底本目録補。龍舒本題作「乞免使相充觀察使第一劄子」。

〔二〕「三四」，龍舒本作「四三」。

〔三〕「使」上，龍舒本有「察」字。

〔四〕「願」，龍舒本作「私」。

〔五〕「泗」，應刻本作「泣」。

〔六〕「臣無任」下，龍舒本有「惶懼祈恩之至」六字。

〔七〕「義」，龍舒本作「分」。

〔八〕龍舒本題作「第四劄子」。

〔九〕「難」，原作「媿」，今據龍舒本改。按，此句言君之御臣，若臣之任隆責重，則應委以高爵厚祿，君之委下，不應曰「媿」。「媿」字涉下句之「媿」而訛。

〔一〇〕「人臣自度其智力足以勝任而塞責故受其高爵重禄而無媿」二十五字，原闕，今據龍舒本補。

〔一一〕「不知」，原闕，今據龍舒本補。

〔一二〕「當」，原闕，今據龍舒本補。

〔一三〕「幸」下，龍舒本有「甚」字。

〔一四〕龍舒本題作「第三劄子」。

〔一五〕「讁」，龍舒本作「責」。

〔一六〕「揣稱」，原作「端稱」，據龍舒本、遞修本改。揣稱，即揣摩、思量。

## 宣諭蘇子元劄子

臣適已見蘇子元，具宣聖旨。然兵事貴速，憂在失時，恐子元往不如期。郵行之疾，亦恐子元道路偶或有故稽留，則無及事。臣愚謂宜遞中賜郭逵等劄子，更録付子元，令申喻曲折。